Urania Tierreich

Wirbellose Tiere 1
Wirbellose Tiere 2
Insekten
Fische · Lurche · Kriechtiere
Vögel
Säugetiere

URANIA TIERREICH

in sechs Bänden

Säugetiere

Verlag Harri Deutsch
Thun und Frankfurt/Main

Autor dieses Bandes:
Professor Dr. rer. techn. habil. Hans Petzsch †,
Halle (Saale)

Bearbeiter der 5. Auflage:
Museumsrat Dr. rer. nat. Rudolf Piechocki,
Halle (Saale)

CIP-Kurztitelaufnahme der Deutschen Bibliothek
Urania-Tierreich. – Thun ; Frankfurt am Main :
Deutsch
Säugetiere / [Autor dieses Bd.: Hans Petzsch]. –
5., überarb. Aufl. / Bearb.: Rudolf Piechocki. –
1986.
ISBN 3-87144-941-5
NE: Petzsch, Hans [Mitverf.] ; Piechocki, Rudolf
[Bearb.]

5., überarbeitete Auflage 1986

Verlag für populärwissenschaftliche Literatur, Leipzig 1986

Printed in the German Democratic Republic

Vorwort

Dieses Buch hat in erster Linie die Aufgabe, säugetierkundliches Wissen wirklich jedermann zu vermitteln. Ziel mußte deshalb für den Verfasser sein, daß es von jung und alt nicht nur mit Interesse in einem Fluß gelesen, sondern von dem ernsthaft um den Stoff bemühten Leser im wesentlichen auch verstanden werden kann, selbst dann, wenn er kaum Vorkenntnisse hat. Jene soll dieses Buch ihm ja gerade insoweit vermitteln, als er, nachdem das Buch aus der Hand gelegt wurde, jetzt, falls er Lust dazu verspürt, die im Literaturverzeichnis aufgeführten Fachwerke durchzuarbeiten vermag. Dieses Verzeichnis enthält Schriften – neben anderen speziellen Büchern und Abhandlungen –, die der Verfasser inhaltlich bei der Erarbeitung des Textes benutzte. Nach Möglichkeit wurden die Autoren im Text namentlich erwähnt. Allerdings kann es sich ein Volkslesebuch über Säugetiere, wie das vorliegende Buch eins werden möchte, nicht ständig leisten, der genauen Herkunft jeder Erkenntnis wegen, immer wieder Zeile um Zeile pedantisch durch Quellennachweise und Zitate zu unterbrechen. Dafür sei bei der Fachwelt Verständnis erbeten.

Es wäre keinem Autor – bei allem guten Willen – möglich, all das, was wir heute über Säugetiere wissen, in einem einzigen Bande, wie etwa dem vorliegenden, zusammenzudrängen. Und, was viele Leser als unwahrscheinlich anmuten dürfte, ist dennoch Tatsache: Weit mehr als das, was wir bisher über Biologie und Ethologie der einzelnen Säugetierarten erforscht haben, ist für uns noch rätselhaft und unergründet. Schon das, was wir über die etwa 6000 rezenten Säugetierarten aus den 18 Ordnungen der Wirbeltierklasse Mammalia wissen, würde eine Reihe von Bänden wie diesen hier füllen und die Niederschrift Jahrzehnte beanspruchen.

Es war unumgänglich, Beschränkungen zu üben. Hauptanliegen des Verfassers ist, seinen bildungsbeflissenen Lesern aller Altersstufen zunächst einmal ein vielseitiges Bild vom Leben der Wild- und der von ihnen abstammenden Haussäugetiere, ferner von ihren mannigfachen Körperformen und Daseinsäußerungen zu geben. Die äußere und damit offensichtliche Erscheinung all dieser Tiere dünkte ihn für eine ausführliche Darstellung in einem solchen Buch wesentlicher als die ihrer Einzelteile. Deshalb wurde auch besondere Sorgfalt einer reichen Bebilderung gewidmet. Verzichtet wurde dagegen auf ein längeres Verweilen bei den inneren Bauplänen und Organen und den sich daraus ergebenden Problemen der vergleichenden Anatomie, der Physiologie und Phylogenie.

Das soll keinesfalls ein abwertendes Urteil des Verfassers über diese Disziplinen ausdrükken. Gerade deren gründliches Studium nach der einführenden Lektüre dieses Buches an Hand der genannten spezielleren Literatur sei nachdrücklich empfohlen. Hier aber würde ihre ausführliche Behandlung zuviel des verfügbaren Druckraumes beansprucht haben.

Eines der wesentlichsten äußeren Attribute jedes Säugetieres ist das Haarkleid. Demzufolge wurde ihm und seiner Mannigfaltigkeit im einführenden Kapitel besondere Aufmerksamkeit geschenkt. Ferner durfte die positive oder negative wirtschaftliche Bedeutung, die die großen und kleinen Säugerarten zu Wasser, zu Lande und – im Falle der Flattertiere – in der Luft in ihren Wechselbeziehungen zum Menschen haben, nicht vergessen werden. Gebührend wurde auch dem Ethos der »Ehrfurcht vor dem Leben« und der der Menschheit daraus erwachsenden Verpflichtungen zu einem wohldurchdachten, das natürliche biologische Gleichgewicht alles organischen Lebens auf der Erde berücksichtigenden Naturschutz Raum gegeben.

Viele Menschen, vor allem die jungen und alten Großstädter, schöpfen ihre eigenen Kenntnisse und Erfahrungen über die Vielfalt der rezenten Tierformen und ihre Biologie heute hauptsächlich aus unseren Tierparks und zoologischen Gärten. Diese dienen jedoch keineswegs lediglich der allgemeinen Befriedigung eines anspruchslosen Schaubedürfnisses an aus aller Welt an solcher Stätte zusammengeführtem lebendem Tiermaterial. Wer Gegenteiliges etwa meint, ist im Irrtum. Ihre vornehmste Aufgabe ist es, als Museen für lebende Tierformen einwandfreie zoologische Kenntnisse zu verbreiten und zu vertiefen.

Das vorliegende Buch will unter anderem auch als populärer Führer durch die Fülle der Säugetierformen, die unsere Zoos und Tierkundemuseen zur Schau stellen, jedem Interessierten behilflich und nützlich sein.

Professor Dr. rer. techn. habil. Hans Petzsch

Vorwort zur 5. Auflage

In den letzten Jahrzehnten hat die wissenschaftliche Erforschung der Biologie der Säugetiere weltweit bedeutende Fortschritte erzielt und viele neue Erkenntnisse gebracht. Aus diesem Grunde erwies es sich als dringend notwendig, eine Überarbeitung des Bandes »Säugetiere« vorzunehmen. Da der Autor der vorangegangenen Auflagen, Prof. Dr. Hans Petzsch, am 10. Oktober 1974 plötzlich verstarb, bat mich Frau Ursula Petzsch, die erforderliche Neubearbeitung zu übernehmen. Diesem Wunsche bin ich gern nachgekommen. Allerdings sei betont, daß es nicht leicht war, das Werk eines Säugetierkundlers zu überarbeiten, der gern eigene Wege ging und als Zoodirektor spezielle Forschungen vor allem bezüglich der Bastardierung von Wild- und Haustieren betrieb. Als Bearbeiter habe ich mich zwar bemüht, den Charakter des Bandes zu erhalten, aber es mußten mehr als 300 sachliche Einfügungen vorgenommen werden, um neue Ergebnisse und vor allem Zahlenmaterial bringen zu können. Dies betrifft speziell die Erfolge des weltweit mehr oder weniger intensiv betriebenen Schutzes von Säugetieren. Ebenso wurde auf die erfreulichen Nachzuchten vom Aussterben bedrohter Tierarten in zoologischen Gärten und Tierparks hingewiesen. Die Erhaltung der ursprünglichen Lebensräume, ganz gleich ob es sich um tropische Regenwälder, Sumpfgebiete oder Moore handelt, ist ein großes Problem für die jetzige und die kommenden Generationen. Bedenklich muß vor allem die Tatsache stimmen, daß zumeist durch die Zerstörung von spezifischen Habitaten mehr als die Hälfte der von dieser Erde verschwundenen rezenten Tierarten seit 1900 ausgestorben ist.

Im Verlauf meiner Tätigkeit an der Martin-Luther-Universität Halle – Wittenberg, als Kustos im Wissenschaftsbereich Zoologie, der in der DDR als zentrale Sammelstelle für die vom Aussterben bedrohten Tierarten wirksam ist, hatte ich mehr als 30 Jahre die Möglichkeit, zahlreiche verendet eingelieferte Tiere zu untersuchen. Die im Rahmen der ökologischen Todesursachenforschung am Elbebiber, an der Wildkatze und am Fischotter erzielten Ergebnisse flossen auszugsweise in den Text ein. Wo das angebracht erschien, habe ich ferner eigene Beobachtungen oder Feststellungen verwendet, die wir im Verlauf von mehreren Expeditionen 1956 nach Nordchina, 1962 und 1964 sowie 1974 und 1975 in die Mongolische Volksrepublik und 1967/68 in Kuba treffen konnten.

Im Text wurde auf zusammenfassende Literatur über Säugetiere und auf Artmonographien hingewiesen. Dem interessierten Leser oder Benutzer des Bandes ist damit der Weg gewiesen, wo er sich über bestimmte Tierarten eingehender informieren kann.

Schließlich sei noch angefügt, daß die Autoren von neueren Publikationen aus periodischen Fachzeitschriften im Text in der Regel namentlich angeführt worden sind, aber aus Platzgründen im Literaturverzeichnis nicht zitiert werden konnten.

Museumsrat Dr. rer. nat. Rudolf Piechocki

Inhalt

Klasse Mammalia – Säugetiere

Einleitung

Die Mammalogie oder Säugetierkunde ist ein Teilgebiet der Zoologie oder Tierkunde. Sie behandelt die höchste und am besten organisierte Klasse des Tierreiches: die Klasse der Mammalia oder Säugetiere.

Auch der Mensch gehört dieser Klasse an. Er besitzt alle charakteristischen Merkmale, die zur Abgrenzung der Mammalia von anderen Tierklassen ausschlaggebend sind und muß, biologisch gesehen, als ein typisches Säugetier betrachtet werden. Bis vor einigen Jahrzehnten sah man im Menschen, bildlich gesprochen, die »Krone der Schöpfung«. Deshalb stellte man ihn im zoologischen System an das Ende der Stufenleiter des Tierreiches, die mit der Entstehung des ersten Lebens auf unserem Planeten vor wahrscheinlich 2,5 Milliarden Jahren beginnt. Damit stand er obenan in der höchststehenden Klasse der fossilen und rezenten Tierwelt, den Säugetieren, und in dieser in der aus dem Prosimii (Halbaffen) und Anthropoidea (Affen) zusammengesetzten Ordnung der Primaten. Die moderne Säugetier-Systematik hat sowohl die Primaten aus dem zu Unrecht von ihnen in Anspruch genommenen Stammbaumwipfel heruntergeholt als auch den Menschen als vorgebliches Nonplusultra des Tierreiches entthront! Der Grund ist das Vorliegen ausreichender Beweise dafür, daß die Primaten, mit Einschluß des Menschen, in animalischer Beziehung noch beträchtlich von anderen Ordnungen der Mammalia übertroffen werden. Das heute von der internationalen Säugetierforschung fast überall anerkannte Simpsonsche System der rezenten Mammalia stellt deshalb die der Forschung wesentlich progressiver erscheinenden Artiodactyla, die Paarhuftiere, an die Spitze nicht allein der Säugetiere und Vertebraten, sondern des gesamten Tierreiches in Vergangenheit und Gegenwart.

Was aber die tatsächlich erreichte Vollkommenheit der allgemeinen Gehirnentwicklung und -leistung innerhalb der Wirbeltiere, nicht nur der Klasse Mammalia, betrifft, so stehen nach wie vor die Primaten in ihrer hervorragendsten Familie Hominidae, Menschen, mit Abstand an oberster Stelle.

Das ist auch der Grund, weshalb – ausschließlich als Säugetierfamilie gesehen – die Hominidae in diesem Buche im speziellen unerörtert bleiben. Ihre Naturgeschichte gründlicher darzustellen ist als selbständigem Wissenschaftszweig der physischen Anthropologie, der biologischen Menschenkunde, vorbehalten.

Selbst zwischen der Familie Hominidae mit höchster Intelligenz und der ihr nahe verwandten, wahrscheinlich auch in dieser Beziehung am nächsten kommenden Familie Pongidae, Menschenaffen, klafft noch ein weiter Zwischenraum. Wenn wir heute, was noch vor wenigen Jahren undenkbar schien, bedingt in Zweifel ziehen müssen, ob die Menschenaffen tatsächlich den zweithöchsten Platz auf der Intelligenztreppe der Wirbeltiere einnehmen, so liegt das an den inzwischen gewonnenen geradezu sensationellen Ergebnissen wissenschaftlicher Intelligenztests bei gefangengehaltenen, gezähmten und dressierten Zahnwalen (Odontoceti), besonders Delphinartigen! Aber hier stehen wir noch am Anfang, und es muß Weiteres abgewartet werden, um bindende Feststellungen treffen zu können.

Bevor wir uns mit den animalischen Besonderheiten der Mammalia befassen, bedarf es zunächst einiger Worte, die die Bedeutung dieser arten- und formenreichen Wirbeltierklasse für den Menschen umreißen. Im Mittelpunkt der hier vorgetragenen Betrachtungen und Erörterungen steht prinzipiell der Mensch. Vom menschlichen Standpunkt aus werden sie getroffen, und nur für ihn sind sie von direktem Gewicht und Belang. Welche Bedeutungen hat also die Klasse Säugetiere für ihn und inwieweit hat sie unmittelbaren und mittelbaren Anteil daran, daß der Mensch seine gegenwärtige Kulturhöhe zu gewinnen und zu behaupten vermochte, ja noch zu steigern vermag? – Welchen Wert hat die wilde und domestizierte Säugetierfauna der Erde für die heutige menschliche Wirtschaft, Existenz und Bevölkerungszunahme?

Daß Bedeutung und Wert dieser Tiere für die Menschheit geradezu ungeheuer groß sind, erhellt allein schon die Tatsache, daß die mit weitem Vorsprung wichtigsten und unentbehrlichsten Haus- und Nutztiere Säugetiere sind. Drei Haussäugetiere stehen an der Spitze: Hausrind, Hausschaf und Hausschwein. In erster Linie ist das Rind als Milch- und Lederlieferant für die Menschheit unentbehrlich, das Schwein als wichtigster Produzent tierischen Fettes und das Schaf als Wollerzeuger. Gemeinsam stehen sie ferner noch heute unter den Spendern von Eiweiß für die menschliche Ernährung obenan, obwohl in dieser Beziehung am ehesten zu ersetzen, zum Teil durch Hausgeflügel und deren Eier, vor allem aber durch Meeresfische. Wir erleben mit, wie zwei andere Haustierformen, die bis in die erste Hälfte des 20. Jahrhunderts gleichwertig neben den drei anfangs genannten an der Spitze der Nutztiere standen, zunehmend an Bedeutung verlieren. Diese sind – als Reit- und Zugtier – das Pferd und als Milchlieferant die Ziege. Das Pferd muß dem Kraftfahrzeug im wesentlichen weichen, die unwirtschaftlichere Ziege wird von den besser ausnutzbaren Milch- und Wollschafen verdrängt. Das geschieht selbstverständlich nicht überall gleichzeitig. Dennoch ist diese Entwicklung wohl kaum aufzuhalten!

Soweit sie nicht in Gebieten, in denen Rinder und Hausschafe nur noch schlecht zu existieren vermögen, hauptsächlich als Milchspender benötigt werden, droht das gleiche Schicksal wie Pferd und Hausziege über kurz oder lang auch anderen »unmodern« gewordenen Nutz- und Haustierformen. Das gilt in erster Linie für den ostasiatischen Arbeitselefanten, mehr oder weniger für Dromedar, Trampeltier, Esel und Lama. Auf den asiatischen Hausbüffel, den innerasiatischen Yak, das feinste Wolle spendende Alpaka Südamerikas und besonders das Hausren im hohen Norden wird dagegen die Menschheit kaum so bald verzichten können.

Zu den Nutz- und Haustieren, deren Existenz noch sehr lange gesichert bleiben dürfte, gehören – neben Haushund und Hauskatze – auch jene kleinen, vom Menschen in Massen gezüchteten Säuger, die er in Forschung, Medizin und Industrie als wissenschaftliche und technische Versuchstiere benötigt, wie Hauskaninchen, Meerschweinchen, Goldhamster, Farbenratte und Laboratoriumsmaus. Der moderne Mensch bedarf dieser kleinen Säugetiere in zunehmendem Maße zum Testen von Infektionskrankheiten, Prüfen neuer Medikamente, Erproben neuartiger chirurgischer Eingriffe und zu vielem anderen mehr.

Bedingt zu Nutz- und Haustieren wurden seit kaum mehr als einem halben Jahrhundert auch die »Edelpelztiere«. Darunter verstehen wir zahlreiche mittlere und kleinere Wildsäugetiere, besonders Raubsäuger und Nager, deren Fell sich als so wertvoll erwies, daß man sie in Pelztierfarmen züchtet. Durch bewußte Zuchtwahl wurden und werden sie dort qualitativ unseren Bedürfnissen entsprechend von Generation zu Generation verbessert. Das betrifft – unter anderen – Silberfuchs, Polarfuchs, Zobel, Waschbär, Marderhund, den amerikanischen Nerz (Mink), Sumpfbiber (Nutria) und die südamerikanischen Hasenmäuse (Chinchillas).

Aber nicht nur wilde und gezähmte Landsäugetiere sichern in hervorragender Weise die Existenzvoraussetzungen des Menschen. Das trifft auch für die ausgesprochenen Wassersäugetiere wie Wale und die amphiboid lebenden Robben zu. Sie sind weltwirtschaftlich noch heute von nicht zu unterschätzender Bedeutung als Lieferanten hochwertiger technischer Schmiermittel und tierischer Rohfette für die

Nahrungsmittelindustrie, besonders die Margarinefabrikation. Viele Wildsäuger in allen Breiten nützen der Menschheit seit urdenklichen Zeiten als Jagdwild, von dem man Wildbret, Felle und mannigfache andere Rohstoffe gewinnt.

Sogar der Dung domestizierter Säuger wird von der Landwirtschaft dringend zur Ertragssteigerung benötigt. Einigen in brennholz- und kohlearmen Gegenden lebenden Völkern ist er außerdem in getrocknetem Zustand als das einzig verfügbare Brennmaterial unentbehrlich. Viele große und kleine Wildsäugetiere richten bedauerlicherweise in Kulturpflanzungen mitunter großen Schaden an, was ihre rücksichtslose Verfolgung erforderlich macht. Bei uns gilt das besonders für das Wildschwein.

Milliardenwerte gehen jährlich auf der Erde durch Rattenfraß oder Mäuse, Hamster, Bisamratten und andere Kleinsäuger verloren. Und nicht in jedem Falle ist der Mensch daran schuldlos. So erwuchs der Landwirtschaft Australiens durch die unbedachte Einbürgerung des europäischen Kaninchens ein Schädling, wie ihn dieser Erdteil vordem nicht kannte. – Einige Wildsäuger können der Menschheit und ihren Haustierbeständen gefährlich werden. Das trifft speziell auf Ratten und Mäuse zu. Einige Hundeartige sind als Tollwutüberträger gefürchtet. Gesundheitsschädigungen durch Wild- und Haussäuger können entweder direkt durch Zubiß, Krallenrisse, Zustoß mit Hörnern und dergleichen oder durch Übertragung von Krankheitserregern erfolgen. Hierzu gehören Ekto- und Endoparasiten, Bakterien und Viren, die zu Infektionskrankheiten bei einzelnen Menschen oder zu Seuchenzügen durch weite Gebiete führen, und Hautpilze, die Dermatomykosen (Hautflechten) hervorrufen.

Die Mammalia sind also unbestreitbar eine für die Menschheit in positiver und negativer Hinsicht sehr wichtige Wirbeltierklasse. Um so verwunderlicher ist es, daß über sie allgemein weniger stichhaltiges Wissen verbreitet ist als über andere Klassen des Tierreiches, zum Beispiel über die Vögel. Genaue Kenntisse über die Säugetiere sind aber, wie die eben eingestreuten wenigen Beispiele bewiesen haben dürften, wichtig und nicht zuletzt für das Gesamtwohl der Menschheit notwendig und nutzbringend.

Welche Charakteristika zeichnen nun sämtliche Säugetiere derart aus, daß wir uns dafür berechtigt halten, sie in der Wirbeltierklasse Mammalia zusammenzufassen? – Es gibt zwei wesentliche Merkmale. Der Name Säugetiere bezieht sich auf die Ernährung der Jungen durch das Muttertier mit der vom mütterlichen Organismus abgesonderten Milch. Das geschieht bei den Eigentlichen Säugern (Theria) über Milchzitzen, in denen die Ausführgänge mehrerer Milchdrüsen zusammentreffen. Der Name Mammalia ist abgeleitet von »mamma«, der lateinischen Bezeichnung für die mütterliche Milchbrustwarze oder Zitze.

Nun sind keineswegs die Weibchen sämtlicher Säugeordnungen im strengen Sinne dieses Wortes »Zitzentiere«. Der Besitz von Zitzen zeichnet lediglich die Weibchen der Theria oder Eigentlichen Säuger aus. Die Prototheria oder Ursäuger mit ihrer einzigen rezenten Ordnung Monotremata, (eierlegende) Kloakentiere, haben keinerlei Zitzenbildungen. Bei ihnen münden die einzelnen Milchdrüsen in verstreuten Inselchen des Bauchhaarkleides oder bei den Ameisenigeln in den Brustbeutel. Die Muttermilch, hier ein analoger Nährstoff, wird abgeschieden und von den Jungen aufgeleckt. Von einem richtigen Gesäugtwerden der Jungen kann also bei den Monotremata keine Rede sein!

Nun gibt es ein zweites, beiden Geschlechtern der Säugetiere gemeinsames Charakteristikum, den Besitz von echten Haaren. Es ist deshalb wiederholt versucht worden, »Säugetiere« durch »Haartiere« zu ersetzen, jedoch hat man sich wieder daran gestoßen, daß beispielsweise die Vertreter der Ordnung Cetacea, Waltiere, postnatal kaum noch oder überhaupt keine Haare am Körper aufweisen. Auch bei anderen Säugetierordnungen und -familien (Sirenia, Hippopotamidae) ist zuweilen ähnliches zu beobachten. Der Wissenschaft ist aber bekannt, daß das Fehlen des Haarwuchses bei diesen Säugern eine nur sekundäre Anpassungserscheinung an das Leben im Wasser darstellt. Embryonal ist nämlich ein Haarkleid angelegt und nachweisbar. Es verschwindet im weiteren Verlauf der Jungenentwicklung schon im Mutterleib wieder.

Funktionell hat das Haarkleid der Mammalia mehrere Aufgaben. Die wichtigste ist, mittelbar dazu beizutragen, daß die jeweilige arteigentümliche Körpertemperatur der Außentemperatur gegenüber möglichst konstant gehalten wird. Da es ein schlechter Wärmeleiter ist, haben wir in ihm eine über den Körper dieser gleichwarmen Tiere ausgebreitete Isolierschicht zu sehen. Sie bewahrt ihn einmal vor zur Unterkühlung führenden übermäßigen Wärmeenergieverlusten an die niedriger temperierte Umwelt, zum anderen vor zu reichlicher Wärmeenergiezufuhr bei höheren Außentemperaturen und direkter Sonnenbestrahlung. Beide Aufgaben kann das Haarkleid freilich nicht allein lösen, sondern nur mit anderen Organen und physiologischen Reglermechanismen gemeinsam. Dazu gehören bei einigen Säugetierarten die vor übermäßiger Wärmeabgabe schützenden inneren Fettpolster, zugleich Vorratskammern konservierter Wärmeenergiereserven des Stoffwechsels, falls die Außentemperatur unter die normale Körpertemperatur sinkt. Ferner gehören bei einigen Säugetieren die Schweißdrüsen dazu. Durch das Schwitzen wird ein Überhöhen der arteigentümlichen Körpertemperatur infolge des Verdunstungsvorgangs unterdrückt. Eine weitere unmittelbare Aufgabe des Haarkleides ist es, den Säugetierkörper nach Möglichkeit vor Verwundungen zu schützen. Durch seine Dichte, Glätte und Elastizität wirkt es bei Hufschlägen, Hornstößen und Prankenhieben von Artgenossen und Feinden als Stoßdämpfer. Auch Bisse und sonstige Zugriffe werden abgeschwächt oder unwirksam gemacht. Außerdem dient das Haarkleid als Wasserabweiser. Besondere Haarwirbel, Haarkämme und der Haarstrich, ferner die Einfettung durch Talgdrüsen, begünstigen das Lösen dieser Aufgabe. Darüber hinaus bildet das Rückgrat des bilateral-symmetrischen Säugetierkörpers eine Art Wasserscheide beim Ablaufen des Wassers nach beiden Körperseiten. Interessanterweise finden wir sie bei den mit dem Rücken nach unten im Geäst hängenden Faultieren umgekehrt angelegt.

Eine besonders wichtige Rolle spielen bei vielen Säugerarten, speziell bei Nachttieren und hauptsächlich unterirdisch lebenden, die in der Regel borstenartigen Tast- oder Sinneshaare. Gewöhnlich finden sie sich zahlreich am Kopf, können aber über den ganzen Körper verstreut sein. So haben die ausschließlich unterirdisch lebenden Nacktmulle *(Heterocephalus)* Nordafrikas zwar ihr sonstiges Haarkleid verloren, die über den ganzen Körper verteilten Tastborsten jedoch behalten. Auch bei den, wenn erwachsen, fast nackten Sirenen sind die Sinneshaare am Kopf erhalten und in Funktion geblieben.

Auf Duftstoffe abscheidenden Hautdrüsen oder um diese herum befinden sich bei verschiedenen Säugetierformen dichte Bürsten kurzer steifer Härchen. Sie verhindern, daß die Sekrete zu schnell in den gasförmigen Zustand übergehen, andererseits dienen sie zum aktiven Übertragen dieser Signalstoffe auf andere Tiere oder tote Dinge der Umwelt. Dort können die Duftsignale zweierlei anzeigen: dem anderen Geschlecht einen paarungsbereiten oder paarungsunlustigen (z. B. ein bereits trächtiges Weibchen) Geschlechtspartner oder die Kennzeichnung des individuellen Revier- oder Baubesitzes gegenüber artgleichen Konkurrenten. Ein solches Abstreifen von Duftstoffen – man bezeichnet das als Markieren – erfolgt beispielsweise beim Ein- und Ausschlüpfen durch jeden erwachsenen europäischen Hamster *(Cricetus cricetus)* an den Wänden seiner Bauzugänge mittels der bilateralsymmetrischen Flankendrüsenorgane und der unpaarigen Mittelbauchdrüse.

Was sind überhaupt Haare? – Über ihre stammesgeschichtliche Herkunft ist man sich noch nicht völlig im klaren. Es gibt eine Anzahl einander mehr oder weniger widersprechender Theorien. Sie sollen uns hier nicht beirren. Wir halten uns an das, was als gesichert betrachtet werden kann. Die meisten fadenförmigen Säugetierhaare sind verhornte Anhänge der Oberhaut. Länge und Dicke können sehr unterschiedlich sein. Ihr Unterteil, die Haarwurzel, ruht in einer Einbuchtung der Oberhaut, die als Haarfollikel oder Haartasche bezeichnet wird. Der freie aus der Oberhaut ragende Haaranteil wird Haarschaft genannt. Im Wachstum begriffenes Haar führt den Namen Papillenhaar. Bei ihm ist das untere Ende zur Haarzwiebel verdickt, in die sich die Haarpapille einstülpt. Die über der Papille abgrenzbare Zone der Haarbildungsszellen ist die Haarmatrix. Aus ihr erwächst der Haarschaft. Sobald ein Haar aus der Haut hervorsprießt, verhornt die Haarspitze und fortlaufend alles Nachwachsende, sobald es diese Grenzzone durchstößt. Ist das Haar schließlich fertig entwickelt, schrumpft vor dem Haarwechsel die Haarzwiebel ein und wird zum Haarkolben. Um die Haartasche, die aus einer inneren und äußeren Wurzelscheide zusammengesetzt ist, wird von der Lederhaut ein Haarbalg gebildet. In ihn sind Blutgefäße und Nervenendigungen einbezogen. Außerdem münden bei vielen Haaren auch Schweiß- und Talgdrüsen in ihn ein. Von den Schweißdrüsen und ihrer Funktion war bereits die Rede. Die Abscheidungen der Talgdrüsen dienen dem Einfetten des Haarkleides. Die Haarbalgmuskeln bewirken das Aufrichten der Haare, ein Vorgang, den wir als Haarsträuben kennen. Erregte Säugetiere wenden es als Drohgeste gegen Feinde und Imponiermittel gegen rivalisierende Artgenossen an, zum Teil drückt sich dadurch aber lediglich eine allgemeine Erregung gegenüber Umwelteinflüssen aus. So sträuben beispielsweise manche verängstigte Hauskatzen bei Gewitter das Haarkleid. Unerregte Tiere zeigen dagegen gewöhnlich ein durch Absenken der Haare glattes Fell. Hauptaufgabe der Beweglichkeit jedes einzelnen Haares im Haarkleid ist jedoch die dadurch bewirkte feinere Regelung des Temperaturausgleiches zwischen Körperinnerem und Außenwelt.

Über das Haarkleid der Säugetiere und seinen Aufbau sind wir besonders gut durch die spezielle Forschung von K. Toldt unterrichtet. Auf seine Schriften stützen sich – zum Teil wörtlich – die folgenden Ausführungen:

Jedes Haar ist im Prinzip aus drei Schichten zusammengesetzt. Diese können auf zwei reduziert sein. Es sind: erstens das hauchdünne Oberhäutchen, zweitens die Rindensubstanz und drittens die zentrale Marksubstanz. Die letzte kann fehlen oder Unterbrechungen in ihrem Verlauf aufweisen. Das Oberhäutchen besteht aus einer Schicht schuppenförmiger verhornter Zellen, deren Anordnung und Gestalt bei den Mammalia recht unterschiedlich sein können. Das bedingt, daß sich das Haarkleid mehr oder weniger rauh anfühlt. Die elastische Rindensubstanz bewirkt die Geschmeidigkeit des Haares. Sie wird aus spindelförmigen Zellen aufgebaut, zwischen die lufthaltige Spalten eingeschoben sind. Außerdem ist sie meist Träger der Haarfarbstoffe. Mitunter können diese Pigmente in der Marksubstanz enthalten sein. Jene besteht aus blasig eingetrockneten Zellen, die je nach Ordnung, Familie, Gattung und Art in Form und Größe beträchtlich wechseln, und ist reich an luftgefüllten Spalten. Jede Tierart besitzt einen arteigentümlichen Haaraufbau: deshalb können Menschen- und Säugetierhaarfunde in der Gerichtsmedizin als Beweismittel eine wesentliche Rolle spielen.

Im Säugetierhaarkleid, das eine ungeheure Oberflächenvergrößerung der Haut darstellt, sind zwei markante Haartypen zu unterscheiden: die eigentlichen, unter sich wieder deutlich differenzierten Fellhaare und die starken, oft sehr langen borstigen Tast- oder Spürhaare. Die zahlreichen »Schnurrhaare« im Gesicht der Katzen sind beispielsweise derartige Spürhaare. Bei diesem Haartyp erhält der mit Nervenendigungen reich versehene Haarbalg eine bedeutende Blutzufuhr, auch ist die Rindenschicht stark entwickelt. Das normale Fellhaar gliedert sich in der Regel in drei Formen auf, die in Feinbau und Färbung häufig recht unterschiedlich sind: in Leit-, Grannen- und Wollhaare. Die beiden ersten bilden gewöhnlich gemeinsam das Deckhaarkleid, die Wollhaare das dichte, oft filzige Unterhaarkleid. Die Leithaare haben in abgeschwächter Funktion eine ähnliche Aufgabe, wie die allerdings weit mehr dafür spezialisierten Tasthaare, sind jedoch mehr oder weniger regelmäßig über die ganze Körperoberfläche verteilt. Die oft im Oberteil kolbigen, dort gegenüber der Basis somit dickeren Grannenhaare sind viel zahlreicher als die Leithaare vorhanden und schützen den Tierkörper vor mechanischen Einwirkungen. Die von diesen drei Haartypen feinsten, kürzesten und gewöhnlich stark gekräuselten Wollhaare treten bei nicht in den Tropen lebenden Säugern sehr häufig weit zahlreicher auf als die beiden anderen, vor allem im Winterhaarkleid. Im allgemeinen sind sie durch ihre Feinheit und Kräuselung, aber auch dadurch, daß Grannenhaar (+) und Wollhaar (−) elektrisch verschiedene Ladungen aufweisen, miteinander und mit dem Deckhaar filzig verflochten. So wird ein optimaler Kälteschutz erreicht. Mähnen, Schöpfe, Schwanzquasten, Pferdeschweife usw. bestehen vorwiegend aus lokalisierten Ansammlungen von Leithaaren. Nicht selten treten derartige Bildungen als Geschlechtsunterschied (Geschlechtsdimorphismus) nur bei männlichen Tieren auf, während das zugehörige Weibchen sie nicht oder geringer ausgeprägt besitzt. In solchen Fällen spielen sie manchmal eine signalisierende Rolle bei der Gattenwerbung und als Imponiermittel bei den Ausscheidungs- und Rangordnungskämpfen der Männchen.

Im Verlauf der Entwicklung des einzelnen Säugetierindividuums lassen sich gewöhnlich zwei Jugendhaarkleider unterscheiden. Das erste bildet sich bei vielen Säugern schon während der Embryonalentwicklung, so daß die Jungen bereits behaart geboren werden, wie beispielsweise bei Wiederkäuern und Einhufern. Andere Säugetierarten bringen nackte Junge zur Welt (z. B. Mäuse), deren erstes Haarkleid erst postnatal zu sprießen beginnt. Das erste Jungenhaarkleid ist oft anders gefärbt als das erwachsener Altvertreter. In der Regel sind in ihm die erwähnten drei Fellhaartypen noch nicht oder kaum zu unterscheiden. Die Fellhaare bilden hier noch einen ziemlich einheitlichen feinen, wollig weichen Flaum. Meist schon nach wenigen Wochen wird das erste gegen das zweite Jugendhaarkleid – Stück um Stück – ausgewechselt. Das zweite besitzt kräftigere und differenziertere Haare und ähnelt in der Färbung weit mehr dem Haarkleid erwachsener Tiere. Die meisten Wildsäugetiere der gemäßigten und kalten Klimazonen wechseln im Frühjahr und Herbst, den jahreszeitlich bedingten Außentemperaturschwankungen entsprechend, ihre Haarkleider. Man spricht deshalb von Saisonhaarwechsel. Bei den Säugern des hohen Nordens und ausgesprochen tropischer Gebiete findet er gewöhnlich nicht statt. Zwar wechseln auch sie die Haare, jedoch allmählich. Übrigens vollzieht sich bei den Säugetieren gemäßigter Regionen der Austausch der Saisonhaarkleider normal durchaus nicht spontan, obwohl das vorkommen kann – beispielsweise bei den altweltlichen Kamelen. Meistens verläuft der Wechsel nicht gleichmäßig fortschreitend, von nur einem Ausgangspunkt aus, über den Körper. Häufiger tritt er sporadisch in Erscheinung, einmal hier, dann an anderer Stelle etwas, während dazwischen breite Felder noch vom alten Kleid bedeckt sind. Säugetiere, die sich in diesem Stadium befinden, zum Beispiel Rehe beim Wechsel des Winterkleides, erwecken dann in freier Wildbahn – nicht nur in zoologischen Gärten, wo das nicht selten zu Unrecht von Besuchern beanstandet wird – den Eindruck, sie seien krank. Das währt aber nur so lange, bis die gesamte Körperoberfläche erfaßt wird und die einzelnen Austauschflächen zusammengeflossen sind.

Das Winterhaarkleid ist im allgemeinen reicher an Wollhaaren, also dichter, meist auch länger als das Sommerkleid. Beide Haarkleider unterscheiden sich oft auffällig in der Färbung. Besonders gut ist das beim Reh zu beobachten, das im kürzeren Sommerhaarkleid leuchtend rotbraun, im Winterhaarkleid stumpf rostig eisengrau aussieht. Überhaupt ist die differenzierte Färbung der Säugerhaarkleider von vielfältiger Bedeutung im Existenzkampf ihrer Träger und für die Zoologen eines der Kriterien, sie als Arten oder Unterarten (Rassen) systematisch zu fixieren.

Unterklasse Prototheria – Ursäuger

Ordnung Monotremata – Kloakentiere

Monotremata würde wörtlich Einlochtiere heißen. Der wissenschaftliche Name kennzeichnet also treffend eine der zahlreichen Eigentümlichkeiten dieser Ursäuger (Prototheria), die sie von allen Eigentlichen Säugern (Theria) unterscheidet und die innerhalb der Klasse Mammalia nur ihnen zukommt. Er besagt, daß die zu dieser Ordnung gehörenden zwei rezenten, untereinander beträchtlich verschiedenen Familien mit drei Gattungen und (nach Haltenorth 1958) sechs (in 15 Unterarten aufgeteilten) Arten unter der Schwanzwurzel nur eine einzige Ausführöffnung besitzen. Sie und der zu ihr führende unpaare Gang dient sowohl der Exkrementation, dem Abscheiden von Harn, dem Austausch der Geschlechtsprodukte und der Ablage von Eiern. Alle anderen Säugetiere haben dafür zwei funktionell verschiedene Öffnungen. Eine, der After – sieht man von Duftstoffausscheidungen aus Afterdrüsen bei einigen Formen ab –, dient nur der Kotabgabe. Ein gleichartiges »Allzweckorgan« wie die Monotremata besitzen die Sauropsiden (Reptilien und Vögel). Bei ihnen führt es auch die Bezeichnung Kloake, tritt jedoch sprachlich nicht so unästhetisch in Erscheinung wie beim deutschen Ordnungsnamen der Monotremata. Diese körperliche Gemeinsamkeit mit Reptilien und Vögeln hat nämlich den Monotremata den bedauerlicherweise allgemeingültigen deutschen Namen Kloakentiere eingetragen.

Am besten charakterisiert man die Monotremata mit der zusammengesetzten deutschen Bezeichnung »Eierlegende Säugetiere«, denn diese ungewöhnliche Fähigkeit teilen sie mit keiner weiteren rezenten Säugetierart. Alle drei noch existenten Monotremata-Gattungen sind der Wissenschaft erst relativ spät bekanntgeworden. Das Schnabeltier wurde unter dem heute getilgten Gattungsnamen *Platypus* 1799 erstmals von Shaw wissenschaftlich beschrieben, der Kurzschnabel-Ameisenigel mit dem noch recht geläufigen, heute ebenfalls offiziell beseitigten Gattungsnamen *Echidna* 1798 von Cuvier und der Langschnabel-Ameisenigel mit der noch gültigen Genusbezeichnung *Zaglossus* 1877 von Gill. Lange schon vermutete man, daß diese Tiere Eierleger seien. Von der Wissenschaft wurde das aber als gegenstandslose Fabel abgetan. Der tatsächliche Nachweis gelang 1884 dem deutschen Zoologen Wilhelm Haacke beim Kurzschnabeligel und im selben Jahr dem englischen Naturforscher Caldwell beim Schnabeltier.

Jedes Monotremata-Junge besitzt einen Eizahn auf einem besonderen kleinen Eizahnknochen (Os carunculae) am Kopf, mit dem es beim Ausschlüpfen die Eischale sprengt, wonach beide genannten Strukturen wieder verschwinden. Die Fortpflanzung bei den ersten Säugetieren dürfte der der Monotremata ähnlich gewesen sein. – Als weitere Eigentümlichkeit zeigt ihr Skelett am Schultergürtel ein großes selbständiges Rabenschnabelbein und Nebenrabenschnabelbein (Coracoid und Epicoracoid). Weitere Besonderheiten sind in den speziellen Artbeschreibungen hervorgehoben. Erwähnt sei noch, daß die Monotremata ein Becken mit sogenanntem Beutelknochen aufweisen – sonst ein Charakteristikum der Marsupialia (Beuteltiere), nicht aber der Höheren Säuger. Bei den Ameisenigeln, allerdings nicht beim Schnabeltier, ist ferner während der Brutzeit und ersten Entwicklungsphase der ausgeschlüpften Jungen ein Brutbeutel vorhanden, der später wieder zurückgebildet wird. Die Mutter sondert dicke, gelbliche Milch ab, und die Jungen lecken sie auf. Etwa sieben Wochen bleiben sie in der Tasche, mittlerweile etwa 10 cm lang geworden. Sobald sich die Stacheln entwickeln, werden die Jungen im Bau abgelegt. Das Verbreitungsgebiet der Monotremata erstreckt sich über Teile Australiens, Neuguineas, Tasmaniens und einige benachbarte kleinere Inseln.

Die Körpergestalt der Kloakentiere ist zweifellos sehr altertümlich, doch gibt es keine sicheren Beweise, welche fossilen Reptilien ihre Vorfahren waren. Gleich wie der Stammbaum auch aussah, eine Reptiliengruppe vollbrachte vor rund 200 Millionen Jahren den Übergang zum Säugetier.

Familie Ornithorhynchidae – Schnabeltiere

Äußerlich weit ungewohnter als die ebenfalls Eier legenden Ameisenigel, die durch Stachelkleid, Gestalt und – was zumindest die kurzschnabligen Arten betrifft – auch durch ihre Schnauzenbildung schon stark an die echten Igel erinnern, wirkt auf den Betrachter das Schnabeltier *(Ornithorhynchus anatinus).* Die einzige Gattung *Ornithorhynchus* enthält nur diese rezente, in vier Unterarten aufgeteilte Art. Sie ist über Ostaustralien bis Kap York und über Tasmanien verbreitet und kommt noch in etwa 1650 m Höhe in und an kalten Gebirgsflüssen vor. Auf den ersten Blick, wenigstens solange man den absonderlichen Kopf außer acht läßt, ähnelt dieser dem Wasserleben stark angepaßte Schwimmsäuger etwas unserem Biber, andererseits dem Fischotter. Abgesehen vom Schnabel, ist der Körper mit einem dichten, feinen Fell von glänzend dunkelbrauner Farbe bedeckt. Es wird als kostbares Pelzwerk geschätzt.

Die Gesamtlänge des Schnabeltieres beträgt etwa 60 cm, wovon 15 cm auf den Schwanz entfallen. Er ist etwas in die Länge gezogen, rundum dicht behaart. Die Vorder- und Hinterfüße der kurzen kräftigen Beine tragen jeweils fünf starke Krallen, ferner Schwimmhäute. Die Schwimmhäute der Vorderfüße ragen beim Aufenthalt im Wasser nach vorn weit über die Grabkrallen hinaus. Läuft das Tier auf dem Lande, werden sie zurückgezogen. So können sie ihren Träger weder bei der recht raschen Fortbewegung behindern, noch werden sie dabei beschädigt oder abgenutzt. Auch die Hinterbeine weisen eine Besonderheit auf, die sich im Säugetierbereich nur noch bei den Ameisenigeln findet. An beiden Hinterfüßen tragen die männlichen Schnabeltiere nämlich einen nach hinten etwas einwärts gerichteten, abstehenden, spitzen Hornstachel, der einem besonderen Spornknochen des Hinterfußgelenkes aufsitzt. Dieser Stachel ist hohl, besitzt eine Ausflußöffnung und steht mit einer Drüse am Oberschenkel in Verbindung. Das durch den Sporn abgeschiedene Sekret hat sich anderen Tierarten gegenüber als giftig erwiesen. Allerdings ist noch nicht eindeutig geklärt, ob dieser Stachel der Verteidigung oder nur zum Auslösen der geschlechtlichen Erregung des Weibchens beim Paarungsspiel dient, also ein Reizorgan darstellt. Bei den Weibchen ist er nämlich einschließlich des zugehörigen Drüsensystems stark verkümmert und funktionslos. Vielleicht dient er den Männchen auch als Waffe bei Rivalenkämpfen, falls solche, was wir allerdings nicht genau wissen, ausgefochten werden.

Das am Schnabeltier äußerlich Eigenartigste ist der Kopf. Ohrmuscheln fehlen, obwohl das Tier vorzüglich hört. Die nur erbsengroßen Augen sind mit einer Nickhaut versehen. Der Kopf trägt ein elastisches, breites und plattes Horngebilde, das täuschend einem Entenschnabel ähnelt und wie ein solcher beim Gründeln nach Kleingetier im Schlamm gebraucht wird. Gegen den Haaransatz des Kopfes ist dieser weiche Schnabel nach oben und unten schildartig aufgewulstet und scharf abgegrenzt. Diesem Charakteristikum verdankt das Tier seinen bezeichnenden wissenschaftlichen Namen *Ornithorhynchus* = »Vogelschnabel«. Überraschend ist, daß nicht nur im embryonalen Stadium 34 Zähne im Keim angelegt sind, sondern im Kindesalter 12 davon (auf jeder Seite oben 1 Prämolar und 2 Molaren, unten 3 Molaren) als Milchgebiß zum Durchbruch kommen. Diese Zähnchen aus echter Zahnsubstanz erinnern in Struktur und

Schnabeltier *(Ornithorhynchus anatinus).* Eierlegender Ursäuger mit zahnlosem Hornschnabel und Schwimmhäuten an allen Füßen. Heimat: Tasmanien und Australien

Aussehen noch stark an die Zähne der Microleptidae, also frühester mesozoischer Säugetierformen. Ihr Bestand ist nur von kurzer Dauer, denn sie werden bald im Ober- und Unterkiefer durch je zwei schmale lange und breite kurze, harte, aber elastische Hornplatten ersetzt. Unter den Futtertieren des Schnabeltieres befinden sich recht hartschalige Mollusken. Diese knackt es zwischen den Hornplatten von Ober- und Unterkiefer auf.

Das normale Alter der Schnabeltiere beträgt in Freiheit mindestens 10, vielleicht sogar bis 30 Jahre. Schnabel und Verdauungstrakt weisen noch weitere Besonderheiten auf. Viele feine mit dem Trigeminusnerv verbundene Tastkörperchen am Schnabel machen ihn zu einem sehr empfindlichen Instrument bei der Nahrungssuche unter Wasser. Ferner ist er nicht nur zum Zerquetschen, sondern auch als Seihgerät ausgebildet. Das beim Gründeln nach Nahrungstierchen mit aufgenommene Schlammwasser fließt an beiden Unterschnabelrändern, die mit Querfurchen versehen sind, sofort wieder ab, die Nahrung bleibt im Schnabel zurück. In der Mitte des inneren Oberschnabels erheben sich Querrunzeln, die Zunge ist mit Hornzähnen ausgestattet.

Angeblich nur während der Morgen- und der Abenddämmerung – jeweils für etwa eine Stunde – geht das Schnabeltier auf Nahrungssuche. Es schwimmt kräftig und geschickt, häufig an der Oberfläche des Wassers; dabei wird mit den Vorderbeinen gepaddelt und mit den Hinterbeinen gesteuert. Es soll bis 10 Minuten lang tauchen können, vor allem, wenn sich das sehr scheue Tier beobachtet fühlt. Wenn bedroht, schwimmt es häufig sofort der unter Wasser mündenden Zugangsröhre seines Erdbaues zu und zieht sich ungesehen in ihn zurück. Das war einst Anlaß dafür, dem Tier viel längere Tauchzeiten zuzuschreiben.

Als Schwimmsäuger bewegt sich das Schnabeltier sehr gewandt im feuchten Element, und sein Tauchen bei drohender oder vermuteter Gefahr geschieht äußerst rasch. Unter Wasser bleiben Augen und Gehörgänge durch Hautfalten verschlossen, dafür treten weitgehend die Schnabeltastkörperchen in Aktion. Die ergründelte Beute wird unter Wasser zunächst in geräumigen Backentaschen – wie wir sie von den Hamstern kennen – aufgespeichert. An der Wasseroberfläche läßt sich das Tier dann treiben, während es seine bis dahin aufgesparte Ausbeute im Schnabel Stück für Stück zerquetscht. Würmer, Schnecken und Muscheln sind die wichtigsten Nahrungstiere. Es werden große Mengen davon verzehrt. Die im Bronx-Zoo von New York ab 1947 gehaltenen, eineinhalb Kilo wiegenden Schnabeltiere verzehrten täglich je Exemplar 500 g Regenwürmer, zwei Dutzend große Krebse, zwei gekochte Eier sowie eine Handvoll Schaben oder

Mehlwürmer. Die Nahrungsbrocken gelangen in den bei allen Monotremata sehr einfach gebauten Magen, der wie ein normaler Vogelkropf, also lediglich als inneres Speicherorgan, funktioniert. Ihm fehlen nämlich, wofür es keinerlei Beispiele im Säugetierreich mehr gibt, jegliche Verdauungsdrüsen. Die Verdauung findet erst hinter dem Magen im Darm statt. Eine relativ große Gallenblase an der mehrlappigen Leber weist jedoch darauf hin, daß das Schnabeltier überwiegend tierische Nahrung zu sich nimmt, obwohl auch allerlei Pflanzenteile, Algen und Sand mit in den Magen-Darmtrakt gelangen.

Die Sinnesleistungen scheinen recht gut zu sein, nur das Riechvermögen ist weniger entwickelt.

Das Schnabeltier ist außerordentlich standorttreu und verläßt nur notgedrungen sein Revier, anscheinend nur dann, wenn sein Wohngewässer völlig auszutrocknen oder zu verlanden droht. Mit den Krallen gräbt es Erdbauten, die unterirdisch an steilen Uferböschungen nach oben führen. Der Wohnkessel liegt so hoch, daß er bei Hochwasser in der Regel nicht überflutet wird. Die Einfahrtsröhre mündet, wie schon erwähnt, unter dem Wasserspiegel. An Land findet sich meist noch ein zweiter Ausgang, der vorwiegend der Belüftung des Baues dient, wie wir ähnliches auch bei den Bauten unseres Maulwurfes finden. Übrigens wird das Schnabeltier in Australien und Tasmanien oft, natürlich völlig unzutreffend, als Wassermaulwurf bezeichnet. Man hat Schnabeltiere einzeln und paarweise in geöffneten Erdbauten angetroffen. Trächtige Weibchen sondern sich von ihren Männchen ab. Sie polstern den in etwa 1 m Tiefe liegenden Brutkessel mit weichen Pflanzenteilen, vor allem Eukalyptusblättern, aus. Ungefähr 30 Tage nach der gewöhnlich in den August fallenden Paarungszeit legt das Muttertier ein bis drei Eier in dieses Nest. Sie sind sehr dotterreich und besitzen – wie auch die Eier vieler Reptilien – eine pergamentartige Schale ohne Kalkinkrustierung. Im Verhältnis zur Größe des mütterlichen Schnabeltieres, das sie in der Regel

Brutnest des Schnabeltieres mit zwei Eiern. Eigröße (Münze zum Vergleich) etwa 1,5 · 1,7 cm. Brutdauer in Erdhöhle rund zehn Tage. Das Muttertier brütet

zehn Tage lang bebrütet, sind sie winzig. Ihre Länge beträgt bestenfalls 1,8 cm, die größte Breite 1,5 cm. Während des Brütens verläßt das Muttertier die Bruthöhle nicht, bleibt also ohne Nahrung. Die ausgschlüpften Jungen sind sehr klein und noch typisch relativ unentwickelte Embryonen. Sie wachsen nur langsam und erreichen 50 Tage nach dem Schlüpfen erst ungefähr 6 cm Gesamtlänge. Ihre Augen öffnen sich sehr spät, 70 bis 80 Tage nach dem Verlassen des Eies. Die Ernährung geschieht an zwei Drüsenfeldern auf der Unterseite des Muttertieres, die eine milchähnliche Flüssigkeit absondern. Da bei der Mutter Saugzitzen nicht einmal andeutungsweise vorhanden sind, müssen die Kleinen diese Nahrungsausschwitzungen von den Haaren ablecken. Wenn die jungen Schnabeltiere im Alter von vier Monaten die halbe Körperlänge erwachsener Exemplare erreicht haben, verlassen sie zum ersten Male die Bruthöhle. Sie sind dann voll ausgebildet und behaart. Zur normalen Paarungszeit im August des nächsten Jahres sind sie selbst geschlechtsreif.

Der Körper der Schnabeltiere ist von einem Hautmuskelschlauch umhüllt, der ihnen ein weitgehendes Zusammenrollen ermöglicht. Die Körpertemperatur ist im Gegensatz zu der höherer Säugetiere nicht konstant, sondern kann sich zwischen 28 und 35 °C bewegen. Während eines winterschlafähnlichen Zustandes, in den die Weibchen in den Monaten Juni und Juli verfallen und der alle vier Tage zur Nahrungsaufnahme unterbrochen wird, nähert sich die Körpertemperatur sogar der Umgebungstemperatur.

Seit 1905 stehen die Schnabeltiere unter Naturschutz. In Gefangenschaft gezüchtet wurden sie erstmals 1943 im Sir MacKenzie Sanctuary in Healesville bei Melbourne.

Familie Tachyglossidae – Ameisenigel

Betrachtet ein Nichtfachmann in einem Museum die nebeneinander zur Schau gestellten Präparate eines Schnabeltieres und eines Ameisenigels, so haben beide Tiere für ihn äußerlich fast nichts miteinander gemein. Er wird sie als völlig verschiedene Tiere ansehen. Lediglich der für die Monotremata charakteristische hohle Hornsporn, der Giftstachel, fällt ihm vielleicht als einziges gemeinsames Merkmal auf. Ihn tragen die männlichen Ameisenigel ebenso an den Fersen der beiden Hinterfüße wie die männlichen Schnabeltiere. Allerdings sind diese Sporen bei den Ameisenigeln kleiner, doch bisher erwies sich nicht, daß sie giftig sind. Die Augen der Ameisenigel sind auch nicht mit einer Nickhaut versehen. Die Langschnabel-Ameisenigel der Gattung *Zaglossus* besitzen im Gegensatz zu den Vertretern der Kurzschnabel-Ameisenigelgattung *Tachyglossus* kleine Ohrmuscheln. Ansonsten stimmen bei diesen Ursäugern das Skelett, die Organe, das Verdauungssystem, der Urogenital-Apparat und der merkwürdige Fortpflanzungszyklus prinzipiell überein. Die Vertreter der Gattung *Tachyglossus* (= Schnellzüngige), weisen also die gleiche Mischung von primitiven Säuger- und Reptilienmerkmalen auf wie die Schnabeltiere. Ameisenigel sind plumpe, gedrungene Tiere. Die Kurzschnabeligel, von denen der australische Ameisenigel *(Tachyglossus aculeatus)* am häufigsten in zoologische Gärten kommt, erreichen einschließlich des kurzen Schwanzes Gesamtkörperlängen von 50 cm. Die Masse erwachsener Tiere schwankt von 2,5 bis 3,5 kg. Zum kurzen Schnabel stehen die sehr kurzen Beine zweifellos in Wechselbeziehung. Sie lassen wenig Zwischenraum zwischen Körperunterseite und Erdboden. Die Langschnabeligel dagegen besitzen wesentlich längere Beine, bedürfen folglich eines längeren Röhrenschnabels, der an einen Elefantenrüssel erinnert. Überhaupt muten diese bis 40 cm hohen und bis 80 cm langen Tiere in mancher Hinsicht wie kleine Elefanten mit langem lichtem Igelstachelkleid an. Dies gilt besonders für den wiederholt in europäischen Tiergärten gezeigten Schwarzstachligen Langschnabel-Ameisenigel *(Zaglossus bruijni nigroaculeatus)* aus Südwest-Neuguinea. Von den drei Arten Langschnabel-Ameisenigeln, die alle auf Neuguinea (mit Einschluß der Salawati-Insel) beschränkt sind, kennen wir übrigens Unterarten, die kaum Stacheln tragen oder nur kurze, die unter dem langen Rückenhaarkleid verborgen bleiben. Stets jedoch kommen Haare und Stacheln in der Körperbedeckung der Ameisenigelarten nebeneinander vor.

Wenn in bezug auf die Schnauzenbildung bei beiden Ameisenigelgattungen ebenfalls von »Schnäbeln« gesprochen wird, so machen diese bei der einen Gattung kurzen, bei der an-

Kurzschnabel-Ameisenigel *(Tachyglossus aculeatus)*. Legt als Ursäuger Eier unmittelbar in die Bruttasche am Körper, in der das Junge erbrütet wird. Heimat: Australien, Neuguinea, Tasmanien

deren langen, runden, mit Horn überzogenen Röhren auf uns weit weniger den Eindruck eines wirklichen Vogelschnabels als etwa der ausgesprochene Entenschnabel von *Ornithorhynchus anatinus.* Diese Röhrenschnauzen erinnern eher an die Schnauzenpartien der südamerikanischen Ameisenbären und altweltlichen Schuppentiere. Und tatsächlich funktionieren sie ihnen einigermaßen entsprechend. Die vordere Maulspalte ist sehr eng und dient lediglich dem Ein- und Austritt der lang vorstreckbaren runden, wurmförmigen Zunge. Große Speicheldrüsen halten die Zunge feucht und klebrig. Sie wird in Ameisen- und Termitenbauten eingeführt und dann mit den daran haftenden Insekten ins Maul zurückgezogen. Zähne fehlen bei den Ameisenigeln. Jedoch ist die Zunge am Grunde mit Hornstacheln zum Zerquetschen der Nahrung an den hornigen Gaumenleisten ausgestattet. In Anpassung an ihren Lebensraum, in dem witterungsbedingt oft lange Zeit keine Insekten zu finden sind, können Ameisenigel ohne weiteres gut einen Monat fasten. *Tachyglossus aculeatus* hält einen Winterschlaf, wobei die Körpertemperatur bis auf 8,9 °C sinkt. Wie bei ihrem speziellen Nahrungserwerb zu erwarten, ist der Geruchssinn der Ameisenigel besonders gut ausgebildet, ebenso das Gehör und der Tastsinn im vorderen Bereich der Zunge. Das Sehvermögen ist am schwächsten entwickelt, aber noch relativ gut. Der innere Feinbau der Augen bei den Monotremata weist mit hoher Wahrscheinlichkeit darauf hin, daß diese Tiere Farben nicht sehen und unterscheiden können.

Die der Wissenschaft seit Ende des 18. Jahrhunderts bekannten Kurzschnabeligel tragen an jedem Fuß fünf kräftige Krallen. An den Hinterfüßen ist die zweite Kralle in eine lange Putzkralle umgewandelt. Bei den 79 Jahre später beschriebenen Langschnabeligeln kommen Arten und Unterarten vor, bei denen die vierte und fünfte Kralle an den vier Füßen so stark zurückgebildet sind, daß man anfangs glaubte, die Vertreter dieser Gattung generell als Dreikrallen-Ameisenigel kennzeichnen zu können. Ein so entscheidendes Merkmal ist das indessen nicht, wie sich an später entdeckten Arten der Gattung *Zaglossus* zeigte, beispielsweise an *Zaglossus bartoni*. Letztere tragen wie die Kurzschnabeligel je fünf Krallen an den Füßen. Prinzipiell besitzen also auch die Langschnabeligel insgesamt 20 Krallen.

Durch ihre starken Grabkrallen sind alle Ameisenigel in der Lage, sich bei Gefahr sehr schnell mit allen vier Füßen zugleich einzugraben. Sie versinken förmlich vor dem Beobachter in die Erde. Nach oben hin schützt sie, vor allem die kurzschnabligen, der Stachelpanzer. Bei ihnen stehen die kräftigen Stacheln relativ dicht und sind oben zugespitzt. Bei den Langschnabeligeln ist das Stachelkleid nicht selten zurückgebildet und schütter geworden, überdies sind die Stacheln oben stumpf. Sie machen den Eindruck von dicken, in die Haut gesenkten Drahtstückchen, die oben mit der Kneifzange abgezwickt wurden. Auch bei diesen weniger bewehrten Tieren ist es – wie bei den Kurzschnabeligeln – unmöglich, ein reichlich mit Stacheln ausgestattetes eingegrabenes Exemplar aus seiner Grube herauszuheben. Es klammert sich darin nämlich so fest und füllt sie so gut aus, daß ein Herausholen nur mit Werkzeugen möglich ist. In dieser Abwehrreaktion erinnern sie stark an die südamerikanischen Gürteltiere. Werden Ameisenigel auf hartem, steinigem Untergrund überrascht, rollen sie sich wie echte Igel ein. So ruhen sie auch in Felsspalten oder hohlen Bäumen. In Gebirgsgegenden gehen sie noch höher als das Schnabeltier. In den von ihnen besiedelten Wald- und Buschsteppenlandschaften bevorzugen sie steiniges Gelände und leben dort als Einzelgänger. Die Hauptaktivität entfalten sie vom frühen Nachmittag bis in die Dämmerung. An Orten, an denen sie nicht gestört werden, zeigen sie sich auch tagsüber. Gemächlich laufend, wälzen sie mit ihren Krallen Steine um, zerstören Termiten- und Ameisenbauten und lecken mit ihrer langen Zunge die freigelegten Insekten auf.

Paarungszeit ist im Juni und Juli. Die Paarung wird – abweichend von den meisten anderen Säugetieren – Bauch gegen Bauch vollzogen. Etwa einen Monat später erfolgt die Eiablage. Brutpflege und mütterliche Fürsorge weichen beträchlich von denen des Schnabeltieres ab. Die Kloake tritt so weit vor, daß die meist ein bis zwei Eier direkt in den nur zur Brutzeit von der Bauchdeckenmitte abklaffenden Brutbeutel, das Inkubatorium, abgelegt werden können. Wie schon erwähnt, fehlt dem Schnabeltier ein solcher Brutbeutel. An den zwei offenen Milchdrüsenfeldern am Bauch fungieren zwei Abtropfhaarbüschel, die in den Beutel münden, als Zitzenersatz. Das eintropfende mütterliche Nährexkret wird von den nach sieben- bis zehntägiger Brutzeit im Beutel geschlüpften winzigen Jungen aufgeleckt. Nach sechs bis acht Wochen, wenn die Stacheln an den dann etwa 8 bis 9 cm langen Jungen zu sprießen beginnen, quartiert das Muttertier die noch blinden Kleinen aus dem Beutel aus und legt sie in einem Nest ihres Unterschlupfes ab. Dort sucht es von Zeit zu Zeit die Jungen auf, um sie zu nähren. Sind sie soweit herangewachsen, daß sie unter dem Schutz der Mutter den Schlupfwinkel verlassen können, wird die erste selbstgesammelte Kleintiernahrung aufgenommen. Im Berliner Zoologischen Garten gelang es bereits um 1900 mehrfach, ein Kurzschnabeligelpaar zur Fortpflanzung zu bringen. Einmal glückte sogar die Aufzucht eines Jungen bis vier Monate nach seiner Entdeckung im Brutbeutel. Da es schon 8 cm lang war, dürfte es bereits etwa zwei Monate im Beutel verborgen gewesen sein, im ganzen also seit dem Ausbrüten ein Alter von rund sechs Monaten erreicht gehabt haben. Das war – als erste Aufzucht eines Monotremata-Vertreters in Gefangenschaft – ein seinerzeit geradezu sensationelles, die Wissenschaft ungemein bereicherndes Ereignis. Später glückten derartige Zuchten wiederholt. In Freiheit und in zoologischen Gärten hat sich erwiesen, daß Kurzschnabel- und Langschnabeligel bis etwa 30 Jahre alt werden können. Das bisher bekannte Höchstalter beträgt 50 Jahre. Es sind also sehr dankbare Pfleglinge. Daß man sie nur selten in Tiergärten zu sehen bekommt, hat die erfreuliche Ursache, daß sie in ihrer Heimat unter Schutz stehen. Sie dürfen nur mit besonderer Genehmigung gefangen und ausgeführt werden. Ihre Ernährung in zoologischen Gärten entspricht weitgehend der der südamerikanischen Ameisenbären, afrikanischen Erdferkel und eurasischen Schuppentiere mit einem gehaltvollen aufleckbaren Ersatzfutter aus Hackfleisch, Eiern, Vollmilch, Grieß, Ameisenpuppen, Mehlkäferlarven, Regenwürmern und ähnlichem.

Unterklasse Theria – Eigentliche Säuger
Teilklasse Metatheria – Beutelsäuger

Ordnung Marsupialia – Beuteltiere

Keine weitere Ordnung der Klasse Mammalia stellt sich dem Beobachter und der Wissenschaft in gleicher Formenvielfalt, physiologischer, ethologischer und ökologischer Verschiedenheit und ebenso durch bedeutende Größen- und Gewichtsdifferenzen unter ihren zahlreichen rezenten Vertretern dar wie die Ordnung der Beuteltiere. Haltenorth umriß 1958 treffend und knapp die schon äußerliche Mannigfaltigkeit, in der sich zugleich oft die Unterschiedlichkeit in der Lebensweise abzeichnet, mit dem Satz: »Sehr wechselnd, von maulwurfartig plump und sehr niedrigläufig bis schlank und hochbeinig, von spitzmausklein bis riesenkänguruhgroß; Körperhöhe rund 3-150 cm, Gesamtlänge (d. h. einschließlich des Schwanzes) 10-200 cm.« Dabei trifft »bis riesenkänguruhgroß« lediglich auf die rezenten Beuteltiere zu. Das geologisch älteste Vorkommen von Beutlern (Beutelratten) ist aus der jüngeren Kreide Nordamerikas bekannt. Unter den ausgestorbenen Beuteltierformen des vorgeschichtlichen Australiens hatte es sogar flußpferdgroße Arten gegeben. Diese Größenordnung erreicht das wahrscheinlich recht kaninchenähnliche und als Pflanzenfresser entsprechend harmlose *Diprotodon.*

Bemerkenswerterweise werden innerhalb der Ordnung Marsupialia viele Formen anderer, höher organisierter Säugetierordnungen (Eutheria) von der Natur »primitiver« kopiert oder besser, vorweggenommen. Es muß aber betont werden, daß es sich dabei keineswegs um stammesgeschichtliche Frühstufen von Vertretern der Eutheria handelt, sondern lediglich um Konvergenzen, also Ausbildungen analoger, nicht jedoch homologer Natur.

Wenn auch eine Katzenkopie innerhalb der Marsupialia noch nicht aufgefunden werden konnte, so hat es doch in Tasmanien und früher in Australien, vielleicht auch auf Neuguinea, eine Beuteltier-Imitation der Canidae, der Hunde, gegeben. Das war der in jüngster Vergangenheit auch in Tasmanien allem Anschein nach ausgerottete Beutelwolf *(Thylacinus cynocephalus).* Allerdings sollen – andern Quellen zufolge – doch noch wenige Exemplare des größten Raubbeutlers, seiner Rückenstreifen wegen auch »tasmanischer Tiger« genannt, in schwer zugänglichen Bereichen an der Nordwest- und Nordostküste Tasmaniens leben. Überhaupt ist das unsinnige Ausrotten vieler einzigartiger Beuteltierformen durch die weißen Einwanderer im gesamten großaustralischen Marsupialia-Verbreitungsraum innerhalb der letzen 100 Jahre zu beklagen.

Das erste Auftreten von Vertretern der Marsupialia liegt erdgeschichtlich bereits mindestens 135 Millionen Jahre zurück. In der Oberen Kreide lebten Beuteltiere im heutigen Europa. In jener Periode entstand das gegenwärtige Erdbild in einigen Grundzügen. Das Klima war aber noch beträchtlich wärmer als in der Jetztzeit. Im Zuge der ständigen Klimaverschlechterung vom Teritär bis ins Pleistozän und durch die sie bald überflügelnden progressiven Höheren Säuger vermochten die Marsupialia nur an wenigen günstigen Refugien bis in unsere Gegenwart zu überleben.

Ein Monopol hatten sie auf dem australischen Festland und benachbarten Inseln, da es dort noch keinerlei Eutheria gegeben haben dürfte, weil dieser Erdteil schon sehr früh den Zusammenhang mit anderen Erdteilen verlor. Außer dem von eingewanderten Ureinwohnern nach Australien gebrachten Dingo, mehreren »zugeflogenen« bzw. durch Stürme verwehten Vertretern der Chiroptera (Flattertiere) und einigen kleinen, unter Umständen auf Treibholz gelandeten und heimisch gewordenen rattenähnlichen Nagern existierten zur Zeit der Entdeckungsreisen (1770 bis 1779) von James Cook auf dem australischen Festland keine Höheren Säugetiere. Von der recht aktiven und noch immer progressiven Familie der Kletterbeutler (Phalangeridae) drang die Gattung *Phalanger*, die ratten- bis katzengroßen Kuskuse, mit zahlreichen Arten und Unterarten sogar bis auf benachbarte südostasiatische Inseln (Sulawesi, Timor und andere) vor.

Abgesehen vom großaustralischen Raum, gibt es nur noch in Amerika zwei für diesen Doppelkontinent charakteristische Beuteltierfamilien: die Beutelratten (Didelphidae) und die Opossummäuse (Caenolestidae). Die insektenfressenden Opossummäuse sind, soweit bekannt, auf das Andengebiet von Südvenezuela bis Südchile beschränkt und – wenn auch anatomisch durch ordnungstypische Beutelknochen sowie den nach ihnen gebogenen Winkelfortsatz (Processus angularis) beider Unterkieferhälften eindeutig als Marsupialia ausgewiesen – noch so ursprünglich, daß ihnen das namengebende Beutler-Attribut, nämlich der die winzigen Jungen bergende Beutel, fehlt. Ihre fest an den freiliegenden Zitzen hängenden Jungen, die anfangs nicht größer als ein Reiskorn sind, werden offen vom Muttertier mitgeschleppt. Die Beutelratten hingegen darf man mit vollem Recht als die progressivste rezente Beuteltierfamilie bezeichnen. Ihre 76 Arten sind über Südamerika und Mittelamerika weit verbreitet. Die Gattung der eigentlichen Opossums (*Didelphis*) gewinnt darüber hinaus noch immer an Verbreitungsraum in Nordamerika. Es sind typische Kulturfolger, die sich sogar in Großstädten ansiedeln.

Um sie braucht uns also kaum »bange« zu sein, wohl aber um die endemische Beuteltierfauna des großaustralischen Verbreitungsraumes. Denn diese ist auf Grund ihrer Millionen Jahre andauernden früheren Isolierung dem heutigen raschen Überlagertwerden durch ständig neue Arten vom Menschen eingeschleppter und dann in Massen vermehrter domestizierter (Pferde, Rinder, Hausschafe, Hunde, Katzen) und wilder höherer Säugetiere (Hirsche, Kaninchen, Mungos usw.), ganz abgesehen von der Ausrottungssucht des Menschen, dem Kampf ums Dasein nicht mehr hinreichend gewachsen. Ohne großzügige und mit Nachdruck durchgeführte Schutzmaßnahmen dürfte deshalb die australische Beuteltierfauna zum größten Teil zum Aussterben verurteilt sein. Fast zu spät hat man über 20 vor Westaustraliens Küste liegende Inseln als natürliche Reservate ausgewählt. Die Felsklippen bewohnenden Beuteltiere können auf kleiner Fläche überleben. Arten, die die Vegetationsdecke zum Schutz und verschiedene Sukzessionsstadien von Pflanzen zur Nahrung brauchen, haben die größten Raumansprüche. Die Minimalpopulation zur Arterhaltung liegt bei den Beuteltieren zwischen 200 und 500 Individuen.

Alle Marsupialia sind lebendgebärend. Mit Ausnahme der Familie Peramelidae (Nasenbeutler) und der Gattung *Dasyurus* bilden die Beuteltiere, im Gegensatz zu fast allen Eutheria, während ihrer generell kurzen Trächtigkeitsdauer *keine* Mutterkuchen (Placenta) aus. Am Skelett aller Beutler fällt allgemein die geringe Entwicklung der Schädelhöhle und damit des Gehirns auf. Wie schon kurz bei den südamerikanischen Opossummäusen erwähnt, sind außerdem nahezu sämtliche Beuteltiere an ihrem Unterkieferskelett erkennbar. An den Beuteltierunterkiefern ist nämlich beiderseits der Winkelfortsatz mehr oder weniger stark einwärts gebogen, bei den Eutheria in der Regel nicht. Aber auch dem Rüssel- oder Honigbeutler *(Tarsipes spensera)* fehlt dieses Merkmal.

Das zweite Hauptmerkmal fast aller Beutler ist der Besitz zweier schon bei den Monotremata vorhandenen Beutelknochen (Ossa marsupialia) am Schambein (Pubis) beider Geschlechter. Nur beim Beutelwolf sind sie zurückgebildet. Die eigentliche Bedeutung und stammesgeschichtliche Herkunft der Beutelknochen ist noch unklar. Sie wirken zwar sekundär bei beuteltragenden Marsupialia als knöchernes Stützgerüst der Beutel. Das dürfte jedoch nicht ihre primäre stammesgeschichtliche Aufgabe gewesen sein, da sie unter den Kloakentieren bei den beutellosen Schnabeltieren und unter den Marsupialiern bei den beutellosen Opossummäusen ebenfalls vorkommen.

Zufolge von Anpassungen an die sehr unterschiedliche Ernährungsweise kann über das Beuteltiergebiß Allgemeingültiges nicht ausgesagt werden. Gemeinsam ist allen Beutlergebissen, daß der hinterste Prämolar gewechselt wird. Sonst gibt es keinen Zahnwechsel vom Milchgebiß zum Altersgebiß. Die Gebärmuttertragzeit ist je nach Art unterschiedlich, aber nur kurz. Die Extreme liegen nach unseren bisherigen Kenntnissen zwischen 8 und 42 Tagen. Bei einigen Arten stirbt ein Teil der Jungen schon vor der Geburt ab, weitere danach, da oft viel mehr Junge geboren werden, als mütterliche Zitzen vorhanden sind. Die Geburtsgröße der in verhältnismäßig frühem embryonalem Stadium zur Welt kommenden nackten und blinden Jungen bewegt sich zwischen 0,5 und 3 cm. Das an den vorderen Gliedmaßen mit Krallen zum Festklammern ausgestattete Neugeborene klimmt nach der Geburt selbständig bis zur nächsten, von einem anderen Jungen noch nicht benutzten Zitze und saugt sich dort fest. Eine aktive Hilfe durch die Mutter erfährt das Junge dabei nicht, es sei denn, daß eine spezielle Geburtsstellung eingenommen oder ein Kletterweg durch die Mutter markiert wird. Hat es eine Zitze »erobert«, so schwillt diese am Ende etwas an. Dadurch erhält das winzige Saugjunge einen festen Halt, keinesfalls verwächst es mit der Mutter. Die Säugezeit beträgt im Mindestfalle etwa 65 Tage. Schutz im mütterlichen Beutel findet das heranwachsende Junge bei einigen beuteltragenden Arten noch bis ungefähr acht Monate nach seiner Geburt.

Alle Beuteltiere sind verhältnismäßig dicht und weich behaart, tragen aber zum Teil Schwänze, die auf der Unterseite nackt bleiben. Auch beschuppte Schwänze treten auf. Bei der amerikanischen Gattung Dickschwanzbeutelratten *(Lutreolina)* ist der Schwanz – etwa den Höckern der Kamele entsprechend – als Fettspeicher für nahrungsarme Zeiten ausgebildet. Andere Gattungen besitzen Backentaschen. Bei den Kletterbeutlern *Trichosurus, Petaurus und Phascolarctos* wird ein Hautdrüsensekret ausgeschieden, das dem Fell dieser überaus lichtempfindlichen und nächtlichen Tiere einen bläulichen Glanz verleiht, für das Tier lebensgefährliche Lichtstrahlen bestimmter Wellenlängen verschluckt und damit unschädlich macht. Unter den amerikanischen Didelphidae hat sich die Gattung *Chironectes*, Schwimmbeutelratten, sogar das feuchte Element erobert und in zahlreichen Einzelheiten des Körperbaues dem Wasserleben angepaßt. Dazu gehört das Vorhandensein großer Schwimmhäute an den Füßen. Außerdem kann der Beutel durch einen Ringmuskel verschlossen werden, so daß die Jungen beim Tauchen nicht ertrinken.

Als Gleitflieger von Baum zu Baum haben sich ferner einige Flugbeutler bis zu einem gewissen Grade den Luftraum zu erobern versucht.

Die Fülle unterschiedlicher und auf bestimmte Lebensweisen spezialisierter Beuteltierformen hat den Säugetiersystematikern viel

Ein scheuer, hasengroßer und -ähnlicher Einzelgänger in den Grasdickichten südwestaustralischer Küstensümpfe ist das Kurzschwanz-Känguruh *(Setonyx brachyurus)*

berechtigtes Kopfzerbrechen verursacht. Schlägt man ältere tierkundliche Bücher auf, findet man die Marsupialia noch als besondere Unterklasse der Mammalia. Sie wurden in drei selbständige Ordnungen unterteilt: Polyprotodontia, Raubbeuteltiere; Caenolestoidea, Opossummäuseartige, und Diprotodontia, Pflanzenfressende Beutler. Nach dem Simpsonschen System wird nur noch eine Teilklasse Metatheria (Beutelsäuger) innerhalb der alle Säugetiere mit Ausnahme der Monotremata (Kloakentiere) umfassenden Unterklasse Theria (Eigentliche Säuger) anerkannt. Jene Teilklasse Metatheria wird nicht mehr in die drei erwähnten selbständigen Ordnungen aufgeteilt, sondern umfaßt nur noch eine Ordnung, die den Namen jener früheren Unterklasse, nämlich Marsupialia (Beuteltiere), führt. Sie ist in fünf Überfamilien mit zusammen acht Familien aufgegliedert, die hier – lediglich damit keine Unklarheiten über das Beuteltiersystem aus dem Studium entsprechender älterer Literatur enstehen – in ihrer Reihenfolge aufgeführt seien:

Überfamilie:	Didelphoidea, Beutelrattenartige
Familie:	Didelphidae, Beutelratten
Überfamilie:	Dasyuroidea, Raubbeutlerartige
Familie:	Dasyuridae, Raubbeutler
Familie:	Notoryctidae, Beutelmulle
Überfamilie:	Perameloidea, Beuteldachsartige
Familie:	Peramelidae, Beuteldachse
Überfamilie:	Caenolestoidea, Opossumartige
Familie:	Caenolestidae, Opossummäuse
Überfamilie:	Phalangeroidea, Känguruhartige
Familie:	Phalangeridae, Kletterbeutler
Familie:	Vombatidae, Wombats
Familie:	Macropodidae, Känguruhs

Bürsten-Rattenkänguruh *(Bettongia gaimardi).* Der Name dieser nur kaninchengroßen australischen Känguruhratte bezieht sich auf die Haarbürste auf der Oberseite des Schwanzendes

Wenn wir uns hier nicht an diese Reihenfolge halten, sondern die Känguruhs an den Anfang stellen, hat das seinen triftigen didaktischen Grund. Bei den meisten Interessenten resultiert das gesamte Wissen über Beutelsäuger aus der persönlichen Bekanntschaft mit in unseren zoologischen Gärten zur Schau gestellten Känguruhs. Darüber hinaus sind sie meist die einzigen dort vorhandenen Vertreter dieser ganzen Ordnung. Ihre überraschende und, volkstümlich ausgedrückt, »rührende« mütterliche Fürsorge durch ständiges Mitschleppen der im weit ausgedehnten Bauchbeutel Schutz suchenden, oft schon recht großen Jungen hat dazu beigetragen, daß Känguruhs jeglicher Art zum Inbegriff des Beuteltieres schlechthin geworden sind. Hinzu kommt, daß Känguruhs duch ihr drollig wirkendes, uns an männchenmachende Hasen erinnerndes Aussehen und vor allem durch die groteske hüpfende Fortbewegung ganz allgemein zu den beliebtesten Zootieren gehören. Dabei gibt es schon innerhalb der Familie Macropodidae (Känguruhs oder Springbeutler) eine außerordentlich reiche Formen- und Größenvielfalt. Diese umfaßt drei Unterfamilien (Hypsiprymnodontinae, Potoroinae und Macropodinae) in 17 Gattungen mit insgesamt 51 Arten und 93 Unterarten. – Das auf den Nordosten von Queensland beschränkte Moschusrattenkänguruh *(Hypsiprymnodon moschatus)* hat einschließlich des Schwanzes nur eine Gesamtlänge von etwa 40 cm: der Zwerg der Familie. Das in Australien weit verbreitete und in unseren zoologischen Gärten hauptsächlich gezeigte Rote Riesenkänguruh *(Macropus rufus)* kann dagegen eine Gesamtlänge von 2,65 m erreichen. Die Verhältnisse bei dieser bekannten Art sind den

Internationales Symbol der australischen Beuteltierfauna ist das Muttertier des Roten Riesenkänguruhs *(Macropus rufus)* mit dem herauslugenden Jungen im Beutel

Mit beiden Hinterbeinen zugleich treten sich kämpfende Böcke des Roten Riesenkänguruhs gegenseitig in den Unterleib. Dabei dient allein der muskulöse Schwanz als Körperstütze (rechte Seite)

folgenden Ausführungen zugrunde gelegt. Das Aussehen der Känguruhs im allgemeinen und des Roten Riesenkänguruhs im besonderen verdeutlichen unsere Bilder.

Ergänzend dazu noch folgendes: Charakteristisch für alle Känguruhs ist der Besitz von mehr oder weniger verkürzten Vorderbeinen und verlängerten Hinterbeinen. Die kurzen Vorderbeine enden in fünf mit kräftigen Krallen ausgestatteten, fast gleichlangen Fingern. Die meist stark verlängerten Hinterbeine ruhen auf langausgezogenen Hinterfüßen, denen, mit Ausnahme beim kleinen Moschusrattenkänguruh, stets die sogenannte große Zehe fehlt. Auch die zweite und dritte Zehe ist nur klein und in einer sie gemeinsam umhüllenden Hautscheide versteckt, obwohl jede noch ihre eigene Kralle trägt. Kennzeichnendes Merkmal des Hinterfußes ist die nun folgende, gewaltig verlängerte und robuste, mit einer sehr großen und scharfen Nagelkralle ausgestattete vierte Zehe, während die fünfte, zwar kräftiger als die zweite und dritte, dennoch schwächer und kleiner als die gefährliche vierte Zehe ist. Diese ist die Hauptwaffe der Känguruhs, allerdings im Zusammenspiel mit dem bei den mittelgroßen (Gattung *Protemnodon,* Wallabies oder Mittelkänguruhs) und größten (Gattung *Macropus,* Wallaroos oder Großkänguruhs) ungemein kräftigen und langen, sich von der Wurzel bis zur Spitze verjüngenden Stützschwanz. Sitzt ein Känguruh, so ruht es auf beiden Hinterfüßen und dem auf dem Boden aufliegenden Schwanz wie auf einem »Dreifuß« also. Hat das Tier eine Auseinandersetzung mit Rivalen oder Feinden, zum Beispiel Dingos oder Haushunden, reckt es sich auf den Hinterbeinen steil empor, erwartet in dieser Haltung seine Angreifer und sucht sie mit den Krallen der Vorderfüße durch boxende Bewegungen abzuwehren und zu täuschen. Plötzlich – ganz unerwartet – stützt es sich nur noch auf das besonders muskulöse und breite Schwanzstück unterhalb der Schwanzwurzel und tritt, entweder mit einem oder beiden Hinterbeinen zugleich, dem Angreifer ungestüm und kraftvoll gegen den ungeschützten Unterleib. Dabei schlitzt es unerfahrenen Feinden ziemlich oft mit dem scharfen Nagel der vierten Hinterfußzehe die Bauchdecke auf, setzt sie so nicht nur sofort außer Gefecht, sondern verwundet sie sogar nicht selten tödlich. Es kommt auch vor, daß das Känguruh die Gegner mit den eingehakten Krallen der Vorderfüße an sich heranzieht, dann schnell mit den Vorderbeinen umarmt und fest gegen seine muskulöse Brust preßt. Nun erst richtet es seine Tritte gegen ihre (beispielsweise bei Hunden) frei und ungeschützt über dem Boden hin und her zappelnde untere Hälfte. Ferner trachten die Känguruhs danach, den in kaum lösbare Umklammerung verstrickten Gegner in den Kopf zu beißen.

Mit der Funktion als drittes Sitz- und Stützbein ist die Aufgabe des Känguruhschwanzes im »Kampf ums Dasein« noch nicht erschöpft. Er ist nämlich vor allem ein unentbehrlicher Gleichgewichtsregler für das sitzende Känguruh. Ohne das Gegengewicht des in Verlängerung des Rückgrats weit nach hinten ausgelegten schweren Schwanzes müßte es, infolge des stark nach vorn verlagerten Schwerpunktes, vornüberkippen. Der Verlust des Schwanzes ist also für ein Känguruh das schwerstwiegende Unglück.

Auch beim Springen selbst – wobei von den großen Arten Weiten von 12 m und Höhen von fast 3 m erreicht werden können – spielt der Känguruhschwanz eine überaus wichtige Rolle als Balancierstange und Steuer. Überdies wird behauptet, daß beim jeweiligen Aufschlagen des Schwanzes durch ein in weiten Sprüngen flüchtendes Känguruh auf den Erdboden der bewirkte Rückstoß – wie bei einer Rakete – die Vorwärtsbewegung des Tieres weiter beschleunigen soll.

Bemerkenswerterweise gibt es in Australien und auf Neuguinea eine Gattung kurz- und breiköpfiger, ziemlich plump aussehender Känguruhs, die Bäume ersteigt und im Geäst umherklettert. Jene Baumkänguruhs *(Dendrolagus)* verdanken dieses Vermögen wohl nur ihrem die Hälfte der gesamten Körperlänge ausmachenden, von der Wurzel bis zum Ende gleichmäßig drehrunden, relativ dünnen, aber dick behaarten Schwanz. Er ist Balancierstange und Körperstütze, aber nicht zugleich Greiforgan. Die Baumkänguruhs bilden ein Beispiel für die Überlagerung zweier Lebensformtypen. Ihre Vorfahren waren bodenbewohnende Känguruhs, die später zum Baumleben übergingen. Sie haben eine Reihe von Anpassungen an das senkrechte Klettern entwickelt. Sie bewegen sich stammkletternd fort, wobei abwechselnd die Vorder- und Hinterfußpaare eingesetzt werden. Nach den Untersuchungen von Gansloßer wird der Schub von den Hinterextremitäten geliefert, die Arme erfüllen vorwiegend Haltefunktion.

Das Gebiß der Großkänguruhs ist ein Pflanzenfressergebiß. Im Gegensatz zu den Weidegängern in anderen Erdteilen besitzen sie Zähne mit geschlossenen Wurzeln, so daß diese nicht nachwachsen können. Obwohl auf jeder Seite eines Kiefers vier Backenzähne stehen, wird jeweils nur der vorderste benutzt. Sobald er bis auf die Wurzel abgekaut ist, fällt er aus, und der folgende tritt in Funktion. Wenn die Känguruhs 15 bis 20 Jahre alt sind, gebrauchen sie ihre letzten Zähne. Sobald diese ausfallen, verhungern sie schließlich.

Im allgemeinen sind die erwachsenen Männchen bei den größeren Känguruharten um ein Viertel bis ein Drittel größer als die Weibchen. Das trifft auch für das hier als Prototyp gewählte Rote Riesenkänguruh zu. Früher war diese größte Känguruhart über weite Teile Australiens verbreitet. Als Nahrungskonkurrent der Schafherden, als Lieferant eines dichten Felles und Spender schmackhaften Wildbrets wurde sie, wie in anderen Gebieten Australiens das Graue Riesenkänguruh *(Macropus giganteus)*, in Massen geschossen. Hinzu kommt, daß man aus dem dicken Stützschwanz eine begehrte Delikatesse, die berühmte »Känguruhschwanzsuppe« zubereitet. Infolgedessen sind Riesenkänguruhs heute schon mancherorts ausgerottet und in anderen Gebieten des Gesamtverbreitungsraumes selten geworden. Das gilt auch für das Bergkänguruh *(Macropus robustus)*. Die genannten drei Arten bevorzugen etwas unterschiedliche Habitate. Die Grauen Riesenkänguruhs halten jeweils in kleineren Rudelverbänden zusammen, die aus einem starken Männchen als Oberhaupt und mehreren Weibchen bestehen. Die Roten Riesenkänguruhs bilden Gruppen bis zu 100 Tieren. Ihre Intelligenz ist relativ gering, was ihre Ausrottung leider fördert. Die Hauptaktivität entfalten sie zur Zeit der Dämmerung. Tagsüber ruhen sie meist. Als Weidetiere, die sich von allerlei Kräutern und Gräsern ernähren, ersetzen sie die altweltlichen Huftiere. Untereinander sind die Artgenossen recht streitsüchtig. Das bringt Leben in eine solche Gemeinschaft und lockt im Zoo viele Zuschauer an ihr Gehege. Gewöhnlich sind zwei Rivalen dabei, miteinander zu »boxen«. Das wirkt besonders erheiternd, da sie dabei ihre großen Ohren spielen lassen, die unabhängig voneinander beweglich sind. Es ist interessant, daß die leuchtend rote Färbung der Roten Riesenkänguruhmännchen – bei einigen Unterarten tritt sie auch bei den in der Regel viel graueren Weibchen auf – nicht auf einer Eigenfärbung der einzelnen Haare beruht, sondern durch eine puderartige Körperabscheidung bewirkt wird. Das läßt sich nachweisen, indem man ein Männchen der Roten Riesenkänguruhs mit einem weißen Taschentuch betupft. Nach 30- bis 40tägiger Tragzeit wird, in der Regel nur einmal im Jahr, ein noch reichlich embryonal anmutendes Jungtier geboren, das selbständig seinen Weg in den Beutel der Mutter zu finden vermag. Nachdem das Neugeborene im Beutel ist, hängt es sich an eine der vier Zitzen und beginnt zu saugen. Fast gleichzeitig setzt ein neuer Geschlechtszyklus der Mutter ein. Sobald sie sich paart, wird das Ei befruchtet, seine Entwicklung dann jedoch unterbrochen. Nach 190 Tagen verläßt das Junge erstmals den Beutel und mit 235 Tagen zum letztenmal. Sofern um diese Zeit Dürre herrscht, bleibt das befruchtete Ei im Uterus im ruhenden Zustand. Setzt Regen ein und es ist genug Weidegras vorhanden, entwickelt sich das Ei weiter. Nach 35 Tagen verläßt ein bohnengroßes Junges die Geburtsöffnung der Mutter und wandert in den Beutel. Das Weibchen paart sich dann sofort wieder. Attenborough betont treffend: »Kein anderes Lebewesen auf der Erde kann sich mit einem Känguruhweibchen messen, das über einen großen Zeitraum seines Lebens drei Kinder in ganz unterschiedlichen Entwicklungsstadien versorgt.«

Bei *Macropus rufus* wird noch das schon sehr große 2 bis 4 kg schwere Junge im weit dehnbaren Beutel transportiert, auch wenn es ihn bereits seit langem zuweilen verläßt, um an der Seite der Mutter zu äsen. Sobald Anzeichen einer wirklichen oder vermeintlichen Gefahr vorhanden sind, springt es sofort wieder kopfunter in den Beutel zurück. Allerdings liegen Beobachtungen vor, wonach Rote Riesenkänguruhmütter, die mit der schweren Last eines schon halberwachsenen Jungen im Beutel von Hunden oder Dingos gehetzt wurden, in höchster Not ihr Junges mit den Vorderpfoten aus dem Beutel herausdrückten und es so opferten, um sich selbst zu retten.

Übrigens haben Känguruhs vorübergehend

zur mitteleuropäischen Säugetierfauna gehört. Allerdings waren die im letzten Viertel des vergangenen und ersten unseres Jahrhunderts von Grundbesitzern wiederholt versuchsweise eingebürgerten Tiere keine Rote Riesenkänguruhs, sondern Benetts Känguruhs *(Protemnodon rufogrisea)*. Es gehört zu den sogenannten Mittelkänguruhs oder Wallabies, lebt aber auch, insbesondere gilt das für seine Inselformen, in Klimazonen, die etwa denen der Pyrenäenhalbinsel entsprechen. Männchen der Bennetts Känguruhs erreichen ungefähr die Größe der Roten Riesenkänguruhweibchen, die eigenen Weibchen sind um ein Drittel kleiner. Diese Bennetts Känguruhs hatten sich in jenen Revieren recht gut eingewöhnt. Die Winter machten ihnen wenig aus, und die Tiere pflanzten sich so regelmäßig fort, daß fünf in der Nähe von Bonn 1887 ausgesetzte sich bis Herbst 1893 bereits auf rund 40 Exemplare vermehrt hatten. Dieser Bestand wurde aber später an den Futterplätzen wieder restlos gewildert. Hierzu ist noch folgendes zu bemerken: Zwar erleiden die Jungtiere, da sie lange im mütterlichen Beutel verweilen, in unseren Breiten keine Kälteschäden, den erwachsenen Känguruhs aber werden im Winter schwach zugefrorene Teiche, Seen usw. gefährlich, da sie sie mit Wiesenflächen verwechseln. Ihre rhythmischen Sprünge darauf lassen die schweren Tiere einbrechen und ertrinken. Allerdings vermögen Känguruhs auch etwas zu schwimmen. Unter Hervorhebung der Tatsache, daß Känguruhs sich hier zwar leicht einbürgern ließen, aber dennoch nicht seßhaft wurden, wertet G. Niethammer 1963 die Einbürgerungsaussichten für diese pflanzenfressenden Beuteltiere in Mitteleuropa folgendermaßen: »1. Sie finden keine freie Nische, sondern machen einer einheimischen Art, dem Reh, Konkurrenz. 2. Sie erscheinen so sehr als Fremdlinge, daß sie auch der Jäger nicht als Bereicherung empfindet. Daher fanden die wenigen Ansiedlungsversuche keine Nachahmung.« Er

Das nur mittelgroße Bennetts Känguruh oder Bennetts Wallaby *(Protemnodon rufogrisea)* lebt als Gras-, Kräuter- und Gebüschlaubfresser in Südaustralien, auf Tasmanien und kleineren benachbarten Inseln

sagt ferner: »Die einzige Kolonie freilebender Känguruhs in Europa scheint gegenwärtig bei Horsham in England zu bestehen ... Seit 1930 sind Känguruhs auf den Britischen Inseln ein beliebtes Parkwild und treten ab und zu in freier Wildbahn auf.«

Es gibt keinen stärkeren erscheinungsbildlichen Kontrast unter den Vertretern der vorwiegend pflanzenfressenden Beuteltierüberfamilie Phalangeroidea (Känguruhartige) als zwischen den langschwänzigen Mittel- und Großkänguruhs auf der einen und den ungeschwänzten, recht bärenähnlichen, plumpen Wombats sowie den an Teddybären erinnernden Koalas auf der anderen Seite. In dieser Überfamilie gehören Känguruhs, Wombats und Koalas drei verschiedenen Familien an. Die Wombats oder Plumpbeutler, von denen zwei Gattungen mit nur je einer Art existieren, bilden die Familie Vombatidae. Die nach ihnen zu behandelnden Koalas oder Beutelbären repräsentieren mit einer Gattung *(Phascolaractos)* und einer Art einen sehr eigentümlichen Zwerg der Familie Phalangeridae. Sie sind kletternde Baumbewohner, die Wombats dagegen große, den Nagetieren unter den Eutheria äußerlich, anatomisch und ökologisch erstaunlich konvergente Wühler. Wie alle unterirdisch lebenden Säuger tragen sie auf ihrem breiten, kurzen und klobigen Kopf verhältnismäßig kleine Ohren. Der ziemlich walzenähnliche, schwere und gedrungene Körper wird von kurzen robusten Beinen getragen. Diese Gestalt hat zur Bezeichnung Plumpbeutler geführt. Die Vorder- und Hinterfüße sind mit jeweils fünf Fingern bzw. Zehen versehen, die starke Grabkrallen aufweisen. Wegen ihrer Gesamtlänge von rund 1 m, die zugleich der Kopf-Rumpf-Länge entspricht, da der Schwanz völlig verkümmert ist, und der Körperhöhe von nur 20 bis 25 cm wegen haben sie gewisse Ähnlichkeit mit einem kleinen Braunbären oder einem Dachs. Das Gebiß ähnelt dagegen einem Wühlmausgebiß, da sämtliche Zähne auf Grund offener

Das Gebiß des bibergroßen Nacktnasenwombats *(Vombatus ursinus)* ist nagetierähnlich. Dieser pflanzenfressende und sich Erdhöhlen grabende Beutelsäuger lebt auf Tasmanien und in Australien

Wurzeln ständig nachwachsen können. Die Schneidezähne im Oberkiefer sind ausgesprochene Nagezähne und werden entsprechend benutzt.

Bei der braun-graufleckigen Art *Lasiorhinus latifrons* ist der Nasenrücken behaart, sie wird deshalb als Haarnasenwombat bezeichnet. Die andere, gelbbraun bis schwärzlich gefärbt, weist einen schwarzen unbehaarten Nasenrükken auf und trägt den Namen Nacktnasenwombat *(Vombatus ursinus).* Sie lebt in Australien, auf Tasmanien und der Flinders-Insel. Der Haarnasenwombat ist dort nicht verbreitet, während sich in Australien die Verbreitungsgebiete beider Arten mehrfach überschneiden. Leider sind beide stärkstens von der Ausrottung bedroht. Diese wird dadurch begünstigt, daß die Tiere standorttreue Einsiedler sind und die frischen Ein- und Ausfahrten an ihren Erdbauen dem Menschen unverkennbar die Anwesenheit der Insassen verraten. Hinzu kommt die langsame Fortpflanzung beider Wombatarten. Es wird in einem Jahr, obwohl zwei Zitzen vorhanden sind, immer nur ein noch sehr wenig entwickeltes Junges im Juli geboren. In Anpassung an die grabende Lebensweise ist der Beutel nach hinten offen.

Besonders verhaßt sind die Wombats den Farmern wegen ihrer bis zu 30 m ausgedehnten unterirdischen Gangsysteme, in die Weidevieh und Reitpferde einbrechen können, sowie als Gras-, Kräuter-, Rinden- und Wurzelfresser, die natürlich keinen Unterschied zwischen Wild- und Kulturpflanzen machen.

Wombats kommen sowohl in Bergwäldern als auch in sandigen Gegenden vor. Tagsüber ruhen sie gewöhnlich im weich mit trockenem Gras ausgepolsterten Endkessel der Erdbauten. Hauptaktivitätszeit ist die Nacht. Nur morgens sonnen sie sich oberirdisch in eigens dazu gewühlten Lagern, die den Sassen unseres Feldhasen entsprechen. Früher waren Wombats recht häufig in zoologischen Gärten zu sehen. Obwohl sie sich am Tage wenig im Käfig bewegten, erwiesen sie sich als interessante Schaustücke und vor allem als recht ausdauernde Pfleglinge, die in Gefangenschaft bis 25 Jahre alt wurden. Heute gehören beide Wombatarten in Tiergärten bereits zu den seltenen Kostbarkeiten. Vor allem durch die Kaninchenbekämpfung sind sie in ihren Beständen stark zurückgegangen und in weiten Gebieten bereits ausgerottet. Ebenfalls bärenähnlich, aber wieder ganz anders als die Wombats, sind die Beutelbären oder Koalas. Auch bei ihnen ist der Schwanz gänzlich verkümmert. Ihre Bärenähnlichkeit ist gleichfalls nur ein äußerliches Attribut. Die von der Nasenspitze bis zur Wurzel des, wie erwähnt, völlig reduzierten Schwanzes 60 bis 80 cm langen Tierchen verkörpern die für den menschlichen Geschmack wohl »entzückendste« Tiergestalt, die die Ordnung Marsupialia hervorgebracht hat. Machen sie doch den Eindruck lebenden Kinderspielzeugs, denn sie sind das natürliche Gegenstück zu den bei Kindern so beliebten Plüsch-Teddys. Dazu trägt nicht zuletzt das dichtwollige, ganz weiche, auf dem Rücken graue, auf der Bauchseite weißliche Fell bei, vor allem aber der »Dickkopf« mit den großen runden und dicht behaarten Ohren. Mit dem Nacktnasenwombat hat der Beutelbär den im vorderen Teil nackt gebliebenen schwarzhäutigen Nasenrücken gemeinsam. Besonders »lustig« wirkt am Koalagesicht die ramsnasig aufgewölbte Nase.

Das plump gebaute Tierchen bewohnt die Wipfel mehrerer Arten von Eukalyptusbäumen. Es ist auf Eukalyptusblätternahrung spezialisiert. Das geht so weit, daß es noch Unterschiede in der jahreszeitlich bedingten Reife dieser Blätter und ihrem Gehalt an einem bestimmten, für Koalas lebensnotwendigen Öl macht. Wird es gezwungen, Blätter von anderem Reifegrad zu fressen, tritt bald eine tödliche Vergiftung ein. Aus diesem Grund muß das am Boden ziemlich unbeholfene und fast wehrlose Klettertierchen zuweilen weite und gefährliche Wanderungen über Land unternehmen, bis es wieder einen Eukalyptusbaum gefunden hat, dessen Blätter von ihm ohne Lebensgefahr verzehrt werden können.

Es dauerte lange, bis die Wissenschaft und die Tiergärtnerei hinter diese verzwickten Ernährungsvoraussetzungen der Koalas kamen. So begehrt Beutelbären als Schaustücke zoologischer Gärten auch waren, stets erwiesen sie sich trotz guter Fütterung mit selbst ganz frischen Eukalyptusblättern bereits wenige Tage nach dem Fang als Todeskandidaten. Erst nach der Klärung der komplizierten Ernährungsverhältnisse gelang die Koala-Haltung und sogar Züchtung in zunächst australischen Tiergärten. Außerhalb Australiens ist sie erstmalig im Zoologischen Garten von San Diego in den USA gelungen, der seiner Beutelbärzuchtgruppen wegen in der Fachwelt Ansehen genießt.

Koalas sind friedfertige Tiere. Ihre Kletterbewegungen geschehen langsam und bedächtig. Zum Aufspeichern der jeweiligen Ausbeute an genießbaren Blättern besitzen sie – analog dem europäischen Feldhamster und einigen anderen höheren Säugern – Backentaschen. Auch erinnert der Beutelbär in der Art und Weise seiner Blatternte und Baumkletterei etwas an die Faultiere Südamerikas. Allerdings hängt er in der Regel nicht ständig mit dem Rücken nach unten im Geäst. Wie eine Faultiermutter schleppt aber auch das Koalaweibchen sein schon recht groß gewordenes Junges – manchmal zwei, die sich auf ihr festklammern – mit sich umher. Im allgemeinen trägt es sein Kind »huckepack« auf dem Rükken. Übrigens nimmt die sorgsame Koalamutter diese »Belastung«, nachdem der halbjährige Aufenthalt der Kleinen im Beutel beendet wurde, noch etwa weitere zwölf Monate auf sich. Schließlich sind die noch immer nicht völlig selbständigen, auf dem mütterlichen Rücken festgeklammerten Jungen fast so groß wie die Mutter selbst.

Zum sicheren Klettern, zum auswählenden Blattabpflücken und zum festen Anklammern wird der Beutelbär durch die dazu besonders geeignete Konstruktion von Hand und Fuß befähigt. An der Koalahand sind – im Gegensatz zu der des Menschen – Daumen und Zeigefinger den drei anderen Fingern entgegengestellt. Auch am Koalafuß ist die Großzehe nicht mit den vier anderen Zehen in einer Linie angeordnet. Sie steht ihnen hier zangenartig gegenüber.

Obwohl die Koalas als australische Charaktertiere in ihrer Heimat seit Jahrzehnten unter Schutz stehen, schrumpft ihr freilebender Bestand mehr und mehr zusammen. Das rührt vor allem daher, daß ihnen durch Rodung von Eukalyptuswäldern zum Zwecke anderer landwirtschafltticher Bodennutzung die Existenzbedingungen immer mehr genommen werden. Hinzu kommt der zahlenmäßig geringe Nachwuchs. Die ein bis zwei Jungen je Wurf sind erst im Alter von drei Jahren selbst fortpflanzungsfähig, und die Weibchen werfen nur alle 18 bis 24 Monate. Die Existenz der Koala-Populationen ist zusätzlich durch die Unfruchtbarkeit von etwa 90 Prozent aller Weibchen gefährdet. Die Ursache ist noch nicht genau bekannt. Da die Koalas schon manche Tragödien überlebt haben – zum Beispiel wurden 1927 in der letzten offiziellen Jagdsaison allein in Queensland angeblich 600000 Tiere wegen ihrer begehrten Pelze hingeschlachtet – erscheint es wahrscheinlich, daß die 1980 noch in den drei großen Reservaten Australiens schätzungsweise 250000 vorhandenen Koalas überleben werden.

In dieselbe Beuteltierunterfamilie Phascolbarctinae gehört auch die Gattung *Schoinobates.* Die Großflugbeutler, von denen es eine rezente Art *(Schoinobates volans)* gibt, leben von Nordost-Queensland bis Victoria in den Küstengebirgswäldern Ostaustraliens. In ihren Nahrungsansprüchen gleichen sie sehr den Koalas, sie sind also ebenso wählerische und empfindliche Eukalyptusknospen- und -blätterfresser.

Im Gegensatz zu den Koalas besitzen die Flugbeutler einen langen Balancier- und Steuerschwanz, der mehr als die Hälfte der Gesamtlänge, die zwischen 75 cm und etwa über 1 m liegt, mißt. Das in seiner Färbung wechselnde Tier ist vom Kopf bis zur Spitze des drehrunden Schwanzes dichtwollig behaart. Die Färbung der Oberseite ist sehr unterschiedlich, sie kann zwischen den Extremen Schwarz und Weiß variieren. die Unterseite ist immer weißlich. Wie der Koala hat der nachts aktive Großflugbeutler große und dicht behaarte Rundohren. Im Gegensatz zu jenem ist er im Geäst und an Stämmen sehr behend, klettert nicht nur vorzüglich und rasch, sondern unternimmt auch vermöge einer beiderseits zwischen Ellbogen und Knie ausspannbaren Flughaut bis zu 100 m weite Gleitflüge zwischen seinen Nahrungsbäumen. Am Boden ist er sehr unbeholfen und außerordentlich gefährdet. Tagsüber schläft er gewöhnlich in Baumhöhlen. In der Regel wird immer nur ein Junges je Wurf und Jahr geboren und aufgezogen.

Bemerkenswerterweise stellen die Großflugbeutler nicht die einzige Beuteltiergattung dar, die sich in gewissem Maße als Gleitflieger den Luftraum »eroberte«. Als weitere Beuteltierunterfamilie hat die der Phalangerinae zwei Gattungen von pflanzlicher und tierischer Nahrung lebender Gleitflieger hervorgebracht. In der einen finden wir die langschwänzigen, nur haselmausgroßen, von der Nasen- bis zur

Das Gegenstück zum eurasischen Flughörnchen ist der Zwergflugbeutler *(Petaurus breviceps)* Südostaustraliens und Neuguineas. Beim Gleitflug dient der dichtbuschige Schwanz als Steuer

Schwanzspitze ganze 12 bis 16 cm messenden Mausflugbeutler (Gattung *Acrobates*), deren bekannteste Art der Australien-Mausflugbeutler *(Acrobates pygmaeus)* Ostaustraliens ist. Von einer zweiten Art, *Acrobates pulchellus*, die auf einer kleinen, Neuguinea benachbarten Insel vorkommt, wurde bisher nur ein Exemplar bekannt.

Die zweite gleitfliegende Gattung unter den Phalangerinae ist *Petaurus*, schlechthin als Flugbeutler bezeichnet und unter diesem Namen allgemein bekannt geworden. Es gibt in dieser Gattung eine zwerghafte, eine mittelgroße und eine Riesenart. Allerdings ist der Zwergflugbeutler *(Petaurus breviceps)* nur der Zwerg innerhalb der Gattung *Petaurus*. Er weist nämlich immerhin eine Gesamtlänge von 27 bis 30 cm auf, wobei diese Schwanzlänge die Kopf-Rumpf-Länge wieder übertrifft. Der Zwergflugbeutler ist also noch etwa doppelt so groß wie das kleinste zum Gleitflug befähigte Beuteltier, der erwähnte Australien-Mausflugbeutler aus der Gattung *Acrobates*.

Die nicht weniger langgeschwänzten Mittelflugbeutler *(Petaurus norfolcensis)* sind etwa eichhörnchengroß. Die Riesenflugbeutler *(Petaurus australis)* erreichen mit einer Kopf-Rumpf-Länge von 30 bis 32 cm (Gesamtlänge 72 bis 80 cm) die Kopf-Rumpf-Länge halbwüchsiger Hauskatzen.

Die Riesenflugbeutler ähneln übrigens sehr den Großflugbeutlern aus der Gattung *Schoinobates*. Es klingt fast wie ein Witz, daß der Riesenflugbeutler in seiner Gesamtlänge beträchtlich kleiner bleibt als der Großflugbeutler. Die Bezeichnung »Riese« hat also nur innerhalb der Gattung *Petaurus* Berechtigung. Von besonderem wissenschaftlichen Interesse ist die Konvergenz all dieser Flugbeutlertypen zu den Gleitfliegern unter den Eutheria, und zwar zu den Flughörnchen aus der Ordnung Rodentia und den Pelzflatterern der Ordnung Dermoptera.

Alle Gleitflieger unter den Beuteltieren leben ausschließlich im Bereich Australiens und Neuguineas. Dafür finden wir in Amerika den einzigen rezenten, durch große Schwimmhäute an den Hinterfüßen und das beim Tauchen verschließbare Ohrinnere dem Leben im Wasser stark angepaßten Beutler. Es ist die vom südwestlichen Mexiko bis nach Bolivien und Nordargentinien verbreitete Schwimmbeutelratte *(Chironectes minimus).* Die Unterfamilie Phalangerinae weist ferner neben den gleitfliegenden Flugbeutlern und Mausflugbeutlern noch eine Anzahl nichtflugfähiger Beuteltiergattungen auf. Von ihnen sind es vor allem zwei, die als ziemlich progressive, deshalb noch unter stark veränderten Umweltbedingungen und damit verbundenen Bedrohungen durch höhere Säuger existenzfähige Marsupialia-Typen besonderes Interesse erwecken. Relativ häufig gelangen ihre Vertreter auch in zoologische Gärten. Es handelt sich um die Gattung der Kusus *(Trichosurus)* und der Kuskuse *(Phalanger).* Von den Kusus ist es vor allem der in mehreren Unterarten auf Australien, Tasmanien und über einige benachbarte Inseln verbreitete Fuchskusu *(Trichosurus vulpecula),* dessen Gesamtlänge zwischen 55 cm und fast 1 m schwanken kann, wovon über ein Drittel auf den Schwanz entfällt. Das Schwanzende ist auf der Unterseite nackt und zeigt damit schon äußerlich, daß es sich um einen Greifschwanz handelt. Die Tiere sind nachts aktiv, deshalb gegen Tageslicht recht empfindlich, mit relativ großen Nachtaugen ausgestattet und stellen Blatt-, Blüten-, Früchte-, besonders Eukalyptusfresser dar. Sie klettern vorzüglich.

Fuchskusus haben eine hohe Vermehrungsquote und sind auch heute noch, von den Wüstengebieten abgesehen, weit verbreitet. Infolge ihres guten Anpassungsvermögens zählen sie zu den häufigsten Beuteltieren überhaupt. Im Verhalten erinnern sie sehr an die amerikanischen Opossums: wie diese sind sie ausgesprochene Kulturfolger. Neuerdings züchtet man sie in Farmen, da ihr weiches, dichtes, wolliges und selbst in freier Wildbahn farblich variierendes Fell als »Australisches Opossum« im Pelzhandel begehrt ist. Die Bauchseite der Fuchskusus ist stets heller gefärbt als die obere. Die Beine sind verhältnismäßig kurz, die Füße mit langen und starken Krallen ausgestattet. Das Gesicht mit den mittelgroßen, dreieckigen Ohren erinnert tatsächlich an das

Fleckenkuskus *(Phalanger maculatus).* Als baumbewohnender Kletterbeutler Neuguineas und umliegender Inseln ist er dem Äußeren nach die Kopie der Loris unter den Halbaffen

eines Fuchses. Dieser Eindruck wird noch durch den buschigen, fuchs-»lunten«-ähnlichen Schwanz verstärkt.

Eine besondere Gattung bilden die nur durch eine Art bekannten, seltenen Schuppenkusus *(Wyulda squamicaudata),* deren Greifschwanz an der Wurzel behaart, sonst in ganzer Länge nackt und mit rotbraunen Schuppen bedeckt ist.

Von der Gattung Kuskuse erkennt Haltenorth nur sechs verschiedene Arten an, die in 23 Unterarten aufgeteilt sind. Andere Autoren halten bis zu zwölf Arten für begründet. Die Tiere sind ratten- bis katzengroße gedrungene Baumbewohner. Ihr ziemlich rundlicher und stumpfschnauziger Kopf trägt kleine runde, kaum noch aus dem Fell ragende Ohren, zeigt aber große Nachtaugen. Die Kuskuse klettern gut, jedoch langsam und bedächtig, und ernähren sich von gemischter Kost (Pflanzenstoffen, zusätzlich Kleingetier). Neben den starken und langen Krallen der relativ kurzen Gliedmaßen befähigt sie der Greifschwanz ausgezeichnet zum Leben im Geäst. Ähnlich dem Schwanz der Schuppenkusus ist er nur bis zur Hälfte, manchmal bis zu zwei Dritteln behaart. Der Rest bleibt nackt, ist aber im Gegensatz zu dem der Gattung *Wyulda* nicht beschuppt. Die Färbung der einzelnen, sich im wesentlichen ähnlichen Arten, schon der Individuen einer Art, ist sehr unterschiedlich.

Die Kuskuse sind jene Beutler, die sich in Asien bis nach Sulawesi, Timor und benachbarten Inseln, den Maluku, Salomonen und dem Bismarck-Archipel ausgebreitet haben. Sie fehlen auch in Australien und auf Neuguinea nicht. Eine der am weitesten verbreiteten und am längsten bekannten Arten ist der Wollkuskus *(Phalanger orienetalis)*, eine zweite der bizarr und unregelmäßig gescheckte oder gefleckte Tüpfelkuskus *(Phalanger maculatus)*.

Eine in der regellosen Weißfleckung der Körperoberseite sehr altertümlich wirkende haben wir in der Gattung *Dasyurus*, Tüpfel- oder Fleckenbeutelmarder, vor uns. Bei *Dasyurus maculatus*, dem Fleckenschwanz-Beutelmarder, erstreckt sie sich noch über den Schwanz hin. Der kräftige, buschig behaarte Schwanz der *Dasyurus*-Vertreter beansprucht normal fünf Zwölftel der Gesamtlänge dieser Beutelraubtiere, die zwischen 0,60 und 1,10 m schwankt. Die Fleckenbeutelmarder haben etwa die Körpermaße von Wieseln und Mardern, denen sie äußerlich stark ähneln. Sie stellen also die Konvergenzbildung zu den Mustelidae unter den Eutheria dar und gehören in die Unterfamilie Dasyurinae aus der markanten Beuteltierfamilie Dasyuridae, Raubbeutler.

Ein ausgesprochenes Raubtiergebiß haben die drei bekannten Beutelmardergattungen (insgesamt sechs Arten und zwölf Unterarten), die über Tasmanien, Australien, Neuguinea und einige benachbarte Inseln verbreitet sind.

Kammschwanz-Beutelmaus *(Dasycerus cristicauda)*. Kleiner Raubbeutler australischer Wüsten. Der Haarkamm auf der Oberseite des Schwanzendes kennzeichnet die Gattung. Die verdickte Schwanzwurzel dient als Fettspeicher

Früher war der Flecken- oder Riesenbeutelmarder vor allem in den Wäldern an der Südküste häufig. An der Fortpflanzung der Fleckenbeutelmarder ist besonders interessant, daß nach kurzer Trächtigkeitsdauer 20 bis 24 Junge geboren werden, obwohl nur sechs bis acht Zitzen vorhanden sind. Sind diese dann »besetzt«, frißt die Mutter die überzähligen Jungen auf. Der Beutel ist bei diesen Tieren nur voll ausgebildet, wenn sich Junge darin befinden. Sonst verflacht er wieder. Er hat die Form eines hochgewachsenen Hautringmuskels mit Öffnung nach unten.

Die in der Familie Dasyuridae vereinigten Vertreter sind auf den aktiven Erwerb tierischer Nahrung spezialisiert und ausgesprochene Beutelraubtiere. Die kleinsten und kleinen unter ihnen nehmen vorwiegend Insekten, Würmer und andere relativ wehrlose Kleintiere auf. Die größeren und größten leben von gerade noch zu bewältigender Beute.

Außer den vorweggenommenen Fleckenbeutelmardern sind speziell noch zwei Typen für diese großen Raubbeutler charakteristisch. Der eine ist der in der Gestalt etwa mit einem kleinen Bären oder besser in der Größe vielleicht mit unserem Dachs übereinstimmende Beutelteufel (*Sarcophilus harrisi*). Den anderen repräsentiert der den Wölfen sehr ähnliche Beutelwolf (*Thylacinus cynocephalus*). Beide Arten kommen – oder kamen – nur noch auf Tasmanien vor. Auf dem australischen Festland, das beide Arten früher ebenfalls beherbergte, mußten sie vermutlich einem stärkeren und gewandteren Nahrungskonkurrenten weichen, dem als sogenannten Schensi-Hund im Gefolge primitiver Seefahrer von Asien her eingeschleppten Dingo. Auf Tasmanien konnten sich Beutelteufel und Beutelwolf nur halten, da niemals Dingos dorthin verschlagen wurden.

Wird als große Seltenheit in einem Zoo einmal ein lebender Beutelteufel gezeigt, sind Werturteile seitens der Besucher wie: »So etwas Abscheuliches« oder »Was für ein scheuß-

Tüpfelbeutelmarder *(Dasyurus quoll)*. Wie fast alle großen Raubbeutler Australiens und Tasmaniens ist leider auch der hauskatzengroße Tüpfelbeutelmarder, der früher sogar in der Nähe von Städten häufig war, schon nahezu ausgerottet

liches Vieh« die Regel. Tatsächlich ist der Beutelteufel alles andere als eine harmonisch anmutende Schönheit. Sein großer plump-klotziger Kopf mit stumpfer und mittellanger Schnauze geht, bei kurzem und starkem Hals, in einen gedrungenen Körper über. Dieser endet in einem möhrenförmigen Schwanz, der ein Drittel der Gesamtlänge von 75 cm mißt und wie ein fleischfarbener Nutriaschwanz wirkt. Ebenso nackt heben sich ferner die ziemlich kleinen Ohrmuscheln, ein Ring um jedes Auge, die dünn behaarte Schnauzenpartie und vor allem die mit großen Krallen versehenen, daumenlosen Pfoten vom schwarzglänzenden Fell ab. Interessant ist, daß das Tier als Konvergenzbildung zu den vielfraß- und dachsähnlichen Mardern, aber auch zu den Kleinbären und Bären, auf der Vorderbrust einen weißen Halbmondfleck trägt, wie wir ihn bei Lippenbären, Kragenbären und Malayenbären finden. Vorder- und Hinterbeine sind kurz und muskulös. Gemessen an seiner Größe ist der mit einem sehr starken Raubtiergebiß ausgestattete Beutelteufel ein kühner Räuber. In dieser Hinsicht ist er unter den Eutheria wohl am ehesten mit dem Vielfraß *(Gulo gulo)* zu vergleichen. Seine Lautäußerungen erinnern an das Gebell und schnarchende Geknurr wütender an der Kette liegender Hunde. Auch dem Menschen und seinen Haus-, Hüte- und Jagdhunden gegenüber sind in freier Wildbahn angegriffene und auf der Flucht gestellte Beutelteufel wahre »kleine Satans«. Sie verteidigen sich tapfer selbst gegen stärkste Übermacht, wobei sie unversehens zu tollkühnen Gegenangriffen vorprellen. Das hat ihnen, natürlich meist auf Grund des für menschliche Begriffe »abstoßenden« Äußeren und ihres schwarzen Haarkleides wegen, den Beinamen »Teufel« eingetragen. Einzelnen Hunden und erst recht Hauskatzen gegenüber bleibt der Buschteufel, wie ihn die Siedler auf Tasmanien bezeichnen, fast immer Sieger. Er tötet sie und frißt sich an ihren Kadavern voll.

Beutelteufel *(Sarcophilus harrisi)*. Er verkörpert den Bärentyp unter den Marsupialia. Jungtiere dieses sehr kräftigen und wehrhaften tasmanischen Raubbeutlers werden sehr zahm und anhänglich

»Viele Hunde« auf einmal sind indessen nicht nur bei uns »des Hasen«, sondern auch auf Tasmanien des wehrhaftesten Beutelteufels, »Tod«! Einer solchen Übermacht höher intelligenter Raubtiere aus der »moderneren« Eutheria-Welt gegenüber fehlt ihm die vollkommene Anpassung an diese einst auf Tasmanien nicht übliche Jagdweise, denn mit dem dort ebenfalls endemischen Beutelwolf stand der Beutelteufel absolut im biologischen Gleichgewicht. Anderenfalls hätten sich beide Arten nicht bis in unser Jahrhundert auf dem räumlich – gemessen am australischen Festland – kleinen Tasmanien nebeneinander halten können. Diese Absicht wird sehr dadurch gestützt, daß Beutelteufel und Beutelwölfe auf dem australischen Festland seinerzeit den in größeren Rudeln andrängenden Dingos unterlagen und dort restlos vernichtet wurden.

Auf Tasmanien ist der Beutelteufel vor allem als geradezu dreister Schaf- und Hausgeflügeldieb verhaßt. Sein Fleisch wird gegessen und als wohlschmeckend und bekömmlich bezeichnet. Obwohl sich die letzten Beutelteufel immer mehr in unzugängliche Waldgebiete zurückziehen, finden sich doch besonders spezialisierte Exemplare, die den Schafen und dem Hausgeflügel »zuliebe« als Kulturfolger auftreten und sich in der Nähe solcher Nahrungsquellen eingraben und verborgen halten.

Außerhalb der Paarungszeit leben die Buschteufel einsiedlerisch in tiefen, unterirdischen Erdhöhlen, die sie erst während der Dämmerung und nachts verlassen. Hohe Bäume vermögen sie nicht zu erklettern, dafür schwimmen und tauchen sie vorzüglich und ausdauernd. Wird ein Beutelteufel verfolgt, flüchtet er, falls möglich, ins tiefe Wasser.

Das Beutelteufelweibchen bringt nach kurzer Trächtigkeitsdauer vier 12 mm lange Junge zur Welt, die es zunächst vier bis fünf Monate lang im Beutel mit sich trägt. Der Beutel ist wiederum nur ein nach hinten offener Hautwall. Obwohl vier Zitzen vorhanden sind, findet man normal lediglich zwei Junge. Sie werden, nachdem für das Leben im Beutel zu groß, von der Mutter noch für längere Zeit in ihrer Erdhöhle versorgt. Mit etwa einem Lebensjahr ist der Nachwuchs selbst fortpflanzungsfähig. In Gefangenschaft können Beutelteufel über zehn Jahre alt werden. Nachzuchten gelangen bisher nur in wenigen zoologischen Gärten. Jung aufgefundene und sorgsam und liebevoll aufgezogene Exemplare schließen sich eng dem ihnen rasch vertrauten Pfleger an. Sie werden nicht nur sehr zahm und zutraulich, sondern offenbaren dann ein für Beuteltiere ungewöhnlich hohes Maß von »Intelligenz« und Beißhemmung.

Ein Beutelraubtier im wahresten Sinne des Wortes ist der Beutelwolf *(Thylacinus cynocephalus)*. Er führt auch die Namen Tasmanischer Beutelhund oder, seiner Oberseitenstreifung wegen, Zebrahund. Der Beutelwolf ist das größte rezente Beutelraubtier. Erwachsene Rüden weisen Gesamtlängen bis 1,60 m auf, wovon ein Drittel auf den Schwanz entfällt. Die Widerristhöhe liegt bei rund 50 cm. Die Weibchen sind kleiner. Phänotypisch ähnelt der Beutelwolf auffallend einem echten Wildhund. Der Kopf mit den rundlichen, aufrechtstehenden Ohren ist dem des Wolfs nicht nur weitgehend konvergent, sondern erscheint bei geöffnetem Rachen noch furchteinflößender. Der Grund dafür: Unter den räuberisch lebenden kleinsten bis größten Beuteltieren sind viele in der Lage, sowohl als Imponier-, Droh- und Abschreckgeste als auch beim aktiven Beuteerwerb und Verteidigungskampf ihr von Zähnen starrendes Maul bis zu 180° aufzureißen. Das wirkt auf uns beispielsweise bei nur spitzmausgroßen Beutlern bestenfalls komisch, beim Beutelwolf allerdings geradezu schreckenerregend! Im ganzen Äußeren ist der Beutelwolf sehr hund- und wolfsähnlich, bis auf den Hängeschwanz, der an seiner Ansatzstelle stark verdickt ist und dann möhrenartig konisch bis zu seiner im Querschnitt viel kleineren Spitze verläuft. Das fällt bei dem sehr kurzen dichten Haarwuchs besonders auf. Körperoberseite und Schwanz sind gelbbraungrau, die Unterseite ist gelbgrau gefärbt. Als Zebrahund wird der Beutelwolf bezeichnet, weil sich bei ihm – etwa vom Widerrist an bis zum Schwanzansatz – 16 bis 19 schwärzliche Querstreifen aus der Fellgrundfärbung abheben.

Beutelwölfe sind für die einheimische Tierwelt, wie auch für die von Menschen eingeführten kleinen und größeren Haustiere, vor allem für Schafherden, nicht zu unterschätzende Raubtiere. Die Verluste an Schafen waren deshalb früher auf Tasmanien nicht gering, was diesem für die Wissenschaft unersetzlichen größten Beutelraubtier den Haß der Herdenbesitzer eintrug. Ein gnadenloser Vernichtungsfeldzug begann, den, falls sich die ent-

Tasmanischer Beutelwolf *(Thylacinus cynocephalus)*. Äußerlich und in seiner Lebensweise verblüffend wolfsähnliches Beuteltier

sprechenden Nachrichten bestätigen, Mensch und Haushund in jüngster Vergangenheit keineswegs rühmlich gewannen. Vom Standpunkt der Wissenschaft aus betrachtet, wäre das Töten auch des letzten tasmanischen Beutelwolfes ein nie wieder gut zu machender Verlust. Es bliebe gänzlich unverständlich, warum nicht wenigstens ein Restbestand dieser einzigartigen Beuteltierform in einem entsprechenden Reservat der Nachwelt erhalten wurde.

In den zoologischen Gärten Europas, zuerst in London, später in Berlin, sind am Ende des vorigen und anfangs dieses Jahrhunderts mehrmals, zum Teil jahrelang, tasmanische Beutelwölfe gepflegt und gezeigt worden. Leider scheint es in Tiergärten nie gelungen zu sein, Nachzucht zu erhalten.

Es wird angegeben, daß die Beutelwölfe ehedem sowohl in Familienrudeln von nur wenigen Köpfen als manchmal auch in großen Meuten zusammenhielten, wie sie uns von den eurasischen Wölfen im Winter bekannt sind. Allerdings wurden keine Fälle gemeldet, in denen Beutelwölfe allein oder im Rudel Menschen angefallen und getötet hätten.

Inzwischen ebenfalls fast völlig durch Mensch, Buschfeuer und eingeführte Räuber stark reduziert sind die auf Australien beschränkten, abwechslungsreich gefärbten und eichhörnchenähnlichen Ameisenbeutler *(Myrmecobius fasciatus)*, die einer eigenen Familie (Myrmecobiidae) angehören. Diese rattengroßen Bodenbewohner ernähren sich hauptsächlich von Ameisen und Termiten, die sie wie die amerikanischen Ameisenbären (Myrmecophagidae) mittels ihrer langen, 10 cm weit vorstreckbaren Zunge aufnehmen. Die Ameisenbeutler haben einen buschigen Schwanz. Sie leben solitär und sind tagaktiv. Das Weibchen hat keinen Brutbeutel, es wirft etwa vier Junge.

Die Familie Peramelidae, Nasenbeutler oder Beuteldachse, zeigt kaum Ähnlichkeiten mit höheren Säugern. Ihren markantesten Vertretern begegnen wir in der auf Australien beschränkten Gattung *Macrotis*, den Kaninchen- oder Langohren-Nasenbeutlern, von denen es zwei Arten gibt. Die größere, der Großkaninchen-Nasenbeutler *(Macrotis lagotis)*, wird zuweilen in europäischen und amerikanischen

Tierparks gepflegt. Beide Arten leben in Parklandschaften, in denen sie sich tiefe Erdbauten graben und von Insekten und kleinen Wirbeltieren ernähren. Die Großkaninchen-Nasenbeutler besitzen ein langhaariges, ziemlich weiches Fell. Es ist auf der Körperoberseite blaugrau, auf der Unterseite weiß gefärbt. Den Teilnamen »Kaninchen« erhielten sie wegen ihrer sehr langen, dabei verhältnismäßig schmalen, beim Vergleich stark an »Hasenlöffel« erinnernden Ohren. Das Charakteristikum sämtlicher Peramelidae-Vertreter ist der lange, spitz auslaufende Schnauzenteil; seinetwegen werden sie mit vollem Recht Nasenbeutler genannt. Weniger zutreffend ist die oft für diese Tiere gebrauchte Bezeichnung Beuteldachse. Außer der Tatsache, daß sie tagsüber Zuflucht in selbst gewühlten oder verlassen aufgefundenen Erdhöhlen suchen, wie der eurasische Dachs auch, bestehen mit ihm oder anderen Dachsarten keinerlei Übereinstimmungen.

Die flinken Großkaninchen-Nasenbeutler sind langgeschwänzt. Ihr zwei Fünftel der gesamten Körperlänge messender Schwanz ist in seiner vorderen Hälfte kürzer, in der hinteren quastenartig lang behaart. Diese ausgesprochenen Dämmerungs- und Nachttiere erreichen Gesamtlängen bis 60 cm. Dem Menschen gegenüber sind sie harmlos und kaum in der Lage, sich zu verteidigen. Besonders interessant ist ihre Fortpflanzung. Die Nasenbeutler sind nahezu die einzigen Marsupialia, die eine Placenta bilden. Sie besitzen einen gut entwikkelten, nach hinten unten geöffneten Beutel. Die Tragzeit von *Perameles nasuta* beträgt 12,5 Tage und ist damit die kürzeste von allen Säugetieren. Ein gerade geborener Beuteldachs ist 13 mm groß und wiegt etwa 0,25 g. Im Normalfall kommen – obwohl die Zitzenzahl der Weibchen im allgemeinen größer ist – nur zwei bis sechs Junge voll zur Entwicklung. Die Vorderfüße der Jungen sind stark entwickelt. Die scharfen Krallen werden abgeworfen, nachdem das Junge in den Beutel geklettert ist. Nach etwa sieben Wochen sind die Beuteljungen behaart. Die Augen öffnen sich zwischen dem 44. und 48. Tag, einige Tage danach verlassen die Jungen den Beutel zum ersten Mal. Bis zum Alter von neun Wochen kehren sie noch immer in den Beutel zurück. Mit ungefähr zehn Wochen sind die Spitznasenbeuteldachse unabhängig vom Muttertier. Die Weibchen sind nach drei Monaten geschlechtsreif, bei den Männchen dauert es bis zu einem halben Jahr.

Eine der erstaunlichsten Konvergenzen von Beuteltier- und höheren Säugerformen treffen wir auf dem australischen Festland in den beiden Arten der Familie Notoryctidae, den Beutelmullen, an. Sie stellen dem Äußeren nach Übereinstimmung mit den Maulwürfen (Talpidae) und Goldmullen (Chrysochloridae) unter den Insectivora, im weitesten Sinne auch noch mit den Gürtelmullen (Dasypodidae) unter den Edentata dar.

Bisher sind von den Beutelmullen, diesen noch sehr wenig erforschten, unterirdisch lebenden Würmer- und Insektenfressern, zwei nicht wesentlich unterschiedliche Arten bekannt geworden, der Großbeutelmulle *(Notoryctes typhlops)* und der Kleinbeutelmulle *(Notoryctes caurinus)*. Sie leben in südlichen Teilen des Nordterritoriums und im Westen von Südaustralien. Die Entdeckung eines maulwurfähnlichen Tieres in Australien war um die Jahrhundertwende für die Zoologen eine Sensation.

Die Tierchen sind Einzelgänger, die flach unter der Erdoberfläche ihre Gänge wühlen, die hinter dem Tier wieder zusammenfallen. Einschließlich des 1 bis 2,5 cm messenden Stummelschwänzchens werden sie 9 bis 18 cm lang. Ihr kurzhaariges glänzendes Fell ist weiß bis goldgelb gefärbt. Die Haare stehen sehr dicht und fühlen sich seidig an. Am kurzen dicken Kopf, der ohne Hals in den walzenförmig plumpen Körper übergeht, fehlen Ohrmuscheln und Augen. Unter der Haut ist das Auge noch als undeutlicher Rest (nach Haltenorth ohne Pupille, Linse und Glaskörper) vorhanden. Der Nasenrücken ist, und das haben die Beutelmullen den altweltlichen Maulwürfen voraus, von einem gelb gefärbten Hornschild bedeckt. Vorderarme und Hinterbeine sind so stark verkürzt, daß Hand und Fuß unmittelbar aus dem Rumpffell herausragen. Die Krallen des dritten und vierten Fingers der Hände sind als starke Grabklauen entwickelt, die Füße geradezu ruderartig geformt, die Zähne des Unterkiefers bedeutend größer und stärker als die im Oberkiefer.

Ihre Beutelknochen sind nur noch rudimentär, der flache Beutel ist nach hinten geöffnet. Bemerkenswerterweise besitzen auch die Männchen eine angedeutete Beutelfalte. Im November wirft das nur zwei Zitzen besit-

Beutelmull *(Notoryctes typhlops)*. Unterirdischer Wühler in den Sandgebieten Mittelaustraliens. Den Maulwürfen konvergenter Marsupialia-Typ

zende Weibchen zwei Junge. Über deren Aufzucht ist noch nichts bekannt, wahrscheinlich erfolgt sie in einer tieferen Erdhöhle.

Nunmehr wenden wir uns den für Amerika typischen Marsupialia zu. Dort leben Vertreter von zwei Beutlerfamilien: einmal die im inneren und äußeren Körperbau noch sehr frühtertiäre Merkmale bewahrenden Caenolestidae, die Opossummäuse, und zum anderen die Didelphidae, die Beutelratten oder Opossums.

Von den erst im letzten Viertel des vergangenen Jahrhunderts in Südamerika entdeckten spitzmausgroßen und -ähnlichen Caenolestidae kennen wir bisher drei Gattungen mit je einer Art: die Ekuador-Opossummaus *(Caenolestes fuliginosus)*, die Peru-Opossummaus *(Lestoros inca)* und die Chile-Opossummaus *(Rhyncholestes raphanurus)*. Es sind durchweg äußerst versteckt lebende, sehr kleine Beutler des dichten Unterwuchses von Gebirgswäldern, die sich von Insekten und Würmern ernähren.

Die Caenolestidae sind in Bau und Habitus, wahrscheinlich auch in ihrer gesamten Biologie, als kaum veränderte Relikte der frühtertiären Ausgangsformen der Marsupialia zu werten. Über die meisten Einzelheiten der Lebensweise, Fortpflanzung und des Verhaltens der rezenten Opossummäuse sind wir noch wenig informiert. Im Falle der Chile-Opossummaus treffen wir bei diesen primitiven Tierchen auf die Entwicklung eines Fettschwanzes. Diese Anpassung an nahrungsarme Zeiten und Umwelten tritt innerhalb der Ordnung Marsupialia – besonders auffällig bei einigen Vertretern der progressiven Didelphidae Amerikas – wiederholt in Erscheinung. So bei der als vorwiegend räuberischer Boden- und Baumbewohner von Guayana bis Patagonien im östlichen Südamerika vorkommenden Dickschwanzbeutelratte *(Lutreolina crassicaudata)*, übersetzt: Dickschwänziges Fischotterlein. Diese in Färbung und Gestalt mit dem in Sibirien beheimateten Feuermarder oder Kolinsky auffallend übereinstimmende Didelphidae-Art

Nordamerikanisches Opossum *(Didelphis marsupialis)*. Standardtyp der Beutelsäuger Amerikas. Sehr zählebiger Kulturfolger von Hauskatzengröße

(worauf Haltenorth hinweist) wird in ihrer quecksilbrig huschenden Suchjagdweise von ihrem Dickschwanz kaum behindert, obwohl er über die Hälfte der Gesamtlänge des Tieres (etwa 65 cm) mißt. Er ist nur im behaarten ersten Drittel als Fettspeicher verdickt, während der restliche, sich bis zur Spitze verjüngende Teil dünn und nackt bleibt. Der Schwanz ist weniger greiffähig als der des Opossums.

Von den insgesamt 9 Beuteltierfamilien mit 71 rezenten Gattungen, 241 Arten und 469 Unterarten entfallen – nach Haltenorth – auf die amerikanische Familie Didelphidae allein 12 rezente Gattungen mit 76 Arten und 163 Unterarten. Der Name Didelphidae nimmt auf eine prinzipiell für alle Vertreter der Ordnung Marsupialia obligate Eigentümlichkeit des Geschlechtsapparates Bezug, nämlich auf die zwiefache Gebärmutter. Diesem Doppelgang-System entsprechen die jeweiligen Penis-Ausbildungen des männlichen Genitalapparates. Die Eichel (Glans) ist meist tief gespalten, endet also – wie eine Gabel mit zwei Zinken – in zwei mehr oder weniger freistehenden Zipfeln.

Auf Grund dieser besonderen Konstruktion der Fortpflanzungswerkzeuge gab Linné 1758 allen Vertretern der bekanntesten amerikanischen Beuteltierform, dem Gemeinen Opossum, den Gattungsnamen *Didelphis* und den Artnamen *marsupialis*. Diesen Prototyp der amerikanischen Beutelratten wollen wir hier, stellvertretend für alle übrigen Gattungen, ausführlicher behandeln.

Didelphis marsupialis wird in der Literatur häufig als Amerikanisches Opossum bezeichnet, da zu Unrecht im Englischen auch mehrere Gattungen und Arten der australischen Kletterbeutler (Phalangeridae) den Namen Opossum tragen. Das gilt insbesondere für den bereits besprochenen Pelzlieferanten Fuchskusu *(Trichosurus vulpecula)*. Eine bedeutendere Rolle als Pelztier spielt jedoch das Amerikanische Opossum, weil dessen Fell auch bei dauerndem Gebrauch noch recht haltbar und ansehnlich bleibt. Natürlich schwankt seine Bewertung im Handel entsprechend der jeweiligen Modegeschmacksrichtung. Färbung und Haarstruktur sind recht eigenartig. Das dichte Wollhaar ist stark wellig. Die viel sporadischer stehenden, da spärlicher vorhandenen, kräftigen Grannenhaare sind beträchtlich länger als die Unterwolle. Sie ragen demzufolge auffällig aus ihr heraus. Das Wollhaar und die untere Hälfte der Grannen sind weiß bis weißgrau gefärbt. Die hervorstehende obere Grannenhälfte ist jedoch dunkel pigmentiert, so daß das Opossumfell eigentümlich weißgrau oder weißgraubraun aussieht. Da die Grannenhaare im mittleren und unteren Schaftteil wie die Wollhaare gewellt sind, drehen sich beide an der Fellbasis ineinander. Die so hervorgerufene Verfilzung macht das Opossumfell dicht und wasserundurchlässig. In den Vereinigten Staaten wurden jährlich zwei bis drei Millionen Opossumpelze als Rauchware gehandelt. Ferner wird das Opossum auch wegen seiner schweren Räubereien in den Geflügelställen verfolgt, erst in zweiter Linie, um sein Wildbret zu erlangen. Der Genuß des Fleisches ist nicht jedermanns Sache, da es stark nach Knoblauch duftet und ebenso schmeckt.

Die nordamerikanischen Opossums der Unterart *Didelphis marsupialis virginiana* sind die größten und schwersten Vertreter der von Nordamerika bis Südperu und Nordargentinien verbreiteten Gattung *Didelphis*. Sie erreichen Gesamtlängen von 80 cm. Die anderen Unterarten und die der zweiten, zur gleichen Gattung gehörenden Art, des Südopossums *(Didelphis paraguayensis)*, bleiben etwa 10 cm kürzer. Die damit etwa hauskatzengroßen, niedrigläufigen und langgestreckten Opossums ähneln stark den Ratten. Ihr gewöhnlich mit einer schwarzen Gesichtszeichnung verzierter Kopf läuft in einer spitzen Schnauze aus und ist mit langen Schnurrhaaren versehen. Die großen häutigen Ohren können zusammengefaltet werden. Das Gebiß weist im Normalfall 50 Zähne auf, es kommen aber auch überzählige Zähne vor. Die vielen Schneidezähne sind kräftig und die Mahlzähne mit spitzen Hökkern ausgestattet. Dadurch ist das Gebiß ein ideales Werkzeug zum Töten von Wirbellosen und kleinen Wirbeltieren. Verzehrt werden Säugetiere, Vögel und Reptilien, notfalls Amphibien und Eier, ebenso an Land gespülte Fische und anderes Aas. Weiche Vegetabilien, vor allem Früchte, und – da sich Opossums als Kulturfolger auch in menschlichen Ansiedlungen, selbst in Großstädten, »breit machen« – sogar Brot und gekochte Küchenabfälle verschmähen sie ebenfalls nicht. In Geflügelfarmen eingedrungene Opossums verhalten sich wie Marder. Sie bringen alles um, was erreichbar ist, und laben sich zunächst nur an dem ausströmenden Blut. So großen Schaden sie dadurch anrichten, so nützlich werden sie andererseits, indem sie schädliche Nagetiere vernichten. Dafür ein Beispiel: Vor Nord- bis Südamerika verursacht die in Millionen Exemplaren auftretende Baumwollratte, der sogenannte Borstige Schlingenzahn *(Sigmodon hispidus)*, enorme Schäden in Pflanzenkulturen, vor allem in Baumwollfeldern. Ihr spezifischer Feind ist das Opossum, das sie in großen Mengen vertilgt. Im Kampf ums Dasein hilft den amerikanischen Beutelratten auch ihre Fähigkeit, Kälte- und Hungerperioden durch einen Lethargiezustand zu überwinden, der an den Winterschlaf einiger Höherer Säugetiere erinnert.

In ihrem Verbreitungsgebiet sind Opossums gewissermaßen allgegenwärtig. Seit 1920 sind die Opossums die am weitesten nach Norden vorgedrungenen Beuteltiere der Welt geworden, denn sie haben bereits Kanada erreicht. Inzwischen hat man das amerikanische Opossum auch in Neuseeland eingebürgert, wo es sich millionenfach vermehrt hat. Man findet die Tiere in Busch- und Parklandschaften, in Kulturpflanzungen aller Art, einschließlich Getreidefeldern, auf Haus- und Speicherböden, in Hausgärten und bis in Höhen von 4000 m im Gebirge. Auf dem Erdboden sind sie bei weitem nicht so behende und schnell wie im Geäst von Bäumen und Büschen. Ihrem Bau nach haben wir ausgesprochen kletterbegabte Beuteltiere vor uns. Der mit Ausnahme der Schwanzwurzel nackte und kräftige Schwanz ist ein vollendeter Greifschwanz. Mit ihm kann das Opossum nicht nur Äste fest umschlingen, sondern sich auch »freischwebend« daran aufhängen. Kopfunter vermag es in dieser Hängepose Stunden zuzubringen und sich auszuruhen. Der Greifschwanz ist die unentbehrliche fünfte »Extremität«. Durch seinen Gebrauch behält das Tier die Vorderfüße zum Ergreifen und Verzehren der Beute frei. Das Opossum faßt nämlich wie unser Eichhörnchen seine Nahrung mit beiden Vorderpfoten und führt sie dann dem Maule zu. Die Opossumhände sind den Menschenhänden recht ähnlich. Der sehr bewegliche Daumen ist den vier anderen Fingern zangenartig gegenübergestellt. Die Opossumfüße besitzen fünf Zehen. Finger und Zehen tragen Krallen.

Normalerweise jagen Opossums nachts und in der Dämmerung und schlafen tagsüber in Erdlöchern und Baumhöhlen. Einen festen Standort sollen die Tiere nur selten innehaben. Im Gegensatz zu vielen australischen Beuteltieren vermehren sie sich stark. Ihr voll ausgebildeter Beutel ist nach vorn geöffnet. Die Zitzenzahl kann 5 bis 13 betragen. Nur während der Paarungszeit finden sich die Geschlechter zusammen, wobei zwischen Weibchen und Männchen Beißereien stattfinden. Nach kurzer Tragzeit von zwölf bis dreizehn Tagen bringt das Opossumweibchen viele winzige Junge zur Welt. Zur Aufzucht im Beutel kommen davon in der Regel nur vier bis elf. Das neugeborene Junge bewegt sich selbständig von der Vulva auf den Beutel zu. Ein erheblicher Teil der so zahlreichen larvenähnlichen Jungen fällt dabei zu Boden und kommt um. Nach etwa 70 Tagen ist die Säugezeit zu Ende. Bereits nach 24 bis 26 Wochen sind die weiblichen, nach 32 bis 35 Wochen die männlichen Nachkommen fortpflanzungsfähig. Das mütterliche Tier wirft nach seinem ersten Wurf gewöhnlich noch ein- bis zweimal – höchstens noch ein drittes Mal – im Jahr und zieht die Jungen auf. Bei einigen Didelphidae-Gattungen und -Arten trägt die Mutter ihre kleinen, dann bereits sehenden Jungen auf dem Rücken mit sich herum, wo sie sich im Fell festklammern. So »ideal« allerdings, wie das auf alten Zeichnungen oder Museumspräparaten der Äneas-Beutelratte wiedergegeben wird, daß sich nämlich die »korrekt und diszipliniert« auf dem Rücken der Mutter aufgereihten Kleinen mit ihren Greifschwänzchen an dem kopfwärts gebogenen Greifschwanz der Mutter festklammern, kommt es in freier Natur kaum vor, zumindest nicht ständig. Dadurch wäre ja der Greifschwanz der Mutter für jede sonstige Betätigung blockiert.

Gelbwollbeutelratte *(Caluromys philander)*. Baumbewohnender Raubbeutler mit nacktem, überkörperlangem Greifschwanz. Kommt von Brasilien bis Venezuela vor

Bei der Äneas-Beutelratte *(Marmosa murina)*, heute auch Mauszwergbeutelratte genannt, fiel jene etwas seltsame Art und Weise der Jungenpflege zuerst auf. Diese, übrigens beutellosen, maus- bis rattengroßen Didelphiden verfügen über einen sehr langen Greifschwanz, der drei Fünftel ihrer Gesamtlänge von 25 bis 35 cm mißt. Mauszwergbeutelratten sind weit über Süd- und Mittelamerika, einschließlich der benachbarten Inseln, verbreitet. Äneas-Beutelratten heißen sie nach dem sagenhaften trojanischen Helden Aeneas, der angeblich nach der Eroberung Trojas durch die Griechen seinem Vater und seinem kleinen Sohn das Leben rettete, indem er sie auf dem Rücken forttrug und so in Sicherheit brachte.

Übrigens besteht einigermaßen begründete Aussicht, daß sich Zwergbeutelratten der Gattung *Marmosa* eines Tages auch in Mitteleuropa verbreiten könnten. Niethammer schreibt darüber: »Geradezu unvorstellbar hat in den letzten Jahrzehnten der Verkehr zu Land, zu Wasser und durch die Luft zugenommen. Damit steigen noch immer die Chancen der Kleinsäugetiere, mit Gütern aller Art verfrachtet zu werden. So gelangen bisweilen Zwerg-

Vieraugenbeutelratte *(Metachirops opossum)*. Bäume bewohnender Raubbeutler Mittel- bis Südamerikas. Der Name nimmt Bezug auf das grellweiße Überaugenfleckenpaar

beutelratten *(Marmosa spec.)* per Schiff von Südamerika in unseren Raum. Die gern in den Fruchtständen von Bananen schlafenden Tierchen werden zusammen mit Eidechsen, Gekkos, kleinen Schlangen, Fröschen, Spinnen und Insekten gelegentlich mit den empfindlichen Früchten als blinde Passagiere eingeschmuggelt.«

Beutelratten erreichen im allgemeinen ein Alter von fünf bis acht Jahren. Selbst bei schwersten Verletzungen erweisen sie sich meist als äußerst lebensfähig und »zäh«. Geradezu sprichwörtlich ist in Nordamerika diese allgemeine Didelphidae-Eigenschaft in bezug auf das Amerikanische Opossum geworden. Das Tier setzt sich gewöhnlich gegen Menschen nicht zur Wehr. Wenn es »niedergeknüppelt« oder von Hunden abgeschüttelt wird, stellt es sich bald tot. Diese Fähigkeit ist so vollendet entwickelt, daß man in den USA scherzhaft im übertragenen Sinne die Redewendung gebraucht, jemand »spiele gerade Opossum«. Das allem Anschein nach getötete, von äußersten Verletzungen bedeckte und innerlich durch Knochenbrüche zertrümmerte Tier kehrt in einem unbeobachteten Augenblick wieder »ins Leben« zurück. Das geschieht manchmal erst nach Stunden. Dann aber versucht es, sich so schnell wie möglich »aus dem Staube zu machen«. Das gelingt nicht selten so gut, daß es auf Nimmerwiedersehen verschwindet und seine Peiniger das Nachsehen haben!

Von der im Durchschnitt 13 g wiegenden Zwergbeutelratte *(Marmosa microtarsus)* ist bekannt, daß sie in eine Tagesschlaflethargie verfällt und einen Winterschlaf hält, wobei die Körpertemperatur auf 16 °C sinkt.

Vertreter zahlreicher Unterarten von *Didelphis marsupialis* gelangen relativ oft in europäische zoologische Gärten und sind hier leicht zu halten. Amerikanische Opossums haben sich in Gefangenschaft schon wiederholt mit Erfolg vermehrt. Obwohl man diese Dämmerungs- und Nachttiere durch Verlegen ihrer Fütterungszeit zu tagsüber aktiven Zootieren

Mauszwergbeutelratte *(Marmosa murina)*. Einzeltiere der etwa 60 Zwergbeutelrattenarten Süd- und Mittelamerikas werden gelegentlich als blinde Passagiere mit Südfruchttransporten in europäische Häfen eingeschleppt

»umerziehen« kann, machen sie als Schaustücke leider nur wenig »her«, so daß sie trotz ihrer wissenschaftlichen Bedeutung nur geringes Interesse bei Zoobesuchern erwecken.

Teilklasse Eutheria – Höhere Säuger
Kohorte Unguiculata – Krallenträger

Ordnung Insectivora – Insektenfressende Säugetiere

Insektenfressende Säugetiere sind der Forschung bereits aus der Oberen Kreide bekannt. Das heißt, sie kamen schon vor rund 135 Millionen Jahren auf der Erde vor. Sie sind als die Wurzel, aus der sich die höheren Säuger bis zur Gegenwart weiterentwickelt haben, zu betrachten. Schon im Eozän existierten Maulwürfe und Spitzmäuse, mindestens seit dem Miozän auch Igel, deren Organismus sich in Bauplan und Funktion nicht wesentlich von dem ihrer rezenten Nachkommen unterschieden haben dürfte. Während des Pleistozäns lebten im heutigen Mitteleuorpa Vertreter von wenigstens sieben Insectivora-Gattungen, von denen fünf bis heute überlebten: *Erinaceus*, Igel; *Talpa*, Maulwürfe; *Sorex*, Waldspitzmäuse; *Neomys*, Wasserspitzmäuse, und *Crocidura*, Weißzahnspitzmäuse. Zwei sind in diesem Gebiet inzwischen verschwunden: *Drepanosorex* und *Desmana*. Vertreter der Gattungen *Desmana*, der Bisamrüßler oder Wassermaulwürfe, finden sich noch als Relikte in einer Art auf der Iberischen Halbinsel und in einer anderen größeren Art im Südosten des europäischen Teils der Sowjetunion. Eigenartigerweise kennen wir aus Australien und Südamerika keine fossilen Insectivora-Angehörigen. Dort werden sie durch fossile Reste von Beuteltieren ersetzt, die diese Erdteile noch erreichten, ehe sie sich isolierten. Die Insectivora vermochten das gleiche anscheinend nicht mehr, besiedelten aber mit Erfolg – neben Eurasien und Afrika – in großer Artenfülle Nordamerika. Auch heute gibt es nur wenige Insectivora-Arten, die – von Nordamerika aus – über Mittelamerika in jüngerer Zeit Südamerika erreicht haben. Allerdings weist die mittelamerikanische Inselwelt eine sehr interessante, auf Haïti und Kuba endemische Insectivora-Familie, die Schlitzrüßler (Solenodontidae) auf.

Nicht weniger seltsame Insectivoren, die wieder ganz anders aussehen als die Schlitzrüßler, haben wir in den Familien Tenrecidae, Madagaskarigel, Potamogalidae, Otterspitzmäuse, in Westafrika und Chrysochloridae, Goldmulle, in Südafrika vor uns. Afrika wird auch von den eigenartigen Rüsselpringern (Familie Macroscelidae) bewohnt. Das sind ihrer stark verlängerten Hinterbeine wegen zwar wie Wüstenspringmäuse erscheinende und sich wie sie hüpfend fortbewegende, sonst jedoch typische Insectivoren. Ähnlich wie bei anderen Insectivora-Arten, hier aber besonders stark ausgeprägt, ist ihre Schnauze sehr lang rüsselförmig ausgezogen, was ihnen den treffenden deutschen Namen eingetragen hat. Wegen der großen Lappenohren einiger Arten bezeichnet man sie oft als Elefantenspitzmäuse.

Alle rezenten Insectivora sind relativ kleine bis kleinste Säuger. Lange Zeit galt die mitteleuropäische Zwergspitzmaus *(Sorex minutus)* (die Gesamtlänge der erwachsenen Tiere beträgt 7,4 bis 11 cm, wovon etwa vier Neuntel auf den Schwanz entfallen) als das kleinste Säugetier. Seit geraumer Zeit weiß man aber, daß ihre südeuropäische Verwandte, die kurzschwänzigere Etrusker-Spitzmaus *(Suncus etruscus)*, noch kleiner ist. Ausgewachsene Exemplare erreichen die Gesamtlänge von 7 bis

8,1 cm und wiegen nur etwas über 2 g, Zwergspitzmäuse erreichen dagegen ein Gewicht bis 7,5 g. Ein Drittel davon mißt der Schwanz. Ebenso winzig wie *Suncus etruscus* ist *Sorex minutissimus* aus der Sowjetunion und Asien. In Europa wurde die Kleinspitzmaus neuerdings in Finnland gefunden.

In Nordamerika leben überdies ausgesprochen stummelschwänzige Gattungen und Arten, die wir als Kurzschwanzspitzmäuse zusammenfassen. Bei anderen Insectivorenfamilien finden wir sowohl schwanzlose und kurzschwänzige als auch mittellang und geradezu abnormal langgeschwänzte Arten. So lebt auf Madagaskar der Langschwanztenrek *Microgale longicaudata*, dessen Schwanzlänge mehr als zwei Drittel der Gesamtlänge ausmacht, also die doppelte Kopf-Rumpf-Länge beträgt. Gemeinsam mit den Langschwanz-Schuppentieren (Ordnung Pholidota) sind die Langschwanztenreks die Säugetiere mit den relativ längsten Schwänzen überhaupt! Als die verhältnismäßig größten rezenten Insectivoren sind die westafrikanische Otterspitzmaus *(Potamogale velox)* mit 60 cm Gesamtlänge, wovon die Hälfte auf den Schwanz entfällt, der Kubanische Schlitzrüßler *(Solenodon cubanus)* mit 50 cm Länge bei 30 Prozent Schwanzanteil und der schwanzlose Tenrek *(Tenrec [Centetes] ecaudatus)* mit 40 bis 45 cm Körperlänge zu nennen.

»Ein Glück« für die anderen Tiere, die neben den drei oben genannten, noch nicht einmal mittelgroßen Säugern die gleichen Gebiete bewohnen, daß jene drei Insektenfresserformen schon die größten Vertreter ihrer Ordnung sind. Alle Insectivoren sind nämlich beispiellose Räuber. Die meisten benötigen täglich etwa das eigene Körpergewicht an animalischer Kost, um leben zu können. Sie verschmähen deshalb auch das Aas von großen Tierkadavern nicht. Ölhaltige Pflanzensamen, beispielsweise Kürbiskerne, werden von einigen Arten gelegentlich mit verzehrt. Den

Haiti-Schlitzrüßler *(Solenodon paradoxus).* In je einer endemischen Reliktart haben sich auf Haiti und Kuba (dort „Almiqui" genannt) diese großen altertümlichen Insektenfresser erhalten

Hauptanteil ihrer Tagesration bildet jedoch selbst erjagte Beute.

Würden Insektenfresser die Größe von Bären, Löwen oder Tigern erreichen und sich dabei in so großem Maße vermehren wie die Spitzmäuse, so wären sie zweifellos in der Lage, alles Leben weit und breit zu vernichten. Allein ihr Gebiß , in die Größenverhältnisse eines Löwengebisses übertragen, erschiene uns erschreckend genug. Zwar variieren die Schneidezähne in der Zahl, gewöhnlich sind es aber in jeder Oberkiefer- und Unterkieferhälfte drei, insgesamt also schon zwölf spitze Dolche. Die beiden äußersten auf jeder Seite unten und oben sind besonders stark und groß. Daran gemessen bleiben die auf jeder Seite unten und oben nur einmal vorhandenen, meist scharfspitzigen Eckzähne relativ klein. Sie weichen auch in Form und Größe wenig von den kegelförmigen, zuweilen viermal in einer Reihe vorhandenen, meist einspitzigen Praemolaren ab.

Bei den Soricidae ist der vierte Praemolar molariform. Die dann folgenden, viel kräftigeren Backenzähne (Molaren) – gewöhnlich stehen drei hintereinander – weisen jeweils mehrere scharfe Zacken auf. Sämtliche Zähne des Insectivorengebisses – bei einigen Arten sind es 44 – enden also oben in scharfen Spitzen.

Insektenfresser sind Sohlengänger. Die Fußsohlen bleiben nackt. Die Füße weisen in der Regel fünf Zehen auf, die mit kräftigen Krallen ausgestattet sind.

Exotische Arten werden in zoologischen Gärten leider nur selten gezeigt. Ihre Gefangenschaftshaltung ist im allgemeinen recht schwierig und umständlich. Die beiden seltsamen mittelamerikanischen Schlitzrüßlerarten, die auch in europäischen Tiergärten früher einige Male zur Schau gestellt wurden, sind heute auf Haïti und Kuba schon fast ausgerottet und praktisch nur noch »überlebende Fossilien«. Völlig überrascht waren die kubanischen Zoologen, als am 17. April 1975 bei Barocoa in der Provinz Oriente nach langen Jahren ein Exemplar lebend gefangen werden konnte.

Die Otterspitzmäuse Westafrikas sind noch kaum erforscht. Wir kennen bisher drei Arten: eine Riesenart, die der Wissenschaft schon seit 1860 bekannte, in Westafrika weit verbreitete eigentliche Otterspitzmaus *(Potamogale velox)*, eine mittelgroße, erst 1955 beschriebene Art *Mesopotamogale ruwenzorii* aus dem östlichen Ruwenzorigebiet und eine zwerghafte, *Micropotamogale lamottei*, die 1954 im Norden von Liberia entdeckt wurde. Über diesen Otterspitzmauszwerg sind wir (1964) ausgezeichnet durch Kuhn unterrichtet worden, unter anderem darüber, daß alle Otterspitzmäuse auf Süßwasserkrabben als Nahrung spezialisiert sind. Es werden daneben viele andere Wassertiere, soweit sie zu überwältigen sind, gefressen. Charakteristisch für die Otterspitzmäuse ist der vom Nerz bekannte Glanz des schwarzbraunen Felles auf der Oberseite. Alle besitzen ein verhorntes Nasenschild. Die Augen sind verhältnismäßig klein und spielen als Sinnesorgane anscheinend eine untergeordnete Rolle. Auch die Ohranhänge sind relativ klein. Nur bei *Mesopotamogale ruwenzorii* sind die Finger der Hände und die Zehen der Füße durch Schwimmhäute miteinander verbunden. Die Riesenart hat einen sehr großen, seitwärts abgeplatteten und an der Wurzel stark verdickten Schwanz. Alle drei Otterspitzmausarten besitzen Gebisse mit 40 Zähnen.

Die farbenprächtigsten Insektenfresser sind die über Afrika in etwa fünf Gattungen und noch weit mehr Arten verbreiteten Goldmulle (Familie Chrysochloridae). Sie ähneln in Körperbau und ihrer unterirdischen Lebensweise stark unserem Maulwurf. Allerdings ersetzen bei ihnen enorme Klauen an den Vorderfüßen die bekannten zu Grabschaufeln umgeformten »Maulwurfshände«. In der Färbung weichen die Tiere völlig von unserem schwarzsamtenen Maulwurf ab. Ihr Fell schimmert in goldenem oder grünlich goldenem Metallglanz. Darauf nimmt auch der wissenschaftliche Name Chrysochloridae Bezug. Übrigens gehören die Goldmulle neben den Blindmäusen zu den wenigen völlig blinden Säugetieren.

Im Gegensatz zum Maulwurf fehlt den Goldmullen ein Schwanz. Ihre Augen sind mit behaarter Haut überwachsen. Das Gehör ist gut, obwohl ihnen, wie dem Maulwurf, äußere Ohrmuscheln fehlen. Die Ohreingänge sind vom Kopffell verdeckt, die Schnauze ist mit einem Hornschild bedeckt.

Rüsselspringer oder Elefantenspitzmaus (Familie Macroscelidae). Über ganz Afrika verteilt gibt es eine kaum übersehbare Artenfülle dieser kleinen Insectivoren. Der Rüssel leistet ihnen vorzügliche Dienste beim Termitenfang

Streifentenrek oder Halbborstenigel *(Hemicentetes semispinosus).* Der falsche Eindruck einer Streifung wird durch schwarze Haarborstenbüschel hervorgerufen, die zwischen den gelben Stachelreihen stehen

Unserem Igel ziemlich ähnlich – wenn auch zu einer primitiveren formenreichen Familie mit fünf Arten, den Madagaskar- oder Borstenigeln (Tenrecidae), gehörend – ist der Tenrek *(Tenrec [Centetes] ecaudatus).* Seinen Körper bedecken Stacheln, Borsten und Haare, die untereinander fließende Übergänge zeigen und uns dadurch verdeutlichen, daß Stacheln nur umgewandelte Haare sind. Dieser Insektenfresser lebt – vom Menschen und von mancherlei Vierfüßern und Vögeln stark verfolgt – in selbstgegrabenen Erdhöhlen bergiger Gebiete Madagaskars und einiger benachbarter Inseln. Nach Art von Schweinen wühlt er bei der Nahrungssuche gern mit seiner spitzen Schnauze im Schlamm. Während der Trockenzeit hält er eine längere Ruhe.

Die 200 bis 800 g schweren Tenreks vermögen in eine Tagesschlaflethargie zu verfallen. Sie halten auch Winterschlaf, wobei die Körpertemperatur je nach Art auf 20 °C bis 10 °C sinkt. Bei Gefahr verbreitet er starken Moschusgeruch um sich. Trotzdem wird er von den Einheimischen auf Madagaskar gegessen. Bester Schutz gegen die drohende Ausrottung ist seine enorme Fruchtbarkeit. 12 bis 16 Junge bringt eine Tenrekmutter je Wurf zur Welt. Solange die Jungen von der Mutter geführt werden, verteidigt diese ihre Nachkommenschaft bei Gefahr aufopfernd. Die kleinen Tenreks entwickeln sich jedoch rasch und stehen schon bald auf eigenen Füßen.

Untereinander sind diese großen madagassischen Borstenigel durchaus friedlich. In den europäischen zoologischen Gärten werden Tenreks – als eine der größten Insektenfresserarten – hin und wieder zur Schau gestellt, sind dort aber wenig lebhaft und schlafen tagsüber meist. In ihrer Heimat sind sie nämlich ausgesprochene Nachttiere, die erst nach Sonnenuntergang ihre Baue verlassen, um Nahrung zu suchen.

Igeltenrek *(Ericulus [Setifer] setosus).* Obwohl keine engere Verwandtschaft besteht, äußerlich unserem Igel sehr ähnlicher, nur kleinerer, mit Stacheln bedeckter Tenrektyp. Auch sein kurzer Schwanz trägt Stacheln.

Großer oder Schwanzloser Tenrek *(Tenrec [Centetes] ecaudatus),* die am längsten bekannte der zahlreichen, auf Madagaskar beschränkten Tenrekformen

Überfamilie Erinaceoidea – Igelartige
Familie Erinaceidae – Igel

Die Überfamilie Erinaceoidea, Igelartige, wird durch die Familie Erinaceidae, Igel, repräsentiert. Diese teilt sich in zwei Unterfamilien auf: die Erinaceinae, Stacheligel, und die Echinosorcinae, Haar- oder Rattenigel. Stacheligel und Haarigel ähneln sich äußerlich nur wenig. Der innere Bau, bsonders das Skelett, zeigt jedoch die nahe Verwandtschaft. Ein kleiner Haarigel aus Südwestchina beweist das anatomisch sehr deutlich.

Alle Igelartigen erweisen sich durch Körperbau und physiologische Eigentümlichkeiten als recht ursprüngliche und altertümliche Säugetiere. Man hat versteinerte Skelettreste gefunden, die sich, obwohl etwa 50 Millionen Jahre alt, kaum von den entsprechenden Knochen der rezenten Erinaceoidea unterscheiden. Wir dürfen daraus schließen, daß die Stammformen unserer heutigen Igelartigen im frühen Tertiär bereits existierten. Auch ihre Lebensweise dürfte dieselbe gewesen sein. Trotz dieses hohen Alters gehören die Erinaceoidea noch heute zu den lebenstüchtigen Säugetierformen, die sich nicht nur ihren Verbreitungsräumen gegen alle Gefahren der belebten und unbelebten Umwelt behaupten, sondern sich auch unter günstigen Umständen in kleinen Schritten weiter auszubreiten vermögen. Selbst wenn viele rezente, hochentwickelte, phylogenetisch aber weit jüngere Säugetierordnungen, -familien, -gattungen und -arten längst ausgestorben, das heißt durch mittelbaren oder unmittelbaren Einfluß des Menschen ausgerottet sein werden, dürften wahrscheinlich wildlebende Igelartige noch immer auf der Erde anzutreffen sein!

Als Prototyp der Stacheligel soll hier der allbekannte Europäische Igel *(Erinaceus europaeus)* dargestellt werden. Alle anderen Stacheligelarten sind unserem Europäischen Igel äußerlich, schon durch das allen gemeinsame Stachelkleid bedingt, und in ihrer Biologie sehr ähnlich. Allerdings unterscheiden sie sich in Einzelheiten der Anatomie, zum Beispiel in der Extremitätenlänge, in der Färbung und den bevorzugten Aufenthaltsräumen. Unser einheimischer Igel wird im allgemeinen bis 30 cm lang.

Der kurze Schwanz ist äußerlich nicht sichtbar.

Sieht man von seinem kennzeichnenden Stachelkleid ab, erinnert uns ein laufender Igel stark an ein kleines, fettes, sehr kurzbeiniges Schweinchen, ein Eindruck, der besonders durch die spitze Schnauze und auch durch Anordnung und Form seiner Ohren verstärkt wird. Der Rücken ist von etwa 16000 Stacheln bedeckt. Andere Haarformen – auch die Stacheln sind ihrer Entstehung nach Haare – finden sich nicht inmitten des Stachelkleides. Jeder dieser nicht gleichmäßig großen Stacheln ist ungefähr 1 mm stark und 2 bis 3 mm lang. Der Besitz von Stacheln ist ein sehr altertümliches Merkmal, das nicht nur den Erinaceinae zukommt. Wir kennen es, außer von den Tenreks, in der rezenten Säugetierwelt noch von den Ameisenigeln (Tachyglossidae) unter den Monotremata und einigen Nagetierfamilien, zum Beispiel den direkt nach ihnen benannten Stachelschweinen (Hystricidae).

Jeder Igelstachel hat ungefähr in der Mitte seinen größten Durchmesser. Oben läuft er in einer scharfen Spitze, unten in einer stumpfen Kolbenspitze aus. Mit der letzten ist er schräg nach hinten zu in der zähen Rückenhaut verankert. Im Innern sind alle Stacheln mit Mark gefüllt. Bei ganz jungen Igeln sind sie noch weiß gefärbt, im Alterskleid dunkelbraun und weiß gebändert, wobei die Mitte im wesentlichen weiß bleibt, wenn man von ihrer hauchfeinen dunkleren Längsstreifung absieht. Diese Längsstreifung wurde früher für eine Längsfurchung gehalten. Alle Igelstacheln sind aber durchaus glatte Gebilde. Sie werden wahrscheinlich nur bei Bedarf erneuert und ergänzt und unterliegen keinem ein- oder mehrmaligen Wechsel im Jahr, was dem Sommer- und Winterhaarwechsel bei anderen Säugern entspräche. Normalerweise sind die Igelstacheln schwanzwärts gerichtet und liegen dem Körper weich, locker und glatt an. Nur das erschreckte Tier spreizt sie ab. Aufgerichtet und gestrafft werden sie durch ruckartiges Zusammenziehen der sehr kräftigen und elastischen Rückenmuskulatur. Das geschieht auch dann, wenn sich der Igel bei Gefahr zur Stachelkugel zusammenrollt. In diesem Zustand kann er erstaunlich lange verharren, beim Winterschlaf sogar wochenlang.

Im Gesicht und am Unterkörper tragen Igel keine Stacheln, sondern normale Haare. An den Körperseiten jedoch, wo die Rückenbestachelung in das Bauchhaarkleid übergeht, findet man deutliche Übergangsformen zwischen Stachel und Haar.

Die Fähigkeit, sich bei Gefahr zu einer Kugel zusammenzurollen, ist keine ausschließliche Eigenart der Igel. Dieses Mittel passiver Verteidigung wenden auch andere aktiv fast wehrlose Säuger an, so Gürteltiere (Überfamilie Dasypodoidea) und Schuppentiere (Ordnung Pholidota). Bei den Erinaceinae beruht diese Fähigkeit auf dem Besitz eines besonderen Hautmuskelschlauches, der wie eine Schildkrötenschale über die gesamte Rückenpartie ausgebreitet ist. Kontrahiert dieser Musculus orbicularis bei Gefahr oder beim Einnehmen der Winterschlafstellung krampfartig, so werden besondere Zugmuskeln aktiviert, die den Kopf und die Extremitäten tief unter diese Kugelhaube ziehen und so ausgezeichnet vor dem Zugriff tierischer Feinde oder vor strenger Kälte schützen. Deshalb sind die Halspartie der Igel und die sehr biegsame Wirbelsäule auch stark gekrümmt.

Ein solcher Körperbau wird in hohem Maße den biologischen Bedürfnissen des Igels gerecht, besonders der Art des Nahrungserwerbes und der passiven Feindabwehr. Der Sehfähigkeit kommt geringere Bedeutung zu. Dennoch haben Versuche ergeben, daß Seh- und Unterscheidungsvermögen seiner glänzenden schwarzen Augen, die einen Durchmesser von etwa 5 mm haben, verhältnismäßig gut sind. Jedenfalls ist er in der Lage, verschiedene Grauwerte und Helligkeiten wahrzunehmen. Inwieweit er zur genaueren Farbunterscheidung befähigt ist, ist noch weitgehend ungeklärt. Zumindest weisen seine Beutetiere verschiedene Körperfärbungen auf. Ihre Genießbarkeit wird vermutlich in erster Linie durch Beriechen und Kosten erkannt.

Die Ohrmuscheln ragen nur wenig aus dem Kopffell heraus, scheinen ihre Funktion aber ausgezeichnet zu erfüllen, da Igel meist auf unterschiedliche Geräusche ganz bestimmt reagieren. Pfeifendschmatzende Laute veranlassen sie, jedesmal wieder erschreckt zusammenzufahren und sich mitunter einzukugeln. Auch die langen Schnauzentasthaare sind sehr empfindliche Alarminstrumente, wenn sie mit etwas Ungewöhnlichem in Berührung geraten. Die rüsselartige Nase erweist sich dadurch als Hauptsinnesorgan des Igels, da das Riechzentrum in dem sonst recht einfach gebauten Gehirn einen bemerkenswert großen Raumanteil beansprucht. Der Oberkiefer überragt den Unterkiefer beträchtlich, wodurch das Tier sehr gut in der Lage ist, kleine Beuteobjekte vom Erdboden aufzuheben. Das Gebiß besteht aus 36 Zähnen. Dem Spitzmausgebiß gegenüber ist das Igelgebiß nach dem Allesfressergebiß hin wesentlich progressiver, wie die sehr breiten, mit stumpfen Höckern versehenen Praemolaren zeigen. Als Greifzähne dienen den Igeln nicht wie bei den Raubtieren die Eckzähne, sondern die äußersten Vorderzähne auf beiden Seiten von Ober- und Unterkiefer (Incisivi). Sie sind, gemessen an den übrigen Vorderzähnen und den Eckzähnen, besonders groß, lang und spitz. Der Beute aufsammelnde Igel mit seinen verhältnismäßig weiten Rundgängen durch das Revier ist ein typischer Sohlengänger. Alle vier Füße tragen je fünf starke Krallen, die er besonders beim Scharren und Graben mit den gegenüber den Hinterbeinen kräftigeren Vorderbeinen benötigt.

Äußerlich kann man beide Geschlechter nur unterscheiden, wenn man sie am Nacken faßt und hochhebt. Die Penisscheide der Männchen liegt der Körpermitte viel näher als der schmale Scheidenschlitz des Weibchens. Die Weibchen besitzen am Rand des Unterkörpers fünf Paare bilateral-symmetrisch angeordneter Zitzen.

Physiologisch ist der Igel dadurch ausgezeichnet, daß er im Gegensatz zu allen anderen einheimischen Insektenfressern ein echter Winterschläfer ist. Diese Fähigkeit hat er mit sämtlichen Fledermäusen und einigen wenigen Nagetieren aus den Familien Sciuridae (Hörnchen: Murmeltiere und Ziesel), Cricetidae (Wühler: europäischer Hamster und Goldhamster), Gliridae (Bilche: Sieben-, Garten-, Baumschläfer und Haselmaus) und Dipodidae (Springmäuse: Birkenmaus) gemeinsam. Vom Ruheschlaf des Igels unterscheidet sich sein Winterschlaf dadurch, daß das Tier bei Eintritt einer anhaltenden Außen- und Bodentemperatur von etwa 8 bis 10 °C über Null in der Lage ist, ähnlich wie bei wechselwarmen Tieren, seine Körpertemperatur bis auf etwa 6 °C absinken zu lassen. In dem mit dem Maul zusammengetragenen dichten Moos-, Laub- oder Heunest zur Kugel zusammengerollt, kann es nun, falls nicht gestört, wochenlang in diesem Zustand verharren. Sinkt die Außentemperatur allerdings länger unter 6 °C, macht die Körpertemperatur des Igels einen Abstieg nicht mehr mit. Hält die niedrige Temperatur zu lange an, wirkt die den winterschlafenden Igel umgebende starke Kälte nach relativ kurzer Zeit als Weckreiz. Er »schaltet« wieder seine volle Wärmeregulierung ein und gewinnt nach einigen Stunden die Körpertemperatur wacher Igel zurück. Je nach der augenblicklichen Phase in dem für Igel charakteristischen 24stündigen Tagesrhythmus schwankt außerhalb des Winterschlafes seine Körpertemperatur zwischen 33,5 und 35,5 °C. Ähnlich ist das im sommerlichen Tagesverlauf. Auch fallender Luftdruck kann sein Erwachen aus dem Winterschlaf auslösen. Selbst das Berühren eines winterschlafenden Igels wirkt als Weckreiz. Sein Erwachen geht in diesem Fall verhältnismäßig rascher voran als unter normalen Umständen. Es dauert aber doch mindestens zwei Stunden. In der Natur, wenn das Erwachen aus dem Winterschlaf durch das Steigen der Umgebungstemperatur ausgelöst wird, nimmt das sukzessive völlige Erwachen des Igels wahrscheinlich zwölf und mehr Stunden in Anspruch. Aus dem Ruheschlaf, den der Igel übrigens nicht eingekugelt, sondern lang ausgestreckt hält, erwacht er bei Störungen dagegen sehr schnell.

Das Erwachen aus dem Winterschlaf ist für die Tiere mit starken Belastungen ihres Stoffwechsels und Energiehaushalts verbunden. Herter weist darauf hin, daß sie danach außerordentlich hungrig sind, und schreibt: »Wenn sie in der Natur während des Winters, in dem sie draußen kaum Nahrung finden, durch irgendwelche Störungen mehrmals geweckt werden, können sie daher sehr geschwächt werden und eventuell zugrunde gehen. Darauf ist es wohl zurückzuführen, daß man in sehr strengen Wintern häufig viele tote – vor allem jüngere – Igel findet. Wahrscheinlich sind diese Tiere nicht ›erfroren‹, sondern ›verhungert‹.« Schadlos überstehen erwachsene Igel den Winterschlaf nur, wenn sie das nötige Überwinterungsgewicht von 800 g aufweisen. In späten Würfen erreichen die einzelnen Tiere dieses Gewicht meist nicht und verenden deshalb sehr häufig im Verlauf des Winters. Freilich werden die meisten freilebenden Igel instinktiv versuchen, ein Winterquartier zu finden, in dem sie vor allzu großer Kälteeinwirkung und vor Störungen möglichst bewahrt bleiben. Da sie durch den Stachelpanzer große Mengen Körperwärme abgeben, andererseits im Winter nicht genügend Kleintiernahrung aufnehmen können, um den hohen Energieverlust während des Wachsens auszugleichen, ist ihre Fähigkeit der Winterüberdauerung im Schlafzustand ein sehr wirksames Mittel der individuellen und Arterhaltung. Sie ermöglicht ihnen in kühlen geographischen Breiten, die ihnen sonst verschlossen blieben, nicht nur zu existieren, sondern sich auch erfolgreich fortzupflanzen und weiter zu verbreiten. Dabei ist es für die Wissenschaft umstritten, ob die Fähigkeit dieser alten Säugerfamilie, in Winterschlaf zu verfallen, ein primäres Vermögen darstellt oder erst als Anpassungserscheinung im Verlaufe von vielen tausend Jahren erworben wurde.

Die Begattungszeit der Igel setzt kurz nach Beendigung des Winterschlafes ein, sobald ihnen die Natur im Frühling den Tisch wieder reichlich gedeckt hat. Sie beginnt etwa im April und kann in klimatisch günstigen Lagen, in denen die Tiere zwei Würfe im Jahr aufziehen können, bis in den August anhalten. Der Begattungsakt erfolgt, wie bei den meisten anderen Säugetieren, vom Rücken her, nicht, wie lange irrtümlich behauptet, Bauch gegen Bauch. Das Weibchen legt dabei die Stacheln möglichst weich und flach an den Rücken an. Da das Männchen einen sehr langen Penis besitzt, vollzieht es die Begattung, ohne dabei durch die Stacheln des Weibchens auf seiner ungeschützten Bauchseite verletzt zu werden. Unmittelbar nach der Besamung scheiden die Anhangdrüsen des männlichen Zeugungsapparates eine gallertartige Substanz ab, die die Vagina wie mit einem Pfropfen verschließt. Nach einer Trächtigkeitsdauer von etwa 40 Tagen wirft das Igelweibchen meist sieben Junge. Ihre Aufzucht obliegt dem Weibchen. Das Vatertier wird schon längere Zeit vor dem Wurf aus der Nähe des Nestes vertrieben. Igelfamilien, die aus Vater- und Muttertier bestehen und gemeinsam die Jungen betreuen und ausführen, dürfte es in der Natur kaum geben.

Die mit straffer wasserreicher Haut ausgestatteten Igeljungen werden mit geschlossenen Augen und Ohren geboren. Sie besitzen schon weiße weiche Stacheln, die aber die Geburtswege der Mutter nicht zu verletzen vermögen. Bereits nach zwei bis drei Tagen beginnen pigmentierte Jungstacheln zu wachsen. Zu diesem Zeitpunkt sind die Jungigel bereits mit faltiger Haut bedeckt. Bei der Geburt schwanken ihre Gewichte zwischen 12 und 25 g und die Körperlänge zwischen 5,5 und 9,5 cm. Sie sind sehr beweglich und streiten sich – bereits boxend, schrill piepend und schnaufend – um das mütterliche Gesäuge. Bis sich ihre Augen öffnen, nach 14 bis 18 Tagen, verlassen sie das Wurfnest nicht und werden in ihm von der Mutter gesäugt. Nach drei bis vier Wochen folgen sie dann der Mutter bei Ausflügen und fressen auch selbständig gesuchte Nahrung. Im Nahrungserwerb werden sie nicht, wie so oft behauptet, von der Mutter besonders unterwiesen. Sie sorgt lediglich dafür, daß ihre Jungenschar zusammenbleibt. Ist ein Junges zurückgeblieben, pfeift es schrill und ängstlich. Auf dieses Signal hin läuft die Mutter zu ihm und »holt« es. Nach dem Zahndurchbruch werden die Jungen noch bis zu etwa ihrem 40. Lebenstag von der Mutter zusätzlich gesäugt. Dann zerstreuen sie sich. Ob sie die Mutter in der für Igel untereinander charakteristischen Weise aus ihrer Nähe »boxt«, ist nicht ganz geklärt, aber kaum anzunehmen. Von da an führen die Jungtiere ein Einzeldasein wie erwachsene Igel.

Wenn die Igel dem Gebiß und Verhältnis ihrer relativen Körper- zur Darmlänge nach auch weit mehr dem Allesfressertyp unter den Säugern als andere einheimische Insectivora (Maulwurf und Spitzmäuse) angenähert sind, ernähren sie sich doch hauptsächlich von kleinen wirbellosen Tieren, insbesondere allerlei Insekten und ihren Larven. Gelegentlich werden Amphibien und Reptilien, unbeholfene Jungvögel und nesthockende junge Säugetiere gefressen, vor allem Mäusenester freigelegt und geleert. Flinken erwachsenen Mäusen vermag der Igel, wie Versuche erwiesen, nur schwer beizukommen, obwohl gerade darauf die allgemeine Ansicht von der Nützlichkeit des Igels beruht. Zufällig gefundene Säuger-, Vogel- oder Fischleichen werden von ihm angefressen. Als Eierräuber können Igel insofern schädlich werden, als sie in Hühnerställen die Erfahrung gemacht haben, daß sie Hühnereier zertreten und dann auslecken können. Hühnereier aufzubeißen, vermögen sie nicht. Gewitzte Igel lernen in Kückenaufzuchtbetrieben, wenn sie nicht behindert werden, Kücken zu töten und aufzufressen. An pflanzlichen Stoffen nehmen sie als Zukost gern frische Früchte und Beeren. Auch Pilze werden gefressen. Derbe Chitinpanzer und nicht allzu harte Schneckengehäuse knacken sie auf. Mit Hilfe ihres ausgeprägten Geruchssinnes verfolgen sie Kriechspuren von Insekten und Schnecken, bis die Beute gefunden ist. Diese wird, wenn sie sich wenig bewegt, erst eingehend beschnüffelt. Bei behenderen Objekten greift der Igel aber blitzschnell zu. Kleine Wirbeltiere, die er erbeutet hat, schüttelt er so lange, bis sie keinen Widerstand mehr leisten. Unbekannte Nahrung kostet er erst vorsichtig, wobei ihm sein guter Geschmackssinn zustatten kommt. Er verzehrt ohne Schaden auch Käfer aus der Familie Meloidae, die das starke Gift Cantharidin enthalten, ferner mit Giftstacheln bewehrte Hautflügler. Allgemein bekannt ist, daß er die Kreuzotter angreift und frißt. Er nähert sich ihr mit vorgeschobenen Kopfstacheln und beißt dann auf sie ein. Die Otter prallt bei ihren Versuchen, ihn mit den Giftzähnen zu erreichen, in der Regel an dem Stachelpanzer ab. Ist sie geschwächt und ist es dem Igel gelungen, ihr das Rückgrat zu zerbeißen, frißt er sie vom unteren Ende her nach dem Kopf zu auf, obwohl sie noch lebt. Er hält sie mit den Vorderfüßen am Boden fest und reißt Stücke aus ihrem Körper, die er geräuschvoll und gemächlich verzehrt. Entgegen oft gehörten Behauptungen ist der Igel gegen Kreuzottergift nicht völlig immun, verträgt aber sehr große Dosen, die andere kleine Säuger seiner Größenordnung in Minutenschnelle zu töten vermögen.

Bei guter Ernährung kann ein erwachsener Igel eine Masse von 1000 g und mehr erreichen. Er hat einen verhältnismäßig großen Flüssigkeitsbedarf. Gewöhnlich stillt er seinen Durst aus Wasserpfützen, seichten Dränagegräben und ähnlichen, leckt aber auch Regen- oder Tautropfen von Pflanzen oder anderen Objekten ab. Milch wird von Igeln, wenn man sie damit ködert, sehr gern genommen. Nicht ungern hält sich unser Stachelträger in der Nähe des Menschen, also in Geräteschuppen, Stallungen, Brennholzstapeln, Reisighaufen usw. auf, so daß man ihn als ausgesprochenen Kulturfolger bezeichnen kann. Hier gewöhnt er sich auffällig schnell daran, ein hingestelltes Schälchen mit Milch aufzusuchen. Als besondere Intelligenzhöhe ist das aber kaum anzusehen, eher als primitives Verhalten. Einsichtige Tiere fliehen den Menschen – leider mit Recht! – Als Unterschlupf wählt er außerdem hohle Bäume, Erdmulden am Wurzelstock von Gebüschen, dichtes Brennesselgestrüpp zu beiden Seiten alter hölzerner Gartenzäune, Hekken und locker aufgeschichtete Feldsteinhaufen. Dort trägt er weiches Material für sein Schlafnest zusammen. Für den Winterschlaf wählt er zugluftsichere und gut temperierte Schlupfwinkel, bei deren Auswahl ihm vielleicht sein ausgeprägter Temperatursinn zustatten kommt.

Natürliche Feinde hat der Igel bei uns relativ wenig. Katzen können ihm nicht viel anhaben. Marderartige, einschließlich des Dachses, werden seiner wohl nur habhaft, wenn sie ihn übertölpeln und er nicht mehr zum Einkugeln kommt. Hunde verbellen ihn, aber nur wenige wagen es, in die Stachelkugel hinein- und sie durchzubeißen. Wildschweine allerdings sollen, wenn sie einen Igel aufstöbern, sich wenig aus der Stachelwehr machen, ihn mit ihrem starken Gebiß zermalmen und »mit Stumpf und Stiel« auffressen. Der Fuchs harnt angeblich in die Öffnung der Stachelkugel und zwingt dadurch den Igel, sich aufzurollen. Außerdem wird behauptet, er »rolle« ihn mit den Pfoten in Wasserläufe oder Tümpel. Der

Igel soll sich dann schwimmend zu retten versuchen, der Fuchs ihn aber beim Kopf fassen und töten. Größere Greifvögel und der Uhu vermögen mit den Krallen den Stachelpanzer des Igels zu durchdringen und ihn zu schlagen. Vorwiegend fallen junge, unerfahrene Igel solchen Feinden zum Opfer. Eine besondere Gefahr für Igel aller Altersstufen stellt der ständig zunehmende Kraftfahrzeugverkehr dar. Besonders in der Abend- und Morgendämmerung, auch in der Nacht, werden Igel überhaupt auf Autostraßen und in ländlichen Gebieten oder in der Nähe von Garten- und Parkanlagen überfahren, wenn sie gemächlich den Fahrdamm überqueren. Darin dürfte bei uns der Hauptaderlaß an der wildlebenden Igelpopulation bestehen! Es ist erstaunlich, daß die Igelbevölkerungen das bisher so gut überstanden haben – ein Ausdruck hoher Siedlungsdichte. Darüber hinaus leidet der Igel stark an Endo- und Ektoparasiten, vor allem an Trematoden, Bandwürmern, Kratzern und Rundwürmern. Außer von verschiedenen Milben und Zecken wird er vom Igelfloh geplagt, der in großen Mengen und für ihn schwer erreichbar in seinem Brustfell und Stachelpanzer lebt und dessen Larven sich in den Quartieren ihrer Wirte entwickeln.

Sowohl die Männchen als auch die Weibchen haben feste Reviere, die sie mehrere Jahre benutzen. Ihre Größe beträgt 0,5 bis 1,0 Hektar.

Rivalisierende Igel bringen sich gegenseitig nur ganz selten um. Sie tragen vorwiegend Boxkämpfe miteinander aus, indem sie mit ihren bestachelten Oberkörpern kräftig nach vorn und oben stoßen. Solche Kämpfe erfolgen mit viel Rumoren und Schnaufen, sind aber für die Partner kaum ernstlich gefährlich.

Welche Bedeutung hat der Igel für uns Menschen? Ist er vorwiegend nützlich oder schädlich? Diese Frage kann heute wohl dahingehend beantwortet werden, daß er wirtschaftlich weit nützlicher als schädlich ist! Nützlich wird er schon durch das Vertilgen der zahlreichen Jungen in aufgestöberten Mäusenestern, ausgesprochen nützlich in Garten, Wald und Feld dadurch, daß ihm unzählige verpuppungsreife Larven von Forst-, Feld- und Gartenschädlingen zum Opfer fallen, die dort im Erdboden überwintern. So hilft der gefräßige Igel mit, drohende Massenvermehrungen von Schädlingen im kommenden Jahr einzudämmen oder die Verstärkung schon eingetretener im folgenden Jahr zu bremsen. Im Forst ist er also ein ausgesprochener Waldhelfer und -schützer. Schäden, die er gelegentlich an Eiern und Nestjungen am Boden brütender Vogelarten verursacht, dürften dagegen wenig bedeuten.

Igel können ein Alter von acht bis zehn Jahren erreichen. Gelegentlich werden Igel auch von Menschen verzehrt. Früher geschah das nicht zuletzt deshalb, da man, abergläubischen Vorstellungen zufolge, seinem Fleisch besondere Heilkräfte bei bestimmten Krankheiten zusprach. Es wurde auch immer wieder behauptet, der Igel steige auf Obstbäume, um die reifen Früchte herunterzuschütteln und sie als Wintervorrat aufzusammeln, indem er sich darauf wälze, sie so an den Stacheln festspieße und dann zu seinem Unterschlupf trage. Ganz abgesehen davon, daß der Igel nicht in der Lage ist, Bäume zu erklettern, und nie Vorräte anlegt, kann er auch keine Früchte auf die geschilderte Weise bergen.

Im Gegensatz zu anderen Säugetieren treten beim Igel Weißlinge äußerst selten auf. Vom Westeuropäischen Igel wurden 1980 zwei Fälle von Pigmentverlust beschrieben. Auffällig war, daß die Albinos nur eine geringe Abwehrbereitschaft gegenüber dem Menschen zeigten. Mit vollem Recht, einmal als altertümliches Charaktertier unserer Heimat, zum anderen als wirtschaftlich nützliches Tier, ist der Igel ganzjährig unter Schutz gestellt worden.

Es ist übrigens nicht richtig, wenn wir von »dem« Igel bei uns sprechen. Es kommen in Mitteleuropa nämlich zwei Arten vor: der Braunbrustigel, auch Westigel genannt, und der Weißbrustigel, auch als Ostigel bezeichnet. Obwohl unter Gefangenschaftsbedingungen Bastarde entstanden sind, konnte Holz nachweisen, daß es unter natürlichen Bedingungen recht selten zu Vermischungen kommt, da beide Arten in der Regel biologisch getrennt bleiben. Der Braunbrustigel *(Erinaceus europaeus)* ist durch einen verhältnismäßig kurzen und breiten Schädel und die braune Färbung des Brust-Bauchfelles gekennzeichnet, die besonders kräftig auf der Brust zum Vorschein kommt. Der Weißbrustigel *(Erinaceus roumanicus)* hat einen längeren und schmaleren Kopf, und die Brustmitte ist von weißen Haaren bedeckt. Wahrscheinlich entwickelten sich beide Igelarten während der Eiszeiten in zwei voneinander isolierten – eisfreien – geographischen Räumen, und zwar einem im Südwesten Europas gelegenen und einem zweiten im Südosten. Nach Ende der letzten Eiszeit besiedelten sie nach und nach wieder die eisfrei gewordenen Gebiete und begegneten sich im östlichen Mitteleuropa.

Übrigens unterscheidet auch der Volksmund zwei Erscheinungsformen des Igels, den »Hundsigel« und den »Schweinsigel«. Diese Namen entsprechen aber nicht dem Braunbrustigel und dem Weißbrustigel, sondern werden nebeneinander in Siedlungsgebieten des Ostigels und des Westigels gebraucht.

Die Art *Erinaceus europaeus* ist in ihren Unterarten über fast ganze Europa, Nordwestsibirien und, in der Unterart *transcaucasicus*, bis nach Klein- und Vorderasien verbreitet. Ihre im Norden klimatisch bedingte Ausbreitungsgrenze liegt etwa bei 60° nördlicher Breite. Die Gattung *Erinaceus* umfaßt außer dieser europäischen noch mehrere andere nahe verwandte Igelarten, die in Mittel- und Nordostasien vorkommen. Daneben gibt es einige andere Stacheligelgattungen, deren Arten und Unterarten in Asien und Afrika leben. Amerika und Australien weisen in ihrer urtümlichen Fauna keine Stacheligel auf. Es sind dort aber Europäische Igel ausgesetzt worden, die sich vermehrt und eingebürgert haben sollen. Zur afrikanischen Stacheligeluntergattung *Atelerix* gehört der Nordafrika bewohnende Weiße Igel *(Atelerix [Erinaceus] algirus)*, der in wahrscheinlich zwei Unterarten auch vereinzelt auf dem spanischen Festland, den Balearen und selbst im südöstlichen Frankreich vorkommt. Von der asiatischen Gattung *Hemiechinus*, den Ohrenigeln, lebt ebenfalls eine Art in Europa, und zwar *Hemiechinus auritus*, der in den Steppengebieten nördlich des Kaukasus auftritt. In der Mongolei trafen wir die Art als Bewohner der Wüsten und Halbwüsten in der Uferzone am Schargyn an. Der Name Ohrenigel leitet sich von ihren relativ großen Ohren her.

Die zweite Unterfamilie der Igelartigen, die Echinosoricinae, wird als Haarigel bezeichnet, da ihre Vertreter (vier Gattungen mit je einer rezenten Art sind bekannt) kaum noch äußerliche Ähnlichkeit mit den Stacheligeln aufweisen. Vor allem fehlt ihnen der kennzeichnende Stachelpanzer. Er wird am ganzen Körper durch ein aus einer dichten Unterwolle mit daraus hervorragenden kräftigen Grannen- und Leithaaren gebildetes Fell ersetzt. Dem Äußeren nach erinnern die Haarigel in gewisser Beziehung an Ratten oder, besonders wegen ihrer kleinen Ohren und rüsselartig vorgestreckten Schnauzen, an große Spitzmäuse. Die Ratten- oder Spitzmausähnlichkeit wird dadurch verstärkt, daß die Tiere etwa rattengroß sind, am Boden dahinhuschen, durchdringend nach Knoblauch duften und meist lange nackte Schwänze besitzen. Die Gattung *Hylomys* allerdings ist kurzschwänzig. Auf die bedingte Rattenähnlichkeit all dieser Insectivoren nimmt, neben der treffendsten Kennzeichnung mit »Haarigel«, die früher allgemein geläufige Bezeichnung »Rattenigel« Bezug.

Die bekannteste, da in beschränktem Ausmaß auch als Pelztier genutzte Haarigelgattung *Echinosorex* = *Gymnura,* ist die der Großen Rattenigel. Die einzige Art *Echinosorex gymnurus* ist in mehreren Unterarten und Farbvarietäten – auch gänzlich weiße Exemplare wurden bekannt – sowohl auf dem Festland Südostasiens als auch auf Sumatera und Kalimantan anzutreffen. Haarigel und Stacheligel bewohnen nicht nebeneinander die gleichen geographischen Räume, sondern ersetzen sich angeblich gegenseitig in jenen Gebieten. Die rezenten Haarigel sind von Südostasien über die Sundainseln bis zu den Philippinen verbreitet. Im frühen Tertiär kamen Haarigel *(Neurogymnurus)*, wie Knochenreste zeigen, im europäischen Raum vor. Funde in England, Frankreich und in der Schweiz belegen diesen Sachverhalt. Diese versteinerten Echinosoricinae-Knochen stimmen noch weitgehend mit den homologen rezenter Haarigelgattungen, insbesondere der Gattung *Hylomys*, überein.

Überfamilie Soricoidea – Spitzmausartige
Familie Soricidae – Spitzmäuse

Von der Insectivora-Überfamilie Soricoidea, die die Spitzmäuse und Maulwürfe umfaßt, existiert eine Fülle von Arten.

Die Soricidae sind ja – obwohl äußerlich dem Unbefangenen einigermaßen mäuseähnlich erscheinend – alles andere als echte Mäuse. Diese gehören zu den Rodentia, zu den Nagetieren, besitzen also im Ober- und Unterkiefer ein Paar im Gegenbiß stehende

Nagezähne, sonst aber nur Mahlzähne. Mäuse sind zwar überwiegend Allesfresser, ihr Gebiß ist aber mehr auf pflanzliche Stoffe spezialisiert. Soricidae dagegen besitzen ein ausgeprägtes Insectivora-Gebiß mit sehr spitzen Schneidezähnen, Eckzähnen, Praemolaren und Molaren. Es weist sie als Vertilger von vorwiegend animalischer Kost aus, die sie als Raubjäger erbeuten. Als Feind von kleinen Akker-, Forst-, Vorrats- und Gesundheitsschädlingen sind sie – im Gegensatz zu den in den meisten Fällen enorm schädlichen wirklichen Mäusen – sehr nützlich. Leider werden auch heute noch viele »Spitzmäuse« in Unkenntnis dieses Sachverhaltes mit Mäusen verwechselt, verfolgt und getötet. Der Teilname Maus spielt dabei eine nicht unwesentliche Rolle. Nase und Oberlippe der Soricidae sind jedoch – im Gegensatz zu denen der Mäuse – rüsselartig lang ausgezogen. Spitzmäuse stehen unter dem Schutz des Gesetzes, dürfen also weder aus Unkenntnis noch böswillig umgebracht werden.

Im mitteleuropäischen Raum kommen – soweit bekannt – mindestens acht Arten in drei Gattungen vor. Grob betrachtet, erscheinen sie untereinander sehr ähnlich. Diese acht Arten gruppieren sich in Rotzahnspitzmäuse und Weißzahnspitzmäuse. Die erste Gruppe hat rotbraune Zahnspitzen und bevorzugt feuchtere Lebensräume, die andere, vorwiegend in trockenen Biotopen zu finden, besitzt weiße Zahnspitzen.

Rotzahnspitzmäuse sind: Gattung *Sorex* mit *Sorex araneus*, Waldspitzmaus: *Sorex minutus*, Zwergspitzmaus: *Sorex alpinus*, Alpenspitzmaus; ferner die Gattung *Neomys* mit *Neomys fodiens*, Große Wasserspitzmaus und *Neomys anomalus*, Kleine Wasserspitzmaus oder Sumpfspitzmaus. Die Maskenspitzmaus *(Sorex caecutiens)* ist eine wenig bekannte Reliktart, deren Lebensräume im Norden Europas Wald- und Moorland sowie Taiga und Tundra bilden.

Zu den Weißzahnspitzmäusen gehört die

Wasserspitzmaus *(Neomys fodiens)*. Diese größte Spitzmausart der mitteleuropäischen Fauna kann sehr gut schwimmen und tauchen. Sie ist in Eurasien bis Sachalin verbreitet

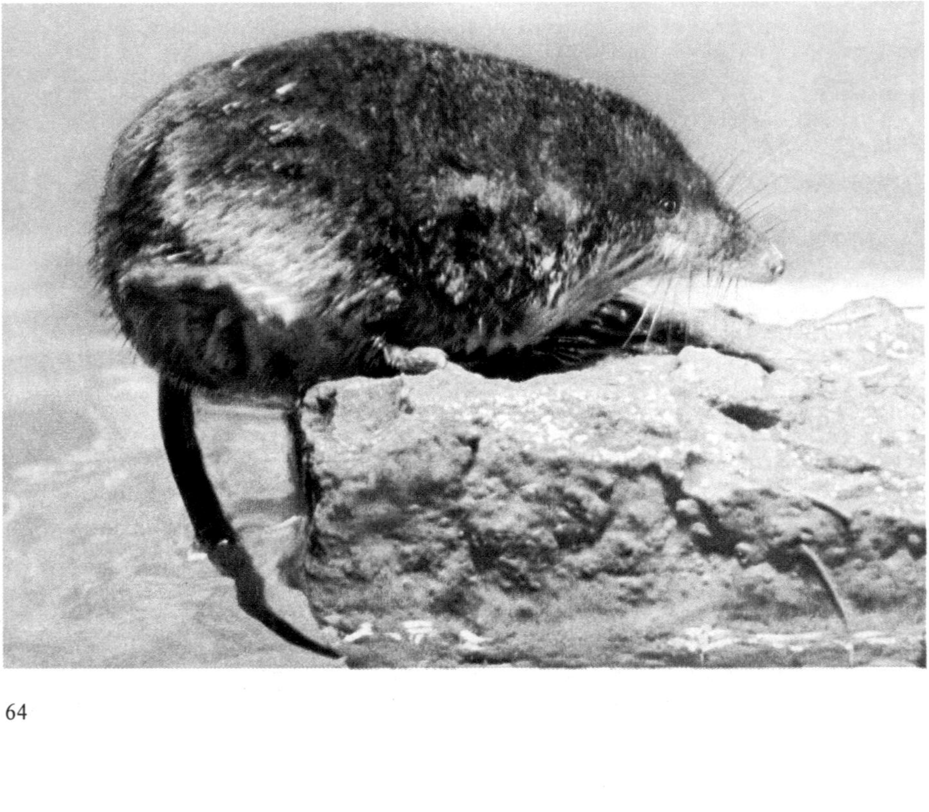

Feldspitzmaus *(Crocidura leucodon).* Unter den drei Weißzahnspitzmausarten der mitteleuropäischen Säugetierfauna leicht an der scharf abgesetzten weißen Unterseite zu erkennender nützlicher Kulturfolger

Feldspitzmaus *(Crocidura leucodon).* Unter »zitt zitt zittittitt«-Gezeter drohen sich die Partner vor der Paarung mit weit aufgerissenem Rachen an

Gattung *Crocidura* mit *Crocidura russula*, Hausspitzmaus; *Crocidura suaveolens*, Gartenspitzmaus, und *Crocidura leucodon*, Feldspitzmaus.

Die äußeren Ohranhänge sind bei den beiden *Neomys*-Arten völlig im Fell verborgen, bei *Sorex* von außen erkennbar, jedoch klein und nur bei den *Crocidura*-Arten deutlich zu sehen. Die Augen der Spitzmäuse sind klein, aber funktionstüchtig. Das Fell ist maulwurfsartig dicht. An den Flanken befinden sich Seitendrüsen-Organe, wie wir sie auch bei Hamster und Schermaus unter den einheimischen Nagern wiederfinden. Von der Fürsorge um die Nachkommenschaft ist bekannt, daß von weiblichen Weißzahnspitzmäusen (Crocidurinae) bei einer Störung mit den gleichaltrigen Jungen eine Karawane gebildet wird. Voran läuft die Mutter, das folgende Junge hält sich mit den Zähnen an ihrer Schwanzwurzel fest, das nächste an der Schwanzwurzel des vorhergehenden usw. Eine solche Kette schlängelt sich relativ rasch am Boden hin und erscheint auf den ersten Blick wie eine Schlange.

Sonst wissen wir von den Details und Besonderheiten der Lebensweise sämtlicher acht oder neun einheimischen Formen in Freiheit noch nicht allzuviel. Das hat seinen Grund einmal darin, daß diese kleinen Säuger ein unserem Auge, besonders nachts, verborgenes Leben führen. Zum anderen sind sie lange Zeit von der ethologischen und ökologischen Forschung vernachlässigt worden. Der Naturfreund findet hier also noch immer ein nützliches und dankbares Arbeitsfeld vor, auf dem er die Säugetierkunde durch neue Beobachtungsergebnisse bereichern kann!

Der beim Biß in die kleinen Beutetiere eindringende Speichel wirkt lähmend. Seine Giftwirkung ist erwiesen bei der nordamerikanischen Kurzschwanzspitzmaus *(Blarina brevicauda)* sowie bei der Wasserspitzmaus *(Neomys fodiens)*. Die drei jeweils häufigsten in der DDR und BRD anzutreffenden Arten seien im folgenden eingehender erörtert.

Die Waldspitzmaus *(Sorex araneus)* kann Gesamtlängen von über 14 cm erreichen, von denen etwa zwei Fünftel auf den Schwanz entfallen. Meist sind die gefundenen Exemplare wesentlich kleiner. Im Sommer ist ihre Oberseite dunkelbraun, beim längeren Winterhaarkleid schwarzbraun gefärbt. Von der Oberseite heben sich deutlich die helleren Flanken ab. Die Unterseite ist gelbgrau bis silbergrau. *Sorex araneus* ist am Tage und nachts aktiv. Da sie feuchtes und sumpfiges Gelände bevorzugt, überrascht es nicht, daß sie nur selten und dann schlecht klettert, jedoch gut schwimmt. Darin wird sie von unserer größten einheimischen Form, der Großen Wasserspitzmaus *(Neomys fodiens)* noch weit übertroffen. Diese ist als Schwimmspezialist dadurch gekennzeichnet, daß die Schwanzunterseite längs der Mitte, ferner die Fußsohlen und Zehen seitlich mit einem Saum dichter relativ langer und steifer Steuer- und Schwimmborsten ausgestattet sind. Die Gesamtlänge der Vertreter dieser Art kann 17,5 cm betragen, wovon der Schwanz über ein Drittel mißt. Auf der oberen Körperseite ist das Fell dunkelgrau bis schwarz, unterseits unterschiedlich von schwarzbraun bis silberweiß gefärbt. Im Wasser bleibt es trocken, da durchweg gut eingefettet und von einer Lufthülle umgeben, die die unter Wasser schwimmenden Tiere wie hüpfende Silberbällchen erscheinen läßt. Die Beute wird sehr gewandt hauptsächlich im Wasser erjagt, wobei die Wasserspitzmaus ähnlich wie der Fischotter schwimmt und zugreift. Sie ist übrigens die einzige Art, die zeitweise getötet werden darf, falls sie in Aufzuchtteichen für Nutzfische größere Schäden unter den Jungfischen verursacht. Nach der Feldspitzmaus kann man *Neomys fodiens* als die wohl am besten erforschte einheimische Spitzmaus ansehen. Nach einer Tragzeit von wahrscheinlich 27 Tagen wirft das mit acht Zitzen ausgestattete Weibchen bis neun Junge. Diese werden ungefähr einen Monat lang gesäugt und noch im gleichen Jahr geschlechtsreif. Jedes fortpflanzungsreife Weibchen wirft wahrscheinlich zwei- bis dreimal im Jahr, wie alle *Sorex*-Arten, allerdings leben Wasserspitzmäuse kaum länger als etwa 18 Monate. Das Nest wird unterirdisch in selbstgegrabenen oder verlassenen vorgefundenen Erdhöhlen am Ufer des Wohngewässers angelegt. Ihr Gesamtverbreitungsraum erstreckt sich von England quer durch Eurasien bis nach Japan. Wie alle einheimischen Spitzmäuse ist auch die Wasserspitzmaus sehr, und zwar erstaunlich abgewandelt, stimmfreudig. Am besten sind die zwitschernden Stimmäußerungen bei der Feldspitzmaus *(Crocidura leucodon)* untersucht worden. Der Warnruf und der Begrüßungslaut dieser – im Gegensatz zu anderen Formen – gegenüber Artgenossen verträglichen Art, die Brunstlaute und Stimmäußerungen der Nestjungen lassen sich genau voneinander unterscheiden.

Feldspitzmäuse bevorzugen trockenes Gelände und schwimmen nur notgedrungen. Außer in Obstplantagen und Gärten halten sie sich oft, besonders im Winter, in bewohnten oder unbewohnten Gebäuden auf. Zuweilen findet man ihre durch Verkleben mit Exkrementen »abgedichteten« Gras- und Laubnester in Gerümpelecken, Komposthaufen oder unter Reisigbündeln in unmittelbarer Nähe menschlicher Behausungen. Wie alle anderen einheimischen Spitzmäuse hält die Feldspitzmaus keinen Winterschlaf.

Das Weibchen bringt zwei bis vier Würfe im Jahr zu Welt. Obwohl es nur sechs Zitzen besitzt, kann jeder Wurf bis neun Junge enthalten. Die Geburtsgewichte betragen etwa 1 g. Die Jungen bleiben acht Tage nackt und bis zum dreizehnten Tage blind. Nach 26 Tagen nehmen sie keine Muttermilch mehr auf und sind schon nach 40 Tagen erwachsen und geschlechtsreif. Streiten sich zwei Feldspitzmäuse – vor allem bei der Paarung – so bedrohen sie sich frontal mit weit aufgerissenen Mäulchen. Alle Weißzahnspitzmäuse, so auch die Feldspitzmaus, sind durch vereinzelt stehende Wimpernhaare an den Flanken und am Schwanz gekennzeichnet. Die von Ostfrankreich bis nach Vorderasien verbreitete und in Gebirgen bis 1000 m gehende Art ist oberseits rußschwarz, auf der Unterseite und an den Flanken ohne Übergang leuchtend weiß gefärbt. Sie erreicht Gesamtlängen von 1 bis 13 cm, wovon ungefähr ein Drittel auf den Schwanz entfällt. Das Tierchen ist also, verglichen mit den anderen Arten, kurzschwänzig. Sowohl in Lebensweise als auch in der Neigung, menschliche Ansiedlungen als Aufenthaltsort zu wählen, sind Feldspitzmaus, Hausspitzmaus und Gartenspitzmaus einander sehr ähnlich. Spitzmausfeinde sind Greifvögel und Eulen. Von sonstigen Räubern, meist auch Hauskatzen, werden Spitzmäuse zwar totgebissen, jedoch nicht gefressen.

Familie Talpidae – Maulwürfe

Die älteste bekannte Form, *Amphidozotherium* aus dem Jungeozän, ist schon ein echter Maulwurf. Der Ursprung der Talpiden ist also wahrscheinlich schon in prä- oder alteozäner Zeit zu suchen. Phylogenetisch ist wichtig, daß als Übergänge zwischen Soriciden und Talpiden die Spitzmausmaulwürfe *Uropsilus* und *Nasilus*, als primitive Formen, noch keine speziellen Grabanpassungen aufweisen.

Die Talpidae-Vertreter sind den Soricidae in mannigfachen äußeren und inneren Merkmalen sehr ähnlich und relativ nahe verwandt. Einige charakteristische Besonderheiten des Skeletts, vor allem des Schädels, lassen die Aufstellung einer selbständigen Familie als notwendig erscheinen. Die Augäpfel der Talpidae sind meist winzig klein. Die Tiere vermögen nicht zu sehen, bemerken jedoch plötzlich auftretende Unterschiede in der Lichtstärke. Das Hauptsinnesorgan ist der als Geruchs- und Tastwerkzeug ausgebildete, sehr empfindliche Rüssel. Ferner reagiert der Körper sofort auf kleinste Bodenerschütterungen. Obwohl Ohrmuscheln fehlen und die Ohreingänge im Fell versteckt sind, ist das Gehör gut, und die Tiere sind auch zu ziemlich modulierten Lautäußerungen befähigt. Bei den vorwiegend unterirdisch lebenden Familienangehörigen sind die Vorderfüße zu robusten Grabschaufeln umgeformt. Bei den amphiboid lebenden Bisamrüßlern der Gattung *Desmana* ist das nicht der Fall. Dafür sind bei diesen Wassermaulwürfen die Zehen der Hinterfüße durch Schwimmhäute verbunden und am Rande mit Schwimmborsten ausgestattet. Mit Ausnahme von Irland, Island, Nordskandinavien, Nordfinnland und dem Norden des europäischen Teils der Sowjetunion, ferner einigen Mittelmeerinseln, treffen wir Talpidae-Vertreter in ganz West-, Mittel- und Südeuropa an. In breiter Front ersteckt sich deren Vorkommen dann weiter durch Osteuropa und nördlich des Himalajas durch Asien bis zu den Japanischen Inseln. Auch in Kleinasien finden wir sie. Ferner sind zahlreiche Talpidae-Angehörige jenseits des Pazifischen Ozeans in Nordamerika verbreitet. Dort lebt der »seltsamste«, der langschwänzige Sternmull *(Condylura cristata)*. Um seine Rüsselspitze gruppiert sich als sehr empfindliches Tastinstrument ein sternförmiges, einer kleinen Seerose ähnliches Gebilde aus 22 nackten, rosaroten »Tentakeln«, die einzeln beweglich sind. Diesem seltsamen Organ verdankt das Tier seinen bezeichnenden Namen.

Um die maulwurfsartigen Insectivoren näher zu behandeln, seien im folgenden ihre gegensätzlichsten europäischen Vertreter, der eurasische Maulwurf *(Talpa europaea)* und die in zwei einander sehr ähnlichen Arten vorkommenden Bisamrüßler (Gattung *Desmana)* gewählt. Das ist schon dadurch begründet, daß Angehörige der Gattungen *Talpa* und *Desmana* seit dem Altpleistozän im heutigen Mitteleuropa nachweisbar sind. Jedoch nur der Maulwurf hat sich bis heute gehalten. Aus dem europäischen Pleistozän kennen wir mehrere Arten, Riesen- und Zwergformen. Die jungpleistozänen Maulwurfsfossilien unterscheiden sich höchstens noch geringfügig durch ihre Größe vom rezenten Vergleichsmaterial.

Die Desmans dagegen sind aus dem heutigen Mitteleuropa seit langem verschwunden, obwohl fossile Vertreter, abgesehen von England und Ungarn, auch aus den altpleistozänen Mosbacher Sanden, als Unterart *Desmana moschata mosbachensis*, in der BRD nachgewiesen werden konnten.

Da die Bisamrüßler dem Äußeren nach mehr an die bei uns vorkommenden Soricidae-Angehörigen als an die eigentlichen Maulwürfe erinnern, erscheint es angebracht, sie zuerst zu besprechen. Es sind sehr altertümliche Säugetiere, die in zwei nacheiszeitlichen Refugien in Europa bis heute überlebten. Zwischen den beiden Zufluchtsgebieten klafft ein riesiger, von Bisamrüßlern völlig unbesiedelter

Raum. Jedes Refugium weist eine eigene Art auf, beide gehören aber der Gattung *Desmana* an. Um Irrtümer und Verwechslungen zu vermeiden, sei hier eingeschaltet, daß die früher üblichen Gattungsnamen *Myogale* und *Galemys* nicht mehr verwendet werden.

Die südwesteuropäische, auf das nördliche Drittel der Iberischen Halbinsel beschränkte Art *Desmana pyrenaica* führt den Namen Almizilero. Sie bleibt etwa ein Drittel kleiner als die südosteuropäische Art. Letztere ist wegen ihres kostbaren Felles der Wissenschaft und im Pelzhandel viel besser bekannt. Sie wird in der Sowjetunion als Wychuchol (auch Wochuchol) oder Desman bezeichnet. Der wissenschaftliche Artname lautet *Desmana moschata.* Ihr Verbreitungsgebiet ist auf die Gewässer im Becken der Wolga, des Don und in Westsibirien auf einige Stellen des Ob beschränkt. Die Zahl hat in den letzten Jahren stark abgenommen, da sich die Tiere in Reusen und Stellnetzen verfangen. Dazu kommt noch die Konkurrenz der krätigeren Bisamratte. Ohne Schutzgebiete wird der Desman sicher aussterben.

Der Name Bisamrüßler rührt von einer stark duftenden Moschusdrüse her, die sich bei beiden Arten – früher wurde behauptet, nur bei der südosteuropäischen – in Schwanzwurzelnähe an der Unterseite des Schwanzes befindet. Bei der iberischen Form ist der Schwanz entweder länger als oder fast so lang wie die Kopf-Rumpf-Länge, drehrund und nur an der Spitze seitlich zusammengedrückt, beim Wychuchol im ersten Viertel zylindrisch und dann messerartig seitlich stark zusammengepreßt. An der Basis ist dieser typische, mit Schuppen und kurzen Haaren bedeckte Ruderschwanz bei beiden Arten eingeschnürt. Der Almizilero erreicht eine Gesamtlänge von 29 cm, wovon 15,5 cm auf den Schwanz entfallen, der Wychuchol 40,3 cm (Schwanzlänge 20,3 cm). Beide Arten wirken eher ratten- als maulwurfsähnlich, allerdings ist ihr Hals sehr kurz. Der mit langen Schnurrhaaren versehene Kopf, genauer die Oberlippe, ist zu einem langen, sehr beweglichen nackten Rüssel ausgezogen, der fast runde Nasenlöcher aufweist. Die winzigen Augen sind von hellen Haaren umrandet, die Öffnungen der läppchenlosen Ohren unter dem Kopfhaar verborgen. Die, wie schon erwähnt, mit Schwimmhäuten versehenen Hinterfüße erscheinen im Verhältnis zum Körper recht groß. Der Almizilero schimmert auf der Oberseite metallisch dunkelbraun und unterseits silbrig weiß, der Wychuchol ist auf Ober- und Unterseite dunkel kastanienbraun gefärbt. Jedoch tragen beim zuletzt Genannten zahlreiche Haare der unteren Körperseite weiße Spitzen, was ebenfalls einen stark silbrigen Schimmer, besonders im Wasser, hervorruft. Der für den Wychuchol im Pelzhandel zuweilen verwendete irreführende Name Silberbisam geht darauf zurück. Beide Desmans entsprechen sich in der Lebensweise. Ihre Existenz ist an Wasser gebunden. Im Uferbereich legen sie sich Erdbauten an, deren unterirdische Aufenthaltskessel über der Wasseroberfläche liegen. Die Zugangsröhren münden unmittelbar am Wasserspiegel.

Beide Arten sind vorwiegend Dämmerungstiere, die ihr Dasein – abgesehen vom Aufenthalt im unterirdischen Schlafnest – hauptsächlich jagend im Wasser verbringen. Auf dem Lande sieht man sie selten, dort bewegen sie sich ziemlich unbeholfen. Ihr Nahrungsbedarf ist sehr groß; jeder Bisamrüßler benötigt als Tagesration angeblich sein Körpergewicht, das beim Wychuchol 200 g übersteigen kann, an Kleintiernahrung. Vorwiegend werden Wasserinsekten, Schnecken, Muscheln und Laich gefressen, gelegentlich auch Fischbrut vertilgt. Wegen ihres starken Moschusgeruches werden die Desmans von Raubsäugern kaum gefressen, häufiger totgebissen, von Greifvögeln und Eulen aber öfter geschlagen. Ihr Hauptfeind jedoch ist wohl der Hecht. Hechte, die sich auf Bisamrüßler spezialisiert haben, sollen schließlich so intensiv nach Moschus duften und schmecken, daß sie zum Essen für den Menschen nicht mehr taugen.

Nach einer Trächtigkeitsdauer von 40 bis 50 Tagen werden am Anfang des Sommers ein bis fünf Junge geboren. Sie kommen blind, zahnlos und fast nackt zur Welt und werden vom Muttertier etwa einen Monat lang gesäugt. Nach sechs Monaten sind sie selbst geschlechtsreif. In Gefangenschaft hat der russische Desman ein Alter von sechs bis sieben Jahren erreicht. Eine aufschlußreiche Monographie über dieses Relikt der sowjetischen Fauna verfaßte Barabasch-Nikiforow (1975).

Übrigens wurde der Wychuchol nicht nur seines Felles, sondern auch seiner Moschusdrüse an der Schwanzunterseite wegen rücksichtslos verfolgt. Die Wychucholschwänze erwarb die Parfümindustrie als Rohstoff.

Wie bereits erwähnt, sind die echten Maulwürfe und die Bisamrüßler ziemlich urtümliche Insektenfresser. Das wird schon durch ihr Gebiß belegt, das die Höchstzahl von 44 Zähnen bei Säugern mit heterodontem Gebiß enthält.

In Europa gibt es drei Maulwurfsarten. So bekannt der Maulwurf auch ist, über manche Details seiner Lebensweise wissen wir noch relativ wenig. Unser gewöhnlicher Europäischer Maulwurf *(Talpa europaea)* bedarf keiner allzu ausführlichen Beschreibung, denn er ist faktisch jedermann gut bekannt. Unbeliebt ist er vor allem bei den Kleingärtnern. Weil er Unordnung in ihre säuberlich angelegten Beete bringt, machen sie bedauerlicherweise oft und gern von ihrem Recht Gebrauch, ihm mit Fallen aller möglicher Konstruktion nachzustellen. Das darf aber nur auf Grundstücken geschehen, auf denen er nachweisbar Schaden anrichtet, denn er steht sonst unter Naturschutz. Genau betrachtet, ist der von ihm wirklich verursachte Schaden nicht sonderlich groß. Sein gehäuftes Auftreten zeigt uns lediglich an, daß dort eine reiche Bodenfauna in Form von Insektenlarven, Würmern und Schnecken vorhanden ist, die seine ausschließliche Nahrung darstellen. Es ist wichtig zu betonen, daß er keinerlei Pflanzenkost zu sich nimmt. Die wahren Schädiger von Wurzeln und jungen Pflanzen sind seine Beutetiere. – Gleich dem Bisamrüßler benötigt der Maulwurf täglich mindestens soviel an Kleintiernahrung, wie sein Körpergewicht (bis 120 g) beträgt. Da er – wie die Bisamrüßler – keinen Winterschlaf hält, also alle 24 Stunden sein mittleres Körpergewicht von 100 g an Ungeziefer vertilgt, ergeben sich 36 bis 37 kg Futtertiere im Jahr! – Obwohl der Maulwurf notfalls gut schwimmen kann, meidet er in der Regel die Berührung mit dem Wasser. Das trifft auch für Gegenden mit hohem Grundwasserstand zu. In den Alpen kommt er bis 2000 m Höhe vor. Seine bevorzugten Aufenthaltsorte sind Felder, Wiesen, Gärten und lichte Laubwaldungen mit tiefgründigen, schwarzen, lockeren Böden. Die Erdbauten und Gangsysteme sollen im Sommer flacher und im Winter tiefer unter der Erdoberfläche angelegt sein. Unter einem hohen Erdhaufen befindet sich die ringförmig von Belüftungsgängen umgebene Nestkammer. Sie wird mit Laub, Gras und feinen Wurzeln ausgepolstert. Von hier führen – je nach Lage – in die Umgebung mehr oder weniger weit erschließende Laufgänge durch das Jagdrevier. Sie sind an den von Zeit zu Zeit über ihnen aufgeworfenen Hügeln zu erkennen. Dort stößt der Maulwurf zur Oberfläche empor und wirft die losgegrabene Erde aus dem jeweiligen Gang. Gleichzeitig dienen die Hügel der Frischluftzufuhr. Das ist sehr notwendig, da der Maulwurf infolge seiner Gefräßigkeit eine sehr rege Verdauung besitzt. In deren Gefolge werden schwere Gase wie Kohlendioxid usw. frei, die die Atmungsmöglichkeit in Bau und Gangsystem ohne Belüftungseinrichtungen stark einschränken und letztlich unmöglich machen würden.

An dieser zunehmenden »Vergasung« der Erde scheiterte lange Zeit die Gefangenschaftshaltung von lebenden Maulwürfen in Kisten oder gar Aquarien, es sei denn, man wechselte öfter die Erde. Die Tiere starben sonst schon nach wenigen Tagen. Wenn man aber, wie vom Verfasser wiederholt erprobt, einen feinmaschigen Drahtgazekäfig verwendet, dessen Bodenfläche ebenfalls aus diesem engen Gitterwerk besteht und den man mit leicht feucht gehaltener Erde zur Hälfte füllt, ist eine ständige Durchlüftung gewährleistet. Der Käfig muß auf vier Füßen stehen, damit die Luft auch von unten her eindringen und die schweren Gase nach unten absinken können. So kann man gefangene Maulwürfe länger lebend erhalten und beobachten. In seinem Quartier zeigt sich der Maulwurf dann auch häufig oberirdisch, wenn er zum Futternapf kommt, der ständig gut gefüllt sein muß. Längere Pausen ohne Nahrungsaufnahme überlebt kein Maulwurf. Schon nach wenigen Stunden ist er verhungert. Deshalb soll er sich einen größeren Wintervorrat von Regenwürmern anlegen, die er durch Bisse in die Kopfregion fortbewegungsunfähig gemacht hat, die aber noch längere Zeit am Leben bleiben. Sein walzenförmiger, mit dichtem, samtartigem, schwarzem Haar bedeckter Körper ist vorzüglich der unterirdischen Wühlarbeit angepaßt. Die zu einem Rüssel ausgezogene, als Tast- und Geruchsorgan dienende Nasenpartie findet auf der Rückseite der kleinen schwarzen »Walze« ihr Gegenstück im kurzen Schwänzchen, das nur ein Fünftel bis ein Sechstel der gesamten Körperlänge von 13 bis 18,5 cm ausmacht. Dieser Stummelschwanz besitzt wie die Schnauzenregion viele Sinneshaare, durch die der Maulwurf feststellen kann, was hinter ihm vorgeht. Die Vorderfüße an den kurzen stämmigen Grabbeinen sind relativ groß und breit. Sie tragen fünf kräftige Nägel. Die Hinterfüße ähneln Rattenfüßen. Die Ohröffnungen sind im Fell versteckt, die Augen weisen nur Stecknadelkopfgröße auf, sind also geradezu als winzig zu bezeichnen.

Gelegentlich findet man bei uns in freier Natur reinweiße, gelblichweiße und gescheckte Farbvarietäten des Maulwurfs. Es gibt Fangplätze, an denen solche relativ häufig vorkommen, während man sie an anderen vergeblich sucht. Während der im April beginnenden und sich bis zum Frühsommer hinziehenden Paarungszeit bekämpfen sich die rivalisierenden Männchen und lassen dabei zwitschernde Töne und schrille Schmerzlaute hören. Die Tragzeit der Weibchen ist unbekannt. Einmal im Jahr werden zwei bis sieben nackte und blinde Junge geboren. Die normale Lebensdauer eines Maulwurfes beträgt drei bis vier Jahre.

Ordnung Dermoptera – Großgleitflieger

Familie Cynocephalidae – Pelzflatterer

Die Ordnung Dermoptera, Großgleitflieger, umfaßt nur eine rezente Familie Cynocephalidae, Pelzflatterer, und diese eine in zwei Arten aufgeteilte Gattung *Cynocephalus.*

Diese anatomisch, embryologisch und ethologisch einzigartigen Säugetiere sind der Wissenschaft seit etwa 200 Jahren bekannt und wurden reichlich im System »herumgestoßen«, bis man sie zur selbständigen Ordnung erhob. Linné sah in ihnen Angehörige der Primaten. Er stellte sie zu den Halbaffen (Prosimii). Cuvier gruppierte sie in die Ordnung Chiroptera ein und hielt sie für Fledermausverwandte. Geoffroy Saint-Hilaire betrachtete sie als Glieder der Ordnung Carnivora, der Raubsäugetiere. Der Zeitgenosse Goethes, Oken, glaubte, Beuteltiere (Marsupialia) in ihnen erkennen zu müssen, Peters stellte sie als besondere Unterordnung Dermoptera zur Ordnung Insectivora. Wie Leche und Weber früher schon vorgeschlagen hatten, gibt ihnen nun Simpson den berechtigten Rang einer Ordnung.

Es ist richtig, daß die Cynocephalidae von den speziellen Merkmalen all jener Säugetierordnungen, zwischen denen sie »herumgeschoben« wurden, einzelne Besonderheiten aufweisen. Stets aber fehlten andere, die für die jeweiligen Ordnungen charakteristisches Gewicht haben. Die Pelzflatterer besitzen jedoch mehrere auffällige Merkmale, die keine andere rezente Säugetierordnung zeigt; das betrifft besonders das Gebiß. Die Schneidezähne sind kompreß, »vielspitzig«, die unteren kammförmig. Lange Zeit lagen auch keine Fossilfunde vor, die Aufschluß über die Vorfahrenkette der Pelzflatterer hätten geben können. Die wenigen heute bekannten, bis zu 60 Millionen Jahre alten Versteinerungen zeigen, daß diese Lebewesen schon damals etwas Exklusives unter den urtümlichen Mammalia repräsentierten. Die Tiere besitzen nicht wenige deutsche Namen. Man muß sie kennen, will man diese Säuger in Nachschlagewerken mit Erfolg suchen. Deshalb seien die geläufigsten aufgeführt: Pelzflatterer, Großgleittiere, Riesengleitflieger, Hundskopfgleiter, Hundskopfgleitflieger, Gleiter, Gleitflieger und, völlig falsch, Flattermaki. Der ehemalige Gattungsname *Galeopithecus* heißt Wieselaffe. Daneben kennen wir noch die dem indonesischen Sprachschatz entnommenen Bezeichnungen Kaguang und Kubin und die in der englischen Fachliteratur gebräuchliche Cobego.

Die Pelzflatterer leben in zwei einander sehr ähnlichen, im wesentlichen nur größenmäßig unterschiedlichen Arten, die kleine *(Cynocephalus philippiensis)* auf den Philippinen, die größere *(Cynocephalus volans)* auf den Sundainseln, bis zu den Maluku und auf der Malaiischen Halbinsel. Pelzflatterer sind kurzohrige, schlanke, bis fuchsgroße Tiere mit einem langschnauzigen, relativ kleinen fuchsähnlichen Kopf. Charakteristisch ist die den Körper umgebende Schwebehaut. Diese dient diesen vorzüglichen Gleitfliegern über Entfernungen bis zu 70 m als Segelfläche und Fallschirm zugleich. Sie beginnt am Hals und hüllt das ruhende Tier wie ein Mantel ein. Auch der Schwanz und die Vorder- und Hinterfüße sind bis zu den jeweils fünf Krallen von ihr umgeben. Jener Mantel ist mit feinen weichen Haaren bedeckt. Seine Farbe entspricht der natürlichen Umgebung des ruhenden Pelzflatterers. Das Tier besitzt somit die olivbraune, hellgetupfte Tarnfärbung eines flechtenbewachsenen

Pelzflatterer (Gattung *Cynocephalus*). Charakteristisch ist die den Körper umgebende Schwebehaut, die diesem vorzüglichen Gleitflieger über Entfernungen bis zu 70 m als Segelfläche und Fallschirm dient

Baumstammes oder Astes. An diese Unterlage gepreßt, ist es von unten nur schwer zu erkennen. Zum Schlafen hängt sich der Pelzflatterer an allen vier Füßen auf, wie das auch die südamerikanischen Faultiere tun. Es wird berichtet, daß sich die Philippinentiere vor Tagesanbruch in Baumhöhlen zurückziehen, in denen sie kopfoben schlafen. Der Flattermantel umhüllt die Tiere dann wie ein Sack. Die Pelzflatterer sind nicht etwa, wie man vermuten sollte, Kleintierjäger, sondern ausgesprochene Vegetarier. Sie ernähren sich von Blättern und Früchten. Wahrscheinlich deshalb ist ihr Dickdarm länger als der Dünndarm.

Am Boden sind die Tiere sehr unbeholfen. Mit Hilfe ihrer starken Krallen vermögen sie aber ausgezeichnet und schnell dickste Baumstämme zu erklettern und sich im Geäst zu bewegen. Wollen sie von einem freistehenden Baum aus einen anderen erreichen, selbst wenn dieser 50 und mehr Meter entfernt ist, so steigen sie bis in den Wipfel und springen von dort ab. In der Luft entfalten sie ihre Flughaut und gleiten nun, dabei langsam an Höhe verlierend, dem Zielbaum zu. Meist gelingt es ihnen, noch dessen unteres Astwerk zu erreichen. Landen sie am Boden, streben sie so schnell wie möglich dem Stamm zu. Aktive Flüge wie die Fledermäuse vermögen die Pelzflatterer nicht auszuführen. Ihre Stimmen klingen übrigens wie das kreischende Weinen eines hilflosen Kindes.

Besonders eigentümlich ist die Fortpflanzung. Zwar wissen wir über Paarung und Trächtigkeitsdauer fast nichts, jedoch schon die Geburt des meist nur einen Jungen ist ungewöhnlich. Es wird nämlich nackt, blind, sehr klein, also nahezu in einem keimlingshaften Zustand geboren. Insofern erinnert die Fortpflanzung durchaus an die der Beuteltiere, zu denen die Pelzflatterer einst gestellt worden waren. Auf der Oberbrust des Weibchens, schon fast innerhalb der Schulterhöhe, befindet sich rechts und links je ein Paar echte Milchzitzen. Vermutlich hangelt sich das Junge mit den Krallen am Bauch- und Brustfell zu diesen Milchquellen empor und klammert sich dann im Brustfell fest. So wird es von der Mutter mitgeschleppt, bis es selbständig geworden ist.

Für die Erhaltung dieser höchst merkwürdigen Tierart besteht die größte Gefahr darin, daß die Wälder, ihr natürlicher Lebensraum, rücksichtslos abgeholzt werden.

Ordnung Chiroptera – Flattertiere

Noch Jahrzehnte wird die Flattertierforschung in allen Teilgebieten ein zwar außerordentlich mühevolles, aber sehr dankbares und ergebnisreiches Arbeitsgebiet für Zoologen sein. Im vorigen Jahrhundert haben sich C. Koch, B. Altum und C. L. Brehm Verdienste um diesen Teil der Mammalogie erworben, aber erst in den letzten 40 Jahren wurden unsere Kenntnisse durch viele Untersuchungen erweitert. Eisentraut erforschte das Überwinterungsverhalten, den eigentlichen Winterschlaf und die Wanderflüge der mitteleuropäischen Arten, und wir verdanken ihm die 1957 erschienene

Monographie »Aus dem Leben der Fledermäuse und Flughunde«. Dieses Buch diente als Quellenwerk für das vorliegende Kapitel. Bislang wurden etwa 840 Arten in den nicht zu kalten Zonen der ganzen Erde festgestellt.

Der Volksmund spricht bei uns bekanntlich nicht von Flattertieren, sondern nennt alle Vertreter dieser Ordnung Fledermäuse. Soweit das die in Mitteleuropa vorkommenden Flattertierarten betrifft, haben wir es tatsächlich mit Fledermäusen in engerem Sinne zu tun. In den Tropen leben jedoch Formen – die sogenannten Flughunde –, die einer erdgeschichtlich schon früh von der älteren, den eigentlichen Fledermäusen, abgetrennten, eigenen Flattertierunterordnung angehören, demnach keine Fledermäuse im strengsten Sinne mehr sind. In der DDR und BRD treten über 20 freilebende, recht unterschiedliche Fledermausarten regelmäßig oder als Irrgäste auf. Noch immer weit verbreitet ist der Irrtum, es gäbe nur die Fledermaus, also eine *einzige* einheimische Art. Leider wird ihr besonders in Europa obendrein seit langer Zeit unterstellt, daß sie als »Nachtgespenst« und »Zwitterding von Vogel und Maus« ein menschen- und haustierfeindliches Unwesen treibe. So unsinnig alle diese unbegründeten Behauptungen auch sind, aus ihnen resultiert doch eine noch nicht überwundene starke Antipathie vieler Menschen gegen diese harmlosen Kleinsäuger. Dieser Umstand und die starken Umweltbelastungen haben inzwischen dazu geführt, daß die Fledermäuse zu den am meisten gefährdeten Säugetieren Europas zählen und einige Arten sogar vom Aussterben bedroht sind. Mindestens die in Mitteleuropa verbreiteten Fledermausarten sind ohne jede Einschränkung außerordentlich nützliche Schädlingsvertilger. Dadurch, daß sie unzählige Schadinsekten verzehren, gehören sie neben den Insektenfressern zu den für das menschliche Wohl nützlichsten Wildwirbeltieren unserer Fauna. Das kann nicht oft und nachdrücklich genug hervorgehoben werden, um die abergläubische Furcht vor Fledermäusen und die daraus resultierende »Ausrottungspsychose« zu beseitigen. Sämtliche bei uns vorkommenden Fledermäuse stehen unter Naturschutz. Ohne besondere Genehmigung ist niemand berechtigt, Fledermäuse zu fangen und in Gefangenschaft zu halten oder gar zu töten! Allerdings gibt es in Europa auch Ausnahmen. In Zypern wird der dort sehr häufige kleine Flughund *(Rousettus aegyptiacus)* jährlich ein- bis zweimal bekämpft, weil er in den Südfruchtplantagen Schaden anrichtet.

Die weltweit verbreitete Bezeichnung Fleder-»Maus« ist, zoologisch betrachtet, übrigens genauso falsch wie Spitz-»Maus« für die Spitzrüßler aus der Ordnung der Insectivora; denn beide sind eben keine Nagetiere. Wohl aber sind Fledermäuse und Spitzmäuse stammesgeschichtlich verwandt, was durch ihre Stellung im System schon lange ausgedrückt wird.

Die bisher ältesten Fledermaus-Fossilien kennen wir aus dem Paläozän, vor etwa 70 Millionen Jahren. In Europa konnten, aus altpleistozänen und pleistozänen Felsspalten- und Höhenablagerungen bereits sechs hier heute noch vorkommende Fledermausgattungen in zahlreichen Arten nachgewiesen werden. Es sind *Rhinolophus, Vespertilio, Myotis, Plecotus, Miniopterus* und *Barbastella.*

Mit Ausnahme der Polarzonen ist die Ordnung Chiroptera über die ganze Erde verbreitet. Kraft des Flugvermögens durchbrachen die Flattertiere die anderen höheren Säugetieren durch die Ozeane gesetzten Ausbreitungsschranken. Sie erreichten auf natürlichem Wege sogar Australien und die Südseeinseln. Dort wurden sie bereits in weit zurückliegenden Erdzeitaltern heimisch und entwickelten bald endemische Arten. Die Zahl der rezenten Gattungen, Arten und Unterarten ist schwer übersehbar. Wie viele auf der Erde existieren, weiß kein Mammaloge mit Sicherheit. Es kann kein Zweifel darüber bestehen, daß bis dato eine beträchtliche Zahl von Arten und Unterarten noch immer nicht entdeckt und beschrieben wurde. Auch sind uns die Verbreitungsgrenzen selbst der eurasischen Arten nur ungenügend bekannt. Beispielsweise sei erwähnt, daß vor der Forschungsreise der halleschen Zoologen Piechocki, Stubbe und Uhlenhaut im Jahre 1964 nichts über eine Fledermausfauna der Mongolischen Volksrepublik, geschweige denn über deren artenmäßige Zusammensetzung, bekannt war. Die Bearbeitung der Fledermausausbeute dieser Expedition erbrachte 10 verschiedene Arten. Ähnliche Unklarheit herrscht auch über andere abgelegene oder schwer zugängliche Gebiete der Erde. Um wenigstens einen großen Überblick zur verwirrenden Formenfülle dieser exklusiven Säugetierordung zu geben, die bereits 17 (!) rezente Familien zusammenfaßt, seien diese tabellarisch aufgeführt:

Ordnung:	Chiroptera, Flattertiere
Unterordnung:	Megachiroptera, Flederhunde
Familie:	Pteropidae, Flughunde
Unterordnung:	Microchiroptera, Fledermäuse
Überfamilie:	Emballonuroidea, Freischwanzartige
Familie:	Rhinopomatidae, Klappnasen
Familie:	Emballonuridae, Glattnasenfreischwänze
Familie:	Noctilionidae, Hasenmäuler
Überfamilie:	Rhinolophoidea, Hufeisennasenartige
Familie:	Nycteridae, Stirngrubenfledermäuse
Familie:	Megadermatidae, Klaffmäuler
Familie:	Rhinolophidae, Dreizehenhufeisennasen
Familie:	Hipposideridae, Zweizehenhufeisennasen
Überfamilie:	Phyllostomatoidea, Blattnasenartige
Familie:	Phyllostomatidae, Blattnasen
Familie:	Desmodontidae, Vampyre
Überfamilie:	Vespertilionoidea, Glattnasenartige
Familie:	Notalidae, Trichterohren
Familie:	Furipteridae, Rauchfarbfledermäuse
Familie:	Thyropteridae, Amerikanische Haftscheibenfledermäuse
Familie:	Vespertilionidae, Glattnasen
Familie:	Myzopodidae, Madagassische Haftscheibenfledermäuse
Familie:	Mystacinidae, Neuseelandfledermäuse
Überfamilie:	Molossoidea, Bulldoggfledermausartige
Familie:	Molossidae, Bulldoggfledermäuse

Nach Eisentraut sind es insgesamt sogar 20 Familien, da er die Megachiroptera in drei Familien aufteilt:

Familie:	Pteropidae, Langnasenflughunde
Familie:	Macroglossidae, Langzungenflughunde
Familie:	Harpyionycteridae, Spitzzahnflughunde

Im Gegensatz zu den weltweit verbreiteten Fledermäusen sind sämtliche Flederhundarten ausgesprochene Tiere der Tropen und Subtropen. In Amerika fehlen sie gänzlich, verständlicherweise auch in Europa. Über die in europäischen Breiten uns am nächsten lebende Art schreibt Eisentraut: »Der nördlichste Punkt der Verbreitung ist die Insel Cypern im Mittelmeer, wo der kleine Flughund *Rousettus*

In der Regel ist der Körper erwachsener Flattertiere mit einem feinhaarigen Fell bedeckt. Es gibt aber tropische Arten, wie die malayische Nacktfledermaus *(Chiromeles torquatus)*, die dieses sekundär wieder verloren haben und fast völlig unbehaart sind. Die Jungen werden nackt und blind geboren. Das Flattiermaul birgt echte spitze Zähne, deren Zahl und Entwicklung bei den mindestens 1000 bekannten Arten beträchtlich schwankt.

aegyptiacus noch vorkommt, im übrigen gehen die Flederhunde kaum über den 30. Grad nördlicher Breite hinaus. Auf der Südhalbkugel reicht ihr Verbreitungsgebiet bis zur Südspitze Afrikas und der Südostspitze Australiens.«

Diesen Gemeinsamkeiten mit anderen Säugern stehen jedoch viele Besonderheiten gegenüber. Die Brustmuskulatur ist ähnlich wie bei den flugfähigen Vögeln stark ausgeprägt und findet eine vergrößerte Ansatzfläche an einem Knochenkamm, der senkrecht auf dem Brustbein steht. Die Hinterbeine sind überaus dünn und schwach, die Füße hauptsächlich Klammerorgane. Die seitlich nach hinten gedrehten, mit spitzen gebogenen Krallen versehenen Zehen haben die Aufgabe, ihren Träger kopfabwärts an festen Gegenständen (Mauerwerk, Felsklüften, Baumrinde, Dachsparren, Ästen und Zweigen) zu befestigen. Derart freihängend ruhen, schlafen und winterschlafen die Flattertiere. Das seltsamste bei allen Vertretern der Ordnung Chiroptera ist, daß ihre Vordergliedmaßen einzigartig umgestaltet sind, so daß auf den ersten Blick mit dem Vorderfuß eines anderen Säugetieres oder der menschlichen Hand keinerlei Übereinstimmung mehr zu bestehen scheint. Sie ist dennoch vorhanden. Eisentraut schreibt dazu:

»Untersuchen wir diese Flügel genauer, so erkennen wir noch die gleichen Knochen, ihre Form aber hat sich erheblich verändert. Vom Schultergelenk geht der Oberarm ab, der Unterarm erscheint stark verlängert, die Handwurzelknochen sind verwachsen. Auch die 5 Finger sind vorhanden. Von ihnen hat aber nur der erste, der Daumen, seine normale Form behalten und trägt eine spitze Kralle, die anderen 4 Finger sind gewaltig in die Länge gezogen, zum Teil ist die Zahl der Endglieder reduziert, und die endständige Kralle fehlt.« Allerdings besitzen die meisten Flederhunde und fossilen Fledermäuse auch noch am zweiten Finger eine Kralle. »Als vollständige neue Bildung sehen wir eine dünne Flughaut, die an den Körperseiten entspringt. Sie erstreckt sich vom Hals zum Handgelenk, von hier unter weitgehender Freilassung des Daumens bis zu den Spitzen der vier verlängerten Finger und dann weiter zum Fußgelenk und schießlich bis zu der Spitze des Schwanzes. Fast der ganze Körper ist also von ihr eingerahmt.«

Es sind aber nicht nur bauplanmäßige Besonderheiten, die die Flattertiere gegenüber allen anderen Mammalia auszeichnen, auch ihre Sinnesäußerungen haben sich als unerhörte »Extravaganzen« entpuppt. Bereits gegen Ende des 18. Jahrhunderts bemühte sich Spallanzani mittels sinnreicher Versuchsanordnungen zu ergründen, wieso Fledermäuse in einem vollständig dunklen Raum fliegen können, ohne ein einziges Mal an noch so dünnen und sich dicht nebeneinander befindenden Hindernissen anzustoßen. Eine Kontroverse mit dem Genfer Naturforscher Jurine, der bei seinen Kontrollversuchen den Fledermäusen die Ohren verstopfte, worauf sie ihr bisheriges sicheres Orientierungsvermögen verloren, brachte seinerzeit Spallanzani und Jurine der Aufklärung dieses Phänomens recht nahe. Leider wurden die Ergebnisse ignoriert, da Cuvier kraft seiner Autorität, jedoch völlig unbewiesen, verkündet hatte, die Orientierung der Chiroptera erfolge über ihren hochentwickelten Tastsinn. Fast 150 Jahre hat es gedauert, bis das Problem in den dreißiger Jahren unseres Jahrhunderts von verschiedenen Seiten erneut aufgegriffen und grundsätzlich gelöst werden konnte. Noch immer aber bleiben viele Detailfragen offen!

Die Microchiroptera orientieren sich im Raum durch das Ausstoßen von für menschliche Ohren nicht mehr wahrnehmbaren Ultraschalltönen (30- bis 60000 Schwingungen je Sekunde) und deren Echopeilung durch ein hochempfindliches Gehör. Auf diese Weise können sie nicht nur Hindernisse genau orten, um ihnen noch blitzschnell auszuweichen, sondern auch ihre nachts fliegenden Nahrungsinsekten im Luftraum ermitteln, anfliegen und erbeuten. Es ergab sich ferner, daß die Peilmethoden bei den verschiedenen Fledermausfamilien unterschiedlich sind. So erfolgt bei den die kurzen Orientierungslaute mit dem Maule ausstoßenden Vespertilionoidea das Einschätzen der Entfernung bis zum Hindernis oder Beutetier durch unbewußtes, aber äußerst exaktes Schnellauswerten der Zeitdifferenz zwischen dem Abgang des Ultraschallschreies und der Rückkehr seines Echos. Bei den Rhinolophoidea wird ein überhoher Dauerpfeifton durch die Nase ausgesandt, wobei die artenmäßig unterschiedlichen bizarren Nasenaufsätze dieser »Hufeisennasen« als Richtstrahler dienen. Hier beruht das Orten des jeweiligen Hindernisses und das Feststel-

Porträt einer Langohrfledermaus *(Plecotus auritus)*. Namengebendes Kennzeichen dieser in Mitteleuropa häufigen Art sind die riesigen Faltohren

len seiner genauen augenblicklichen Entfernung auf dem Wahrnehmen des Differenzgrades zwischen der ursprünglichen Absende-Intensität und der (mit Vergrößerung von Weite und Entfernung auch immer größeren) Intensitätsabnahme, die der vom Hindernis reflektierte Ultraschall-Pfeiflaut bis zum Moment seines Empfanges als Echo im Ohr der Hufeisennase inzwischen erfahren hat. Diese Unterschiede wertet das Zentralnervensystem blitzschnell aus und setzt ihn in entsprechende Flugbewegungen um.

Die Augen der meisten Microchiroptera sind klein bis geradezu winzig, so daß angenommen werden durfte, sie seien – bis auf ihre Eigenschaft als Meßinstrumente für Helligkeitsabstufungen – als Sehorgane fast oder völlig funktionsuntüchtig. Das ist jedoch nicht immer der Fall. Eisentraut gelang es, durch Dressurversuche nachzuweisen, daß bei einigen schon in der frühen Abenddämmerung aktiven einheimischen Arten durchaus die Fähigkeit vorhanden ist, schwarze und weiße Versuchsgeräte genau zu unterscheiden. Im übrigen erwiesen sich die Tiere als farbenblind.

Es hat bis jetzt den Anschein, als seien nur wenige Flughundarten in der Lage – in Kombination mit ergänzenden Wahrnehmungen durch andere Sinne –, ebenfalls Ultraschallortungen vorzunehmen. Bei einer in finsteren Höhlen Quartier beziehenden Flughundart, dem schon erwähnten *Rousettus aegyptiacus*, konnte dieses Vermögen dennoch festgestellt werden. Sie empfängt das Echo auf die gleiche Weise wie die Vespertilionoidea, erzeugt ihre Ultraschallwellen jedoch durch Zungenschläge.

Flughunde sind in erster Linie Augentiere, im krassen Gegensatz zu den Fledermäusen, den hochspezialisierten Ohrentieren. Auch die anderen Sinnesleistungen sind bei den Flattertieren in der Regel sehr gut entwickelt, besonders Geruchs- und Geschmackssinn. Einige Arten produzieren starke moschusartige Geruchsstoffe, die vermutlich in ihrem Sexualzyklus eine Rolle spielen.

Außer Gehör, Gesicht, Geruch, Geschmack und Tastgefühl sind bei den Flattertieren der Temperatursinn und Sinn für das Wahrnehmen von Luftströmungen von entscheidender Bedeutung. Normalerweise suchen Fledermäuse in ihrem Biotop stets die Plätze auf, die

Die Flügelspannweite eines erwachsenen Langohrs kann bis zu 26 cm betragen. Im Ruhezustand werden die Ohren unter den angelegten Flügeln verborgen

am wärmsten sind. In Überwinterungshöhlen kann man beobachten, daß sich Fledermäuse niemals an Stellen zum Winterschlaf aufhängen, wo ständig Zugluft herrscht.

Die in den gemäßigten Breiten lebenden Fledermäuse halten einen Winterschlaf. Diese Fähigkeit ist bekanntlich keine auf Fledermäuse beschränkte Erscheinung. Wir finden sie auch bei anderen Säugern unserer Fauna, so beim Igel und beispielsweise bei Murmeltier, Siebenschläfer und Hamster. Alle einheimischen Winterschläfer aus anderen Säugetierordnungen kugeln sich vor Beginn dieser Periode in ihrem Winterschlafnest zusammen, wobei sie alle Körperanhänge und die freien Glieder im Innern des so gebildeten Balles verbergen. Die Kugel ist bekanntlich jene Körperform, die bei kleinster – wärmeausstrahlender – Oberfläche den größten Rauminhalt hat. Die Fledermäuse dagegen besitzen weder ein Nest, noch nehmen sie eine Kugelstellung ein. Sie suchen, wie schon erwähnt, zugluftfreie Schlafplätze auf, an denen die Temperatur immer einige Grade über 0 °C beträgt, zum Beispiel Baumhöhlen, das Sparrenwerk alter Gebäude, Grüfte in Kirchen, natürliche Felsenhöhlen oder das unterirdische Ganggewirr stillgelegter Bergwerke. Gefährdete Körperteile werden ebenfalls besonders geschützt. So pressen einheimische Glattnasenfledermausarten (Vespertilionidae) die dicht zusammengefalteten Flügel fest an den Leib und drängen sich zu großen Klumpen zusammen, die aus vielen Artgenossen bestehen. Die Langohrfledermaus *(Plecotus auritus)* verbirgt außerdem ihre riesigen Ohren schützend unter den Flügeln. Die Hufeisennasen (Rhinolophidae) hängen im Winterquartier ebenso kopfunter, verwenden ihre Flügel jedoch als Mantel, mit dem der gesamte Körper umhüllt wird. Auf diese Weise wird die Abgabe von Körperwärme nach außen gehemmt, da die feine Lufthülle zwischen Körper und Mantelhaut als Isolierschicht wirkt. Bei den Hufeisennasen kommt eine Zusammenballung zu Klumpen von Artgenossen – wie für die Glattnasen beschrieben – nicht vor. Jede winterschlafende Hufeisennase hängt für sich, ohne jeden körperlichen Kontakt mit den ihr am nächsten hängenden Individuen.

Obwohl der Zustand weitgehend der gleiche ist, sind die physiologischen Voraussetzungen für den Winterschlaf der Fledermäuse etwas andere als für Igel, Hamster, Murmeltiere usw. Bekanntlich ist der lethargische Winterschlafzustand mit einen tiefen Absinken der normalen Körpertemperatur verbunden. Dadurch wird der Stoffwechsel auf ein Minimum reduziert, das gerade noch die Lebenserhaltung garantiert. Fettgemästet den Winterschlaf beginnende Individuen sind an dessen Ende beträchtlich abgemagert, da die ganze Zeit über keine Nahrung aufgenommen wird. Bei den Fledermäusen ist es nicht anders. Nur ist bei ihnen schon während der warmen Jahreszeit der tägliche Ruheschlaf mit solcher Lethargie und sinkender Temperatur verbunden. Nach Eisentrauts Forschungsergebnissen ist ihre unvollkommene Wärmeregulation nicht erst sekundär, als Folgeerscheinung des vorher entwickelten Winterschlafvermögens also, erworben worden, denn bei tropischen Fledermäusen ist dasselbe Phänomen zu beobachten. Dies unterstreicht, daß sie phylogenetisch sehr altertümliche, niedere Säugetiere sind, zumal andere niedere Mammalia (wie Schnabeltier, Ameisenigel, Beuteltiere, Faultiere und Gürteltiere) ihre einstige unvollkommene Wärmeregulation ebenfalls beibehalten haben. Im Gegensatz zu den Fledermäusen sind jedoch Igel, Hamster, Siebenschläfer, Murmeltier usw. normalerweise Säugetiere mit weitaus vollkommenerer Wärmeregelung. Demzufolge dürfte ihre gegenwärtige Fähigkeit, Winterschlaf zu halten, erst sekundär, als spätere Umweltanpassung, von ihnen entwickelt worden sein. Genau wissen wir das aber noch nicht.

Wie erstarrt und leblos wirkt eine Fledermaus, die sich in tiefem Winterschlaf befindet! Sie bleibt zunächst völlig bewegungslos und fühlt sich kalt an. Bis zum völligen Erwachen benötigt sie fast eine Stunde. In ihren Winterschlafunterkünften, auch in den täglichen Ruheschlafquartieren, sind manchmal Hunderte oder Tausende von Exemplaren einer Art versammelt. Sind es unterirdische Höhlen, besonders solche mit nur kleinen Zugangslöchern, kommt es dort in der Abenddämmerung- wie vor allem bei einigen tropischen Arten beobachtet – zu gemeinsamen Ausflügen in dichten Schwärmen und in der Morgendämmerung zu einer gleichartigen Rückkehr. Das machen sich Greifvögel und Eulen zunutze, die sich zu diesen beiden Zeitpunkten vor dem Höhleneingang einfinden und dann ohne viel Mühe reichliche Beute schlagen können. Draußen – im freien Luftraum – lösen sich die Fledermausschwärme gewöhnlich rasch auf. Die einzelnen Tiere zerstreuen sich nach allen Richtungen. Die einfliegenden Schwärme ballen sich erst unweit des Höhleneinganges zusammmen, sie bilden sich aus den von allen Seiten pünktlich heranfliegenden Individuen.

Es sind ausgesprochene Wochenstubenunterkünfte bei einigen Arten nachgewiesen worden, in denen sich gewöhnlich nur hochträchtige und ihre Neugeborenen am Körper tragende Weibchen finden. Unter den Schlafplätzen solcher Fledermausmassen sammeln sich hohe Lagen Kot an, der als »Fledermausguano« ein vorzügliches und begehrtes Düngemittel darstellt. Ein bisher nur teilweise geklärtes Problem ist das der Fledermauswanderungen. Eine gewisse Aufhellung hat es erst durch die von Eisentraut in den dreißiger Jahren entwickelte und mit Erfolg eingeführte Methode der Fledermausberingung erfahren. Seitdem werden in vielen europäischen Ländern und in den USA zum gleichen Zweck Fledermäuse beringt. Verwendung finden dabei kleine dünne Aluminiumblechklammern, die am Flügelunterarm in der Nähe des Handgelenkes, wo sie die Tiere nicht behindern können, schmerzlos angebracht werden. Sie tragen neben einer laufenden Nummer die Kurzanschrift der beringenden Forschungseinrichtung, um die Rückmeldung zu erleichtern. Es hat sich ergeben, daß einige in Winterquartieren beringte Exemplare in den folgenden Sommern Hunderte von Kilometern vom Beringungsort entfernt gefunden wurden. Zum exakten Nachweis dieses Phänomens wurden beringte Fledermäuse auch an mehr oder weniger weit entfernte Orte verfrachtet, in Luftlinie zum Teil über 150 km weit. Im kommenden Winter fanden sich von ihnen Heimkehrer wieder am alten Winterschlafplatz, wo sie beringt worden waren. Worauf das Heimfindevermögen der Fledermäuse beruht, ist noch umstritten. Jedenfalls müssen die Tiere einen hochentwickelten Richtungssinn besitzen. Natürlich werden von Jahr zu Jahr von jeder Gruppe, die in einem bestimmten Winter beringt wurde, immer weniger Exemplare vorgefunden. Die fehlenden sind nicht etwa abgewandert, sondern es handelt sich dabei,

Das starke Gebiß des Großen Mausohrs *(Myotis myotis)*, der größten und häufigsten mitteleuropäischen Glattnasenart, zermahlt sogar Maikäfer mühelos

abgesehen von Verlusten durch Unfall, Greifvögel und Eulen, um den normalen jährlichen Überalterunsabgang. Auf diese Weise konnte Eisentraut etwa zwölf Jahre als die normale Lebensdauer der Großmausohr-Fledermaus *(Myotis myotis)* in Freiheit feststellen. Die Kleine Hufeisennase *(Rhinolophus hipposideros)*, die anscheinend auch während des Sommers in der Nähe der Winterquartiere bleibt, kann es auf 15 Jahre, die große Hufeisennase *(Rhinolophus ferrumequinum)* sogar auf über 23 Jahre bringen. Eine ausführliche Abhandlung über den gegenwärtigen Stand der Erforschung, der Wanderungen und der Lebensdauer fünf europäischer Fledermausarten liegt von Roer (1971) vor. Auch die nordamerikanischen Fledermausarten wandern. Die Silberfledermaus *(Lasiurus cinereus)* zum Beispiel lebt im Sommer in den nördlichen Gebieten Kanadas und der USA. Von Ende August an bis November wandert sie in kleinen Trupps nach Süden. Die Tiere erscheinen dann an verschiedenen Stellen der atlantischen Küste. Im Winter sind sie in den Südstaaten der USA, einschließlich Floridas, anzutreffen. Sie vollbringen also Flugleistungen von Tausenden von Kilometern. Einmal wurde sogar ein lebendes Exemplar in Irland gefunden. Ein zweiter nicht völlig sicherer Fund ist von den Orkney-Inseln bekannt. Wie es beiden Tieren gelungen ist, über das Meer nach diesen nordwesteuropäischen Inseln zu kommen, ist ein Rätsel. Vermutlich wurden sie von Stürmen dorthin verschlagen. Recht gut sind wir auch über die Zuwege der in großen Kolonien lebenden Guano-Fledermaus *(Tadarida brasiliensis mexicana)* unterrichtet. diese Art ist im Westen der USA bis Südamerika verbreitet. Da man in der Guano-Fledermaus einen Überträger der Tollwut vermutet, wurden in den letzten Jahren umfangreiche Beringungsaktionen durchgeführt. Die bisherigen Ergebnisse besagen, daß ein erheblicher Teil der Population aus dem Norden des Verbreitungsgebietes südwärts nach Mittelmexiko zieht. Von Dezember bis Februar halten sie sich dort in großen gemeinsamen Winterquartieren auf. Als Beweis für die zum Teil enormen Zugleistungen mögen folgende Feststellungen dienen: Ein am 18. September 1952 bei Carlsbad (Neu-Mexiko) beringtes Exemplar konnte am 25. November 1952 1300 km weiter südlich bei Las Barrochas (Jalisco) wieder eingefangen werden. Eine andere in El Rincón (Nuevo León) am 17. Januar 1956 markierte Guano-Fledermaus wurde am 4. Juni 1956 1270 km nördlich des Beringungsortes bei der Selman-Grotte (Oklahoma) aufgefunden (Orr 1970).

Die Fortpflanzungsbiologie der Microchiroptera ist sehr ungewöhnlich. Bei ihnen findet die Begattung bereits im Herbst statt. Die Eireife tritt aber erst nach beendetem Winterschlaf ein. Der im Herbst aufgenommene Samen befruchtet nach Monaten, im Frühjahr nämlich, das in den Eileiter eintretende reife Ei. Bei tropischen, naturgemäß nicht winterschlafenden Fledermäusen ist von einer solchen Verzögerung nichts bekannt. Die Tragzeit bis zur Geburt des Jungen, maximal werden zwei Junge geboren, ist bei den einzelnen Arten verschieden lang. Sie liegt ungefähr zwischen 55 und 75 Tagen.

Wie erwähnt, finden sich die Trächtigen und Weibchen mit Jungtieren in Wochenstuben zusammen. Die Männchen kümmern sich in keiner Weise um ihren Nachwuchs. Zwischen ihnen und den Weibchen besteht auch keine Bindung über die Begattung hinaus. Die Jungen kommen nackt und blind zur Welt. Ihre Hinterbeine sind kräftig entwickelt und mit großen Krallen versehen. Bei der Geburt werden die Jungtiere in einer von der Schwanzhaut gebildeten Tasche aufgefangen. Bald nach der Geburt machen sich die Neugeborenen durch helle »Zick-Zick-Zick«-Rufe bemerkbar. Aus der Auffangtasche klettern sie am mütterlichen Fell bis zu den beiden bruständigen Zitzen empor, an denen sie sich mit ihrem spitzzähnigen, etwas nach hinten gebogenen Milchgebiß festbeißen. Wenigstens verhält es sich bei unseren einheimischen Glattnasen so. Bei den Hufeisennasen ist es etwas anders. Hier besitzen die Weibchen zwei Zitzenpaare – ein bruständiges Haupt- und ein bauchständiges Nebenzitzenpaar. Nur das bruständige führt Muttermilch. Das bauchständige dient lediglich als Aufhänger. Die neugeborene Hufeisennase saugt sich zunächst am bauchständigen Zitzenpaar fest an. Bei Hufeisennasensäuglingen ist nämlich kein Milchgebiß ausgebildet. Sie verfügen aber über ein kräftiges Saugmäulchen, mit dem sie sich, wie beschrieben, am Körper der Mutter festhalten. Nur wenn das Hufeisennasenkind Milch aufnehmen will, klettert es zum bruständigen Zitzenpaar hinauf, kehrt danach aber stets zu einer unteren »Haltezitze« zurück. Dort hängend, wird es zunächst von der Mutter überallhin mitgeschleppt.

Die Wärmeregulation des nackten Fledermausjungen ist noch ungenügend. Durch sein festes Haften am mütterlichen Körper wird es erst von diesem voll durchgewärmt. Nach einigen Tagen öffnen sich die Augen, und an seiner Körperoberfläche beginnt feines Flaumhaar zu sprießen. Bereits bei 14 Tage alten Jungtieren fängt das Gebiß an durchzubrechen. Spätestens nach Ausbildung des Haarkleides hängt das Junge am Ruheplatz frei neben der Mutter. Diese findet es nach ihren Ausflügen, währenddessen das Junge am Ruheplatz zurückbleibt, durch gegenseitige Stimmfühlungslaute wieder unter den vielen anderen Jungen heraus. Die Jungen beginnen in einem Alter von 45 bis 60 Tagen unbeholfen zu fliegen. Sie haben dann schon fast die Größe der Mutter erreicht. Bis dahin wird das Junge lediglich mit der sehr nährstoffreichen Muttermilch ernährt; jedes Junge nimmt von Tag zu Tag rapide an Gewicht zu. Geschlechtsreif werden junge Fledermäuse erst mit rund 15 Monaten.

Abgesehen von gelegentlichen Irrgästen aus südlicheren Breiten kommen in der DDR und BRD nachweislich 21 Arten aus 9 Gattungen und 2 Familien vor. Für einige bildet der Süden der BRD bereits die nördlichste Grenze ihres Gesamtverbreitungsraumes. Als Prototypen wählen wir die beiden darunter befindlichen Hufeisennasenarten und von den Glattnasen den Großen Abendsegler, das Große Mausohr und die Langohrfledermaus. Doch seien zunächst alle 21 Arten wenigstens dem Namen nach aufgeführt.

In der DDR und BRD vorkommende Fledermausarten:

Familie:	Rhinolophidae, Dreizehenhufeisennasen
Gattung:	*Rhinolophus*
Art:	*Rhinolophus ferrum-equinum*, Große Hufeisennase
Art:	*Rhinolophus hipposideros*, Kleine Hufeisennase
Familie:	Vespertilionidae, Glattnasen
Gattung:	*Myotis*
Art:	*Myotis myotis*, Großes Mausohr
Art:	*Myotis daubentoni*, Wasserfledermaus
Art:	*Myotis dasycneme*, Teichfledermaus
Art:	*Myotis nattereri*, Fransenfledermaus
Art:	*Myotis bechsteini*, Bechstein-Fledermaus
Art:	*Myotis emarginatus*, Wimperfledermaus
Art:	*Myotis mystacinus*, Bartfledermaus
Gattung:	*Nyctalus*
Art:	*Nyctalus noctula*, Großer Abendsegler
Art:	*Nyctalus leisleri*, Kleiner Abendsegler
Gattung:	*Pipistrellus*
Art:	*Pipistrellus pipistrellus*, Zwergfledermaus
Art:	*Pipistrellus nathusii*, Rauhhautfledermaus
Art:	*Pipistrellus savii*, Alpenfledermaus
Gattung:	*Vespertilio*
Art:	*Vespertilio discolor*, Zweifarbfledermaus (veraltet *Vespertilio murinus*)
Gattung:	*Eptesicus*
Art:	*Eptesicus nilssoni*, Nordische Fledermaus
Art:	*Eptesicus serotinus*, Breitflügelfledermaus (veraltet »Spätfliegende Fledermaus«)
Gattung:	*Miniopterus*
Art:	*Miniopterus schreibersi*, Langflügelfledermaus
Gattung:	*Barbastella*
Art:	*Barbastella barbastellus*, Mopsfledermaus
Gattung:	*Plecotus*
Art:	*Plecotus auritus*, Braunes Langohr
Art:	*Plecotus austriacus*, Graues Langohr

Wer sich näher über die einheimischen Fledermäuse unterrichten möchte, sei auf folgende Fachzeitschriften hingewiesen: In der DDR erscheinen die Mitteilungen aus dem Arbeitskreis für Fledermausschutz und -forschung »Nyctalus« vom Tierpark Berlin-Friedrichsfelde, und in der BRD »Myotis« vom Zoologischen Forschungsinstitut und Museum A. Koenig in Bonn herausgegeben.

Die Große Hufeisennase *(Rhinolophus ferrum-equinun)* und die Kleine Hufeisennase *(Rhinolophus hipposideros)* sind die beiden am weitesten nach Norden vordringenden Familien-Vertreter aus subtropischen und tropischen Gebieten Afrikas und Asiens. Alle Hufeisennasen sind sehr wärmebedürftig. So kommt es, daß die Große Hufeisennase vom Süden her nur bis zum südlichen Harz, – die letzten Nachweise sind dort 1980 erbracht worden – und zum südlichen Thüringer Wald bis zum Fichtelgebirge vordringt. Nach Westen reicht ihr Ausbreitungsgebiet bis Südengland, im Osten bis Japan. Nach Niethammer sind eine Anzahl 1933 nach London verfrachteter Exemplare am Leben geblieben, denn noch Jahre danach hat man dort Große Hufeisennasen beobachtet. Das wäre der einzige bekannte und geglückte Neuansiedlungsversuch einer Chiroptera-Species. Dazu wären die beiden genannten Hufeisennasenarten noch am ehesten prädestiniert, da sie sich anscheinend kaum mehr als 25 km im Radius von ihren Sommerruhe- und Winterschlafquartieren entfernen. Sehr wahrscheinlich unternehmen beide keine größeren jahreszeitlichen Wanderungen. Die Kleine Hufeisennase geht in der DDR und BRD etwas weiter nach Norden. Die nördliche Verbreitungsgrenze bidet die Linie Oldenburg, Harz, Kyffhäuser, Geiseltal bei Mücheln, Osterzgebirge, Elbsandsteingebirge. Ihr nördlichstes europäisches Verbreitungsgebiet liegt in Nordwestirland und Mittelwestengland. Im Osten scheint sie nur bis Zentralasien vorzukommen. Die Großen Hufeisennasen halten, in der beschriebenen Weise aufgehängt, im Sommer ihren Ruheschlaf täglich gewöhnlich in drückend heißen Kirchendachstühlen, im Sparrenwerk von Türmen und auf den Böden von Wohnhäusern und Speichern, aber kaum in unterirdischen natürlichen Höhlensystemen. Diese bevorzugt dagegen die Kleine Hufeisennase. Bei beiden Arten begegnen wir gleichfalls den für alle einheimischen Fledermausarten typischen Wochenstubengemeinschaften der Weibchen, es findet sich jedoch stets ein schwankender, meist relativ hoher Prozentsatz von Männchen darunter.

Für den Winterschlaf beziehen beide Arten gewöhnlich unterirdische Aufenthaltsorte. Beide sind langsame und ziemlich unbeholfene Flieger. Sie jagen erst sehr spät in Strauch-, Hecken- und Buschgelände niedrig über dem Boden nach fliegenden Insekten. Das erbeutete Insekt wird nicht in jedem Falle am Fangort verzehrt, sondern oft an einen bestimmten und immer wieder aufgesuchten Platz getragen und dann erst »in aller Ruhe« vertilgt. Unter solchen ständigen aufgesuchten Fraßstellen sammeln sich viele als Nahrung verschmähte Körperteile der Beutetiere, wie abgebissene Flügeldecken, Beine und dergleichen, an.

Die Große und Kleine Hufeisennase sind für den Unkundigen schwer zu unterscheiden. Ihr hauptsächliches Unterscheidungsmerkmal ist die Größendifferenz. Die Große Hufeisennase erreicht Kopf-Rumpf-Längen von 6 bis 7 cm, hinzu kommt noch 3 bis 4,3 cm für den Schwanz. Bei der Kleinen Hufeisennase, eine der kleinsten einheimischen Fledermäuse überhaupt, schwankt die Kopf-Rumpf-Länge

Gesicht der Kleinen Hufeisennase *(Rhinolophus hipposideros)*. Der Name dieser mitteleuropäischen Fledermausart leitet sich von ihrem häutigen Nasenaufsatz her

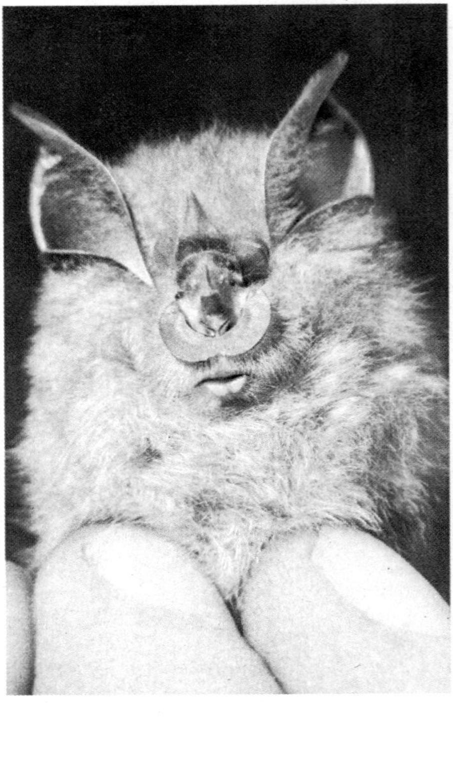

zwischen 3,8 und 4,5 cm, die zusätzliche Schwanzlänge zwischen 2,4 und 3,1 cm. Sonst ähneln sich beide Arten außerordentlich, auch in der Färbung. Ihre Oberseiten sind bräunlich bis braungrau, die Unterseiten stets etwas heller bis weißlichgrau. Der im allgemeinen in Höhen von 2 bis 5 m vonstattengehende Flug der Kleinen Hufeisennase erinnert stark an den eines Schmetterlings. Sie fliegt etwas gewandter und schneller als die größere und schwerere Art, deren Flughöhe gewöhnlich 50 cm bis 3 m beträgt, obwohl ihre absolute Flügelspannweite, die bei der Kleinen Hufeisennase nur rund die Hälfte erreicht, bis 40 cm betragen kann.

Beim genauen Vergleich einer erwachsenen Großen mit einer Kleinen Hufeisennase fällt auf, daß die Ohren der großen Art im Verhältnis zum Gesamtkörper etwas größer sind als die der kleinen. Das allgemeine Kennzeichen beider Arten ist ein häutiger Nasenaufsatz in Form eines liegenden Hufeisens, dessen freie Enden nach hinten oben gekehrt sind. In der Mitte dieses Hufeisens erhebt sich der »Längskamm« und an dessen Ende die spitz zulaufende, der Stirn flach aufliegende »Lanzette«. Die Ohren weisen im Gegensatz zu anderen einheimischen Fledermäusen keinen besonderen Ohrdeckel auf, die Augen sind sehr klein. Neben unseren beiden kennen wir noch eine Fülle weiter südlich beheimateter Rhinolophoidea-Arten. Ihre außerordentlich variierenden Nasenaufsätze können bizarre Formen annehmen, die den Gesichtern ihrer Träger ein mehr oder weniger »finsteres« und groteskes Aussehen verleihen. Diese Nasenaufsätze sind einerseits arteigentümliche morphologische Ausprägungen, zum anderen überaus leistungsfähige »Sendeanlagen« von im einzelnen unterschiedlichem, im Wirkungspinzip jedoch gleichem »Konstruktionstyp«. Sie ermöglichen

Kleine Hufeisennasen im Winterschlaf. Kopfunter hängen sie mit den Füßen am Gestein des Überwinterungsquartiers. Wie die Flughunde umhüllen sie sich mantelartig mit den Flügeln. Glattnasenfledermäuse legen dagegen die Flügel an den Körper (vgl. Farbbild des Großen Mausohrs)

den infolge ihrer kleinen, stark funktionsbeschränkten Augen hautpsächlich »blindfliegenden« Rhinolophoidea die Kontrolle des nachtdunklen Flugraumes mittels Ultraschall. Nicht nur Bäume, Turmspitzen, Fabrikschlote, Antennen oder Hochspannungsmasten werden geschickt und sicher umflogen, sondern es wird auch der augenblickliche Standort fliegender Beuteinsekten ermittelt.

Einheimische Glattnasen-Vertreter

Die innerhalb ganz Mitteleuropas häufigste und zugleich größte Fledermaus ist das zu den Vespertilionidae gehörende Große Mausohr *(Myotis myotis)*. Nur der sehr seltene, noch recht unbekannte, von Südfrankreich bis in den Süden des europäischen Teils der Sowjetunion vorkommende Riesenabendsegler *(Nyctalus maximus)*, eine Glattnasenfledermaus, übertrifft es in der Größe. Dieser Fledermausriese, von dem man noch nicht genau weiß, ob es sich bei ihm nicht lediglich um sehr große Exemplare des eurasischen Großen Abendseglers (*Nyctalus noctula*) handelt, kann Flügelspannweiten bis 50 cm und von der Nasen- bis Schwanzspitze knapp 17 cm Länge erreichen. Außerdem lebt in Spanien und in der Strandregion anderer Mittelmeerländer, bis nach Griechenland, der einzige europäische Vertreter der tropischen Molossidae, die Bulldoggfledermaus *Tadarida teniotis*, deren Schwanz bis etwa zur Hälfte aus der Flughaut herausragt. Sie ist etwas größer als das Große Mausohr. Das Große Mausohr gehört, zu den bisher am besten bekannten einheimischen Arten. Infolge ihrer realtiv breiten Flügel fliegen die Tiere recht langsam und unbeholfen. Sie halten sich gern in der Nähe menschlicher Ansiedlungen auf.

Zweifarbfledermaus *(Vespertilio discolor)*. Die weiße Kehle und Unterseite stehen bei dieser sehr hoch fliegenden eurasischen Fledermaus im starken Kontrast zur dunkelbraunen, weißbereiften Oberseite

Gewöhnlich kommen sie erst einige Stunden nach Sonnenuntergang aus den Tagquartieren hervor. Herrscht feuchtes, windiges und naßkaltes Nachtwetter, ziehen sie es nicht selten vor, »für diese Nacht lieber zu Hause zu bleiben«. Bei günstiger Witterung bleiben sie jedoch vier bis fünf Stunden lang in der Luft, zumindest »unterwegs«. In der Regel fliegen sie 5 bis 10 m über dem Erdboden. In bezug auf das Wetter sind sie grundsätzlich anspruchsvoll. Sie vermeiden es beispielsweise, ihre Aufenthaltsorte in ausgesprochenen Küstengebieten zu wählen.

Die Kopf-Rumpf-Länge der Großen Mausohren beträgt etwa 8 cm, die Schwanzlänge 5 bis 6 cm. Bei großen Exemplaren können die dünnen, im Licht transparenten Flügel Spannweiten von 37 bis über 40 cm erreichen. Auf der Oberseite des Körpers ist das Tier graubraun und unterseits hellgrau gefärbt. Der Name Mausohr rührt von den länglichrunden, durchscheinend dünnen Ohren her, von deren Öffnung ein lanzettförmiger Deckel aufragt. Die verschmälerte Schnauzenpartie ist gestreckt. Das Große Mausohr nimmt erstaunlicherweise recht große und kompakte Insekten als Beute auf, beispielsweise fliegende Maikäfer und Mistkäfer. Außerdem vermag es an die Erdoberfläche gebundene Gold- und andere nichtfliegende Laufkäfer im Tiefflug zu erhaschen. Außerhalb der Paarungszeit halten sich die Männchen in der Regel von anderen

Männchen und den Weibchen getrennt auf. Jedes Männchen beansprucht dann meist einen ganzen Hausdachstuhl als Ruhequartier allein und duldet dort kein zweites. Dagegen sammeln sich die Weibchen in zuweilen Hunderten, ja Tausenden von Exemplaren in den schon erwähnten Wochenstubengemeinschaften. Diese befinden sich vorwiegend auf wenig betretenen Kirchendachböden, in unterirdischen Stollen und an ähnlichen Orten. In derartigen Unterkünften überwintern beide Geschlechter gemeinsam. Winterquartier und Sommeraufenthaltsplatz liegen oft viele Kilometer weit auseinander. Man hat beim Großen Mausohr Wanderflüge bis zu 260 km nachgewiesen.

Diese Fledermausart ist sehr lautfreudig. Wenn auch zuweilen anfangs und gegen Ende der Überwinterungszeit in den gemeinsamen Quartieren, so herrscht doch besonders in den Massenansammlungen hochträchtiger oder säugender Weibchen auf von Sonnenhitze durchglühten Kirchen- oder Speicherdachböden tagsüber ständig ein weithin hörbares Zetern und Keifen um den Besitz der besten Ruheplätze. Es scheint aber dabei nie zu ernsthafteren Auseinandersetzungen zu kommen. Auch andere Fledermausarten verraten durch ähnlichen Lärm dem Kenner ihre Wochenstuben. Hört er im Wald derartiges mehrstimmiges Fledermausgezänk, braucht er sich nur nach älteren Bäumen umzusehen, die in sechs und mehr Meter Höhe Löcher und Risse im Stamm aufweisen. Es können auch Spechthöhlen oder Vogelnistkästen sein. Zeigen die Zugänge einen fettigen Glanz und rinnt aus ihnen ein Mäusegeruch verbreitender, ständig feuchter Urinstreifen den Stamm abwärts, so hat er eine Wochenstube des Großen Abendseglers – seltener einmal einer anderen Art – aufgefunden. *Nyctalus noctula* bewohnt in der warmen Jahreszeit hauptsächlich Laubwälder. Tagsüber ruhen diese Flattertiere in jenen Baumhöhlen. Bei dieser Art bilden die Männchen gelegentlich separate Ruheschlafkolo-

Großer Abendsegler *(Nyctalus noctula)* im Flug. Die Flügelspannweite dieser großen Glattnasenfledermaus erreicht 35 cm und mehr. Diese Art ist weit über Eurasien und in Nordafrika verbreitet

nien, können eine Baumhöhle aber auch allein bewohnen. Manchmal zieht eine Wochenstuben-»Belegschaft« in eine andere Baumhöhle um, kehrt jedoch nach einiger Zeit in die alte zurück, hat also verschiedene Unterkünfte im Wechsel inne. Der Große Abendsegler gehört zu den größten einheimischen Vespertilionidae-Arten. Außerdem trifft man noch den ihm sehr ähnlichen, aber wesentlich kleineren und selteneren Kleinen Abendsegler *(Nyctalus leisleri)* in hohlen Bäumen. Den Winter verbringen die Abendsegler nicht in Baumhöhlen, sondern in vor Frost geschützten natürlichen Felsenhöhlen oder in trockenen, selten betretenen Boden- oder Kellerräumen.

Allgemein bekannter wurde der Große Abendsegler bei Naturfreunden vor allem durch die Tatsache, daß man 1926 eine viele Hunderte Exemplare zählende Winterschlafversammlung dieser ausgesprochenen Waldfledermaus im Turm der im zweiten Weltkrieg zerstörten Dresdner Frauenkirche entdeckte. Sie wurde sorgfältig durch W. Meise, dem wir auch eine Monographie dieser Art verdanken, und seine Mitarbeiter kontrolliert. In dem ungewöhnlich kalten Winter 1928/29 erwies sich übrigens dieses, von den Tieren vermutlich seit Jahrzehnten gewählte und Beringungskontrollen zufolge von zum Teil einige hundert Kilometer entfernt liegenden Sommeraufenthalten immer wieder aufgesuchte Winterquartier als nicht frostsicher genug. Etwa 50 Prozent der Tiere (ungefähr 600 Exemplare) erlagen der Kälte.

Der Große Abendsegler besitzt verhältnismäßig große Augen. Das darf kaum verwundern, denn er jagt bereits in der frühen Dämmerung, manchmal schon am hellen Tage im Wipfelbereich der Waldbäume. Die Art ist kräftig gebaut. Sie hat derbe und dunkle Flughäute. Die kurzen und breiten Ohren sind ebenso gefärbt. Ihr Ohrdeckel verbreitet sich nach oben zu einem halbkreisförmigen Scheibchen. Das dicht anliegende Fell zeigt eine rotbraune Farbe. Die Schnauzen sind abgerundet und breitmäulig, da die Beute des übrigens gegen fremdartige Kontrahenten

Der Große Abendsegler ist in der Lage, recht große »Brocken« zu bewältigen

ziemlich bissigen Flattertieres aus dicken Schwärmern und großen Käfern besteht.

Wie der deutsche Name deutlich macht, ähneln Flugweise und Flugbild einigermaßen denen von Mauerseglern und Schwalben. Außerdem jagt er wie diese Vogelarten in bedeutenden Höhen. Und wirklich kann man gelegentlich, während die Sonne untergeht, am Abendhimmel einzelne Große Abendsegler beobachten, die sich mit hochfliegenden Mauerseglern oder Schwalben vergesellschaftet haben. Ähnlich wie diese lassen sie während des Fluges hohe, schrille Töne hören. Obwohl der Große Abendsegler zu den am gewandtesten und schnellsten fliegenden mitteleuropäischen Flattertierarten gehört, wird er darin von der Langflügelfledermaus *(Miniopterus schreibersi)* noch weit übertroffen. Diese Art ist überwiegend im Mittelmeerraum verbreitet. In der BRD konnte sie bisher nur im Oberrheingebiet nachgewiesen werden.

Zum Inbegriff der Fledermaus ist die schon von alters her bekannte Braune Langohrfledermaus *(Plecotus auritus)* geworden. Charakteristisch für sie ist ein Paar riesige, oben zugespitzte lange Schalltrichterohren. Beim fliegenden Tier sehen sie wie zwei unbehaarte Feldhasenlöffel aus, deren Wurzeln sich auf dem Scheitel berühren. In Ruhe hält sie das Tier nur halbgestrafft und dadurch nach hinten gebogen. 22 bis 24 deutlich sichtbare Querfalten, die sich harmonikaartig zusammenfalten oder ausdehnen, ermöglichen dem Tier nach Belieben das Straffen oder Nachrückwärtskrümmen der hauchdünnen Gebilde.

Von unseren einheimischen Fledermausarten ist die Langohrfledermaus wohl der ausgeprägteste Kulturfolger, besonders der Landwirtschaft. In der vorgeschrittenen Sommerabenddämmerung sieht man sie »ohne Eile« in Höhen von 1 bis 10 m um Stall-, Scheunen- und Wohngebäude schweben oder in den Gärten Beerensträucher und Obstbäume auf fliegende Spanner, Spinner, Wickler und Motten kontrollieren. Nicht nur Kleinschmetterlinge und andere Insekten ähnlicher Größe werden im Flug erbeutet. Wie der Turmfalke vermag sie auch rüttelnd an einem Punkt in der Luft zu verharren und dabei Räupchen, Spinnen oder kleine Käfer von Bäumen und Büschen abzusammeln. Manchmal kurvt sie, vom Licht und den dort umherschwärmenden Insekten angelockt, um Hof- und Straßenlaternen. Zuweilen verfliegen sich Langohrfledermäuse durch ein offenstehendes Fenster in beleuchtete Küchen, Wohn- und Schlafzimmer. Leider nimmt ein solches Geschehnis für das harmlose Flattertier noch sehr oft durch die Hand des Menschen ein tödliches Ende. In der warmen Jahreszeit findet man tagsüber Langohrfledermäuse auch abseits von menschlichen Siedlungen in Obstplantagen und im Wald in Nistkästen, verlassenen Spechthöhlen oder in Astlöchern. Meist jedoch ruhen sie, mit dem Kopf nach unten hängend, im Dachgestühl alter Gebäude. Kirchen- und Speicherdachböden üben, anscheinend der dort herrschenden Ruhe wegen, auf die Art besondere Anziehungskraft aus. Der Verfasser erlebte es in seiner Kindheit wiederholt, daß beim abendlichen Läuten der Kirchenglocken in seinem Heimatdorf eine, seltener zwei aufgescheuchte Langohrfledermäuse im Glockenstuhl unablässig unherschwirrten, ohne jemals die drei weit ausschwingenden Glocken zu streifen. Zwei Individuen dieser Art auf so kleinem Raum anzutreffen, ist durchaus eine Seltenheit, denn die Art ist relativ ungesellig, besonders sind es die Männchen außerhalb der Paarungszeit. Die Wochenstuben der Weibchen umfassen nur 10 bis 20 Muttertiere.

Diese sich bereits im Oktober »einwinternde« Fledermaus hält ihren nicht sehr tiefen Winterschlaf in Kellerräumen, Bergwerksstollen und Felsenhöhlen. Wie beim täglichen Ruheschlaf, verbirgt sie währenddessen ihre langen Ohren unter den angepreßten, zusammengefalteten Flügeln. An lauen Winterabenden riskieren einzelne, gerade wache Exemplare manchmal einen Ausflug. Zuweilen wechseln sie dabei das Winterquartier. Die Stimmäußerungen der Langohrfledermaus erstrecken sich von einem melodischen Trillern bis zu verhältnismäßig lautem und schrillem Keifen. Die schwarzen Augen sind relativ groß und lebhaft. Der Körper ist oben graubraun und unten weißgrau. Die beiden lange Zeit als eine Art betrachteten Langohrfledermäuse *Plecotus auritus* und *Plecotus austriacus* gehören zu den mittelgroßen einheimischen Chiroptera-Arten. Ihre Flügelspannweite beträgt 23 bis 27 cm. Das Verbreitungsgebiet ist groß. Es erstreckt sich über ganz Europa, einschließlich Englands, Schottlands und Irlands. Nur im Norden Skandinaviens, Finnlands und des europäischen Teils der Sowjetunion fehlt die Art.

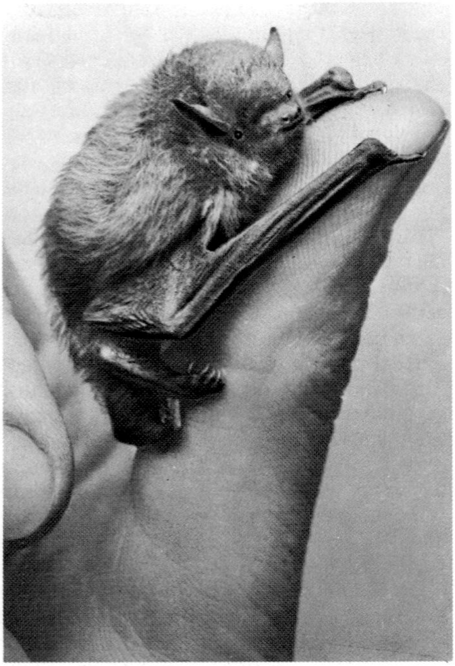

Die Zwergfledermaus *(Pipistrellus pipistrellus)* ist unsere kleinste Fledermausart. Als Kulturfolger hält sie ihren Ruhe- und Winterschlaf manchmal in Wohnräumen

In den Alpen geht sie bis 1800 m Höhe. Auch in Nordafrika und in klimatisch günstigen Breiten Asiens trifft man sie an. Eisentraut sagt über sie: »Das Langohr ist einer der nettesten Hausgenossen, den man sich unter den Fledermäusen denken kann. Frisch gefangene gewöhnen sich schnell ein und fressen meist schon in der ersten Nacht selbständig aus dem Mehlwurmnapf. Gewöhnt man sie daran, die Mehlwürmer vom Finger zu nehmen, so werden sie bald zahm und vertraut.«

Die kleinste bei uns in ganz Europa vorkommende Glattnase ist die Zwergfledermaus *(Pipistrellus pipistrellus)*. Im Norden der DDR bildet sie die häufigste Fledermausart. Grimmberger und Bork stellten eines der größten bisher bekannten Winterquartiere der Art mit etwa 3000 Tieren jährlich in der Bartholomaei-Kirche von Demmin fest. Ein erster invasionsartiger Masseneinflug der Zwergfledermaus in die Kirche erfolgt im August/September. Die Tiere verlassen im Oktober die Kirche fast vollständig und fliegen dann zum Winterschlaf ab Mitte November erneut ein. Auch halten sie sich gern in der Nähe menschlicher Ansiedlungen auf. Es ist schon vorgekommen, daß sie im Spätsommer und im Frühherbst in Scharen bewohnte Zimmer »okkupierten«, wie Eisentraut es zweimal erlebte. Die Flügelspannweite beträgt 18 bis 21 cm, die Kopf-Rumpf-Länge 3,3 bis 4,5 cm und die Schwanzlänge 2,6 bis 3,6 cm. Entsprechend gering ist das Gewicht (3,5 bis 7 g) dieser sich mitunter schmalste Holz- und Mauerspalten als Ruheplatz wählenden Fledermauszwerge. Hierzu ein Erlebnis von Natuschke: »Die Tiere sind so klein, daß ihnen selbst Sperlinge gefährlich werden können. Einmal fiel mir ein Sperling auf, der unter heftigem Gezeter seiner Sippschaft unter einer Dachrinne hervorgeschossen kam und ein, wie ich vermutete, recht großes Wollknäuel im Schnabel hatte. Nach einigen Metern war ihm das offenbar zu schwer geworden, und er ließ es fallen, flog aber hinterher und hackte am Boden darauf ein. Als ich hinzusprang, den Sperling verjagte und mir das Ding aus der Nähe betrachtete, entpuppte es sich als – Zwergfledermaus. Offenbar hatte sich das Tier seinen Ruheplatz in der Nähe des Sperlingsnestes ausgesucht, und der Spatz hatte von seinem Hausrecht Gebrauch gemacht.« – Unsere europäischen Zwergfledermäuse sind noch nicht die kleinsten rezenten Chiroptera. Andere Fledermausgattungen enthalten Zwergarten, die nicht nur mit zu den kleinsten Fledermäusen, sondern zu den kleinsten Säugetieren überhaupt zählen. So schreibt Eisentraut: »Ich habe einen Vertreter, *Eptesicus tenuipinnis*, in mehreren Exemplaren in Kamerun gefangen, als diese abends in erleuchtete Zimmer geflogen kamen. Als sie an der Decke um die Lampe kreisten, hielt ich sie auf den ersten Blick für Insekten, so klein erschienen sie. Von den Flughäuten war kaum etwas zu sehen. Den Flughäuten fehlt nämlich jedes dunkle Pigment, so daß sie weißlich transparent erscheinen. Von diesen hellen Tönen hebt sich scharf die dunkle schwarzbraune Färbung des Rückens, der Ohren, der Ober- und Unterarme und der Füße ab. Diese Art ist so klein, daß sie fast in einem Fingerhut Unterschlupf finden kann. Ein gefangenes Weibchen war hochträchtig und brachte nach einigen Tagen ein Junges zur Welt, das kaum die Größe einer Biene hatte.« Daß derartige Zwerge den Chiropterenriesen gelegentlich oder als speziell bevorzugte Nahrung zum Opfer fallen, darf nicht verwundern. Zitieren wir nochmals Eisentraut: »Ein solcher Räuber ist der in Indien heimische sogenannte Falsche Vampir, *Lyroderma lyra* ... Anscheinend bevorzugt er Veranden der Wohnhäuser, denn hier hat man schon oft die Überreste seiner Mahlzeit gefunden: Außer Flügeln großer Heuschrecken und Grillen, die Federn von Kleinvögeln wie Honigsaugern, Brillenvögeln, Blütenpickern und Wiesenschmätzern, ferner Reste von Mäusen und kleinen Fledermäusen, von Fröschen und Eidechsen ... Eines Abends kam in das erleuchtete Zimmer eine kleine Fledermaus und kreiste aufgeregt an der Decke. Kurz hinter ihr erschien ein Vampir. Beide jagten wohl eine Minute im Zimmer hin und her, bis es dann dem Verfolger gelang, die Kleine zu fassen. Beim Versuch jedoch, aus der Tür zu entkommen, entfiel sie ihm: es war ein Vertreter der Zwergfledermäuse. Ein anderer Beobachter berichtet uns einen ganz ähnlichen Fall. Er sah, wie eine große Fledermaus mit einer Beute im Maul in einen offen stehenden Raum flog. Gejagt, ließ sie diese fallen und wurde dann selbst gefangen. Es war ein Vampir und wiederum eine Zwergfledermaus, die noch eine blutende Wunde hinterm Ohr hatte. Beide Tiere wurden getrennt in einem Käfig aufbewahrt. Als sie dann am nächsten Morgen wieder zusammengebracht wurden, stürzte sich der Räuber sogleich wild auf die Zwergfledermaus, packte sie erneut hinter einem Ohr, hängte sich an den Hinterfüßen auf und begann sein Opfer zu verzehren. Nur der Kopf und einige Gliedmaßen blieben übrig.«

Diese große Raubfledermaus ist keineswegs die einzige rezente Art, die sich von so kleinen Wirbeltieren ernährt. Die Große Spießblattnase *(Vampirus spectrum)* ist eine weitere carnivore Art. Sie jagt vor allem Vögel, die nicht in Höhlen übernachten, von 20 bis 150 g Masse in den tropischen, laubabwerfenden Trockenwäldern. Mit 70 cm Flügelspannweite ist sie die größte neuweltliche Fledermaus. Ihren Namen verdankt sie dem riesigen dolchartigen Nasenaufsatz.

Die amerikanische Hasenmaulfledermaus *(Noctilio leporinus)* hat sich in einigen Teilen ihres Verbreitungsgebietes sogar auf Fischfang spezialisiert. Das Tier fliegt zu diesem Zweck knapp über die Wasseroberfläche hin und läßt dabei seine großen und stark bekrallten Füße ins Wasser tauchen. Die davon angelockten kleine Fische werden blitzschnell mit einem Fuß ergriffen und durch Eindrücken der scharfen Krallen am Entweichen gehindert. Beim Auffliegen führt dieser Fuß den Fang dem Maule zu. Hier bedarf es eines Hinweises: Auch bei uns trifft man zuweilen einheimische Fledermäuse in unmittelbarer Nähe stehender oder fließender Gewässer an, vor allem die beiden einander sehr ähnlichen, nur in der Größe und wenigen feineren Merkmalen unterschiedlichen Glattnasen: die Teichfledermaus *(Myotis dasycneme)* als größere und die Wasserfledermaus *(Myotis daubentoni)* als kleinere Art. Diese betreiben jedoch keinesfalls Fischfang, sondern jagen nachts fliegende Wasserinsekten. Wenn sich einmal ein Exemplar unserer mitteleuropäischen Arten bis zur Wasseroberfläche hinabsenkt und während des Fluges leicht eintaucht, nimmt es lediglich Wasser auf. Das geschieht nach Eisentraut wie bei den Schwalben. Die Fledermaus schöpft mit geöffnetem Maul Wasser und verschluckt es dann beim Wiederauffliegen.

Zur Familie der Glattnasen-Fledermäuse gehören auch die in Vorder- und Hinterindien lebenden zwei Arten Bambusfledermäuse der Gattung *Tylonycteris.* Sie zeigen auffällige Daumen- und Sohlenpolster, die im Zusammenhang mit einer hochspezialisierten Lebensweise stehen. In das Innere des Bambus, das sie ausschließlich als Ruheplatz benutzen, gelangen sie durch Schlitze, die von einem Käfer hineingefressen werden. Im Hohlraum der Bambusstengel heften sich die Fledermäuse mit Hilfe der als Saugorgan dienenden Daumen- und Sohlenpolster an die Wandung an.

Die wohl ungewöhnlichste Nahrungswahl und -aufnahme finden wir bei den Vertretern der zur Überfamilie Phyllostomatoidea (Blattnasenartige) gezählten und auf Amerika beschränkten Desmodontidae, der Vampire oder Blutsauger. Man hat einige größere und große südamerikanische Fledermausarten und die altweltlichen Flederhunde unbegründet als Blutsauger im Verdacht gehabt, bis man die wahren Übeltäter erkannte.

Die bekannteste Art der tatsächlich das Blut großer Wirbeltiere, gegebenenfalls des Menschen, saugenden Desmodontidae ist der von

Mexiko bis Paraguay und Nordchile verbreitete Echte Vampir *(Desmodus rotundus)*. Obwohl er auch Großer Blutsauger heißt, handelt es sich um eine kleine, oben rötlichbraun, unten gelbbraun gefärbte Form von etwa 7 cm Länge. Ihre breite Nase ist mit einem dickhäutigen Aufsatz versehen, die Unterlippe gespalten. Großer Blutsauger wird sie genannt, weil es in Brasilien noch eine kleinere Art gibt, die als Kleiner Blutsauger *(Diphylla ecaudata)* bezeichnet wird. Leider können diese mittel- und südamerikanischen Fledermäuse durch ihre Bisse eine dort endemische Form der Tollwut auf ihre durchaus nicht tödlich verletzten Opfer übertragen. Das hat nicht geringe Verluste an großen Haustieren und gelegentliche Todesfälle bei gebissenen Menschen zur Folge. Hier muß betont werden, daß der Bau des Maules und Gebisses der in Mitteleuropa vorkommenden Fledermäuse im Gegensatz zu dem dafür hochspezialisierten von *Desmodus rotundus* in Amerika nicht dafür spricht, daß sie auf analoge Weise zu Tollwutüberträgern werden können.

Der Name Großer Blutsauger ist übrigens unzutreffend. Besser wäre die Bezeichnung »Blutauflecker«. Die wesentlichen »Anzapfobjekte« sind über Nacht im Freien bleibende Maultiere, Pferde und Rinder, die am Hals und am Widerrist gebissen werden, auch Ziegen, Schafe, Hunde, Hausgeflügel und schlafende Menschen. Der Vampir fliegt seine Opfer lautlos und meist unbemerkt an und setzt sich auf ihnen fest. Sein Gebiß arbeitet wie ein frisch geschliffenes Skalpell. Schmerz wird auch vom Menschen beim Zubiß kaum empfunden. Die beiden großen Vorderzähne des Oberkiefers sind mit einer überscharfen Schneide versehen, und auch die schmalen langen Eckzähne haben neben einer scharfen Spitze eine nach innen gerichtete Schneidefläche. Diese Fledermausart besitzt nur 20 Zähne. So sind die Angreifer in der Lage, blitzschnell 4 mm tiefe Wunden zu beißen, besser, herauszuschneiden, aus denen viel Blut strömt. Davon nimmt das Tier mitunter so große Mengen auf, daß es kaum wieder wegzufliegen vermag.

Der Große Blutsauger bevölkert tagsüber in großen Gesellschaften Felsenhöhlen. Hier setzt er riesige Mengen Guano ab, der als Düngemittel nicht nur sehr begehrt und – falls die Unterkünfte schon seit Jahrhunderten von den Tieren besiedelt werden – oft in hoher Schicht vorhanden ist, daß er gewerbsmäßig abgebaut wird. In Mexiko haben Beringungsergebnisse gezeigt, daß es deshalb zu derartigen Guanomengen kommen kann, weil dieser Vampir mehrere Jahre im gleichen Gebiet bleibt und wahrscheinlich die gleichen Flugwege benutzt. Wiederfänge erfolgten bis zu 20 km vom Beringungsort.

Als seltene Ausnahme finden wir in der Familie Phyllostomatidae (Blattnasen) einige Species, die teils oder gänzlich zu pflanzlicher Nahrung übergegangen sind.

Die Bezeichung Blattnasen tragen die Vertreter dieser außereuropäischen Microchiroptera, weil sich über ihrer Nasenspitze mehr oder weniger große, monströs erscheinende, meist lanzettförmige Aufsätze erheben. Diese haben sehr wahrscheinlich – wie die »Nasen« der Rhinolophidae – eine »Richtstrahler«-Funktion. Genau wissen wir das aber noch nicht. Die sich bedingt vegetarisch ernährenden, meist recht kleinen und zarten Blattnasenarten besitzen eine stark verlängerte Schnauze mit sehr reduziertem stumpfem Gebiß, ferner eine weit vorstreckbare, mit borstenartigen Papillen besetzte Zunge. Wir haben nämlich Blütenbesucher vor uns, die sich vorwiegend von Nektar und Pollen ernähren. Einige Arten nehmen daneben kleine Insekten auf. Gleichzeitig befruchten sie bei der Nahrungsaufnahme mit dem ihnen anhaftenden Blütenstaub die Blüten ihrer Futterlieferanten, die sie dabei gewöhnlich nicht zerstören. Es besteht also eine echte Symbiose zwischen blütenbesuchenden Fledermäusen und den entsprechenden Pflanzen. Sogar Frucht- und Beerenfresser sind unter den Blattnasen Südamerikas bekannt geworden. Die Tiere sorgen übrigens unbewußt, indem sie die ungenießbaren Fruchtkerne fallen lassen, für die Verbreitung der betreffenden Pflanzen.

Bleibt eine derartige pflanzliche Ernährung auf wenige Vertreter der Unterordnung Microchiroptera, Fledermäuse, beschränkt, so sind sämtliche Angehörige der nur in Amerika und

Der größte und kräftigste Flughund ist der indonesische Kalong *(Pteropus vampirus)*. Häufiger sieht man in europäischen Tiergärten den kleineren und helleren Flugfuchs *(Pteropus medius)* aus Ceylon und Vorderindien (hier im Bild)

Europa nicht vertretenen Unterordnung Megachiroptera, Flederhunde, fast ausschießlich Vegetarier. Nur von wenigen wissen wir, daß sie auch Insekten fressen.

Bei diesen Pflanzenfressern kann allerdings nicht mehr von einer Symbiose zwischen Pflanze und Flederhund gesprochen werden, wenn die Tiere als Blütenzerstörer und -fresser auftreten, wie das von einigen Megachiroptera-Arten in Australien, Melanesien, auf Jawa und den Maskarenen nachgewiesen ist. Flughunde vermögen außerordentlichen Schaden in Kulturpflanzungen anzurichten und werden deshalb zuweilen stark verfolgt. Es kommen über 150 rezente Flughundarten in Afrika, Asien, Australien und auf vielen Südseeinseln vor. Wir kennen große und kleine, baum- und höhlenbewohnende, häufige und sehr seltene Formen.

Auch unter den Flughunden existieren absonderliche Gestalten, obwohl bei weitem nicht so viele derart groteske und extreme wie bei den zahlreichen Microchiroptera-Formen. Beispielsweise lebt in Nordaustralien und auf benachbarten indonesischen Inseln die Flughundgattung *Nyctimene*, bei der jedes Nasenloch mit einem über die Schnauze vorgeschobenen Röhrchen umgeben ist. Die Tiere sehen aus, als habe man ihnen in jedes Nasenloch ein Stück schwarzen Fahrradventilgummi gesteckt. Zwerge von der Größe einer der mittleren bei uns heimischen Fledermausarten sind einige Arten der Macroglossidae, der Langzungen-Flughunde. Übereinstimmend mit den blütenbesuchenden Microchiroptera Südamerikas sind bei diesen zwerghaften Megachiroptera – sie stellen ebenfalls Pollen- und Nektarfresser dar – die zugespitzten Schnauzen beträchtlich verlängert. Ferner zeichnet auch sie eine lange, weit vorstreckbare Zunge aus, die der Familie den bezeichnenden Namen eintrug. Es gibt Flederhundformen mit kurzen Schwänzen (Gattung *Rousettus*) und schwanzlose (Gattung *Pteropus*). Auf Neuguinea und benachbarten Inseln leben einige, deren Flughäute sich beiderseits bis zur Rückenmitte erstrecken (Gattung *Dobsonia*), wo sie miteinander verwachsen.

Die Kurznasen-Flughunde (Gattung *Cynopterus*) besitzen oberhalb der kurzen Schnauze eine Rinne, die verhindert, daß den bei der Nahrungsaufnahme kopfunter hängenden Tieren Fruchtsaft in die Nasenlöcher läuft und die Atmung beeinträchtigt. Bei den afrikanischen Epauletten-Flughunden (Gattung *Epomophorus*) wird dasselbe schwierige Problem auf andere Weise gelöst. Die Tiere verfügen über einen großen Luftvorratssack, der während des Aussaugens der Früchte die Lungen mit der notwendigen Atemluft versorgt. So kann die Zapföffnung in der Frucht hermetisch verschlossen gehalten werden, bis der Saft restlos ausgesogen ist. Die Epauletten-Flughunde sind noch durch bilateral-symmetrische, von blaßgefärbten Haaren bedeckte Drüsensäcke, die sich auf den Schultern befinden, charakterisiert. Sie erwecken den Eindruck von Epauletten auf einer Uniform. Das hat den ungemein »verfressenen«, sonst jedoch harmlosen Tieren den militärischen Gattungsnamen eingebracht.

Einer ihrer nahen Verwandten ist mit einem riesigen, etwa ein Drittel der gesamten Körperlänge messenden, maultierkopfähnlichen Haupt ausgestattet. Dieser schwere hammerartig wirkende Kopf hängt während des Fluges nach unten. Das seltsame Tier ist der westafrikanische Hammerkopf-Flughund *(Hypsignathus monstrosus)*, ein Früchtefresser, der mit seinem faltenreichen großen Maul die begehrten Früchte so fest umschließen kann, daß nicht ein Safttropfen verlorengeht. Die Geschlechter finden sich durch artspezifische Rufe zusammen.

Größere Flughunde verschiedener Arten, gewöhnlich einen in Indien und Sri Lanka weit verbreiteten Flugfuchs *(Pteropus giganteus)*, und den größten Flederhund, den auf den Großen und Kleinen Sundainseln fast überall vorkommenden schwanzlosen Kalong oder Fliegenden Hund *(Pteropus vampirus)*, finden wir in unseren zoologischen Gärten nicht selten. Fledermaus- und kleinere Flughundearten werden ihrer geringen Größe und in der Regel sehr komplizierten und zeitraubenden Pflege wegen kaum gezeigt. So fällt in Tiergärten den beiden eben genannten großen Flederhundformen gewöhnlich die Aufgabe zu, die gesamte riesige Ordnung Chiroptera zu repräsentieren. Erscheinungsbildlich sind sich, bis auf artliche Größen- und Färbungsunterschiede, alle *Pteropus*-Arten sehr ähnlich. Auch ihre Lebensweise zeigt weitgehende Übereinstimmungen.

Im Gegensatz zu dem Gebiß der Fledermäuse stehen die Zähne der fruchtfressenden Flughunde in der Regel lückig und sind obendrein sehr flach gebaut. Oft fressen sie die Früchte nicht einmal, sondern kauen sie durch, schlucken nur den Saft und spucken die Kerne aus. J. Niethammer führt weiter aus: »Der Preis für die Abhängigkeit von Früchten ist die Beschränkung des Verbreitungsgebietes auf Regionen, in denen ganzjährig fruchtende Bäume zu finden sind, also auf die Tropen. Bei weiträumiger Verteilung von Fruchtbäumen können kleine Wanderungen notwendig werden, wie sie vor allem von Flughunden in Australien bekannt geworden sind«.

Der Kalong erreicht als größte Art Kopf-Rumpf-Längen von 40 cm und mehr, die Flügelspannweite beträgt ungefähr 1,50 m. Der Rücken ist braunschwarz, der Bauch rostig schwarz, Hals und Kopf rostig gelb und die zwischen den Schenkeln nur einen schmalen Hautsaum bildende Flatterhaut braunschwarz gefärbt. Die kleinen, oben zugespitzten Ohren sind am Ohrmuschelansatz ringförmig geschlossen. Der mit großen und leistungsfähigen Augen ausgestattete Kopf endet vorn in einer fuchsartig ausgezogenen Schnauze. Das ist der Grund, weshalb man die Gattung und die gesamte Unterordnung Flughunde, Flugfüchse, Flatterhunde, Flederhunde usw. genannt hat.

Besonders bekannt geworden ist der javanische Kalong. Die Tiere hängen tagsüber in typischer Flattertierhaltung zu Hunderten und Tausenden im Geäst ihrer immer wieder aufgesuchten Schlafbäume und -baumgruppen, die dadurch manchmal fast oder völlig entblättert sind. Während des Ruhens umhüllen sich der Kalong und alle anderen Flughunde ähnlich wie unsere Hufeisennasen, im Gegensatz allerdings zu unseren Glattnasen, mantelartig mit ihrer Flughaut. In den Schlafkolonien herrschen aber keineswegs Ruhe und Frieden, sondern ständiges Gezeter und Gezänk um den besten Platz. Bisweilen erfaßt dieser Lärm die ganze Kolonie und ist dann kilometerweit zu hören. »Kilometerweit« riecht man auch den unter den Schlafbäumen in großen Mengen angehäuften Kot.

Wie bei den Hufeisennasen vermeidet jeder aufgehängte Kolong den unmittelbaren körperlichen Kontakt mit seinem Nachbarn. Tagsüber macht es ihm nichts aus, wenn die Tropensonne »erbarmungslos« auf ihn herabbrennt. Andere Flughunde ziehen sich dagegen an schattige Plätze, manche sogar in Höhlen zurück. Bei den *Pteropus*-Arten dient der Flugmantel als Wärmeschutz und -regler. Von Zeit zu Zeit wird er etwas gelüftet. Bemerkenswerterweise sollen alle auf einem Schlafbaum versammelten Individuen gleichzeitig die Lüftebewegungen ausführen.

Gegen Abend erhebt sich die ganze Gesellschaft und fliegt in großen Schwärmen den Futterplätzen zu. Falls diese auf einer entfernteren Insel liegen, werden auch größere Strekken über dem Meer zurückgelegt. Zunächst aber stillen die Schwärme ihren Durst. Das geschieht wie bei unseren einheimischen Fledermäusen. Das Flugbild der Flederhundschwärme erinnert ungemein an unsere Krähenschwärme im Herbst. Auch fliegt ein Flederhund nicht schneller als eine Krähe.

Das Ziel der abendlichen Kalongschwärme sind entweder Wildfruchtstandorte oder Obstplantagen. In den letzten richtet eine solche Invasion schweren Schaden an. Früchte, die den Tieren geschmacklich, oder weil sie noch nicht ausgereift sind, nicht behagen, lassen sie zu Boden fallen oder unberührt. Eine derartige Gesellschaft plündert die ganze Nacht. Nicht überall werden sie mit gleicher Intensität verfolgt. Nach Eisentraut gelten die Flederhunde in Indien den Hindus als heilig: »In Indien, wo die Tiere sicher vor Verfolgung sind, kommt es häufig vor, daß der heimische *Pteropus giganteus* seine Schlafplätze mitten in großen Straßen, wie zum Beispiel in Bombay, aufschlägt, ohne sich durch den Straßenlärm stören zu lassen ... Auch in den Tempelgrotten auf Bali, wo Tausende von ihnen tagsüber hausen, werden die Tiere geschont und vor Verfolgung und Störung ängstlich behütet.« Manchenorts werden Flughunde als Delikatesse gegessen.

Noch in der 4. Auflage von »Brehms Tierleben« lesen wir: »Ihre Unterhaltung und Pflege macht gar keine Schwierigkeiten; aber die Tiere kommen in den ungenügenden und ungeeigneten Käfigen, in denen man sie halten muß, nicht zur Geltung. Denn man kann in zoologischen Gärten gar nicht daran denken, ihnen einen so großen Raum anzuweisen, daß sie sich einmal zum Fliegen entschlössen; sie probieren das nicht einmal in einem geräumigen Zimmer, weil sie sich auch da noch beengt fühlen. So sind ihre Flughäute in der Gefangenschaft zu ewiger Untätigkeit verurteilt, und das hat oft eine Vereiterung dieser empfindlichen Organe zur Folge, die zum Tode führt.« Das hat sich in großen Tiergärten inzwischen geändert. Im »Alfred-Brehm-Haus« des Tierparks Berlin befindet sich eine große verglaste Flughalle für tropische Vögel, in der auch einige Flughunde leben. Diese machen, gemäß ihrem Tag- und Nachtrhythmus, abends und nachts oft von ihren Flügeln Gebrauch. Sie pflanzen sich hier auch regelmäßig fort. Hochträchtige Weibchen sondern sich ein Stück von den Artgenossen ab.

Im allgemeinen scheint bei allen Flughundarten je Wurf nur ein Junges geboren zu werden. Aber auch Zwillingsgeburten kommen vor. Eine dauerhafte Bindung zwischen zwei bestimmten Geschlechtspartnern besteht nicht. Die Tragzeiten dürften bei großen und kleinen Arten unterschiedlich sein. Darüber wissen wir noch wenig. Im Durchschnitt wird eine Trächtigkeitsdauer von 105 bis 150 Tagen angenommen. Fest steht, daß bei den Flederhunden, im Gegensatz zu den mitteleuropäischen Fledermäusen, die Embryonalentwicklung unmittelbar nach der Begattung beginnt und keiner zeitweiligen Verzögerung unterliegt. Die Neugeborenen halten sich mit den Füßen und Daumenkrallen im Fell der Mutter fest und werden von ihr überallhin »mitgeflogen«. Stürzt ein Junges während des Fluges ab, jagt ihm die Mutter schnell nach und fängt es noch rechtzeitig in der Luft ab. Die neugeborenen Jungen sind zunächst nackt, aber schon recht weit entwickelt. Die Mutter ist sehr um sie besorgt. Eisentraut vermutet, daß das Junge nicht, wie bei unseren einheimischen Fledermäusen der Fall, bis zum Erlangen der Flugfähigkeit ausschließlich mit Muttermilch ernährt wird, sondern bereits zusätzlich Fruchtnahrung zu sich nimmt. Bis zum Selbständigwerden benötigt ein junger Kalong oder ein anderer junger *Pteropus*-Flughund etwa acht Monate.

Ordnung Primates – Primaten

In älteren Hochschullehrbüchern der Zoologie, in volkstümlichen Naturgeschichtsbüchern und noch in der letzten Auflage des Großen Brehms finden wir die Ordnung Primaten entweder am Anfang oder am Ende der Klasse Säugetiere. Der eine Systematiker stellte sie – mit dem Menschen als Nonplusultra – an den Anfang, da sich seiner Meinung nach so der allmähliche Abstieg vom Höchstentwickelten zum Einfachsten, den Monotremata, am besten demonstrieren ließ. Ein anderer begann mit den primitiven Kloakentieren, um die Entwicklung im Menschen gipfeln zu lassen. Die mammalogische Forschung hat in jüngerer Vergangenheit herausgearbeitet, daß diese einst von Linné postulierte und nahezu zwei Jahrhunderte unbestrittene »Hierarchie« in gewisser Hinsicht eine Fiktion darstellt! Es ergab sich nämlich, daß die Primaten, mit Einschluß des Menschen, keineswegs den Höhepunkt der progressiven Säugetierentwicklung darstellen. Die Primaten (früher nannte man sie Herrentiere) stehen den ursprünglichen Säugetierordnungen, insbesondere den Insectivoren, noch sehr nahe, während beispielsweise Raubtiere und Huftiere wesentlich fortgeschrittener ausgebildet sind. In dieser Sicht finden wir an der Spitze der gesamten Säugerentwicklung nun die rezenten Wiederkäuer der Familie Bovidae, Rinder. Mag das auch für manchen ein jäher Sturz aus lieben altgewohnten Vorstellungen oder Illusionen sein, zoologisch betrachtet ist an der Situation nichts zu ändern.

Das Simpsonsche Säugetiersystem gliedert die Ordnung folgendermaßen:

Ordnung:	Primates, Primaten
Unterordnung:	Prosimii, Halbaffen
Teilordnung:	Lemuriformes, Lemurenähnliche
Familie:	Tupaiidae, Spitzhörnchen
Überfamilie:	Lemuroidea, Lemurenartige
Familie:	Lemuridae, Halbaffen
Familie:	Indridae, Indris
Überfamilie:	Daubentonioidea, Fingerlemurenartige
Familie:	Daubentoniidae, Fingerlemuren

Teilordnung:	Lorisiformes, Loriähnliche
Familie:	Lorisidae, Loris
Teilordnung:	Tarsiiformes, Gespenstaffen
Familie:	Tarsiidae, Koboldmakis
Unterordnung:	Anthropoidea, Affen
Überfamilie:	Ceboidea, Neuweltaffenartige
Familie:	Cebidae, Greifschwanzaffen
Familie:	Callithricidae, Krallenäffchen
Überfamilie:	Cercopithecoidea, Altweltaffenartige
Familie:	Cercopithecidae, Tieraffen
Überfamilie:	Hominoidea, Menschenartige
Familie:	Hominidae, Menschen

Man hat lange Zeit versucht, das sporadische Vorkommen der rezenten Prosimii dadurch zu begründen, daß einst ein im heutigen Indischen Ozean versunkener Erdteil »Lemuria« zwischen Afrika und Madagaskar auf der einen Seite, Indien, Hinterindien und dem Malaiischen Archipel bis zu den Philippinen auf der anderen eine Landbrücke gebildet haben müsse. Rezente Halbaffen gibt es nämlich in beiden, durch dieses Meer weit voneinander getrennten geographischen Räumen. Diese Auffassung ist jedoch nicht unbedingt zwingend. Fossile Halbaffen kommen auch in eozänen Ablagerungen Europas und Nordamerikas vor, und zwar in recht großer Formenvielfalt. Auf der afrikanischen Seite des Indischen Ozeans ist Madagaskar heute noch das Hauptzentrum der rezenten Halbaffenformen. Hier finden sich in pleistozänen Fundstätten zahlreiche Überbleibsel erst in jüngster Erdzeit ausgestorbener Arten. Damals gab es dort noch Riesen wie *Palaepropithecus raybaudi* mit Schädellängen von 20 cm und mehr. Ebenfalls sehr großwüchsige Arten beherbergte die vielleicht erst im Verlauf des Holozäns auf Madagaskar ausgestorbene oder ausgerottete Lemurenunterfamilie Megaladapinae. Auf der indischen Seite wurden gleichfalls Prosimii-Fossilien gefunden.

Über die phylogenetischen Bindungen und Wechselbeziehungen zwischen Halbaffen und Affen gibt es zahlreiche, einander zum Teil stark widersprechende Theorien. Das ist schon in bezug auf die drei Teilordnungen Lemuriformes, Lorisiformes und vor allem Tarsiiformes der Fall. Es fehlt nicht an Argumenten, die Tarsiiformes (Koboldmakis oder Gespenstaffen), wenn nicht sogar als eigene Ordnung, so doch wenigstens als vermittelnde autonome Unterordnung zwischen Prosimii und Anthropoidea zu stellen, wofür besonders anatomische Merkmale geltend gemacht werden. Wir folgen diesen Erwägungen hier nicht. In Anbetracht dessen, daß die Formenfülle der Primaten ungeheuer groß ist und die Existenzbedingungen und Verhaltensweisen aller ihnen zugerechneten Arten außerordentlich auseinandergehen, dürfte es das zweckmäßigste Verfahren für uns sein, diese Eigentümlichkeiten lediglich bei der Besprechung der ausgewählten Arten mit zu berühren.

Charakteristisch für alle Primaten ist der Besitz eines gut entwickelten Gehirns und – obwohl einige Ausnahmen von dieser Regel bekannt sind, auf die später von Fall zu Fall eingegangen werden wird – von je fünf Fingern bzw. Zehen an den vorderen und hinteren Extremitäten. Daumen und Großzehe sind den anderen vier Fingern opponierbar. Die Prosimii haben im Prinzip bereits die Hände und Greiffüße der Anthropoidea. Bei den Tupaiidae tragen noch alle Finger und Zehen scharfe Krallen. Auch die zweite Zehe des normalen Halbaffenfußes trägt nie einen Plattennagel wie die vier anderen, sondern ist stets noch mit einer langen Kralle versehen. Einen Sonderfall stellen die Fingertiere dar, die außer den mit Plattennägeln ausgestatteten opponierbaren Großzehen der Hinterfüße noch Krallennägel besitzen. Bei den Koboldmakis haben die langen dünnen Finger und Zehen scheibenförmig verbreitete Endglieder, die als Haftsaugorgane benutzt werden. Hier tragen die zweite und die Mittelzehe eine Kralle, die anderen Plattnägel. Auch unter den Neuweltaffen der Unterordnung Anthropoidea gibt es Arten, deren Finger und Zehen zum Teil Krallennägel aufweisen. Bei allen altweltlichen Tier- und Menschenaffen und dem Menschen sind die Krallen an Fingern und Zehen völlig durch Plattennägel ersetzt.

Schließlich sei darauf hingewiesen, daß 1979 auf dem Kongreß der Internationalen Gesellschaft für Primatologie berichtet wurde, daß bereits die Hälfte der 180 Primatenarten vom Aussterben bedroht ist. Die Medizin sollte Primaten wirklich nur dann in der Forschung verwenden, wenn dies unerläßlich für das Heil der Menschheit ist. Gerade wegen der

Notwendigkeit, für solche Zwecke noch Affen zur Verfügung zu haben, sei ihr Schutz und vor allem der Schutz der tropischen Waldgebiete im allgemeinen Interesse.

Unterordnung Prosimii – Halbaffen

Teilordnung Lemuriformes – Lemurenähnliche

Familie Tupaiidae – Spitzhörnchen

Der deutsche Familienname Spitzhörnchen der seltsamen Tupaiidae bringt treffend die beiden äußeren Hauptmerkmale dieser altertümlichen Tierchen zum Ausdruck. Sie sind Baum- und Gebüschkletterer, wenn auch nicht gerade vorzügliche, und zugleich Bodentiere wie manche Hörnchen, zum Beispiel die Erdhörnchen der Gattungen *Eutamias* und *Tamias*. Es gibt in Indonesien Baumhörnchen, die einzelnen Spitzhörnchenarten in Körpergröße, Färbung und Verhalten in solchem Maße ähnlich sind, daß sie, da nebeneinander in den gleichen Habitaten auftretend, von der Bevölkerung für identisch gehalten und auch im Namen nicht voneinander unterschieden werden.

Uns fällt eine gewisse Ähnlichkeit der Spitzhörnchen mit einheimischen Bilchen, vor allem Baum- und Siebenschläfern (Gattungen *Dryonomys* und *Glis*) auf, denn der lange buschige, zweizeilig behaarte Spitzhörnchenschwanz wird wie ein Schläferschwanz getragen und benutzt. Auf Kalimantan leben Spitzhörnchen der Gattung *Ptilocercus*, die einen auf zwei Dritteln seiner Länge nackten und dann zweizeilig – wie der Federschaft an einem Indianerpfeil anzusehenden – behaarten Schweif tragen. Das erinnert an die Schwanzgestaltung des Gartenschläfers (Gattung *Eliomys*). Die noch recht wenig erforschten Tupaiidae Kalimantans führen deshalb den bezeichnenden deutschen Namen Federschwänzige oder Pfeilschwänzige Spitzhörnchen. Viel bekannter als sie sind, besonders in den letzten Jahrzehnten, die Vertreter der Gattung *Tupaia* geworden, der die Familie den wissenschaftlichen Namen verdankt. An ihnen wird uns so recht klar, warum in der deutschen Bezeichnung das Wort »Hörnchen« mit dem vorangestellten Teilnamen »Spitz«- vereinigt ist. Der letzte Namensteil macht deutlich, daß die Spitzhörnchen nicht der Unterordnung Sciuromorpha (Hörnchenverwandte) innerhalb der Ordnung Rodentia (Nagetiere) angehören, sondern neben äußeren hörnchenähnlichen Elementen noch solche der Spitzmäuse, besser ganz allgemein der Ordnung Insectivora aufweisen. Und das ist tatsächlich auch der Fall.

Diese quecksilbrigen Tierchen wirken wie Eichhörnchen, denen man die Ohren arg zurückgeschnitten und – an Stelle des Nagetierschnäuzchens – einen langen Spitzmausrüssel sauber eingepaßt hat. Auch ihr Gebiß erinnert an das der Insectivora, erstaunlicherweise zugleich im Prinzip an das der Primaten. Es ist noch nicht sehr lange her, daß deshalb die Mehrzahl der Systematiker die Tupaiidae aus der Ordnung Insectivora herausnahm und in die Ordnung Primates stellte, an deren Wurzel – phylogenetisch gesehen – sie nun ihren Platz gefunden haben. Genauer ausgedrückt, sie stehen jetzt als primitivste Familie an unterster Stelle in der ersten Teilordnung Lemuriformes, Lemurenähnliche, der Unterordnung Prosimii, Halbaffen.

Es waren mannigfaltige anatomische Merkmale – die Augenhöhle ist von einem Knochenring umgeben und die Zunge hat eine knorpelige Unterzunge –, nicht zuletzt solche im Feinbau des Gehirns, die die Säugetierkundler bewogen, die Spitzhörnchen in die höhere Ordnung der Primaten umzuquartieren. Allerdings bilden die Tupajas noch immer eine Art Bindeglied zwischen Insectivora und Prosimii bzw. Primaten. So ungefähr wie sich die rezenten Spitzhörnchen uns heute zeigen, haben vermutlich jene progressiven Insectivorenformen ausgesehen, von denen in der Kreidezeit – über riesige Zeiträume hin – die Entwicklung vom urtümlichen Insectivoren zum heutigen Menschen ausging. Aber wohl eben nur »so ungefähr«, denn identisch sind die heutigen Tupajas mit den frühesten Formen ihrer Sippe kaum.

Die spezialisierte Weiterentwicklung derjenigen Spitzhörnchen, die bis heute echte Spitzhörnchen geblieben sind, erlitt zweifellos keinen völligen Stillstand. Dazu schreibt Hofer, dem wir zahlreiche wichtige Nachweise zur Fortpflanzungsbiologie und über die Verhaltensweisen der Spitzhörnchen verdanken, 1957: »Es wäre irrig zu glauben, daß ein For-

Tupaja *(Tupaia glis).* Obwohl die Tupaias noch viele Ähnlichkeiten mit den Insectivoren, vor allem mit den Rüsselspringern, aufweisen, stellt sie die Wissenschaft seit einiger Zeit an die Wurzel der Halbaffen und damit aller Primaten

menkreis in dem Augenblick aussterben muß, wenn ein weiterer sich aus ihm entwickelt. In besonders günstigen Fällen können aus verschiedenen Entwicklungsphasen eines Stammes Konservativ-Formen bis zum heutigen Tage erhalten bleiben ... Nun gibt es einen heute noch lebenden Formenkreis, der morphologisch den Anforderungen weitgehend entspricht, die wir an eine echte Primitivform der Primaten stellen müssen, nämlich die Spitzhörnchen ... Sie zeigen Merkmale, die sie mit den Insektenfressern, und solche, die sie mit den Halbaffen gemeinsam haben.«

Die vielseitigen Forschungsarbeiten an Tupajas führten übrigens dazu, daß heute – ganz im Gegensatz zu früheren Jahrzehnten – Spitzhörnchen relativ häufig in zoologischen Gärten zu sehen sind. Es erwies sich nämlich, daß lebend aus Südostasien importierte Exemplare, die für anatomische und physiologische Untersuchungen im Labor bestimmt waren, sich noch »in aller Eile« fortpflanzten und Junge aufzogen. Diese wiederholt geglückten Zuchten haben die betreffenden Untersuchungen auf ein breiteres und sicheres Fundament gestellt.

Die Familie Tupaiidae umfaßt 5 Gattungen und 17 Arten – größere und kleinere. – Nach Sprankel (1960) umfaßt das Areal der Tupaiidae mit ihren Unterfamilien der Tupaiinae (Buschschwanzhörnchen) mit den Gattungen *Tana, Anathana, Tupaia, Dendrogale, Urogale* und der Ptilocerinae (Federschwanzhörnchen) mit der einzigen Gattung *Ptilocercus* weite Teile Südostasiens von Indien, Hinterindien und Südchina über den Malaiischen Archipel bis zur Wallace-Linie, einschließlich Mindanao, wo allein *Urogale everetti* beheimatet ist.

Die bekannteste Art ist die in Südostasien und auf einigen Sundainseln vorkommende etwa rattengroße *Tupaia glis.* Die Färbung der Tupaiidae ist verschieden. Bei einigen herrscht ein dunkelgrau-rötlicher Grundton vor. Alle Spitzhörnchen sind sehr vital und stimmfreudig. Hält man mehrere zusammen, zetern sie sich gewöhnlich ununterbrochen erregt an. Von einer Ausnahme abgesehen, sind sie Tagtiere. Sie huschen geschickt durch das Unterholz ihres Lebensraumes. Dabei lassen sie sich weitgehend von ihrem Geruchssinn leiten. Mit ihrer langen Nase stöbern sie überall umher. Manche leben nahe bei menschlichen Ansiedlungen, ja wagen sich manchmal bis in die Häuser hinein und benehmen sich dort recht vertraut. Die vorzugsweise auf dem Erdboden gesuchte Nahrung besteht in der Hauptsache aus tierischer Kost, vorwiegend Schnecken und Insekten. Auch Mäuse werden in Gefangenschaft gern gefressen. Von jungen Mäusen lassen Tupajas meist nichts, von alten Mäusen Fell, Schwanz, Pfoten und zuweilen den Magen-Darm-Trakt übrig. Außerdem werden Früchte verzehrt. Wahrscheinlich stillen Tupajas in freier Natur ihren Durst überhaupt mit Früchten und befriedigen damit ihr Flüssigkeitsbedürfnis. Nahrung nehmen die Tiere in gleicher Sitzhaltung wie die Eichhörnchen in beide Pfoten und führen sie so zum Maule.

Tupajas klettern geschickt. Sie flüchten bei Gefahr nicht in die Höhe, sondern dem Erdboden zu. Einige Eigenschaften von *Tupaia glis* erinnern stark an entsprechende der Lemuren. So kämmt es seinen Schwanz mit den Schneidezähnen des Unterkiefers. Die Duftmarkierung des Reviers erfolgt mit kleinen Harntropfen und dem Exkret eines bei den Männchen stärker entwickelten Duftdrüsenfeldes im Hals-Brustbein-Bereich.

Nach der Tragzeit von 43 bis 46 Tagen werden ein bis vier Junge geboren. Es sind Lagerjunge, die 9 Tage nach der Geburt behaart sind, mit 14 Tagen die ersten Zähne bekommen, mit 18 Tagen die Augen öffnen und nach 24 Tagen entwöhnt werden. Von besonderem stammesgeschichtlichem Interesse ist, daß die Großzehen stärker als die Daumen abspreizbar sind, weil bei den Affen der Fuß früher zum Greiffuß wird als die Hand zur Greifhand.

Aus tiefem Schlaf erwachen Tupajas erstaunlicherweise sehr langsam und sind während der langen Übergangszeit überaus träge und ungeschickt – dieselbe Erscheinung, die wir auch bei unseren stets nach und nach aus tiefem Winterschlaf erwachenden Hamstern, Igeln usw. beobachten können, obwohl es sich bei den Spitzhörnchen, die keine Winterschläfer sind, lediglich um einen tiefen Ruheschlaf handelt.

Überfamilie Lemuroidea – Lemurenartige
Familie Lemuridae – Lemuren

Die alten Römer glaubten, daß die Geister Verstorbener nachts umgingen und nannten sie Lemuren. Seit Jahrhunderten schon hat man diesen Namen allgemein auf sämtliche Halbaffen übertragen. Die Wissenschaft verwendet ihn heute nur noch für die Teilordung Lemuriformes, Lemurenähnliche. Ihr gehören mit Ausnahme der asiatischen Tupaiidae ausschließlich auf Madagaskar und den Komoren vorkommende Halbaffen an. Madagaskar ist der klassische Lebensraum dieser altertümlichen Säugetiere und gleichzeitig der der nicht minder altertümlichen Schleichkatzen (Viverridae). Beide stehen in mannigfachen Jäger- und Beute-Wechselbeziehungen zueinander. Ungeachtet späterer Störungen durch mensch-

Katta *(Lemur catta)*. Häufig irrtümlich Katzenmaki genannt. Der ebenfalls auf Madagaskar beheimatete wirkliche Katzenmaki *(Cheirogaleus maior)* ist eine kleinere, ganz anders aussehende Halbaffenart

liches Eingreifen hatte sich jedoch zwischen beiden Familien seit langem ein biologisches Gleichgewicht eingestellt.

Die rezente Formenfülle der Madagaskar- und Komoren-Halbaffen ist sehr groß, insgesamt leben auf den genannten Inseln über 20 Arten, die zu 7 Gattungen gehören. Manche Lemuren sind deshalb schwierig voneinander zu unterscheiden und in fest umrissene Kategorien einzugliedern. Die Übergänge sind vielfach, zumindest phänotypisch, fließend und schon die individuellen Färbungen geradezu verwirrend, zumal oft Männchen und Weibchen einer Art schon sehr unterschiedlich gefärbt sind. In Gefangenschaft hat sich überdies gezeigt, daß sich manche als gute Arten nebeneinander gestellte Madagaskar-Halbaffen fruchtbar miteinander kreuzten. Das hat sich mehrfach nach dem zweiten Weltkrieg bei den Zuchtversuchen von Moog in dem durch seine zahlreichen Lemuren bekannten Zoologischen Garten von Saarbrücken ereignet.

Für die Altertümlichkeit der Lemuridae sprechen wohl auch einige bemerkenswerte Konvergenzerscheinungen mit den Beuteltieren. Unter den Beutlern gibt es mehrere Arten, die Fettvorräte für nahrungsarme Jahreszeiten im Schwanz aufspeichern. Gleiches ist für Zwergmakis der Gattung *Microcebus* und eine Katzenmakiart der Gattung *Cheirogaleus* nachgewiesen. Besonders auffällig ist eine weitere Parallele zwischen den in einer rezenten Art auf Madagaskar lebenden Vertretern der Familie Daubentoniidae, Fingerlemuren, und denen der australischen Beuteltiergattung *Dactylopsila*, Streifenbeutler. Davon wird später noch ausführlich zu sprechen sein.

Die madagassischen Halbaffen sind in zoologischen Gärten nichts Alltägliches. Am ehesten trifft man hier auf den Katta *(Lemur catta)*, der oft als Katzenmaki bezeichnet wird. Das ist falsch, da die wirklichen Katzenmakis völlig andere Halbaffentypen sind, obwohl sie auch auf Madagaskar leben. Der Katta, der tagsüber und nachts aktiv ist und sehr anhänglich werden kann, bewohnt Bäume und Felsen. Gewöhnlich tritt er in Trupps von zehn und mehr Exemplaren auf. Kattas klettern immer am gleichen Wechsel von einem Baum auf den nächsten und markieren den Übergang durch das Sekret einer Analdrüse. Ihre dicken weichen Fingerkuppen und Handballen verhindern, daß sie beim Klettern an glatten Felswänden abrutschen. Er vermag weite elegante Sprünge zu vollführen, wobei ihm sein langer schwarzweiß geringelter Schwanz als Balancier- und Steuerinstrument dient. Auf der Körperoberseite ist das Tier hell- bis silbergrau, auf der Unterseite weißlich gefärbt. Das in seiner Grundfärbung ebenso wie die Ohrmuscheln weißliche Gesicht wirkt maskenhaft. Das wird durch schwarze Ringe um die Augen und die schwarze Nasen-Schnauzenpartie verursacht, die fuchsartig vorgestreckt ist. Beide Geschlechter zeigen die gleiche Färbung.

In Freiheit leben diese Halbaffen von pflanzlicher und selbstgefangener tierischer Nahrung. In Tiergärten benötigen sie Mischkost mit reichen Beigaben von saftigen und sehr süßen Südfrüchten, besonders Datteln. – Kattas sind außerordentlich reinliche Tiere, die ihr Fell mit dem Gebiß geradezu durchkämmen. Zu dieser Putzfunktion ist es besonders gut geeignet. Die Schneidezähne sind in eigentümlicher, für alle Lemuriden typischer Weise angeordnet und geformt. Die oberen sind klein und in der Mitte durch eine Lücke getrennt, die unteren lang, zusammengedrückt, waagerecht vorwärts geneigt und mit den ihnen in Form, Länge und Richtung gleichen Eckzähnen dicht zusammengedrängt.

Mit dem Katta näher verwandt sind die verschiedenartig gefärbten madagassischen Baummakis, denen neben anderen körperlichen Merkmalen stets die Ringelung des Kattaschwanzes fehlt. Eine besonders auffällige Art ist der mit einem dicken Pelz ausgestattete schwarzweiß gescheckte Vari *(Lemur variegatus)* aus den Ur- und Regenwäldern Nordostmadagaskars. Das weiche und dichte, eine Durchnässung verhindernde Fell schützt seinen Träger vor dem Tau und dem ständigen abtropfenden Wasser der immer feuchten Wälder. Der Vari ist vorwiegend Nachttier. Von Zeit zu Zeit läßt er ein lautes gellendes Geschrei hören.

Der in den Urwäldern von Nordwestmadagaskar lebende Mohrenmaki oder Akumba *(Lemur macaco)* trägt eine bartähnliche Wangenbehaarung und auffällige Haarbüschel an den Ohrspitzen. Beide Geschlechter sind so stark unterschiedlich gefärbt, daß man sie früher für zwei Arten hielt. Das Mohrenmaki-Männchen ist einheitlich tiefschwarz bis schwarzrötlich. Beim Weibchen ist der Rücken rostgelb bis rostbraun. Bauch- und Wangenbehaarung sind dagegen weiß gefärbt. Der weiße Schwanz ist an der Spitze rostfarben wie der Rücken. Die Jungen werden einfarbig grau geboren, färben sich aber schon in den ersten Wochen je nach Geschlecht um. Auch die Mohrenmakis können einen schauerlichen Chorus anstimmen, der in den Abendstunden durch den Urwald hallt. Sie sind im Geäst und von Stamm zu Stamm vorzügliche Springer.

Eine andere auffällige Art ist der kurzohrige Rotbauchmaki *(Lemur rubriventer)*. Bei dieser vorwiegend im Osten Madagaskars verbreiteten Species sind Hände, Füße und Bauch der Männchen kupferrot, Rücken und Schwanz schokoladenbraun gefärbt. Über die Stirn zieht sich ein rotbraunes Band, Nasenspitze und Lippen sind braun. Die Färbung der Weibchen ist beträchlich blasser.

Mongoz *(Lemur mongoz)*. Dieser auf Madagaskar und den Komoren vorkommende waldbewohnende Halbaffe ist schlicht braun gefärbt. Dennoch ist er ein naher Verwandter der auffälligen, felsenbewohnenden Kattas

Weitere madagassische Lemurenformen sind der Echte Mongoz *(Lemur mongoz)* mit weißen oder weißlichen, und der Unechte Mongoz *(Lemur fulvus)* mit schwarzen Schnauzenseiten. Zum Echten Mongoz gehört als Rasse der sogenannte Kronenmaki. Zum Unechten, auch als Schwarzstirn- oder Weißkopfmaki bezeichnet, werden als Rassen die Schwarzkopf-, Gelbbart- und Rotstirnmakis gezählt.

In bezug auf die Fortpflanzung der Lemuridae gibt v. Boetticher an: »Die Trächtigkeitsdauer der Makis, zumindest bei den Kattas und Mohrenmakis, beträgt, nach Feststellungen in zoologischen Gärten, 141 bis 144 Tage. Bei den Varis wohl auch so viel, höchstens ein oder zwei Tage mehr. Die kleinen mit sehenden Augen zur Welt kommenden Jungen klammern sich sogleich an der Unterseite der Mutter fest, und zwar nicht, wie es die jungen Affen allgemein tun, mit dem Kopf nach oben an der Brust, sondern querüber wie ein Gürtel über dem Bauch. Später klettern die heranwachsenden Kleinen an den Beinen der Mutter auf und nieder und turnen auf ihrem Rükken umher, um sich zwischendurch im dichten Haarkleid des alten Tieres, soweit es geht, zu verbergen oder zu erwärmen. Nach vier bis fünf Wochen sind sie so weit entwickelt, daß sie selbständig in den Zweigen herumklettern. Bei der ... im Berliner Zoologischen Garten erfolgten Aufzucht je einer Zwillings- und Drillingsgeburt bei den Varis wurden die Jungen nicht von der Mutter umhergetragen, sondern blieben still im Nest sitzen, wobei die Mutter regelmäßig zum Säugen, Wärmen und Reinigen der Kinder kam.«

Die Weibchen aller bisher genannten Arten tragen ein Paar Brustzitzen. Nur bei einigen finden sich zusätzlich ein Paar Leistenzitzen. Normalerweise wird nur ein Junges geboren und aufgezogen, Mehrlingsgeburten sind aber nicht allzuselten. Bei der Gattung *Hapalemur*, Halbmakis, ebenfalls ausschließlich auf Madagaskar beheimatet, besitzen die Weibchen stets beide Zitzenpaare. Die Halbmakis sind den eigentlichen Makis in Gestalt und Wesen noch sehr ähnlich, der Längenunterschied zwischen Armen und Beinen ist bei ihnen jedoch geringer und der Zwischenkiefer relativ kürzer. Das Gebiß unterscheidet sich in der Formel nicht von dem der Makis, aber in Stellung und Form der einzelnen Zähne. Die Halbmakis, von denen eine größere Art *Hapalemur simus* und eine kleinere *Hapalemur griseus* bekannt sind, ernähren sich wahrscheinlich fast nur von Pflanzen. Mit besonderer Vorliebe fressen diese ausgesprochenen Nachttiere frische Bambusblätter und -schößlinge. Viel kleiner und schlanker als sie sind die treffend so bezeichneten Wieselmakis der Gattung *Lepilemur*. Von diesen Baumbewohnern gibt es nur zwei Arten. Diese überaus sprunggewandten Dämmerungstiere sind trotz ihrer Wieselähnlichkeit keine Räuber, sondern harmlose Pflanzenfresser mit besonders großen Speicheldrüsen.

Den später zu behandelnden, in Afrika verbreiteten Galagos aus der auf Madagaskar nicht vorkommenden Halbaffenfamilie Lorisidae sind in mancher Beziehung die wirklichen Katzenmakis der Gattung *Cheirogaleus* ähnlich, ferner die Arten der Gattungen *Phaner*, Gabel-Katzenmakis, und *Microcebus*, Zwergmakis. Die starke Galago-Ähnlichkeit dieser drei auf Madagaskar beschränkten Gattungen und ihrer Arten und Unterarten beruht auf analogen Anpassungen an entsprechende Daseinsbedingungen, nicht auf *engster* Verwandtschaft. Katzen- und Zwergmakis sind Gemischtköstler. Vom Gabel-Katzenmaki *(Phaner furcifer)*, auch Waluwy genannt, wird berichtet, daß er sein Nest in Baumhöhlen mit zwei Ausgangsöffnungen anlegt. Er soll mit Vorliebe Baumhöhlen wählen, die bereits von einem Bienenschwarm bewohnt sind. Angeblich trennt er sein Nestlager durch eine Wand aus trockenen Pflanzenteilen gegen seine stechenden Nachbarn ab. Der Waluwy soll Bienenhonig außerordentlich schätzen, es ist aber durchaus möglich, daß er instinktiv die Nähe der wehrhaften Immen sucht, um durch sie mittel- und unmittelbar während seines Tagesschlafes vor überraschenden Feindbesuchen geschützt zu sein.

Von den madagassischen Zwergmakis kennen wir eine rattengroße Art, die deshalb Rattenmaki *(Microcebus coquereli)* genannt wird, und eine kleinere, nur 20 bis 26 cm lange, den Mausmaki (*Microcebus murinus*). Da beim Mausmaki die Hälfte der Gesamtlänge auf den Schwanz entfällt, ist er nicht nur der kleinste der madagassischen Lemuridae-Vertreter, sondern auch der kleinste rezente Halbaffe überhaupt.

Dieser überaus kletterfähige und sprunggewandte Baumbewohner weist sehr ungewöhnliche physiologische Besonderheiten auf. Er ernährt sich von gemischter Kost, ist aber besonders gierig nach Insekten. Auch soll er kleine schlafende Vögel überfallen und fressen. Während der Regenzeit ist ein überreiches Nahrungsangebot vorhanden, das ihm ermöglicht, im ersten Schwanzdrittel einen großen Fettvorrat zu deponieren, der dort eine mächtige Anschwellung verursacht. Nach Ende der Regenzeit baut sich der Mausmaki hoch im Baumgeäst kunstvolle Schlafnester, in denen er zusammengekugelt und reaktionslos die vom Juli bis zum September dauernde heiße Trokkenzeit verschläft. Dieser sogenannnte Trokkenschlaf ist ein Pendant zum Winterschlaf unseres einheimischen Siebenschläfers und einiger anderer Kleinsäuger während der kalten Jahreszeit. Sowohl beim Trockenschlaf der Katzen- und Mausmakis als auch beim Winterschlaf der relativ wenigen dazu befähigten Säuger in nördlicheren Breiten, geht es in erster Linie darum, die extrem nahrungsarmen Zeiten hinreichend zu überbrücken. Die Winterschläfer zehren dann allmählich die angesammelten Fettpolster auf, die übrigen Mausmakis die entsprechenden Fettreserven, die an den Hinterbeinen und unter der Schwanzwurzel liegen.

Familie Indridae – Indris

Trafen wir im Mausmaki auf den kleinsten rezenten Halbaffen, so beherbergt Madagaskar in der Familie Indridae auch den größten. Diese Art wird vom Indri *(Indri indri)*, dem einzigen Vertreter seiner Gattung, verkörpert. Zur Familie Indridae gehören noch zwei weitere Gattungen, die Vlies- oder Wollmakis *(Avahi)* mit einer Art *(Avahi laniger)* und zwei Unterarten, und die Larvenmakis oder Sifakas *(Propithecus)*. Von den nächtlich lebenden Vliesmakis wissen wir wenig. Sie sollen ausschließlich Pflanzen fressen. Es sind sehr langschwänzige Halbaffen, bei denen der Schwanz fast vier Siebentel der Gesamtlänge von etwa 70 cm beansprucht. Die Larvenmakis dagegen sind gesellige Tagtiere, tragen ebenfalls ziemlich lange Schwänze und ernähren sich angeblich nur von Pflanzen. Es werden zwei Arten mit jeweils mehreren Unterarten unterschieden. Diese Tiere variieren außerordentlich in der Färbung des langen seidenweichen Haarkleides. Auch partieller Albinismus und Melanismus werden bei ihnen relativ oft gefunden. Larvenmakis sind ungewöhnlich sprungbefähigt. Ihre bis 10 m weiten Sprünge von Baum zu Baum erwecken fast den Eindruck eines Gleitfluges. Und tatsächlich zieht sich bei ihnen als sogenanntes Patagium eine Hautfalte vom Oberarm bis zum Rumpf. Auf dem Boden laufen und hüpfen die Sifakas auf zwei Beinen. Der oben genannte Indri ist fast ungeschwänzt und weist reichlich 60 cm Rumpflänge auf. Sein Schwanz ist bis auf einen kurzen Stummel zurückgebildet. Der Indri besitzt, analog zu Siamang und Orang-Utan, einen stimmverstärkenden Kehlsack. Hände und Füße sind relativ groß, Augen und Ohrmuscheln klein. In den Indris haben wir gesellige Tagtiere vor uns, die ihre Nahrung wie Eichhörnchen sitzend mit der Hand dem Maul zuführen. Gefressen werden angeblich vorwiegend Pflanzenstoffe. Es ist wahrscheinlich, daß der Indri zusätzlich erbeutete Vögel und Eier verzehrt. Alteingesessene Madagassen, die den Indri »Bobakato« nennen, sollen ihn früher, vielleicht mancherorts heute noch, zum Vogelfang abgerichtet haben. Diese Dressur findet vermutlich ihre Grundlage in einem natürlichen angeborenen Trieb des Indris zur Vogeljagd. Dieser Halbaffe wurde früher von den Eingeborenen wie ein Heiliger verehrt. Sie glaubten nämlich, daß sie nach dem Tode in einen Indri verwandelt würden, eine sehr bedingte, aber interessante Parallele zur Auffassung der alten Römer, die, wie bereits erwähnt, die vorgeblich nachts »umhergehenden« Seelen der Toten Lemuren nannten.

Unter den waldbewohnenden Primaten leben die Indris wie Gibbon und Siamang monogam. Allen zur Familie Indridae gehörenden Gattungen und Arten ist gemeinsam, daß die Weibchen zwei bruständige Zitzen tragen. Die Daumen sind weniger opponierbar als die Großzehen. Finger und Zehen sind behaart und an jeder Hand und jedem Fuß – mit Ausnahme von Daumen und Großzehe – durch eine Spannhaut verbunden.

Das Fingertier oder Aye-Aye *(Daubentonia madagascariensis)* ist der in mannigfaltiger Hinsicht am stärksten »von der Norm« abweichende, d. h. der sonderbarste und am höchsten spezialisierte Halbaffe Madagaskars. Obwohl sein Milchgebiß durchaus noch lemurenähnlich ist, präsentiert sich das bleibende Gebiß mit nagetierähnlichem Zahnbau. Es gebraucht seine wurzellosen und deshalb ständig nachwachsenden, meißelförmig abgeschrägten Schneidezähne wie ein Eichhörnchen und legt damit im morschen Holz verborgene Insektenlarven frei. Entsprechend wird das gleichfalls nagetierähnliche Gebiß der Streifenbeutler benutzt. Auch die Hand des Fingerlemuren ist stark verändert. v. Boetticher beschreibt diese Eigentümlichkeit folgendermaßen: »Auch der dritte Finger ist scheinbar stark verlängert, doch beruht hier diese Verlängerung in Wirklichkeit auf einer unter den Säugetieren ganz einzigartigen starken Verlängerung des dritten Mittelhandknochens, der aus der Handfläche heraustritt. Dieser dritte Finger ist zudem in einer ganz eigentümlichen Weise verdünnt; seine Knochen sind bedeutend dünner als die der anderen Finger, und auch die Weichteile, Muskeln, Bindegewebe usw. sind offensichtlich viel schmächtiger, so daß der ganze Finger gleichsam wie vertrocknet aussieht.«

Mit diesem, mit einer starken Kralle versehenen »Skelettfinger«, der gewissermaßen einer gelenkigen Sonde gleicht, zieht das Fingertier Insektenlarven oder andere Nahrung aus Löchern und Ritzen. Auch die Hand der australischen Streifenbeutler besitzt in ihrem vierten Finger einen überlangen und dünnen, ganz analogen Fanghaken. Kein Wunder, daß sich Fingerlemur und Streifenbeutler in ihrer Lebens- und Ernährungsweise auffallend ähneln. Das Fingertier scheint in freier Natur überaus selten vorzukommen. Viele Madagassen sollen es überhaupt nicht kennen. Es sind zwei Vorkommensgebiete auf Madagaskar bekannt. Das eine liegt im Osten, das andere im Nordwesten der Insel. Dieser seltsame Halbaffe ist ein ausgesprochenes Nachttier, das tagsüber einzeln oder paarweise im undurchdringlichen Bambusdickicht schläft. Das ungefähr katzengroße Tier wird etwa 1 m lang. Davon entfällt die Hälfte auf den buschigen Schwanz. Von dem runden Kopf mit den hellbraunen, mittelgroßen Augen stehen seitlich die sehr großen nackten und nach vorn offenen Ohrmuscheln, die dunkel pigmentiert sind, ab. Das Fell des Fingertieres besteht aus fahlgrauer, dichter Unterwolle und herausragenden bräunlichschwarzen Grannenhaaren.

Da die Lebensräume des Fingertieres durch den Menschen immer stärker eingeengt werden, ist es inzwischen sehr selten geworden und deshalb vom Aussterben bedroht. Erfreulicherweise stellte die Regierung von Madagaskar als Schutzgebiet die kleine Insel Nossi-Mangabé im Nordosten des Landes zur Verfügung, auf die schon mehrere Fingertiere gebracht worden sind.

Familie Lorisidae – Loris

In der nun folgenden Familie Lorisidae sind zwei Halbaffenphänotypen zusammengeworfen, wie man sie sich äußerlich und im Verhalten kaum gegensätzlicher vorstellen kann: die Galagos oder Ohrenmakis (häufig auch Bush-Babies genannt) der Unterfamilie Galaginae und die Loris oder Faulmakis der Unterfamilie Lorisinae. Und doch fußt diese Vereinigung auf tiefgreifenden anatomischen Gemeinsamkeiten; so ist bei den Vertretern beider Unterfamilien das Paukenbein an der Bildung der Trommelhöhle zur »Bulla auditiva« beteiligt. Obwohl es großäugige Nachttiere sind, markieren sie ihr Territorium auch mit Urin. Die Loris harnen dazu in die Hände und Füße, reiben diese gegeneinander, so daß sie auf Stämmen und Zweigen überall spezifische Duftmarken hinterlassen.

Die Galagos sehen den auf Madagaskar endemischen Mausmakis der Gattung *Microcebus* ziemlich ähnlich. Indessen handelt es sich nur um eine rein äußerliche Konvergenz. Galaginae-Angehörige kommen auf Madagaskar und den Komoren nicht vor. Ihre drei rezenten Gattungen: *Galago,* Galagos; *Galagoides,* Zwerggalagos; und *Euoticus,* Kielnagel-Galagos, leben auf dem afrikanischen Festlande und einigen unmittelbar benachbarten Inseln. Bei den durchweg lang- und oft buschig geschwänzten Galagos sind die Fußwurzelknochen erheblich verlängert. Ihre Zunge weist wie bei den Tupajas eine bewegliche knorpelige Unterzunge auf, die als Putzorgan Verwendung findet.

Galagos sind Nachttiere und ernähren sich zum größten Teil von tierischer, zusätzlich von pflanzlicher Kost. Wir haben in ihnen ungewöhnlich sinnesscharfe kaninchen- bis haselmausgroße Tiere vor uns. Wie bei allen Halbaffen sind ihre verhältnismäßig eng gestellten, nach vorn gerichteten Augen in der Lage, dreidimensional zu sehen, und außerordentlich lichtempfindlich. Deshalb verengen sich

Zwerggalago *(Galagoides demidovii).* Die Galagos oder Bush-Babies kommen nur auf dem afrikanischen Festland und nahe gelegenen Inseln vor

die Pupillen tagsüber zu feinen Schlitzen, nachts jedoch sind sie weit und rund geöffnet. Geringste Spuren einfallenden Lichts werden dann leuchtend reflektiert. Man erkennt nachts im Geäst umherkletternde Galagos unschwer an diesem glühenden Leuchtpunktpaar, das sich dort bewegt. Außerdem verraten sich Galagos gewöhnlich durch ihr Geschrei, das wie das laute Weinen eines Säuglings klingt. Dieses Quäken hat ihnen den bezeichnenden englischen Namen »Bush-Babies« eingebracht.

Der größte Galago ist der in zahlreichen Unterarten von Mittel- bis zum südöstlichen Ostafrika, in mindestens einer Unterart auch in Westafrika verbreiteten Riesengalagos *(Galago crassicaudatus).* Die Art erreicht Gesamtlängen von ungefähr 70 cm, wovon der dicke Schwanz etwas mehr als die Hälfte mißt. Ähnlich wie bei den madagassischen Katzen- und Zwergmakis ist bei den Riesengalagos die Schwanzwurzel als Fettspeicher ausgebildet, denn auch der Riesengalago überbrückt die Dürrezeit schlafend. Viel kleiner als er ist der mittelwestafrikanische, durch besonders große Ohren ausgezeichnete Allens Galago *(Galago alleni)*.

Die bekannteste, in unseren zoologischen Gärten und von Liebhabern am häufigsten gepflegte dritte Art der Gattung, der Moholi (*Galago senegalensis*), repräsentiert das eigentliche Bush-Baby. In seinen zahlreichen, über ganz Afrika südlich der Sahara verbreiteten Unterarten varriiert der Moholi in der Gesamtlänge zwischen 48 cm und, bei der Inselform von Sansibar, 36,5 cm. Sein glattbehaarter Schwanz, der etwa 50 Prozent davon beansprucht, verbreitert sich an der Spitze buschig. Auf der Oberseite ist das Tier gelblichgrau, am Kopf mehr rötlich graugelb gefärbt. Bauch, Innenseite der Arme und Beine, die Wangen und ein von der Nasenwurzel bis zwischen die Augen aufsteigender Längsstrich zeigen eine weiße Färbung. In freier Natur kommen die Moholis nur ungern auf den Erdboden herab. Geschieht es notgedrungen, so bewegen sie sich wie Känguruhs aufgerichtet und auf den Hinterbeinen hüpfend vorwärts. Zum Klettern feuchten diese vorzüglichen Springer ihre verbreiterten Fingerkuppen mit Urin an, vermutlich um deren Haftvermögen an glatter Rinde zu verstärken, oder wie eingangs bereits beschrieben, um Duftmarken zu setzen.

Reizende Kerlchen sind die enorm sprunggewandten Zwerggalagos *(Galagoides demidovii)*, deren Verbreitungsgebiet sich wie ein Band durch die Mitte des afrikanischen Festlandes, quer von Ost- nach Westafrika, erstreckt. Im Gegensatz zu den ihnen so sehr ähnlichen, aber »mürrischen« und bissigen madagassischen Mausmakis sind Zwerggalagos als Pfleglinge außerordentlich liebenswürdige und anhängliche Tierchen. Sie lassen sich ohne weiteres in die hohle Hand nehmen, so daß oben nur noch das rundliche, deshalb geradezu kindlich wirkende, großäugige Köpfchen mit den sehr großen Ohren herausschaut. Über das Freileben der urwaldbewohnenden Zwerggalagos wissen wir leider noch wenig. Ihr im präparierten Zustand oben graubräunliches, unten fahlgelbes Fell zeigt am lebenden Tier manchmal viel leuchtendere, bedauerlicherweise anscheinend rasch vergängliche Farben. Sanderson und Steinbacher berichten von oberseits lebhaft grünen, unterseits safrangelben Formen. Bei den Zwerggalagos sind die Fußwurzelknochen besonders stark verlängert, wodurch diese winzigen Gesellen in der Lage sind, horizontale oder vertikale Sprünge von 4 m und mehr auszuführen. Sie sind während der Dämmerung aktive Allesfresser mit starkem tierischem Nahrungsanteil. In der tiefsten Nacht und am hellen Tage schlafen sie in Baumhöhlen oder manchmal in verlassenen Nestern afrikanischer Baumhörnchen.

Die im Gebiß, in ihrer katzenartigen Kopfform, ferner durch ihr in Gefangenschaft dem Pfleger gegenüber »verschlossenes« Wesen von allen Galagos ziemlich abweichende Gattung Kielnagel-Galagos enthält nur die Art *Euoticus elegantulus*. Der lateinische Name weist auf die elegante Schönheit dieser mit nackten, rosa gefärbten Ohren, Händen und Füßen ausgestatteten Species hin. Die eine der beiden Unterarten trägt dazu ein zimtorangefarbenes weiches Haarkleid und der buschige Schwanz eine weiße Spitze. Die andere kleidet sich in ein helles Zimtgelb und ersetzt die fehlende weiße Schwanzspitze durch weiße Hüft- und Achselflecke. Der deutsche Name leitet sich von den deutlich gekielten und scharf zugespitzten Finger- und Zehennägeln der Tiere her. Sie leben im zentralafrikanischen Urwald. Von ihrer Lebensweise wissen wir so gut wie nichts.

Die zur gleichen Familie Lorisidae als Unterfamilie Lorisinae gehörenden vier rezenten Loriarten sind plumpe, dicht und weich behaarte Kerlchen. Sie besitzen keine verlängerten Fußwurzelknochen. Arme und Beine sind fast gleich lang. Die rundlichen, relativ großen Köpfe haben nur kleine Ohren, jedoch sehr große, eng gestellte und nach vorn gerichtete Augen. Mit ihnen vermögen diese räuberischen Halbaffen ausgezeichnet räumlich zu sehen, so daß sie auch stillsitzende und schlafende Beutetiere, vor allem Vögel und Baumeidechsen, schon auf größere Distanz erkennen und langsam und geräuschlos beschleichen können. Sind diese erreicht, werden sie blitzschnell gepackt und entweder mit der Hand erwürgt oder totgebissen. Loris klettern stets langsam, aber absolut sicher im Geäst. Zuweilen hängen sie dabei wie Faultiere mit dem Kopf nach unten. Gute Springer, wie die verwandten Galagos, sind die Loris nicht. Falls notwendig, vor allem, wenn sie einen Feind im Auge behalten müssen, können sie auch rück-

Schlanklori *(Loris tardigradus).* Schon das eulenähnliche Gesicht kennzeichnet diese kleinen zänkischen Halbaffen Ceylons und Vorderindiens als räuberische Nachttiere. Nachts leuchten die großen Augen rötlich

wärts an Baumstämmen und Ästen emporklettern. Beim Trinken tauchen Loris die eingekrümmte Hand ins Wasser und lecken sie dann ab. Der zweite Finger an ihren Händen ist stets rudimentär.

Afrika beherbergt zwei Gattungen mit je einer Art. Die bekanntere ist der vom zentralafrikanischen Urwald bis – auf dem gleichen Breitengrad – nach Westafrika beheimatete größte Lori, der noch mit einem kurzen, bei erwachsenen Exemplaren nur etwa 6 cm langen, Schwanzstummel versehene Potto *(Periodicticus potto)* mit 35 cm Gesamtlänge. Er ist also knapp hauskatzengroß. Aussehen und Färbung gibt das Farbbild 16 wieder. In Westafrika teilt er seinen Verbreitungsraum mit dem in einem relativ kleinen Gebiet vorkommenden, mit größeren Augen ausgestatteten und etwas kleineren Bärenmaki *(Arctocebus calabarensis).* Dieser ist so selten, daß er in zoologische Gärten Europas bisher kaum einmal gelangt ist. Über seine Lebensweise wissen wir sehr wenig. Ein fast nicht bemerkbarer Stummel deutet den weitestgehend rudimentären Schwanz an. Bis auf eine warzenähnliche Andeutung auf der Hand ist auch der Zeigefinger verkümmert und der Mittelfinger zu einem nagellosen Stumpf zurückgebildet. Allerdings handelt es sich hier um einen progressiven Vorgang, denn dadurch ist die Spannweite der Kletterhand wesentlich vergrößert worden. Auch die Füße des Bärenmakis zeigen Abweichungen vom normalen Bau.

Erst jenseits des Indischen Ozeans treffen wir wieder Loris. In Sri Lanka und in Südindien lebt – in sechs Unterarten – als besondere Gattung die kleinste rezente Loriart. Es handelt sich um den bereits von Linné beschriebenen, etwa 25 cm langen Schlanklori *(Loris tardigradus).* Sein deutscher Name besagt, daß ihn – im Gegensatz zu den folgenden asiatischen und den beiden genannten afrikanischen Arten – ein schlanker, graziler Körper, ferner längere und dünnere Extremitäten auszeichnen. Die Umbildungen von Hand und Fuß sind beim Schlanklori noch nicht so weit fortgeschritten wie bei den anderen Loris. Der Schwanz aber ist auch bei ihm fast völlig verkümmert. Die ganz eng gestellten Augen sind im Verhältnis zur gesamten Körpergröße geradezu riesig. Darin werden sie unter den Primaten nur von den später zu behandelnden Koboldmakis übertroffen. Leben die Geschlechter der drei anderen Loriarten wenigstens noch paarweise und relativ friedlich zusammen, so sind die promiskuiten Schlankloris außerhalb der Paarungszeit zänkische Einzelgänger. In Gefangenschaft »betragen« sie sich abweisend und bissig gegen ihre Pfleger. Das weiche, plüschartige Fell zeigt bei den einzelnen Unterarten etwas verschiedene, stets mehr oder weniger hell verwachsene, ins Grau und Gelbliche spielende Färbungen mit weißen Zeichnungen, vor allem im Gesicht.

Der größere und kräftigere Plumplori Südostasiens *(Nycticebus coucang)* ist ein naher Verwandter des Schlankloris und auch des afrikanischen Pottos und Bärenmakis. Ein tagsüber träger, nachts sehr aktiver, räuberischer Halbaffe

Wie sein größerer, mit kürzeren Gliedmaßen versehener und gedrungener gebauter Vetter, der Plumplori *(Nycticebus coucang)*, ist der Schlanklori ein arger Vogelräuber. Kurz vor der im Zeitlupentempo angeschlichenen und ahnungslosen Beute richten sich diese Loris langsam auf den Hinterbeinen auf, bringen die geöffnete Hand ganz nahe an ihre Opfer heran und greifen dann rasch zu. Mit besonderer Vorliebe fressen sie das Gehirn der in der Hand erdrückten kleinen Wirbeltiere, denn es wird immer zuerst die Gehirnschale aufgebissen. Der gegenüber dem Schlanklori weitaus robustere, ebenfalls faktisch schwanzlose Plumplori hat ungefähr die Größe des afrikanischen Pottos, überragt also den Schlanklori um

mindestens 10 cm. Entsprechend höher ist sein Normalgewicht. Die neugeborenen Plumplorijungen sollen jedoch noch eine überraschend große Änlichkeit mit Schlankloris aufweisen. Das Verbreitungsgebiet des Plumploris ist sehr groß und zersplittert. Die Art ist in mindestens elf Unterarten, meistens Inselformen, aufgespaltet. Sie sind von Bengalen im Westen bis nach Kalimantan und Jawa im Osten zu finden und weichen zum Teil in Färbung und Zeichnungselementen erheblich voneinander ab.

Über die Fortpflanzung der asiatischen, insbesondere der afrikanischen Faulmakis – wie die Loris auch genannt werden – wissen wir wenig Genaues. Die Weibchen aller vier Arten besitzen ein bruständiges Zitzenpaar. Die Tragzeit der Schlankloriweibchen soll etwa 122 Tage betragen. Das meist eine Schlanklorijunge je Geburt – viel seltener kommen Zwillingsgeburten vor – bleibt sehr lange unselbständig. Sich an das mütterliche Haarkleid festklammernd, wird es über ein Jahr von der Mutter mitgeschleppt und gesäugt, obwohl deren Pflegetrieb überaus gering ausgeprägt sein soll. Wird das Junge zufällig abgestreift, kümmert sie das kaum, sie vergißt ihr Kind rasch. Besondere Nachsuche nach ihm soll sie jedenfalls nicht halten. Tritt nicht durch günstige Umstände ein, daß der »abhandengekommene« kleine Schlanklori die Mutter wiederfindet und in ihr Haarkleid zurückklimmen kann, kommt er um. Erst im Alter von 18 Monaten ist er erwachsen. Da bei Schlankloris Männchen und Weibchen in freier Natur Einzelgänger sein sollen, beteiligen sich die Männchen sehr wahrscheinlich nicht an der Jungenaufzucht. Bei den paarweise lebenden Arten, insbesondere beim Plumplori, dürfte es – Gefangenschaftsbeobachtungen zufolge –, zumindest bedingt, doch der Fall sein. Jedenfalls wurde ein in Gefangenschaft neugeborenes Junges nicht im Fell der Mutter, sondern in dem des Vaters festgeklammert gefunden. Schon in diesem frühen Alter zeigte es in seinen kleinen Klammerhänden erstaunliche Kräfte. Sie vermochten den Rumpf in jeder Lage festzuhalten. Die Stimme des Kleinen war in dieser Zeit ein zartes, kaum hörbares meckerndes Geschrei.

Interessant ist, daß die Loris unter den Beuteltieren, und zwar unter den zu den Phalangeridae gehörenden Kuskusen (Gattung *Phalanger*), ein Gegenstück haben. Nicht allein als konvergenter Typ, auch in Ernährungsweise und Verhalten ähneln die Kuskusen den Loris einigermaßen, und ihr Verbreitungsgebiet erreicht im Nordwesten schon annähernd das der asiatischen Loris. Es erstreckt sich nämlich bis nach Sulawesi, Timor und umliegende kleinere südostasiatische Inseln.

Teilordnung Tarsiiformes – Gespenstaffen

Familie Tarsiidae – Koboldmakis

Die Teilordnung Tarsiiformes, Gespenstaffen, umfaßt die Familie Tarsiidae, Koboldmakis, und diese eine rezente Gattung *Tarsius* mit drei einander sehr ähnlichen Arten. Die Diskussion, ob die Gespenstaffen lediglich als Teilordnung der Halbaffen oder als ihnen »ranggleiche« Unterordnung zu betrachten sind, ist noch nicht beendet. Manche Zoologen fordern sogar, Halbaffen, Gespenstaffen und Affen einschließlich der Menschenaffen als drei in dieser Reihenfolge getrennte, selbständige Säugerordnungen anzuerkennen. Die Tarsiiformes weisen nämlich nicht nur gewisse Beziehungen zu den Prosimii, sondern auch zu den Anthropoidea auf. Viel mehr noch repräsentieren sie aber in mancherlei Hinsicht etwas ganz Eigenständiges, ohne jegliche Entsprechungen bei Halbaffen und Affen. Das gilt wenigstens für die Erdgegenwart. Jedenfalls darf man die Koboldmakis mit vollem Recht als körperlich sehr kleine und hochspezialisierte Primaten bezeichnen. Ihre durchschnittliche Gesamtlänge beträgt 40 cm, wovon ungefähr 24 cm auf den dünnen, am Ende stärker behaarten Schwanz entfallen. Der Schwanz hängt beim Klammern an dünnen Ästen nicht frei herunter, sondern dient als Stützorgan. Das Foto auf Seite 106 läßt recht gut einige Einzelheiten des Körperbaus erkennen. Dennoch seien ein paar der wichtigsten eingehender besprochen.

Der im Verhältnis zum Rumpf große, gerundete Kopf mit verkürzter Schnauze ist mit sehr großen, seitlich gestellten und überaus beweglichen Ohren, ferner geradezu riesigen Augen ausgestattet. Erreichte ein Koboldmaki (ohne Schwanz) die Größe eines Menschen, dann

würde jedes Auge den Durchmesser einer großen Untertasse haben. Diese dreidimensional sehenden, eng gestellten Augen sind in ihren Höhlen kaum beweglich, aber der Koboldmaki kann den Kopf um nahezu 180° nach hinten drehen. Ähnlich wie bei den Galagos, nur noch weit mehr, sind bei den Gespenstaffen die Fußwurzelknochen (der Tarsus – deshalb der Gattungsname *Tarsius*) stark verlängert. Dadurch vermögen die Tiere außerordentlich weite Sprünge auszuführen. Wie bei den tropischen Laubfröschen sind die mit Plattennägeln versehenen Finger und Zehen der Koboldmakis mit breiten, als Haftscheiben dienenden Fingerbeerenballen ausgestattet. Der längste Finger ist der dritte, die längste Zehe die vierte, Daumen und Großzehe sind abspreizbar. Zweite und dritte Zehe tragen – im Gegensatz zu den mit Plattennägeln bewehrten übrigen – Krallen. Das Gebiß ist weniger halbaffen-, vielmehr affenähnlich, denn im Unterkiefer sitzen gut ausgebildete Eckzähne.

Die rezente Gattung *Tarsius* ist die einzige überlebende aus der einstigen großen Formenvielfalt des uralten Tarsiergeschlechts. Die fossilen Vertreter hatten fast die gleiche Entwicklungshöhe und sind schon in den Ablagerungen des frühen Tertiärs, vor 65 und 60 Millionen Jahren, nachweisbar.

Die Heimat der rezenten Koboldmakis erstreckt sich in Ost-West-Richtung von den Philippinen über mehrere benachbarte Inseln, darunter als größte Sulawesi, bis nach Südsumatera. Angeblich leben sie immer paarweise im Dickicht der Küstenzonen. Sie sind ausgesprochene Nachttiere. Ähnlich wie die Loris, schleicht ein Koboldmaki seine kleinen Beutetiere, unter anderem sehr wachsame und sprunggewandte Baumfrösche, lautlos und bedächtig an. Dann stürzt er sich blitzschnell auf sie und packt sie, wie Sanderson und Steinbacher anführen, mit beiden Händen, um sie dann gemächlich aufzufressen. Koboldmakis erhaschen obendrein fliegende Insekten durch weite Luftsprünge. Gelegentlich holen sie auch kleine Fische oder Krebse aus Gewässern.

Koboldmaki oder Gespenstaffe *(Tarsius tarsius)*. Die auf Philippinen, Sulawesi und Sumatera lebenden Tarsidae sind zwar sehr altertümliche Säugetiere, stehen aber stammesgeschichtlich bereits zwischen den anderen Halbaffen und den eigentlichen Affen

Flüssigkeit wird in Freiheit vermutlich vorwiegend durch das Auskauen saftiger Früchte aufgenommen. Ihre Hauptnahrung besteht aus tierischer Kost. Das erweist sich auch an gefangengehaltenen Exemplaren, die kostbare, liebenswerte und intelligente Pfleglinge sind. Allerdings schlafen sie, wie in Freiheit, tagsüber und werden erst spät am Abend aktiv. In freier Natur sollen die Koboldmakipärchen nachts ihr Jagdrevier gemeinsam durchstreifen. Ist ein Junges vorhanden, wird es dabei von der Mutter mitgeschleppt. Es klammert sich an ihrem Unterkörper mit Händen und Füßen fest. Obwohl die Koboldmakiweibchen ein Paar bruständige und ein paar leistenständige Zitzen besitzen, kommt immer nur ein Junges zur Welt, das schon offene Augen hat, vollkommen behaart und überhaupt ziemlich weit entwickelt ist. Der mütterliche Fürsorgetrieb dürfte vergleichsweise viel besser als bei den Schlankloris ausgebildet sein. Obwohl das Junge angeblich vom zweiten Lebenstage an selbständig klettern und vielleicht notfalls springen kann, ist die Mutter sehr um das Kleine besorgt. Wird sie irgendwie erschreckt oder droht tatsächlich Gefahr, soll sie ihr Kind mit dem Maule packen und wie eine Katzenmutter ihre gefährdeten Kleinen wegtragen. Leider kennen wir noch viel zu wenig Einzelheiten vom Verhalten der Koboldmakis, wie überhaupt ihrer gesamten Lebensweise. Es ist zu bedauern, daß die Möglichkeit ihrer Ausrottung immer näher rückt, da die bevorzugten Habitate zunehmend der Rodung und Kultivierung anheimfallen.

Unterordnung Anthropoidea – Affen

Die Vertreter der Überfamilie Ceboidea, Neuweltaffenartige, werden gelegentlich ihrer breiten Nasenscheidewand wegen als Breitnasenaffen (Platyrrhina) zusammengefaßt. Unter dem Begriff Schmalnasenaffen (Catarrhina) werden dann als Gegenstück zu den Platyrrhina alle altweltlichen Anthropoidea-Angehörigen vereinigt. Der Besitz einer schmalen Nasenscheidewand stellt tatsächlich eines der den altweltlichen Affenfamilien Cercopithecidae, Pongidae und Hominidae gemeinsamen, sie phylogenetisch untereinander enger verbindenden anatomischen Merkmale dar. Es besteht ferner kein Zweifel darüber, daß die Alte Welt Ursprungsraum der Hominidae ist, die freilich erst viel später die Erde besiedelten.

In jüngerer und jüngster Zeit kommt die Gegenüberstellung von Platyrrhina und Catarrhina in der Zoologie immer mehr aus dem Gebrauch. Durchaus mit Recht, denn beim heutigen fortgeschrittenen Stand der Säugetierkunde erscheint sie uns als unzureichend. Wir lassen es deshalb mit obriger Erwähnung bewenden. Dasselbe gilt mit noch größerer Berechtigung von dem von Linné geprägten, zuweilen noch mit Betonung von Gegnern der Entwicklungslehre, ferner aus Unwissenheit von Laien gebrauchten Begriff »Vierhänder« (Quadrumana) für Halbaffen und Affen. Linné distanzierte sie damit prinzipiell von den Menschen, die er als »Zweihänder« (Bimana) aus ihnen herauslöste. Natürlich ist das unsinnig, denn auch die Prosimii und die nicht menschlichen Anthropoidea verfügen durchweg eindeutig über zwei Hände und zwei Füße, keineswegs aber über »vier Hände«. Selbst wenn bei ihnen manchmal die Füße weitgehend die Funktionen mit übernehmen können, die beim Menschen fast oder ausschließlich den Händen vorbehalten geblieben sind.

Überfamilie Ceboidea – Neuweltaffenartige

Amerika beherbergt die zwei Familien der Ceboidea, die Callithricidae, Krallenäffchen, und die Cebidae, Greifschwanzaffen. Die Brücke zwischen beiden schlagen die als Unterfamilie Pithecinae zu den Cebidae gestellten Schweif- und Nachtaffen.

Familie Callithricidae – Krallenäffchen

Die Krallenäffchen stehen unter allen Ceboidea systematisch am tiefsten. Sie werden in drei Unterfamilien aufgeteilt: Erstens in die Callithricinae, Eigentliche Krallenäffchen oder Marmosetten, wozu die Zwergseidenäffchen, Löwenäffchen, Uistitis, Tamarins und Pinché-Äffchen gehören; zweitens in die Callimiconinae, Spring-Tamarins, und schließlich in die Callicebinae, Springäffchen.

Alle diese winzigen Äffchen sind dadurch gekennzeichnet, daß ihre Finger und Zehen

mit richtigen Krallen an Stelle platter Nägel ausgestattet sind. Nur die Großzehen tragen Nägel, jedoch ist das nicht bei sämtlichen Callithricidae der Fall. So sind, als einzige Ausnahme vom Normaltyp, bei den zu den größten und schwersten Vertretern der Krallenäffchen gehörenden Springäffchen auch noch die Großzehen mit Krallen versehen. Bemerkenswerterweise besitzen dagegen die bereits die Größe von kleineren Affen erreichenden Spring-Tamarins – die größten Krallenäffchen – den für die Familie charakteristischen Großzehen-Plattnagel! Die Familie Callithricidae setzt sich aus fünf Gattungen mit etwa 30 Arten zusammen, die sich in ihren Färbungen und Größen stark unterscheiden. Es gibt Arten, die kaum die Maße unserer Gartenschläfer und anderer europäischer Bilche erreichen, und weitere, die unsere einheimischen Eichhörnchen noch an Größe übertreffen. Alle Formen zeichnen sich durch Haarkrausen, -büschel oder -mähnen am Kopf aus. Die Eckzähne der Krallenäffchen sind, verglichen mit den anderen, bei vielen Arten erstaunlich groß, spitz und raubtierhaft. Die Tierchen sind nämlich in erster Linie Kleintierfresser, beispielsweise fällt ihnen mancher kleinere Vogel zum Opfer. Außer Insekten werden vor allem gern nestjunge Vögel und Eier verspeist. Es ist unmöglich, hier die Vielfalt der über das tropische und subtropische Südamerika bis nach Panama und Kostarika verbreiteten Krallenäffchengattungen und -arten im einzelnen zu behandeln. Es gibt gute und schlechte Springer, also Formen mit längeren und kürzeren Beinen, die fast alle die oberen Waldregionen, besonders im riesigen Amazonasgebiet, bewohnen. Dort leben die Pärchen in Einehe, eine Anzahl Familien bildet aber Horden, in denen eine gewisse soziale Ordnung zu herrschen scheint. Es werden meist Zwillinge geboren, deren Betreuung hauptsächlich dem Vater obliegt. Speziell bekannt ist das von den nur bilchgroßen, grünlich-schwärzlich melierten Zwergseidenäffchen *(Cebuella pygmea)*; mit 16 cm Körperlänge und einer Masse von 100 g gehört es zu den kleinsten aller Affen. Im Skansen-Zoo in Stockholm hat ein Pärchen dreimal Nachkommen gezeugt. Die Neugeborenen sind meist eineiige Zwillinge. Die Kinderpflege ist ganz Sache des Männchens. Nur wenn sie Hunger und Durst empfinden, wechseln die bei der Geburt voll entwickelten, etwa maikäfergroßen Kleinen aus seinem Fell in das Fell und an die Zitzen der Mutter über. Der Anteil der Mutter an der Betreuung der Nachkommenschaft beschränkt sich anscheinend im wesentlichen darauf, sie zu gebären und nur einen Monat lang mehrmals am Tage zu säugen. Die Trächtigkeitsdauer liegt zwischen dreieinhalb und vier Monaten.

Spring-Tamarin *(Callimico goeldii)*. Seinen Krallen und Verhaltensweisen nach ist er noch ein großer, dem Löwenäffchen sehr ähnlicher, brasilianischer Krallenaffe, dem Gebiß gemäß bereits ein eigentlicher Neuweltaffe

Die bleibende Existenz dieser reizenden Tierchen in freier Natur ist dadurch gefährdet, daß in den südamerikanischen Urwäldern große Flächen ihrer Aufenthaltsgebiete gerodet und kultiviert und daß sie schon seit Jahrhunderten zu Tausenden lebend nach Europa und Amerika exportiert werden. Leider gehen hier die meisten infolge unzweckmäßiger Pflege, besonders falscher Fütterung, die ihren großen Bedarf an tierischem Eiweiß nicht berücksichtigt, bald wieder ein. Bei biologisch richtiger Behandlung halten sie jedoch viele Jahre in Gefangenschaft aus und pflanzen sich auch fort. Allerdings sind die Angehörigen der einzelnen Gattungen und Arten im Verhalten ihren Pflegern gegenüber recht unterschiedlich. Es gibt solche, die recht zahm, zutraulich und anhänglich werden und andere, bei denen alle aufgewandte Mühe noch so einfühlsamer Betreuer umsonst ist. In unseren zoologischen Gärten oder bei Tierliebhabern trifft man am häufigsten zwei Arten: das Weißpinseläffchen *(Callithrix aurita)* und das schon Linné gut bekannte und von ihm beschriebene Weißbüscheläffchen *(Hapale jacchus)*, oft auch Uistiti genannt. Beide gehören zwei wohlunterscheidbaren Gattungen an, sind sich aber bei etwas oberflächlicher Betrachtung außerordentlich ähnlich und werden deshalb völlig zu Unrecht oft miteinander verwechselt.

Der Uistiti zeigt in seinem großen Verbreitungsgebiet in den weit ins Hinterland ausgedehnten Urwäldern am Amazonas mannigfache Färbungsabweichungen. Er wurde bereits im 18. Jahrhundert in großen Mengen als Spieltierchen höherer Kreise lebend nach Europa importiert und als »unentbehrliches Modeattribut« der damaligen Damenwelt fast

»mit Gold aufgewogen«. In Frankreich erhielt es den Namen Marmosette, der später auf die gesamte Familie überging. Das Weißbüscheläffchen ist langbeiniger, sprunggewandter, größer und schlanker als das zartere Weißpinseläffchen, das in den als Tupi bezeichneten Uferwaldungen der Ostküste Brasiliens zu Hause ist. Beiden dient ihr verhältnismäßig langer Schwanz als Balancierinstrument. In Gefangenschaft ist das Weißpinseläffchen seinen Betreuern gegenüber wesentlich »freundlicher« und anschmiegsamer als der Uistiti. In den runden Köpfen mit den kleinen ausdrucksvollen, zum Schneiden von allerlei Grimassen befähigten Gesichtern sind sich beide Arten zum Verwechseln ähnlich. Bei beiden sind die relativ großen Ohrmuscheln, abgesehen von der kürzeren Behaarung der Kopfseiten, von seitlich abstehenden pinsel- oder büschelförmigen Bündeln langer weißer Haare verdeckt und damit geziert. Der Uistiti trägt als besonderes Merkmal einen Ring langer steifer weißer Haare in der Ohrengegend; das kleinere Weißpinseläffchen auf der Stirn einen dreieckigen, heller gefärbten Fleck. Einen ebensolchen Stirnfleck und Ohrpinsel aus schwarzen Haaren besitzt das dem Weißpinseläffchen sehr nahe verwandte und ähnliche Schwarzpinseläffchen *(Callithrix penicillata)*, das wie jenes in den Wäldern der östlichen südamerikanischen Tropenküste beheimatet ist.

Eindrucksvolle Wert- und Schaustücke zoologischer Gärten sind die mit stark verlängerten Eckzähnen ausgestatteten Löwenäffchen, die schönsten Krallenäffchen. Bei entsprechender Pflege pflanzen sie sich hier auch, wie die Großen Löwenäffchen im Alfred-Brehm-Haus des Berliner Tierparks, fort. Wir kennen zwei in einer Gattung vereinigte Arten, eine kleinere und äußerst seltene, die Alexander von Humboldt am oberen Amazonas entdeckte und beschrieb, und eine größere aus den Wäldern im Gebiet um Rio de Janeiro in Brasilien, die zu den größten Marmosetten gehört. Das Kleine Löwenäffchen *(Leontocebus leoninus)* erreicht eine Gesamtlänge von etwa 44 cm, wovon der dünne, am Ende mit einer Quaste versehene, oben schwarze und unterseits lederbraune Schwanz ungefähr die Hälfte mißt. Hände und Füße sind schwarz gefärbt. Das nackte schwarze Gesicht mit den weißlichen Mundrändern ist von einer langen ockergelben Mähne eingerahmt. Das ziemlich lange, seidenweiche Körperkleid zeigt eine olivbraune Färbung, die auf dem Rücken wie weißlichgelb gestrichelt und gefleckt wirkt.

Allgemein bekannter ist das Große Löwenäffchen *(Leontocebus rosalia)*. Bei ihm kann der goldgelb gefärbte, etwas quastige Schwanz drei Viertel der Gesamtlänge, die 65 bis 75 cm beträgt, in Anspruch nehmen. Große Löwenäffchen sind in Gefangenschaft weniger empfindlich als andere Krallenäffchen, vor allem gegen niedrigere Temperaturen. Gegen direkte Sonnenbestrahlung müssen sie geschützt werden. Ihre Stimme gleicht im wesentlichen der aller übrigen Krallenäffchen, deren zahlreiche Lautäußerungen mit denen der anderen Anthropoidea-Vertreter nur wenig Gemeinsames haben. Die überaus variablen und meist ganz bestimmte Erregungszustände und Mitteilungen für die Hordenmitglieder ausdrückenden Modulationen von Pfeif- und Zwitschertönen, von denen einige so hoch sind, daß sie unser Ohr ohne technische Hilfsmittel nicht mehr wahrzunehmen vermag, erinnern eher an Stimmlaute von Vögeln.

Im oberen Amazonasgebiet leben in zahlreichen Arten und Unterarten nacktohrige Krallenäffchen, die sich durch charakteristische weiße Haare um den Mund und auf der Oberlippe auszeichnen. Sie heißen deshalb Schnurrbart-Tamarins. Ihr bizarrster Vertreter ist der Kaiserschnurrbart-Tamarin *(Tamarinus imperator)*. Sein schneeweißer Schnauzbart hängt bis über die Schulter herab. Im Gegensatz zu den meisten Krallenäffchenarten ernähren sich die Schnurrbart-Tamarins hauptsächlich von Pflanzenkost, vor allem von Nüssen und Früchten.

Etwa doppelt so groß wie das Große Löwenäffchen ist der Spring-Tamarin *(Callimico goeldii)*. Mit seinen 36 Zähnen und im Schädelbau nähert er sich weit mehr als alle anderen Krallenäffchen den besonderen Merkmalen der Cebidae. Er ist in den feuchtheißen Wäldern Nordwestbrasiliens zu finden und lebt dort ziemlich verborgen, denn er wird seines wohlschmeckenden Fleisches wegen eifrig

Kaiserschnurrbart-Tamarin *(Tamarinus imperator)*. Die typischste Art der zu den Krallenäffchen gehörenden süd- und mittelamerikanischen Schnurrbart-Tamarins

von den Indios verfolgt. Sein langhaariges, seidenweiches Fell ist schwarz gefärbt.

In anatomischer Hinsicht spielt er so etwas wie eine Mittlerrolle zwischen den Callithricidae und den im Verhalten den Krallenäffchen noch ziemlich ähnlichen Neuweltaffengattungen der Familie Cebidae, die in »Knauers Affenbuch« von Sanderson und Steinbacher nicht unzutreffend als »Noch-nicht-Affen« oder »Fast-schon-ganz-Affen« bezeichnet werden. Diese in mitteleuropäischen zoologischen Gärten meist sehr empfindlichen Breitnasenaffen besitzen noch keinen echten Greifschwanz wie die neuweltlichen Kapuziner-, Spinnen-, Klammer-, Woll- und Brüllaffen. Ihr Schwanz hängt beim Sitzen im Geäst gewöhnlich nach unten. Die hornigen Bedeckungen der Finger- und Zehenkuppen sind ein Mittelding zwischen den Krallen der Callithricidae und dem für die Cebidae-Sippe typischen Besitz von Plattnägeln auf allen Fingern und Zehen.

Als »Noch-nicht-Affen« fassen Sanderson und Steinbacher die Nachtaffen oder Mirikinas (*Aotes*), die Schweifaffen *(Pithecia)*, die Uakaris oder Kurzschwanzaffen *(Cacajao)*, die Sakis *(Chiropotes)* und die Totenkopfäffchen *(Saïmiri)* zusammen. Von ihnen sind die sich vermutlich in der Hauptsache von Früchten und nur zusätzlich von kleinen Tieren ernährenden, sehr sprungbefähigten Nachtaffen die einzigen südamerikanischen Affenartigen, die im Urwald ein ausgesprochen nächtliches Leben führen. Dazu sind sie hervorragend durch ihre übergroßen vorgewölbten Augen, die Eulenaugen stark ähneln, in der Lage.

Zur ausführlichen Behandlung seien aus der Formenfülle zwei markante Vertreter, Uakaris und Totenkopfäffchen, ausgewählt. Obwohl von beiden Gattungen mehrere Arten beschrieben worden sind, wollen wir uns hier auf die jeweiligen Gattungseigentümlichkeiten beschränken. Es ist wahrscheinlich, daß alle Uakaris lediglich Unterarten einer bereits von Alexander von Humboldt beschriebenen Art *Cacajao melanocephalus* aus Venezuela darstellen, gerade jener Art, die wegen ihrer düsteren Färbung, insbesondere der des Kopfes, von allen anderen am meisten abweicht.

Uakaris sind Tiere von 40 bis 65 cm Gesamtlänge. Davon entfallen etwa 9 bis 15 cm auf den charakteristischen Stummelschwanz, dem sie ihren deutschen Namen Kurzschwanzaffen verdanken. Vor allem der im

Totenkopfäffchen *(Saimiri sciurea)*. Zu Tausenden und in zahlreichen Varianten besiedeln diese kleinen Primaten die Flußuferwälder Südamerikas

Farbbild gezeigte Rote Uakari *(Cacajao rubicundus)* erinnert verblüffend an kleine schlanke, in Gefangenschaft offensichtlich schlecht und falsch behandelte »unterernährte« Orangs. Viele Uakaris sind ausgesprochen kahlköpfig. Ihr scharlachrotes Gesicht macht – zumindest bei gefangengehaltenen Exemplaren – einen grämlichen und leidenden Eindruck. Roter Uakari heißt dieser »Noch-nicht-Affe« wegen seines zottigen goldroten, zwar langhaarigen, doch recht schütteren Körperhaarkleides. Hinzu kommen große unbehaarte Hände, Füße und Ohrmuscheln. Trotz ihres Stummelschwanzes sind sie Baumkletterer, die nur selten zum Erdboden herabsteigen. Geschieht das trotzdem einmal, dann bewegen sie sich – ähnlich wie die Gibbons – auf zwei Beinen watschelnd mit erhobenen Armen und Händen, um das Gleichgewicht zu wahren. In Freiheit verteidigt jeder Uakari-Familienvater tapfer sein Weibchen und seine Kinder.

Diese Kurzschwanzaffen bevorzugen Pflanzenkost, benötigen aber in Freiheit und Gefangenschaft außerordentlich abwechslungsreiches Futter, das aus Früchten, Nüssen, saftigen Blättern und Stengeln usw. besteht. Ihr

Fruchtsäure- und Vitaminbedürfnis ist sehr groß. Zusätzliche tierische Nahrung wird nicht verschmäht. Uakaris sind deshalb – zugleich wegen ihres Anspruches auf ein feuchtheißes Ersatzklima an Stelle der im heimatlichen Regenwald herrschenden Atmosphäre – äußerst schwierige und meist nicht lange ausdauernde, wohl aber recht kostbare und schöne Pfleglinge für Tiergärtner.

Ganz reizende und vor allem in ihren mannigfachen Färbungsabstufungen etwas an kleine afrikanische Meerkatzen erinnernde »Fast-schon-ganz-Affen« sind die Totenkopfäffchen. Ihr langer in einer angedeuteten Quaste auslaufender Schwanz kann – ohne bereits ein echter Greifschwanz zu sein – um Äste gebogen werden. Dadurch eröffnet sich dem Tierchen eine zusätzliche Möglichkeit, sich festzuhalten. Inwieweit der Name Totenkopfäffchen wegen des Gesichts und der Kopfform dieser zierlichen Gattung zutreffend gewählt ist, bleibe dem individuellen Geschmack überlassen. Die großen Ohrmuscheln sprechen allerdings dagegen.

Die Totenkopfäffchen leben in großen Horden im Zweig-, Ast- und Lianengewirr der Lichtungs- und Uferbegrenzungen vieler südamerikanischer Urwälder und Flüsse. Gewöhnlich sind sie außerordentlich vorsichtig, können aber in Gemeinschaft einen unerhörten Lärm vollführen. Sie verzehren vornehmlich tierische, aus Insekten, Baumfröschen und ähnlichem bestehende Beute, die sie mit großem Geschick fangen. Als konvergente Erscheinung zu entsprechenden Ausbildungen bei manchen Lemurenartigen und den Koboldmakis finden wir an den langen Beinen der überaus gewandten Totenkopfäffchen beträchtlich verlängerte Fußwurzelknochen. Dadurch können die Tiere erstaunlich weite Sprünge ausführen. Totenkopfäffchen sind in Europa und Nordamerika als Liebhaber- und Zootiere sehr begehrt und werden deshalb häufig gefangen und aus Südamerika exportiert. Sie erweisen sich meist jedoch in Gefangenschaft als rasch hinfällig und gehen bald wieder ein. Sie sind übrigens genetisch von besonderem Interesse. In ihren großen Horden ist nämlich gelegentlich das gleiche Phänomen festzustellen, das zuweilen bei Massenvermehrungen von Weißzahn- und Wimperspitzmäusen (Crocidura) beobachtet werden kann. Es treten plötzlich Riesenindividuen auf. Diese Spitzmaus- und Totenkopfäffchen-Riesen – bei den letzten sind es angeblich vorwiegend Männchen – erreichen mehr als die doppelte Größe und entsprechend vielfache Gewichte von normalen Artgenossen. Sie sollen trotzdem voll fortpflanzungsfähig sein.

Familie Cebidae – Greifschwanzaffen

In den sich an die Totenkopfäffchen anschließenden Kapuzineraffen (Gattung *Cebus*) begegnen wir zum ersten Male tatsächlich Greifschwanzträgern unter den Neuweltaffen. Bei ihnen ist der Schwanz jedoch noch bis zum äußersten Ende ringsum behaart, im Gegensatz zu den Spinnen-, Klammer-, Woll- und Brüllaffen, deren Schwänze unterseits nackt bleiben. Dennoch ist der Kapuziner-Greifschwanz sehr funktionstüchtig, beweglich und wie eine Uhrfeder spiralig einrollbar. Man nennt die Kapuziner deshalb auch Rollschwanzaffen. Übrigens besitzen von den rezenten Primaten allein die eben genannten wenigen Neuweltaffengattungen Greifschwänze. Kein einziger rezenter Altweltaffe ist Greifschwanzträger. Bemerkenswerterweise tritt der Besitz von Greifschwänzen auch bei anderen Säugetierordnungen auf. So finden wir einige mit Greifschwänzen ausgestattete Arten bei den Marsupialia Amerikas und Australiens, den Myrmecophagidae unter den Edentata, den Pholidota, Rodentia und ausnahmsweise bei den Carnivora in Gestalt des Wickelbären und des Binturong.

Auch bei den Kapuzinern stoßen wir auf sehr unklare Artabgrenzungsverhältnisse, wie bei allen anderen Affenartigen Mittel- und Südamerikas. Der Wissenschaft ist es jedenfalls bisher noch nicht überzeugend gelungen, in das rezente Kapuziner-Wirrwarr von Größen-, Färbungs- und mehr oder weniger grotesken Fellaufputz-Typen eine eindeutige systematische Ordnung zu bringen. Es zeichnen sich jedoch zwei große gegensätzliche Hauptgruppen ab. Diese unterscheiden sich einigermaßen erscheinungsbildlich und bedingt etwas im Allgemeinverhalten. Die Vertreter der einen Gruppe sind generell größer und robuster gebaut, tragen ein dichteres Haarkleid und eigentümlich geformte Haarschöpfe auf den schon dicht über den Augen behaarten Köpfen, die dadurch steilstirnig wirken. Diese in

Die bekanntesten Neuweltaffen sind die süd- bis mittelamerikanischen Kapuziner. Ihr Formenreichtum läßt sich nur schwer spezifizieren. Zwei große Gruppen werden unterschieden: die kleineren Eigentlichen Kapuziner *(Cebus capucinus)* und die robusteren Gehaubten Kapuziner *(Cebus apella)*

den Wäldern von Guayana bis nach Argentinien vorkommenden größeren Affen sind die Gehaubten Kapuziner. Als einer ihrer Repräsentanten sei hier der Gehaubte Kapuziner oder Faunaffe *(Cebus apella)* erwähnt.

Die andere Gruppe ist die der Eigentlichen Kapuziner. Sie enthält schwächlicher gebaute und dünner behaarte Formen mit schmaleren Köpfen. Ihre Nasenlöcher stehen wesentlich enger nebeneinander als bei den gehaubten Formen. Bei den Eigentlichen Kapuzinern bleiben der Vorderkopf kahl und das wie geschoren wirkende Kopfhaar kurz. Außerdem schieben sich noch bilateral-symmetrisch über die Stirnaußenseiten tiefe »Geheimratsecken« in die Kopfbehaarung hinein. Im Gegensatz zu den Gehaubten Kapuzinern ist das Gesicht der Eigentlichen Kapuziner meist rosa fleischfarben. Da ihre fliehende und ziemlich hohe Stirn in griesgrämig wirkende Querfalten gelegt werden kann, wirken diese kleinen, häufig mit kontrastreichen schwarzweißen Fellchen ausgestatteten Tiere mitunter erschreckend greisenhaft. Dieser Eindruck wird in Gefangenschaft durch ihre oft und langandauernd gebrachten Keiflaute noch verstärkt. Diese kleineren Kapuzinertypen finden sich bereits in Mittelamerika und in Südamerika auch auf der pazifischen Seite. Gehaubte und Eigentliche Kapuziner treten in manchen Gebieten des südamerikanischen Verbreitungsraumes nebeneinander auf, ohne sich – wenigstens hat es bis jetzt den Anschein – zu vermischen. Als Prototyp sei der Eigentliche Kapuziner *(Cebus capucinus)* aus Guayana genannt.

In freier Natur besiedeln beide Gruppen jegliches Waldgelände, also nicht nur die Urwaldrandzonen wie die Totenkopfäffchen, sondern auch das tiefere Waldinnere. Sie schließen sich ebenfalls zu größeren, gemeinsam wandernden Horden zusammen. Kapuziner sind ungemein stimmbegabt und lassen in Freiheit gern ihre mannigfachen Stimmäußerungen hören. Sie werden deshalb auch Winselaffen genannt. Insbesondere die Gehaubten Kapuziner besitzen große, kräftige Eckzähne und sind deshalb, trotz geringer Körpergröße, recht wehrhafte und tapfere Gesellen, die ihren Gegnern bei Gefahr geschlossen »auf den Leib rücken«. Kapuziner beider Gruppen sind sehr intelligente, in Gefangenschaft zu erstaunlichen Lernleistungen und Kunststücken befähigte Tiere, die man in zoologischen Gärten, wo sie sich manchmal auch fortpflanzen, oft antrifft. Viele werden hier sehr zahm und anhänglich. Leider treten bei einer großen Zahl nach längerem Verbleiben in europäischer Gefangenschaft ernste rheumatische Erkrankungen und Lähmungen auf, an denen manchmal nur eine falsche Ernährung schuld ist. Die Tiere sind nämlich außerordentlich vitaminbedürftige Gemischtköstler. Allerdings sind derartige, in früheren Jahrzehnten bei fast allen Neuweltaffen recht häufige Krankheits- und Verfallserscheinungen in unseren modernen, wissenschaftlich geleiteten größeren Tiergärten inzwischen seltener geworden.

Bei den eigentlichen Greifschwanzaffen bleiben die sehr langen und überaus beweglichen Schwänze an der Unterseite der Spitze und noch ein Stück die Schwanzunterseite hinauf völlig nackt. Ein solcher Greifschwanz ist für seinen Träger eine vorzügliche Sicherheitseinrichtung, sozusagen eine zusätzliche fünfte Hand! Untersuchungen von Ankel ergaben, daß die Ventralseite des letzten Schwanzdrittels sich durch eine Tastfläche auszeichnet und deshalb durchaus mit einer Extremitäteninnenfläche vergleichbar ist. Selten einmal werden in unseren Tierparks die zu den Greifschwanzträgern gehörenden, im Gegensatz zu allen anderen hier etwas unbeholfenen und träge wirkenden Brüllaffen (Gattung *Alouatta*) gezeigt. Diese größten Neuweltaffenartigen sind ungünstigen Gefangenschaftsbedingungen gegenüber sehr empfindlich und wenig widerstandsfähig.

Auch in der Gattung Brüllaffen werden mehrere Färbungstypen unterschieden, und zwar schwarze, kupferrote und strohgelbe. Schwarze finden sich bemerkenswerterweise an der nördlichen Verbreitungsgrenze ihrer Gattung in Mittelamerika und an der südlichen in Paraguay. Die roten Vertreter mit dem Prototyp der Brüllaffen, dem Aluate oder Roten Brüllaffen *(Alouatta seniculus)*, leben von Kolumbien bis ins mittlere Amazonasgebiet. Der Name dieser Affen weist auf das markerschütternde Gebrüll, das die Oberhäupter der einzelnen Horden allein oder als Vorbrüller für die in vollem Chor einfallenden Artgenossen vernehmen lassen, hin. Es dient sicher in erster Linie dazu, andere Horden bereits auf weite Entfernung hin davon zu unterrichten, daß das betreffende Revier schon besetzt ist. Augenscheinlich macht den Tieren die donnernde Brüllerei aber häufig ganz einfach Spaß, und sie betreiben sie dann lediglich aus innerem Bedürfnis und Lustgefühl ohne wirklichen äußeren Anlaß. Das Besondere an diesem Chorusgebrüll ist, daß es meist schlagartig abbricht und ihm einige Minuten anhaltende, geradezu unheimliche Stille folgt. Unter dem imponierenden Vollbart der Brüllaffen, der die Gestalt einer sogenannten Schifferkrause hat, verbirgt sich ihr eigentliches Brüllinstrument. Das ist nicht etwa wie bei den beiden asiatischen Menschenaffen Siamang und Orang-Utan ein Kehlsack, sondern es besteht aus zwei unter der Haut liegenden, hintereinander gekoppelten knöchernen Resonanzkapseln. Die eine ist aus dem umgeformten Zungenbein, die andere aus dem umgebildeten Kehlkopf-Schildknorpel entstanden.

Bisher konnte bei Mantelbrüllaffen *(Alouatta palliata)* nicht beobachtet werden, daß sie aus irgenwelchen Wasserstellen am Boden ihren Flüssigkeitsbedarf decken. Glander stellt neuerdings fest, daß diese Affen gerade während der Regenzeit aus Baumzisternen Wasser trinken. Im Verlauf der Regenzeit sind weniger frische Blätter für die Ernährung der Brüllaffen vorhanden. So müssen sie ältere Blätter fressen, deren Wassergehalt signifikant niedriger ist. Um die geringere Wassermenge in ihrem Nahrungsangebot zu kompensieren, deckt diese Art ihren Wasserbedarf aus arborealen Zisternen.

Der Rang, die größten Neuweltaffen zu sein, wird den Brüllaffen übrigens von einzelnen Angehörigen einer anderen Greifschwanzaffengattung sozusagen streitig zu machen versucht, nämlich von den Wollaffen (Gattung *Lagothrix*). Besonders gilt das für den Großen oder Grauen Wollaffen *(Lagothrix lagotricha)*. Auch andere Beziehungen sind vorhanden. So zeigt die Form des Unterkiefers am Wollaffenschädel eine gewisse Annäherung an die der Brüllaffen. Erwachsene Wollaffen machen ihres kohlschwarzen Gesichts mit der vorspringenden Schnauze, der fliehenden Stirn und des tiefliegenden Augenpaares halber einen geradezu grimmigen Eindruck. Und doch trügt gerade hier der Schein. Selbst erwachsene Wollaffen gehören in der Regel zu den liebenswürdigsten und friedfertigsten Pfleglingen in Gefangenschaft. Erst recht sind junge Wollaffen, selbst äußerlich, ganz reizende Burschen. Sie haben rundliche, sehr menschlich wirkende Köpfe ohne jene überaus tierischen Gesichtsausbildungen der erwachsenen Artgenossen. Das gleiche treffen wir bei jungen und erwachsenen altweltlichen Menschenaffen wieder.

Das Hauptkennzeichen der Wollaffen ist ihr dichtes, wolliges, wie Samt wirkendes Fell. Der Greifschwanz beansprucht fast die Hälfte der beim Grauen Wollaffen bis 1,40 m betragenden Gesamtlänge. Wollaffen sind auch in Freiheit relativ langsame und »bedächtige« Tiere, die nicht zuletzt deshalb ansehnliche Körpergewichte erreichen. Sie leben in kleineren Familienverbänden in Laubwäldern und ernähren sich überwiegend von Pflanzenstoffen, vor allem von Früchten. Wie fast alle anderen Neuweltaffen verschmähen sie tierische Zukost nicht völlig. Wegen ihres angeblich vor-

Wollaffe *(Lagothrix lagotricha).* Dieser große Greifschwanzaffe der Wälder des Amazonasgebiets läßt sich leicht zähmen und ist ein anschmiegsamer Pflegling

züglich schmeckenden Fleisches werden die Tiere eifrig von den Indios verfolgt und sind deshalb in manchen Gebieten schon ziemlich selten geworden. In Zorn geratene Wollaffen stoßen schrille, laute Wutschreie aus. Haben sie sich mit den sehr kräftigen Eckzähnen erst einmal in ihren Widersacher verbissen, verursachen sie gefährliche Wunden. Auch bei Wollaffen werden in den verschiedenen geographischen Räumen allerlei in Größe und Färbung unterschiedliche Phänotypen angetroffen. Das Hauptverbreitungsgebiet liegt im nördlichen Amazonasraum. Sporadisch finden sich auch weiter südlich Populationen.

Ein bisher noch wenig erforschter und selten in unsere zoologischen Gärten importierter Greifschwanzaffe ist der in den Küstenwäldern

Südostbrasiliens vorkommende, gleichfalls körperlich große und langgeschwänzte Spinnenaffe *(Brachyteles arachnoides)*. Er schlägt in mehrfacher Beziehung, nicht allein wegen seiner Wollhaarigkeit, eine Brücke zwischen den Wollaffen und der nun noch zu behandelnden Greifschwanzaffengattung *Ateles*. Deren Vertreter sind die in unseren Tiergärten in den letzten Jahrzehnten recht häufig gepflegten und bei Zoobesuchern ungemein beliebten, in Aussehen und Verhalten grotesken Klammeraffen. Ihr mehr als die Hälfte der gesamten Körperlänge messender Greifschwanz ist unbestritten der am höchsten entwickelte bei den Neuweltaffen. Ebenso wie bei den mehr wollaffenähnlichen Spinnenaffen fehlt den Klammeraffen an den langfingrigen Händen der Daumen entweder bereits völlig, oder er ist sekundär wenigstens bis auf einen funktionsuntüchtigen Stummel reduziert. Klammeraffenhände sind also nicht fünf-, sondern nur vierfingrig. Die Tiere sind von Südmexiko bis nach Nordargentinien und Uruguay in kaum noch aufschlüsselbarer Formen- und Färbungsvielfalt anzutreffen.

Von den schwarzen Phänotypen hat Linné schon den Schwarzen Klammeraffen oder Koata gekannt und als *Ateles paniscus* beschrieben. Es gibt daneben graue, solche mit goldenem Stirnband, schwarz- und hellbäuchige und noch viele andere Farbvarietäten. Auch in Größe und Gewicht unterscheiden sich die Klammeraffen der verschiedenen Verbreitungsgebiete zum Teil beträchtlich. Haben die Waldformen des flachen Landes ein schütteres, mehr oder minder langhaariges Fell aus derben Deckhaaren und ohne Unterwolle, so tragen die Andenformen dichte, seidenweiche Haarkleider. Alle Klammeraffen unterscheiden sich in Lebensweise und Verhalten jedoch nur unerheblich. Inwieweit sich Exemplare aus voneinander weit entfernten Gebieten oder mit verschiedenen Größen und Färbungen fruchtbar zu vermischen imstande sind, ist noch kaum aufgeklärt. Klammeraffen haben relativ kleine rundliche Köpfe, schlanke, schmächtige Körper und – neben dem überlangen Greifschwanz – im Verhältnis zur Kopf-Rumpf-Länge »unheimlich« lange und dünne Arme und Beine. Mit ihnen können sie im Geäst oder an entsprechenden Einrichtungen ihrer Käfige geradezu unglaubliche Verrenkungen und akrobatische Klettereien vollführen. Die nackte Schwanzendstück-Unterseite ist als vollendetes Greifinstrument zu erstaunlichen Kraftleistungen befähigt. Nur daran aufgehängt, schwingen sich die Tiere von einem Ast zum anderen, den sie dann mit einer Hand oder einem Fuß erfassen. Sobald sie vom ersten den Schwanz gelöst haben, schwingen sie sich mit vorgestrecktem Schwanz zum folgenden, den sie wieder mit dem Greifschwanz umklammern usw. Sie können aber auch an einem Ast beispielsweise mit den linken Fuß, der rechten Hand und dem Greifschwanz gemeinsam Halt finden oder mit beiden Händen und dem Greifschwanz oder mit diesem und beiden Füßen. Dabei sind sie die geborenen »Stehaufmännchen«, denn sie vermögen dann den Körper noch so aufzurichten, daß der hochgereckte Kopf und der Oberkörper mitten aus diesem Extremitätenknäuel herausschauen. Klammeraffen betreten nicht gern den Erdboden, sondern trinken, dazu mit

Klammeraffe *(Ateles* spec.). Die greifschwänzigen Klammeraffen sind in kaum übersehbarer Färbungsvielfalt über fast ganz Südamerika verbreitet

dem Greifschwanz an Gezweig hängend, »von oben herab« aus Tümpeln und Wasserläufen oder im Zoo aus dem Wassernapf. Betreten sie aber einmal den Erdboden, können sie sich dort sowohl auf allen vier Beinen und manchmal dazu noch mit Hilfe der nach unten gebogenen Greifschwanzspitze, als auch allein auf den Hinterbeinen fortbewegen. Im letzten Falle recken sie den am Ende wie ein Fragezeichen gekrümmten Greifschwanz empor und balancieren wie die asiatischen Gibbons, indem sie die hocherhobenen Arme oder Hände in Kopfhöhe oder über dem Kopf hin und her bewegen. So vermögen sie auch zweibeinig auf einigermaßen waagerechten Ästen und Lianensträngen umherzuturnen. Eine besondere Eigentümlichkeit aller Klammeraffen ist ihr kugelig vorgewölbtes Bäuchlein, das sie beim Aufrechtgehen ebenso herausdrücken wie Kleinkinder bei den ersten Gehversuchen. Kindlich wirkt an ihnen außerdem die gegen den normalen Haarstrich wie vorgebürstet anzuschauende Kopfbehaarung und die – falls sie sich über etwas empören – wie schmollend gespitzen Lippen.

Klammeraffen sind in Gefangenschaft ungemein liebebedürftige und anhängliche Pfleglinge, leider, wie die meisten anderen Neuweltaffen, sehr empfindlich. Ihr Lautinventar ist in Freiheit und im Tiergarten ziemlich reich. Sie leben truppweise in den mittel- und südamerikanischen Wäldern. Bei Gefahr bewegen sie sich außerordentlich rasch mit ihren langen Extremitäten aus der Gefahrenzone heraus. Die Nahrung soll vorwiegend aus Pflanzenstoffen bestehen. Da sie nach Erfahrung des Verfassers in Gefangenschaft gern rohe Eier verzehren, wird wohl ihr Nahrungsanteil an zusätzlicher tierischer Eiweißkost auch in Freiheit nicht allzu gering sein. Gefangengehaltene Klammeraffen erkranken relativ häufig an Star. Bereits in der Großen Ausgabe von »Brehms Tierleben« berichteten Heck und Hilzheimer von einer 1904 geglückten Staroperation bei einem Greifschwanzaffen. Nach dem zweiten Weltkrieg gelang Professor Sachsenweger eine gleiche Operation in der Augenklinik der Martin-Luther-Universität Halle-Wittenberg an einem Klammeraffen des Bergzoos Halle.

Überfamilie Cercopithecoidea – Altweltaffenartige

Familie Cercopithecidae – Tieraffen

Obwohl es bedauerlicherweise noch immer geschieht, ist es völlig falsch zu glauben, die Altweltaffenartigen seien auf die Neuweltaffenartigen sozusagen aufgestockt. Diese veraltete Ansicht unterstellt irrtümlich, daß sich die Altweltaffenartigen als höher organisierte Primatenkategorie phylogenetisch in aufsteigender Linie aus den »tieferstehenden« Neuweltaffenartigen gelöst und dann separat weiter entwickelt hätten. Das trifft aber nach heutiger Erkenntnis der Dinge keinesfalls zu. Die gemeinsame Wurzel liegt nämlich viel weiter zurück. Wir müssen grundsätzlich Neuwelt- und Altweltaffenartige als einander analoge parallele Reihen verstehenlernen, die sich nebeneinander aus einer gemeinsamen Basis entwikkelt haben.

Das Gebiß aller Tieraffen, der Menschenaffen und des Menschen ist im Prinzip gleich. Die Hände der Tieraffen sind fünffingrig, die Füße fünfzehig. Der Schwanz kann sehr lang bis stummelhaft kurz, in besonderen Fällen, wie beim Magot, nahezu gänzlich reduziert sein. Keine Art besitzt einen Greifschwanz. Die altweltlichen Tieraffen sind in der Regel beträchtlich größer und schwerer als die Neuweltaffen, deren kleine und kleinste Formen keine Gegenstücke unter den Affen Eurasiens und Afrikas haben. Letztere besitzen mehr oder weniger ausgeprägte Gesäßschwielen. Mit Ausnahme der Schlankaffen sind alle mit inneren Backentaschen ausgestattet, wenn diese bei einigen wenigen Arten auch nur noch andeutungsweise vorhanden sind. Analoge Bakkentaschen finden wir bei einigen Nagetieren, beispielsweise beim Hamster.

Wir können die Cercopithecidae in drei große Sippen unterteilen: in die Schlankaffen mit Colobusaffen und Languren, in Meerkatzenartige und in Hundskopfaffen mit Mangaben, Makaken und Pavianen.

Wir stellen uns wildlebende Affen nur in tropischen, bestenfalls subtropischen Regionen vor. Das ist aber unzutreffend. Fossilien voreiszeitlicher und zwischeneiszeitlicher Tieraffen vom Makaken- und Paviantyp sind nicht nur in Asien und Afrika, sondern auch in Europa gefunden worden. Warum gibt es dann heute keine wildlebenden europäischen

Formen mehr? – Sind die klimatischen Verhältnisse zu ungünstig? Wohl kaum, denn zumindest für Makaken erscheinen die notwendigen Bedingungen noch immer gegeben. Und tatsächlich lebt eine kleine wilde Affenpopulation im äußersten Südwesten Europas auf den kahlen Felsen der britischen Festung Gibraltar an der Südspitze der Iberischen Halbinsel. Sie ist dort, nicht zuletzt in klimatischer Hinsicht, recht harten Daseinsbedingungen ausgesetzt. Diese Gibraltar-Affen, von denen wir allerdings nicht genau wissen, ob sie hier ursprünglich beheimatet waren oder erst in vergangenen Jahrhunderten durch die Mauren eingebürgert wurden, gehören der Makakenart Magot *(Macaca sylvana)* an. Seit der britischen Besetzung Gibraltars 1704 dienen die Affen der Garnison als eine Art »Maskottchen«. Normal sind sie im gegenüberliegenden Nordafrika verbreitet, von wo von Zeit zu Zeit zur Blutauffrischung der Gibraltarpopulation starke Männchen herübergebracht und freigesetzt werden. Auch in den Gebirgen Nordafrikas sind die Magots im Winterhalbjahr zuweilen beträchtlichen Kältegraden und Verschneiungen ihrer Biotope ausgesetzt. Es sind pudelgroße, untersetzt gebaute, robuste Tiere.

Magot *(Macaca sylvana)*. Die hauptsächlich in Nordafrika, aber auch auf den Felsen von Gibraltar in Europa vorkommende – sieht man von den Mangaben ab – einzige afrikanische Makakenart. Der Magot ist ungeschwänzt

Ihr etwas ins Grünliche spielende gelbbraune Fell ist nicht sehr langhaarig, aber dicht und fühlt sich ziemlich rauh an. Die Tiere sind nahezu schwanzlos. Jedenfals ist ihr reduziertes Stummelschwänzchen äußerlich kaum noch angedeutet. Übrigens glückte – G. Niethammer und Mitarbeiter berichteten 1963 ausführlich darüber – vor 200 Jahren in der Umgebung von Kassel das Einbürgern von Magots über mehrere Jahrzehnte hin. Die stark angewachsene Horde mußte aber ausnahmslos wegen ihrer mannigfachen »Untaten« wieder abgeschossen werden. Ein Leitaffe war von einem tollwütigen Fleischerhund gebissen worden und hatte vermutlich die gesamte Horde infiziert. Noch heute erinnert die Inschrift eines damals errichteten und erhaltengebliebenen Gedenksteins, des sogenannten Affendenkmals von Windhausen, an diesen erfolgreichen Einbürgerungsversuch in der Mitte des 18. Jahrhunderts.

Magots sind keineswegs die klimahärtesten rezenten Tieraffen. Andere Makakenarten übertreffen sie in dieser Eigenschaft bei weitem. Vertreter der Sippe stoßen in nördlicher Richtung bis in die im Winter rauhen Berglandschaften an der Südgrenze des Amurgebiets vor und sind dort – obwohl allem Anschein nach das ganze Jahr über umherwandernd – durchaus bodenständig. Einer der gegen Kälte unempfindlichsten Makaken ist der ebenfalls nur mit einem kurzen Schwanzstummel ausgestattete Bärenmakak in seiner in Osttibet und dem angrenzenden Westchina lebenden Unterart *Lyssodes speciosa thibetana*. Auch die beiden in den Bergwäldern der Japanischen Alpen vorkommenden Unterarten der stummelschwänzigen Rotgesichtsmakaken *Lyssodes fuscata fuscata* und *Lyssodes fuscata yakui* sind dem rauhen Klima und seinen winterlichen Begleiterscheinungen ohne weiteres gewachsen. Diese in Japan auch Schneeaffen genannte Art trägt ein langes Winterfell und rückt bei Wind truppweise eng zusammen. Im Winter ernähren sie sich von Knospen und dünnen Zweigen sowie Rinde, von der nur die Kambiumschicht verzehrt wird. Die Nacht verbringen sie schlafend auf Bäumen.

Wollte man die Stummelschwänzigkeit der in winterkalten geographischen Gebieten lebenden Makakenarten etwa als Anpassungserscheinung zum Schutz vor dem Er- und Abfrieren dieses Körperanhangs mit einer relativ

Ein »wetterfester«, gegen Eis und Schnee in seinem Lebensraum, den Gebirgen Osttibets und Sichuans, außerordentlich unempfindlicher Affe ist der rotgesichtige Bärenmakak *(Lyssodes speciosa)*

großen Oberfläche erklären, so muß es uns sehr verwundern, daß es demgegenüber recht langschwänzige Schlankaffenformen gibt, die ständig unter ganz entsprechend widrigen Bedingungen existieren können. Diesbezüglich muß besonders der mit fast körperlangem Schwanz ausgestattete Tibetlangur *(Rhinopithecus roxellanae)* erwähnt werden. Er verbringt sein Leben in osttibetischen und angrenzenden chinesischen Waldgebieten, die viele Monate unter Eis und Schnee liegen, und gilt als der kälteunempfindlichste Vorposten der altweltlichen Tieraffen. Der Tibetlangur ist übrigens erst im vergangenen Jahrhundert durch denselben Pater David, der Davidshirsch und Bambusbär auffand, der Wissenschaft bekannt geworden. Wegen seines aufgestülpten, geradezu winzigen »Stupsnäschens« wird dieser kräftige verhältnismäßig große und langhaarige Schlankaffe auch Stumpfnasenaffe genannt. Auch dieses Stupsnäschen ist offenbar keine Folge morphologischer und physiologischer Anpassung an hohe Kältegrade. Wir finden nämlich einen mit gleichem Näschen versehenen Verwandten, den Pagaí-Stumpfnasenaffen (*Simias concolor*) auf einer der Pagaí-Inseln an der Südwestküste Sumateras, also in tropischem Klima. Und ausgerechnet diese tropische Stumpfnase trägt jenen stark verkürzten Schwanz, der doch im Grunde genommen als durchaus verständliche »Kälteanpassung« seinem langgeschwänzten Vetter im kalten Osttibet zukäme.

Damit noch nicht genug. Bei einem der nächsten Verwandten der Pagaí-Stumpfnasen, dem in nur einer Art bekannten, auf Kalimantan vorkommenden Nasenaffen oder Kahu *(Nasalis larvatus)*, tragen die erwachsenen Männchen die größte Nase sämtlicher Primaten. Die »Himmelfahrtsnasen« der Weibchen und junger Nasenaffen beider Geschlechter bleiben noch »in angemessenen Grenzen«. Heck und Hilzheimer schreiben: »... eine nicht nur lange, sondern in der Mitte auch breite, längsgefurchte, gekrümmte, über den Mund niederhängende Gurkennase, die nicht nur den Namen Nase in demselben Sinne wie beim Menschen uneingeschränkt verdient, sondern alles weit in den Schatten stellt, was sonst an Nasen bei Affen und Menschen vorkommt ... Selenka berichtet, daß die Nase der alten Männchen wie ein Kolben schlaff über das Maul herabhängt. Bei jeder Bewegung baumelt der Kolben pendelnd hin und wider. Will das Tier fressen – seine Nahrung besteht ausschließlich aus Blättern, die massenhaft verzehrt werden und den Bauch mächtig auftreiben –, so schiebt es die baumelnde Nase zur Seite und bringt mit der anderen Hand oder dem Fuß die Blätter ins Maul«.

Unterfamilie Colobinae – Schlankaffen

Wir müssen die Schlankaffen prinzipiell in zwei markante Hauptgruppen, eine afrikanische und eine asiatische, aufteilen, die heute nur noch wenige sich deutlich abzeichnende Ähnlichkeiten aufweisen. Vergleichend anatomisch und physiologisch hat sich aber eindeutig nachweisen lassen, daß beide nahe miteinander verwandt sind. Wir dürfen darüber hinaus mit Bestimmtheit annehmen, daß in früheren Erdperioden eine inzwischen unterbrochene Berührungs- und Überschneidungszone zwischen beiden Gruppen vorhanden gewesen ist. Heute begegnen wir den östlichen Vertretern der afrikanischen Schlankaffen in Äthiopien und auf Sansibar, den westlichsten asiatischen entlang den Westküsten Vorderindiens und Ceylons.

Die weniger formenreiche Gruppe Afrikas sind die Colobusaffen oder Guerezas. Die weit verzweigte und vielgestaltige Gruppe der asiatischen Schlankaffen setzt sich zusammen aus den sehr nahe miteinander verwandten Hulmans, Languren und Stumpfnasenaffen, ferner dem bereits erwähnten Nasenaffen. Ernährungsphysiologisch und nach dem Bau der Verdauungsorgane schließt sich möglicherweise mit dem Nasenaffen, dem Bewohner des von Afrika weit entfernten Kalimantans, der verwandtschaftliche Ring zwischen asiatischen und afrikanischen Schlankaffen wieder enger. Tatsache ist jedenfalls, daß alle afrikanischen Colobusaffen hier, und der südostasiatische Nasenaffe als Einzelerscheinung dort, stärkstens auf allerdings abwechslungsreiche Pflanzenkost, in der Hauptsache Blätter in sehr großen Mengen je Mahlzeit, spezialisiert sind. Zwar bevorzugen alle anderen asiatischen Schlankaffen ebenfalls pflanzliche Nahrung, jedoch nicht so ausschließlich, wie angeblich *Nasalis larvatus.* Demgemäß sind bei allen altweltlichen Schlankaffen nicht nur die mit Querkämmen versehenen Backenzähne auf zähe Pflanzenkost eingestellt, in ganz besonderem Maße trifft das auf ihr Verdauungssystem, vor allem ihren Magen, zu. Der Schlankaffenmagen ist nämlich viel geräumiger als der Einsack-Magen der übrigen altweltlichen Tieraffen und außerdem in drei Kammern unterteilt. Es hat den Anschein, als sei der Schlankaffenmagen nicht nur so ähnlich wie ein Wiederkäuermagen gebaut, sondern funktioniere auch entsprechend. Nach Angaben Sandersons und Steinbachers soll zumindest der Nasenaffe tatsächlich bis zu einem gewissen Grade wiederkäuen können. Wir wissen indessen noch nicht, ob und wenn, dann bis zu welchem Grade, auch die Colobusaffen, vielleicht sogar alle altweltlichen Schlankaffen, dazu in der Lage sind. Fast alle Schlankaffen besitzen längere Hinter- und Vorderbeine. Und wie die schlanken, mit langen Greifschwänzen versehenen neuweltlichen Klammeraffen erheben sich demzufolge auch die lang bis sehr lang geschwänzten altweltlichen, besonders die asiatischen Schlankaffen gelegentlich auf die Hinterbeine und laufen in dieser Haltung ein Stück der zu bewältigenden Wegstrecke. In bezug auf die eingangs bereits erläuterte Entwicklungsparallelität treffen wir noch auf weitere interessante Übereinstimmungen zwischen den neuweltlichen Klammer- und Spinnenaffen einerseits und den altweltlichen Schlankaffen andererseits. Das gilt speziell für die afrikanischen Colobusaffen. Wir erinnern uns, daß die Daumen an den Händen der Klammer- und Spinnenaffen sekundär völlig oder nahezu reduziert sind. Dasselbe ist bei den Colobusaffen der Fall, und auch die Daumen der rezenten asiatischen Schlankaffen sind nur noch klein und stummelhaft. Die Colobusaffen werden deshalb oft als Stummelaffen bezeichnet. Ihre Extremitäten sind proportional zum Kopf-Rumpf-Stück nicht so übertrieben in die Länge gezogen wie bei den Klammeraffen. Wenn sie sich aber im Geäst einmal zweibeinig fortbewegen, dann wölbt sich der aus Balancenotwendigkeiten vorgedrückte kugelige Bauch, infolge des großen überfüllten Magens, ebenso stark und auffällig hervor wie bei jenen Neuweltaffen. Beide Gruppen entsprechen sich ja weitgehend als Baumbewohner in der Lebensweise und vor allem als Pflanzenfresser, die große Blättermengen benötigen und verdauen müssen. Gleiche Lebensbedingungen haben oft gleiche oder ähnliche äußere und innere Organanpassungen, besonders aber Phänotypen, zur Folge. Es wäre jedoch falsch, anzunehmen, daß irgendwelche Parallelentwicklungen voraussetzten, daß die beiden Parallelen in jedweder Hinsicht eine allgemeine Übereinstimmung zeigen müssen. So fehlt, trotz gewisser vorhandener Konvergenzen, den afrikanischen und asiatischen Schlankaffen, wie jedem altweltlichen Affen, der charakteristische Cebidae-Greifschwanz der Klammeraffen.

Bei den recht wenig intelligenten Colobusaffen oder Guerezas Afrikas begegnen wir gleichfalls einem wissenschaftlich noch weitgehend »unbereinigten« Formen- und Färbungsdurcheinander wie bei vielen Affentypen in Mittel- und Südamerika. Nach Sanderson und Steinbacher bleiben von den ehedem beschriebenen 40 nur etwa 8 – nach anderer Lesart

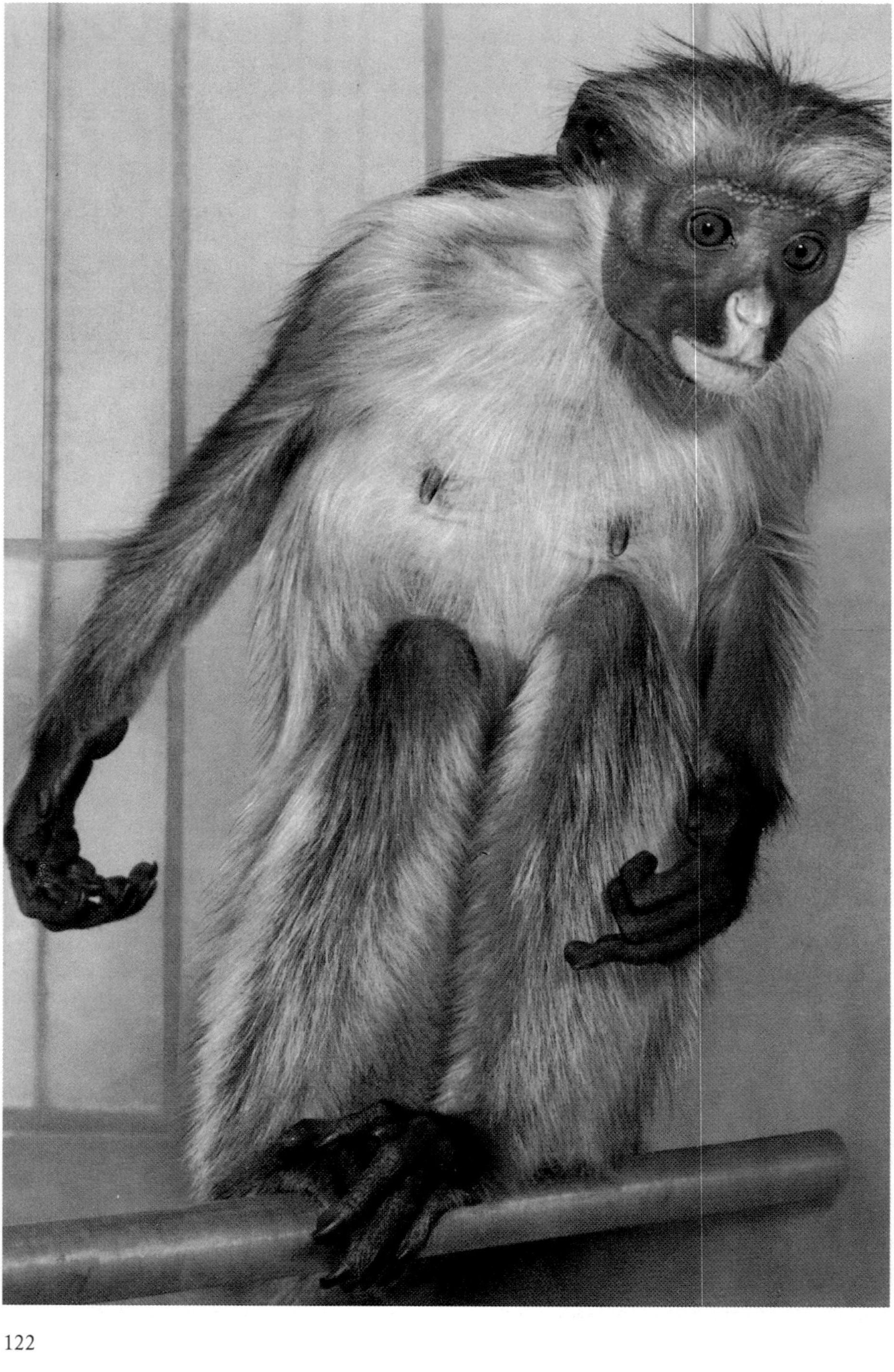

Um die Jahrhundertwende wurde das Fell des ostafrikanischen Guerezas *(Colobus abyssinicus)* als Rohstoff für Pelzwerk teuer bezahlt. Diese prächtigste Colobusart wurde damals nahezu ausgerottet

12 – gute Arten übrig. Diese lassen sich in drei Staffeln aufteilen: 1. grüne Stummelaffen; 2. schwarzweiße und 3. braune, braunrote und schwarzrote. Zur dritten Staffel gehört der abgebildete, dem Aussterben bereits nahe Kirks Guereza *(Colobus badius kirkii)* von Sanisbar. Alle Colobusformen sind von Äthiopien bis zur Republik Tansania, einschließlich Sansibars, in breiter Front quer durch Afrika bis zur Westküste, mit Einschluß der Insel Bioko (Fernando Póo), verbreitet. Die Guerezas sind stille, vorsichtige, dabei vorzüglich kletternde und springende Waldbewohner, die hoch in Baumwipfeln leben und nur ungern zum Erdboden herabsteigen. Trotz ihrer überaus kontrastreichen Haarkleider kann man sie im Blattwirrwarr sehr schwer entdecken. Ihre Buntheit wirkt sich also für sie dort ausgesprochen formauflösend, also als natürliche Schutzfärbung aus. Über die Biologie und Ethologie der meisten dieser Stummelaffen wissen wir aus freier Natur nur wenig. In außerafrikanische Tiergärten gelangen Colobusaffen übrigens bedauerlicherweise recht selten, nicht zuletzt deshalb, weil die Haltung dieser kostbaren Tiere – ihrer allgemeinen Empfindlichkeit und spezifischen Nahrungsansprüche wegen – für den betreffenden Zoo ein großes Risiko bedeutet. Am besten sind wir noch über die ostafrikanischen schwarzweißen Guerezas der abgebildeten Art *Colobus abyssinicus*, Abessinischer Guereza, unterrichtet. Die unbestreitbar schönste der insgesamt neun Unterarten, die früher alle als gute Arten angesehen wurden, ist der Mbega *(Colobus abyssinicus caudatus)* aus dem Kilimandscharogebiet in Ostafrika. Über seine Biologie und Ethologie in freier Wildbahn verdanken wir Wolfgang Ullrich wertvolle neue Aufschlüsse. Der wie der Körper in seiner Grundfärbung tiefschwarze Kopf des Mbegas ist von leuchtend weißen Haaren eingerahmt. Quer über die niedrige Stirn zieht sich eine schwarze Haarbürste aus feinstem samtigem Seidenhaar. Überhaupt fühlt sich das Fell dieser Affen wie Seide an, weshalb sie allgemein auch als Seidenaffen bezeichnet werden. Den Mittelrücken und die Körperunterseite auslassend, umgibt diese Tiere ein schmaler Seitenmantel aus schneeweißen, sehr langen und dünnen Haaren. Dieser Haarumhang dient ihnen beim Sprung von Ast zu Ast als Fallschirmersatz, somit bedingt als Gleitflughilfsmittel. Steuerinstrument ist dabei der roßschweifähnliche buschige Schwanz, der die Körperlänge noch übertrifft. Er ist von den gleichen weißen und langen Haaren bedeckt.

Bei den übrigen Colobusarten kommen auch anders gefärbte, insbesondere schwarze Seitenmäntel und Schwänze vor. Bei allen Guerezas beträgt die Schwanzlänge ungefähr 60 Prozent der Gesamtlänge, die zwischen 1,15 und 2,50 m schwankt. Das seidige, prachtvolle Haarkleid hätte übrigens beinahe vor dem ersten Weltkrieg die völlige Ausrottung der schwarzweißen ostafrikanischen Guerezas verursacht. Damals waren derartige Affenfelle als kostbarer Kostüm- und Mantelbesatz bei der Damenwelt in einem Maße begehrt und als Luxusartikel in Mode, daß mehrere Millionen dieser in freier Natur durchaus nicht allzu zahlreichen Seidenaffen abgeschlachtet wurden. Selbstverständlich überwog die jährliche Abschußmenge den natürlichen Jahreszu-

Eine zoologische Kostbarkeit in Museen und Tiergärten ist Kirks Guereza *(Colobus badius kirkii)* von der Insel Sansibar. Kennzeichnend für alle afrikanischen Colobusaffen sind die daumenlosen Hände

Kleideraffe *(Pygathrix nemaeus)*. Diese in Vietnam vorkommende, sehr kontrastreich gefärbte Schlankaffenart tritt in zwei Unterarten auf, einer südlichen mit gelbem und einer nördlichen mit schwarzem Gesicht

wachs bei weitem, zumal bei dieser Raubjagd auch trächtige Weibchen nicht geschont und sogar Colobusmütter mit kleinen Jungen ebenso rücksichtslos abgeschossen wurden wie jeder andere Artgenosse! Nach Sanderson und Steinbacher kamen allein 1892 175000 Seidenaffenfelle auf den europäischen Pelzmarkt. Seitdem diese »Mode« vor etwa vier Jahrzehnten abklang und schließlich ganz erlosch, ist der ostafrikanische Guereza-Bestand langsam angestiegen, erreicht aber selbst heute noch nicht wieder die Kopfzahl von einst.

Die Fülle der über Süd- und Südostasien mit Einschluß der südostasiatischen Inselwelt verbreiteten asiatischen Schlankaffen mit allen ihren Arten hier vorzustellen, verbietet der verfügbare Raum. Außerdem ist die Behandlung einiger abseitiger Formen aus dieser Gruppe, und zwar von zwei Stumpfnasenaffen und des Nasenaffen, im Zusammenhang mit der allgemeinen Einführung in das Kapitel »Altweltaffen« ausführlicher vorweggenommen worden. Zu solchen Außenseitern zählt auch noch der in den Wäldern Vietnams vorkommende, in unsere zoologischen Gärten ganz selten einmal importierte Kleideraffe *(Pygathrix nemaeus)*. Das im Bilde gezeigte Exemplar wurde im Tierpark Hanoi fotografiert. Über das Verhalten und Einzelheiten der Lebensweise der Duks, wie die Kleideraffen auch genannt werden, in freier Wildbahn ist noch sehr wenig bekannt. Die Tiere sollen gern in tiefes Wasser gehen und schwimmen, wenn darin keine Panzerechsen vorhanden sind. Sie erreichen eine Gesamtlänge von ungefähr 1,15 m. Nur knapp die Hälfte davon mißt der Schwanz, der also bei dieser Schlankaffenart ausnahmsweise kürzer als die Kopf-Rumpf-Länge ist.

Kleideraffen sind ziemlich robuste und mit gleichlangen Extremitäten ausgestattete Primaten. Das aus dichtem weichem Kurznaar aufgebaute Fell glänzt stark und ist ungemein farbenfreudig. Mit betontem Humor wird darüber in der 4. Auflage von »Brehms Tierleben« geschrieben: »Am auffallendsten ist er gekennzeichnet durch seine bunte Färbung, seine

›Kleidung‹: Er trägt, um im Bilde zu bleiben, graue ›Jacke‹, aus der an den Unterarmen weiße ›Hemdsärmel‹ hervorkommen, weiße ›Weste‹, schwarze ›Kniehosen‹, braune ›Strümpfe‹, schwarze ›Schuhe‹ und ›Handschuhe‹.« Dabei sind noch gar nicht die feineren Färbungsnuancen der scharf voneinander abgesetzten Elemente dieses Haarkleides, besonders des leicht backenbärtigen und von einem auffallend schräggestellten Augenpaar belebten Affengesichts, mit erfaßt.

Die nun noch übriggebliebenen asiatischen Schlankaffen im engeren Sinne kann man in vier Staffeln aufteilen:

1. die als heilige Affen in aller Welt bekannt gewordenen Hulmans oder Hanumans Vorderindiens und Sri Lankas;
2. die Purpurgesichtslanguren des südwestlichen Vorderindiens und Sri Lankas;
3. die in der Regel mit einem auffälligen Haarschopf auf dem Kopf gezierten Kappenlanguren Südostasiens, deren Vertreter vorwiegend auf dem hinterindischen Festland vorkommen;
4. die weit über die südostasiatische Inselwelt verstreuten Insellanguren.

Die gröbere und erst recht die feinere Färbungs- und Kennzeichenvielfalt sämtlicher Angehöriger dieser vier Gruppen ist außerordentlich groß. Die im Mittelwert kleinsten, leichtesten und auch behendesten sind die Insellanguren. Wenn auch die Hulmans im Gebiet ihres Vorkommens aus religiösen Gründen faktisch unantastbar sind, so gilt das keineswegs für alle Vertreter der drei anderen Gruppen. Ein Teil von ihnen wird des weichen dichten Felles und ihres Wildbrets wegen eifrig gejagt. Ein der Wissenschaft unter dem Unterartnamen »*barbei*« bekannter, in Oberbengalen und Assam verbreiteter Kappenlangur ist schon fast ausgerottet worden, weil er Rohstofflieferant für die südostasiatische Geheimmedizin war und sein Restbestand das bedauerlicherweise noch immer ist. Diese Unterart weist nämlich eine in doppelter Hinsicht eigentümliche Besonderheit auf. Zu einem hohen Prozentsatz erkranken diese Schlankaffen in ihren natürlichen Lebensräumen an schweren Steinleiden in den Unterleibsorganen. Und auf die ungewöhnlich großen kalkhaltigen Eingeweide- und Gallensteine haben es die weder Rücksicht noch Schonzeit kennenden Wilderer abgesehen. Die Steine werden von den Aufkäufern buchstäblich mit Gold aufgewogen. Diese Kalk-Konkremente sind deshalb sehr gesucht, da ihnen, zu Unrecht natürlich, wahre »Wunderkräfte« als Medikamentbestandteil zugeschrieben werden.

Zu den Kappenlanguren gehört auch der sehr seltene, im Farbbild wiedergegebene Brillenlangur oder Blätteraffe *(Trachypithecus obscurus)* von der südostasiatischen Halbinsel Malakka und dem angrenzenden Festland. Bei ihm ist die Haarkappe zwar nur gering ausgebildet, dafür fällt er unter asiatischen Schlankaffen wegen der weißen Einrahmung der Augen auf, die wie eine Brille wirkt. Mit der gleichen nackten weißen Haut ist auch sein Maul eingefaßt.

Ganz so hübsch und farbenfreudig sehen die vorderindischen heiligen Affen, die Hulmans oder Hanumans *(Semnopithecus entellus),* nicht aus, immerhin noch apart genug. Wir kennen mehrere Unterarten, die sich in Einzelheiten der Färbung, der Länge und Dichte ihrer Behaarung, der Körperzeichnungen und der Größe etwas unterscheiden, sich aber bei Gelegenheit unbeschränkt miteinander fortpflanzen. Diese Unterarten bewohnen weiträumige geographische Abschnitte des Gesamtverbreitungsgebietes, bis hoch in die Himalaja-Zone hinauf, und genießen überall, wo der Hinduismus die herrschende Religion ist, gleiche Verehrung. Da sie nirgendwo verfolgt und getötet werden dürfen und sich demzufolge überall, sogar inmitten großer Städte, vermehren können, sind sie die in ihrer Heimat häufigsten und außerhalb Asiens bekanntesten Schlankaffen.

Stellvertretend für alle behandeln wir deshalb hier den Hulman etwas eingehender. Nach hinduistischem Glauben verkörpert jeder eine der größten Hindu-Gottheiten namens Hanuman. In Gestalt des Hulmans »Sugriva« entführte diese angeblich vor langer Zeit eine nach Sri Lanka verschleppte Göttin aus der Gewalt des Riesen Rawan und brachte sie ihrem rechtmäßigen Göttergatten zurück. Gleichzeitig brachte Hulman »Sugriva« den Indern als köstlichen Raub die in Indien noch unbekannte, seitdem hier aber angebaute Mangofrucht mit. Erwischt, sollte er seine Verwegenheit auf dem Scheiterhaufen büßen, verstand es aber, das auflodernde Feuer mit Händen und Füßen zum Erlöschen zu bringen. Es wird geglaubt, daß er »zum bleibenden Anden-

Der oft auch als Hanuman bezeichnete Hulman *(Semnophitecus entellus)* wird in seiner Heimat Vorderindien als heiliger Affe verehrt

ken« an diese Heldentat immer ein rußschwarzes Gesicht, schwarze Ohrläppchen, große Augen und kohlschwarze Hände und Füße behalten habe. In starkem Kontrast dazu sind das weiche und dichte Fell weißgrau gefärbt und das Gesicht von längeren, steif abstehenden Haaren der gleichen Färbung eingerahmt.

Der Kopf dieser schlanken, elegant wirkenden Affen ist im Verhältnis zum Rumpf klein, das ursprünglich auf Blätternahrung spezialisierte Gebiß relativ schwach. Die Gesamtlänge der Hulmans kann 1,70 m und manchmal noch mehr betragen, davon beansprucht aber der Schwanz allein 1 m. Er wird beim aufrechten Gang hochgerichtet und seine Spitze so über die Schulter gelegt, daß das Ende auf die Brust herunterhängt. Wir erinnern uns, daß die neuweltlichen Klammeraffen in gleicher Gangart mit ihrem Greifschwanz ähnlich verfahren.

Es ist schon sehr lange her, daß die Hulmans den Urwald als Daueraufenthaltsort verließen und als Kulturfolger in die Hindu-Siedlungen und Städte kamen. Dem Urwald sind sie insofern treu geblieben, als ihre Horden ihn zeitweise aufsuchen, jedoch kehren sie bald wieder dorthin zurück, wo es ihnen unbestreitbar besser geht. Hulmans genießen in Hindu-Siedlungen nämlich geradezu Narrenfreiheit. Sie sind nicht nur geduldete, sondern maßlos verhätschelte und demzufolge unverschämte Mitbewohner der Häuser, Hütten und vor allem der Tempel. Nicht nur, daß sie die Gärten ausplündern, nein, sie dürfen sogar den noch beglückt lächelnden Gläubigen, die mitunter größte Not leiden, ungestraft den letzten Bissen aus der Hand stehlen. Und wehe dem, der es wagt, ihnen etwas zu verweigern. Er muß es tatenlos hinnehmen, von den erbosten Affen Strafbisse zu empfangen. So unerhört dreist eine solche Hulmanhorde auch auftreten mag, ein gläubiger Hindu würde trotzdem nichts gegen sie unternehmen. Ein Ungläubiger jedoch, der es wagt, einen Hulman zu schlagen, zu verletzen oder gar zu töten, setzt sich der Gefahr aus, von religiösen Eiferern gelyncht zu werden. Und dieses Opfer ist auch der frechste Hulman nicht wert!

In Bangladesh dagegen, wo die Hulmans nicht den Schutz durch die Religion genießen, dürften sie bereits ausgestorben sein. Nicht zuletzt auf Grund des geschilderten Sachverhalts kamen verhältnismäßig selten einmal ein paar dieser Schlankaffen in unsere zoologischen Gärten. In manchen Gegenden Indiens kann man die Hulmans kaum noch als wirkliche Wildsäugetiere ansehen. Sie sind dort schon mehr oder weniger zu Haustieren geworden; wenn man nicht lieber sagen will, die gläubigen Hindus zu geduldigen Haustieren der Hulmans. – Allerdings unterliegen die Hulmans, als derart bedingte Haustiere, noch immer einer natürlichen, vom Menschen fast unbeeinflußten Zuchtwahl, ganz ähnlich wie bei uns im Normalfall die Hauskatze. Eine mittelbare menschliche Beeinflussung ist nicht selten vorhanden. Gezähmte und in einen menschlichen Familienverband »aufgenommene« Vertreter einer bestimmten, am Ort gerade vorkommenden Hulmanunterart ziehen selbstverständlich mit der Hindu-Familie mit, wenn sie abwandert, um an anderer Stelle Arbeit zu suchen. Die Tiere können dadurch in ein weit abgelegenes Gebiet gelangen, in dem eine andere Hulmanrasse lebt. Die zwangsläufige Folge ist, daß Kreuzungen mit Angehörigen der dortigen Lokalrasse erfolgen, vor allem dann, wenn jene mitgeführten halbzahmen Hulmans fortpflanzungsfähige Weibchen sind. Zahme Männchen haben es viel schwerer, Anschluß an eine fremde Horde zu finden. Auf diese Weise vermengen sich, wenn auch nur schrittweise, so doch in zunehmendem Maße, die klaren früheren unterartlichen Merkmale im Gesamtareal der Art. Aus dieser Vermischung und Verwischung entwickelt sich mehr und mehr, zumal dieser Prozeß schon jahrhundertelang abläuft, ein homogener Phänotyp der indischen Hulmans. Unter natürlichen Bedingungen nimmt der Hulman ausschießlich pflanzliche Nahrung auf, wobei Blätter und Knospen vor Früchten und Blüten von Büschen (53%) und Bäumen (42%) sowie Schlinggewächsen (5%) rangieren.

Unterfamilie Cercopithecinae – Meerkatzen

Meerkatzen sind langbeinige, hauskatzengroße, mit langen Schwänzen, Backentaschen und unauffälligen Gesäßschwielen ausgestattete Tieraffen. Auf Afrika beschränkt, kommen sie südwärts der Sahara überall vor, wo Bäume stehen und Gebüsch oder Wald vorhanden ist. Ihre Formen-, Färbungs- und »Masken«-Vielfalt ist geradezu unüberschaubar. Sie bereitet in systematischer Hinsicht selbst dem Meerkatzenspezialisten arges Kopfzerbrechen. Hinzu kommt, daß in freier Wildbahn bei Gelegenheit sehr wahrscheinlich dieselbe beträchtliche unerzwungene Vermischung stattfindet, wie sie in zoologischen Gärten geschieht. Der Färbung nach lassen sich die Meerkatzen in grüne, gelbe, rote, graue, braune und buntfarbige einteilen. Man wird gern dem Urteil von Zukowsky zustimmen, wenn er von ihnen sagt: »In der Färbung, Beweglichkeit und Eleganz sind es durchweg schöne, wahrscheinlich sogar die schönsten Affen überhaupt. Ihre leichte und zierliche Gestalt, ihre ausgeglichenen und eleganten Bewegungsformen und ihr kluger Gesichtsausdruck machen sie zu angenehmen Hausgenossen und Gesellschaftern.«

Wie kommen diese Altweltaffen zu der eigenartigen Bezeichnung Meerkatze?

Die alte indische Bezeichnung »markata« für den schon seit Jahrhunderten in nicht geringem Ausmaß nach Europa eingeführten indischen Rhesusaffen wurde einst unterschiedslos auch auf die von Seeleuten »über das Meer« aus Afrika mitgebrachten »katzenschlanken« Cercopithecinae übertragen. Da der Volksmund in »markata« keinerlei Sinn fand, modelte er ganz einfach jene Bezeichnung in den zwar unzutreffenden, für ihn aber viel sinnvolleren Namen Meerkatze um. Und so ist es bis heute geblieben.

Wir wollen hier lediglich einige charakteristische Formen aus der Fülle der eigentlichen Meerkatzen herausgreifen und ausführlicher behandeln, nachdem das gleiche mit drei »Außenseitern« erfolgen soll.

Mit Recht betrachten wir die Meerkatzen allgemein als scharenweise in Wäldern und im Buschwerk hausende Kletterer. Daß die Natur darin Ausnahmen machen kann, zeigt sich an der mit Vorsprung größten Meerkatzengattung *Erythrocebus*, den Roten Meerkatzen oder Husarenaffen. Es sind ausgesprochene, in der Baum- und baumlosen Steppe lebende Bodenbewohner. Notgedrungen können sie zwar an Baumstämmen empor- und im Geäst umherklettern, aber sie tun es nicht allzugern. Viel lieber verlassen sie sich auf ihre langen Gliedmaßen und suchen sich als Sohlengänger bei Gefahr in eiliger Massenflucht – über die offene Savanne hin – zu retten. Dazu sind sie durch den Umstand besonders gut in der Lage, daß ihre Finger und Zehen, gemessen an denen baumbewohnender Meerkatzen, relativ sehr kurz und gedrungen sind. Bei jedem Rudel befindet sich nur ein voll geschlechtsreifes Männchen. Es übertrifft an Körpergröße und Gewicht alle übrigen Rudelangehörigen, spielt aber nicht die Herrscherrolle. Unter der Aufsicht und Führung eines alten und erfahrenen Weibchens sammeln die Herden auf dem Boden Nahrung, die zum großen Teil aus Insekten und nicht selten sogar aus umsichtig »entwaffneten«, das heißt ihres Stachels beraubten Skorpionen besteht. Dazu reißen sie Grasbüschel aus und untersuchen die Wurzeln und den anhaftenden Boden eingehend nach genießbaren Kleintieren. Sie fressen aber auch gern frische Gräser, Zwiebelgewächse und Grassamen.

Zur Verteidigung gegen anschleichende Raubkatzen, hundeartige Räuber oder Greifvögel eignet sich, falls eine Flucht nicht mehr möglich ist, vorzüglich ihr überaus kräftiges Gebiß. Es ist vor allem im Oberkiefer mit großen spitzen Eckzähnen ausgestattet. Wir kennen nur eine Art *(Erythrocebus patas)*, die in zwei Typen über die Savannen West-, Mittel- und zum Teil Ostafrikas weit verbreitet ist. Die »Patas« genannte westafrikanische Form hat eine schwarz gefärbte, die mit »Nisnas« bezeichnete ostafrikanische eine weiße Nase. Der Name Husarenaffe bezieht sich auf das vorwiegend rote, an Kopf und Gliedern jedoch von weißen und wenigen schwarzen Kontrasten betonte Haarkleid, das stark an eine rote Husarenuniform der vergangenen Jahrhunderte mit weißem und schwarzem Aufputz erinnert.

Früher waren die Husarenaffen als unfreundliche und bösartige Pfleglinge in zoologischen Gärten verschrieen. In der 4. Auflage des Großen Brehm steht wörtlich: »Sein Gesichtsausdruck ist der eines Staatshämorrhoidariers, ewig mürrisch und unfreundlich nämlich, und sein Handeln straft diesen Ausdruck in keiner Weise Lügen.« Zur Ehrenrettung dieser so brüsk in Bausch und Bogen abgetanen Meerkatzen sei hier unterstrichen, daß das durchaus nicht in jedem Falle zutrifft. Vor dem zweiten Weltkriege lebte im Dresdner Zoo ein alter Husarenaffe, der ein wirklich liebenswürdiger Kerl war. So wie von allen in Tiergärten gehaltenen jungen und alten Husarenaffen übereinstimmend berichtet wird, sprang er bei ärgerlicher oder freudiger Erregung mehrere Minuten lang immer an derselben Stelle, wie von einem Uhrwerk angetrieben, auf allen vieren senkrecht in die Höhe. Sanderson und Steinbacher loben die Husarenaffen als ungewöhnlich »ordentliche« Hausgenossen: »Sie können reizende Pfleglinge sein, wenn man sie in jungendlichem Alter erhält, und lernen es, an der Leine zu gehen, wozu man ihnen den Gürtel um den Körper legt. Im Hause gehalten, zerstören sie längst nicht so viel der Wohnungseinrichtung wie andere Affen. Man kann sie daran gewöhnen, einen bestimmten Raum zum Schlafen zu benutzen und ihr Geschäft stets an der gleichen Stelle zu verrichten.«

Sind die Husarenaffen die Riesen, so treffen wir in den Talapoins oder Zwergmeerkatzen *(Miopithecus talapoin)* auf die Zwerge unter den eigentlichen Meerkatzen. Diese kleinen Alt-

Zwergmeerkatzen *(Miopithecus talapoin)* werden nur wenig größer als unser Eichhörnchen. Diese geselligen Meerkatzen leben in großen Horden in der Flußufervegetation West- und Zentralafrikas

weltaffen sind nicht viel größer und schwerer als Eichhörnchen. Sie leben vorwiegend auf den Bäumen und Büschen der Uferränder fließender und stehender Gewässer West- und Zentralafrikas. Von dort aus machen sie zuweilen Massenausflüge in nahegelegene Kulturpflanzungen, die sie dann gehörig plündern sollen. Ihre ungewöhnlich großen Ohrmuscheln erinnern uns an die entsprechend großen Ohren der Totenkopfäffchen unter den Neuweltaffen, mit denen sie auch sonst manches Gemeinsame haben und deshalb von Laien gelegentlich verwechselt werden. Die Größenverhältnisse sind jedoch sehr verschieden, denn bei den afrikanischen Talapoins entfallen nur etwa 35 cm von der ungefähr 80 cm betragenden Gesamtkörperlänge auf den Schwanz, bei den sehr langgeschwänzten, etwa gleichlangen Totenkopfäffchen dagegen rund 50 cm. Letztere sind also, bezogen auf die Kopf-Rumpf-Länge, beträchtlich kleiner und zierlicher gebaut als die Zwergmeerkatzen. Bei diesen hat der dritte untere Backenzahn einen Höcker weniger als der der großen Meerkatzen. Die sehr kurzen Händchen besitzen eine deutliche Spannhaut zwischen den Fingern. Die Füße sind kurz gebaut. Außerdem sind ihre Stimmäußerungen von denen anderer Meerkatzen ganz verschieden. Nach Angaben in »Brehms Tierleben« lassen sie ein knatterndes »Ksss« hören, ähnlich »wie das Platschen eines Stockes ins Wasser.«

Die wohl seltsamste und biologisch bis heute viele Rätsel aufgebende Meerkatzenart ist die Hamlyn- oder Eulenkopf-Meerkatze *(Cercopithecus hamlyni)* aus dem Ituri-Urwald des Kongogebiets. Krumbiegel (1962) erörterte, daß hier anscheinend ein Fall von echter Mimikry vorliegt, und zwar ein ausgesprochenes Nachahmen großer Eulen. Wie bei Hamster, Dachs und Katzenbär treffen wir bei der Eulenkopf-Meerkatze eine ausgesprochene Verkehrtfärbung an. Unterseite, Schwanz, Arme und Beine sind nämlich schwarz gefärbt. Die Haare der Oberseite zeigen eine graugrüne, dagegen unbehaarte Körperstellen eine lebhaft grünliche Färbung. Das Gesicht ist von langen, nach rückwärts gerichteten Haaren umrahmt. Der Kopf erscheint infolge der Seitenbehaarung mehr quer- als längsoval. Bei erregten und gestörten Tieren sträubt sich noch die Kopfbehaarung, so daß der primär schon eulenartige Eindruck nun erst recht erweckt wird. Die schwarze und grünliche Färbung stellt für jene Meerkatzen im Dämmerlicht eine ausgezeichnete Tarnung dar. Ständig dämmriges Dunkel herrscht auch in ihrem Lebensraum, dem zentralafrikanischen Urwald. Das ungewöhnlichste an diesen Affen ist, daß ein blendend weißer, im dortigen Dämmerlicht geradezu strahlender Längsstrich die Nase ziert, der eine Vorwölbung vortäuscht und wie der gefährliche Oberschnabel großer Eulen anmutet. Fast möchte man glauben, die Eulenkopf-Meerkatzen »wüßten« von ihrem »bedrohlichen Aussehen«. Sie pendeln nämlich im Dämmerlicht, und zwar dann, wenn sie sich ohne Fluchtmöglichkeit beobachtet fühlen, mit dem Kopf ähnlich hin und her wie Eulen in gleicher Situation. Dabei wechselt natürlich der blendend weiße Nasenstrich ständig seinen Platz. Die Hamlyn-Meerkatze ist bisher selten in europäische und amerikanische Tiergärten importiert worden. Das geschah lediglich mehrfach in die Zoologischen Gärten von Antwerpen, London und Rotterdam. Über Einzelheiten des Freilebens dieser Affen wissen wir kaum etwas.

Die verschiedenen effektvollen Färbungen und Zeichnungsmaskierungen vieler Meerkatzenarten hat man früher als »Laune der Natur« abgetan oder einfach als Tatsache hingenommen, ohne nach biologischer Bedeutung und biologischem Wert zu fragen. »Mit guten Gründen sehen wir jetzt«, sagt Krumbiegel, »in derartigen Merkmalen eher Zeichen zum Finden der Artgenossen und geben ihnen Bedeutung für das Sozialleben dieser Tiere.«

Die Weißnasen-Meerkatzen *(Cercopithecus nictitans)*, von denen es zahlreiche lokale Formen gibt, sind durch einen herzförmigen leuchtend weißen Fleck auf der Nase ausgezeichnet. Bei den Blaumaul- oder Schnurrbart-Meerkatzen *(Cercopithecus erythrotis)* sind Nasenfleck, Ohrbüschel und Schwanz rotbraun gefärbt. Die Weißkehl-Meerkatzen *(Cercopithecus albogularis)* haben ein weißgefärbtes Kinn,

Weißnasen-Meerkatzenmutter mit Kind *(Cercopithecus nictitans)*. Merkmal dieser in vielen Unterarten von West- bis Zentralafrika verbreiteten Art ist der kurzhaarige, wie ein Herz geformte, leuchtend weiße Fleck auf der Nase

bei einigen Unterarten dehnt sich die weiße Färbung bis zur Kehle hinab oder sogar bis zur Unterseite aus. Eine der schönsten Formen unter ihnen ist die Vollbart-Meerkatze *(Cercopithecus l'hoesti)* aus Zentralafrika. Weißkehl-Meerkatzen treten recht sporadisch von Ost- bis Westafrika auf, und zwar nur in höheren Gebirgswäldern. Sie gehören mit zu den größten in Bäumen lebenden Meerkatzen; denn es gibt Exemplare mit 1,50 m Gesamtlänge bei 83 cm Schwanzlänge.

Die Mona-Meerkatzen *(Cercopithecus mona)* haben mehr oder weniger stark blauschwarze Gesichter, gelbe Haarbüschel über den Ohren, nackte rosa gefärbte Nasen und gelbe Striche über den Augenbrauen. Sehr farbenfreudige, kräftig gebaute und große Tiere sind außerdem die auf Westafrika beschränkten Diana-Meerkatzen *(Cercopithecus diana)*. Leider ist die Existenz dieser auf einem Farbbild vorgestellten Art durch umfangreiche Waldrodungen und dadurch, daß sie in ihren Vorkommensräumen gern als Wildbret gegessen werden, stark gefährdet. Lassen wir es damit genug sein, obwohl sich das Aufzählen charakteristischer Meerkatzenformen noch lange fortsetzen ließe, und wenden wir uns abschließend noch kurz dem Prototyp aller Meerkatzen, der farbig abgebildeten Grünen Meerkatze *(Cercopithecus aethiops)*, zu. Grüne Meerkatzen sind vom Südrand der Sahara an über die Baumsteppen ganz Afrikas bis nach Südafrika verbreitet und auch noch immer die am häufigsten in unseren Tiergärten vertretenen Meerkatzen. In der Lebensweise nehmen die Grünen Meerkatzen eine Mittelstellung zwischen den hauptsächlich an den Boden gebundenen Husarenaffen, mit denen sie sich in gleichen Vorkommensgebieten zuweilen vergesellschaften, nicht aber geschlechtlich vermischen sollen, und den bunten, ausgesprochen baumbewohnenden Urwaldmeerkatzen ein. Mit ihren den Armen gegenüber längeren Beinen und den die Körperlänge übertreffenden Schwänzen sind sie hervorragende Springer. Ihre Nahrung scheint sich in Freiheit zu mindestens zwei Dritteln aus selbstgefangener Kleintierbeute und nur zu einem Drittel aus allen möglichen pflanzlichen Stoffen zusammenzusetzen. Das muß der Pfleger unbedingt bei der Gefangenschaftshaltung dieser Allesfresser beachten, will er sie gesund und lange am Leben erhalten. In den weit umherziehenden großen Horden der Grünen Meerkatzen herrscht bei beiden Geschlechtern eine beträchtliche Promiskuität. Neugeborene Junge finden sich das ganze Jahr über; es gibt also keine eigentlichen Paarungsperioden. In Gefangenschaft sind die Grünen Meerkatzen zwar recht gelehrig, aber – besonders die Männchen – auch unvermittelt angriffslustig und nicht ungefährlich bissig.

Unterfamilie Cynopithecinae – Hundsköpfige Tieraffen

Mangaben

Die weit über Afrika, besonders im westlichen Teil, verbreiteten Mangaben werden alle in der Gattung *Cercocebus* vereinigt. Die Meinungen der Mammalogen sind darüber geteilt, ob diese Gattung noch den Meerkatzen zuzuordnen ist oder ob sie besser an den Anfang der Unterfamilie Cynopithecinae, Hundskopfaffen, gestellt werden sollte. Unzweifelhaft stehen sie nämlich zwischen diesen beiden großen Gruppen. Zählt man sie ihres schlanken Körperbaus, der Langbeinig- und Langschwänzigkeit und anderer äußerlichen Übereinstimmungen wegen mit zu den Cercopithecinae, so repräsentieren sie – noch weit vor den Husarenaffen – die größten und schwersten Vertreter der gesamten Meerkatzen-Sippe. Wir dürfen dabei aber keinesfalls übersehen, daß die relative Langschnauzigkeit erwachsener Mangaben, Übereinstimmungen im Aufbau des Gebisses und einige weitere anatomische Merkmale sie auch stark den asiatischen Makaken annähern, obwohl sie den meisten von ihnen erscheinungsbildlich völlig unähnlich sind. Heute unterscheiden wir nur noch vier Mangaben-Species mit allerdings zahlreichen, durch Färbungsunterschiede und besondere geographische Vorkommensgebiete ausgewiesenen Unterarten. Man kann sie in zwei Staffeln unterteilen:

Staffel Langhaarmangaben

a) Die im mittleren Kongogebiet beheimatete Schopfmangabe *(Cercocebus aterrimus)*, ein schwarzgefärbter Affe mit braunem Bakkenbart und hohem, senkrecht mitten auf dem Kopf aufstrebendem, oben spitz zusammenlaufendem Haarschopf
b) Die in mehreren Subspecies von West- bis Ostafrika auftretende Mantelmangabe *(Cercocebus albigens)*, deren Körperbehaarung mantelartig wirkt und deren Haarschopf sich erst vom Hinterkopf auftürmt

Staffel Kurzhaarmangaben

c) Die auf Westafrika beschränkte, für eine Mangabe schon ziemlich bunte Rotkopf- und Halsbandmangabe *(Cercocebus torquatus)*
d) Die in ihren Unterarten von West- über Mittel- bis Ostafrika anzutreffende Kappen- oder Haubenmangabe *(Cercocebus galeritus)*.

Die Schwänze der im allgemeinen düsterer als das Gros der Meerkatzen gefärbten Mangaben nehmen die Hälfte – manchmal noch etwas mehr – der Gesamtlänge dieser waldbewohnenden Affen ein, die bei alten Männchen 1,70 bis 1,80 m betragen kann. Charakteristisch für alle Mangaben sind die weißen, zumindest weißlichen Augendeckel, die beim

Niederschlagen wie Leuchtpunkte aus den sonst dunklen Gesichtern strahlen. Vermittels einer ausgeprägten, sehr variablen Mimik, die unberechtigt von Unkundigen oft als »äffisches Mienenspiel« angesehen wird, gebrauchen diese Bewohner des dämmrigen Urwaldinnern die hellen Augendeckel als Signalinstrumente und als Verständigungsmittel untereinander. Dazu gehört auch das für Mangaben charakteristische rasche Vor- und Zurückschnellenlassen der roten Zungenspitze. Junge Mangaben sind ganz reizende und sehr anhängliche Pfleglinge, die immer bemüht sind, auf den Arm genommen zu werden. Dort beginnen sie bald, das Kopfhaar ihrer Betreuer zu »lausen«. Diese bei Affen untereinander als Freundschaftsbeteuerung zu verstehende Geste ist jedoch in erster Linie kein Suchen nach Ungeziefer, sondern nach den geschmacklich begehrten salzigen Hautabschuppungen.

Der Laie, der in einem zoologischen Garten Paviane, ganz gleich, ob es sich um Mantelpaviane, Sphinxpaviane oder andere handelt, genauer betrachtet und sie dann mit Meerkatzen und Schlankaffen oder gar mit Neuweltaffen vergleicht, wird ohne weiteres zugeben, daß die Sammelbezeichnung Hundskopfaffen sehr zutreffend gewählt ist. Selbst bei einem alten Drill-Männchen, das etwas an einen Riesenschnauzer erinnert, wird das noch der Fall sein. Aber schon bei den ebenfalls zu den »Hundsköpfen« gezählten Makaken, zumindest was einzelne Arten, wie die Hutaffen, oder jüngere Altersstufen, vor allem weiblichen Geschlechtes der anderen Arten betrifft, wird er nur zögernd zustimmen. Erfährt er dann, was schon im vorangegangenen Abschnitt erörtert wurde, daß von einigen Mammalogen auch die in ihrer äußeren Erscheinung weit mehr meerkatzenähnlichen Mangaben neuerdings zu den Hundsaffen gestellt werden, so wird ihm das zunächst wenig glaubhaft erscheinen. Jene wissenschaftliche Lehrmeinung ist aber, wie wir sahen, durchaus begründbar. Die durchweg afrikanischen Mangaben und die in der Mitte zwischen ihnen und den auf Afrika und Südarabien beschränkten Pavianen stehenden asiatischen Makaken (nur der Magot lebt in Nordafrika und auf Gibraltar) weisen tatsächlich eine ganze Reihe wesentlicher innerer Übereinstimmungen auf. Hier werden Makaken und Paviane als eigentliche Hundskopf-Tieraffen zusammengefaßt. Sie sind – was indessen bedingt auch für die Mangaben zutrifft – durch vorwiegend vierfüßigen Gang auf festem Boden bei dann recht hundeähnlichem Aussehen gekennzeichnet. Hinzu kommt eine mehr oder weniger auffällig hundehafte, stark vorgeschobene Schnauzenpartie. Das Maul birgt neben umfänglichen Backentaschen ein kräftiges Gebiß mit großen spitzen, ihre Träger sehr wehrhaft machenden Eckzähnen.

Makaken

Einige Sonderlinge unter den Makaken, wie der Magot, die Bärenmakaken und die Rotgesichtsmakaken der Japanischen Inseln, sind schon einführend in dem Kapitel »Altweltaffen« behandelt worden. Auch bei den asiatischen Makaken, deren Ausbreitungsgebiet sich von Pakistan ab nach Nordosten, Osten und Südosten erstreckt, gibt es viele unterschiedliche Arten oder auch bloß Unterarten (falls man nur wenige Species gelten lassen will), die sich innerhalb dieses riesigen Verbreitungsraumes meist gegenseitig ersetzen, zuweilen nebeneinander auftreten. Das ist zum Beispiel bei zwei Formen der Fall, die beide am äußersten südöstlichen Rand der Makakenverbreitung, auf Sulawesi, vorkommen. Es sind sehr kräftige, magotähnliche Affen, deren Schwanz ebenfalls bis auf einen kaum noch bemerkbaren Stummel reduziert ist. Die Schnauze ist bereits pavianähnlich kräftig und vorgeschoben. Der eine ist der Mohrenmakak *(Magus maurus)*, der andere der Schopfmakak *(Cynpithecus niger)*. Obwohl beide Arten ein schwarzes Haarkleid tragen, unterscheiden sie sich äußerlich ganz auffällig voneinander. Der Schopfmakak ist nicht so schwer und gedrungen gebaut wie sein Verwandter, außerdem hochbeiniger, und trägt einen nach hinten gerichteten, charakteristischen Haarschopf. Ferner verfügt er – gleichfalls im Gegensatz zum Mohrenmakaken – rechts und links vom Nasenrücken über zu diesem parallel verlaufende, wulstartige Auftreibungen im

Porträt eines alten männlichen Schweinsaffen *(Macaca nemestrina)*. In ihrer indonesischen Heimat werden gezähmte Schweinsaffen zum Ernten von Kokosnüssen abgerichtet. Der Name kommt von dem kurzen »Schweineschwänzchen« dieser Makakenart

Gesicht. Mohren- und Schopfmakaken sollen hordenweise nicht nur zufällige Jagdstreifzüge nach allerlei Kleintieren unternehmen. Allerdings tun das, wie überraschend Freilandbeobachtungen ergaben, zuweilen auch manche afrikanische Pavianarten, die dann sogar junge Schafe und kleine Antilopen überfallen, umbringen und fressen.

Die langschwänzigen, in unseren Tiergärten oft gezeigten Javaneraffen *(Cynomolgus irus)* kommen in zahlreichen Unterarten von Burma bis zu den Philippinen vor. Von ihnen weiß man, daß sie in Freiheit sehr gern Krebse fressen und selbst zu fangen verstehen. In Vorderindien und auf Sri Lanka leben zwei dem Javaneraffen sehr nahe verwandte Arten, die Hutaffen. Die auf Sri Lanka beheimatete Species führt den wissenschaftlichen Namen *Zati sinica*, die auf dem indischen Festland *Zati radiata*. Auf den Kopf tragen sie einen seltsamen Haarschopf – ungefähr anzusehen wie eine eng anliegende, knappe »Baskenmütze« –, dem sie ihren deutschen, treffenden Namen Hutaffen verdanken.

Die auf Kalimanten, Sumatera und dem benachbarten Festland beheimateten, sehr großen und kräftigen, wegen des kurzen »Ringelschwänzchens« Schweinsaffen *(Macaca nemestrina)* genannten Makaken eignen sich vorzüglich zum Abrichten für bestimmte Nutzleistungen. Schon seit vielen Jahrhunderten werden in ihrer Heimat gezähmte und dressierte Schweinsaffen an einer langen Leine oder Kette auf hohe Kokospalmen geschickt, um die Nüsse abzureißen und herabzuwerfen. Bezüglich des Verhaltens wildlebender Schweinsaffen stellte Massey fest, daß die Gruppenmitglieder zwischen Verwandten und Nichtverwandten unterscheiden können. Sie helfen deshalb Tieren, die näher mit ihnen verwandt sind, weit häufiger bei Kampfhandlungen als den entfernteren Verwandten, wobei sich die Weibchen hilfreicher erwiesen als die Männchen.

Der dem Äußeren nach wohl »absonderlichste« Makak ist der auf relativ kleinem Raum in Indien vorkommende Wanderu oder Bartaffe *(Silenus silenus)*. Dieser seltsam aufgeputzte asiatische Makak steht in bezug auf viele Merkmale und Eigenschaften zwischen den auf Afrika beschränkten Mangaben und den ebenfalls afrikanischen Pavianen. Er trägt an seinem dicht behaarten Schwanz, der 40 Prozent der bis 1,25 m betragenden Gesamtlänge beansprucht, eine Endquaste. Das Gesicht des Wanderus ist von einer großen imponierenden Halsmähne aus langen Haaren umrahmt, worauf der Name »Bartaffe« hindeutet. Wäre die Färbung dieser Mähne nicht schmutziggrau, sondern braunschwarz und die Körperfarbe nicht schwarz, sondern braungelb, würden diese Makaken wie kleine schlecht geratene Imitationen eines Mähnenlöwen wirken. Und das vor allem dann, wenn sie im Zorn den Rachen weit aufreißen und mit ihren ungemein kräftigen Eckzähnen drohen. Diese in kleineren Familiengruppen auftretenden Makaken sind in Freiheit recht widerborstige und bissige Burschen, die notfalls vor einem Gegenangriff auf ihre Verfolger oder vermeintlichen Widersacher nicht zurückschrecken.

Der bekannteste Makak ist ohne Zweifel der indische Rhesusaffe *(Rhesus maluttus rhesus)*. Nicht nur, daß er gewöhnlich noch in den kleinsten Wandertierschauen und Tiergärten zum unentbehrlichen lebenden Inventar gehört, er ist auch das wichtigste Versuchstier der experimentierenden Wissenschaft. Zum Schutze kostbaren menschlichen Lebens werden Rhesusaffen ersatzweise von vielen Disziplinen der Medizin, Pharmakologie und Pharmazie als Testtiere verwendet. Die Entdeckung des Rhesusfaktors 1940 trug nicht unwesentlich dazu bei. Rhesusaffen waren die ersten Primaten, die als Stellvertreter und Vorläufer menschlicher Kosmonauten mit Raketen in den Weltraum geschickt wurden!

Es gibt mehrere Rhesusaffen-Unterarten, die weit über Vorderindien, Hinterindien und Taiwan verbreitet sind. In Nordost-Nepal wurde in mehr als 3000 m Höhe eine 30 Mitglieder umfassende Gruppe von Rhesusaffen angetroffen. Früher durften sie sich in Indien – wie die Hulmans – unbehelligt und »unverschämt« in menschlichen Siedlungen bewegen und die Gärten plündern. Daran hat sich zwar einiges geändert; dennoch leben sie dort auch heute noch in großen Herden. Der Tag verläuft nach einem bestimmten Rhythmus. Am Morgen, wenn es noch nachtkühl ist, gehen die Affen auf Nahrungssuche. In der heißen Mittagszeit ruhen sie und beschäftigen sich ausgiebig mit der Körperpflege, dem »Lausen«. Gegen Abend wird wieder gefressen und gespielt, und schließlich sucht man Bäume auf zum Schlafen.

Es gibt innerhalb ihres riesigen Verbreitungsgebietes viele lokale Färbungsabweichungen. Sogar Albinos und goldgelbe Individuen sind bekannt geworden. Je nach dem örtlich herrschenden Klima ist die Behaarung dicker und dichter oder seidiger und dünner. Die Fellfärbung ist im Grundton gelbbraun, der Bauch geringer behaart als der Rücken. Der Schwanz erreicht ungefähr die halbe Kopf-Rumpf-Länge. Die nackten Gesichter sind in der Regel fleischrötlichhellgrau gefärbt, das nackte Gesäß zeigt eine auffällige rote Färbung. Die Männchen können sehr groß, robust und gefährlich werden. Früher hielt man die Rhesusaffen in unseren zoologischen Gärten während des Winters in warmen Räumen. Dort zogen sich viele von ihnen Infektionskrankheiten, vor allem Tuberkulose, zu. Im Dresdner Zoo ging nach dem ersten Weltkrieg Professor Brandes dazu über, sie sommers und winters im Freien zu lassen. Die Tiere hatten lediglich einen festen Stall aus doppelten Holzwänden, dessen Klappen sie selbst öffnen und schließen konnten. Seitdem gab es in diesem, seinerzeit geradezu berühmten »Dresdener Affenparadies« nur noch wenige Todesfälle, den Alterstod natürlich ausgenommen. Der Rhesusaffenbestand pflanzte sich ausgezeichnet fort und wuchs von Jahr zu Jahr. In jedem Winter trugen die zum großen Teil dort geborenen und aufgewachsenen Rhesusaffen dichte Winterfelle, die sie im Sommerhalbjahr wieder ablegten. Heute noch ist dieses Affenparadies in vollem Betrieb. Bemerkenswerterweise tun sich unter dessen Insassen immer wieder neue Spezialisten im freihändigen Sperlingsfang hervor. Die Rhesusaffen, in Indien auch Bunder, Bander oder Markat genannt, verzehren nämlich in Freiheit und in Gefangenschaft neben Getreide, Blättern, Früchten und anderer Pflanzenkost begierig auch selbstgefangene Insekten, Frösche und andere animalische Nahrung.

Die Zucht von Rhesusaffen ist schon in früheren Jahrhunderten gelungen. Wie bei den meisten Makaken beträgt die Trächtigkeitsdauer etwa sieben Monate. Gewöhnlich wird ein Junges geboren, doch kommen auch Zwillingsgeburten vor. Die mit sehr großen Ohren ausgestatteten, am Bauche unbehaarten und sehr zarten Jungen werden von den Müttern hingebungsvoll betreut. Nicht zuletzt auf die Rhesusaffen geht deshalb die altbekannte spöttische Redensart von der »Affenliebe« allzu besorgter Eltern zu ihren Sprößlingen zurück.

Darin stehen sich sämtliche Affenarten untereinander kaum nach, denn ebenso vorbildlich ist die Fürsorge für die Jungen bei den Pavianen ausgebildet. Wird von Tier oder Mensch ein Angriff auf eine Pavianherde versucht, so rücken – wie bei den Rhesusaffen – die starken Männchen sofort zum Gegenangriff oder wenigstens Scheinangriff vor und dekken mit oft geradezu unvorstellbarer Kühnheit und Selbstlosigkeit die Flucht der unbeholfenen Jungen und Mütter. Mutterlos gewordene Junge werden häufig von anderen säugenden Weibchen adoptiert. Andererseits führen die Affenmännchen über ihre Weibchen und besonders die älteren männlichen Jungen ein wahrhaft drakonisches Regiment, obwohl sie sich von noch sehr kleinen Jungen alles gefallen lassen und sie zärtlich behandeln.

Manche Affen, speziell Rhesusaffen, baden und schwimmen, wenn in den aufgesuchten Gewässern keine Krokodile vorkommen, sehr gern. Andere, besonders manche afrikanischen Paviane, haben dagegen, eben der Panzerechsen wegen, eine instinktive Furcht vor dem Wasser.

Die Paviane kann man in vier Gruppen aufteilen: einmal in die eigentlichen mantellosen Hundskopfpaviane, zweitens in die Mantelpaviane oder Hamadryas, drittens in die Blutbrustpaviane oder Dscheladas und letztlich in die westafrikanischen Kurzschwanz-Waldpaviane.

Die Hundskopfpaviane sind von Südafrika bis zum Südrand der Sahara in geeigneten Lebensräumen, das heißt außerhalb von zusammenhängendem Urwald, von Wüsten und Halbwüsten überall verbreitet. Einige Säugetierforscher, denen wir uns hier anschließen wollen, betrachten sie insgesamt als Angehörige einer einzigen Groß-Art: *Papio cynocephalus*. Diese unterscheiden sich freilich untereinander beträchlich in den Färbungen, den jeweils erreichbaren absoluten Körpergrößen, der allgemeinen Konstitution und den Körperproportionen. Obwohl in freier Wildbahn infolge der weit voneinander entfernten Verbreitungsgebiete der einzelnen Sektionen Vermischungen von Vertretern der einen mit denen der anderen außerhalb der Grenz- und Überlappungszonen nicht vorkommen können, dürfen wir doch theoretisch diese Groß-Art als eine Fortpflanzungsgemeinschaft ansehen, wie aus Beobachtungen in zoologischen Gärten hervorgeht. Viele derartige Kreuzungen sind bekannt, sicher noch weit mehr erreicht, aber nicht veröffentlicht worden. Wir teilen deshalb *Papio cynocephalus* hier lediglich in vier Sektionen auf:

1. *cynocephalus*-Sektion = Babuin-Paviane
2. *comatus*-Sektion = Tschakma-Paviane
3. *doguera*-Sektion = Anubis-Paviane
4. *papio*-Sektion = Sphinx-Paviane

Der Schwanz nimmt bei allen etwa ein Drittel der Gesamtlänge ein. Ausnahmsweise können vollerwachsene Männchen Gesamtlängen bis zu 2,25 m, ferner Gewichte von über 30 kg erreichen und sind dann wahrhaft bärenstarke Kerle. Im Verhalten gibt es zwischen den Vertretern dieser vier Sektionen keine allzugroßen Unterschiede.

Die im tiefsten Süden Afrikas lebenden Tschakmas, auch Bärenpaviane genannt, sind die am dunkelsten gefärbten Vertreter dieser Groß-Art, typische Felsenpaviane. Wegen der nahezu völligen Ausrottung ihres Hauptfeindes, des Leoparden, durch den Menschen ist das einst zwischen den Tschakmas und dieser Großkatze herrschende natürliche biologische Gleichgewicht empfindlich gestört worden. Die Tschakmas vermehren sich demzufolge zu stark. Sie richten nicht nur empfindliche Schäden in Pflanzungskulturen an, sondern haben sich an manchen Plätzen sogar auf die Erbeutung junger Schafe spezialisiert. Übrigens hat man in ganz Afrika die unangenehme Erfahrung machen müssen, daß überall dort, wo die Leoparden nahezu ausgerottet worden sind, die Paviane an Zahl und »Unverschämtheit« zugenommen haben. Mancherorts werden die Leoparden deshalb neuerdings als beste Kurzhalter der Paviane geradezu behütet und geschützt.

In Westafrika leben die schwächeren und kleineren, rotbraun gefärbten Sphinx-Paviane, wegen ihrer Färbung auch Rote Paviane oder wegen ihres Herkunftsgebietes Guinea-Paviane genannt. Sie gehören in unseren Tiergärten zu den am häufigsten gezeigten und sich am besten und regelmäßigsten fortpflanzenden Pavianen. Wegen des grünlich schimmernden Fells heißen die Anubis-Paviane, von denen eine Form, der Atbara-Pavian, am Blauen Nil in Äthiopien vorkommt, Grüne Paviane. An die gesamte Groß-Art hat die graugelb bis gelblich, jedenfalls von allen Hundskopfpavianen am hellsten gefärbte Form der Babuine den ihr bereits von Linné verliehenen wissenschaftlichen Namen *Papio cynocephalus* abtreten müssen. Die Babuine kommen vom Sudan bis weit hinab nach Ostafrika vor.

Die auch in unseren zoologischen Gärten als die wohl intelligentesten Hundskopfpaviane bekannten Babuine sind wegen der bedeutenden, mit viel »Raffinesse« in den Pflanzungen Ostafrikas, vor allem in den Sisalkulturen, verursachten Schäden besonders gefürchtet und unbeliebt.

Beim Laien gilt jedoch kein Vertreter der Hundskopfpaviane als der Prototyp eines Pavians. Für ihn ist und bleibt das der in fast jedem Zoo in einer größeren Familienhorde gezeigte Mantelpavian oder Hamadryas *(Comopithecus hamadryas).* In seiner nordostafrikanischen Heimat ist er ein ausgesprochener Berg- und Felsenaffe der unteren und mittleren Regionen. Von größtem tiergeographischem Interesse ist, daß seine Unterart *Comopithecus hamadryas arabicus* auf den Felsengebirgen Südarabiens bei Aden, also auch noch auf der anderen Seite des Roten Meeres, vorkommt. Sie hat damit die normale Ausbreitungsgrenze der rezenten Paviane überschritten und bereits Asien erreicht. Die südarabischen Mantelpaviane sollen allerdings beträchtlich kleiner bleiben als ihre Artgenossen im Ostsudan, in Äthiopien und Somalia.

In freier Wildbahn sammeln sich die Mantelpaviane zu größeren Herden, die sich aus einzelnen Familiengruppen zusammensetzen, über die jeweils ein starkes Männchen tyrannisch herrscht. Die stärksten Männchen sind daran zu erkennen, daß sie die größte Anzahl von Weibchen in ihrem Harem vereinen, oder besser, schwächeren Kollegen abgejagt haben. Gerade deshalb finden unter den starken Paschas solcher Herden ständige Rangordnungskämpfe statt. Davongetragene Verwundungen heilen recht rasch. Außerdem fängt der dicke Haarmantel viele Bisse und Ohrfeigen ab und dämpft ihre Wirkung. Bei einer der Herde drohenden Gefahr aber halten alle bisherigen Rivalen gegen den Feind in großartigem Gemeinschaftsgeist und mit geradezu heldenhafter Tapferkeit zusammen.

Die kleineren und unscheinbareren Weibchen und die Jungtiere erinnern dem Äußeren nach noch viel stärker an die eigentlichen

Männlicher Hamadryas oder Mantelpavian *(Comopithecus hamadryas).* Dieser Bergaffe, dessen Männchen mit silbergrauem Kopfhaar und Oberkörpermantel ausgestattet ist, ist in Äthiopien und Südarabien beheimatet

Hundskopfpaviane als die erwachsenen Hamadryas-Männer, deren Kopf und Oberkörper von einem dicken und dichten »Kapuzenmantel« aus langen, grausilbern schimmernden Haaren umgeben ist. In starkem Kontrast dazu steht ihr hundeschnäuziges, rötlich getöntes, nacktes Gesicht und als Krönung dieser ganzen »Kriegsbemalung« auf der Kehrseite das nackte, pralle, in sattrotem Glanze prangende Gesäß. Die Eindruckskraft und Abschreckwirkung dieser ganzen Imponiermaskerade wird durch die bekannte Geste des Drohgähnens der alten Männchen noch verstärkt, wobei sie ihren Rachen so weit wie möglich aufreißen und ihr starkes Gebiß mit den gewaltigen, spitzen Eckzähnen zur Schau stellen. Wenn es sein muß, können sie damit, nach wildem Ansturm auf den Feind, grimmig zubeißen und schwere Wunden reißen. Zur Abwehr gegen menschliche oder tierische Feinde rollen und werfen Mantelpavianhorden bei passender Gelgenheit in Freiheit von ihrem erhöhten Standpunkt im Berggelände aus sogar Steine auf ihre Widersacher herab. Dasselbe tun übrigens manchmal auch andere Pavian- und Makakenrudel. Mantelpaviane brauchen in ihrem kargen felsigen Lebensraum in den unteren Bergregionen sehr viel animalische Zukost zu der dort spärlich wachsenden pflanzlichen Grundnahrung. Sie benötigen nämlich eine ziemlich große Nahrungsmenge je Kopf und Tag. Infolgedessen sind sie dauernd bemüht, manchmal sogar mit vereinten Kräften, lokkere Steine umzuwenden, um die darunter verborgenen Larven und Käfer zu erbeuten. Skorpionen reißen sie geschickt und ohne sich dabei verletzen zu lassen, den Giftstachel ab und verzehren sie dann mit Genuß. Vor aufgestöberten Giftschlangen bringen sie sich aber mit allen Zeichen des Schreckens und Entsetzens schnellstens in Sicherheit. Im alten Ägypten galt der Hamadryas als heiliges Tier. Seine Leichen wurden mumifiziert, und er selbst in »Herrenpose« auf unzähligen Bildwerken dargestellt. Viele solcher Mumien und plastischer Hamadryas-Monumente sind erhalten geblieben.

Mit dem Mantelpavian lebt in Äthiopien nicht nur im gleichen geographischen Raum, sondern manchmal auf demselben Berg ein weiterer, von den anderen afrikanischen Pavianen stark abweichender und körperlich sehr großer Hundsaffe, der Blutbrustpavian oder Dschelada *(Theropithecus gelada).* Auch seinen Oberkörper umgibt ein dichter Haarmantel. Der Schwanz mißt bei den Dscheladas zwei Fünftel der Gesamtlänge, die bei alten Männchen mehr als 1,70 m betragen kann. Der deutsche Name Blutbrustpavian nimmt Bezug auf einen großen nackten Fleck von – bei Erregung und Wut – blutroter Farbe auf der Brustmitte. Über die genaue biologische und ethologische Bedeutung dieses Abzeichens wissen wir noch wenig. Vermutlich ist es ein wichtiger, wahrscheinlich sogar *der* wichtigste Bestandteil einer arteigentümlichen Imponiermaskerade im Brunstverlauf, Rangordnungskampf und bei der Abwehr fremdartiger Feinde. Blutbrustpaviane sind gegen Kälte wenig empfindliche, ausgesprochene Hochgebirgsaffen. Tagsüber steigen sie in Höhen von 3000 m zur Nahrungssuche bis zur Schneegrenze auf die Matten empor. Sie leben nämlich hauptsächlich von den dort oben wachsenden, überaus vitaminreichen Gräsern. Ob sie in Freiheit auch tierische Zukost verzehren und welche, wissen wir nicht. Anscheinend benötigen sie jedoch sehr große tägliche Dosen des in jenen Höhen stark einstrahlenden ultravioletten Lichts zu ihrem Wohlbefinden. Ohne vitaminreiche Ernährung und künstliche Bestrahlung mit Quarzlampen kränkeln Dscheladas in zoologischen Gärten nämlich sehr bald und gehen – ähnlich wie Neuweltaffen – unter Versteifungs- und Lähmungserscheinungen ein. Wenn Dscheladas und Mantelpaviane auf dem gleichen Berg hausen, kommt es mitunter zu den in der Literatur so oft erwähnten Kämpfen zwischen den Horden beider Arten. Vor allem treffen sie am Abend aufeinander, wenn die Dscheladas von ihren hochgelegenen Fraßplätzen zu den tiefer befindlichen Schlafquartieren und die Mantelpaviane von ihren tieferen Nahrungsgründen zu den höher liegenden Schlafplätzen wechseln. In der mittleren Bergregion stoßen sie dann aufeinander und machen sich dort gegenseitig die von beiden Arten gleichermaßen begehrten Übernachtungsräume streitig. Das sind nämlich diejenigen, die am besten Sicherheit vor Überraschungen durch Leoparden bieten. Es hat sehr den Anschein, als würden die geradezu legendären »Affenschlachten« weit weniger blutig ausgetragen, als man früher annahm. Die allgemeine Aufregung, das zornige Geschrei, Geschnatter und Gezeter, ferner ein paar schon unterwegs erlahmende Scheinangriffe einzelner wütender Männchen aus beiden Heerhaufen, dürften wohl das Wesentlichste bei diesem »vielen Lärm um nichts« sein.

Äußerlich durch grelle Färbungen und bizarre Gesichtsmasken der Männchen von dem uns bisher gewohnten Pavianschema völlig abweichende Primaten sind die auf einen verhältnismäßig kleinen Raum Westafrikas beschränkten Kurzschwanz-Waldpaviane oder Backenfurchen-Paviane. Wir kennen nur zwei rezente, miteinander sehr nahe verwandte, in der Gattung *Mandrillus* vereinigte Arten. Ausbreitungsgrenze und Überschneidungszone dieser beiden sich normal geographisch vertretenden Arten führen mitten durch Kamerun. Von dort an nach Norden ist der Drill *(Mandrillus leucophaeus)* und nach Süden der noch farbenfreudigere Mandrill *(Mandrillus sphinx)* verbreitet. Kurzschwanz-Paviane heißen diese altweltlichen Tieraffen, weil nur ganz kurze behaarte, meist hochgestellte Schwänzchen aus den grell vielfarbig schillernden nackten Kehrseiten herausragen. Waldpaviane nennt man sie, da sie – im Gegensatz zu den übrigen afrikanischen Pavianen – ausgesprochene Regenwald- und Urwaldbewohner sind, und Bakkenfurchen-Paviane, weil sich bei ihnen rechts und links der Nasen eigenartige wulstförmige Längsstriemen aus dem Gesicht hervorheben. Die großköpfigen und ungemein muskulösen, manchmal fast die Größe eines Bernhardiners erreichenden alten Männchen beider Arten strotzen geradezu vor Kraft und »Selbstsicherheit«, wenn sie – nach Hundeart auf allen vieren laufend – gemessenen Schritts ihren Widersachern entgegentreten. In den Färbungen der allgemeinen Körperbehaarung unterscheiden sich Drill und Mandrill relativ wenig. Der erste ist auf der Rückenseite schwarzbräunlich, auf der Bauchseite grauweiß, der zweite oberseits braungrünlich und unterseits dunkelgrau gefärbt. Auch die Kehrseiten von Drill- und Mandrill-Männern, die zur Friedens- und Freundschaftsbeteuerung »vorgezeigt« werden, sind wenig verschieden, obwohl die des Drills weniger grell und auffällig aussehen. Aber nur etwas weniger, denn bei beiden Arten sind die prallen, nackten Sitzpolster lebhaft rot, violett bis tiefblau in schillernden Mischungen und Übergängen gefärbt. Das eine »Schreckmaske« für den andringenden Feind abgebende große und markante Gesicht beider Arten unterscheidet sich allerdings außerordentlich. Das Drill-Gesicht ist tiefschwarz. Nase, Nasenrükken und die beiden bilateral-symmetrisch neben dem Nasenrücken aufgewulsteten Längsstriemen zeigen das gleiche Schwarz. Diese schwarze Maske hebt sich stark von einer weißen Haarumrandung ab, bevor sie in das schwarzbräunliche Körperfell übergeht. – Ganz anders beim Mandrill. Bei ihm sind auf beiden Seiten neben dem Nasenrücken nicht nur je ein, sondern viele aufgewulstete Schmuckstriemen vorhanden. Sie erstrahlen

Mandrill-Männchen *(Mandrillus sphinx).* Bei diesem grotesken Waldpavian Westafrikas sind Nasenspiegel und Nasenrücken grellrot, die Nasenflügel und gerieften Wangen himmelblau und der Kinnbart orangegelb gefärbt

im prächtigsten Hellblau, während Nase und Nasenrücken saftig rot gefärbt sind. Aber damit noch nicht genug, denn der Bart des Mandrills zeigt ein leuchtendes Goldgelb. Diesen kräftigen Signalfarben verdankt der Mandrill seine eindrucksvolle Physiognomie. Es ist verständlich, daß vollerwachsene Mandrill- und Drill-Männchen dieser farbigen Attribute wegen zu den begehrtesten und wertvollsten Schaustücken zoologischer Gärten gehören. Die viel kleineren Weibchen und jugendlichen Männchen beider Arten sind dagegen recht schlicht und unscheinbar anzusehen. Gefangene junge Drills und Mandrills erweisen sich als liebenswerte, anhängliche und äußerst gelehrige Affen. In Gefangenschaft konnten Bastarde zwischen beiden Arten erzielt werden; ob solche gelegentlich im Überschneidungsbereich beider Arten in Westafrika vorkommen, ist nicht bekannt. In ihrer Heimat leben Drill und Mandrill in Familientrupps hauptsächlich im tieferen Waldinneren. Die alten Männchen als Familienoberhäupter schützen ihre Trupps kühn und unerschrocken gegen jegliche Gefahr. Die Nahrung besteht bei beiden Backenfurchen-Pavianen aus tierischen und pflanzlichen Anteilen.

Überfamilie Hominoidea – Menschenartige

Die Überfamilie Hominoidea, Menschenartige, wird von den meisten Säugetierkundlern gegenwärtig in zwei Familien unterteilt: einmal in die Familie Pongidae, Menschenaffen, zum anderen in die Familie Hominidae, Menschen.

Es kann nicht der geringste Zweifel daran bestehen, daß auch die Hominidae in zoologischer Sicht Säugetiere sind, und zwar sowohl anatomisch, physiologisch, phänotypisch, genotypisch und phylogenetisch, als auch in bezug auf ihr angeborenes Instinktinventar.

Die Art *Homo sapiens*, der Mensch – die Familie Hominidae enthält in der Erdgegenwart nur noch diese einzige Art –, ist die in jeglicher Hinsicht am besten bekannte und erforschte rezente Säugetierart. Sie hier, der Vollständigkeit halber, im Rahmen eines kurzen Kapitels nur beiläufig mit abhandeln zu wollen, hieße mehr als oberflächlich verfahren. Man müßte der mannigfachen Bedeutung des einmaligen Phänomens Mensch unangemessene Gewalt antun und könnte ihm so keinesfalls voll gerecht werden. Gemäß dem »Anteil der Arbeit bei der Menschwerdung des Affen« wurde das Säugetier Mensch, wie uns Engels lehrt, weit über alle seine »Brüder im stillen Busch, in Luft und Wasser« (Goethe: Faust I. »Wald und Höhle«) emporgehoben und dadurch schließlich zum einzigen Lebewesen der Erde mit einem bewußten Ethos. Nach Überzeugung des Verfassers gipfelt das menschliche Ethos in der vernunft-, verstandes- und triebgelenkten echten Humanitas und, Hand in Hand mit ihr, entsprechend der Lehre des großen Humanisten Albert Schweitzer in der »Ehrfurcht vor allem Leben«.

Familie Pongidae – Menschenaffen

Fossile Tier- und Menschenaffenreste sind erst im Laufe des 19. Jahrhunderts der Wissenschaft bekannt geworden. Es wurden außerdem erst – im Vergleich zu fossilen Vormenschen (Australopithecinen) und Menschenresten *(Homo)* – relativ wenige gefunden und als solche bestimmt. Offenbar liegt die phylogenetische Wurzel der Hominoidea innerhalb des Stammes der Altweltaffen. Bisher ist noch unsicher, ob die Cercopithecoidea und die Hominoidea aus einem Stamme hervorgingen oder getrennt aus Halbaffen entsprangen. Früheste und spärliche Kieferbruchstücke aus dem jüngeren Eozän *(Alsaticopithecus*, Mitteleozän*)* deuten darauf hin, daß damals bereits Formen lebten, die von den Tarsiiformes zu den altweltlichen (catarrhinen) Affen überleiten.

Auch das Fossilmaterial der Cercopithecoidea, der Meerkatzen, Paviane und Makaken, ist noch sehr gering. Meerkatzen sind aus dem Pliozän, dem späteren Tertiär Indiens bekannt. Makaken sind aus dem europäischen Pleistozän gesichert. Die ersten sicheren Fossilformen entstammen dem Pliozän und können in die rezenten Unterfamilien eingereiht werden.

1862 beschrieb man aus Griechenland ein fast vollständiges Skelett eines altpliozänen, also jungtertiären Hundsaffen *(Mesopithecus)*, von dem sich dann weiteres Material in Rumänien, Südrußland und Persien fand. Im Pleistozän kennen wir auch aus nördlicheren europäischen Bereichen, zu gewissem Anteil sogar aus mitteleuropäischen, mehrere Cercopithecidae-Typen. Die älteren weisen Makaken-, ähnlich dem Magot, jüngere zum Teil Pavian-Ähnlichkeiten auf. Nach Toepfer hat wohl die Elster-Eiszeit jene Tieraffen aus Mitteleuropa vertrieben. Ein ebenfalls dem Magot dem Äußeren nach nahestehender Affenrest aus dem späten Mittelpleistozän wurde als *Macaca sylvana suevica* in der Schwäbischen Alb ausgegraben und stellt erdgeschichtlich den bisher jüngsten Tieraffenfund im mitteleuropäischen Raum vor.

Was die Vorgeschichte der Hominoidea (nach Thenius und Hofer, 1960) betrifft, so ist die älteste, schon zu den Hominoidea gerechnete Form *Parapithecus*, die im »Übergangsfeld« von Halbaffen und altweltlichen Menschenaffen steht. Das Tier war klein, nicht viel größer als ein Eichhörnchen, und ist aus dem Altoligozän von Faiyum (Ägypten) bekannt. Die ältesten Formen der Gibbons *(Propliopithecus)* wurden ebenfalls in Faiyum aus Schichten geborgen, die *Parapithecus* erbracht hatten, jedoch ist *Propliopithecus* bereits differenzierter als diese Form. In Europa schließt sich zeitlich *Pliopithecus* an die afrikanische Hylobatidae an. Die rezenten Hylobatidae *(Hylobates* und *Symphalangus)*, die heute Hinterindien, Malakka und Teile Indonesiens bewohnen, sind, wie pleistozäne Funde beweisen, früher weiter auf dem Kontinent verbreitet gewesen.

Der Ursprung des Stammes der Pongidae ist wohl ins jüngste Alttertiär zu verlegen, weil bereits im Miozän mit *Proconsul* höher entwikkelte Menschenaffen auftreten. Die Pongidae beginnen mit den Dryopithecinae. *Dryopithecus* ist aus dem Miozän und Pliozän von Westeuropa bis Ostasien bekannt geworden. Mehrere Arten sind in Frankreich, Spanien, im Südwesten der BRD und in Österreich gefunden worden.

Orang-Utan, Schimpanse, Gorilla wurden bisher im Tertiär noch nicht gefunden. Die rezenten Formen sind Relikte, hervorgegangen aus der Formenstreuung der Dryopithecinen. Zu erwähnen wäre noch *Oreopithecus*, der etwa schimpansengroß war, bereits vor 80 Jahren aus dem älteren Pliozän Toscanas (Mittelitalien) geborgen wurde und keiner rezenten Gruppe zugeordnet ist. Die Art zeigt eine Reihe primitiver, aber auch spezialisierter Merkmale. Zu den letzten gehört die Kürze der Schneidezähne und des Gesichtsschädels. Jedenfalls ist die verwandtschaftliche Stellung von *Oreopithecus* bis heute noch stark umstritten. Aus dem Altertum und aus frühhistorischer Zeit liegen mehrere Erwähnungen von Menschenaffen vor. Am bekanntesten ist der Bericht des karthagischen Seefahrers Hanno geworden, der im ersten Drittel des 5. Jahrhunderts v. u. Z. die westafrikanische Küste hinabfuhr und bis ins Küstenland südlich Kameruns vordrang. Er schilderte die Begegnung mit diesen Wesen, wovon drei Weibchen erlegt wurden, in seinem berühmten Bericht, dem »Periplus des Hanno«. Aller Wahrscheinlichkeit nach hat es sich bei diesen behaarten »Waldmenschen« um Gorillas gehandelt. Dreimal ist die Aufmerksamkeit der Wissenschaft darauf gelenkt worden, daß es sich bei dem gefürchteten antiken »Gorgonenhaupt« – dem Kopfe der »Gorgo« – anfangs noch um schematisierte und symbolisierte Gesichter angreifender Gorillas gehandelt haben dürfte. Zu Beginn des 20. Jahrhunderts geschah das bereits einmal durch Zell, der auch die griechische Sagengestalt des »Polyphem« als Gorilla deutete. 1962 wurde dieser Verdacht durch Heuvelmans stark verdichtet. Mittels mannigfacher, bisher wenig beachtet gebliebener archäologischer und antiker literarischer Belege, ferner ethologisch-primatologischer Vergleiche, erbrachte 1964 Brentjes den kaum noch anzweifelbaren Beweis dafür. Unter anderem konnte Brentjes zwei Abbildungen einer offensichtlichen Menschenaffenjagd auf phönizisch-karthagischen Silberschalen des 7. Jahrhunderts v. u. Z. und eine erhaltene Schilderung der Jagd römischer Soldaten auf ein solches Lebewesen durch Alexander von Myndos – aus dem 1. Jahrhundert u. Z. – beibringen, die diese Auffassung stärkstens stützten. Danach scheint der Gorilla, oder jedenfalls ein Menschenaffe, damals noch in den Gebirgen Libyens, in Nordafrika also, vorgekommen zu sein.

Auch über Gibbon- oder Orang-Utan-ähnliche Menschenaffen wird bereits im Altertum Mitteilung gemacht. So schreibt Plinius der Ältere (25 bis 79 v. Z.), daß es auf den indischen Bergen »Satyrn« gäbe, sehr bösartige Tiere mit einem Menschengesicht, die bald aufrecht, bald auf allen vieren gingen und wegen ihrer Schnelligkeit nur gefangen werden konnten, wenn sie alt oder krank seien.

Unterfamilie Hylobatinae – Gibbons oder Langarmaffen

Die Gibbons sind in mancher Hinsicht Grenzgänger zwischen Tieraffen und Menschenaffen, besonders dadurch, daß sie noch, wie die ersten, kleine Gesäßschwielen besitzen. Dennoch entsprechen sie im inneren Bau weit mehr den Pongidae als den Cercopithecidae. Sie haben keine Schwänze und sehr lange Arme und Hände, die, bei aufrechter Haltung der Tiere, bis zu den Knöcheln der Füße hinabreichen. Die Backentaschen der Tieraffen fehlen den Gibbons ebenso wie allen großen rezenten Menschenaffen. Der gestreckte Körper dieser Langarmaffen, die bis 1 m groß werden, zeigt zwar einen geräumigen Brustkasten, aber eine verschmälerte Lendenregion. Wir unterscheiden drei Gattungen: *Hylobates*, Eigentliche Gibbons, *Symphalangus*, Siamangs, und *Nomascus*, Schopfgibbons. Von den Gibbons sind mehrere Arten und Unterarten bekannt, deren Unterscheidung auch dem Fachmann nicht immer leichtfällt, da bereits die Individuen stark in Fellfärbung, zum Teil auch in der Körpergröße voneinander abweichen können. Es sind an erwachsenen Tieren schon Fälle völliger Umfärbung des individuellen Haarkleides beobachtet worden. Von *Symphalangus* gibt es nur eine, zugleich die größte Langarmaffenart, den graubärtigen, sonst ganz schwarz gefärbten Siamang *(Symphalangus syndactylus)*. Als Gattungsmerkmale zeichnen ihn vor den anderen Hylobatinae die bis zur Hälfte miteinander verwachsenen Mittel- und Zeigefinger und ein nackter Kehlsack aus, der als Resonanzboden und Lautverstärker dient. Ihn hat der Siamang mit dem Schopfgibbon *(Nomascus concolor)* und dem Orang-Utan unter den großen Menschenaffen gemeinsam. Die

Der wie alle Menschenaffen schwanzlose Schopfgibbon *(Nomascus concolor)* – ein langgliedriger, hochspezialisierter Baumhangler. Er ist auf Taiwan und dem südostasiatischen Festland beheimatet

Der größte Vertreter der Gibbon-Sippe (Hylobatinae) ist der Sumatra-Siamang *(Symphalangus syndactylus)*. Sein Kennzeichen, den stimmverstärkenden Kehlsack, hat er nur mit dem Schopfgibbon und bei den Ponginae mit dem viel größeren Orang-Utan gemeinsam (rechte Seite)

Heimat des Siamangs ist nur Sumatera und das nächst benachbarte südostasiatische Festland, auf den umliegenden kleinen Inseln fehlt er. Das Tier steigt im gebirgigen Waldgelände bis 2000 m Höhe. Der Siamang ist, wie alle Gibbons, ein hangelnder und schwingender Baumkletterer. Ebenso gut vermögen Siamangs und Gibbons aufgerichtet auf waagerechten Ästen entlangzulaufen, wobei sie ihre langen ausgestreckten Arme so wie Seiltänzer die Balancierstange gebrauchen. Auch beim Gehen auf dem Boden werden die Arme derart benutzt. Von den Eigentlichen Gibbons kommt auf Sumatera noch der in der Färbung sehr unterschiedliche Ungka *(Hylobates agilis)* vor.

Am weitesten nach Nordwesten dringt von allen rezenten Gibbonarten der Hulock *(Hylobates hoolock)* vor. Er steigt in die niederen Gebirgsregionen des Himalaja empor. Weitere bekannte Arten sind der Wauwau oder Silbergibbon *(Hylobates leuciscus)* von Jawa und der Weißhand-Gibbon oder Lar *(Hylobates lar)*, der vorwiegend auf der Malaiischen Halbinsel lebt, aber in einer besonderen Unterart auch auf Sumatera vorkommt. Mit den großen eigentlichen Menschenaffen und dem *Homo sapiens* haben die Gibbons gemeinsam, daß der Haarstrich am Unterarm von unten nach oben verläuft, was bei den Tieraffen nicht der Fall ist. Im Geäst und von Baum zu Baum können Langarmaffen weite Sprünge unternehmen. Der Ungka soll im Sprung sogar fliegende Vögel erhaschen können. Die Gibbonnahrung in freier Wildbahn ist eine Gemischtkost aus tierischen und pflanzlichen Anteilen, wobei die vegetabilischen stark zu überwiegen scheinen. Einige Hylobatinae-Arten dürften in größeren Rudeln zusammenhalten, andere nur paarweise auftreten. Mit ohrenbetäubendem »Gesang« werden von derartigen Rudeln angeblich regelmäßig der Sonnenuntergang und das Eintreten der Abenddämmerung sowie mit dem Sonnenaufgang das Ende der Morgendämmerung begrüßt.

Gibbons sind in Freiheit und in Gefangenschaft außerordentlich intelligente und anpassungsfähige Primaten. Bedauerlicherweise ist die Gefangenschaftshaltung dieser kostbaren Langarmaffen äußerst schwierig. In den letzten Jahren sind durch verbesserte tierhygienische Betreuung und das Auswerten der inzwischen gewonnenen Pflegeerfahrungen gute Erfolge erzielt worden. Darin zeichnete sich in jüngster Zeit unter anderen der Berliner Tierpark und der Zoologische Garten in Erfurt aus. Es gibt heute keinen Hylobatinae-Vertreter außerhalb Asiens. Sieht man von dem noch den Himalaja erreichenden Hulock ab, so sind alle rezenten Angehörigen der beiden Langarmaffengattungen auf Südostasien konzentriert.

Unterfamilie Ponginae – Eigentliche Menschenaffen

Von den großen Menschenaffen kommt der ebenfalls schwanzlose Orang-Utan *(Pongo pygmaeus)* nur auf Sumatera und Kalimantan vor. Durch seine langen Hangelarme und kurzen Beine erinnert er im allgemeinen etwas an die viel kleineren und weit schmaler gebauten

Orang-Utan *(Pongo pygmaeus)*. Porträt eines jungerwachsenen Männchens mit noch nicht vollständig entwickelten Backenwülsten und sich abzeichnendem Kehlsack. Einziger rezenter Vertreter der Menschenaffen (Ponginae) in Asien

Hylobatinae, an den Siamang und an die Schopfgibbons, im besonderen wegen des Besitzes eines Kehlsackes.

Der Name Orang-Utan ist malaiischen Ursprungs und bedeutet »Waldmensch«. In Europa gaben das Äußere des Orangs und das Gefangenschaftsgebaren importierter lebender Exemplare schon lange vor Darwin und Haekkel Anlaß, über seine nahe Verwandtschaft mit dem Menschen zu disputieren. Die ersten genaueren, noch mit vielen Fehlern und Unsinnigkeiten durchsetzten Nachrichten über diesen Menschenaffen verdanken wir dem holländischen Arzt Bontius, der um 1650, also schon zur Zeit der Beendigung des in Mitteleuropa tobenden Dreißigjährigen Krieges, auf Jawa lebte.

Heute ist der Orang-Utan auf Sumatera wie auf Kalimantan sehr stark von der Ausrottung bedroht, trotz des gewissen Schutzes, den er dort genießt. Die Art müßte auch dann noch als bedroht angesehen werden, wenn die 1970 für Nordsumatera genannte Zahl von 4500 Exemplaren noch zu gering angesetzt sein sollte. Obwohl es dort einen Komplex von Reservaten gibt, der etwa 600000 Hektar waldbedecktes und schwerzugängliches Gebirge umfaßt, droht die größte Gefahr durch die schnelle Bevölkerungszunahme. In einem Gebirgstal des Reservats hat sich die Anzahl der Menschen im Verlauf von 15 Jahren verdoppelt!

Viele dieser großen Menschenaffen befinden sich aber in zoologischen Gärten, wo sie sich besonders in den letzten Jahren relativ gut fortpflanzen. Im Zoo von Basel gebar zum Beispiel eine 22jährige Orang-Utan-Mutter ihr drittes Kind. Das war freilich nicht immer so. Auch früher kamen junge und alte Orangs nicht selten als Schaustücke in europäische und nordamerikanische Tiergärten, Menagerien und sogar Zirkusse. Leider hielten die meisten dort nur kürzere Zeit aus und gingen dann durch unsachgemäße Behandlung und Fütterung oder an einer Infektionskrankheit – die jungen speziell an schwersten rachitischen Körperschädigungen – wieder zugrunde. Es ist nicht zuletzt mit das große Verdienst des hervorragenden Dresdner Professors für Zoologie und Tiergärtners Gustav Brandes (1862-1941), einen grundlegenden Wandel der Haltung und Züchtung von Orangs in europäischen und amerikanischen zoologischen Gärten vorbereitet und praktisch demonstriert zu haben. Seine im Dresdener Zoo gewonnenen reichen Erfahrungen legte Brandes 1939 in dem berühmt gewordenen Buch »Buschi – vom Orang-Säugling zum Backenwülster« nieder.

Über das Aussehen des Orang-Utans gibt unser Farbbild 26 hinreichend Auskunft. Spezielle Erwähnung verdienen einige anatomische und äußerliche Besonderheiten erwachsener männlicher Orang-Utans. Die volle Geschlechtsreife erlangen die Tiere erst zwischen dem 10. und 14. Lebensjahr. Dann entwickeln sie sich freilich zu gewaltigen Kerlen. Ihre Höhenmaße vom Scheitel bis zur Ferse liegen normal um 1,50 m. Die Spannweite der waagerecht ausgestreckten Arme vom längsten Finger der einen zu dem der anderen Hand beträgt etwa 2,60 m. Die Masse gesunder Riesenexemplare erreicht bis 100 kg. Damit ist der Orang-Utan der größte und schwerste Baumbewohner. Die Beine sind viel kürzer als die Arme und außerdem noch in den Knien nach vorn zu gekrümmt. Die Großzehe steht bei beiden Füßen weitab von den anderen Zehen. Eine Profilierung der Fersen ist nicht erkennbar. An den langfingrigen und sehr großen Händen bleibt der Daumen klein und kurz. Das Gesicht alter, vor allem wütender Orang-Männer weist mehrere, beim unbefangenen Beschauer tatsächlich einen »satyrhaften« Eindruck hinterlassende Eigentümlichkeiten auf. Da ist zunächst der gewaltige, weit auf die Brust hinabhängende, nach beiden Seiten ausgedehnte Kehlsack, der wie ein riesenhafter menschlicher Kropf wirkt. Von den Mundwinkeln bis tief unterhalb der Unterlippe – ein ausgeprägtes Kinn fehlt den Orang-Utans – zieht sich ein halblanger Unterkieferbart herab. Rechts und links ist das Gesicht von breiten, nahezu halbmondförmigen Backenwülsten umrahmt, die ihm das Aussehen einer großen eiförmigen, grauschwarz gefärbten Scheibe verleihen. Bis fast ins Gesicht hinein senken sich vom Kopf lange rotbraune Scheitelhaare. Von den kleinen Ohrmuscheln ist unter der langen Kopfbehaarung nur wenig zu erkennen. Reißt ein alter Orang-Mann sein Maul weit auf, so beeindruckt diese Drohgeste durch lange und spitze, an eine Großkatze erinnernde, wahrhaft gewaltige Eckzähne.

Die Kaumuskulatur ist bei solchen Orang-Giganten sehr kräftig entwickelt. Zu ihrer Anheftung bildet sich auf dem Schädeldach, und zwar auf dem hinteren Teil des Scheitels, ein spitz aufragender Knochenkamm. Diese sogenannte Crista ist Ursache des ausgesprochen konisch auslaufenden »Eierkopfes« alter männlicher Orang-Utans. Da kein abgesetzter Hals vorhanden ist, wirkt schon ein auf allen vieren gehender, aber mehr noch ein auf zwei Beinen aufgerichteter und dabei stets etwas vornüber gebeugter Orang-Mann ungemein muskulös und »stiernackig«. Und doch ist das alles ein auf »Abschreckwirkung von vornherein« abgestimmter »Bluff«. Wie Brandes durch seine mehrfachen Anfreundungen mit erst vor kurzem gefangenen, vollerwachsenen männlichen Orangs zeigen konnte, zu denen er mutig und unbewaffnet in den Käfig ging, sind diese so ungemein bedrohlich wirkenden »rauhen und zerzausten Urwaldgesellen« durchaus friedfertige und harmlose, sehr zurückhaltende Tiere. Sie tun ohne Not niemandem etwas und sind sehr zufrieden, wenn man auch sie in Ruhe läßt. In höchster Bedrängnis allerdings können sie im Nahkampf überaus gefährlich werden.

Die nach rund neun Monaten Tragzeit geborenen Orang-Utan-Säuglinge – gewöhnlich kommt nur ein Junges zur Welt – werden von den Müttern hingebungsvoll betreut. Die Kleinen sind anfänglich noch sehr unbeholfen und pflegebedürftig. Orangbabies sind entzükkende, von dünner, seidenweicher, rötlich gefärbter Körperbehaarung bedeckte, sonst nicht zuletzt ihrer Schwanzlosigkeit wegen außerordentlich menschenähnliche Tierkinder.

Lebensraum der wildlebenden Orang-Utans auf Kalimantan und Sumatera sind ausgedehnte, etwa gleichmäßig hohe, in der Tiefebene gelegene sumpfige und überhaupt wasserreiche Urwälder. Manchmal besuchen sie auch Pflanzenkulturen, falls sie diese, ohne den Erdboden betreten zu müssen, erreichen können, indem sie sich von Wipfel zu Wipfel schwingen. Der Organ-Utan scheint in freier Wildbahn fast völliger Vegetarier zu sein, der sich hauptsächlich von frischen Trieben, Knospen und verschiedenen Wildfrüchten ernährt. Obwohl Orangs wenig sozial sind und sich nur beim Fruchten einiger beliebter Bäume zusammenfinden, gibt es anscheinend mit den im Gebiet vorhandenen Artgenossen, die nach mehrjähriger Schonung eine optimale Populationsdichte haben dürften, keine Schwierigkeiten.

Afrika ist die Heimat von mindestens zwei Menschenaffengattungen, der Schimpansen *(Pan)* und der Gorillas *(Gorilla)*. Die sehr schlanken und zierlichen Bonobos oder Zwergschimpansen *(Pan paniscus)* sind als Urwaldschimpansen – sie leben im Gebiet südlich des Kongoflusses – weit mehr Hangler als die robusten eigentlichen Schimpansen. Sie erreichen als erwachsene Tiere auch nur die Hälfte der Masse gleichaltriger Groß-Schimpansen. Vor allem aber ist das ererbte artgemäße Paarungsverhalten des großen Schimpansen von dem des Bonobos verschieden. Bonobos gehören in zoologischen Gärten noch immer zu den größten und interessantesten Seltenheiten. Selbstverständlich ist der Bonobo wie Schimpanse, Gorilla und Orang-Utan völlig schwanzlos und kann sowohl auf allen vieren als auch auf zwei Beinen aufgerichtet laufen.

Der bekannteste rezente Menschenaffe ist der über weite, im Flachland gelegene Waldgebiete Afrikas verbreitete Schimpanse *(Pan satyrus)*. Er ist der Wissenschaft seit dem ausgehenden 16. Jahrhundert bekannt und in seiner Heimat auch heute nicht allzu selten. Auf eine genaue Beschreibung seines Äußeren kann wegen unseres Fotos verzichtet werden. Bei gründlicher Betrachtung gleicht kaum ein Schimpanse dem anderen. Es gibt schwarzgesichtige und weißgesichtige, auf dem Kopf und am Körper dichtbehaarte und fast ebensooft kahlköpfige und fast unbehaarte. Das können sowohl individuelle als auch Unterschiede von lokal engbegrenzten Populationen, aber auch fest begründete phänotypische Ausprägungen unbestreibarer, räumlich weiter verbreiteter Unterarten sein. Alle pflanzen sich untereinander fruchtbar fort. Lediglich Bonobo und Schimpanse verstehen sich gegenseitig in ihrem Paarungsverhalten nicht, da sie gegensätzliche arttypische Begattungsstellungen haben.

Früher glückte es in zoologischen Gärten auch nur selten, selbst Schimpansenpaare, die sich äußerlich völlig glichen, zur Fortpflanzung zu bringen. Mit den wachsenden Erkenntnissen über die richtige naturgemäße

Bonobo *(Bonobo paniscus)*. Dieser Zwergmenschenaffe des Kongourwaldes weicht in vieler Beziehung so beträchtlich vom Schimpansen ab, daß er (nach Tratz und Heck) durchaus als Repräsentant einer eigenen Gattung anzusehen ist

Schimpansenwartung und -pflege in den letzten Jahrzehnten ist die erfolgreiche Schimpansenzüchtung in Gefangenschaft heute durchaus kein schwierigeres Problem mehr, als die Zucht anderer heikler Zootiere. So ist sie seit dem Ende des zweiten Weltkrieges in den Tiergärten vieler Länder öfters gelungen, und außerhalb Afrikas sind schon relativ viele Schimpansen geboren worden.

Der Schimpanse ist in Freiheit vorzugsweise Pflanzen-, vor allem aber Früchtefresser. Beiläufig erlangte tierische Kost verschmäht er nicht. Morris und Goodall beobachteten, daß sowohl Schimpansen als auch Paviane in ihrem natürlichen Habitat kleine bis mittelgroße Säugetiere jagen, töten und fressen. Bei den Schimpansen ist das hauptsächlich eine Angelegenheit der Männchen. Im Gaube National Park von Tansania wurde sogar festgestellt, daß die Schimpansen den Pavianen Fleisch wegnahmen. Schimpansen sind bei all ihrer quecksilbrigen Rastlosigkeit in Freiheit und Gefangenschaft überaus kluge, sinnesscharfe und schwierige Vorhaben im wahrsten Sinne des Wortes zunächst erst »bedenkende« Tiere. In freier Natur werfen sie zuweilen mit Aststücken, Früchten und Steinen nach Feinden. Es ist durch Kortlandt und Kooij beobachtet und fotografiert worden, wie freilebende Schimpansen einer in ihrem Revier aufgestellten Leoparden-Dermoplastik auf den Leib rückten, indem sie der Großkatze mit einem Knüppel zum Wurf in der Faust auf zwei Beinen entgegenrannten. Gefördert durch derartige angeborene Verhaltensweisen, erlernen gefangene Schimpansen rasch den richtigen Gebrauch von Werkzeugen. Das Öffnen eines Schlosses mit dem dazu allein geeigneten Schlüssel brauchen sie gewöhnlich nur ein einziges Mal vorher beobachtet zu haben. Gelingt es ihnen, sich in den Besitz des Schlüsselbundes zu setzen, finden sie meist sofort den richtigen Schlüssel heraus und schließen damit das betreffende Schloß schnell und geschickt auf. Um Abwechslung in das öde Einerlei ihres Gefangenschaftsdaseins zu bringen, ist es deshalb durchaus vorteilhaft und berechtigt, ihnen ihrer Tiernatur angemessene »Kunststücke« beizubringen und abzufordern, vor allem akrobatische. Es scheint dem Verfasser aber der Gipfel der Geschmacklosigkeit zu sein, sie dazu in menschliche Kleidung zu zwängen, in der sie dann aussehen wie zwar bedauerns-, keinesfalls jedoch belachenswerte menschliche Kretins. Für weibliche Schimpansen bedeutet eine solche eng anlegende Kostümierung während ihrer Brunstperioden überdies eine Quälerei, da ihr Geschlechtsteil zu dieser Zeit als melonengroße, kugelförmige und höchst auffällige Schwellung hervortritt, die außerordentlich reizempfindlich ist. Übrigens ist das eine auf die Schimpansenweibchen beschränkte Eigentümlichkeit, die wir in dieser grotesken Ausprägung bei Orang-Utan- und Gorilla-Weibchen nicht finden. Diese glänzende, nackte und fleischfarbene, innerlich prall mit Blut gefüllte »Geschwulst« ist also keineswegs ein krankhafter Auswuchs, wie das gewöhnlich Zoobesucher annehmen, sondern das beste Kennzeichen für die völlige Gesundheit eines fortpflanzungsfähigen Schimpansenweibchens.

Wenn in einem Tiergarten geborene, von ihren Müttern aber unbeachtet gelassene Menschenaffensäuglinge in menschlicher Pflege ordnungsgemäß eingewindelt und in Babybetten gelegt werden, hat das mit der erwähnten unsinnigen Bekleidung nichts gemein. Aus hygienischen Gründen ist das unter solchen Umständen sogar notwendig. Derart zarte und hinfällige kostbare Menschenaffenbabies werden zuweilen voll ausgebildeten Säuglingsschwestern anvertraut, von versierten Kinderärzten betreut und im Erkrankungsfalle manchmal in Kinderkliniken stationär weiterbehandelt. Eine solche peinlich genaue menschenkindgemäße Aufzucht von Menschenaffensäuglingen vermittelt der Wissenschaft und Praxis ungemein wichtige vergleichend physiologisch, psychologische und pädiatrische Erfahrungen und Erkenntnisse. Zu einem hervorragenden Erfolg wurden so die absolut menschenkindgemäße Aufzucht des ersten in einem europäischen Tierpark gezeugten und geborenen, von seiner Mutter verstoßenen Gorillasäuglings, der kleinen »Goma«, durch Direktor Lang und seine Gattin im Zoo Basel. Inwieweit in freier Natur schwache und unterentwickelte neugeborene Menschenaffen von ihren Müttern nicht angenommen werden, entzieht sich unserer Kennt-

Schimpanse *(Pan satyrus)*. Alle Schimpansen, gleichgültig, aus welchem Gebiet Afrikas sie stammen, gehören trotz beträchtlicher äußerlicher Variationsbreite nur einer Art an

nis. Mit ziemlicher Sicherheit jedoch wissen wir, daß sich die anderen älteren Weibchen jeder Menschenaffenhorde um die »Wöchnerin« und ihren Säugling kümmern.

Für alle Menschenaffen gilt dasselbe: Die Weibchen sind um ihre Kleinen überaus besorgt. Sie lehren sie, insbesondere ist das bei Schimpansen und Gorillas der Fall, sogar behutsam das Laufen auf festem Boden. Dazu fassen sie ihre Sprößlinge an beiden Händen an und lassen sie so auf sich zu »tappen«. Vielleicht auch bei den Bonobos, mit Sicherheit aber beim Orang steht demgegenüber für die Jungen zuerst das Erlernen der hangelnden Fortbewegung im Geäst im Vordergrund. Brandes hat die einzelnen Phasen des fortschreitenden Erlernens dieser Bewegungsweise an der Orangmutter »Suma« und ihrem Kind »Buschi« im Dresdner Zoo gründlich beobachtet, beschrieben und analysiert. Er fand auch die Erklärung für den bekannten Gesang dieser Tiere: In jeder Orang-Utan-Horde stimmt zunächst das nur einzige Männchen, wenn am Abend die in Baumwipfeln selbstgebauten Schlafnester bezogen sind, von dort aus einen weithin hörbaren Nachtgesang an. Dieser hat die Aufgabe, anderen Horden von Artgenossen mitzuteilen: »Dieses Revier ist schon von uns besetzt. Hier ist kein Platz mehr für euch.« Sonstige Lautäußerungen sind beim Orang-Utan (abgesehen vom Wutgebrüll bei Gefahr) recht selten. Übrigens steht das im Gegensatz zu den immer »schrei- und lärmsüchtigen« Schimpansen-Männchen und ihren Horden. Gorilla-Männer trommeln allerdings mit beiden Fäusten dumpf dröhnend auf ihre gewaltigen Brustkästen. Dieses auf weite Entfernung hin vernehmbare Signalisieren dient wiederum in erster Linie wohl dem Kenntlichmachen der Revierinhaberschaft gegenüber anderen Gorillahorden.

Auch Gorillas und Schimpansen bauen sich Schlafnester in hohen Bäumen. Bei den vorzüglich kletternden und hangelnden Orang-Utans schläft das männliche Familienoberhaupt in seinem Schlafnest inmitten der Schlafnester der Familienmitglieder. Beim Schimpansen, noch mehr bei Gorillas, finden wir dagegen recht häufig, daß das Nest des kraftstrotzenden »Hordenchefs« eine »Etage« tiefer, wenn nicht überhaupt am Fuße des betreffenden Schlafbaumes angelegt ist. Das ist schon nicht mehr eine passive, sondern bereits eine durchaus aktive Maßnahme zum Schutze der Familienangehörigen während ihrer Nachtruhe gegen anschleichende Feinde, besonders Leoparden. Freilich dürfte solchen »Nachtwache haltenden« und »überschwer« gewordenen Gorillarecken das Baumbesteigen – obwohl sie es notfalls sicher noch können – nicht mehr ganz leichtfallen. Es erscheit uns heute fast unvorstellbar, daß der Gorilla, der größte rezente Menschenaffe, erst 1847 entdeckt wurde. Bis dahin waren von den meisten Fachgelehrten alle Berichte über das Vorhandensein einer zweiten, viel größeren und schwereren Menschenaffenart neben dem wohlbekannten Schimpansen, des sogenannten Pongos, in den Urwäldern West- und Zentralafrikas als gegenstandslos abgetan worden. Nachdem dann Savage und Wilson eine gemeinsame Veröffentlichung über den ihnen zunächst nur aus Schädeln bekannten Gorilla alias Pongo herausgebracht hatten, galt dieser noch längere Zeit lediglich als »Riesenschimpanse«. Später erwies sich eindeutig, daß man es beim Gorilla nicht nur mit einer völlig neuen Art, sondern auch einer stark von der des Schimpansen abweichenden eigenen Gattung zu tun hatte. Alte und falsche Auffassungen vom »Charakterbild« freilebender und gefangengehaltener erwachsener Gorillas, die die Tiere als grausam und maßlos gefährliche Bestien erscheinen ließen, haben erst im zweiten Drittel unseres Jahrhunderts eine tiefgreifende Wandlung erfahren. Nachdem es in verschiedenen großen zoologischen Gärten gelungen war, Gorillas jahrelang zu pflegen und sie sogar von klein auf bis schließlich zu über 250 kg schweren männlichen Riesen, wie den berühmt gewordenen »Bobby« des Berliner Zoos, aufzuziehen, wurde ganz offensichtlich, welch im Grunde friedliche, sanfte und liebenswerte Tiere richtig behandelte Gorillas aller Altersstufen, Größen und Gewichte im Normalfall sind. In freier Natur erwies sich dasselbe, als man nun ihr Hordenleben und Verhalten an Ort und Stelle einer vorurteilsfreien Revision

Der erst Mitte des 19. Jahrhunderts entdeckte Gorilla *(Gorilla gorilla)* ist der größte und schwerste aller rezenten Primaten. Alte Männchen können Massen von über 250 kg erreichen. Unsere Fotos zeigen ein knapp halbwüchsiges Jungtier. Der Gorilla bewohnt Urwälder in West- und Mittelafrika

unterzog. Sehr viel zu dieser gerechten Beurteilung der Gorillas haben ungeschminkte persönliche Erlebnis- und Fangberichte, wie die des Forscherehepaares Martin und Osa Johnson in ihrem hervorragenden Film und gleichnamigen Reisewerk »Congorilla«, beigetragen. Film und Buch der Johnsons fanden zu Beginn der dreißiger Jahre international größte Anerkennung. Dank des Schutzes wildlebender Gorillas seit Beginn der mittleren Jahrzehnte unseres Jahrhunderts braucht ihre Ausrottung in nächster Zeit wohl kaum befürchtet zu werden. Am meisten werden noch immer die eigenartigen Berggorillas in den Hochgebirgswäldern des afrikanischen Grabenbruches, an der Ostgrenze des gesamten Gorillaverbreitungsgebietes, durch Eintrieb von Weidevieh in ihre Lebensräume in ihren Existenzbedingungen beeinträchtigt. Sie leben dort in den kalten und feuchten Höhenlagen bis 3300 m und sind mit ihrer – im Gegensatz zu den Flachlandgorillas – viel längeren und dichteren Behaarung diesen rauhen Umweltbedingungen ausgezeichnet angepaßt. Das Schutzgebiet der Berggorillas liegt südlich des Äquators und umfaßt drei Länder. Da von allen Seiten der Mensch in Bergwälder eindringt, ist diese Unterart aufs schwerste bedroht. Neben kleinen Beständen im Bwindi-Wald Ugandas und vielleicht an wenigen Stellen Ostzaïres kommt ein ansehnlicher Bestandteil von Berggorillas nur noch um die Virunga-Vulkane von Ruanda vor.

Gorillas fressen fast ausschließlich Pflanzen. Alte wohlgenährte Männchen tragen zuweilen einen hohen rundlichen Fetthöcker auf dem Hinterkopf. Dieser verstärkt dann die ohnehin furchteinflößende Schreckmaske des mächtigen Hauptes mit dem großen schwarzen Gesicht noch beträchtlich. Bei im Zorn weit aufgerissenem Rachen geben ihr die vier großen spitzen Eckzähne ein Schauder erweckendes Aussehen.

Die Beine der Gorillas sind im Verhältnis zur Kopf-Rumpf-Länge kurz. Diese nimmt bei aufrecht stehenden Gorillas etwa zwei Drittel, die Beinlänge das restliche Drittel der Gesamtlänge in Anspruch. Erwachsene und dann kaum vorstellbar kräftige und nahezu 300 kg schwere Gorilla-Männchen können über 2 m hoch werden. Die größte Spannweite der ausgebreiteten Arme von Mittelfinger zu Mittelfinger kann bis zu 2,75 m betragen. Wie die Schimpansen weisen Gorillas untereinander zahlreiche individuelle oder oft auf den jeweiligen kleinen Hordenverband beschränkte Färbungsunterschiede auf, die aber auch für verschiedene größere Vorkommensgebiete kennzeichnend sein können.

Ordnung Edentata – Zahnarme Tiere

Unterordnung Xenarthra – Nebengelenkträger

Teilordnung Pilosa – Panzerlose Zahnarme

Der historische Ordnungsname Edentata ist wenig sinnvoll, denn tatsächlich sind nur die Myrmecophagidae, die Ameisenbären, zahnlos und das auch erst sekundär. Die beiden anderen zu den Zahnarmen gehörenden Familien, Bradypodidae, Faultiere, und Dasypodidae, Gürteltiere, besitzen jedoch Zähne. Das rezente Riesengürteltier ist sogar der einzige Landsäuger, der mit etwa 100 Zähnen den Bezahnungsverhältnissen einiger besonders zahnreicher Zahnwale nahekommt. Früher umfaßte die Ordnung noch – als Unterordnung Nomarthra – die auf Afrika beschränkten Erdferkel und die in Afrika und Asien beheimateten Schuppentiere. Es hat sich indessen erwiesen, daß die südamerikanischen Edentata mit den altweltlichen Tubulidentata, Erdferkeln, und Pholidota, Schuppentieren, stammesgeschichtlich nichts zu tun haben. Erdferkel und Schuppentiere repräsentieren nach begründeten modernen zoologischen Anschauungen zwei, sich nicht einmal sonderlich nahestehende Säugetierordungen. Den Schuppentieren ist sekundär – analog den Ameisenbären – die Bezahnung verlorengegangen. Gleiches finden wir bei einigen Walarten. Zahnarmut wäre also nicht einmal das alleinige Attribut und so charakteristisch für Edentata und Pholidota, um das weitere Beibehalten einer solchen irreführenden Bezeichnung zu rechtfertigen. Alle rezenten Tierarten, die unter dem Begriff Edentata zusammengefaßt werden, sind letzte Relikte einer großen Formenfülle vergangener Erdzeitalter auf südamerikanischem Boden.

Sie bedürften zum Teil absoluten Schutzes in Reservaten. Einige von ihnen sind bereits stark von der Ausrottung bedroht.

Der Unterordnungsname Xenarthra hingegen trifft genau die wesentliche Eigentümlichkeit dieser südamerikanischen Säuger. Er läßt sich mit »Nebengelenkträger« – so lautet auch die deutsche Bezeichnung – übersetzen. Die Lenden- und hinteren Brustwirbel weisen bei diesen Tieren nämlich als Charakteristikum außer der normalen noch eine weitere nebengelenkliche (xenarthrale) Verbindung mittels zusätzlicher Gelenkfortsätze auf. Das Becken ist durch das Sitzbein (Os ischii) mit den vorderen verwachsenen Schwanzwirbeln (den sogenannten falschen Kreuzwirbeln oder pseudosacralen Wirbeln) verbunden. Das Gebiß besteht in der Regel aus ziemlich gleichartig gestalteten, wurzel- und schmelzlosen Zähnen.

Unter den Nebengelenkträgern gab es noch bis ins Quartär Südamerikas riesige Formen *(Megatherium* und *Glyptodon).* Lange nahm man an, daß das bodenbewohnende, die Größe des afrikanischen Breitmaulnashorns erreichende Riesenfaultier *Grypotherium domesticum* in Patagonien noch zur Zeit der Entdeckung Amerikas durch Columbus gelebt habe und von den Patagoniern sogar als Haustier gehalten worden sei. Diese Ansicht entspricht nicht mehr den heutigen Forschungsergebnissen. Die fossilen Reste haben sich durch radioaktive Kohlenstofftestung als bereits etwa 10000 Jahre alt erwiesen. Ferner hat sich das, was man bisher als Gehege für diese vermutlichen Haustiere angesehen hatte, als besondere Fangeinrichtung der damaligen eiszeitlichen Jäger herausgestellt. Immerhin sind selbst zehn Jahrtausende eine unserer Gegenwart zeitlich noch sehr nahe Epoche, und die Riesenfaultiere in Amerika haben sich also bis in die postglaziale Zeit erhalten. Von diesen wurden neben Skeletten und Mistschichten in den von ihnen einst bewohnten Felsenhöhlen Fellstücke gefunden. Nicht unerwähnt soll bleiben, daß sich in erster Linie ein deutscher Zoologe durch die Beschreibung der ausgestorbenen Xenarthra-Riesenformen bleibenden Ruf erworben hat, und zwar der Hallenser Professor Burmeister (1807-1892).

Überfamilie Myrmecophagoidea – Ameisenbärenartige
Familie Myrmecophagidae – Ameisenbären

Die einzigen Nebengelenkträger, die mit vollem Recht als Zahnarme, ja als Zahnlose bezeichnet werden können, sind die Ameisenbären. Ihr Schädel hat die Form einer Röhre angenommen mit einer sehr kleinen Mundöffnung, so daß gerade die außerordentlich lange wurmförmige Zunge Ein- und Auslaß findet. Sie ist mit klebrigem Speichel bedeckt, an dem die Beutetierchen, Termiten und Ameisen, haftenbleiben, wenn sie tief in die Gänge ihrer Bauten eingeführt wird. Der muskulöse Magen ersetzt funktionell das Gebiß.

Wir kennen drei Ameisenbärengattungen. Die bekannteste ist die Gattung und Art *Myrmecophaga tridactyla*, der Große Ameisenbär oder Yurumi. Die beiden anderen Gattungen *Tamandua* und *Cyclopes* enthalten kleinere baumbewohnende Formen. Die baumbewohnenden Ameisenbären, aber auch der Große Ameisenbär als Bodenbewohner, schleppen ihr Junges auf dem Rücken ständig mit sich herum. *Tamandua tetradactyla*, der Tamandua oder Caguare, nicht selten auch Kleiner Ameisenbär genannt, ähnelt dem Yurumi noch recht stark, obwohl er nicht dessen mächtigen Mähnenschweif, sondern einen kurzhaarigen langen Greifschwanz besitzt, erreicht aber mit einer Gesamtlänge von 1 m und einer Höhe von 35 cm nur die halbe Größe seines großen Vetters. Auch die Zehenzahlen der Vorder- und Hinterfüße sind bei beiden Arten verschieden. Am vollkommensten der Lebensweise auf Bäumen angepaßt und dadurch in manchem bereits – obwohl die rezenten Bradypodidae nur einen kurzen rudimentären Stummelschwanz besitzen und Pflanzenfresser sind – entfernt an die Faultiere erinnernd, sind die Vertreter der Gattung *Cyclopes*, die mit einem starken, fast die halbe Körperlänge beanspruchenden Wickelschwanz ausgestatteten Zwergameisenbären. Sie erreichen, den Schwanz inbegriffen, nur eine Gesamtlänge von etwa 40 cm, also etwa Eichhörnchengröße, und ähneln dem Yurumi am wenigsten. Den Zwergameisenbären fehlt nämlich die langausgezogene Röhrenschnauze, die, wenn auch verkürzt, den Tamandua schon auf den ersten Blick als *Myrmecophagida*-Vertreter ausweist.

Am häufigsten von allen Ameisenbären ist

Der Termiten und Ameisen fressende südamerikanische Große Ameisenbär oder Yurumi *(Myrmecophaga tridactyla)* ist kein wirklicher Bär, sondern gehört zu den Zahnarmen (Edentata)

der Yurumi in zoologischen Gärten zu sehen. Hier läßt er sich über viele Jahre am Leben erhalten und pflanzt sich zuweilen sogar fort. Deshalb sei er, stellvertretend für die ganze Familie, eingehender behandelt.

Der erste Große Ameisenbär, der lebend in den Zoologischen Garten Hamburg gelangte und dort jahrelang lebte, wurde 1864 von Carl Hagenbeck aus England mitgebracht.

Im Zoo werden Ameisenbären mit einem Gemisch aus Hackfleisch, rohen Hühnereiern und Weizen- oder Maismehl ernährt. Es wird ihnen nach Vermengung mit Vollmilch in suppig-flüssigem Zustand angeboten und mit der bis 50 cm lang vorgestreckten, noch nicht einmal ganz einen Zentimeter dicken Zunge ebenso aufgenommen wie in Freiheit die natürliche Ameisennahrung. In Gefangenschaft zeigt sich auch, daß Ameisenbären gern baden und recht gut schwimmen können. Im ehemaligen Stuttgarter Tierpark gelangen Nils erstmalig aufschlußreiche Beobachtungen über die Fortpflanzungsbiologie dieser Tiere. Das dortige Zuchtpaar pflanzte sich wiederholt fort. Der Begattungsakt konnte beobachtet werden, es ergab sich eine Trächtigkeitsdauer von durchschnittlich 190 Tagen. Bei sechs Geburten wurde stets nur ein Junges zur Welt gebracht. Das kleine, bereits behaarte Junge klettert nach der Geburt, bei der das Muttertier übrigens steht, auf den Rücken der Mutter und wird so von ihr mitgeschleppt. Im Zoo erweisen sich Große Ameisenbären in der Regel als friedliche Tiere, die mit ihrem Pfleger bald recht vertraut sind und ihn kaum einmal verletzen. In Freiheit verteidigen sie sich, indem sie sich auf die Hinterbeine setzen und mit den krallenbewehrten Vorderfüßen schwere und gefährliche Hiebe austeilen oder den Feind umarmen, ihn an sich ziehen und ihm mit den Krallen den Rücken zerfleischen. Diese für angreifende Hunde mitunter tödliche Umarmung hat der Yurumi mit den Bären gemeinsam, was vermutlich wesentlich mit zum Namen Ameisenbär beigetragen hat. Sonst weist diese groteske Tiergestalt nämlich kaum irgendwelche Ähnlichkeiten mit Bären auf. Mit den ungewöhnlich kräftigen Klauen reißt er leicht die zementartig festen Termitenhügel auf. Die Gesamtlänge erwachsener Yurumis beträgt mehr als 2 m, zuweilen 2,30 m, wovon der langbehaarte und als Fahnenschweif getragene Schwanz allerdings fast 1 m mißt. Er dient den Yurumis übrigens nicht nur als Imponierorgan gegenüber unerfahrenen Feinden, sondern während der Ruhe auch als Zudecke. Yurumis sind für Südamerika sehr nützliche Tiere, was bedauerlicherweise noch nicht voll erkannt ist. Durch das Vernichten riesiger Mengen von Termiten und Ameisen tragen sie wesentlich zur Verminderung dieser Zerstörer und Plagegeister bei. Das Fleisch der Ameisenbären wird nicht allzu sehr geschätzt. Yurumis sind vorwiegend Tagtiere, deren Riech-, Geschmacks- und Hör-, weniger ihr Sehvermögen, sehr gut entwickelt sind. In den muskulösen Vordergliedmaßen wohnen ungewöhnliche Kräfte. Die Tiere sind in der Lage, mittels ihrer starken Krallen Termitenbauten und morsche Baumstümpfe auseinanderzureißen. Die vorderen Mittelkrallen sind viel stärker als die anderen ausgebildet. Sie werden beim Gehen nach hinten eingeschlagen, was beim Beschauer den Eindruck hervorruft, als liefen die Tiere vorn auf Stelzen. Flieht ein Ameisenbär, so galoppiert er. Wegen der eingeschlagenen Krallen kommt er trotzdem nur recht langsam voran und ist deshalb selbst von Fußgängern leicht einzuholen.

Überfamilie Bradypodoidea – Faultierartige
Familie Bradypodidae – Faultiere

In Freiheit sind die Faultiere wahrscheinlich ausschließlich Pflanzenfresser, obwohl sie in Gefangenschaft sehr gern auch unter das Futter gemischte zerschnittene hartgekochte Hühnereier fressen. Wir kennen drei rezente Gattungen mit je einer charakteristischen Art. Diese drei Arten, von denen wir zahlreiche durch Färbungsunterschiede ausgezeichnete geographische Unterarten unterscheiden, sind das große, bis 70 cm lange Zweifinger-Faultier oder Unau *(Choloepus didactylus)*, das Dreifinger-Faultier oder Ai *(Bradypus tridactylus)*, das etwa 50 cm Länge erreicht, und das der Gattung *Bradypus* näher als dem Unau stehende, ebenfalls mit drei Fingern ausgestattete Kragenfaultier *(Scaeopus torquatus)*. Dieser durch seine schwarze Hals-, Nacken- und Kragenbinde zu dem Namen Kragenfaultier gekommene Baumbewohner Südbrasiliens und Perus unterscheidet sich äußerlich, im Verhalten und in der Lebensweise wenig vom Ai, so daß wir ihn lediglich erwähnen. Um so wesentlicher ist jedoch die Gegenüberstellung von Zweifinger- und Dreifinger-Faultier. Was nämlich das erste, gemessen an der Halswirbelzahl vieler anderer Landsäugetiere, sozusagen zu wenig hat, hat das zweite zu viel. Das Unau besitzt mitunter nur sechs, das Ai stets neun Halswirbel. Die anderen Landsäuger, mit Einschluß von Mensch und Giraffe, haben sieben Halswirbel. Die höhere Halswirbelzahl befähigt die Dreifinger- Faultiere dazu, ihr Gesicht, wie wir das bei den Eulen gewöhnt sind, fast völlig nach hinten drehen zu können. Unaus vermögen das nicht. Beim Zweifinger-Faultier enden die vorderen Gliedmaßen in zwei riesigen spitzen Krallen, bei den Dreifingrigen sind es drei – daher die Namen. Eine allen rezenten Faultieren gemeinsame Eigentümlichkeit ist, daß sie ihr Haarkleid »verkehrt herum« tragen. Normal findet sich bei den Landsäugern der Haarscheitel entlang der Linie Nasenspitze-Rückgrat-Schwanzspitze, während sich an der Brust-Bauchmittellinie die Haare beider Körperseiten treffen und dort einen nach unten mehr oder weniger spitz zulaufenden Wall bilden. Bei den Faultieren dagegen befindet sich der Scheitel auf der Brust-Bauchmittellinie, der ihm entgegengesetzte Haarwall zeichnet sich entlang dem Rückgrat ab. Wie ist das zu erklären? – Es ist dies eine für die Faultiere nützliche Anpassung an ihre spezielle Fortbewegungsweise und Ruhestellung. Alle Faultiere bewegen sich nämlich im Geäst der von ihnen bewohnten Laubbäume ganz anders fort als etwa Affen oder Eichhörnchen. Diese laufen, den Rücken nach oben gekehrt, auf der Oberseite der Äste umher. Die Faultiere dagegen hängen mit dem Rücken nach unten und hangeln mitels ihrer großen Krallen die Äste entlang. Regnet es oder tropft viel Nässe von Bäumen und Sträuchern auf die Rücken anderer Landsäuger herab, so bildet ihr Rückenscheitel dann eine natürliche Wasserscheide. Die Nässe läuft an beiden Körperseiten herunter, am spitz zulaufenden Haarwall der Brust-Bauch-Linie zusammen und tropft von dort ab. Damit sich nun in den Fellen der Faultiere Regen- oder Tropfwasser nicht anstauen kann, liegen bei ihnen, in Anbetracht der eigentümlichen Art, sich fortzubewegen, genau entgegengesetzte Verhältnisse vor. – Das lange grobe Haar fühlt sich an wie Heu. Infolge seiner besonderen Struktur können sich Grünalgen darin ansiedeln, die dem Faultierfell in freier Wildbahn ein grünliches

Wegen seiner Tarnfärbung und Langsamkeit ist das Ai oder Dreifinger-Faultier *(Bradypus tridactylus)* nur schwer im Geäst mittel- und südamerikanischer Wälder auszumachen. Infolge des Besitzes von neun Halswirbeln – im Gegensatz zu normal nur sieben der übrigen Säuger – vermag es seinen Kopf um 180° nach hinten zu drehen

Aussehen verleihen. Auch von eiszeitlichen Faultieren sind Algen im Haarkleid nachgewiesen. Es ist deshalb äußerst schwer, ein ruhig im Geäst hängendes Faultier auszumachen. Durch die sekundär erworbene blaugrünliche Schutzfärbung ist das Tier vorzüglich getarnt. Eine Schädigung erleidet das Fell durch die Algenvegetation anscheinend nicht, eher schon durch einige in ihm schmarotzende Mottenarten. Der Algenbewuchs verliert sich bei in europäischen zoologischen Gärten gepflegten Faultieren jedoch rasch. Der Name Faultier rührt von den außerordentlich langsamen Bewegungen her, die diese Tiere im Normalfall ausführen. Das muß man in einem Zoo selbst am lebenden Objekt beobachtet haben. Die Muskeln der Füße sind so schwach ausgebildet, daß es auch auf kurze Strecken keine größere Entfernung als einen Kilometer in der Stunde zurücklegt. So langsam ein Faultier auch im Geäst vorwärtsstrebt, so sicher geschieht das. Mit den langen Klammerkrallen verankert es sich jedesmal so fest, daß ein Herunterfallen, zumindest wenn es sich um ein gesundes Tier handelt, völlig ausgeschlossen ist. Bemerkenswerterweise ist selbst ein krankes oder schwer verwundetes Exemplar in der Lage, sich noch lange festzuklammern.

Die Nahrung der Faultiere sind Blätter bestimmter Baumarten. Belaubte Äste werden mit den langen Armen und Krallen zum Maule heruntergebogen und abgeäst. Die Zähne funktionieren dabei wie eine Schere, und der Zubiß ist kräftig, obwohl ihr Bau relativ primitiv erscheint. Der Oberkiefer trägt 10, der Unterkiefer 8, das Gebiß enthält also 18 schmelzlose, ständig nachwachsende, stiftförmige Zähne.

Mit den sichelförmigen Krallen und den Zähnen können sich Faultiere, vor allem Unus, wirkungsvoll verteidigen. Sind die Blätter eines Nahrungsbaumes soweit abgeerntet, daß zwangsläufig ein Baumwechsel stattfinden muß, bemüht sich das Faultier, über das Astwerk auf den nächsten Baum zu gelangen. Erst wenn das unmöglich ist, steigt es am Stamm herab und versucht kriechend, den nächsten Baum zu erreichen. Dabei stützt es sich auf die Ellenbogen und ist bemüht, sich an Bodenerhebungen mit den Krallen anzuklammern, um den Körper nachziehen zu können. Das geschieht alles sehr langsam, und das Tier ist dabei sehr gefährdet. Naht sich ihm in dieser Situation ein Feind, soll es sich auf den Rücken werfen und den Gegner durch Bisse und vor allem Schläge mit den bekrallten Vorderbeinen abwehren. Ist kein geeigneter Nahrungsbaum in der Nähe, scheut sich das suchende Faultier auch nicht, ins Wasser zu steigen und – erstaunlicherweise sehr gut – schwimmend einen Baum am anderen Ufer eines Tümpels oder Flusses zu erreichen. Faultiere wohnen weniger im Urwaldinneren, sondern mehr auf den an Rändern und Ufern von Urwaldflüssen stehenden Laubbäumen. Die Verdauung des Faultiers verläuft so langsam, daß es seinen Kot und Urin nur einmal in der Woche absetzen muß. Das Fleisch der Faultiere wird gegessen, und deshalb werden sie auch lebend auf südamerikanischen Märkten zum Kauf angeboten. Tierische Feinde sollen Faultiere kaum haben.

Die »geistigen« Fähigkeiten und das Gehirn dieser Tiere sind gering entwickelt. Dennoch schließen sie sich in Gefangenschaft ihren Pflegern an und setzen sich ihnen gegenüber nicht zur Wehr. Das Dreifinger-Faultier läßt Töne hören, die wie »i-ii« klingen, wovon sein Name Ai abgeleitet worden ist. Über die ungewöhnliche Zählebigkeit der Faultiere war bereits Alexander von Humboldt erstaunt, als er bei seinen Forscherfahrten in Südamerika geschossene Faultiere ausweidete und galvanische Experimente an den Leichen vornahm.

Es wird fast immer nur ein Junges je Wurf geboren, das vollentwickelt und behaart, jedoch relativ klein zur Welt kommt, aber ziemlich rasch heranwächst. Es klammert sich an Brust und Hals der Mutter fest und wird von ihr überallhin mitgetragen. Das Dreifinger-Faultier hält sich in zoologischen Gärten nicht gut, denn es hat besondere Nahrungsansprüche. Das ist schon deshalb zu bedauern, da das viel häufiger gezeigte Zweifinger-Faultier nicht die jeden Beschauer frappierende Fähigkeit besitzt, den Kopf um fast 180° nach hinten zu drehen. Das Unau ist dafür ein sehr dankbarer Pflegling. Es lebt bei Fütterung mit Fruchtscheiben (Südfrüchten, vor allem Bananen und Orangen, Weintrauben, Äpfeln und Tomaten) und hartgekochten Hühnereiern mitunter viele Jahre. Die Färbung eines in den Jahren zwischen den beiden Weltkriegen im Terrarium des Dresdner Zoos gehaltenen Zweifinger-Faultiers erinnerte stark an ausgebleichtes, stark verschmutztes Stroh. Gewöhnlich hing das Tier unbeweglich an seinem Ast und wurde deshalb von vielen Besuchern für ein Stopfpräparat gehalten. Rückte aber der Zeitpunkt heran, da ihm sein Pfleger täglich das gefüllte Futterkästchen brachte, wurde es zunehmend unruhiger und bewies dann augenfällig das Gegenteil.

Teilordnung Cingulata – Gepanzerte Zahnarme

Überfamilie Dasypodoidea – Gürteltierartige
Familie Dasypodidae – Gürteltiere

In der Ordnung Edentata, Zahnarme, und ihrer Unterordnung Xenarthra, Nebengelenkträger, werden als zweite Teilordnung Cingulata, die Gepanzerten Zahnarmen, herausgehoben. Sie umfaßt nur die Familie Dasypodidae, Gürteltiere. Was an Gattungen und Arten dieser verzweigten Familie rezent vorhanden ist, ist lediglich der kümmerliche Rest einer großen Formenvielfalt.

Gürteltiere sind wie alle anderen Xenarthra auf Nord- und Südamerika beschränkt. Herre

Mit etwa 1,75 m Gesamtlänge ist das zu den sogenannten Hartgürteltieren gezählte Riesengürteltier *(Priodontes giganteus)* der Gigant unter den rezenten Gürteltieren

sagt dazu: »Die gemeinsamen Vorfahren von Faultieren, Ameisenbären und Gürteltieren lebten bereits am Ende der Kreidezeit in Südamerika, sie kamen nach der Isolierung dieses Kontinents nicht mehr von ihm weg, so daß eine Entfaltung dieses Säugetierstammes in der Abgeschiedenheit vor sich gehen konnte.«

Das eigentliche Verbreitungsgebiet der Gürteltierartigen ist Südamerika. Wenige Arten befinden sich noch in Mittelamerika, lediglich das Neunbinden-Gürteltier wird wildlebend zuweilen schon im äußersten Süden der USA gefunden. Bereits im Alteozän Südamerikas sind gepanzerte Nebengelenkträger nachweisbar. Das nashorngroße Riesengürteltier *Glyptodon clavipes* stand zwar den heutigen Gürteltieren in vieler Beziehung nahe, wich aber in anderer wieder stark von ihnen ab. Sein Hautpanzer umschloß den Körper vom Hals bis zur Schwanzwurzel als starre, da völlig gürtellose Kuppel. Das erwies sich im Existenzkampf als ausgesprochen ungünstig. Deshalb ist dieser Typ zwangsläufig ausgestorben. Das Besondere an allen Cingulata ist, daß sie in Hinsicht auf die Art der Panzerbildung – durchweg auf Amerika beschränkt – einzigartige Säuger sind. Ihre Panzer sind nämlich der Lederhaut entstammende Knochenbildungen. Sie werden von Hornschuppen epidermaler Herkunft bedeckt. Die meist sehr spärlichen Haare und Hautdrüsen stehen hinter den Schuppen. Diese Schutzumhüllung bedeckt schildartig Oberkopf, Rücken und Beine, mit Ausnahme des unter dem überhängenden Panzer verborgenen Bauches. Der Schwanz ist meist mehr oder weniger stark gepanzert. Lediglich die Nacktschwanzgürteltiere machen hier eine Ausnahme. Um den Dasypodidae-Körper beweglich zu halten, ist er in »Gürtel« unterteilt, auf die der Name Gürteltiere hinweist. Die Anzahl der Gürtel oder Binden ist bei den 21 bisher bekannten Arten der neun rezenten Gattungen verschieden. Manchmal scheint sie sogar individuell geringfügig zu schwanken. Die Formenfülle und jeweilige Spezialisierung der rezenten Gürteltiere ist überhaupt sehr mannigfaltig. Das zeigt sich schon in der erlangten Maximal- und Minimalgröße. Das Riesengürteltier *(Priodontes giganteus)* kann von der Nasen- bis Schwanzspitze Längen von 1,75 m, die Gürtelmaus *(Chlamydophorus truncatus)* eine Länge von etwa 15 cm erreichen. Das Riesengürteltier ist ein sogenanntes Hartgürteltier. Sein Panzer besteht aus umfänglichen, harten Platten. Bei den weit kleineren Weichgürteltieren, wie dem Neunbinden-Gürteltier *(Tatus novemcinctus)*, sind dagegen die Schuppen lederartig weich und wesentlich kleiner. Die kleinen Kugelgürteltiere der Gattung *Tolypeutes* sind in der Lage, sich bei Gefahr wie Igel oder Schuppentiere zu einer Kugel zusammenzurollen, und zwar so vollkommen, daß kein Körperteil mehr freiliegt und gefährdet ist. Dieser vorzügliche Schutz ist vom Menschen nur unter Anwendung von Hilfsmitteln zu überwinden. Kugelgürteltiere bewohnen, eben wohl ihrer relativen Unverletzbarkeit wegen, die Erdoberfläche, im Gegensatz zu den anderen Gürteltierarten, die Quartier in selbstgegrabenen und vorgefundenen Erdhöhlen beziehen. Dabei sind sie nicht einmal besonders schnell. Im Gegenteil, sie laufen sozusagen auf Stelzen. Das rührt davon her, daß sie beim Vorwärtsgehen lediglich mit den Spitzen der Vorderkrallen auftreten. Haushunde sind eingerollten Kugelgürteltieren gegenüber machtlos. Der Jaguar jedoch soll sie mit seinem starken Gebiß aufknacken können.

Die Zähne der Gürteltiere ähneln denen der Faultiere, sie sind schmelzlos und wachsen ständig nach. Das Riesengürteltier kann etwa 100 pflockartige Zähne aufweisen. Schneidezähne besitzt lediglich das Sechsbinden-Gürteltier *(Euphractus sexcinctus)*. Alle Gürteltiere haben mächtige Grabkrallen. Damit vermögen gefangengehaltene Riesengürteltiere sogar Betonböden aufzubrechen, falls sie darin einen Riß entdecken. Gürteltiere sind Allesfresser, obwohl die einzelnen Arten mehr oder weniger stark auf eine bevorzugte Nahrung spezialisiert zu sein scheinen. Manche gelten sogar als Mäusejäger. Von anderen wissen wir, daß sie auch Aas verzehren. Im allgemeinen besteht ihre Nahrung aus kleinen Wirbellosen, wie Schnecken, Engerlingen, Würmern, Termiten und Ameisen. Pflanzenkost wird zwar genommen, macht aber wahrscheinlich den weitaus geringeren Anteil am Nahrungsbedarf aus. Bei *Dasypus hybridus* ist Polyembryonie nachgewiesen. Das bedeutet, daß durch Teilung einer befruchteten Eizelle bis zu 12 Embryonen entstehen, die, da völlig identisch, das gleiche Geschlecht und bei der Geburt den gleichen Entwicklungsgrad aufweisen. Das Neunbindengürteltier bringt stets »eineiige« Vierlinge zur Welt. Von mehreren anderen Gürteltierarten sind bisher nur Würfe mit ein bis zwei Jungen bekannt. Über die genauen Tragzeiten der einzelnen Gürteltierarten wissen wir nicht viel. Durchschnittlich dürften sie zwei bis drei Monate betragen. Die Jungen werden nackt und blind geboren, wachsen aber recht rasch heran. Ihre noch weiche Haut zeigt schon alle Falten und Felder der erwachsenen Tiere angedeutet. Die Zitzenzahl ist verschieden. Bei einigen Arten scheinen zwei Geburten und Aufzuchten jährlich zu erfolgen. In zoologischen Gärten ist am häufigsten das Braunzottige oder Borstengürteltier *(Chaetophractus villosus)* zu sehen. Seine Gesamtlänge liegt bei 50 cm, die größte Höhe des laufenden Tieres bei 25 cm. Die kurzen Füße besitzen fünf mit starken Krallennägeln bewehrte Zehen. Borstengürteltiere sind in Gefangenschaft recht harmlose Wesen, die, wenn man sie auf beiden Seiten am Panzerrand festhält, lediglich mit den Füßen strampeln und zu kratzen versuchen, was ihnen aber bei einigem Geschick des Trägers stets mißlingt. Faßt man sie am über 20 cm langen Schwanz und versucht sie nach hinten zu ziehen und aufzuheben, geben sie »mißbilligende«, dumpf schniefende Töne von sich und klammern sich, soweit möglich, mit allem

Das Neunbinden-Gürteltier *(Tatus novemcinctus)* ist ein Weichgürteltier mit nur lederartiger Beschuppung. Sein Name bezieht sich auf die Anzahl der Querbinden um die Leibesmitte

Der in europäischen Tiergärten am häufigsten ausgestellte und auch gezüchtete Vertreter der Gürteltiere ist das Borstengürteltier *(Chaetophractus villosus).* In seiner Heimat als Wildbret geschätzt

Nachdruck am Boden fest. Man muß also ziemlich viel Kraft aufwenden, um ein Gürteltier aufzuheben. Im Zoo werden Borstengürteltiere gewöhnlich mit einem Gemisch aus Hackfleisch, kleingeschnittenen Früchten und Eiern, Weißbrot und Vollmilch gefüttert, gedeihen dabei sehr gut und bleiben viele Jahre am Leben. Man kann auch mehrere, ja viele Gürteltiere in einem Käfig zusammen halten, ohne daß ernsthafte Kämpfe stattfinden. Nur brünstige Männchen bringen Unruhe in die Gesellschaft, da sie die umworbenen Weibchen unermüdlich mit Schnauzenstößen und den Krallen der Vorderfüße behelligen. Die Heimat des Borstengürteltieres sind die Pampas Argentiniens. Als Sammelname für Gürteltiere aller Art ist in Südamerika »Tatu« geläufig. Wegen ihrer zahlreichen Erdhöhlen sind die Tatus bei den berittenen Rinderhirten, den Gauchos, wenig beliebt. Brechen doch häufig ihre Pferde bei schnellen Ritten unversehens in solche Löcher ein.

Gürteltierfleisch ist eine geschätzte Delikatesse, und aus den Panzern wird allerlei Zierat, vor allem Körbchen und Gitarrengehäuse, angefertigt. Deshalb sind einige Arten in ihrem Bestand bereits gefährdet, besonders die Riesengürteltiere.

Die abweichendsten Vertreter der Gürteltiere sind die nur etwas über maulwurfsgroßen walzenförmigen Gürtelmäuse (Unterfamilie Chlamydophorinae). Wegen der Ähnlichkeit mit den Maulwürfen in Aussehen, Lebensweise und Verhalten werden sie auch Gürtelmulle oder Schildwürfe genannt. Wir kennen zwei anatomisch etwas unterschiedliche Arten, weshalb man beide zuweilen in je eine Gattung stellt. Die eine *(Chlamydophora truncata)* kommt in Westargentinien, die andere *(Chlamydophora [Burmeisteria] retusa)* in Bolivien vor. Diese vorzüglichen Wühler jagen und leben unterirdisch. Auf der Rückenpartie liegt ihr Schild beiden Seiten locker auf. Nur entlang der Rückgratlinie ist es mit dem Körper ver-

Bei Gefahr rollt sich das Kugelgürteltier (Gattung *Tolypeutes*) einem Igel gleich zur gepanzerten Kugel ein. Alle ungepanzerten Körperteile sind darin versteckt und geschützt

wachsen. Deshalb setzt sich seitlich das dichte helle Haarkleid der Unterseite noch unter dem darüberliegenden Schild fort. Am Kopf und am wie senkrecht abgehackten Hinterteil jedoch ist der Schild fest mit dem Körper verbunden. Die angeführten Gürtelmäuse versperren vermutlich mit dem Schild ihren Bau gegenüber einem sie bedrängenden Feind. Der unter den Bauch einklappbare Schwanz ist bei diesen Miniaturgürtlern als Stützorgan ausgebildet. Am Ende erweitert er sich zu einer plattgedrückten Scheibe. Wirft eine wühlende Gürtelmaus mit den Hinterfüßen Erde hinter sich, so kann das mit beiden Hinterfüßen gleichzeitig geschehen, da der Stützschwanz allein den Hinterkörper in die Höhe hält. Weit kräftiger als die längeren und schwächeren fünfzehigen bekrallten Hinterfüße sind die Vorderfüße entwickelt. Auch sie tragen mit scharfen, mächtigen Grabkrallen versehene Zehen. Überhaupt sind die kurzen, plumpen Vorderbeine und die Füße der Gürtelmäuse denen unseres Maulwurfes einigermaßen ähnlich. Äußere Ohren sind nicht zu bemerken, und auch die schwarzen Augen sind nur klein. Die Färbung von Panzer und Haarkleid auf der Unterseite ist grauweiß-gelblich.

Über die Fortpflanzung der Gürtelmäuse ist fast nichts bekannt. Die Nahrung besteht vorzugsweise aus Wurzeln und unterirdischen Stengeln, daneben aus kleinen Wirbellosen, die im Boden leben, beispielsweise Insektenlarven. Sandige, trockene Gebiete mit Bewuchs von Dornengestrüpp und Kakteen sind der bevorzugte Biotop. In Gefangenschaft werden Gürtelmäuse selten, wohl nur in zoologischen Gärten Südamerikas, gehalten. Gürtelmausbälge sind in Museen kostbare Raritäten. Auch mannigfache wertvolle Reste ausgestorbener Xenarthra, insbesondere von erloschenen Riesenformen, werden, außer in europäischen und nordamerikanischen, vor allem in südamerikanischen Museen aufbewahrt. Spezielle Berühmtheit in dieser Hinsicht genießt das Museum von La Plata. Gutes Material befindet sich auch in dem altberühmten Berliner Zoologischen und Paläontologischen Museum.

Ordnung Pholidota – Schuppentiere

Familie Manidae – Tannenzapfenschupper

Die Ordnung Pholidota, Schuppentiere, umfaßt die Familie der Manidae, Tannenzapfenschupper. Ihren deutschen Sammelnamen erhielten die Schuppentiere durch ihre Beschuppung und Färbung, die sehr an Tannen- und Fichtenzapfen erinnern. Eine zusammenfassende Darstellung in deutscher Sprache über diese Tiere verdanken wir Erna Mohr (1961). Ihr folgen wir hier, wenn wir für die Manidae lediglich eine Gattung *Manis* gelten lassen, die alle sieben rezenten Arten der Tropen der Alten Welt umfaßt: in Asien das Vorderindisch-ceylanische Schuppentier *(Manis crassicaudata)*, das Chinesische oder Ohren-Schuppentier *(Manis pentadactyla)* und das Jawanisch-malaiische Schuppentier *(Manis javanica)*. Als

Die hier gezeigte süd- und ostafrikanische Riesen-Schuppentierart, das Steppen-Schuppentier *(Manis temmincki)*, erkennt man an ihrem abgestumpften, das westafrikanische Riesen-Schuppentier *(Manis gigantea)* an seinem zugespitzten Schwanz

Regenwaldformen aus dem tropischen Westafrika kennen wir das Weißbauch-Schuppentier *(Manis tricuspis)* und das Langschwanz-Schuppentier *(Manis tetradactyla)*. Riesenformen des offenen Geländes sind das westafrikanische Riesen-Schuppentier *(Manis gigantea)* und das Steppen-Schuppentier *(Manis temmincki)*.

Die größte heute existierende Art ist das Riesen-Schuppentier, das über 1,60 m messen kann. Sein bei gleicher Lebensweise in unbewaldeten Räumen Somalias bis Südostafrikas verbreiteter naher Verwandter, das Steppen-Schuppentier, erreicht diese Größe nicht ganz. Außerdem unterscheidet es sich vom Riesen-Schuppentier durch eine abgerundete Schwanzspitze, während jenes eine spitze besitzt. Die fünf anderen Arten sind vorwiegend Baum- und Urwaldbewohner. Das Langschwanz-Schuppentier weist ungewöhnlich große Schuppen auf, und bei ihm entfallen, bei einer Gesamtlänge von nicht ganz 1 m, mehr als 66 Prozent auf die Schwanzlänge. In der Schuppenfärbung variieren die einzelnen Arten zwischen Grau bis Schwarzbraun. Es können auch individuelle Unterschiede, vor allem je nach Alter, bei den einzelnen Arten festgestellt werden.

Die Schuppentiere werden in der europäischen Literatur zuweilen Pangoline (nach einem malaiischen Wort) genannt. Früher hat man sich bemüht, jede oder doch sechs der rezenten sieben Arten in eine eigene Gattung zu stellen, was sich aber als unhaltbar erwies. Alle Schuppentierarten sind sich äußerlich außerordentlich ähnlich. Selbst guten Säugetierkennern, falls sie nicht Spezialisten für die Familie Manidae sind, fällt es – vielleicht mit Ausnahme bei den beiden afrikanischen Riesenformen – ohne Herkunftsangabe auf den ersten Blick hin schwer, den jeweiligen Speciesnamen anzugeben. Da alle rezenten Tannenzapfenschupper einer Gattung angehören, sei hier darauf verzichtet, sie im einzelnen zu erörtern, zumal eine zusammenfassende Darstellung das allen Gemeinsame viel deutlicher zum Ausdruck bringen dürfte. Das Aussehen aller Schuppentiere erscheint uns wahrhaft urzeitlich. Durch ihre Abwehr-Beschuppung, den langen Schwanz, die nach oben stark konvex gekrümmte Körperhaltung und die lange Röhrenschnauze erinnern sie eigentlich weit mehr an große Reptilien als an höhere Säuger. Bezeichnend ist, daß ein Schuppentier, das aus dem Prager Zoo ausbrach und sich in die weitere Umgebung verlief, als »Krokodil« erschlagen wurde. Dabei sind gerade Schuppentiere harmlose Lebewesen, die mit ihrem langen röhrenförmigen, völlig zahnlosen Maul nicht in der Lage sind, um sich zu beißen. Aktive Verteidigung wird also in geringem Ausmaße und wohl nur als ultima ratio angewandt, wenn sich die Tiere ausweglos in die Enge getrieben fühlen. Von den beiden afrikanischen Riesenarten wird berichtet, daß sie sich in solchen Situationen wie ein Känguruh oder ein Großer Ameisenfresser auf den Hinterbeinen erheben, ihren Angreifer umarmen, an sich pressen und ihm ihre scharfen großen Vorderfußkrallen wie krumme Dolche in den Rücken drücken. Eine zweite Form aktiver Verteidigung besteht darin, wirbelnde Schläge mit ihrem schuppenbewehrten Schwanz auszuteilen. Hartnäckigen Feinden gegenüber sollen sich eingekugelte Manidae etwas aufrollen und dann schnell mit ihrem Schwanz um sich schlagen. Mitunter werden dadurch Körperteile der Angreifer, zum Beispiel Hundebeine, eingefangen und mit in die Kugelfestung eingepreßt. Nun beginnt das Schuppentier, diese durch rhythmische Körperbewegungen mit den hin- und hergleitenden scharfen Schuppenrändern zu »zersägen«. – Ein eingekugeltes Schuppentier – selbst der kleineren Arten – mit Gewalt aufzurollen, ist außerordentlich schwer, da die von den Tieren aufgewandte Muskelkraft nur mit Mühe zu überwinden ist.

Ein weiteres Abschreckungsmittel besteht darin, den Gegnern vom Schwanz her eine stinkende und ätzende Flüssigkeit entgegenzuspritzen, die auf deren Schleimhäute lange peinigend nachwirkt. Es ist nicht sicher, ob es sich um Harn oder Analdrüsensekret handelt. Vielleicht wird beides auf diese Weise gegen den Aggressor entladen – eine ähnliche Abwehrreaktion übrigens, wie wir sie von Mardern und Schleichkatzen kennen, besonders von den nordamerikanischen Stinktieren (Mephitinae).

Hauptmerkmal der Schuppentiere ist ihre einzigartige Schutzbepanzerung der Körperoberseite mit großen scharfrandigen, dachziegelartig angeordneten Hornschuppen. Sie bedecken das Tier von der Stirn bis zur Spitze des rundum gepanzerten Schwanzes. Auch die Außenseiten der Beine sind beschuppt. Unterhalb der Augen, von der Kehle bis zur Schwanzwurzel, fehlen diese Schuppen und werden durch eine dünne Haarbedeckung ersetzt.

Die Schuppen der Manidae sind in bezug auf ihre phylogenetische Herkunft stark umstritten. Sanderson und Bolle schreiben darüber: »Wie sonst die Haare, entsprießen auch die Schuppen aus Papillen der Lederhaut, man stellt sich am besten die Entstehung so vor, daß sie, ähnlich dem Horn des Rhinoceros aus ›zusammengebackenen‹ Haaren gebildet werden; wie das Nasenhorn wachsen auch die Schuppen beständig nach.« Demgegenüber vertritt E. Mohr in Anlehnung an Weber die Ansicht, daß sie zwar primär von den Reptilienschuppen abzuleitende, diesen aber nicht ganz homologe Bildung seien. Reptilien-Schuppen werden durch Häutung periodisch erneuert, die Schuppen der Manidae hingegen reiben sich zwar oben andauernd ab, wachsen aber von unten, von der Matrix her, zeitlebens wieder nach, wie auch unsere Finger- und Zehennägel. Die *Manis*-Schuppen seien also histologisch mit Nägeln vergleichbar, morphologisch indessen mit Reptilienschuppen. – Diese Schuppen vermehren sich übrigens nicht im Laufe des Lebens. Ihre volle Anzahl ist schon beim neugeborenen Jungen vorhanden. Nur ihre Größe nimmt – wiederum genau wie bei unseren Finger- und Zehennägeln oder bei Fischschuppen – zu. Die einzelne Schuppe ist auf Vorder- und Rückseite verschieden gestaltet. Vorn beginnt sie unmittelbar über der Haut und weist eine Längsriefung auf. Auf der Rückseite liegt ein Teil der Papille ohne darübergelagerte Schuppensubstanz frei. Der mittlere Fortsatz des Hinterrandes steht mitunter als freier scharfer Kiel von ihr ab. Die Schuppen des im Querschnitt halbmondförmigen Schwanzes, dessen konvexe Krümmung nach oben gerichtet ist, sind an den Schwanzkanten zuweilen scharf geknickt. Die eine Hälfte bedeckt die obere Schwanzpartie, die andere teilweise die Schwanzunterseite. Tiefe Furchen in einzelnen Schuppen rühren von nachträglichen, also lediglich mechanischen Einschliffen der dachziegelartig alternierenden anderen Schuppen her. Bei jungen Tieren, vor allem der asiatischen Arten, sprießen in den Schuppenwinkeln einzelne borstenartige Haare, manchmal in Gruppen bis zu vier Stück. Meist werden sie im Laufe des Lebens bis auf einzelne abgescheuert, ohne wieder nachzuwachsen. Am Schnauzenende finden sich einige rudimentäre Sinneshaare. Die Haarbedeckung der nicht beschuppten Körperpartien ist ebenfalls sehr schütter und spärlich.

Der Knochenbau der Manidae, speziell der des Kopfes, weist einige auffällige Besonderheiten auf. Die altweltlichen Schuppentiere haben recht ähnliche Konvergenzen mit den allerdings nicht beschuppten, sondern stark behaarten Ameisenbären Südamerikas, ohne jedoch mit diesen – soweit wir wissen – enger verwandt zu sein. Neben gleicher Nahrung und gleicher Art ihres Erwerbs drückt sich das in mannigfachen Analogien des Körperbaues, insbesondere des Schädels, aus. Wie die Myrmecophagidae besitzen auch die Manidae ein lang ausgezogenes Röhrenmaul ohne Zähne, obwohl es scheint, als seien Zahnanlagen vorübergehend während der Embryonalentwicklung vorhanden, die wieder gänzlich resorbiert werden. Am Schuppentierschädel fehlt alles entbehrlich Gewordene, die Jochbögen ebenso wie alle Ansatzstellen für die Kaumuskulatur. Alles Notwendige hat die lange wurmförmige Zunge übernommen. Zwar sind die beiden Unterkieferhälften noch vorhanden, jedoch zu zwei locker miteinander verbundenen langen und dünnen Knochen reduziert. Die enge Mundöffnung ist faktisch nur noch das »Ausfallstor« für die bei den großen afrikanischen Formen etwa 40 cm, bei allen anderen fast 20 cm lange Zunge. Sie ist bei den einzelnen Arten etwas unterschiedlich geformt, bei einigen rund, bei anderen vorn leicht abgeplattet und zugespitzt. Die Mundhöhle, so lang uns das Röhrenmaul der Schuppentiere auch erscheint, vermag die lange Zunge bei weitem nicht allein zu bergen. Es bedarf dazu eines besonderen Zungenscheiden-Blindsacks, in den sie bis in die Brusthöhle eingezogen werden kann. Die Zunge ist nach allen Seiten hin äußerst beweglich. Durch zwei in den Achselgegenden endende große Speicheldrüsen wird sie ständig mit klebrigem Schleim in reichlicher Menge umhüllt, an dem die zur Nahrung dienenden Ameisen und Termiten haftenbleiben. Diese Apparatur hat, neben einer speziell entwickelten Muskulatur, weitere Spezialeinrichtungen zur Folge. Eine davon ist das hochentwickelte Xiphisternum, der Schwertfortsatz des Brustbeins. Bei den asiatischen Arten ist es spatenförmig, bei beiden afrikanischen Riesenformen länglich und spanförmig gebildet und bei *Manis tricuspis* und *Manis tetradactyla* in zwei gablig getrennten, sich hinten wieder vereinigenden knorpligen Spänen nicht nur bis in die Bauchhöhle hinein verlängert, sondern wird sogar von dort aus wieder rückläufig. Durch die an ihm befestigte komplizierte Muskulatur steht es mit dem Boden der Mundhöhle in Verbindung und ist dadurch wesentlich am Funktionieren des Zungenapparates beteiligt. Eigenartigerweise besitzen die asiatischen Arten, obwohl sie nicht minder lange und bewegliche Zungen haben, diese Einrichtung nicht. Die beiden afrikanischen Riesenformen nehmen in dieser Hinsicht eine gewisse Mittelstellung ein. Das bei den asiatischen Arten primitivere Xiphisternum ist neben anderen Merkmalen ein Hinweis darauf, daß wahrscheinlich Asien und nicht Afrika Ursprungsgebiet der Schuppentiere ist.

Eine weitere Eigentümlichkeit stellen Magenbau und Magenfunktion der Schuppentiere dar. Der einfache drüsenreiche Magen ist mit verhorntem geschichtetem Plattenepithel »ausgepflastert«. Da die Schuppentiere zahnlos sind, gelangen die aufgeleckten bissigen Ameisen und Termiten unzerkleinert in den Magen, der durch seine Hornplatten vor ihren Bissen und ihrem Gift geschützt ist und dessen Drüsenabscheidungen bald ihren Widerstand lähmen. Gemeinsam mit den Beutetieren gelangen Steinchen und Sandkörnchen in den Magen, mit deren Hilfe die Beute zerrieben wird. Am Magenausgang sind darüber hinaus gegeneinander wirkende Hornzähnchenfelder vorhanden, die schließlich die härtesten Chitinpanzer zerkleinern.

Alle Schuppentiere haben fünf Zehen an den Füßen. Der dritte Finger der vorderen Extremitäten ist mit Abstand der größte. Alle sind mit langen, kräftigen Krallen ausgestattet.

Ohren-Schuppentier *(Manis pentadactyla).* Diese in Südchina und Hinterindien häufige Art wird vom Tiger gern gerissen. Gekennzeichnet ist es durch die deutlich erkennbaren Ohrmuscheln

Die Hinterfüße der beiden afrikanischen Riesenformen – als vorwiegend Lauftiere – sind überdies mit breiten Sohlenpolstern versehen, die den anderen Arten fehlen. Letztere weisen aber eine unbeschuppte untere Schwanzspitze auf, die polsterartig hervortritt. Dieses Polster ist zwar individuell verschieden groß und kann in seltenen Fällen völlig fehlen, scheint aber ein wesentliches Tast- und Hilfsinstrument beim Ersteigen von Bäumen zu sein. Alle Schuppentiere benutzen ihre kräftigen Krallenhände zum Zerstören von Ameisen- und steinharten Termitenbauten. Vor allem die terrestrischen afrikanischen Großformen leisten in dieser Hinsicht geradezu Erstaunliches. Außerdem graben sie sich damit – auch das Vorderindisch-ceylanische Schuppentier – tiefe Höhlen. Als Nachttiere, die weite Wanderungen zum Nahrungserwerb unternehmen müssen, scharren sie sich, falls die alte Höhle bei Nacht nicht mehr zu erreichen ist, dort, wo sie sich gerade befinden, eine neue. Tagsüber schlafen oder ruhen sie in ihr, zur Kugel zusammengerollt. Die baumlebenden Arten schlafen eingekugelt in Astgabeln oder Hohlräumen hoher Wohnbäume. Bäume erklettern sie mit Unterstützung des Schwanzes, dessen Rand- und Unterseitenschuppen dabei gespreizt werden. Mit beiden bekrallten Vorderfüßen zugleich umfassen sie den Stamm, halten sich fest, krümmen sich zusammen und klammern sich dann dicht unter den Vorderfüßen, die sie sofort wieder lösen, mit den Hinterbeinen in der Rinde fest. Nach Mohr erfolgt der relativ schnelle Anstieg »durch spannerraupenartige Bewegungen«. Beim Klettern im Geäst klammern sich die Tiere mit dem Schwanz fest und erreichen schwingend den nächsten Ast. Gelingt der Sprung nicht, hängen sie also frei in der Luft, klettern sie an sich selbst hoch. Das geschieht, indem sie so lange zwischen ihre Randschuppen greifen, bis sie den vom Schwanzende umfaßten Ast wieder erreicht haben. Abwärts, wobei sie nach Möglichkeit den Schwanz halbkreisförmig an Ast oder Stamm anlegen, klettern sie genauso sicher wie aufwärts. Sie scheinen übrigens einen Sturz aus größeren Höhen nicht zu fürchten, da ihr Fall – die Tiere kugeln sich dabei schnell ein – vermutlich durch federnde Wirkung der gespreizten Schuppen gedämpft wird. Bei Gefahr sollen sie sich sogar von selbst eingekugelt in die Tiefe stürzen. Auf der Erde laufen sie vorwiegend unter Belastung der Hinterbeine, wobei der etwas angehobene Schwanz als Balancierinstrument dient. Die krallenbewehrten Vorderfüße berühren dann nur leicht mit den Außenkanten den Boden, die Grabkrallen werden nach innen gekehrt. Einige Schuppentierarten, besonders die beiden afrikanischen Flachlandformen, haben sich auch als ausgezeichnete Schwimmer, selbst über längere Strecken, erwiesen. Alle Schuppentiere sind sehr wasserliebend und flüssigkeitsbedürftig. Beim Trinken wird das Wasser nicht etwa eingesaugt, sondern durch rasches Vor- und Zurückschnellenlassen der wurmförmigen Zunge aufgenommen. Das Zusammenrollen des Körpers bei Gefahr zu einem Rad, wobei sich der muskulöse Schwanz um den übrigen Körper preßt, wird wie beim Igel durch eine robuste, sehr elastische spezielle Hautmuskulatur bewirkt, die sich an beiden Körperseiten entlangzieht. Im Innern der bei gestraffter Einrollung etwas abgeflachten Kugel sind alle unbeschuppten Körperpartien, besonders Kopf und unbeschuppte Extremitätenteile, völlig verborgen. Auch mehrere Tiere gemeinsam können eine solche Abwehrkugel bilden, insbesondere Mutter und Kind rollen sich so zusammen.

Obwohl Schuppentiere einen zweihörnigen Uterus besitzen, wird meist ein Junges geboren. Die Geburt mehrerer Jungen je Wurf wird angezweifelt. Es dürfte vorkommen, daß fremde Junge adoptiert werden. Diese Säuger besitzen nur zwei Zitzen auf der Brust, die jeweils in der Nähe der Achseln zu finden sind. Jede Zitze hat nur eine Öffnung nach außen und tritt erst aus der Hautscheide hervor, wenn das Junge genährt werden soll.

Leider stehen hinsichtlich der Fortpflanzung der Schuppentiere noch viele Fragen offen. Bekannt ist nur, daß kein Sexualdimorphismus besteht. Vermutlich halten die Paare lediglich in der Begattungszeit zusammen, obwohl auch Angaben darüber vorliegen, daß Paare mit einem Jungen beobachtet worden sind. Vielleicht war das säugende Weibchen wieder brünstig, und daher rührt die Anwesenheit des Männchens. An der Betreuung der Nachkommenschaft scheinen sich die Männchen jedenfalls nicht zu beteiligen. Über die Paarung selbst und das ihr vorausgehende Paarungsspiel ist kaum etwas bekannt. Das Weibchen kugelt sich zunächst dem andrängenden Partner gegenüber anscheinend ein. Dieser versucht die Schuppen »gegen den Strich« aufzukratzen, während das eingekugelte Weibchen erst stark faucht, dann ängstliche Schnauftöne von sich gibt. Wie die Begattung im einzelnen erfolgt, wissen wir noch nicht, vermutlich aber vom Rücken her. Die Männchen verfügen allerdings über einen nur sehr kleinen Penis ohne äußeres Scrotum, die Hoden verbleiben also in der Bauchhöhle. Dieser kleine Penis – während der unseres Igels ziemlich lang ist – könnte vielleicht darauf hindeuten, daß bei den Schuppentieren eine andere Begattungsweise als die bei Säugern übliche, vom Rücken her, vorherrscht. Die Geschlechtsöffnung der Weibchen mündet mit dem After in einer gemeinsamen Hautfalte dicht an der Schwanzwurzel. Über die Trächtigkeitsdauer ist nichts bekannt. Die Neugeborenen sind bereits voll entwickelt und haben bei allen Arten, auch bei den zwei großen afrikanischen, eine Gesamtlänge von 28 bis 30 cm. Das Junge, das sich zunächst wohl unter dem Schwanz der Mutter verbirgt, wird zusehends reaktionsfähiger. Bald erklimmt es die Oberseite des mütterlichen Schwanzes, hält sich an ihm knapp hinter der Schwanzwurzel mit Hinter- und Vorderfüßen fest, legt seinen Schwanz auf den der Mutter und reitet nun auf ihm, den Kopf nach vorwärts gerichtet und eng an den mütterlichen Körper gepreßt. Das Muttertier ist so in der Lage, sein Junges überallhin mitzunehmen, auch beim Klettern. Eine Besonderheit junger Schuppentiere ist ihre gegenüber erwachsenen Exemplaren weit größere relative Schwanzlänge. Das Junge wird vermutlich anfangs nur gesäugt und beginnt erst später mit der langen Zunge lebende Beute aufzunehmen. Über die Lebensdauer der Schuppentiere wissen wir nichts. Die in zoologischen Gärten gehaltenen Exemplare blieben bisher relativ kurze Zeit am Leben. Hier ist es auch schwierig, diesen hochspezialisierten Kostgängern eine vollauf genügende Ersatz-

Hohe Palmen kann das sehr kletterbefähigte Weißbauch-Schuppentier *(Manis tricuspis)* Westafrikas ersteigen. Dabei, und überhaupt beim Fortbewegen, reitet das Junge auf dem mütterlichen Schwanz, an dessen Wurzel es sich festklammert

nahrung zu bieten. Die Bereitschaft der Schuppentiere, solche aufzunehmen, ist individuell übrigens sehr verschieden. Im Zoo Antwerpen konnten mit einem Futter aus Maisflocken, ungesüßter Kondensmilch, warmem Wasser, Schabefleisch, Ameisenpuppen, Weizenkeimöl und einem Tropfen Ameisensäure zwei Jungtiere von *Manis gigantea* jahrelang am Leben erhalten werden. Die Tiere wuchsen und gediehen vorzüglich, bis eine nicht vom Futter herrührende Vergiftung den schönen Haltungserfolg unvorhergesehen zunichte machte. Allerdings vermögen Schuppentiere monatelang zu hungern, bis sie an völliger Entkräftung eingehen. Wie auch durch die Größe des Riechzentrums im Gehirn deutlich wird, sind Tannenzapfenschupper vorwiegend Nasentiere. Ein umherlaufendes Schuppentier jeglicher Art schnüffelt überall hin. Die Tastempfindlichkeit der ständig in Fugen, Ritzen und Spalten eingeführten Zunge ist sehr ausgeprägt. Das Gehör ist wahrscheinlich recht schwach ausgebildet. Alle Schuppentierarten besitzen zwar kleine unbewegliche Ohrmuscheln, sie reagieren aber auf fremde Laute so gut wie nicht. Außer Fauchen, Zischen und Schnaufen sind Stimmäußerungen der Tiere, natürlich abgesehen von Tönen, die sie beim Spreizen oder Umlegen der Schuppen, besonders beim Einkugeln, erzeugen, nicht bekannt. Obwohl die beiden afrikanischen Urwaldarten etwas größere Augen als die asiatischen und die zwei afrikanischen Flachlandformen besitzen, scheint ihr Sehvermögen auch nicht wesentlich besser zu sein. Das wie ein starres Glasauge wirkende Schuppentierauge ist von dicken Lidern, denen Lidknorpel und Talgdrüsen fehlen, umgeben. Jene angeschwollen wirkenden Lider sind Schutzorgane gegen die Bisse der wehrhaften Ameisen. Das Gehirngewicht beträgt nur etwa 0,3 Prozent des Körpergewichts, das Gehirn ist also sehr klein. Dem entsprechen die psychischen Fähigkeiten und das geringe Lernvermögen dieser Tiere im Umgang mit Menschen. Manche bleiben für immer mißtrauisch und »mürrisch«, andere sind sehr zahm geworden und spielten auch mit ihren Pflegern. In ihrer Heimat werden die harmlosen Tiere mitunter so gehalten, daß man eine Schuppe durchbohrt und sie mittels eines durch das Loch geführten langen Drahtes anbindet. Allerdings ist das kein sicheres Mittel, sie lange am Entkommen zu hindern, denn Schuppentiere verfügen über ganz erstaunliche Körper-, speziell Zugkräfte. Es sind jedoch Fälle bekannt, in denen kleinere Schuppentiere in Haus und Hof frei gehalten und dort, ohne wegzulaufen, auf Ameisen und Termiten eifrig Jagd machten.

Das Fleisch der Schuppentiere ist vor allem in Ostasien sehr beliebt. Über seine Schmackhaftigkeit gibt es sich widersprechende Berichte. Auch in Afrika wird in manchen Gebieten Schuppentierfleisch verzehrt. Leider hat die absonderliche Gestalt der Schuppentiere sowohl in Asien als auch in Afrika seit eh und je Anlaß zu allerlei abergläubischen Vorstellungen und Handlungen gegeben. Darauf ist es zurückzuführen, daß die stark verfolgten Tiere überall seltener werden.

Besondere Heil- und Zauberkraft wird – natürlich ungerechtfertigt – den einzelnen Schuppen zugeschrieben, aus denen Amulette und Kultgeräte angefertigt werden. Pulverisiert dienen sie als »Heilmittel«, und zwar gegen Nasenbluten wie als Aphrodisiacum. So büßen Tausende von Schuppentieren grundlos jährlich ihr Leben ein, da kein wissenschaftlicher Nachweis dafür vorhanden ist, daß ihre Organe und Schuppen tatsächlich irgendwelche Heilkraft besitzen. Über die natürlichen Feinde der Schuppentiere ist wenig bekannt. Von Tigern und Leoparden sollen Schuppentiere gerissen werden. Ob sie zur Beute von Riesenschlangen zählen, wissen wir nicht, aber es wäre immerhin denkbar. Auch unter Außen- und Innenschmarotzern haben die Tannenzapfenschupper zu leiden, vor allem unter Zecken, die sich an der Basis der Schuppen ansaugen. Dort kann ihnen das betroffene Tier kaum beikommen, da Kopf und Maul dazu gänzlich ungeeignet und Arme und Beine viel zu kurz sind. An Endoparasiten haben Schuppentiere vor allem Cestoden (Bandwürmer).

Stammesgeschichtlich sind uns die Schuppentiere noch reichlich unklar. Früher wurden sie enger mit den südamerikanischen Xenarthra zusammengefaßt. In jüngerer Zeit, nachdem man ihnen seit über einem halben Jahrhundert eine eigene Ordnung zugebilligt hat, häufen sich gewichtige Stimmen dahingehend, daß zwischen Xenarthra und Pholidota doch ein enger Zusammenhang bestehen müsse. Fossile Belege, die dies aufhellen könnten, fehlen noch. Es wurden zwar pleistozäne Schuppentierfossilien gefunden, die sich aber nicht wesentlich von rezenten Formen unterscheiden. Übrigens entdeckte man nicht nur in Asien, sondern auch im europäischen Oligozän und Miozän Pholidota-Reste. Neuerdings gelang es, in der Grube Messel Schuppentiere zu finden. Dabei handelt es sich um die geologisch ältesten und vollständigsten Maniden. Diese fossile Form besaß bereits eine Körperbedeckung aus Hornschuppen, allerdings unvollkommener als bei den rezenten Arten. Auf Jawa fand man Fossilien eines einstigen Schuppentiergiganten mit recht kurzen und massiven Vorder- und Hintergliedmaßen, der eine Länge (Nasenspitze bis Schwanzspitze) von wenigstens 2,5 m gehabt haben muß. In vieler Beziehung stimmt sein Körperbau mit dem heute dieses Gebiet besiedelnden Jawanisch-malaiischen Schuppentier *(Manis javanica)* gut überein. Dieses hat allerdings eine Gesamtlänge von nur etwa 80 cm. Es muß vorläufig noch offenbleiben, ob sich Pholidota und Xenarthra aus der gleichen Stammgruppe oder unabhängig voneinander aus primitiven Insectivoren entwickelten. Ursprüngliche Formen, die über die Herkunft Aufschluß geben könnten, fehlen wie bereits erwähnt, noch.

Kohorte Glires – Nager

Ordnung Lagomorpha – Hasentiere

Neuere Erkenntnisse über die Fossilgeschichte der Säugetiere haben ergeben, daß die Hasenartigen nicht näher mit der Ordnung der Nagetiere verwandt sind. Nach Thenius (1980) zeigen wesentliche morphologisch-anatomische Unterschiede, daß sich die Hasenartigen aus einer anderen Wurzelgruppe unter den placentalen Säugern entwickelt haben. Die Gemeinsamkeiten mit den Nagetieren beruhen entweder auf Primitivmerkmalen oder Parallelerscheinungen. Bemerkenswert ist, daß diese pflanzenfressenden Säugetiere im Verhalten und auch ernährungsphysiologisch etwas an die Paarhufer erinnern. Auch bezüglich der Zusammensetzung des Blutserums stehen sie diesen näher als den Nagetieren. Dem Vorschlag von Tullberg (1899), die Hasentiere grundsätzlich von den Nagetieren zu trennen, folgen inzwischen alle Zoologen. So unterscheiden sich unter anderem das Backenzahngebiß und das primitive Gehirn fundamental von den Rodentia. Paläozoologische Untersuchungen haben außerdem erwiesen, daß eine Trennung zwischen Rodentia und Lagomorpha bis in das frühe Tertiär nachweisbar ist und frühestens erst dort gemeinsame Stammformen zu suchen sind. Also nochmals: Hasen und Kaninchen sind keine Angehörigen der eigentlichen Nagetiere.

Die alte Bezeichnung Doppelzähner bezieht sich darauf, daß hinter den beiden vorderen, zum Nagen verwendeten, wurzellosen und deshalb bei Abnutzung ständig nachwachsenden Schneidezähnen des Oberkiefers noch je ein zweiter kleiner Stiftzahn sitzt. Diese Besonderheit steht unter den Säugetieren einmalig da und ist somit ein untrügliches Charakteristikum der Hasenartigen.

Familie Ochotonidae – Pfeifhasen

Ohne Berücksichtigung der für alle Lagomorpha kennzeichnenden Stiftzähne würde wohl jeder Laie die kleinen kurzohrigen Tierchen – dem äußeren Erscheinungsbilde nach – für nahe Verwandte der allbekannten Meerschweinchen halten. Diese Ähnlichkeit beruht aber nur auf gestaltlichen Analogien und ist stammensgeschichtlich unbegründet. Die Pfeifhasen haben sich in Zentralasien entwikkelt. Heute sind sie mit 14 Arten in den Hochsteppen und deren Felsregionen des gemäßigten Asiens sowie den Gebirgen des westlichen Nordamerikas verbreitet. In der Mongolei lebt der Alpenpfeifhase zwischen Steingeröll und Schotter, in Felsnischen und zwischen Felsblöcken der alpinen Zone; er geht sogar bis in die Hochgebirgssteppe und teilweise in die Hochgebirgstaiga hinein. Lediglich eine Art kommt noch auf europäischem Gebiet vor, und das auch nur auf verhältnismäßig beschränktem Raum im westlichen Ural bis zur Wolga. Diese Species ist der reizende, nur eine Gesamtlänge von 15 cm erreichende Zwergpfeifhase *(Ochotona pusilla)*, dessen eigentliches Verbreitungsgebiet aber, wie das der anderen altweltlichen Pfeifhasen, transuralisch ist. Im Jungpleistozän war ein fossiler Vorfahr dieser Art, *Ochotona pusilla (= fossilis)*, jedoch weit im heutigen Mitteleuropa verbreitet. Andere inzwischen ausgestorbene Arten wurden in Afrika gefunden.

Es ist zu bedauern, daß die kleinen Pfeifhasenarten Asiens und Nordamerikas sehr selten einmal in unsere Tiergärten gelangen. Ihre Zurschaustellung würde bestimmt vielen Besuchern Freude bereiten, und auch wissenschaftlich ist in bezug auf ihr Verhalten und ihre Fortpflanzungsbiologie noch manches zu ergründen. Äußerlich ist keine Andeutung eines Schwanzes sichtbar, auch die Ohren sind kurz und erinnern, selbst wenn sie beim Sichern aufgestellt werden, kaum noch an die »langen Löffel« unseres Feldhasen.

Die Färbung der einzelnen Arten schwankt beträchtlich. Die bereits genannte einzige noch in Europa vorkommende Art, der Zwergpfeifhase, trägt ein weiches, oben graubraunes, unterseits weißliches Fell und weiß umsäumte Ohren. Besonders bevorzugte Nahrungspflanzen der Pfeifhasen sind Beifuß-Arten. Da die Tiere keine Winterschläfer sind, legen sie sich größere Wintervorräte an. Sie beißen Gras und andere Nahrungspflanzen ab und lassen diese an der Sonne und der frischen Luft trocknen. Um die Pflege ihrer Heuvorräte, die sie entweder in Felsspalten oder zum Teil im Bauinneren stapeln, sind sie ständig bemüht. Die Hauptmenge aber wird in richtigen kleinen Heuschobern oberirdisch im Bereich der jeweiligen Pfeifhasenkolonie verteilt. In der dicken Schneedecke legen sich die Tierchen im Winter Gänge an, die zu diesen Schobern hinführen, so daß auch bei grimmigstem Frost für Nahrung gesorgt ist. Allerdings machen sich manche asiatischen Hirtenvölker den Heuspeicherbetrieb der Ochotonidae zunutze. Entweder sammeln sie deren Heuhäufchen und bringen sie als »eigene« Ernte ein, oder sie treiben ihr Weidevieh in die Bereiche der oft sehr ausgedehnten Pfeifhasenkolonien. Dadurch kann besonders in strengen, lang an-

Als Vorräte anlegende Erdbaubewohner sind die nur meerschweinchengroßen Pfeifhasen (Lagomorpha-Familie Ochotonidae) in mehreren Arten und Unterarten vom äußersten Osteuropa über Asien bis nach Nordamerika verbreitet

haltenden Wintern entweder die gesamte von dieser Plünderung betroffene Kolonie oder doch die Mehrzahl ihrer Insassen zum Hungertode verurteilt sein. Diese auffällige »Vorratswirtschaft« hat ihnen auch den russischen Volksnamen »Heustapler« eingebracht. In der Mongolei wurde beobachtet, daß die Pfeifhasen schon Ende Juli, Anfang August beginnen, den Wintervorrat zusammenzutragen.

In Zentralasien trifft man Pfeifhasen zu jeder Tageszeit, auch bei trübem Wetter und bei leichtem Regen, bis in die Dämmerung außerhalb ihrer Erdbaue an. Sie lassen als Stimmäußerungen hohe, schrille und durchdringende Pfeiftöne hören, die mehr an Vogelrufe als an Laute eines Säugetiers erinnern und namengebend geworden sind. Mehrere Arten setzen drei Generationen im Jahr, Anfang bis Mitte Mai, Anfang Juni und Ende Juni Anfang Juli. Jungtiere der ersten Generation pflanzen sich noch im gleichen Jahr fort. Die Tragzeit beträgt 20 bis 24 Tage. Beim Mongolischen Pfeifhasen *(Ochotona pallasii pricei)* fand man Mitte Juni ein Weibchen mit acht Embryonen. Es wurden auch schon Würfe bis zu 13 Jungen festgestellt, die nackt und blind geboren werden. Diese starke Vermehrung ist biologisch notwendig, weil alle Pfeifhasenarten viele Feinde haben: In der Inneren Mongolei und in der Mongolischen Volksrepublik stellte Piechocki Pfeifhasen als Beutetiere von Adlerbussard, Steppenadler, Kornweihe und Uhu fest. Eine Serie von 140 Pfeifhasen, die der Uhu erbeutet hatte, sammelte Krylova in der nordwestlich der Mongolei gelegenen Tuwinischen ASSR. Aber auch größeren oder kleineren Raubsäugern fällt er zum Opfer.

Leider hat sich gezeigt, daß der Ektoparasitenfauna der Pfeifhasen eine nicht unbedeutende Rolle bei der Übertragung menschlicher und tierischer Infektionskrankheiten zufällt, insbesondere der Hasenpest (Tularämie). Bei einigen von uns erbeuteten Alpenpfeifhasen war die Hüftgegend von Dasselfliegenlarven parasitiert.

Familie Leporidae – Hasen

Die überall auf der Erde vorkommenden rezenten Vertreter dieser großen Familie sind sich dem Äußeren nach – sieht man von Färbungsunterschieden ab – recht ähnlich. Wenn gesagt wurde »überall auf der Erde«, so trifft das freilich nur auf unsere jüngste Gegenwart zu, da europäische Hasenartige, vor allem das Kaninchen, im Verlaufe der letzten Jahrhunderte durch den Menschen auf allen möglichen Inseln der Weltmeere und auf dem australischen Kontinent ausgesetzt worden sind, rasch verwilderten und sich dort eingebürgert haben. Sieht man von solchen wenigen, etwas abweichenden Seitenzweigen ab, wie dem seltenen sumatranischen Kurzohrkaninchen *(Nesolagus netscheri)*, das aber in seiner Färbung wieder unserer Hauskaninchenrasse »Japaner-Kaninchen« nicht nur phänotypisch analog, sondern genetisch wohl auch homolog ist, so müssen wir schon anatomische Unterschiede und solche der Fortpflanzungsweise zur sicheren Trennung der beiden Hauptgruppen heranziehen.

In Europa sind die Leporidae durch zwei markante Gattungen vertreten, die der Eigentlichen Kaninchen *(Oryctolagus)* und die der Eigentlichen Hasen *(Lepus)*. Wir wollen uns hier mit einer Gegenüberstellung der europäischen Wild- und Hauskaninchen einerseits und von Feldhase und Schneehase andererseits begnügen. Dabei folgen wir weitgehend den Angaben von Nachtsheim, einem hervorragenden Lagomorpha-Kenner und Genetiker.

Die Abzweigung der äußerlich so ähnlichen Wildkaninchen und der beiden Hasenarten von einer gemeinsamen Wurzel liegt erdgeschichtlich schon recht weit zurück. Das drückt sich unter anderem in der sehr unterschiedlichen Lebensweise und Fortpflanzung aus. Das Kaninchen ist ein gesellig in selbstgewühlten unterirdischen Erdbauten lebendes Grabtier, das bei Gefahr in diese Höhlen flüchtet und sich darin verbirgt. Die Hasen sind Feld-, Wiesen- und Waldbewohner, die sich keinerlei unterirdische Bausysteme anlegen, sondern nur flache Sassen in die Erdoberfläche scharren. Bestenfalls suchen sie einmal in einer Felsspalte (Alpenschneehase), einem offenen, hohlen Baumstamm oder einer aufgefundenen, weiträumigen Erdhöhle fremder Herkunft Zuflucht. Hasen sind außerhalb der Paarungszeit untereinander recht unverträgliche Einzelgänger und bei Gefahr unabhängig voneinander das Weite suchende Lauftiere. Bei nur 31tägiger Trächtigkeitsdauer werfen Kaninchen bis zu zwölf, manchmal sogar noch mehr Jungtiere, die im Innern des mütterlichen Erdbaues nackt, blind und auf relativ tiefer Entwicklungsstufe geboren werden und deshalb zunächst völlig unselbständig sind. Junge Hasen kommen nach 42tägiger Tragzeit zur Welt, sind bereits voll behaart und können sehen und laufen. Sie werden im freien Gelände »gesetzt« und sind rasch selbständig. Ihre Mutter bringt unter Umständen schon nach zwölf Tagen einen zweiten Wurf, da sie im tragenden Zustand befruchtungsfähig bleibt (Superfötation). Dann müssen die erstgeborenen Kleinen zwangsläufig, um weiterleben zu können, bereits beträchtlich unabhängig geworden sein. Die Kopfzahl eines Wurfes beim Feldhasen überschreitet selten drei, meistens sind es nur zwei Junge.

Aus diesen entscheidenden Unterschieden ist ersichtlich, daß die Natur einer Bastardierung von Kaninchen und Hasen wohl unüberschreitbare Schranken gesetzt hat. Es gibt bislang noch keinen wissenschaftlich unanfechtbaren Nachweis einer gelungenen Kreuzung zwischen Feldhasen und Kaninchen. Was wir unter den Hauskaninchen als »Hasenkaninchen« bezeichnen, sind lediglich äußerlich stärker feldhasenähnliche Varietäten von reinen Kaninchen, wie auch die Chromosomenzahl ausweist. Dagegen sind Kreuzungen zwischen Feldhasen und Schneehasen möglich. Früher galten diese Kreuzungsprodukte als durchweg unfruchtbar. Es ist jedoch inzwischen von sowjetischen Forschern nachgewiesen worden, daß derartige Bastarde auch fertil sein können.

Bei den Lagomorpha (und Rodentia) hat sich herausgestellt, daß sie zwei Sorten Kot ausscheiden, eine Erscheinung, die am besten beim Kaninchen untersucht worden ist. Neben dem normalen wird im Blinddarm ein sehr weicher, bakterienreicher Kot gebildet, der vom Kaninchen meist gleich nach dem Austreten aus dem After wieder aufgenommen wird. Diese Art der Exkremente, die nichts mit Durchfall zu tun haben, führt den Namen Coecotrophe. Da diese Coecotrophe mehr Vitamin B_1 enthält, als gewöhnlich mit dem Futter zugeführt werden kann, außerdem viermal mehr als die normalen Exkremente, wurde von A. Scheunert und K. Zimmermann dafür die deutsche Bezeichnung Vitaminkot vorgeschlagen. Im Winter sind Kaninchen, und höchstwahrscheinlich nicht minder Feldhasen und Schneehasen, ganz besonders gierig nach ihrem Vitaminkot. Im Sommer, wenn ausreichend Vitaminzufuhr durch frisches Grünfutter erfolgt, ist ihr entsprechender Bedarf an Coecotrophe viel geringer.

Das Kaninchen *(Oryctolagus cuniculus)*

Unser heutiges Wildkaninchen verdankt seine Anwesenheit in unseren heimatlichen Fluren und Feldern dem unmittelbaren Einfluß des Menschen. Er hat es in halbwildem Zustand von der Pyrenäenhalbinsel und aus Nordafrika, wo diese Art in freier Wildbahn ziemlich unverändert die Eiszeit überdauerte, wieder in das nördlichere West- und Mitteleuropa eingeschleppt. Hier hatte es zwar im Pleistozän schon einmal wild gelebt, war aber dem rauher werdenden Klima nicht gewachsen und wurde damals immer weiter nach Südwesteuropa zurückgedrängt. Wie auch im Kapitel über die Schliefer zu lesen, ist es zwar von den Phöniziern in großen Mengen auf der Pyrenäenhalbinsel wildlebend vorgefunden, aber zunächst von ihnen mit den aus ihrer Heimat wohlbekannten Klippschliefern verwechselt worden. Bereits im 1. Jahrhundert v. u. Z. importierten es die Römer aus Iberien und züchteten es in Leporarien (Hasengehegen). Besonders die den trächtigen Kaninchenweibchen entnommenen ungeborenen oder die gerade neugeborenen Jungen waren unter dem Namen Laurices begehrte Leckerbissen. Jene Sitte – oder besser wohl Unsitte – hielt sich in den Klöstern und an den Höfen geistlicher Würdenträger auch in Mitteleuropa bis tief ins Mittelalter hinein. Die Laurices galten nämlich als erlaubte Fastenspeise. Lebende Kaninchen wurden deshalb überallhin mitgeführt und in besonderen ummauerten Kaninchengärten gehalten. Natürlich gelang es vielen davon, die Mauern zu unterwühlen, in Freiheit zu gelangen, dort zu verwildern und sich das seit dem Pleistozän außerhalb der Pyrenäenhalbinsel für die Art verlorengegangene große europäische Gebiet immer mehr zurückzuerobern. Einzig von diesen halbwilden Ausbrechern stammen alle unsere Wildkaninchen ab.

Nach Nachtsheim war es in der Frühzeit der mittelalterlichen Kaninchenhaltung vornehmlich das Verdienst französischer Mönche, die ersten wirklich zahmen Kaninchen herausgezüchtet zu haben. Im 16. Jahrhundert zeigten sich in Europa bereits die ersten Ansätze zu

In Mitteleuropa wurde das Wildkaninchen *(Oryctolagus cuniculus)* erst durch den Menschen eingebürgert. Vorher lebte diese Stammform aller Hauskaninchenrassen wild lediglich auf der Iberischen Halbinsel

einer Farben- und Größenrassenbildung. Die Domestikation des immer mehr zu unserem Hauskaninchen werdenden Ausgangsmaterials, der ursprünglich noch ausschließlich wildfarbigen Gehegekaninchen, ging Schritt für Schritt voran und hat schließlich zu unseren heutigen mannigfachen Größen- und Farben-, Langhaar- und Kurzhaar- und schließlich auch zu solchen bizarren Rassen wie unter anderen den überlangohrigen Widdern oder den grannenhaarlosen Castorrex-Kaninchen geführt. Diese Rassen sind untereinander noch immer bei Kreuzungen unbegrenzt fruchtbar, ebenso alle ihre Kreuzungen mit unserem Wildkaninchen. Das gilt sogar für so unterschiedliche Formen wie die Hauskaninchenzwergrasse »Hermelinkaninchen« mit einem Gewicht von ungefähr 1 kg und die Rasse der überschweren und übergroßen Englischen Widder von zuweilen etwa 10 kg Lebendgewicht.

Kaninchen hat man schon frühzeitig in England und auf den vorgelagerten Inseln verwildern lassen. Soweit urkundlich belegbar, wurden vermutlich aus England stammende Kaninchen auch auf der Insel Amrum ausgesetzt, wo sie seit 1231 als vorhanden erwähnt werden. Schon 1254 und 1257 haben sich übrigens in England die Abgeordneten von Dunster/Somerset über die Schädlichkeit dieser Tierchen beklagt. Dieselben voll berechtigten Klagen sind seither überall dort, wo Wildkaninchen in Massen vorkommen, nicht wieder verstummt und haben mannigfache Gegenmaßnahmen des Menschen ausgelöst. In der DDR steht das Wildkaninchen zwar unter Jagdschutz, genießt aber während des ganzen Jahres keine Schonzeit.

Am schlimmsten hat sich die Übervermehrung der 1859 ausgesetzten europäischen Wildkaninchen in Australien ausgewirkt. Schon nach wenigen Jahrzehnten hatten sie sich auf Millionen Tiere vermehrt. Seit 1950 begann man gegen diese Plage, die die Futtergrundlage der australischen Schafhaltung auf das schwerste gefährdete, durch künstliche Verbreitung des Erregers der Myxomatose vorzugehen. Der Erfolg war zunächst verblüffend, denn die australischen Wildkaninchen wurden fast bis an die Grenze ihrer Ausrottung dezimiert. Aber alles Frohlocken war verfrüht. So schnell gibt die Natur den Kampf um die Erhaltung einer ihrer progressiven Arten nicht auf! Einige wenige Wildkaninchen hatten sich wider Erwarten als völlig unempfindlich gegenüber dem Myxomatose-Virus erwiesen, andere wenigstens insoweit, daß sie die Infektion überstanden und wieder gesundeten. Diese Resistenz hat sich bei diesen von der Natur bevorzugten Individuen als weitervererbbar herausgestellt. Und nun wächst unter den Augen der vorläufig machtlosen Australier wieder ein neues Millionenheer von gegen Myxomatose mehr oder weniger unempfindlichen Wildkaninchen heran.

Die gewöhnlich durch Mücken übertragene Myxomatose forderte aber im letzten Jahrzehnt auch in Europa ihre Opfer unter den Wildkaninchen, zu Millionen selbst unter den Hauskaninchen. Durch die Unbedachtsamkeit eines französischen Gartenbesitzers, der sich so sehr über den in seinen Kulturen von Wildkaninchen angerichteten Schaden erboste, daß er kurzerhand mit aus Australien beschafften Myxomatose-Erregern gegen diese vorging, breitete sich diese Kaninchenseuche rasch über Europa aus und forderte einen Millionentribut. Die dahingerafften Fleischkaninchen, Rassezuchttiere und vor allem die das Rohmaterial für Pelzwerk und Angorakaninchenwolle liefernden Hauskaninchenrassen waren als Seuchenkadaver nämlich absolut unverwertbar. Auch hier muß der entstandene schwere Schaden durch die beschleunigte Weiterzüchtung von Hauskaninchen, die sich als myxomatosefest erwiesen haben, nach und nach wieder ausgeglichen werden – dies ist zur Zeit noch in vollem Gange. Glücklicherweise vermehren sich ja nun Haus-, aber eben auch Wildkaninchen ungewöhnlich rasch. In der warmen Jahreszeit setzt ein fortpflanzungsfähiges Wildkaninchen-Weibchen ungefähr alle fünf bis sechs Wochen einen neuen Wurf, unter günstigen Umständen also fünf bis sieben Würfe im Jahr. Nimmt man nur fünf Junge an, die bis zum Selbständigwerden von jedem Wurf am Leben bleiben, so sind das immerhin 25 bis 30 Nachkommen im Jahr, die im Alter von acht Monaten selbst fortpflanzungsfähig sind. Dasselbe gilt für Hauskaninchen, wenn man sie sich ungehindert paaren läßt. Bei Wild- und Hauskaninchen ist die mütterliche Fürsorge für die Jungen sehr ausgeprägt. Das vom Weibchen mit Bauchwolle, die es sich selbst ausrupft, ausgepolsterte Wurfnest wird unterirdisch angelegt. Beim Verlassen des Erdbaus verscharrt die Mutter vorher jeweils sorgfältig den Zugang zu ihren Jungen. Bei Gefahr warnen sich die Kaninchen der Kolonie gegenseitig, indem das Tier, das sie zuerst wahrnimmt, hart und knallend mit einem Hinterlauf auf den Boden schlägt. Daraufhin verschwinden alle in ihren Röhren, nicht ohne vorher meistens noch das Warnsignal wiederholt und so weitergegeben zu haben. Der Feldhase – als Einzelgänger – soll derartige Warnsignale nicht geben.

Die bevorzugten Biotope von Kaninchen und Feldhasen entsprechen sich nicht völlig. Kaninchenkolonien werden nämlich mit Vorliebe an Dünen, bewaldeten Böschungen, Eisenbahndämmen und dergleichen angelegt, während der Feldhase diese weniger bevorzugt. Dabei werden diese Siedlungsplätze oft geradezu durchsiebt und sind dadurch stärkstens abrutsch- oder einsturzgefährdet. Schon deshalb wird das Wildkaninchen eindeutig zum wirtschaftlichen Schädling. Hinzu kommt, daß nicht selten die Wurzeln von Bäumen durch diese Wühlereien freigelegt werden, was in Schonungen zu schweren Forstschäden führen kann. Im Winter sind Kaninchen genau so aktiv wie im Sommer und richten dann vorzüglich an jungen Obst- und Laubbäumen Schaden durch Entrinden an. Zum Teil beißen sie sogar junge bis fingerstarke Stämmchen völlig ab.

In Anbetracht ihres gegenüber dem des Feldhasen weit weniger wertvollen Wildbrets werden Wildkaninchen sogar in gewissem Umfang jagdschädlich. Nachtsheim schreibt dazu: »Im allgemeinen leben Hase und Kaninchen in Feindschaft miteinander. Wo das Kaninchen sich ausbreitet, zieht sich der Hase zurück, und wenn es zu einem Kampf zwischen beiden kommt, ist es fast immer der größere Hase, der unterliegt. Das kleinere Kaninchen tötet den Hasen durch einen Biß in die Kehle, wenn dieser sich nicht rechtzeitig durch die Flucht rettet.« In zoologischen Gärten gelingt es jedoch zuweilen, durch Menschen aufgezogene Feldhasen und Wildkaninchen verträglich zusammenzuhalten. Im Zoo Halle lebten nach dem zweiten Weltkrieg jahrelang ein in Gefangenschaft aufgezogenes Wildkaninchen und ein ebenfalls derart großgewordener Feldhase friedlich in einem gemeinsamen Käfig zusammen. In Ruhe lagen sie immer eng aneinandergekuschelt. Nie wurden zwischen beiden, auch nicht am Futter, irgendwelche Streitigkeiten beobachtet. Übrigens waren beide besonders gierig auf Pferdehackfleisch, das ihnen zusammen mit reichlicher und abwechslungsreicher Pflanzenkost geboten wurde. Auch an gereichten größeren Knochen haftende Fleischfetzen wurden eifrig und säuberlich von beiden gemeinsam abgenagt.

Das Wildkaninchen ist weit mehr Kulturfolger als der sich im allgemeinen nur bei ärgster winterlicher Futternot bis in die Hausgärten von Dörfern und Vorstädten und somit in die unmittelbare Nähe des sonst gemiedenen Menschen wagende Feldhase. In auffallendem Gegensatz dazu machen sich die Wildkaninchen selbst noch in den im Zentrum unserer Großstädte gelegenen Gärten und viel besuchten Parks breit und legen darin ihre Erdbauten an. Meist fühlen sie sich hier so sicher, daß sie sich auch tagsüber außerhalb ihrer Höhlen aufhalten und ohne große Scheu vor den Parkbesuchern äsend und spielend auf den Rasenflächen umherflitzen. Manchmal sieht man dann unter den normalen wildfarbigen auch schwarze, gelbe, weiße oder gescheckte Exemplare. Deren Auftreten kann auf zweierlei Ursachen zurückgehen. Einmal können durch Mutationen in wildfarbigen Kolonien plötzlich vererbliche Farbspiele auftreten, deren Weiterexistenz in den feindarmen Großstadtparks besser gewährleistet ist als in der feindreichen freien Wildbahn außerhalb der Städte. Zum anderen kann ein solches gehäuftes Auftreten derartiger Fehlfarben lediglich darin begründet liegen, daß sich entwichene und danach verwilderte farbige Hauskaninchen einer Wildkaninchengruppe zugesellt und mit den Wildlingen gekreuzt und fortgepflanzt haben, weswegen fortan ein Teil der Jungen hauskaninchenfarbig zur Welt kommt.

Recht oft werden wildfarbene normale Wildkaninchen von unkundigen Beobachtern für Feldhasen gehalten, ebenso wie ja für Hauskaninchen der irreführende, da zoologisch falsche Name Stallhase noch oft gebraucht wird. Dabei ist es – selbst in freiem Gelände – gar nicht schwierig, Wildkaninchen und Feldhasen klar zu unterscheiden. Erwachsene Wildkaninchen sind nämlich noch um etwa die Hälfte kleiner als gleichaltrige Feldhasen, außerdem viel gedrungener gebaut und niedriger gestellt als ihre schlanken und hochbeinigen Verwandten. Diese zeichnen ferner, im Gegensatz zu den beträchtlich kurzohrigeren Wildkaninchen, die charakteristischen langen Hasenohren (Löffel) als unverwechselbares Merkmal aus. Hinzu kommt, daß jedes dieser langen Feldhasenohren an seiner Spitze einen auffälligen schwarzen Fleck trägt, während die kurzen Wildkaninchenohren oben nur unauffälligere, schwarz umsäumte Ränder aufweisen. Sogar die normalen Wildfärbungen von Feldhase und Kaninchen sind absolut unterschiedlich; denn das Feldhasenfell zeigt viel mehr rote und rotbraune Farbtöne als das vorwiegend graue des normal gefärbten Wildkaninchens. Bekommt man Wildkaninchen und Feldhasen in abgezogenem Zustand vorgelegt, stellt man fest, daß jeden Feldhasen dunkles rotes, jedes Wildkaninchen aber weißes Muskelfleisch kennzeichnet und sie auch dadurch unverwechselbar macht.

Der Feldhase *(Lepus europaeus)*

Der Feldhase ist wohl ein jedermann bekanntes Charaktertier der freien Wildbahn Mitteleuropas. Im Norden erreicht er Schottland, Südschweden und Finnland und kommt in den Alpen gelegentlich noch in Höhen bis zu 3000 m vor. In Mitteleuropa lebt die Unterart *Lepus europaeus europaeus*, der sogenannte Westhase, der vom Unterlauf der Weichsel an bis tief hinein in den europäischen Teil der Sowjetunion von der Unterart *Lepus europaeus hybridus*, unter dem deutschen Namen Osthase oder – besser – auch Nordöstlicher Hase bekannt, abgelöst wird. Doch die leider noch immer weit verbreitete dritte deutsche Bezeichnung für den Osthasen, Bastardhase, ist in ihrer Aussage gänzlich irreführend; diese Subspecies ist keineswegs ein Bastardierungsprodukt zwischen irgendwelchen verschiedenartigen Vertretern der Lagomorpha, sondern ein reiner Feldhase. Hier interessiert uns diese etwas größere Unterart deshalb, weil von ihr im vorigen Jahrhundert und im ersten Drittel unseres Jahrhunderts wiederholt Tausende von lebenden Exemplaren nach Mitteleuropa eingeführt und zur angeblichen Blutauffrischung der einheimischen Feldhasenbestände ausgesetzt worden sind. Erkennbare Spuren haben sie allerdings nicht hinterlassen. Erwähnenswert ist, daß auf Sardinien ein zwerghafter Hase vorkommt, der nur die Größe eines Wildkaninchens erreicht, aber seinem Körperbau, seiner Lebensweise und der Fortpflanzungsbiologie nach ein richtiger Hase ist.

Zwei Merkmale des Hasen kennt jeder: seine »Löffel«, die langen Ohren, die bei vorderasiatischen und nordafrikanischen Wüstenformen ganz besonders große Ausmaße haben, und seine »Blume«, die in der Jägersprache den ungefähr 10 cm langen Hasenschwanz kennzeichnet. Die Blume ist oben schwarz, unten leuchtend weiß gefärbt und dient als innerartliches Signalorgan, vor allem während der Paarungszeit und bei der Betreuung der Junghasen durch das Muttertier. Die Paarungszeit beginnt bereits Ende Januar und währt bis in den späten Hochsommer. Bereits im Februar werden 60 Prozent der alten Häsinnen fast gleichzeitig gravid. Durch die erwähnte Superfötation werden Junghasen in relativ kurzen Abständen, sozusagen am laufenden Band geboren. Jede fortpflanzungsfähige Häsin kann es dadurch auf mindestens vier Würfe im Jahr bringen. Allerdings sind die frisch gesetzten Junghasen, obwohl die Mutter ihr stets oberirdisches Wurfnest mit ausgerupfter eigener Bauchwolle weich und warm auspolstert, sehr empfindlich gegen naßkaltes Wetter. Viele Junghasen fallen, auch wenn ihre Mutter sie tapfer gegen tierische Feinde verteidigt, Räubern aus der Säugetier- und Vogelwelt zum Opfer.

Alljährlich wurden in der DDR und BRD etwa vier Millionen Feldhasen geschossen. Das war möglich, da der unter Jagdschutz stehende Hase während der gesamten Fortpflanzungsperiode in beiden Geschlechtern Schonzeit genießt. Erst danach, und dann auch nur für wenige Monate in Herbst und Winter, erfolgt die planmäßige jährliche Hasenernte. Die Überlebenden reichen völlig aus, den Bestand weiterhin zu sichern. Inzwischen trat in den meisten europäischen Ländern ein starker Rückgang der Jagdstrecken ein. Diese Tatsache löste eine Anzahl wissenschaftlicher Untersuchungen aus, die Zörner in einer beachtenswerten Monographie über den Feldhasen zusammengefaßt hat.

Feldhasenfleisch ist ein sehr begehrtes Wildbret, auch die Hasenhaut gilt als wertvoller Rohstoff und wird wirtschaftlich genutzt. Das daraus hergestellte Leder wird zu feinen Lederwaren verarbeitet, das Hasenhaar zu Filzhüten.

Die Haltung junger, mit der Milchflasche aufgezogener Feldhasen ist nicht leicht. Sie werden zwar sehr zahm und anhänglich, sind aber gegen falsche Fütterung äußerst empfindlich. Ein junger Feldhase, den der Verfasser studienhalber von klein auf sieben Wochen lang als Hausgenossen halten konnte, bis er dann nach dem zufälligen Genuß von frischen Blättern einer Lorbeerbaumart doch noch einging, lebte einträchtig mit der Hauskatze und einem Meerschweinchen zusammen. Alle drei tranken gleichzeitig Milch aus einem Futternapf und ruhten ohne Aufsicht stundenlang friedlich eng beieinander. Mit seinem Pfleger zeigte sich das Häschen nicht minder vertraut. Von jungen im Freien gefundenen Feldhäschen gilt dasselbe wie bei jungen Rehen und Hirschen: Nicht anfassen und wegtragen! Sie sind von ihrer Mutter durchaus nicht verlassen, auch wenn diese bei Annäherung des Menschen geflüchtet ist und die Jungen vorübergehend allein läßt. Sie kehrt bestimmt zu ihnen zurück und nimmt sie wieder an, falls ihnen nicht durch unüberlegtes Anfassen der verabscheute Menschengeruch anhaftet.

Untersuchungen von Zörner, die in einem Wald-Feldhabitat durchgeführt wurden, ergaben, daß das Nahrungsspektrum des Feldhasen aus 90,1 Prozent Grünäsung, 5,5 Prozent Holz und verholzten Pflanzen, 2,2 Prozent Hackfrüchten, 1,7 Prozent Körnerfrüchten und 0,5 Prozent Waldfrüchten (Eicheln) besteht. Die Grünäsung bildet demnach die Vorzugsnahrung des Feldhasen während des ganzen Jahres.

Der Schneehase (*Lepus timidus*)

Zu den interessantesten Vertretern der Lagomorpha gehören die Schneehasen. Bereits im Jungpleistozän, aber auch noch lange in historischer Zeit, lebten Vertreter ihrer nördlichen Unterart *Lepus timidus timidus* auch in Mitteleuropa. Vor allem wohl durch das Vordringen des Feldhasen und vermutlich auch des Wildkaninchens in ihre Lebensräume wurden sie mehr nach Norden und Nordosten zurückgedrängt. Sie finden sich heute noch an den Küsten des Finnischen und Bottnischen Meerbusens und im europäischen Nordwesten und Norden der Sowjetunion. Dort sowie in Finnland, Schweden und Norwegen sind sie, vor allem, wo es keine Feldhasen gibt, stellenweise häufig. Eine zweite Unterart *Lepus timidus varronis* lebt in den Alpen. Schneehasen sind etwas kleiner und gedrungener gebaut als Feldhasen und haben kürzere Löffel mit leuchtend schwarzen Ohrspitzen. Ihre Blume ist jedoch sommers wie winters oben und unten weiß gefärbt. Das bemerkenswerteste am Schneehasen ist, daß er zu den winterweißen Tieren gehört, was ihm den treffenden Namen eingetragen hat. Sein Winterfell ist in der kalten Jahreszeit bis auf die bereits erwähnten, auch dann noch pechschwarz bleibenden Ohrspitzen, die bei dieser Art als innerartliches Signalorgan dienen, leuchtend weiß. Südschwedische und überhaupt die am weitesten nach Süden vorkommenden Vertreter der nordischen Subspecies wechseln ihr Haarkleid allerdings nur unvollständig. Das Schneehasen-Sommerfell ist am Vorderrücken und an den Seiten graubräunlich, am Hinterrücken und an der Außenseite der Schenkel rostgelb, der Kopf, bei schwarzen Haarspitzen, braun und die deutlich abgesetzte Unterseite weiß gefärbt. Das weiße Winterkleid kann man mit Recht als vorzügliche Schutzfärbung bezeichnen, denn es macht den Schneehasen im verschneiten Gelände so gut wie unsichtbar. In Irland jedoch, wo selten eine geschlossene Schneedecke vorhanden ist, bleiben sie auch im Winter braun. Im Gegensatz dazu leben in der Arktis Schneehasen, die während des ganzen Jahres ihr schützendes weißes Winterkleid behalten.

Der Schneehase *(Lepus timidus)* gehört zu den winterweißen Säugetieren. Während des Haarwechsels vom graubraunen Sommer- zum Winterfell und umgekehrt wirkt er vorübergehend gescheckt. Seine Unterarten sind im Sommerkleid vom Feldhasen durch ihre proportional kürzeren Ohren zu unterscheiden

Der bevorzugte Lebensraum des nordischen Schneehasen sind Wälder, Moordickichte und Tundren. Als ausgesprochener Kulturflüchter meidet er kultiviertes Ackerland. Als Nahrung dienen dem Schneehasen im nordöstlichen Lappland überwiegend Zweige von Birken und Weiden, weniger dagegen auch Krähen-, Heidel- und Preiselbeersträucher. Bei der Flucht schlägt er weniger Haken als der Feldhase, läuft jedoch viel im großen Bogen.

Je nach der Länge der warmen Jahreszeit und der geographischen Lage ist die maximale Zahl der Jahreswürfe einer Schneehäsin im gesamten Artareal verschieden, übersteigt aber selten einmal drei. Der nordische Schneehase hat, neben dem Menschen, viele behaarte und gefiederte tierische Feinde, darunter vor allem den Luchs und den Vielfraß. Junge Schneehasen werden von der Schnee-Eule geschlagen. Der Alpenschneehase hat im Fuchs und in den Marderarten seine Hauptfeinde. Er wird auch oft vom Steinadler geschlagen und geht noch weit höher ins Gebirge als der Feldhase. Nach Soffel ist er noch in 3600 m Höhe am obersten Wetterhorngipfel angetroffen worden. Kreuzungsprodukte zwischen Feldhase und Alpenschneehase sind nicht allzu selten.

Im Mittelamerika kommen die sogenannten Eselhasen vor. Wenn schon die langen Löffel

Nordische Schneehasen in freier Wildbahn. Es bestehen nur geringe Unterschiede zwischen dem in Nordeurasien vorkommenden Nordischen und dem als Relikt noch im Alpengebiet lebenden Alpenschneehasen

unseres Feldhasen sprichwörtlich sind, so erscheinen sie bei einem Vergleich mit den riesigen Ohren der Eselhasen geradezu klein.

Ordnung Rodentia – Nagetiere

Von sämtlichen Säugetierordnungen ist die der Rodentia die in jeder Beziehung umfangreichste. Es gehören zu ihr mehr als ein Drittel aller Gattungen und über die Hälfte aller lebenden Arten der Säugetiere. Ihre Vertreter sind weltweit verbreitet und besiedeln noch die unwirtlichsten Lebensräume. Sie ist in drei Unterordnungen: Sciuromorpha, Hörnchenverwandte; Myomorpha, Mäuseverwandte und Hystricomorpha, Stachelschweinverwandte aufgeteilt, die nicht weniger als 15 Überfamilien umfassen. Die Diskussion um diese Gliederung hat seit den letzten 20 Jahren erneut begonnen, sie ist noch im Flusse, und die Ansichten der Autoren gehen heute noch weit auseinander. Wir müssen uns deshalb zwangsläufig auf ein paar markante Typen beschränken, um dieses Ansturms Herr zu werden und die ungeheuere Stoffülle einigermaßen zu bewältigen. Außerdem sind einige Nagetierarten mit Sicherheit bislang noch unentdeckt geblieben.

Einige interessante Arten sind erst im Laufe der letzten Jahrzehnte aufgefunden worden, wie etwa 1938 durch Selevin die Angehörigen der Familie Seleviniidae, Salzkrautbilche, inmitten der Hungersteppengebiete Kasachstans östlich des Kaspischen Meeres. Wir kennen davon allerdings nur eine Art *Selevinia betpakdalensis*. Auch erst 1923 wurde als ein weiterer Vertreter der Bilche im sowjetischen Transkaspien nahe der iranischen Grenze der Mausbilch *Myomimus personatus* entdeckt, der in jüngster Vergangenheit auch in Südostbulgarien, nahe der türkischen Grenze, gefunden wurde.

Noch weniger als über die in der Erdgegenwart vorhandene Artenzahl und den absoluten Individuenbestand der ganzen Ordnung Rodentia sind wir vielfach über die Biologie und Ethologie bestimmter Nagetierspecies unterrichtet. In dieser Beziehung geben uns selbst wildlebende Arten unserer Heimat noch zahlreiche Rätsel auf. Mit Hingabe wurde die gründlichere Erforschung der mitteleuropäischen Nagetierfauna eigentlich erst nach dem ersten Weltkrieg in Angriff genommen. Damals wurde damit begonnen, diese bisher unbeachteten Kleinsäuger nicht nur genauer zu studieren, sondern auch mühevoll in freier Wildbahn zu fotografieren. Das Charakteristikum aller echten Nagetiere – der alten Simplicidentata – sind je zwei wurzellose Schneidezähne im Ober- und Unterkiefer. Beide Schneidezahnpaare wachsen dauernd nach und schleifen sich gegenseitig ständig ab, dabei aber meißelartig scharf zu. Das wird dadurch gefördert, daß sich auf ihrer Vorderseite eine harte Schmelzschicht befindet. Die erst nach weitem, zahnleerem Zwischenraum (Diastema) folgenden Prämolaren (soweit vorhanden!) und Molaren des Ober- und Unterkiefers können bei den einzelnen Arten bewurzelt oder unbewurzelt sein. Der Feinbau und die Anzahl der Backenzähne sind innerhalb der Ordnung sehr unterschiedlich. Die bis in das Jungpaläozän nachweisbare Ordnung Rodentia stellt eine ausgesprochen autonome Sonderentwicklung innerhalb der Mammalia dar, Brücken und Übergänge zu anderen Ordnungen fehlen. In bezug auf die in der Bezahnung ähnlichen Lagomorpha sagt E. Mohr »Die ähnliche Ausbildung des Schädels, namentlich von wurzellosen Schneidezähnen, die von den Backenzähnen durch ein langes Diastema getrennt sind, ist nur eine Konvergenzerscheinung.«

Nagetiere existieren heute auf der ganzen Erde. Sogar nach dem australischen Kontinent sind sie bereits in ein paar kleineren Arten in vorgeschichtlicher Zeit – vielleicht auf Treibholz – getriftet worden und haben sich dort halten, vermehren und einen eigentümlichen Entwicklungsverlauf nehmen können. Seitdem es eine Handelsschiffahrt gibt, sind Ratten und Mäuse als unerwünschte »blinde Passagiere« mit Schiffsladungen überallhin verschleppt und somit zu Kosmopoliten geworden. Zu den ersten Lebewesen, die, wenn auch durch den menschlichen Willen, in den kosmischen Raum gelangten, gehören als Testobjekte aus der Klasse der Mammalia lebende Nagetiere: Laboratoriumsmäuse, weiße Ratten und Goldhamster. Die Gesamtheit der Rodentia ist aber nicht nur in diesem übertragenen Sinne eine »progressive« Säugetierordnung. Sie ist es durchaus auch in eigenständiger biologischer Beziehung. In den wenigsten Fällen geben diese progressiven Eigenschaften aber Anlaß zu menschlicher Freude. Selbst wenn der ideelle und letztlich praktische Wert, der der Menschheit aus dem Einsatz von Versuchstieren in Wissenschaft und technischer Praxis aus der Ordnung der Nagetiere erwächst, noch so hoch ist und wenn einige Arten als Pelzlieferanten in freier Wildbahn in Massen erbeutet oder in Farmen gezüchtet werden – der der menschlichen Wirtschaft in vielen Erscheinungsformen durch Nagetiere zugefügte Schaden ist doch viel größer! Sie vernichten jährlich unabschätzbare Mengen von Nahrungsmitteln, und ihr Anteil bei der Übertragung von Krankheiten und Seuchen auf Haustiere und Menschen ist nicht weniger verlustbringend und einschneidend. Diesbezüglich sind die bei einigen Arten auftretenden zyklischen Massenvermehrungen von besonderer Bedeutung. In ihrer Anfangsphase verschiebt sich bei solchen Nagetieren das Geschlechterverhältnis zugunsten der Weibchen. Im Höhepunkt einer Vermehrung besteht zum Beispiel eine Feldmauspopulation bis zu 90 Prozent aus Weibchen. Die Vermehrungsfreudigkeit kann durch Säuglingsbegattung noch gesteigert werden. Bei einigen Wühlmausarten können weibliche Nestlinge wenige Tage nach der Geburt gedeckt werden und beginnen, nach einer normalen Tragdauer Würfe abzusetzen.

Im folgenden wird vor allem auf die Behandlung jener Familien und deren Gattungen Wert gelegt, von denen mindestens eine Art wild in Europa oder gar in unserer engeren mitteleuropäischen Heimat vorkommt. Von derartigen europäischen Rodentia-Familien werden dann mehrere markante Arten aus verschiedenen Gattungen vorgestellt. Zu erwähnen bleibt noch, daß es vier ausschließlich in Afrika beheimatete Nagetierfamilien gibt, über deren genaue Unterbringung im System die Diskussion noch nicht abgeschlossen ist. Das sind die wüstenspringmausähnlichen Springhasen (Pedetidae), hasengroß, mit großem

Sprungvermögen, die eigenartigen, zum Gleitflug befähigten Dornschwanzhörnchen (Anomaluridae), die Kammfinger (Ctenodactylidae) und die äußerst grotesken Sandgräber (Bathyergidae).

Die deutsche Bezeichnung Dornschwanzhörnchen weist auf eine besondere Kletter- und Stützeinrichtung auf der Unterseite der Schwanzwurzel hin, die bei diesen Nagern mit dachziegelförmig angeordneten Hornschuppen versehen ist. Beim Aufwärtssteigen im Geäst pressen sie die scharfen Kanten dieser Schuppen in die Baumrinde und sind dadurch fest verankert und vor dem Abgleiten geschützt.

Die Kammfingerartigen, von denen der nordafrikanische Gundi *(Ctenodactylus gundi)* die bekannteste Art ist, sind laut Heck und Hilzheimer durch folgende Eigentümlichkeit gekennzeichnet: »Unmittelbar über den kurzen, gekrümmten hinteren Zehen liegt eine Reihe von hornigen, kammartigen Spitzen, über ihnen eine zweite Reihe von steifen und über diesen eine dritte Reihe von langen und biegsamen Borsten.« Nach den genannten Autoren sollen die Kammfingerartigen diesen »Bürstenkamm« tatsächlich zur Pflege ihres Felles benutzen.

Ein vom ästhetischen Standpunkt her »abscheuliches« Aussehen zeigen die Angehörigen der Gattung *Heterocephalus*, die Nacktmulle aus der Familie der Sandgräber. Sie sind ihrer Wühltätigkeit dicht unterhalb der glühend heißen Wüstensandoberfläche so vorzüglich angepaßt, daß ihnen ein eigentliches, dort wahrscheinlich höchst lästiges Haarkleid fehlt. Nur ganz vereinzelt ragen von Kopf, Körper- und Schwanz ein paar lange Tastborsten ab. Aus dem nahezu nackten Kopf stehen die großen Nagezähne vor. Äußere Ohren fehlen, und die von dicken fleischigen Lidern geschützten Augen erreichen noch nicht einen Durchmesser von 0,5 mm. Diese relativ langgestreckten Nagetiere von etwa Mäusegröße, deren Füße lange Zehen tragen, sind gewöhnlich sandgelblich gefärbt. Die meisten maulwurfähnlichen Tiere arbeiten bei der Herstellung ihrer Baue allein. Eine Ausnahme bildet der in Ostafrika beheimatete Nacktmull *(Heterocephalus glaber)*, der gleichsam im Team arbeitet.

Unterordnung Sciuromorpha – Hörnchenverwandte

Überfamilie Sciuroidea – Hörnchenartige
Familie Sciuridae – Hörnchen
Unterfamilie Pteromyinae – Flughörnchen

In zwei Familien der Rodentia, einmal bei den eben erwähnten Dornschwanzhörnchen und zum anderen in der Unterfamilie der Flughörnchen, wurde der Versuch unternommen, sich als baumbewohnende Gleitflieger bedingt den Luftraum zu erobern. Der Laie nimmt im allgemeinen an, daß auch die Flughörnchen ebenso wie die Dornschwanzhörnchen, die Pelzflatterer und erst recht die Flugbeutler Säugetiere ferner Länder und Zonen seien. Das trifft tatsächlich auf die meisten Arten zu, insbesondere auf die Riesen unter ihnen, den katzengroßen Taguan *(Petaurista petaurista)* aus Ostindien und Ceylon. Eine wesentlich kleinere Form ist auch in Nordosteuropa heimisch, nämlich das 30 cm lange Flughörnchen *(Pteromys volans = Sciuropterus russicus)*, obwohl der Hauptanteil des Areals dieser interessanten Tierchen in Sibirien zu suchen ist. Heute finden wir das Flughörnchen auf europäischem Gebiet noch in Finnland, im Norden und in den Ostseeküstenbereichen der Sowjetunion bis etwa zur Mündung des Neman und vereinzelt im Norden der Volksrepublik Polen, wo es aber von Jahr zu Jahr seltener wird. Wahrscheinlich ist es noch in geschichtlicher Zeit in Schweden und im südlichen Ostseeküstenraum wesentlich weiter nach Westen vorgekommen. Wie das auch vom nordischen Schneehasen bekannt ist, befindet es sich in ständigem Rückzug nach Osten, der bei dem Schneehasen durch das Vordringen des Feldhasen ausgelöst wird, beim Flughörnchen dagegen durch die menschliche Zivilisation und planmäßige Waldbewirtschaftung. Eine etwas kleinere Art, *Pteromys momonga*, bewohnt Japan, und Nordamerika beherbergt weitere Vertreter (nach Süden bis Mittelamerika).

Das anmutige Flughörnchen ist ein hartnäkkiger Kulturflüchter. Es bevorzugt urwaldartige Laubholzmischwälder mit starkem Birkenbesatz. Die zum Teil uralten Bäume dieser Wälder enthalten naturgemäß zahlreiche Hohlräume, die dem Flughörnchen als Unterschlupf und Quartier zur Aufzucht seiner Jungen dienen; sehr gern benutzt es dazu auch Spechthöhlen. Dort, wo diese uralten brüchigen Bäume nun restlos der planmäßigen Durchforstung und Verjüngung des Waldbestandes zum Opfer fallen, verschwindet alsbald auch das dadurch obdachlos gewordene Flughörnchen. Es ist ein Dämmerungs- und Nachttier, das sich tagsüber in seinen Baumlöchern verbirgt und schläft. Nachts dagegen ist es quicklebendig und munter und läßt sein kreischendes Stimmchen hören. Es ist beträchtlich kleiner als das europäische Eichhörnchen, dem es viel weniger als dem Siebenschläfer, dem größten europäischen Bilch, ähnelt, auch in bezug auf die Größe. Beide tragen ein oberseits graubraunes, unterseits weißes wolliges Fell, allerdings ist das Graufellchen des Flughörnchens viel fahler als das des Siebenschläfers. Im Winterhalbjahr erscheint es geradezu silbrig getönt. Das Flughörnchen besitzt ziemlich kleine Ohren und verhältnismäßig große Nachttieraugen und wird durch einen buschigen, breit zweizeiligen und fast körperlangen Schwanz geziert.

Typisch ist die voll behaarte Gleitflughaut, die die Aufgabe eines Fallschirmes hat. Sie beginnt an den Vorderextremitäten und wird durch einen knöchernen, sichelförmigen Anhang an den Handgelenken gestützt. An den Hinterpfoten ist sie an der äußeren Basis des Fußteiles angeheftet, der Schwanz ist frei von ihr. Mit Hilfe dieser Gleitflughaut kann es Entfernungen bis zu 30 m in der Luft durchsegeln und genießt dadurch einen ausgezeichneten Schutz vor verfolgenden Mardern. Neben diesen sind es vor allem große Eulen, die dem zarten und schwachen Nachttierchen nachstellen. Seine Flughaut ist ihm allerdings nur in den höheren Regionen seines Lebensraumes von Nutzen. Im Geäst sind sie gewandte Kletterer und flinke Springer. Ihre Nahrung besteht aus Knospen, Früchten und Samen von Laub- und Nadelbäumen oder Gebüschen, gelegentlich werden Insekten und Insektenlarven verzehrt. Daß Flughörnchen zur Nahrungsaufnahme auch den Waldboden aufsuchen, stellte Piechocki im Großen Chingan in Nordostchina fest. Der Mageninhalt eines dort untersuchten Männchens bestand aus einem Brei von Sumpfporstblättern.

Gewöhnlich bringen erwachsene Flughörnchenweibchen – nach etwa fünfwöchiger Trächtigkeitsdauer – zwei Würfe im Jahr zur Welt. Die Begattungszeiten liegen im ersten Falle am Anfang Februar, im zweiten gegen Ende Mai. Das Nest für die Geburt und Aufzucht der nackt und blind geborenen, jeweils zwei bis drei Jungen wird in einer Baumhöhle sorgfältig vom Muttertier vorbereitet, das heißt dicht mit weichen Pflanzenfasern ausgepolstert. Tagsüber im Nest hüllt es – nach Soffel – seine Jungen außerdem noch in die Flatterhaut ein.

Für die Überwinterung wird ebenfalls ein weiches Ruhenest gerichtet, in dem ein tiefer Winterschlaf unter stark herabgesenkter Körpertemperatur gehalten wird. Vorräte, wie der Feldhamster, trägt es nicht ein. Erwacht es zeitweilig einmal, macht es einen Ausflug ins Freie, füllt den Magen mit Baumknospen und begibt sich wieder – bis gegen Anfang Februar – zur vorübergehend unterbrochenen Ruhe. Wohl durch seinen Paarungstrieb aktiviert, zeigt es sich dann immer häufiger außerhalb des Nestes und nährt sich von den mehr und mehr schwellenden Knospen. In seinem Hauptverbreitungsgebiet Sibirien wird das Flughörnchen in manchen Gegenden wegen seines weichen Felles gejagt, das als Rohstoff für feines Pelzwerk dient und gehandelt wird. Junge, wohl auch alte Flughörnchen werden bei richtiger Betreuung in Gefangenschaft sehr zahm und schließen sich eng ihrem Pfleger an.

Unterfamilie Sciurinae – Baum- und Erdhörnchen

Das Eichhörnchen *(Sciurus vulgaris)*

Aus der Vielzahl der auf Bäumen lebenden, nicht gleitfliegenden Sciurinae Nord- bis Südamerikas, Eurasiens und Afrikas sei als Prototyp unser bekanntes Eichhörnchen gewählt. Wir kennen davon etwa 40 in Eurasien lebende Unterarten. In Mitteleuropa lebt die Unterart *Sciurus vulgaris fuscoater*. Erstaunlicherweise tappte die Wissenschaft bis zum Beginn der fünfziger Jahre unseres Jahrhunderts in bezug auf viele Einzelheiten der Fortpflanzungsbiologie und des Verhaltens dieses volkstümlichen Nagers noch ziemlich im dunkeln, das erst durch die gründlichen Untersuchungen besonders von v. Eibesfeldt, Frank, Gewalt und anderen aufgehellt wurde. Mit Ausnahme von baumlosen Kultursteppen und dem Bereich jenseits der Baumgrenze in Hochgebirgen kommt diese ausgesprochene Baumhörnchenart von Japan und Korea im Osten bis nach Irland im Westen Eurasiens vor. Im nördlichen Skandinavien finden sich Unterarten ebenso wie im Südwesten, Süden und Südosten Europas, von Spanien über Italien, Griechenland bis Bulgarien und weiter nach Osten. In der Sowjetunion wurden sibirische Eichhörnchen im Kaukasus, wo die Art fehlte, und auf der Krim eingebürgert. Schon aus spätglazialer Zeit sind in Europa an einigen paläolithischen Fundstellen Eichhörnchenreste nachweisbar. Dadurch, daß das Eichhörnchen ein in den Baumwipfeln am Tage aktives und durch seine Färbung relativ auffälliges Wildsäugetier ist, hat es schon immer die besondere Aufmerksamkeit auf sich gelenkt und die Zuneigung des Menschen gewonnen. Es ist dadurch zum Helden von Sagen, Märchen und Reimsprüchen oder Ausgangspunkt von Sprichwörtern und Volksweisheiten geworden. Mit welcher Liebe zum possierlichen Objekt hat doch Albrecht Dürer sein bekanntes Eichhörnchenbild geschaffen!

Seit Jahrhunderten schon ist das Eichhörnchen lebend in Gefangenschaft gehalten worden, ohne sich in der Regel hier weiter fortzupflanzen. Stets waren es der freien Wildbahn entnommene, meist junge Exemplare, die dieses unnatürliche Geschick ereilte. Das geschah vor allem auch deshalb, weil vom Menschen aufgezogene »Eichkätzchen« sehr zahm und zutraulich werden können. Allerdings ist die Liebe zu ihm beim Menschen nicht ungeteilt. Tritt es in Massen auf, wird es in Forsten und Obstkulturen zum Schädling, ganz abgesehen davon, daß es auch Nester unserer Singvögel plündert. In der Sowjetunion wird es alljährlich wegen seines Felles gejagt. Auch sein Fleisch wird manchenorts gern gegessen. Neben dem Menschen sind seine natürlichen Feinde vor allem Baummarder, Habichte und Wildkatzen. Daneben wird es anderen Marder- und Greifvogelarten, am Boden auch Luchs, Vielfraß und Fuchs und – wagt es sich nachts einmal ins Freie – größeren Eulen zur Beute.

Die Vielfalt der einzelnen Färbungsunterschiede aller Unterarten des eurasischen Eichhörnchens zu beschreiben ist hier aus räumlichen Gründen unmöglich. In Mitteleuropa treten zwei markante Farbspiele nebeneinander auf, das – bei weißer Unterseite – von Kopf bis zum Schwanze rotbraune und das – ebenfalls unterseits weiße – grauschwarze bis schwarze. Beide kreuzen sich in freier Wildbahn fruchtbar miteinander. Man findet Eichhörnchenwürfe, die rotbraune und schwarze Geschwister enthalten. Auch schneeweiße Exemplare mit roten Augen, also Albinos, sind in Ausnahmefällen schon in Freiheit beobachtet und erlegt worden. Die begehrtesten Rohfelle zur Verarbeitung zu dem kostbaren »Feheichhörnchen-Pelzwerk«, meist nur Feh genannt, liefern graue osteuropäische und – in noch besserer Qualität – graue sibirische Farbspiele, die deshalb planmäßig gejagt werden.

Mit dem grauen eurasischen Feheichhörnchen darf man das kanadische Grauhörnchen (*Sciurus carolinensis*) nicht verwechseln. Bemerkenswert ist vor allem, daß es nach neueren Untersuchungen eine winterliche (25. Januar bis 13. Februar) und eine sommerliche (21. Mai bis 24. Juni) Fortpflanzungsperiode besitzt.

Das Grauhörnchen vertritt eine eigene, ursprünglich nur im östlichen Nordamerika beheimatet gewesene Eichhörnchenart. Leider wurde es im letzten Viertel des vorigen Jahrhunderts auch in England, Schottland und Irland eingebürgert. Hier verdrängt nun diese größere und robustere Art Schritt für Schritt die auf den Britischen Inseln bodenständigen eurasischen Eichhörnchen. Die »alteingesessenen« britischen Eichhörnchen sind übrigens, wie die bei uns lebenden, rotbraun gefärbt, von diesen aber durch den weißen Schwanz unterschieden. Das eingeführte Grauhörnchen dagegen ist oberseits grau mit rötlichem Anflug, unterseits grauweiß. Als besonderes Merkmal ist hervorzuheben, daß seine Ohren auch im Winter keine Haarpinsel tragen. Diese Haarpinsel sind aber für die eurasischen Eichhörnchen der Art *Sciurus vulgaris* charakteristisch. Die übrigens nur im Winter vorhandenen Haarpinsel und der buschige, beim Sitzen aufrecht getragene, beim Sprung als Steuer dienende Schwanz sind jedermann als besondere Wahrzeichen des »Eichkätzchens« geläufig.

Ein Tagtier der eurasischen Laub- und Nadelwälder, als Kulturfolger auch der Obstplantagen und Großstadtparks, ist das bekannte Eichhörnchen *(Sciurus vulgaris)*

Eine auffällige Eigentümlichkeit des Rotarmhörnchens *(Heliosciurus rufobranchiatus)* sind die kurzen, runden Ohrmuscheln. Der Name dieses von West- bis Ostafrika verbreiteten Baumhörnchens weist auf seine rostroten Füße und Innenseiten der Gliedmaßen hin

Bei uns zeigen sich Eichhörnchen auch an wärmeren Wintertagen im Freien. An sehr kalten Frosttagen bleiben sie jedoch im warm ausgepolsterten Nest, ohne aber einen wirklichen Winterschlaf zu halten. Gewöhnlich legt sich jedes ungestörte Eichhörnchen mehrere Ausweichnester an, von denen es anscheinend eines bevorzugt. Diese sogenannten Kobel erbaut es sich aus Zweigen in Astgabeln der Kronen mittelhoher Bäume. Jedes Eichhörnchen hat außerhalb der Paarungszeit sein eigenes Revier. Es dauert relativ lange, bis ein zur Paarungszeit in das Revier eines Weibchens vordringendes Männchen sich der Revierinhaberin gegenüber durchsetzt. Das Paarungsspiel ist mit reichlichem Gejage baumauf und baumab, Imponiergehabe und – unter viel Stimmaufwand – mit Scheinkämpfen beider Partner verbunden. Ist die Begattung erfolgt, trennen sich die Partner wieder. Nach 38tägiger Trächtigkeit bringt das Weibchen bis acht nackte und blinde Junge zur Welt. Diese haben bemerkenswerterweise rudimentäre Gleitflughäute in Form später wieder verschwindender Hautfalten. Obwohl sie nach zwei Wochen schon dicht behaart sind und mit 22 Tagen die ersten Zähne aufweisen, öffnen die Kleinen erst nach 30 bis 32 Tagen die Augen. Häufig erfolgen zwei Würfe im Jahr. Die Jungen des ersten Wurfes machen sich gegen Ende Mai im Alter von zwei Monaten selbständig.

Das Eichhörnchen ist vorwiegend Augen- und Ohrentier. Zwei vom Verfasser in seiner Schulzeit von klein auf gepflegte Eichhörnchen blieben zunächst sehr zahm, obwohl sie sich völlig frei bewegen konnten. Auch wenn sie sich in den alten Bäumen des gut 300 m vom Hause entfernten Friedhofes tummelten, kamen sie anfangs sofort von dort zurück, wenn der Verfasser sie laut bei ihren Namen »Pit« und »Jo« rief. Als sie das »Selbständigkeitsalter« erreicht hatten, blieben sie eines Tages jedoch aus.

In Sibirien unternehmen hungernde Eichhörnchen Massenwanderungen zu besseren Futterplätzen, wenn in den besiedelten Gebieten eine »Mißernte« ihrer Futterfrüchte, vor allem der Zapfen von ihnen bevorzugter Nadelhölzer, eintritt. Eichhörnchen sind andererseits Allesfresser. Nüsse knacken sie kunstvoll durch Spreizen ihrer unteren Nagezähne, nachdem sie vorher ein Loch für diese in die Schale genagt haben. Erfahrene Tiere entwikkeln sich dabei zu Spezialisten, die stümperhafte Anfänger ihrer Art in dieser Kunstfertigkeit deutlich übertrumpfen. Selbst Pilze werden gern gefressen und – wie Geiler nachwies – sogar die süßen Ausscheidungen von Blattlauskolonien aufgeleckt. Durch Verbeißen der Koniferentriebe und Knospenfraß sowie Plündern von Obstplantagen können Eichhörnchen, wie bereits erwähnt, einigen Schaden anrichten. Nüsse und sonstige »Dauerwaren« verscharren sie als Wintervorräte im Erdboden oder verbergen sie in Hohlräumen morscher Bäume. Dadurch trägt das Eichhörnchen übrigens wesentlich zur Verbreitung mancher Bäume und Sträucher, zum Beispiel von Wal- und Haselnuß bei, weil es sehr oft »vergißt«, wo es im Herbst seine Vorräte verscharrt hat. Auch wenn das Tierchen manchmal Schaden anrichtet und selbst wenn einige Fälle bekannt geworden sind, in denen sich Eichhörnchen als tollwutinfiziert erwiesen haben, möchte wohl kaum ein naturliebender Großstädter deshalb seine zutraulichen Park-Eichhörnchen ausgerottet sehen und bei seinen Erholungsspaziergängen missen. Das Eichhörnchen ist eines der Charaktertiere unserer Heimat – und soll es auch bleiben.

Der Burunduk oder das Eurasische Erdhörnchen *(Tamias [Eutamias] sibiricus)*

Backenhörnchen sind in Eurasien und Nordamerika vertreten. Eurasien ist eigentlich schon zuviel gesagt, denn auf europäischem Gebiet kommen sie nach den Angaben von Soffel »nur auf das kleine Gebiet zwischen Weißem Meer und Ural beschränkt« vor. Nach G. W. Stein gehen sie nach Westen bis zur Dwina und Kama. Seit Ende des ersten Weltkrieges sind sie relativ häufig in unseren zoologischen Gärten zur Schau gestellt worden und haben sich hier, zum Beispiel in den Jahren zwischen beiden Weltkriegen im Dresdner Zoo, erfolgreich fortgepflanzt. Die Backenhörnchen der eurasischen Untergattung *Eutamias* und der ihnen sehr ähnlichen amerikanischen Untergattung *Tamias* – die beide in der Gattung *Tamias* vereinigt wurden – sind, wie schon ihr Name sagt, den Eichhörnchen der Gattung *Sciurus* gegenüber durch das Vorhandensein von einem Paar innerer Backentaschen – wie sie auch der europäische Hamster besitzt – gekennzeichnet. Wie bei den eigentlichen Eichhörnchen weist ihr Gebiß 22 Zähne auf, ihr Schädel ist aber langgestreckter. Sie haben obendrein nur kurze Ohren und sind kurzbeiniger. Unserem Eichhörnchen gegenüber ist der flinke und anmutige Burunduk ein Zwerg. Von seiner etwa 25 cm erreichenden Gesamtlänge entfallen zwei Fünftel, also rund 10 cm, auf den behaarten, aber im Vergleich zum Eichhörnchen nicht so buschigen Schwanz. Die Innenseite der Beine und das Fell des Bauches sind grauweiß. Auf dem Rükken ist das glatte, dicht anliegende, graugelbliche Fell mit fünf dunklen, ziemlich parallel verlaufenden Längsstreifen geschmückt, von denen der mittelste der längste ist und sich vom Nacken bis zur Schwanzwurzel hinzieht. Die untersten Längsstreifen auf jeder Seite sind auffällig fahlgelb umsäumt. Wegen dieser Fellzeichnung wird der Burunduk häufig auch Streifenhörnchen genannt.

Der Name Erdhörnchen ist ebenfalls gut gewählt. Obwohl der Burunduk – wie die anderen verwandten Erdhörnchen – sehr gut klettern kann, hält er sich doch meist in dichterem Reisiggewirr auf dem Waldboden auf. Dort legt er auch zwischen abgebrochenen Ästen und Zweigen seine Höhlen an. Ihr Eingang führt zunächst in die Ruhenesthöhle, von der Seitengänge in die Vorratskammern abgehen. Seine Vorräte bestehen vor allem aus Samen, Nüssen, Beeren, getrockneten Pilzen und was sonst die Laub- und Nadelwälder an dauerhaften Nahrungsstoffen zu bieten haben. Wegen der Zirbelnüsse bevorzugt er besonders die Zirbelkiefernwälder. Neben dieser Pflanzenkost verachtet er alle erreichbaren und von ihm zu bewältigenden Kleinst- und Kleintiere nicht und plündert auch Mäuse- und Vogelnester. Den Winter verbringt er in oft unterbrochenem Winterschlaf. In den aktiven Phasen nährt er sich dann von seinen zuweilen 5 kg Gewicht erreichenden Vorräten. Nach Soffel ist im zeitigen Frühjahr der Braunbär einer der Hauptfeinde des eurasischen Erdhörnchens.

Dieser gräbt die Vorräte aus und frißt sie und gleichzeitig den schlafenden Burunduk als willkommene animalische Zukost mit auf. In den April fällt die erste der beiden jährlichen Paarungszeiten. Danach werden im Mai zwei bis vier Junge geboren, die im August selbständig werden. Ihre Eltern paaren sich erneut, und das Weibchen setzt dann gegen Anfang September noch einen zweiten Wurf. Die Männchen liefern sich in den Paarungszeiten mitunter gefährliche Rivalenkämpfe.

Im allgemeinen leben die Burunduks viel enger nebeneinander als die Eichhörnchen. Beobachter wie M. Teichert und R. Piechocki, die sie in ihren natürlichen sibirischen und mongolischen Lebensräumen beobachten konnten, berichten, daß die Tierchen an den Rastplätzen der Forschungsreisenden erschienen und dort die Überbleibsel aus geöffneten Konservenbüchsen ausschleckten oder andere Nahrungsreste aufsammelten. Auch in den Wäldern Nordchinas waren diese anmutigen Tiere so vertraut, daß sie in 5 m Entfernung von arbeitenden Holzfällern unbekümmert umherliefen und dabei Vorräte für den Winter eintrugen. Sie sind quecksilbrig schnell, huschen bei vermeintlicher Gefahr rasch davon und verstecken sich. Sehr bald sind sie aber wieder da und sammeln emsig weiter. In Sibirien werden sie zuweilen als Garten- und Feldschädlinge recht lästig. Im Herbst sind sie ziemlich feist und werden dann auch vom Menschen als zwar sehr kleines, aber wohlschmeckendes Wildbret gejagt und gegessen. Ihre Fellchen werden gesammelt und kommen als Massenware in den Pelzhandel. Sie dienen vorwiegend als Rohstoff für Pelzfutter von Herrenmänteln. Daneben hat der Burunduk fast alle mit ihm im gleichen Gebiet vorkommenden Greifvögel und Eulen sowie alle kleinen und großen Raubtiere zum Feind. Durch sein behendes Wesen ist es für diese aber durchaus nicht leicht, einen »erfahrenen« Burunduk zu erwischen. Meist fallen ihnen nur junge Exemplare zum Opfer. Nach Meinung des Verfassers sind Burunduks durchaus in der Lage, sich – falls ihnen Gelegenheit dazu geboten würde – in Mitteleuropa freilebend einzubürgern und fortzupflanzen. Anlaß zu dieser Behauptung gaben einige Burunduks, die 1954 aus der Sowjetunion in den Zoologischen Garten Halle gelangten. Diesen glückte es zu entkommen. Noch 1959 und 1960 konnte man fast täglich eines der entlaufenen und durchaus nicht allzu scheuen Tierchen im benachbarten Garten beobachten. Dort benahm es sich in der Nähe der ihm zuschauenden Menschen nicht weniger dreist als die erwähnten wilden Burunduks in ihrer Heimat am Expeditionsrastplatz. Dieses Tier hatte also ohne Schaden bei uns mehrere Winter überstanden. Über das erreichbare Alter freilebender Burunduks ist nichts bekannt. Es dürfte sich bestenfalls auf acht bis zehn Jahre belaufen.

Der Ziesel *(Citellus citellus)*

Die Ziesel der eurasischen Gattung *Citellus* waren noch im jungpleistozänen Europa in einer ganzen Anzahl von Arten vertreten. Heute leben auf europäischem Gebiet noch zwei Arten: der Perlziesel *(Citellus suslicus)* und der Graue Ziesel *(Citellus citellus)*. Von diesem unterscheidet sich der ihm sonst sehr ähnliche Perlziesel vor allem durch seine auffällige und äußerst fein geperlte Weißfleckung im rotbraungelben Rückenfell. Außerdem hat der Perlziesel einen etwas kürzeren Schwanz als der Graue Ziesel. In bezug auf ihre Lebensweise zeigen beide Arten weitgehende Übereinstimmungen, wobei der Perlziesel ein noch ausgeprägterer Winterschläfer als der Graue Ziesel sein soll. In seinen nordwestlichsten Vertretern erreicht der Perlziesel nur den Süden der Volksrepublik Polen, seine Bestandsdichte nimmt dann zusehends von West nach Ost und Südost zu. Wegen der aparten Weißperlung seines Haarkleides wird das Fell – je nach dem herrschenden modischen Geschmack – in manchen Jahren mehr, in anderen weniger als Rohmaterial für Pelzjacken geschätzt.

Als hier zu behandelnder Zieseltyp muß der Graue Ziesel dem äußerlich anmutigeren Perlziesel vorgezogen werden. Das hat seinen Grund darin, daß er in westlicher Richtung viel weiter nach Mitteleuropa vordringt als der Perlziesel. Da bei ihm eine Perlung des Rükkenfelles höchstens einmal andeutungsweise vorhanden ist, bezeichnet man den eigentlichen Ziesel auch recht zutreffend als Schlichtziesel. Er erreichte in seiner nordwestlichen Verbreitungsspitze bei Oelsen-Breitenau im Osterzgebirge sogar gerade noch DDR-Gebiet. Inzwischen ist die einzige einheimische Kolonie erloschen. Der letzte Sichtnach-

Der Perlziesel *(Citellus suslicus)* – eine im Süden des europäischen Teils der Sowjetunion häufige und landwirtschaftlich schädliche, dem Äußeren nach recht anmutige Zieselart

weis erfolgte 1961. Eine Wiedereinbürgerung aus der benachbarten ČSSR erscheint nicht ausgeschlossen. Das osterzgebirgische Zieselvorkommen wird übrigens in zweierlei Richtungen hin zu deuten versucht. Einige Mammalogen betrachten es als ein sporadisches Reliktvorkommen aus der nacheiszeitlichen Steppenzeit, andere sehen darin lediglich den äußersten nordwestlichen Ausläufer des sich durch die ČSSR nach Osten und Südosten in das Gebiet der Sowjetunion erstreckenden und von dort an mehr oder weniger geschlossenen eigentlichen Verbreitungsbereiches der Art.

Einschließlich des 6 bis 7 cm langen Schwanzes erreicht der Graue Ziesel eine Gesamtlänge von 30 cm. Er bevorzugt als Lebensraum tiefgründige lehmige und kalkhaltige Böden im offenen Steppen- und Kultursteppengelände. Obwohl vorwiegend Flachlandbewohner, kann er, wie sein früheres osterzgebirgisches Vorkommen zeigt, in den unteren und mittleren Lagen von Mittelgebirgen existieren. Ziesel halten in Kolonien zusammen. Jedes Tier bewohnt aber während der warmen Jahreszeit seinen eigenen Bau. Erst im Winterhalbjahr findet man dann in ausgegrabenen Erdbauten mitunter auch mehrere Exemplare, die gemeinsam in einem Nestkessel Winterschlaf halten. Die reich verzweigten, manchmal über 8 m langen Zieselbauten erinnern insofern etwas an die des mitteleuropäischen Hamsters, als sie flache Schlupf- und senkrecht abfallende, schlotartige Fallöcher aufweisen. Wie der Burunduk verfügt auch der Ziesel zum Eintragen von Nahrung über Backentaschen, sammelt jedoch keine Wintervorräte. Bei Gefahr werden Warnpfiffe ausgestoßen, die die anderen Artgenossen zur Flucht in die Baue veranlassen.

Ziesel sind vorwiegend Tag-, ja sozusagen Sonnentiere. Sie richten sich häufig sichernd auf den Hinterbeinen auf und machen dabei ebenso »Männchen« wie Feldhasen oder Murmeltiere. Sie fressen in der Hauptsache Pflanzen, ohne jedoch bei sich bietender Gelegenheit animalische Kost zu verschmähen. Im osteuropäischen Verbreitungsgebiet gehören der Steppenadler und der Steppeniltis zu ihren Hauptfeinden. Außerdem müssen sie sich vor allen marderartigen Raubtieren, zusätzlich vor Fuchs, Hund, Katze und allen größeren Greifvögeln und Eulen, hüten. Im Osterzgebirge erbrachten die Ziesel in der Regel nur einen Jahreswurf, im wärmeren Südosten Europas manchmal zwei. Die Paarung findet von Ende März bis Mitte April statt. Nach einer zwischen drei und vier Wochen dauernden Trächtigkeit wirft das Weibchen in der Nestkammer seines Erdbaues jährlich drei bis acht zunächst nackte und blinde Junge. Wenn Ziesel, wie mancherorts in der Sowjetunion, in Massen auftreten, müssen sie als schwere Feldschädlinge verfolgt werden. Leider sind sie über ihre Ektoparasitenfauna auch gefährliche Verbreiter von Seuchen auf Mensch und Haustier. Ferner gefährden sie die Gesundheit von Pferden und anderen Zugtieren, wenn diese unversehens in die Baue einbrechen. Angeblich sollen Ziesel in Gefangenschaft sehr zahm werden können. Das mag auf jung eingefangene und mit entsprechender Liebe aufgezogene Jungtiere durchaus zutreffen.

Der Graue Ziesel *(Citellus citellus)* ist ein in Erdhöhlen hausendes, Vorräte sammelndes und Winterschlaf haltendes Steppenerdhörnchen Mittelasiens und Osteuropas. Vermutlich als Eiszeitrelikt kam er auch sporadisch im sächsischen Erzgebirge vor

Nordamerikanische Präriehunde (Gattung *Cynomys*)

Eine gewisse Brückenstellung zwischen den mit funktionstüchtigen Backentaschen versehenen Zieseln und den backentaschenlosen Murmeltieren nehmen innerhalb der Sciuridae die nordamerikanischen Präriehunde der Gattung *Cynomys* ein. Bei ihnen sind zwar andeutungsweise noch Backentaschen vorhanden, aber verkümmert. Der irreführende Teilname Hund rührt von den Lautäußerungen dieser gesellig lebenden Nager her, die an das kläffende Gebell kleiner Hunde erinnern. Einschließlich des Schwanzes erreichen erwachsene Präriehunde eine Gesamtlänge von etwa 40 cm. Sie leben in großen Kolonien – sogenannten Dörfern – vereint auf jenen sehr bekannten charakteristischen baum- und strauchlosen nordamerikanischen Büffelgrassteppen, die uns unter der Bezeichnung Prärie geläufig sind. Die Dörfer können bis zu 1000 Tiere umfassen. Jedes Dorf besteht aus kleinen Sippen von etwa 30 Individuen. Einige davon haben tagsüber stets Wache, deren Warnrufe sich bei Gefahr über das ganze Dorf ausbreiten. Nur während der Fortpflanzungszeit bleiben die Mitglieder einer Gemeinschaft für sich und verteidigen ihre Grenzen gegen jeden Eindringling.

Diese ausschließlich bodenbewohnenden Eichhörnchenverwandten besiedeln selbstgegrabene, in großer Anzahl nebeneinanderliegende Erdbauten. In diesen Erdbauten sollen gelegentlich die »rechtmäßigen« Besitzer, das heißt die Präriehunde, friedlich mit höhlenbewohnenden kleinen Prärieeulen, ja zuweilen sogar mit Klapperschlangen als »Untermietern« zusammen hausen. Es steht dabei fest, daß sich Klapperschlangen von Präriehunden ernähren, die sie außerhalb ihres Baues erbeuten. Im Freien sollen auch Prärieeulen junge Präriehunde schlagen und kröpfen. Selbst der

Ein in umfangreichen Erdbautenkolonien in den nordamerikanischen Prärien lebender Eichhörnchenverwandter ist der Präriehund *(Cynomys socialis)* Seine keifenden und bellenden Laute erinnern an Hundegekläff, daher der irreführende Name

Mensch verschmäht Präriehundefleisch als Wildbret nicht. Präriehunde sind Tagtiere, die nur bei drohender Gefahr in das Bauinnere flüchten. Wegen ihres quicklebendigen geselligen Lebens werden Präriehundkolonien gern in geeigneten, ausbruchsicheren Freigehegen von zoologischen Gärten gezeigt und sind dort beliebte, stets dicht umlagerte Anziehungspunkte.

Das Alpenmurmeltier *(Marmota marmota)*

Murmeltiere sind plumpe, mittelgroße Nager von der Größenordnung des Feldhasen, dem sie aber durchaus nicht ähnlich sind. Ihr Gebiß zählt 22 Zähne. Backentaschen fehlen. Ihre nur wenig aus dem Fell herausragenden Ohrmuscheln sind kurz. Die Schwanzlänge der einzelnen rezent über Eurasien und den Norden Amerikas verbreiteten Murmeltierarten ist unterschiedlich. Sie erreicht aber bei keiner Species die halbe Kopf-Rumpf-Länge. Es sind also verhältnismäßig kurzschwänzige Nagetiere. Auch hier können wir als Beispiel eine Art wählen, die im Zentrum Europas, in den Alpen und den Karpaten wild vorkommt, nämlich das Alpenmurmeltier *(Marmota marmota)*, das als Relikt die letzte Eiszeit überdauert hat. Fossile Reste der Gattung *Marmota* sind in Mitteleuropa überhaupt erst seit der letzten Eiszeit bekannt. Aus dieser Epoche lassen sich mehrere Arten nachweisen, vor allem das Alpenmurmeltier und das Steppenmurmeltier, der sogenannte Bobak. Das Alpenmurmeltier war einst – mit den südwestlichen Ausläufern seiner Verbreitung in den Pyrenäen und den südlichsten in Norditalien – vermutlich durch die gesamte südliche Hälfte des mitteleuropäischen Festlandes verbreitet. Im Flachland von Ost- und Südosteuropa und dann weiter durch West- bis Ostasien wurde es vertreten und ersetzt durch den Bobak *(Marmota bobak)*. Im pleistozänen Mitteleuropa war dieser die nörd-

Zwischen Wald- und Schneegrenze bewohnt das Alpenmurmeltier *(Marmota marmota)* in Kolonien die Pyrenäen, Alpen, Karpaten und die Hochgebirge Südostasiens. Im gut ausgepolsterten unterirdischen Bau hält es fast zehn Monate lang Winterschlaf

licher vorkommende Art. Damals erstreckte sich dessen Verbreitungsraum bis in die Lößsteppengebiete des heutigen Thüringens, er ist aber in historischer Zeit immer weiter nach Osten abgedrängt worden. Heute liegt seine Westgrenze etwa im nördlichen Teil der Landbrücke zwischen dem Nordostufer des Schwarzen und dem Nordwestufer des Kaspischen Meeres. Der Bobak hat einen im Verhältnis zur Kopf-Rumpf-Länge etwas längeren Schwanz als das Alpenmurmeltier. Innerhalb des riesigen Verbreitungsareals schwankt seine jeweils absolute Körpergröße beträchtlich. Ein wichtiges Unterscheidungsmerkmal beider Murmeltierarten ist, daß die Schneidezähne des Bobaks auf der Außenseite weiß, die des Alpenmurmeltieres braungelb gefärbt sind. Das Alpenmurmeltier genießt in jüngster Zeit in Mitteleuropa als Naturdenkmal endlich verstärkten Schutz, so daß zu hoffen ist, daß es vor der Ausrottung bewahrt bleibt. Seine Verfolgung war – und ist zum Teil noch – einmal dadurch bedingt, daß es ein sehr vorsichtiges, nur schwer zu überlistendes Tier ist. Allein das schon stachelt bedauerlicherweise die Jagdleidenschaft von Jagdberechtigten und Wilderern stark an. Hinzu kommt, worauf Hediger nachdrücklich hinweist, daß gewissen Organen dieses Nagers, und vor allem dem Murmeltierfett, dem sogenannten Murmelöl, ungewöhnliche Heilkraft unterstellt werden. Das Wildern von Murmeltieren bringt demzufolge noch heute nicht geringen finanziellen Gewinn.

Der Bobak dagegen wird als Weide- und Akkerschädling gehaßt, als Pelzlieferant gejagt und aus hygienischen Gründen so stark wie möglich verfolgt. Er gehört nämlich zu den Zwischenträgern der Pest, die durch seine Flöhe auch auf den Menschen übertragen wird. Vom Alpenmurmeltier ist dergleichen nichts bekannt.

Das Alpenmurmeltierfell zeigt auf der Oberseite ein mit Rotbraun untermischtes Fahlgrau. Oben ist der Kopf schwarzbraun, an den Wangen und der Schnauze gelblichgrau und an den Lippen weißlich gefärbt. Die Unterseite sieht rötlich braungelb aus. In den Alpen, wo es, abgesehen von anderen Namen, im Volksmund als »Mankei« bezeichnet wird, haust das Alpenmurmeltier in Höhen von 1000 bis 3200 m. Als Verzehrer von Hochgebirgspflanzen belebt es stark besonnte Matten und Geröllfelder. Diese müssen allerdings so tiefgründig sein, daß es darin seine bis 3 m tiefen unterirdischen Bauten anlegen kann. Mit wechselndem Erfolg ist versucht worden, Exemplare aus den Alpen in vielen anderen Mittel- und Hochgebirgen Europas einzubürgern, erfolgreich zum Beispiel im Schwarzwald. Auch sein rezentes Vorkommen in den Pyrenäen ist lediglich auf ein künstliches Verpflanzen zurückzuführen.

Das Alpenmurmeltier, das außer dem Menschen nur wenig Feinde besitzt, ist ein ausgesprochenes Tagtier. Bei sonnigem Wetter sitzen die gewandten Felskletterer gern auf Felsplatten, von denen sie weite Sicht in die Umgebung haben. Sehvermögen und Gehör sind vorzüglich. Wenn ein Tier Gefahr wittert, stößt es einen langen Pfeifton aus, und sofort verschwinden alle Angehörigen der Kolonie unter die Erde. Auch bei Regenwetter ziehen sie sich dorthin zurück. Während des langen Winters halten die Alpenmurmeltiere bei stark herabgesetzter Körpertemperatur einen echten Winterschlaf. Im wachen Zustand beträgt die Körpertemperatur im Durchschnitt 36 °C, im Winterschlaf dagegen nur etwa 30 °C. In der warmen Jahreszeit tragen sie trockene Grashalme und überhaupt trockene Pflanzenstoffe als Vorrat und als Material zum Abdichten und Verstopfen der Bauzugänge für die Winterzeit ein. Nach dem Erwachen aus dem Winterschlaf, der oft von mehreren Tieren in gemeinsamem Nest gehalten wird, beginnt die Paarungszeit. Unter den Männchen einer Kolonie gibt es dabei keine Rivalenkämpfe. Nach einer Trächtigkeitsdauer von durchschnittlich 35 Tagen erfolgt die Geburt von zwei bis drei blinden und nackten Jungen, deren Entwicklung verhältnismäßig langsam vorangeht; denn erst im Alter von drei Jahren sind sie fortpflanzungsfähig. Jedes Muttertier bringt anscheinend auch nur alle zwei Jahre einen Wurf zur Welt. Im September 1963 wurden im Zillertal erstmalig melanotische Murmeltiere beobachtet und erlegt. Diese bis dahin unbekannte Mutation scheint nicht besonders lebenstüchtig zu sein, denn jene Exemplare zeigten neben ihrer normalen Schwarzfärbung ein eigenartiges, krankhaftes Körperzittern. Noch zu Anfang des 20., vor allem aber in den vorausgegangenen Jahrhunderten führten reisende Schausteller aus Tirol oder Savoyen häufig lebende, abgerichtete Murmeltiere mit sich. Diese mußten nach Leierkastenmusik oder Flötenspiel tanzen und damit die Zuschauer zu Geldspenden verlocken.

Überfamilie Castoroidea – Biberartige
Familie Castoridae – Biber

Aus der in früheren Erdzeitaltern verzweigteren Überfamilie der Castoroidea, der Biberartigen, hat sich lediglich eine Familie bis in die Erdneuzeit erhalten können: die Familie der Castoridae, der Eigentlichen Biber. Ihre einzige rezente Gattung *Castor* kommt in zwei Arten vor. Es sind das der europäische (besser eurasische) Biber *(Castor fiber)* und der kanadische (korrekter nordamarikanische) Biber *(Castor canadensis)*. Wahrscheinlich handelt es sich bei beiden Arten nur um zwei ausgeprägtere Subspecies einer holarktischen Species, um eine eurasische und eine seit Jahrtausenden von ihr durch die Meere abgetrennte nordamerikanische. Betrachtet man beide als gute Arten, so gliedern sie sich jeweils in mehrere, hauptsächlich durch Größen- und Färbungsabweichungen voneinander getrennte Unterarten auf. Für die eurasischen Biber ergibt sich folgende Übersicht:

1. Biber Schwedens und Norwegens: *Castor fiber fiber*
2. Elbebiber in der DDR: *Castor fiber albicus*
3. Biber des Rhône-Deltas in Frankreich: *Castor fiber galliae*
4. auch in der Ukraine vorkommende Weichselbiber: *Castor fiber vistulanus*
5. Uralbiber: *Castor fiber pohlei*
6. Biber des Mongolischen Altais: *Castor fiber birulai*

Eurasische und nearktische Biber sind erfolgreich miteinander gekreuzt worden (finnische und kanadische Biber erweisen sich als unbegrenzt fertil). In ihren Daseinsansprüchen, ihrer Lebensweise, ihrem Verhalten und dem Äußeren nach stimmen beide so stark überein, daß sie hier unbedenklich gemeinsam behandelt werden können.

Obwohl der Biber heute bei uns in Freiheit nur wenigen Menschen aus eigener Anschauung vertraut ist, gehört er von alters her in fast ganz Mitteleuropa zu jenen Wildsäugetieren, die man als allbekannt bezeichnen darf. Trotzdem erweisen sich die heutigen volkstümlichen Vorstellungen vom Aussehen und der Lebensweise unserer Biber gewöhnlich als recht unklar und verschwommen, zuweilen als ausgesprochen falsch. Und leider findet man weder den eurasischen noch den nordamerikanischen Biber häufiger unter den ständig gezeigten Pfleglingen unserer zoologischen Gärten, obwohl man ihn auf Grund der inzwischen erfolgten Züchtung beider Arten in Pelztierfarmen der Sowjetunion, der USA und Kanadas heute leichter beschaffen kann als in früheren Jahrzehnten. Zur Verwirrung trägt unglücklicherweise außerdem bei, daß eine bei uns in Farmen viel gezüchtete Wildsäugerart, *Myocastor coypus,* aus der in Südamerika beheimateten Nagerüberfamilie der Trugrattenartigen (Octodontoidea) die deutschen Namen Biberratte, Rattenbiber, Sumpfbiber oder Sumpfschweifbiber führt. Diese Benennungen sind deshalb sehr irreführend, da es sich bei jenem der Allgemeinheit recht gut bekannten südamerikanischen Pelztier keineswegs, wie eben betont, um einen wirklichen Biber oder engeren Biberverwandten handelt.

Der eurasische Biber, der übrigens größer und schwerer als der nordamerikanische wird, ist das größte und schwerste altweltliche Nagetier. Nur die südamerikanische Capybara (*Hydrochoerus capybara*), die den irreführenden deutschen Namen Wasserschwein trägt, überragt ihn als absolut größtes und schwerstes rezentes Nagetier der Erde noch beträchtlich.

Die Biber sind gedrungen gebaute, sehr gewichtige und robuste Säuger. Ihr breiter, klobiger Wassernagetierkopf birgt ein für Nager ungewöhnlich hochentwickeltes und demzufolge außerordentlich leistungsfähiges Gehirn. Ein charakteristisches Merkmal der Gattung *Castor* ist die sogenannte Biberkelle, der Biberschwanz, der deshalb als Kelle bezeichnet wird, weil er in seiner Form etwa dem bekannten Werkzeug der Maurer, der »Fugkelle«, entspricht. Er ist nämlich breitgedrückt lanzettförmig, von Hornschuppen bedeckt und läuft in einer etwas abgestumpften Spitze aus. Zwischen den Schuppen stehen kleine feine Härchen. Die Kelle kann eine Breite von ungefähr 15 cm und eine Länge von etwa 35 cm erreichen. Sie dient beim Schwimmen, besonders unter Wasser, als Steuerinstrument und aktives Ruderwerkzeug. Die Schwimmhäute der fünfzehigen Hinterfüße weisen den Biber als ein weitgehend dem Dasein im Wasser angepaßtes Säugetier aus. Die zweite Hinterfußzehe ist wie eine Pinzette benutzbar; denn sie endet in einer zum Putzen des Felles sehr wirksamen Doppelkralle.

Das Normalgewicht erwachsener Biber liegt zwischen 20 und 30 kg, die durchschnittliche Körperlänge beträgt etwa 80 bis 95 cm ohne Kelle, mit Kelle bis zu 130 cm.

Das aus wärmenden Wollhaaren und den sie abdeckenden glänzenden Grannenhaaren bestehende kostbare Fell ist sehr dicht. Männliche und weibliche Biber der eurasischen und der nordamerikanischen Art besitzen jeweils zwei Analdrüsen, sogenannte Ölsäcke, und zwei Präputialdrüsen, Geilsäcke genannt, die bei den Männchen aber weit größer und fassungsreicher sind. Die Geilsäcke enthalten das sogenannte Bibergeil, eine schmierige, nach Phenol duftende Masse, die früher zur Heilmittelbereitung verwendet und teuer bezahlt wurde. Gerade dieser weitere Anreiz hat neben dem Verkauf der wertvollen Rohfelle nicht zuletzt zum fast vollständigen Ausrotten der Biber in Europa und zum rücksichtslosen Bejagen des nordamerikanischen Bibers in den letzten Jahrhunderten geführt. Erst im 20. Jahrhundert begann man, diesem Vernichtungsfeldzug in Europa und Nordamerika durch den Erlaß von Schutzbestimmungen Einhalt zu gebieten, so daß nun Hoffnung besteht, daß beide Formen vor der Ausrottung bewahrt bleiben.

Über das von Bibern erreichbare Alter und den Zeitpunkt ihrer Fortpflanzungsreife bestehen noch beträchtliche Unklarheiten. Es scheint, daß sie über 15 Jahre alt werden können. Fortpflanzungsfähig werden sie wahrscheinlich erst frühestens mit drei Jahren und bleiben es bis etwa zum zwölften Lebensjahr. Die Paarungszeit liegt – gegen Ende Februar bis Anfang März – im zeitigen Frühjahr, die Wurfzeit Ende Mai bis Anfang Juni. Als Trächtigkeitsdauer wurden für den eurasischen

Der europäische Biber *(Castor fiber)*, größtes Nagetier Eurasiens. Obwohl noch in jüngerer historischer Zeit weit in Mitteleuropa verbreitet, ist heute in der DDR nur ein Wildbestand im Gebiet der mittleren Elbe – als eigene Unterart »Elbebiber« – erhalten geblieben. Steht unter Naturschutz!

Biber in der Sowjetunion 105 bis 107 Tage ermittelt. Die Begattung erfolgt meistens schwimmend im Wasser, kaum einmal auf dem Lande. Sie wird ungewöhnlicherweise Bauch gegen Bauch und nicht, wie bei den meisten Säugetieren, vom Rücken her vollzogen. Je nach Alter und Reife des Muttertieres schwankt die Anzahl der Jungen je Wurf zwischen zwei und fünf, die vollständig behaart und mit geöffneten Augen geboren werden. Ihr Geburtsgewicht bewegt sich zwischen 450 und 500 g. Anfangs werden sie nur mit Muttermilch aus den vier gattungseigentümlichen Zitzen ernährt und nehmen erst nach Wochen zusätzlich feste Nahrung auf. Nach Piechocki verenden normal mindestens 50 Prozent der Jungbiber in den ersten beiden Lebensjahren durch Umwelteinflüsse. Insbesondere wird alljährlich der Nachwuchs beim Elbebiber nahezu regelmäßig von den Frühjahrs- und Spätsommerhochwassern dezimiert, da sich die schwachen Jungtiere noch nicht gegen die reißenden Fluten zu behaupten vermögen.

Die Untersuchungen von Heidecke ergaben, daß durchschnittlich nur ein Jungtier je Weibchen die Geschlechtsreife erreicht. Von den zeugungsfähigen Weibchen bringen im Jahr weniger als 70 Prozent Jungtiere zur Welt. Mit steigender Populationsdichte gestaltet sich das Verhältnis im Sinne einer natürlichen Populationsregelung noch ungünstiger. Trotzdem ist die Nachwuchsquote genügend groß, die Population zu erhalten. Im umgekehrten Fall, bei Bestandsminderung oder beim Vorhandensein optimaler Ausbreitungsgebiete kommt es zu einer positiven Bestandsentwicklung durch erhöhte Reproduktion. Dieser populationsregelnde Effekt ist nachweisbar in den Jahren nach Kriegen und Epidemien.

Die Biber leben paarweise monogam und führen ein erstaunlich enges Familienleben. Die Jungen bleiben mindestens ein Jahr, wahrscheinlich noch länger, mit den Eltern zusammen. Vieles spricht dafür, daß sich diese Bindung an das Elternpaar bis zu ihrer eigenen Geschlechtsreife hinzieht. Fortpflanzungsfähig gewordene Jungbiber wandern in ein bislang von anderen Bibern unbesiedeltes Revier ab, legen dort ihren Bau an, verpaaren sich und gründen eine neue Familie. Es ist dabei günstig, daß unter normalen Verhältnissen das Geschlechterverhältnis der Wildbiber bei 1:1 liegt.

Das bereits erwähnte Bibergeil dient wohl in der Hauptsache zur individuellen Duftmarkierung des eigenen bzw. des Familienreviers gegenüber umherschweifenden fremden Artgenossen. Obwohl behauptet wird, daß sich Biber auch regelrechte, freundschaftliche Besuche abstatten, kommt es doch bei der Entscheidung um den Revierbesitz zu gefährlichen Beißereien zwischen den rivalisierenden Anwärtern. Auch Nebenbuhlerkämpfe in der Paarungszeit finden statt. Kämpfende Biber bringen sich tiefe, gefährliche Wunden bei. Derartige Kämpfe bleiben nicht immer ohne – zumindest mittelbar verursachten – tödlichen Ausgang, da sie, und das besonders in verschmutzten Gewässern, häufig schwere eitrige Wundinfektionen zur Folge haben. Vor allem senile, durch Spondylosis deformans unbeholfen gewordene Exemplare fallen derartigen Verletzungen zum Opfer. Diese wohl generelle Erkrankung alternder Elbebiber wurde von Piechocki 1962 entdeckt und beschrieben: »Die Untersuchung der Skelette ergab, daß vereinzelt schon 7- bis 12jährige Biber, regelmäßig aber die älteren Tiere, Schäden am Gebiß, Verschmelzungen einzelner Halswirbel und an der Wirbelsäule zum Teil umfangreiche Knochenauswüchse, sogenannte Exostosen, aufweisen. Derartige Befunde waren bisher von freilebenden mittelgroßen Vierfüßlern noch nicht bekannt ... Zuerst findet man kleine Exostosen auf den Bandscheiben. Später entstehen immer mächtigere Randzacken an den Wirbelkörpern, die in extremen Fällen mit den Exostosen der Bandscheiben zu Knochenbrücken verschmelzen. Die Krankheit beginnt im Biegungsbereich der 2. Hälfte der Brustwirbelsäule. Besonders stark werden in der Regel die Lendenwirbel des in seiner Lebensweise hochspezialisierten Tieres belastet. Von dem Zeitpunkt an, der über die arteigene Lebenserwartung hinausgeht, müssen die degenerierten Zwischenwirbelscheiben durch Knochenneubildungen entlastet werden. Auf ähnliche Ursachen sind auch die Verschmelzungen der Halswirbel zurückzuführen.«

Die gewaltigen wurzellosen, an der Außenseite orangerot gefärbten Nagezähne im Ober- und Unterkiefer des Bibers arbeiten wie zwei starke, einander entgegengestellte, gekrümmte Meißel. Ihre zwangsläufige Abnutzung beim Nagen wird dadurch ausgeglichen, daß sie ständig von unten nachwachsen. Der Biberschädel selbst, als außerordentlich kräftig gebautes Tragegerüst der Beißmuskulatur, wird funktionell durchaus den hohen Ansprüchen gerecht, die die Nagetätigkeit seines Trägers an ihn stellt. Um nur ein einziges Kilo Holz, das sind 100 bis 145 Einzelspäne, von einem Baumstamm abzunagen, benötigt der Biber etwa 1000 Zubisse. Dabei sei daran erinnert, daß das insofern unter erschwerenden Umständen erfolgt, als der nagende Biber dabei mit aufgerichtetem Vorderkörper vor dem bearbeiteten Baum sitzt. Und das sind nicht nur Stämme von Weichhölzern. Er ist auf diese Weise auch befähigt, alte, ungemein harte Eichen zu fällen! In Anbetracht dessen kann es uns nicht verwundern, daß dieser – zeit seines Lebens – alltägliche enorme Kräfteverschleiß ihm dann mit zunehmender Vergreisung die beschriebenen irreparablen Rückgratsversteifungen eintragen muß.

Bedingt durch seine gewaltigen Nagezähne, ist ein erwachsener Biber ein sehr verteidigungsfähiger und wehrhafter Gegner, so daß in der Hauptsache nur unerfahrene Jungbiber und bewegungsbehinderte, senile Exemplare das Opfer von Feinden werden. Hierzu gehören, abgesehen vom Menschen, alle Raubtiere in der Größenordnung von Bären, Wölfen und Luchsen. Für junge Biber erweitert sich diese Liste noch um solche in der Größe von Füchsen, Großmardern, Wildkatzen und um Greifvögel. Wirklich gefährlich können alle diese Jäger dem Biber aber nur dann werden, wenn sie ihn auf festem Land überraschen und ihm dort den Fluchtweg ins Wasser abschneiden. Erreicht er es doch noch, ist er – als der weit gewandtere und schnellere Schwimmer – seinen Angreifern gegenüber absolut im Vorteil. Falls sie ihn tatsächlich einmal bis ins feuchte Element verfolgen sollten, entkommt er ihnen dort rasch.

Der Biber ist ausschließlich Pflanzenfresser. Abgesehen von Eingeweidewürmern und anderen Endoparasiten, wird dieses Wassersäugetier von Ektoparasiten besiedelt. Sowohl auf dem nordamerikanischen als auch – was erst später entdeckt wurde – auf dem eurasischen Biber leben der fälschlich als Biberfloh bezeichnete, 2 bis 2,5 mm lange, hellbraun gefärbte Biberkäfer *Platypsyllus castoris* und, eng mit diesem vergesellschaftet, verschiedene Arten von Bibermilben. Auch allerlei seuchenhafte Erkrankungen können den Biber treffen und einzelne Stücke oder ganze Kolonien schädigen. Wie Beobachtungen im Elbebiber-Schutzgebiet erwiesen, wirken sich ungehemmte Verschmutzungen der Aufenthaltsgewässer durch Zufluß industrieller und großstädtischer Abwässer recht unheilvoll auf die Gesundheit und das Wohlbefinden dieses speziellen Wassernagers aus. Bleibt doch ein tauchender Biber, besonders wenn er sich in Gefahr wähnt, bis zu zehn Minuten unter Wasser.

Stehen einem jungen Biberpaar, das sich zur Familiengründung zusammengefunden hat, hohe, leicht zu durchdringende Uferböschungen zur Verfügung, so dienen diese der Anlage seines Erdbaues, dessen Einfahrt sich unter der Wasseroberfläche befindet, so daß sie meist völlig verborgen bleibt. Der Wohnkessel innerhalb des Erdbaues liegt jedoch beträchtlich über dem normalen Wasserspiegel. Bei Hochwasser kann er freilich überflutet werden und das Biberpaar dadurch gezwungen sein, sich Notbauten anzulegen. Im sumpfigen Gelände – mit ringsum flachen Ufern – wird ein etwa 1,50 m hoher, an seiner Basis gegen 2 m breiter Hochbau aus selbstgeschnittenem und zusammengeschlepptem Knüppelholz errichtet. Gerade diese auffälligen Biberbauten aus Holz sind der Allgemeinheit als »Biberburgen« seit Jahrhunderten wohlbekannt. Auch bei ihnen liegen die Einfahrt stets unter und der Wohnkessel über der Wasseroberfläche. Es können darin sogar zwei Wohnkessel übereinander angelegt sein. Je nach Wetterlage oder Wasserstand finden die Insassen im unteren oder oberen ein trockenes Quartier. Um in der Lage zu sein, das von ihnen benötigte Holz auch über größere Entfernungen zu transportieren, legen Biber zuweilen regelrechte Kanäle an, in denen sie diese Arbeit schwimmend, also wesentlich leichter und kräftesparender, bewältigen können. Wenn der Wasserstand um die Biberburg zu stark und dauernd absinkt, errichten alle Biber einer Kolonie in bewundernswertem Gemeindrang aus Stammstücken und Astknüppeln kunstvolle Staudämme. Wie man besonders bei nordamerikanischen Bibern beobachten kann, bauen sie notfalls ganze Staudammsysteme. Nach dem Vollenden des umfänglichen Werkes steigt dadurch der Wasserspiegel wieder bis zum benötigten Grade, das heißt, der Zweck dieser tierischen Leistung ist voll erfüllt. Diese Kanal- und Dammbauten der eurasischen und nordamerikanischen Biber gehören zu den für uns erstaunlichsten tierischen Gemeinschaftsleistungen, die bisher bekannt wurden. In den Sommermonaten verlassen die Biber den Bau vor Einbruch der Dämmerung und kehren meist erst in den frühen Morgenstunden zurück. Nach etwa zwei Stunden fallen sie in einen bis zum Mittag währenden Tiefschlaf.

In der warmen Jahreszeit ernährt sich der Biber besonders von den fleischigen Seerosen-, Kalmus- und Schwertlilienrhizomen, ferner von Kräutern, Stauden, Gräsern und, falls ihm zugänglich, allerlei Obst. Allerdings verzichtet er auch dann nie gänzlich auf Baum- und Strauchrindennahrung, wobei er die von Pappeln, Weiden und Erlen bevorzugt. Neben der Rinde von Weichhölzern nimmt er solche von Hartholzgewächsen wie Eichen und Birken auf, verschont jedoch Nadelhölzer fast völlig. Im Entrinden von frischen Zweigen und Ästen ist er äußerst geschickt und schnell. Übrig bleiben dann jene typischen 30 cm bis 1 m langen, entrindeten weißen, sich bald bräunenden Knüppelstücke, die jedem Kundigen verraten, wo ein Biber seine Mahlzeit gehalten hat. Im Winterhalbjahr bildet Rindennahrung sein hauptsächliches Futter. Um für diese Notzeit ausreichend versorgt zu sein, legt sich jedes Biberpaar vor seiner Erd- oder Holzburg große, hoch aufgeschichtete Stapel von frischem, berindetem Knüppelholz an. Diesen großen Wintervorrat muß es in tage- und wochenlanger Arbeit von zuweilen recht weit entfernten Standorten heranschleppen. Als Vorarbeit dazu wird es für sie notwendig, große mitunter ungewöhnlich dicke und hohe, nicht selten viele Jahrzehnte alte Laubbäume umzulegen und zu entästen. Das geschieht im Herbst. Das Fällen dieser Stämme erfolgt etwa 50 cm über dem Erdboden durch parabolisches Umnagen. Dadurch entsteht der für den Biber so charakteristische Doppelkegelschnitt, der so tief geführt wird, bis der seines Halts beraubte Baum schließlich umbricht. Auf Grund der vor dem

Bau angelegten sogenannten Nahrungsflöße können sie in strengen Wintern wochenlang im Bau verharren, halten dabei jedoch keinen Winterschlaf.

Um dieses wahrhafte Naturdenkmal und alte Charaktertier der Fauna Mitteleuropas vor gänzlichem Aussterben im Elbegebiet zu bewahren, hat es sich als unumgänglich erwiesen, ihn dort ganzjährig unter absoluten Schutz zu stellen. Der Elbebiber kommt in der DDR im Großeinzugsgebiet der Mittleren Elbe, im Elbe-Havel-Winkel und im Werbellinseegebiet vor. Mit der Wiederansiedlung von *Castor fiber albicus* im Peenetal (Bezirk Neubrandenburg) seit 1975 wurde durch die Mitarbeiter der Biologischen Station Steckby die Basis für einen isolierten vierten Komplex geschaffen. Die dortigen günstigen Lebensräume garantieren den Aufbau einer gesunden Schwesterpopulation. Die wirtschaftlich kaum genutzten Wasserläufe und Moorseen des Mecklenburger Hügellandes bieten Ausbreitungsmöglichkeiten ohne direkte Konfrontation mit dem Menschen und seinen technischen Anlagen. Das ist keinesfalls, wie vielleicht vermutet werden könnte, eine beanstandbare Faunenverfälschung. Auch dort, wo er jetzt wieder angesiedelt wird, war der Elbebiber noch in den vergangenen Jahrhunderten beheimatet. Lediglich durch rücksichtsloses Bejagen ist er da, wohin er jetzt zurückgekehrt, »vorübergehend« ausgerottet worden. Um wieviel weiter nämlich der Biber in der Vergangenheit innerhalb des engeren Mitteleuropas verbreitet war, davon geben noch heute zahlreiche, sich auf sein damaliges Vorkommen beziehende Orts- und Gewässernamen, so – unter anderen – Bobritzsch im sächsischen Erzgebirge, Auskunft. Funde von Biberknochen aus frühgeschichtlicher und historischer Zeit, so von der Coschützer Heidenschanze am Weißeritzlauf bei Dresden, sind Zeugen dieser ehemaligen Verbreitung.

Zu seiner Austilgung im Laufe der Jahrhunderte gab übrigens weniger der wirtschaftliche Schaden Anstoß, den der Biber in Wald und Flur verursachte, sondern, wie schon betont, seine mannigfache Nutzbarkeit für den erfolgreichen Jäger. Naturschutz und weidmännische Schonzeiten waren aber damals noch unbekannte Begriffe. Nicht allein nur in Mitteleuropa wurde der Biber hemmungslos verfolgt, sondern überall in Eurasien, wo sich Biber zeigten. In Vorderasien wurde er in frühhistorischer, auf den Britischen Inseln in historischer Zeit ausgerottet. In Frankreich birgt heute lediglich noch das Rhône-Delta eine beachtliche Population von über 1 500 wildlebenden Bibern, die damit in der Gegenwart den am weitesten westwärts liegenden Lebensraum des eurasischen Bibers anzeigt. Den nördlichsten finden wir in Norwegen, den östlichsten am Mongolischen Altai. Auch in Polen und im Rußland vergangener Jahrhunderte wurde der Biber weitgehend ausgerottet. In der Volksrepublik Polen und in der Sowjetunion sind aber staatlicherseits Bemühungen in vollem Gange, ökologisch geeignete Gebiete wieder- oder sogar völlig neu zu besiedeln. Das gelingt, unterstützt von strengen Schutzgesetzen, allem Anschein nach gut. Außerdem ist man dort dazu übergegangen, eurasische Biber planmäßig in speziellen Farmen zu züchten und wirtschaftlich zu nutzen. Besonders erfolgversprechend geschieht das jetzt auch mit dem in Freiheit recht selten auftretenden melanotischen, also schwarzen Biberfarbspiel.

Der nordamerikanische Biber war in seinem Bestand, solange die Indianer maßvoll Jagd auf ihn machten, nie ernstlich vor der Ausrottung durch den Menschen bedroht. Das geschah erst, als die europäischen Einwanderer erkannten, welche gewinnbringende und relativ mühelos auszuschöpfende Erwerbsquelle sich ihnen in Nordamerika durch die Biberjagd bot. So kam es auch in den einst so biberreichen, ökologisch optimal den Ansprüchen des Bibers gerecht werdenden Landschaften Kanadas und der Vereinigten Staaten dazu, daß Millionen dieser Tiere menschlicher Geldgier und Eitelkeit zum Opfer fielen. Dort drohte demgemäß bis vor kurzer Zeit dem Biber noch die Gefahr gänzlicher Ausrottung. Aber auch im nordamerikanischen Bibergebiet gibt es jetzt riesige Naturschutzparks, in denen er nicht gejagt werden darf. Und auch nordamerikanische Biber werden seit einigen Jahren zu Erwerbszwecken in Pelztierfarmen gezüchtet. Noch vor 250 Jahren lebten etwa 60 Millionen in freier Wildbahn, heute sind es günstigstenfalls noch 1,75 bis 2 Millionen. Das ist freilich viel, viel mehr, als der gegenwärtige Gesamtbestand des eurasischen Bibers ausmacht! Selbst wenn man die Tiere sämtlicher wilder Biberkolonien Frankreichs, der DDR, Norwegens, Polens, der Sowjetunion und der

Mongolischen Volksrepublik zusammenzählt und dann noch die in Pelztierfarmen und Tierparks gehaltenen Stücke hinzurechnet, dürfte der heutige Bibergesamtbestand in Eurasien kaum mehr als 25 000 Exemplare betragen.

In der DDR wurden im Jahre 1983 über 435 Ansiedlungen mit insgesamt 1800 Elbebibern ermittelt. Nach einem Bestandsminimum 1950 erfolgte eine positive Bestandsentwicklung mit Besiedlung ehemaliger und neuer Lebensräume. Wie schon einmal 1940 wurde wieder die höchste Bestandsdichte in diesem Jahrhundert erreicht, doch auf Grund inzwischen eingetretener Landschaftsveränderungen auf größerer Fläche in geringerer Dichte. Die mehrmalige Regeneration des Bestandes auf einen Optimalwert ist Ausdruck der ungeschwächten Reproduktionskraft des Elbebibers. Die Förderung in Reservaten und durch entsprechende Landschaftspflege sowie die Ermittlung von Daten zu Verbreitung, Bestand, Ökologie, Ethologie, Populationsstruktur und -dynamik erfolgt laufend unter Mithilfe eines von Dornbusch und Heidecke geschaffenen Betreuungsnetzes aus ehrenamtlichen Naturschutzmitarbeitern.

In stammesgeschichtlicher Hinsicht ist festzustellen, daß die eigentliche Blütezeit der Nagetierüberfamilie Castoroidea längst vorüber ist. Sie lag im Tertiär. Damals existierten sogar, wenn man die Maße unserer beiden rezenten Biberarten zum Vergleich nimmt, neben mannigfachen anderen, ausgesprochene Zwergbiber- *(Steneofiber)* und wahrhafte Riesenbibergattungen (*Trogontherium* in Eurasien und *Castoroides* in Nordamerika, beide im Pleistozän). Das hauskaninchengroße Biberhörnchen *(Aplodontia rufa)*, auch »Bergbiber« genannt, lebt im Westen Nordamerikas. Seine habituelle Biberähnlichkeit beruht lediglich auf Konvergenz. Höchst primitiv im Bau seiner Molaren ist diese die einzig überlebende Art der erloschenen Rodentia-Familie Einfachzähner (Aplodontidae).

Die bisher älteste aufgefundene fossile Gattung der Biberartigen, *Palaeocastor*, konnte aus dem Oligozän Nordamerikas geborgen werden. Die beiden rezenten Biberarten bzw. -subspecies der Gattung *Castor* vertreten als letzte und noch immer existenzfähige Relikte eine einst weit vielgestaltigere und verzweigtere große Sippe. Unser Elbebiber ist also, gemäß einer für ihn treffend geprägten Bezeichnung des Biberforschers Hinze, ein lebendes Fossil. Und schon deshalb verdient er als erhaltenswertes, auch vom ethischen Standpunkt aus kostbares Naturdenkmal unserer Heimat jeglichen gesetzlichen Schutz und all unsere hegerische Fürsorge.

Unterordnung Myomorpha – Mäuseverwandte

Überfamilie Muroidea – Mäuseartige

Bis vor wenigen Jahren führte man noch keine Familie Cricetidae innerhalb der Überfamilie Muroidea (Mäuseartige) der Rodentia. Diese Überfamilie ist zwar bestehengeblieben, als eigene Überfamilie wurden inzwischen aber die Gliroidea (Bilchartige) abgetrennt. Auch innerhalb der Überfamilie Muroidea erfolgten starke Umgruppierungen, wie aus der folgenden Übersicht hervorgeht:

Früher: Familie Muridae – Mäuse
Unterfamilie Murinae – Eigentliche (Langschwanz-) Mäuse
Unterfamilie Cricetinae – Hamster
Unterfamilie Microtinae – Wühlmäuse

Jetzt: Familie Muridiae – Mäuse
Unterfamilie Murinae – Eigentliche (Langschwanz-) Mäuse
Artbeispiel: Hausmaus *(Mus musculus)*
Familie Cricetidae – Wühler
Unterfamilie Cricetinae – Hamsterartige
Artbeispiel: Hamster *(Cricetus cricetus)*
Unterfamilie Microtinae – Wühlmäuse
Artbeispiel: Feldmaus *(Microtus arvalis)*

Hamster und Feldmaus sind also näher miteinander verwandt als Feldmaus und Hausmaus bzw. Hamster und Hausmaus.

Familie Cricetidae – Wühler
Unterfamilie Cricetinae – Hamster

Die Unterfamilie Cricetinae ist – außer in Osteuropa – unter den Wildsäugetieren Mittel-, im geringen Maße Westeuropas (Teile Frankreichs, Belgiens und der Niederlande) durch eine Art, den Hamster *(Cricetus cricetus)*, vertreten. In Südosteuropa, besonders im Süden des europäischen Teiles der Sowjetunion, finden wir neben ihm, oder ihn ersetzend, Vertreter zweier anderer Cricetinae-Gattungen, den Mittelhamster (*Mesocricetus auratus*) und den Zwerghamster *(Cricetulus migratorius)*. Nach dem zweiten Weltkrieg wurde überall in Europa eine goldgelbe, in der Umgebung von Aleppo beheimatete Standortrasse des Mittelhamsters, der sogenannte Syrische Goldhamster, in vielen Millionen Exemplaren als Laboratoriumstier und zur Pflege in Wohnungen gezüchtet. Eine umfassende Monographie über diese bemerkenswerte Tierart liegt von Kittel vor.

Der Syrische Goldhamster hat nur 16 Tage Trächtigkeitsdauer und durchläuft sehr kurze Zeitspannen von seiner Geburt bis zur Geschlechtsreife. Das Weibchen bringt jährlich drei Würfe mit 3 bis 13 Lagerjungen zur Welt. Nach Witte können Goldhamster ihre Jungen in den ersten Lebenstagen wie Futterkörner in die Backentaschen stopfen und darin fortschaffen. Sie überstehen diesen ungewöhnlichen Transport deshalb, weil ihre Körpertemperatur, ihr Stoffwechsel und damit auch ihr Sauerstoffbedarf noch relativ niedrig sind. Der Goldhamster lebt in Freiheit ähnlich wie sein doppelt so großer, bei uns einheimischer Vetter.

Zur Unterscheidung vom Syrischen Goldhamster hat sich in jüngster Zeit immer mehr die Bezeichnung Feldhamster für unsere einheimische Art eingebürgert. Nicht selten wird er auch Großhamster in deutlicher Gegenüberstellung zu Mittelhamster und Zwerghamster genannt. Erwachsene Großhamster messen von der Nasenspitze bis zum Ende des verhältnismäßig kurzen, zwischen 3 bis 6 cm langen Schwanzes im Durchschnitt ungefähr 24 bis 28 cm, es finden sich gelegentlich aber auch größere Exemplare, meistens sehr alte Männchen. Die stets kleineren Weibchen erreichen solche Maximalwerte nicht. Großhamster scheinen nie völlig mit dem Größenwachstum aufzuhören. Das Gewicht erwachsener Feldhamster liegt in einem Bereich von 250 bis 600 g, als Höchstgewicht wurden bei einem Männchen 786 g festgestellt. Erwachsene Mittelhamster kommen auf Gewichte bis höchstens 175 g und erreichen selten größere Gesamtlängen als 17 bis 18 cm. Zwerghamster haben im Durchschnitt 11 bis 13 cm und wiegen bestenfalls 40 g.

Über die verschiedenen anderen Zwerghamster der palaearktischen Region liegt eine Monographie von Flint vor.

Hamster, die sehr nahe mit unserer rezenten Art *Cricetus cricetus* verwandt, zum Teil wohl nur Unterarten von ihr waren, lebten schon im Altpleistozän und im Jungtertiär auf mitteleuropäischem Boden. Damals traten Riesenformen auf, so im Altpleistozän die Unterart *Cricetus cricetus runtonensis* und im Jungpleistozän *Cricetus cricetus major*. Man vermutet, daß beide weitgehend identisch sind. Auch Hamsterformen, die den rezenten Zwerghamstern sehr ähnlich waren, hat es damals bereits gegeben.

Der Hamster ist einer der buntesten Wildsäuger unserer Heimat. Füße und Schwanzpartie sind weiß. An Kopf und Seiten heben sich weißgelbe Flecken ab. Wie der Dachs trägt das im Normalfall oberseits braun und am Kopf rotbraun gefärbte Tierchen eine ausgesprochene Verkehrtfärbung, es ist auf der Unterseite tiefschwarz. Verhältnismäßig häufig treten Farbspiele auf. Albinos werden fast überall gelegentlich gefunden. Im Bezirk Halle sieht man relativ oft gelbe Tiere mit schwarzgrauem Bauch, im Umkreis von Gotha und Erfurt ganz schwarze mit weißer Nasenspitze und weißen Füßen. In der Sowjetunion gibt es Gebiete, in denen derartige schwarze Hamster zahlenmäßig überwiegen oder die normalfarbigen genetisch fast völlig verdrängt haben. Zuchtversuche des Verfassers ergaben, daß sich dieser sogenannte Hamster-Melanismus dominant gegenüber Normalfarbigkeit vererbt. Unabhängig davon gelangten die sowjetischen Forscher Gershenson und Polewoi durch massenstatistische Berechnungsmethoden zum gleichen Ergebnis.

Der Hamster ist hauptsächlich Dämmerungs- und Nachttier. Dort aber, wo er nur selten gestört wird, zeigt er sich auch tagsüber außerhalb seines Erdbaues. Gewöhnlich wird er als Einzelgänger bezeichnet, was jedoch nur bedingt zutrifft. In der Regel bewohnt jeder Hamster allein einen Bau, in der Paarungszeit aber findet man im Nestkessel von aufgegrabenen Erdbauten der Weibchen öfter auch Männchen mit diesen zusammen. Daß zwei sich in freier Wildbahn begegnende Hamster – ganz gleich welchen Geschlechts – sich außerhalb der Paarungszeit sofort anfallen und bis zum Erliegen des schwächeren Exemplares miteinander kämpfen sollen, ist eine weit verbreitete, den Tatsachen aber völlig widersprechende Fabel. In Gegenden mit geringer Hamsterbesiedlung konnte der Verfasser oft beobachten, daß die wenigen bewohnten Bauten eines bestimmten Ackers sehr nahe beieinander lagen, während ringsum weite Flächen ohne jegliche Ansiedlung geblieben waren. Der angebliche »Einzelgänger« Hamster hatte an jener Stelle also eine kleine Kolonie gebildet. Eine solche besteht wahrscheinlich aus nahe miteinander verwandten und sich bei Begegnungen – vor allem am individuellen Geruch – erkennenden Tieren. Die Bewohner solcher dicht nebeneinander liegenden Erdbauten müssen zwangsläufig bei ihren Ausflügen aufeinander treffen. Bei einem durch den Verfasser von klein auf aufgezogenen Feldhamsterpaar erwies sich ferner, daß beide Tiere über Jahre hin in relativ engen Gemeinschaftskäfigen zusammengehalten werden konnten, ohne daß es jemals – außer vorübergehenden harmlosen Streitigkeiten – zu ernstlichen Reibereien gekommen wäre.

Männchen und Weibchen legen unterschiedliche Erdbauten an. Die Männchenbauten haben normal nur ein flaches Ausschlupfloch und zur schnellen Rückkehr in den Bau ein tiefes, fast senkrecht geführtes Falloch. Die Weibchen versehen ihre Erdbauten dagegen mit mehreren Fallöchern, manchmal auch mit zwei bis drei Ausschlupflöchern. Darin drückt sich eine passive Brutfürsorge aus. Die ihre ersten Ausflüge ins Freie machenden Jungen können sich dadurch beim Rückzug in den mütterlichen Bau nicht gegenseitig behindern. Der Feldhamster bevorzugt tiefgründige Lehm- und Lößböden, also die besten Getreideböden. Komplizierte Baue mit umfangreichen Labyrinthen unterirdischer Höhlungen können durch gegenseitige Verbindung zweier oder mehrerer Baue entstehen. Es sind Bauwerke vieler Individuen oder Generationen. Die größte Länge der unterirdischen Gangsysteme erreicht 25 m. Ansiedlungsflächen mit dünner Bodendecke über Felsgestein oder solche mit hohem Grundwasserspiegel (weniger als 1,20 bis 1 m unter der Erdoberfläche) meidet er nach Möglichkeit, ebenso Buschwald, Hochwald und das Innere menschlicher Ansiedlungen. In Höhen über 400 m findet er sich selten und dann meist nur in Enklaven, die tiefgründige Lehmböden aufweisen. Es ist möglich, daß einige isolierte Hamstervorkommen, insbesondere im Süden der BRD, wirkliche Refugialräume darstellen, in denen sich der Hamster seit dem Abklingen der letzten Eiszeit gehalten hat. Die Mehrzahl unserer heutigen Feldhamster gehört jedoch wahrscheinlich zu den Nachkommen neu aus dem Osten zugewanderter Tiere.

Der Hamster ist ein ausgesprochener Allesfresser, auf dessen Speisekarte jede weiche und frische Pflanzenkost, harte Getreidekörner, Steinobstkerne und allerlei Kleingetier, wie Regenwürmer und Engerlinge, nicht zuletzt Feldmäuse, stehen. Auch der Feinbau seines eigentümlichen zweikammerigen Magens zeigt ihn als Gemischtköstler. Dort, wo er auf Getreide- und sonstigen Feldfruchtflächen in Massen auftritt, wird er zum Schädling. Mit Hilfe seiner Backentaschen ist er in der Lage, größere Mengen von Getreidekörnern in eigens dafür angelegte Vorratskammern einzutragen. Obwohl oder besser weil die Vorratswirtschaft des Hamsters bereits sprichwörtlich geworden ist, werden gewöhnlich die durchschnittlichen Gewichte derartiger Vorräte stark übertrieben, 15 kg sind schon recht hoch. Als maximale Vorratsmenge fand Wendt im Sommer 1980 bei einem 505 g schweren Hamstermännchen 34 kg Erbsen. Dies ist die bisher höchste sicher festgestellte Vorratsmenge dieser Art. Es ist unbedingt notwendig, daß dort, wo der Hamster in *Massen* auftritt, rücksichtslos gegen ihn vorgegangen wird, da er sonst Millionenwerte vernichtet. Dieser Schaden wird auch dadurch nicht aufgewogen, daß der Hamster gelegentlich Feldmäuse und andere Schädlinge frißt und Hamsterfelle als Rohstoffe für Pelzmäntel begehrt sind.

Der Feldhamster setzt sich gegen Mensch und Tier mit unwahrscheinlicher Kühnheit zur Wehr. Dazu richtet er sich zunächst männchenmachend in Imponierhaltung auf und wetzt dabei schnatternd und ziemlich laut die Zähne. Dann springt er knurrend, fauchend und schrill kreischend seinen Gegner in hohen Sätzen an. Hat er ihn erreicht, verbeißt er sich mehr als minutenlang krampfhaft in dem erfaßten Körperteil. Durch diesen Überraschungsangriff rettet er häufig Freiheit und Leben. Abgesehen vom Menschen und seinen Haustieren Katze und Hund, hat er noch sehr viele Feinde in der einheimischen Tierwelt. Dazu gehören Fuchs und Dachs ebenso wie alle unsere Marderarten sowie die größeren Greifvögel und Eulen. In freier Wildbahn sind jedoch Hermelin und Iltis die spezifischen Feinde des Hamsters, weil sie ihm in das Innere der Erdbauten nachschlüpfen und ihn dort niederkämpfen. Wo der Hamster ansässig ist, fällt er nachts auch sehr häufig dem Verkehr zum Opfer. Am Neusiedler See in Österreich wurden im September 1966 von Kemper streckenweise über 200 Individuen je Kilometer und Woche gefunden. Die starken Verluste werden durch eine entsprechend hohe Fortpflanzungsrate im Gleichgewicht gehalten oder überflügelt. Im Normalfall bringt der Hamster bei uns zwei, seltener drei Würfe zur Welt. Die erste Paarungszeit im Jahr liegt etwa Anfang Mai. Die Trächtigkeit dauert nur 19 bis 20 Tage. Dann werden vom Weibchen zahlreiche, mitunter mehr als zehn Junge geboren. Da aber nur acht Milchzitzen zur Verfügung stehen, überleben selten mehr als acht Junge. Sie werden nackt und blind geboren. Erst nach 14 Tagen öffnen sich dann bei den inzwischen recht gut behaarten und in der Färbung den alten Tieren ähnlichen Jungtieren die Augen. Nun geht ihre Entwicklung rasch voran, und nach wenigen Wochen sind sie selbständig. Den Winter überdauert der Feldhamster bei seinen Vorräten im dicht mit Halmscheiden und anderem weichen Material ausgepolsterten Nest des bis 2 m tiefen Erdbaues in tiefem, zeitweilig unterbrochenem Winterschlaf. Dabei sinkt seine Körpertemperatur bis wenige Grade über 0 °C. Sobald es Frühling wird und ihm ausreichend Nahrung zur Verfügung steht, beendet er den Winterschlaf.

Von den in ihrer Körpergestalt sehr ähnlichen mitteleuropäischen Microtinae unterscheidet sich der Feldhamster durch seinen Backenzahnbau. Die drei Backenzähne auf jeder Seite sind mit Zahnwurzeln versehen und können sich deshalb bei Abnutzung nicht wie die wurzellosen Molaren, durch die sich die meisten Microtinae auszeichnen, laufend regenerieren. Wie einige Microtinae-Arten, zum Beispiel die Schermaus, hat auch der Hamster bilaterale Seitendrüsenorgane. Diese spielen beim Paarungsablauf eine Rolle, und durch ihre Abscheidungen (beim Hamster zusammen mit den Sekreten der unpaarigen Mittelbauchdrüse, die der Schermaus fehlt) werden die Zugänge der Erdbauten für die Artgenossen als Bereich des betreffenden Tieres markiert.

Bereits 1774 wurde von dem Arzt F. G. Sulzer (1749 bis 1830) eine gute und gründliche Monographie über den Hamster veröffentlicht, die auch heute noch als wichtiges Quellenwerk oft zu Rate gezogen wird.

Unterfamilie Microtinae – Wühlmäuse

Wegen der riesigen negativen wirtschaftlichen Bedeutung der zahlreichen europäischen und außereuropäischen Microtinae, Wühlmäuse, gibt es über sie sehr viel, sogar für Spezialisten kaum noch zu überblickende Literatur. Hier kann der Erörterung dieser Problematik leider nur ein kleiner Raum gewidmet werden. Wer sich weiter mit den Microtinae beschäftigen will, muß auf diese spezielle Literatur verwiesen werden. Wir beschränken uns hauptsächlich auf drei der am besten erforschten und auch der Allgemeinheit schon gut bekannten Arten. Es sind der durch seine Wanderungen bekannt gewordene Berglemming *(Lemmus lemmus)*, unsere Feldmaus *(Microtus arvalis)*, von der Georg W. Stein sagt, daß sie das heute am gründlichsten untersuchte und wohl am besten bekannte unserer wildlebenden kleinen Säugetiere sei, und die erst seit acht Jahrzehnten in Europa eingeschleppte Bisamratte *(Ondatra zibethica)* als Vertreter der nordamerikanischen Microtinae und zugleich als Musterbeispiel unüberlegter Einbürgerung von nicht bodenständigen Tieren in andere geographische Räume.

Alle Microtinae haben dünnbehaarte, mit Schwanzringen versehene mittellange bis kurze Schwänze. Bei der nur vereinzelt auf dem Balkan vorkommenden Bergmaus *(Dolomys milleri)* erreicht er ausnahmsweise noch rund vier Fünftel der Kopf-Rumpf-Länge, bei den Lemmingen dagegen nur ein Achtel bis ein Fünftel. Mit einer Kopf-Rumpf-Länge von

Dickschwanzmaus *(Pachyuromys auricularis).* Hauptmerkmal dieser südafrikanischen Rennmaus ist der schwach behaarte, fleischfarben glänzende Schwanz – ein Fettspeicher für nahrungsarme Zeiten

7,5 bis 10,6 cm, bei einer Schwanzlänge von 2,5 bis 3,9 cm, ist die europäische Kleinwühlmaus *(Pitymys subterraneus)* die kleinste und leichteste Art. Die Ohren der Microtinae ragen, im Gegensatz zu denen der meisten Muriden, wenig aus dem Fell hervor. Ein weiterer Gegensatz besteht darin, daß der Kopf dick erscheint und mit einer rundlich-stumpfen Schnauze ausgestattet ist. Das Microtinae-Gebiß umfaßt 16, bei den rezenten Arten mindestens bis zu Beginn der Senilität wurzellose Zähne. Im Alter bilden sich dann manchmal an den unbewurzelten Backenzähnen, aber nicht an den oberen und unteren Nagezähnen, Wurzeln. E. Mohr schreibt von der Waldwühlmaus *(Clethrionomys glareolus)* »die Backenzähne der Jungen (haben) offene Wurzeln, die sich allmählich schließen«. Die Oberfläche der Backenzähne weist mehr oder weniger ausgeprägte Schmelzschlingen auf, die wichtige Kennzeichen für die Art- und Unterartbestimmungen sind.

Im Gegensatz zu den europäischen Cricetinae, insbesondere zu *Cricetus cricetus*, halten die Microtinae keinen Winterschlaf. Ihr Körperbau ist, dem unseres Feldhamsters sehr ähnlich, plump und gedrungen, im Gegensatz zu den im gleichen Gebiet vorkommenden Vertretern unserer Langschwanzmäuse. Mit Ausnahme der Lemminge und der Bisamratte ähneln sich alle europäischen Microtinae so sehr, daß es oft Spezialisten kaum gelingt, lebende Wühlmäuse, besonders Jungtiere, auf den ersten Blick richtig zu bestimmen. In Größe und Färbung unterscheiden sie sich im Alter zwar einigermaßen, beide variieren aber derart, daß Verwechslungen besonders in Überschneidungszonen nahe verwandter Arten öfter vorkommen. In ihren ökologischen Ansprüchen, ihrem Verhalten und ihren Lautäußerungen bestehen zwischen den Microtinae-Arten jedoch beträchtliche Unterschiede.

Im arktischen und subarktischen Gebiet Skandinaviens, Finnlands und der Sowjetunion treffen wir auf zwei Lemmingarten, den subarktischen Waldlemming *(Myopus schistico-*

lor) und den sowohl subarktischen als auch arktischen Berglemming *(Lemmus lemmus).*

Zuweilen wird auf Treibeis noch eine dritte Lemmingart im Norden Skandinaviens, manchmal sogar auf Spitzbergen, gefunden. Das ist der am weitesten nach Norden gehende Halsbandlemming *(Dicrostonyx torquatus).* Die Heimat dieses zirkumpolar verbreiteten Nagers sind die arktischen Regionen der Sowjetunion und Nordamerikas. Am Weißen Meer kommt er bis Nowaja Semlja vor. Er wird im Winter völlig weiß. Unter den Microtinae ist der Halsbandlemming der extremste Wärmeflüchter.

Der bekannteste ist der Berglemming. Diese »Popularität« verdankt er seinen, in der Berichterstattung bis zum Fabelhaften übertriebenen und ausgeschmückten Wanderzügen in Jahren der Massenvermehrung.

Daß es Wanderzüge der Berglemminge tatsächlich gibt, kann nicht bestritten werden. Nach Angaben vorbehaltloser Beobachter, die Ognew zusammenfaßte, bewegen sich bei diesen Wanderungen die einzelnen Tiere für sich in der allgemeinen Zugrichtung. Allerdings können größere Stauungen erfolgen, wenn schwere Hindernisse wie reißende Bäche und Flüsse oder breite Ströme die Wanderung der einzelnen Tiere hemmen. Lemminge sind vorzügliche Schwimmer. Nach Ognew wählen sich die Tiere für das Durchqueren von Flüssen und Seen eine seichte Stelle aus, vor allem aber ruhiges Wetter. »Nur durch zwei Ereignisse werden sie aufgehalten; wenn sie die Meeresküste erreichen oder wenn sie vom Winter überrascht werden. Im ersteren Falle warten sie den ersten ruhigen Tag ab, stürzen sich ins Wasser und erreichen entweder eine nahe gelegene Insel – oder gehen in den Wellen zugrunde. Im zweiten Falle überwintern sie unter der Schneedecke in Löchern oder Gängen und setzen ihre Wanderungen Anfang des folgenden Sommers fort.«

Der Berglemming besitzt die Größe eines mittelgroßen Syrischen Goldhamsters. Die Gesamtlänge der sehr kurzschwänzigen Art beträgt bei erwachsenen Tieren nur 15 bis 17 cm. Die breiten Füße haben fünf Zehen. Die Vorderfüße sind mit viel größeren kräftigeren Grabkrallen ausgestattet als die hinteren, die Fußsohlen dicht behaart. Die runden Ohrmuscheln an dem sehr dick erscheinenden Kopf bleiben fast ganz im Pelz verborgen. Die Augen sind verhältnismäßig klein. Das plumpe Kerlchen ist eines der farbenfreudigsten Säugetiere Europas, die Fellfärbung variiert allerdings beträchtlich in der Intensität. Im äußersten Norden trägt der Berglemming im Winter ein weißes Fell wie der Halsbandlemming und andere Polartiere. Normal ist sein Pelz auf der Oberseite bräunlichgelb mit dunklen Flecken. Lippen, Wangen und Kehle sind fahlgelb. Sie stehen im Kontrast zu dem tiefdunklen bis schwarzen Band, das sich am Oberkopf von der Nase über die Ohren bis hinter den Nakken zum Vorderrücken erstreckt. Die Unterseite und die Füße sind hellsandgelb. Selbst das Schwänzchen zeigt ober- und unterseits verschiedene Farben. Oben ist es bräunlich, unten grauweiß. Beim Lauf berührt der Bauch des Berglemmings fast den Erdboden. Er ist Feinden gegenüber noch »tollkühner«, »trotziger« und »angriffslustiger« als der Feldhamster.

Untereinander leben die Lemminge in sehr lockeren Verbänden und sind keinesfalls so gesellig, wie man früher glaubte. Soffel schreibt vom *Lemmus lemmus*: »Seine große Erregbarkeit drückt sich in dem Reichtum seiner Stimmittel aus, die über ein ganzes Register von Fauchen, Bellen, Pfeifen, Grunzen, Quieken usw. verfügen.«

Der Berglemming hat viele behaarte und gefiederte Feinde, einschließlich des Braun- und Eisbären. Selbst Rene stellen ihm nach. Er ist ein typischer Bewohner der Tundren und Hochflächen des hohen Nordens und der Birken- und Grauweidenzonen. Seine Nahrung besteht aus Rentierflechten, Birkenkätzchen, Wurzeln und dergleichen, gelegentlich wohl aus Kleingetier. Ein guter Kletterer ist der Berglemming nicht, am wenigsten an Bäumen und Sträuchern. Das reife Weibchen bringt jährlich zwei, in günstigen Jahren drei Würfe von jeweils fünf bis zehn Jungen zur Welt. Die Frühjahrsjungtiere sind im Herbst schon wieder fortpflanzungsfähig. Nasse Sommer und Herbste, zu früh einsetzende und überharte Winter schränken zwar das zu starke Anwachsen der Population ein, aber alle drei bis vier Jahre kommt es zu einer Massenvermehrung, deren Folge die eingangs erwähnten Massenabwanderungen sind. Der Berglemming hält keinen Winterschlaf. Er legt im Sommer relativ flach unter dem Erdboden, im Winter tief unter der Schneedecke verlaufende weite und

Nordische Wühlmaus *(Microtus oeconomus ratticeps)*, auch Sumpfmaus oder Rattenkopf genannt. Sie ist die in der DDR vorkommende Unterart der von Skandinavien über ganz Nordasien bis nach Alaska und Kanada verbreiteten Sibirischen Wurzelratte

verzweigte Gangsysteme an. Dort sucht und findet er auch die notwendige Nahrung. Besondere Wintervorräte trägt er in der warmen Jahreszeit nicht ein, wohl aber Moos und trokkenes Gras für sein dichtes warmes Nest. Dieses legt er aber im Sommer zuweilen oberirdisch, wenn auch versteckt, an. Im eiszeitlichen Europa – sowohl in alt- wie in jungpleistozänen Ablagerungen nachweisbar – waren der Berglemming und der jetzt hochnordische Halsbandlemming bis weit nach Mitteleuropa verbreitet. Weitere Einzelheiten über die Biologie des Berglemmings enthält die Monographie von Curry-Lindahl.

Die DDR und BRD beherbergen nicht weniger als sieben endemische Microtinae-Arten aus vier Gattungen. So interessant und wichtig sie in wirtschaftlicher Beziehung auch sind, hier kann nur die Feldmaus eingehender behandelt werden. Für die anderen Arten sei auf das »Taschenbuch unserer wildlebenden Säugetiere« von K. Zimmermann verwiesen. Die sieben Arten sind:

die Waldwühl- oder Rötelmaus *(Clethrionomys glareolus)*,
die Ostschermaus *(Arvicola terrestris)*,
die Kleinwühlmaus *(Pitymys subterraneus)*,
die Feldmaus *(Microtus arvalis)*,
die Erdmaus *(Microtus agrestris)*,
die Nordische Wühlmaus *(Microtus oeconomus)*
und die Schneemaus *(Microtus nivalis)*

Die Schneemaus kommt aber nur in den Alpen zwischen 1000 m und der Schneegrenze vor.

Alle vier Gattungen waren schon im Altpleistozän in Mitteleuropa vertreten. Neben der Ostschermaus kommt in Westeuropa noch die, in ihrer Chromosomenzahl eindeutig unterschiedliche Westschermaus *(Arvicola sapidus)* vor. Sie hat 40 Chromosomen, die Ostschermaus – die größte endemische Wühlmaus Mittel- und Osteuropas – nur 36. Beide Arten sind gefährliche Schädlinge vor allem in Anpflanzungen von Obstbäumen. Durch Fraß an den Wurzeln können sie junge, aber auch alte Bäume zum Absterben bringen.

Wie ihr deutscher Unterfamilienname aussagt, sind Wühlmäuse unterirdisch in selbstgegrabenen Erdbauten lebende Nager. Ihre nackt und blind geborenen Jungen werden darin in Nestern aus weichen Pflanzenteilen aufgezogen. Nicht alle der hier genannten einheimischen Arten sind so bedeutende Schädlinge wie die Feldmaus, die Ostschermaus und die Erdmaus. Die in Forstbetrieben zwar beim Auftreten in Massen viel Schaden anrichtende Waldwühl- oder Rötelmaus kann wiederum durch Vertilgen zahlloser Larven von schädlichen Forstinsekten auch nützlich werden. Wühlmäuse sind Überträger von Leptospirosen auf die in Acker- und Forstkulturen tätigen Personen. Leptospirosen sind durch Leptospiren (zu den Spirochaeten gehörende Bakterien) hervorgerufene Infektionskrankheiten, die man unter anderen als Feld-, Acker- oder Erntefieber bezeichnet. Jene Krankheitserreger werden im Urin der Mäuse abgeschieden und infizieren den Menschen von verunreinigten Pflanzenteilen aus. Das gefährlichste an diesen Erkrankungen sind die dadurch bei manchen Infizierten hervorgerufenen bleibenden Leberschädigungen. Nach Stein erwiesen sich in Deutschland 1942 13 bis 17 Prozent aer untersuchten Feldmäuse als mit Leptospirosen behaftet. In Holland waren es sogar einmal bei neun Fängen bis zu 80 Prozent.

Bei der eingehenderen Behandlung der für die mitteleuropäischen Microtinae ausgewählten Feldmaus *(Microtus arvalis)* stützen wir uns in geraffter Form auf die Fülle von Angaben, die Georg W. Stein 1958 in seinem Bändchen »Die Feldmaus« bringt.

Die Wühlmäuse treten im Pliozän Eurasiens und Nordamerikas erstmalig auf. Kenntlich sind sie an ihren Backenzähnen mit prismatischen Kronen. Obwohl Übergänge nicht bekannt sind, müssen sie von Formen abstammen, die bewurzelte Backenzähne mit höckrigen Kronen besaßen. Die Variabilität der Wühlmaus-, insbesondere der Feldmaus-Molaren ist groß. Sachkundigen ist sie ein wichtiges Hilfsmittel für stammesgeschichtliche Erörterungen.

Der Verbreitungsraum der Feldmaus erstreckt sich von den Pyrenäen und der französischen Atlantikküste bis zum oberen Jenissei und bis in die Nordmongolei. In Finnland erreicht sie den 63., sonst im allgemeinen kaum den 61. Grad nördlicher Breite. In Europa geht sie im Süden bis nach Norditalien und Nordgriechenland. Über den Kaukasus hinaus kommt sie bis nach Iran und Afghanistan vor. In Hochgebirgen findet sie sich bis zu 2300 m, manchmal noch höher.

Stein führt – unter Verzicht auf die Einbeziehung der noch umstrittenen Wühlmäuse der Iberischen Halbinsel und unter dem Vorbehalt, daß die Feldmäuse der Sowjetunion einer vereinfachenden systematischen Revision bedürfen – 29 Unterarten von *Microtus arvalis* an.

Die Feldmaus kommt außerhalb geschlossener Wälder, die sie meidet, überall vor – auch noch in sehr lockeren Krüppelkieferngehölzen. Sie kann sogar noch auf Sandflächen mit kümmerlicher Vegetation existieren. Leicht ansteigende Hänge bevorzugt sie, weil dort – besonders während der Schneeschmelze – die Bodenfeuchtigkeit in weit geringerem Maße für sie nachteilig wird. Stein unterscheidet primäre und sekundäre Biotope und weist darauf hin, daß die Feldmaus ein typischer Kulturfolger ist. Primäre Lebensräume sind Ödländer, Trockenwiesen, Feldraine sowie Graben- und Wegränder. Hier siedelt sie ständig in mäßiger Bestandsdichte, während die sekundären Biotope der Kulturwiesen und Ackerflächen zwar zuweilen die höchsten Bestandsdichten aufweisen, in anderen Jahren aber nahezu jegliche Feldmausbesiedlung auf ihnen erlöschen kann. Die Primärbiotope sind also die eigentlichen Reservoire der Art. Von ihnen aus erfolgt die Neubesiedlung der Sekundärbiotope.

Die Trächtigkeitsdauer von *Microtus arvalis* schwankt zwischen 16 und 24 Tagen, meistens liegt sie zwischen 19 und 21 Tagen. Gewöhnlich werden vier bis sieben Junge je Wurf geboren. Ihr Geburtsgewicht liegt zwischen 1 und 3 g. Obwohl nackt und blind geboren, trägt am fünften Lebenstag ihr Rücken schon ein kurzes Fell. Die Augenöffnung erfolgt erst zwischen dem siebenten und elften Lebenstag. Manchmal bis zum 20. Tag, mindestens aber bis zum 17. werden Feldmausjunge gesäugt. Aber schon mit dem 13. Lebenstag sind sie fortpflanzungsfähig und werden dann bereits von erwachsenen Böcken gedeckt. Frank prägt dafür den treffenden Ausdruck »Säuglingsträchtigkeit«. Im Durchschnitt werden freilebende Feldmäuse nicht älter als 4,5 Monate, in Gefangenschaft wurden einige, auch dann noch zeugungsfähige Tiere, drei Jahre alt. Sie wachsen zeitlebens weiter, haben also mit 4,5 Monaten Lebensdauer noch nicht ihre Endgröße erreicht. Unter günstigen Umständen pflanzen sie sich auch im Winter fort. Feldmäuse sind anscheinend nur zum Bewegungssehen befähigt. Über Geruchs- und Geschmackssinn ist nichts bekannt. Sie schwimmen gut, klettern aber kaum. Ihr Aktionsradius soll weit über 500 m betragen. Stein schreibt: »Die Feldmaus ist streng an ihre Wechsel gebunden ... Auch zur Futterentnahme weichen Feldmäuse nicht aus ihren Gängen, diese werden vielmehr ... allmählich vorgetrieben, die Tiere fressen sich sozusagen in das Futter hinein, aber schon was einige Fingerbreit daneben wächst, scheint für sie nicht zu existieren.« Stimmlich unterscheidet sich die Feldmaus durch ihr helles, einsilbiges Quieken von der Erdmaus, die ein mehrsilbiges, gequetschtes Zetern hören läßt. Eine auf den Gegensatz von Tag und Nacht begründete Aktivität besteht bei der Feldmaus nicht. Etwa alle drei Stunden nimmt ihre Aktivität im Nahrungserwerb beträchtlich zu.

Sie bewohnt in Kolonien selbstgegrabene Erdbauten, die durch Laufgänge verbunden sind. Unter der Schneedecke werden diese

Wechsel als Tunnel aus Gras und Erde angelegt. Ältere Bauten haben mehrere Eingänge und enthalten, außer Vorratskammern, die das aus fein zerschlissenem Gras zusammengesetzte, abgeplattet kugelige Nest umschließende Nestkammer. In umfänglichen Bauten hausen manchmal bis zu vier erwachsene Weibchen mit ihren Nachkommen und überdies zuweilen ein geschlechtsreifer Bock. Feldmäuse sind vorwiegend Gras- und Kräuterfresser, können sich aber auch wochenlang fast ausschließlich von Getreidekörnern ernähren. Inwieweit sie animalische Zukost benötigen, ist noch wenig bekannt. Umgebrachte fremde Artgenossen werden jedenfalls verzehrt. Eine ganze Reihe erblicher Farbspiele, darunter schwarze, weiße und gescheckte, wird gelegentlich auch in freier Wildbahn gefunden. In Laboratoriumszuchten dient sie vielfältigen Untersuchungen.

In manchen Jahren treten in Freiheit Übervermehrungen ein, die sogenannten Mäuseplagen. Sie beruhen auf einem Komplex begünstigender Umstände. Stein, der diese komplizierte Problematik sehr gründlich behandelt, kommt zu dem Schluß, daß die Zyklen der Bestandsschwankungen Vorgänge sind, die autonom nach eigenen inneren Gesetzlichkeiten verlaufen, ohne daß äußere Faktoren irgendwelcher Art dabei entscheidend mitwirken. Der wirtschaftliche Schaden durch Feldmäuse, insbesondere in »Plagejahren« ist groß. In Oldenburg waren 1952 durch sie folgende Ernteausfälle zu verzeichnen:

Roggen 38 Prozent, Hafer 40 Prozent, Getreide Herbstsaat 90 Prozent und Hackfrüchte 25 Prozent. Grundprinzip der Feldmausbekämpfung hat nach Stein vordringlich die präventive Verhütung des Ausbrechens von Feldmausplagen zu sein. Als vorbeugende Maßnahmen nennt er:

»1. Entfernung von Ödländereien und Brachen, weiter der überbreiten Weg- und Grabenränder, der Böschungen, die alle winterliche Zufluchten der Feldmäuse darstellen.
2. Fristgemäße und sorgfältige Bergung der Getreideernten, Entfernung aller Ernterückstände und unmittelbar folgendes Ziehen der Stoppelfurche. Gerade auf vernachlässigten Getreideschlägen entwikkeln sich die vorzeitigen Übervermehrungen, sozusagen Mäuseplagen en miniature, die zu Herden allgemeiner Übervermehrung werden.
3. Rechtzeitiges Ziehen der tiefen Winterfurche, die einmal Baue und Nester der Feldmäuse zerstört und dazu Erntereste, die den Tieren Nahrung und Deckung gewähren, begräbt.
4. Umbrechen aller Zwischenkulturen (Serradella, Gemenge, Süßlupinen) mit dem Ende des Jahres. Die Grünfutternutzung pflegt spätestens im Dezember aufzuhören. Was dann noch bleibt, sind Winterzufluchten und Herde winterlicher Vermehrung der Feldmäuse.«

Häufig wird die Feldmaus bei uns mit der ihr recht ähnlichen Erdmaus *(Microtus agrestris)* verwechselt. Außer durch ihre andersartigen Stimmäußerungen lassen sich beide Arten dadurch unterscheiden, daß die Feldmaus viel größere Augen hat und etwas kleiner als die Erdmaus ist. Deren Fell ist auch langhaariger und lockerer. Ferner unterscheidet beide die Normalfärbung. Die Oberseite ist braungrau bis gelblichgrau, die Unterseite grauweiß mit manchmal gelblichem Anflug. Bei der Erdmaus ist die Oberseitenfärbung rotbraun bis

Ein jenseits der Baumgrenze im arktischen Nordasien lebender winterweißer Nager ist der wanderlustige Halsbandlemming *(Dicrostonyx torquatus).* Er verdankt seinen Namen dem hellen Halsband auf seinem rötlichen Sommerfell

dunkelbraun. Ihre Unterseite zeigt keine wesentlichen Unterschiede von der der Feldmaus. Die Ohren der Erdmäuse sind proportional etwas größer. Feldmausmännchen können bis zu 50 g schwer werden, Erdmausmännchen bis 55 g. Die Körperlänge der adulten Feldmaus beträgt bei uns 90 bis 120 mm, die der Erdmaus 95 bis – in seltenen Fällen – 130 mm. Die Schwanzlänge der Feldmäuse bewegt sich zwischen 35 und 40 mm, die der Erdmaus zwischen 30 und 47 mm.

Alle unsere Microtinae-Arten haben die gleichen tierischen Feinde, sämtliche großen und kleinen Raubsäugetiere (in Mitteleuropa besonders Mauswiesel und Fuchs), die meisten unserer Greifvögel, Eulen und Rabenvögel sowie Störche und Graureiher. Unter unseren Reptilien verdient die Kreuzotter eine besondere Würdigung als Mäuseverzehrer. Wenig bekannt ist, daß auch der Feldhamster, worauf F. G. Sulzer bereits 1774 hinwies und was Petzsch mehrfach bestätigen konnte, in Freiheit Wühlmäuse tötet und frißt und daß auch Wildschweine Mäusevertilger sind. Stein bricht ferner erneut für unsere Hauskatze als Feldmausfeind eine Lanze. Katzen, die im Sommer und Herbst auf Wiesen und Äckern angetroffen werden, fangen vorzugsweise Feldmäuse und sollten geschont werden. Bekannt ist auch, daß bei Feldmausplagen ein großes Katzensterben einsetzen kann, weil dann die Katzen in großer Zahl mit Bandwurmfinnen (der Arten *Taenia taniaeformis* und *Teania pisiformis*) belastete Feldmäuse fressen. Bei einer verendeten Katze wurden demzufolge nicht weniger als zwölf derartige Bandwürmer gefunden, die den Darmhohlraum völlig ausgefüllt und verstopft hatten.

Die Bisamratte *(Ondatra zibethica)*

Unter den Microtinae muß die Bisamratte besonders hervorgehoben werden. Sie war bis zum Jahre 1905 ausschließlich auf Nordamerika beschränkt. Die wildkaninchengroße Art *Ondatra zibethica* ist keine eigentliche Ratte, sondern eine echte Wühlmaus. Seit 1905, als einige aus Nordamerika importierte Bisamratten bei Prag ausgesetzt wurden, ist sie zum festeingebürgerten und kaum wieder austilgbaren Bestandteil der mitteleuropäischen Säugetierfauna geworden. Durch ihre Herbst- und Frühjahrswanderungen zur Gewinnung neuer Wohnplätze haben sich die Bisamratten innerhalb von nur 80 Jahren von ihrem Aussetzungsort sternförmig über Mittel- und Südosteuropa ausgebreitet. In Frankreich und England entkamen aus Pelztierfarmen ebenfalls Exemplare und versuchten, auch diese Gebiete zu erobern. In England war man aber auf der Hut und rottete sie rechtzeitig, offenbar bis zum letzten Stück, wieder aus. Ganz anders im europäischen und asiatischen Teil der Sowjetunion, in Finnland, der Mongolei und Nordchina. In diesen Gebieten wurden die Einbürgerungen der Bisamratten planmäßig gefördert, da diese Nager unter den dortigen landschaftlichen Bedingungen weit mehr Nutzen als Pelzlieferanten bringen, als Schaden anrichten. In Mitteleuropa mit seiner hohen Bevölkerungsdichte ist das nicht der Fall. Hier schädigen die Bisamratten vor allem die Wasserwirtschaft. Dadurch, daß sie Deiche und Dämme unterwühlen, verursachen sie – unter anderem – Überschwemmungsschäden, die oft nur mit hohem Kostenaufwand wieder beseitigt werden können. Außerdem beunruhigen sie den Fischbestand in Zuchtteichen und zerstören ausgestellte Netze. Ein Praktiker hat sich besonders große Verdienste um die Erforschung der biologischen Eigentümlichkeiten der Bisamratten erworben. Es ist der Bisamrattenspezialist Max Hoffmann aus Halle (Saale), dem wir unter anderem eine umfangreiche Monographie und Bibliographie über dieses umstrittene Nagetier verdanken.

Die Bisamratte ist in der Hauptsache Pflanzenfresser. Vor allem verzehrt sie Wasserpflanzen, schädigt aber auch Kulturpflanzen auf bestellten Äckern. Nennenswerte unmittelbare Fischereischädlinge sind Bisamratten nicht, obwohl sie nicht ganz ohne tierische Nahrung auszukommen scheinen. Hauptsächlich verzehren sie Teichmuscheln und Wasserschnekken. An angespülten toten Fischen hat man Fraßspuren festgestellt, diese Fische sind aber wahrscheinlich nicht durch Bisamratten getötet worden. Außerhalb ihrer Wanderungsperioden ist die Bisamratte ziemlich standorttreu. So vorzüglich dieses Nacht- und Dämmerungstier schwimmt und taucht, so unbeholfen scheint es auf dem Lande zu sein. In die Uferböschungen von Gewässern wühlt die Bisamratte lange und tiefe Erdhöhlen, deren Schlupflöcher unter der Wasseroberfläche liegen.

Zur Ventilation versieht sie die Höhlen an Land mit Luftlöchern. Fehlen Uferböschungen, so baut sie sich aus Schlamm, Schilf und anderen Wasser- und Uferpflanzen hohe Wohnburgen im seichten Wasser und für den Winter größere Burgen, die im Innern einen Wohnkessel enthalten, in dem sie sich tagsüber versteckt.

Neben dem Menschen hat die Bisamratte in Mitteleuropa wenig Feinde. In Nordamerika wird sie von der Nerzunterart *Mustela lutreola vison*, dem Mink, verfolgt. Obwohl sich hier und da aus entwichenen Farmnerzen auch in Mitteleuropa kleine Populationen dieser Marderart eingebürgert haben, ist doch noch nichts von einer sich anbahnenden biologischen Gleichgewichtsentwicklung zu spüren.

Die Bisamratte ist mit keinem ursprünglich bei uns heimischen Wildsäugetier zu verwechseln. Der Biber ist viel größer und außerdem eindeutig durch seine charakteristische Kelle ausgewiesen. Wanderratte und Schermaus sind auch in ihren größten Exemplaren beträchtlich kleiner als eine erwachsene Bisamratte. Diese hat etwa die Größe eines Wildkaninchens. Ihr Körper ist 30 bis 36 cm und der Schwanz 20 bis 25 cm lang. Sie kann in Ausnahmefällen ein Gewicht bis etwas über 2 kg erreichen. Lediglich mit einem zweiten gelegentlichen faunenverfälschenden Neubürger, dem südamerikanischen *Myocastor coypus*, als Pelztier gewöhnlich Nutria genannt, könnte sie verwechselt werden. Aber die heutigen *Myocastor*-Wildbestände in Mitteleuropa, die ebenfalls aus entwichenen Farmtieren entstanden, sind viel zu gering, um eine solche Verwechslung oft eintreten zu lassen. Außerdem hat *Myocastor* einen runden, die wesentlich kleinere Bisamratte dagegen einen oben und unten scharfkantigen, an beiden Seiten abgeplatteten Ruderschwanz, der sie unverkennbar macht. Ihr Fell ist oberseits glänzend kastanienbraun, auf der Unterseite braungrau. Gelegentlich treten auch abweichende Farbspiele auf. Bisamrattenfell ist als Rohmaterial für feine Pelzwaren sehr begehrt. Eine Besonderheit dieser Art ist es, im Alter bewurzelte Molaren auszubilden, was zur individuellen Altersbestimmung verwertet werden kann.

Die Bisamratte ist kein Winterschläfer. Ihre erste Paarungszeit liegt im zeitigen Frühjahr. Es werden insgesamt drei, mitunter sogar vier Würfe im Jahr aufgezogen. Die Tragzeit dauert nur 28 Tage. Jeder Wurf umfaßt normal bis zu acht Junge, die nackt und blind geboren werden und nach elf Tagen ihre Augen öffnen. Mit etwa 20 Tagen machen sie schon Ausflüge ins Wasser und versuchen nicht nur zu schwimmen, sondern bereits zu tauchen. Dabei sind ihnen ebenso wie den erwachsenen der Ruderschwanz und die an den Zehenrändern mit Schwimmborsten dicht umsäumten, für das Schwimmen besonders ausgebildeten Hinterfüße dienlich. Die Tauchdauer wird von verschiedenen Beobachtern mit fünf bis zwölf Minuten angegeben. Der Name Bisamratte rührt davon her, daß die begattungsbereiten Männchen während der Paarungszeit und während des im Wasser und auf dem Lande erfolgenden Paarungsvorspieles Duftstoffe von durchdringendem Bisamgeruch aus ihren Moschusdrüsen absondern und – sozusagen als Visitenkarten – im Gelände absetzen.

Die Bisamratte hat sich auch an die harten Lebensbedingungen im hohen Norden der Sowjetunion gut angepaßt. Sie überwintert in tiefen Seen, die nicht bis zum Grunde zufrieren. In der Eisschicht unterhalten die Tiere »Atemlöcher«, die vom Bau aus etwa 30 bis 50 m entfernt und in Abständen von 20 bis 30 m längs der Seeufer sichtbar sind. Die Löcher werden mit gefrorenen Futterpflanzen verstopft. Während der Dunkelheit verlassen die Bisamratten die Eislöcher, um unter dem Schnee nach Futter zu suchen. In Jakutien werden gegenwärtig jährlich 500000 Bisamratten erlegt.

Bisamratten sind bei Begegnungen für Menschen nicht ungefährlich. Fühlen sie sich bedroht, gehen sie sofort zum Angriff über und können mit den kräftigen Nagezähnen tiefe und schwere Wunden verursachen.

Gelegentlich sind auch schon tollwütige Bisamratten erlegt worden. Außerdem ist die Bisamratte wie die meisten Wühlmäuse ein Überträger von Leptospirosen.

Nur in manchen Gebieten wird das Fleisch der Bisamratte verzehrt. Das Fell wird jedoch überall als Pelzwerk genutzt.

Familie Spalacidae – Blindmäuse

Diese sehr bemerkenswerte Familie ist in Europa durch die Gattung *Spalax* vertreten. Ihr verdankt die ganze Familie den wissenschaftlichen Namen Spalacidae. Die Gattung tritt in

Europa in zwei Arten auf, der Westblindmaus *(Spalax leucodon)* und der Ostblindmaus *(Spalax microphthalmus)*. Beide sind im Verhalten, in der Lebensweise und im äußeren Erscheinungsbild so ähnlich, daß wir getrost ganz allgemein von »der Blindmaus« sprechen können. Erwachsene Ostblindmäuse sind in der Regel beträchtlich schwerer und größer sowie heller grau als die rötlicher getönten Westblindmäuse. Beide Arten sind in Europa über Südpolen, Ungarn, Rumänien, Bulgarien, Jugoslawien, Griechenland und den Südosten des europäischen Teils der Sowjetunion verbreitet.

Dem Aussehen nach sind Blindmäuse kaum mit anderen europäischen Nagern zu verwechseln. Ihr Kopf ist im Verhältnis zum Körper sehr groß und abgeplattet und weist beiderseits einen Streifen verlängerter Borstenhaare als Tastorgane auf. Der Pelz ist weich und ohne Haarstrich wie beim Maulwurf. Die Augen sind bei den überhaupt entfernt an Maulwürfe erinnernden Tieren weit zurückgebildet, völlig funktionslos und von Fell überwachsen. Auch äußerlich sichtbare Organe fehlen. Der kurze Schwanz ist am lebenden Tier nicht zu sehen. Die Füße der walzenförmigen Blindmäuse sind mit kurzen Grabnägeln ausgestattet. Ihr Gebiß besteht aus 16 Zähnen, wovon die beiden ungefurchten Nagezahnpaare des Ober- und des Unterkiefers ungewöhnlich groß und stark sind. Die langen Schneidezähne des Unterkiefers dienen zum Lockern besonders harten Substrats. Die Blindmaus gilt als Extremtyp des Kopfgräbers, im Gegensatz zum Maulwurf, der ein Handgräber ist. Der keilförmige Kopf mit seinem verhornten Nasenspiegel bildet eine Grabschaufel. Dieses rein unterirdisch lebende Nagetier entwickelte eine Vorrichtung, seine Nasengänge von eingedrungenen Erdpartikeln zu reinigen. Dazu wird die Hardersche Drüse durch einen eigenen, willkürlichen Muskel »gemolken«. Diese Melkmuskeln sind als ökologische Anpassung zu betrachten, die Kapp 1965 beschrieben hat.

Mit Hilfe des Kopfes befördern sie die bei der Anlage der weitverzweigten unterirdischen Bauten anfallende Erde an die Oberfläche, wo diese dann in charakteristischen großen und flachen Haufen das Vorkommen von Blindmäusen anzeigt. Sie sind ungesellig, daß heißt, jedes Tier lebt in seinem eigenen Bau. Das Gehör der Blindmäuse ist vorzüglich, ebenso ihre Empfindlichkeit für leiseste Erschütterungen. Beide europäische *Spalax*-Arten – eine dritte Art, *Spalax ehrenbergi*, bewohnt Syrien, Palästina, Ägypten, Libyen – kommen sowohl im Steppen- als auch im Kulturland vor, sollen aber nirgends so massenhaft auftreten, daß sie zu schweren Schädlingen werden, obwohl sie als spezielle Zwiebelfresser örtlich beträchtliche Schäden in Zwiebelkulturen anrichten können. Blindmäuse sind vorwiegend Pflanzenfresser, die Wurzeln bevorzugen. Sofern vorhanden, fressen sie auch gern Zuckerrüben und Kartoffeln. Über ihre Biologie ist wenig bekannt. Sie sind hauptsächlich in der Dämmerung und nachts aktiv. Tagsüber sonnen sich die Tiere zuweilen an der Erdoberfläche. Ihre Bauten sind stark verzweigt und im Winter über 2 m tief. Neben Vorratskammern enthalten sie in einer Nestkammer ein größeres Ruhenest aus zartem Wurzelwerk und weichem, trockenem Gras. Je Wurf bringt das Weibchen zwei bis vier Junge zur Welt. Die Gesamtlänge erwachsener europäischer Blindmäuse schwankt zwischen 18,5 und 31 cm, ihr Lebendgewicht zwischen 140 und 570 g. Auch im Pleistozän waren die Spalacidae anscheinend nicht weiter westwärts und nach Norden verbreitet als heute. Die ältesten Blindmäuse sind aus dem Oligozän bekannt geworden. Wahrscheinlich führt seit dem Altpleistozän eine ununterbrochene Linie bis zu den drei rezenten Arten.

Familie Muridae – Langschwanzmäuse

In jüngerer und jüngster Zeit sind mehrere charakteristische Arten der Langschwanzmäuse zu Kosmopoliten geworden. Als die Grenzen, die Eurasien und Afrika im weitesten Sinne von Amerika trennten, durch die Seefahrt gesprengt waren, wurden sie auch für die Muridae-Verwandtschaft aufgehoben. Als unerwünschte Aus- und Einwanderer reisten – in Schiffen und Frachten verborgen – einige Arten mit und sickerten so in die entlegensten Eilande, vor allem aber in die großen Häfen ein. Und von dort aus eroberten sie sich nach und nach das jeweilige Hinterland. Das gilt vor allem für die drei Arten *Rattus rattus*, die Hausratte, *Rattus norvegiscus*, die Wanderratte, und *Mus musculus*, die Hausmaus.

Da die Langschwanzmäuse tierische Schädlinge sind – längst schon in einigen Arten als Ernährungs- und Gesundheitsfeinde erster Ordnung bekannt –, ist eine umfangreiche internationale Literatur über sie entstanden. Es ist aus Raumgründen völlig unmöglich, die einzelnen Arten mit gebührender Ausführlichkeit zu behandeln. Es sei hier deshalb zur eingehenderen Orientierung über sie auf diese spezielle Literatur verwiesen.

In der DDR und BRD treffen wir sieben freilebende Muridae-Species an. Zwar sind sie durchweg noch Kleinsäuger. Aber die Grenzen zwischen Kleinsäugetier und Kleinsäugetier sind innerhalb dieser sieben Arten doch schon recht weit gezogen. Einem Gewicht von 5 g und einer Kopf-Rumpf-Länge (also ohne Schwanz) von nur 5,8 cm in den untersten Werten für erwachsene Stücke der Zwergmaus steht im obersten Grenzbereich für solche der Wanderratte ein Gewicht von über 500 g und eine Kopf-Rumpf-Länge von über 27 cm gegenüber! Alle diese Langschwanzmäusearten haben als gemeinsame Merkmale: Gebiß mit 16 Zähnen, davon sind 4 Nagezähne und 12 (oben und unten beiderseits immer je 3) Backenzähne; eine spitze Schnauze mit gespaltener Oberlippe; Hinterfüße mit fünf und Vorderfüße mit nur vier Zehen. Allerdings findet sich auch an den Vorderfüßen noch ein fünfter rudimentärer, mehr oder minder deutlich ausgeprägter Zehenstummel. Alle sieben Arten besitzen verhältnismäßig lange Schwänze. Bei einigen Arten übertrifft die Schwanzlänge sogar die Kopf-Rumpf-Länge, nur bei Brandmaus und Wanderratte ist die Schwanzlänge beträchtlich kleiner. Die Schwänze sämtlicher Arten sind mit systematisch bedeutungsvollen, hintereinandergereihten Ringen versehen und nur ganz schütter behaart. Wohl keine der sieben Arten ist befähigt, echten Winterschlaf zu halten, wenn das auch zuweilen von der Gelbhalsmaus und der Waldmaus behauptet wurde. Sie sind sämtlich Allesfresser und haben bewurzelte Backenzähne.

Auf eine eingehendere Beschreibung der Brandmaus *(Apodemus agrarius)* soll hier verzichtet werden, weil aus Vergleichsgründen darauf näher bei der Behandlung der Waldbirkenmaus *(Sicista betulina)* aus der Familie der Zapodidae zurückgekommen werden muß, mit der sie äußerlich leicht zu verwechseln ist. Die Brandmaus ist normal ein Bewohner feuchtgründiger Gärten und lichter Parklandschaften, sucht im Winter aber auch Haustierställe, Futterschuppen und Scheunen auf. Im Gebirge kommt sie über 900 m Höhe nicht mehr vor. In ihren selbstgegrabenen, flachen Erdbauten finden sich neben dem Nestkessel Vorratskammern. Sie ist ein besonderer Freund tierischer Nahrung und wagt sich sogar – wie K. Zimmermann angibt – an Frösche heran. Nach einer Trächtigkeitsdauer von 21 Tagen bringt ein Brandmausweibchen im Jahr bis vier Würfe mit fünf bis acht Jungen je Geheck zur Welt. Der Lebensraum der Brandmaus erstreckt sich von Ostasien bis in die BRD.

Von Japan bis England spannt sich durch Eurasien der Verbreitungsraum der Zwergmaus *(Micromys minutus)*, die sich in mehrere Subspecies aufgliedert. Sogar in Mitteleuropa hat man zwei Unterarten unterschieden. Historisch bemerkenswert ist, daß der berühmte deutsche Naturforscher Peter Simon Pallas

Die Zwergmaus *(Micromys minutus)* baut Kugelnester zwischen mehreren Getreide- oder Grasstengeln. Bei ihren »halsbrecherischen« Klettereien dient der Schwanz als Greifinstrument

diese Tierchen 1778 erstmalig aus dem Wolgagebiet beschrieb und daß die Zwergmaus dann erst 1841 durch Dehne auch aus unserer Heimat, und zwar zuerst aus der Umgebung Dresdens, bekannt wurde. Sie galt noch bis in die dreißiger Jahre unseres Jahrhunderts, das heißt bis zum Nachweis der noch ein wenig kleineren Waldbirkenmaus als das kleinste Nagetier unserer Heimat. Von letzterer unterscheidet sich die Zwergmaus, abgesehen davon, daß ihr deren charakteristischer Aalstrich fehlt, vor allem durch die gespaltene Oberlippe und den im Verhältnis zur Kopf-Rumpf-Länge kürzeren Schwanz, der ebenfalls als Greifschwanz benutzt wird.

Zwergmäuse sind auf der Oberseite gelbbraun bis rötlich – bei der Subspecies *Micromys minutus subobscurus* aus dem Norden der BRD schwarzbraun – und unterseits scharf abgesetzt gelblichweiß gefärbt. Die Gesamtlänge erwachsener Zwergmäuse schwankt zwischen 10,9 und 14,8 cm, wovon 5,1 bis 7,2 cm auf den Schwanz entfallen. In Mitteleuropa, wo die Zwergmaus im Winter manchmal in Gebäude eindringt, bewohnt sie die Ebene und niedere Gebirgslagen. Sie bevorzugt hier Weizen- und Haferfelder, kommt aber auch im vergrasten Brombeergestrüpp und anderem Buschwerk angrenzender Feldraine und Waldränder vor. Auch im Röhricht von See- und Teichufern oder in den Pflanzen abgelegener Entwässerungsgräben ist sie mit Aussicht auf Erfolg zu suchen. Sie ist zwar Nachttier, ohne deshalb nicht auch tagsüber aktiv zu sein. Das erste geht nicht zuletzt aus Zwergmausresten in Eulengewöllen hervor. Nach Piechocki lieben Zwergmäuse in besonderem Maße Wärme, denn sie nehmen regelrechte Sonnenbäder. Dazu legen oder setzen sie sich zwischen den periodischen Aktivitätsphasen auf Blattspreiten oder auf das Nestgewölbe. Wenn auch in einigen Fällen schon Massenvermehrungen der Zwergmaus zu verzeichnen gewesen sind, ist diese Mäuseart in der Regel bei uns wirtschaftlich doch nur wenig bedeutungsvoll, in Ostasien dagegen in Reiskulturen ein gefürchteter Massenschädling, der überdies noch als Überträger des Reisfiebers für den Menschen gefährlich wird.

Die Zwergmaus ist ein vorzüglicher Halmkletterer. Bei Gefahr flieht sie jedoch nach unten und rettet sich, wenn es keinen anderen Ausweg gibt, auch schwimmend. Besonders beim Abwärtsklettern umfaßt sie mit dem Greifschwanz zur zusätzlichen Absicherung Halme und Stengel. Außerdem funktioniert die erste Zehe an jedem Hinterfuß nach Art unseres Daumens, das heißt, sie ist den andern Zehen opponierbar.

Nur das Winternest liegt zuweilen in einer tiefen Erdhöhle. Das kugelige Sommerschlafnest und die ebenso geformten Nester zur Jungenaufzucht werden dagegen am ausgewählten Nestplatz in frische Getreide-, Gras- oder Seggenbestände gebaut. Dazu zerschleißen die Zwergmäuse die erreichbaren Blattspreiten mit den Zähnen und verweben alles kunstvoll miteinander. Nach einer Tragzeit von drei Wochen bringt das Weibchen drei bis sieben Junge zur Welt und zieht in günstigen Jahren zwei bis drei Würfe auf. Zwergmäuse sind gesellige Kleinsäuger, deren Haltung in Gefangenschaft für jeden Naturfreund anregend und aufschlußreich ist, vor allem dann, wenn man diesen winzigen Nagern einen naturgerechten Turmkäfig einräumt, wie ihn Piechocki eigens zur wissenschaftlichen Beobachtung von *Micromys minutus* entwickelte und für den Nachbau in seiner Zwergmaus-Monographie genau beschreibt und abbildet.

Drei weitere – dem Äußeren nach einander sehr ähnliche – europäische Langschwanzmäusearten sind die Waldmaus *(Sylvaemus sylvaticus)*, die sie in der durchschnittlichen Größe wesentlich übertreffende, sonst leicht mit ihr zu verwechselnde Gelbhalsmaus *(Sylvaemus flavicollis)* und – als die größte dieser nahe verwandten Sippe – die vorwiegend asiatische, im Süden des Balkans noch nach Europa übergreifende Schnurrbart- oder Felsenmaus *(Sylvaemus mystacinus)*, die wir hier unberücksichtigt lassen. Wald- und Gelbhalsmaus kommen zuweilen so häufig in der DDR und BRD nebeneinander vor, daß sie zu Forst- und Ackerschädlingen werden. Über die Enge des Verwandtschaftsgrades zwischen diesen beiden einheimischen Arten ist die Diskussion noch immer im Fluß. Gefangenschaftskreuzungen zwischen beiden sollen zwar gelungen sein, ob solche aber auch in Freiheit vorkommen, ist umstritten. Das Hauptunterscheidungsmerkmal zwischen Gelbhals- und Waldmaus ist eine Besonderheit in der Färbung, die vorzüglich *Sylvaemus flavicollis* zukommt und zu ihrem deutschen Namen Gelbhalsmaus und zu ihrer wissenschaftlichen Artbezeichnung

Schwesternart der im Farbfoto gezeigten, etwas größeren Gelbhalsmaus ist die Waldmaus *(Sylvaemus sylvaticus)*. Sie trägt einen gelben Kehllängsstreifen, die Gelbhalsmaus ein gelbes Querhalsband

flavicollis geführt hat. Es ist das ein mehr oder weniger stark gelb gefärbtes Querband, das sich auf der Oberbrust von einem Arm bis zum anderen hinüberzieht. Diese Fellzeichnung ist bei der Waldmaus weniger betont und meistens auf einen kleinen gelben Längsfleck beschränkt. Beide Arten sind sehr gewandte, gut kletternde, weit springende und sicher schwimmende Nager. Ihre relativ großen Ohren zeigen an, daß ihr Hörvermögen gut entwickelt ist, auch ihr Geruchssinn ist ausgezeichnet. Beide Arten sind Allesfresser, ihre Wintervorräte sollen jedoch ausschließlich pflanzlicher Herkunft sein; nicht selten tragen Gelbhalsmäuse Bucheckern und Eicheln in Vogelnistkästen in größeren Mengen ein.

Die Waldmaus ist übrigens in der DDR weit weniger Waldtier als die Gelbhalsmaus. Sie ist vorwiegend Ackerbewohner wie die Feldmaus und gräbt inmitten von Getreidekulturen entweder eigene oder benutzt die verlassenen Erdbauten anderer Säuger. So fand sie der Verfasser wiederholt in verlassenen Hamsterbauten. Unerwarteterweise traf er ein paarmal lebende Waldmäuse in einem noch vom Hamster bewohnten Bau an. Das ist schwer erklärlich, da der Hamster gern Wühlmäuse jagt und verzehrt. Wahrscheinlich jedoch sind die Waldmäuse seinem Zugriff gegenüber viel behender und gewitzter als die unbeholfeneren Feldmäuse in gleicher Lage, so daß ihm die Eindringlinge bei einer unterirdischen Begegnung rechtzeitig zu entwischen verstehen. Gelbhalsmäuse nisten sich ferner häufig noch im Gebüsch oder Geäst in verlassenen Vogelnestern und aufgehängten Nistkästen ein. Obwohl beide Arten hauptsächlich Freilandbewohner sind, ziehen sich während des Winters zuweilen einzelne Exemplare in Keller, Ställe, Scheunen, Getreideschüttböden und sogar in menschliche Wohnstätten zurück. Wenn man lebende Gelbhals- oder Waldmäuse mit der Hand fangen will, darf man sie nicht am Schwanz erfassen, da sofort die Schwanzhaut rundherum abreißt. Das wegstrebende Tier zieht dadurch den eigentlichen Schwanz wie einen Säbel aus der Scheide und enteilt, während der verdutzte Fänger lediglich die abgestreifte Schwanzhaut zwischen den Fingern behält! Es handelt sich hier um ein Phänomen, das wir auch bei einer Anzahl anderer schwanztragender Nager kennen. Diese Schwanzautotomie entspricht in gewisser Weise dem Abwerfen des vom Feind erfaßten hinteren Schwanzteiles bei unseren Eidechsenarten in gleich gefährlicher Lage.

Die eben genannte Erscheinung fehlt der bekanntesten unserer kleinen Langschwanzmäuse, der Hausmaus *(Mus musculus)*. Zwischen Rhein und Oder leben übrigens mehrere Unterarten der Hausmaus: die westliche Hausmaus *(Mus musculus domesticus)* und die auch Ährenmaus genannte östliche Hausmaus *(Mus musculus musculus)*. Die Grenzlinie der Verbreitung beider Subspecies ist nach K. Zimmerman »etwa Elbe – Zwickauer Mulde – Regensburg – München – Isar«. Im Grenzgebiet kommen Mischpopulationen vor, da sich beide Unterarten unbeschränkt fruchtbar miteinander kreuzen können. Die dritte Unterart *Mus musculus helgolandicus* lebt ausschließlich auf Helgoland. Sie hat Körperproportionen wie *Mus musculus musculus*, jedoch die Färbung von *Mus musculus domesticus*. Diese ist oberseits grau bis braungrau, auf der Unterseite ohne deutliche Trennungslinie heller grau gefärbt. Ihre Schwanzlänge entspricht ungefähr der Kopf-Rumpf-Länge. Bei der Ährenmaus dagegen ist der Schwanz kürzer als die Körperlänge. Sie sieht auf der Oberseite gelbgrau bis graubraun aus, und ihre hellere Unterseite ist durch eine deutliche Trennungslinie abgegrenzt.

Die bekannte weiße Laboratoriumsmaus mit roten Augen war ursprünglich eine – vom Menschen allerdings selten einmal bemerkte – gelegentlich in wilden Hausmauspopulationen auftretende Mutation. Wurde eine solche Rarität gefangen, ließ man sie am Leben und hielt sie in Gefangenschaft, wobei auch der Aberglaube eine wesentliche Rolle spielte. Später wurden weiße Mäuse in erster Linie als Kinderspieltiere weitergezüchtet, ehe sich die Wissenschaft dieses Hausmausfarbspieles bemächtigte. In schier unzähligen Generationen als *das* Versuchstier weitervermehrt, ist die weiße Maus dadurch längst zum ausgesprochenen Haussäugetier geworden, dessen Nutzen für die Wissenschaft riesengroß ist, insbesondere für die Human- und Veterinärmedizin, die Pharmazie, die Pharmakologie sowie für die theoretische Genetik und Züchtungsbiologie. Mühelos läßt sie sich mit wilden Hausmäusen kreuzen. Die enge Verwandtschaft mit ihnen erweist sich auch durch den typischen Mäusegeruch der weißen Nager, ein unangenehmes Charakteristikum aller Angehörigen der Species *Mus musculus*. Es ist hier aus Raumgrün-

Die Hausmaus tritt in Europa in mehreren Unterarten mit unterschiedlichen ökologischen Ansprüchen auf. Mitbewohner menschlicher Behausungen ist vorwiegend die Unterart *Mus musculus domesticus*, Freilandbesiedler dagegen *Mus musculus musculus*

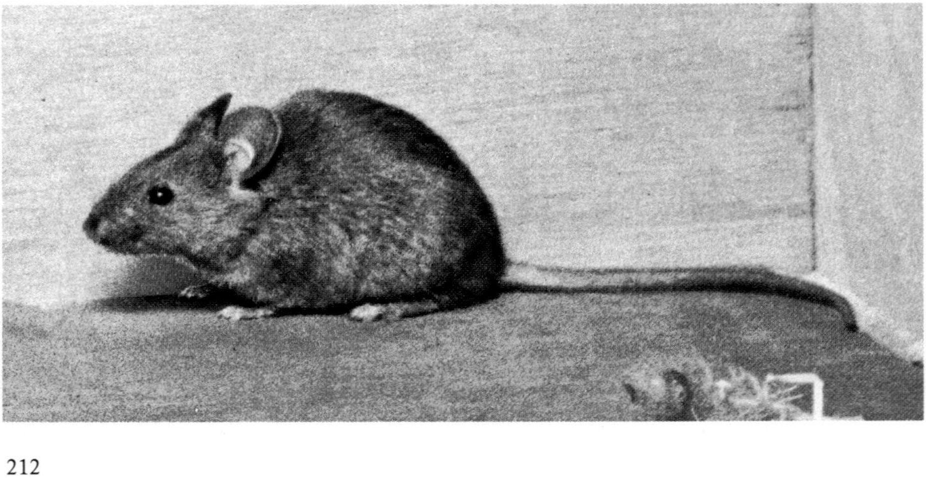

den nicht möglich, über alle biologischen, kulturgeschichtlichen und wirtschaftlichen Probleme und deren mannigfache Wechselbeziehungen untereinander zu berichten, die sich seit langer Zeit um *Mus musculus* ranken. Ist doch diese Art, die heute durch den Menschen zum Kosmopoliten – und sogar zum tierischen Kosmonauten – geworden ist, in ihren Unterarten schon von alters her weit über Eurasien und Nordwestafrika verbreitet. Diesbezüglich sei auf die Hausmaus-Monographie der halleschen Zoologen H.-A. Freye und H. Freye nachdrücklich hingewiesen.

In noch weit größerem Umfang als die wilde Hausmaus sind unsere beiden großen Langschwanzmäusearten, die Hausratte *(Rattus rattus)* und die noch größere, plumpere Wanderratte *(Rattus norvegicus)* Überträger von allerlei Krankheiten auf Mensch und Haustier.

Die Hausratten sind kleiner und schlanker als die noch wesentlich »unappetitlicheren« Wanderratten. Hausratten zeigen meist ein glatteres und glänzenderes, vor allem sauberes Fell. Das rührt daher, daß *Rattus rattus* nicht im gleichen Maße Unratbesucher und Kanalbewohner wie *Rattus norvegicus* ist. Die Hausratte klettert vorzüglich und lebt vorwiegend von pflanzlicher Nahrung. Ihre Vorfahren und Artgenossen in den tropischen Gebieten Asiens und Afrikas lebten und leben noch auf Bäumen. Bei uns ist diese Vorliebe für höhere Regionen geblieben. Die Hausratte haust nämlich in untereinander ziemlich verträglichen Rudeln vorwiegend unter Dächern auf trockenen und warmen Haus-, Stall- und Getreideschüttböden. Sie nimmt nur selten Wasser auf, so nach Regen aus der Dachrinne. Sie macht besonders großen Schaden in den auf Böden aufbewahrten Obstvorräten, aber auch in Kornkammern. Früher hielt man die zwei in Mitteleuropa auftretenden Färbungstypen für eigene Arten, da man annahm, die seit Jahrhunderten bekannte schwarze Hausratte sei etwas ganz anderes als die oberseits graubraune, unten weiße »Dachratte« oder gar »Ägyptische Dachratte«. Das ist aber nicht der Fall, denn beide Farbtypen pflanzen sich unbegrenzt fruchtbar miteinander fort.

Von der Hausmaus unterscheidet sich die ihr sonst recht ähnliche Hausratte vor allem durch den bedeutenden Größen- und Gewichtsunterschied. Eine erwachsene Hausmaus hat im Mittel eine Gesamtlänge von etwa 16,5 cm, von der ungefähr 8 cm auf den Schwanz entfallen, und ein Gewicht von 25 g; eine erwachsene Hausratte ist dagegen im Durchschnitt 40 cm lang, wovon etwas über 20 cm auf den Schwanz kommen, und wiegt gegen 180 g. Das Hausmausohr hat zu dem ihm sehr ähnlichen Hausrattenohr ein Größenverhältnis von 1,2 bis 1,4 cm zu 2,4 bis 2,6 cm. Als wesentlichstes inneres Unterschei-

Bestes Unterscheidungsmerkmal der Haus- oder Dachratte *(Rattus rattus)* von der robusteren Wanderratte ist, daß der Hausrattenschwanz stets länger ist als die Kopf-Rumpf-Länge. Kein Artkriterium ist die Färbung, da bei beiden Arten schwarze und braune Exemplare vorkommen dungsmerkmal darf erwähnt werden, daß die Hausmaus eine Gallenblase besitzt, die der Hausratte fehlt.

Nach A. Kleinschmidt (1950) vertragen sich die sich hauptsächlich vegetarisch ernährende Hausratte und die Hausmaus »auch absolut auf engstem Raum«. Das sei jedoch zwischen der Wanderratte und der Hausmaus durchaus nicht der Fall. Dasselbe wird auch von Wanderratte und Hausratte allgemein behauptet. Angeblich sollen sich Hausratte und Wanderratte, wenn sie in einem Gehöft oder sonstigen menschlichen Ansiedlungen aufeinandertreffen, erbittert bekämpfen, und die Hausratte soll schließlich der Wanderratte unterliegen. Ob das ganz so stimmt, wie es in die Literatur eingegangen ist, erscheint höchst fragwürdig! Schon die Biotope sind recht verschieden. Die Hausratte lebt unter dem Dach, die Wanderratte im Keller und unteren Geschoß. Die Hausratte ist ein schneller, gewandter Kletterer, die Wanderratte ist das in weit geringerem Maße. A. Kleinschmidt fand Populationen beider Rattenarten zwar in den genannten verschiedenen Lebensräumen, jedoch nebeneinander in denselben niedersächsischen Bauernhäusern. Dort trafen sich beide Arten lediglich am Futtertrog des Stalles, ohne sich sonst weiter zu beachten. Wie E. Mohr aufzeigte, ist die Hausratte und nicht, wie man vordem allgemein annahm, die Wanderratte die schon sprichwörtliche Schiffsratte!

Veranlaßt durch die enormen Vorratsschäden und Gefahren für die Volksgesundheit durch Ratten wird ihre Bekämpfung weltweit mit großer Intensität durchgeführt. Da die Ratten vom Menschen seit Jahrtausenden verfolgt werden, haben sie eine besonders hohe Meisterschaft in der Vermeidung von Giften entwickelt. Neue Nahrung wird zunächst gemieden und dann erst in kleinsten Mengen gekostet. Ratten haben gegenüber einer unbekannten Nahrung eine an Verfolgungswahn grenzende Vorsicht entwickelt. In der Bekämpfung hat man sich diese Erfahrung zunutze gemacht, indem man Köder zunächst unvergiftet auslegt und erst, wenn sie sich an die neue Speise gewöhnt haben, vergiftete Köder anbietet.

Wenn das Wort »Ratte« in fast allen Sprachen der Menschheit zum Inbegriff von etwas Abscheulichem geworden ist, dann liegt das wohl weniger an der Hausratte als an der größeren, gedrungeneren Wanderratte *(Rattus norvegicus)*. Das vorliegende Buch hat sich zur Aufgabe gestellt, Liebe und Achtung seiner Leser der Tierwelt gegenüber zu fördern und dem Naturschutz das Wort zu reden. In bezug auf die Ratten, besonders auf die Wanderratte, gilt das nicht! Zwar wird es der Menschheit kaum gelingen, diese Nager auszurotten, aber sie darf nie ruhen, diese löbliche Absicht so weit wie nur möglich in die Tat umzusetzen. Ganz abgesehen von den alljährlich in die Milliarden gehenden Nahrungs-, Vorrats- und Sachwertschäden, die auf das Konto der Ratten kommen, ist vor allem die Wanderratte ein Gesundheitsschädling ersten Ranges für den Menschen und seine Haustiere. Durch den tropischen Rattenpestfloh *Xenopsylla cheopis*, der auch Haustiere und Menschen befallen kann, können beide Rattenarten die Pest verbreiten. Aber das ist nicht die einzige todbringende Infektionskrankheit, die vorwiegend durch Wanderratten verschleppt wird. Auf Grund des häufigen Ortswechsels der Wanderratten zwischen Kanalisationen, Müllabladeplätzen, Dunghaufen, Viehställen, Geflügelhaltungen und den Nahrungsvorräten für Mensch und Haustier können durch ihr verunreinigtes Fell, vor allem durch Pfoten und Schwanz, und ihren Urin und ihre Exkremente sowie durch Ektoparasiten die Erreger von noch vielen anderen infektiösen und Seuchen auslösenden Krankheiten weitergetragen werden. Das können sowohl Viren- und Bakterienkrankheiten als auch Mykosen (Pilzerkrankungen) sein. Hinzu kommt die Verbreitung von Spulwurmeiern und der Trichinose (für die DDR und BRD nur noch bedingt zutreffend). Gaffrey zählt so viele durch Ratten übertragbare Krankheiten auf, daß es den Raum dieses Abschnittes sprengen würde, wollte man alle im einzelnen nennen. Erwähnt sei nur, daß Mensch und Tier auch durch den direkten Rattenbiß tödliche Krankheiten eingeimpft werden können, wie – unter anderen – die Rattenbißkrankheit (Sodoku), das Haverhillfieber und zuweilen sogar die Tollwut!

Obwohl die Wanderratte zwar in der Hauptsache Mitbewohner der menschlichen Ansiedlungen – von der Millionenstadt bis zum kleinsten Dörfchen, ja bis in das weit und breit isoliert stehende Bahnwärter- oder Forsthaus – ist, gibt es doch weit mehr Freilandkolonien dieser Nager, als man früher annahm. Diese in

Wanderratte *(Rattus norvegicus).* Als Kosmopolit schädlichster und gefährlichster Kulturfolger unter den Säugern. Überträger zahlreicher Seuchen und Infektionskrankheiten (darunter der Pest) auf Mensch und Haustier

»freier Wildbahn« lebenden Wanderratten haben sich häufig auf vorwiegend animalische Nahrung spezialisiert, die sie durch räuberische Angriffe auf kleine Säugetiere und bodenbrütende Vögel erlangen, wodurch sie den Weiterbestand ganzer Strandvogelkolonien in Gefahr bringen können. Nach Bauer plünderte 1956 eine kleine Wanderrattenpopulation am Neusiedler See eine etwa 120 Gelege umfassende Lachmöwenkolonie so vollständig, daß nur fünf bis sechs Junge flügge wurden. Nicht genug damit, daß die Wanderratte in der Kulturlandschaft Schäden vielfältiger Art verursacht, es gibt auch verbürgte Nachweise, daß ihr speziell auf Inseln seltene Tierarten als Nahrung dienten und diese dann in ihrem Bestand arg bedroht oder ausgerottet wurden. In Kuba wurden im Rahmen der »Alexander-von-Humboldt«-Expedition 1967/68 im Gebirge der Provinz Oriente häufig eingeschleppte Wanderratten gefangen. Nach Aussagen dortiger Zoologen holen sie den Nachwuchs der Schlitzrüßler *(Solenodon cubanus)* als Nahrung aus den Höhlen, was wohl zum Aussterben dieser wehrlosen Tierart führen wird. Auch die einzigartige Tierwelt der Galápagosinselgruppe hat unter Ratten zu leiden, so daß vor allem durch das Vertilgen der Eier Riesenschildkröten und etliche Vogelarten an den Rand des Aussterbens gebracht worden sind. Auch als Fischereischädling tritt die Wanderratte – als gute Schwimmerin – in Erscheinung. Überhaupt ist sie ungemein plastisch in ihrer Umstellung auf neue Daseinsverhältnisse. Im allgemeinen lebt sie gesellig in Familienrudeln, deren Mitglieder sowohl insgesamt als auch einzeln ihr Revier gegen eindringende familienfremde Artgenossen verteidigen.

Das alte Sprichwort »Die Ratten verlassen das sinkende Schiff« soll ausdrücken, daß diese Nager schon im voraus wüßten, daß jenes Schiff auf hoher See untergehen werde, und deshalb vorher im letzten Hafen restlos aus ihm abwanderten. Wenn das auch unglaubwürdig ist, so hat sich doch vor eintretenden Hochwasserkatastrophen mehrfach gezeigt, daß die Ratten scharenweise aus dem wenig später überfluteten Gebiet in höhere Lagen flüchteten. Telle schreibt in seiner Arbeit »Das Verhalten der Wanderratten nach der Sturmflut vom Februar 1962«, daß im niedersächsischen Überschwemmungsgebiet »kurz vor dem Wassereinbruch die Ratten in größeren Mengen flüchtend gesehen wurden«.

In die Enge getriebene Wanderratten greifen Mensch und Tier durch Anspringen und Verbeißen kühn an. Gewöhnlich findet sich in Mitteleuropa die normalgefärbte Wanderratte mit grauweißer Unterseite und braungrauem Rückenfell. Zum Unterscheiden von der nicht schwarzen, also wanderrattenähnlich gefärbten Hausrattenform sei erwähnt, daß die Wanderratte eine beträchtlich stumpfere Schnauze, kürzere Ohren und einen kürzeren Schwanz besitzt. Dieser weist eine geringere Länge als die Kopf-Rumpf-Länge auf, während das bei der Hausratte gerade umgekehrt ist. Übrigens finden sich auch schwarze Wanderratten-Individuen. Sie können aber mit schwarzen Hausratten nicht verwechselt werden, wenn man die genannten Merkmale beachtet. Wanderratten graben sich in menschlichen Ansiedlungen oder im Freiland tiefe unterirdische Familienrudelbauten mit Vorratskammern und Fluchtröhren. Die nackten und blinden Jungen, deren Augen sich nach zwei bis drei Wochen öffnen, werden zu sechs bis zwölf Stück je Wurf nach einer Trächtigkeitsdauer von drei bis dreieinhalb Wochen geboren. Im Alter von einem Vierteljahr sind sie selbständig. Jedes reife Weibchen bringt zwei oder drei Würfe im Jahr zur Welt. Der einzige Nutzen, den die Menschheit von Wanderratten hat, besteht darin, daß es eine seit unzähligen Generationen in Gefangenschaft gezüchtete Haustier-

Stachelmaus *(Acomys cahirinus)*. Namengebendes Kennzeichen dieser mediterranen Langschwanzmäuseart sind die aus dem Fell der Rückenmitte hervorragenden Borstenstacheln. Nordafrika, Vorderasien und Kreta

form dieses Nagers gibt, die weiße oder gescheckte Laboratoriumsratte, die sich als hervorragendes Versuchstier für die Medizin, Biologie, Arzneimittelherstellung und für technische Tests erwiesen hat.

Der Vollständigkeit halber sei erwähnt, daß in Europa, obwohl nur auf Kreta und dann erst weiter östlich auf Zypern, die Art *Acomys cahirinus* der sonst in Nord- und Ostafrika und in Vorderasien beheimateten Stachelmäuse vorkommt. Diese hell gefärbte und sehr kälteempfindliche Langschwanzmaus sieht in ihren Körperumrissen der Gelbhalsmaus ziemlich ähnlich und hat auch ungefähr deren Größe. Ihr Charakteristikum ist, daß beiderseits entlang dem Rückgrat eine breite, jedoch nicht bis zu den Flanken hinabreichende Zone des Rückenfelles mit glatten, platten Borstenhaaren bedeckt ist, die das Unterhaar überlagern. Dieser stacheligen Schutzeinrichtung verdanken jene Nager den treffenden Namen Stachelmäuse. Es sind ausgesprochene Felsspaltenbewohner, die in den Johannisbrotbaum-Kulturen Zyperns großen Schaden anrichten.

Überfamilie Gliroidea – Bilchartige
Familie Gliridae – Bilche

Die Gliroidea sind eine stammesgeschichtlich sehr alte Überfamilie der Rodentia. Erstmalig wurde sie mit *Glirarus* aus dem Jungeozän Europas nachgewiesen. Die Gattung *Dryomys* tritt zum ersten Male im Miozän auf. Eine eigene Gruppe bilden die afrikanischen Schläfer der Gattung *Graphiurus*. Aus dem Jungpleistozän Maltas und anderer Mittelmeerinseln sind Riesenschläfer bekannt geworden.

Aus der Familie der Bilche leben überwiegend als nachtaktive Tiere vier Arten aus vier verschiedenen Gattungen im mittleren Europa. Allerdings ist der Baumschläfer *(Dryomys nitedula)* lediglich im Südosten Bayerns und im benachbarten Gebiet Österreichs, in Polen

Der keulenförmige buschige Schwanz des westafrikanischen Dickschwanzschläfers *(Graphiurus crassicaudatus)* birgt als Besonderheit einen stabförmigen Endknochen, wodurch er wie regeneriert wirkt

Halbwüchsiger Gartenschläfer *(Eliomys quercinus)*. Als Dämmerungs- und Nachttier ist er in Europa weit verbreitet

und der ČSSR zu finden. Von größerem Interesse sind für uns jene drei Arten, die auch in der DDR und BRD vorkommen: die Siebenschläfer *(Glis glis)* als größte, der Gartenschläfer *(Eliomys quercinus)* als mittelgroße und als kleinste, nur mäusegroße Art die Haselmaus *(Muscardinus avellanarius)*. Die Siebenschläfer aus dem Pleistozän Mitteleuropas, von denen mehrere Unterarten bekannt sind, waren den rezenten Siebenschläfern so ähnlich, daß man sie als Angehörige derselben Art betrachtet. Alle vier genannten Arten haben ein Gebiß mit insgesamt 20 Zähnen, auf jeder Seite des Ober- und Unterkiefers je 1 Nagezahn, 1 Prämolar und 3 Molaren. Ihre bewurzelten Bakkenzähne deuten darauf hin, daß sie keine ausschließlichen Pflanzenfresser sind, sondern in starkem Maße auch tierische Kost verzehren. Vom Gartenschläfer ist sogar bekannt, daß die in trockenen Fichtenschonungen lebenden Artvertreter fast ausschließlich auf tierische Nahrung angewiesen sind.

Der Gartenschläfer ist über fast ganz Süd-, West- und Mitteleuropa, ferner über weite Gebiete von Südost- und Osteuropa verbreitet. Diese Bilchart besiedelt als einzige der europäischen Gliridae die gesamte Iberische Halbinsel. In Nordeuropa, auf den Britischen Inseln, auf Island und in Skandinavien mit Einschluß der Dänischen Inseln fehlt sie, ebenso im Norden Finnlands und im Norden des europäischen Teils der Sowjetunion. In Mitteleuropa meidet sie die Küsten der Nord- und Ostsee, und man findet sie seltener in der DDR als im Westen und Südwesten der BRD. Sie bevorzugt die Mittelgebirgsregionen und geht sogar bis über 2000 m hinauf. Der Gartenschläfer ist ein ausgesprochener Kulturfolger. Er überwintert zuweilen sogar auf den Dachböden bewohnter Häuser. Auch im Sommer und Herbst dringt er nicht selten in Scheunen und Häuser ein und haust hier in Obstkellern und auf Kornschüttböden. Sonst hält er sich gern in hausnahen Obstgärten auf, wo er oft Nistkästen als Zufluchts- und Wurfplatz wählt. Normalerweise legt er seine kugelförmigen Nester in hohlen Bäumen, Erdlöchern und Felsspalten an.

Äußerlich ist er der farbigste mitteleuropäische Bilch. Diese Fellfärbung löst die Körperumrisse des Dämmerungs- und Nachttieres gut auf.

Oberseits ist das Fell aschgrau bis rötlichbraun, und die scharf davon abgesetzte Unterseite ist weiß. Die Augen sind von einem schwarzen Ring umgeben, der nach vorn fast bis zur Nase ausgedehnt ist und rückwärts in einem schwarzen Strich ausläuft. Hinten ist er mit einem größeren unter jedem Ohr gelegenen schwarzen Fleck verbunden. Vor und hinter den Ohren befindet sich als Kontrast dazu je ein weißer Fleck. Der fast körperlange, unterseits weiße und an der Basis wie der Rücken gefärbte Schwanz ist am Ende zu einer buschigen, oberseits schwarzen und unten weißen Quaste verbreitet. Der Gartenschläfer kann in Jahren der Massenvermehrung als Obstvernichter und Nesträuber viel Schaden anrichten. Nach einer Trächtigkeitsdauer von drei bis vier Wochen bringt das Weibchen Ende Mai bis Anfang Juni bis zu acht Junge zur Welt. In günstigen warmen und futterreichen Jahren folgt manchmal gegen Ende August/ Anfang September noch ein zweiter Wurf. Die Jungtiere werden nackt und blind geboren und sind im folgenden Jahr fortpflanzungsfähig. Wie alle anderen mitteleuropäischen Bilcharten hält der Gartenschläfer etwa von September bis Mitte April bei stark gesenkter Körpertemperatur einen echten Winterschlaf.

Auf diese Eigenschaft bezieht sich der volkstümliche Name des größten und kräftigsten unserer Bilche, des Siebenschläfers *(Glis glis)*, der in der Tat den Winter, rund sieben Monate schlafend, überdauert. Im Herbst legt er dazu große körpereigene Fettreserven an, die bei sehr sparsamem Energieverbrauch den Winterschlaf ohne Nahrungsaufnahme, im Gegensatz zum Hamster, ermöglichen.

Der geläufige Sammelname Schläfer für alle Gliridae bezieht sich auf diese Veranlagung, Winterschlaf zu halten. Über die Biologie des Siebenschläfers sind wir durch die Forschungen von Vietinghoff-Riesch gut unterrichtet, der über diesen Nager 1960 eine umfangreiche Monographie veröffentlichte. Die Färbung des Siebenschläfers ist nicht so kontrastreich wie die des Gartenschläfers. Die Oberseite ist gelblichgrau, die Unterseite weiß. Durch seinen langen buschigen Schwanz sieht er einem Eichhörnchen ähnlich. Allerdings sind seine haarbüschellosen Ohren relativ klein, und mit 35 cm Gesamtlänge ist er beträchtlich kleiner als das Eichhörnchen. Viel mehr als der Gartenschläfer bevorzugt er hohe Bäume, auf denen er nachts oft in größerer Zahl als geselliges Tier umherturnt. Seine Hauptfeinde sind die größeren Eulen – vor allem der Waldkauz –, der Baummarder, Haus- und Wildkatze. Wie der Gartenschläfer ist der Siebenschläfer Kulturfolger, wenn auch nicht so stark. Nistkästen, deren zu kleine Einschlupflöcher er geschickt vergrößert, werden von ihm gern als Ersatz für natürliche Baumhöhlen angenommen. Entweder dort oder auch frei im Geäst hoher Bäume baut er sich kunstvolle kugelförmige Nester. Das Verbreitungsgebiet des Siebenschläfers umfaßt Nordafrika und den Süden der Iberischen Halbinsel nicht mehr. Es erstreckt sich vom Iran und Palästina über Ost-, Mittel- und Südeuropa bis Nordspanien. In Nordeuropa, besonders in Skandinavien, fehlt er. In den Randzonen von Nord- und Ostsee kommt er nur sporadisch vor. 1902 wurde er in einem begrenzten Gebiet in England eingebürgert.

In Jahren der Massenvermehrung können Siebenschläfer zu schweren Obst- und Nußplantagenschädlingen werden. Normal wirft ein Siebenschläferweibchen nach 31 Tage dauernder Trächtigkeit nur einmal im Jahr fünf bis neun zunächst nackte und blinde Junge. In seinen Ernährungsbedürfnissen entspricht er dem Gartenschläfer. Auch sein Anteil an tierischer Nahrung ist recht groß. Wie Niethammer angibt, wurden diese rattengroßen Nager von den alten Römern als Leckerbissen geschätzt. Dazu wurden die Siebenschläfer in Tonkrügen (Dolien) und großen Gehegen (Glirarien) gefangengehalten und gemästet.

Haselmaus *(Muscardinus avellanarius)* – einer der behendesten europäischen Nager

Am wenigsten von unseren vier Schläferarten ist die Haselmaus *(Muscardinus avellanarius)* zum freiwilligen Kulturfolger des Menschen geworden. Aber sie wurde von ihm gewaltsam in seinen Kulturbereich geholt. In den Jahren vor dem ersten Weltkrieg bis zum Anfang der dreißiger Jahre wurde sie auch bei uns viel von »tierliebenden« Großstädtern, anstelle eines Stubenvogels, in Käfigen gehalten. Diese Liebhaberei nahm überhand, und viele Haselmäuse wurden gefangen und gewerbsmäßig verkauft. Dem ist bei uns glücklicherweise ein Riegel vorgeschoben, denn die Haselmaus steht unter ganzjährigem Naturschutz. In England soll die Zimmerhaltung dieses kleinen Nagers aber immer noch verhältnismäßig viele Anhänger haben.

Muscardinus avellanarius hat ungefähr die Größe einer Hausmaus. Ihr Schwanz, der in seiner Länge fast der Kopf-Rumpf-Länge (im Mittel 7,5 cm) gleichkommt, ist jedoch dicht, unterseits andeutungsweise zweizeilig behaart. Außerdem erscheint unser Tierchen etwas gedrungener als die Hausmaus und besitzt kleinere Ohren. Die Oberseite ist gelbbräunlich bis rötlichgelb, die Unterseite heller gelblich. Brust und Kehle sind weiß und die verhältnismäßig großen Dämmerungstieraugen tiefdunkel. Schon dieses Aussehen gewinnt dem kleinen Schläfer viele Menschen als Freunde auf den ersten Blick, die sonst von Ratten und Mäusen durchaus nichts wissen wollen.

In Freiheit lebt die Haselmaus vorwiegend im dichten Gebüsch und Unterholz. Besondere Vorliebe hat sie für Haselnußsträucher und dichtes stachliges Brombeergestrüpp. Die freie Kultursteppe meidet sie ebenso wie menschliche Siedlungen. In ihrem Revier aufgehängte Nistkästen nimmt sie jedoch gern an. Zur Überwinterung baut sie ihr Nest in Baum- und Erdlöchern oder unter Reisig- und Laubhaufen. Im Sommer wechselt sie gern ihren Aufenthaltsplatz und hält sich in verschiedenen, in kürzeren Entfernungen nebeneinander errichteten, faustgroßen kugligen Sommernestern auf. Diese sind rundum geschlossen, haben ein seitliches Einschlupfloch und werden normalerweise in 1 bis 2 m Höhe im Ast- und Zweiggewirr des bewohnten Gebüsches angebracht. Angeblich soll die Haselmaus von unseren vier Schläferarten die wenigste tierische Nahrung aufnehmen. Die dem Verfasser bekannt gewordenen gefangengehaltenen Exemplare fraßen aber alle begierig Mehlkäferlarven. Das läßt darauf schließen, daß Insektennahrung auch in Freiheit geschätzt ist. In den Alpen findet man Haselmäuse bis in Höhen von etwa 1300 m. Ihr Verbreitungsraum erstreckt sich von Kleinasien durch Ost-, Mittel-, Süd- und Westeuropa bis zur Pyrenäengrenze. Im Ostseeraum der DDR fehlen sie stellenweise ganz. Die Haselmaus kommt aber auch noch in Südengland und in Südskandinavien vor. Sie dringt also am weitesten von unseren Schläferarten nach Nordeuropa vor. Bei drohender Gefahr hält sie in ihren Bewegungen »wie erstarrt« inne. Fühlt sie sich aber entdeckt und verfolgt, flüchtet sie ins Geäst so hoch hinauf wie möglich. Je nach der klimatischen Lage bringen die Weibchen alljährlich ein bis zuweilen drei Würfe zur Welt. Die Angaben über die Tragzeit schwanken zwischen 25 und 28 Tagen. Die Wurfzeit reicht von Juni bis September. Es werden bis zu neun Junge je Wurf aufgezogen, die nackt und blind geboren werden und im nächsten Jahr geschlechtsreif sind. Beim Winterschlaf, der manchmal von mehreren Tieren in einem gemeinsamen Nest gehalten wird, kugeln sich die Haselmäuse ganz fest ein. Der Schwanz wird über die Nase und darüber hinaus in der Scheitellinie an Kopf und Nacken angepreßt. Im tiefsten Winterschlaf bei bis auf 1 °C gesenkter Körpertemperatur fühlt sich so eine kleine Tierkugel ganz kalt und wie leichenstarr an.

Überfamilie Dipodoidea – Springmausartige

Die Überfamilie, Springmausartige umfaßt zwei rezente Familien, die Zapodidae, Hüpfmäuse, und die Dipodidae, Springmäuse. Die Zapodiden sind ein altes Geschlecht. Diese Hüpfmäuse haben viele ursprüngliche Züge bewahrt, wohingegen die Springmäuse sehr spezialisiert sind. Die Gattung *Sicista* ist erstmalig aus dem Ältestquartär nachgewiesen. Aus der Familie der Zapodidae, deren Vertreter in Europa seit dem Altpleistozän bekannt sind, haben sich in Nordeuropa (Süd- und Mittelskandinavien), Osteuropa und sogar in Mitteleuropa – hier nur sporadisch und höchst selten vorkommend – zwei nahe verwandte Arten halten können. Das sind die weiter nach Norden und Westen vordringende Waldbirkenmaus *(Sicista betulina)* und die auf Südosteuropa beschränkte Steppenbirken- oder Streifenmaus *(Sicista subtilis)*. Van den Brink und Haltenorth lassen 1956 noch die Frage offen, ob beide Arten irgendwo in Europa nebeneinander vorkommen. Nach dem 1965 durch von Wettstein veröffentlichten Fund einer *Sicista betulina* in der Obersteiermark und seiner Mitteilung, daß die Steppenbirken- oder Streifenmaus im Burgenland vorkommt, gehören sie beide gemeinsam zur Fauna Österreichs. Ungeklärt ist freilich, ob und inwieweit sich beide Arten fruchtbar miteinander fortpflanzen können.

Die erste Birkenmaus in Schleswig-Holstein wurde am 2. Juli 1936 auf dem Tolker Moor in Angeln erbeutet. Dieser Fund und zwei frühere (1933) von Birkenmausresten in Waldkauzgewöllen waren damals für die deutschen Säugetierforscher alarmierend. W. v. Sanden gelang es – allerdings viel weiter östlich – die nächste Birkenmaus lebend am Nordburger See zu fangen, zu pflegen und längere Zeit zu beobachten. Wie konnte diese Tierart so lange der Aufmerksamkeit der Wissenschaftler entgehen? Darauf gibt es drei Antworten: Erstens scheint die Art nirgends besonders häufig aufzutreten, zweitens meidet dieser vorwiegend kletternde Nager aufgestellte Fallen, und drittens kann sie von Unkundigen relativ leicht verwechselt werden.

Obwohl bereits aus dem Altpleistozän Europas *Sicista*-Reste vorliegen, ist auch heute noch jeder Birkenmausfund im Kern Mitteleuropas wichtig für die Säugetierkunde. Deshalb seien hier die Merkmale und Unterschiede von Brandmaus und Waldbirkenmaus einander gegenübergestellt:

Brandmaus *(Apodemus agrarius)*:

Schwarzer Rückenstrich. Schwanz kürzer als Körper. Oberseite rotbraun, unterseits weiß. Jugendhaar graubraun.

Die Gesamtkörperlänge beträgt 15 bis 20 cm. Davon entfallen auf den Schwanz 7 bis 8,5 cm. Der Schwanz ist also im Vergleich um mehr als ein Viertel kürzer als die Kopf-Rumpf-Länge von 9 bis 11,5 cm. Das Ohr ist 1,1 bis 1,2 cm und der Schädel 2,3 bis 2,6 cm lang. Das Gewicht beträgt 20 bis 30 g.

Die Oberlippe ist gespalten, weist also eine »Hasenscharte« (Philtrum) auf.

Waldbirkenmaus *(Sicista betulina)*:

Schwarzer Rückenstrich vom Kopf in Höhe der Augen bis zur Schwanzwurzel. Schwanz länger als der Körper. Oberseite gelbbraun, schwärzlich gestrichelt, unterseits hellgrau.

Die Gesamtlänge beträgt 12,6 bis 18,2 cm. Davon entfallen auf den Schwanz 7,6 bis 10,8 cm. Der Schwanz ist also im Vergleich länger, und zwar etwa einundeinhalbmal so lang wie die zu ihm in Vergleich gesetzte Kopf-Rumpf-Länge von nur 5 bis 7,4 cm.

Das Ohr ist 1 bis 1,5 cm und der Schädel 1,6 bis 1,9 cm lang. Die Waldbirkenmaus ist das einzige Nagetier der Fauna Mitteleuropas ohne gespaltete Oberlippe (»Hasenscharte«).

Bisher kennen wir ihr Vorkommen nur aus Holstein, dem Bayerischen Wald und der Eifel. Sie kommt aber auch im Westen der Volksrepublik Polen und der ČSSR sowie in der Sowjetunion vor.

Die Waldbirkenmaus hat in jeder Oberkieferhälfte vier, in jeder Unterkieferhälfte drei mit Wurzeln und Höckern versehene Backenzähne. Einschließlich der vier Nagezähne besteht das Gebiß also aus 18 Zähnen. In der DDR fehlt noch jeder Nachweis.

Sie frißt besonders gern Waldfrüchte (Himbeeren und andere Beeren) und Sämereien sowie allerlei Insekten. Als Aufenthaltsorte bevorzugt sie feuchten Laubwald, Waldwiesen, Hochmoore, Bergmatten und Gebirgshänge und kommt bis 1600 m Höhe vor. Während des Winterschlafes – von Oktober bis April – liegt sie bei herabgesetzter Körpertemperatur zusammengerollt mit spiralig um den Körper geschlungenem Schwanz in selbstgegrabenen Erdhöhlen. Sie lebt aber nicht nur im und am Erdboden, sondern klettert viel mehr noch auch munter im Gesträuch und Gebüsch. Dort hängt sie manchmal das kleine kugelförmige Sommernest aus weichen Pflanzenstoffen auf. Birkenmausnester finden sich aber auch in hohlen Baumstümpfen, in Moospolstern oder in Bodenvertiefungen. Der Schwanz wird gewöhnlich hoch getragen und dient als Kletterhilfe, ist allerdings kein typischer Greifschwanz im strengen Sinne.

Die zweite Art, *Sicista subtilis*, besiedelt Südosteuropa bis Sibirien. Sie ist ein Tier der Waldsteppe und Steppenzone. Obwohl ihr geschlossenes Verbreitungsgebiet weiter östlich beginnt, wurden auch Stücke in der Ungarischen Tiefebene, Österreich und Bulgarien erbeutet.

Birkenmäuse sind in erster Linie Nacht- und Dämmerungstiere. Über ihre Fortpflanzung sind wir noch unzureichend unterrichtet. Die Paarungszeit liegt anscheinend im Mai und Juni. Die Trächtigkeitsdauer wird unterschiedlich mit 28 bis 35 Tagen angegeben. Die Regel scheint jährlich nur ein Wurf des mit acht Zitzen versehenen Weibchens zu sein. Es kommen zwei bis sechs ziemlich unentwikkelte Junge zur Welt, die erst nach 25 Tagen die Augen öffnen und etwa 35 Tage gesäugt werden. Birkenmäuse können über drei Jahre alt werden. Ihre Feinde sind sehr zahlreich. Als Nachttiere werden sie besonders die Beute von Eulen. Die Zapodidae sind in Nordamerika durch die eigentlichen Hüpfmäuse der Gattungen *Zapus* und *Napaco* vertreten.

Viel absonderlicher erscheinen uns die Dipodidae, die Eigentlichen Springmäuse. Höchst interessante Angehörige dieser eurasischen und afrikanischen Familie sind zum Beispiel die im Pleistozän weit über Mitteleuropa verbreiteten Pferdespringer der Gattung *Alactaga.* Heute sind diese bziarren Nager vorwiegend im asiatischen Teil der Sowjetunion und in Zentralasien zu finden. Sie kommen aber auch im Südosten des europäischen Teils der Sowjetunion vor. Besonders bekannt ist der eigentliche Pferdespringer *(Alactaga sibiricus).* Sein kleiner Kopf-Rumpf-Teil von etwa 16 cm Länge setzt sich in einen überlangen, am Ende zweizeilig behaarten und gebogen getragenen Schwanz von fast 20 cm Länge fort. Der Körper ruht auf langen, stelzenartig hohen Hinterbeinen, deren Füße fünf Zehen haben. Die winzigen Vorderpfötchen sind dagegen kaum zu bemerken. So ähnelt das Tierchen in Aussehen, Körperhaltung und Fortbewegungsweise einem »Miniaturkänguruh«. Über den Kopf hinaus ragen unbehaarte Ohren. Sie erinnern an Hasenlöffel, denn sie sind auch beträchtlich länger als der Kopf, jedoch sehr dünnhäutig. Am Rand sind diese Ohrtüten mit gelblichen Haaren besetzt. Im Wachzustand richten sich die etwa 4 cm langen Ohren auf, bei ruhenden Tieren hängen sie schlaff herab. Soffel beschreibt die Färbung dieses Nagers folgendermaßen: »Oberseits ist das phantastische Geschöpf hellbräunlichgelb mit längeren, schwarz gespitzten Haaren. Flanken, Außen- und Hinterseite der Schenkel sind isabellfarbig. Von der Schwanzwurzel zu den Schenkeln zieht sich ein dreieckiger heller Fleck hin. Unterseite, Ohr- und Nasenspitze und die Pfoten sind weiß. Die Quaste des Schwanzes ist schwarz mit weißer (größerer) Endhälfte … Die Pferdespringer sind Nachttiere, die man

Pferdespringer. Zwei Gattungen *(Alactaga und Alactagulus)* dieser zu enormen Weitsprüngen befähigten eurasischen Steppennager kommen auch im Südosten des europäischen Teils der Sowjetunion vor

nicht allzu häufig zu Gesicht bekommt, da sie sich der Nähe des Menschen durch enorm weite, schnell einander folgende Sprünge stets rasch entziehen. Selbst ein Pferd soll den dahinjagenden Nager kaum einholen können; die Fellfarbe gleicht das Tier dem verbrannten Steppenboden an, so daß es rasch dem Auge entschwindet.« Bei dieser Fortbewegung dient der Schwanz als Stütze und Steuer, während die kurzen Vorderbeinchen gegen die Brust gedrückt werden. Nimmt ein ungestörter Pferdespringer Gras vom Erdboden auf, wirkt er ähnlich wie ein Känguruh. Er hüpft langsam und ruckartig auf den langen Hinterbeinen, wobei der Vorderkörper tief zum Boden geneigt wird. Gehör und Geruchssinn sind hervorragend entwickelt. Die Pferdespringer leben sowohl ober- als auch unterirdisch gesellig in kleinen Gruppen. Sie sind echte Winterschläfer wie die Birkenmäuse. Jährlich zieht das Weibchen einen Wurf von normal fünf bis sechs Jungen auf. *Alactaga sibiricus* ist vorwiegend Pflanzenfresser und bevorzugt die in seinem Lebensraum wild oder kultiviert wachsenden Zwiebelgewächse. Er nimmt jedoch auch Insekten, vornehmlich Käfer und deren Larven, gelegentlich auch Ameisen zu sich. In der Mongolei zeichnet die Art eine ziemlich große ökologische Valenz aus; sie kommt von der Wüste über alle Steppentypen bis in Gebirgslagen von 2500 m Höhe vor. Häufig fanden wir dort Pferdespringer als Beute in den Uhuhorsten.

Eine andere, wegen ihres Aussehens recht bekannte Springmausart ist die mit großen dunklen Augen ausgestattete, in ihrer Färbung dem Wüstensand angepaßte Wüstenspringmaus *(Jaculus jaculus)*, deren langer Schwanz in einer wie eine Knospe schneeweiß aus schwarzem Blütenkelch herausragenden Haarquaste endet. Die Wüstenspringmaus lebt in den Steppen und Sandwüsten Nordafrikas bis zum Sudan, Somalia und Arabien. Wüstenspringmäuse werden sehr gern in Gefangenschaft gehalten und erweisen sich als sehr zahme und zutrauliche Pfleglinge.

Spielende Wüstenspringmäuse. Die bekannteste altweltliche Springmaus ist die reizende, gesellig lebende Wüstenspringmaus *(Jaculus jaculus)* der Ödlandschaften Arabiens, Nordafrikas und Vorderasiens

Die Artenfülle der einander sehr ähnlichen Wüstenspringmäuse wird in solche mit drei, vier und fünf Sprungfußzehen aufgeteilt

Unterordnung Hystricomorpha – Stachelschweinverwandte

Überfamilie Hystricoidea – Stachelschweinartige
Familie Hystricidae – Erdstachelschweine

Die Unterordnung Hystricomorpha umfaßt nicht nur, wie man irrtümlich sowohl aus ihrem wissenschaftlichen als auch deutschen Namen schließen könnte, die bekannten, mit einem Stachelkleid bewehrten Hystricidae, die eurasischen und afrikanischen Stachelschweine, und die Erethizontidae, die amerikanischen Baum- und Greifschwanzstachler. Außer diesen beiden bestachelten Familien gehören dazu noch zahlreiche andere Nagetierfamilien, die äußerlich verhältnismäßig geringe Ähnlichkeit mit den ein Stachelkleid tragenden Formen haben. Zu ihnen zählen, um nur wenige zu nennen, die Meerschweinchen, Agutis, Wasserschweine, Chinchillas und überdies alle Trugrattenartigen. Es gibt also weit mehr unbestachelte Hystricomorpha-Formen als wirklich stacheltragende. Ihren Namen hat diese Unterordnung jedoch mit Recht von der uns Europäern schon seit der Antike wohlvertrauten Familie Hystricidae, Erdstachelschweine, erhalten, der einzigen rezenten Familie der Hystricoidea.

Hier soll *Hystrix cristata cristata*, das Nordafrikanische Stachelschwein, besonders besprochen werden. Nahe verwandte Formen waren während des Eiszeitalters auch in Mitteleuropa vertreten. Man kennt keine unzweifelhaften früheren Stachelschweinreste aus dem späten Mittelmiozän. Das Vorkommen in Europa ist heute auf Sizilien und Süditalien bis in die Romagna beschränkt. Ein weiterer rezenter Biotop in Griechenland wird neuerdings durch Niethammer bestritten, dasselbe gilt für die Iberische Halbinsel. Nach dem gleichen Autor ist die Art auch auf Sizilien und in Italien nicht bodenständig, sondern erst von

Kaukasisches Stachelschwein *(Hystrix leucura hirsutirostris)*. Die altweltlichen Stachelschweine treten in Afrika und Eurasien in mehreren Arten auf. In Italien wurde das Nordafrikanische Stachelschwein *(Hystrix cristata cristata)* von den Römern eingebürgert

den Römern eingebürgert worden. Vielleicht wegen des schmackhaften Fleisches dieser Tiere? Gestützt wird Niethammers Ansicht dadurch, daß die südeuropäischen Stachelschweine keine besondere Unterart repräsentieren. Wenn sie in Sizilien und Italien seit dem Pleistozän ununterbrochen endemisch wären, sollte man das erwarten.

Das Hauptvorkommen unserer Art erstreckt sich von der nordafrikanischen Mittelmeerküste bis in die tropischen Teile Afrikas. In Südafrika und Asien leben andere, äußerlich jedoch sehr ähnliche Stachelschweinarten, die sich in ihrer Lebensweise nur geringfügig unterscheiden. Das Nordafrikanische Stachelschwein erreicht eine Gesamtlänge von ungefähr 70 cm, wovon etwa 10 cm auf den Schwanz entfallen. Von der Stirn bis zum ersten Drittel der Rückenlinie bedecken es mähnenartig lange, dünne weißliche und weißspitze Stachelborsten. Die hinteren zwei Drittel der Oberseite sind mit bis zu 40 cm langen schwarzbraunen, zwischendurch weißgeringelten und sehr spitzen derben Stacheln bewehrt. Schnauze, Beine, Füße und Flanken sind schwarz, die Unterseite ist rötlich dunkelbraun. Das erweckt beim Beschauer den Eindruck, ein schwarzweiß gefärbtes, recht ansehnliches und großes Lebewesen vor sich zu haben. Das ist nur bedingt richtig, da der eigentliche Körper des Tieres durch das Stachelkleid weit größer erscheint, als er tatsächlich ist. Der Schwanz dient zum Abschrecken von Feinden als Rasselorgan. Er ist mit dünnwandigen, etwa 5 cm langen und 0,7 cm dikken, am Ende offenen und abgestutzten Stachelkielen bedeckt, neben denen geschlossene spitze Stacheln hervorragen. Bei drohender Gefahr richtet das Tier mit klirrendem Geräusch Mähne und Stachelpanzer auf. Es ist wider Erwarten keine Fabel – wie Dathe und seine Mitarbeiter im Berliner Tierpark nachweisen konnten –, daß das Stachelschwein dabei dem Angreifer einzelne lockere Stacheln entgegenschleudert. Das geschieht bisweilen mit solcher Kraft, daß sich die Stacheln tief in Holzplanken einbohren. Verletzungen durch Stachelschweinstacheln sind sehr schmerzhaft und heilen nur langsam.

Das Stachelschwein ist ein Dämmerungs- und Nachttier. Als Aufenthaltsorte bevorzugt es trockene Flächen und Berghänge in der Nähe von Anpflanzungen. Dort gräbt es sich tiefe Erdbauten, in denen es im Winter tagelang verweilt, ohne jedoch richtigen Winterschlaf zu halten. In Freiheit lebt jedes Tier in einer eigenen Höhle und unternimmt Ausflüge zur Nahrungssuche als Einzelgänger. In Gefangenschaft kann man die großen Nager, ohne große Beißereien erwarten zu müssen, gut zu mehreren zusammenhalten.

Neben grünen Pflanzen, Rinden, Knollen, Wurzeln und Früchten von Wild- und Kulturpflanzen verschmäht es tierische Nahrung nicht. Die Paarungszeit liegt im Frühling. Nach etwa 70 Tagen Trächtigkeitsdauer wirft das Weibchen zwei bis vier Junge, die in einem weichen, besonders vorbereiteten Nest im Inneren der Erdbauten sehend zur Welt kommen. Ihr Körper ist mit kurzen weichen Stacheln bedeckt, die ihnen noch keinen Schutz gewähren. Dennoch folgen sie der führenden und sie schützenden Mutter bald nach der Geburt ins Freie, um neben der Muttermilch feste Nahrung zu sich zu nehmen. Bei Erregung geben Stachelschweine dumpfe Brumm- und Knurrtöne von sich. Große Raubkatzen reißen Stachelschweine trotz ihres gesträubten Stachelpanzers mühelos. Auch erfahrene Hunde haben bald herausgefunden, wie und wohin sie zubeißen müssen, um das so bedrohlich aussehende Tier rasch zu töten. Sein Fleisch wird verhältnismäßig gern vom Menschen gegessen. Nach Niethammer werden noch heute erlegte Stachelschweine auf italienischen Fleischmärkten angeboten.

Neben den Angehörigen der Gattung *Hystrix* sollen hier noch kurz die Vertreter der Gattung *Atherurus*, recht treffend als Quastenstachler bezeichnet, erwähnt werden. Die Heimat der einen Gruppe ist das tropische Afrika von Bioko (Fernando Póo) und der Elfenbeinküste bis hinüber zur Republik Sudan. Die andere Gruppe lebt in Asien, vor allem in Assam, Burma, Thailand, Kampuchea, Vietnam, Hainan, Malakka und auf einer größeren Zahl der kleinen, um den Südteil der Malaiischen Halbinsel gelegenen Inseln, nicht aber, wie oft

Afrikanischer Quastenstachler *(Atherurus africanus)*. Der Name dieser kleinen langschwänzigen Stachelschweine Afrikas und Asiens bezieht sich auf die charakteristische Schwanzquaste. Die Rückenstacheln der abgebildeten Art werden als Quills bezeichnet

geschrieben wird, auch auf Sumatera. Quastenstachler sind kleine, etwa bisamrattengroße, langgestreckt erscheinende Nager. Ihr langer Schwanz endet in einer aus dünnen Stachelborsten gebildeten weißen Quaste. An Mittel- und Hinterrücken entspringen bei ihnen zwischen den Stilettstacheln lange biegsame Stachelborsten. Sie sind bei den afrikanischen, nicht bei den asiatischen Arten, häufig mit dicken starren Spießen durchsetzt. Auch die Quastenstachler sind vorwiegend Pflanzenfresser, die in Pflanzenkulturen zuweilen beträchtliche Schäden anrichten. Gewöhnlich leben sie paarweise zusammen. Nach einer Tragzeit von etwa 100 bis 110 Tagen wird normal nur ein voll entwickeltes, anfangs gestreiftes Junges geboren. Es wird zwei Monate lang gesäugt. Wahrscheinlich werden von jedem Weibchen im Jahr mehrere Junge nacheinander geboren und aufgezogen. Quastenstachler erreichen in Gefangenschaft zuweilen ein beträchtliches Alter. Bei guter Pflege werden sie recht anhänglich. Ein gegen Ende 1942 im Bergzoo Halle geborener männlicher Quastenstachler der Art *Atherurus africanus* lebte dort über 12,5 Jahre.

Quastenstachler graben sich selten ihre Erdlöcher selbst, sondern benutzen vorwiegend verlassene Bauten anderer Tiere, die sie höchstens für ihren eigenen Körperumfang erweitern. Trotz der Bestachelung werden auch Quastenstachler leicht von mittleren und großen Raubsäugern überwältigt. Gelegentlich wird ihr Fleisch von Menschen verzehrt.

Eine den Quastenstachlern der Gattung *Atherurus* recht ähnliche andere, primitive Gattung ist *Trichys.* Der Rumpf ihrer auf Südostasien beschränkten Vertreter ist mit flachen Stacheln bedeckt. Der lange Schwanz endet in einem Pinsel aus schmalen, glatten, pergamentartigen Bändern, weshalb sie den deutschen Namen Pinselstachler führen. Häufig werden Stücke ohne Schwanz erbeutet. Man vermutet, daß die Pinselstachler wie unsere heimischen Eidechsen in der Not ihren Schwanz abwerfen können. Eine aufschlußreiche monographische Bearbeitung der Altweltlichen Stachelschweine liegt von E. Mohr vor.

Überfamilie Erethizontoidea – Baumstachlerartige
Familie Erethizontidae – Baumstachler

Auch zu den Erethizontoidea gehört nur eine rezente Familie, die der Erethizontidae, Baumstachler. Der deutsche Name ist gut gewählt, denn im Gegensatz zu den Hystricidae, die zumeist an den Boden gebunden sind – obwohl auch die Gattung *Trichys* klettert –, leben die Erethizontidae durchweg auf Bäumen. Außerdem sind die Baumstachler auf den amerikanischen Kontinent beschränkt (Neuweltstachelschweine), während die Erdstachelschweine ausschließlich in Asien und in Afrika, mit Einschluß Italiens auch in Südeuropa vorkommen (Altweltstachelschweine). In Mittel- und Südamerika leben Baumstachler mit langem Greifschwanz, die Greifstachler (Gattung *Coëndu),* die zu den altweltlichen Stachelschweinen keine unmittelbare Verwandtschaft haben, sondern ihnen nur konvergent sind. Dieser Schwanz fehlt den nordamerikanischen Baumstachelschweinen der Gattung *Erethizon.* Die Art *Erethizon dorsatum* ist am besten von allen Baumstachlerarten bekannt. Ihr Vulgärname ist Urson. Von den nordamerikanischen Baumstachelschweinen gibt es zwei Subspecies. Die eine, der West-Urson, kommt von Neu-Mexiko bis Alaska im Westen Nordamerikas vor, der Ost-Urson von Labrador bis in die USA-Staaten Virginia und Kentucky. Ost-Ursons wurden in früheren Jahrzehnten verhältnismäßig häufig in zoologischen Gärten zur Schau gestellt. Jetzt sind sie recht selten zu sehen. Zum Beispiel zeigte der Tierpark Berlin Anfang der 60er Jahre ein Trio von einem erwachsenen Männchen und zwei fortpflanzungsfähigen Weibchen. 1963 brachten die Weibchen je ein Junges zur Welt, deren Aufzucht gelungen ist.

Die gegenwärtig in mehreren Gattungen von Alaska bis Argentinien verbreiteten Baumstachler lassen sich bis ins Oligozän zurückverfolgen. Unter den rezenten Formen vermitteln die brasilianischen *Chaetomys* zwischen den nordamerikanischen Ursons und den süd- und mittelamerikanischen Greifstachlern.

Der Urson hat, bedingt durch die auffällig abgestutzte Schnauze, einen kurzen und stumpfen Kopf. Der Leib erscheint gedrungen; die Kopf-Rumpf-Länge beträgt maximal 60 bis 65 cm. Hinzu kommt der eigenartig gebaute

Schwanz mit etwa 20 cm. Man kann ihn wohl am besten mit der Kelle des Bibers vergleichen, nur daß die Ursonkelle oberseits mit Stacheln, auf der Unterseite mit Borsten besetzt ist. Obwohl es sich dabei nicht um einen Greifschwanz wie bei den südamerikanischen Baumstachlern handelt, dient er als Kletterwerkzeug. Wenn der Urson an einem Stamm oder steilen Ast emporklettert, stemmt er den Schwanz mit seiner borstigen Unterfläche gegen die Rinde und verhindert dadurch ein Abrutschen. Besonders wichtig ist dieser Schwanz jedoch als Verteidigungswaffe gegen Angreifer aller Art, da er von unten nach oben geschlagen werden kann. Der Urson hört, trotz kleiner äußerer Ohren, relativ gut. Die Vorderfüße haben vier mit langen und starken Krallen bewehrte Zehen und sind daumenlos. Die hinteren Füße weisen dagegen fünf nicht weniger gut bekrallte Zehen auf.

Die Oberseite des Ursons bedeckt dickes schwarzes Fell, das von zahlreichen, sehr lokker sitzenden, vom Fell zum größten Teil verdeckten, etwa 8 cm langen Stacheln durchsetzt ist. Auf der Schwanzoberseite sind diese Stacheln gut sichtbar. Sie sind mit Widerhaken versehen, so daß es sehr schwierig und schmerzhaft ist, sie aus Haut oder Muskeln wieder zu entfernen. Sie arbeiten sich infolge ihrer Bauart ständig tiefer in den Körper des verletzten Feindes und können ihm dadurch noch nach langer Zeit den Tod bringen. Wird ein Urson am Erdboden angegriffen, biegt er die Nase körperwärts ein, richtet Fell und Stacheln auf und droht durch Hinundherschwingen des gefährlichen Schwanzes, den er stets in Feindnähe zu bringen sucht, um im Falle eines Angriffes blitzschnell und mit großer Kraft zuschlagen zu können. Außer dem Menschen hat er wohl nur wenige Feinde. Der amerikanische große Fichtenmarder soll ihn in den Baumwipfeln, ohne sich dabei zu verletzen, rasch an der Kehle fassen und totbeißen können. Auch Bären, Pumas und Füchse verstehen es angeblich, ihm den Garaus zu machen.

Obwohl die Nagezähne sehr stark sind, sollen sie ebenso wie die Krallen zur Verteidigung nur wenig verwendet werden. Nach Sanderson kann der Urson sogar dickes Glas durchnagen. Faktisch benagt und zerschrotet er alles, was ihm dafür geeignet erscheint. Selbst Blockhäuser soll er schon zum Einsturz gebracht haben. Da er sehr begierig nach Salz ist, zernagt er auch Gegenstände und Werkzeuge, die mit schweißnassen Händen angefaßt worden sind. Abgeworfene Hirschgeweihe, Skelette und frische Tierkadaver, die er findet, zernagt und verzehrt er oft restlos. Seine Hauptnahrung jedoch sind Baumtriebe, Nadeln von Koniferen und Blätter von Laubbäumen, ferner frische Baumrinde. Dadurch werden Ursons zu Waldschädlingen. In den Baumwipfeln ist dieser Nager ein hervorragender Kletterer, der bis in höchste, schwankende Wipfel hinaufsteigt und dort vorzüglich das Gleichgewicht zu wahren vermag. Sein Nest legt er in Baum- oder Felsenhöhlen an. In der kalten Jahreszeit verweilt er manchmal tagelang darin, ohne jedoch einen echten Winterschlaf zu halten. Ende März beginnt die Paarungszeit, während der die Ursons nachts unheimlich schreien und grunzen sollen. Die Jungen werden – bei relativ großem Körpergewicht – nach einer Tragzeit von etwa 209 Tagen voll entwickelt zwischen Mai und August geboren.

Ihre Mutter säugt sie angeblich nur eine Woche lang. Die beiden jungen Ursons des Tierparks Berlin wurden am 25. April und am 8. Mai 1963 geboren. Dathe schreibt darüber: »Sie wirken wie schwarze Handfeger, und man mußte schon einen guten Blick haben, um sie im Gehege zu entdecken. Die Mütter kümmerten sich recht wenig um ihre Kinder und kamen immer nur zum Säugen zu ihnen herab, da die Jungen ihnen anfangs noch nicht in die Höhe folgten. Eines der Jungtiere mußte, da es bei einem Platzregen völlig durchnäßt wurde und sich dadurch eine Lungenentzündung zuzog, künstlich weiter aufgezogen werden.« Die Indianer glaubten, daß Ursonmütter keine Milchzitzen besäßen, da sie diese auf der Bauchseite der Tiere nicht fanden. Sie sind natürlich vorhanden, nur liegen sie verhältnismäßig hoch an beiden Körperseiten.

Es gab eine Zeit, in der der Urson in den Vereinigten Staaten der völligen Ausrottung nahe war. Inzwischen sind seine Bestände wieder so stark angewachsen, daß er sich nach und nach Gebiete zurückerobert hat, in denen er seit geraumer Zeit bereits ausgerottet war. Nach Smith wurden in Nordostoregon, in einem Übergangsgebiet zwischen Tannen- und Kieferbeständen, 168 Baumstachler gefangen und nach einer Geschlechts- und Altersbestimmung wieder freigelassen. Es ergab sich, daß etwa die Hälfte der Population aus Jungtieren bestand, die jünger als vier, und erwachsenen, die älter als 44 Monate waren. Das Geschlechterverhältnis betrug 100 Männchen zu 118 Weibchen. Im Verbreitungsgebiet wurde eine mittlere Siedlungsdichte von 12,6 Baumstachlern je km^2 errechnet.

Überfamilie Cavioidea – Meerschweinchenartige

Zur Unterordnung Hystricomorpha wird ein heute weltweit verbreitetes wirkliches kleines Haustier gerechnet, das äußerlich allerdings kaum an ein Stachelschwein erinnert, das allbekannte Meerschweinchen *(Cavia porcellus).* Die Überfamilie Cavioidea, Meerschweinchenartige, der es angehört, ist ausschließlich in Mittel- und Südamerika beheimatet. Sie umfaßt vier Familien:

Cavioidae – Eigentliche Meerschweinchen
Hydrochoeridae – Wasserschweine
Dinomyidae – Pacaranas
Dasyprocitidae – Agutis

Zur Familie Hydrochoeridae gehören die absolut größten und schwersten rezenten Nagetiere.

Die kleinsten und leichtesten Vertreter dieser Überfamilie finden wir dagegen unter den Cavioidae mit dem schon erwähnten Meerschweinchen. Unser Meerschweinchen ist nicht erst durch die Europäer domestiziert worden, denn als die spanischen Eroberer in Mittel- und Südamerika eindrangen, fanden sie bereits Hausmeerschweinchen in der Pflege und im Gewahrsam der Peruaner vor. Auch in mumifizierter Form sind sie als Grabbeigaben erhalten. Diese hübschen friedfertigen Tierchen wurden bald mit nach Europa genommen. Ihre pfeifenden und quietschenden Stimmäußerungen und ihre entfernt an ein kleines Schwein erinnernde Gestalt brachten diesem Nager, der absolut nichts mit den Schweinen (Suidae) zu tun hat, den Teilnamen Schweinchen ein.

Wir kennen heute unser zahmes Meerschweinchen in einer Färbungsvielfalt, bei der kaum ein Exemplar dem anderen völlig gleicht. Ungefähr so sah es schon vor 200 Jahren aus, als Linné ihm – wohlgemerkt dem Haustier – den wissenschaftlichen Namen *Cavia porcellus* gab *(porcellus* bedeutet kleines Schwein). Interessanterweise ist in freier Wildbahn Perus noch die wilde Stammart *(Cavia cutleri)* des zahmen Hausmeerschweinchens erhalten geblieben. Diese Wildmeerschweinchen sehen zwar gestaltlich der Haustierform sehr ähnlich, sind aber von Kopf bis Fuß einheitlich gelbbraungrau meliert. Außer ihm gibt es noch eine Anzahl anderer verwandter Wildarten. Alle Meerschweinchenarten sind schwanzlose Nagetiere mit vierzehigen Vorder- und dreizehigen Hinterfüßen. Im Ober- und im Unterkiefer tragen sie – neben den oberen und unteren Nagezahnpaaren – auf jeder Seite vier mit Schmelzfalten versehene Backenzähne. Diese kleinen Laufnagetiere halten keinen Winterschlaf. Einige Arten leben unterirdisch in großen Kolonien. Unser Hausmeerschweinchen aber hat die Fähigkeit, sich selbst Erdbauten zu graben, völlig verloren. Auch seine Stammform soll in Freiheit hauptsächlich Unterschlupf in natürlichen Nischen und Höhlungen suchen. Von dort aus ziehen die kleinen Weidetiere auf streng eingehaltenen Wechseln zum Äsen in die Hochsteppen. Backentaschen fehlen, und Vorräte tragen sie nicht ein. Nach einer Trächtigkeitsdauer von 62 bis 70 Tagen werden normal ein bis fünf Junge geboren. Sie sind sehend und voll entwickelt. Bald schon folgen sie der Mutter bei ihren Weidegängen. Nach kurzer Zeit nehmen sie bereits feste Nahrung mit auf. Das ist notwendig, denn das Muttertier verfügt nur über zwei am Unterleib befindliche Milchzitzen. Meistens werden aber mehr als zwei Junge geboren, die sich in den Ertrag der beiden Milchquellen teilen müssen.

Die Säugezeit eines Wurfes dauert etwa drei Wochen. Im Alter von sieben bis acht Wochen sind die erst halbwüchsigen Jungen schon geschlechtsreif. Hält man mehrere zahme Meerschweinchen in einem Gehege, so daß keine Fortpflanzungsbeschränkung stattfinden kann, bringt jedes Weibchen normal vier, manchmal sogar fünf Würfe im Jahr. In der Paarungszeit liefern sich die wilden und zahmen Meerschweinchenböcke, die dabei erregt die Zähne wetzen und kollernde Töne hören lassen, Rivalenkämpfe mittels ihrer Nagezähne. Das harte straffe Haarkleid fängt aber im allgemeinen die Bisse gut ab.

Meerschweinchen fressen in Gefangenschaft fast ausschließlich Pflanzen – schon deshalb, weil im allgemeinen niemand daran denkt, ihnen auch tierische Nahrung anzubieten. Sie nehmen sie aber recht gern und nagen Knochen fein säuberlich ab.

Meerschweinchen sind recht nässe- und kälteempfindlich. Deshalb besteht keine Gefahr, daß sich bei uns in Freiheit gesetzte oder entkommene Tiere akklimatisieren und fortpflanzen könnten, um schließlich – wie die Bisamratte – als neues Schadnagetier aufzutreten. Zur Bereicherung des Speisezettels wird dieser bis zu 30 cm lange und dann gegen 500 g schwere kleine Nager nur noch von wenigen Feinschmeckern gemästet. Früher, weit mehr als heute, war es in der Haustierform wegen seiner Färbungsvielfalt ein beliebtes Versuchstier für genetische Forschungen. Von reinweißen Albinos mit roten Augen bis zu pechschwarzen Stücken, ganz abgesehen von der unübersehbaren Fülle an Scheckungskombinationen, ist es auch gelungen, besondere Langhaarrassen des Hausmeerschweinchens, die sogenannten Angorameerschweinchen, und solche mit vielen aufeinanderfolgenden Haarwirbeln im gesamten Fell, die eigenartigen »Struppmeerschweinchen« als Liebhabertiere zu züchten. Besonders schöne Exemplare beider Rassen werden von Kennern hoch bezahlt. Die Hauptbedeutung des gewöhnlichen Hausmeerschweinchens liegt in seiner Verwendbarkeit als Versuchstier in human- und veterinärmedizinischen sowie pharmazeutischen Instituten und Laboratorien, vor allem als Testobjekt für Infektionskrankheiten und zur Prüfung von Medikamenten. Alljährlich werden dafür zum Wohle der Menschheit Millionen dieser kleinen Nager benötigt und verbraucht.

Die auf Mittel- und Südamerika beschränkten Meerschweinchenartigen werden häufig als Hufpfötler bezeichnet. Diesen Namen rechtfertigen sie insofern, als ihre breiten platten Zehennägel eine angenähert hufartige Form annehmen, indem sie das Zehenglied rundum umfassen.

Wie die ins Riesengroße übertragene Karikatur eines Meerschweinchens, dem man die äußeren Ohren bis auf einen kleinen Rest beschnitten hat, erscheint das Wasserschwein oder die Capybara *(Hydrochaeris hydrochaeris = Hydrochoerus capybara).* Die Capybaras bilden die eigene Familie Hydrochoeridae. Äußerlich unterscheidet sich die weit hochbeinigere Capybara von den auf dem festen Lande lebenden eigentlichen Meerschweinchen besonders durch die kurzen Schwimmhäute an den Zehen. Wie schon der Name Wasserschwein zum Ausdruck bringt, leben sie zum Teil im Wasser und sind vorzügliche Schwimmer und Taucher. Im Gegensatz zu den anderen Wassersäugetieren rudern sie mit beiden Fußpaaren zugleich. Eine erwachsene Capybara kann ein Drittel der Größe eines ausgewachsenen Hausschweines erreichen. Die breiten Nagezähne sind bei den Hydrochoeridae riesenhaft entwickelt. Trotzdem sind die Tiere nur harmlose Pflanzenfresser, die von saftigen Ufer- und Wasserpflanzen leben, auch die Rinde junger Bäume abnagen. Aus der Nähe des Wassers entfernen sich diese Nager nur selten und ungern. Liegen freilich Pflanzenkulturen in der Umgebung, so richten sie darin fühlbaren Schaden an. Mit einem schrillen Warnlaut für die Artgenossen flüchten sie bei Gefahr ins Wasser. In Freiheit halten sie in Rudeln zusammen, in zoologischen Gärten auf zu kleinem Raume zusammengepfercht, sind sie leider untereinander oft sehr zänkisch und gefährlich bissig.

Meistens wird die Capybara als träges stumpfsinniges Tier bezeichnet. Im Gegensatz dazu hält sie Sanderson für recht intelligent. Er beobachtete in Guayana ein gezähmtes Tier, das von einem erblindeten Pflanzer als »Blindenhund« abgerichtet worden war und dieses Amt hervorragend versah. Neben dem Menschen sind der Jaguar und Alligatoren die Hauptfeinde der Wasserschweine. Dennoch scheint ihre Fortpflanzung die Abgänge einigermaßen auszugleichen. Geschlechtsreife Capybara-Böcke sammeln Weibchenrudel um sich. Die Tragzeit beträgt etwa 165 bis 170 Tage. Danach werden in der Regel drei bis vier Junge geboren. Wie die jungen Meerschweinchen sind auch sie bei der Geburt bereits voll entwickelt und nehmen neben der Muttermilch schon nach kurzer Zeit selbstabgeweidete Pflanzennahrung auf. Mit etwa zwei Monaten werden sie selbständig. Wasserschweinfleisch wird in Südamerika nicht überall gegessen. Eine Hautdrüse auf dem Nasenrücken der reifen Böcke sondert ein Sekret ab, das stark nach Moschus riecht. Das dürfte die Ursache dieser Abneigung sein. Die Haut wird zu schwammigem Leder gegerbt. Das fahlgelbe

Capybara *(Hydrochoerus capybara).* Größtes rezentes Nagetier, weshalb die geläufige Bezeichnung Wasserschwein unzutreffend ist

bis rötliche Fell aus grobsträhnigen Haaren eignet sich dagegen nicht zur Verwendung als Pelzwerk. In europäischen zoologischen Gärten wird die Capybara vorwiegend deshalb gern zur Schau gestellt, weil sie das größte Nagetier der Erde ist. Dabei muß man sich vergegenwärtigen, daß unsere Zwergmaus *(Micromys minutus)* eine maximale Masse von 8 bis 9 g erreicht, das Wasserschwein in Ausnahmefällen 80 bis 90 kg. Das Nagetier Wasserschwein wiegt also rund 10000mal mehr als das Nagetier Zwergmaus.

Mit der Capybara ist die Formenfülle der Meerschweinchenartigen noch lange nicht erschöpft. In zoologischen Gärten trifft man vor allem Vertreter von drei Gruppen: den Maras, den Pacas und den eigentlichen Agutis. Von besonderem tiergärtnerischem Wert sind ferner die Acuchys und Pacaranas.

Es ist heute in europäischen Tiergärten üblich, die Maras nicht einzusperren, sondern frei im Gelände umherlaufen zu lassen. Allerdings passiert es mitunter, daß sie den »Schutzbereich« ihres Zoos verlassen und draußen entweder von Hunden totgebissen oder von Sonntagsjägern als »Hasen« oder »Kaninchen« geschossen werden.

Tatsächlich haben diese nahen Verwandten des Meerschweinchens äußerlich viel Ähnlichkeit mit Hasen. In unseren Tierparks können wir zwei Arten begegnen, der Großen Mara *(Dolichotis patagonum)* und der Zwergmara *(Pediolagus salinicola).* Letztere besitzt größere Ohren und ist eintöniger braungrau ohne die auffälligen hellen Keulenbänder der gewöhnlichen Mara. Ihre Heimat sind die Salzwüsten im Innern Argentiniens. In Körpergestalt und Lebensweise sind die Zwergmaras sonst den Großen Maras sehr ähnlich, die in den vegetationsarmen Steppengebieten Patagoniens und Argentiniens zu Hause sind.

Die Maras leben wie unsere Feldhasen und zeichnen sich wie diese durch lange Beine aus.

In vielen Arten und Farbvarianten leben die Agutis (Gattung *Dasyprocta*) in den Uferwäldern süd- und mittelamerikanischer Flüsse. Die Tiere sind graziösere und hochbeinigere Verwandte unseres plumpen Hausmeerschweinchens

Für einen Angehörigen der Cavioidea hat die Mara außerdem ungewöhnlich lange, oben spitz zulaufende Stehohren, deren relative Länge aber beträchtlich hinter den wirklichen Hasenlöffeln zurückbleibt. In Größe und Gewicht kommen diese ebenfalls stummelschwänzigen Steppentiere einem Feldhasen recht nahe. Dessen auffällige Blume als Signalorgan für Artgenossen ersetzt bei der Großen Mara ein weißes, sich oberhalb des Schwanzes an den Keulen hinziehendes Haarband, über dem sich in starkem Kontrast dazu ein zweites kürzeres von schwarzer Farbe befindet. Wie beim Hasen ist auch die Unterseite weißlich, die Oberseite braungrau mit weißen Sprenkelungen.

Die Marapärchen halten gut zusammen, auch während der Aufzucht der Jungen, von denen im Jahr gewöhnlich ein bis drei in einem Wurf geboren werden, die sofort laufen können. Maras sind genügsame Pflanzenfresser, denn ihr natürlicher Lebensraum bietet ihnen wenig Auswahl an Futterpflanzen. Eine weidende Maraherde ist in freier Wildbahn sehr argwöhnisch auf ihre Sicherheit bedacht. In unseren Tiergärten, wo ihnen seitens der Pfleger und der Besucher keine Gefahren drohen, verlieren sie rasch alle Scheu. Da sie auch in Freiheit ausgesprochene Tagtiere sind, weiden sie selbst noch in unmittelbarer Nähe von Zoobesuchern unbeirrt weiter. Dabei erinnern sie übrigens viel mehr an äsende kleine Antilopen oder Hirsche als an Hasen.

Eine gewisse äußerliche Ähnlichkeit mit kleinen Wiederkäuern, besonders mit dem Kleinkantschil *(Tragulus javanicus)*, haben auch die in vielen Arten und Unterarten verbreiteten Agutis der Gattung *Dasyprocta*. Von diesen hochbeinigen, bis zu 40 cm langen, mit kurzem, etwa 1 bis 1,5 cm langem Schwanzstummel versehenen Tierchen werden im allgemeinen zwei Arten in unseren zoologischen Gärten in Sammelgehegen gehalten; das am längsten bekannte, vom brasilianischen Amazonasgebiet bis nach Peru verbreitete eigentliche Aguti *(Dasyprocta aguti)* und das Azara-Aguti *(Dasyprocta azarae)* aus Südbrasilien, Bolivien und Paraguay. Agutis sehen ungefähr wie etwas in die Länge gezogene, recht schlanke Meerschweinchen auf Stelzenbeinen und mit glänzendem, glattem Fell aus, deren Färbung bei den einzelnen Arten und Unterarten überaus unterschiedlich ist. Das eigentliche Aguti erscheint uns besonders anmutig, da es geradezu »in rotgoldenem Glanze schimmert«. Es wird deshalb oft irreführend als Goldhase bezeichnet. Das Azara-Aguti hat dagegen den Beinamen »grünes« Aguti, weil es – dabei silbrig schimmernd – grünschwärzlich aussieht.

Agutis sind in ihrer Heimat vorwiegend Früchtefresser. Mit scharfen Nagezähnen zerlegen sie die härtesten Schalen von Palmennüssen in kleine Späne und Splitter. Dazu setzen sie sich wie ein Eichhörnchen auf die Hinterbeine und drehen die Frucht in beiden Vorderpfoten, während sie sie rundum abnagen. Die ängstlichen Tiere sind dabei immer auf Flucht bedacht, und sobald sie eine Gefahr argwöhnen, jagen sie davon. Neben Früchten verzehren sie auch tierische Nahrung. Untereinander sind sie, obwohl sie in Familienverbänden oder noch größeren Gruppen zusammenhalten, sehr zänkisch und können einander beträchtliche Wunden an Rücken und Kopf beibringen. Wie bei allen Meerschweinchenartigen werden auch bei den Agutis die gewöhnlich nur zwei oder drei Jungen je Wurf voll entwickelt geboren.

Äußerlich sehr ähnlich, wenn auch kleiner, anatomisch aber in einigen Merkmalen von den anderen Agutis abweichend, ist das in Sumpfgebieten Guayanas und Nordbrasiliens lebende Acuchy *(Myoprocta acouchy)*. Da es ein etwa 5 cm langes, dünnes, weiß behaartes Schwänzchen besitzt, wird es auch als Geschwänztes Aguti bezeichnet. Obwohl die Augen aller Vacioidea durchweg relativ groß sind, fällt diese Eigentümlichkeit beim Acuchy besonders auf. Es soll neben der üblichen Pflanzenkost mehr als andere Agutis tierische Nahrung aufnehmen. In der Erregung sträubt es das Rückenfell, stampft in schneller Folge mit den Hinterbeinen den Boden und wetzt hörbar die Zähne. Das wirkt bei diesem kleinen Tier freilich nicht so erschreckend wie der Angriff einer wütenden Paca *(Agouti [Coelongenys] paca)*, die nach der Capybara das größte Nagetier Mittel- und Südamerikas ist. Zeigen die Maras dem Äußeren nach sehr wenig Anklänge an die eng verwandten eigentlichen Meerschweinchen, so kann die Paca ihre nahe Verwandtschaft mit den Agutis auch äußerlich nicht »verheimlichen«. Man kann sie als eine rezente Aguti-Riesenform bezeichnen. Unter den im Pleistozän Südamerikas ausgestorbenen Dasyproctidae gab es noch weit größere Formen als die heutige Paca. So wurden in Brasilien fossile Reste eines rehgroßen Agutis, das direkt als Reh-Aguti *(Dasyprocta capreolus)* bezeichnet wird, gefunden. Ein solcher Gigant ist die Paca zwar nicht mehr, sie erreicht aber immerhin noch Körperlängen bis zu 70 cm und eine Masse bis 9 kg. Die Paca erinnert an ein riesiges plumpes Aguti mit ungewöhnlich verdicktem Kopf, da dieser durch die Ausdehnung der Jochbögen auffallend hoch und eckig wirkt. Jeder Jochbogen birgt eine mit dünner Haut ausgekleidete Höhlung in sich, die einen Zugang zur Mundhöhle offenhält. Im Gegensatz zu den Backentaschen anderer Nagetiere handelt es sich hierbei um Resonanzräume. Auf der Oberseite ist die Paca rötlichbraun, auf der Unterseite gelblich gefärbt. Parallel zur Rückgratlinie verlaufen im Fell der Oberseite vier Reihen und in der Grenzzone zur Unterseite eine weitere Reihe rundlicher weißer Flecken. Eine sich bedroht fühlende Paca ist ein recht gefährlicher Gegner. Wie ein wütender Hamster springt sie den Widersacher an und bringt ihm mit ihren großen Nagezähnen tiefe, klaffende Wunden bei. Einmal an den Menschen gewöhnt und zahm geworden, hängt sie dagegen sehr an ihrem vertrauten Pfleger und macht keine Versuche mehr, sich gegen ihn zur Wehr zu setzen. Wird schon Agutifleisch in Südamerika sehr geschätzt, so gilt das der Paca als besondere Delikatesse. Deshalb wird dieser Nager in seiner Heimat stark verfolgt, mit speziell abgerichteten Hunden gejagt und zu gutem Preis auf den Märkten angeboten.

Pacas sind in Südamerika weit verbreitet. Sie sind Höhlengräber, die sich in der Nähe von Waldsäumen und in der Busch- und Baumvegetation der Flußufer aufhalten. Von dort aus plündern sie bei ihren nächtlichen Ausflügen in der Nähe liegende Mais-, Melonen- und Zuckerrohrpflanzungen. Da Pacas einen ungeheueren Futterbedarf haben, ist der Schaden beträchtlich. Trotz ihrer »plumpen Wohlgenährtheit« sind diese großen Nager erstaunlich behend und schnell. In zoologischen Gärten sind Pacas ohne große Schwierigkeit zu halten und vermehren sich selbst in unserem Klima zuweilen. Ihre Fortpflanzung entspricht im wesentlichen der anderer Caviodea.

Dem Äußeren nach hat die Paca in ihrem Verbreitungsgebiet einen, wenn auch seltenen

Ein bis 9 kg schwerer Meerschweinchenverwandter ist die von Argentinien bis Mexiko verbreitete Paca *(Agouti [Coelongenys]* paca)

Eines der seltensten Wildsäugetiere Südamerikas ist die Pacarana *(Dinomys branicki)* oder »falsche Paca«. Dieser geschwänzte Nager verkörpert gewissermaßen eine Übergangsform zwischen Hasenmäusen, Baumratten und Meerschweinchenarten Amerikas

Doppelgänger in der ihr weitläufig verwandten Pacarana *(Dinomys branicki).* Die Ähnlichkeit auf den ersten Blick erweist sich aber bei näherem Betrachten als Täuschung. Im Gegensatz zur Paca verfügt die Pacarana, die überdies einer eigenen Familie (Dinomyidae) angehört, über einen behaarten Schwanz von halber Körperlänge. Sie ist noch viel gefräßiger als die

Paca, zum Glück für Pflanzer und Pflanzungen aber so selten, daß über ihre sonstige Lebensweise fast nichts bekannt ist. Die Pacarana lebt in den wenig zugänglichen inneren Gebirgswäldern Südamerikas von den Ausläufern der Anden bis in das Amazonasgebiet.

Durch ihren langen Rundschwanz und mehrere anatomische Charakteristika schlägt diese Art gewissermaßen die Brücke zwischen den Cavioidea und den Octodontoidea, den Trugrattenartigen.

Überfamilie Chinchilloidea – Chinchillaartige
Familie Chinchillidae – Chinchillas

Die Überfamilie Chinchilloidea, Chinchillaartige, wird nur von der rezenten Familie Chinchillidae, Chinchillas, repräsentiert. Diese auf Südamerika beschränkten hystricomorphen Nagetiere sind vor allem wirtschaftlich als Rohfellieferanten interessant. Für den Paläozoologen ist indessen die Tatsache von Gewicht, daß es, wie Fossilien zeigen, im Oligozän Südamerikas Chinchillaartige von Nashorngröße, in späteren Erdepochen immerhin noch von Bärengröße gab. Die erhalten gebliebenen rezenten Chinchillidae erreichen solche Riesengrößen längst nicht mehr. Die kleinsten unter ihnen sind die Wollmäuse mit Gesamtlängen von nur 35 bis 40 cm, wovon der Schwanz noch 11 bis 13 cm beansprucht. Der größte rezente Vertreter, die Viscacha, weist Gesamtlängen von 65 bis 70 cm auf (davon 17 bis 19 cm Schwanz). Die Überfamilie Chinchilloidea und die Überfamilie Octodontiodea (Trugrattenartige) erscheinen in mancher Hinsicht durch die Familie Abrocomidae (Chinchillaratten), die mit wirklichen Chinchillaarten denselben geographischen Raum bewohnen, enger miteinander verbunden. Die Chinchillaratten sind äußerst selten und der Wissenschaft nur wenig bekannt. Als »Ratten« werden sie lediglich deshalb bezeichnet, weil sie einen relativ langen nackten Schwanz besitzen. Alle wirklichen Chinchillaarten haben dagegen mehr oder weniger buschig behaarte Schwänze. Sie werden im weiteren Sinne auch mit dem recht treffend gewählten deutschen Namen Hasenmäuse bezeichnet. Im engeren Sinne bezeichnet man als Hasenmäuse die Vertreter der großwüchsigeren Gattungen *Lagidium* und *Viscacia (= Lagostomus)*, während die der Gattung *Chinchilla* mehr unter dem Namen Wollmäuse bekannt sind.

Während alle übrigen Chinchillidae schnelle und vorzüglich kletternde Hochgebirgstiere sind, trifft das für ihren größten Vertreter, die Viscacha *(Viscacia viscacia)*, nicht zu. Sie ist ausgesprochener Steppenbewohner des Südens von Südamerika bis nach Argentinien und die heute noch am zahlreichsten in freier Wildbahn lebende Chinchillaart. Sie ist aber durch die berittenen Rinderhirten (Gauchos) bedroht, die sie wegen ihrer für Reiter und Pferd zur Lebensgefahr werdenden unterirdischen Wühlereien hassen und unerbittlich verfolgen. Deshalb ist die Viscacha selbst in solchen Pampas, in denen man einst viele ihrer Kolonien antraf, oft schon seit längerer Zeit ausgerottet. Erscheinungsbildlich ist die Viscacha der plumpste Chinchillidae-Typ. Sie hat einen gedrungenen kurzhalsigen Leib mit gewölbtem Rücken. Der dicke, mit kurzer, stumpfer Schnauze ausgestattete Kopf trägt im Verhältnis zur Körpergröße wesentlich kürzere und stumpf zugespitzte Ohren. Die mit drei Zehen ausgestatteten langen Hinterbeine sind doppelt so lang wie die mit vier Zehen versehenen Vorderbeine. Dadurch sind diese Steppenbewohner in der Lage, weite Sprünge auszuführen.

Charakteristisch für die Viscacha-Kolonien, in denen zuweilen Hunderte von Tieren leben, ist ein hoher Hügel ausgeworfener Erde. Natürlich sind diese Hügel sehr zum Nachteil ihrer Erbauer in den flachen Pampas weithin sichtbar. In ihren Erdhöhlen hausen die Tiere – ähnlich wie die Präriehunde – mit Schlangenarten, aber auch mit mehreren Erdlöcher bewohnenden Vogelarten, darunter einer Eule, zusammen. Überhaupt zeigen Lebensweise und Verhalten der Viscachas mancherlei Analogien zu den Präriehunden. Um die Einfahrten der Gemeinschaftsbauten liegen allerlei, meist für Viscachas ungenießbare Dinge wie Knochen, Steine und sogar kleinere Gebrauchsgegenstände des Menschen, die die Tiere in der Steppe bei der Futtersuche aufsammelten. Viscachas sind Pflanzenfresser. Überfällt eine Viscacha-Gemeinschaft ein Melonenfeld oder eine sonstige Anpflanzung, dann ist es um diese geschehen. Die Tiere machen reinen Tisch. Das ist der zweite Grund für die unerbittliche Verfolgung dieser munte-

Viscacha *(Viscacia viscacia).* Im Gegensatz zu ihren kleinen Verwandten, den Chinchillas der Anden, lebt diese größte Hasenmaus östlich der Anden in den flachen Pampas

ren Nager, weniger das Erlangen des zwar dichten und weichen, aber nicht sehr wertvollen Felles. Viscachas werden von Zeit zu Zeit auch in europäischen zoologischen Gärten gezeigt. Erstmalig gelang es, sie im Berliner Zoo in Gefangenschaft zur Fortpflanzung zu bringen. Die beiden Jungen eines Pärchens wurden voll entwickelt geboren und vom Vatertier ebenso intensiv und hingebend betreut wie von der Mutter.

Als »Chinchillones« werden wegen ihres Pelzes die eigentlichen Hasenmäuse, von denen es mehrere Arten gibt, ständig verfolgt. Ihr bekanntester Vertreter ist Cuviers Hasenmaus *(Lagidium peruanum).* Diese kaninchengroßen Tiere leben an schwer zugänglichen Felshängen Perus und noch südlicherer Gebiete. Wie das Fleisch aller anderen Chinchillas wird auch das ihre geschätzt. Vor der Ausrottung scheinen die eigentlichen Hasenmäuse dadurch bewahrt zu bleiben, daß sie seit einiger Zeit planmäßig als Pelztiere in Farmen gezüchtet werden. Dieselbe Maßnahme hat praktisch auch die außergewöhnlich kostbaren kleinen, als Wollmäuse bezeichneten wirklichen Chinchillas vor dem Aussterben bewahrt. In freier Wildbahn sind sie durch jahrhundertelange pausenlose Verfolgung so gut wie ausgerottet. Seit wenigen Jahrzehnten werden sie aber mit Erfolg in Amerika, Europa und anderen Erdteilen planmäßig in Farmen gezüchtet und genutzt. Der Gesamtbestand überschreitet heute schon mehrere Millionen Exemplare. In der Sowjetunion gibt es erfolgversprechende Versuche, Chinchillas im Pamir einzubürgern. Allerdings waren frühere Aussetzungsversuche in Kalifornien nicht eben von Erfolg gekrönt.

Wir unterscheiden zwei Chinchillaarten, die Große Chinchilla *(Chinchilla brevicaudata)* und die Kleine Chinchilla – oder Wollmaus im engsten Sinne – *(Chinchilla laniger).*

Die Große und die Kleine Chinchilla waren einst zu Tausenden im Hochgebirgsraum Chiles, Boliviens und Perus beheimatet. Heute le-

Sehr kletterbefähigte, baumbewohnende nahe Verwandte der Biberratte (Nutria) sind die Baumratten der Gattung *Capromys.* In mehreren Arten auf dem mittelamerikanischen Festland und den vorgelagerten Inseln, besonders Kuba, verbreitet

ben sie nur noch vereinzelt in den Anden an Berghängen und auf Felsplateaus in Höhenlagen bis zu 6000 m unter extremen Temperatur- und Trockenbedingungen. Trinkwasser steht ihnen in der Regel nur in Form von Tau zur Verfügung; das pflanzliche Nahrungsangebot ist knapp. Ihr gleichmäßiges, überaus weiches Haarkleid von feiner dunkelgrauer oder aschgrauer Färbung enthält Haare von mehr als 2 cm Länge. Der Körper der Großen Chinchilla mißt etwa 30 cm. Hinzu kommt ein etwa 13 cm langer Schwanz, der aber durch seine langen buschigen Haare 20 cm lang erscheint. Die Körperlänge der Kleinen Chinchilla beträgt 23 bis 27 cm, ihre Schwanzlänge 12 bis 13 cm. Schon zur Zeit der Inkas wurden Chinchillas eifrig gejagt und ihr Seidenhaar zu feinstem Tuch verarbeitet.

Überfamilie Octodontoidea – Trugrattenartige

Zur Überfamilie Octodontoidea, Trugrattenartige, gehören sieben Familien. Fünf davon leben in Mittel- und Südamerika, und zwar die Capromyidae (Baumratten), Octodontidae (Trugratten), Ctenomyidae (Kammratten), Abrocomidae (Chinchillaratten) (nicht zu verwechseln mit der Familie Chinchillidae aus der Überfamilie Chinchilloidea!) und Echimyidae (Stachelratten). Die weit über Afrika verbreiteten Thryonomyidae (Rohrratten) und die auf steinwüstenartige Einöden Südafrikas beschränkten Petromyida (Felsenratten) vertreten die altweltlichen Octodontoidea.

Eine Art der Octodontoidea ist als Zoo- und Farmpelztier auch in Europa und in den USA allgemein bekannt geworden. Sie sei deshalb für eine eingehendere Behandlung als Vertreter dieser Überfamilie ausgewählt. Ihr wissenschaftlicher Name ist *Myocastor coypus.* Deutsche Namen hat sie viele, die aber, im Grunde genommen, alle unzutreffend sind, wie unter anderem Sumpfbiber, Nutria, Schweifbiber

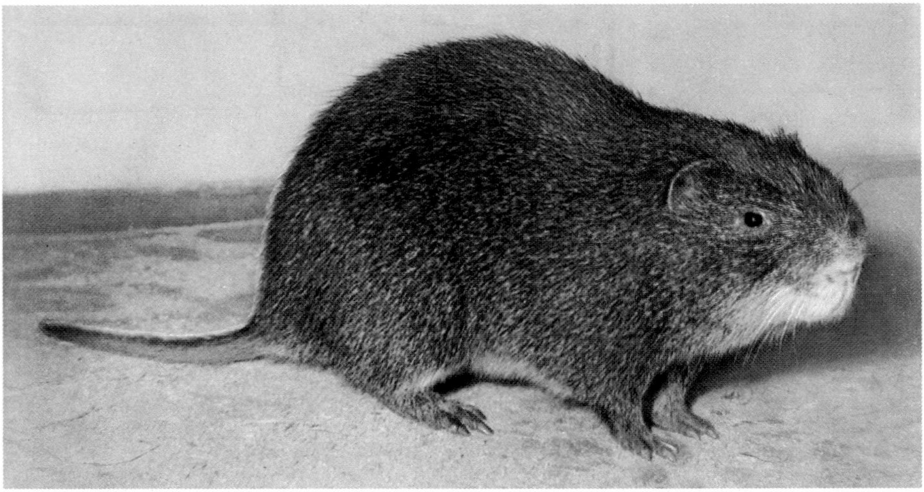

Nach den Stachelschweinen sind die als Wildbret geschätzten, bis 5 kg schweren Rohrratten oder »Borstenferkel« (Gattung *Thryonomys*) die größten Nagetiere Afrikas

und Biberratte. Der im Pelz- und Rohfellhandel übliche Name Nutria ist deshalb irreführend, da er im Spanischen eindeutig den Fischotter *(Lutra lutra)* bezeichnet. Wir wollen hier der Monographie über dieses Tier von Klapperstück (1964) folgen und den Namen Sumpfbiber verwenden.

Der Sumpfbiber gehört zur Familie der Capromyidae (Baumratten), ist jedoch alles andere als ein Baumbewohner, sondern lebt amphibisch. Bei der Fortbewegung im Wasser rudern sie überwiegend mit den Hinterfüßen. Die Hinterzehen sind, mit Ausnahme der beiden äußersten, durch Schwimmhäute verbunden. Dadurch vermag der Sumpfbiber nicht, Bäume zu ersteigen. Auf dem Lande kann er aber weite Wanderungen unternehmen. Das hat die Einbürgerung der seit 1922 aus Pelztierfarmen entwichenen Sumpfbiber in zahlreichen Ländern Europas und in den USA erwiesen. In der Sowjetunion setzte man von 1930 bis 1941 über 1000 Nutrias aus. In Mittelasien wurden sie wieder ausgerottet, und nur in Georgien, Armenien und in der Schirwansteppe konnten gute Resultate erzielt werden. Ognew führt als Hauptursache dieser teilweisen Mißerfolge an, daß sich die Nutrias nicht an die niedrigen Wintertemperaturen anzupassen vermögen. Von entwichenen Farmtieren abstammende Nutriakolonien gibt es auch im mitteleuropäischen Bereich. Die Situation in der DDR hat M. Stubbe wie folgt charakterisiert; »Durch die hohe Frostempfindlichkeit ist sie unter den mitteleuropäischen Klimabedingungen nicht in der Lage, über einen längeren Zeitraum bestandsbildende Populationen mit größerem Arealzuwachs zu gründen. Daher haben alle Ansiedlungen in der DDR nur sporadischen Charakter«. Oft erfrieren ihnen Zehen und Teile des Schwanzes. Außerdem finden sie angeblich, wenn sie unter eine zusammenhängende Eisdecke tauchen, nur mit Schwierigkeit zur eisfreien Wasseroberfläche zurück. Freilebende Sumpfbiber werden in der DDR relativ oft verwechselt, und zwar entweder mit dem unter Naturschutz stehenden viel größeren Elbebiber oder mit der weit kleineren, aus Nordamerika eingeschleppten Bisamratte. Abgesehen von den Größenunterschieden, sind Aussehen und Form der Schwänze jener drei Nagetierarten untrügliche Unterscheidungsmerkmale. Der Biber ist unverkennbar wegen seiner einzigartigen Kelle, die Bisamratte trägt einen seitlich stark abgeflachten Schwanz, und der Sumpfbiber hat einen dicken, langen, nackten und drehrunden Rattenschwanz.

Der natürliche Lebensraum des Sumpfbibers sind Gewässer aller Art des gemäßigten

Südamerikas, wo er weit verbreitet ist. Er kommt auch gelegentlich im Brackwasser und in stark salzhaltigen Gewässern vor und soll ein reiner Pflanzenfresser sein. Die in Freiheit lebenden Sumpfbiber haben manchenorts schon beträchtliche Schäden, besonders in Zuckerrübenfeldern, angerichtet. Glücklicherweise unterwühlen sie Dämme und wasserwirtschaftliche Anlagen nicht in dem gleichen Maße wie die Bisamratte. Sumpfbiber leben gesellig in Kolonien zusammen. Bei einer Körperhöhe von 14 bis 15 cm erreichen erwachsene Tiere eine Gesamtlänge von über 100 cm, wovon gut zwei Fünftel auf den Schwanz entfallen. Alte Exemplare können bis etwa 9 kg schwer werden. Die weiblichen Tiere sind beträchtlich kleiner und leichter als gleichaltrige Männchen. Sie tragen ihre vier, zuweilen auch fünf Zitzenpaare hoch auf dem Rücken im Fell verborgen. Feste Paarungs- und Wurfzeiten gibt es bei den in Europa eingebürgerten Tieren nicht. Die Fortpflanzungsperiode erstreckt sich über das ganze Jahr, und selbst im tiefsten Winter kommen Junge zur Welt und werden großgezogen. Die Trächtigkeit dauert 128 bis 135 Tage. Die Geburt erfolgt entweder in oberirdischen Schilfnestern oder in selbstgewühlten, 5 bis 6 m in Uferböschungen getriebenen Erdlöchern. Zuweilen werden auch verlassene Bisamrattenbauten erweitert. Die Einfahrten befinden sich stets über oder an der Wasseroberfläche. Gewöhnlich wirft das reife Weibchen zweimal, seltener auch dreimal zwei bis dreizehn Junge, normal vier bis sieben. Diese kommen sehend und voll entwickelt zur Welt. Bereits in den ersten Lebenstagen verlassen sie in Begleitung der Mutter das Nest und folgen ihr auch ins Wasser. Bald fangen sie an, zusätzlich feste Pflanzennahrung aufzunehmen, obwohl sie nebenher noch etwa 60 Tage weitergesäugt werden. Mit fünf bis sechs Monaten sind sie fortpflanzungsfähig.

Im Aussehen ähneln die Sumpfbiber – trotz der stumpfen Schnauze – riesigen Ratten. Ihre

Sumpfbiber *(Myocastor coypus)*. Als pflanzenfressendes Pelztier früher oft aus seiner Heimat Südamerika nach Europa eingeführt

kräftigen Nagezähne sind auf der Vorderseite auffällig orangerot. Insgesamt enthält ihr Gebiß 20 Zähne, auf jeder Seite oben und unten 1 Nagezahn, 1 Prämolar und 3 Molaren. Ihr kostbares dichtes Fell ist gewöhnlich auf der Ober- und Unterseite gelbbraun bis dunkelbraun. In normalgefärbten Beständen treten gelegentlich auch schwarze, gescheckte, gelbe und weiße Farbspiele auf. Diese wurden inzwischen in Farmen rein weitergezüchtet, so daß man davon einheitliche Farbenrassen erhalten hat. Im Pelzhandel wird das Fell der Oberseite und Unterseite verschieden hoch bewertet und auch für Pelzmäntel unterschiedlich verwendet. Sumpfbiberfelle wurden aus freier Wildbahn schon lange in großem Umfange gehandelt, ehe das Tier überhaupt der Wissenschaft bekannt und beschrieben wurde. Sumpfbiberhaar verarbeitete man vor allem zu feinen Filzen für die Hutindustrie.

Sumpfbiberfleisch wird gegessen. Es ist schmackhaft und bekömmlich, allerdings trichinenschaupflichtig, obwohl, nach Klapperstück, bis 1954 nur ein einziger Trichinosefall bei Farm-Sumpfbibern bekannt geworden ist. Nach dem gleichen Autor ist *Myocastor coypus* kein ausschließlicher Pflanzenfresser, wie angenommen wurde. Er vertilgt gelegentlich auch Eier von Wassergeflügel, Fische und Flußmuscheln. In seiner südamerikanischen Heimat ernährt er sich hauptsächlich von Schilf und Wasserpflanzen, vor allem von deren Wurzelspitzen und jungen Trieben, die noch nicht über die Wasseroberfläche hinausragen. Dazu muß er gut schwimmen und tauchen können. Beim Tauchen vermag er bis zu fünf Minuten unter Wasser zu bleiben. Er frißt aber auch junge Blätter und schält gern die Rinde grüner Äste sauber ab. Bei der Verwertung dieser zellulosereichen, dadurch schwer verdaulichen Nahrung ist ihm sein riesiger Blinddarm von größtem Nutzen. In ihm erfolgt die Zersetzung der Zellulose in besser verdauliche Bestandteile durch eine reichhaltige, sehr spezialisierte Bakterienflora. Von den Sinnesorganen sind Gehör und Geruch am besten ausgeprägt. Seine Sehfähigkeit ist auf kurze Entfernungen schwach. *Myocastor coypus* besitzt einen länglichen Pupillenspalt. Dadurch kann dieses Dämmerungstier auch am Tage stärkere Belichtungen aushalten. Obwohl Sumpfbiber in Freiheit und in großräumigen Gehegen für Hunderte von Tieren sehr vorsichtig sind und beim geringsten Anzeichen einer Gefahr flüchten, können sie, in die Enge gedrängt, recht gefährlich werden. Dann wetzen sie hörbar die großen Nagezähne, murren laut und springen zuletzt den Feind an, um sich in ihn zu verbeißen.

Untereinander liefern sie sich zuweilen blutige Auseinandersetzungen. Dabei lassen sie ein schreiendes Quäken hören. Auch wenn Sumpfbiber rattenähnlich aussehen, sind sie doch sehr saubere und angenehme Tiere.

Kohorte Mutica – Wale

Ordnung Cetacea – Waltiere

Diese Ordnung vereint zwei in starkem Maße unterschiedliche Unterordnungen: die Odontoceti, Zahnwale, und die Mystacoceti, Bartenwale. Sie ist nicht nur phylogenetisch und biologisch sehr interessant, sondern auch wirtschaftlich bedeutsam. Alle Cetacea sind die am vollkommensten dem ständigen Leben im Wasser angepaßten Mammalia. Sie verlassen nie das feuchte Element. Geschieht es jedoch passiv, indem sie durch einen Sturm strandeten, gehen sie, zumindest die größten Arten, zugrunde. Keine Walart ist in der Lage, sich auf dem Land fortzubewegen oder gar vorübergehend amphiboid weiterzuexistieren, wie etwa mehr oder weniger lange die Flußpferde, Robben und notfalls die Sirenen. Allerdings bleiben im Falle des Strandens die kleinen Zahnwalarten (Delphine und Schweinswale) außerhalb des Wassers wesentlich länger am Leben und lebensfähig als ihre größeren bis riesigen Verwandten. Die großen Walarten dagegen verenden an Land, obwohl Lungenatmer, im wahrsten Sinne des Wortes durch die Last ihres eigenen, dem unmittelbaren Druck der Atmosphäre ausgesetzten, viele Tonnen schweren Körpers. Solche Körpermaße und Gewichte sind für Lebewesen nur im Medium Wasser erreichbar. Kein Landtier erreichte oder erreicht sie vergleichsweise. In der Ordnung Cetacea finden wir demzufolge nicht nur die absolut größte und schwerste Säugetierart, den Blauwal *(Balaenoptera musculus)* mit einer Gesamtlänge von 30 m und mehr, obwohl er sich nur von marinen Kleinlebewesen ernährt, sondern auch ein gigantisches Raubtier im engeren Sinne, den Schwertwal *(Orcinus orca).* Dieser über 9 m lang werdende Zahnwal ernährt sich weniger von Pinguinen, sondern hauptsächlich von See-Elefanten. In Schulen bis zu 25 Exemplaren jagt er in der Regel in der Nähe der arktischen Küsten. Dem Wasserleben sind alle Wale wahrhaft vollkommen angepaßt. Ihrer äußeren Körperformen nach erscheinen sie dem unbefangenen Betrachter deshalb eher als gewaltige Fische, obwohl ihre Schwanzflosse nicht vertikal, sondern wie bei den Sirenen horizontal vom Körperende absteht.

Der Walfang wird schon seit Jahrtausenden von küstenbewohnenden Völkern betrieben, für die das Meer die Hauptnahrungsquelle war. In Norwegen sind jungsteinzeitliche Felsritzzeichnungen erhalten, die Wale und Waljagden darstellen. Etwa 4300 bis 4000 Jahre sind seither vergangen, und noch immer jagen die Menschen vieler küstenbewohnenden und seefahrenden Nationen die Wale. Bis vor noch nicht drei Jahrzehnten geschah das völlig plan- und rücksichtslos, sowohl in Hinsicht auf das Erhalten dieser wertvollen Meeressäuger für die Wirtschaft künftiger Generationen als auch in bezug auf das Überlebenlassen wenigstens einer kleinen Zahl von Individuen der am ärgsten bedrohten Arten als Naturdenkmäler. Der Walfang wurde bis dahin derart hemmungslos betrieben, daß heute nicht wenige der etwa 80 rezenten Walarten – die Zahl der Unterarten ist noch weit größer – nahezu oder vielleicht völlig ausgerottet sind. Das betrifft in erster Linie den etwa 15 m langen Grauwal

(Eschrichtius gibbosus), den gegen 18 m langen Nordkaper *(Eubalaena glacialis)* und den in den letzten drei Jahrhunderten unablässig als Hauptjagdobjekt verfolgten, rund 20 m langen Grönlandwal *(Balaena mysticetus)*. Vom Grönlandwal überlebten etwa ein Fünftel (ca. 2000 Tiere) und vom Nordkaper ein Achtel (etwa 4000 Tiere) des ursprünglichen Bestandes. Durch das Jagdverbot im Beringmeer und in der Tschuktschensee ist die Zahl der Grönlandwale und der Grauwale wieder stark angewachsen. Zu dieser Einschätzung gelangten Wissenschaftler aus der Sowjetunion und den USA, die auf dem Forschungsschiff »Avantgarde« eine gemeinsame Expedition unternommen hatten. Odening und Banasch berichten, daß seit 1904 auch die Bestände der großen Wale (sieben Arten) im antarktischen Ozean überfischt wurden. Sie sind, vom Zwergwal abgesehen, gegenwärtig sehr gering – verglichen mit ihrer früheren Häufigkeit. Heute gibt es noch 381000 große Wale, die sechs Arten angehören. Die siebente Art – der Südkaper – ist praktisch ausgerottet.

Im Rahmen des Internationalen Walfangabkommens von Washington 1946 werden die Fangquoten jährlich durch die Internationale Walkommission festgelegt. Inspektoren auf den Walfangschiffen überwachen ihre Einhaltung. Der Hauptzweck besteht darin, den Nachwuchs dieser gigantischen Meeressäuger soweit zu sichern, daß die Meere der Weltwirtschaft diese Schätze auch noch in künftigen Jahrhunderten spenden können.

Bemerkenswerterweise war lange Zeit, im Verhältnis zu vielen anderen Säugetieren, über die Wale nur recht wenig bekannt, vor allem, was ihre Physiologie und ihr natürliches Verhalten betrifft. Erst im Laufe der letzten drei Jahrzehnte hat sich das grundlegend geändert. An hervorragender Stelle unter den Walforschern stand der niederländische Zoologe Slijper. Sein 1962 erschienenes Buch »Riesen des Meeres – Eine Biologie der Wale und Delphine« ist demgemäß hier weitgehend als Quellenwerk zu Rate gezogen worden.

Wir teilen die Ordnung der Cetacea in neun Familien auf. Davon entfallen auf die Unterordnung der Zahnwale sechs und auf die der Bartenwale drei.

Jene sechs Zahnwalfamilien sind:

Platanistidae	– Flußdelphine
Ziphiidae	– Schnabelwale
Physeteridae	– Pottwale
Monodontidae	– Gründelwale
Delphinidae	– Delphine
Phocaenidae	– Schweinswale

Dazu kommen die drei Bartenwalfamilien:

Eschrichtiidae	
(= Rhachianectidae)	– Grauwale
Balaenopteridae	– Furchenwale
Balaenidae	– Glattwale

Die Stammesgeschichte der Wale bedarf zwar noch in vielen Einzelheiten der genauen Klärung. Es steht aber fest, daß sie einst aus auf dem Land lebenden Säugetieren – frühen Verwandten der Raubtiere und Huftiere – hervorgegangen sind, die sich erst sekundär wieder dem Wasserleben – und das in so vollkommener Weise wie kein anderes Wassersäugetier – angepaßt haben. Von diesen Übergangsformen sind leider bis jetzt noch keine versteinerten Überreste aufgefunden worden. Da aber bei ganz jungen Walembryonen die Anlagen von Hinterextremitäten vorgefunden werden – obwohl sie im Zuge der Weiterentwicklung wieder verschwinden – und bei den Balaenidae noch funktionslose und mit der Wirbelsäule nicht mehr verbundene Rudimente der Becken- und Oberschenkelknochen vorhanden sind, ist dieser Schluß durchaus berechtigt. Außerdem finden sich wenigstens Beckenknochenrudimente noch bei anderen Walarten und ferner, meistens an ihrer Schnauze, auch einige Sinneshaare als Überbleibsel einstiger Körperbehaarung. Die uns bekannten versteinerten Überreste der eigentlichen Urwale (Archaeoceti) zeigen, daß diese bereits richtige Wassersäugetiere waren. Sie lebten vor 35 bis 45 Millionen Jahren. Einige besaßen schon, wenn auch in mannigfachen Abwandlungen, die im Prinzip allen rezenten Walen eigene Spindel- oder Stromlinienform.

Die rezenten Wale sind keineswegs auf die freien Meere beschränkt. Die bekannteste der als Relikte vergangener Erdepochen in großen Strömen Südamerikas, Indiens und im chinesischen Binnensee Dongtinghu lebenden Flußdelphinformen ist die südamerikanische Art *Inia geoffroyensis*. Der lange Schnabel dieses altertümlichen Zahnwals enthält über 100 Zähne

Die Männchen des Narwals *(Monodon monoceros)* tragen einen unpaaren, meterlangen Stoßzahn an der linken Kopfseite. Der rechts ebenfalls angelegte zweite geht meist schon frühzeitig verloren. Auf den Narwalstoßzahn geht die alte Einhornlegende zurück

Sie ähnelten besonders den rezenten Delphinen. Andere, wie der versteinert im Süden der USA als Zeuge eines einst dort das Land bedeckenden Meeres gefundene *Basilosaurus*, hatten diese Idealform eines Wassersäugers bei weitem noch nicht erreicht. Bei einer Körperlänge bis zu 20 m glich der *Basilosaurus* einer gigantischen, dabei im vertikalen Durchmesser relativ dünnen Schlange. Wie eine solche bewegte er sich auch durch Schlängeln im Wasser fort. Es gibt Walarten, die ausschließlich im Nordpolargebiet, und zwar sowohl im Atlantischen als auch im Pazifischen Ozean, vorkommen, wie der Grönlandwal. Andere sind in ihrer Verbreitung auf die antarktischen Gewässer beschränkt. Das ist zum Beispiel bei dem seltenen zwerghaften Vetter jenes eben genannten Nordmeer-Riesen, dem elfenbeinweißen Zwergglattwal *(Neobalaena marginata)*, der Fall. Dieser wird nur 5 bis 6 m lang, erweist sich durch verbreiterte Rippen, die einen richtigen Knochenpanzer bilden, als besonders dem Tiefseetauchen angepaßt und hat als einziger Glattwal eine kleine sichelförmige Finne auf dem Rücken. Sehen wir von den kleinen, jeweils auf einen relativ eng begrenzten geographischen Raum beschränkten Flußdelphinarten ab, so sind viele Walgattungen (und selbst -arten) als Kosmopoliten zu betrachten. Wale unternehmen zum Teil weite bis sehr weite Wanderungen. Erstaunlicherweise scheinen sich aber Sippen einer Art aus der Antarktis und solche aus der Arktis, wenn sie sich unterwegs begegnen, nicht zu vereinigen und auch kaum noch geschlechtlich zu vermischen. Allerdings hat man in seltenen Fällen bei im Norden erbeuteten Walen Parasiten gefunden, die sonst nur von Artvertretern aus dem antarktischen Raum bekannt sind. Diese Walwanderungen stehen zweifellos zwangsläufig im engen Zusammenhang mit den jahreszeitlich bedingten Wanderungen der Walnahrung. Ob sie aber allein dadurch verursacht werden, ist noch recht problematisch.

Alle Wale sind durch ihre Lungenatmung dazu gezwungen, von Zeit zu Zeit an der Meeresoberfläche zu erscheinen. Aus ihren sich gewöhnlich auf dem mittleren oder hinteren Teil des Kopfes befindenden, bei den Glattwalen paarigen, bei den meisten anderen jedoch zu einem Spritzloch vereinigten Nasengängen und Nasenlöchern stoßen sie die verbrauchte Luft weithin sichtbar aus. Es ist aber völlig falsch, wie das oft geschieht und auch auf alten Bildern wiedergegeben ist, diesen sogenannten Blas für einen Wasserstrahl zu halten. Er besteht aus einer dichten Dampfwolke, die durch die freigelassene hochkomprimierte verbrauchte Atemluft entsteht. Diese wird mit einem Druck von mehreren Atmosphären ausgestoßen, so daß die übrigens für jede Walart anders geformten und somit charakteristischen Dampfwolken bei manchen Arten, beispielsweise beim Pottwal, Höhen von 5 bis 8 m erreichen können.

Der ganze Vorgang des Aus- und Wiedereinatmens nimmt bei den Walen, trotz ihrer gewaltigen Körpergröße und des daraus resultierenden ungeheueren Fassungsvermögens der Lungen an Atemluft, nur ein bis zwei Sekunden in Anspruch. Nach Slijper muß in dieser kurzen Zeit eine Luftmenge von 2 m^3 *zweimal*, also beim Ausstoß und beim Einzug, das Spritzloch passieren. Bleiben die Tiere ungestört an der Oberfläche, geschieht das alle ein bis zwei Minuten, tauchen sie aber tief hinab, kann die Zeit zwischen zwei Blas-Ausstößen bis zu 40 Minuten betragen.

Im allgemeinen herrscht die volkstümliche Meinung, Wale seien zahnlose Tiere. Das rührt daher, daß in früheren Jahrhunderten als Prototyp des Wales der Grönlandwal und der Nordkaper galten, die als bartentragende Glattwale tatsächlich keine Zähne besaßen. Jedoch sind auch die Delphine, der Pottwal, die Schweinswale und der berüchtigte Schwertwal – neben vielen anderen – echte Wale, und bei ihnen sind meist Zähne nicht nur vorhanden und gut ausgebildet, sondern es gibt sogar Zahnwalarten, die weit mehr Zähne besitzen als jedes andere Säugetier. Man findet aber unter diesen Odontoceti wiederum einige Gattungen und Arten, bei denen sämtliche Zähne verschwunden sind oder die nur noch zwei aufweisen. Allerdings werden auch bei ihnen – das geschieht ebenso bei den Bartenwalen – im Embryonalstadium noch Zahnanlagen entwickelt. Diese verschwinden aber im Zuge der weiteren Embryonalreife noch innerhalb des Mutterleibes. Die alte Diskussion der Mammalogen darüber, ob Zahnwale und Bartenwale enger oder nur weitläufig miteinander verwandt sind und ob selbst alle Zahnwalfamilien einen gemeinsamen Ursprung hatten, lassen wir hier unerörtert. Erwähnenswert erscheint, daß zwei Zahnwalgattungen ausweisen, daß sich die Natur nicht an unabänderliche Regeln bindet. Einige der an fast allen tropischen Küsten vorkommenden Brackwasserdelphine (Gattung *Sotalia*) haben sich nämlich – im Gegensatz zu sämtlichen anderen Walen – als vorwiegende Pflanzenfresser erwiesen. Eine fast völlig zum Leben im Süßwasser übergegangene Art in Westafrika ernährt sich sogar zeitweilig von Früchten und Blättern der Mangroven. Das andere Extrem finden wir bei der Gattung *Inia*, den Orinoko-Flußdelphinen. Diese primitiven Süßwasserwale erreichen Körperlängen von nur wenig mehr als 1 m, besitzen aber eine lang vorgestreckte schnabelartige Schnauze, die mit über 100, zuweilen mehr als 130 Zähnen ausgestattet ist. Zwar sind sie, soweit uns bekannt, ebenfalls, wie fast alle anderen Wale, Verzehrer von ausschließlich tierischer Nahrung, setzen uns aber in anderer Beziehung in Erstaunen. Sie vermögen sich nämlich noch in ganz seichten Gewässern von 60 bis 70 cm Tiefe aufzuhalten und sich darin gut fortzubewegen. Dazu benutzen sie ihre Vorderflossen wie Stelzen und staken sich auf diese Weise selbst über zähe Schlamm- und Schlickflächen.

Als dritte unter den besonders stark »von der Norm« abweichenden Walarten sei der rückenflossenlose 6 m lange, zirkumpolar in arktischen Flachmeergebieten lebende Narwal *(Monodon monoceros)* gewählt. Auch er gehört zu den Zahnwalen, und zwar zur Familie der Gründelwale. Die Außenhaut dieses im Grundton sehr hellen Meeressäugers ist mit vielen schwarzen Tupfen übersät. Allein diese Flecken verleihen ihm schon ein eigenartiges Äußeres.

Ganz und gar absonderlich an ihm ist aber, daß bei den männlichen Tieren oberhalb der Mundöffnung ein zuweilen mehr als 2,50 m langes, nach vorn konisch verlaufendes und in einer Spitze endendes, mehrfach um seine Achse gedrehtes »Horn« als Waffe aus dem Kopfe ragt. Dieses aus hartem Elfenbein bestehende Gebilde ist nichts anderes als der meist linke der im Narwaloberkiefer angelegten beiden Zähne. Gewöhnlich ist der zweite völlig verkümmert. Zuweilen kommen jedoch Narwalmännchen mit zwei Stoßzähnen vor, bei denen gewöhnlich der rechte weit kürzer und schwächer bleibt. Werden Narwale mit nur dem rechten Stoßzahn gefunden, sind das in der Regel vorher zweifach bezahnt gewesene Exemplare, denen der linke verlorengegangen ist. Die beiden kleinen Oberkieferzähne des Narwalweibches bleiben zeitlebens im Zahnfleisch verborgen. Im frühen Mittelalter, als man noch keine Kenntnis vom Träger dieser langen gedrehten Zähne hatte, obwohl schon damals, wenn auch selten einmal, einer ins Innere Europas gelangte, hielt man diese Raritäten für die Stirnwaffe des sagenhaften Einhorns. Man schrieb ihnen deshalb Wunderkräfte zu, verarbeitete Stücke davon zu Arzneien und wog anfänglich jeden derartigen Zahn buchstäblich mit Gold auf. In manchen Ländern verwendet man kleinere Narwalzähne heute noch als elegante Spazierstöcke. Die Eskimos fingen den Narwal nicht zuletzt wegen der Stoßzähne, aus denen sie Schnitzereien anfertigten. Die kanadischen Biologen Silverman und Dunbar haben inzwischen ermittelt, daß die Stoßzähne in erster Linie innerartlichen Auseinandersetzungen dienen. Auch außerhalb der Brunftzeit, die von März bis Mai dauert, konnten Kämpfe beobachtet werden, wobei die »Einhornwale« über und unter Wasser ihre Stoßzähne kreuzten oder gegeneinander schlugen.

Der nächste Verwandte des Narwals ist der stoßzahnlose Weißwal oder Beluga *(Delphinapterus leucas)* des Weißen Meeres. 1966 verirrte sich ein Exemplar bis in den Rhein. Durch diese Begebenheit hat sich das öffentliche Interesse dieser Art in einem nie gekannten Ausmaß zugewandt. Von Gewalt liegen ausführliche Arbeiten über seine diesbezüglichen Fangexpeditionen in die kanadische Subarktis und eine Monographie über »Moby Dick« vor. Es sei noch erwähnt, daß 1982 ein Weißwal vor der Halbinsel Jasmund (Rügen) beobachtet worden ist.

Man sollte meinen, daß bei derart großen Tieren wie den Walen längst schon jede rezente Art der Wissenschaft bekannt sein müßte. Aber die Meere sind riesengroß und tief. Viele Meeresräume werden nur ganz selten von Schiffen befahren und sind deshalb noch wenig erforscht. Nicht nur, daß uns oft kaum etwas über die Lebensweise und Fortpflanzung der Wale bekannt ist, besonders was die kleinen Arten betrifft, es ist auch wahrscheinlich, daß noch die eine oder andere der Zoologie bislang unbekannte kleinere Art entdeckt werden wird. Sind der Mammalogie doch selbst von einigen bereits beschriebenen seltenen Arten bis jetzt nicht mehr als zehn, zuweilen noch weniger Exemplare bekannt geworden. Vor allem in antarktischen Gewässern und im Pazifik, vielleicht auch in wenig untersuchten tropischen Urwaldströmen, darf man heute noch damit rechnen, daß dort eines Tages neue kleinere Walarten – möglicherweise eine weitere *Inia*-Art – entdeckt werden. Angesichts der Fülle der Walgattungen und -arten ist es leider nicht möglich, hier alle im einzelnen zu besprechen. Neben den bereits näher behandelten Arten, wie dem Orinoko-Flußdelphin als Repräsentant der Familie Platanistidae und dem Narwal als Vertreter der Familie Monodontidae, sollen im folgenden noch als ihre Familien charakterisierende Typen unter den Zahnwalen der Dögling als Schnabelwal, der Pottwal als Prototyp der Physeteridae, der Große Schwertwal und der Gemeine Delphin als Delphine, der Tümmler als Schweinswal und von den Bartenwalen der bekannte Blauwal als Furchenwal und der Grönlandwal für die fast ausgerotteten großen Glattwale Erwähnung finden.

Unterordnung Odontoceti – Zahnwale

Der Dögling *(Hyperoodon ampullatus)* ist der bekannteste und häufigste, zugleich der einzige ernsthaft wirtschaftlich genutzte Familienvertreter der Schnabelwale (Ziphiidae). Er erreicht im Höchstfalle Körperlängen bis 10 m. Die alten Männchen sind oft Einzelgänger, normal halten Döglinge aber in Schulen zusammen. Meist gehören bis zu zehn Exemplare, zuweilen weit mehr, einer solchen Schule an. Als Hochseebewohner kommt der Dögling im Nordatlantik bis zum Weißen Meer vor, zieht aber im Herbst südwärts bis in die Äquatorialregion. Dabei gerät er, außer zunächst in die Nordsee, manchmal bis in die Ostsee. Senkrecht über der 30 bis 60 cm langen, schnabelartig vorgetriebenen Schnauze türmt sich der große, blasig aufgetriebene Oberkopf, der so ähnlich wie ein Hydrocephalus aussieht, empor. Hinter den beiden steilen, von den Oberkieferbeinen des Schädels gebildeten Knochenkämmen befindet sich nämlich ein mit Bindegewebe ausgestatteter Hohlraum, in dem große Mengen eines wasserhellen, wertvollen Öls gespeichert sind. Dieser Ölspeicher spielt wahrscheinlich eine große Rolle beim Druckausgleich, wenn der Dögling taucht. Der Dögling ist ein ausgesprochener Tiefseetaucher, denn seine Nahrung besteht vorwiegend aus in der Tiefe lebenden Tintenfischen. Er soll Tiefen bis 1300 m erreichen und maximal zwei Stunden unter Wasser bleiben können. Seine normale Tauchdauer liegt aber bei zehn bis zwanzig Minuten. In seinem »Schnabel« – deshalb wird dieser Wal auch als Entenwal bezeichnet – finden wir, und zwar an der Spitze des Unterkiefers, zwei bei alten Männchen gut sichtbare Zähne. Bei jungen Männchen lassen sich mitunter zwei weitere auffinden, die normalerweise im weiteren Verlauf des Lebens verschwinden. Mehr als vier Zähne hat jedenfalls kein Dögling. Dennoch sind angegriffene und verwundete Döglinge beachtliche Gegner. Bleiben sie (zunächst) unbehelligt, sind sie, und das wird ihnen dann oft zum Verderben, jedoch sehr zutraulich. Sie nähern sich meist selbst den Fangschiffen so dicht, daß sie unmittelbar von Bord aus harpuniert werden können.

Der erbeutete Dögling wird mannigfach genutzt. Vor allem ist das in seinem Schädel gespeicherte Öl als feines technisches Öl begehrt. Der Schädelbau des Döglings ist so asymmetrisch, daß die Nasenöffnung nur noch zum rechten Nasengang Verbindung hat, der andere endet schon auf halbem Wege nach oben blind. Es hat den Anschein, daß der Gesamtbestand der Tiere – nachdem er im 19. Jahrhundert durch unablässige Nachstellungen stark abgenommen hatte – inzwischen wieder beträchtlich angewachsen ist. Wegen seines schnabelbewehrten, kugelig aufgetriebenen Kopfes ist dieser langgestreckte, im letzten Körperdrittel mit nur einer kleineren Rückenflosse ausgestattete Meeressäuger kaum mit einer der anderen Walarten zu verwechseln.

Eine Rückenflosse besitzen fast alle anderen Zahnwalarten ebenfalls, nicht aber der größte und schwerste, der Pottwal. Er trägt lediglich eine Anzahl dicht aufeinander folgender kleiner, höckerartiger Erhebungen auf dem hinteren Abschnitt der Rückenlinie, deren größte als Hump bezeichnet wird. Die Familie der Physeteridae, Pottwale, umfaßt heute nur noch zwei Gattungen mit je einer Art: *Kogia* mit der höchstens 3,40 m lang werdenden Art *Kogia breviceps*, dem Zwergpottwal, und *Physeter* mit

Gestrandete Grindwale *(Globicephala melaena)*. Als Ursache dieses mysteriösen Phänomens wurden im inneren Ohr der Wale Tausende von Parasiten festgestellt, die sie daran hindern, das Meerufer zu lokalisieren

dem sagenumwobenen eigentlichen oder Großen Pottwal *(Physeter macrocephalus)*, früher auch Cachalot oder Kaschelot genannt. *»Macrocephalus«* heißt »der Großköpfige«, und das ist der Pottwal in der Tat. Sein riesiger, vorn steil und gerade abgestutzter und in der Silhouette fast rechteckiger, tonnenartiger Kopf nimmt über ein Drittel des bei mänlichen Tieren 13 bis 25 m und bei weiblichen Exemplaren 9 bis 13 m langen Körpers in Anspruch. Auf der linken Kopfseite, also völlig asymmetrisch, liegt ganz vorn das einzige Atemloch. Die Augen sind sehr klein, von äußeren Ohren ist, wie bei allen Walen, nichts zu bemerken. Der schmale Unterkiefer ist kürzer als der Oberkiefer. Nur im Unterkiefer befinden sich gebrauchsfähige Zähne. Übrigens erweist sich auch hier die Asymmetrie des Pottwalkopfes, denn ihre Anzahl auf der linken entspricht nie der auf der rechten Kopfhälfte. Die großen kegelförmigen Zähne – insgesamt zwischen 40 und 60 – finden ihre Antagonisten nicht etwa in den völlig rudimentären Oberkieferzähnen, sondern dort in entsprechenden Hornscheiden. Der gewaltige Rachen kann weit aufgerissen werden. Für den Kampf mit Riesenkraken, die wie alle anderen Tintenfischarten seine spezielle Nahrung bilden, ist er so hervorragend ausgerüstet. Auch der Pottwal besitzt riesige Ölkammern im Vorderkopf; bis zu vier Tonnen Öl sind darin enthalten. Unter der darüberliegenden dicken Speckschicht befindet sich dort ein von Sehnensträngen abgesicherter großer zweikammriger Hohlraum, der mit dem als technisches Schmiermittel für wissenschaftliche Präzisionsinstrumente heute noch sehr begehrten Spermaceti (Walrat), einem wasserhellen Öl, gefüllt ist. Einst wurde es zur Herstellung von Kerzen benutzt.

Der Pottwal ist ein Tiefseetaucher wie der Dögling. Das große Walratorgan hilft dem Tier, beim Tauchen den Auftrieb zu regulieren. Man weiß einwandfrei, daß Pottwale 1000 m und tiefer tauchen, weil sie sich wiederholt in die in dieser Tiefe liegenden Telegraphenkabel verstrickten und festgehalten wurden, wodurch sie – bei einem auf ihrem Körper lastenden Außendruck von 100 Atmosphären – buchstäblich ertranken. Ein Pottwal vermag bis 80 Minuten unter Wasser zu bleiben. Im Normalfall beträgt seine Tauchdauer jedoch nicht mehr als 50 Minuten. Dann wird eine Pause von 10 Minuten an der Oberfläche eingelegt bis zum nächsten Abtauchen. Das riesige Tier taucht fast senkrecht ab und auch fast senkrecht wieder auf. Der Pottwal zählt heute noch zu den am meisten, besonders von den Japanern, gejagten Großwalen. In vergangenen Jahrhunderten war sein Fang vorwiegend eine Spezialität nordamerikanischer Walfänger. Pottwalfleisch eignet sich nicht sonderlich zur menschlichen Ernährung. Das aus dem Pottwalspeck gewonnene Öl ist ein vorzügliches Schmieröl und dient als kostbarer Rohstoff außerdem zur Herstellung mannigfacher pharmazeutischer und kosmetischer Artikel. Besonders wertvoll in dieser Beziehung ist das schon erwähnte Walrat. Die Japaner haben aus den von Pottwalen gelieferten Rohstoffen eine ganze Industrie aufgebaut. Sie verarbeiten zum Beispiel auch die Kopfhaut zu Leder für Handtaschen und Schuhe. Wichtig als Rohprodukt ist ferner ein gelegentlich im Darm erlegter Pottwale gefundener, manchmal auch beim Exkrementieren mit ausgeschiedener, dann an der Wasseroberfläche schwimmender und mitunter an den Küsten angespülter Stoff, die Ambra. Sie entwickelt sich, vermutlich als pathologische Ausscheidung, zu zentnerschweren Klumpen in Magen und Darm. Dieser wachsähnliche Stoff ist grau gefärbt und duftet sehr stark und angenehm. Früher wurde er als Grundstoff zur Seifen- und Parfümherstellung, aber auch für allerlei Medikamente und »Liebestränke« verwendet und fast mit Gold aufgewogen. Selbst heute noch wird er pharmazeutisch und offizinell verarbeitet und relativ hoch bezahlt.

Der Pottwal ist ein Kosmopolit, der in der Hochsee aller Meere, mit Ausnahme der vereisten nord- und südpolaren, vorkommt. Wiederholt ist er an europäischen Küsten gestrandet. Die Männchen sind polygam und sammeln sich einen Harem, bestehend aus mehreren Weibchen. Mitunter treten Pottwale auch in Schulen bis zu etwa 200 Exemplaren auf. Alte Männchen leben oft als Einzelgänger. Von keinem Wal sind soviel Unglücksfälle beim Fang verursacht worden wie vom Pottwal. Es ist eine historische Tatsache, daß verwundete alte Männchen in früheren Zeiten sogar hölzerne Schiffswände eingedrückt und Fangschiffe dadurch in wenigen Minuten zum Sinken gebracht haben.

Von der Paarung wissen wir, daß ihr ein langes Liebesspiel vorausgeht. Die Begattung erfolgt sehr schnell, wobei sich die gewaltigen Tiere mit einander zugekehrten Bauchseiten senkrecht über die Wasseroberfläche erheben. Nach einer Tragzeit von wahrscheinlich 16 Monaten wird das bei der Geburt bereits 4 m lange und 1300 kg schwere Junge geboren, bei dessen Betreuung die Mutter häufig von einem anderen Weibchen unterstützt wird. Während der ersten drei Lebensjahre sind bei dem Jungen die Zähne des Unterkiefers noch nicht durchgebrochen. Die Zähne scheinen also im Leben der Pottwale eine recht nebensächliche Rolle zu spielen. Trotzdem nimmt es bereits dieselbe Nahrung zu sich wie die erwachsenen Pottwale. Daneben wird es noch nahezu ein Jahr gesäugt. Der Saugakt erfolgt unter Wasser. Die mütterlichen Zitzen liegen wie bei allen anderen Walen in Hautfalten rechts und links vom Geschlechtsteil. Während des Saugens treten sie hervor. Das Junge umfaßt sie mit der Zunge und drückt sie gegen seinen Gaumen. Die Walmilch ist außerordentlich fett. Sie hat nur einen Wassergehalt von ungefähr 50 Prozent. Bei dieser hochkonzentrierten Säuglingsnahrung wächst das Junge nicht nur rasch, es nimmt auch schnell an Gewicht zu. Ein erwachsener Pottwal kann Gewichte bis zu 10000 kg erreichen. Unerklärlich ist der Wissenschaft noch, warum der Pottwal absolut und im Verhältnis zu den anderen Walen den längsten Darm besitzt. Er ist unter allen rezenten Tieren somit der »Rekordhalter in absoluter Darmlänge«, und zwar mit 160 m! Außerdem gehört er zu den schnellsten Schwimmern unter den Walen, freilich nur dann, wenn er erregt ist, verfolgt wird oder verwundet wurde. Sogar der Große Schwertwal, der in Rudeln alle anderen Wale anfällt, soll es vermeiden, mit dem wehrhaften Pottwal anzubinden.

Man kann sich kaum einen größeren Gegensatz vorstellen, als er zwischen den beiden großen Zahnwalarten, dem Pottwal und dem Großen Schwertwal *(Grampus orca = Orcinus orca)* besteht. Beim Pottwal sehen wir an einem riesigen bolzenartigen Körper, dessen erstes Drittel von dem klobigen Kopf beansprucht wird – außer dem erwähnten Hump – keine frei aufgestellte Rückenfinne, nur kleine Vorderflossen und eine relativ kleine Schwanzflosse. Er stellt somit den recht vollendeten Anpassungstyp eines ausgesprochenen Tieftauchers dar. Der Große Schwertwal dagegen ist der nicht minder vollendete Typ eines schnellen Jägers an der Meeresoberfläche. Kein Wal wirkt in seiner Silhouette so ausgesprochen fischähnlich wie der Große Schwertwal. In der Mitte des Rückens ragt in spitzwinkliger Dreiecksform die ungewöhnlich große und hohe Rükkenfinne – oft bis 1 m über den Wasserspiegel reichend – empor. Riesengroß im Verhältnis zu den sonstigen Körpermaßen, nicht weniger zu denen anderer Wale, sind die langen und breiten Brustflossen, die nach dem Stabilitätsprinzip der Auslegerboote arbeiten. Groß und kräftig ist auch die quergestellte Schwanzflosse. Der im Ober- und Unterkiefer zahnbewehrte Kopf mit dem weit aufreißbaren Maul nimmt nur ein Sechstel der gesamten Körperlänge ein. Seine Färbung, gemessen an der einheitlich schwarzgrauen des Pottwales, ist ungewöhnlich kontrastreich. Die Rückenpartie, von der Oberkieferspitze an, ist, einschließlich der Brustflossen, der Rückenfinne und der Schwanzflosse (Fluke), glänzend schwarz gefärbt, die Unterkieferhälfte und der Bauch im Gegensatz dazu leuchtend weiß. Auf der hinteren Körperhälfte stößt dieses Weiß in einem kurvigen Zeichnungselement in die schwarzen Körperseiten vor. Über den kleinen Augen befinden sich, wie oft bei Raubtieren, mitten in der schwarzen Kopffärbung zwei große längsovale weiße Flecken als ablenkende Scheinaugen. Eine solche Körperfärbung hat hohen Tarnwert für die beim Angriff auf Schulen anderer Wale mit einer Geschwindigkeit bis zu 37 Kilometer in der Stunde heranbrausenden Räuber. Wie beim Pottwal besteht beim Großen Schwertwal ein ausgeprägter Geschlechtsdimorphismus, was die Körpergrößen anbetrifft. Die Männchen können Körperlängen bis fast 10 m, die Weibchen nur bis etwa 5 m erreichen. Der Schwertwal ist ebenfalls ein Kosmopolit, zugleich der Schrecken aller Meere. Wiederholt hat er schon Zugang zur Ostsee gefunden. Jagt er normal in Schulen von fünf nebeneinander schwimmenden Tieren, so findet er sich zuweilen, besonders bei der Jagd auf andere große Wale, auch in solchen bis zu etwa 100 Exemplaren zusammen. Der Große Schwertwal lebt also nicht nur, wie angeblich sein kleinerer schwarzer Vetter, der Kleine Mörder *(Pseudorca crassidens)*, von Meeresfischen aller Art. Er macht mit Erfolg Jagd auf alle anderen großen und kleinen Wale vom Delphin bis zum Grönlandwal. Die großen

Wale – einzelne Tiere und Gruppen – fällt die ganze Schwertwalschule mit vereinter Kraft an. Dabei verhalten sich diese Raubwale ganz analog zur Jagdweise von Hyänenhund, asiatischem Rothund oder Wolf bei den Landraubtieren. Sie wählen ein Stück aus und zerfetzen ihm mit ihren starken Gebissen zunächst Brustflossen, Lippen und Schwanzflossen und reißen ihm die Zunge aus dem Maul. Dann beißen sie große Stücke Haut und Speck aus dem Körper, so daß der hohe Blutverlust das große Beutetier mehr und mehr schwächt. Wenn es schließlich völlig hilflos treibt, wird es von den Schwertwalen vollends verzehrt. Kleinere Wale werden von einzelnen Schwertwalen zerrissen, Meeresvögel, Pinguine, Robben aller Art, kleinere Delphine und Schweinswale unzerbissen im Ganzen verschlungen. Eschricht fand im Vormagen eines über mittelgroßen Schwertwales nicht weniger als 13 unversehrte Tümmler und 14 Seehunde. Einen 15. Seehund hatte der Räuber noch im Maul.

Obwohl die Walfänger den Schwertwal gelegentlich harpunieren, wird keine planmäßige Jagd auf ihn veranstaltet. Die wirtschaftliche Ausbeute ist bei ihm gering. Dennoch ist das in gewissem Sinne bedenklich! Durch die intensive Bejagung anderer Walarten durch den Menschen wird das biologische Gleichgewicht auf den Weltmeeren zweifellos überaus gestört. Darf der kosmopolitische Schwertwal, weiterhin kaum ernsthaft verfolgt, allmählich (Trächtigkeitsdauer angeblich 16 Monate) an Bestandsdichte zunehmen, erfahren natürlich alle in ihrem Bestand bereits viel zu sehr vom Menschen geschwächten anderen Wale, aber auch Robben und Pelzrobben, zusätzlich eine alljährlich größer werdende zahlenmäßige Verringerung auf Grund der zunehmenden Verfolgung durch den unbehelligten Schwertwal. Deshalb sollte der zur Zeit zu hohe Bestand von Schwertwalen auf den Weltmeeren reduziert und damit in das alte Verhältnismaß zurückgebracht werden.

Hauptbeutetier des selbst zur Familie Delphinidae, Delphine, gehörenden Schwertwales war und ist seit je der häufigste Kleinwal, der nach wie vor in großen Mengen die Meere – mit Ausnahme der Polarmeere – belebende Gemeine Delphin *(Delphinus delphis)*. Dieser kleine Zahnwal kann eine Länge von 2,60 m erreichen, bleibt normal aber etwa 50 bis 60 cm unter dieser Höchstgrenze. Der Gemeine Delphin ist als »der Delphin«, wie wir ihn künftig auch nennen wollen, der bekannteste Wal. Wohl jeder, der Überseereisen gemacht hat, kennt ihn und sein munteres Gebaren. Er gehört zu den am besten bekannten und wissenschaftlich gut untersuchten Walarten. Sogar über Einzelheiten seines Verhaltens und seiner Sinnesleistungen sind wir schon recht gut unterrichtet, seitdem es gelungen ist, lebende Delphine und Tümmler auf lange Dauer in großen Meeresaquarien zu halten, zu beobachten, mit ihnen zu experimentieren und sie zu dressieren.

Der Delphin ist ein langgestreckter kleiner Zahnwal von harmonischer, spindelförmiger Körpergestalt. Ungefähr auf der Mitte des Rükkens erhebt sich die frei stehende, ziemlich große, an ihrer Spitze nach dem Schwanz zu

Spielende Delphine vermögen sich mit eleganten Schwüngen hoch über die Wasseroberfläche zu schnellen. Namengebender Prototyp der über alle Meere verbreiteten Zahnwalfamilie Delphinidae ist der Gemeine Delphin *(Delphinus delphis)*

gebogene Rückenfinne. Delphine sind pfeilschnelle Schwimmer. Auch bei ihnen ist die Schnauze in einen langen Schnabel ausgezogen wie beim Dögling. Es fehlt aber dessen hochaufgewölbter Kopf. Außerdem hat der Delphin viele Zähne. In »Brehms Tierleben« (4. Auflage) lesen wir darüber: »Die Anzahl der Zähne unterliegt bedeutenden Schwankungen. Gewöhnlich findet man 42–50 in jedem Kiefer, hat jedoch auch schon Delphine erlegt, die deren jederseits oben und unten 53, also im ganzen die erstaunliche Anzahl von 212 hatten. Die Zähne selbst stehen in gleichmäßigen Abständen, durch kleine Zwischenräume getrennt, nebeneinander, so daß die oberen zwischen die unteren und die unteren zwischen die oberen eingreifen. Sie sind langgestreckt, kegelförmig, sehr spitzig und von außen nach innen schwach gekrümmt, die mittleren am längsten, die vorderen wie die hinteren, ziemlich gleichmäßig abnehmend, merklich kürzer.« Nach Grassé (1955) können insgesamt sogar 260 Zähne vorgefunden werden.

Dieses Gebiß weist den Delphin als Raubtier aus. Seine Nahrung besteht demgemäß aus allen größenmäßig zu bewältigenden Meerestieren, vor allem aus heringsgroßen Schwarmfischen und aus Kopffüßern und Krustentieren. Von diesem kosmopolitischen Kleinwal sind mehrere Unterarten aufgestellt worden, deren Erörterung hier aber ohne Belang ist. Jedenfalls ist die Färbung recht wechselnd, oberseits im allgemeinen dunkelbraun bis schwarz, auf der Bauchseite weiß. Die bogige Flankenzeichnung zeigt eine graue, gelbbraune oder weiße Tönung. Der Delphin ist mit einer Geschwindigkeit von etwa 35 km in der Stunde ein sehr schneller Schwimmer, wird auf der Flucht aber von dem noch etwas schnelleren Schwertwal eingeholt. Gewöhnlich zeigt er sich in Schulen von 15 bis 40 Exemplaren. Zuweilen halten sie sich auch zu Tausenden zusammen.

Delphinfleisch kann vom Menschen ohne weiteres gegessen werden. Der Speck wird zu Tran ausgekocht. Trotzdem betreibt man die Delphinjagd aus wirtschaftlichen Erwägungen erst seit einigen Jahrzehnten planmäßig. Im Schwarzen Meer waren die drei vorkommenden Delphinarten von der Ausrottung bedroht. Nachdem die Jagd von der Sowjetunion, Rumänien und Bulgarien 1965 verboten wurde, soll es nunmehr bereits wieder eine Million Delphine geben, die für das ökologische Gleichgewicht des Schwarzen Meeres von entscheidender Bedeutung sind.

Der Ganges- oder Schnabeldelphin *(Platanista gangetica)* zählt zu den wenigen Arten der Süßwasserwale. Er ist im Indus, dem Hauptstrom Pakistans, beheimatet. Da die Art vom Aussterben bedroht war, wurde ein 130 km langes Schutzgebiet – das erste für Delphine überhaupt – zwischen den Staudämmen von Sukkur und Guddu eingerichtet. Im Januar 1974 enthielt dieses Stromgebiet nur noch 30 Exemplare. Gegenwärtig ist die Zahl, nach einem strengen Jagdverbot, auf fast 200 Tiere angestiegen. Sie leben in trübem Wasser, das Sehvermögen hat deshalb keine Bedeutung für diese Delphine. Nahezu blind, verläßt sich der Ganges-Delphin auf sein hochentwickeltes Sonar- und Schallortungsverfahren. Man hat inzwischen experimentell an gefangengehalte-

Schöne Erlebnisse bei einer Schiffsreise durch das Rote Meer und den Golf von Aden sind Begegnungen mit Arabischen Tümmlern *(Tursiops aduncus)*

nen Delphinen feststellen können, daß sie ein relativ reiches Inventar an spezifischen Lautäußerungen besitzen, die zum Teil im Ultraschallbereich liegen. Außerdem hat der Delphin mit Hilfe derartiger von ihm ausgestoßener hoher Laute ein ausgezeichnetes Ortungssystem, das wie ein Echolot funktioniert, entwickelt. Gleiches kennen wir ja auch von den Flattertieren, den Chiroptera. Mittels dieses Systems vermag der Delphin Fischschwärme zu orten und die Beute anzuschwimmen. Sein relativ großes Gehirn ist an der Oberfläche ziemlich reich mit Windungen versehen. Demgemäß hat sich der Intelligenzgrad des Delphins als recht hoch herausgestellt. Wegen einiger frappierender Ergebnisse von Intelligenztests werden von einigen Säugetierkundlern seine »geistigen Fähigkeiten« im Wasser mit denen der Menschenaffen auf dem Lande verglichen und entsprechend hoch eingestuft. Diese Meinung ist durchaus nicht neu. Schon in der Antike galt der Delphin als sehr intelligentes Tier, das deshalb manchenorts sogar als unantastbar und heilig erklärt war. Eigenartigerweise zeigt sich jetzt, nachdem man noch vor wenigen Jahrzehnten diese alten Überlieferungen als haltlose Legenden abtat, daß doch viel Wahres daran ist. So erzählt die altgriechische Sage von dem berühmten Sänger Arion, daß dieser bei einer Überfahrt im Mittelmeer von der Besatzung des Schiffes seiner Schätze beraubt und umgebracht werden sollte. Arion – der tatsächlich eine historische Gestalt war – aber lockte angeblich durch seinen Gesang Delphine an das Schiff heran, und als er ins Meer sprang, trug ihn ein Delphin auf seinem Rücken an Land. – Inzwischen gibt es bereits mehrere einwandfreie Nachweise dafür, daß ertrinkende Menschen von Delphinen und Tümmlern über Wasser gehalten und zur Küste gebracht wurden. Slijper erwähnt, daß freilebende Delphine und Tümmler von sich aus zuweilen Anschluß an die Menschen suchen und mit ihnen Freundschaft schließen. So lebte in Opononi Beach bei Auckland in Neuseeland jahrelang ein Tümmler, der Spielkamerad der Strandgäste geworden war. Dieses völlig freie Tier ließ Kinder auf seinem Rücken reiten und beteiligte sich an den Wasserspielen der Badenden.

Auch die jahrzehntelang von der Wissenschaft als »Seemannsgarn« bespottelte Behauptung, es gäbe eine aktive Hilfeleistung gesunder Delphine für ihre kranken Artgenossen, hat sich inzwischen als wahr herausgestellt. Um ihn vor dem Ertrinken zu retten, nehmen sich zwei gesunde Delphine eines ohnmächtig unter der Wasseroberfläche treibenden anderen folgendermaßen an. Sie drücken sich fest an ihn an und geben ihm so Halt. Gleichzeitig unterfahren sie mit ihren Köpfen die Brustflossen des Bewußtlosen und tragen ihn so zur Wasseroberfläche empor, damit er Luft schöpfen kann. Weil bei dieser Hilfeleistung zwangsläufig ihre eigenen Köpfe unter Wasser bleiben, müssen sie, um selbst atmen zu können, den Kranken vorübergehend loslassen. Kaum ist das aber geschehen, setzen sie unverzüglich ihre Hilfe an dem kranken Tier fort und befördern es gleichzeitig aus der Gefahrenzone. Damit erklärt sich, warum instinktiv zuweilen ertrinkenden Menschen von Delphi-

Auftauchender Weißschnauzendelphin (Gattung *Lagenorhynchus*). Diese durch ihre weiße oder weißliche Schnauzenfärbung gekennzeichnete Gattung ist in allen Weltmeeren anzutreffen

nen auf gleiche Art geholfen wird. Sie halten ihn für einen kranken Delphin aus ihrer Schule. In den großen Delphinaquarien hat sich außerdem erwiesen, daß gefangene Delphine sehr rasch zahm werden und sich nicht nur streicheln, sondern auch willig mit sich experimentieren lassen. Sie erlernen ferner recht schnell allerlei Kunststückchen, beispielsweise das Läuten einer Glocke, das sie dann auf Zuruf ausführen, und nehmen den Pflegern die gereichten Futterfische behutsam aus der Hand. Dazu können sie mehrere Meter hoch aus dem Wasser springen, wenn der Fütternde, um diese Fähigkeit dem Publikum vorzuführen, seinen Platz auf einer turmartigen Futterkanzel einige Meter über der Wasseroberfläche einnimmt. Weitere Fakten enthält das Werk von Petzold »Rätsel um Delphine«.

Auch über den Fortpflanzungszyklus der Delphine und der Großen und Kleinen Tümmler sind wir auf Grund von Erfahrungen aus diesen Aquarien heute besser unterrichtet als früher. Bei der Paarung krümmen die männlichen Delphine ihren Schwanz unter den des Weibchens. Die Trächtigkeitsdauer beträgt etwa elf Monate. Die Jungen kommen mit der Schwanzflosse voran zur Welt. Bei diesen Meeressäugern sind also die bei Haussäugetieren und dem Menschen als für das Junge lebensgefährlich gefürchteten Steißgeburten etwas ganz Normales. Junge Delphine weisen bei der Geburt bereits 45 Prozent der Länge und 15 Prozent des Gewichtes ihrer Mütter auf. Das ist notwendig, da sie sofort allein und ohne mütterlichen Beistand schnell schwimmen und der Mutter folgen müssen. Außer dem Versorgen mit Milch und der Verteidigung des Nachwuchses gegen tierische Feinde kann diese den Kleinen nicht helfen, sie kann nach der Geburt auch keine körperliche Wärme mehr mitteilen. Die Jungen müssen also selbst ausreichend gegen den stetigen hohen Wärmeverlust im kalten Wasser ausgerüstet sein. Normalerweise wird bei Walen ein Junges je Wurf geboren, es kommen aber auch Zwillinge vor. Bei Delphinen sollen Zwillinge

Die sprunggewandten Großtümmler *(Tursiops truncatus)* sind leicht zu zähmende, sehr dressierfähige und außerordentlich intelligente Zahnwale. In amerikanischen Ozeanarien ist es gelungen, sie jahrelang am Leben zu erhalten und sogar zu züchten

Geburt eines Großtümmlers. Der Säugling verläßt mit dem Schwanz voran den Körper der Mutter. Bei diesen geselligen Meeressäugern ist der einwandfreie Nachweis sozialer Hilfeleistungen für bewegungsbehinderte Artgenossen gelungen

übrigens relativ häufiger zu beobachten sein als bei anderen größeren Walen. Drillinge sind bei allen Cetaceen sehr selten, kommen aber vor. Sogar Sechslinge sind schon ein paarmal als Embryonen im Mutterleib erbeuteter Wale gefunden worden. Anfang 1964 wurden zum Beispiel von dem sowjetischen Fangschiff »Derski« in einem in antarktischen Gewässern erlegten 16 m langen Seiwalweibchen *(Balaenoptere borealis)* sechs Embryonen beiderlei Geschlechts gefunden, deren größter bereits 2,30 m Länge aufwies. Das Alter dieser Embryonen wurde auf 170 Tage geschätzt.

Ein in der Nord- und Ostsee und im Schwarzen Meer häufig zu beobachtender, unter einer Gesamtlänge von 2 m bleibender kleiner Wal ist der Schweinswal *(Phocaena phocaena).* Er ist in den nordeuropäischen Küstenge bieten, da er sich gern in Schulen bis etwa 100 Exemplaren in Küstennähe aufhält, allgemein bekannt. Demzufolge hat er auch andere volkstümliche Namen, von denen Braunfisch, Meerschwein und Tümmler, besser Kleiner Tümmler, die geläufigsten sind. Der ihm entgegengestellte Große Tümmler, auch Großtümmler *(Tursiops truncatus),* leider oft fälschlich lediglich als Tümmler bezeichnet, gehört einer anderen Walfamilie an als der Schweinswal. Der Große Tümmler ist ein kurzschnauziger, bis über 4 m langer echter Delphin, während der Kleine Tümmler oder Braunfisch zur Familie Phocaenidae, Schweinswale, gehört. Die Schweinswale unterscheiden sich von den Delphinidae durch den Besitz einer Anzahl recht eigentümlicher anatomischer Merkmale. Außer im Zahnbau ist ihre Abtrennung von den Delphinen vor allem durch das Vorhandensein von Resten eines einstigen Hautpanzers bei ihren Embryonen begründet, die ontogenetische Rückschlüsse auf den Besitz dieses sekundären Verteidigungsmittels bei den stammesgeschichtlichen Vorläufern dieser Walfamilie gestatten.

Kopf des bis 4 m langen Großtümmlers. Im Gegensatz zu dem nur halb so großen Kleinen Tümmler, dem Schweinswal oder Braunfisch *(Phocaena phocaena)* des Nordatlantiks, ist bei diesem kosmopolitischen Zahnwal der Unterkiefer länger als der Oberkiefer

Der Schweinswal besitzt einen stumpf endenden Kopf mit abgerundeter Schnauze. Freie Zähne trägt er nur im Unterkiefer. Als Haarrudimente finden sich bei ihm am Oberkiefer einige Tastborsten. Wegen seiner geringen Größe und leichten Erlegbarkeit im Küstenbereich ist er der anatomisch und embryologisch am besten untersuchte Vertreter der Cetacea. Schweinswale sind auf der Oberseite schwarz, auf der Unterseite weiß gefärbt.

Der Kleine Tümmler ist ungemein gefräßig. Er folgt vor allem den Heringsschwärmen und wird durch das Zerstören der Fangnetze zuweilen recht lästig. Die Gefräßigkeit – eine Folge rascher Verdauung – macht seine Haltung in Gefangenschaft ungewöhnlich teuer. Er verhungert, wenn er zu wenig Nahrung erhält oder die Pausen zwischen den Mahlzeiten zu lang sind. Übrigens steigt er gern in die Flüsse auf und kann relativ lange im Süßwasser aushalten, da er sich auch ausreichend von Süßwasserfischen zu ernähren vermag. Von historischem Interesse ist, daß Ende Dezember 1825 mehrere Braunfische in der Elbe bei Aken gesehen und ein Exemplar davon erlegt wurde. Diese verspielten Kleinwale folgen wie die Delphine gern den Schiffen und umkreisen sie. In der Paarungszeit sind die Männchen sehr aufgeregt, beißen sich um den Besitz der Weibchen und verunglücken oft aus Unachtsamkeit. Nach 9- bis 10monatiger Trächtigkeit werden in der Regel ein bis zwei etwa 5 kg schwere Junge geboren. Besonders das Fleisch junger Schweinswale ist für den Menschen genießbar. Das der älteren Tiere schmeckte vielen, die es kosteten, zu tranig. Schweinswale werden wirtschaftlich genutzt und viel gefangen. Der aus ihrem Speck bereitete Tran ist sehr fein und nahrhaft. Die Haut wird zu Leder gegerbt. In früheren Jahrhunderten galt Schweinswalfleisch als Leckerbissen.

Unterordnung Mystacoceti – Bartenwale

Zur Unterordnung Bartenwale (Mystacoceti) gehören die wirtschaftlich wichtigsten Walarten. Obwohl es unter ihnen auch ein paar kleine Arten gibt, beispielsweise den kleinsten Bartenwal *Balaenopterus acutorostrata*, der deshalb Zwergfurchenwal oder nur Zwergwal heißt, und den Zwergglattwal *(Neobalaena marginata)*, die beide selten länger als 5 bis 6 m werden, umfaßt sie doch die größten und schwersten Wale. Die meisten von ihnen erreichen Körperlängen zwischen 12 und – dies trifft allerdings nur für den Blauwal zu – über 30 m. Etwa 20 m Länge kann eine ganze Anzahl von ihnen erreichen. Zähne tragen sie alle nicht mehr. Sind bei Jungtieren noch Rudimente davon vorhanden, so bleiben sie unter dem Zahnfleisch verborgen. Ihre Anlagen sind aber an den Embryonen allgemein nachweisbar, was somit ontogenetisch zeigt, daß auch die Bartenwale Vorläufer mit regulären Zähnen besaßen. Als Zahnersatz tragen Oberkiefer und Gaumen Barten. Dieser für ihre spezielle Nahrung weit nützlicheren Einrichtung als der Besitz der dafür wertlos gewordenen Zähne verdanken sie den Namen Bartenwale. Die Barten sitzen nicht unmittelbar den Kopfknochen an. Es sind hornige Oberhautgebilde. Diese quergestellten Platten sind am unteren Ende in borstenartige derbe Fasern aufgeschlissen. Auf jeder Seite des Oberkiefers befinden sich dicht an dicht 300 bis 400 derartige Gebilde. Schließt ein Bartenwal sein Maul, so hebt sich der größere Unterkiefer weit über die Ränder des Oberkiefers empor. Die unzähligen, wie eine Bürste aufgereihten Bartenfasern berühren den Rand der Zunge und wirken nun wie ein Filter oder Sieb. Das gefilterte Wasser wird seitlich herausgedrückt. Was sich an Kleinlebewesen und Fischen im Innern der Mundhöhle befindet, bleibt in den Barten, die eine der Vorzugsnahrung der verschiedenen Arten angepaßte unterschiedliche Durchlaßweite aufweisen, hängen. Durch Hochdrücken der Zunge gegen den Gaumen wird diese Nahrungsmasse in den – bei den meisten Bartenwalen sehr engen – Schlund befördert. Bei den mit nur kurzen Barten ausgestatteten Furchenwalen (Familie Balaenopteridae) kommt noch der Besitz zahlreicher sehr ausgedehnter Kehl-Bauch-Furchen hinzu. Dadurch wird der Mundraum zur Nahrungsaufnahme außerordentlich erweitert, so daß mit einem Male große Nahrungsmengen vom Bartengewirr festgehalten werden. Den fast ausgerotteten Glattwalen fehlen diese Furchen. Lediglich darauf beruht ihre Bezeichnung. Bei ihnen nimmt jedoch der Kopf ein Drittel der gesamten Körperlänge ein. Außerdem ist der Oberkiefer und damit die Mundspalte hochgewölbt und mit sehr langen Barten ausgestattet. Die Glattwale erzielen also auf diese altertümlichere Weise genau denselben Nutzeffekt wie die Furchenwale. Die schlanken Furchenwale sind nicht nur vorzügliche Schwimmer, sie tauchen auch gut und verhältnismäßig tief. Bemerkenswerterweise haben sie alle eine Rückenfinne. Den großen und langsamen Glattwalen, die sich vorwiegend an der Meeresoberfläche aufhalten, fehlt sie. Nur der Zwergwal besitzt eine, ist aber als einziger unter ihnen Tiefseetaucher. Auch die mit Vorliebe in seichten Küstengewässern lebenden Grauwale (Eschrichtiidae) benötigen dieses Organ in ihrem speziellen Lebensraum anscheinend nicht, denn es fehlt ihnen ebenfalls.

Die Bartenwale führen auf Grund ihrer enormen Größe und der Fähigkeit, weite Strecken bewältigen zu können, regelrechte Wanderungen durch, die ihnen außerhalb der Fortpflanzungsperiode gute Futtergebiete erschließen. Den Sommer verbringen sie in polnahen Meeren, wo Krill im Überfluß vorhanden ist. Im jeweiligen Winter leben sie in tropischen oder subtropischen Gewässern, um dort Junge zu werfen und sich zu paaren. Diese Wanderungen sind durch die Funde markierter Wale belegt. Nach Slijper und Heinemann werden 27 cm lange Pfeile aus rostfreiem Stahl auf die Wale abgeschossen. Allein vom Schiff »William Soresby« aus hat man innerhalb von sechs Jahren 5063 solcher Patronen an Walen angebracht, von denen später 400 Wiederfunde gemeldet wurden.

Der Blauwal *(Sibbaldus musculus = Balaenoptera musculus)*, den wir als Vertreter der Furchenwale zugleich als größtes Säugetier unseres Erdzeitalters zur näheren Besprechung auswählen, besitzt eine nur recht kleine Rückenfinne, dafür lange und spitze Brustflossen. Sie erreichen ein Siebentel der gesamten Körperlänge. Bei einem anderen Furchenwal, dem

Buckelwal *(Megaptera novae-angliae)*, bringen sie es sogar auf ein Drittel davon. Solange noch genügend Glattwale, die in früheren Jahrhunderten »richtige« oder »echte Wale« genannt wurden, existierten, wurden die als »falsche« oder »unechte Wale« in der Walfängersprache bezeichneten Furchenwale nur wenig gejagt. Glattwale schwammen nämlich nach dem Töten an der Oberfläche und ließen sich dadurch leicht abspecken. Die Furchenwale aber sanken unter. Später, als die Glattwale immer seltener geworden waren, verlegte man sich auch auf die Jagd der schnellen Furchenwale, die mit Harpunenkanonen erlegt und dann, um sie vor dem Versinken zu bewahren, durch auf den Fangschiffen befindliche Kompressoren mit Luft aufgepumpt wurden. Zusammen mit dem etwas kleineren, bis zu 25 m langen und sich von Fischen ernährenden Finnwal *(Balaenoptera physalus)* ist der Blauwal heute das Hauptjagdobjekt des internationalen Walfanges. Die Ausbeute aus einem Blauwal ist zwar weit geringer als einst aus den Glattwalen, insbesondere dem Grönlandwal. Dem steht aber gegenüber, daß heute ein erlegter Wal weit besser und vollständiger ausgenutzt werden kann als seinerzeit ein Glattwal. Die Zahl der stark bejagten Blauwale hat inzwischen schon wesentlich abgenommen. Einst waren sie auf hoher See in allen Weltmeeren – der Blauwal ist Kosmopolit – häufig anzutreffen.

Blauwale wandern meist allein oder zu zweit und dritt. In großen Schulen treten sie nicht auf. Der Name leitet sich von der blaugrauen bis stahlfarbenen, unterseits etwas helleren, mit vielen kleinen Flecken übersäten Körperfärbung her. Ausgerechnet dieses riesige Lebewesen ernährt sich ausschließlich von Kleintieren, dem sogenannten Krill. Der Magen eines Blauwales faßt davon ungefähr 2000 Liter. Mit dem Namen »Krill« werden kleine, 5 bis 6 cm lange Krebse der Art *Euphausia superba* be-

Mit etwa 30 m Länge und 130 Tonnen Gewicht ist der Blauwal *(Sibbaldus musculus)* der größte rezente Wal und das größte Säugetier überhaupt. Dieser viel gejagte Kosmopolit auf allen Weltmeeren gehört als Bartenwal zur Familie der Furchenwale zeichnet, die sich von Kieselalgen ernähren. Wo in riesigen Mengen Kieselalgen auftreten, leben in dichten Schwärmen auch jene kleinen Kruster an der Meeresoberfläche. Und wo viel Krill vorkommt, streben die Blauwale hin. Dennoch können Blauwale bei diesem winzigen, aber sehr nahrhaften Futter Gewichte bis zu 135000 kg erreichen, damit wiegt einer soviel wie 25 Elefantenbullen.

Nach E. J. Slijper entspricht der Fettertrag aus einem solchen Wal dem Butterfettertrag einer Herde von 275 Milchkühen während eines ganzen Jahres. Die Trächtigkeitsdauer des Blauwales ist nicht genau bekannt. Es besteht jedoch die begründete Vermutung, daß sie etwa elf Monate beträgt. Gewöhnlich wird nur ein Junges geboren. Es hat bei der Geburt bereits die stattliche Länge von ungefähr 7 m und wiegt 2000 kg. In den ersten sieben Monaten lebt es völlig, später zum großen Teil von der Muttermilch. Jeden Tag nimmt es bei dieser Ernährung etwa 4,5 cm an Länge zu. Nach sieben Monaten hat es dann schon eine Gesamtlänge von ungefähr 16 m erlangt. Noch eindrucksvoller ist jedoch seine Gewichtszunahme im selben kurzen Zeitraum. Es wiegt nämlich nach jenen sieben Monaten bereits 46500 kg. Das Junge unterscheidet sich im Aussehen von seiner Mutter lediglich in der Größe.

Der Grönlandwal *(Balaena mysticeta)*

Der Grönlandwal erreicht eine Gesamtlänge von 15 bis 24 m. Davon entfallen ein Drittel bis zwei Fünftel auf den riesigen Kopf mit dem S-förmig geschwungenen Maul. Schwanzflosse und Brustflosse sind im Verhältnis zum Körper sehr groß und breit. Eine Rückenflosse fehlt. Der Oberkörper ist grauschwarz, die Unterseite heller gefärbt, das Auge nur klein. Beim Grönlandwal sind noch zwei Nasenausgänge vorhanden, so daß die mit Getöse ausgestoßene komprimierte Atemluft weithin in einer spitzwinklig auseinander strebenden doppelten Dampffontäne von über 2 m Höhe sichtbar wird. Es gab einen atlantischen und einen pazifischen Stamm. Beide kommunizierten miteinander, da der Grönlandwal die Nordwestpassage längst »kannte«, ehe sie vom Menschen entdeckt wurde. Die Tiere lebten in Schulen bis zu mindestens 100 Exemplaren. Wie ihr Name sagt, sind diese Wale spezielle Bewohner des polaren Meeres. Im Winter kamen sie bis zu den Azoren vor, im Sommer bis Spitzbergen, bis zum Nordkap, den Färöer und Island. Ihre Wandergeschwindigkeit mit 10 bis 12 km/h war – gemessen an der des Finnwales mit 18 bis 22 km/h – gering. Wenn auch für kurze Zeit die Fluchtgeschwindigkeit wesentlich höher lag, war gerade ihre Langsamkeit ein Grund mit, daß sie von Schwertwalen und Walfangschiffen gut verfolgt und rasch eingeholt werden konnten. Außerdem war der Grönlandwal viel weniger zur Gegenwehr bereit als sein etwas kleinerer Verwandter, der Nordkaper. Dieser war berüchtigt und gefürchtet, wenn er harpuniert worden war. Er griff dann nicht selten die Fangschiffe mit Erfolg an. Nordkaper und Grönlandwal sind früher oft miteinander verwechselt worden, da man beiden im Raum um Spitzbergen und am Nordkap gemeinsam begegnen konnte.

Beide Glattwalarten wurden schon in der Vorzeit, wie Felsbilder ausweisen, vor allem aber seit 1000 Jahren durch baskische und norwegische Walfänger intensiv verfolgt, und zwar zuerst der Nordkaper. Als man ihm nach Norden hin nachsegelte, fand man dort den noch größeren Grönländer und bereitete diesem das gleiche Schicksal. Die Grönlandwal- und Nordkaperfang- und damit Ausrottungsperiode erreichte ihren Höhepunkt nach Ausgang des 17. Jahrhunderts, von der zweiten Hälfte des 18. an bis zum letzten des 19. Jahrhunderts. Dann waren die Meere an diesen riesigen Meeressäugern verarmt, und der Einsatz lohnte sich bald nicht mehr. Eine Begegnung mit Nordkapern oder Grönlandwalen ereignete sich nur noch zufällig, und manches mit hohen Kosten ausgerüstete Fangschiff kam unverrichteterdinge zurück. Eine neue Fangwelle, noch rücksichtsloser als vorher und nun vorwiegend des Tranes zur Margarinefabrikation und des genießbaren Fleisches wegen, setzte dann nach dem Ende des ersten Weltkrieges ein. Es ist bemerkenswert, daß die großen Glattwale in der Zeit vom 17. bis zum Anfang des 20. Jahrhunderts nicht ausschließlich wegen ihrer Tranausbeute der Ausrottung so nahe gebracht wurden. Ihr Maul barg die kostbaren, zum Teil 2 bis 2,50 m langen Barten. Auch um derentwillen zog man zur Grönlandwaljagd aus. Sie lieferten nämlich das kostbare Fischbein, das in Millionen von elastischen Fischbeinstäben Hauptbestandteil von Damenkorsetts und Krinolinen in diesen »hochgeschnürten« Jahrhunderten war. – Heute ist das einst hochbezahlte Grönlandwal-Fischbein – noch 1910 wurden 50 kg davon mit etwa 2500 Mark in Gold bezahlt – fast bedeutungslos geworden. Es wurde durch synthetische Erzeugnisse verdrängt. Ein Grönlandwal lieferte etwa 750 kg Fischbein. Allein 1853 wurden in New Bedfort (USA) 2826150 kg Fischbein auf den Markt gebracht. So ging das alljährlich. Außerdem erbrachte ein Grönlandwal mindestens 12000 Liter Tran, in seltenen Fällen bis zu 36000 Liter.

Die Fortpflanzung der Grönlandwale und Nordkaper konnte mit einem solchen Ansturm auf den Gesamtbestand der Tiere nicht mehr Schritt halten. Denn einmal schonte man die weiblichen Tiere, auch die trächtigen, durchaus nicht, da man erst nach dem Erlegen feststellen konnte, ob die Beute männlichen oder weiblichen Geschlechts war. Zum anderen bringt – allgemein bei Walen – ein Weibchen nur jedes zweite oder dritte Jahr ein Junges. Solange das Junge noch Milch erhält – es saugt nicht, sondern die Milch wird ihm aus der mütterlichen Zitze ins Maul gespritzt –, ist das Muttertier für eine neuerliche Befruchtung unempfänglich. Übrigens machten die alten Walfänger gerade Jagd auf säugende Weibchen. Sie harpunierten zuerst das Junge und hielten es an der Harpunenleine. Da die Mutterliebe bei allen Walen groß ist, kehrte das geflüchtete Weibchen nun sofort um, um seinem Jungen beizustehen, bot so selbst ein leichtes Ziel – und wurde ebenfalls umgebracht.

Die Begattung der Grönlandwale geschieht in aufrechter Stellung, wobei beide Tiere ihre Vorderflossen gegen den Leib des anderen drücken. Die Geburt erfolgt im ersten Jahresdrittel. Das Neugeborene hat bei einer Gesamtlänge von mindestens 6 m einen Umfang von 4 m und ein Gewicht von 6000 kg. Wie der Blauwal gehört der Grönlandwal zu den ausschließlichen Krillverzehrern. Mit seinem riesigen Maul, in dem ein großes Ruderboot Platz hat, nimmt er bei einem Schluck riesige Mengen dieser kleinen Krebschen und sonstige wirbellose Kleintiere auf. Sein Schlundkanal ist aber so eng, daß er kaum noch Fische von der Größe eines Herings passieren läßt. Als natürliche Feinde hat der Grönlandwal nur die Großen Schwertwale zu fürchten, sobald sie ihn vereint angreifen und zerfleischen. Diese haben es vor allem auf die Saugjungen abgesehen. Daneben wird der Grönlandwal, wie die meisten anderen Wale auch, stark von allerlei Hautparasiten, sowie von Seepocken und Entenmuscheln, befallen.

Kohorte Ferungulata – Fleischfresser und Hufträger

Überordnung Ferae – Fleischfresser
Ordnung Carnivora – Raubtiere
Unterordnung Fissipedia – Landraubtierverwandte

Überfamilie Canoidea – Hundeartige
Familie Canidae – Hunde

Schon im Oligozän, also vor rund 50 Millionen Jahren, bildeten sich aus den Altraubtieren, den Miacidae, alle gegenwärtig noch existierenden Raubtierfamilien. Die ersten Neuraubtiere zeigten zunächst in Schädel-, Gebiß- und Fußbau eine gemeinsame Entwicklungsrichtung auf unsere rezenten Hundeartigen zu, ehe sie sich in die eigentlichen Hunde (Canidae), Bären (Ursidae), Kleinbären (Procyonidae), Marder (Mustelidae), Schleichkatzen (Viverridae), Hyänen (Hyaenidae) und Katzen (Felidae) aufspalteten und eigene Linien als Landraubtiere (Fissipedia) weiter entwickelten. Auch die sich im Oligozän sekundär aus miaciden Landraubtieren wieder mehr und mehr dem Leben im Wasser zuwendenden und sich ihm in langen Generationsfolgen körperlich anpassenden Robben (Pinnipedia) sind dieser gemeinsamen Wurzel entsprungen.

Bei den Fissipedia trat schon sehr früh eine Verzweigung in Canoidea (Hundeartige) und Feloidea (Katzenartige) ein. Die jetzt insbesondere durch den Wolf und alle Haushunde repräsentierte Gattung *Canis* erschien gegenüber diesen heutigen Vertretern anatomisch und dem Äußeren nach wenig verändert bereits im Spätpliozän und vermochte sich bis in die Gegenwart nicht nur zu erhalten, sondern blieb auch absolut lebenstüchtig. Im Zuge ihrer Entwicklung hat die Familie Canidae über 60 Gattungen ausgebildet. Nach Haltenorth erhielten sich bis heute nur 6 davon, mit 29 Arten. Die vielen Typen und Rassen des Haushundes stellen als Abkömmlinge des Wolfes keine besonderen Arten dar, sofern man sie nicht samt und sonders, wie es Linné (1766) tat, als »Haustierart« mit einem eigenen wissenschaftlichen Namen, *Canis familiaris*, versehen will. Dieser Name gebührt dann auch dem australischen Dingo, als *Canis familiaris dingo*. So wildhundartig dieser auch auf uns wirkt, ist er doch nur ein freilich schon seit Jahrtausenden wieder verwilderter primitiver Haushund. Das gleiche gilt für den etwas kleineren, erst in jüngster Zeit entdeckten Urwalddingo oder Neuguinea-Dingo *(Canis familiaris hallstromi)*. Der Dingo wurde von Ureinwohnern in den fünften Erdteil gebracht. Nachdem die weißen Siedler die Känguruhs, seine ursprüngliche Nahrung, stark dezimiert hatten, wurde er zu einem verhaßten Viehräuber. Nicht geschützt, starb er trotz intensiver Verfolgung nicht aus, da ihm die zu Millionen vermehrten eingebürgerten Wildkaninchen das Weiterleben ermöglichten.

Die allgemeine Färbung wildlebender Dingos ist rostrot. Doch treten in freier Wildbahn und in Gefangenschaftszuchten auch graue, schwarze, weiße und gescheckte Individuen auf, ohne daß solche Tiere unbedingt Produkte einer Verkreuzung mit Haushunden sein müssen. Kreuzungen sind zwischen gemeinsam aufgezogenen Dingos und Haushunden, ganz gleich welcher Rasse, bei Eintritt der Geschlechtsreife mühelos zu erreichen. Vor dem zweiten Weltkriege wurde im Dresdener Zoo sogar einmal ein solch ungleiches Paar, beste-

hend aus Dingorüde und Grönländischer Schlittenhündin, zur Fortpflanzung gebracht. Alle Mischlinge waren Schecken. Auch Kreuzungen von Dingos mit Boxern sind bekannt geworden, die zwar höchst unharmonisch aussahen, aber lebenstüchtig waren. Jung aufgezogene Dingos schließen sich eng ihrem Pfleger, jedoch nicht immer auch dessen Familienangehörigen an. Deshalb sollte man, um von vornherein ein Unglück zu verhüten, keinesfalls selbstaufgezogene Dingos als »Haushund« in der Wohnung halten. Ein wütender angreifender Dingo ist sehr unfolgsam und gefährlich.

Die Haustierwerdung des Wolfes mag ihren Ursprung darin gehabt haben, daß gelegentlich aufgefundene junge Wölfe nicht getötet, sondern lebend von Urjägern mitgenommen und aus irgendwelchen Gründen aufgezogen wurden. Da von klein auf in menschlicher Obhut gehaltene Wildwölfe sehr zahm und anhänglich werden können, ließ man sie als Spielgefährten der Kinder längere Zeit am Leben. Die Haushundehaltung geht bis in die Jungsteinzeit, an manchen Fundplätzen sogar bis in die Mittelsteinzeit zurück. Vermutlich waren die ersten in häuslichem Gewahrsam gehaltenen Hunde weniger Jagdgefährten, sondern weit mehr Nahrungsreserven für Notzeiten, in denen sie dann getötet und verzehrt wurden. Das Mitwirken als Kampfgenosse bei Jagd- und Kriegszügen gegen menschliche Feinde und wehrhaftes Wild hat sich wohl von Fall zu Fall erst in zweiter Linie ergeben. Vielleicht war das je nach Völkerstamm und lokaler Gewohnheit unterschiedlich. Wahrscheinlich ist der Haushund innerhalb des weiten Verbreitungsgebietes mehrmals aus Wölfen unmittelbar herausgezüchtet worden, ohne daß es eine mittelbare oder direkte Verbindung mit anderen Zuchtzentren gab. Es besteht auch die Möglichkeit, daß die kleinste Unterart der Wölfe, *Canis lupus pallipes*, die im mittleren Vorderindien vorkommt und westlich bis Arabien geht, der alleinige Ausgangspunkt für die Haushundwerdung gewesen ist. – Dieses Problem

Das älteste Haussäugetier ist der Haushund *(Canis familiaris)*. Kein anderes wandelt so stark in Körpergröße und Äußerem ab wie er in Zuchtrassen und deren Mischlingen. Von oben nach unten: Deutscher Schäferhund, Deutsche Dogge, Pointer, Bernhardiner harrt jedenfalls noch seiner endgültigen Klärung.

Nach den heutigen Kenntnissen lebte der erste Haushund vor 14000 Jahren. In Oberkassel bei Bonn wurde in einem eiszeitlichen Doppelgrab als Grabbeigabe der Unterkiefer eines Hundes gefunden. Größenmäßig kann dieser jungpaläolithische Haushund, der den Menschen der Cromagnon-Rasse vielleicht auf seinen Jagdzügen begleitete, mit einem kleinen Schäferhund verglichen werden. Hinweise auf eine spätpaläolithe Haustierwerdung des Wolfes fand man in einer magdalenienzeitlichen Station in Thüringen und in der gleichalten ukrainischen Stadt Mezin. Andere Wissenschaftler berichten aus der Palegawrahöhle in Nordostirak von dem Unterkiefer eines mindestens 12000 Jahre alten Fundes mit vielen Domestikationsmerkmalen. Ein ähnliches Alter hatten Canidenreste aus der Nähe von Ein Mallaha im oberen Jordantal, die auch als Grabbeigaben entdeckt wurden. Die Funde unterstützen die Annahme, daß der Mensch schon zu dieser Zeit den Hund gezähmt hatte. Erst viel später begann er, wilde Tiere als Haustiere zu nutzen, und zwar etwa in dieser Reihenfolge; Ziegen und Schafe, Rinder, Schweine, Pferde und Esel.

Alle Wölfe gehören der Art *Canis lupus* an, obwohl diese Species weltweit verbreitet ist, besser, es noch bis ins letzte Jahrhundert war. Ihre damalige Verbreitung – in vielen einstigen Verbreitungsgebieten ist der Wolf inzwischen ausgerottet worden – erstreckte sich von England über Mittel- und Osteurasien bis nach Japan, von der Pyrenäenhalbinsel über Italien bis zum Balkan und dem größten Teil der südlichen Sowjetunion, von Kleinasien und Arabien bis Südindien, von Tibet bis Kamtschatka, von Grönland über ganz Nordamerika bis Florida und das mittlere Mexiko. In den USA ist der Wolf heute weitgehend ausgerottet. Mit Ausnahme von Alaska sind nur mehr drei Restareale bekannt. Schuld am Zusammenbruch des Bestandes trägt die übermäßige Bejagung. Frühere Untersuchungen in Alaska zeigten, daß Wolfspopulationen einen jährlichen Verlust von 50 Prozent der Indivi-

Von oben: Langhaardackel, Französische Bulldogge, Pekinese oder Löwenhündchen, Zwergpudel duen verkraften können, eine jährliche Vernichtung von 70 Prozent jedoch zur Abnahme führt.

Von historischen Nachweisen abgesehen, sei noch erwähnt, daß in den letzten Jahrzehnten mehrere vom Wandertrieb erfaßte Wölfe aus Osteuropa in der DDR aufgetreten sind, so 1961 und 1976 bei Jüterbog sowie 1979 bei Altstahnsdorf, Bezirk Frankfurt/Oder.

Der Wolf ist in seinem Verhalten und seinen Daseinsansprüchen so plastisch, daß er dort überall zu leben vermag. Bleibt ein Raum, in dem er völlig ausgemerzt war, ohne entsprechende Kontrolle, dauert es meist nur wenige Jahre oder Jahrzehnte, bis er sich ihn von den noch besiedelten Randgebieten her nach und nach zurückerobert hat. Sein einziger wirklicher Feind ist der Mensch, dessen Viehherden er zehntet und der ihm deshalb rücksichtslosen Kampf angesagt hat. Daß Wölfe mitunter, vor allem in den Wintermonaten, auch innerhalb von Siedlungen beißen, macht diesen Kampf um so unerbittlicher. Hinzu kommt, daß der Wolf als ein Hauptüberträger der für Menschen und Haustiere so furchtbaren Tollwut erkannt wurde. Aus Kasachstan liegen Angaben vor, daß 70 bis 80 Prozent der dortigen Wölfe mit Tollwut infiziert sind.

In seinem riesigen Verbreitungsareal unterscheiden wir zahlreiche Unterarten, die alle untereinander uneingeschränkt fruchtbar sind. Die größte repräsentieren die riesenhaften weißen Polarwölfe. Hellgelbsandfarben sehen die Wölfe Arabiens aus. Andere Rassen sind rötlich gefärbt oder silbergrau. Als Farbspiele können auch völlig schwarze Wölfe auftreten. Die europäischen Wölfe erscheinen gewöhnlich graubraun, wobei die Färbung des kürzeren Sommerkleides mehr ins Rötliche spielt als bei dem langhaarigen und stumpf graueren Winterfell. Ein alter Irrtum ist, daß nur Haushunde, nicht aber Wölfe und andere Wildhunde, bellen könnten. Wölfe haben jedoch durchaus auch Bell-Laute für bestimmte Situationen in ihrem angeborenen Lautinventar.

Der Wolf ist, obwohl Raubtier, in Notzeiten Allesfresser wie der Haushund. Selbst diesen verschont er, wenn er ihn erwischt, ebensowenig wie einen schwer verwundeten oder kranken und schwachen Artgenossen. Auch eine Maus, die er fangen kann, oder einen dicken Käfer, Heuschrecken oder jegliches andere Getier verschiedener Größe verschmäht er nicht, frißt jedoch auch Aas, Wildobst und Feldfrüchte. Wenn er in Rudeln jagt, wird er sogar Großwild, wie männlichen Hirschen, Elchen, angeblich im Winter sogar Winterruhe haltenden Bären, gefährlich, ebenso Pferden und Rindern. Unter Schaf- und Renherden kann er beträchtlichen Schaden anrichten, auch als Einzelgänger. In den Steppen Kasachstans, wo Viehzucht getrieben wird, sind Wölfe noch sehr häufig anzutreffen. Dort herrscht eine regelrechte Wolfsplage. Von 1972 bis 1976 wurden 7623 Wölfe erlegt, sie rissen 15 Pferde, zwei Kamele, zwei Hunde und 92 andere Haustiere. In der Mongolei herrschen ähnliche Bedingungen, dort werden jährlich sogar etwa 4000 Wölfe erlegt.

Wölfe sind hauptsächlich von der Abend- bis zur Morgendämmerung aktiv. Bei ihren Streifzügen werden sie von Wasserläufen und -flächen durchaus nicht aufgehalten, denn sie können gut und ausdauernd schwimmen. Diese Streifzüge unternehmen sie über weite Strecken und große Flächen. Entfernungen von 50 km durchmessen hungrige Wölfe mitunter in einer Nacht. Jedes Rudel hat sein durch Kot- und Urinablagen markiertes und somit anderen Rudeln gegenüber abgegrenztes Jagdrevier. Im Kaukasus-Nationalpark umfaßt das Jagdgebiet im Sommer etwa 10000 Hektar, der Aktionsradius schrumpft jedoch im Winter auf 5000 bis 6000 Hektar zusammen.

Die Paarungszeit der eurasischen Wölfe beginnt im Dezember und zieht sich bis Anfang März hin. Mit dem Paarungstrieb – zuweilen werden dabei erbitterte Kämpfe unter rivalisierenden Rüden ausgefochten – ist das sprichwörtliche, weithin hörbare schauerliche Wolfsgeheul der beteiligten Tiere verbunden. Es führt die Partner von weit her zusammen. Nach einer Trächtigkeitsdauer von 60 bis 65 Tagen wirft die Wölfin im Normalfall vier bis acht behaarte, noch blinde Junge. Das erfolgt in einer selbstgegrabenen unterirdischen Erdhöhle, auch unter dichtem Gebüsch, im Rohrdickicht, in einer natürlichen Felsspalte oder im Innern eines großen hohlen Baumes. Meist hält sich in ihrer Nähe ständig ein Rüde auf, der sie und das Geheck schützt und auch hilft, Futter für die Jungen heranzuschleppen. Nachdem die Jungwölfe rund zwei Monate lang im Nest gesäugt worden sind, werden sie von der Mutter auf Beutezüge mitgenommen. Während sich die Wölfe in der warmen Jahres-

zeit gewöhnlich vereinzelt in ihrem Jagdgebiet aufhalten, rotten sie sich gegen den Winter hin zu größeren Verbänden zusammen. Innerhalb dieser Rudel herrscht eine strenge Rang- und Beißordnung. Der stärkste Rüde beißt sich schließlich bis zum höchsten Grad, zum Leitwolf, empor.

Bevor weitere Vertreter der Familie Canidae genannt werden, bedarf es einer Feststellung. Neben anderen Merkmalen ist allen Angehörigen dieser Familie gemeinsam, daß die Krallen der Vorder- und Hinterfüße stumpf und nicht zurückziehbar sind. Nun hat man früher viel mehr Gattungen und Arten der Canidae beschrieben, als es der heutige Stand der Säugetierkunde noch gerechtfertigt erscheinen läßt. Seit der Neubearbeitung der Canidae durch Haltenorth 1958, der wir hier in vieler Hinsicht folgen, sind mehrere Gattungen und Arten wieder eingezogen, das heißt, ihre Vertreter in andere bekannte Gattungen und Arten eingeordnet worden. Lassen wir zur Begründung Haltenorth selbst sprechen: »Die lebenden Hundearten bilden 4 natürliche Formgruppen oder Unterfamilien; deren eine, die der Hundeförmigen oder Canidae, viele wenig spezialisierte Arten umfaßt, die anderen Unterfamilien dagegen nur wenige, dafür stärker spezialisierte enthalten. Erstere wiederum hat nur zwei Gattungen, von denen die der Hunde *(Canis)* 23, die andere der Marderhunde *(Nyctereutes)* jedoch nur eine Art aufweist ... Überblickt man die lebenden Wildhundarten, so scheinen sich die allbekannten leicht in 3 Gruppen, Wölfe, Schakale und Füchse, aufgliedern zu lassen. Doch sind damit längst nicht alle Arten erfaßt. Gerade die weniger bekannten nehmen Zwischenstellungen ein, ein Zeichen dafür, daß die meisten Arten trotz des stammesgeschichtlichen Alters bei nur wenigen stärkeren Abweichungen doch noch ein weitgehend einheitliches Erscheinungsbild aufweisen. Auch ist die Abänderungsfähigkeit oder Variation etlicher Arten in sich ziemlich groß, was früher, als die Materialübersicht noch geringer war, zur Beschreibung vieler neuer Arten führte.«

Das größte hundeartige Wildsäugetier der Erde, besonders in seinen Vertretern aus nördlichsten Vorkommensgebieten, ist der Wolf *(Canis lupus)*

Obwohl sie beträchtliche regionale Größen- und Färbungsunterschiede aufweisen, gehören alle rezenten Wölfe der Art *Canis lupus* an. Ein in Nordamerika häufiger Melano wird als Timberwolf bezeichnet

Wenn also die Füchse bisher in einer eigenen Gattung *Vulpes* von den Wölfen und Schakalen, die beide der Gattung *Canis* zugerechnet wurden, getrennt waren, wozu noch besondere Gattungen für den Eisfuchs *(Alopex)*, den Fennek *(Fennecus)* und andere kamen, so gelten sie jetzt – wenn auch noch umstritten – als Arten der sie alle umfassenden Gattung *Canis*, ungeachtet dessen, daß einige von ihnen, wie Wolf und Schakale, runde Pupillen, andere, wie der Rotfuchs, senkrecht-ovale besitzen. Der urtümliche Verbreitungsbereich der Gattung *Canis* erstreckt sich über vier Erdteile. Primär wildlebende *Canis*-Arten kommen nämlich in Europa, Asien, Afrika, Nord- und Südamerika vor. Lediglich Australien macht hier eine Ausnahme. Der frühzeitig verwilderte Haushund Dingo vertritt sie aber auch in der dortigen Wildfauna.

Alle diese Arten hier im einzelnen aufzuführen ist unmöglich. Es können also, nachdem der Wolf und sein Abkömmling, der Haushund, bereits behandelt wurden, nur einige charakteristische Arten besonders erwähnt werden.

Der Gold- oder Wolfsschakal *(Canis aureus)* sei als Prototyp der Schakalgruppe ausgewählt. Äußerlich ähnelt er stark einem kleinen Wolf. Im Verhalten weicht er in mancher Hinsicht allerdings von diesem ab. Sein Verbreitungsgebiet, in dem er zahlreiche Lokalrassen ausgebildet hat, ist weit ausgedehnt. In heute freilich geringer Anzahl kommt er schon in Südeuropa, von Nordrumänien und Ungarn über Griechenland bis nach Dalmatien, ferner in Klein- und Vorderasien bis nach Afghanistan und Vorderindien, Sri Lanka und Thailand und von Arabien und Äthiopien bis ins mittlere Ostafrika vor. Das Zusammenrotten zu größeren Rudeln, wie bei den Wölfen, tritt beim Goldschakal kaum in Erscheinung. Er ist vorwiegend Einzelgänger und bevorzugt ein verhältnismäßig kleines Revier in Buschsteppengebieten, meidet dagegen tiefe, dichte Wälder, nicht aber felsige Bodenerhebungen mit Strauchvegetation. Da er hauptsächlich Dämmerungstier ist, verbringt er den Tag ruhend in allen erdenklichen Verstecken, er gräbt sich, falls er keine geeigneteren findet, auch selbst Erdhöhlen. Weder besonders menschen- und großkatzenscheu, ist er den letzten gegenüber zuweilen ausgesprochen dreist. Haben Löwen oder Tiger eine große Beute gerissen, bemüht sich der flinke Bursche, gemeinsam mit Hyänen, Geiern und Kropfhalsstörchen, trotz unmittelbarer Nähe der fressenden Großkatzen umherliegende Fleischfetzen zu entwenden oder sogar vom Beutekörper abzureißen. Ist ihm das – trotz zorniger Scheinangriffe der gestörten Großkatzen – gelungen, schleppt er sie »hocherhobenen Hauptes« eilig aus der Gefahrenzone, um sie an sicherem Ort zu verzehren. In Südusbekistan spielt der Tolaihase in der

Der Streifenschakal *(Canis adustus)* ist ein relativ menschenscheues, paarweise in aufgelockerten, baum- und gebüschreichen Landschaften Afrikas lebendes Dämmerungstier

Nahrungskette eine wichtige Rolle. Zusätzlich ernährt er sich von Hirsch- und Wildschweinkadavern. Der Goldschakal ist Allesfresser und frißt, wenn sich nichts Besseres bietet, auch allerlei Pflanzenstoffe. Um seine Beutetiere zu übertölpeln, ist er in der Lage, sich totzustellen. Nähern sich diese arglos dem hingestreckten »Kadaver«, und zwar so weit, daß sie nicht mehr entwischen können, springt der »Totgeglaubte« auf und beißt sie tot. Nur unter dem Zwang stärksten Hungers sollen mehrere gemeinsam versuchen, größere Tiere zu reißen.

Goldschakale wiegen im Durchschnitt 11,3 kg. Die Tragzeit dauert 60 bis 65 Tage; drei bis fünf Junge werden im April bis Anfang Mai geboren, die Säugezeit beträgt etwa sechs Wochen.

Neben dem Goldschakal leben in Afrika noch zwei weitere Schakalarten; vom Südsudan bis nach Natal der Streifenschakal *(Canis adustus)* und von Nubien bis Südafrika der Schabrackenschakal *(Canis mesomelas)*. Die Lebensräume dieser drei Arten überschneiden sich. Es wird aber behauptet, daß in Bereichen, in denen eine Art gehäuft auftritt, keine andere zu spüren sei. Wahrscheinlich ersetzen sie einander in Überschneidungszonen auch örtlich weitgehend.

Amerikanische *Canis*-Arten vom Schakaltyp

Neben wirklichen Angehörigen der Arten *Canis lupus*, Wolf, und *Canis vulpes*, Rotfuchs, birgt die Fauna des amerikanischen Kontinents, von Alaska bis zu den Falklandinseln, noch zahlreiche Vertreter der Gattung *Canis*, die den eurasischen und afrikanischen Schakalen mehr ähneln als dem Wolf oder dem Rotfuchs.

Es sind:

1. der aus Indianergeschichten bekannte Koyote oder Heulwolf *(Canis latrans)*, dessen rezentes Verbreitungsgebiet sich von Alaska bis nach Kostarika erstreckt
2. der in den Wäldern südlich des Amazonas beheimatete und bisher nur wenig erforschte Kurzohrfuchs *(Canis microtis)*
3. der südamerikanische Maikong oder Krabbenfuchs *(Canis [Cerdocyon] thous)*
4. der einst als südlichste rezente *Canis*-Art auf den Falklandinseln lebende, durch Einwanderer leider seit langem ausgerottete Falklandfuchs *(Canis australis)*
5. der Andenschakal *(Canis culpaeus)* mit seinem nahen, langhaarigen Verwandten, dem in seiner Existenz noch umstrittenen Andenwolf *(Canis hagenbecki)*.

Erwähnt sei, daß die patagonische Unterart von *Canis culpaeus* unter dem Namen Magellanfuchs bekannter ist als unter Andenschakal. Von diesem Magellanfuchs und dem ausgerotteten Falklandfuchs läßt sich eine Brücke zu dem größenmäßig und äußerlich schon ausgesprochen rotfuchsähnlichen Graufuchs *(Canis cinereoargenteus)* und dem nordamerikanischen Kitfuchs *(Canis velox)* schlagen.

Der Graufuchs ist zierlicher und kleiner als der Rotfuchs. Auf den kalifornischen Santa-Barbara-Inseln leben als extreme Artvertreter dunkelgefärbte Graufuchszwerge von nur halber Hauskatzengröße (die von amerikanischen Mammalogen unter dem Namen Inselgraufuchs für eine eigene Art gehalten werden).

Der Verbreitungsraum dieser in 27 Unterarten aufgeteilten Art erstreckt sich – grob ausgedrückt, da sie in manchen Landschaftsgebieten fehlt – von der kanadischen Grenze südwärts durch ganz Nordamerika und über Mittelamerika bis nach Patagonien. Als Graufüchse in engerem Sinn bezeichnet man die nordamerikanischen Unterarten, während die südamerikanischen unter dem Sammelbegriff »Azarafüchse« zusammengefaßt werden. Der Name Graufuchs ist übrigens im Vergleich zum Rotfuchs recht treffend, da bei ihm, von einem rotbraunen Saum umrahmt, die Augenpartie des Gesichts sowie Nacken und Rücken, bis tief in die Flanken hinab, grau gefärbt sind. Den Schwanzrücken entlang zieht sich ein schwarzer breiter, auffallend grau gesäumter Streifen bis zur schwarzen Schwanzspitze. Graufuchsfelle sind als Rohstoffe edlen Pelzwerks sehr begehrt und im Handel entsprechend kostbar.

In ihrer Lebensweise sind die Graufüchse dem Rotfuchs überaus ähnlich. Mehr schakalhaft ist indessen die Eigenart der südamerikanischen Azarafüchse, allerlei ungenießbare Gegenstände, die für den Menschen von Nutzen sind, zu verschleppen. Wie der Rotfuchs sind die Graufüchse arge Kleintierräuber. Als Hausgeflügeldiebe werden sie eifrig verfolgt. Eine besondere Eigenart der Graufüchse ist ihre erstaunliche Fähigkeit, mitunter recht hohe Bäume zu erklettern. Voraussetzung dafür ist allerdings, daß deren Stämme eine

Ein in Nordamerika weit verbreiteter wolfsähnlicher, jedoch kleinerer Wildhund ist der Koyote oder Heulwolf *(Canis latrans)*

rauhe Rinde tragen und entweder etwas geneigt sind oder tief ansetzende Äste aufweisen. Werden Graufüchse gehetzt, flüchten sie wie Katzen zu solchen Bäumen, erklettern sie rasch und verstecken sich in Laub und Geäst. Es wird sogar behauptet, daß sie Bäume auch deshalb ersteigen, um Vogelnester und Eichhörnchenkobel auszuplündern.

Neben dem Graufuchs kommt im selben Raum in Nordamerika der allbekannte Rotfuchs vor. Die nordamerikanischen Rotfüchse repräsentieren also keine eigene Species. Sie sind lediglich Unterarten von *Canis vulpes.*

Das Verbreitungsgebiet des Rotfuchses erstreckt sich, trotz geographischer Verschiedenheit der Artvertreter in Größe und Farbtönen über ganz Europa (außer den Balearen, Malta und Kreta), Arabien und Nordafrika nördlich der Sahara bis Ägypten, über Mittelsibirien und Mittelasien bis China, Korea, Japan und Kamtschatka, auch bis ins nördliche Hinterindien (in Australien vom Menschen eingebürgert) und letztlich über ganz Nordamerika von Alaska bis in die Südstaaten der USA. Faunistische Untersuchungen an der Nordküste der Sowjetunion ergaben, daß der Rotfuchs langsam nach dem Norden vordringt und den Polarfuchs verdrängt. Überall, wo er auftritt, ist der Rotfuchs geradezu sprichwörtlich als listiger Räuber, vor allem als Hausgeflügeldieb bekannt und wird deshalb, mehr noch seines wertvollen Winterfelles wegen, eifrig verfolgt. Aber auch noch aus einem dritten Grund! Der Rotfuchs ist wie der Wolf unter den Wildtieren besonders anfällig für Tollwut. Es sei deshalb eindringlichst davor gewarnt, einem uns begegnenden und zutraulich erscheinenden, weil nicht flüchtenden Fuchs anzufassen. Ein solcher dreister Fuchs ist aller Wahrscheinlichkeit nach an dieser schrecklichen Seuche erkrankt, denn niemals würde sich ein gesunder dem Menschen gegenüber so verhalten. Deshalb muß dem weiteren Überhandnehmen der Rotfüchse entgegengewirkt werden, so schmerzlich das auch dem Tierfreund erscheint. Ohne Zweifel ist nämlich in unserer Wildbahn der Fuchsbestand zu hoch. Was sind die Ursachen dafür? Der Rotfuchs hat in Mitteleuropa, außer Mensch und Haushund, keinen natürlichen Feind unter den Wirbeltieren mehr, der wesentlich zu seiner zahlenmäßigen Verminderung beitragen könnte. Die wenigen unbeholfenen Jungfüchse, die ausnahmsweise einmal von größeren Greifvögeln geschlagen werden, fallen nicht ins Gewicht. Lediglich parasitäre Krankheiten wie die Fuchsräude und in erster Linie die auch auf Menschen und Haustiere übertragbare Tollwut dezimieren hier noch relativ wirksam die Bestände. Nun ist der Rotfuchs in seinen Lebensgewohnheiten sehr plastisch. Der Verfolgung durch Mensch und Hund vermag er sich weitgehend zu entziehen, indem er sich, begünstigt durch die heutigen Monokulturflächen von Feldfrüchten, inmitten der schier endlosen Kartoffel- oder Getreidefelder ansiedelt. Dort kann er – sobald die Halme oder das Kartoffelkraut hoch aufsprießen – bis zur Ernte, von Hund und Mensch kaum gestört, leben und sich fortpflanzen. Neben dem Verbreiten der Tollwut vernichten die sich ungehindert vermehrenden Füchse Rehkitze, Junghasen, Rebhühner, Fasanen und sonstige Bodenbrüter. So richten sie ohne jeden Zweifel auch jagdwirtschaftlichen Schaden an. Nun fördern jene großen Getreidefelder freilich auch die ungestörte Massenvermehrung von Mäusen und anderen Ackerschädlingen. Und gerade jene sind die Hauptfuttergrundlage der vielen Füchse. In dieser Hinsicht ist der Rotfuchs von hohem land- und volkswirtschaftlichem Wert. Hausgeflügel wird besonders während der Geheckaufzucht geraubt. Die von Creutz in der DDR durchgeführten Untersuchungen ergaben, daß der vom Rotfuchs gestiftete Schaden durch die Nutzleistungen minde-

Die wertvolle Pelze liefernden Silberfüchse sind keine eigene Wildhundart, sondern schwarze, mehr oder weniger silbrig überhauchte Farbspiele des eurasisch-nordamerikanischen Rotfuchses *(Canis [Vulpes] vulpes)*

stens wieder ausgeglichen wird. Vor allem deshalb, weil die von ihm vernichteten Nahrungsschädlinge wenigstens doppelt so hoch zu bewerten sind wie das von ihm gefangene Niederwild.

Neben Fuchsfellen aus freier Wildbahn spielen im Rauchwarenhandel auch Felle von planmäßig in Farmen gezüchteten Rotfuchs-Farbspielen eine bedeutende Rolle. In erster Linie handelt es sich um Felle sogenannter Silber- und Platinfüchse. Silberfüchse sind lediglich Melanos des Rotfuchses mit mehr oder weniger silbrig überhauchtem schwarzem Fell. Derartige Schwärzlinge können selten einmal spontan in Freiheit bei jeder Rotfuchsunterart auftreten. In Sibirien und Kanada gibt es allerdings Gebiete, in denen sie in freier Natur relativ häufig neben normalen Rotfüchsen vorkommen. Von dort stammen auch die ersten Zuchtpaare der Pelztierfarmen. Selbstverständlich sind sie mit normalen Rotfüchsen uneingeschränkt fortpflanzungsfähig. Der weißgraue, kostbare Platinfuchs indessen ist aus freier Wildbahn nicht bekannt, sondern ein Zuchtprodukt. Allgemein geläufig ist, daß sich der Fuchs zuweilen gegen den Willen der rechtmäßigen Inhaber in bewohnten Dachsbauten einnistet. Um Beutetiere oder Verfolger zu überlisten, vermag er sich wie der Goldschakal totzustellen. Diese instinktive Verhaltensweise ist ihm, neben anderen, fälschlich schon seit Jahrtausenden als bewußte List unterstellt worden. Darauf nehmen zahllose Sagen, Märchen und Redewendungen der verschiedensten Völker Eurasiens, Nordafrikas und Nordamerikas, in deren Siedlungsbereich der Rotfuchs vorkommt, Bezug. Auch die schöne Literatur hat sich mehrfach dieses Motivs angenommen. In dieser Hinsicht am berühmtesten ist wohl Goethes Epos »Reineke Fuchs«.

Die Paarungszeit des Rotfuchses fällt in den Januar und Februar. Wie bei den Hunden ist der Penis mit einem Schwellknoten versehen. Erst nach der Samenentleerung gewinnt er seinen maximalen Umfang und behält ihn eine Zeitlang bei. Auf diese Weise wird das sogenannte Hängen der Geschlechtspartner so lange bewirkt, bis der Schwellknoten wieder seinen normalen Umfang erlangt hat. Die Jungen werden nach einer Trächtigkeitsdauer von 51 bis 54 Tagen behaart, aber noch blind im unterirdischen Bau geboren. Der jährliche Wurf umfaßt 1 bis 12 Junge. Im Durchschnitt werden 4 bis 8 Junge je Geheck aufgezogen. Mit 12 bis 15 Tagen öffnen sich die Augen. Die reine Säugezeit beträgt drei Wochen, danach verlassen die Jungen erstmals den Bau. An ihrer Versorgung beteiligt sich oft auch der Rüde. Etwa ein Jahr nach ihrer Geburt sind die Jungen selbst geschlechtsreif. Von klein auf aufgezogen, werden sie dem Menschen gegenüber sehr zahm und anhänglich. Über das Gesamtverhalten des Rotfuchses sind wir durch die Ergebnisse der ethologischen Spezialforschungen Tembrocks gut unterrichtet. Sie im einzelnen hier zu erörtern hieße den gesteckten Rahmen sprengen, weshalb auf die entsprechenden Veröffentlichungen verwiesen wird.

Nicht zur Art *Canis vulpes* gehören die folgenden, als eigene Species der Vollständigkeit halber nur erwähnten, zum Teil als Pelzlieferanten hochgeschätzten altweltlichen Füchse: der nur wenig bekannte Abessinienfuchs *(Canis simensis)*, der Afghanfuchs *(Canis canus)*, der Tibetfuchs *(Canis ferrilatus)*, der Bengalfuchs *(Canis bengalensis)*, der Korsak *(Canis corsac)*, der Sandfuchs *(Canis rüppelli)*, der Kapfuchs *(Canis chamus)* und der Blaßfuchs *(Canis pallidus)*.

Sie alle sind in Aussehen, Verhalten und Lebensbedürfnissen dem Rotfuchs ähnliche hundeartige Raubsäuger. Der Abessinienfuchs ist etwas größer und dunkler, mehr braunröt-

Paarweise auftretende standorttreue Dämmerungsjäger sind die kleinen nordafrikanisch-arabischen Wüstenfüchse oder Fenneks *(Canis [Fennecus] zerdus)*

lich als unser Reineke, die anderen sind heller bis hell isabell-sandfarben. Zwei abweichende Fuchsarten, die nicht kursorisch abgehandelt werden können, der Fennek oder Wüstenfuchs *(Canis [Fennecus] zerdus)* und der Polar- oder Weißfuchs *(Canis [Alopex] lagopus)*, verdienen besondere Beachtung.

Der Fennek ist als eigene Species der kleinste und zierlichste rezente Wildhund. Wohl gibt es, wie bereits erwähnt, etwa gleich große zwerghafte Inselformen auch von dem als Art im Mittelwert größeren und schwereren amerikanischen Graufuchs, jedoch sind sie nur Unterarten aus einem sehr eng begrenzten Verbreitungsgebiet. Einschließlich Schwanz, der allein etwa 20 cm beansprucht, hat der Fennek eine Gesamtlänge von höchstens 60 cm und eine Körperhöhe von 20 cm, ist also quasi ein Fuchs in Miniaturausgabe. So rotfuchsähnlich er auch erscheint, so abweichend davon sind die im Verhältnis zu den sonstigen Proportionen geradezu riesenhaften löffelähnlichen Ohrmuscheln. Diese auffälligen Schalltrichter benötigt er als Bewohner von Wüsten und Halbwüsten, um die feinen Geräusche aufzufangen, die ihm die Nähe seiner Beutetiere – Insekten, Schnecken, Eidechsen und kleine Nager – verraten und ihn zu diesen hinleiten. In gewandtem Sprung werden sie dann erhascht. Der Fennek frißt auch Vogeleier, Früchte und in der Sonnenglut knochenhart getrocknetes Aas. Nasenspiegel und Augen stechen als dunkle Punkte von seinem hellgelb gefärbten Haarkleid ab. Er ist also, obwohl Nachttier, seiner Umgebung vorzüglich angepaßt. In der Nacht wechselt er zu seinen wenigen natürlichen Tränkeplätzen. Direkte Sonnenbestrahlung vertragen Fenneks nicht lange. Tagsüber schlafen sie deshalb, mitunter zu mehreren gemeinsam, in ihren flach in den Sand getriebenen Bauen. – Diese reizenden »lebenden Spielzeugtierchen« halten leider in mitteleuropäischen zoologischen Gärten, trotz ausgesuchtesten Futters und wohltemperierter

Die baumlosen Steppen Eurasiens zwischen Wolga und Nordwestchina besiedelt ein Erdhöhlen bewohnender kleiner Wildhund, der Korsak oder Steppenfuchs *(Canis [Vulpes] corsac)*

biotopgemäßer Unterkunft, nur schlecht aus. Obwohl sie hier sehr zahm werden, ja sich ihren Pflegern gegenüber geradezu »anschmiegsam« aufführen, siechen sie im allgemeinen schnell dahin. Sie sind zu spezialisiert, daher wenig plastisch.

Nicht so schwierig in mitteleurasischen Tiergärten und Pelztierfarmen zu pflegen und zu züchten ist das andere Extrem unter den Füchsen, der kurzohrige Polarfuchs, treffend auch Eis-, Schnee- oder Weißfuchs genannt, *Canis lagopus.* Seine ständige Haltung und Zucht gelingen jedoch nur wirtschaftlich erfolgreich in nordeurasischen und nordamerikanischen Gebieten mit langen und kalten Wintern, bestenfalls noch in rauhen mitteleurasischen Hoch- und Mittelgebirgen. Deshalb gibt es viele Weißfuchsfarmen im Norden Norwegens, Schwedens, Finnlands und der Sowjetunion. In Freiheit lebt der Polarfuchs nördlich der Baumgrenze im gesamten Nordpolargebiet. Nichts ist an kleineren Lebewesen vor ihm sicher, ob Lemminge, Schneehasen, Schneehühner, brütende Vögel, Vogelgelege, Fische oder an Land gespülte Kadaver von Walen und Robben – er frißt alles. Dort, wo der Eisfuchs neben dem Eisbären vorkommt, bilden dessen fettreiche Exkremente einen wesentlichen Anteil seiner Nahrung. Er frißt gelegentlich auch Beeren und Pflanzenteile. Das Besondere am Polarfuchs ist sein weißes und deshalb so begehrenswertes Winterfell. Das nur während des kurzen Sommers voll ausgefärbte Sommerfell ist auf dem Rücken braungrau und auf der Unterseite grauweiß. Bald beginnt wieder die Umfärbung, die an manchen Stellen rascher abläuft als an anderen. Jetzt erscheint der Eisfuchs auf dunklem Grunde weißgefleckt. Auf dem Höhepunkt des Polarwinters, wenn die Umfärbung beendet ist, prangt sein langhaariges seidenweiches Fell am ganzen Körper schlohweiß. Scharf kontrastieren dann die dunklen Augen und der schwarze Nasenspiegel.

Als Kleintierjäger und Aasfresser lebt nördlich der Baumgrenze der Eis- oder Polarfuchs *(Canis [Vulpes] lagopus)* rund um das Nordpolargebiet. Sein kurzes Sommerfell ist auf der Oberseite braungrau, unterseits weißlich gefärbt

Das lange und dichte Winterfell des Eisfuchses zeigt eine schneeweiße Tarnfärbung. Es kommt unter dem Namen Weißfuchs in den Pelzhandel. Das schieferblaue Fell des melanotischen Farbspieles führt in der Rauchwarenbranche die Bezeichnung Blaufuchs

Nunmehr beginnt die Umfärbung in umgekehrter Reihenfolge. Bis das Sommerkleid voll ausgefärbt ist, sind die Tiere wieder auf braungrauem Grunde weißgefleckt. Auch unter Weißfüchsen treten gelegentlich Schwärzlinge auf. Diese sehen jedoch nicht völlig schwarz aus, sondern sind im Sommer am ganzen Körper dunkel braungrau gefärbt. Ihr kostbares langhaariges Winterkleid jedoch ist wundervoll blaugrau. Das Fell dieses in freier Natur sehr selten zu erbeutenden Farbspieles ist im Pelzhandel unter dem bezeichnenden Namen Blaufuchs hochbegehrt. Da aber die jährliche Strecke bei weitem nicht den Jahresweltbedarf an Blaufüchsen decken kann, wird besonders er, neben dem Weißfuchs, planmäßig in Farmen gezüchtet, begünstigt auch dadurch, daß Weiß- und Blaufüchse in Gefangenschaft sehr zahm und anhänglich werden.

Dort, wo wilde Eisfüchse in der Nähe menschlicher Behausungen vorkommen, sind sie erstaunlich dreist und werden dadurch sehr lästig. Sie dringen in unbewachten Augenblikken in diese ein und schleppen an Genießbarem, oft auch an Ungenießbarem fort, was sie tragen können. Finden sie mit einem Male nicht zu bewältigende Futtermengen vor, so vergraben sie den Überfluß im Schnee. Als natürliches Gefrierfleisch konserviert, dient ihnen dieser Vorrat als Nahrung für knappe Zeiten. Vom Eisfuchs wird behauptet, daß er zwar wie die anderen Füchse eine vorzügliche Nase, aber nicht ein so gutes Gehör besitze. Dafür sei sein Auge weit besser als das seiner meisten Verwandten.

Eisfüchse leben in selbstgescharrten Höhlen oder in den Spalten aufgetürmter Eisschollen. Oft halten sie sich rudelweise im Bau auf und wärmen sich so gegenseitig. Gegen Ende des ersten und Anfang des zweiten Jahresdrittels paaren sie sich. Die Ranz ist mit viel Gekläff, Gekreisch, Winseln und Beißereien vor allem der rivalisierenden Rüden verbunden. Die nach knapp 45 Tagen Tragzeit geborenen, noch etwa zwei Wochen lang blinden vier bis acht Welpen tragen schon bei der Geburt ein warmes, wolliges, dunkelbraun gefärbtes Haarkleid. Bereits zur nächsten Paarungszeit sind sie dann selbst fortpflanzungsfähig.

Die zweite Gattung der Unterfamilie Canidae vertritt nur eine Art: der Marder- oder Waschbärhund *(Nyctereutes procyonoides)*. Tatsächlich erinnert er auf den ersten Blick mehr an einen Waschbären als an einen Wildhund. Gestaltlich, vor allem durch seinen dicken Fuchsschwanz und die kurzen Ohren, kommt er unter den *Canis*-Arten dem Polarfuchs noch am nächsten. Das trifft aber nicht auf sein schwarz-silbergrau bis dunkelbraun-gelblich meliertes, sehr langhaariges Fell zu. Dieses ist als Rohstoff für warmes Pelzwerk sehr begehrt. Die Kürschner bezeichnen es als Japanfuchs oder Seefuchs. Japan ist die eigentliche Heimat unseres Tieres. Von dort erstreckt sie sich westwärts über fast ganz China und das Amur- und Ussurigebiet. Ferner kommt der Marderhund in Korea, überhaupt im nördlichen Südostasien vor. Daneben ist er als freilebendes Pelztier durch Aussetzen in weiten Teilen der Sowjetunion eingebürgert worden. Hier hat er sich in freier Wildbahn stark vermehrt und breitet sich ständig weiter nach Westen aus. So ist er von der Sowjetunion her bereits nach Finnland, Nordostschweden, Polen, Rumänien, der ČSSR, der DDR und BRD eingewandert und dort Standwild. Von 1964 bis 1982 wurden in der DDR über 20 Marderhunde erlegt. Durch die versteckte Lebensweise und die große ökologische Anpassung bedingt, kann eine starke Zunahme der Bestände prognostiziert werden.

Marderhunde halten paarweise zusammen und bevorzugen feuchte, mit Laubwäldern bestandene Niederungen und Rohrdickichte, nehmen aber auch mit anderen Biotopen vorlieb. Der Marderhund ist ein Allesfresser, der vorwiegend von kleinen Wirbeltieren lebt. In Gebieten mit Wasserwild ist er ein arger Nesträuber. Im Höhepunkt des Winters hält er im gut ausgepolsterten Kessel seines selbstgegrabenen Erdbaues Winterruhe. Die Ranzzeit liegt im ersten Jahresviertel. Nach einer Tragzeit von neun Wochen wirft die Hündin etwa acht schwarz behaarte Junge. Diese öffnen nach zehn Tagen die Augen. Bereits nach einem halben Jahr sind sie völlig herangewachsen und im nächsten Frühjahr fortpflanzungsreif. Der Marderhundvater hilft mit, sie zu füttern und zu schützen. Sind die Jungen so weit gediehen, daß sie den Bau verlassen können, dürfen sie sich an Jagdgängen der Eltern beteiligen. Junge Marderhunde werden bei guter Pflege sehr zahm. In den zoologischen Gärten zeigt man sie, nachdem sie früher dort selten anzutreffen waren, heute recht oft.

Um den Überblick über die hundeartigen Raubsäugetiere abzurunden, ist es notwendig, einige Vertreter aus den weiteren vier rezenten Gattungen, die die Familie Canidae umfaßt, zu besprechen. Im tiefen Innern der Wälder Südamerikas, von Paraguay bis nach Panama, verbringt der merkwürdige Waldhund *(Speothos venaticus)* sein menschlicher Beobachtung selten zugängliches, sehr verborgenes Dasein. Über seine Lebensweise in freier Natur wissen wir deshalb sehr wenig. Leider gelangt er auch nur selten einmal in unsere Tiergärten. Wer nicht weiß, daß er ein urtümliches süd-

Der ostasiatische Marderhund *(Nyctereutes procyonoides)* wird seiner großen Ähnlichkeit mit dem nordamerikanischen Waschbären wegen gelegentlich auch Waschbärhund genannt

Ein gemächlicher »Stelzenläufer« ist der extrem hochbeinige Mähnenwolf *(Chrysocyon brachyurus).* Dieser harmlose Wildhund der südamerikanischen Savannen und Sumpfgebiete lebt als Einzelgänger ausschließlich von Kleintieren

amerikanisches Wildsäugetier ist, kann ihn, seinem Äußeren nach, leider mit einem gewöhnlichen »Dorfköter« verwechseln. Über seiner breiten Stirn erheben sich zwei kleine, wie kurzgeschnitten wirkende Ohren. Darunter sehen uns zwei verhältnismäßig große, sehr dunkle Augen an. Die Schnauze ist relativ kurz und stumpf, ähnlich der einer Fleckenhyäne.

Das fuchsschwanzähnliche Schwänzchen des Waldhundes wird auch bei vollerwachsenen Tieren kaum mehr als 15 cm lang. Der einheitlich braungefärbte kurzhaarige Räuber ist nur rotfuchsgroß, er erinnert im Körperbau etwas an einen Dackel, steht aber nicht auf gekrümmten, sondern auf geraden und stämmigen, sehr kurzen Beinen. Diese Körperform erweist sich als ausgezeichnete Anpassung an den Lebensraum. Der Waldhund ist ein Buschschlüpfer, der sich durch Lücken zwischen Baumwurzeln und im Dickicht hindurchwinden muß, bei seiner Gestalt aber rasch vorankommt. Gewöhnlich treten Waldhunde in Rudeln von etwa zehn Tieren auf. Eine solche Meute jagt, reißt und frißt, was sie an Urwaldtieren niederzuringen vermag. Die Hauptbeute sollen Nagetiere von Aguti- bis Wasserschweingröße sein.

Äußerlich das völlige Gegenteil vom Waldhund ist ein anderer südamerikanischer Wildhund, der Mähnenwolf *(Chrysocyon brachyurus),* der langbeinigste rezente Canide überhaupt. Übrigens würde er besser und zutreffender als Mähnenfuchs zu bezeichnen sein. Tatsächlich sieht er fast wie ein allerdings sehr großer Rotfuchs auf unverhältnismäßig hohen Stelzenbeinen aus. Färbung, Schwanz, die lange vorgestreckte Schnauze – alles erinnert weit mehr an einen Fuchs als an einen Wolf. Dieser Wildhund bewohnt offene Savannen und von hohem Graswuchs bedeckte Sumpflandschaften. In diesen Biotopen sind ihm seine hohen Beine sehr nützlich. Freilich täuscht man sich, wenn man daraus schließt, er müsse ein ausdauernder windhundschneller Renner sein. Allein sein kleines Herz beweist uns das. Alle wirklichen ausdauernden Schnelläufer unter den Säugetieren besitzen nämlich außerordentlich große Herzen. Die Hochbeinigkeit kommt dem Mähnenwolf auf ganz andere Weise zugute. Wenn er langsam durch sein Jagdrevier streift, wird er durch sie bis über die Spitzen der Grashalme »emporgehoben«. Von seiner Höhe aus erblickt er schon über eine gewisse Entfernung hin kleine Beutetiere oder nimmt deren Bewegungen im Gras wahr und schleicht sie dann »gezielt« an. Hat er sie fast erreicht, faßt er sie im Sprunge blitzschnell und verschlingt sie im Ganzen. Der Mähnenwolf ist also kein Groß-, sondern ein ausgesprochen harmloser und wenig verteidigungsfähiger Kleintierjäger. Höchstens als Hausgeflügeldieb verursacht er gelegentlich unbedeutenden Schaden. Sonst hat er keinerlei wirtschaftliche Bedeutung, und auch sein Fell wird nicht gehandelt.

Als Insekten-, Wanderheuschrecken- und Kleinnagervertilger ausgesprochen nützlich erweist sich der dem Mähnenwolf in der Lebensweise analoge, viel kurzbeinigere afrikanische Löffelhund oder Löffelfuchs *(Otocyon megalotis).* Hausgeflügel ist als Beute für ihn bereits zu groß. Das harmlose, über rotfuchsgroße Tier ist einheitlich graugelb gefärbt. Ähnlich dem Fennek trägt der Löffelhund große, löffelartige Ohren. Proportional zur gesamten Körpergröße sind sie freilich beträchtlich kleiner als beim Fennek, bei dem sie das dominierende Merkmal darstellen. Auch der Löffelhund bedarf dieser großen Schalltrichter, um seine kleinen Beutetiere durch die von ihnen verursachten Geräusche orten und dann zielsicher anschleichen zu können. Früher war er vom Sudan bis nach Südafrika überall häufig, heute ist er streckenweise leider fast ausgerottet. Bei guter und einfühlsamer Pflege werden von klein auf in Gefangenschaft gehaltene Löffelhunde sehr zahm und vorsichtig. Obwohl selbst »Raubtiere«, sind sie doch für andere, stärkere afrikanische Raubsäuger eine leicht zu überwältigende Beute.

Sogar ein eigener Familienverwandter macht Jagd auf den harmlosen Löffelhund und reißt ihn, wann und wo er ihn in freier Steppe überraschen kann. Dies ist der in den Savannengebieten ganz Afrikas außerhalb der Waldzonen überall vorkommende und als angeblich »erbarmungsloser Wildvernichter« übel beleumundete Hyänenhund *(Lycaon pictus).* Diese Unterstellung, die seit eh und je zu rücksichtslosem Bejagen der Hyänenhunde Anstoß gab, ist kaum aufrechtzuerhalten. Wo das Tierleben der afrikanischen Steppe im Gleichgewicht steht, bleiben die Wildverluste durch Hyänenhunde durchaus im Rahmen der natürlichen Grenzen zwischen dort endemischen Beute- und Raubtieren. Ein erbarmungsloser Wildvernichter ist allein der mit weittragenden Schußwaffen diese Wildbestände heimsuchende und die Harmonie des natürlichen biologischen Gleichgewichts störende Mensch!

Der hochbeinige, in Rudeln lebende und jagende Hyänenhund ist, im Gegensatz zum südamerikanischen Mähnenwolf, nun wirklich ein ausdauernder Steppenläufer mit tatsächlich großem Herzen. Selbst die größten Antilopen werden müde gehetzt und niedergerungen. Ob stärkere Rudel zuweilen sogar Löwen angreifen und überwältigen, ist eine Streitfrage. Sollte dies jedoch der Fall sein, dürfte es sich um sehr alte und wenig verteidigungsfähige Löweneinzelgänger handeln. Seinem Artnamen *»pictus«*, der Gemalte, entsprechend ist der Hyänenhund mit Recht als der bunteste unter sämtlichen rezenten Canidae zu bezeichnen. Kein Exemplar dieser Raubtiere

Ein in Rudeln jagender Wildhund der offenen Steppe Afrikas ist der farbenprächtige Hyänenhund *(Lycaon pictus)*

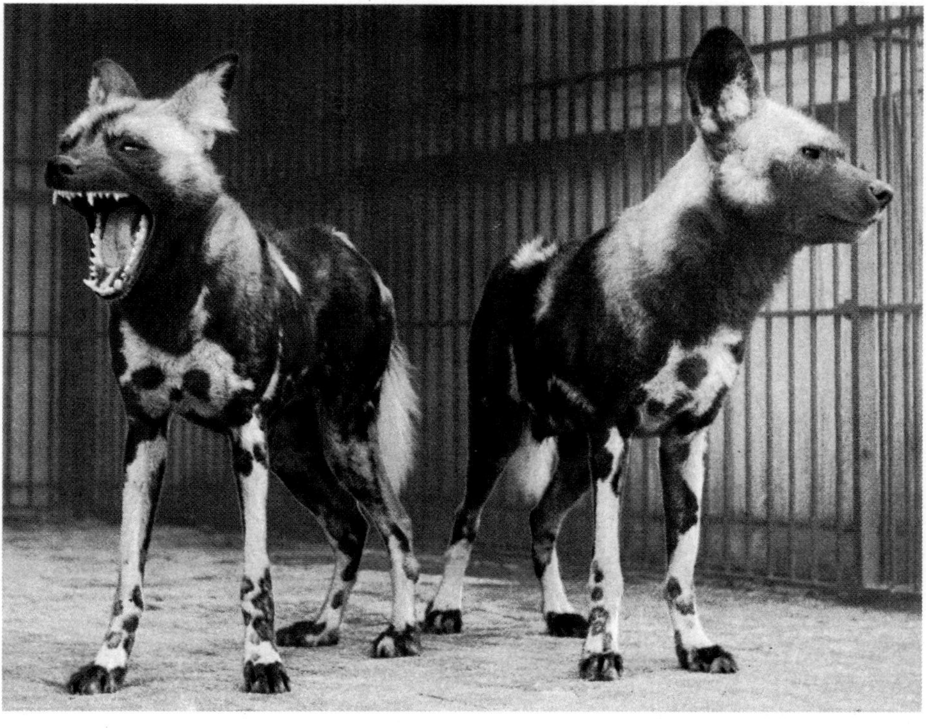

gleicht in seiner Scheckung dem anderen. Ein Rudel Hyänenhunde in Ruhe oder in Bewegung wirkt inmitten seines natürlichen Lebensraumes aus der Nähe auf den Betrachter geradezu als Farbensinfonie. Bemerkenswerterweise haben Hyänenhunde vor dem Menschen nur geringe Scheu. Sie weichen ihm meist nicht aus, greifen ihn aber ohne Grund auch nicht an. Junge Hyänenhunde können sehr zahm werden. Doch ist ihres starken Gebisses wegen größte Vorsicht beim Umgang mit ihnen geboten. Selbst beim spielerischen Zubeißen vermögen sie schwerste Verletzungen beizubringen.

Angeblich noch nie gezähmt worden, deshalb für »unzähmbar« gehalten, ist der nahe Verwandte des Hyänenhundes, der asiatische Rothund *(Lycaon [Cuon] alpinus)*, von dem es zahlreiche, in der Färbung unterschiedliche Rassen gibt. Rothunde sind ungefleckt und tragen je nach Unterart ein farblich ziemlich einheitliches, dunkelfuchsrotes bis graugelbes Fell. Ihre Jagdweise in großen Rudeln entspricht der des afrikanischen Hyänenhundes. Haltenorth schreibt vom Rothund: »Großraubtiere (Bären, Leoparden, Tiger) werden von ihrer Beute verjagt, oft selbst angegriffen und, wenn auch unter eigenen Verlusten, zerrissen.«

Zum Abschluß sei noch kursorisch dem Gebiß aller rezenten Canidae-Gattungen und -Arten einige Aufmerksamkeit geschenkt. Der Hyänenhund hat ein Gebiß, das dem der Hyänen sehr ähnelt; deshalb sein deutscher Name. Es befähigt unser Tier, selbst stärkere Wiederkäuerknochen zu zerschroten. Die Molaren sind unterentwickelt. Die das Muskelfleisch der Beute zerschneidenden Prämolaren dieser Fleischfetzenverschlinger sind dafür auffallend kräftig ausgebildet. Beim Mähnenwolf beobachten wir das Gegenteil. Hier dominieren die besonders starken Molaren. Der Mähnenwolf stellt unter allen Wildhunden dem Gebiß nach den ausgeprägtesten Pflanzennahrungszerkauer dar. Beim afrikanischen Löffelhund ist das Problem der Pflanzen- und Gemischtkostzerkleinerung derart gelöst, daß sich auf beiden Seiten des Ober- und Unterkiefers jeweils ein bis zwei Backenzähne mehr finden. Dadurch kann das Gebiß ausnahmsweise die Gesamtzahl von 50, in jedem Falle aber von 46 Zähnen erreichen. Das ist das Maximum für alle Hundeartigen. Das Minimum finden wir beim Waldhund, der wieder vorwiegend Fleischschlinger ist, seine Molaren deshalb kaum benötigt. Bei ihm fehlt – gewöhnlich auf beiden Seiten – der hintere obere Backenzahn des normalen *Canis*-Gebisses völlig, der andere ist klein und zurückgebildet. Von den sonst auf jeder Seite drei unteren Molaren sind der hinterste nicht mehr vorhanden, der nächste klein und schwach und nur der vorderste noch voll ausgebildet. Das Waldhundgebiß erreicht also höchstens die Gesamtzahl von 40 Zähnen. Es können auch nur 36 sein. Übrigens wird bei den Wildhundarten am Verhältnis der Darmlänge zur Körperlänge sehr deutlich, welche Art vorwiegend Fleischfresser ist und welche gemischte Nahrung aufnimmt. Bei Fleischfressern beträgt die Darmlänge wenig mehr als das Zweifache, bei den anderen erreicht sie mitunter das Siebenfache der Körperlänge. Wer sich eingehender über die Vertreter der Familie Canidae orientieren möchte, sei auf das Werk »Wildhund – Haushunde« von Senglaub verwiesen.

Familie Ursidae – Bären

Die Familie Ursidae, Bären, und die später behandelte Familie Hyaenidae, Hyänen, machen sich den Anspruch streitig, die stammesgeschichtlich jüngste Familie der Carnivora zu sein. Beide Familien haben sich im Miozän, vor etwa 30 Millionen Jahren, aus anderen Gruppen abgezweigt. Die Hyänen gingen aus den Viverridae, den Schleichkatzen, hervor, die Bären aus den Canidae, den Hunden. Die letzten stellen unbestreitbar den ältesten Carnivora-Stamm dar. Von ihm leiten sich letztlich alle Fissipedia-Familien ab. Die Ahnen unserer heutigen Bären im Miozän waren nur fuchsgroße Tiere. Im Altpleistozän finden sich schon Reste unterschiedlicher Arten. In der ausgestorbenen Bärenart *Ursus etruscus*, die im Villafranchium, einem Abschnitt des ältesten Pleistozäns, vor ungefähr 700000 Jahren lebte, wollen – allerdings nicht unbestritten – einige Paläomammalogen die Ausgangsart aller rezenten Braun- und Schwarzbären erkennen. Sicher ist, daß die »Entfaltung« der eigentlichen Ursidae erst im Pleistozän stattgefunden hat. Ein Zweig, der riesige Höhlenbär *(Ursus spelaeus)*, der im Eiszeitalter mit dem Mammut und dem altpaläolithischen Menschen in Eurasien zusammen auftrat, ist erloschen. Wann, wissen wir nicht genau. Vermutlich haben sich kleine Restbestände noch bis in die ersten Jahrtausende des Holozäns, der Jetztzeit, gehalten. Reste des Höhlenbären finden sich auch in unserer engeren Heimat, besonders Schädel, einzelne Knochen und Zähne. Vollständige Skelette sind selten. Die Art unterschied sich vom heutigen Braunbären einmal durch die sie weitaus (etwa ein Drittel) überragende Größe, zum anderen durch den »mopsgesichtigen« Schädel mit steil aufsteigender Stirn über dem Nasenrücken. Prämolaren wies das Gebiß erwachsener Höhlenbären nicht auf. Die Tiere sollen übrigens vorwiegend Pflanzenfresser gewesen sein. Nun sind ja bis heute fast alle Großbärenarten Allesfresser geblieben, allerdings die einen mehr Fleisch-, die anderen mehr Pflanzenfresser. Das ist jedoch individuell schon innerhalb der Angehörigen jeder rezenten Species verschieden und richtet sich nicht zuletzt nach dem pflanzlichen und tierischen Nahrungsangebot im jeweiligen Biotop. Selbst ein gezwungenermaßen ausgesprochener Fleischfresser wie der Eisbär verschmäht die Aufnahme genießbarer Pflanzenstoffe nicht. Vor allem in zoologischen Gärten nimmt er Nahrungsanteile pflanzlicher Herkunft, wie Möhren, Obst und Brot, durchaus auf und verdaut sie normal. Innerhalb der Gattung *Ursus* wird dem Eisbären der Rang einer eigenen Untergattung *Thalassarctos* zugebilligt. Sie enthält nur eine einzige, auf der Nordhalbkugel zirkumpolar verbreitete Art *(Ursus [Thalassarctos] maritimus)*. Diese löste sich als letzte, erst im mittleren Pleistozän, aus der Braunbärensippe heraus. Eisbären und Braunbären erbringen, miteinander verpaart, fruchtbare Bastarde.

In der Form weicht die Gattung *Melursus*, Lippenbären, von allen anderen Bären ab. 1790 veröffentlichte der berühmte Göttinger Naturforscher J.F. Blumenbach einen Brief seines Kollegen F. G. Sulzer aus Ronneburg in Thüringen. Dieser berichtete ihm von einem merkwürdigen Skelett, das er in einer englischen Naturaliensammlung untersuchen konnte. Sulzer war sich über die systematische Einordnung dieses sehr bärenähnlichen Tieres absolut nicht im klaren, da dem Schädel die Schneidezähne fehlten. Er nannte es deshalb *Chylarys*, was etwa »Nahrungssaftschlürfer« bedeutet. Heute wissen wir, daß er ein Skelett des Lippenbären *(Melursus ursinus [= labiatus])* vor sich gehabt hat. Charakteristisch für Lippenbären ist es nämlich, mit fortschreitendem Alter die Schneidezähne zu verlieren. Lange Zeit wurden derartige Skelette fälschlich als von großen, der Wissenschaft noch unbekannten Faultieren stammend, angesehen. Sulzers Name *Chylarys* war übrigens in Anbetracht dessen, daß nur ein Skelett vorlag, gut gewählt. Aber nicht allein, daß den Lippenbären die Schneidezähne in der Regel bereits frühzeitig ausfallen, sie haben auch im Oberkiefer ein Paar Schneidezähne weniger als alle anderen Ursidae. Das ist jedoch nicht die einzige Besonderheit dieser in Indien nach Osten bis zum Golf von Bengalen, im Norden bis zum Fuße des Himalaja und auf Ceylon vorkommenden Gattung. Man ist versucht, die Lippenbären geradezu als Karikaturen unseres im Aussehen viel harmonischer wirkenden Braunbären zu bezeichnen. Der flache Kopf endet in einer weit vorgezogenen, rüsselartigen Schnauze, die neben anderen Eigentümlichkeiten überaus bewegliche Nasenflügel aufweist. Die langen, dehnbaren Unterlippen können über den äußersten Nasenrand hinaus in Form einer Rinne vorgestreckt werden. Das Ganze sieht dann wie eine geschlossene Röhre aus, aus der die sehr lange, riemenförmige Zunge weit herausgestreckt werden kann. Zunge und Schnauzenröhre stellen gemeinsam einen ausgezeichneten kombinierten Saug- und Greifapparat dar. Der Lippenbär ist nämlich vorwiegend Insekten- und Pflanzenfresser. Vor allem liebt er Baumfrüchte, Blüten, Zuckerrohr und Bienenhonig. Er zerstört Bienennester und saugt Honig und Brut ein, reißt aber mit Hilfe seiner großen Sichelkrallen auch Termiten- und Ameisenbauten auf. Dann bläst er mit aller Kraft Luft in den geöffneten Bau, um Staub und Erdkrümel herauszubefördern, und saugt die auf diese Weise grob von ungenießbaren Beimengungen gesäuberte Ameisen- oder Termitenbrut auf. Obwohl er ein langsamer und unbeholfen wirkender Kletterer ist, besteigt er doch zum Nahrungserwerb auch hohe Bäume. Die Lippenbären haben sich in Südasien die ökologische Nische eines Ameisen- und Termitenfressers erschlossen. Starke Bejagung und Zerstörung des Habitats haben in weiten Teilen des Verbreitungsgebietes zu starker Bestandsminderung geführt.

Der seltsamste und harmloseste Bär ist der indische Lippenbär *(Melursus ursinus)*. Seine vorn abgestumpfte, langgezogene Schnauze ist mit weit vorstreckbaren Lippen ausgestattet. Mit ihnen saugt er die Ameisen ein, deren Bauten er zerstört hat

Erwachsene Lippenbären erreichen eine Gesamtlänge von etwa 1,80 m, bleiben in der Schulterhöhe jedoch bei 75 bis 90 cm. Der kurze, dicke Körper wird von starken, niedrigen Beinen getragen. Die großen Füße sind mit Sichelkrallen von schmutzig gelblichweißer Färbung versehen, die Farbe der platten, unbehaarten Fußsohlen ist ein glänzendes Schwarz. Den Körper bedecken grobe, zottige Haare. Sie sind schwarz und so lang, daß sie den nur etwa 10 cm langen Schwanzstummel verbergen. Das noch weit längere Nackenhaar bildet eine sich nach beiden Seiten herabsenkende Mähne. Auf der schwarzen Brust zeigt jeder Lippenbär eine weiße bandähnliche Zeichnung in Hufeisenform. Der Kopf ist schwarz, die Rüsselschnauze grauweiß gefärbt.

Lippenbären sind untereinander friedliche und gesellige, in Gefangenschaft oft geradezu unzertrennliche Tiere. Die Fortpflanzungszeit reicht von September bis Januar. Unternimmt in freier Natur die Lippenbärenmutter einen längeren Ausflug mit ihren Jungen (meist zwei) durchs Revier, so reiten die Kleinen auf ihrem Rücken. Sind die Jungen so groß geworden, daß beide auf dem mütterlichen Rücken nicht mehr Platz finden, wird das »Reittier« abwechselnd benutzt. Das andere Junge trabt nebenher. In der Verteidigung, besonders wenn ein angegriffenes Weibchen seine Jungen mit sich führt, wird der relativ harmlose Lippenbär zum gefährlichen Gegner von Mensch und Hund. Seine Krallen können furchtbare Wunden verursachen. Lippenbären sollen manchmal von Tigern gerissen werden. Im Zoo oder Zirkus sind sie nicht schwierig zu halten. Mitunter erreichen einzelne Exemplare in Gefangenschaft ein Lebensalter von mehreren Jahrzehnten. Ihren Pflegern schließen sie sich gewöhnlich eng an.

Zu den größten Seltenheiten und Kostbarkeiten gehört in unseren Tiergärten noch immer der Brillen- oder Andenbär *(Tremarctos or-*

natus). Erst nach dem zweiten Weltkrieg wird er etwas häufiger in europäischen zoologischen Gärten gezeigt, nicht zuletzt dank der Zuchterfolge, die der Zoo in Basel mit dieser Art aufzuweisen hat. Die Bärenspecies ist, vom tiergeographischen Standpunkt aus betrachtet, von allen Bären am weitesten in Neuland vorgestoßen. Bären sind zwar in Nordamerika reichlich vertreten: Im hohen Norden lebt der Eisbär, in Alaska der riesige Alaskabär, vom Norden Kanadas bis nach Mexiko kommen Baribal und Grizzly vor. Dagegen ist Südamerika in mannigfacher, vor allem zoologischer Beziehung ein Erdteil für sich. Man dürfte in ihm eigentlich keine bodenständigen Großbären erwarten, höchstens noch Grizzlys und Baribals, die im Laufe der Jahrtausende über die Landenge von Panama hätten einwandern können. Das ist ihnen nicht gelungen, denn sie fehlen dort völlig. Überraschenderweise findet sich statt ihrer die kleinste Großbärenart, die mit Recht eine eigene Gattung für sich beansprucht. Das Tier wird zutreffend auch Andenbär genannt, denn es kommt als Gebirgsbewohner im Westen Südamerikas, von Venezuela bis Chile und Bolivien vor. Es ist am ganzen Körper von einem schwarzen, dichten, mittellangen Haarkleid bedeckt und erhielt seinen Namen Brillenbär nach dem bloß orangegelb gefärbten Haarband, das sich in einem Bogen über Nasenwurzel und Augen hinzieht. Eine zweite, weiße Binde verläuft von der Nase beiderseits über die Wangen zur Kehle und Brust. Der Brillenbär wird nur etwa um ein Drittel größer als erwachsene Vielfraße. Manches deutet darauf hin, daß seine nächsten Verwandten nicht, wie zu erwarten wäre, die nordamerikanischen Baribals oder Schwarzbären sind, sondern die südostasiatischen Malayen- oder Sonnenbären *(Helarctos malayanus).*

Auch sie bilden eine eigene Gattung innerhalb der Bären. Ihr Vorkommensgebiet erstreckt sich wahrscheinlich von Südchina über Burma, Sumatera bis nach Kalimantan.

Unter erwachsenen Malayenbären gibt es, je nach geographischer Herkunft, sehr kleine Individuen. Infolge der beträchtlichen Variationsbreite der Art trifft man aber auch Exemplare, die die Höchstmaße beispielsweise der Andenbären noch übertreffen. Nur deshalb wird der Sonnenbär hier als zweitkleinste, nicht als kleinste Ursidae-Species aufgeführt. Jedoch ist er unbestritten der kurzhaarigste Bär. In ihrem glänzenden schwarzen Fell wirken erwachsene Malayenbären auf Nichtzoologen wie halbwüchsige »kurzgeschorene«

Die Bezeichnung Brillenbär *(Tremarctos ornatus)* für den kleinen südamerikanischen Andenbären beruht auf dem brillenhaften Eindruck, den die auffällige weiße Gesichtszeichnung auf dem schwarzen Fell beim Beschauer hervorruft

Noch bis vor kurzem galt die Züchtung des kleinen, auf Kalimantan, Sumatera und der Halbinsel Malakka heimischen Malayenbären *(Helarctos malayanus)* für unerreichbar. Inzwischen ist sie wiederholt in der DDR, im Berliner Tierpark, geglückt

Braunbären. Dieser Eindruck wird durch die winzigen Ohrmuscheln an den breiten Köpfen noch verstärkt. Ähnlich dem Lippenbären hat der Malayenbär, in seiner Heimat »biruang« genannt, eine fahlgelbe Schnauze. Sie ist aber bei weitem nicht ein so komplizierter Saug- und Blasapparat wie bei jenem, obwohl die Zunge gleichfalls sehr lang ist und weit herausgestreckt werden kann. Mit den Lippenbären haben Sonnenbären außerdem den Besitz der riesigen Sichelkrallen an allen vier Füßen gemeinsam. Auf der Brust tragen sie einen ring- oder hufeisenförmigen Fleck, der kräftig bis blaß orangegelb gefärbt ist. Übrigens finden sich zuweilen auch bei jungen Braunbären derartige Brustflecke, verlieren sich aber meist im Altershaarkleid. Allerdings sollen auch erwachsene Braunbären vorkommen, die diesen Fleck in ziemlich verwaschener Form zeitlebens behalten. Gelegentlich kann beim Malayenbären eine ähnliche Brillenzeichnung auftreten, wie sie für den Andenbären charakteristisch ist.

Malayenbären sind vorzügliche Baumkletterer. Ihre Nahrung besteht überwiegend aus Früchten und anderen genießbaren pflanzlichen Stoffen, ferner aus kleinen Wirbeltieren und Insekten. Der Biruang gilt in freier Natur als relativ ungefährlich. In Gefangenschaft wird er sehr zahm und zutraulich, verursacht aber mit seinen großen Krallen beträchtlichen Schaden. Er zwängt sie in die kleinsten Mauerfugen und wuchtet Stein um Stein aus dem Mörtel- oder gar Zementverbund. Die Zucht von Malayenbären wollte jahrzehntelang in zoologischen Gärten nicht gelingen. Diese tiergärtnerische Hürde wurde vor Jahren im Tierpark Berlin genommen, wo es Direktor Professor Dr. Dr. Heinrich Dathe und seiner Frau in sorgsamer persönlicher Pflege gelang, ein dort geborenes Junges aufzuziehen.

Von Iran durch Süd- und Zentralasien bis nach Japan kommt der Kragenbär *(Selenarctos tibetanus)* vor. Der Gesamtbestand im fernöstlichen Amur-Ussuri-Gebiet wird auf 6000 bis 8000 geschätzt. Der stärkste Bestand lebt in den Zedernmischwäldern und Eichenwäldern des Sichote-Alin-Gebirges. Die Populationsdichte beträgt ein bis zwei Individuen auf 1000 Hektar. Im Himalaja geht er bis in 4000 m Höhe. Wie bei einem derart ausgedehnten Verbreitungsgebiet nicht anders zu erwarten, unterscheidet die Wissenschaft mehrere Unterarten. Der Kragenbär hat seinen Namen nicht etwa von der weißen, wie ein Y geformten Brustzeichnung auf schwarzem Grund, sondern nach den kragenartig im Nakken und an den Schultern aufgewulsteten verlängerten Haaren. Obwohl sein normales glänzendes Haar beträchtlich länger als das der Malayenbären ist, liegt es ebenfalls ziemlich glatt dem Körper an. Gewöhnlich sind Kragenbären bis auf die erwähnte weiße Brustzeichnung, die weißliche Unterlippe und die rötlich aufgehellten Schnauzenseiten pechschwarz ge-

Über das süd- und zentralasiatische Festland bis zum Amur ist der Kragenbär *(Selenarctos tibetanus)* verbreitet. Seinen Namen verdankt er einer dicken Fellaufwulstung im Nacken, die aus langen Haaren gebildet wird

färbt. Es kommen jedoch manchmal dunkelrotbraune Exemplare vor. Besitzt der Malayenbär nur winzige Ohrmuscheln, so erscheinen die des Kragenbären, im Verhältnis zu seinen Körpermaßen, auffallend groß. Die langen Sichelkrallen der Lippen- und Malayenbären fehlen ihm. Die Nägel sind kurz und sehr kräftig. Der Kopf des Tieres läuft in einer abgestumpften Spitze aus. Nasenrücken und Stirn bilden – äußerlich ist keine Erhebung der Stirn bemerkbar – eine ungebrochene fortlaufende Linie. Nach dem Eisbären ist dieser mittelgroße, eine Gesamtlänge von 1,80 m bei etwa 80 cm Schulterhöhe erreichende Bär der am stärksten auf tierische Nahrung spezialisierte Vertreter der Bärenfamilie.

Die von Dathe zusammengestellten Wurfdaten zeigen, daß der Malayenbär in beiden Geschlechtern während des ganzen Jahres fertil ist. Aus den Dschungeln Kalimantans ist bisher nur ein Junges pro Wurf bekanntgeworden. In Gefangenschaft wurden auch schon zwei Junge geworfen.

In bewaldeten Gebieten erweist er sich als vorzüglicher Kletterer. Er erntet nicht nur Früchte wie Eicheln und Nüsse, mit denen er sich ein dickes Fettpolster für den nahrungsarmen Winter anmästet, sondern wählt Baumwipfel auch häufig als Dauerversteck und soll darin ferner durch Verflechten von Zweigen sogar »Wohnlauben« als Ruheplatz anlegen. An anderen Orten bevorzugt er als Unterschlupf Dickichte aus Büschen und dornigem Gestrüpp. Neben dem Zerstören von Bienenstöcken und Verursachen von Schäden in Maisfeldern und Weingärten macht er sich besonders unbeliebt, indem er gelegentlich kleinere Haustiere, aber auch Pferde und Rinder reißen soll. Jeglicher Begegnung mit dem Menschen weicht der Kragenbär aus. Von den Wildtieren seines Vorkommensgebietes reißt er – außer vielen kleinen Wirbeltierarten – auch Hirsche und halbwüchsige Wildschweine. In zoologischen Gärten sind Kragenbären viel häufiger zu sehen als Lippenbären oder gar Brillenbären. Aus zoologischen Gärten sind Fälle verbürgt, in denen männliche Kragenbären blitzschnell, noch ehe für die überraschten Tierpfleger Zeit zum Eingreifen blieb, die ihnen zugesellten paarungswilligen Weibchen töteten. Ein alter Kragenbär-Mann brachte es fertig, sich Zugang zu einem schadhaften Nebenkäfig zu erzwingen, der mit mehreren halbwüchsigen Braunbären besetzt war, und brachte diese um.

Ganz Nordamerika bis hinab nach Mexiko und Kolumbien bewohnt der Baribal oder Schwarzbär *(Ursus [Euarctos] americanus)*. Bekanntlich erwähnen Indianer- und Trappergeschichten aus dem einstigen »wilden Westen« immer zwei nordamerikanische Großbärenarten aus dem gleichen geographischen Raum: den großen »grimmigen« Grizzly und den weit kleineren »sanftmütigen« Schwarzbären. Diese Einschätzung der beiden tatsächlich im selben Gebiet vorkommenden Arten trifft im groben zu. In die Enge getrieben oder etwa angeschossen, besonders wenn es sich um ein Weibchen handelt, das Junge führt, kann aber auch der Baribal zum gefährlichen Gegner seiner Verfolger werden. Weniger durch Bisse und erdrückende Umarmungen, weit mehr durch wuchtige Schläge seiner mittellang bekrallten Pranken hat er, zur Verteidigung gezwungen, schon viele Jagdhunde und auch manchen Menschen getötet. Jahrhundertelang wurde er wegen seiner Schäden besonders in halbausgereiften Getreidefeldern und infolge gelegentlicher Räubereien in Haustierherden, nicht zuletzt auch des wertvollen Fells und der wohlschmeckenden Schinken wegen, überall gejagt. Hierin ist aber seit etwa 50 Jahren ein erstaunlicher Wandel eingetreten. Heute ist der Baribal eines der beliebtesten Wildtiere Nordamerikas. Das erklärt sich folgendermaßen: In die großen nordamerikanischen Nationalparks, in denen kein Schuß abgegeben werden darf, ergießt sich alljährlich ein gewaltiger Strom von Touristen. Die Baribals haben rasch gelernt, daß sie in der Lage sind, den erlebnishungrigen Vergnügungsreisenden Wegzoll abzufordern. Sie lagern an Gehwegen und Autostraßen, lassen sich von den Vorüberkommenden mit Leckerbissen füttern und aus nächster Nähe fotografieren. In der Regel tun sie willigen Spendern nicht das geringste zuleide. Sie nehmen die guten Bissen unter »wohlwollendem« Brummen und beschnuppern Hände und Taschen. Einige jedoch sind ausgesprochen frech und unverschämt geworden. Sie halten die Touristen, wenn die Futtertüte leer ist, mit den Tatzen fest und wollen noch mehr. Ihr »gemütliches« Brummen wird zunehmend ärgerlich und fordernd. Dann gilt es, unter Täuschungsmanövern schnellstens wieder das schützende Autoinnere zu erreichen und weiterzufahren, denn sonst könnte das Abenteuer recht unangenehm werden und böse Folgen haben. Ihre Beliebtheit in den Nationalparks hat den noch völlig frei lebenden Artgenossen sehr genützt. Infolge nun weit geringerer Bejagung konnten die Tiere sich überall in Nordamerika wieder stärker vermehren.

Die Baribals sind in gewissem Sinne Bindeglieder zwischen den erwähnten Schwarzbärentypen aus Südamerika und Asien und den Braunbären. Früher wurden sie – wie Lippenbär, Brillenbär, Malayenbär und Kragenbär noch heute – im System als eigene Gattung, zuweilen Untergattung *Euarctos*, von den Braunbären der Gattung *Ursus* getrennt. Heute gelten sie lediglich als besondere Art des Genus *Ursus*. Baribals sind kleine Bären von 1,50 bis 2 m Länge und etwa 1 m Schulterhöhe. Ihr Körper ist von langen straffen Haaren bedeckt, die glatt anliegen und meist glänzendschwarz gefärbt sind. Es kommen auch Exemplare von rotbrauner und sogar hellblonder Färbung vor. Auf den Britisch-Kolumbien vorgelagerten Inseln Alaskas tritt eine Unterart, der Gletscher- oder Silberbaribal *(Ursus americanus emmonsii)* auf, deren Beine und Rücken normal tiefschwarz, deren Körperseiten aber silbergrau aussehen.

Der Kopf des nordamerikanischen Schwarzbären ist schmaler und spitzer als der des Braunbären. Wie beim asiatischen Kragenbären ist beim Baribal die Stirn nicht auffällig aufgewölbt, sondern verläuft mit dem Nasenrücken in einer Linie. Die Schnauze – kürzer behaart als der Körper – zeigt eine fahlgelbe Färbung. Ferner findet sich ein fahlgelber Fleck vor den Augen. Der Baribal erscheint relativ hochbeinig. Seine Füße wirken zierlicher als die anderer Großbären, da sie mit kurzen Sohlen und weniger herausragenden Krallen ausgestattet sind. So vermag der Baribal sehr rasch zu laufen und im Bedarfsfalle zu flüchten. Außerdem kann er hohe und weite Sprünge machen, erklimmt auch behend hohe Bäume und klettert im Geäst geschickt und sicher.

Schwarzbären erlangen mit drei bis vier Jahren die Geschlechtsreife. Die Paarungszeit liegt im Juni und Juli. Es findet zunächst eine Keimruhe statt. Dadurch wird das tragende Weibchen in der Zeit der aktiven Futterbeschaffung nicht behindert und bezieht das Winterquartier mit genügend körpereigenen Fettreserven. Als Unterschlupf sucht er sich Windbrüche, Dickichte, Felsenhöhlen und hohle Bäume. Im Winter halten die meisten Baribals Winterruhe. Sie lassen sich dann in ihrem Lager einschneien. Nur an dem vereisten Atemloch in der Schneedecke ist zu erkennen, wo sich ein Baribal niedergelassen hat. Hier bringen die Weibchen im Januar bis Februar ein bis vier sehr kleine Junge zur Welt. Diese öffnen erst nach etwa 43 Tagen die Augen und verlassen im zeitigen Frühjahr, ungefähr zwei Monate nach ihrer Geburt, mit der Mutter das Versteck. Nach dem Werfen setzen die Weibchen normalerweise ein Jahr mit der Paarung aus, da die Jungen über ein Jahr von der Mutter geführt werden. Als Höchstalter hat man bisher 17,5 Jahre festgestellt.

Der unbestreitbare höchste Schauwert unter sämtlichen in Gefangenschaft gehaltenen Bären kommt dem Weiß- oder Eisbären *(Ursus [Thalassarctos] maritimus)* zu. So ist es verständlich, daß man selbst unter Palmen und Eukalyptusbäumen repräsentative Eisbärenanlagen geschaffen hat. Hinzu kommt, wie das Beispiel am Zoo Neapel zeigt, daß Eisbären – im Gegensatz zu vielen anderen arktischen und antarktischen Tieren – es dann, wenn ihnen ausreichende Schwimm- und Badegelegenheit geboten wird, jahrelang selbst in subtropischen und tropischen Tiergärten aushalten, obwohl die Mehrzahl der Eisbären nördlich des Polarkreises lebt.

Immer wieder begegnet man bei Laien der festen Meinung, wildlebende Eisbären kämen sowohl in der Arktis als auch in der Antarktis vor. Das ist völlig falsch! Selbst in vergangenen Erdzeitaltern hat es Eisbären in der Antarktis wohl nie gegeben.

Wie bei dem gewaltigen zirkumpolaren Verbreitungsgebiet nicht anders zu erwarten, hat man vom Eisbären verschiedene Unterarten beschrieben. In manchen Gebieten treten größere, in anderen kleinere erwachsene Exemplare auf. Die Weibchen bleiben generell kleiner und leichter als die Männchen. Unter diesen kommen wahre Riesenkerle mit Längen von über 2,75 m und Gewichten bis zu 16 Zentnern vor, allerdings kaum im hohen Norden Europas. Hier liegen die Größen zwischen 2 bis 2,50 m und die Gewichte zwischen acht und neun Zentnern. In der kanadischen Arktis wachsen die Männchen viel langsamer als die Weibchen und werden erheblich schwe-

Eisbären *(Ursus [Thalassarctos] maritimus)* halten im Gegensatz zu vielen anderen Polartieren jahrelang auch in Tierparks wärmerer Klimate aus, falls ihnen ausreichende Auslauf-, Bade-, Schwimm- und Tauchmöglichkeiten geboten werden

rer. Die Weibchen erreichen 95 Prozent ihres Endgewichts mit 5,5 Jahren, die Männchen erst mit 13 Jahren. Letztere werden im vierten Lebensjahr geschlechtsreif, erstere wahrscheinlich schon im dritten Lebensjahr. Im Gegensatz zum Braunbären, ähnlich aber wie beim Baribal, bilden beim Eisbären Scheitel, Stirn und Schnauzenrücken des schmal wirkenden Kopfes nahezu eine Gerade. Baribalartig sind auch die relative Hochbeinigkeit, der lange Hals und das glatt dem Körper anliegende mittellange, weiße oder gelbliche Haarkleid. Es ist nicht zuletzt die glatte Anschmiegsamkeit des Eisbärenfelles, die die äußeren Unterschiede zum Braunbären verstärkt. Beim Braunbären stehen die Haare am Körper, besonders an der Unterseite und an den Wangen, mehr ab. Viel kleiner sind auch die Ohrmuscheln des Eisbären. Beide Bärenarten sind zwar Sohlengänger, jedoch sind die Sohlen der jeweils fünfzehigen, mit starken Krallen versehenen Vorder- und Hinterfüße des Eisbären behaart. Bemerkenswert an seinem Gesicht sind der schwarze Nasenspiegel und – wie bei allen anderen Bärenarten – die dunkel pigmentierten Augen. Der Eisbär ist also kein Albino, wie fälschlich mitunter von Zoobesuchern angenommen wird. Theoretisch können Eisbären-Albinos mit roten Augen natürlich auftreten. Der Verfasser hat indessen noch von keinem nachgewiesenen Fall Kenntnis erhalten. Jedoch sind einige Eisbären-Individuen als überpigmentierte »Schwärzlinge« bekannt geworden. Freilich sind diese Tiere nicht pechschwarz, sondern grau oder blaugrau gefärbt. Es sind die legendenumwobenen »blauen Eisbären«. »Graublau«, wie wir es von den Domestikationsprodukten »Blaue Perserkatze« oder »Blaues Wiener Kaninchen« kennen, stellt aber nur einen Verdünnungsgrad von Schwarz dar.

Der Eisbär ist ganztägig aktiv. Sein einziger wirklicher Feind ist der Mensch, der ihn seines wertvollen Felles wegen jagt. Sicherlich kommt in seltenen Fällen ein dreister Bär auch unter den Stoßzähnen gereizter Walrosse um. Eisbären sind vorzügliche Schwimmer, die stundenlange Wasserwanderungen über weite Strecken des offenen Meeres bei »Reise«-Geschwindigkeiten von 4 bis 5 km/h unternehmen. Ihre Tauchdauer kann bis zwei Minuten betragen. Die Sinne des Eisbären sind allgemein gut entwickelt, am besten wohl das Geruchsvermögen. Er fängt und frißt Fische; seine Jagd gilt aber speziell den Robben. Sie lagern sich gewöhnlich um ein Wasserloch in der Eisdecke. Diese unterschwimmt der Eisbär von einem anderen Loch her, taucht plötzlich auf und reißt sein Opfer. Zuweilen geschieht das auch umgekehrt, indem der Bär an einem Eisloch lauert und die auftauchenden Robben oder Fische packt und herauszieht. In der Region des Polarkreises ernährt sich der Eis- oder Polarbär überwiegend von der Ringelrobbe. Dabei verzehrt er vorzugsweise das Fett und läßt häufig das Fleisch und auch den Speck liegen. Ferner fängt er Eiderenten und andere Polarvögel. Sogar Eisfüchse und Lemminge soll er gelegentlich nicht verschmähen. Die Eisfüchse ziehen aber auch beträchtlichen Nutzen aus der Existenz des Bären. Mit Vorliebe fressen sie dessen Exkremente, die stets sehr fetthaltig und deshalb nahrhaft für sie sind. Was der Eisbär an Moosen, Gräsern und Beeren während des kurzen Polarsommers findet, nimmt er als pflanzlichen Anteil in seinen ansonsten wenig abwechslungsreichen Speisezettel auf. Das Fleisch der Eisbären ist genießbar. Allerdings ist größte Vorsicht geboten. Nur wenige andere Allesfresser sind so reich an Trichinen wie Eisbären. Früher, als man das noch nicht wußte, sind viele Menschen, wahrscheinlich auch mancher verschollene Polarforscher, auf diese Weise an Trichinose zugrunde gegangen. Die Eisbärenleber hat sich als ungenießbar erwiesen. Wir wissen heute, daß sie Vitamin A in unverträglich hoher Konzentration speichert.

Lange wußte man über die Fortpflanzungsbiologie und Jungenaufzucht des Eisbären sehr wenig. Vor allem durch den dänischen Forscher Pedersen ist dieses Dunkel aufgehellt worden. Die tragende Eisbärin gräbt sich im Schnee und verschneiten Packeis tiefe Höhlensysteme. Der Eingangstunnel endet zunächst anscheinend an einem weit drinnen im Innern aufgetürmten Hügel. Das ist jedoch noch nicht der Abschluß, sondern einmal eine Zugluft abhaltende, zum anderen die relativ warme Innentemperatur bewahrende Schutzvorrichtung, die die Verteidigung der Höhle gegen feindliche Eindringlinge erleichtert. Meist hinter ihm befindet sich dann das Wurflager der Eisbärin. Dort bringt sie im Februar ihre ein bis drei (in der Regel zwei) rattengroßen blinden Jungen zur Welt. In den ersten Lebensmonaten der Kleinen verläßt die Bärenmutter die Höhle nicht, sondern ernährt sich von inneren Fettreserven. Diese dienen auch zur Bildung der Muttermilch. Wenn die inzwischen sehenden, ein dickes schneeweißes und sehr weiches Kindheitshaarkleid tragenden Jungen aus der Höhle geführt werden, zeigt sich die Bärin als äußerst verteidigungsbereite Mutter. Das Leben der dann etwa dachsgroßen Jungen wird nicht zuletzt von fremden Artgenossen, besonders männlichen, bedroht. Das ist insofern bemerkenswert, als Eisbären sonst kaum mürrische Einzelgänger sind. Man hat schon Zusammenballungen von 50, sogar von über 100 Exemplaren auf verhältnismäßig engem Raum beobachtet.

Lange wollte die Eisbärenzucht in zoologischen Gärten nicht gelingen. Seit man genauer über die Details der Fortpflanzungsbiologie unterrichtet ist und gelernt hat, entsprechende Vorkehrungen zu treffen, ist diese züchterische Klippe überwunden. Nach dem zweiten Weltkrieg sind bereits in vielen Tiergärten – der Leipziger Zoo war einer der ersten – Eisbären geboren und aufgezogen worden. Eine Sonderleistung stellt die Aufzucht von im Zirkus-Käfigwagen geworfenen Eisbärensäuglingen mit der Flasche durch die bekannte Tierlehrerin Maxy Niedermeyer dar. Die Jungen schlossen sich so eng und »folgsam« ihrer Pflegemutter an, daß sie später, längst erwachsen, Kunststücke erlernten, die als von Eisbären völlig unausführbar galten. Erwähnt sei, daß die Kunst der Bärenabrichtung uralt ist. Schon aus dem alten Orient sind bildliche Darstellungen von Bärenführern mit Tanzbären bekannt, worauf Brentjes hinwies. Fälschlich gilt der Braunbär als »gutmütiger Trottel« unter den Großraubtieren. Das ist eine Vermenschlichung, die jeder Grundlage entbehrt. Der wildlebende, von Mensch und Jagdhund ständig verfolgte Braunbär ist ein mit scharfen Sinnen ausgestatteter Waldbewohner, der – solange ihn nicht grimmigster Hunger plagt – dem Menschen und seinen Ansiedlungen scheu

Einst war der Braunbär *(Ursus arctos)* über ganz Europa verbreitet. In einigen europäischen Staaten gibt es heute noch unter Schutz gestellte Restvorkommen in freier Wildbahn. In Mitteleuropa ist er völlig ausgerottet.

und wachsam aus dem Wege geht. Jeder Tiergärtner und Tierlehrer weiß, daß es mit der »Gutmütigkeit und Biederkeit« des Braunbären – wie überhaupt aller Bären – nicht weit her ist. Bären sind unberechenbar. Soeben noch folgsam, packt sie plötzlich Zorn, und sie gehen jäh zum Angriff über. Jeder Großkatze sieht man am »Mienenspiel« an, in welcher Stimmung sie sich gerade befindet, und man reagiert entsprechend. Das Bärengesicht dagegen ist völlig ausdruckslos und zu einer derartigen Veränderlichkeit von Natur aus nicht eingerichtet. Deshalb kommen Widersetzlichkeiten oder gar Angriffe wilder und zahmer Bären oft völlig überraschend. Angreifende Bären brummen in der Regel furchteinflößend oder brüllen »markerschütternd«. Sie verwunden und töten nicht allein mit Bissen, Krallenrissen oder Prankenhieben. Manchmal richten sie sich auch auf den Hinterbeinen auf und nehmen ihren Feind in eine todbringende Umarmung. Aus unseren Tiergärten sind Fälle bekannt, in denen anscheinend zahme Bären blitzschnell und lautlos auf einen im Käfig arglos hantierenden Pfleger zuschossen, ihn mit aller Kraft in ein Bein bissen und dann ihr wehrloses Opfer schauderhaft zurichteten. Deshalb ist vor Bärenkäfigen größte Vorsicht zu beachten! Bären vermögen sehr geschickt mit den bekrallten Tatzen ihrer Vorderbeine zwischen den Gitterstäben hindurchzufahren, zuzupacken und ihr Opfer an sich heranzuziehen.

Der Verbreitungsraum des Braunbären in Eurasien und Nordamerika ist riesengroß. Fast in jedem Gebiet zeigt der Bär andere, zur jeweiligen Landschaft, zu dem reichen oder kargen Nahrungsangebot und der Intensität seiner Verfolgung durch den Menschen in Wechselbeziehungen stehende Abweichungen vom »Normalverhalten«. Besonders gut sind wir unter den genannten Aspekten über das Verhalten der ständig stark verfolgten und der Ausrottung ganz nahen Alpenbären, die im übrigen in ein ernährungsmäßig ausgesprochen unzulängliches Gebiet zurückgedrängt sind, unterrichtet. Der Alpenbär kommt heute nur noch in den italienischen Alpen vor. Krott vertritt die Ansicht, daß er scheuer als seine in anderen Arealen lebenden Artgenossen ist, weil ihn die Natur im Verlauf vieler Generationen geradezu auf das Merkmal »Scheuheit« spezialisiert hat. Krott schrieb dazu: »Denn ein großes, viel verfolgtes Wild, dem wenige Nahrungsquellen zur Verfügung stehen und das nur ein verhältnismäßig kleines Gebiet bewohnt, muß sehr scheu sein, um zu überleben ... Das ist verständlich, denn nur die Scheuesten der Scheuen hat die unablässige Verfolgung durch den Menschen am Leben gelassen und ihnen so ermöglicht, sich fortzupflanzen.« Allerdings ergaben die Untersuchungen Krotts auch, daß den hungrigen Alpenbären die Anwesenheit des Hirten nicht mehr ernsthaft daran hindert, ein Weidetier zu reißen.

In der DDR und einigen anderen europäischen Ländern, zum Beispiel in der BRD, in Irland, Schottland, England, Belgien, den Niederlanden und Dänemark, ist der Braunbär schon lange ausgerottet.

Das Aussehen des Braunbären *(Ursus arctos)* hier ausführlich zu beschreiben erscheint unnütz, da es allgemein bekannt ist. Erwähnenswert bleibt jedoch, daß die Färbung individuell und unterartlich sehr wechselt. Es kommen sowohl rahmgelbe (Isabellbären) als auch hell- bis dunkelbraune und manchmal sogar tiefschwarze Stücke vor. Das Fell mancher dunkel gefärbten Exemplare ist grausilbern überhaucht. Die nordamerikanischen Grizzlybären, die nur eine größere Braunbärenunterart sind, zeigen Färbungsübergänge vom lichten Rotbraun mit goldigem bis zum düsteren Eisengrau mit silbrigem Schimmer der Haarspitzen. Die Köpfe sind gewöhnlich heller gefärbt als der Körper. Die Braunbären der Pyrenäen sind meist dunkel »gestiefelt«, nämlich an Kopf und Körper viel heller als an den Beinen. Manche Braunbären behalten ausnahmsweise zeitlebens den weißen Halsring der Jungbären.

Die Ernährungsweise der Braunbären ist sehr verschieden. Es gibt Gebiete, in denen sie fast ganz Vegetarier sind, und andere, wo sie als ausgesprochene Raubtiere auftreten und größere Wild- und Haustiere reißen. Schlehen, Ebereschen, Waldbeeren, Pilze, Eicheln, saftige Blattstengel, Bucheckern, Wald-, Hasel- und Zirbelnüsse, reifes oder unreifes Obst – alles wird von ihnen gefressen. Nicht unbedeutend schädigt der Braunbär, wenn sich ihm Gelegenheit dazu bietet, Melonen-, Mais-, Kartoffel-, Rüben- und Kohlanpflanzungen, ferner, besonders in der Reifezeit, Weinkulturen und Pflaumenplantagen. Wie sehr Braunbären Honig lieben, ist bekannt. Einzelne Braunbären unternehmen – möglicherweise nur aus diesem Grunde – weite Wanderungen und zerstören dabei mit erstaunlicher »Sorgfalt« sämtliche erreichbaren Bienenstöcke. In Gebieten, in denen jedes Jahr die laichwilligen Lachse die ins Meer mündenden großen Flüsse und Ströme – soweit sie noch nicht durch Industrieabwässer verseucht sind – aufwärts wandern, versteht es der Braunbär ausgezeichnet, diese Edelfische mit Prankenschlägen aufs Trockene zu befördern und sich an ihnen förmlich zu mästen. In Regionen mit geringem Nahrungsangebot frißt er auch Insekten und deren Larven, Schnecken und Grasfrösche. Er gräbt selbst Mäuse aus und plündert die Nester am Boden brütender Vögel. Da er ein guter Kletterer ist, sind die Nester der im Gebüsch oder auf Bäumen brütenden Vogelarten ebenfalls oft vor ihm nicht sicher. In der Taiga des mittleren Jenissei bestand die Nahrung der Braunbärenpopulation zu 72,5 Prozent aus pflanzlichen und nur 27,5 Prozent aus tierischen Resten. Hungrige Bären jagen junge Elche, es wurden auch einige Fälle von Kannibalismus bekannt.

Braunbären sind, wie alle Großbären, Sohlengänger. Im Gegensatz zu den behaarten Sohlen der Eisbären sind ihre Sohlen nackt. Die Sohlenhaut wird während der Winterruhe gewechselt.

Jeder Bär führt ein Einzelleben. Im Paßgang, wenn notwendig in förderndem Galopp, durchstreift er, gewöhnlich uralte Wechsel einhaltend, auf der Suche nach Nahrung weite Gebiete. Nur während der Begattungszeit, Ende April bis Juni, trifft man Braunbären paarweise an. Danach gehen beide Geschlechter wieder ihre eigenen Wege. Naht das nahrungsarme Winterhalbjahr, sucht sich jeder Bär einen gut verborgenen, für Mensch und Tier möglichst unzugänglichen Unterschlupf. Findet er nichts Entsprechendes, so gräbt er selbst. Von 12 Winterlagern, die Roth in Tresstino, dem Restareal der letzten Alpenbären, untersuchte, waren nur drei in natürlichen Felshöhlen angelegt, die anderen wurden durch den Bären entweder unter Felsbrocken oder unter Baumwurzeln ausgegraben. Nach Eisentraut hält der Braunbär dort lediglich Winterruhe, ohne tieferes Absinken der Körpertemperatur und ohne Starrezustand. Krott bezweifelt dies und behauptet, der Braunbär halte echten Winterschlaf. Sicher ist jedenfalls, daß der Bär während seiner Winterruhe kaum das Lager verläßt und von den angemästeten inneren Fettreserven zehrt. Im Januar oder Februar, also im winterlichen Versteck, bringt die Bärin ein bis drei (zuweilen noch mehr) Junge zur Welt. Diese entwickeln sich ebenso langsam, wie schon beim Eisbären geschildert.

Im Frühjahr ist der Tisch des Bären wieder reicher gedeckt. Vor allem findet er dann die Kadaver des im Winter zugrunde gegangenen Fallwildes, die sich aus Schnee und Vereisung herauslösen. Die mit ihrer Mutter dann das Winterlager verlassenden Bärenjungen sind reizende, weichbepelzte Kerlchen von der Größe eines Spitzes. Um den Hals tragen sie eine bandförmige, leuchtendweiße Zeichnung. Sie wird als Sichtsignal für die Mutter bei nächtlichen Wanderungen gedeutet; Braunbären sind mehr nachts aktiv als am Tage. Die Jungen werden angeblich bis zwei Jahre lang von der Alten geführt. Erst im dritten Lebensjahr werden sie geschlechtsreif.

Erwachsene weibliche Braunbären sind meist erheblich kleiner als die gleichaltrigen männlichen Tiere desselben Raumes. Gesamtkörperlängen, Schulterhöhen und Gewichte der Braunbären schwanken innerhalb des riesigen Gesamtverbreitungsgebietes verständlicherweise bedeutend. Die schon erwähnten Alpenbären kann man als Zwergform bezeichnen. Ihre Gesamtlänge überschreitet, mit Einschluß des nur 6 bis 7 cm langen Schwänzchens, kaum 1,75 bis 1,80 m. Die Schulterhöhe liegt bei 85 bis 90 cm. Riesen sind die Braunbären, die auf Kamtschatka in Asien und in Alaska einschließlich der vorgelagerten Inseln, insbesondere auf Kodiak, vorkommen. Sie erreichen Gesamtlängen von etwa 3 m und Schulterhöhen von 1,20 m. Sie sind die absolut größten rezenten Braunbären.

Am Golf von Alaska bewohnen die Kodiakbären im Gegensatz zum Grizzlybären nur einen schmalen Küstenstreifen. Der gute Bestand (7000–8000 Individuen) nimmt stetig zu, da die führenden Weibchen vollen Schutz genießen und von Trophäenjägern meist nur alte, kapitale Männchen erlegt werden. Es ist allerdings zu befürchten, daß bei der großen Bevölkerungszunahme Alaskas die gegenwärtigen Schutzmaßnahmen nicht mehr ausreichen werden.

Familie Procyonidae – Kleinbären

Bis auf den bekannten nordamerikanischen Waschbären *(Procyon lotor)* machen sämtliche Vertreter der Procyonidae auf uns einen recht altertümlichen Eindruck. Hervorgerufen wird dieser sowohl durch absonderliche Körperformen als auch durch ungewöhnliche Färbungen. Der Bau fällt besonders bei den Vertretern der Unterfamilie Procyoninae, den amerikanischen Kleinbären, auf, die Färbung bei den beiden Arten der Unterfamilie Ailurinae, den asiatischen Kleinbären.

Der pliozäne *Parailurus* Europas belegt die einstmals weitere Verbreitung der eurasischen Kleinbären. Tatsächlich sind die Kleinbären stammesgeschichtlich beträchtlich älter als die Großbären. Die Procyonidae haben sich schon im frühen Oligozän von dem für alle Carnivora gemeinsamen Stamm der hundeartigen Urraubtiere getrennt und ihre eigenen Wege eingeschlagen. Manche Zoologen bezeichnen sie deshalb auch als »Vorbären«. Die geologisch ältesten Vertreter sind aus dem Miozän Nordamerikas bekannt *(Phlaocyon)*. Zwischen extremen Vertretern der rezenten Kleinbären, etwa dem amerikanischen Katzenfrett *(Bassariscus astutus)*, und dem progressivsten Typ der rezenten Großbären, dem Eisbären *(Ursus [Thalassarctos] maritimus)*, gibt es äußerlich kaum noch Gemeinsamkeiten, obwohl selbstverständlich anatomische Homologien vorhanden sind. Eine gewisse phänotypische Zwischenstellung nimmt der Bambusbär *(Ailurus melanoleucus)* ein. Er ist in seiner Körperform so sehr großbärenähnlich, daß er von der Wissenschaft lange als Angehöriger der Ursidae betrachtet wurde. Wie die Großbären besitzen die Procyonidae jeweils fünf Zehen an den Vorder- und Hinterfüßen und sind Sohlengänger. Auch das Gebiß, das jedoch bei den verschiedenen Kleinbärengattungen unterschiedlich ist, hat einige Ähnlichkeiten. Die Reißzähne sind zum Beispiel bei Groß- und Kleinbären nur gering entwickelt. Mit Ausnahme des Bambusbären sind aber die Kleinbären den Mardern äußerlich ähnlicher als den Großbären. Dabei erinnern wir uns, daß auch der Dachs als Marderart ebenso ein Sohlengänger ist wie Klein- und Großbären. Konvergenzen gibt es aber auch zwischen einzelnen Kleinbärenarten und Vertretern anderer Raubtierfamilien. So erinnert der nordamerikanische Waschbär äußerlich an den in Ostasien beheimateten Marderhund *(Nyctereutes procyonoides).* Eine südostasiatische Viverridae-Art, der Binturong *(Arctictis binturong),* ist den südamerikanischen Wickelbären so ähnlich, daß er früher Marderbär oder Bärenmarder genannt und in die Familie Procyonidae einbezogen wurde. Der bereits erwähnte Katzenfrett aus dem äußersten Südwesten der USA und Mittelamerikas »kopiert« gestaltlich und in seinen eichhörnchenhaften Bewegungen sowie durch Gesichtsform und Ohrenstellung, vor allem aber durch seinen von oben bis unten quergeringelten Schwanz sogar einen Halbaffen. Nur dessen charakteristische Lemurenaugen vermißt man natürlich beim Katzenfrett. Dieser Halbaffe ist der Katta *(Lemur catta),* der weitab von Amerika auf Madagaskar lebt und natürlich keinerlei verwandtschaftliche Beziehungen zu den Procyonidae hat.

Sehr wenig bärenhaft sind die mit langer dichter, samtweicher und glänzender Behaarung versehenen Wickelbären oder Kinkajus. Von der einen Art *(Potos flavus)* gibt es so viele Standortrassen mit jeweils eigenen Farbvarianten, daß auf eine genaue Beschreibung der Färbung verzichtet werden muß. Auf dem Rücken zieht sich bei ihnen ein Aalstrich entlang. Der Grundton der Oberseite ist gelbbraun, die Unterseite ist rötlicher. Die Beine sind außen dunkel gefärbt. Auch der lange Wickelschwanz ist an der Wurzel und auf der anschließenden Hälfte viel heller als an der Spitze. Die Wickelbären sind weit über Süd- und Mittelamerika verbreitet. Sie sind Nachttiere. Mit Hilfe ihres »fünften Armes«, eben des Wickelschwanzes, den sie genau so vollendet gebrauchen wie die mit Wickelschwänzen versehenen Beuteltiere, klettern und turnen sie behende und sicher in den höchsten Baumwipfeln umher. Allein auf diesen Wickelschwanz entfallen gegen 50 cm der nur etwa 90 cm ausmachenden Gesamtlänge dieser Tierchen. Die

Große Gier nach dem Honig wilder Bienen zeichnet die kleinen Wickelbären *(Potos flavus)* Süd- und Mittelamerikas aus. Sonst sind diese mit überkörperlangem Greifschwanz versehenen Kletterkünstler ausgesprochene Gemischtköstler

gekrümmten kräftigen Beine sind sehr kurz, so daß der erwachsene Wickelbär nur ungefähr 17 cm Schulterhöhe erreicht. Die fünf Zehen an den Füßen dieses Sohlengängers sind halb miteinander verwachsen und tragen kräftige Krallen. Trotz der Plumpheit erscheint sein Körper gestreckt. Der Kopf mit den kleinen Ohren ist ungewöhnlich dick, breit und kurzschnauzig. Von allen Procyonidae hat der Wikkelbär das am stärksten reduzierte Gebiß. Wikkelbären sind vorwiegend Pflanzenfresser. Sie scheinen aber nicht ohne tierische Zukost auszukommen und fressen unter anderem auch Insekten sowie Eier und Jungvögel aus aufgefundenen Nestern. Mit der langen schmalen Zunge lecken sie den Honig aus den mit Hilfe der starken Krallen zerstörten Bienennestern. Untereinander sind sie sehr friedlich und verträglich. Ihre Stimmittel sind verhältnismäßig abwechslungsreich. Gefangengehaltene Wikkelbären zeigen sich ihren Pflegern gegenüber sehr friedlich, zahm und zutraulich. In Südamerika werden zahme Wickelbären, ähnlich wie bei uns die Hauskatzen, sogar in abgelegenen Indianerhütten gehalten. Das geschieht lediglich aus Liebe zu diesen Tieren, denn sie bringen ihren Besitzern keinerlei besonderen Nutzen. Auch in unseren zoologischen Gärten und im Haushalt von Tierliebhabern haben sich Wickelbären als »liebevolle« Pfleglinge erwiesen. Die Zoobesucher haben allerdings sehr wenig von ihnen, weil die Tiere gewöhnlich tagsüber fest schlafen. Dabei decken sie sich Kopf und Leib mit dem Schwanz zu.

Den Wickelbären äußerlich sehr ähnlich sind die Schlankbären der Gattung *Bassaricyon*, die aber keinen Wickelschwanz besitzen. Auch sie leben in Mittel- und Südamerika. Im Gegensatz zu den Wickelbären sind sie viel langsamer. Der Wissenschaft ist über ihre Lebensweise fast nichts bekannt. Allem Anschein nach sind sie ausschließlich Pflanzen-, insbesondere Fruchtfresser. Die Gattung *Bassaricyon* gilt als die urtümlichste und primitivste der rezenten Kleinbären.

Äußerlich noch primitiver erscheinen die Nasenbären (Gattung *Nasua*) durch die übermäßig in die Länge gezogene Schnauzenpartie, die bei den noch sehr wenig bekannten, kurzschwänzigeren Gebirgs- oder Zwergnasenbären (Gattung *Nasuella*) noch stärker ins Auge fällt. Hinzu kommen die verhältnismäßig kleinen Ohren und der kurze Hals. Dadurch erinnern Coatis, wie diese Kleinbären in Südamerika genannt werden, stark an riesige Spitzmäuse. Die rüsselartige Schnauze können diese Tiere tief in Nagetierlöcher und Risse hohler Bäume einzwängen, um Beute aller Art zu erlangen. Die Rüsselnase ist ein vorzügliches Geruchs- und Tastorgan. Die Nasenbären sind verhältnismäßig nahe mit dem nordamerikanischen Waschbären verwandt. Sie sind schlimme, in großen Verbänden auftretende Räuber. Es sind anpassungsfähige Allesfresser. Ihre Nahrung setzt sich wahrscheinlich zu drei Vierteln aus tierischen und nur zu einem Viertel aus pflanzlichen Anteilen zusammen. Untereinander halten sie, trotz harter Rangordnungskämpfe der großen Männchen, gut zusammen. Die Coatis kommen bereits in einigen Südstaaten der USA und von dort in den Bergwäldern über ganz Mittelamerika bis nach Argentinien vor. Es gibt viele Farbabwandlungen und Unterarten von ihnen. Die beiden Arten der Gattung *Nasua* vikariieren deutlich miteinander, im Nordteil des Gesamtverbreitungsgebietes tritt der Weißrüsselbär *(Nasua narica)* auf, im Südteil der mehr urwaldbewohnende Rote Nasenbär *(Nasua rufa)*.

Der Körper aller Nasenbären ist langgestreckt. Mit Ausnahme des Gebirgsnasenbären *(Nasuella)*, bei dem er kürzer bleibt, ist der Schwanz ebenso lang wie Kopf und Rumpf zusammen. Beim Weißrüsselbären ist seine Ringelung undeutlich, beim Roten Nasenbären ist er dagegen auffallend braungelb und schwarzbraun quergeringelt. Die fünf, mit langen spitzen Krallen versehenen Zehen aller vier Füße sind bis zum äußersten Ende miteinander verwachsen. Die vorerst blinden Jungen werden nach einer Trächtigkeitsdauer von etwa zehn Wochen in einem weichen Baumhöhlennest geboren. Die Aufzucht junger Nasenbären gelingt in zoologischen Gärten recht selten. Im Bergzoo Halle ist sie nach dem zweiten Weltkrieg mehrfach geglückt. Die Jungen mußten aber halbwüchsig aus dem Käfig der Mutter entfernt werden, weil diese ihnen aus unerfindlichem Grunde die Schwanzspitzen abbiß. In Amerika wird das Fleisch der Nasenbären manchenorts gern gegessen. Vor allem junge Nasenbären sollen ein wohlschmeckender Braten sein.

Seit fast vier Jahrzehnten gehört ein Kleinbär als bewußt und fahrlässig eingeschleppter fremder Zukömmling zur mitteleuropäischen

Wie schon äußerlich die Rüsselnase dieses süd- und mittelamerikanischen Kleinbären zeigt, ist beim allesfressenden Nasenbären oder Coati *(Nasua rufa)* das Riechvermögen am besten entwickelt

Tierwelt. Es ist der in Amerika von Südkanada bis Panama in mehreren Unterarten beheimatete Waschbär *(Procyon lotor).* Der Bestand rührt sowohl von ausgesetzten als auch von aus Pelztierfarmen entwichenen Tieren her. Da klimatisch und in bezug auf die Ernährungsmöglichkeiten bei uns weitgehend ähnliche Verhältnisse herrschen, wie er sie in seiner Heimat vorfindet, konnte sich der Waschbär ausgezeichnet einleben. Nach 1945 entkamen in der DDR Waschbären in die freie Wildbahn. Im Kreis Strausberg (Bezirk Frankfurt/Oder) und in den Kreisen Kyritz und Wittstock (Bezirk Potsdam) bauten sich Populationen auf. Nach M. Stubbe breitet sich seit Mitte der 60er Jahre durch starke Expansion der hessischen Population in der BRD der Waschbär im zunehmenden Maße im Harz aus. Westlich der Verbindungslinie Wernigerode – Nordhausen ist der Waschbär fest angesiedelt. Auch in der Sowjetunion ist er in freier Wildbahn eingebürgert worden. Dieser in der Größe zwischen Katze und Fuchs stehende Kleinbär ist von einem dichten und weichen grauen Rükken- und Bauchfell bedeckt. Sein dicker grauer Schwanz ist quergeringelt. Er nimmt etwas mehr als ein Viertel der Gesamtlänge des Tieres in Anspruch und erinnert in seiner Form stark an einen Fuchsschwanz. Die ziemlich spitz ausgezogene Schnauze endet in einem schwarzen Nasenspiegel. Das Gesicht gleicht einer weiß, grau und schwarz bemalten Maske. Den Nasenrücken freilassend, zieht sich von dem einen inneren Augenwinkel über die Kehle hinweg zum Augenwinkel der anderen Seite ein breites schwarzes Band. Die Schwarzweißzeichnung des Gesichts und die graue Färbung des Körpers führen zuweilen zu Verwechslungen mit unserem Dachs, obwohl dieser kleinere Ohrmuscheln und einen viel kürzeren, ungeringelten Schwanz besitzt.

Die Waschbären haben sich in Europa, wie die Bisamratte, als recht unerfreulicher Faunenzuwachs erwiesen. Sie sind schlimme Nesträuber und räumen als solche mit größtem Geschick sogar die im Innern hohler Baumstämme und Äste befindlichen Spechthöhlen aus. Außerdem stehlen sie Hausgeflügel. Die Lebensdauer erwachsener Waschbären beträgt in Freiheit mindestens sechs bis acht Jahre. Das bereits mit einem Jahr fortpflanzungsfähige Weibchen bringt jährlich einen Wurf von ein bis zu sieben, gewöhnlich vier Jungen zur Welt. Die Trächtigkeitsdauer beträgt rund zwei

Der in Nordamerika heimische Waschbär *(Procyon lotor)* gehört seit wenigen Jahrzehnten zunehmend zur Wildfauna in DDR und BRD. Die Einbürgerung geht auf ausgesetzte und aus Pelztierfarmen entwichene Exemplare zurück

Monate. Die Jungen werden blind geboren und sehr gut von der Mutter gepflegt und verteidigt. Der Waschbär ist zwar Allesfresser, in der Hauptsache jedoch Raubtier. Er klettert und schwimmt vorzüglich. Sein Name weist darauf hin, daß er seine Nahrung gern ins Wasser eintaucht und darin mit den Pfoten abreibt und »wäscht«. Die Gründe dafür sind noch unerforscht.

Der Waschbär ist trotz seiner starken Verfolgung wegen seiner Räubereien und wegen seines wertvollen Pelzes auch in Amerika noch nicht von der Ausrottung bedroht. Er entwickelt sich hier sogar zum Kulturfolger, breitet sich immer weiter aus und siedelt sich selbst mitten in Dörfern und Städten an. Seine Wiederausrottung in Mitteleuropa dürfte nur sehr schwer gelingen. Er bevorzugt vor allem Misch- und Laubwälder, falls sie ihm gute und schwer zugängliche Verstecke bieten. In diesen hält er während der Frostperiode mitunter wochenlang Winterruhe, aber keinen echten Winterschlaf. Dabei lebt er von seinen inneren Fettreserven. Am Ende des Winters ist er deshalb zunächst stark abgemagert, holt diesen Verlust aber rasch wieder auf. Er ist Dämmerungs- und Nachttier, wobei ihm Körperfärbung und Gesichtsmaske beste Dienste leisten. Als Pelztier wird der Waschbär nicht nur in den USA, sondern auch in vielen europäischen Ländern gezüchtet. In zoologischen Gärten sind die munteren Tiere beliebte Ausstellungsobjekte. Sie können Menschen gegenüber sehr zahm und zutraulich werden. In der Verteidigung sind sie tapfer und bissig. Wo sie in freier Wildbahn nicht verfolgt werden, kommen sie am lichten Tag zu Camping- oder Müllabladeplätzen und lecken dort die Reste aus Konservenbüchsen auf, »putzen« weggeworfene Knochen blitzblank und suchen, in Konkurrenz mit den Ratten, nach allerlei eßbaren Abfällen. Hier werden sie auch einmal nützlich, da sie Ratten fangen und verspeisen.

Der nordamerikanische Waschbär hat einen, ihm gestaltlich und in der Größe, nicht aber auch in der Färbung ähnlichen Vertreter in Süd- und Südostasien. Das ist der Kleine Panda *(Ailurus fulgens)*. Er wird auch als »Katzenbär« in unseren zoologischen Gärten ausgestellt und in der Literatur erwähnt.

Das Gebiß des Kleinen Pandas zeichnet sich – im Gegensatz zu dem der ursprünglich auf Amerika beschränkten Procyoninae – durch vielhöckerige Backenzähne aus – eine vorzügliche Anpassung an Pflanzennahrung. Deshalb, und einer Reihe weiterer Gründe wegen, hat die Säugetierkunde ihn zusammen mit dem Großen Panda, dem Bambusbären *(Ailuropus melanoleucus)*, in einer besonderen Unterfamilie Ailurinae innerhalb der Procyonidae vereinigt. Der Kleine und der Große Panda sind nur noch auf enge Refugialräume in Süd- und Südostasien beschränkt. Sie sehen beide so verschieden aus, daß ein Laie schwerlich eine engere Verwandtschaft zwischen ihnen vermuten würde. Äußerlich ist der Große Panda eine gute Kopie der Ursidae, der Bären. Der Besitz eines längeren, gut sichtbaren Stummelschwanzes und sein abweichendes Gebiß sind die auffälligsten Unterschiede. Der Bambusbär hat von allen Raubtieren die mächtigsten Mahlzähne und erweist sich dadurch als ausgeprägter Pflanzenfresser.

Das gegenwärtige Verbreitungsgebiet des Kleinen Pandas ist beträchtlich größer als das des Großen, der lediglich in den Bambuswäldern von Osttibet und Sichuan im Südwesten der Volksrepublik China vorkommt. Beim Kleinen Panda erstreckt es sich von Nepal, am Südrand des Himalajas entlang, über Assam bis nach Sichuan. Er lebt in den Bergregionen zwischen 2000 und 4000 m, während der Große Panda selten über 4000 m hinaufsteigen soll. Über die natürliche Lebensweise beider Arten ist nur sehr wenig bekannt.

Als Hochgebirgstier hat der Kleine Panda ein dichtes weiches und, einschließlich des Gesichts, recht langhaariges Fell. Dadurch erscheint der Kopf mit den spitzen Stehohren breiter, als er das durch die an sich schon breite Stirnpartie ist, und noch abgestumpfter, als das die kurze Schnauze bereits bedingt. Durch die niedrige Schulterhöhe von 35 bis 40 cm, die kurzen Beine und den fast kopfrumpf-langen Schwanz hat der Kleine Panda soviel Katzenhaftes, daß der Name Katzenbär recht zutreffend erscheint. Sein Körper und der dickbehaarte Schwanz wirken aber plumper als bei gewöhnlichen glatthaarigen Hauskatzen.

Porträt eines Kleinen Pandas oder Katzenbären *(Ailurus fulgens)*. Das maskenhafte Gesicht steht im starken farblichen Kontrast zur fuchsroten Rückenpartie sowie zur scharf abgesetzten schwarzen Kehle und gesamten Körperunterseite

Der Kleine Panda ist einer der farbenfreudigsten Wildsäuger. Auf der Oberseite ist er – mit leicht goldigen Schimmer – glänzend dunkelrostrot. Der Schwanz hat fuchsrote Farbe und zeigt eine schwache und verwaschene, nur ganz wenig dunklere Querringelung. Letztere und die maskenhafte Gesichtszeichnung ähneln der des Waschbären. Die Kinn- und die vorderen langen Wangenhaare sind weiß, die hinteren Wangenhaare rostgelb. Ein rostrotes Querband verbindet unterhalb der Augen die beiden Mundwinkel. Es trennt so die weiße Schnauze von den Backen. Scheitel und Stirn sind wieder licht rostgelb. Die nach außen schwarzroten Spitzohren sind in ihrer Öffnung mit langen weißen Haaren besetzt und umsäumt. Als starke Kontraste stehen der pechschwarze nackte Nasenspiegel und die dunklen Augen im Gesicht. Die Vorderbeine, einschließlich Vorderbrust und Kehle, sowie Bauch und Hinterbeine sind mit glänzend schwarzen Haaren bedeckt. Der Kleine Panda hat also ebenso wie in der mitteleuropäischen Fauna Dachs und Feldhamster eine ausgesprochene Verkehrtfärbung.

Kleine Pandas sind friedliche, paar- und familienweise zusammenlebende Tiere. Jährlich bringt das Weibchen im Frühjahr zwei Junge zur Welt. Die beiden Elterntiere betreuen daneben noch die Jungen der vorausgegangenen Würfe weiter. Katzenbären werden wahrscheinlich erst im Alter von drei Jahren geschlechtsreif. Die Angehörigen einer solchen Familiengruppe schlafen und verbergen sich gemeinsam in Felsklüften oder hohlen Baumstämmen. Sie sind vorzügliche Kletterer, bewegen sich aber auch viel am Boden. Als Halbsohlengänger laufen sie ähnlich wie unsere Baummarder. Sie können wie diese, besonders auf der Flucht, in Sätzen springen. Kleine Pandas sind Tag- und Nachttiere, bei denen immer Aktivitätsphasen mit tiefen Tag- oder Nachtschlafintervallen abwechseln. Dabei sollen sie ihren buschigen, weichen Schwanz als Kopfpolster verwenden. Die Nahrung besteht vorwiegend aus Früchten und anderer Pflanzenkost, vor allem aber – wie beim Bambusbär – aus jungen weichen Bambustrieben. Sie plündern auch Vogelnester und fressen allerlei Insekten. In den zoologischen Gärten gehören diese liebenswürdigen Kerlchen zu den schönsten und beliebtesten Insassen, weil sie dort sehr zahm und anhänglich werden. Allerdings können sich nur wenige Tiergärten ihre Anschaffung leisten. Einmal sind sie sehr teuer, und zum anderen besteht in der Regel nur wenig Aussicht, daß sie hier lange am Leben bleiben, obwohl im Tierpark Berlin dem widersprechende Haltungserfolge erzielt wurden.

Noch recht wenig wissen wir über den Bambusbären, den Großen Panda. Er ist so selten, daß er bislang nur in wenigen zoologischen Gärten der Erde gezeigt werden konnte. In der Heimat dieses kostbaren Tieres, der Volksrepublik China, wurden im Zoo bisher 18 Große Pandas geboren, von denen 10 im Säuglingsalter, zwei als Halbwüchsige starben. Der erste außerhalb Chinas geborene Bambusbär lebte nur acht Tage im Zoo der mexikanischen Hauptstadt. Die etwa sechs Jahre alte Bärin, die eben erst die Geschlechtsreife erreicht hatte, sorgte ausgezeichnet für ihr Junges und legte es nur zum Fressen und Trinken ab. Leider wälzte sich die schlafende Mutter auf ihr 140 g schweres Baby, so daß es erstickte. Inzwischen gebar die gleiche Mutter wieder ein Junges, das sich gut entwickelt hat: ein halbes Jahr alt, wog es 11 kg und war 75 cm lang.

Der Bambusbär erreicht nicht ganz die durchschnittliche Größe des Braunbären. Von der Nasen- bis zur Schwanzspitze kommt er auf ungefähr 1,50 m. Der kurzschnauzige Kopf ist sehr breit. Der Große Panda ist ein Halbsohlengänger wie der Kleine Panda. Seine breiten Fußsohlen sind mit Haaren bedeckt. Die Färbung ist höchst ungewöhnlich. Er ist grotesk schwarzweiß gescheckt. Das Fell ist sehr dicht. Es hat eine ähnliche Haarstruktur wie das Eisbärenfell. Sein Hauptanteil ist weiß bis hellgelblichweiß. Auch das Gesicht ist weiß. Schwarz an ihm sind lediglich Ohren, Nasenspiegel und Lippen sowie ein länglich ovaler Fleck um jedes dunkle Auge. Schwarz sind auch die Vorderbeine, einschließlich der Krallen und Tatzen. Die Schwarzfärbung setzt sich ohne Unterbrechung in einem breiten schärpenhaften Haarband fort, das quer über den Vorderrücken hinweg beide Vorderbeine miteinander verbindet. Am schmalsten ist es über dem Rückgrat. Es liegt um den Vorderkörper des Bambusbären wie ein Pferdekumt. Von Schultergelenk zu Schultergelenk, dadurch die weiße Kehle von der weißen Vorderbrust trennend, zieht sich noch ein schmaleres schwarzes Band am Halsansatz hin. Am sonst weißen Hinterleib sind lediglich die Beine schwarz, und das Schwänzchen endet in einer schwarzen Spitze. Diese Färbung, so auffällig sie uns im Zoo oder auf dem Foto auch erscheint, ist in Freiheit für das Tier eine gute Tarnung.

Obwohl äußerlich ein Großbär, ist der Große Panda alles andere als ein Raubtier. Der Bambusbär besiedelt hauptsächlich den Mischwald- und Nadelwaldgürtel. Vorzugshabitat

Der als Relikt in den dichten Bambuswäldern der Gebirge Südostchinas lebende Große Panda oder Bambusbär *(Ailuropus melanoleucus)*

sind die Bambusdickichte in Höhen von 2500 bis 3000 m. Der höchste Nachweis eines Bambusbären stammt aus 4040 m Höhe. Als harmloser Pflanzenfresser nimmt er vorzugsweise Bambusschößlinge, aber auch Koniferenrinde zu sich. Die Bären sind das ganze Jahr über aktiv. Winterruhe halten sie nicht. Als Spezialist für Bambusschößlinge muß er viele Stunden am Tage mit dem Verzehren dieser nährstoffarmen Kost verbringen. In Freiheit soll er täglich davon sein eigenes Gewicht verzehren. Entlang seinen Wechseln trifft man auf die zahllosen großen Kotballenhaufen. Erwachsene Exemplare erreichen bei dieser kärglichen Nahrung angeblich Massen von 125 kg.

Berichten aus der chinesischen Provinz Sichuan zufolge sind in den letzten Jahren über 100 Große Pandas verhungert, weil der Bambus, von dem sie sich ernähren, vielerorts abgestorben ist. Eine Bambusart, die nur alle 100 Jahre blüht, hat angeblich geblüht und ist dann vertrocknet. Es wird einige Zeit dauern, bis die aus dem Samen hervorgehende nächste Generation so weit gediehen ist, daß die Bambusbären wieder genügend Nahrung finden können. Früher gab es in China weit mehr Bambuswälder, so daß die Tiere im Notfall auf andere Gebiete ausweichen konnten. Chinesische und amerikanische Biologen versuchen den schätzungsweise 1000 Exemplaren der Reliktart im zentralchinesischen Hochland zu helfen. Hoffentlich verlaufen diese Bemühungen erfolgreich, damit der Bambusbär noch recht lange das 1961 ausgewählte Symbol des »World wildlife fund« bleiben kann. Höchst anerkennend muß erwähnt werden, daß die chinesische Regierung im Jahre 1965 Schutzgebiete eingerichtet hat, wo weder Bewirtschaftung noch Jagd gestattet ist.

Die Entdeckungsgeschichte des Bambusbären hat viel Ähnlichkeit mit der des Okapis im zentralafrikanischen Urwald. Viele Jahre kannte man von ihm nur Felle und die Berichte von Jägern über seine Existenz. Der französische Missionar Armand David, der im kaiserlichen Park zu Peking auch die letzten Milus entdeckte, war der erste, der Mitte des 19. Jahrhunderts Kunde von diesem seltsamen Tier erhielt. David war nicht nur Missionar, sondern auch ein leidenschaftlicher und überaus erfolgreicher Zoologe. Wochenlang durchspürte er auf der Suche nach diesem »Fabelwesen« die kalte, neblige Wildnis des Hsifan-Berglandes, konnte aber nur weitere Felle von den dortigen Eingeborenen erlangen. Die Belege sandte David nach Paris, wo der Zoologe Milne-Edwards nach ihnen den Bambusbären beschrieb und ihm seinen wissenschaftlichen Namen gab. Der erste europäische Zoologe, der im natürlichen Biotop einen freilebenden Panda erblickte, war der deutsche Forscher Weigold während der »Deutschen Tibetexpedition« von 1913 bis 1915. Lange nach dem ersten Weltkrieg gelang es amerikanischen Forschern und kurz danach dem deutschen Zoologen E. Schäfer, in Sichuan Bambusbären für große zoologische Museen zu erlegen. Erstmalig wurden zwei junge lebende Große Pandas 1937 nach den USA gebracht, 1938 wurde eine weitere, ebenfalls auf der Durchreise nach Amerika befindliche, junge Bambusbärin vorübergehend auch in einigen deutschen Tiergärten gezeigt, darunter im Leipziger Zoo. Dem damaligen Zoodirektor K. M. Schneider verdanken wir die Veröffentlichung ausgezeichneter Verhaltensbeobachtungen an dem unter dem Namen »Happy« berühmt gewordenen, äußerst zahmen und zutraulichen Tier. Nach dem zweiten Weltkrieg gelang es 1958 dem Österreicher Demmer, den »Chi-Chi« vom Zoo Peking einzutauschen. Dieses junge weibliche Tier kam über Moskau zur ersten Zwischenstation, dem Tierpark Berlin, in die DDR. H.-G. Petzold schrieb darüber:

»Drei Wochen lang drängten sich im Sommer 1958 insgesamt 400000 Besucher aus Berlin und allen Teilen Deutschlands um den Bärenspielkäfig im Kindertierpark. Das Jubeln der Kinder und die Lachsalven, die die possierlichen Bewegungen des schwarzweißen lebenden Teddybären begleiteten, waren weithin zu hören ... ›Chi-Chi‹ im Schaumbad – eine Sensation, von der die Berliner noch jahrelang sprechen werden. Kopfüber und kopfunter kugelt das seltsame Wesen, das die Herzen aller im Sturm erobert hat, durch den Käfig, turnt an seinem Klettermast, spielt voller Begeisterung mit den eigenen Zehen, schaukelt an einem aufgehängten Gummiring, steht am Gitter kopf und stopft sich mit beiden Pfoten die Bambussprosse in den Mund, die alle botanischen Gärten der DDR voller Solidarität nach Berlin lieferten. Müde geworden, zieht er sich dann auf sein Lager aus Eisbarren zurück, das ihm Professor Dathe auf Herrn Demmers Bitte hin bereiten ließ.«

Familie Mustelidae – Marder

Diese Familie setzt sich aus äußerlich sehr unterschiedlichen Vertretern zusammen. Einige Arten haben sich sogar das Wasser als Lebensraum erschlossen und in der Körperform diesem amphiboiden Leben stark angepaßt. Das sind die Otter (Lutrinae). Unter ihnen ist unser europäischer Fischotter noch nicht einmal der dem Leben im Wasser am besten angeglichene Typ. Im Amazonasgebiet gibt es wesentlich kurzbeinigere, jedoch einschließlich des ein Drittel ihrer Gesamtlänge ausmachenden Schwanzes bis zu 2 m lange Riesenotter *(Pteronura brasiliensis)*, die sich auf dem Lande recht robbenhaft schwerfällig fortbewegen. Auch ihre Lautäußerungen ähneln denen von Robben. Im Wasser aber sind die Tiere vorzügliche Schwimmer und Taucher und dadurch erfolgreiche Fisch- und Wassergeflügelräuber.

Es ist also schwer, alle Marder auf einen »allgemeingültigen Nenner« zu bringen. Mit Einschränkung darf man aber sagen: Es sind kleinste (Mauswiesel) bis mittelgroße (Vielfraß) Raubtiere mit gewöhnlich fünfzehigen Füßen. Die Zehen können bei im Wasser lebenden Formen durch Schwimmhäute verbunden sein, auf dem festen Lande lebende Arten sind Zehen-, Halb- oder Vollsohlengänger. Die Krallen sind in der Regel kurz, einige Arten können sie bis etwa zur Hälfte einziehen. Das Raubtiergebiß besitzt 32 bis 38 Zähne und weist hinter dem Reißzahn einen Höckerzahn auf. Die gerundeten Ohrmuscheln sind klein und kurz und ragen bei einigen Arten kaum aus dem Fell hervor. Fast alle Marderartigen werden wegen ihrer feinen und kostbaren Pelze viel gejagt. Die derben Dachsfelle (»Dachsschwarten«) bilden hierin freilich eine Ausnahme. Alle Arten haben am After Stinkdrüsen, deren Duftstoffe bei einigen aber nur geringfügig abstoßend auf den Menschen wirken. Andere, wie zum Beispiel das nordamerikanische Stinktier (und bei uns bedingt der Iltis), können jedoch einen so widerwärtigen Geruch verbreiten, daß Mensch und Tier sich hüten, ihnen nachzustellen und sie anzugreifen. Die Stinkdrüsen der Mustelidae sind in erster Linie Schutz- und Abwehrmittel gegen Feinde, während die Zibetduftabscheidungen der Viverridae (Schleichkatzen) wohl vorrangig als innerartliche Sexualstimulanzien wirken.

Ein starker bärenhafter Marder Nordeurasiens ist der Vielfraß *(Gulo gulo)*. Vor allem zur Winterszeit sind selbst Wildrenrudel und Hausrenherden nicht vor ihm sicher

Zur besonderen Erörterung einiger charakteristischer Formen wählen wir – neben Stinktier, Zorilla und Seeotter – europäische Arten.

Der Vielfraß *(Gulo gulo)* steht äußerlich und größenmäßig zwischen Baummarder und Braunbär. Er kann eine Masse von 30 kg erreichen. Bei einer Körperhöhe von etwa 45 cm wird das robuste Raubtier – mit Einschluß des etwa 15 cm langen Schwanzes – ungefähr 1 m lang. Im Verhältnis zu seiner relativ geringen Größe ist er ein beachtlicher Räuber, der auch Elchkälber und Rentiere – in Norwegen sind es die wichtigsten Beutetiere – reißt und sogar bei Kämpfen mit Mensch und Hund zuweilen Sieger bleibt. Er tötet und verzehrt alles, was in seinem Lebensraum an kleineren und wehrloseren Tieren vorkommt. Nur vor dem Braunbären und vor Wolfsrudeln soll der Vielfraß Respekt haben. Daneben frißt er Beerenfrüchte und andere zarte Pflanzenstoffe. Trotzdem ist sein deutscher Name Vielfraß nicht wörtlich zu nehmen. Dieser ist nur entstellt aus dem skandinavischen Sprachschatz übernommen. Dort wird dieser große Marder als »Fjäl-Fräs«, das heißt »Felsenkatze«, bezeichnet. Sein buschiger Schwanz unterscheidet ihn von den fast schwanzlosen Ursidae, sein dunkelbraunes zottiges Fell jedoch erinnert an das des Braunbären, ist aber im Griff viel weicher und seidiger. Über die Stirn des Vielfraßes zieht sich eine bei manchen Stücken ins Gelbliche spielende grauweiße Binde. Zwischen

Der kulturfolgende Steinmarder *(Martes foina)* läßt sich von dem sehr ähnlichen Baummarder, einem Kulturflüchter im gleichen Vorkommensraum, am Kehlfleck unterscheiden. Beim Steinmarder ist er weiß gefärbt und gegabelt, beim Baummarder goldgelb und ungegabelt

dem braunen Rückenfell und den braunen Hinterbeinen – die Schwanzwurzel und das erste Schwanzviertel einbezogen – umgürtet sein Hinterteil eine mehr oder weniger breite, horizontal verlaufende gelbweiße Kruppenschabracke. Er lebt als Tag- und Nachtraubtier in der subpolaren Zone Eurasiens und Nordamerikas. Dort tritt er in den Wäldern und Tundren des Tieflandes und Hochgebirges als Einzelgänger auf. Auch das Wasser scheut er nicht und erweist sich als vorzüglicher Schwimmer. Die Westgrenze seines Vorkommens in Europa liegt in der nördlichen Hälfte Norwegens und Schwedens.

Während vor etwa 300 Jahren der Zobel *(Martes zibellina)* auch im Norden Skandinaviens, Finnlands und des europäischen Teils der heutigen Sowjetunion vorkam, ist er inzwischen in Europa ausgerottet worden, und zwar wegen seines kostbaren Pelzes. Heute steht der Zobel in der Sowjetunion unter erhöhtem Jagdschutz. Dort wurde er in Gebieten erfolgreich wieder eingebürgert, in denen er seit Jahrzehnten ausgestorben war. Der Zobel ist etwas kleiner als unser Baum- oder Edelmarder *(Martes martes)*, mit dem er sonst manche Gemeinsamkeiten hat. Der Kehlfleck des Zobels ist auch gelblich, weist aber nicht die scharfe Begrenzung wie beim Baummarder auf. Das seidenweiche, verhältnismäßig langhaarige Fell des Zobels ist wesentlich wertvoller als das des Baummarders. Beide Arten bevorzugen Misch- und Nadelwald. Der Zobel ist jedoch mehr ein Raubtier des Unterholzes, während der Baummarder, als vorzüglicher Kletterer, das Leben im hohen Geäst und in den Wipfeln bevorzugt. Dort sind Eichhörnchen seine hauptsächliche Beute, die er als ebenso guter Springer von Baum zu Baum verfolgt. Noch immer ist der Baummarder weit über Europa verbreitet, wenn auch nirgends mehr häufig. Früher war er auch in Großbritannien weit verbreitet, heute kommt er nur noch sporadisch, in kleinen Restvorkommen, in Nordschottland, Wales und in Irland vor. Mit Ausnahme des nördlichen Pyrenäengebietes sucht man ihn auf der Iberischen Halbinsel vergeblich. Obwohl in Italien sowie auf Sizilien und Sardinien vorhanden, fehlt er wiederum im Süden des Balkangebietes. Bemerkenswerterweise ist aber überall dort – sowohl in ganz Portugal und Spanien als auch im südlichen Balkanraum – sein »Vetter«, der Steinmarder *(Martes foina)*, zu Hause. Bei uns kommen Baummarder und Stein- oder Hausmarder nebeneinander vor, weshalb beide häufig miteinander verwechselt werden. Im Gegensatz zum Baummarder fehlt der Steinmarder in Großbritannien. Bei seiner postpleistozänen Besiedlung Westeuropas – wohl als Kulturfolger des Menschen – gelang es ihm nicht, auch die Britischen Inseln zu erreichen.

Der Baummarder kann etwas größer als der Steinmarder, dieser wieder etwas schwerer als der Baummarder werden.

Zur Unterscheidung beider Arten seien im folgenden einige charakteristische Merkmale einander gegenübergestellt:

Baummarder	*Steinmarder*
Weißlichgelber bis rotgelber Kehlfleck	Weißer Kehlfleck, der sich nach hinten gabelt und sich oft bis zur Brust und auf die Vorderextremitäten erstreckt
Ohren größer und gerundeter	Ohren kleiner und mehr zugespitzt
Als Eichhörnchenjäger vorzüglicher Baumkletterer und Flugspringer	Schlechterer Kletterer auf Bäumen; springt dort nur notgedrungen
Misch- und Nadelwald abseits menschlicher Zivilisation	Bebuschtes felsiges Gelände, Parkanlagen, Gärten, Dörfer und Städte
Kulturflüchter, nur ganz selten Hausgeflügeldieb	Kulturfolger, gefürchteter Räuber in Geflügelställen und Taubenschlägen
Ruheplatz versteckt und hoch im Geäst in Eichhörnchenkobeln, Krähen- und Elsternnestern oder Greifvogelhorsten	Ruheplatz in Felsspalten, Gemäuer, Reisig- und Steinhaufen, hohlen Baumstämmen oder auf Scheunen- und Stallböden
Tag- und Dämmerungstier	Dämmerungs- und Nachttier
»schweigsamer«	sehr »stimmfreudig«
Beute: Kleinere und kleine Waldsäugetiere und Waldvögel	Beute: Kleinere und kleine Säugetiere und Vögel lichter Busch- und Heckenlandschaften

Auch von den Wieseln beherbergt Mitteleuropa zwei Arten nebeneinander, das Hermelin oder Große Wiesel *(Mustela erminea)* und das schmächtigere, um ein Viertel der Gesamtlänge des Hermelins kleinere Mauswiesel *(Mustela nivalis)*. Das viel diskutierte Vorhandensein eines Zwergwiesels von nur 15 bis 20 cm Länge (wovon noch ein Viertel auf den Schwanz entfällt) trifft nicht zu. Es handelt sich wohl nur um eine Minus-Variante der Unterart *Mustela nivalis nivalis*.

Über ganz Mittel- und Nordeuropa, Mittel- und Nordasien bis nach Japan und Nordamerika kommt das Hermelin vor. Fast dasselbe Gebiet besiedelt auch das Mauswiesel, außerdem noch Südeuropa und Nordafrika. Beide Arten leben in den Gebirgen bis zu einer Höhe von 3000 m. Das Hermelin gehört nicht nur im Norden, sondern auch in Mitteleuropa zu den winterweißen Tieren, während das Mauswiesel in der Regel nur in hohen Gebirgslagen und in nördlicheren Lebensräumen, zum Beispiel in Skandinavien und Sibirien, ein weißes Winterkleid anlegt. Winterweiße Hermeline und Mauswiesel unterscheiden sich dann, abgesehen von ihrer Größe, durch das für das Sommer- und Winterfell des Hermelins charakteristische schwarze Schwanzende, das beim Mauswiesel immer die Färbung des übrigen Felles aufweist. Hermelin und Mauswiesel sind im Sommer auf der Oberseite braunrot, auf der Unterseite gelblichweiß. Das Mauswiesel – in der Hauptsache Mäusejäger – ist ausgesprochen nützlich. Das Hermelin schädigt zwar zuweilen die Gelege von Bodenbrütern, erweist sich jedoch als Vernichter von Nagetieren aller Art, darunter auch der wehrhaften Feldhamster, ebenfalls weit nützlicher als schädlich. Leider wird ihm in Osteuropa und Sibirien wegen seines wertvollen weißen Winterfelles zu intensiv nachgestellt. Beide Arten sind in der Lage, bei Gefahr aus ihren Analdrüsen stinkende Duftstoffe abzuscheiden.

Gewöhnlich führen die Paare ein enges Gemeinschaftsleben, das sich auch auf die gemeinsame Aufzucht, Fütterung und Verteidigung der Jungen erstreckt. Beim Hermelin kommen nach der Sommerranzzeit verlängerte Tragzeiten vor. Normal beträgt sie acht bis neun, beim Mauswiesel nur fünf Wochen. Die Jungen beider Arten werden nackt und blind geboren. Erwachsene Wiesel gebrauchen bei Gefahr und beim Verteidigen der Jungen kräftig ihre Stimme. Sie verfügen über verschiedene keckernde Laute und schrille Schreie. Bei beiden Wieselarten sind die Weibchen beträchtlich kleiner als die Männchen. Die Gesamtlänge unserer Mauswiesel bewegt sich zwischen 20 und 30 cm, die der Hermeline zwischen 30 und wenig mehr als 40 cm. Davon entfällt jeweils ungefähr ein Viertel auf das Schwänzchen. Das Mauswiesel erreicht bestenfalls eine Schulterhöhe von 3,5 cm, das Hermelin eine solche von 5 cm. Beide Arten können demnach ihre in tiefen Erdhöhlen hausenden Beutetiere bis in den Bau verfolgen und dort angreifen, das Hermelin beispielsweise Wildkaninchen, Feldhamster und Schermäuse, das Mauswiesel vor allem Feld- und Waldmäuse.

In weiten Teilen Europas ist der Nörz oder Nerz *(Mustela lutreola)* seit Ende des 19., Anfang des 20. Jahrhunderts ausgerottet; das gilt auch für die DDR und die BRD. In Restbeständen kommt diese, mit Ausnahme der weißen Lippen, am ganzen Körper einheitlich braune Marderart noch in Frankreich vor. Mit Sicherheit existiert der Nerz – sogar unvermischt – in einigen abgeschlossenen Gebieten der Sowjetunion. Wieso unvermischt? Eine ihm nahe verwandte nordamerikanische Unterart, der Mink *(Mustela vison)*, wurde 1926 erstmals als Farmtier eingeführt und schon seit Jahrzehnten in größeren Mengen im gesamten ehemaligen Vorkommensgebiet des europäischen Nerzes in Farmen gezüchtet. Viele dieser »Farmnerze«, wie der Mink in Europa genannt wird, sind aber inzwischen entwichen, haben sich in freier Natur fortgepflanzt und ganze Populationen aufgebaut. So auch in Island. Diese eingeschleppten Nordamerikaner ergreifen nach und nach Besitz von den »leerstehenden« Habitaten des völlig oder fast ausgestorbenen europäischen Nerzes und besie-

Hauptsächlich Baum- und Erdhörnchenjäger ist der bis 1,35 m lange Charsa-Marder *(Martes flavigula)*. Verbreitet von Süd- und Südostasien bis zum Amurgebiet

Über die wirtschaftliche Bedeutung des Mauswiesels *(Mustela nivalis)* schreibt K. Zimmermann: »Wiesel können über Winter in Getreidemieten und Scheunen besonders erfolgreiche Mäusejagd betreiben. Ein Mauswiesel zu erschlagen, ist ein Zeichen von Dummheit.«

deln sie neu. Als verwilderte Farmtiere sind einzelne Exemplare in allen Bezirken der DDR mehr oder weniger häufig nachgewiesen worden, lediglich in der Lausitz und in Mecklenburg haben sich freilebende Populationen entwickelt. Nach M. Stubbe ist in den nächsten Jahren mit einer verstärkten Ausbreitung zu rechnen.

Der europäische Nerz besitzt eine weiße Unter- und meist auch Oberlippe, während dieses Merkmal dem wildlebenden Mink fehlt. Der aus dem Mink in vielen Generationen entwikkelte Farmnerz zeigt jedoch eine große Vielfalt von Farbspielen und erbfesten Farbrassen. Es gibt alle Abstufungen von tiefem Schwarzbraun bis Reinweiß. Auch unerwünschte, mehr oder weniger regellos gescheckte Stücke treten dabei gelegentlich auf. In der Erbmasse der Elterntiere muß die Anlage dazu schon vorhanden gewesen sein. Deshalb ist es wahrscheinlich, daß diese Erbanlage von entwichenen Farmnerzen mit in die neugewonnene Freiheit verschleppt worden sind. Infolgedessen ist der Besitz weißer Lippen bei einem heute irgendwo in Mitteleuropa erbeuteten zweifelhaften Exemplar durchaus kein eindeutiges Kriterium mehr für einen »reinen europäischen Nerz.«

Nerz und Mink sind Tiere der Bruch- und Sumpflandschaften. Die Zehen sind durch angedeutete Schwimmhäute aus Bindegewebe verbunden. Beide sind vorzügliche Schwimmer, die vorwiegend von Wassertieren wie Schermäusen, Fröschen, Fischen, Krebsen und Muscheln leben. In seiner nordamerikanischen Heimat ist der Mink der spezielle Feind der Bisamratte.

Eine in Europa – mit Ausnahme Irlands und des größten Teils von England und Schottland (wo er weitgehend ausgerottet ist) sowie des Nordens von Schweden, Norwegen, Finnland und der Sowjetunion – überall verbreitete und häufigste Marderart ist der Iltis *(Putorius [Mustela] putorius)*. Auch in den gemäßigten Gebieten Asiens und in Teilen Nordafrikas kommt er vor. In Neuseeland wurde er eingebürgert. Das Tier hat deshalb viele lokal begrenzte volkstümliche Namen. Einer davon ist »Ratz«, was von Unkundigen oft mißdeutet wird. Sie nehmen an, damit sei die Ratte gemeint. Im Gegenteil, der Iltis ist gerade ein vorzüglicher Rattenjäger.

Er ist als Einzelgänger überall anzutreffen. Als Bodenbewohner klettert er wenig, meist nur notgedrungen. Dafür schwimmt er ausgezeichnet. Im Gebirge geht er bis ungefähr 2000 m. Man kann Iltisse als ausgesprochene Kulturfolger antreffen. Als solcher ist er einer der besten Wander- und Hausrattenvernichter, die wir kennen. Leider macht er sich als Geflügeldieb unbeliebt. In freier Wildbahn – an Gewässern, in Buschwaldungen, unter dichten Feldhecken – ernährt er sich von Nagetieren (angeblich auch von Insektenfressern), von Wildkaninchen, Vögeln, besonders Bodenbrütern, Fischen und Fröschen. Er verschmäht auch reife Beeren und Steinobst nicht. Obwohl er es vorzieht, sich in ausgeräuberten Kaninchenbauten, manchmal in erweiterten Hamsterbauten einzuquartieren oder in Felsspalten und Windbruchhaufen unterzuschlüpfen, gräbt er sich in seltenen Fällen auch eigene Erdbauten.

Sein sehr naher, viel heller gelblich gefärbter Verwandter, der osteuropäische Steppeniltis *(Putorius eversmanni)*, der in westlicher

Der Iltis *(Putorius [Mustela] putorius)* entleert bei Schreck, Gefahr und Todesangst seine Analdrüse und verbreitet einen abstoßenden Geruch

Richtung bis nach Österreich vordringt, lebt in den Kerngebieten seiner Heimat vorwiegend von Zieseln, deren erweiterte Erdhöhlen er als Quartier benutzt. Entgegen früheren Vermutungen mancher Zoologen ist er wahrscheinlich nicht der Stammvater unseres zahmen, rotäugigen, gelbweiß bis reinweiß gefärbten (albinotischen) Frettchens *(Putorius [Mustela] furo)*. Dieses stammt wohl eher von in Spanien und Marokko endemischen Iltisunterarten ab. Mit unserem einheimischen Iltis lassen sich Frettchen leicht und erfolgreich verpaaren.

Der mitteleuropäische Iltis, bei dem die Weibchen stets größer als die gleichaltrigen Männchen werden, kann Gesamtlängen bis 65 cm erreichen, wovon fast ein Drittel auf den Schwanz entfällt. Normal bleiben die meisten Individuen jedoch 15 bis 20 cm kürzer. Auch bei diesem bodenbewohnenden Schlüpfer unter den Mustelidae ist die Schulterhöhe gering. Im Mittel liegt sie bei wenig mehr als 5 cm. Der Iltis, und noch auffälliger der Steppeniltis, sind wie der Dachs und Hamster »verkehrt gefärbte Säuger«. Das heißt, ihre Unterseite ist dunkler behaart als die obere. Sie ist beim Iltis hellbraun bis rostbraun. Die Flanken erscheinen gewöhnlich gelblich aufgehellt, dagegen Beine und Schwanz stark »wie verrußt« verdunkelt. Lippen und Nasenspitze sind weiß, die Kopfseiten und das Kinn schmutzig gelbweiß herausgehoben. Die Felle werden zwar geschätzt, stehen im Wert aber beträchtlich denen von Stein- und Baummarder nach. Die Ohrmuscheln sind im Verhältnis zur Körpergröße, im Gegensatz zu denen der beiden größeren Marder, kleiner und gerundeter.

Unter allen einheimischen Mardern ist beim Iltis der Gebrauch der Analdrüsen am stärksten ausgeprägt. Er spritzt den ihn verfolgenden Hunden ein übelriechendes Sekret entgegen. Der Ratz wird deshalb oft auch mit der waldmännischen Bezeichnung Stänker belegt. Übrigens scheint sogar der Fuchs den Iltis deshalb zu respektieren. Im Bergzoo Halle war ein großer verdrahteter Außenkäfig am Affenhaus mit einem fast völlig erwachsenen, handzahmen Wurf Iltisse besetzt. Eines Tages wurde dem Zoo eine gerade erst ausgegrabene Fuchsfähe mit ihren Jungen übergeben. Die zahmen Iltisse mußten deshalb herausgefangen und die Füchse hineingesetzt werden. Als das geschehen war, wurde festgestellt, daß sich einer der Iltisse gut versteckt hatte und in der Eile vergessen worden war. Was tat der Iltis? Er ging zwischen den jungen Füchsen und ihrer Mutter umher, kroch zu ihnen in den Unterschlupf und holte sich dreist seinen Anteil vom Futter. Er tat den jungen Füchschen nichts und wurde von der Mutter und den Kleinen nicht im geringsten beachtet. Das ging tagelang so, bis es dem Pfleger bei der Fütterung glückte, den Iltis zu fassen und herauszunehmen.

Iltisse sind untereinander sehr stimmfreudig. In der Ranzzeit, von März bis Mai, murren, keckern und schreien sie nachts oft sehr laut und anhaltend. Dann verbeißen sich rivalisierende Rüden manchmal so blindlings ineinander, daß sie als ein lebender Klumpen von den Dächern herunterkollern und unmittelbar vor den Füßen von Mensch oder Hund landen. Die Trächtigkeit dauert 41 bis 42 Tage. Erst über einen Monat nach der Geburt öffnen die im Durchschnitt fünf bis sechs Wurfgeschwister die Augen. Bei Gefahr werden sie von ihrer Mutter, ohne Rücksicht auf das eigene Leben, verteidigt. Der Iltis hat die Gewohnheit, sich Vorräte an toten Mäusen, Vögeln, Hühnereiern und besonders an lebenden Fröschen in seinen Unterschlupfen anzulegen. Er zerbeißt den Fröschen lediglich das Rückgrat und macht sie so bewegungsunfähig.

Das Frettchen ist, obwohl auf Sardinien und Sizilien nachträglich wieder verwildert, ein ausgesprochenes Domestikationsprodukt. Als Haustier ist es schon seit vielen Jahrhunderten in Südeuropa, vor allem auf der Iberischen Halbinsel, nachweisbar. Es wird zum Fang von Wildkaninchen und Wanderratten abgerichtet. In die Baue dieser Tiere läßt man es einschlüpfen und fängt an der entgegengesetzten Röhre die flüchtenden Kaninchen oder Ratten ab. Findet allerdings ein Frettchen Nestjunge in dem Bau, so bringt es diese zunächst um, saugt und leckt ihr Blut auf und frißt sich satt. Dann legt es sich an Ort und Stelle zum Schlafe nieder, und sein Besitzer muß oft stunden-, nicht selten tagelang warten, bis es wieder zum Vorschein kommt, falls er es nicht vorzieht, das schlafende Frettchen auszugraben.

Unter den im allgemeinen recht düster gefärbten Säugetieren Europas ziemlich auffällig ist ein Verwandter unseres Iltisses, der osteuropäische Tigeriltis *(Vormela peregusna)*. In westlicher Richtung tritt er noch selten in Bulgarien auf. Weit häufiger ist er im Süden des europäischen Teils der Sowjetunion anzutreffen. Beim Tigeriltis ist die besprochene Verkehrtfärbung unseres mitteleuropäischen Iltisses noch viel stärker ausgeprägt. Vom Hals bis zur Schwanzwurzel, mit Einschluß der vier Beine und des letzten Schwanzdrittels, ist dieses kleine Raubtier auf der Unterseite durchweg schwarzbraun. Ferner zieht sich eine schwarzbraune Binde von einer Wange – Augen und Nasenrücken einbeziehend – zur anderen sowie eine zweite vom Hals, quer über Ohren und Stirn hinweg, wieder zum Hals. Der dazwischen liegende Mittelgesichtsstreifen, das Kinn und die Nackenpartie sind elfenbeinfarbig gelblich, ebenso das mittlere Schwanzdrittel. Elfenbeingelb ist auch die Grundfarbe der gesamten Oberseite bis zur Mitte der Hinterschenkel. Aus ihr heben sich in fast netzförmiger Anordnung viele sehr kontrastreiche Einzelflecken und Streifen hervor. Sie haben wiederum die schwarzbraune Farbe der Unterseite. Der Tigeriltis wirkt auf den Menschen außerordentlich farbenfreudig. Wird er überrascht und gestellt, macht er durchaus nicht sofort »von seiner Waffe Gebrauch«. Er nimmt zunächst unter schrillem Kreischen und Brummen eine recht grimmig anzuschauende Verteidigungsstellung ein. Dabei erhebt er die hintere Körperhälfte zu einer Art Katzenbukkel. Über diesen legt er zur Verstärkung des ungewöhnlichen Eindruckes seinen nach rückwärts (in Kopfrichtung) gekrümmten Schwanz hinweg, dessen Behaarung er dabei sträubt.

Gilt der Gestank des Analdrüsensekrets vom Tigeriltis bereits als unerträglich, so ist dem der hauptsächlich in Afrika, seltener in Klein- und Vorderasien vorkommenden Bandiltisarten der Gattung *Zorilla* mit Ausdrücken wie »infernalisch« oder »pestilenzartig« noch nicht einmal Genüge getan. Die altweltlichen Zorillas übertreffen darin sogar die amerikanischen Stinktiere oder Skunks der Gattung *Mephitis* beträchtlich.

Sowohl die altweltlichen Bandiltisse als auch die mit ihnen äußerlich weitgehend kon-

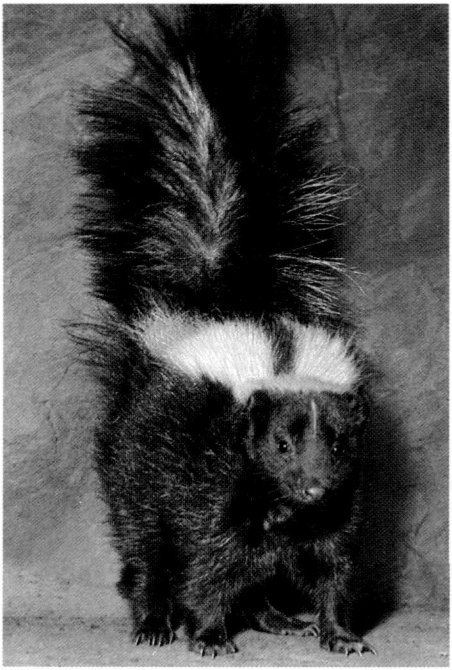

Der Skunk *(Mephitis mephitis)* ist der nordamerikanische Vertreter der neuweltlichen Stinktiere. Wird dieser Marder angegriffen, dreht er dem Gegner die Kehrseite zu und bespritzt ihn mit stinkender Analdrüsenflüssigkeit

vergenten, jedoch zu einer anderen Unterfamilie gehörenden amerikanischen Stinktiere tragen ähnliche Warntrachten wie der Tigeriltis, sind aber noch auffälliger gefärbt und wesentlich langhaariger. Die Zorillas und Stinktiere sind in greller Gegenwirkung schwarzweiß gefleckt und gebändert. Sie jagen normalerweise nachts, sind sich aber ihrer »Unantastbarkeit« so sicher, daß sie sich unbeschwert auch am Tage zeigen und weder vor Menschen noch vor Großraubtieren Reißaus nehmen. Das von ihnen mit großer Kraft auf mehrere Meter Entfernung in feinem Strahl gezielt ausgespritzte Sekret soll so scharf und ätzend sein, daß es getroffene Augen nicht nur arg verletzen, sondern zuweilen sogar Erblindungen hervorrufen kann. Allein schon der wochenlang an den Kleidern oder Fellen der damit Besudelten haftende penetrante Geruch ist von unerhörter Wirkung. Kundige behaupten, daß dieser entsetzliche, gesundheitsschädigende und alles durchdringende Duft nur noch mit einer höchstkonzentrierten Mischung von Schwefelwasserstoff und Knoblauch vergleichbar sei und bei den Betroffenen alsbald ein kaum zu stillendes Erbrechen auslöse. Im allgemeinen sind Zorillas und Skunks jedoch harmlose, von kleinen Nagern und sonstigen bodenbewohnenden Tieren lebende Kleinraubtiere. Allerdings vergreifen sie sich zuweilen, wie ihre europäischen Verwandten, am Hausgeflügel. Sie können bei guter, einfühlsamer Haltung sehr zahme und liebenswerte Pfleglinge, ja sogar geschätzte Hausgenossen werden. Dann machen sie gewöhnlich nicht mehr von ihrer Abwehrwaffe Gebrauch. Man läßt zahme Stinktiere und Zorillas gelegentlich frei im Haushalt umherlaufen, wo sie sich als Mäuse- und Rattenjäger nützlich machen. Die Felle der nordamerikanischen Stinktiere sind als Rohstoffe für feine Pelze sehr geschätzt und werden teuer bezahlt. Infolgedessen züchtet man Skunks auch in Farmen. Den Jungtieren wird in diesem Falle jedoch vorsorglich schon frühzeitig der Stinkdrüsenapparat entfernt, was sie ohne Schaden überstehen. Solche Exemplare kann man dann ohne Gefahr für die Zoobesucher in unseren Tiergärten zur Schau stellen. Die nordamerikanischen Skunks sind übrigens anatomisch den Dachsen näher verwandt als den Iltissen, Tigeriltissen und Zorillas.

Die robusten, bärenhaften Dachse bilden unter den Mustelidae eine eigene Unterfamilie Melinae. Dazu gehört die in Afrika und im tropischen Asien bis zum Golf von Bengalen vorkommende Gattung *Mellivora*, Honigdachse. Diese Tiere verstehen es ebenfalls, ihre Stinkdrüsen höchst unangenehm anzuwenden. Sie tragen auch eine recht auffällige Warntracht. Ihre Unterseite ist wiederum verkehrt gefärbt schwarz, der Rücken bis zur Stirn dagegen von hell silbergrauem Fell bedeckt. Bei afrikanischen Honigdachsen ist außerdem noch als Trennungslinie zwischen diesen beiden gegensätzlichen Färbungselementen ein weißes Horizontalband eingeschaltet. Allerdings brauchen sich die großen und gewichtigen Honigdachse, die bei 25 cm Schwanzlänge eine Gesamtlänge von ungefähr 1,10 m erreichen können, nicht allein auf ihre Stinkdrüse zu verlassen. Sie sind wehrhafte, mit einem kräfti-

Der Honigdachs *(Mellivora ratel)* ist ein weit wandernder Spezialist im Aufsuchen und Zerstören von Erdbauten wilder Bienen. Honigdachse leben in Afrika, Vorderasien und Indien

gen Gebiß und bärenhaft starken Vorderkrallen ausgerüstete Tiere, die vor einer Auseinandersetzung mit Mensch und Hund, aber auch mit anderen Raubtieren, keinesfalls zurückschrecken. Sie können dabei schwere Wunden verursachen. Ein passives Verteidigungsmittel der Honigdachse ist ihre Fähigkeit, sich schnell in die Erde eingraben zu können. Sie versinken vor den herannahenden Verfolgern geradezu im Boden. Obwohl auch einige unserer einheimischen Marder, beispielsweise der gern Hummelnester plündernde Iltis und noch mehr unser europäischer Dachs, mit Vorliebe die Nester erdbewohnender Hymenopteren (Hautflügler) zerstören, vor allem die der honigspeichernden Arten, sind die Honigdachse darin wahre Meister. Ihre Suche nach Erdbienennestern erfolgt in enger Verbindung mit unscheinbaren, starengroßen Spechtvögeln, den Honiganzeigern (Familie Indicatoridae). Diese fliegen vor den Honigdachsen her und führen sie auf diese Weise zu den zuerst von ihnen selbst entdeckten unterirdischen Bienenbauten, da von der Beute natürlich stets auch ein Teil für sie abfällt. Die Stiche der Bienen stören die Honigdachse kaum. Freilich leben sie nicht ausschließlich von Honig. Sie verzehren außerdem noch kleinere Säugetiere, Wild- und Hausgeflügel, Gelege von Bodenbrütern, Eidechsen, Schlangen, Lurche und sogar Fische.

In Europa lebt nur eine Dachsart, unser allbekannter europäischer Dachs *(Meles meles)*. Nur im Norden Skandinaviens fehlt er. Das bärenähnliche Tier ist mit keinem anderen unserer Heimat zu verwechseln. Über seinen schmalen, weiß gefärbten Kopf mit der rüsselartigen Schnauze zieht sich auf beiden Seiten je ein tiefschwarzer, halbmondförmiger Streifen. Jeder schließt ein Auge und ein Ohr ein. Der Dachsrücken ist mehr oder weniger hell bräunlichgrau, die Unterseite wie bei den Iltissen, Zorillas, Stinktieren und Honigdachsen schwarz gefärbt. Das Dachsfell ist sehr langhaarig. Besonders die Schwanzhaare sind deshalb zur Herstellung von weichen Bürsten und

Pinseln sehr begehrt. Die Weibchen sind kleiner als die Männchen. Meistens kommen unsere Dachse in ihrer Gesamtlänge nicht viel über 80 bis 90 cm hinaus. Der Stummelschwanz nimmt davon etwa 15 cm in Anspruch. Die mit starken Grabkrallen versehenen Beine sind kurz, aber sehr kräftig. Feiste Dachse können zu Beginn des Winters ein Gewicht bis zu 20 kg erreichen, sind jedoch trotzdem auf der Flucht und, im Juli bis zum September, bei ihren Paarungsspielen sehr beweglich. Bei der Paarung sind sie häufig für die Gefahren der Umwelt wie blind. Es kann dann durchaus vorkommen, daß sie in ihrem Eifer entgegenkommenden Menschen mit Wucht gegen die Schienbeine sausen und danach vor Schreck schnaufend und kreischend seitwärts abpoltern.

Der Dachs ist – nicht selten zum eigenen Nachteil – außerordentlich standorttreu. Dachsbauten, die schon seit Jahrzehnten von immer neuen Generationen bewohnt werden, sind keine Seltenheit. Der Verfasser kennt aus eigener Erfahrung einen besonders krassen Fall. Am Südhang eines damaligen, auf Syenituntergrund angelegten Weinberges in Pesterwitz bei Dresden gruben sich einst – sicher schon vor mehr als 100 Jahren – Dachse einen tiefen, ins Steingeklüft hinabführenden Bau. Bekanntlich fressen Dachse mit Vorliebe Weintrauben, was die ersten ihrer Art sicher zur Wahl dieses Platzes bewogen hatte. Solange die Weinstöcke wuchsen und ihre dichte Belaubung ihn hinreichend verdeckten, war dieser Bau noch einigermaßen »dachsgerecht«. In den Jahren um 1870 wurden die Weinstöcke wegen Reblausgefahr restlos gerodet und dafür Apfel- und Birnbäume angepflanzt. Diese Bäume gediehen nur kümmerlich und standen sehr licht. Auch sie sind später zum großen Teil wieder entfernt worden. Der kahle, grasbewachsene Hügel dient jetzt als Schafweide, und der Dachsbau liegt nun ungedeckt im Gelände. Dennoch war er bis vor kurzem – und ist es wohl auch heute noch – ständig von Dachsen bewohnt, obwohl ihr Aufenthaltsort durch nichts mehr verborgen wurde. Das ist ungewöhnlich, da der Dachs normal die Zugänge zu seinem Bau bevorzugt unter dichtem Gestrüpp oder Buschwerk, zumindest aber in hohen Brennesselhorsten anlegt. Außerdem befinden sich Dachsbauten meistens im Misch- oder Laubwald mit reichem Unterholz oder doch wenigstens nahe am Waldrand. Der erwähnte alte Dachsbau liegt heute aber gut 500 m vom nächsten Gehölz entfernt. Derartige alte Bauten erreichen Tiefen bis zu 5 m. Sie sind im Innern sehr verzweigt und weisen oft mehrere Wohnkessel auf. In diese tragen sich die Insassen weiche Pflanzenstoffe als Lagermaterial ein.

Früher glaubte man, Dachse seien »mürrische Einsiedler«. Das stimmt nicht. Alte Männchen wandern im Frühjahr oft weite Strecken, um Geschlechtspartner zu finden. Meist leben Dachse in Familienverbänden zusammen. Im Spätsommer können sogar mehrere Familien zusammenwohnen. Auch Zimmermann schreibt, »daß benachbarte Dachsfamilien sich gegenseitig Besuch abstatten, sogar mehrere Nächte im fremden Bau bleiben.« Die Jungen bleiben bis zum Winter im Familienverband. Sie sind erst im zweiten Jahr geschlechtsreif. Der Dachs gehört zu den Säugetieren mit verlängerter Tragzeit. Diese beträgt durch die bis in den Januar hinein eingeschaltete »Keimesruhe« sieben bis acht Monate. Die im Februar oder März geborenen zwei bis fünf Wurfgeschwister öffnen erst nach dreieinhalb bis fünf Wochen die Augen und tragen zunächst ein weißes wolliges Haarkleid. Ihre Entwicklung geht sehr langsam voran. Vier Monate lang werden sie von der sie hingebend betreuenden Mutter gesäugt, die ersten zweieinhalb Monate ohne feste Zukost. Die Weibchen werden erst mit 12 bis 15 Monaten geschlechtsreif. Die Männchen wahrscheinlich noch später.

Der Dachs ist hauptsächlich Dämmerungs- und Nachttier. Dort, wo er nicht verfolgt wird und sich ungestört bewegen kann, zeigt er sich auch am Tage. Seine im Käfig so auffällige Färbung erweist sich in freier Natur als ausgezeichneter, die Körperumrisse verwischender Schutz. Die beiden schwarzen Streifen am sonst weißen Kopf wirken wie Schlagschatten von schmalen Bäumchen. Der Dachs ist ein Allesfresser. Der pflanzliche Nahrungsanteil ist sehr groß. Ähnlich wie Bär oder Wildschwein durchwühlt er mit seiner rüsselartigen

Ein kleiner, fast wie eine Schildkröte platter Dachs ist der von Nord- bis Mittelamerika verbreitete Amerikanische Dachs *(Taxidea taxus)*. Weit mehr als sein eurasischer Verwandter ist er Fleischfresser

Ein Charaktertier der mitteleuropäischen Wildfauna ist der allesfressende Dachs *(Meles meles)*. Die schwarzweiße Gesichtszeichnung und die oberseits graue, unten schwarze »Verkehrtfärbung« erweisen sich bei diesem Dämmerungstier als vorzügliche Tarntracht

Schnauze Rasenflächen, frisch umgebrochene Äcker und lockeren Waldboden nach Würmern, Schnecken und Insektenlarven. Damit wird er land- und forstwirtschaftlich sehr nützlich, mehr noch dadurch, daß er auch Mäusebauten aufbricht und die alten und jungen Insassen vertilgt. Zimmermann erwähnt einen Dachs, in dessen Magen nicht weniger als neun erwachsene und 74 junge Mäuse vorgefunden wurden. Gelegentlich gräbt »Grimbart« sich einige Möhren, junge Rüben oder Kartoffeln aus. Er schätzt auch Beerenfrüchte, halbreifen Hafer und Mais und überreif vom Baum gefallenes Obst. Im Walde werden Pilze nicht stehengelassen. Wenn er sie erwischt, frißt er Schlangen und Eidechsen, ferner Gelege von Bodenbrütern. Gelegentlich brechen Dachse in Geflügelställe ein. Sie ruhen dann nicht, bis sämtliches Federvieh darin umgebracht ist.

Man hat lange geglaubt, unser Dachs gehöre zu den echten Winterschläfern wie Feldhamster, Murmeltier und Igel. Das hat sich als Irrtum erwiesen. Der Dachs hält nur einen normalen, allerdings sehr tiefen und tagelang nicht unterbrochenen Ruheschlaf. Zwischendurch nimmt er feste Nahrung und Flüssigkeit auf, man hat ihn sogar beim Fressen von Schnee beobachtet. In Gebirgslagen über 2000 m Höhe sind Dachse kaum noch anzutreffen. Mitunter bewohnen Fuchs und Dachs, wenn auch in verschiedenen Wohnkesseln, einen gemeinsamen Bau.

Jung eingefangene und liebevoll aufgezogene Dachse werden sehr zahm und schließen sich eng ihren menschlichen Pflegern an.

Sie werden aber in ihrer Anhänglichkeit beträchtlich von unter entsprechenden Bedingungen aufgezogenen Fischottern übertroffen. Der Fischotter *(Lutra lutra)* ist die im Aussehen und Verhalten robbenähnlichste Marderart Europas. Leider ist sie jahrhundertelang über-

Als äußerlich unverkennbar dem Wasserleben angepaßter Fisch- oder Krebsjäger gehört der an allen vier Füßen mit Schwimmhäuten versehene europäische Fischotter *(Lutra lutra)* zu den Mardern

all so stark verfolgt worden, daß sie bei uns nur noch relativ selten gefunden wird. Zu Hause ist sie im gesamten Europa, mit Ausnahme von Island und den Balearen sowie Korsika und Sardinien. Darüber hinaus ist sie in Nordafrika und vor allem in Asien verbreitet. Die von M. Stubbe 1972 eingeleitete Erfassung der Fischotter in der DDR erbrachte, daß der Bestand unter Einbeziehung eines Zählfehlers von 100 Prozent mit 600 ± 200 Tieren angegeben werden kann. Vitale Populationen gibt es nur östlich der Elbe im Lausitzer Teichgebiet, im Süden des Bezirkes Frankfurt (Oder) und in den Seen Mecklenburgs.

Der Fischotter ist ein langgestrecktes schlankes, erwachsen von der Nasen- bis zur Schwanzspitze etwa 1 bis 1,30 m langes Raubtier. Auf der Oberseite ist er glänzend dunkelbraun, auf der Unterseite graubraun. Wegen der sehr kurzen Beine wirkt diese Marderart bereits auf dem Lande recht schlangenhaft, worauf der Name Otter hindeutet. Noch mehr ist das im eigentlichen Lebenselement des Fischotters, im Wasser, der Fall. Hier schwimmt er ähnlich wie eine Schlange durch Bewegungen von Rumpf und Schwanz. Der letzte beansprucht mehr als ein Drittel der Gesamtlänge. Er ist konisch geformt und am Ende ziemlich scharf zugespitzt, an der Wurzel dagegen sehr dick. Die gewandte Schwimmweise des Fischotters erinnert nicht nur an Schlangen, sondern auch stark an Robben. Er legt nämlich während des Schwimmens seine kurzen Beine an den Leib und benutzt die Füße lediglich zum Steuern. Die verhältnismäßig großen und breiten Füße weisen ihn von vornherein als Wasserraubtier aus, denn die jeweils fünf Zehen sind durch Schwimmhäute verbunden. Ferner ähnelt der relativ flache und breitschnauzige Kopf wegen seiner winzigen runden Ohrmuscheln und dem langen Schnurrbart aus starken Tasthaaren etwas den Köpfen weiblicher oder junger Ohrenrobben. Ohren und Nasenlöcher werden unter Wasser verschlossen. Das glänzende Fell ist infolge vieler Talgdrüsen, die es ständig einfetten, wasserabweisend. Es wird daher nie stark durchnäßt. Der europäische Fischotter bevorzugt zwar stille Seen und Teiche mit breitem Schilfsaum oder Bäche und Flüsse, die von Uferwald, zumindest von Gebüsch eingefaßt sind, kommt aber auch an den Meeresküsten vor. Eigenartigerweise unternehmen jedoch manche Tiere auf der Suche nach anderen Gewässern weite Wanderungen auf dem Land. Dabei überschreiten sie sogar Gebirgshöhen von 2000 bis 2500 m.

Der Fischotter ist hauptsächlich nachts aktiv, sonnt sich aber auch tagsüber gern auf aus dem Wasser ragenden Steinblöcken und dergleichen. Bei Gefahr springt er ins Wasser und taucht. Er kann mehrere Minuten lang unter Wasser bleiben. Meist schwimmt er dort ungesehen seinen unter dem Wasserspiegel mündenden Schlupflöchern zu. Die Bauten gräbt er sich selbst in Uferböschungen. Hier werden – gewöhnlich im Februar – die zwei bis vier ausschließlich von der Mutter betreuten Jungen des einzigen Jahreswurfes geboren, die erst nach 30 Tagen die Augen öffnen sollen. Über die Fortpflanzung des Fischotters ist nur wenig bekannt. Die Trächtigkeitsdauer wird einerseits mit etwa 62 Tagen, andererseits, falls die erwogene verlängerte Tragzeit zutrifft, mit neun bis zwölf Monaten angegeben. Anfang der 70er Jahre glückte in England die Zucht des Fischotters, außerhalb Englands gelang die kontrollierte Gehegezucht bisher nur dem Innsbrucker Alpenzoo.

Die Nahrung des Fischotters besteht zu 70 bis 90 Prozent aus Fischen. Daneben werden auch Krebse, Wasservögel und deren Gelege, ferner Bisamratten, Schermäuse sowie andere Kleinsäuger verzehrt. Zimmermann berichtet, daß diese Marderart Fische einmal durch Plätschern in die Nähe des Ufers treibt und dort greift, sie zum anderen gegen den Strom inmitten des Wassers faßt. Die großen schweren Stücke trägt der Räuber an Land und verzehrt sie dort, die kleinen frißt er, dabei wassertretend, in aufrechter Haltung sofort. Leider ist der Fischotter infolge übermäßig starker Bejagung schon sehr selten geworden. Piechocki wies nach, daß auch im hercynischen Raum die Erlegung von Fischottern nebst Prämienzahlungen für das wertvolle Fell um die Jahrhundertwende gleichsam ein zahlenmäßiger Ausrottungsbeleg sind. Obwohl der Fischotter in der DDR durch das Jagdschutzgesetz unter ganzjährigem Schutz steht, muß der durch widrige Umwelteinflüsse besonders gefährdeten Tierart verstärkter Schutz zuteil werden, da mindestens 75 Prozent der registrierten Verluste direkt oder indirekt durch menschliche Einflüsse entstehen. Nach M. Stubbe steht in den Nordbezirken der DDR der Reusentod der Otter mit 45 Prozent der Gesamtverluste weit an der Spitze. Der Fang in Schlageisen, das Erschlagen von Tieren sowie der Verkehrstod nehmen mit jeweils 10 Prozent ebenfalls bedeutende Ausmaße an.

Das seltsamste Tier, nicht nur unter den Ottern, sondern in der ganzen Marderfamilie, ist der Seeotter oder Kalan *(Enhydra lutris)*, zuweilen auch Meerotter genannt. Lange Zeit wußte die Säugetierforschung über ihn nicht viel mehr, als schon vor über 200 Jahren der Naturforscher Georg Steller berichtet hatte. Steller beobachtete während seiner Teilnahme an der 2. Bering-Expedition (1741–1742) den Seeotter im Bereich der Kommandeurinseln im Pazifik. Den ersten Versuch, die in der Fachliteratur weit verstreuten alten und neueren Angaben über den Kalan zu sammeln, zu sichten und in einer Monographie der Wissenschaft zugänglich zu machen, unternahm 1938 der Dresdner Zoologe Jacobi (1870–1948). Seit 1962 liegt eine weitere, viele Angaben Jacobis ergänzende Gesamtdarstellung über den Kalan von dem sowjetischen Forscher Barabasch-Nikiforow vor. Diese beiden Monographien sind auch die Grundlage für den vorliegenden Abschnitt. Barabasch-Nikiforow studierte mehrere Jahre lang die Biologie des freilebenden Seeotters in dessen Lebensraum im sowjetischen Küsten- und Inselbereich des nördlichen Pazifik. Seine Feststellungen ergänzte er durch Beobachtungen an gefangengehaltenen Tieren. Erwachsene Seeotter erreichen Körperlängen von 1,20 bis 1,30 m. Die Schwanzlänge beträgt 30 bis 33 cm. Die größer als die Weibchen werdenden Männchen können über 30 kg schwer werden. Der Kopf ist verhältnismäßig kurz und breit gebaut. Auch der Hals ist sehr kurz, wodurch der robbenhafte Eindruck verstärkt wird. Die Vordergliedmaßen sind stark verkürzt und haben hundeähnliche Füße. Die nackte Fußunterseite ist nicht deutlich in Ballen und Zehen gegliedert, sondern bildet eine zusammenhängende, etwas gewölbte Fläche.

Die gleichfalls sehr kurzen hinteren Gliedmaßen sind analog zu denen der Robben stark nach hinten versetzt. Die Zehen sind durch große Schwimmhäute verbunden. Dadurch sehen die Hinterpfoten echten Flossen recht ähnlich. Die Fellfarbe variiert von rötlich bis tiefschwarz. Kopf und Hals sind meist heller als der übrige Körper. Die beiden Schädelhälften sind oft deutlich asymmetrisch. Sicherlich rührt das einmal von der eigentümlichen Fortbewegung des Seeotters im Wasser, zum anderen vom einseitigen Benutzen der betreffenden Gebißhälfte her. Über den Scheitel zieht sich bei älteren Stücken ein knöcherner Kamm, der die Anheftebasis für die Kaumuskulatur verbreitert.

Der Seeotter hat wie der Fischotter einen langen Tasthaar-Schnurrbart und winzige, im Wasser verschließbare Ohren. Die schräg gestellten Nasenlöcher werden unter Wasser ebenfalls verschlossen. Der Kalan kann weite Strecken schwimmen und so von einer Insel zur anderen wechseln. Normal hält er sich in der Nähe von zerklüfteten, schwer zugänglichen Küsten auf, auf denen er sich nachts lagert und schläft. Dort bringen die Weibchen auch ihre Jungen zur Welt. Seeotter sind Tagtiere. Gern ruhen sie sich tagsüber im Meer in Rückenlage auf den an der Oberfläche treibenden oberen Enden des Flügeltangs *(Alaria)* aus, der in ihrem Habitat vor der Küste dichte Unterwasserwälder bildet. Früher glaubte man sogar, der Kalan nähre sich hauptsächlich von diesem Tang. Seine Nahrung setzt sich jedoch aus Seeigeln, Muscheln, Kopffüßern, Polypen und Fischen zusammen. Die Fische umfaßt der Seeotter mit beiden Vorderpfoten, taucht auf und hebt, mit dem Fisch in den Armen, wassertretend seinen Kopf und den halben Oberkörper senkrecht aus dem Wasser. Hierauf beißt er seiner Beute das Rückgrat durch und verzehrt sie, während er in Rückenlage an der Meeresoberfläche treibt. »Noch interessanter ist« – nach Barabasch-Nikiforow – »der Vorgang, wenn ein Seeotter Seeigel frißt. Ist der Kalan getaucht« – bis höchstens 50 m Tiefe und nicht länger als wahrscheinlich zwei bis fünf Minuten – »und hat 5 bis 6, manchmal ein ganzes Dutzend Seeigel zugleich ergriffen, so legt er sich an der Wasseroberfläche auf den Rücken und beginnt sie nacheinander aufzufressen. Seine Methoden sind dabei recht eigentümlich. Auf der Brust des Kalans bilden sich, da das Fell nicht fest am Körper anliegt und stark herabhängt, auf beiden Seiten Vertiefungen, die als Taschen dienen, in denen die beim Tauchen erbeuteten Seeigel festgehalten werden. Während der Kalan mit einem Seeigel beschäftigt ist, liegen die übrigen in diesen Taschen, aus denen sie nicht herausfallen.«

Die erstaunlichste Verhaltensweise der Seeotter ist ihr Werkzeuggebrauch. Sielmann berichtet: »Wenn die Ottern große Muscheln finden, die sie nicht mit den Zähnen oder Händen öffnen können, dann suchen sie einen möglichst flachen Stein, um diesen als Amboß zu verwenden. Wiederum in Rückenlage, legen sie den Stein auf die Brust, nehmen die Muschel zwischen die Pfoten und trommeln sie hurtig gegen das Werkzeug, bis die Schale bricht und sie an das leckere Muschelfleisch gelangen können. Tauchen sie dann wieder hinab zu den Muschelbänken, um sich weitere Beute zu holen, dann behalten sie das bewährte Werkzeug im Arm. Ein erstaunliches, einsichtiges Verhalten«.

In der Regel kommt nur ein einziges Junges zur Welt, das bereits voll entwickelt und mit offenen Augen geboren wird. Genaues über die Paarungszeiten, vor allem aber über die Trächtigkeitsdauer des Seeotters ist noch nicht bekannt. Bei diesen geselligen und untereinander friedfertigen Tieren scheint Polygamie vorzuherrschen. Das Junge, das vorerst noch nicht selbst schwimmen kann und lange ausschließlich von Muttermilch lebt, wird von der Mutter mit den Vorderpfoten fest an die Brust gedrückt und mit ins Wasser genommen. Holt sich die Mutter unter Wasser Nahrung, so bleibt das Kleine in Rückenlage an der Oberfläche, bis die Mutter zurückkehrt. Abgesehen vom Menschen, der den Seeotter wegen seines kostbaren Pelzes schon einmal fast ausgerottet hat, kennt der Kalan als tierische Feinde den Großen Schwertwal und den Eishai. Hinzu kommt, daß junge Seeotter auf der Insel Amchitka (Alaska) von den Weißkopf-Seeadlern lebend gegriffen und gekröpft werden. An 114 Seeadlerhorsten entdeckte man in den Jahren 1969 bis 1973 über 100 Seeotter. Strenge Schutzmaßnahmen haben dazu geführt, daß gegenwärtig insgesamt etwa 40000 Kalane vorhanden sind.

Überfamilie Feloidea – Katzenartige
Familie Viverridae – Schleichkatzen

Durch verschiedene Merkmale sind die Schleichkatzen sowohl mit den Mustelidae als auch mit den Felidae verbunden. Die Felidae traten aber in der Erdgeschichte später auf als die schon im späten Eozän auftretenden Viverridae, aus denen sich die Felidae anscheinend erst im Oligozän entwickelt haben. Älter als die Viverridae sind dagegen die Mustelidae, die Marder. Geologisch gesehen sind die Schleichkatzen eine alte Gruppe, die eine Reihe verschiedener Entwicklungslinien umfaßt, von ältesten, mehr generalisierten Typen bis zu einer Formenfülle hochspezialisierter Vertreter. Auf Madagaskar sind die Viverriden die einzigen Raubtiere, und sie haben dort besondere Inselformen entwickelt. Die Viverridae sind mit wenigen Ausnahmen nur wiesel- bis mardergroß, in vielen Fällen auch äußerlich dem Phänotypus der Mustelidae recht ähnliche und Afterstinkdrüsen aufweisende Kleinraubtiere. Eine Ausnahme bildet die Fossa oder Frettkatze *(Cryptoprocta ferox)*, die katzenähnlichste aller Schleichkatzen. Sie besitzt nicht nur einen katzenartigen Kopf, sondern ist auch in der Lage, bis zu einem gewissen Grade die Krallen einzuziehen und vorzustrecken, eine Fähigkeit, die auch die Palmroller und manche Viverrinen besitzen. Der Linsang *(Prionodon)* kann seine Krallen sogar gänzlich einziehen. Die Hälfte der Gesamtkörperlänge wird bei der Fossa von einem überlang erscheinenden, kurz behaarten Katzenschwanz beansprucht. Das auf Madagaskar beheimatete Raubtier wird etwa so groß wie ein halbwüchsiger südamerikanischer Puma. Rotbraun wie ein Puma ist es auch gefärbt. Die Weibchen bringen nach etwa zehnwöchiger Tragzeit zwei bis wahrscheinlich vier Junge zur Welt.

Eine zweite Ausnahmeerscheinung stellt der etwa gleich große Binturong *(Arctictis binturong)* dar. Mit einer gewissen Berechtigung wird er seines Aussehens und seines zurückgebildeten Gebisses wegen oft als Marderbär oder Bärenmarder bezeichnet, obwohl er eindeutig zu den Viverridae gehört. Er ist so sehr kleinbärenähnlich, daß ein Laie kaum beide Extreme, Fossa und Binturong, zur gleichen Raubtierfamilie rechnen würde. Damit wird die Problematik der Viverridae offenkundig. In dieser Familie treffen wir auf eine geradezu verwirrende Formenvielfalt an meist langgeschwänzten und langgestreckten Kleinraubtieren, wie sie uns nur noch einmal bei den Raubbeutlern begegnet.

Gegenwärtig umfaßt die Familie Viverridae sechs Unterfamilien, die wir hier der Übersicht halber nennen wollen, obwohl sie nicht alle im einzelnen behandelt werden:

Die auf Madagaskar heimische Fossa oder Frettkatze *(Cryptoprocta ferox)*. Äußerlich sehr katzenähnlich, vereinigt sie anatomisch und ethologisch typische Katzen- mit charakteristischen Schleichkatzenmerkmalen

Der zu den Schleichkatzen gehörende Binturong *(Arctictis binturong)* wurde früher für eine Kleinbärenart gehalten und deshalb fälschlich Bärenmarder oder Marderbär genannt. Dieser mit einem Greifschwanz versehene Baumbewohner ist vom östlichen Himalaja bis zu den Philippinen verbreitet

Viverrinae	Zibetkatzen
Herpestinae	Ichneumons
Paradoxurinae	Palmroller
Hemigalinae	Bänder- und Ottercivetten
Galidiinae	Madagaskar-Schleichkatzen
Cryptoproctinae	Frettkatzen

Die Mammalogen kennen manche Schleichkatzenformen nur unzureichend und sind deshalb mit dem Aufklären der in manchen Punkten reichlich rätselhaften Viverriden-Problematik noch nicht allzuweit gekommen. Bei der Allgemeinheit herrschen von dieser Säugetierfamilie meist ganz verschwommene Vorstellungen. Bestenfalls hat man bei Kipling gelesen, daß es in Südasien ein kleines Raubtier gibt, den Mungo, der Königskobras und andere Giftschlangen angreift, niederkämpft und schließlich frißt. Vielleicht weiß man auch noch, daß am Nil ein schlankes behendes Raubtierchen, Ichneumon genannt, vorkommt, das die Eier und Jungen der Krokodile frißt und deshalb von den alten Ägyptern für heilig erklärt worden war. Die Wissenschaft kennt heute 65 sehr unterschiedliche Schleichkatzenarten aus 36 Gattungen. Es ist aber wahrscheinlich, daß die eine oder andere Art bislang ihrer Aufmerksamkeit entgangen ist. Vor allem wird das für Madagaskar vermutet. Aus Afrika (Liberia) hat Kuhn erst 1960 eine neue Schleichkatze beschrieben: *Genetta lehmanni*, gleichzeitig ein neues Subgenus, also *Genetta (Paragenetta) lehmanni.*

Die Viverridae sind auf Madagaskar, aber auch weit über Afrika und Asien verbreitet, zu finden. In Amerika, Australien und Ozeanien gab es ursprünglich keine Viverridae. Um der Giftschlangen- und der Rattenplage zu begegnen, sind aber unter anderem auf den Fidschi-Inseln und den Antillen Mungos ausgesetzt und eingebürgert worden. Sie räumten zwar ausgezeichnet unter diesen Reptilien auf, vermehrten sich dabei aber so stark, daß sie sich auf Hausgeflügel und junge kleinere Haussäugetiere spezialisierten und nun selbst zur Landplage geworden sind. Sie stören dort also das biologische Gleichgewicht empfindlich. Wenig bekannt ist ferner, daß zwei Schleichkatzenarten aus zwei Gattungen sogar zur Fauna Europas gehören: die (europäische) Ginsterkatze *(Genetta genetta)*, die die Pyrenäen-Halbinsel und sogar Gebiete Frankreichs besiedelt, und der Ichneumon *(Herpestes ichneumon)*. Dieser kommt primär in Südspanien, eingeschleppt auch in Dalmatien vor. Allerdings liegt das Hauptverbreitungsgebiet von Ginsterkatze und Ichneumon in Nordafrika sowie in Klein- und Vorderasien. Wie der Marder sind die meisten Schleichkatzen keine ausschließlichen Fleischfresser. Eine ganze Anzahl frißt daneben sehr gern Früchte und saftige Pflanzenteile.

Die Ichneumons, auch Mangusten genannt, von denen es eine große Anzahl untereinander sehr ähnlicher Arten und Unterarten gibt, sind im Aussehen und Verhalten unter den Viverridae am marderähnlichsten. Übrigens gehören auch jene asiatischen Schleichkatzen, die wir echte Mungos nennen – obwohl wesentlich kleiner als die Afrikaner –, zur gleichen Gattung. Sie haben keine zurückziehbaren Kral-

Miniaturausgaben des »Heiligen Ichneumons« der alten Ägypter sind die afrikanischen Zwergmangusten oder Zwergmungos. Die abgebildete Form gehört der Unterart *Helogale undulata rufula* an

len. Die bekannteste Art ist die sogenannte Ratte der Pharaonen, der nordafrikanisch-kleinasiatische Ichneumon *(Herpestes ichneumon)*, dessen Unterart *Herpestes ichneumon widdringtoni* in Südspanien lebt. Der Ichneumon ist ein mardergroßes Raubtier, dessen Gesamtlänge bis etwa 1 m und die Körperhöhe nicht ganz 20 cm betragen kann. Von der Gesamtlänge entfällt annähernd die Hälfte auf den an der Wurzel stark verdickten, möhrenförmigen Schwanz, der in einer dünnen Spitze endet. Die Beine sind sehr kurz, so daß ein über den Boden hinhuschender Ichneumon sehr an eine Schlange erinnert. Noch mehr entsteht dieser Eindruck bei einer in Längsreihe hintereinander laufenden Ichneumonfamilie. Der Eindruck wird verstärkt durch die einheitlich braune bis graubraune Färbung des rauhborstigen, locker anliegenden Haarkleides und die kurzen breiten Ohren am iltisähnlichen Kopf. Der bevorzugte Lebensraum von Ichneumons und Mungos sind Gehölze und Rohrdickichte an Flußufern, Heideflächen und mit dichtem Niederholz bestandene Berghänge. Wo sie ungestört sind, treten Mangusten auch tagsüber in Erscheinung. Wegen der starken Verfolgung als freche Geflügel- und Kleinhaustierdiebe werden die vorsichtigen Tiere in vom Menschen besiedelten Gebieten jedoch erst nachts aktiv. Sie sind arge Räuber, vor denen nichts, was sie bewältigen können, sicher ist. Dazu gehören Giftschlangen aller Größen. Ichneumons leben und jagen in Familienverbänden. Als Zufluchtsort graben sie sich Erdbauten. Die Jungen werden von beiden Eltern fast ein Jahr lang betreut. Gehör, Auge und Geruchsinn sind sehr gut entwickelt, am besten das Geruchsvermögen.

In Südostasien, insbesondere auf Jawa und Sumatera, lebt eine ausgesprochen zwerghafte Manguste, die nur eine Gesamtlänge von etwa 50 cm erreicht, wovon noch etwa ein Drittel auf den Schwanz entfällt. Das ist, mit dem wissenschaftlichen Art- (oder Unterart-) namen *auropunctatus*, die Goldstaubmanguste. Sie verdankt ihren Namen einer auffälligen goldgelben Sprenkelung des in der Grundfarbe dunkelbraunen Felles. Durch Rudyard Kiplings Tiergeschichte vom »Rikki-Tikki-tavi« ist der in Vorderindien und auf Sri Lanka vorkommende Indische Mungo *(Herpestes edwardsi)* berühmt geworden. Äußerlich und in der Lebensweise ähnelt er stark seinem allerdings beträchtlich größeren nordafrikanischen Vetter, dem Ichneumon. Die Weibchen werfen zu allen Jahreszeiten nach acht- bis neunwöchiger Tragzeit zwei bis vier Junge. Der Mungo gehört zur Gattung *Herpestes*, während der wissenschaftliche (lateinische) Gattungsname *Mungos* den in den Trockensteppen West- und Ostafrikas lebenden Zebramangusten zukommt. Sie tragen diesen Namen wegen ihrer schwarzen Querstreifen, die sich auf hellerem Grund vom Nacken bis zur Schwanzspitze hinziehen. Bei *Mungos mungos* fällt – angesichts der allgemeiner niedrigen Jungenzahl bei den Viverriden – die hohe Kopfzahl von drei bis sechs je Wurf auf.

Mehrere Arten von Mangusten werfen Hühnereier oder Schneckenschalen nach hinten, um sie zu zerschmettern. Diese Schleudertechnik ist nicht angeboren, sondern wird erlernt.

In großen Kolonien hausen in Südafrika die ebenfalls durch mehrere dunkle Binden ausgezeichneten Surikaten oder Erdmännchen *(Suricata tetradactyla)*. Ihre vierzehigen Füße sind im Gegensatz zu denen der anderen ähnlichen Schleichkatzen mit großen Grabkrallen ausgestattet, mit denen sich die Tiere ihre Erdbauten graben. Die neugierigen Tierchen erinnern in ihrem Gebaren, besonders durch ihr ständiges »Männchenmachen«, an Affen. Surikaten sonnen sich gern, sind überhaupt Tagtiere. Sie gelten als vornehmlich insectivor. Zwei bis fünf Junge werden nach einer Trächtigkeits-

Wegen ihrer unbezwingbaren Neugier ungemein possierliche und gezähmt sehr anhängliche kleine Schleichkatzen sind die Surikaten oder Erdmännchen *(Suricata tetradactyla)*. Sie hausen in großen Erdbautenkolonien in der offenen Landschaft Südafrikas

Wegen ihrer auffälligen Gesichtszeichnung wird eine in China und auf benachbarten Inseln vorkommende Schleichkatzenart als Larvenroller *(Paguma larvata)* bezeichnet. Dieses räuberische Nachttier verschmäht auch Früchte und andere zarte Pflanzenstoffe nicht

dauer von etwa elf Wochen geboren. Die Tierchen werden sehr zahm und in ihrer Heimat gern zur Rattenvertilgung im Hause gehalten, wo sie völlig frei umherlaufen dürfen.

Auf Süd- und Ostasien ist die Unterfamilie der Palmroller (Paradoxurinae) beschränkt. Diese Schleichkatzen sind, obwohl daneben räuberisch lebend, pflanzlicher Kost sehr zugetan. Vom Indischen Palmroller *(Paradoxus hermaphroditus)* wissen wir, daß er in Ananaspflanzungen schweren Schaden anrichtet und junge Palmtriebe und -früchte verzehrt. Sein indonesischer Artgenosse, der Musang, ist dafür bekannt, daß er in Kaffeeplantagen massenhaft die reifen Kaffeefrüchte frißt, die Kaffeebohnen aber unverdaut wieder ausscheidet.

Paradoxus wirft ein bis sechs Junge, gewöhnlich drei bis vier. Aus der Artenfülle der Ginsterkatzen (Gattung *Genetta*) sowie der ihnen nahe verwandten asiatischen Linsangs (Gattung *Prionodon*) und des afrikanischen Linsangs (Gattung *Poïana*) sei hier nur etwas näher auf die europäische Ginsterkatze *(Genetta genetta)* eingegangen.

Waren – mit Ausnahme der Fossa – die bisher erwähnten Schleichkatzentypen nicht oder nur bedingt in der Lage, die Krallen wie die echten Katzen einzuziehen, so vermag die Ginsterkatze dies völlig. Der Name Ginsterkatze ist nicht schlecht gewählt. Einerseits bevorzugt dieses kleine Raubtier tatsächlich dichte Ginsterdickichte und anderes undurchdringliches, möglichst sogar dorniges Gebüsch als Unterschlupfbewuchs. Andererseits ist es wirklich recht katzenähnlich, besonders wenn man es mit dem weit mehr marderhaften Ichneumon vergleicht. Viel tragen dazu die auf gelblichem Grund scharf hervortretende dunkle, leopardennähnliche Fleckung sowie die entsprechende Querringelung des langen Schwanzes, nicht zuletzt die spitzen kleinen Stehohren bei. Die Beine sind im Vergleich mit denen der echten Katzen relativ kurz, der Körper wieselhaft schlank und die Schnauze beträchtlich spitzer. In Europa erreicht die Ginsterkatze Gesamtlängen von ungefähr 1 m, wovon beinahe die Hälfte auf den an der Wurzel stark verdickten, also ebenfalls möhrenförmigen Schwanz entfällt. Bestenfalls erreicht sie dabei eine Schulterhöhe von 20 cm. Die Genetten, wie sie ebenfalls genannt werden, kommen sowohl in der Ebene als auch im Gebirge vor. Dort verbergen sie sich tagsüber gern in Felsspalten, denn sie sind hauptsächlich Dämmerungs- und Nachttiere. Untereinander sind sie verträglich, andere kleinere Tiere greifen sie jedoch sofort an. Deshalb werden sie, wie Marder, als Räuber in Taubenschlägen und Geflügelställen besonders gefürchtet. Sie können vorzüglich springen und klettern. In freier Natur leben die schnellen und ungemein behenden Tierchen von kleinen Nagern, Vögeln, Eiern, Insekten und wohl auch von reifen Früchten.

Über ihr Freileben ist wenig bekannt. In der Regel werden drei bis fünf von der Mutter sorgsam betreute und bei Gefahr tapfer verteidigte Junge geboren. Aus den Stinkdrüsen am After sondern auch die Genetten starke Moschus-Duftstoffe ab. Diese Fähigkeit ist zum namengebenden Charakteristikum ihrer engeren Verwandten, der großen eigentlichen Zibetkatzen, geworden.

Schon im ausgehenden Mittelalter wurden Zibetkatzen oder Civetten nicht nur im Orient und in Südeuropa, sondern ebenso auch in Mitteleuropa aus wirtschaftlichen Gründen in Käfigen gehalten. Der aus ihren Afterdrüsentaschen mit der Hand als weißer, sich rasch bräunender Schaum ausquetschbare Duftstoff »Zibet« wurde damals in Europa als Arzneibestandteil und Parfümrohstoff geradezu mit Gold aufgewogen. Jetzt ist er hier ziemlich bedeutungslos geworden. Im Orient aber wird er heute noch sehr geschätzt und hoch bezahlt. Noch immer werden deshalb in Südasien und Afrika Zibetkatzen gefangen, in engen Käfigen sehr gut gefüttert und die vorher gefesselten Tiere dann in regelmäßigen Zeitabständen »gemolken«. Unverdünnt ist Zibet eine für unsere Begriffe penetrant duftende Substanz. Um sie vor der ihren Wert mindernden, in der tropischen Hitze rasch eintretenden Gärung zu bewahren, wird sie in Ochsenhörner gefüllt und möglichst kühl aufbewahrt.

Die Zibetkatzen, von denen es eine afrikanische und mehrere asiatische Gattungen mit einigen Arten und zahlreichen Unterarten gibt, sind unter den Schleichkatzen die größ-

Schon im Altertum wurden die Afrikanischen Zibetkatzen (Gattung *Civettictis*) im Orient wegen ihres als Parfüm und Heilmittel begehrten Duftstoffes »Zibet« gefangengehalten, der ständig in einer Drüsentasche am After ausgeschieden wird.

Unter dem Namen »Rasse« leben wild auf einigen Sundainseln Zwergzibetkatzen (Gattung *Viverricula).* Sie wurden in frühgeschichtlicher Zeit als Zibetlieferanten von malaiischen Seefahrern auf Sansibar, Madagaskar und den Komoren eingebürgert

Die größeren und langschnauzigeren Asiatischen Zibetkatzen (Gattung *Viverra*) gehören, trotz großer Ähnlichkeit mit ihnen, einer anderen Gattung an als die mit sträubbarer Nackenmähne ausgestatteten Afrikanischen Zibetkatzen

ten und schwersten. Die wehrhaften Tiere sind zwar in der Not Allesfresser, lieben besonders aber Eier und Vogelfleisch. Deshalb richten sie unter schlecht verwahrtem Hausgeflügel schwere Schäden an. In ihrem Gesicht fallen die schiefgestellten Augen mit runden Pupillen auf. Die Krallen an den fünfzehigen, mit vollständig behaarter Sohle ausgestatteten Füßen können ein Stück zurückgezogen werden. In Ostafrika sollen die Zibetkatzen zweimal im Jahr einen Wurf von jeweils zwei bis fünf Jungen zur Welt bringen und aufziehen.

Die Afrikanische Zibetkatze *(Civettictis civetta)* erreicht etwa die Größe und das Gewicht unseres Dachses. Hinzu kommt bei ihr noch ein halbkörperlanger Schwanz. Im Verhältnis zu vielen anderen Schleichkatzenformen ist sie hochbeinig, denn erwachsene Tiere erreichen Widerristhöhen von 30 cm und mehr. Die Hinterbeine sind länger als die vorderen, wodurch das Tier immer den Eindruck erweckt, als suche es eifrig am Boden. Der Schwanz ist in seiner Endhälfte einfarbig dunkel; in der vorderen ist er auf aschgrauem bis gelblichem Untergrund mehrfach dunkel quergeringelt. Die Beine sind meistens nur einfarbig dunkel gefärbt. Der Leib ist dagegen, wiederum auf aschgrauem bis gelblichem Grund, von individuell stark variierenden, kleinen und großen Tüpfeln und teilweise in solche zerfallenden Querstreifen bedeckt. An den Hinterschenkeln und am Hals sind es dagegen wie bei einem Zebra angeordnete Längsstreifen. Hinter den Ohren ansetzend und auch noch den Schwanz mit einbeziehend, erhebt sich längs der Rückgratlinie eine in der Erregung aufrichtbare kurze, borstige Rückenmähne. Die nach vorn geöffneten runden Stehohren sind zwar im Verhältnis zum Kopf bei der Zibetkatze kleiner, erinnern aber in Form und Stellung stark an die der Tüpfelhyäne. Der gesamte Kopf ist recht hyänenähnlich. Durch die außerordentlich kräftige Nackenmuskulatur und den stark gesenkten Kopf wird diese Ähnlichkeit noch unterstrichen.

Familie Hyaenidae – Hyänen

Lange Zeit hielt man die Hyäne – nicht zuletzt wegen der erscheinungsbildlichen Ähnlichkeit mit Hunden – für näher mit den Canidae als mit den Felidae verwandt. Jetzt zählt man sie zur Überfamilie Feloidea, den Katzenartigen.

Die Hyänen sind auch keine »Zwischenform« zwischen Hunde- und Katzenartigen, sondern echte Katzenartige. Vieles spricht dafür, daß sie ein relativ spät entstandener, erst im Pliozän frei entfalteter Seitenzweig des Viverridae-Astes sind. Zwischen diesen Gruppen gibt es tatsächlich eine Art Übergangsform, den Erdwolf. Die Säugetierforscher sind sich aber nicht einig, ob diese anatomisch, vor allem durch ihr schwaches, reduziertes Gebiß abweichende Raubsäugetierart schon eine wirkliche Hyäne oder noch eine Schleichkatze aus der Mungo-Verwandtschaft ist. Der Erdwolf *(Proteles cristatus)* gehört innerhalb der Hyaenidae zu einer eigenen Unterfamilie, den Protelinae. Er ist weit auf dem afrikanischen Kontinent verbreitet, aber sehr selten, und lebt vorwiegend als Einzelgänger. Seine Hauptnahrung sind soziale Insekten, vor allem grasfressende Termiten. Als weiteren deutschen Namen führt das in selbstgegrabenen oder von Erdferkeln übernommenen Erdhöhlen hausende Tier auch die Bezeichnung Zibethyäne. Dieser Name drückt deutlich die Unsicherheit über die richtige systematische Zuordnung dieses Raubtieres aus, das vielleicht auch zu den Viverridae gehört.

Zu den unumstrittenen rezenten Hyänen gehören die Gattungen *Hyaena* mit zwei Arten und *Crocuta* mit einer Art. Das gegenwärtige Verbreitungsgebiet der Familie erstreckt sich über weite Teile Afrikas, Arabiens und Vorderasiens bis nach Indien. Das Hervorgehen beider Gattungen aus einer gemeinsamen Ursprungsform erfolgte sehr frühzeitig, wahrscheinlich noch im Pliozän. Damals gab es – zum Teil bis in das älteste Pleistozän – viel mehr unterschiedliche Hyaenidae-Formen als jetzt. Noch im frühesten Mittelpleistozän lebten im heutigen Mitteleuropa sehr große und robuste Hyänenarten. Neben ihnen traten bereits kleinere Typen auf, die im Skelett so stark an unsere rezente Tüpfelhyäne erinnern, daß man sie geradezu als deren Vorfahren ansehen könnte. Auch in der DDR und in der BRD sind diese Fossilien gefunden worden. Vor allem gilt das für die massenhaft aus Höhlenablagerungen nachweisbare Höhlenhyäne *(Hyaena [Crocuta] spelaea)* aus dem Jungpleistozän. Dieses Raubtier war beträchtlich größer als die rezente Tüpfelhyäne. Toepfer sagt von ihr: »Charakteristisch für die Höhlenhyäne ist ihr plumper Habitus und die Betonung des Vorderkörpers, die vordere Überbauung, wie sie auch für den Höhlenbären bezeichnend ist. Gegenüber der Erhöhung des Körpergewichts der Vorderpartie und der robusteren Entwicklung des Skelettes einschließlich des Schädels erscheinen die Ausmaße der Rumpfregion zurückgeblieben ... Als Beutetiere der Hyäne kamen wohl fast alle Tiere ihrer Umgebung in Frage, wobei bei großen Arten, wie Elefanten, Nashörnern und Bären, fast nur ganz junge Individuen gejagt worden sind.«

Die Höhlenhyäne ist am Ende des Pleistozäns ausgestorben.

Die starken klobigen Eckzähne und Vordermahlzähne sind auf das Zermalmen härtester und größter Säugetierknochen spezialisiert, während die in gerader Linie angeordneten Schneidezähne die Aufgabe erfüllen müssen, sie sauber abzunagen. Unterstützt wird das Gebiß noch dadurch, daß sich am Scheitel des knöchernen Schädels ein hoher, ebenfalls knöcherner Kamm entlangzieht, an dem Kaumuskulatur und die dazugehörigen Sehnenstränge eine breite Ansatzfläche finden. Auch die Jochbögen sind ungemein robust gebaut. Die Hyänen sind vorwiegend Aasfresser, ausgestattet mit einem kräftigen Brechscherengebiß. Damit werden selbst Röhrenknochen und Schädel von erwachsenen Büffeln, Flußpferden und Nashörnern nicht nur von außen abgenagt, sondern teilweise auch zerknackt und verzehrt.

Die Hyänen gehören in unseren zoologischen Gärten leider zu den Tieren, vor denen die meisten Besucher nur mit einer Mischung von Abscheu und abwertender Neugier zu verweilen pflegen. Schuld daran sind nicht zuletzt die zahlreichen, mehr oder minder erfundenen oder maßlos übertriebenen Schauergeschichten über diese Tiere. Dabei sind die Hyänen im Haushalt einer sich noch im ungestörten biologischen Gleichgewicht befindlichen freien Natur höchst nützliche Glieder. In der tropischen Hitze sind verwesende Kadaver als Verbreitungsherde der verschiedenen Seuchen für Wildtier, Haustier und Mensch große Gefahrenquellen. Für die Verschleppung der Krankheitskeime sorgen vor allem Fliegen, insbesondere Aasfliegen, und andere Insekten. Das schnelle Beseitigen derartiger Gefahrenherde durch die gefräßigen Hyänen – gemeinsam mit Schakalen, Geiern und Kropfstörchen – ist somit überaus nützlich. Deshalb wäre es falsch, die Hyänen stark zu verfolgen oder gar auszurotten.

In zoologischen Gärten hat sich gezeigt, daß alle Hyänenarten bei richtiger Pflege ungewöhnlich zahm und anhänglich werden können. Trotzdem muß man sehr vorsichtig sein, wenn man mit ihnen spielt. Ihr Gebiß ist zu kräftig. So kann es dann vorkommen, daß, auch wenn sie nur spielerisch mit den scharfen Schneidezähnen in die vorgehaltene Hand »zwicken« wollen, mehrere glatt abgebissene Finger im Hyänenmaul zurückbleiben. Das passierte einmal einem neuen, unvorsichtigen Tierpfleger im Bergzoo Halle durch die junge, handzahme und durchaus nicht »falsche« Tüpfelhyäne »Felix«.

Die Geschlechter sind sich äußerlich sehr ähnlich. Nicht nur in Größe, Aussehen und Verhalten gleichen sich männliche und weibliche Tiere, auch ihre äußeren Geschlechtsorgane sind nur nach jahrelanger Erfahrung von Fachleuten richtig zu unterscheiden. Diese »Kunst« beherrschte K. M. Schneider, der einstige Direktor des Leipziger Zoologischen Gartens. Das Resultat zeigte sich über Jahrzehnte hin in einer Fülle gelungener Tüpfelhyänen-Nachzuchten und Aufzuchten, die in Fachkreisen mindestens ebenso berühmt waren wie die Leipziger Löwenzuchten. Meist ist es ein großes Wagnis, in Tiergärten neue Hyänenzuchtpaare zusammenstellen zu wollen, weil sich dann oft die versehentlich zusammengeführten Partner gleichen Geschlechts bekämpfen, was nicht selten mit dem Tode des schwächeren endet. Einmal ineinander verbissen, ist es sehr schwierig und gefährlich, die Tiere rechtzeitig wieder zu trennen. Auch in freier Wildbahn kommt es an Kadavern häufig zu schweren Kämpfen aus Futterneid. Hier bleiben aber dem Unterliegenden die Möglichkeit eines schnellen Entwischens und die rettende Flucht in die Weiten der freien Natur. Trotzdem sind in Freiheit Tüpfelhyäne und Streifenhyäne keine ausgesprochenen Einzelgänger. Beide Arten treten zuweilen in Hungerzeiten in kleinen Rudeln auf und jagen dann – nach Art der Wölfe – Antilopen und andere kleine Wiederkäuer. Lediglich die seltenste und auch kleinste der drei echten Hyänenarten, die Braune Hyäne *(Hyaena brunnea)*, soll ein ausgesprochener Einzelgänger sein. Da sie gern den Meeresstrand nach angespülten Fischleichen absucht, ist sie auch unter dem Namen Strandwolf bekannt. Sie kommt in Küstennähe von Nordafrika bis Süd- und Südwestafrika vor. Für die Wissenschaft war sie lange ein Streitobjekt. Nicht zuletzt wegen ihres einfarbig braunen Felles (denn nur die Beine zeigen Streifen) wurde sie früher für ein Bindeglied zwischen Tüpfelhyäne und Streifenhyäne gehalten. Das hat sich bei genaueren Untersuchungen als unhaltbar erwiesen. Die Braune Hyäne ist der Streifenhyäne sehr nahe verwandt und gehört derselben Gattung an. Da die stark ausgebildete Rückenmähne im Kontrast zum Rumpf etwas heller getönt ist, wird die Braune Hyäne oft auch als Schabrackenhyäne bezeichnet. Das wahrscheinlich hauptsächlich von Fisch- und Seetieraas lebende Tier soll nebenher auch ein eifriger Hühnerdieb sein. Deshalb wurde und wird es im Süden Afrikas erbittert verfolgt. In europäischen zoologischen Gärten gehört *Hyaena brunnea* zu den größten Seltenheiten. Von hohem wissenschaftlichem Interesse ist es deshalb, daß es nach dem zweiten Weltkrieg im Zoo Basel gelang, ein Zuchtpaar zusammenzustellen und von ihm unter großen Schwierigkeiten mehrere Würfe zu erlangen. Nach drei Monate dauernder Trächtigkeit werden normalerweise ein bis zwei Junge geboren. Das Weibchen besitzt vier Zitzen, die am Ende der Tragzeit und während des Säugens gut sichtbar sind. Nach E. M. Lang, der ausführlich über diese Zuchterfolge berichtet hat, tragen die Jungen bei ihrer Geburt einen grauen Pelz, der einen dunkleren Rückenstrich und symmetrische Zeichnungen auf den Gliedmaßen sowie auf den Körperseiten hat. Von der späteren großen Mähne ist in diesem Entwicklungsstadium noch nichts zu bemerken.

Während Erdwolf, Schabrackenhyäne und Tüpfelhyäne auf Afrika beschränkt sind, dehnt sich das Verbreitungsgebiet der Streifen- oder Gestreiften Hyäne *(Hyaena striata)* wesentlich weiter aus. In mehreren geographischen Rassen begegnet sie uns zu beiden Seiten des Roten Meeres, im Norden Ostafrikas, im Süden der Arabischen Halbinsel. Damit nicht genug, diese Art breitet sich von Nordafrika über Kleinasien, Vorderasien und Afghanistan bis zum Golf von Bengalen aus. Allerdings ist die Zebrahyäne, wie die Streifenhyäne mitunter auch genannt wird, heute infolge stetiger Verfolgung überall viel seltener als früher. Vor allem gilt das für ihr indisches Siedlungsgebiet. Sie soll dort aber nie besonders zahlreich gewesen sein.

Tagsüber ruht die Streifenhyäne gewöhnlich in Felsspalten und Erdhöhlen oder hinter altem Gemäuer versteckt. Erst mit der Dämmerung werden die Tiere munter und sind dann manchenorts unglaublich dreist. Dem Vater

Auf Afrika beschränkt, dort aber weit verbreitet ist die größte rezente Hyäne, die Tüpfel- oder Fleckenhyäne *(Crocuta crocuta).* Hauptsächlich Aas- und Kleintierfresser. Die Familie bewohnt gemeinsam einen Bau

des Verfassers raubte eine Streifenhyäne 1891 in Mittelarabien unter seinen Augen einen schweißfeuchten Stiefel aus dem Zelt und trug ihn auf Nimmerwiedersehen davon, unbeirrt von den dicht neben ihr einschlagenden Revolverkugeln. Auf die gleiche Weise sollen die Hyänen in unbewachten Augenblicken auch Säuglinge aus Hütten und Zelten stehlen. Es ist verbürgt, daß Hyänen Leichen von Menschen, die nicht tief genug und ohne Sarg bestattet waren, ausgegraben und verzehrt haben.

Das Fell der Streifenhyäne zeigt – mit Ausnahme des bei manchen Individuen ganz schwarzen Vorderhalses – eine gelblich weißgraue Grundfärbung. Am Tag steht die schwarze Querstreifung des Halses, des Rumpfes und der Beine im starken Kontrast dazu. In der Dämmerung werden aber dadurch die Konturen des Tieres verwischt. Die ziemlich lange harte und straffe Körperbehaarung fühlt sich trocken und rauh an. Die hellere, nach beiden Seiten herabhängende Rückenmähne ist weit weniger sträub- und aufrichtbar als die Rückenmähnen von Erd- und Strandwolf. Die gesamte Körperlänge beträgt gegen 1,50 m, zwei Siebentel davon beansprucht der buschige Schwanz. Die oben spitz zulaufenden Ohren erscheinen fast nackt. Nur wenige sehr feine und kurze Härchen bedecken ihre Oberfläche. Die Lauscher stehen aufrecht auf dem zwar plumpen, aber recht hundeähnlichen Kopf. Die Streifenhyäne ist in ihrer Körpergestalt unbestreitbar die »gefälligste« und in ihrer Färbung auch die hübscheste aller rezenten Hyaenidae. Äußerlich weicht die ausschließlich in den Steppen-, Buschsteppen- und Halbwüsten Afrikas von der Südspitze bis zum 17. Grad nördlicher Breite vorkommende Tüpfel-, Flecken- oder Gefleckte Hyäne *(Crocuta crocuta)* beträchtlich von der Streifenhyäne ab. Ihr fehlt die langhaarige Rückenmähne der anderen rezenten Hyänen, deren größte und hundeähnlichste Art sie ist. Sie

Junge Tüpfelhyänen ähneln stark jungen Hunden. Auf ihrem kurzhaarigen braunschwarz gefärbten Kindheitsfell ist die spätere Fleckung noch nicht einmal angedeutet. Sie können sehr zahm und anhänglich werden

trägt nur eine kurze, bis zum Kreuz reichende Stehmähne. Ihr grober plumper Kopf weist zwei große runde Stehohren mit kaffeetassengroßen, meist ganz nach vorn gekehrten Öffnungen auf. Der Schwanz, mit dem die Flekkenhyäne in Erregung unablässig in horizontaler Richtung wedelt, ist kurz und auch relativ kurz behaart. Die Grundfärbung wechselt bei den verschiedenen Lokalrassen von schmutzig gelblich- bis ziegelrotgrau. Seinen Namen verdankt das Raubtier der schwärzlichen bis tiefschwarzen Tüpfelfleckung, die das Fell wie bei einem Leoparden am ganzen Körper bedeckt. Nur im schwarzgrauen bis kohlschwarzen Gesicht sind diese Tüpfel nicht vorhanden. Wie alle anderen Hyänenarten ist sie ein ausgesprochener Zehengänger mit hundeähnlichen stumpfen, nicht einziehbaren Krallen. Von ihren Sinnen sind Geruch und Gehör am besten entwickelt, sie sieht aber auch relativ gut. Aasgeruch wird auf sehr weite Entfernungen wahrgenommen. Als Räuber betätigen sich die Fleckenhyänen besonders in Schafherden, in deren schlecht abgesicherte Hürden sie nachts einbrechen. Wenn vom »teuflischen Gelächter« der Hyänen die Rede ist, dann bezieht sich das nur auf die gefleckte Art. Tatsächlich klingt der Ruf wie das laute, kichernde Hohnlachen eines Irrsinnigen. Der Laut der Streifenhyäne ist mehr ein Kreischen. Daneben verfügen alle Hyänen noch über ein reiches Inventar an knurrenden, murmelnden, schreienden und ächzenden Tönen. Zahme Fleckenhyänen bleiben bei der Begrüßung ihrer erklärten Freunde durchaus nicht stumm, sondern geben dann unter ständigem Schwanzwedeln ihrer Freude durch mannigfache Lautäußerungen Ausdruck.

Die in der Regel ein bis zwei Jungen der Tüpfelhyänen werden von ihren Müttern nach einer rund 13 Wochen dauernden Tragzeit in selbstgescharrten einfachen Erdröhren zur Welt gebracht. Untereinander sind die Hyänensäuglinge sehr unverträglich. Flecken haben sie noch nicht. Ihr kurzhaariges, sich hart und rauh anfühlendes Fell ist bis auf das hellere Gesicht einheitlich braunschwarz. In Gefangenschaft nehmen die weiblichen Hyänen, obwohl sie in freier Natur sehr besorgte und sich bei Gefahr auch aufopfernde Mütter sein sollen, oft ihre Neugeborenen nicht an. Sie fressen dann sogar ihre Kinder, nachdem sie sie eine Zeitlang aufgeregt im Maule herumgetragen haben. Deshalb werden in zoologischen Gärten gewöhnlich die neugeborenen Jungen lieber von vornherein weggenommen und mit der Flasche aufgezogen, was in der Regel auch gelingt.

Familie Felidae – Echte Katzen

Schon im frühen Oligozän entwickelten sich als Familie Felidae die Echten Katzen aus dem bis dahin noch indifferenten Verbande der im späten Eozän selbst erst als Familie eigenständig gewordenen Schleichkatzen (Viverridae). Mit ihnen und den Hyänen (Hyaenidae) werden die Echten Katzen zur Überfamilie Feloidea, Katzenartige, zusammengefaßt. Jedoch weichen die Auffassungen der verschiedenen Autoren über die Herkunft der Felidae noch stark voneinander ab, und zwar je nach dem berücksichtigten Merkmalskomplex. Sicher ist, daß das Gebiß allein zu stammesgeschichtlichen Schlußfolgerungen nicht hinreicht.

Die früholigozänen Felidae gingen entwicklungsgeschichtlich nunmehr eigene Wege. Sie erschlossen sich – wobei sie aber immer festen Boden unter den Füßen behielten, wenn einige Arten auch lange und vorzüglich schwimmen können – Ebene und Hochgebirge, Sumpf und Wüste, Wald und Steppe. Rezente Katzen kommen sowohl in kalten als auch in gemäßigten, subtropischen und heißen tropischen Zonen der Erde vor. Sie fehlen lediglich in der Arktis und Antarktis, einzelne Vertreter dringen jedoch bis in die subpolaren Gebiete vor. Das trifft im Norden – etwa bis zur Baumgrenze – für die Luchse zu, im Süden – neben einigen kleineren Arten – für den Puma. Dieser lebt in zahlreichen Unterarten von Feuerland und Patagonien durch den gesamten amerikanischen Kontinent bis nach Alaska. Er hat sich also allen Klimaten anzupassen vermocht.

Unter extremen Bedingungen lebt ferner der Schneeleopard (Irbis), der in den zentralasiatischen Hochgebirgen im Grenzbereich des ewigen Schnees vorkommt. Wildlebende Katzenarten fehlen von Natur aus auf dem Beuteltier-Kontinent Australien, der allen nicht flugfähigen oder sekundär zu Meeressäugern entwikkelten höheren Mammalia (Eutheria) verschlossen blieb. Das gilt sowohl für das australische Festland als auch für die benachbarten großen und kleinen Inseln und für die gesamte Inselwelt der Südsee. Erstaunlicherweise hat auch auf die Antillen, auf Madagaskar und die umliegenden Inselgruppen keine wildlebende Katzenart Zugang gefunden. Die faunistisch recht altertümlich gebliebene »Restwelt« Madagaskar ist Herrschaftsgebiet und Refugium der Halbaffen (Prosimii) und Schleichkatzen (Viverridae) geblieben. Beide stehen dort in einem seit Hunderttausenden von Jahren ausgewogenen biologischen Gleichgewicht. Hätten die »moderneren« Felidae Madagaskar schon frühzeitig besiedelt, wären vermutlich längst zahlreiche Vertreter der dort heimischen Prosimii ausgerottet. Inzwischen ist die Hauskatze durch den Menschen über die gesamte Erde verbreitet worden, so daß es heute praktisch kein Gebiet mehr gibt, wo nicht wenigstens dieses Glied der Felidae in Halbfreiheit anzutreffen ist.

Die meisten Echten Katzen treten – soweit bekannt – nur zur Begattungszeit paarweise auf, sonst sind sie Einzelgänger. Andere, wie Schneeleopard und Gepard, halten zeitlebens paarweise zusammen. Das schließt die eigene Nachkommenschaft nur so lange mit ein, bis sie sich entweder aus »freien Stücken« entfernt oder von den Eltern verjagt wird. Echte Zusammenrottungen zu größeren Rudeln, die gemeinsam Großwild jagen, kennen wir nur beim Löwen als Normalfall. Damit geht er verhaltensmäßig einen arteigentümlichen Weg.

In bezug auf ihren Phänotypus haben die einzelnen Felidae-Arten wenige eigene Wege beschritten, wenn man von den mannigfaltigen Färbungs- und Zeichnungsunterschieden absieht. Jede Echte Katze erkennt auch der Laie, trotz der verschiedenen Herkunftsgebiete, auf den ersten Blick, gleichgültig, ob es sich um Tiger, Löwen, Puma, Schneeleoparden, Nebelparder, Jaguarundi, die europäische Wildkatze oder den südamerikanischen Ozelot handelt. Selbst solche äußerlich abweichenden

Katzenformen wie die relativ hochbeinigen, mit Pinselohren und einem Stummelschwanz ausgestatteten Luchse sind Echte Katzen geblieben. Das gilt noch mehr von den ebenfalls relativ kurzschwänzigen, vor allem sehr hochbeinigen afrikanischen Servalen, die vorwiegend in den Grassteppen jagen. Und selbst der Gepard, der anatomisch, dem Äußeren nach und im Verhalten als Schnellaufjäger am wenigsten das übliche Bild der Felidae zeigt, ist für den unbefangenen Betrachter immer noch »eine Art Katze«. Dazu trägt die leopardenähnliche Fleckung bei, der er den irreführenden Namen Jagdleopard verdankt. Dennoch wird ihm heute der Rang einer eigenen Unterfamilie, Acinonychinae, zugebilligt. Daß ihm im Laufe der Entwicklung der im Gebiß der Echten Katzen auf beiden Seiten des Oberkiefers prinzipiell vorhandene zweite Prämolar verlorenging, ist kein artspezifisches Charakteristikum. Das kann ausnahmsweise auch für andere der insgesamt etwa 50 Felidae-Arten zutreffen. Dagegen fehlt ihm allein das allen anderen Echten Katzen eigentümliche Vermögen, die Krallen vollständig einziehen zu können. Hilzheimer sagt in »Brehms Tierleben« dazu: »Ihre (der Felidae) breiten und abgerundeten Füße zeichnen sich besonders durch verhältnismäßige Kürze aus, und diese hat ihren Grund darin, daß das letzte Zehenglied aufwärts gebogen ist. So kann es beim Gang den Boden gar nicht berühren und ermöglicht dadurch Schonung der auf ihm sitzenden sehr starken und äußerst scharfen Sichelkrallen. In der Ruhe und beim gewöhnlichen Gange erhalten zwei dehnbare Bänder, von denen das eine oben und das andere seitlich befestigt ist, das Glied in seiner aufrechten Stellung. Bei Zorn und im Augenblick der Benutzung zieht es der starke, tiefe Beugemuskel, dessen Sehne sich unten ansetzt, gewaltsam hernieder, streckt dadurch den Fuß und verwandelt ihn in die fürchterlichste Pranke, die es überhaupt geben kann. Dieser Fußbau ist die Ursache, daß die gehenden Katzen niemals eine Fährte hinterlassen, in der Abdrücke der Krallen bemerkbar sind. Das Leisetreten dagegen hat seinen Grund in den weichen, oft dicht behaarten Ballen an den Sohlen.«

Was versteht man unter »Sichelkrallen«? Präpariert man aus den Füßen toter Felidae die Krallen heraus, so erkennt man, daß sie wie die eine Hälfte eines Halbmondes aussehen. Der äußere, den Rücken bildende Bogen ist verstärkt, der innere zur dünnen, scharfen Schneide zusammengedrückt, und beide laufen in einer scharfen, aber kräftigen Spitze zusammen. Die Krallen der Echten Katzen sind dadurch verläßliche Halte- und Mordwerkzeuge. Im Gebiß dominieren die sehr großen und starken Eckzähne (Canini) als Fangzähne. Sie haben die Form schwach gekrümmter Kegel, die in einer scharfen Spitze enden. Und doch sind die Fangzähne der rezenten Felidae nur noch kümmerliche Gebilde gegenüber denen, die bei der im Pleistozän ausgestorbenen, den Echten Katzen verwandten Familie Machairodontidae, Säbelzahntiger, mit mehreren Gattungen *(Smilodon, Machairodus, Epimachairodus, Homotherium* usw.*)* vorkamen. Deren riesige und wuchtige obere Eckzähne ragten bei geschlossenem Maule (wie in der rezenten Fauna die Hauer des Walrosses und der Moschustiere) weit hervor. Sie liefen am Ende nicht nur sehr spitz zu, sondern trugen auf der Innenseite feine, sägezahnartige Scharten. Um sie zu gebrauchen, mußte der Rachen durch tiefes Herunterklappen des Unterkiefers bis zu einem sehr stumpfen Winkel aufgerissen werden. Die Säbelzahntiger konnten damit leicht große Dickhäuter und gepanzerte Wirbeltiere reißen. Unter den rezenten Felidae hat sich der in Südostasien vorkommende Nebelparder den Besitz von verhältnismäßig riesigen und überlangen Oberkiefer-Eckzähnen und damit die Fähigkeit zum weiten Maulaufreißen noch am stärksten bewahrt. Doch ist gerade er alles andere als ein Großtierräuber. Nur kleinere Säugetiere und Vögel von der Größe eines Haushuhnes sind seine bevorzugte Beute.

Unser allgemeines Wissen von den freilebenden, sehr großen und mittelgroßen Echten Katzen ist gewöhnlich mit der Vorstellung verknüpft, daß derartige Raubtiere an tropische Landschaften gebunden seien. Das ist, wie schon die Hinweise auf die Verbreitung des Pumas und des Schneeleoparden erkennen ließen, falsch. Auch der Sibirische Tiger geht nach Norden bis zum Ussuri, einem Nebenfluß des Amurs. Großkatzen gab es noch während der gesamten Eiszeit in Mitteleuropa. Dazu ist folgendes festzuhalten: Selbst die rezenten großen Katzenarten sind einander so ähnlich, daß es schwerfällt, sie nach einzelnen Zähnen oder Schädelbruchstücken, ohne weitere Angaben, eindeutig zu bestimmen. Noch viel schwieriger ist das bei entsprechenden pleistozänen Funden. Aus Europa sind eiszeitliche Felidae-Zähne bekannt geworden, die hier einen mehr löwenähnlichen, dort einen tigerartigen oder schon der geringeren Größe wegen eher einen leopardenhaften Eindruck machen. Möglicherweise gehörten ihre Träger sogar zu den Vorfahren der heutigen Löwen, Tiger und Panther. Im asiatischen Altquartär ist jedenfalls *Panthera tigris* in einer großwüchsigen Form nachgewiesen worden.

Unter den fossilen Formen ragt eine pleistozäne Großkatze heraus, die etwa ein Drittel größer wurde als die größten rezenten Löwen, der sogenannte Höhlenlöwe *(Panthera spelaea)*. Der Ausdruck »Höhlen«-Löwe ist wahrscheinlich nicht berechtigt. Er wurde einst recht formal gewählt. Das geschah in Anlehnung an andere pleistozäne, entweder in Höhlen Schutz und Unterschlupf suchende oder getötete, vom »Höhlen«-Menschen dorthin verschleppte Großraubtiere, wie »Höhlen«-Hyäne und »Höhlen«-Bär. Ihre Reste sind aber im Schutz dieser Höhlen am besten vor dem Zerfall bewahrt geblieben. So leistete ihre Anhäufung in diesen Höhlen dem Trugschluß Vorschub, die Tiere hätten vorwiegend in ihnen gelebt. Sicher jagten die Großkatzen des Eiszeitalters wie normalerweise die rezenten Löwen hauptsächlich im freien Gelände. Allerdings nimmt auch der rezente Löwe dort, wo sich derartige natürliche Unterkünfte als Ruhe- oder sichere Wurf- und Aufzuchtplätze anbieten, diese günstige Gelegenheit, jedoch als Ausnahme, wahr, so der leider seit etwa 50 Jahren ausgerottete nordafrikanische Berberlöwe im Atlasgebirge. Manches spricht dafür, daß vor rund 3000 Jahren Löwen noch im Balkangebiet vorkamen. Wenn auch die Meinungen darüber auseinandergehen, ob Höhlenlöwe und rezenter Löwe identisch sind, ist das doch nicht ganz unwahrscheinlich, da Reste von Höhlenlöwen aus der Altsteinzeit Europas, in der Magdalénien-Stufe, nachweisbar sind. Von

Die von Nordafrika bis Hinterindien auftretende Rohrkatze *(Felis chaus)* ist unseren Wild- und Hauskatzen näher verwandt. Unberechtigt ist es daher, sie als Sumpfluchs zu bezeichnen, obwohl auch ihr Schwanz relativ kurz ist und ihre Ohren Haarpinsel tragen

manchen Fachleuten wird nämlich die Meinung vertreten, der pleistozäne Höhlenlöwe sei nur ein besonders großer, aber direkter Vorfahre des rezenten Löwen gewesen. Auch kleinere Katzenarten haben sich in Europa bis heute da gehalten, wo sie in wenig veränderter Form bereits während der Eiszeit auftraten, nämlich Luchs und Wildkatze. Selbst die bis in den äußersten Südosten des europäischen Teils der Sowjetunion und vor allem bis nach Klein- und Vorderasien zurückgedrängte Rohrkatze *(Felis [Chaus] chaus)* wurde aus dem Travertin von Untertürkheim bei Stuttgart nachgewiesen. Sie wird häufig auf Grund einiger weniger äußerer Ähnlichkeiten fälschlich auch Sumpfluchs genannt, obwohl sie kein echter Luchs ist. Jetzt ist sie von Nordafrika über Vorderasien bis nach Indien und Sri Lanka verbreitet. In feuchten Habitaten Usbekistans, wo die Art noch gut vertreten ist, leben auf 100 Hektar vier bis fünf Individuen. Es sind typische Bewohner des Schilfgürtels und der Niederungswälder an Seen und Flüssen, die auch schwimmend ihre Nahrungstiere erbeuten. Die alten Ägypter verwendeten sie wahrscheinlich als »Jagdhunde«, das heißt, sie nahmen gezähmte Exemplare als Begleiter zur Vogeljagd mit und ließen sich von ihnen die geschossenen Sumpfvögel apportieren.

Besonders interessant ist, daß Thenius aus dem Mindel-Riß-Interglazial von Hundsheim Pleistozän-Geparden *(Acinonyx intermedius)* nachweisen konnte. Obwohl dieser primitivere Merkmale aufweist als die rezenten Geparden, gehört er unzweifelhaft der gleichen Gattung an. Die geologisch ältesten Geparden sind aus dem ältesten Quartär Eurasiens beschrieben worden *(Acinonyx pardinensis)*. Die rezenten Geparden gehören zu einer einzigen Art, *Acinonyx jubatus*, die freilich viele Unterarten enthält. Sie sind in den offenen ebenen Trockengebieten Afrikas – in Namibia gibt es heute mehr Geparden im Lande als jemals zuvor – Vorder- und Mittelasiens sowie Indiens verbrei-

Der in Afrika und Asien beheimatete hochbeinige Gepard *(Acinonyx jubatus)* wird oft zu Unrecht Jagdleopard genannt, da er einer anderen Gattung und Art angehört. Allerdings werden in Nordafrika und Vorderasien gezähmte Geparden für die Hetzjagd auf Antilopen abgerichtet

tet. Dieses große Verbreitungsgebiet schließt in Asien auch Nordafghanistan, Belutschistan und in der Sowjetunion den Süden Turkmeniens ein. Im Verlauf des 19. und zu Beginn des 20. Jahrhunderts verminderte sich das Areal des Geparden in Mittelasien und im südlichen Kasachstan beträchtlich. Mitte des 20. Jahrhunderts war der Gepard noch westlich des Amu-Darja und des Aralsees vertreten, doch sein Rückgang schreitet schnell fort. Die am meisten nach Norden gehenden asiatischen Unterarten besitzen ein viel längeres, dichteres und wolligeres Fell als die kurzhaarigen der Tropengebiete. Obwohl der Gepard zahlreiche Ähnlichkeiten mit den hundeartigen Raubtieren zeigt, sind das nur Konvergenzen, keineswegs aber phylogenetisch begründete Übergangsmerkmale zwischen Hunden und Katzen. Besonders harmonisch erscheint der Körperbau des Geparden nicht. Der runde Kopf wirkt im Verhältnis zu dem von hohen Beinen getragenen, langgestreckten Körper zu klein und zierlich, aber auch zu »ungefährlich«. In Südwestafrika kommen Geparden vor, deren Gesamtlänge etwa 2,20 m beträgt, wovon mehr als ein Drittel auf den Schwanz entfällt. Angehörige anderer Unterarten sind wesentlich kleiner und graziler. Der Schwanz ist relativ dick und dicht behaart. Von der Schwanzwurzel bis zum Abschluß seines zweiten Drittels ist er von derselben engen und kleingetüpfelten Leoparden-Fleckung bedeckt wie der ganze übrige Körper mit Ausnahme des aufgehellteren Gesichts. Nur das letzte Schwanzdrittel weist mehrere schwarze Querringe auf. Das Schwanzende selbst ist gelblichweiß. Von den beiden inneren Augenwinkeln aus zieht sich seitlich am vorderen Teil der Wangen je ein schmaler schwarzer Streifen herab, die sich erst unter dem Kinn vereinigen. Das verleiht dem Gepardengesicht einen etwas »wehleidigen« Ausdruck.

Beim Geparden ist – wie bereits erwähnt – der sonst für die anderen Felidae beschriebene, die Krallen einziehende Muskelapparat zurückgebildet. Bei diesem Schnelläufer ragen die Krallen dauernd vor und werden wie Hundekrallen beim Laufen an ihrer Spitze und Unterseite abgescheuert und abgestumpft. Die langen Beine enden in sehr kleinen Füßen. Von »Tatzen« oder gar »Pranken« kann bei ihnen keine Rede sein. Lediglich die besonders großen Daumenkrallen der Vorderfüße schleifen sich nicht ab, da sie den Boden nicht berühren. Sie sind die einzige scharfe Krallenwaffe des Tieres.

Geparden leben streng monogam. Die Tragzeit beträgt drei Monate. Ein Wurf umfaßt zwei bis vier blinde Junge. Sobald sie Laute äußern, ertönen erst Zirpgeräusche, später eine Art Schnurren. Gepardenfamilien halten lange zusammen. Gefangengehaltene Geparden pflanzen sich fast nie fort. Im Krefelder Zoo gelang es wenigstens, dort geworfene Jungtiere längere Zeit am Leben zu erhalten. Geparden, die zur Jagd abgerichtet werden sollen, werden fast durchweg im halb- bis vollerwachsenen Zustand in freier Wildbahn gefangen. Schon ganz kurze Zeit danach sind sie völlig zahm. Der »Jagdgepard« des Menschen ist darin also ein Pendant zum asiatischen Arbeits- und Reitelefanten. Zahme Geparden betragen sich wie gut erzogene, anhängliche Hauskatzen. Vor allem können sie wie diese lange und ausdauernd schnurren (»spinnen«). Das ist eine Fähigkeit, die den Löwen völlig abgeht und den Tigern nur bedingt zukommt, wenn man den als »Freundschaftsbeteuerung« stoßweise hervorgebrachten nasalen »fffrr«-Ton überhaupt schon als Übergang zum Wohlbefindens-Schnurren der Klein-, und dann in weit gröberer Klangfarbe auch der Mittelkatzen (Puma, Schneeleopard), bewerten darf.

Die Jagd mit Geparden ist uralt. Als Vorrecht der Reichen wurde sie früher nicht nur in Asien, besonders in Indien, sondern auch in Nord- und Nordostafrika betrieben. Der Gepard ist auf kürzeren Strecken eines der schnellsten Säugetiere, das für kurze Zeitspannen Geschwindigkeiten von 120 km/h erreichen soll. Die Jagd mit Geparden ähnelt in mancher Hinsicht der Beizjagd. Wie dort dem Falken, so wird hier dieser Katze beim Auszug zur Jagd eine Lederkappe über den Kopf gestülpt. Dann wird das Tier, auf einem Karren sitzend, in das Jagdgelände gefahren. Sobald die begleitenden Jäger eine lohnende Beute sichten, zum Beispiel ein in der Ferne äsendes Rudel Gazellen, wird dem Gepard die Kappe abgezogen und ihm das Ziel seines Angriffes gezeigt. Sofort gleitet das inzwischen von seiner Halskette befreite Tier vom Karren und schleicht diese Beute an. Dabei nimmt es geschickt jede Möglichkeit der Deckung wahr und achtet darauf, daß es sich nur gegen den Wind vorwärtspirscht. Ist er weit genug herangeschlichen, springt der Gepard auf und stürmt auf das von ihm schon vorher ausgewählte Stück zu. Einige Schläge mit den Vorderpfoten gegen die Beine der Beute lassen sie stolpern und zu Boden stürzen. Sofort durchbeißt der Gepard seinem Opfer die Kehle. Der hinzueilende Jäger zieht ihm dann die Lederkappe über die Augen. Nur selten kommt es vor, daß ein jagender Gepard seine Beute verfehlt. In Zoo und Jagdhof kann man Geparden relativ leicht mit anderen Tieren zusammengewöhnen. So hielt beispielsweise Knottnerus-Meyer im Zoologischen Garten Rom die junge Gepardin »Chechina« mit jungen Löwen, einem zahmen Puma-Weibchen, einem Terrier und später mit jungen Schimpansen zusammen. Besonders enge Freundschaft schloß »Chechina« mit einer Schimpansin, von der sie sogar lernte, gekochte Zwiebeln zu fressen. Das tat sie fortan mit Leidenschaft. Die Gepardin »Tschita« – das ist übrigens in Indien der gebräuchliche Name des Geparden – im Zoo Halle spielte mit ihren Betreuern mit Hingabe »Fußball«. Als solcher diente eine große Weichholzkugel. An der einen Wand stand der Tiergärtner, an der anderen »Tschita«. Und nun ging das Spiel viele Minuten lang herüber und hinüber. Dabei bediente sich die Gepardin sehr geschickt ihrer schlagkräftigen Vorderpfoten.

Eine hochbeinige, als Kleintierjäger in den offenen Landschaften Afrikas auch tagsüber sehr rege luchsartige Kleinkatze ist der Serval *(Leptailurus serval)*

Unter den beträchtlich kleineren Wildkatzen Afrikas hat der Gepard in gewisser Beziehung ein erscheinungsbildliches Analogon. Beide Arten werden von unkundigen Besuchern in zoologischen Gärten verhältnismäßig oft miteinander verwechselt. Es handelt sich um den Serval *(Leptailurus serval)*, der zwar eine mehr in Längsstreifen angeordnete Tüpfelfleckung auf gelbem bis gelbrotem Grunde aufweist, aber ebenfalls außergewöhnlich hochbeinig ist. Wie der Gepard ist er hauptsächlich ein Raubtier der offenen Steppen Afrikas, wenn auch einige der zahlreichen Unterarten den Urwald bewohnen. Die Hochbeinigkeit ist ebenso wie beim Geparden wohl als Anpassung an die von hohem Gras bedeckten Jagdreviere zu betrachten. Seine Beute besteht aus allen von ihm gerade noch zu bewältigenden Wirbeltieren, von kleineren Antilopen bis zu Steppennagern, auch aus ungiftigen Reptilien, ferner Aas und Insekten, vor allem Heuschrecken. Vom Menschen wird er wegen seiner Räubereien unter Haushühnern, Schaf- und Ziegenlämmern verfolgt. Jung eingefangene Servale schließen sich ihren Betreuern leicht an und können sehr zahm werden. Der Serval teilt mit den Geparden in Afrika nahezu dasselbe Verbreitungsgebiet, obwohl streckenweise einmal diese und einmal jene Art fehlen kann. Über die Einordnung des Servals im Katzensystem bestehen verschiedene Meinungen. Wir können aber festhalten, daß die Servals zumindest eine eigene Gattung verkörpern, die wahrscheinlich in die Nähe der Luchse zu stellen ist. Auch unter diesen gibt es recht hochbeinige Formen. Außerdem haben die Servale mit ihnen die noch beim erwachsenen Pardelluchs sehr ausgeprägte Tüpfelfleckung der Junghaarkleider und den verkürzten Schwanz gemeinsam. Allerdings ist dieser nicht so extrem verkürzt wie beim europäischen Nordluchs, sondern erreicht beim Serval fast die Hälfte der Kopf-Rumpf-Länge, die 70 bis 110 cm beträgt, aber beträchtlich variiert. Recht wenig erinnert dagegen der typisch runde Kleinkatzenkopf des Servals mit den auffallend großen, spitz zulaufenden Stehohren an die pinselohrigen und backenbärtigen Luchsköpfe.

Die Jagdweise des Servals ist völlig anders als die des Geparden. Er schleicht sich so weit wie möglich an seine Beute heran und springt dann zielsicher zu. Auf Hetzjagden läßt er sich nicht ein. Der Serval schlägt beim Ansprung, wie alle anderen Felidae, mit seinen scharfen Fanghaken-Krallen zu. Alle Katzen haben fünf Krallen an den Vorderfüßen und nur vier an den Hinterfüßen.

Die größten, in Europa nur noch in Restbeständen vorkommenden wilden Katzen sind die beiden eurasischen Luchsarten, der Nordluchs *(Lynx lynx)* und der etwas kleinere Pardelluchs *(Lynx pardina)*. Der letztere ist wohl lediglich eine südliche Unterart des Nordluchses. Der gesamte Norden Eurasiens und Nordamerikas wird vom Nordluchs besiedelt. Im Gebiet der USA löst ihn der bis nach Mexiko vorkommende kleinere Rotluchs *(Lynx rufus)* ab.

In Europa kommt der stark von der Ausrottung bedrohte Pardelluchs noch stellenweise in undurchdringlichen Dickichten der Pyrenäenhalbinsel und auf dem Balkan sowie am Nordwest- und Nordufer des Schwarzen Meeres vor. Er ist viel stärker und auffälliger gefleckt und leuchtender gefärbt als der Nordluchs, außerdem – seinem weit wärmeren Lebensraum entsprechend – etwas kurzhaariger und mit stärkerem Backenbart und kräftigeren Haarpinseln an den Ohrenspitzen versehen. Die Schwarzfärbung am Ende des abgestutzten Schwanzes ist weniger ausgeprägt als bei seinem nördlichen Vetter. In Lebens- und Jagdweise gleichen sich beide indessen so sehr, daß sie hier gemeinsam behandelt werden können.

Als Standwild war der Luchs im Raum der DDR schon seit mehr als 100 Jahren ausgerottet. Am längsten hat er sich im Harz gehalten. Es ist eine Eigenart dieser mittelgroßen Katzen, daß einzelne Exemplare weite Wanderungen unternehmen. So erschien 1956 ein Luchs im Elbsandsteingebirge. Vermutlich war er aus den Einstandsgebieten in der Volksrepublik Polen oder der ČSSR eingewechselt. Das ehemalige und gegenwärtige Vorkommen des Luchses in Europa und seine Wiederansiedlung in einigen europäischen Ländern hat Festetics ausführlich beschrieben. Im europäischen Teil der Sowjetunion, in Norwegen, Schweden und Finnland ist der Nordluchs noch recht verbreitet, wenn auch nicht mehr häufig. In Island, Irland, England, Schottland und Dänemark leben keine Luchse mehr. In den äußersten Süden Frankreichs wechseln vielleicht manchmal noch einzelne Pardelluchse aus Spanien. Drei Gründe führten zur erbarmungslosen Verfolgung des Luchses. Der erste und wesentlichste ist der zuweilen nicht unbedeutende Jagdschaden, den er anrichtet, der zweite sein kostbares Fell und der dritte – früher entscheidendere als heutzutage – sein Wildbret, das einst in hohem Kurs stand. Der Luchs liebt als Lebensraum große zusammenhängende Waldbestände und Buschgebiete, sowohl im Tiefland als auch bis hinauf in Höhen über 2000 m. Er bevorzugt Gebiete, die möglichst weitab von menschlichen Siedlungen liegen. Dort streift er außerhalb der Paarungszeit als Einzelgänger umher. Gewässer meidet der Luchs, kann aber bei Gefahr schwimmen. Wo er wenig verfolgt wird, sonnt er sich gern auf vegetationslosen Felsvorsprüngen oder Waldblößen und jagt auch tagsüber. Sonst ist er Dämmerungs- und Nachttier. Als Lagerplatz und Unterschlupf wählt er sich Dikkichte, Erdhöhlen, Felsspalten und dergleichen. Er kann Gesamtlängen bis 1,60 m (davon ein Achtel Schwanzlänge), Schulterhöhen bis 75 cm und Gewichte bis etwa 40 kg erreichen. Dem großen, starken und behenden Raubtier fallen selbst Rothirsche, besonders schwächere, kranke und junge, zum Opfer, vor allem aber Frischlinge bis halbwüchsige Wildschweine, Rene, Rehe, Gemsen und Steinböcke. Es wird behauptet, daß er bei günstiger Gelegenheit von der Mutter abgesprengte Jungbären, einzelne Wölfe und Elchkälber, nicht aber Vielfraße erbeute. In die Wälder getriebenes Weidevieh, besonders Kälber, Schafe und Ziegen, einschließlich der Hütehunde, ist vor ihm nicht sicher. Wie der Vielfraß trennt er seiner Beute den Kopf vom Rumpfe ab und verbirgt diesen. Er frißt auch kleinere Tiere,

Die größte wilde Katzenart Europas ist der Luchs *(Lynx lynx)*. Er wurde in den Forsten der DDR mehrmals beobachtet. Seine Merkmale sind die durch schwarze Haarbüschel zugespitzten Ohren, der Backenbart, das gefleckte Fell und der kurze Schwanz mit dem stumpfen Ende

wie Mäuse und Singvögel, ferner größeres Flugwild, Hasen, Füchse und, was besonders bemerkenswert erscheint, selbst seine Verwandten, die Wild- und Hauskatzen. Man spricht direkt von einem »Katzenhaß« des Luchses. Gewöhnlich schleicht er seine Beute am Boden an und überfällt sie im Sprung. Manchmal legt er sich auch auf dicken, bodennahen Ästen von kurzstämmigen Eichen und anderen Bäumen auf die Lauer. Er springt dann auf die Beute herab. Obwohl er notgedrungen Bäume erklettern kann, macht er nur wenig Gebrauch davon. Zusammenfassend ergibt sich, daß der Luchs in den meisten Lebensräumen nicht häufig ist, so daß sein Schaden für die Jagdwirtschaft gering bleibt

Der Luchs ist mit besonders scharfen Sinnen ausgestattet; seine Stimmittel sind reich und erstrecken sich von wütendem Knurren und Fauchen über ein warnendes Murren bis zum lockenden Maunzen und behaglichen Schnurren. In der Paarungszeit läßt der Luchskater außerdem ein lautes Schreien hören. Es beginnt ähnlich wie bei alten kräftigen Hauskatern in hoher Stimmlage und sinkt bis zum tiefen brummenden Brustton ab. Die Paarungszeit liegt im zeitigen Frühjahr. Nach zehn- bis elfwöchiger Tragzeit wirft die dann schon wieder »alleinstehende« Luchsin auf gut verborgenem, oft in verlassenen Fuchs- oder Dachsbauten befindlichem Lager ihre zwei bis vier zunächst blinden Jungen. Diese bleiben mindestens ein, zuweilen zwei Jahre in der mütterlichen Obhut. Je nach der geographischen Lage des Vorkommens werden die Jungen Ende April oder Anfang Juni geworfen.

Ein kleinerer, in Körpergröße und der sandgelben bis rötlichen Färbung des ungefleckten Felles lokal beträchtlich variierender Wüsten- und Steppenluchs ist der Karakal *(Lynx caracal)*. Vorderasien bis Pakistan

Das Fell des Nordluchses sieht, je nach Herkunft, Lebensalter und Jahreszeit, recht unterschiedlich aus. Es gibt Exemplare, bei denen auf dem Rücken kaum noch Flecken erkennbar sind. Sie zeichnen sich bei ihnen nur noch mehr oder weniger deutlich an den Flanken und Beinen ab. Die Sommerfärbung ist ein ins Graue spielendes Rostgelbrot. Bauch und Innenseiten der Beine sind dagegen schmutzigweiß. Die Farbe des längeren, dichteren und weicheren Winterfelles ist stumpfer als die des Sommerfelles, weil es mehr mit Weiß durchmischt ist. Der wie abgeschlossen oder abgehackt aussehende Stummelschwanz ist am Ende schwarz und läßt im Mittelteil mehrere undeutliche Querringe erkennen. Beim Pardelluchs dagegen setzt sich die dunkle Tüpfelung der Körperoberseite auf dem Schwanz fort. Die Haarpinsel auf den spitzen Ohren sind etwa 5 cm lang. Der Backenbart ist beim Nordluchs nur andeutungsweise, beim Pardelluchs auffallend dunkler gefärbt und deutlicher gestreift und gefleckt als das übrige Gesicht.

Als Jungtiere gefangen, können Luchse sehr zahm und anhänglich werden. Gelegentlich sind in zoologischen Gärten Luchse gezüchtet worden. In der Luchszucht und -haltung hat sich besonders der Magdeburger Zoo Verdienste erworben. Eine Sonderstellung nimmt der Wüstenluchs oder Karakal *(Lynx caracal)* ein. Sein Verbreitungsgebiet erstreckt sich über die Steppen- und Halbwüstengebiete von Afrika, Arabien, Klein- und Vorderasien bis nach Pakistan, nach Norden zu bis Mittelasien. Im Rotbuch der UdSSR wird der Karakal als vom Aussterben bedrohte Art geführt und genießt damit vollen Schutz.

Der langhaarige Manul *(Otocolobus manul)* – ein Bewohner rauher Wüsten, Steppen und Gebirgsgebiete Zentralasiens

Das glatthaarige Fell ist, je nach Herkunft, einheitlich braungelb, graurot oder graurotbraun gefärbt. Unter allen Luchsen verkörpert er die grazilste und eleganteste Art. Sein Stummelschwanz ist 20 bis 30 cm lang, bei einer Gesamtlänge von 85 bis 120 cm. Als Raubtier reißt er alles, was er bewältigen kann. Seine Zucht in zoologischen Gärten ist in den letzten Jahrzehnten wiederholt geglückt. In der Körpergröße überragte dieses Tier, als es erwachsen war, beide Elterntiere. Normalerweise bleiben aber weibliche Karakale kleiner als die Männchen. Früher, gebietsweise vielleicht heute noch, wurden in Asien Karakale zu Jagdbegleitern abgerichtet, das heißt, ihnen wurde das Apportieren von ab- oder angeschossenem Flugwild oder kleinerem Haarwild beigebracht. Die indischen Radschas hielten in früheren Zeiten größere Gruppen von Karakalen und schätzten sie sogar höher ein als Geparden.

Zwei Wildkatzenarten, bei denen man sich noch nicht klar ist, ob sie mit den Luchsen enger verwandt sind als die anderen kleineren und kleinen Katzen, sind der langhaarige Manul *(Otocolobus manul)* und die bereits erwähnte Rohrkatze, besonders wegen ihrer auffälligen Ohrpinsel auch Sumpfluchs genannt. Beim Manul ist diese Frage berechtigter als bei der Rohrkatze, da diese habituell weit mehr den eigentlichen Wildkatzen als den Luchsen ähnelt.

Der Manul ist ein Bewohner rauher Wüsten, Steppen und Gebirgsgebiete Zentralasiens. Er besitzt ein dichtes langhaariges Fell, dessen Einzelhaare 6 cm lang werden können. Es ist von graugelber Farbe mit nur wenigen Querstreifen. Der buschige, langhaarige Schwanz zeigt eine dunkle Querringelung. Die Gesamtlänge erwachsener Manule beträgt etwa 70 bis 100 cm, wovon fast ein Viertel auf den Schwanz entfällt. Leider ist der Bestand stark zurückgegangen. Anfang dieses Jahrhunderts kamen aus dem Gebiet der heutigen Mongolischen Volksrepublik jährlich etwa 50000 Felle. Um 1940 wurden aus dem gleichen Lebensraum nur noch 600 bis 650 Felle erfaßt. Auf vier Expeditionen durch die MVR wurde lediglich Mitte Juni 1974 im Westen des Landes ein säugendes Weibchen angetroffen. Das Geheck hauste unter einem großen Felsblock.

Durch den Zootierexport der Sowjetunion ist der Manul nach dem zweiten Weltkrieg häufiger in die europäischen und amerikanischen zoologischen Gärten gelangt, gehört aber immer noch zu den Seltenheiten. Da es sich gewöhnlich um erwachsen gelieferte Tiere handelt, erweisen sich die meisten als unzugänglich und ungebärdig.

Wie viele Probleme heute noch die Stammesgeschichte und Systematik der alt- und neuweltlichen Katzen birgt, soll folgendes Beispiel beleuchten. Von Nepal bis Kalimantan lebt in zahlreichen Unterarten eine etwas mehr als hauskatzengroße Wildkatze, die Marmel- oder Marmorkatze *(Pardofelis marmorata).* Sie gleicht in Färbung und Zeichnung so stark dem mit ihr das gleiche Gebiet teilenden Nebelparder, daß sogar die Frage erörtert worden ist, ob die Marmorkatzen nicht lediglich eine verzwergte Gruppe der großen Nebelparder sind. Das lichtgelblich bis rötlichbraune Rükkenfell der Marmorkatze ist von breiten Längsstreifen aus schwarzen zusammengeflossenen Tüpfeln bedeckt, die dem Fell das Aussehen von stark gemasertem Marmor verleihen.

Der Wunsch, hier sowohl sämtliche eurasischen und afrikanischen Kleinkatzen als auch alle amerikanischen einzeln zu besprechen, muß leider unerfüllt bleiben. Ein solches Unterfangen läge weit außerhalb unseres Rahmens. Aus jedem dieser beiden Gebiete wird deshalb nur noch ein Vertreter ausgewählt, für

Sichernde Wildkatze *(Felis silvestris)*, mit einer Maus im Fang, auf dem Weg zu ihren im Bau auf Nahrung wartenden Jungen. Für die im Harz heimischen Wildkatzen bilden Mäuse die Hauptnahrung

die amerikanischen Kleinkatzen der Ozelot, zunächst aber für die altweltlichen die Wildkatze *(Felis silvestris)*.

Noch vor wenigen Jahren unterschied man drei Wildkatzenarten mit jeweils mehreren Unterarten: die europäische Wildkatze *(Felis silvestris)*, die afrikanisch-arabische Falbkatze *(Felis lybica [= ocreata])* und die asiatische Steppenkatze *(Felis ornata)*. Inzwischen hat es sich erwiesen, daß alle drei Angehörige einer einzigen großen Art *(Felis silvestris)* sind. Aber nach wie vor unterscheidet der Zoologe innerhalb dieser Großart drei einigermaßen umreißbare Formenkreise, die er als *Silvestris-*, *Lybica-* (= *Ocreata-*) und *Ornata*-Gruppe bezeichnet. Die Übergänge zwischen diesen Formenkreisen an den geographischen Überschneidungsgrenzen sind mehr oder weniger verschwommen, denn alle Katzen der Art *Felis silvestris* sind fähig, sich fruchtbar miteinander fortzupflanzen. Das beste Beispiel dafür bietet unsere längst über die ganze Erde verbreitete Hauskatze. Sie kann sich überall im Gesamtareal mit den vorkommenden *Silvestris*-Wildkatzenunterarten vermischen.

Funde von Katzenknochen in Siedlungsresten sind verhältnismäßig selten. Nach Thenius und Hofer tritt die Hauskatze eindeutig erstmalig in der Römerzeit in Mitteleuropa auf. Sehr interessant ist aber eine kleine, von Behrens und Petzsch untersuchte, tönerne Katzenplastik der sogenannten Lausitzer Kultur aus der jüngeren Bronzezeit (um 1000 v. u. Z.), die 1951 in einem Hügelgrab im Kreis Torgau gefunden wurde. Sie zeigt, wenn auch stark stilisiert, deutliche Merkmale der mitteleuropäischen Wildkatze.

Die Stammeltern unserer Hauskatzen waren ohne Zweifel im frühen Mittelalter aus dem Orient mitgebrachte Abkömmlinge der Falbkatze *(Felis silvestris lybica)*. Die Fremdlinge haben sich sicher bald Partner unter den einheimischen Wildkatzen gesucht, so daß eine gegenseitige Durchdringung beider Typen, wenn auch örtlich verschiedenen Grades, stattgefunden hat. Normalerweise sind »echte« europäische Wildkatzen mit folgenden, den »echten« Hauskatzen fehlenden Besonderheiten ausgestattet: Sie sind größer und schwerer. Ihr Schwanz ist verhältnismäßig dick, kurz und abgestutzt. Im Gegensatz zu dem der Hauskatze und Falbkatze verjüngt er sich gegen das Ende zu nicht. An Kehle, Brust und Bauch zeigt die Wildkatze weiße und an den Sohlen kleine runde schwarze Flecke. Bei Bastarden schlägt im allgemeinen der Wildtypus durch.

Das Verbreitungsgebiet der wildlebenden Vertreter der drei oben genauer bezeichneten Gruppen ist sehr groß. Es schließt ganz Süd- und Mitteleuropa mit Schottland (in England ist die Wildkatze ausgerottet) ein, Skandinavien und Finnland aber nicht. Auch in der Volksrepublik Polen, der ČSSR und in den gemäßigteren Breiten des europäischen Teils der Sowjetunion kommen noch Wildkatzen der *Silvestris*-Gruppe vor. Fast ganz Afrika – außerhalb der Regenwaldzone Westafrikas – wird von den vielen Unterarten der *Lybica*-Gruppe besiedelt. Die *Ornata*-Gruppe, deren Angehörige anstatt der zusammenhängenden Streifung Fleckenreihen zeigen, verteilt sich über den großen mittelasiatischen Raum einschließlich der Wüste Gobi. Nach Süden geht sie bis nach Vorderasien und in den Nordwesten Indiens. In Klein- und Vorderasien treffen alle drei Gruppen aufeinander. Die Wildkatze erreicht nicht so nördliche Gebiete wie der Luchs. Sie hat viel zu schmale, kälteempfindliche Pfoten, während der Luchs mit breiten, wärmenden »Filzschuhen« ausgestattet ist.

Im alten Orient, vor allem aber in Ägypten standen die der *Lybica*-Gruppe entstammenden Hauskatzen in so hohem Ansehen, daß man ihre Leichen mumifizierte und feierlich bestattete. Dagegen wurde jede Wildkatze in Mitteleuropa unerbittlich als arger »Jagdschädling« verfolgt, wodurch die Art hier fast ausgerottet war. Inzwischen hat man die Wildkatze bei uns unter Naturschutz gestellt, da gründliche Magenuntersuchungen geschossener Exemplare bestätigten, daß sie vorwiegend forstschädliche Nagetiere, besonders Erdmäuse, Rötelmäuse und Waldmäuse, vertilgt.

Bei einem derartig weitgespannten Verbreitungsraum, wie ihn die Großart *Felis silvestris* innehat, sind nicht nur Unterschiede in Größe, Färbung, Streifung und Fleckung sowie sonstigen speziellen Anpassungen zu beobachten, sondern auch das Verhalten ist sehr verschieden. Erweist sich die europäische Wildkatze als Kulturflüchter und – bislang durchaus mit Recht – als geradezu »menschenscheu«, so zeigen sich einige wild oder halbwild lebende Angehörige der *Lybica*-Gruppe Afrikas erstaunlich »menschenfreundlich«.

Die europäischen Wildkatzen sind Einzelgänger, bei denen jedes Tier sein eigenes Jagdrevier von etwa 3 km^2 Fläche gegen Zuwanderer der eigenen Art verteidigt und behauptet. Nur während der im Februar und März liegenden Paarungszeit suchen und finden sich die Geschlechter, meistens im Revier der umworbenen Katze. Bewerben sich mehrere Rivalen um ihre Gunst, so liefern sie sich harte und grimmige »Ausscheidungskämpfe«, wie sie von Hauskatzen bekannt sind. So still und heimlich sich Wildkatzen sonst verhalten, nun vergessen sie alle Vorsicht, denn sie verraten ihren nächtlichen Kampfplatz durch dasselbe bedrohliche Murren, Knurren, Kreischen und »Singen«, das wir vom Hauskater kennen und dann als »Katzenmusik« bezeichnen. Im Gegensatz zu ihren zahmen Artgenossen leisten sich die Wildkater solche »lärmenden Feste« nur einmal im Jahr, zur Begattungszeit im ersten Jahresviertel. Normalerweise bringt die Wildkatze nur einen Wurf im Jahre zur Aufzucht, während es bei Hauskatzen drei, zuweilen vier sein können. Nur dann, wenn die Wildkatze schon sehr frühzeitig ihre Jungen irgendwie verloren hat, gerät sie noch ein zweites Mal in Empfängnisbereitschaft.

Die Trächtigkeitsdauer ist bei Wild- und Hauskatzen mit 63 bis 70 Tagen ungefähr gleich. In der Kopfzahl sind Wildkatzenwürfe gewöhnlich niedriger als die der Hauskatze, obwohl beide acht Zitzen haben. Mehr als vier bis fünf Wildkatzenjunge finden sich kaum in einem Geheck vor, werden jedoch viel länger von der Mutter betreut, angelernt und verteidigt, als das bei Hauskatzen der Fall ist. Diese verlieren durch menschlichen Zugriff oft ihre Jungen gleich nach der Geburt, oder die wenigen überlebenden werden im zarten Alter von fünf bis sechs Wochen von den Katzenhaltern »außer Haus« gegeben. Die Folge davon ist, daß bald eine neue Begattung fällig wird. Hauskatzenwürfe haben zuweilen die erstaunlich große Kopfzahl von fünf bis neun. Die behaart geborenen Wild- und Hauskatzenjungen öffnen erst nach neun bis elf Tagen ihre Augen. Sechs bis sieben Wochen lang werden sie ausschließlich mit Muttermilch ernährt. Danach schleppt ihnen die Alte als Beikost kleine Wirbeltiere zu. Sind die jungen Wildkatzen selbständig geworden, werden sie von der Mutter aus dem Revier verjagt. Im April oder Mai geworfen, sind Wild- und Hauskatzenjunge im allgemeinen im ersten Vierteljahr des folgenden Jahres, also zur nächsten Paarungszeit, fortpflanzungsfähig. Allerdings kommen die erst zehn Monate alten Kater, falls ältere und kräftigere Konkurrenten vorhanden, kaum zur Fortpflanzung. Die vorjährigen Katzen werfen dagegen fast immer schon im Mai des folgenden Jahres. Als vollerwachsen kann man im allgemeinen Wild- und Hauskatzen erst mit drei Jahren bezeichnen. Wildkatzen werden vermutlich in freier Wildbahn 12 bis 17 Jahre alt. Neben dem mit Schußwaffen versehenen Menschen ist der nächste Verwandte der Wildkatze, der Luchs (jedenfalls dort, wo beide Arten nebeneinander vorkommen), ihr Hauptfeind. Vor anderen Feinden (Hunden, Wölfen und starken Füchsen) kann sie sich, wie die Hauskatze, als vorzüglicher Aufwärtskletterer auf hohe Bäume retten. Das Herumklettern fällt Wild- und Hauskatzen viel schwerer. Die in Erdhöhlen, Felsspalten oder hohlen Bäumen verborgenen Wildkatzengehecke fallen – in Abwesenheit der Alten – gelegentlich Füchsen, Dachsen oder Mardern, manchmal sogar dem eigenen Vater zum Opfer.

Im Rahmen der ökologischen Todesursachenforschung an Wildkatzen stellte Piechocki folgendes fest: Obwohl die Wildkatze an sich ein ausgesprochener Kulturflüchter ist, fällt sie nicht gerade selten nächtlichem Autoverkehr zum Opfer, oder sie dringt in Notzeiten in Haustierställe ein und wird dabei erschlagen oder von Hunden totgebissen. Im strengen Winter 1970 erlitten die Harzer Wildkatzenbestände sehr starke Verluste. Bei zu hoher geschlossener Schneedecke gelangten sie nicht an ihre Hauptbeutetiere, die unter dem Schnee lebenden Mäuse, so daß eine Reihe von Wildkatzen stark abmagerte und schließlich verhungerte oder erfroren gefunden wurde. Aas nehmen Wildkatzen auch bei großem Hunger nicht an, so daß Fallwild nicht als Ersatznahrung angerührt wird.

Von den Sinnesorganen der Wild- und Hauskatzen sind Auge und Ohr am besten ausgebildet. Das Geruchsvermögen ist schwächer, bei Wildkatzen jedoch viel besser als bei Hauskatzen entwickelt. Ferner dürfen die langen, sehr empfindlichen Tasthaare am Kopf nicht unterschätzt werden. Sie erheben sich, etwas nach vorn gekrümmt, hoch über die Augen und ragen oberhalb der Mundspalte als »Schnurrbart«, zu beiden Seiten von Maul und Nasenlöchern aus dem Kopffell.

Wildkatzen treiben schon als Jungtiere eine intensive Körperpflege. Sie besteht vor allem im Reiben des Gesichts mit der vorher beleckten Pranke und dem Belecken der übrigen Körperpartien. Als wärmeliebende Tiere sonnen sie sich sehr gern. Nach stundenlangen Sonnenbädern – man kann Wildkatzen vom Sonnenaufgang bis Sonnenuntergang bei solchen antreffen – wälzen sie sich auch im Staub. Feuchtigkeit und Wasser werden weitgehend gemieden.

Das Sammelsurium der Farbmutanten, die bei Hauskatzen auftraten und sich dann ungeregelt weitervererbten, bedeutet noch keine Rassenbildung. Es wäre bei strenger Auslese von nur in Gehegen gehaltenen Hauskatzen ohne weiteres möglich, auch aus diesem Material in relativ kurzer Zeit erscheinungsbildlich gleichartige und bald auch erbfeste Rassen zu züchten. Bisher gibt es einige beharrlicher Zuchtauslese zu verdankende Edelkatzenrassen. Eine davon ist die zu Unrecht so bezeichnete Siamkatze, die nicht aus Siam (Thailand) stammt. Sie ist eine reinrassige »akromelanistische« Hauskatze. Die Jungen werden schneeweiß geboren und zeigen, nachdem sie sie geöffnet haben, nur schwach pigmentierte Augen, deren Hintergrund bei Lichteinfall rot aufleuchtet. Später färben sich zunächst Ohren, Nase, Pfoten und Schwanz dunkelbraun. Noch später dunkeln langsam alle anderen Körperteile nach, so daß alte Tiere zuletzt am ganzen Körper mahagonibraun aussehen können. Bei Siamkatzen, die Kälteeinwirkungen ausgesetzt sind, vollzieht sich dieser Prozeß viel rascher als bei Tieren, die immer im Warmen gehalten werden.

Eine viel gepflegte Zuchtrichtung hat sich das Erhalten der beiden sich sehr ähnlichen und wahrscheinlich – gegenüber der Siamkatze – wesentlich älteren langhaarigen Rassen »Angorakatze« und »Perserkatze« zur Aufgabe gemacht. Interessant ist, daß man durch Kreuzung von reinen Siamkatzen und reinen Blauen Persern in der zweiten Generation einen dritten, sehr schönen Typ, die sogenannte Birmakatze, erhalten kann, die die Farbe der Siamkatze mit der Langhaarigkeit und Sattelnase der Blauen Perser vereint.

Nicht alle wildlebenden Kleinkatzen Eurasiens und Afrikas gehören zur Großart *Felis silvestris.* Schon von der Gattung *Felis* kennen wir noch einige andere Arten, zum Beispiel den Sumpfluchs. Daneben gibt es Vertreter weiterer altweltlicher Gattungen. Zuerst sind die Goldkatzen der Gattung *Profelis* zu nennen. In West- und Mittelafrika kommt die Afrikanische Goldkatze *(Profelis aurata)* vor. Die Asiatische Goldkatze *(Profelis temmincki)* lebt in Asien von Nepal im Westen bis nach Südostchina, Hinterindien und Indonesien, ihre nahe Verwandte, die kleinere, kastanienrote Borneokatze *(Profelis [Badiofelis] badia),* bewohnt Kalimantan.

Eine wertvolle Hauskatzen-Zuchtrasse *(Felis catus)* ist die sogenannte Siamkatze. Ihre Benennung mit »Tempelkatze« ist eine Erfindung von Geschäftemachern. Niemals sind in Siam (Thailand) derartige Katzen in Tempeln gehalten oder gezüchtet worden

1965 wurde auf der Insel Iriomote, östlich von Taiwan, eine neue Katzenart entdeckt und von Y. Imaizumi *Mayailurus iriomotensis* benannt. Sie besitzt nur 28 Zähne. Die Iriomote-Wildkatze ernährt sich von Eidechsen, Schlangen und Fröschen. Lediglich 30 bis 40 Exemplare umfaßt die gesamte Population. Zur Erhaltung dieser entwicklungsgeschichtlich ältesten Katze der Welt wird ein 700 Hektar großes Schutzgebiet eingerichtet. Wahrscheinlich repräsentiert sie jedoch keine neue Gattung, sondern nur einen primitiven Seitenzweig der ausschließlich asiatischen Gattung *Prionailurus.* In diese gehören die auf Fischfang spezialisierte, süd- und südostasiatische Fischkatze *(Prionailurus viverrinus)*, die in Thailand, auf Malakka, Sumatera und Kalimantan beheimatete, wegen ihres auffallend plattgedrückten, spitzen Kopfes so genannte Flachkopfkatze *Prionailurus planiceps*, die in Südindien und Sri Lanka lebende Rostkatze *(Prionailurus rubiginosus)* und die Bengalkatze *(Prionailurus bengalensis).*

Die Bengalkatze ist in Asien weit verbreitet, variiert im Aussehen stark, und zu ihr gehören mehrere Unterarten, die im Norden bis zum Amurgebiet, im Osten bis zu den Philippinen vorkommen. Sie tritt ferner in ganz Vorderindien auf und erreicht dort ihre West- und Südgrenze. Bereits in Sri Lanka fehlt sie, wird aber durch die nahe verwandte Rostkatze vertreten. Der niederländische Katzenspezialist Blonk sieht in der Bengalkatze diejenige Katzenart, die sich wahrscheinlich am meisten Aussehen und Form der ursprünglichen Katzenartigen bewahrt hat. Viele dieser Kleinkatzen kommen in Asien, insbesondere in Indonesien, nebeneinander vor. Über ihre Verwandtschaft untereinander ist die Meinung der Mammalogen oft sehr geteilt.

Nicht besser, eher noch verworrener, verhält es sich in dieser Beziehung mit der Fülle der Kleinkatzen Amerikas, insbesondere der südamerikanischen Arten. Hier lebt in den Anden eine lang- und dickhaarige Hochgebirgskatze, die ein neuweltliches äußerliches Analogon zu den beiden asiatischen Langhaarkatzen, dem Manul und dem Schneeleoparden, darstellt. Dieses Tier, die Bergkatze *(Oreailurus jacobita)*, gehört zu den der Wissenschaft am wenigsten bekannten Katzen. Sie wurde bisher noch nie in einem zoologischen Garten gezeigt.

Die weiten Grassteppen des südlichen Südamerikas, die Pampas, haben ebenfalls ihre eigene Wildkatze, die Pampaskatze *(Lynchailurus pajeros).* Ihr langes, dichtes Fell ist auf silbergrauem Grund durch zusammenfließende rotbraune Flecken längsgestreift. Sie jagt Nagetiere und am Boden brütende Vögel und versteckt sich bei Gefahr in Erdlöchern, da sie wenig Gelegenheit hat, Bäume zu erklettern. Die Pampaskatze zeigt viel Ähnlichkeit mit den Angehörigen der *Ornata*-Gruppe der Art *Felis silvestris*, den asiatischen Steppenkatzen.

Höchst eigenartige Katzen sind die in verschiedenen Größen und Farbvarianten vom Südwesten der USA bis in das südliche Südamerika verbreiteten Wieselkatzen oder Jaguarundis *(Herpailurus yagouaroundi).* Wie ihr Name sagt, erinnern diese langgestreckten, aber niedrig gestellten Kleinkatzen ziemlich stark an unsere Wiesel, obwohl sie viel größer sind. Sie erreichen, bei Körperhöhen von kaum mehr als 35 bis 40 cm, Gesamtlängen zwischen 90 bis 140 cm. Davon entfällt nahezu die Hälfte auf den Schwanz. Das Fell ist bei erwachsenen Tieren einfarbig. Wie beim ebenfalls ungefleckten Puma tragen die nestjungen Jaguarundis noch gefleckte Kindheitskleider. Der Jaguarundi liebt als Biotop dichte zusammenhängende Busch- und Strauchgruppen oder Heckenlandschaften, aber nicht den Wald oder die offene Steppe. Er ist ein geschmeidiges und behendes Tier, das als Hühnerdieb gefürchtet wird. Jung eingefangene Jaguarundis erweisen sich zwar bei richtiger Pflege als außerordentlich zahme und anhängliche Zöglinge, denen aber nicht abzugewöhnen ist, Haushühner zu überfallen und zu töten.

Drei kleinere, untereinander nahe verwandte Wildkatzen Amerikas sind die Nachtkatze *(Oncifelis guigna)*, die Oncilla-Katze *(Oncifelis pardinoides)* und Geoffroys Katze *(Oncifelis geoffroyi)*, mitunter auch Salzkatze oder Kleinfleckkatze genannt.

Davon ist die in Chile lebende Nachtkatze bei einer Gesamtlänge erwachsener Exemplare von etwa 55 bis 75 cm die kleinste wilde Katze Amerikas. Ungefähr 30 Prozent der Gesamtlänge entfallen auf den Schwanz. Sie ist beträchtlich kleingefleckter als ihre körperlich wesentlich größere Verwandte, die Oncilla-Katze, die von Mittelamerika bis nach Peru verbreitet ist. Diese erreicht immerhin die Größe sehr stattlicher Hauskatzen. Im Süden wird sie durch die sehr kleingefleckte Geoffroys Katze abgelöst, die am weitesten in den unwirtlichen Süden vordringt und Südpatagonien erreicht. Bei den Geoffroys Katzen schwankt die Gesamtlänge zwischen 70 und 120 cm, wovon der Schwanz mitunter mehr als ein Drittel beansprucht.

Die Tiere aus Südpatagonien sind die größten und längsten. Über die Biologie und das Verhalten dieser drei Katzen wissen wir nicht viel. Im Bergzoo Halle wurde nach dem zweiten Weltkrieg viele Jahre eine männliche Geoffroys Katze unter dem Namen Salzkatze gehalten. Das Tier wurde nie zahm. Es war anscheinend bereits voll erwachsen gefangen worden. Mit diesem Kater wurden wiederholt Bastardierungsversuche mit Hauskatzen unternommen, die leider alle fehlschlugen. Einige der ihm zugeführten brünstigen Partnerinnen überfiel er sofort und tötete sie auf der Stelle durch Bisse in Hals und Nacken. Eine der brünstigen Hauskatzen versuchte der »Wüterich« dann aber doch regulär zu begatten und tat ihr vorläufig nichts. Am anderen Morgen lag jedoch auch sie tot im gemeinsamen Käfig. Solche Experimente sind und bleiben indessen, trotz Fehlschlägen, von hohem säugetierkundlichem Interesse, weil man bis heute nicht weiß, ob derartige Verpaarungen überhaupt Nachzucht erbringen können. Derartige Bastarde würden mancherlei Schlüsse auf den verwandtschaftlichen und stammesgeschichtlichen Zusammenhang der alt- und neuweltlichen Kleinwildkatzen erlauben.

Die Tigerkatze oder der Margay *(Leopardus tigrinus)* ist eine äußerlich sehr schöne, aber nur selten mehr als hauskatzengroße südamerikanische Kleinwildkatze. Sie ist mit den bisher erwähnten Kleinkatzen nur entfernt verwandt. Darauf weist auch der Gattungsname *Leopardus* hin, den sie mit ihrem engsten Verwandten, dem später zu behandelnden südamerikanischen Ozelot *(Leopardus pardalis)* zwar rechtmäßig, aber höchst irreführend teilt. Weder Tigerkatze noch Ozelot sind mit dem

Eine im Durchschnitt nur hauskatzengroße, aber schlankere Wildkatze der lichten Buschgebiete in der südlichen Hälfte Südamerikas ist die auffallend klein gefleckte Salzkatze oder Geoffroys Katze *(Oncifelis geoffroyi)*

Indien, Ceylon, Hinterindien und einige Sundainseln sind die Heimat der Fischkatze *(Prionailurus viverrinus)*. Ohne ausschließlich Fischfängerin zu sein, bevorzugt diese gute Schwimmerin feuchte Uferwaldungen und Dschungel

In nicht wenigen, in Größe und Färbung stark unterschiedlichen Unterarten ist die Bengalkatze *(Prionailurus bengalensis)* in Mittel-, Süd- und Ostasien verbreitet. Sie kommt sowohl im rauhen Amur-Ussuri-Gebiet als auch noch auf den Philippinen vor

afrikanischen und asiatischen Leoparden oder Panther *(Panthera pardus)* enger als mit anderen Katzen verwandt. Einzig und allein die äußere Ähnlichkeit der Tigerkatze mit dem Leoparden rechtfertigt diesen Namen. Wegen der tiefschwarzen Fleckung auf hellgelbem Untergrund sieht sie beinahe wie eine Miniaturausgabe dieser Großkatze aus, bei beiden entfällt mehr als ein Drittel der Gesamtlänge auf den Schwanz. Die Tigerkatze ist vorwiegend Baumbewohner und ernährt sich von Vögeln und baumbewohnenden Kleinsäugern. Sie kommt von Argentinien bis nach Mexiko vor.

Ein gemeinsames Merkmal all dieser südamerikanischen Kleinwildkatzen ist – neben dem relativ häufigen Vorkommen völliger Schwärzlinge (Melanos) in freier Wildbahn – die außerordentliche Variabilität in Färbung und Fleckung.

Viele können zwar notfalls, zum Beispiel bei Überschwemmungen, gut schwimmen, vor allem der Ozelot, gehen aber sonst nicht ins Wasser. Praktisch unüberquerbar kann ein Strom für sie auch durch darin lebende Panzerechsen, Zitteraale und Pirayas sein.

Die individuelle und geographische Variabilität fällt besonders bei der bekanntesten südamerikanischen Kleinwildkatze, dem Ozelot, auf. Das kommt nicht zuletzt daher, daß das Fell sehr begehrt ist und im Welthandel teuer bezahlt wird. An dem großen, zum Verkauf kommenden Material lassen sich sehr gut diesbezügliche Untersuchungen durchführen, vor allem dann, wenn die Herkunft der Rohfelle genau feststeht.

Nicht zuletzt wegen des geschätzten Pelzwerks ist der weit über Mittel- und Südamerika verbreitete Ozelot *(Leopardus pardalis)* die bekannteste amerikanische Kleinkatze. Er ernährt sich von Affen, Nagetieren und Vögeln

Für den »Standard« der sich oft und mitunter beträchtlich abändernden Färbung und Zeichnung des glänzenden, dichten, weichen und dabei bunten, eindrucksvoll gemusterten Ozelotfelles sei »Brehms Tierleben« zitiert: »Seine Grundfärbung ist auf der Oberseite ein bräunliches Grau oder Rötlichgraugelb, auf der Unterseite ein gelbliches Weiß. Von den Augen zieht sich jederseits ein schwarzer Längsstreifen zu den Ohren. Die Oberseite des Kopfes zeigt kleine Tüpfel; auf den Wangen verlaufen Querstreifen und von diesen aus ein Kehlstreif, über den Nacken mehrere Längsstreifen, meist vier, längs des Rückens eine Reihe schmaler schwarzer Flecke, daneben jederseits eine Reihe größerer, an den Seiten gekrümmte Längsreihen breiter bandförmiger Längsstreifen, die von der Schulter bis zum Hinterteil reichen und lebhafter als die Grundfarbe schwarz gesäumt, oft auch in der Mitte dunkel punktiert sind. Den Unterleib und die Beine zeichnen volle Flecke, die auf dem Schwanze in Ringe übergehen.«

Der Ozelot kommt auch in Nordamerika, und zwar in mehreren Südstaaten der USA, zum Beispiel in Texas, vor. In Mittelamerika und längs des Amazonas finden sich die kräftigsten, größten und längsten Exemplare, die kleinsten in Ekuador. Die Südgrenze des Areals verläuft in Peru, Bolivien und Nordargentinien. Die Gesamtlänge erwachsener Ozelots beträgt 95 bis 135 cm, davon entfällt auf den Schwanz ein Drittel. Es sind noch größere Tiere gefunden worden. Die Schulterhöhe erreicht etwa 50 cm. Der meistens horizontal getragene Kopf ist im Verhältnis zum Körper ziemlich groß, aber schmaler und länger als der von Hauskatzen. Die Pupillen der auffallend großen und dunklen Nachttieraugen sind, wie die der meisten südamerikanischen Kleinkatzen, eiförmig, ganz im Gegensatz zu den schmalspaltigen Augen aller altweltlichen Katzen der Großart *Felis silvestris*, einschließlich der Hauskatze. Die Ohren sind kurz, breit und abgerundet.

Der Ozelot bevorzugt dichte, tiefe Wälder. Er kann vorzüglich Bäume ersteigen und gewandt im Geäst umherklettern. Im allgemeinen ist er Kulturflüchter. In manchen Gebieten sucht er nachts aber auch menschliche Siedlungen auf und richtet wie Marder und Iltisse fürchterliche Metzeleien unter dem Hühnervolk an. In Freiheit erbeutet er alles, was er niederzuringen vermag. Ozelots sollen sich paarweise im selben Revier aufhalten, außerhalb der Paarungszeit soll jedoch jeder Partner für sich jagen. Tagsüber schlafen sie im Dikkicht oder in sonstigen Verstecken. Ozelots sind diejenigen südamerikanischen Kleinkatzen, die am häufigsten in unseren zoologischen Gärten gezeigt werden. Hier erscheinen sie uns recht träge. Gewöhnlich liegen sie im Käfig zusammengerollt in einer Ecke und schlafen trotz der sie umgebenden Unruhe. Unangenehm wirkt außerdem der scharfe Raubtiergeruch, den sie verbreiten. Junge Ozelote lassen sich leicht zähmen. Die Indios tragen manchmal nestjunge, in der Wildnis aufgefundene Ozelote in ihre Hütten und ziehen sie dort auf. Ein Ozelotwurf enthält gewöhnlich zwei bis vier Junge.

Obwohl adulte Ozelote nahezu Größe und Gewicht kleiner erwachsener Leoparden erreichen, zählt man sie zu den Kleinkatzen. Indessen sind die Übergänge zwischen Klein- und Großkatzen recht unbedeutend und verschwommen. Eigentlich bleiben lediglich die bedeutendere Normalgröße, die runde Pupille und das weit höhere Durchschnittsgewicht, ferner eine spezielle Sonderausbildung des Zungenbeins als Charakteristikum der vier Großkatzen Jaguar, Leopoard, Tiger und Löwe übrig.

Der Ozelot ist dem Äußeren nach und ethologisch einer der beiden amerikanischen körpergrößten Katzen, dem Jaguar *(Panthera onca)*, sehr ähnlich. Er teilt mit ihm auch weitgehend den Lebensraum. Der Jaguar kommt aber bis nach Feuerland vor. In Nordamerika decken sich die Verbreitungsgebiete beider fast völlig. Der Jaguar als das größte, schwerste und ohne Zweifel auch gefährlichste Raubtier Amerikas wird auch Onze, Onza oder Unze genannt. In Südamerika heißt er volkstümlich sogar »Tiger«. Ist das auch unzutreffend, so haben doch Jaguar und Tiger gestaltlich und im Verhalten viel Gemeinsames. Allerdings erinnert die Fleckenzeichnung der plumper gebauten Onze stark an die der altweltlichen Leoparden, weshalb der Jaguar auch als Amerikanischer Panther bezeichnet wird. Die Gesamtlänge erwachsener Jaguare ist sehr unterschiedlich und erstreckt sich von 1,65 bis gegen 2,40 m. Nach Blonk kommen die kleinsten Jaguare in Honduras und Guatemala, die größten im Staate Mato Grosso in Südbrasilien vor. Ihre Färbung und Musterung in den verschiedenen geographischen Breiten variiert stark. So kann hier, wie beim Ozelot, nur eine standardisierte Kurzbeschreibung folgen.

Die Grundfärbung der Oberseite ist mehr oder weniger stark rötlich- bis ausgesprochen rotgelb, Unterseite und Innenseite der Beine sowie die Kehle sind weiß. Kleinere runde bis eiförmige, mitunter unregelmäßige schwarze Flecken zieren vor allem die Bauchdecke, zahlreiche größere, ringförmige Rosetten dagegen die Rückenseite des Felles. An den weißen Innenseiten der Beine finden sich nicht selten einige schwarze Querstreifen. Die Rückseite der Ohrmuscheln zeigt in breitem schwarzem Rahmen einen gelblichen bis weißen Kern. Auch an jedem Mundwinkel befindet sich ein kleiner schwarzer Fleck. Der etwa ein Drittel der Gesamtlänge beanspruchende Schwanz ist von der Schwanzwurzel bis zum Ende des zweiten Drittels mit Flecken und Rosetten bedeckt, dann folgt eine Zone mit mehreren schwarzen Querringen. Die Schwanzspitze ist stets schwarz. In freier Wildbahn kommen manchmal, in einigen Gebieten recht häufig, Schwärzlinge und selbst Weißlinge vor. Fälle von Melanismus und Albinismus sind bei den meisten Klein- und Großkatzen nachgewiesen worden. Interessant ist, daß sich im Fell der Schwärzlinge und Weißlinge von Groß- und Kleinkatzen, bei entsprechender Beleuchtung, andeutungsweise die arteigentümliche Fleckung oder Streifung erkennen läßt. Der Prototyp eines Katzenschwärzlings ist indessen nicht der melanotische Jaguar, sondern der durch unzutreffende Legenden übermäßig diffamierte altweltliche Schwarze Panther. Auch den Jaguar-Melanos wird besondere Gefährlichkeit unterstellt.

Das Fell der Jaguare ist auf der Oberseite kurzhaarig und glänzend, aber dicht und weich. Auf der Bauchseite, an Brust, Hals und Kehle ist die Behaarung länger.

Der Jaguar bevorzugt bewaldete Ufer von

Die geläufige Bezeichnung Silberlöwe für den Puma *(Puma concolor)* ist unbegründet. Die Wissenschaft sieht im Puma nur eine sehr große Kleinkatze. Sein Verbreitungsgebiet reicht von Nord- bis Südamerika. Er variiert stark in Größe und Färbung

Wasserläufen aller Größen, ferner mit hohem Gras und Schilf bedeckte Sumpf- und Moorflächen oder auch wassernahe Urwaldsäume. Er ist zwar ein vorzüglicher Baumkletterer, soll aber hauptsächlich am Boden jagen. Entsprechend seiner Größe und Stärke wird er selbst den größten Haus- und Wildsäugetieren gefährlich. Im Mato Grosso gehört das Wasserschwein zu seinen wichtigsten Beutetieren. Der Jaguar tötet es mit einem speziellen Biß, bei dem die großen Eckzähne in die Ohrregion des Beutetieres gestochen werden. Auch sogenannte Menschenfresser treten auf. Er jagt und reißt aber nicht nur Säugetiere und Vögel, sondern erstaunlicherweise auch Kaimane und Schildkröten. Ferner versteht er es ausgezeichnet, wie Braunbär und Eisbär mit der Tatze große Fische zu fangen.

Der Jaguar ist ein vorzüglicher und ausdauernder Schwimmer, eine Fähigkeit, die ihm bei plötzlich eintretenden Überschwemmungen nicht selten das Leben rettet. Die Pärchen halten nur während der Paarungsperiode zusammen. Danach soll jeder Partner wieder seine eigenen Wege gehen. Um ein Weibchen bewerben sich – unter entsprechenden Rivalenkämpfen – nicht selten mehrere Männchen. Nach einer Trächtigkeitsdauer von rund 100 Tagen bringt das Weibchen in einem wohlausgewählten, möglichst gut verborgenen und gesicherten Versteck ein bis drei Junge zur Welt, die es nach allgemeiner Katzenart sorgsam pflegt. Schon nach 45 bis 60 Tagen nimmt die Mutter die Jungen auf ihre Jagdzüge mit. Wenn sie halberwachsen sind, machen sie sich selbständig oder werden von der Alten verjagt. In zoologischen Gärten gelingt die Zucht von Jaguaren nicht selten. Hier sind auch wiederholt Bastardierungsversuche mit Leoparden geglückt.

Die Jagd auf eingekreiste Jaguare zu Lande oder auf schwimmende zu Wasser ist nicht ungefährlich. Jaguarjagd mit dem Dolch ist in manchen südamerikanischen Gebieten ein hochgeschätzter, überaus kühner und gefährlicher Sport. Der Jäger umwickelt dazu den linken Arm dick mit Wolltüchern und fängt mit diesem die Tatzenhiebe der Großkatze ab, die er beim Anprall blitzschnell durch einen treffsicheren Herzstich umbringt. Das Fell hat viel geringeren Wert als das des Ozelots. Wenn es nicht als Trophäe aufbewahrt wird, verarbeitet man es vor allem zu Fußdecken.

Überall im Verbreitungsgebiet des Jaguars, aber noch weiter nach Norden und Süden, lebt eine zweite große amerikanische Katzenart, der Kuguar oder Silberlöwe *(Puma concolor)*, gewöhnlich Puma genannt. Die Bezeichnung Silberlöwe sollte vermieden werden, denn ein Löwe ist der manchmal silbergrau getönte Puma, trotz gewisser Ähnlichkeit in der Färbung beider Arten, keineswegs. Er bewohnt andere Biotope als der Jaguar, so daß sich beide nur in Grenzbereichen begegnen.

Nach Blonk kommen in Suriname manchmal in Freiheit reinblütige erwachsene Pumas vor, die, wenn auch nur matt, zeitlebens das übliche Fleckenkleid der Jungtiere tragen, eine Erscheinung, die auch ab und zu beim Löwen zu beobachten ist. Die Tüpfelung junger Pumas ähnelt der von Jaguaren und Leoparden nur entfernt, da die einzelnen Flecken bei ihnen weit auseinanderstehen und besonders auf der vorderen Körperhälfte im Verhältnis zur Körpergröße sehr groß sind. Diese Tüpfel haben keinen helleren Innenhof, sie sind durchweg viel dunkler als die Grundfarbe. Nach 75 bis 90 Tagen verblaßt die Fleckung. Wenn dann der Wechsel des Jugendkleides zum ersten Winterhaarkleid vollzogen ist, läßt sie sich kaum noch nachweisen. In zoologischen Gärten, wo sich Pumas gut fortpflanzen, die dort geborenen Jungen aber im ersten Lebensjahr sehr empfindlich sind, konnte man feststellen, daß die Art und Weise der Betreuung der Jungen durch ihre Mutter außerordentliche Ähnlichkeit mit der Jungenpflege unserer Hauskatze hat. In Freiheit soll die Pumamutter jedoch bei Gefahr ihre Jungen ohne große Gegenwehr im Stich lassen. Jung aufgezogene Pumas werden zahm wie Hauskatzen und hängen sehr an ihren Pflegern.

Unmittelbar nach vollzogener Begattung ist es bei Pumas üblich, daß sich die Partner zunächst unter lautem Geknurr und Geschrei kräftige Tatzenhiebe versetzen. Das hindert sie nicht daran, nach wenigen Minuten wieder eine neue Begattung zu beginnen, die ebenso endet. Nach einer Trächtigkeitsdauer von 90 bis 100 Tagen werden gewöhnlich zwei bis fünf Junge geboren. Das Pumaweibchen hat drei Paar Zitzen.

In Nordamerika ist der Puma heute weit nach Westen verdrängt; einst kam er aber auch im Staate New York vor. Sein Ausbreitungsgebiet reicht von Südwestalaska bis zur Südspitze Südamerikas und enthält eine kaum übersehbare Fülle von Standortrassen bzw. Unterarten. Sie unterscheiden sich zum Teil beträchtlich in Größe und Gewicht, besonders aber in der Farbe ihres ziemlich eintönigen, ungefleckten Alterskleides. Die größten Exemplare kommen in den kalten Zonen Nordamerikas und Südamerikas, also jeweils an den Endpunkten des Areals vor. Dort leben Pumas bis zu 110 kg Gewicht und 2,50 m Gesamtlänge, von der 0,90 m auf den Schwanz entfallen. Ihre kleinsten Artgenossen sind die dunkelgraubraunen Pumazwerge aus den Anden in der Umgebung von Quito und manchen Gebieten Mittelamerikas. Derartige erwachsene Zwerge sind nur 25 kg schwer, also leichter als ein durchschnittlicher europäischer Nordluchs. Wegen der mannigfachen Färbungsabstufungen bis zum Gelbrot kann auch vom Puma wiederum nur eine standardisierte Färbungsbeschreibung gegeben werden. Da die einzelnen Haare des Rückens in schwarzen Spitzen enden, ist der Puma stets etwas dunkler als auf der mehr ins Weißliche spielenden Bauchseite. Brust und Innenseite der Beine sind heller als die Außenseite, Kehle und das Innere der Ohren weißlich, die Rückseite der Ohrmuscheln ist, in breitem schwarzem Rahmen, in der Mitte rötlich gefärbt. Die Schwanzspitze ist am dunkelsten. Der dicke Kopf der Kater hat gewöhnlich einen verstärkten grauen Anflug. Im Verhältnis zum Körper wirkt der Kopf beider Geschlechter ziemlich klein. Die Hinterpartie des stehenden Pumas ist gegenüber der vorderen Körperhälfte etwas überhöht, aber nicht so auffällig wie beim Schneeleoparden. Wildlebende Pumas gelten als »die feigsten aller Großkatzen« und ihre Jagd daher als verhältnismäßig ungefährlich. Im Gegensatz zum Jaguar ist der Puma standorttreuer und bevorzugt Biotope, die abseits von Wasserläufen liegen und deshalb vor plötzlichen Überschwemmungen geschützt sind; denn er geht nur in höchster Not ins Wasser. Er liebt hügelige und gebirgige Buschdickichte und Waldgebiete, die ihm einen weiteren Namen »Berglöwe« eingetragen haben, kommt jedoch auch in den flachen, baumlosen Pampas vor, wo er sich tagsüber in übermannshohen Pflanzenhorsten verbirgt. Im Walde erweist er sich als ausgezeichneter und überaus gewandter Kletterer, der auch in der Lage ist, sehr weit zu springen. Seine zur Dämmerungs- und Nachtzeit gejagte Beute besteht aus vielerlei kleineren Wirbeltieren. Unter den Haustieren bevorzugt er Geflügel und soll Haussäugetiere, die größer als Schafe sind, in der Regel nicht anfallen und erbeuten. Er reißt seiner Beute den Hals auf und labt sich vorerst an dem ausströmenden Blut, auf das er ganz besonders gierig ist und von dem er große Mengen aufnehmen kann. Im Gegensatz zum Jaguar schleppt er seine Beute nicht vom Fangplatz weg. Über das Verhalten von Jaguar und Puma bei gelegentlichen Begegnungen in freier Wildbahn sind die Nachrichten sehr widersprüchlich. Die einen behaupten, daß der Jaguar den schwächeren Puma verfolge und umbringe und ihn sogar, wie jede andere Beute, verzehre. Das klingt wahrscheinlicher, da es an das Verhalten des Luchses erinnert,

Von Nepal im Westen bis Kalimantan und Taiwan im Osten tritt in Asien sporadisch der eigenartig gemusterte Nebelparder *(Neofelis nebulosa)* auf. Er ist kleiner als der Leopard. Trotz überlanger, kräftiger Eckzähne ernährt er sich vorrangig von Wildgeflügel

der jede Wildkatze, deren er habhaft werden kann, reißt, als die Bemerkung in »Brehms Tierleben«: »In Brasilien wird allgemein versichert, daß Unzen (Jaguare) sich auch mit Pumas paaren.«

Wegen seiner Räubereien ist der Puma überall unbeliebt und wird mit allen Mitteln, vor allem durch die Jagd vor der Hundemeute, verfolgt. Sein Fell wird im allgemeinen nicht sehr hoch bewertet und sein Fleisch kaum gegessen, obwohl es schmackhaft sein soll. Pumas haben sich in letzter Zeit im Zirkus und Varieté, allein oder in gemischten Raubtiergruppen, als gelehrige und gewandte Darsteller erwiesen, obwohl man sie früher als wenig dafür geeignet ansah.

Nach den früheren Untersuchungen (1964) von Hemmer scheint der von Nepal bis nach Sumatera und Kalimantan sowie auf Taiwan und in Südchina vorkommende Nebelparder *(Neofelis nebulosa)* dem Ozelot und dem Puma unter den Südamerikakatzen am nächsten zu stehen. Er bildet zwischen ihnen und den zur Gattung *Panthera* gehörenden vier Großkatzenarten Jaguar, Leopard, Tiger und Löwe eine Zwischenform. Die Gesamtlänge dieser sehr interessanten, aber kaum erforschten Tiere erreicht 1,60 m bis fast 2 m, wovon nahezu die Hälfte (bei Vertretern von Taiwan etwas mehr als ein Drittel) vom Schwanz in Anspruch genommen wird. Das Gewicht (unter 20 kg bis wenig über 25 kg) erwachsener Exemplare beweist, daß es sich bei ihnen um »recht leichte Burschen« handelt. Da der Nebelparder schon mehrfach erwähnt wurde, sei hier lediglich ergänzt, daß er dem Menschen gegenüber fast ungefährlich ist und als Baumbewohner nur kleinere Wirbeltiere, besonders Vögel, jagt. Allerdings richtet er, wie die meisten kleineren Katzen, zuweilen bedeutenden Schaden unter dem Hausgeflügel an. Zeichnung und Färbung entsprechen weitgehend denjenigen der Marmorkatze, die nahezu das gleiche Verbreitungsgebiet innehat. Die graue Grundfärbung ist von großen, sehr dicht stehenden und unregelmäßigen Plattenflecken überlagert. Diese sind außen schwarz umrahmt, während der Innenhof kräftige graue oder braungraue Farbe zeigt. Auf der Unterseite und an den Beinen finden sich ferner kleinere schwarze Vollflecke, am Kopf und Hals schwarze Längsstreifen und am Schwanz schwarze Querringe.

In zoologischen Gärten wird der nur selten als Kostbarkeit gezeigte Nebelparder manchmal von Unkundigen mit dem in der Grundfärbung viel heller grauen, nicht minder selten zur Schau gestellten und nicht weniger wertvollen Schneeleoparden oder Irbis *(Uncia uncia)* verwechselt. Man darf sich nicht durch den Gattungs- und Artnamen des Irbis irreführen lassen. Unze, Onze oder Onza wird ausschließlich der Jaguar genannt.

Obwohl auch der Schneeleopard zu jenen umstrittenen »vermittelnden« großen Katzen gehört und mancherlei Ähnlichkeiten mit dem Puma, der kleinen südamerikanischen Tigerkatze, der Bergkatze der Anden und, wegen seines dicken Felles, mit dem mittelasiatischen Manul aufweist, ist er in seiner Art doch etwas ganz Besonderes und Eigentümliches. Allerdings zeigt er auch mannigfache Anklänge an die *Panthera*-Großkatzen, besonders an den Leoparden.

Der Schneeleopard ist ein ausgesprochener Hochgebirgsbewohner der zentralasiatischen Gebirgsmassive. Dort lebt er in Höhen zwischen 2000 m und der Schneegrenze. Viel tiefer steigt er ohne Not nie hinab. Sein bevorzugtes Habitat in dem er den Hauptteil seiner Beutetiere findet, sind die dichten Rhododendron- und Bambusdickichte, er lebt aber auch in baum- und strauchlosen Regionen. Er reißt Hirsche, Blauschafe, Thare, Wildschafe und Moschustiere, ebenso Fasanen und Pfeifhasen. Selbst aus den weidenden Schafherden holt er sich gelegentlich seinen Anteil. Wie der Puma, mit dem er den relativ kleinen Kopf und die oberseits der Schwanzwurzel auffällig überbaute Hinterpartie gemeinsam hat, liebt er es, das Blut der gerissenen Beutetiere zu trinken. Unterkunft sucht er in Felsspalten und Höhlen, wo er auch seine Jungen zur Welt bringt. Meist halten die Paare gut zusammen. Wiederholt ist in den letzten Jahrzehnten seine Zucht in zoologischen Gärten geglückt, so vor dem zweiten Weltkrieg mehrfach im Dresdener Zoo. Dort zeigte es sich, daß auch der Schneeleoparden-Vater sehr regen Anteil an der Jungenaufzucht hat. In Freiheit angegriffen, verteidigen sich Schneeleoparden tapfer gegen Menschen, von denen sie in eine ausweglose Situation gedrängt worden sind. Ohne Zwang greifen sie Menschen kaum an. Im Zoo geben sich diese Hochgebirgskatzen durch Knurren, Fauchen oder Zähnezeigen zwar »mächtig grimmig«, aber das ist weit mehr »Theaterdonner« als Ernst. Selbst alteingefangene Tiere werden noch zahm und zutraulich. Sie kommen auf Zuruf heran, obwohl sie sich dabei als »vorgebliche Wüteriche« aufspielen, werfen sich schließlich vor dem vertrauten Pfleger nieder und lassen sich unter behaglichem schnarchendem Maunzen berühren und kraulen. Wenn man ihr Vertrauen erst einmal gewonnen hat, sind Schneeleoparden sehr liebebedürftige, trotz ihrer rauhen Maske ungemein liebenswerte große Katzen. Leider sind sie in den zoologischen Gärten nur schwer und für verhältnismäßig kurze Dauer am Leben zu erhalten. Einmal bekommen ihnen das dort herrschende wärmere Klima und wohl auch der höhere Luftdruck schlecht, zum anderen erweisen sie sich als sehr anfällig gegenüber Infektionskrankheiten, insbesondere Tuberkulose, sowie allerlei Darmparasiten.

In Färbung und Struktur ist das Schneeleopardenfell für seine Träger in dem unwirtlichen Lebensraum ein in mehrfacher Beziehung hervorragender Schutz. Gegen die Kälte erheben sich über der sehr dichten und langen Unterwolle noch längere seidenweiche, allerdings recht locker stehende Deckhaare. Der über ein Drittel der 2,50 m betragenden Gesamtlänge beanspruchende Schwanz ist in gleicher Weise behaart.

Der Schneeleopard erscheint durch seinen dicken »Wintermantel« viel imponierender, als sich das, nach dem Abhäuten, am getöteten Exemplar erweist. Die Grundfärbung des Felles ist ein mehr oder weniger aufgehelltes Grauweiß, manchmal ein ins Graue spielendes Elfenbeingelb. Auf der Oberseite und am Schwanz ist das Irbisfell mit ziemlich weit auseinanderstehenden, etwas verwaschen wirkenden großen Ringelflecken bedeckt. An Kopf und Beinen finden sich volle dunkle Flecken unterschiedlicher Größe von gleicher Farbe wie die Ringflecken der Rückenpartie. Die weiße Unterseite des Tieres bleibt ungefleckt. Diese Gesamtfärbung ist ein vorzügliches

Tarnkleid beim Anschleichen von Beutetieren. Es wirkt wie ein angeschmutzter Schneefleck, aus dem undeutlich Steine hervortreten, von denen der Schnee bereits heruntergeweht oder abgetaut ist.

Die Fleckung und die ungefähr gleiche Größe mit dem Leoparden oder Panther *(Panthera pardus)* haben dem Irbis den Namen Schneeleopard eingetragen.

Der Leopard repräsentiert, nach Meinung Blonks, noch am meisten den ursprünglichen Großkatzentyp. Obwohl er sich in seinem einst auch Mitteleuropa erreichenden, riesigen Verbreitungsgebiet äußerlich und anatomisch wenig spezialisiert hat und sämtliche Unterarten aus den entferntesten Gegenden dieses gewaltigen, landschaftlich und klimatisch sehr heterogenen Areals sich ohne weiteres miteinander verpaaren lassen und unbeschränkt fruchtbare Jungen erzeugen, ist er vorzüglich den umweltlichen Eigentümlichkeiten seiner jeweiligen Aufenthaltsorte angepaßt.

Das zeigt sich besonders beim Amur-Leoparden, der analog zum Schneeleoparden, seinem rauhen Biotop entsprechend, ein an Unterwolle reiches, langhaariges Fell von blaß graugelber Grundfärbung, einen sehr dicken Schwanz und relativ große, mattschwarze Fleckenrosetten aufweist. Hochtropische Formen Afrikas sind dagegen sehr kurzhaarig. Ihre Farbe ist ein leuchtendes Dottergelb bis Orange, aus dem sich die bei ihnen beträchtlich kleineren Fleckenrosetten tiefschwarz herausheben. Obwohl sie in manchen Gegenden, wo sie noch vor 100 Jahren verhältnismäßig häufig waren, tatsächlich oder mit einiger Wahrscheinlichkeit ausgerottet sind, können wir sagen, daß diese Großkatze Afrika – außerhalb der Wüstengebiete – von Marokko bis zum Kap der Guten Hoffnung, Arabien, ganz Klein- und Vorderasien, das südliche Südwestsibirien und anschließend den ganzen Südteil Asiens bis nach Jawa sowie Korea, große Teile Chinas und Südostsibiriens bis zum Amur bewohnt hat und zum großen Teil noch bewohnt. Das hat verschiedene Ursachen, die im folgenden herausgestellt werden sollen.

Bei anhaltend starker Verfolgung in einem bestimmten Gebiet passen sich die wenigen überlebenden Leoparden rasch an und führen fortan nicht nur selbst ein »unheimlich heimliches« Leben, sondern »erziehen« auch ihren Nachwuchs entsprechend. Man hält sie dann für ausgerottet, bis jemand wieder einem »unvorsichtigeren« Tier in freier Wildbahn begegnet. Hinzu kommt, daß der Leopard sich dem örtlichen Nahrungsangebot anpaßt. Auf seiner Speisenkarte können sowohl große Antilopen, Hirsche, Zebras und Wildschweine als auch mausgroße Nagetiere stehen. Dasselbe gilt von großen und kleinen Vögeln. Menschenfressende Leoparden treten selten auf, können aber von Zeit zu Zeit überall im Gesamtverbreitungsgebiet vorkommen. Selbstverständlich reißt der Panther große und kleine Haustiere, einschließlich der besonders »geschätzten« Haushunde. Leoparden sind blitzschnelle Räuber, die es sogar wagen, den begehrten Hund vor den Füßen seines Herrn zu reißen und mit ihm auf Nimmerwiedersehen zu verschwinden. Der Panther jagt meist in der Dämmerung oder nachts. Er lebt im Gebirgsgeklüft, in der trockenen Halbwüste, im hohen undurchdringlichen Schilf und Rohr von verlandenden Seen und Wasserläufen, im Uferwald, Regenwald und in der lichten Buschsteppe, im Bambusdschungel oder Dorndickicht. Er kann vorzüglich und sehr gewandt Bäume erklettern oder auch bis zum Ansatz der Äste springen und sich im Geäst bewegen. Er vermag gut zu schwimmen, obwohl er ohne Zwang nicht gern ein »Bad« nehmen soll.

Sowohl in Südostasien als auch in Afrika können schwarze Leoparden vorkommen. Diese melanotischen Farbspiele treten in manchen Gebieten, zum Beispiel auf der Halbinsel Malakka, so häufig auf, daß man dort normal gefärbte Leoparden nur noch selten antrifft. Das besagt natürlich nicht, daß die Schwärzlinge eine eigene Art darstellen, denn normale und schwarze Leoparden pflanzen sich in freier Wildbahn unbeschränkt miteinander fort. Man findet hier Würfe von gefleckten oder schwarzen Weibchen, die sowohl schwarze als auch gefleckte Junge enthalten. In zoologischen Gärten kann man bei Verpaarung von schwarzen und gefleckten Leoparden das gleiche Ergebnis erreichen. Meistens enthält ein Leopardenwurf ein bis fünf Junge. Die Trächtigkeitsdauer beträgt etwa 90 Tage. Es ist falsch, daß Leoparden, besonders Schwarze Panther, unzähmbare, und wenn schon, dann »grundfalsche« Tiere sind, denen »niemals über den Weg zu trauen ist«. Erst in jüngster Zeit bewies Coldam, der als erster Dompteur

Schwarze Panther verkörpern keine besondere Großkatzenart. Es sind lediglich schwarze Farbspiele des Leoparden *(Panthera pardus)*. Besonders häufig findet man sie neben normal gefärbten Leoparden auf Jawa und der Halbinsel Malakka. Sie kommen aber auch in Afrika vor

der Welt mit einer Gruppe von zehn schwarzen Panthern arbeitet, das Gegenteil. Von klein auf richtig und liebevoll von Pflegern aufgezogene Leoparden hängen meistens mit rührender Zuneigung an den ihnen vertrauten Menschen, ohne sie jemals absichtlich verletzen oder umbringen zu wollen. Sie lassen sich streicheln und kraulen und betragen sich dabei wie schmeichelnde und zärtliche Hauskatzen. Es gibt zahlreiche Beispiele, daß zahme Leopardinnen ohne jegliche Gegenwehr den vertrauten Pfleger zu ihren Jungen in den Käfig gelassen haben, obwohl gerade säugende Leopardinnen »wahre Furien« gegenüber wirklichen oder vermeintlichen Feinden ihres Nachwuchses sind.

Über den Tiger schreibt der damalige Berliner Zoodirektor Ludwig Heck sen. in seinem 1899 erschienenen Buche »Lebende Bilder aus dem Reiche der Tiere«: »Im Tierreich erkenne ich unbedenklich dem Tiger den ersten Schönheitspreis vor dem Löwen zu, weil mir dessen Mähnenschmuck nicht den Farbreiz des Streifenfelles ersetzen kann. Solch wundervollen herkulischen Muskelbau, wie er am Vorderteil unseres riesigen ... bengalischen Königstigers so weich und locker und doch so gewaltig und kraftstrotzend bei jedem Schritte spielt, hat kein Löwe, und hätte er ihn, so deckte ihn die Mähne zu! Dagegen finde ich nicht, daß die Querstreifung des Tigers die Körperformen sehr verwischt und verschleiert, wie das die Ringelfleckung des Leoparden ohne Zweifel tut. Andererseits muß ich allerdings zugeben, daß ein plastisch dargestellter Tiger ohne seine Farbe mir immer ebenso fremd vorkommt wie ein modellierter Leopard.«

Der Tiger *(Panthera tigris)* kam und kommt wildlebend ausschließlich in Asien vor. Afrika hat er offenbar bei seiner Ausbreitung nach Westen niemals erreicht. Der westlichste Vorposten war anscheinend der Ostfuß des Kaukasus. Ferner besiedelte er die südlichen und

Der weit über Asien verbreitete Tiger *(Panthera tigris)* ist, je nach Vorkommensgebiet, unterartlich in Grundfärbung und Zeichenmuster unterschiedlich. Die dunkelste und breiteste Zeichnung trägt der kleine Sumatratiger

südöstlichen Gestade des Kaspischen Meeres und des Aralsees sowie Nordiran. Heute dürfte er dort und wahrscheinlich schon viel weiter nach Osten und Nordosten längst ausgerottet sein (?). In dem erwähnten Buche Hecks wird ein Persischer, genauer ein Araltiger, im Foto gezeigt. Diese mittelgroße, mit einem stark entwickelten Backenbart versehene Großkatze wich stark von dem uns geläufigen Tigertyp ab. Das erwachsene Araltiger-Männchen besaß eine vollständige Nackenmähne, und beide Geschlechter trugen – auch im Sommerfell – eine Bauchmähne, wie sie nur bei gewissen Löwenunterarten vorkommt. Beim Araltiger war sie aber hell gefärbt, dünner und kürzer. Überhaupt ist der Phänotypus des Tigers, was Größe, Färbung und Felldichte betrifft, sehr unterschiedlich. Eine Beschreibung des allgemeinen Aussehens kann hier unterbleiben, da sie durch unsere Fotos ausreichend ersetzt wird. Nach Ingrid Weigel kommt beim Tiger, im Gegensatz zum Leoparden, Albinismus oder besser Aufhellung des Felles viel häufiger vor als Melanismus. Berichte über schwarze Tiger muß man mit Vorsicht aufnehmen, da leicht eine Verwechslung mit großen schwarzen Leoparden vorliegen kann. Aus der Gegend von Lung-tao ist jedoch ein blauer Tiger beschrieben worden, der wie eine Blaue Perserkatze gefärbt war und die typischen schwarzen Streifen zeigte. Auch ein schneeweißes Tigerfell unbekannter Herkunft ist der Wissenschaft bekanntgeworden. Ein rahmgelbes Fell stammt aus Mizapore. Es war lohgelb gemustert. Ein fast gleiches aus Assam zeigte die letzten drei Schwanzringe noch in schwarzer Farbe. Auch die weißen Tiger tragen gewöhnlich noch rötliche, schokoladenbraune, schwarzgraue oder schwarze Streifen. Ergänzend zu unseren Bildern sei erwähnt, daß manche Unterarten nur eine blaß ockergelbe Grundfärbung aufweisen. Das gilt zum Beispiel für die riesigen Sibirischen, insbesondere die Amurtiger, sowie im allgemeinen für alle Tigerformen, je näher sie der rauhen Nordgrenze des Verbreitungsgebietes kommen. Andere, wie der glatt- und kurzhaarige, deshalb auch mehr glänzende und ebenfalls sehr große Königstiger Indiens und der östlich angrenzenden Gebiete, zeigen als Grundfärbung ein weit satteres und leuchtenderes Rotbraun. Bei dem weiter südöstlich vorkommenden Inseltigertyp wird die Grundfärbung noch satter. Gleichzeitig werden die Streifen immer enger und erreichen ein tieferes Schwarz, die Körpergröße wird jedoch geringer. Sind schon die Inseltiger von Sumatera und noch mehr die von Jawa klein, so trifft das in höherem Maße für die der kleinen Sundainsel Bali zu, die damit die kleinsten rezenten Vertreter der Art *Panthera tigris* repräsentieren. Allerdings sind diese heute ausgerottet. Auf den anderen Kleinen Sundainseln und auf Kalimantan fehlt der Tiger, ebenso auf Sri Lanka und – da er im allgemeinen nicht über 2000 m steigt – im Hochland von Tibet.

Bei den im Norden beheimateten großen Tigern erscheint die Streifung verwaschener und matter, ferner eher dunkelgraubraun als schwarz. Den langen Wintern dieser Breiten haben sich die Tiger durch Ausbildung einer dichten und weichen Unterwolle und einer bis zu 5 cm langen Deckbehaarung angepaßt. Der Schwanz des Amurtigers erinnert durch seine dichte Behaarung an den des Schneeleoparden und Amurleoparden. Diese beiden Arten kommen übrigens im Verbreitungsgebiet des Tigers vor. Es ist nicht unwahrscheinlich, daß sie, wie der Luchs, zu den gelegentlichen Beutetieren des Tigers zählen, da er sogar schwächere Bären reißen soll. Die Streifung des Tigers entspricht nicht etwa der Zebrastreifung, sondern weit mehr der Rosettenfleckung des Leoparden und des Jaguars. Bei genauer Betrachtung erkennt man nämlich, daß vielfach zwei Streifen derart nebeneinanderliegen, daß sie schließlich nach oben und unten wieder zusammenfließen oder doch wenigstens einseitig offene Schleifen bilden, während im Innern des dadurch entstandenen überschmalen Langovals die Grundfärbung erhalten bleibt. Es sind also möglicherweise nur in die Länge gezogene Rosetten.

Trotz weitgehender anatomischer Übereinstimmungen weichen Tiger und Löwe im Verhalten und in den von ihnen bevorzugten Lebensräumen stark voneinander ab. Interessant ist, daß sich die vorderasiatischen Löwen osteologisch weniger stark vom Tiger unterscheiden als die südafrikanischen. Dies weist zusammen mit anderen Kriterien auf die Entstehung beider nah verwandten Formen in Eurasien hin (Thenius und Hofer). Der Löwe ist an für ihn ungewöhnliche, sich ihm aber zur Neubesiedlung anbietende Geländeformationen und Vegetationscharaktere weit weniger anpassungsfähig als der Tiger. Das gilt auch in bezug auf die Beutetiere. Der bevorzugte Lebensraum des Tigers ist das dichte, undurchdringliche Dickicht tropischer Dschungel und in subtropischen und nördlichen Gebieten die entsprechende, unwegsame Vegetation von Uferwäldern oder von Schilf- und Rohrsäumen in der Nähe von Gewässern aller Größen. Im Norden ist er zum Teil Raubtier der offenen Landschaft. Normalerweise greift der Tiger Elefanten und Nashörner nicht an. Ebenso soll er sich vor Auseinandersetzungen mit kräftigen Bullen der verschiedenen asiatischen Wildrinder hüten. Seine Speisenkarte erstreckt sich von schwächeren, etwas abseits der Herde weidenden Wildrindern bis zu mausgroßen Kleinsäugern und kleinen Vögeln. Er verschmäht selbst aufgefundene größere Tierkadaver und die Leichen an Land gespülter Fische nicht, selbst wenn sie bereits in Verwesung übergegangen sind. Ist sein Hunger sehr groß, nimmt er auch mit größeren Insekten, ungiftigen Reptilien und Fröschen vorlieb. Ob er lebende Fische durch Tatzenschlag fängt, ist fraglich, aber zumindest für die Tiger Nordostasiens wahrscheinlich. Bären, Jaguare, Fischkatzen und, ohne daß ihnen das irgendwie beigebracht worden wäre, auch zahlreiche Hauskatzen, die in der Nähe von Fischgewässern gehalten werden, »fischen« ebenfalls mit großem Geschick.

Tiger sind vorzügliche Schwimmer und Taucher. Bei ihren Streifzügen im Dschungelgewirr benutzen sie die von anderen Tieren ausgetretenen Trampelpfade und Wechsel. Sie spezialisieren sich manchmal auf Haussäugetiere aller Größen, die leichter als Wildtiere zu erbeuten sind. Diese »Viehtöter« werden dann zum Teil, aber doch nur sehr selten zu den fast legendären »Menschenfressern«. Dieses Attribut hat in manchen Gebieten zur erbarmungslosen Verfolgung des Tigers geführt, der im allgemeinen als ein menschenscheues Raubtier gilt. Er ist keineswegs das sprichwörtliche blutgierige Raubtier. Gewöhnlich reißt er nur ein

Beutetier und schleppt es zum sicheren Fraßplatz, wo er sein Opfer in der Regel erst völlig auffrißt, ehe er Jagd auf neue Beute macht. Durch das Reißen von Wildschweinen und anderen auf Äckern und Pflanzungen großen Schaden anrichtenden Tieren ist er oft landwirtschaftlich nützlich.

Die Tigerjagd wird auf vielerlei Weise betrieben. Am bekanntesten sind die mit großem Treiberaufwand in Indien und Hinterindien durchgeführten Tigerjagden mittels Reitelefanten, von deren Rücken die Schützen den sich schließlich zeigenden Tiger ab- oder nur anschießen. Im letzteren Falle kommt es auch vor, daß das verwundete Tier angreift und auf den Elefantenrücken zu springen versucht, um den Feind zu töten. Das gelingt fast nie, so daß diese kostspielige Jagdmethode für die »vornehmen« Schützen wenig gefährlich ist. Um so mehr ist sie es für die zu Fuß in die Dschungelwirrnis eindringenden Treiber. Tigerfelle als Prunkstücke zur Innenausstattung von Wohnungen, als Wandbehang oder als Fußbodenbelag sind seit eh und je beliebt. Derartige »Mottenfänger« werden auch im Welthandel teuer bezahlt. In der Volksmedizin bestimmter asiatischer Völker spielt der Tiger heute noch eine Rolle. Das birgt leider die Gefahr der Ausrottung durch Wilderer und deren geschäftstüchtige Hintermänner in sich. Die Bestände des Tigers haben in seinem gesamten Verbreitungsgebiet eine derart drastische Abnahme erfahren, daß die Art zu einer der am stärksten von der Ausrottung bedrohten Raubtiere geworden ist. Der Gesamtbestand freilebender Tiger betrug 1974 rund 5000 Tiere, während noch 1930 allein in Indien 40000 Tiger lebten.

Großzügigen Schutz in der Sowjetunion genießen schon seit Jahren die erhalten gebliebenen Ussuri-Tiger. Infolgedessen ist der einst stark zusammengeschmolzene Bestand jetzt wieder soweit angewachsen, daß der Zootierhandel der Sowjetunion gelegentlich einzelne junge Exemplare fangen lassen kann, um sie in die zoologischen Gärten zu exportieren. Ussuri-Tiger sind überaus wertvoll. Am wenigsten kosten im Zoohandel die kleinen, mit einem starkem Backenbart ausgestatteten Sundatiger.

Der allen Fachleuten bekannte Niedergang des Tigerbestandes in freier Wildbahn führte dazu, daß inzwischen alle Unterarten als selten betrachtet werden müssen. Aus diesem Grunde wurde 1976 das erste Internationale Tigerzuchtbuch von Dr. Seifert, dem Direktor des Zoologischen Gartens zu Leipzig, herausgegeben. Seitdem erscheint jährlich das Tigerzuchtbuch mit einer Aufzählung der einzelnen Unterarten, die in den zoologischen Gärten und den Zirkussen der Erde gehalten werden.

Die Fortpflanzung des Tigers gelingt in zoologischen Gärten häufig, jedoch nicht so regelmäßig wie beim Löwen. Die Trächtigkeitsdauer für die normalerweise ein bis fünf Jungen je Wurf – gewöhnlich sind es zwei oder drei – beträgt etwas über 100 Tage. Es hat sich gezeigt, daß manchmal die Vatertiere, wenn sie in der Wochenstube belassen wurden, ebenso zärtlich und behutsam mit den Kleinen umgehen wie die Mutter. Jung eingefangene oder in Gefangenschaft aufgezogene Tiger werden nicht nur sehr zahm und anhänglich, sondern sind auch höchst gelehrig, wie die Dressurgruppen im Zirkus beweisen.

Interessant ist, daß sich unter bestimmten tiergärtnerischen Voraussetzungen sowohl Tigermännchen und Löwenweibchen, als auch Löwenmännchen und Tigerweibchen miteinander verpaaren und zur Fortpflanzung bringen lassen. Die durchaus lebens- und zum Teil sogar fortpflanzungsfähigen Mischlinge sind sehr eigenartige Raubkatzen. Fast durchweg zeigen sie auf der sandgelben Löwengrundfärbung mattgrau die Tigerstreifung. Männliche Mischlinge entwickeln dazu noch Löwenmähnen. Solche Bastarde von Löwenmännchen (englisch: lion) und Tigerweibchen (englisch: tiger) werden mit dem zusammengesetzten englischen Namen »Ligers«, ist ihr Vater ein Tiger und die Mutter eine Löwin, mit »Tigons« bezeichnet.

Obwohl derartige Kreuzungen zwischen den beiden größten rezenten Katzenarten, auch zwischen Löwe und Leopard erfolgreich sind, muß der Löwe *(Panthera leo)* als ein ausgesprochener Außenseiter unter den Felidae bezeichnet werden. Weigel verweist auf die Tatsache, daß die meisten fossilen Großkatzenreste, die Merkmale von Löwe und Tiger vereinen, aus Europa und Nordasien stammen. Das deute auf einen nördlichen Ursprung der Löwe-Tiger-Gruppe unter den Großkatzen hin, aus der sich dann wahrscheinlich im Westen der Löwe (Höhlenlöwentyp), im Osten dagegen der Tigertyp entwickelt habe. Man darf das nicht mißverstehen. Wenn nachdrücklich darauf hingewiesen wurde, daß in Afrika keine wildlebenden Tiger vorkommen oder in geschichtlicher Zeit vorkamen, so trifft das keineswegs auf den Löwen für Asien zu. Der Löwe war noch vor hundert Jahren durchaus ein Raubtier der beiden, durch die arabisch-vorderasiatische Landbrücke verbundenen Kontinente Afrika und Asien. Allerdings bewohnen Löwen und Tiger unterschiedliche Biotope, so daß Begegnungen – in den Überschneidungsbereichen – nur zufällig stattfanden. Man darf also sagen, beide Arten schlossen sich örtlich fast gänzlich aus. So ist es auch heute noch in Indien. In Asien bewohnte der Löwe nur die offeneren Landschaften Arabiens, Iraks, Irans, Belutschistans und Indiens von Bengalen bis zum Himalaja. Der Tiger ersetzte ihn dort in den schwer durchdringlichen Dschungeln.

Von der einstigen Vielzahl asiatischer Löwen existiert heute nur noch ein winziger Rest von weniger als 200 Tieren auf der indischen Halbinsel Kathiawar; der sogenannte Gudscherat-Löwe ist eine schwach bemähnte, aber ziemlich große Löwenform.

Außerhalb der nicht von ihm mitbesiedelten Zentralsahara bewohnte der Löwe in Afrika einst alle offenen Landschaften von Nordafrika bis zum Kap der Guten Hoffnung. Heute ist er sowohl in Nordafrika als auch in Kapland ausgerottet. Der letzte wildlebende Löwe Nordafrikas wurde 1920 in Marokko, der letzte Kaplöwe bereits 1865 in Natal getötet. Die Löwen Nordafrikas waren die berühmten Berberlöwen, große gelbbraune bis ockerfarbene Tiere, deren Männchen sehr starke, tiefdunkle Kopf-, Nacken-, Schulter- und Bauchmähnen trugen. Noch größer, auch als die gewaltigen Amurtiger, waren die riesenhaften Kaplöwen – bis zu ihrer Ausrottung vor 100 Jahren die größten Festland-Raubtiere der Gegenwart überhaupt. Aus diesen beiden Unterarten rekrutierten sich im Hauptanteil jahrhundertelang die Vertreter des Löwen schlechthin in Zwingern der Ritterburgen, Fürstenhöfe und Städte, der Menagerien und der

Während der Löwe in vergangenen Jahrhunderten größere Gebiete Arabiens, Vorderasiens und Indiens bewohnte, existiert heute nur noch ein kleines Restvorkommen der indischen Löwenunterart *Panthera leo persica.* Unser Bild zeigt indische Löwen am Riß

»Löwenbändiger«, der späteren Zirkusse und auch der ersten zoologischen Gärten. Da sich hier der Löwe seit eh und je fortpflanzte, wurden Berber- und Kaplöwen häufig miteinander gekreuzt. Später kamen andere Unterarten hinzu. Daraus entstand ein Löwentyp, den es in freier Wildbahn nicht gibt, weil er die Merkmale vieler noch wildlebender oder inzwischen ausgerotteter Unterarten in sich vereint. Das ist der sogenannte Menagerie- oder Zoolöwe. Infolge der reichen Nachzucht gefangener Löwen lohnte es sich bald kaum noch, die viel teureren Wildformen in zoologische Gärten einzuführen. Zuchtprodukte waren und sind viel billiger, häufig auch schöner, da sie für den Zoobesucher den »idealen Löwentyp« repräsentieren. In derartigen Zoolöwen erhalten sich sogar die erblichen Merkmale der Berber-, Kap- und bedingt der Guzerat-Löwen weiter. Weltberühmt ist die viele Generationen umfassende Zoolöwenzucht des Leipziger Zoos geworden, deren männliche Tiere nicht selten noch immer dem ausgerotteten Berberlöwen ähnlich sehen.

Eine ausführliche Beschreibung des Löwen erübrigt sich hier. Die Grundfärbung erstreckt sich von elfenbeingelblich hellgrau, gelbgrau, ockergrau, satt ockerfarben bis düster dunkelgraugelb. Einige Unterarten tragen dichte und große dunkle bis schwarze Mähnen. Bei anderen bleibt die Mähne zeitlebens klein und schütter sowie blond bis dunkelblond, ist also den ersten Mähnenansätzen heranreifender Jungmännchen schwarzmähniger Löwenformen ähnlich. Mähne, Bauchmähne und die stark verlängerten dunklen Haare des Ellbogengelenkes sind ausschließlich männliche Geschlechtsmerkmale. Dieser phänotypisch stark betonte Geschlechtsdimorphismus steht unter sämtlichen rezenten Felidae einzig da. Allerdings können auch sehr alte, unfruchtbar gewordene Löwinnen Mähnen bekommen, also »vermännlichen«. Analog dazu gibt es zuweilen alte männliche Löwen, denen jegliche Andeutung einer Mähne fehlt. Recht interessante Aufschlüsse über die hormonalen Zusammenhänge der Mähnenbildung bei Löwen erbrachte im Bergzoo Halle ein von Direktor Witstruk und Tierarzt Heymann (in Zusammenarbeit mit anderen Veterinären) unternommener gelungener Versuch, einen in voller Geschlechtsreife stehenden Mähnenlöwen zu kastrieren. Diesem prachtvoll bemähnten Stück fielen als Kastraten in Kürze sämtliche Mähnenhaare aus. Auch die anderen männlichen Geschlechtsmerkmale bildeten sich rasch zurück. Sogar die Stimme wurde dünner und schwächer. Er sah bald einer großen Löwin zum Verwechseln ähnlich.

Einzigartig für den Löwen unter allen Felidae ist der Besitz einer mehr oder minder dikken und langen Quaste aus schwarzen Haaren, die beide Geschlechter am Ende des sonst kurzhaarigen und wie der übrige Körper gefärbten Schweifes tragen. In ihrer Mitte ist der letzte Schwanzwirbel wie ein scharfer Dorn versteckt. Neugeborene Löwen zeigen eine Fleckung, die mehr oder weniger noch gewisse Beziehungen zum Leopardenmuster aufweist. Später verliert sie sich gewöhnlich völlig, doch nicht in jedem Falle. Besonders lange hält sie sich manchmal bei jüngeren, aber schon fortpflanzungsfähigen Löwinnen. Als irreguläre Farbspiele können Löwen mit partieller Weißfleckung vorkommen, in freier Wildbahn sollen angeblich auch melanotische Löwen auftreten. In Südafrika wurden im Oktober 1975 erstmals zwei junge schneeweiße Löwen entdeckt.

Eine unter allen Katzen nur dem Löwen zukommende Eigentümlichkeit ist das Zusammenhalten in größeren Rudeln, wie sie von gewissen Caniden (z. B. Wolf, asiatischem Rothund und afrikanischem Hyänenhund) bekannt sind. Die Tiere stellen gemeinsam der Beute nach und verzehren sie auch vereint. Allerdings jagt das Löwenrudel nicht hinter dem Opfer her, sondern umgeht dieses im Halbkreis oder kreist es geradezu ein. Dort, wo das Wild aus dem Kessel auszubrechen sucht, wird es von den hier postierten Löwen gerissen. Die Beutetiere werden häufig an ihrer Tränkstelle überfallen. Es gibt auch einzeln jagende Löwen. Dabei handelt es sich meist um alte, wegen schwerer Verwundungen im Rangordnungskampf unterlegene und aus dem Rudel ausgestoßene Tiere. Diese können ausnahmsweise, vom Hunger getrieben – wie wir es vom Tiger berichteten –, schließlich zu den viel zu sehr verallgemeinerten »Menschenfressern« werden, obwohl der Löwe sonst dem Menschen ausweicht. Bricht er aber in Herden ein, um daraus ein Stück Vieh fortzutragen, wobei ihm seine bedeutenden Körperkräfte und seine Sprungfähigkeit in hohem Maße zu Hilfe kommen, und wird dabei von Hirten oder Wächtern überrascht und behindert, setzt er sich energisch, kühn und oft erfolgreich zur Wehr. Dasselbe geschieht, wenn er angeschossen und in die Enge getrieben oder umstellt ist. In Wildreservaten lagern sich Löwen nicht selten auf und neben den Autostraßen und betragen sich den ihnen begegnenden Menschen gegenüber ganz ähnlich vertraut wie die Baribals in nordamerikanischen Nationalparks.

Außer dem Menschen hat der Löwe unter den Großsäugern wenig ernsthafte Feinde. Nashörnern, Büffeln und Elefanten, denen gegenüber er bei Zusammenstößen den kürzeren ziehen würde, geht er nach Möglichkeit rechtzeitig aus dem Wege. Alte vereinzelte Löwen sollen manchmal von starken Rudeln des Hyänenhundes angegriffen, nach entsprechender Gegenwehr überwältigt und gefressen werden. Ähnliches ist beim Tiger in Asien von den als Rothunde bezeichneten indischen Wildhunden nachgewiesen. Endo- und Ektoparasiten plagen die Löwen zuweilen stark, vor allem Eingeweidewürmer. Obwohl er es vermeiden soll, in Wildbüffelherden einzubrechen, reißt der Löwe alles, einschließlich der Giraffe und der domestizierten Wiederkäuer, was er erlangen kann. Seine Hauptbeute sind jedoch die Nichtwiederkäuer Zebra, Flußschwein und Warzenschwein. Der Löwe ist kein »rasender Massentöter«. Um das eine erbeutete Stück sammelt sich das Rudel und frißt es gemeinsam auf. Nicht selten wird die Beute zunächst an einen geeigneten schattigen Fleck geschleift oder getragen. Dabei hat der Löwe eine Fülle ungebetener Mitfresser abzuwehren: Geier, Kropfstörche, Hyänen und Schakale, zuweilen sogar die mit der »Unwiderstehlichkeit« ihrer Stinkdrüsenabscheidungen »prahlenden« kleinen schwarzweißen Bandiltisse (Zorillas). Gelingt es den Löwen nicht, ein Großtier zu erbeuten, geben sie sich notfalls auch vorübergehend mit Heuschrecken oder anderem Kleingetier zufrieden. Es sind Löwen erlegt worden, deren Mägen mit Heuschrecken geradezu vollgestopft waren. Überdies wird der Löwe auch bei Seuchen unter Wild- und Haustieren als »Gesundheitspolizei« recht nützlich, da er Aas nicht verschmäht. Von Löwenjägern wird behauptet, der Löwe verzehre, um seinen »Vitaminbedarf« zu decken, mit besonderer Vorliebe den Inhalt der Mägen erbeuteter Zebras und Wiederkäuer. Nach einer wiederholt verbürgten Beobachtung aus freier Wildbahn sollen die Beutetiere des Löwen instinktiv genau merken, ob ein Löwe (oder ein Löwenrudel) gesättigt oder auf Beuteerwerb bedacht ist. Vor »satten« Löwen sollen Zebras und Antilopen weder fliehen noch allzu großen Abstand zwischen sich und die »umherbummelnden« Räuber zu bringen trachten. Ein sattes Löwenrudel kann also mitten durch eine mehr oder weniger weit verstreut grasende Herde Gnus oder Zebras hindurchtrotten, ohne daß Räuber und Beutetier Notiz voneinander nehmen. Allerdings wird der Löwe erst zur Dämmerungs- und Nachtzeit wirklich aktiv. Am Tage ruht und schläft er lange in der Nähe seiner letzten Beute. Von Zeit zu Zeit erhebt er sich und frißt weiter. Es sind viele Kilogramm Fleisch, die er bei einer Mahlzeit verschlingt. Allerdings darf man nicht glauben, daß es einem einzelnen Löwen oder einem Rudel Tag für Tag gelingt, ein großes Beutetier zu reißen. Einem Erfolg können sich tage-, ja wochenlange Mißerfolge anschließen. Die Beutetiere des Löwen sind höchst vorsichtig, und es herrscht eine ständige Wechselbeziehung zwischen Jäger und Beute in bezug auf geschicktes Überlisten und noch geschickteres Ausweichen. Der Aktionsradius einer Löwenfamilie beträgt 20 bis 30 km. In den zoologischen Gärten wird für die Großraubtiere, außer für säugende Mütter und Jungtiere, ein- bis zweimal in der Woche ein Fasttag eingeschaltet. Der ist notwendig, da die Großkatzen in Freiheit alltäglich weite Strecken durchstreifen. Im Zoo haben sie dagegen nur wenig entsprechende Bewegungsmöglichkeiten und setzen deshalb zu stark Fett an. Solche verfetteten Löwen und Tiger, wie man sie zuweilen in Gefangenschaft zu sehen bekommt, findet man natürlich in Freiheit kaum.

Oft wird gefragt, welche biologische Bedeutung die Löwenmähne hat. Dazu sei folgendes gesagt: Abgesehen vom Menschen, dem die Löwenmähne so imponiert, daß er diesem Raubtier unterstellte, der »würdevolle« und »gemessene König aller Tiere« zu sein, ist es mit diesem imponierenden Eindruck im Tierreich »nicht sehr weit her«. Dort bleibt der Löwe in erster Linie Löwe, ob mit oder ohne Mähne. Außerdem sind männliche Löwen in freier Wildbahn normalerweise schneller zur Flucht oder zum Verzicht auf eine wehrhafte Beute bereit als die weit agileren Löwinnen.

Vorhergehende Seite:

1 Schnabeltier *(Ornithorhynchus anatinus).* Beim Schwimmen paddelt es mit den Vorderfüßen und steuert mit den Hinterbeinen. Beim Tauchen werden die Ohren und die Augen mit muskulösen Hautfalten verschlossen.

2 Ameisenigel *(Tachyglossus aculeatus).* Das urtümliche Tier sieht wie ein großer flachgedrückter Igel aus, seine kräftigen Stacheln sind auf dem Rücken in dunkle Haare eingebettet

3 Koala oder Beutelbär *(Phascolarctos cinereus).* Das Junge wird etwa ein Jahr lang auf dem Rücken umhergetragen. Von Eukalyptusblättern lebender harmloser Kletterbeutler Australiens

4 Graues Riesenkänguruh *(Macropus giganteus).* Das Weibchen trägt ein breites recht großes Jungtier im Beutel, der nach 235 Tagen endgültig verlassen wird. Lebt gesellig in großen Rudeln

5 Flinkes Känguruh *(Wallabia agilis).* Die »Mittelkänguruhs« heißen in Australien Dickicht-Wallabys. Es sind Pflanzenfresser, die vorwiegend in Gesträuch und lichten Wäldern leben

6 Rotes Baumkänguruh *(Dendrolagus matschiei).* Eine zum Leben in Bäumen recht gut angepaßte Känguruhart, die vorwiegend Laub verzehrt. In Neuguinea beheimatet

7 Fuchskusu *(Trichosurus vulpecula).* Pflanzenfressendes Beuteltier Australiens und Tasmaniens. Im Pelzhandel als „Australisches Opossum" bezeichnet

8 Großer Igeltenrek *(Setifer setosus)*. Die kurzen und dünnen Stacheln stehen dichter als beim Igel, auffällig die langen abstehenden Schnurrhaare. Die Backenzähne weisen Kauflächen zum Zermalmen harter Insekten auf

9 Wasserspitzmaus *(Neomys fodiens)*, beim Fressen von Hainschnirkelschnecken. Lebt an Ufern von meist ruhig fließenden Gewässern. Ohrmuschel ganz im Fell verborgen

Rechte Seite:
10 Maulwurf *(Talpa europaea)* im Bau. Ohrmuschelloser, unterirdisch lebender Insektenfresser mit winzigen Augen und zu Grabschaufeln umgebildeten Händen

11 Gartenspitzmaus *(Crocidura suaveolens).* Häufig in der Nähe menschlicher Siedlungen. Über die Lebensweise ist wenig bekannt. Ohrmuscheln deutlich aus dem Fell ragend

12 Palmenflughund *(Eidolon helvum).* Afrikanischer Vertreter der Langnasenflughunde. Der Streit um die Plätze mit reifen Früchten ist von einem ständigen Kreischen und Umherflattern begleitet; ein Feinschmecker

13 Nordfledermaus *(Eptesicus nilssoni)* in Abwehrhaltung. Unterseite des Fells hellgelblich, Oberseite mit kennzeichnendem goldfarbenem Schimmer. Fliegt schon knapp nach Sonnenuntergang

14 Flugfuchs *(Pteropus medius)*. Fruchtfresser aus Vorderindien. Der Name verweist auf die fuchsähnliche Kopfform

Folgende Seite:
15 Mausohr, Riesenfledermaus *(Myotis myotis)*. Wochenstube auf einem Hausboden. Zahlreiche Weibchen bringen hier ihre Jungen zur Welt

Vorhergehende Seite:
16 Potto *(Periodicticus potto).* Im Urwald Westafrikas heimischer Halbaffe aus der Lori-Familie. Lebt von tierischer und pflanzlicher Kost

17 Weißpinsel-Krallenäffchen *(Hapale aurita).* In den Horden dieser Zwerge herrscht patriarchalische Ordnung. Oberhaupt ist immer das älteste Männchen

18 Roter oder Gold-Uakari *(Cacajao rubicundus).* In den Regenwäldern Argentiniens von tierischer und pflanzlicher Nahrung lebender Neuweltaffe

Rechte Seite:
19 Löwenäffchen *(Leontocebus rosalia).* Von diesem südamerikanischen Krallenäffchen sind überraschende Intelligenzbeweise bekannt

20 Zwergmeerkatze *(Miopithecus talapoin).* Das »Lausen« ist zu einer echten sozialen Aktivität und einer Geste der Freundschaft unter den Primaten geworden

21 Mantelpavian *(Comopithecus hamadryas).* Weibchen beim »Lausen« des alten Männchens

22 Japanmakak *(Macaca fuscata)* mit Jungem. Makaken verbringen ein gut Teil ihres Lebens auf dem Boden

Rechte Seite:
23 Bartrhesusaffe *(Rhesus assamensis).* Die Rhesus-Makaken bewohnen in mehreren Formen ausgedehnte Räume Asiens. Das Weibchen hält sein Junges an die Brust

24 Weißhandgibbon *(Hylobates lar).* Gibbons sind Schmalnasenaffen, die in der Regel Bäume bewohnen und sich von deren Laub ernähren

25 Ungka *(Hylobates agilis).* Auf Sumatera und Malakka heimischer Vertreter der Gibbons. Diese gehören zu den Menschenaffen

Linke Seite:
26 Orang-Utan *(Pongo pygmaeus).* Weibchen mit Jungem. Als hangelnder Baumbewohner nur auf Sumatera und Kalimantan vorkommender, sehr intelligenter Menschenaffe. Erreicht Gewichte über 100 kp

27 Silbergibbon *(Hylobates moloch mülleri).* Fell meist gleichmäßig silbergrau, Gesicht schwarz. Schwanzloser Schwinghangler der oberen Baumregionen

28 Hoffmann-Zweifinger-Faultier *(Choloepus hoffmanni).* Diese Art ist seltener als das Unau. Achtzehn Stunden des Tages verbringt es im Tiefschlaf

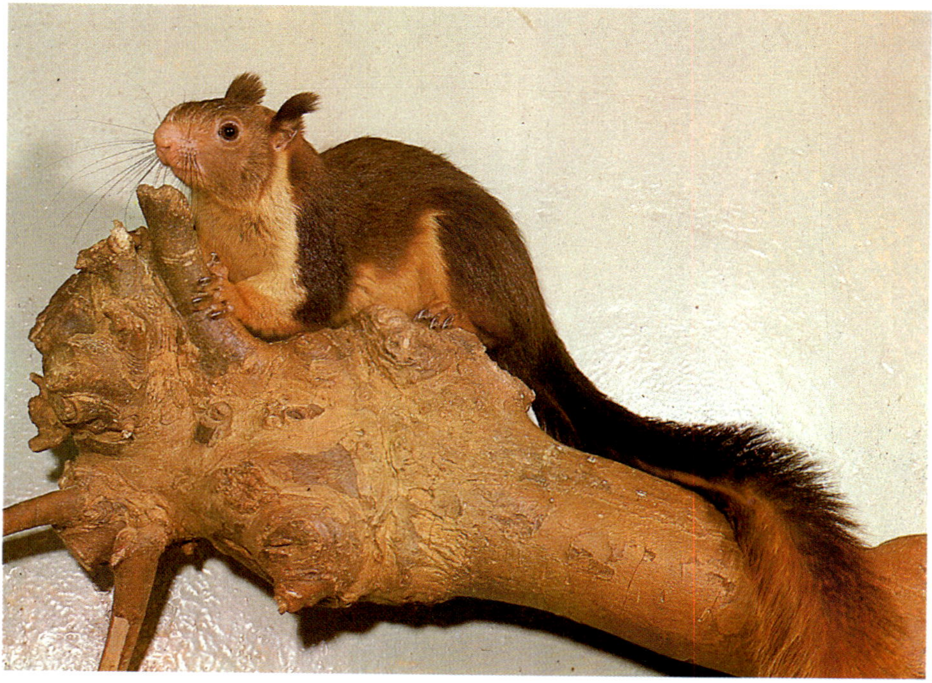

Linke Seite:
29 Mitteleuropäischer Feldhase *(Lepus europaeus)*. Früher hielt man die Hasen fälschlich für Nagetiere. Sie bilden jedoch eine eigene Ordnung Lagomorpha

30 Riesenhörnchen *(Ratufa indica bicolor)*. Mardergroßer Nager Vorder- und Hinterindiens sowie einiger Sundainseln. Es sind Unterarten mit und ohne Ohrpinsel bekannt

31 Asiatisches Erdhörnchen oder Burunduk *(Tamias [Eutamias] sibiricus)*. Mauswieselgroßer, Backentaschen besitzender Bodenbewohner Sibriens und der Mongolei

32 Elbebiber *(Castor fiber albicus)*. Mit den Vorderfüßen wird der Zweig gehalten und unter drehenden Bewegungen die als Nahrung dienende Rinde abgenagt

Linke Seite:
33 Europäischer Feldhamster *(Cricetus cricetus).* Winterschläfer. Sammelt Wintervorräte in seinen Erdbauten

34 Feldmaus *(Microtus arvalis)* im Bau. Bei Massenvermehrung Landwirtschaftsschädling ersten Ranges, ferner Verbreiter von Infektionskrankheiten. Leicht verwechselbar mit der ähnlichen Erdmaus

35 Rötelmaus *(Clethrionomys glareolus).* Entrindet in Forsten Jungbäume. Diese Waldwühlmaus wird bedingt als Vertilgerin von Schadinsekten nützlich

36 Gelbhalsmaus *(Apodemus flavicollis).* Kenntlich besonders durch das von Armansatz zu Armansatz reichende gelbliche Brustband

37 Blindmull *(Myospalax myospalax).* Maulwurfähnliches Nagetier mit hochgradigen Anpassungen an die unterirdische Lebensweise. Vorderfuß dient als Grabhand, Wurzelfresser. Lebt in der Mongolei und China in Flußauen, aber auch in der Waldzone

38 Berglemming *(Lemmus lemmus).* Auffallend ist die niedrige Laufhaltung; vorwiegend nachts aktiv, schwimmt freiwillig

39 Mongolische Wüstenrennmaus *(Meriones unguiculatus).* Ein tag- und nachtaktives in Kolonien lebendes Nagetier. Steht oft mit gestrecktem Körper sichernd vor seinem Bau. Neuerdings als Labortier verwendet

40 Zwergpferdespringer *(Alactagulus pygmaeus).* Die Kopf-Rumpf-Länge beträgt reichlich 10 cm, der beim Springen als Steuer dienende Schwanz mit Endquaste wird etwas länger

41 Haselmaus *(Muscardinus avellanarius).* Keine Maus, sondern die kleinste europäische Schläferart. Winterschlaf

Linke Seite:
42 Siebenschläfer *(Glis glis).* Größte und robusteste Bilchart Mitteleuropas. Hält 7 Monate (Oktober bis April) Winterschlaf in Erdhöhlen. Daher sein Name

43 Weißschwanz-Stachelschwein *(Hystrix leucora).* Recht großes, mit langen Stacheln geschütztes Nagetier, das am Boden lebt. Vom Kaukasus und von Nordirak bis nach Indien und nördlich bis Turkestan verbreitet. Die Abbildung zeigt einen Albino

44 Urson *(Erethizon dorsalis epixanthus).* Dieses Baumstachelschwein ist in zwei Unterarten von Alaska bis nach Mexiko in den Wäldern Nordamerikas verbreitet

45 Kuba-Baumratte *(Capromys pilorides).* Tagaktive Baumbewohner, die Früchte und Blätter fressen. Zeichnen sich durch grobe Haare aus, besitzen keine Unterwolle

Folgende Seiten:
46 Mara *(Dolichotis patagonum).* Nur erscheinungsbildlich und in der Lebensweise hasenähnlich. In Wirklichkeit ein meerschweinchenartiges Tier der Steinsteppe Patagoniens

47 Chinchilla *(Chinchilla laniger).* Wegen seines kostbaren Fells in der freien Natur Boliviens und Chiles fast ausgerottet. Wird jedoch in Farmen weitergezüchtet

48 Rotfuchs *(Vulpes vulpes).* Erdhöhlen bewohnender, solitärer Wildhund Eurasiens und Nordafrikas. Oft Verbreiter der Tollwut. Eifriger Mäusevertilger. Jungtier vor dem Bau

49 Urwalddingo oder Neuguineahund *(Canis hallstromi).* Erst vor wenigen Jahren entdeckte Art, kleiner als der australische Dingo

50 Goldschakal *(Canis aureus).* Die Nahrung reicht von Pflanzenkost über Heuschrecken bis zu mittelgroßen Wirbeltieren. Erbeutet in der Serengetisteppe Ostafrikas junge Grant- und Thomson-Gazellen

Rechte Seite:
51 Kodiak-Bär *(Ursus arctos beringianus).* Sehr große Unterart des Braunbären, die in Kamtschatka und Alaska vorkommt

52 Eisbär *(Thalassarctos maritimus).* Nördlich des Polarkreises im arktischen Eis lebender Robben-, Fisch- und Seevogeljäger

53 Kleiner Panda oder Katzenbär *(Ailurus fulgens)*. Fuchsgroßer prächtig gefärbter Allesfresser. Lebt familienweise in Hochgebirgswäldern des Himalajas

54 Marderhund *(Nyctereutes procyonides)*. Jungtier beim Plündern des Horstes eines Rallenreihers

Rechte Seite:
55 Iltis *(Putorius putorius)*. Weibchen mit Jungen, deren Augen noch geschlossen sind

56 Ichneumon oder Manguste *(Herpestes ichneumon)*. Eine in Südspanien, Nordafrika und Kleinasien heimische Mungo-Art. Obwohl nicht immun gegen Schlangengift, unerschrockener Giftschlangenvertilger

Linke Seite:
57 Tüpfelhyäne *(Crocuta crocuta)*. Rudel an einem Beutetier, das in der Regel nachts geschlagen wird

58 Massai-Löwe *(Panthero leo massaicus)*. In Ostafrika auch heute noch häufig, da er in den großen Nationalparks geschützt wird

59 Sibirischer Tiger *(Panthera tigris altaica)*. Größte und zugleich schwerste Tigerunterart. Trägt in Schnee und Eis des winterlichen Amurgebietes ein dickes Winterfell

60 Jaguar *(Panthera onca)*. Der gedrungenere, kurzbeinigere und schwerere Jaguar bildet in der Färbung das neuweltliche Gegenstück zum altweltlichen Leoparden

Linke Seite:
61 Gepard *(Acinonyx jubatus).* Familie mit einem gerissenen Beutetier im Serengeti-Nationalpark

62 Chinesischer Leopard *(Panthera pardus japonensis).* Keine andere altweltliche Großkatze ist über ein so großes Gebiet verbreitet wie der Leopard. Man trifft ihn von Südafrika bis ins Amurgebiet

63 Irbis oder Schneeleopard *(Uncia uncia).* Großkatze der zentralasiatischen Hochgebirgswelt. Das dichte Fell schützt das Tier vor der Rauheit des Klimas

Folgende Seite:
64 Leopard *(Panthera pardus).* Solitär lebende Leoparden lauern tagsüber gern ihre Beute von Baumkronen aus auf

65 See-Elefant *(Mirounga leonina).* Größte rezente Robbe. Die mit einem aufblähbaren Rüssel ausgestatteten Bullen erreichen Gewichte von 60 Zentnern und Längen von 6,5 m

66 Mähnenrobbe *(Otaria byronia).* Massige Seelöwenart, die die Klippen der patagonischen Küste bewohnt. Nur bei den alten Bullen verlängert sich das Rückenhaar mähnenartig

67 Erdferkel *(Orycteropus afer).* Als einzige rezente Art der altertümlichen Tubulidentata hat sich in Afrika das Erdferkel halten können. Es frißt Termiten

Vorhergehende Seiten:
68 Ostafrikanischer Steppenelefant *(Loxodonta africana).* Bei dieser Art tragen Bullen und Kühe lange Stoßzähne

69 Mongolische Hauspferde *(Equus caballus).* In den schier unendlichen Weiten Innerasiens ist das Reit- und Zugpferd ein noch immer unentbehrliches Beförderungsmittel

70 Grant-Zebra *(Equus quagga granti).* Im Gegensatz zu Gazellen und Antilopen vermögen Zebras mit ihrem Zangenbiß auch harte Gräser abzuweiden

71 Schabrackentapir *(Tapirus indicus).* Der Name dieses in den Dschungeln Malakkas und Sumateras lebenden Pferdeverwandten nimmt Bezug auf den weißen Rückensattel

72 Woll- oder Bergtapir *(Tapirus pinchaque).* In zoologischen Gärten ist diese Art nur selten anzutreffen. Auffallend ist der lange Rüssel

73 Breitmaul- oder Weißes Nashorn *(Ceratotherium simum).* Afrika beherbergt zwei rezente Doppelnashornarten. Das riesige Breitmaul-Nashorn ist nahezu ausgerottet

74 Spitzmaulnashorn *(Diceros bicornis).* Im Gegensatz zum grasfressenden Breitmaulnashorn ist das Spitzmaulnashorn ein Laubfresser. Seine spitz ausgezogene Oberlippe dient zum Ergreifen der Blätter

75 Indisches Panzernashorn *(Rhinoceros unicornis).* Diese Art trägt nur ein Nasenhorn. Die Haut liegt panzerplattenartig auf dem Körper

76 Flußpferd *(Hippopotamus amphibius).* Familienverband an einem Flußufer. Das Flußpferd steht zoologisch dem Schwein näher als dem Pferd

77 Pinselohrschwein *(Potamochoerus porcus pictus).* Farbenprächtige Unterart des über Afrika weit verbreiteten wilden Flußschweines. Ihre Heimat ist Kamerun

Linke Seite:
78 Okapi *(Okapia johnstoni).* Kurzhalsgiraffe des zentralafrikanischen Urwalds. Nur das Männchen besitzt zwei kleine Hörner. Das Okapi, die einzige Art der Waldgiraffen, wurde erst 1901 entdeckt

79 Maral- oder Altai-Wapiti *(Cervus elaphus sibiricus).* Hirschrudel am Bogduul in der Mongolei. Von den in großen Gehegen gezüchteten Hirschen werden die »Panten« (Bastgeweihe) »geerntet« und als Volksheilmittel nach China exportiert

80 Chinesischer Muntjak *(Muntiacus muntjak reevesi).* Von den urtümlichen Muntjakhirschen unterscheidet man zwei Arten und 23 Unterarten.

Folgende Seiten:
81 Massai-Giraffe *(Giraffa camelopardalis tippelskirchi).* Die Giraffen bewohnen in acht Unterarten die lichten Baumsavannen Afrikas südlich der Sahara

Linke Seite:
82 Kleiner Kudu *(Tragelaphus imberbis)*. Ähnelt der großen Art in der Gestalt, ist jedoch viel lebhafter gezeichnet und hat an Kehle und Brust eine weiße Markierung. Das Verbreitungsgebiet reicht von Äthiopien bis nach Südtanganjika

83 Schabrackenducker *(Cephalophus jentinki)*. Die Ducker sind wahrscheinlich urtümliche Formen unter den Bovidae (Rinder)

84 Großer Kudu *(Tragelaphus strepsiceros)*. Eine der größten, schwersten und nach menschlichen Begriffen schönsten Antilopen der afrikanischen Savanne. Kudu-Kühe bleiben ungehörnt

Folgende Seite:
85 Thomson-Gazelle *(Gazella thomsoni)*. Eine größere, die Steppen Ostafrikas bevölkernde Art. Manche Herden umfassen Hunderte von Einzeltieren

Vorhergehende Seite:
86 Ostafrikanische Kuhantilope oder Kongoni *(Alcelaphus buselaphus jacksoni)*. Kuhantilopen bewohnen in 15 Unterarten ganz Afrika. Man bezeichnet sie auch als Hartebeests

Linke Seite:
87 Weißbartgnu *(Connochaetus taurinus)*. Große Gnuansammlung im Serengeti-Nationalpark. Die darin lebenden Gnus durchqueren in Riesenherden jährlich zweimal den ganzen Nationalpark, um an günstige Weidegründe zu gelangen

88 Saiga *(Saiga tatarica)*. Nur die Böcke tragen die für die Saiga typischen farblosdurchscheinenden Hörner. Die »Rüsselantilope« lebt auf osteuropäischen und mittelasiatischen Salz- und Lehmsteppen

89 Mufflon *(Ovis ammon musimon)*. Alter Widder mit der typischen hellen Sattelzeichnung

Vorhergehende Seiten:
90 Mongolische Fettsteißschafe *(Ovis ammon)* leiten sich wahrscheinlich vom Argali ab.

91 Watussirind *(Bos taurus).* Mit sehr großen und dicken Hörnern ausgestattetes ostafrikanisches Hausrind. Abkömmling des Auerochsen

92 Yak *(Bos grunniens).* Leitstier einer Herde mongolischer Hausyaks. In Tibet leben noch kleine Restbestände des riesigen Wildyaks *(Bos mutus).*

Rechte Seite:
93 Mähnenschaf, besser Mähnenziege *(Ammotragus lervia).* Mit den eigentlichen Wildziegen nahe verwandt. Auch Afrikanischer Tur genannt. Heimat: Gebirge Nordafrikas

Folgende Seite:
94 Amerikanischer Bison oder »Indianer-Büffel« *(Bison bison bison).*

Nach Meinung des Verfassers ist die Mähne ein zweckdienliches sekundäres Geschlechtsmerkmal. Sie hat denselben Wert wie die Gesichtsschutzmasken der Sportfechter. Alle Katzen tragen ihre Rivalen- und Rangordnungskämpfe weniger mit Bissen als mit kräftigen »Ohrfeigen« durch die krallenbewehrten Tatzen und Pranken aus. Nicht umsonst spricht man bei der älteren männlichen Hauskatze von »dicken Katerbacken«. Bei den männlichen Tieren sämtlicher Katzen sind nämlich die Wangen mit sehr dicken Haarpolstern ausgestattet, die den weiblichen völlig fehlen oder nur ziemlich schwach angedeutet erscheinen. Besonders starke Backenbärte kennen wir beim Sundatiger-Männchen. Diese Wangenpolster haben die Aufgabe, die Krallenhiebe des Gegners aufzufangen, abzupuffern und mehr oder weniger unschädlich zu machen. Sie sind ferner ein den Augen vorgelagerter Schutz. Beim Löwen als Rudeltier sind Rangordnungs- und Rivalenkämpfe um den besseren Platz in der Hierarchie des Rudels sehr häufig. Diesen »alltäglichen« Auseinandersetzungen sind die erwachsenen Tiere vorzüglich angepaßt, da sie diese überdimensionalen »Prankenhiebabfänger« besitzen.

So eigenartig es auch klingen mag, der Löwe ist sozusagen ein verhindertes Haustier. An Ansätzen zur Domestikation hat es nicht gefehlt. Recht genaue Aufschlüsse darüber haben uns die 1962 erschienenen speziellen Untersuchungen von Brentjes gebracht. Von ihnen erfahren wir, daß der Löwe im Orient seit dem 3. Jahrtausend v. u. Z. gezähmt wurde. Mit Halsbändern oder besonderen Führgeschirren versehen, diente er, gemeinsam mit Jagdhunden, speziell zur Jagd auf Ure und andere Wildrinder. Auch als Tor- und Heiligtumswächter nach Art der Hof- und Kettenhunde kann man sie auf Originalabbildungen aus der Vergangenheit sehen. Es sind Darstellungen erhalten geblieben, die eine von den Pflegern an der Leine geleitete säugende Löwin zeigen, deren Junge ihr von Sklaven nachgetragen werden. Selbst als Begleiter bei Kriegszügen wurden mitgeführte oder frei nebenher laufende erwachsene Löwen, besonders Löwinnen (!), im 3. und 2. Jahrtausend v. u. Z., vor allem in Ägypten, dargestellt. Außerdem spielte dort der Löwe als »heiliges« Tier eine relativ große Rolle. Gestern noch wurden am äthiopischen Kaiserhof zahlreiche handzahme Löwen aller Altersstufen gehalten, die sich großer Achtung und Zuneigung erfreuen. Daß auch erwachsene Löwen in Zoo und Zirkus sehr zahm werden können, weiß jeder Zoobesucher. Es ist ferner ohne weiteres möglich, Löwen gemeinsam mit anderen Säugetieren nicht nur aufzuziehen, sondern auch jahrelang in einem Käfig zu halten. So war nach dem zweiten Weltkrieg ein besonderer Anziehungspunkt des Leningrader Zoos ein eigenartiges Trio, ein großer Hund, eine Löwin und ein Braunbär, die in einem Raum lebten und sich ausgezeichnet vertrugen. Nur als Haustier im Zimmer eignen sich Löwen auf die Dauer schlecht. So zog die Frau des Verfassers einen weiblichen Löwensäugling mit einer kleinen weiblichen Siamkatze in der Wohnung auf. Beide vertrugen sich ausgezeichnet. Leider mußte die junge Löwin »Cora« nach vierteljährigem Aufenthalt in der Wohnung, wo sie wie eine Hauskatze lebte, wieder in das Raubtierhaus eines Zoos zurückgebracht werden. Sie richtete unbewußt nach und nach alles Mobiliar »systematisch« zugrunde. Alle Klein- und Großkatzen haben in freier Natur das Bedürfnis, sich an Baumstämmen aufzurichten und an der Borke oder dem frischen Holz die Krallen ihrer Vordertatzen zu schärfen oder von anhaftendem Schmutz zu befreien. Das tat »Cora«, in Ermangelung solcher Baumstämme, mit Inbrunst an Tischen, Stühlen, Schränken, besonders »erfolgreich« aber an Polstersesseln.

Abschließend sei darauf hingewiesen, daß alle gefleckten Wildkatzen geschützt sind. Zu dieser Kategorie von Katzen gehören Leopard, Tiger, Ozelot und die Zwergtigerkatze *(Leopardus wiedi)*. Der Handel mit diesen Tieren ist entweder überhaupt ganz verboten oder nur mit einer Exportlizenz des Ursprungslandes gestattet. Gefleckte Katzen kommen hauptsächlich aus Mittel- und Südamerika. Die Felle landen vorwiegend bei Pelzhändlern in der BRD, in der Schweiz und auch in Großbritannien. 1974 gingen etwa 250000 derartiger Felle in die BRD. 75000 Katzenfelle wurden aus Brasilien, 6000 aus Suriname importiert, aber keines dieser Länder hatte Exportpermits ausgestellt. Sofern dieses Treiben nicht restlos unterbunden wird, daß für modisch-exklusive Pelzbekleidung gefleckte Katzen getötet werden, stehen bald weitere Arten auf den roten Listen vom Aussterben bedrohter Tiere.

Unterordnung Pinnipedia – Robbenverwandte

Während die erste Unterordnung der Carnivora, die der Landraubtiere, den wissenschaftlichen Namen Fissipedia trägt, den man am besten mit »Träger von Füßen mit freien Zehen« übersetzt, wird die zweite, die der Robbenverwandten, Pinnipedia genannt. Das heißt etwa »Träger von mit Ruderflossen versehenen Füßen«. Damit sind diese Wassersäugetiere treffend charakterisiert. Alle Angehörigen der drei rezenten Pinnipedia-Familien besitzen nur kurze Extremitäten, die in einer breiten Ruderflosse enden. Diese Ruderflossen entstehen dadurch, daß die mit zurückgebildeten, stumpfen oder scharfen Krallen versehenen fünf Finger bzw. Zehen durch eine derbe Schwimmhaut miteinander verbunden sind. Während des Schwimmens werden die vorderen Ruderflossen dem Körper angelegt und treten nur bei Wendungen als Seitensteuer in Tätigkeit. Eigentliche Schwimmorgane sind die beiden nach hinten gerichteten Hinterextremitäten, die als aktive Ruderflossen benutzt werden. Der spindelförmige Robbenkörper endet in einem kurzen konischen Schwanz, der sich zwischen den beiden hinteren Ruderflossen befindet.

Der langgestreckte, kurzbehaarte Körper aller Robbenverwandten ist ausgezeichnet dem Wasserleben angepaßt. Die Ohren an den im Verhältnis zum Körper ziemlich kleinen und – abgesehen von dem mehr oder weniger verlängerten Schnauzenteil – rundlichen Köpfen sind entweder völlig verschwunden oder doch bis auf geringe Reste bei den Ohrenrobben (Otariidae) zurückgebildet. Ein Milchgebiß tritt bei den Jungtieren vieler Arten nicht in Erscheinung. Es wird zwar angelegt, aber meistens schon vor dem Durchbruch wieder vollständig abgebaut und aufgelöst. Das bleibende Gebiß ist recht raubtierähnlich, obwohl Reißzähne fehlen. Die Backenzähne sind gleichartig. In der Regel fressen die Robben tierische Nahrung. Einige, darunter das Walroß, nehmen zusätzlich auch Seetang auf. Vorzugsweise ernähren sie sich von Fischen, Krebstieren, Tintenfischen und Muscheln. In den antarktischen Gewässern leben große, manchmal fast 4 m lange Robben, die Seeleoparden (Gattung *Hydrurga*), die Pinguine und andere Wasservögel, wahrscheinlich auch andere kleinere Robben jagen und ein dementsprechendes Gebiß besitzen. Diese Tiere tragen außerdem ein dem der Leoparden und Jaguare recht ähnlich geflecktes und gefärbtes Haarkleid. Größte und schwerste Robbenart ist der See-Elefant, von dem männliche Tiere über drei Tonnen Gewicht und Körperlängen von nahezu 7 m erreichen können. Dem kleinsten Vertreter der rezenten Robben begegnen wir in einer nordpolaren Zwergrasse der Ringelrobbe *(Phoca hispida pygmaea)*, die erwachsen kaum mehr als 70 bis 75 cm lang wird. Ihre Neugeborenen messen nur 30 cm, sind also Robben im »Puppenstubenformat«.

Die frühe Stammesgeschichte der Robbenverwandtschaft ist noch sehr unklar. Vermutlich nahmen diese Seeraubtiere zu Beginn des Tertiärs ihren Ausgang von marderartigen Landraubtieren. Leider fehlen aber noch aufklärende Fossilfunde. Die ältesten Robbenüberreste kennen wir bis jetzt aus altmiozänen Ablagerungen. Frühzeitig ist die Trennung in die Vorstufen der heutigen Familien Otariidae, Ohrenrobben: Odobaenidae, Walrosse, und Phocidae, Hundsrobben, erfolgt. Die Anpassung der Pinnipedia an das Wasserleben ist im Verhältnis zu der der Sirenia, Seekühe, und Cetacea, Wale, bei weitem noch nicht so vollendet. Die Ohrenrobben sind am wenigsten angepaßt, am meisten die Hundsrobben, die Walrosse nehmen eine Mittelstellung ein.

Angehörige der Unterordnung Pinnipedia kommen gegenwärtig in allen Weltmeeren vor. Obwohl kalte und gemäßigte Zonen bevorzugt werden, zeigen sich wandernde oder versprengte Tiere der einen oder anderen Art gelegentlich selbst in tropischen Gewässern. Einzelne Arten können Wanderungen von über 10000 km im Jahr unternehmen. Die Robben gehören zu den wenigen höheren Säugetieren, die ohne menschliches Zutun Vertreter bis nach Australien entsenden konnten, und zwar finden sich an den Küsten Südaustraliens und Neuseelands zuweilen sowohl Otariidae als auch Phocidae ein.

Wegen des plumpen Kopfes und dicken Nackens erscheinen uns die Männchen der an den Südküsten Südamerikas lebenden Mähnenrobben *(Otaria byronia)* beim Tauchsprung schwerfällig. Jedoch ist das Gegenteil der Fall

Seit Jahrtausenden ist der Mensch der ärgste Feind aller Robbenarten, insbesondere jener der Nordhalbkugel. Er nutzte ihr Fell, lebte von ihrem Fleisch und jagte sie wegen der dicken Speckschicht unter der Haut, die diese Wassersäuger vor Wärmeverlust schützt. Vom Walroß begehrte er außerdem als Rohstoff für Schnitzereien und allerlei Zierat die langen Stoßzähne aus feinstem Elfenbein. Solange der Mensch nur mit einfachen Waffen und Geräten diesen Tieren nachstellte, war an die Ausrottung der einen oder anderen Art noch lange nicht zu denken. Das biologische Gleichgewicht blieb gewahrt. Erst als riesige Robbenfängerflotten ausgerüstet und die Robbenbestände erbarmungslos gelichtet wurden, ging die Zahl der Tiere stark zurück. Obwohl inzwischen hier und da Schonzeiten und Schutzgebiete für Robben festgelegt sind, wissen wir dennoch von einigen Arten, daß sie schon fast ausgerottet sind. Verheerend hat sich vor allem ausgewirkt, daß bei einigen Arten besonders Jagd auf die neugeborenen Jungen gemacht wurde, weil die Säuglingshaarkleider ein hochbezahltes Luxuspelzwerk abgeben. Neben dem Menschen haben die einzelnen Robbenarten auch noch tierische Feinde: den Schwertwal, Haie und Eisbären. Obwohl einige Arten auch Süßwasserfische fressen, werden in zoologischen Gärten die Robben in der Regel mit Seefischen gefüttert. Notwendig ist dabei, daß in der Hauptsache ausgesprochene Fettfische, vor allem Heringe, gegeben werden. Eiweißfische, wie der Dorsch, sind zwar billiger, aber lediglich als Erhaltungsfutter für kürzere Zeitspannen geeignet, obwohl sie von den meisten Robbenarten gern aufgenommen werden. Große Mengen Fischfett sind für alle Robben ein Lebensbedürfnis. Die dadurch für einen Zoo oder Zirkus entstehenden Kosten kann man sich selbst ausrechnen, wenn man erfährt, daß ein größerer See-Elefant täglich etwa 50 kg beste frische Fettheringe, im Jahr also 18 250 kg benötigt. Ein großer erwachsener Seelöwe braucht zwar nur eine Tagesration von 5 kg Fettheringen, immerhin sind auch das im Jahr nahezu zwei Tonnen. Bei dem Fischreichtum der Weltmeere spielt das große Nahrungsbedürfnis der Robben in Freiheit zwar eine geringe Rolle, aber selbst dort können in großen Rudeln auftretende Robben reiche Fischgründe bald nahezu ausplündern. Auf der anderen Seite darf nicht verschwiegen werden, daß anfangs wohlgenährte Robben notfalls auch wochenlang ohne jegliche Nahrung auskommen können. Sie bauen dann ihre unter der Haut befindlichen Fettreserven (den Blubber), die mitunter ein Viertel des Gesamtgewichts betragen, bis zur Grenze der Existenzfähigkeit ab.

Familie Otariidae – Ohrenrobben

Die in Wanderzirkussen und in den größeren binnenländischen zoologischen Gärten am häufigsten gehaltene und dressiert vorgeführte Robbenart ist der Kalifornische Seelöwe *(Zalophus californianus)*. Oft vertritt er, da sehr ansehnlich, verhältnismäßig ausdauernd, sehr gewandt und ungemein gelehrig, in den Tierparks allein die gesamte Unterordnung. Mit Ausnahme der nur in den größten und wirtschaftlich stärksten Tiergärten gelegentlich gehaltenen See-Elefanten und Walrosse, pflegt der Durchschnittszoobesucher alle im Zoo und Zirkus lebend zur Schau gestellten Robben, paradoxerweise besonders die Seelöwen, als Seehunde zu bezeichnen. Das ist falsch. Die Seelöwen sind keine Seehunde oder Hundsrobben (Phocidae), sondern gehören zu den Ohrenrobben (Otariidae). Am Beispiel des Kalifornischen Seelöwen sollen hier die Eigentümlichkeiten der Ohrenrobben behandelt werden. In dieser Familie unterscheiden wir zwei große Gruppen, die Haarrobben oder Seelöwen und die Pelzrobben oder Seebären. Allerdings läßt sich diese Trennung nicht scharf durchführen, weil es Haarrobbenarten gibt, die durch ihr wolliges Jugendhaarkleid zwischen beiden stehen. Im allgemeinen ist aber festzuhalten, daß bei den Seelöwen dem Fell die Unterwolle fehlt, während diese bei den Pelzrobben sehr dicht unter dem Oberhaar vorhanden ist. Die Jungtiere werden besonders intensiv verfolgt, da sie das kostbare Pelzwerk »Sealskin«, kurz »Seal«, liefern. Die Seelöwen sind ausschließlich im Pazifik zu finden.

Neben dem Besitz von kleinen Ohrmuscheln weisen die Ohrenrobben gegenüber den Hundsrobben weitere Besonderheiten auf. Sie können sowohl die vorderen als auch die hinteren Ruderflossenfüße noch zum watschelnden, dabei aber relativ raschen Laufen benutzen. Allerdings treten sie nicht mit den Zehen oder der Fußsohle auf, sondern mit den Hand-

und Fußgelenkbeugen, auf denen sie auch den schweren Körper hochstemmen. Ihr humpelndes Vorwärtsstreben erscheint deshalb wie auf kurzen Strümpfen oder Stelzen. Dabei führen die Ohrenrobben mit dem Hinterkörper schlängelnde Bewegungen aus. Im Gegensatz dazu dienen die Extremitäten der weit mehr dem Leben im Wasser angepaßten Hundsrobben ihrem Träger nicht mehr als Körperstütze und als Fortbewegungsmittel auf dem festen Lande. Die Hundsrobben müssen »robben«, wenn sie sich auf dem Lande weiterbewegen wollen. Das geschieht, indem sie den Körper nach oben zusammenkrümmen und wieder abflachen. Dabei rutschen sie auf der Brust ein Stück vorwärts. Daß sie bei dieser mühseligen Fortbewegungsweise nur sehr langsam vorankommen, ist verständlich. Auf abschüssigem Gelände lassen sie sich deshalb oft zum Meere abrollen. Wären diese Tiere nicht äußerst wachsam gegenüber schon von weitem drohenden Gefahren, auf die sie rechtzeitig reagieren, würden sie auf dem Lande schnelleren Angreifern gegenüber verloren sein.

In ihrem eigentlichen Lebenselement, dem tiefen Wasser, sind alle Ohrenrobben ungemein gewandt. Sie können mehrere Minuten unter Wasser bleiben und beträchtliche Tiefen – manche Arten bis über 140 m – erreichen. Außerdem sind sie sehr wendige Schwimmer. Ein Fisch, den sie erfassen wollen, entkommt ihnen selten. Von unten blitzschnell auftauchend, verstehen sie es auch vortrefflich, schwimmende Möwen und andere Seevögel zu fassen. Ihr Raubtiergebiß hat in jeder Oberkieferhälfte 3 Schneidezähne, 1 Eckzahn, 4 Vormahlzähne und 2 Mahlzähne, in jeder Unterkieferhälfte 2 Schneidezähne, 1 Eckzahn, 4 Vormahlzähne und 1 Mahlzahn. Das Gebiß erwachsener Tiere enthält also 36 Zähne. Die Vormahl- und Mahlzähne unterscheiden sich nur geringfügig. Auch Menschen können von Seelöwen mit ihrem Gebiß schwer verletzt werden. Die Männchen des Kalifornischen Seelöwen besit-

Der zu den Ohrenrobben gehörende Kalifornische Seelöwe *(Zalophus californianus)* ist infolge seines torpedoähnlichen Körperbaues ein eleganter Springer, schneller Schwimmer und ausgezeichneter Taucher zen einen hoch aufgewölbten Stirnbuckel, so daß der Oberkopf gegen die relativ lange Nasenpartie steil abfällt. Den viel kleineren Weibchen und den Jungtieren beider Geschlechter fehlt dieser Stirnbuckel. Sie haben kleine, flache und sehr schmale Köpfe, die – wie Heck treffend sagt – »im Verein mit den langen beweglichen Hälsen den Bewegungen der Tiere oft etwas Aal- oder Schlangenhaftes geben«. Im Wasser, mit durchnäßtem Fell, sehen männliche Kalifornische Seelöwen schwarz aus, die weiblichen sind nur auf dem Rücken schwarz, auf der Unterseite braun. Am Lande ruhende Seelöwen, deren Fell allmählich abtrocknet und zusehends dabei aufhellt, sind dagegen schließlich nur noch hellbraun.

Alle Ohrenrobben haben sich, besonders wenn sie bereits als Jungtiere in Gefangenschaft gerieten, als außerordentlich anhänglich gegenüber ihrem vertrauten Pfleger, schnell zähmbar und dazu ungemein gelehrig erwiesen. Diese Feststellung wurde bereits zu Beginn der zweiten Hälfte des vorigen Jahrhunderts an einer Mähnenrobbe im Londoner Zoo gemacht und erregte damals größtes Aufsehen. Heute gehören dressierte Seelöwen schon längst zum Bestand jedes größeren Tiergartens oder leistungsfähigeren Zirkus. Vor allem erweckt immer wieder die große Fangsicherheit Bewunderung. Noch mehr gilt das von ihrer Begabung, auf der Nasenspitze alle möglichen, zum Teil sehr kleine, oder auch schwere und unsymmetrische Dinge zu balancieren.

Die normalen Lautäußerungen der Kalifornischen Seelöwen beider Geschlechter sind ein bellendes »Uk, uk, uk«. Zur Wurfzeit im Juni und Juli, während der auch der Haarwechsel erfolgt, finden sich die Kalifornischen Seelöwen in großen Mengen auf den Kalifornien vorgelagerten Inseln ein. Diese Paarungsplätze – auch die anderen Robben haben solche – werden Rookeries genannt. Um den Besitz eines Harems von mehreren Weibchen finden unter den erwachsenen Männchen harte Rivalenkämpfe statt. Schon wenige Tage nach der auf dem Lande stattfindenden Geburt des gewöhnlich nur einen bereits sehenden und voll entwickelten Jungen erfolgt die neue Begattung. Sie wird nach einem längeren Paarungsvorspiel im Wasser vollzogen. Die Trächtigkeitsdauer schwankt zwischen elf und zwölf Monaten. Es hat übrigens den Anschein, als würden bei einigen Robbenarten verlängerte Tragzeiten, wie wir sie unter anderem vom Reh kennen, auftreten. Schon vom dritten Lebenstage an geht das Junge vorübergehend mit ins seichte Wasser. Sein Wachstum geht sehr rasch voran. Obwohl es sieben bis acht Monate von der Mutter gesäugt wird, frißt es schon bald zusätzlich Fischchen und anderes kleines Meeresgetier.

Warum tragen die Ohrenrobben den Namen See-»Löwen«? Dafür gibt es mehrere Gründe. Einmal erinnert das donnernde Gebrüll der Haarrobbenbullen in der Paarungszeit an Löwengebrüll. 1866 gelangte als erste lebende Ohrenrobbe überhaupt ein Patagonischer Seelöwe *(Otaria byronia)* nach Europa in den Londoner Zoo, wo er jahrelang lebte. Diese Art kommt in den Gewässern an der Südspitze Südamerikas vor. Im Süden Argentiniens gibt es auf der Halbinsel Valdez ein Schutzgebiet mit einer stattlichen Mähnenrobben-Kolonie. Erwachsene Bullen erreichen Längen bis 3 m und ein Gewicht bis 800 kg. Bei voll ausgereiften Männchen ist das Haar des Hinterkopfes, Nackens und Rückens sehr breit, vor allem das des Vorderrückens mähnenartig verlängert. Deshalb werden die Tiere auch Mähnenrobben genannt. Da, wie beim Löwen, nur die alten Männchen Mähnen tragen, junge dagegen anfangs und die kleineren Weibchen zeitlebens keine, sind auch dadurch Beziehungen zum Namen Seelöwen hergestellt.

Familie Phocidae – Hundsrobben

Die Familie Phocidae umfaßt vier Unterfamilien, von denen nur eine keinen Vertreter bis in die europäischen Gewässer entsendet. Das ist die auf die antarktischen Meere beschränkte Unterfamilie Lobodontinae, Südrobben. Zu ihr gehören unter anderem die bereits erwähnten Seeleoparden. Die Unterfamilie Monachinae, Mönchsrobben, enthält nur eine rezente Art mit drei Unterarten. Die am längsten bekannte, bereits Aristoteles (384–322 v. u. Z.) vertraute europäische Unterart, die Mönchsrobbe *(Monachus monachus monachus)*, lebt noch vereinzelt im Mittel- und Schwarzen Meer. In diesen Meeren und im Nordatlantik wird der Gesamtbestand auf höchstens 500 bis 1000 Tiere geschätzt. Das Hauptvorkommen mit 300 bis 600 Mönchsrobben liegt im Ägäischen Meer bei den Sporaden. Von den beiden weiteren Unterarten kommt die eine in den mittelamerikanischen Küstengewässern vor, die andere im Bereich der Sandwich-Inseln. Von der Hawaii-Mönchsrobbe schienen 1976 nur noch 700 bis 800 Exemplare vorhanden zu sein. Männliche Mönchsrobben können Körperlängen von beinahe 4 m erreichen. Der Name Mönchsrobbe ist auf die Körperfärbung – oberseitig einfarbig braun, unten fleckig gelblichweiß –, die an eine Mönchskutte erinnert, zurückzuführen.

Von der Unterfamilie Phocinae, Eigentliche Seehunde, kommen nicht weniger als fünf Arten in den nordeuropäischen Küstengewässern vor. Den Gemeinen Seehund *(Phoca vitulina)*, die Ringelrobbe *(Phoca hispida)* und die Kegelrobbe *(Halichoerus grypus)* treffen wir sogar in der Nord- und Ostsee an. Selbst Sattelrobben *(Phoca [Pagophilus] groenlandica)* sind in selteneren Fällen hier schon bemerkt worden. Nur die heute fast ausgerottete Bartrobbe *(Erignathus barbatus)* stieß wohl auch früher kaum aus dem Nördiichen Eismeer nach Süden vor.

Zur letzten der vier Unterfamilien, den Cystophorinae, Rüsselrobben, gehört die größte Robbenart, der vom südlichen Pazifik bis Kalifornien vorkommende See-Elefant *(Mirounga leonina)*. Seit er in den letzten fünfzig Jahren wiederholt in den größten europäischen zoologischen Gärten, in Hamburg-Stellingen und Berlin, zur Schau gestellt wurde, ist diese Riesenart sehr bekannt geworden. Da die Bestände stark dezimiert worden sind, hat man im Süden Argentiniens, bei Punta Norte, ein Schutzgebiet eingerichtet, wo See-Elefanten jedes Jahr auf dem Land ihre Jungen gebären. Die tonnenschweren, bis zu 5 m langen Bullen verteidigen ihren Harem gegen Rivalen und schützen Weibchen und Junge vor Haien und Mordwalen. Zur Jahrhundertwende war die Art fast ausgerottet. Ab 1910 wurde die Jagd mit Schutzmaßnahmen verbunden. Es dürfen jährlich nur noch 6000 geschlechtsreife Männchen getötet werden. Inzwischen ist der Be-

Junge Sattelrobben *(Phoca [Pagophilus] groenlandica)*. Sie werden mit gelblicher Behaarung geboren, die bald schneeweiß wird. Zuerst am Kopf, werden die weißen Säuglingshaare dann nach und nach durch hellgraue ersetzt. Einen schwarzen Sattel tragen nur erwachsene Tiere

stand auf 600000 Exemplare angestiegen. Nur verhältnismäßig wenige wissen, daß ihr entfernter, weit kleinerer »Vetter« unter den Cystophorinae, die Klappmütze *(Cystophora cristata)*, auch in Europa, vorwiegend in den nordnorwegischen Küstengewässern vorkommt. K. Ehlers hat an mehreren im Nordatlantik gefangenen und in seinem Tiergarten gehaltenen Klappmützen gründlich das Verhalten und die individuelle Lernfähigkeit dieser Tiere erforscht. Die Fischer bezeichnen die erwachsenen und dann über 3 m langen männlichen Klappmützen als Haubenkerle, weil sie, ebenso wie die männlichen See-Elefanten, einen auffälligen, in der Erregung stark aufblasbaren Rüssel besitzen. Dieser kann bis zu Kürbisgröße aufgebläht werden und steht dann wie eine Haube über dem Kopf. Außerdem kann der Klappmützenbulle große rote Schleimhautblasen aus den Nasenlöchern herauspressen. Das ergibt einen imponierenden, wahrhaft Furcht einflößenden Anblick. Oberseits sind die Klappmützen auf hellbraunem Grund schwarz gefleckt. Die Unterseite bleibt gelbweiß. Von dieser Färbung heben sich an Land die schwarzen Flossen und der schwarze Kopf kontrastreich ab. Klappmützen sollen bis zu 300 m tief tauchen und bis zu 20 Minuten unter Wasser bleiben können, die riesigen, einfarbig braungrauen See-Elefanten dagegen angeblich nur oberflächlich tauchen. Erwähnenswert ist, daß ein neugeborenes Junges des See-Elefanten bereits die Größe (über 1,20 m) und das Gewicht (40 bis 45 kg) einer mittleren erwachsenen Ringelrobbe aufweist.

Die auffälligste Hundsrobbe der Nordhalbkugel ist die bereits kurz erwähnte Sattelrobbe *(Phoca [Pagophilus] groenlandica)*. Ihr Kopf ist schwarz, der Hals sowie Brust, Bauch, Vorder- und Hinterflossen weiß, der Rücken aber wiederum in einem im Nacken beginnenden, sich beiderseitig mehr oder minder breit nach unten absenkenden und am Schwanz endenden Sattel schwarz gefärbt. Das ist für die auf Eisschollen und vereisten Klippen lagernden Sattelrobben eine vorzügliche Schutzfärbung. Die bis zu 2,20 m lang werdenden Tiere sind die schnellsten und gewandtesten Schwimmer unter den Hundsrobben der Nordhalbkugel. Sie können bis in 250 m Tiefe und bis zu 30 Minuten tauchen. Wie die Zahnwale schwimmt die Sattelrobbe in »Schulen«, also in größeren Verbänden. Dabei werden von der ganzen Schar gleichzeitig Bewegungen wie Tauchen, Auftauchen und Luftsprünge ausgeführt. »Oft schwimmen sie nicht hinter- und durcheinander, sondern in gerader breiter Front nebeneinander her und verursachen durch ihre rasche Vorwärtsbewegung eine Bugwelle« (E. Mohr).

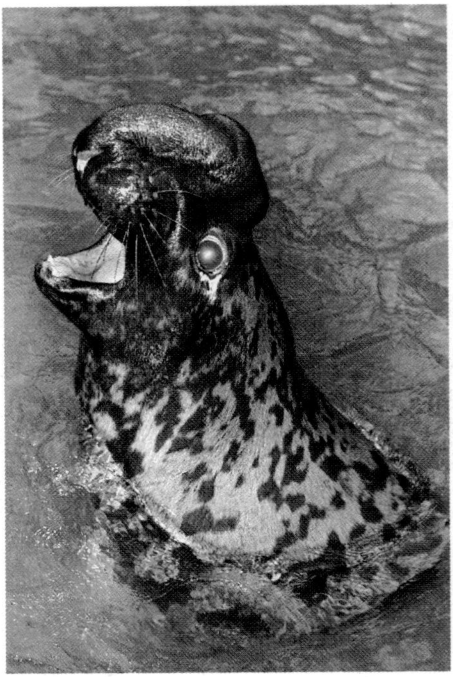

Im Nordatlantik lebt die Klappmütze *(Cystophora cristata)*. Über den Nasenrücken der zur Brunstzeit laut brüllenden Männchen, der sogenannten Haubenkerle, zieht sich eine aufblähbare Wulst, die »Haube« oder »Mütze«

Die in der Ostsee häufigste Robbe ist die bis über 3 m lang werdende Kegelrobbe *(Halichoerus grypus)*. Der deutsche Name bezieht sich auf die vorgestreckte kegelförmige Schnauze. Auf dem Lande kann sie den Oberkörper sehr hoch emporrecken, wobei sie die Vorderflossen als Balancierstange verwendet. Sie zeigt einige nicht zu übersehende Analogien zu den Otariidae. Einmal haben manche Kegelrobben – wenn auch nicht bei jeder voll entwikkelt, meist aber angedeutet – kleine äußere Ohren, die den anderen eigentlichen Seehun-

Häufigste Robbe der Ostsee ist die langschnauzige Kegelrobbe *(Halichoerus grypus)*. Sie wird viel größer als Seehund und Ringelrobbe. Ihr dunkelbraunes Fell ist mit kleinen und großen Vollflecken bedeckt

den sonst fehlen. Zum anderen leben die Männchen nicht monogam mit nur einem angepaarten Weibchen, sondern sammeln einen Harem von mehreren, gegen Nebenbuhler heftig verteidigten Weibchen um sich. Auf den Felsen von North Rona (Orkney-Inseln) paarten sich während der Fortpflanzungszeit 275 Weibchen mit nur 37 Bullen. Die Jungen werden an felsigen Uferplätzen geboren, die normalerweise nicht von der Flut erreicht werden. Das ist erforderlich, da die Jungen mit langem weichem, weißlich gelbem Wollhaar, dem Embryonalhaarkleid, zur Welt kommen. Es ist nicht für den Aufenthalt im Wasser geeignet. Erst nachdem das Junge dieses verloren hat und der Wechsel zum Normalkleid vollzogen ist, geht das nun vier bis fünf Wochen alte Tier mit ins Wasser. Vorher liegen die Kleinen, ohne sich von ihrem Lagerplatz zu entfernen, auf dem trockenen Land und warten, bis die Mutter aus der See zurückkehrt, um sie zu säugen. Das bisher bekannte Höchstalter einer weiblichen Kegelrobbe beträgt 46 Jahre.

Die Ringelrobbe, in vieler Hinsicht die wohl interessanteste Robbe der nördlichen Halbkugel, weicht als kleinste rezente Robbe in ihren Körperproportionen recht auffällig von den Kegelrobben ab. Helle führt als durchschnittliche Kopf-Rumpf-Länge der Männchen 141 cm, der Weibchen 137 cm an. Das Gesamtgewicht variiert zwischen 61 und 142 kg.

Erwachsene Eismeer-Ringelrobben erreichen Längen von 1,20 bis 1,85 m. Ihr Fell ist – als gutes Unterscheidungsmerkmal vom Gemeinen Seehund, der auf sehr hellem Untergrund einen aus schwarzen Flecken zusammengesetzten Rückensattel zeigt – im Untergrund braun bis dunkelbraun. Darin zeigen sich, vorwiegend auf dem Rücken, runde oder ovale weiße Kringel. Diesen verdankt die Ringelrobbe ihren deutschen Namen. Interessant ist, daß es von ihr in Eurasien, vielleicht auch im Norden Amerikas, noch recht altertümlich

Kopf eines männlichen See-Elefanten *(Mirounga leonina)* mit aufgeblasenem Rüssel. Die Weibchen dieses im Südpazifik lebenden Robbengiganten sind wesentlich kleiner und bleiben rüssellos

gebliebene Binnensee-Unterarten gibt. Diese sind wohl zurückgeblieben, als einst das Meer diese Gebiete bedeckte. Wir kennen solche Unterarten aus der Ostsee, dem Saimaa-, dem Ladoga- und dem Onega-See, dem Kaspischen Meer und in Sibirien aus dem Baikalsee und dem Oronnor, also auch aus ausgesprochenen Süßwasserseen. Der Bestand der Baikalrobbe beträgt ungefähr 70000 Tiere. Da die Population nicht gefährdet ist, werden jährlich etwa 30000 Stück »geerntet«.

Junge Ringelrobben dienen vorzugsweise Eisbären und Polarfüchsen als Nahrung. Letztere wühlen die schneebedeckten Liegestätten der Jungen auf und töten sie. Auf diese Weise wurden im westlichen Teil der Victoria-Insel 26 Prozent und mehr des Nachwuchses ihre Opfer. Während die Ringelrobbenjungen, wie bei der Kegelrobbe, so lange an Land bleiben, bis sie ihr langes weißes embryonales Wollhaarkleid völlig abgeworfen haben, ist das bei den Welpen des Seehundes *(Phoca vitulina)* niemals der Fall. Zwar ist der Seehundembryo im Mutterleib auch noch bis kurz vor der Geburt von solchem etwa, 2,5 bis 3,5 cm langen weißen Wollhaar bedeckt, aber er verliert es bereits vollständig im Mutterleib, so daß die abgeworfenen Haare mit der Nachgeburt ausgestoßen werden, oder er streift es beim Geburtsvorgang ab. Jedenfalls erscheint er schon im fertigen Jugendkleid, so daß er sich bald im Wasser aufzuhalten vermag. Die Kegelrobben der Ostsee setzen ihre Jungen nicht an der Küste der DDR, sondern im Raum der dänischen Insel Bornholm. Die Ostsee-Ringelrobben bringen ihren Nachwuchs im Bottnischen und Finnischen Meerbusen zur Welt. Die Jungen des Seehundes hingegen werden in der Regel im Nordseeküstengebiet der BRD, und nicht am Ostseestrand, geboren. Im Wattenmeer mit seinem Gezeitenwechsel ist der Seehund ganz und gar zu Hause. Diesem Leben ist er völlig angepaßt. Das trifft selbst auf seine Jungenfürsorge zu. Wegen der Gezeiten muß das Junge

Im Baikalsee hat sich bis heute eine silberbraune Unterart der Ringelrobbe, die Baikalrobbe *(Phoca hispida sibirica)*, erhalten

schon von Geburt an völlig schwimmfähig sein. Deshalb folgt bei dieser Art auch nicht das Junge der Mutter, sondern diese dem noch unbeholfenen und leicht von der Strömung abgetriebenen Kind überallhin. Wirft sie zwei Junge, muß sie instinktiv wählen, denn nur eins vermag sie zu betreuen. Das zweite verstößt sie. Heulend schwimmt es umher, bis es schließlich verhungert. Diese »Heuler«, wie die Fischer sie nennen, werden nicht selten aufgegriffen und in die zoologischen Gärten gebracht, wo es zuweilen gelingt, sie mit der Milchflasche aufzuziehen. In freier Natur sind sie jedoch unrettbar verloren. Über die Biologie der Seehunde sind wir unter anderem durch E. Mohr sowie von H. Junkers und K. Ehlers aus dem Bremerhavener Zoo, der eine hervorragende Tradition in der Robbenforschung hat, recht gut unterrichtet. Vor allem wurde dort die wahre Natur der Heuler erkannt.

Der Seehund bewohnt alle nordatlantischen Küsten und Inseln von Portugal bis Island und in die Umgebung von Murmansk, kommt aber im Raume von Spitzbergen nicht mehr vor, meidet also – im Gegensatz zur Ringelrobbe – die eigentliche Polarregion. Auch an der amerikanischen Atlantikküste tritt er auf. Ebenso lebt im Pazifik eine Anzahl von Lokalformen, zum Teil sogar in großen Mengen. Wie bei allen Robben – vielleicht mit Ausnahme des Walrosses – ist beim Seehund das Gehör, trotz des Fehlens von Ohrmuscheln, vorzüglich, der Geruchssinn dagegen schwächer entwickelt. Die Robbenaugen sind derart gewölbt, daß die Tiere zwar unter Wasser ausgezeichnet sehen, über dem Wasserspiegel und an Land aber ausgesprochen kurzsichtig sind. Interessant ist, daß Robben die Fähigkeit zur Blutgerinnung fehlt. Verletzungen werden durch Verschieben der Speckschicht verschlossen. Gehen sie aber durch diese hindurch, bluten die Seehunde völlig und rettungslos aus. Die Trächtigkeitsdauer der mit zwei Zitzen ausgestatteten Weibchen beträgt elf Monate. Im der BRD vorgelagerten Wattenmeer ist Mai und Juni

Die Stammform der Ringelrobbe *(Phoca hispida)* lebt im Eismeer, eine Relikt-Variante in der nördlichen Ostsee. Vom Seehund unterscheiden sie die geringere Größe und die hellen Ringelmuster auf braunem Fell

der Geburtszeitpunkt. Dann haben Seehunde Schonzeit. Insgesamt leben hier noch etwa 1500 bis 2000 wilde Exemplare. Alte männliche Tiere können Längen von nahezu 2 m erreichen und dazu ein Gewicht von 100 kg und mehr. Die Weibchen bleiben wesentlich kleiner. Seehundfleisch, speziell das jüngerer Stücke, gilt als Delikatesse, besonders die Leber. Gut und weich gegerbt, läßt sich auch das Seehundfell zu allerlei Schmuck und Gebrauchsgegenständen sowie zu sehr haltbarer Pelzbekleidung verarbeiten. Früher wurde Seehundstran bevorzugt als Brennstoff für die Scheinwerfer und Blinklampen der Leuchttürme benutzt.

Wahrscheinlich gibt der Aufstieg von Lachsen ins Süßwasser vereinzelten Seehunden Anlaß, diese, wenn auch nur in seltenen Fällen, bis hoch hinauf in die großen Ströme zu verfolgen. Auch auf der amerikanischen Seite des Atlantiks wurde gleiches festgestellt. Geradezu berühmt wurde ein solcher »Landstreicher« der Art *Phoca vitulina*, der 1634 in der Nähe Dresdens in der Elbe beobachtet und schließlich erlegt wurde. Auch in neuerer Zeit erfolgte eine Anzahl von Nachweisen in der Elbe, vor allem im Raum Magdeburg. Trotz dieser Tatsache müssen alle im mittel- und südeuropäischen Raum lebenden Robben als »bedroht«, meist als »stark bedroht«, eingestuft werden.

Auf sämtliche Robben der europäischen Gewässer ausführlicher einzugehen, hieße den Rahmen dieses Buches sprengen. Wir verweisen deshalb zum weiteren Studium auf die 1952 erschienene Monographie von Erna Mohr und die grundlegenden Arbeiten von Wipper (1975) über den Seehund.

Familie Odobaenidae – Walrosse

Die Familie der Odobaenidae, Walrosse, steht gewissermaßen zwischen den Ohrenrobben

Die an der Nordseeküste am häufigsten anzutreffende Robbenart ist der Seehund *(Phoca vitulina)*. Sein hellgraues Fell ist auf dem Rücken mit kleinen dunklen Vollflecken übersät

und den Hundsrobben. Im Gegensatz zu den Hundsrobben sind die Hinterflossen der Walrosse nicht als bloße Ruder- und Steuerorgane nach hinten gestreckt, sondern können nach vorn aufgesetzt und am Lande zum watschelnden Gehen benutzt werden. Das haben die Walrosse mit den Ohrenrobben gemein. Mit der Hundsrobbenfamilie aber teilen sie den Mangel jeglicher äußeren Ohren. Als Besonderheit besitzen die Odobaenidae auf jeder Seite im Oberkiefer einen nach unten gerichteten, zeitlebens wachsenden Stoßzahn. Dieses Weiterwachsen der Hauer – analog zu den Nagezähnen der Rodentia und Lagomorpha sowie zu den Stoßzähnen der Elefanten – wird dadurch ermöglicht, daß sie wurzellos sind. Die weit aus dem Maule hervortretenden, unten zugespitzten Stoßzähne können bei beiden Geschlechtern – außerhalb der Schnauze gemessen – bis 75 cm lang werden. Meist erreichen sie bei erwachsenen Exemplaren nur 50 cm. Die Stoßzähne sind die umgeformten oberen Eckzähne des normalen Pinnipedia-Gebisses. Erst im Alter von etwa vier bis fünf Monaten beginnen bei jungen Walrossen die Hauer von außen sichtbar zu werden. Sie bestehen aus vorzüglichem Elfenbein. Bei denen erwachsener Bullen beträgt der Basisumfang bis zu 20 cm, bei den dünneren der erwachsenen Kühe nur 13 cm. Die Hauer, derentwegen ebenso Jagd auf diese großen Meeressäuger gemacht wird wie der Tranausbeute halber, werden in freier Natur vorn dauernd abgenutzt. Das Walroß gräbt damit festsitzende Mollusken aus dem Meeresboden oder reißt sie von den Klippen ab. Diese Nahrung wird mit dem harten besenartigen »Schnauzbart« zusammengekehrt und ins Maul geschlürft.

Zu den Odobaenidae gehört lediglich eine rezente Gattung mit zwei sich äußerlich wenig voneinander unterscheidenden Arten. Die eine ist das Pazifische Walroß *(Odobaenus obesus)*. Es hat eine etwas abweichende Kopfform, eine breitere und höhere Oberlippe, die Nasenlöcher liegen weiter oben am Kopf, und sein Fleisch soll abstoßend bitter schmecken. Es lebt im Beringmeer. Die andere Art ist das schon seit langer Zeit in Europa bekannte Grönländische oder Atlantische Walroß *(Odobaenus rosmarus)*. Durch maßlose Jagd ist die Zahl der einst viele Tausende von Tieren zählenden Walroßherden beider Arten, besonders im Laufe der letzten Jahrhunderte, sehr stark zurückgegangen. Brehm berichtet, daß vor mehr als 200 Jahren an einem Tage oft mehr als 1000 Tiere von den Robbenschlägern getötet wurden. Die Stoßzähne, von denen einzelne ein Gewicht von 3 kg erreichen können, die zu Leder verarbeitbare Haut und die große Ausbeute an Blubber für die Transiedereien waren der Anlaß dazu. Von den Eskimos und Walroßjägern wird das Fleisch der grönländischen Art, das besonders von jungen Tieren sehr wohlschmeckend sein soll, gegessen. Das hochnordische Walroß ist eine der größten und schwersten aller Robben. Alte Walroßbullen können Körperlängen von 4,5 m erreichen, Weibchen kaum von 3 m. Im Mittel liegt das Gewicht erbeuteter Walroßbullen bei 1000 bis 1500 kg. Das schüttere Haarkleid erwachsener Tiere sieht gelb- bis rotbraun aus. Die Jungtiere sind jedoch dunkler braun gefärbt, und

Riesige, gesellig an den Küsten der arktischen Meere lebende Robben sind die Walrosse *(Odabaenus rosmarus).* Bei beiden Geschlechtern ragen als Waffen die langen oberen Eckzähne aus dem Maul

auch ihr Haarkleid ist dichter. Außerhalb der Fortpflanzungsperiode, die von den Tieren vorwiegend auf dem Lande verbracht wird, ist die Haarbedeckung noch geringer. Dann erscheinen uns die Walrosse nahezu nackt und borkig. Ihre Haut wird von tiefen Falten durchfurcht. Die Walroßschnauze ziert ein großer Schnauzbart. Er ist bei in Tiergärten gehaltenen Walrossen allerdings meist länger als bei wildlebenden, da die letzteren ihn beim Muschelsuchen auf dem Meeresgrund immer wieder abscheuern. Er besteht aus dicken, drahtartigen, borstigen Tasthaaren.

Die natürliche Walroßnahrung ist relativ vielseitig, denn diese Riesenrobbe frißt nicht nur Fische, Schalentiere und Meereswürmer, sondern auch Algen und Tang – aber sie erdrückt auch Ringelrobben, schlitzt sie mit den Hauern auf und verzehrt sie in großen Stükken. Selbst Kannibalismus an Jungen der eigenen Art kommt bei alten Walroßbullen ausnahmsweise vor. Wegen der Ernährung ist die Haltung und Pflege lebender Walrosse in binnenländischen zoologischen Gärten schwierig und kostspielig. Man sieht sie deshalb verhältnismäßig selten und dann gewöhnlich nur in Tiergärten an der Küste, wie Hamburg-Stellingen, Kopenhagen und Leningrad. Aber auch im Münchner Tierpark und im Zoologischen Garten Moskau gehört die Walroßhaltung zur besonderen Tradition.

Die eigentliche Heimat des Grönländischen Walrosses ist das Nördliche Eismeer und seine eurasischen Küsten und Inseln sowie die der atlantischen Seite Nordamerikas. Außer an den Gestaden Islands, Irlands, Schottlands und Norwegens sind verirrte Tiere in seltenen Fällen auch an der dänischen und der Nordseeküste der BRD festgestellt worden. Das Walroß ist zwar ein vorzüglicher und ausdauernder Schwimmer, jedoch nicht fähig, allzu lange und tief zu tauchen. Als normal wird eine Tauchdauer von zehn Minuten und eine Tauchtiefe von 30 m angegeben. Walrosse sind sehr gesellige Tiere. Zum Ruhen und Schlafen begeben sie sich auf Eisschollen oder auf das vereiste feste Land. »Die grundlegende Gemeinschaft im Leben des Walrosses ist die Familie, die dasselbe darstellt, wie die Rudel bei gewissen Landsäugern. Die Familien vereinigen sich wiederum zu großen Herden« (Pedersen). Es gibt auch große Herden, die ausschließlich aus unzähligen Bullen bestehen. Über eine Familie aus mehreren Kühen und deren Jungen herrscht immer nur ein Bulle, der eifersüchtig darüber wacht, daß kein anderer Besitz von der einen oder anderen seiner Kühe ergreift. Bei den Rivalenkämpfen bringen sich die Gegner schwere Wunden bei. Ist eine Kuh aus seiner Familie im Wasser angeschossen worden, nimmt das Familienoberhaupt sie manchmal, wie verbürgt beobachtet wurde, auf den Rücken und versucht sie schwimmend aus der Gefahrenzone zu bringen.

Die Jungenfürsorge ist bei den Walroßweibchen hoch entwickelt. Ähnlich wie die Flußpferde tragen sie beim Schwimmen ihre ermüdeten Jungen auf dem Rücken. Ist ein Walroßweibchen, das ein Junges führte, getötet worden, wird das verwaiste Junge manchmal von einem anderen Weibchen adoptiert. Normal wird nach einer Tragzeit von rund zwölf Monaten nur ein Junges geboren. Die Geburt erfolgt wahrscheinlich ebenso im Wasser wie die Begattung, die schon kurz nach der Geburt erneut stattfindet. Die Geburtsmonate sind April bis Mai. In diesem Zeitraum (bis Juni) liegt auch die Begattungsperiode. Neugeborene Walrosse sind etwa 1 m lang und wiegen gegen 30 kg. Die Bullen werden erst im fünften Lebensjahr geschlechtsreif, die Kühe schon im vierten Jahr. Die natürliche Altersgrenze dürfte bei 35 Jahren liegen. Einmal im Jahr wechseln die Walrosse ihr Haarkleid, was bei jedem Tier zehn bis vierzehn Tage dauert. Dazu lagert sich der Herdenverband auf dem Festland meist an tradierten Plätzen mit leichtem Zugang zum Meer. Kiesufer werden trotz vorhandener Eisflächen bevorzugt und der Platz mit den Barthaaren auf Eignung überprüft. Die Tiere gehen dann nicht ins Wasser und schlafen viel. Bei dem anscheinend sehr schmerzhaften Vorgang löst sich zum Teil auch die Haut mit ab. So gewandt Walrosse im Wasser sind, so unbeholfen und schwerfällig bewegen sie sich am Land oder auf Eisschollen. Sie bringen es dennoch fertig, Hänge und aufgetürmtes Packeis zu ersteigen. Dabei benutzen sie ihre Hauer ähnlich wie die Bergsteiger die Eispickel.

Insgesamt leben heute, die Bestände des Grönländischen und des Pazifischen Walrosses zusammengezählt, gegen 60000 bis 90000 Exemplare. Leider ist immer noch der jährliche Abschuß beträchtlich höher als der Zuwachs. Es gibt aber bereits bestimmte Schutzmaßnahmen, so daß man hoffen kann, daß die Tiere in Zukunft nicht völlig ausgerottet werden.

Überordnung Protungulata – Urhufer

Ordnung Tubulidentata – Röhrenzahntiere

Familie Orycteropodidae – Erdferkel

Die Ordnung Tubulidentata, Röhrenzahntiere, ist die einzige in der Überordnung Protungulata, Urhufer. Dabei enthält sie auch nur eine rezente Familie, die Orycteropodidae, Erdferkel, mit der einzigen, rezent auf Afrika beschränkten Gattung *Orycteropus.* Wir schließen uns der vorherrschenden Ansicht an, daß es sich bei sämtlichen Erdferkeln Afrikas um eine allerdings durch die weite Verbreitung über den ganzen afrikanischen Erdteil in mehrere Unterarten zerfallende Art *(Orycteropus afer)* handelt.

Das Erdferkel erreicht die Größe eines mittelgroßen Hausschweines und ist ihm tatsächlich etwas ähnlich. Außerdem hat sein fettes, wohlschmeckendes Fleisch – weswegen das Tier vom Menschen gejagt wird – vieles mit Wildschweinfleisch gemeinsam. Hinzu kommt, daß manche Unterarten – vermutlich von Natur aus – nur sehr gering behaart sind, das Haarkleid dieser Wildsäugergattung somit generell in Rückbildung begriffen zu sein scheint. Vielleicht trügt aber hier der Schein, da die Haarbedeckung der sehr derben und dicken Haut rein mechanisch bei der starken Wühl- und Grabtätigkeit dieser Tiere im harten Erdboden dauernd abgescheuert wird. Ihre Körperfärbung ist gelblichgrau bis fahlbraun.

Die Beine sind dunkler gefärbt als der übrige Körper. Die Schnauze an dem mit zwei großen, spitz zulaufenden Ohren versehenen lang ausgezogenen Kopf erinnert an einen Schweinerüssel. Nicht schweineähnlich sind jedoch der dünne Hals und der dicke, mittellange Schwanz. Dieser Schwanz ähnelt weit eher einem Känguruhschwanz und wird auch wie dieser benutzt.

Das Erdferkel ist auf Termiten- und Ameisennahrung spezialisiert, der es hervorragend angepaßt ist. Vor allem sind Nase und Ohren als Suchorgane vorzüglich entwickelt. Dagegen ist das Sehvermögen dieses Nachttieres nur gering. Tagsüber schläft das Erdferkel tief eingegraben in seiner Erdhöhle. Die Zunge ist riemenförmig schmal und sehr lang. Sie wird weit in den Termitenhaufen eingeführt und mit den in Mengen daran klebenden Nahrungstierchen rasch wieder ins Maul zurückgezogen. Dort wird die Beute mit den Zähnen zermahlen. Während einer Nacht vermag ein Erdferkel kaum vorstellbar große Mengen an Termiten und Ameisen zu vertilgen, beträgt doch sein täglicher Nahrungsbedarf etwa 1,5 bis 2 kg. Zum Nahrungserwerb reißt das Erdferkel mit seinen hufartigen Grabklauen die härtesten und festesten Termitenbauten auf und legt dabei deren Bewohner frei. Mit den Grabklauen kann sich das große Tier aber auch sehr schnell in den harten Boden eingraben und darin so fest verankern, daß es einem einzelnen Menschen nicht gelingt, es am Schwanze wieder herauszuziehen oder auch nur am Weitergraben zu hindern. Die Vorderfüße tragen vier, die Hinterfüße fünf Zehen. Wegen der Füße und der nagelähnlichen Klauen sowie anderer Merkmale werden die Erdferkel jetzt zu den Vorläufern der Huftiere gezählt und als Urhufer bezeichnet. Einmalig unter den Säugetieren ist ihre Bezahnung und der Aufbau des einzelnen Zahnes überhaupt. Heck schreibt darüber in »Brehms Tierleben«: »Die Erdferkel sind ausgezeichnet durch ihren eigentümlichen, im Säugetierreich ganz einzig dastehenden Zahnbau, der so nur bei Rochen und Haifischen wiederkehrt. Diese säulenförmigen, wurzellosen, zeitlebens wachsenden Röhrenzähnchen werden nicht um eine Zahnpulpa abgeschieden, sondern enthalten eine ganze Menge senkrechter, unten offener, oben geschlossener, mit Mark gefüllter Röhren, gewissermaßen Teilpapillen, um die sich die Zahnsubstanz durch den gegenseitigen Wachstumsdruck in Prismenform ablagert, durchzogen von feinen Querkanälchen. Durch Zementmasse werden dann diese Zahnröhren zu einem Röhrenzahn verbunden und ummantelt. Schmelz fehlt vollkommen. Im Oktober finden wir, solange das Tier jung ist, in jeder Seite 8, im Unterkiefer 6, bei alten Tieren dagegen dort nur 5 und hier bloß 4 walzenähnliche, wurzellose, faserige und aus unzähligen feinen, senkrecht dicht nebeneinanderstehenden Röhren zusammengesetzte Zähne, die auf der Kaufläche ausgefüllt, am entgegengesetzten Ende aber hohl sind. Der Durchschnitt eines solchen Zahnes sieht täuschend dem eines spanischen Rohres ähnlich.«

In den Erdferkelbauen halten sich viele Mitbewohner (Kommensalen), unter anderem auch Fledermäuse, auf, ebenso bieten sie bei Buschfeuern manchen Tieren Schutz. Verlassene Erdferkelgruben werden gern von anderen Tieren als eigenes Quartier gewählt, besonders von Warzenschweinen und Tüpfelhyänen. Allerdings stellen sie auch für Mensch und Tier, die unversehens auf ihre Einmündungen treten und dabei einbrechen, eine nicht unbeträchtliche Gefahr dar, weil dadurch nicht selten Verstauchungen und Knochenbrüche verursacht werden. Wiederholt sind lebende Erdferkel schon in zoologischen Gärten gezeigt worden. Will man sie dort ausstellen, muß man für dreierlei Voraussetzungen Sorge tragen. Erstens kann man sie nur auf absolut undurchdringlichen Gehege- und Käfigböden halten, sonst untergraben sie sofort die Abgrenzung und verschwinden dann meistens auf Nimmerwiedersehen. Zweitens muß man sie, obwohl es Nachttiere sind, bei Tage daran hindern, ihre Schlafecke aufzusuchen und dort zu schlafen. Und drittens das Schwierigste, man muß ihnen ein nahrhaftes Ersatzfutter für die bei uns nicht zu beschaffenden großen Mengen an Termiten und Ameisen zur Verfügung stellen. Außer der Beigabe von Ameisenpuppen wird dieses Ersatzfutter gewöhnlich aus entsprechenden Mengen von Roheiern, Schabefleisch, Vollmilch und Mais- oder Weizenmehl zusammengestellt. Mitunter halten Erdferkel bei solcher unnatürlichen Nahrung Jahre – sogar ein Jahrzehnt lang – in Tiergärten aus. Da die Erdferkel in Freiheit ausgesprochene Nachttiere sind, die sich tagsüber kaum über der Erdoberfläche sehen lassen, und auch deshalb, weil ihnen – da sie dann sofort unermüdlich und rasch weiterwühlen, wobei sie Gänge bis zu 20 m Länge vortreiben – durch Ausgraben nur schwer beizukommen ist, besteht in absehbarer Zeit wahrscheinlich keine ernste Gefahr für ihre Weiterexistenz. Trotzdem hat die Bestandsdichte in freier Wildbahn schon beträchtlich abgenommen. Ihr großer Vorteil ist, daß die Erdferkel ausgesprochene Einzelgänger sind, so daß sie niemals gleichzeitig in Massen getötet werden können. Als ausgesprochen terrestrische Tiere gehen Erdferkel in der Regel nicht ins Wasser, sie können sich jedoch im Notfall schwimmend fortbewegen, ohne zu ertrinken. Dabei schwimmen sie wesentlich langsamer als ein Mensch.

Über die Fortpflanzung dieser Tiere wissen wir noch sehr wenig. Nur in der Paarungszeit finden sich die Geschlechter zusammen. Ob auch Rivalenkämpfe der brünstigen Männchen um den Besitz eines Weibchens stattfinden, ist nicht erwiesen. Die Paarungszeit soll im Oktober liegen. Die Trächtigkeitsdauer würde dann etwa sieben Monate (weil neugeborene Junge im April gefunden wurden) betragen. In Frankfurt a. M. wurde 1962 und 1963 ein junges Erdferkel geboren. Beide Jungtiere konnten zwar nicht hochgebracht werden, es ist aber sehr erfreulich, daß es überhaupt gelingt, dieses schwer zu pflegende Tier in Gefangenschaft zur Fortpflanzung zu bringen, was bisher nur in Frankfurt gelungen ist. Das Erdferkelweibchen besitzt vier Milchzitzen. Allerdings wird in der Regel nur ein Junges geboren. Man hat jedoch auch schon zwei Embryonen im Mutterleib erlegter weiblicher Tiere gefunden.

In Trockenzeiten halten die Erdferkel anscheinend einen tiefen, jeweils mehrere Tage andauernden Trockenzeitschlaf. Das ist vermutlich ein ähnlicher, periodisch wiederkehrender, jahreszeitlich gebundener Ruhezustand, wie wir ihn in der sogenannten Winterruhe der Braunbären kennen.

Sichere älteste Fossilfunde von Tubulidentata sind nur aus dem ostafrikanischen Miozän bekannt, jüngere aus dem altweltlichen Pliozän und Pleistozän. Sie werfen jedoch kein Licht auf die Herkunft des afrikanischen Erdferkels. Spärliche Tubulidentata-Fossilien kennen wir auch aus dem späten Pleistozän Madagaskars.

Überordnung Paenungulata – Vorhufer

Ordnung Hyracoidea – Schlieftiere

Familie Procaviidae – Kletterschliefer

Stellte die zoologische Systematik die erdferkelartigen Säuger in die Überordnung Protungulata, Urhufer, so bringt der Name der Überordnung Paenungulata, Vorhufer, einen weiteren Entwicklungsschritt zum Ausdruck. In der Überordnung der Vorhufer werden drei äußerlich verschiedenartige Säugetierordnungen zusammengefaßt: die Hyracoidea, die rezenten Schlieftiere, die Proboscidea, die Rüsseltiere, und die Sirenia, die Sirenentiere.

Nach Thenius und Hofer sind die Schliefer in Afrika entstanden und bis zum Pliozän auf diesen Kontinent beschränkt gewesen. Erst im beginnenden Pliozän ereichten die Hyracoidea Europa und Asien, wo sie sich als Steppenformen bis nach Ostasien ausbreiteten.

Wer ohne große zoologische und anatomische Kenntnisse die kleinen, im allgemeinen nicht mehr als kaninchengroßen Angehörigen der artenreichen Familie Procaviidae, die Kletterschliefer, zum ersten Male zu Gesicht bekommt, kann es nur schwer verstehen, in ihnen einerseits nicht weit entfernte Verwandte des Erdferkels, andererseits aber weit engere der Elefanten und Sirenen sehen zu müssen.

Die Schliefer sind eine Ordnung kleiner Huftiere mit vorn vier- und hinten dreizehigen Füßen, deren Zehen breite Nägel tragen. Allerdings ist an den vierzehigen Vorderfüßen noch ein zurückgebildeter Daumen vorhanden, und an der mittleren Zehe der Hinterfüße ist der Nagel krallenartig umgeformt. Die Tiere sind aber Sohlengänger. Der Schwanz ist stummelförmig. Äußerlich ähneln Schliefer weit mehr einem Nagetier, vor allem einem Steppenmurmeltier, als den ihnen verwandten Elefanten. Hinzu kommt, daß sie am ganzen Körper behaart sind und auch ihr Gebiß sehr nagetierähnlich ist. In ihm fehlen die Eckzähne. Die ersten Prämolaren fallen frühzeitig aus, und die Backenzähne sind denen der Nashörner recht ähnlich. Die Schneidezähne jedoch, von denen in jeder Oberkieferhälfte einer, in jeder

Unterkieferhälfte zwei vorhanden sind, haben wie bei den Rodentia keine Wurzeln und wachsen bei Abnutzung ständig nach.

Als Luther bei seiner Bibelübersetzung auf den hebräischen Tiernamen Shapan (der Sichverbergende) stieß, womit die im antiken Orient beheimateten Schliefer gemeint waren, wußte er mit ihm nichts anzufangen und übersetzte das Wort einfach mit »Kaninchen«, die es dort aber gar nicht gibt. Wie Hahn in seiner 1959 erschienenen Monographie der Schlieftiere anführt, passierte das gleiche, allerdings im umgekehrten Sinne, den Phöniziern bei der Entdeckung der Pyrenäenhalbinsel. Auch in ihrer Sprache hießen die Schliefer »shapan«. Die Phönizier kannten aus ihrer Heimat die wirklichen Shapans, aber nicht die auf jener Halbinsel in großen Mengen bodenständigen Wildkaninchen. Jedoch machten auch sie es sich leicht und bezeichneten die ihnen unbekannten kleinen lagomorphen Säuger ebenfalls mit Shapan. Die Pyrenäenhalbinsel selbst, auf der es keinen einzigen lebenden Hyracoidea-Vertreter gab, nannten sie »Shapan-Insel«, in ihrer Sprache »I-shapan«. Aus dieser Bezeichnung machten die Römer dann »Hispania« und wir endlich »Spanien«.

Die Schliefer sind vorwiegend Pflanzenfresser. Ihre Bezahnungs- und Darmverhältnisse zeigen, daß sie vegetarischer Ernährung angepaßt sind. Ihr Darmtraktus weist nicht nur ein Paar normale, sackartige Blinddärme auf, er verfügt auch noch über einen dritten, unpaaren Blindsack im Dünndarmbereich. Als Duftorgan, das bei den im tiefen Urwald hausenden Regenwald-Baumschliefern überdies einen aus dunklem Felluntergrund hervorleuchtenden, hellen Signalfleck darstellt, besitzen alle Schlieferarten eine Drüse auf der hinteren Rückenmitte.

Die Heimat der rezenten Schliefer ist vorwiegend Afrika. Es kommen aber auch noch

Pflanzenfressende Baumkronenbewohner des west- und mittelafrikanischen Urwaldes sind die drei Arten der Baumschliefer (Gattung *Dendrohyrax).* Mit den Klipp- und Steppenschliefern bilden sie die am nächsten mit den Elefanten und Sirenen verwandte Ordnung der Schlieftiere (Hyracoidea)

Vertreter in Arabien und Kleinasien vor. Drei Gattungen werden unterschieden: *Dendrohyrax*, die Baum- oder Wildschliefer; *Heterohyrax*, die Busch- oder Steppenschliefer, und *Procavia*, die Klipp- oder Wüstenschliefer.

Dazu gehören insgesamt acht rezente Arten mit mindestens 75 Unterarten. Von der Lebensweise mehrerer dieser Arten und vor allem vieler Unterarten ist so gut wie nichts bekannt. Es finden sich solche, bei denen die Weibchen zwei, vier oder sechs Zitzen tragen. Einzelne Arten scheinen polygam, andere monogam zu sein. Monogam sind wahrscheinlich einige Regenwald-Baumschliefer. Diese verbringen ihr ganzes Leben auf hohen Bäumen. Dort finden sie ausreichende, frische und saftige Nahrung. Ihre Wohnräume bieten in hohlen Ästen auch sicheren Unterschlupf.

In felsigen Gebieten Afrikas leben kolonieweise die in vier Arten aufgeteilten kaninchengroßen Klippschliefer oder Shaphans (Gattung *Procavia*). Ihre Fußsohlen wirken beim Kopfunter-Kopfüberklettern an steilen Felswänden als Haftsauger

Von den Klippschliefern werden vier Arten mit zahlreichen Unterarten unterschieden. Es sind das der 1766 zuerst beschriebene, in Südafrika heimische Kapklippschliefer *(Procavia capensis)*, der Johnstonsche Klippschliefer von Malawi *(Procavia johnstoni)*, der Abessinische Klippschliefer *(Procavia habessinica)* und der Sudan- oder Sahara-Klippschliefer *(Procavia ruficeps)*. Am besten von diesen vier Arten, damit gleichzeitig von sämtlichen Schlieferarten, sind der Kap- und der Abessinische Klippschliefer bekannt. Die in Malawi lebende Unterart des Johnstonschen Klippschliefers ist die größte rezente Klippschlieferform. Beim Sahara-Klippschliefer überrascht uns, daß er selbst Felsmassive inmitten der Wüste Sahara besiedelt, und vom Kapklippschliefer, daß seine eingetrockneten Exkremente und sein Harn als offizielles »Hydraceum capense« im 19. Jahrhundert pharmazeutische und pharmakologische Bedeutung als Rohstoff im Weltmaßstab hatten und in beschränkterem Maße (zur Herstellung von Parfüm) heute noch haben.

Klippschliefer bewohnen in großen Rudeln

Felsgebiete, von deren dürftiger Vegetation sie sich ernähren. Sie stellen Wachen aus, die durch Lautäußerungen und Klopfsignale die weidende oder sich sonnende Herde vor nahenden Gefahren warnen. Mit ihren tief gefurchten Sohlen, die wie Haftscheiben wirken, sind sie vorzügliche Kletterer, die auch an senkrechten Felsen rasch emporsteigen können. Bei Gefahr verbergen sie sich in Felsspalten und Klüften. Ihre Sinnesleistungen sind durchweg sehr gut, so daß sie herannahende Menschen schon auf Kilometerentfernung erkennen sollen. Ein Felsen, der von einer gewöhnlich äußerst standorttreuen Klippschliefergemeinschaft besiedelt wird, ist leicht daran zu erkennen, daß die Tag für Tag und Jahr für Jahr an ganz bestimmten Plätzen abgelegten Exkremente und der gallertige Harn feste, dicke guanoähnliche Schichten von asphalthaltiger Beschaffenheit bilden. Auf solchen Felsen leben Klippschliefer häufig friedlich mit Pavianen, Eidechsen und anderen für sie harmlosen Tieren zusammen. Ihre Feinde sind große und kleine Katzen sowie Schleichkatzen, größere Greifvögel und die Felsenpythonschlange, auch Giftschlangen. Außerdem werden sie stark von speziellen Endo- und Ektoparasiten geplagt, die häufig ausschließlich auf der jeweiligen Schlieferart, zuweilen lediglich auf einer Unterart vorkommen. Während die Vertreter der anderen Schliefergattungen nur schwierig in zoologischen Gärten zu halten sind, vor allem die auf ganz bestimmte Pflanzenarten spezialisierten Regenwald-Baumschliefer, gilt das nicht für die weitaus robusteren Klippschlieferarten. Ist das Zusammenstellen einer Tiergartennahrung für die anderen anspruchsvollen Schlieferformen beinahe schon eine ernährungswissenschaftliche Preisaufgabe, so gedeihen Klippschliefer bei gutem Gebirgsheu und normalem Elefanten(!)-Futtergemisch hier gut. Da sie aber durchweg gute Kletterer sind, ist ihre Haltung trotzdem nicht leicht, vor allem ihre »Behaltung«. Man muß sie in allseitig umgitterten Käfigen unterbringen, aus denen keinerlei Möglichkeit des Entkommens vermittels Durchnagens von Holzbohlen und Planken besteht. Aus Freianlagen mit glatt zementierten Wänden gelingt es diesen »geborenen Ausbrechern« gewöhnlich schon nach kurzer Zeit, auf Nimmerwiedersehen zu entwischen, Wassergräben würden sicher besser das Entweichen verhindern, denn Klippschliefer sind sehr wasserscheu und suchen eher Zuflucht auf Bäumen, als daß sie schwimmen. Bei sorgsamer Pflege und sachgemäßer Unterkunft ist es sogar möglich, Klippschliefer in Gefangenschaft zuweilen zur Fortpflanzung zu bringen.

Ihre Trächtigkeit scheint über sieben bis neun Monate zu währen. Obwohl die Jungenzahl je Wurf – soweit wir bislang wissen – bei anderen Schlieferarten, besonders bei den nur in Familiengrüppchen zusammenlebenden Baumschliefern, wohl ganz selten einmal höher als 1 liegt, gilt das nicht für die polygamen Klippschliefer. Diese haben viele Feinde. Deshalb muß die Vermehrung zur Erhaltung der Art auch größer sein. Beim Kapklippschliefer wurden je Wurf 2 bis 4 Junge festgestellt. Allerdings scheinen Klippschliefermütter notfalls zusätzlich zu ihren eigenen auch durch Raubtiere mutterlos gewordene andere Junge zu adoptieren. Junge Klippschliefer kommen voll entwickelt und bereits fortbewegungsfähig zur Welt. Alt gefangene zeigen sich ihrem Pfleger gegenüber meist nicht sehr zugänglich, junge erweisen sich dagegen bei richtiger Behandlung als recht intelligent und lernfähig. Den Pflegern schließen sie sich eng an und werden sehr zahm und zutraulich, wie wiederholt in zoologischen Gärten beobachtet werden konnte.

Ordnung Proboscidea – Rüsseltiere

Unterordnung Elephantoidea – Elefantenverwandte

Familie Elephantidae – Elefanten

Die Familie Elephantidae, Elefanten im engeren Sinne, ist die einzige, die sich aus der im Tertiär wesentlich reichhaltigeren Ordnung Proboscidea, Rüsseltiere, erhalten hat. Zu ihr gehören zwei Gattungen mit je einer Art, der Asiatische Elefant *(Elephas maximus)* und der Afrikanische Elefant *(Loxodonta africana)*. Sie teilen sich in die subtropischen und tropischen Regionen Südostasiens und Afrikas.

Die Proboscidea sind im Bauplan urtümliche Huftiere, sogenannte Paenungulata oder

Vorhufer. Die ältesten Formen besaßen – zumindest im Oberkiefer – noch ein vollständiges Gebiß mit Schneidezähnen, Eckzähnen und Prämolaren, wie das *Moeritherium* aus dem Eozän. Einige der späteren Formen schoben gleichmäßig oben den zwei Stoßzähne enthaltenden zweiteiligen Zwischenkiefer und unten den mit ebenfalls zwei meistens etwas kleineren Stoßzähnen bewaffneten Unterkiefer weit nach vorn, wie das bei den dadurch mit vier Stoßzähnen bewaffneten, von ihnen aber auch behinderten Mastodonten des Pliozäns der Fall war. Andere Formen entwickelten die oberen Stoßzähne und den Zwischenkiefer so gewaltig, daß der außerordentlich zurückgebildete kleine Unterkiefer stark in seinen Funktionen beeinträchtigt wurde, wie das beim *Stegodon* aus dem Pliozän in Erscheinung trat. Beim *Dinotherium*, das ebenfalls in der Blütezeit der Proboscidea, im Pliozän, lebte, blieb der schwächere Zwischenkiefer oben ohne Stoßzähne. Dafür trug der besonders kräftig ausgebildete und nach vorn zu verlängerte Unterkiefer mächtige, nach unten gerichtete Stoßzähne. Alle genannten und dazu noch viele weitere Rüsseltiertypen sind längst ausgestorben. Lediglich vom *Dinotherium* könnte sich vielleicht in schwer zugänglichen Sümpfen Zentralafrikas eine verzwergte Kümmerform erhalten haben. Es gibt nämlich eine Reihe von unbelegten Mitteilungen, die das behaupten. Dieser kleine, als Wasserelefant bezeichnete, bis jetzt aber noch nicht exakt nachgewiesene Dickhäuter soll seine beiden Stoßzähne wie das *Dinotherium* im Unterkiefer tragen, sehr gut schwimmen und tauchen können und ein dem der Flußpferde ähnliches amphibisches und verstecktes Wasserleben führen.

Die zunehmende Klimaverschlechterung auf der Nordhalbkugel im Pleistozän zwang auch die Rüsseltiere, sich den veränderten Umweltverhältnissen Schritt für Schritt anzupassen, anderenfalls auszusterben. So finden sich von der Familie Mastodontidae, Mastodonten, nur noch altpleistozäne Fossilien. Die Familie Elephantidae versuchte sich in ihrer Gattung *Mammonteus*, den Mammuten, den harten, veränderten Lebensbedingungen besonders gut anzupassen. Die eigentlichen Vorfahren unserer beiden rezenten Elefantenarten dagegen wanderten immer tiefer nach Süden ab und erhielten sich in nach und nach abgewandelter Form bis heute.

Das Mammut *(Mammonteus primigenius)* war ein Charaktertier des Eiszeitalters. Wie zahlreiche Höhlenzeichnungen und andere Darstellungen dieses Riesen beweisen, ist es eines der Hauptjagdtiere der spätpleistozänen Menschen gewesen. Die mit sehr kleinen Ohren versehenen Mammute waren zum Schutz gegen Kälte von einem dichten Pelz aus 20 bis 25 cm langen dunkelbraunen oder rotbraunen Wollhaaren bedeckt. Sie besaßen riesige, spiralig eingedrehte Stoßzähne, die möglicherweise beim Graben und Wühlen nach Pflanzen unter der Schneedecke von Nutzen waren. In den Dauerfrostböden Sibiriens sind einige vollständige Mammutkadaver erhalten geblieben, so daß die Wissenschaft über diese Tiere sehr gut unterrichtet ist. Das Mammut ist nach dem Ende der Eiszeit ausgestorben, wahrscheinlich sogar von den auf Mammutjagd spezialisierten damaligen Menschen ausgerottet worden. Allerdings lebten die letzten Mammute in Sibirien noch bis vor etwa 10000 Jahren.

Im Permafrostboden Sibiriens fand man 1977 ein etwa sechs Monate altes Jungtier vom Mammut. Der Konservierungszustand war so gut, daß noch Eiweißproben untersucht werden konnten. Das Ergebnis lautete: Der Verwandtschaftsgrad des Mammuts zum Indischen und Afrikanischen Elefanten ist etwa der gleiche wie der unserer heutigen Elefanten untereinander. Damit rückt die ausgestorbene Gattung *Mammonteus* näher an *Elephas* und *Loxodonta* heran.

Von den beiden heute lebenden Elefantenarten unterscheidet die Wissenschaft zahlreiche, in den verschiedenen geographischen Gebieten des jeweiligen Gesamtverbreitungsraumes entweder noch vorhandene oder doch vorhanden gewesene Unterarten. Das heutige Areal des Asiatischen, meist als Indischer bezeichneten Elefanten erstreckt sich über ganz Vorder- und Hinterindien, Sri Lanka und einige der Großen Sundainseln. Einst waren noch weite Teile Chinas von ihm besiedelt, während er heute nur bis Südost- und Südchina vorkommt. In frühgeschichtlicher Zeit haben wilde, dort vom Menschen ausgerottete Vertreter der Art *Elphas maximus* sogar in Vorderasien gelebt, wie besonders die Untersuchungen von Brentjes zeigen. Der gleiche Autor bringt auch Belege für das Vorkommen von freilebenden Angehörigen der afrikanischen Elefantenart *Loxodonta africana* in Ägypten

Afrikanischer Wald- oder Rundohrelefant *(Loxodonta africana cylotis).* Charakteristisch für diesen Bewohner des dichten west- und zentralafrikanischen Urwaldes sind die relativ kleinen abgerundeten Ohren. Vom Rundohrelefanten gibt es Zwergformen

und anderen Gebieten des nordafrikanischen Mittelmeergebietes während des historischen Altertums. Heute ist das Vorkommen des Afrikanischen Elefanten demgegenüber wesentlich eingeschränkt. Seine nördlichste Verbreitungsgrenze liegt nunmehr im Süden des Sudans. Auch im südlichen Südafrika ist er als Wildtier längst verschwunden.

Vom Afrikanischen Elefanten gibt es einige Zwergformen. Bei diesen werden selbst die erwachsenen Bullen nicht viel höher als 2 m. Fossilien einst dort lebender Zwergelefanten wurden auf mehreren Mittelmeerinseln gefunden. Das hindert uns nicht an der Feststellung, daß die Vertreter der Unterart des ostafrikanischen Steppenelefanten die größten und schwersten Landsäugetiere sind. Bei diesen können alte Bullen Höhen von über 3 m, in seltensten Fällen von 3,50 m erreichen. Ein Hauptunterscheidungsmerkmal der Unterarten des Afrikanischen Elefanten ist die Form der Ohren. Da die westafrikanischen Waldelefanten durch ihre abgerundeten Ohren, die auch viel kleiner als die riesigen Lappenohren der ostafrikanischen Steppenelefanten sind, auffallen, gab ihnen Matschie den Namen *Loxodonta africana cyclotis.* Beide Typen treten aber in Überschneidungszonen nicht selten in gemischten Herden auf. Ferner wissen wir noch nicht, ob die beiden zwar phänotypisch leicht auseinanderzuhaltenden Formen wirklich auch genotypisch so stark unterschieden sind, daß sie sich nicht mehr ständig oder wenigstens ausnahmsweise miteinander fortpflanzen können. Überhaupt ist bis jetzt die Zucht von Afrikanischen Elefanten in Gefangenschaft nur in wenigen Fällen gelungen. Völlig ungeklärt ist deshalb auch noch, ob sich Afrikanische und Asiatische Elefanten erfolgreich miteinander fortpflanzen können. Versuche, diese beiden Arten zu kreuzen, wurden von Brandes 1930 bis 1934 mit zwei, wahrscheinlich noch zu jungen Tieren ergebnislos im Dresdner Zoo unternommen. Da der zur Verfügung stehende afrikanische Elefantenbulle während der Brunst jedoch höchst gewalttätig war, wodurch dann die Gefahr von Ausbruchsversuchen bestand, mußte er stets bei Anzeichen von geschlechtlicher Aktivität durch Beruhigungsmittel stark in seinem Bewegungsdrang gehemmt werden. Daß unter solchen Voraussetzungen die dennoch beobachteten Begattungen ohne Ergebnis blieben, war an sich zu erwarten. Wahrscheinlich ist jedoch das Erzielen derartiger Bastarde selbst von unbeeinflußten Tieren nicht möglich. Normal beträgt, wie bei Asiatischen Elefanten beobachtet werden konnte, die Trächtigkeitsdauer der Kühe fast zwei Jahre (etwa 23 Monate). Danach wird gewöhnlich ein Junges geboren, das etwa 100 kg wiegt. Es kommt voll entwickelt zur Welt, ist etwa 1 m hoch und wird zunächst ziemlich lange ohne feste Zukost mit der Milch der Mutter ernährt. Es saugt geschickt mit dem Maule, nicht etwa schon mit dem Rüssel, aus den beiden an der Brust nebeneinander zwischen den Vorderbeinen liegenden und mit jeweils einer Zitze versehenen Eutern. Da das Junge sehr lange unselbständig ist, bringen die Kühe im Durchschnitt nur alle acht Jahre ein Kalb zur Welt.

Auf eine ausführliche Beschreibung beider Elefantenarten kann wegen unserer Fotos ohne weiteres verzichtet werden. Die wesentlichsten äußeren Unterscheidungsmerkmale sind folgende: Die steile Stirn, die relativ kleinen dreieckigen Ohren und der bogenförmig nach oben gekrümmte »Karpfenrücken« kennzeichnen den Asiatischen Elefanten. Im Gegensatz dazu hat der Afrikaner eine stark gerundete Stirn, großflächige Lappenohren, die beim Steppenelefanten besonders groß und unten spitz, beim Waldelefanten hingegen viel kleiner und rund auslaufend sind, und einen nach unten eingesenkten »Sattelrücken«. Beide Arten lassen sich ferner an der Zahl der Nagelhufe ihrer Vorder- und Hinterfüße unterscheiden, obwohl es auch afrikanische Formen gibt, die wie der Asiatische Elefant vorn fünf und hinten vier Hufe zeigen. Normal haben die Hinter- und Vorderfüße Afrikanischer Elefanten jedoch nur drei. Ein wichtiges Merkmal ist der unterschiedliche Bau der Backenzähne. Beim Asiatischen Elefanten besteht jeder Backenzahn aus bedeutend mehr einzelnen, unter sich durch Zement verbundenen Schmelzplatten. Beim Afrikanischen hat der Backenzahn zwei charakteristische geschlängelte Schmelzfaltenbänder längs der Kaufläche, während beim Asiatischen Elefanten die quergestellten Schmelzfalten jeder einzelnen Schmelzplatte parallel zueinander verlaufen. Erwachsene Elefanten können ein Gewicht von mehr als 4000 kg erreichen. Trotz dieses gewaltigen, auf die vier Füße drückenden Gewichtes ist der ausdauernde Gang dieser Kolosse nicht nur fördernd schnell, sondern auch weich und leise. An allen vier Füßen besitzt der Elefant ein elastisches Sohlenpolster. Wie Heck zum Ausdruck bringt, ist dem Knochengerüst des »schief aufsteigend getragenen Fußes ein nach hinten an Dicke zunehmendes, ebenso festes wie elastisches Polster untergeschoben, welches das untere Ende des Beines, seiner Säulenform entsprechend, zu einer mehr oder weniger runden Hornsohle ausgleicht«.

Die Haut der Elefanten ist sehr dick, dennoch sehr empfindlich. Erwachsene rezente Elefanten erscheinen auf den ersten Blick haarlos, sind es aber durchaus nicht. Stärker behaart ist bei allen das Schwanzende und – wimpernähnlich – die Umgebung der Augen. Wir finden eine spärliche Behaarung aber auch über den Körper verteilt. Sie ist allerdings meist sehr kurz, da sie ständig abgescheuert wird. Junge, besonders neugeborene Elefanten sind dagegen am ganzen Körper auffällig behaart. Die ausgestorbenen pleistozänen Mammute blieben es bekanntlich sogar zeitlebens.

Die Sinnesleistungen der Elefanten sind gut entwickelt, nur das verhältnismäßig kleine Auge scheint auf größere Entfernungen weniger funktionstüchtig zu sein. Beide Elefantenarten besitzen ein leistungsfähiges Gehirn. Das bedingt, daß sie – gemeinsam mit Menschenaffen und Delphinen – zu den intelligentesten Wildsäugetieren gehören.

Der Proboscidea-Rüssel war ursprünglich nichts weiter als die Nase mit Oberlippe, was er primär noch ist. Dieses Organ verlängerte sich im Laufe der Entwicklung immer mehr und wurde so sekundär zu dem heutigen vielseitigen Instrument. Außer als Geruchs- und empfindliches Tastorgan hat sich der Rüssel zusätzlich zum Greifen und Heben der Nahrung, zum Aufsaugen des Trinkwassers und zur Schlagwaffe entwickelt. Beim Asiatischen Elefanten läuft er am freien Ende oben in einem biegsamen greiffingerartigen Fortsatz aus. Der Afrikanische kann dagegen den oberen und unteren Rand der Rüsselöffnung fest gegeneinander pressen und dazwischen Gegenstände einklemmen, aufheben und zum Maule führen. Durch den Rüssel braucht der tonnenschwere Elefant bei der Nahrungsaufnahme nicht niederzuknien, sondern kann aufrecht stehen bleiben. Beim Trinken wird der Rüssel einfach in das Wasser eingetaucht und dieses dann schlürfend eingesaugt. Er faßt – mit Einschluß einer Einbuchtung im knöchernen Schädel unter dem Rüsselansatz – etwa soviel wie ein normaler Kücheneimer. Ist er gefüllt, steckt der Elefant den Rüssel in sein Maul und spritzt den Inhalt den Schlund hinab. Wie jeder Zuschauer von Elefantenvorführungen weiß, können Elefanten sehr geschickt niederknien und sich auch niederlegen. Jüngere Elefanten pflegen sich gewöhnlich stets zum Schlafen niederzulegen. Sehr alte, unbeholfener gewordene, suchen das aber zu vermeiden, indem sie sich an Baumstämme, Klippen oder im Zoo an Mauern anlehnen und stehend schlafen.

Neben dem Rüssel ziehen die Stoßzähne der Elefanten die besondere Aufmerksamkeit der Menschen auf sich. Diese auffälligen Waffen der fossilen und rezenten Proboscidea sind nicht etwa die oberen Eckzähne. Obere und untere Eckzähne besitzt keiner unserer heutigen Elefanten. Nur das bereits erwähnte urzeitliche *Moeritherium* besaß sie noch im Oberkiefer. Die Unterkieferstoßzähne des *Dinotheriums* waren ebenfalls keine unteren Eckzähne, sondern Unterkieferschneidezähne. Nichts anderes als riesige, bei der allmählichen Reduktion des Proboscidea-Gebisses übriggebliebene obere Schneidezähne sind auch die Stoßzähne der rezenten Elefanten. Diese haben mit dem oberen Nagezahnpaar der Rodentia gemeinsam, daß sie wurzellos sind und bei Abnutzung ständig nachwachsen. Die Elefantenstoßzähne liefern das begehrte Elfenbein. Seinetwegen wurden Elefanten schon seit vielen Jahrtausenden gejagt. Bei den Afrikanischen Elefanten tragen in der Regel beide Geschlechter Stoßzähne. Allerdings sind die der Weibchen gewöhnlich viel kürzer, dünner und leichter. In seltenen Fällen können die Stoßzähne eines sehr alten afrikanischen Elefantenbullen Längen von 4,10 m und ein Rekordgewicht von 225 kg erreichen. Bei den Asiatischen Elefanten bleiben die weiblichen Tiere häufig ganz ohne Stoßzähne oder besitzen nur kleine kümmerliche Stoßzahnrudimente. Selbst stoßzahnlose Elefantenbullen sind, vor allem von Sri Lanka, bekannt geworden. Anderseits können auch alte männliche Asiatische Elefanten sehr große und kräftige Stoßzähne haben. Die entsprechenden durchschnittlichen Maß- und Gewichtswerte liegen aber beträchtlich unter denen afrikanischer Elefantenbullen.

Mit Hilfe der Stoßzähne entrindet der Elefant Bäume, um die Rinde zu verzehren. Als Stoßwaffe gebraucht er sie vor allem gegen seine tierischen und menschlichen Feinde, soll sie aber kaum bei Rangordnungs- und Brunstkämpfen gegen Artgenossen einsetzen. Übrigens kommt wohl den Stoßzähnen weit mehr der Wert einer von vornherein einschüchternden Imponier- und Prunkwaffe zu. Um sich schnell und wirksam zu verteidigen, eignen sich der äußerst bewegliche Rüssel und die Säulenbeine viel besser. Gerade stoßzahnlose asiatische Elefantenbullen gelten als besonders angriffslustig und gefährlich. Greifen gereizte Elefanten an, so klappen sie zunächst die Ohren so weit nach vorn, daß sie weit vom Kopf abstehen, was dann bei den großohrigen ostafrikanischen Steppenelefanten an ausgebreitete riesige Fledermausflügel erinnert. Unter gereiztem, weithin hallendem Trompeten heben sie den Rüssel steil in die Höhe und rennen dem Feind frontal entgegen. Wer erwischt wird, wird zerstampft. Auf Grund böser Erfahrungen sind die Elefanten normalerweise Menschen gegenüber sehr mißtrauisch. Ihre Verteidigung besteht dann meist im raschen, jeder menschlichen Aktion zuvorkommenden Angriff.

Elefanten sind ausgesprochene Pflanzenfresser. Sie ernähren sich in Freiheit besonders von Laub und Geäst verschiedener Bäume und Büsche, vor allem von solchen mit weichem Holz. Dieses belaubte Astwerk reißen oder brechen sie mit dem Rüssel ab und führen es zum Maule. Es sind erstaunlich starke frische Aststücke von Weichholzbäumen, die die Tiere mit den Kauzähnen zermahlen können. Um ihn auf maulgerechte Länge zu bringen, tritt der Elefant mit dem Fuß auf den betreffenden langen Ast und hält ihn fest, während der Rüssel das begehrte Stück in der notwendigen Kürze abbricht. Wenig bekannt ist, daß Ele-

Afrikanische Steppenelefanten *(Loxodonta africana africana)* an der Tränke. Als gute Schwimmer können sie auch tiefes Wasser aufsuchen. Kennzeichen sind die großflächigen Lappenohren

fanten auch regelrecht grasen können. Dazu fassen sie mit dem Rüssel große Grasbüschel, reißen sie aus, klopfen die anhaftende Erde an ihren Beinsäulen ab und stecken den Bissen ins Maul. Der Asiatische Elefant nimmt täglich über einen Zeitraum von 17 bis 19 Stunden Nahrung auf. Die verzehrte Futtermenge beträgt etwa 150 kg, die abgesetzte Kotmenge etwa 80 kg. Ein erwachsener Elefant benötigt im Zoo täglich etwa 100 kg Nahrung. Sie wird gewöhnlich aus vielen Bestandteilen, darunter Heu, Rüben, Hafer und Kartoffeln, zusammengestellt. In tropischen Gebieten werden einbrechende Elefantenherden vor allem in Hirse- oder Reisfeldern und in Bananenpflanzungen schädlich, weil sie dabei meistens viele Hektar Fläche gänzlich verwüsten.

Der außerordentlich großen Beanspruchung durch die harte Nahrung ist das Elefantengebiß sehr gut angepaßt. In jeder der beiden Hälften des Oberkiefers und des Unterkiefers ist im Normalfall immer nur ein einziger Kauzahn in Funktion. Wenn diese Mahlzähne fast abgekaut sind, schiebt sich von hinten unten jeweils ein neuer intakter zur Oberfläche und drückt dabei langsam den abgenutzten Zahnstummel nach vorn aus seinem Zahnbett. Schließlich fällt er ganz aus, und der neue Zahn verrichtet allein die Kau- und Mahlarbeit. Das geht so lange, bis er selbst nach sechs bis zehn Jahren wieder heruntergekaut ist. Dann wird er auf die gleiche Weise gewechselt. Im ganzen sind während des Lebens eines Elefanten – es beträgt maximal sechzig Jahre – in jeder Oberkiefer- und Unterkieferhälfte sechs derartige Zahnwechsel möglich.

Elefanten sind Rudeltiere. Man kann sowohl gemischten Herden als auch solchen, die nur Tiere eines Geschlechts enthalten, in Freiheit begegnen. Meist hat ein alterfahrenes Tier, sehr oft eine Kuh, die Führung. Elefanten sind gegenseitig sehr hilfsbereit. Junge Elefanten werden nicht nur vom eigenen Muttertier, sondern auch von anderen Weibchen, besonders von solchen, die kein eigenes Junges haben, mitbetreut. Erwachsene Tiere, die ver-

Arbeitselefanten *(Elephas maximus)* werden in Süd- und Südostasien vielfältig verwendet, vor allem als Lastenträger, Reittiere und Umkipper von Bäumen in der Edelholzfällerei. Gewöhnlich werden sie als erwachsene Tiere eingefangen und dann gezähmt und abgerichtet

wundet worden sind, werden bei der Flucht von ihren Artgenossen gestützt. Dazu nehmen zwei andere Elefanten sie in die Mitte und pressen sich an sie, damit die Taumelnden nicht umfallen können. Diese Hilfeleistung wird beim Fang wilder erwachsener Elefanten in Indien ausgenutzt. Die Neugefangenen werden ebenfalls derart zwischen zwei »altgediente« Arbeitselefanten genommen und auf diese Weise gebändigt und an der Flucht gehindert. Asiatische Arbeitselefanten sind nur in den seltensten Fällen in Gefangenschaft gezüchtet und aufgezogen worden. Die meisten von ihnen fängt man als erwachsene oder halbwüchsige Tiere. Erstaunlicherweise werden die gelehrigen Tiere ungewöhnlich rasch zahm und folgsam. Heute werden die Arbeitselefanten allmählich durch schwere Traktoren ersetzt. Schon im Altertum kannte man Arbeits- und Kriegselefanten. Sowohl Asiatische als auch Afrikanische Elefanten wurden dafür verwendet. Die Kunst, Afrikanische Elefanten ebenso abzurichten wie die Asiatischen, ging danach für Tausende von Jahren wieder verloren. Erst Carl Hagenbeck entwickelte sie mit bestem Erfolg im letzten Viertel des 19. Jahrhunderts neu. In Zentralafrika befinden sich jetzt Stationen, die Arbeitselefanten heranziehen, ausbilden und bei der Urwald- und Holzfällerarbeit einsetzen. Allgemein bekannt ist, daß Elefanten gern an Wasserstellen gehen, um an heißen Tagen bis zu 200 Liter Wasser zu trinken oder zu baden, weniger weiß man jedoch, daß sie auch vorzüglich zu schwimmen vermögen. An der Küste der Südkalifornischen Inseln ist ein Elefant nach einem Schiffsunglück 1856 etwa 50 km weit zur Küste geschwommen. Ähnliche Berichte über die Schwimmleistungen von Elefanten stammen aus Indien, Sri Lanka und Kenia.

Elefanten haben ein erstaunliches Erinnerungsvermögen. Gute und schlechte Erfahrungen, die sie gelegentlich, oft schon viele Jahre zurückliegend, gemacht haben, bewahren sie nicht nur im Gedächtnis, sondern verhalten sich auch bei der Wiederkehr ähnlicher Situationen dementsprechend. Auch Personen, die ihnen einmal Schaden zugefügt oder Schmerzen bereitet haben, vergessen sie nicht. Ein Beispiel dafür. Der erwachsene afrikanische Elefantenbulle »Jumbo« des Dresdner Zoologischen Gartens (vor dem zweiten Weltkrieg) hatte Darmbeschwerden. Normalerweise nahm er dann kein Futter auf. Bekamen jedoch die beiden mit ihm zusammenlebenden asiatischen Elefantenkühe »Birma« und »Nanga« Leckerbissen angeboten, so versuchte er, ihnen diese zu entreißen und sie sich schnell in den eigenen Schlund zu stopfen. Das machte sich der Verfasser zunutze, indem er in einem Brotkanten das dem kranken Elefanten zugedachte, sehr bittere Medikament verbarg. Als die eine Elefantenkuh dieses Brotstück mit dem Rüssel zu erfassen versuchte, wurde es so lange wieder zurückgezogen, bis auch »Jumbo« heran war und nun seinerseits und wie beabsichtigt – natürlich auch erfolgreich – rasch zufassen konnte. Wie wütend wurde aber nun das überlistete Tier nach dem freilich zu spät bemerkten Betrug. Seither durfte sich der Verfasser nicht vor »Jumbo« blicken lassen, wenn dieser auf der Freianlage umherlief. Sofort sammelte der Elefant lose umherliegende kleine Steine mit dem Rüssel auf und schleuderte sie erstaunlich zielgenau und mit Wucht nach seinem vermeintlichen Feind.

Elefanten, besonders junge und halbwüchsige, sind durchaus nicht so widerstandsfähig gegen Krankheiten, wie man meist annimmt.

Der ärgste Feind der Elefanten in unseren zoologischen Gärten und Zirkussen sind die Wanderratten. Viele Elefanten sind hier schon Rattenbissen zum Opfer gefallen. Die Wanderratten nagen, ohne daß der Elefant es spürt, bei den schlafend am Boden hingestreckten oder stehenden Dickhäutern die Fußsohlenhaut bis zu den vorhin erwähnten sehr blutgefäßreichen Sohlenpolstern durch. Aus diesen winzigen Wunden verbluten dann die Riesentiere, falls die Pfleger nicht noch rechtzeitig darauf aufmerksam werden. Carl Hagenbeck hat dadurch einmal in einer einzigen Nacht drei Afrikanische Elefanten verloren.

Durch die Zerstörung ihrer Lebensräume sind leider auch die Elefanten vom Aussterben bedroht. Die Anzahl der Indischen Elefanten hat in den letzten 30 Jahren katastrophal abgenommen. Es gibt zur Zeit nur noch etwa 28000 bis 42000 wilde Vertreter dieser Art. Beim Anhalten des gegenwärtigen Trends würden sie zu Ende dieses Jahrhunderts nur mehr als Haustiere und in Zoos weiter existieren. Die Bestände des Afrikanischen Elefanten werden zwar noch auf mehr als eine Million geschätzt, doch haben sie in 18 von 33 afrikanischen Ländern infolge Nahrungsmangel und Bedrohung durch wildernde Elfenbeinjäger stark abgenommen. Auch für den Fortbestand dieser großartigen Rüsseltiere ist die Erhaltung der natürlichen Umwelt das vordringlichste Problem.

Ordnung Sirenia – Sirenentiere

Unterordnung Trichechiformes – Echte Sirenen

Eine der seltsamsten, von Märchen, Sagen und Fabeln seit alters umwobene Säugetierordnung ist die der Sirenentiere. Weil sie ausschließlich Pflanzenfresser sind, bezeichnet man sie auch oft, zwar wesentlich prosaischer, aber zutreffender, als Seekühe. Besonders bemerkenswert in kulturhistorischer Hinsicht ist, daß auf die Existenz der Sirenia letztlich der erdumspannende Märchenkranz von Nixen und Seejungfrauen zurückgeht, der schon seit Jahrtausenden die Einbildungskraft der Völker, vor allem der seefahrenden und küstenbewohnenden, bewegt. Man erinnere sich an Homers Odyssee, in der jene böswilligen Meermädchen, eben Sirenen genannt, durch lieblichen, sinnbetörenden Gesang nahende Seefahrer zu sich und damit unentrinnbar ins Verderben lockten. Betrachtet man diese großen und massigen, unangegriffen durchaus harmlosen Wassersäuger in Wirklichkeit, so muß jeder nüchterne Beobachter zunächst verwundert sein, wie es überhaupt möglich war, sie mit einem solchen Nimbus zu umgeben. Gewiß, der Körper aller rezenten Sirenenarten endet in einem horizontalgestellten »Fischschwanz«, bekanntlich Hauptmerkmal jener Fabelwesen. Auch die zu flossenähnlichen Gebilden umgewandelten Vordergliedmaßen der Seekühe erinnern noch entfernt an Menschenarme, wobei hinzukommt, daß die Weibchen aller Sirenenarten ihre beiden Gesäuge zwischen den Vordergliedmaßen nebeneinander an der oberen Brust tragen. Sonst jedoch gehört große Einbildungskraft dazu, in diese fast unbehaarten und spindelförmigen, überaus plumpen Walzenkörper das Ebenbild natürlicher Mädchenschönheit hineinzugeheimnissen. Dennoch spricht mehr als genug dafür, daß sie tatsächlich das Urbild jener legendären Mischwesen zwischen Menschenfrau und Fisch gewesen sein müssen. Es erscheint daher angebracht, hier einmal die Ursachen jener jahrhundertealten Legenden zu analysieren.

Alle Sirenen bevorzugen flache Küstengewässer, vor allem die an Wasserpflanzen reiche Nähe der Flußmündungen und stille Buchten. Ihr natürlicher Lebensraum ist also die von den alten Seefahrern mit Recht gefürchtete gefahrenreiche Uferzone. Auf Sirenia trafen sie fast an allen tropischen Meeresküsten. Sogar im Beringmeer begegneten sie 1741 der bereits 1768 ausgerotteten Stellerschen Seekuh. Kein Wunder, daß Sirenen verhältnismäßig häufig von den Matrosen gesichtet wurden. Alle Sirenenweibchen haben, wie schon betont, mit den Menschenfrauen gemeinsam, daß sie ihr einziges Milchbrustpaar zwischen den Vordergliedmaßen an der oberen Brust tragen. Außerdem können sich auftauchende Sirenen kurze Zeit bis zu etwa einem Drittel der gesamten Körperlänge über die Wasseroberfläche erheben, um zu sichern. Sie sind auch in der Lage, die Vorderflossen in der seichten Uferzone aufzustützen und sich mit dem Vorderkörper aus dem Wasser zu erheben. Daß dieser Erklärungsversuch nicht nur eine theoretische Überlegung ist, beweist E. Mohr in ihrem 1957 erschienenen Buch über die Sirenen an folgendem Beispiel: »Im Juli 1905 kam ein Frachtdampfer bei Harmil Island im Roten Meer vorbei. Dort glaubte zunächst der Kapitän drei Menschen bis zur Brust im Wasser stehen zu sehen und hielt sie für Schiffbrüchige, signalisierte sie an und hielt auf sie zu. Es war aber eine Dugong-Familie, die sich für etwaige Hilfeleistungen bedankte und wegtauchte . . .

Wenn wir uns von allen diesen Mystifikationen frei machen, bleibt in tierkundlicher Beziehung noch genug Interessantes übrig. Vieles über Leben und Aussehen der Sirenia ist bereits im vorausgegangenen gesagt worden, bedarf aber der Ergänzung und Vertiefung. Äußerlich ähneln die Sirenentiere in mancherlei Hinsicht den Walen (Cetacea), mit denen sie vor allem den walzenförmigen Körper, das Fehlen des Hintergliedmaßenpaares und die quer stehende Schwanzflosse gemeinsam haben Wie die Glattwale (Balaenidae) besitzen auch die Sirenia keine unpaarige Rückenflosse (Finne). Wegen dieser besonders dem Laien auffallenden Ähnlichkeit mit den Walen hat man die Seekühe früher fälschlich zuweilen als »pflanzenfressende Wale« bezeichnet. Obwohl gefangengehaltene Sirenen in geringem Maße angebotene animalische Kost (tote Fische) verzehren, scheinen sie in Freiheit nur von Pflanzen zu leben. Die Wale dagegen ernähren sich lediglich von Tieren, wenn diese bei einer Reihe von Arten auch nur zum Meeresplankton gehören. Cetacea und Sirenia haben phylogenetisch wenig miteinander zu tun, denn sie stammen innerhalb der Klasse der Säugetiere von verschiedenen Vorfahren ab. Ihre wechselseitige und nur äußerliche Ähnlichkeit ist eine Konvergenz, die durch das viele Jahrtausende währende ständige Leben im Wasser, durch die Anpassung an diese Daseinsweise, bedingt ist. Wie ihr Skelettbau erkennen läßt, stehen die Seekühe den Schliefern und Elefanten unter den Landsäugetieren am nächsten. Von der Säugetierkunde werden sie deshalb mit diesen beiden Ordnungen (Hydracoidea und Proboscidea) in der gemeinsamen Überordnung der Paenungulata (Vorhufer) vereinigt. Freilich weist das Knochengerüst der rezenten Sirenen gegenüber dem der Schliefer und Rüsseltiere viele Besonderheiten auf. Diese beruhen auf ihrer mindestens seit dem Eozän zurückliegenden fortlaufenden Wiederanpassung an ein ständiges Dasein im Wasser. Die geologisch ältesten Sirenen sind bereits Wasserbewohner gewesen, doch zeigen sie noch verschiedene ursprüngliche Merkmale, die ihre Herkunft von Landsäugetieren belegen. Obwohl bei sämtlichen rezenten Sirenen die Hinterextremitäten äußerlich völlig verschwunden sind, findet man immer kleine Reste des Beckengürtels ihrer Vorfahren als funktionslos gewordenen rudimentäre Organe. Es gelang Abel, die ungefähre Stufenfolge der sukzessiven Rückbildung der Hüftbeine bei den Seekühen seit dem Mitteleozän zu zeigen. Bei dem ausgestorbenen *Eotheroides* weist noch eine große Gelenkpfanne am Hüftbein

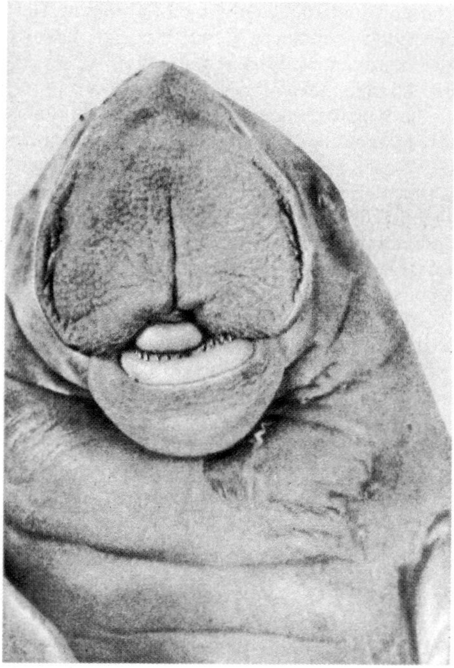

Das Gesicht des Dugongs *(Dugong dugong)* zeigt, wie das der Elefanten, eine starke Knickung des Profils. Tatsächlich sind die Elefanten die nächsten Verwandten der Seekühe. Alte Dugong-Männchen besitzen sogar ein Paar oberer kleiner Stoßzähne

darauf hin, daß es ein wohlentwickeltes Hinterbein besaß. Bei den rezenten Arten ist nicht nur dieses Hinterbein verschwunden, sondern auch die am Rudiment befindliche Gelenkpfanne nur noch angedeutet. Scham- und Sitzbein sind zu einer funktionslos gewordenen Platte verschmolzen, und das Hüftloch ist verschwunden. Das funktionslose Organ steht lose durch Bindegewebsstränge mit der Wirbelsäule in Verbindung. Die Vordergliedmaßen sind erhalten geblieben, haben sich aber zu plumpen, im Ellbogengelenk beweglichen, kräftigen Flossenorganen umgebildet. In seichtem Wasser dienen sie als Körperstütze. Bei deren Sektion erkennt man deutlich die von außen nicht feststellbare fünffingerige Hand. An den Vorderflossen einiger amerikanischer und der afrikanischen Rundschwanzsirenenarten (Trichechidae) befinden sich noch vier stark rückgebildete Fingernägel. Die Skeletteigentümlichkeiten der Sirenia wurden aus einer durch ihr Wasserleben bedingten Unterfunktion der Schilddrüse und Überfunktion der Hypophyse zu erklären versucht. Bei den Embryonen, aber auch bei den Jungen, ist das Haarkleid weit dichter angelegt als bei den nahezu nackten erwachsenen Seekühen. Es verschwindet im Laufe der Jugendentwicklung mehr und mehr. Erwachsene Tiere tragen zwar im Gesicht etwas dichter verstreute Tastborsten, am übrigen Körper aber nur wenige feine Tasthärchen. Ohren fehlen den Sirenia, und das Ohrloch ist klein. Auch die Augen sind im Verhältnis zur Körpergröße außerordentlich klein. Augenlider und Wimpern fehlen, dafür ist eine bewegliche Nickhaut vorhanden. Die paarig angelegten Nasenlöcher werden nur beim Atmen geöffnet. Charakteristisch für alle Sirenen ist die auffällige Knickung des Gesichts, wenn man es von der Seite betrachtet. Das rührt daher, daß sich der lange, weit vorgeschobene Zwischenkiefer am Kopfskelett wie ein Geierschnabel nach unten senkt. Nach innen ist dieser »Schnabel« mit einer hornigen Kauplatte verwachsen, der über der Verwachsungsnaht der beiden Unterkieferhälften eine zweite Kauplatte als Antagonist gegenübersteht. Zwischen beiden wird die Nahrung gepackt, ausgequetscht und zerrieben. Im Gegensatz zu dem der Wale ist der Kopf der Sirenen von oben nach unten beweglich, obwohl von außen kein Halsansatz zu erkennen ist. Als Besonderheit unter den pflanzenfressenden Säugetieren besitzen sie einen Kaumagen. Das ist wohl damit zu erklären, daß sie unter Wasser ihre Nahrung abweiden und schlucken, dadurch aber nicht gründlich kauen können.

Das bestätigt die Zahnanlage, die bei den Rundschwanz- und Gabelschwanzsirenen etwas voneinander abweicht. Die ausgerottete Stellersche Seekuh besaß keine Zähne mehr. Auf die Zahnverhältnisse der rezenten Seekühe soll in den artbeschreibenden Kapiteln näher eingegangen werden. Der bereits genannte frühe Vorfahr der heutigen Sirenentiere, *Eotheroides*, besaß noch ein vollständiges Gebiß mit oben und unten je 6 Schneide-, 2 Eck-, 4 Vormahl- und 3 Mahlzähnen. Alle Knochen der heutigen Sirenia sind schwer und plump und ohne Mark. Die dicke Speckschicht ist in vielerlei Hinsicht nützlich: als

Ausgleich des hohen spezifischen Gewichts der Knochen, zur Erhöhung der Schwimmfähigkeit, als Schutzschicht bei raschem Wechsel der Wassertemperatur und als innere Energiereserve. Bei der Stellerschen Seekuh, die im kalten Beringmeer lebte, war sie besonders dick. Der flossenähnliche breite Schwanz der Sirenen ist nur in der Mitte durch Knochen, den Schwanzteil der Wirbelsäule, gestützt, während die bilateral-symmetrischen Seiten derbe Hautgebilde sind. Deshalb ist ihr Schwanz verhältnismäßig biegsam und beweglich. Er dient nicht nur als Antriebs- und Steuerorgan, sondern bei Gefahr und Auseinandersetzungen untereinander auch als Schlagwaffe. Diese Schläge können mit großer Wucht ausgeführt werden und einen Menschen im Wasser – und wenn man lebend gefangene Tiere an Land gebracht hat, auch dort – erheblich verletzen oder töten.

Viel über die spezielle Lebensweise der Rundschwanz- und Gabelschwanzsirenen wissen wir leider nicht. Sie leben alle im seichten Wasser der Meeresufer, die Gabelschwanzsirenen fast ausschließlich, während die Rundschwanzsirenen auch hoch in die Flüsse hinaufsteigen. Dabei gelangen sie bei Überschwemmungen nicht selten in Seen und Sümpfe, wo sie sich sogar fortpflanzen können. Ihre Nahrung besteht durchweg aus Wasserpflanzen. Ihr Nahrungsbedarf ist ungewöhnlich groß. In stillen Buchten ist deshalb ihre Anwesenheit durch gewaltige Mengen von auf dem Wasser schwimmendem, stark und unangenehm duftendem Sirenenmist zu erkennen. Dieser trübt die Gewässer so gründlich, daß die Tiere gut geschützt sind.

In zoologischen Gärten sieht man sie nicht oft, obwohl sie nicht allzu schwer zu ernähren sind. Besonders der Zoo Antwerpen ist berühmt durch seine erfolgreiche Sirenenhaltung. Sehr gern verzehren die Tiere in Gefangenschaft Kopfsalat und ähnliche frische Pflanzen. Trotz ihrer Speckschicht sind diese Bewohner tropischer Gewässer gegen stärkere Temperaturschwankungen recht empfindlich. In Freiheit sollen sie von selbst nie mit dem ganzen Körper aus dem Wasser steigen. Zuweilen soll es aber vorkommen, daß sie von der eintretenden Ebbe überrascht werden und dann aus eigener Kraft nicht ins Wasser zurückgelangen können. Es wird behauptet, daß sie dann auf dem feuchten Sand liegenbleiben und dort die Rückkehr der Flut abwarten. Bei der Tiergartenhaltung hat sich gezeigt, daß sie zwar vorübergehend außerhalb des Wassers leben können, aber nicht allzu lange.

Die Begattung ist anscheinend an keine Jahreszeit gebunden. Sie erfolgt im Wasser Bauch gegen Bauch. Nach langer Trächtigkeitsdauer, vermutlich sind es neun bis elf Monate, bringen die Mütter ein Junges zur Welt, das sie aufopfernd betreuen und verteidigen. Nach verschiedenen Berichten sollen sich angegriffene Seekühe gegenseitig beistehen.

Allgemeine Bedeutung als Jagdobjekte besitzen die rezenten Sirenia zwar nicht. Leider geht trotzdem die Zahl der in Freiheit lebenden Sirenen stark zurück. Ihr Fleisch ist sehr wohlschmeckend und kann gegessen werden, was in Gegenden ihres Vorkommens bedauerlicherweise gern wahrgenommen wird. Da sie an Unterwasserwiesen gebunden und deshalb sehr standorttreu sind, kann man sie leicht erbeuten. Es hat den Anschein, als gleiche der jährliche Zuwachs die Zahl der erlegten Exemplare nicht mehr aus. Das hat wohl seine Ursache in der langen Trächtigkeits- und Entwicklungsdauer. Jedenfalls bedürfen alle Sirenen energischer Schutzmaßnahmen, wenn sie nicht in absehbarer Zeit das Schicksal der Stellerschen Seekuh teilen sollen. Allerdings besteht seit kurzer Zeit Hoffnung, daß derartige Schutzmaßnahmen aus wasserwirtschaftlichen Gründen verwirklicht und eingehalten werden. Man hat nämlich in Südamerika erkannt, daß die dortigen Rundschwanzsirenen jene Wasserpflanzen fressen, durch die Seen und Staubecken zu verlanden drohen. Durch die immense Gefräßigkeit der eingesetzten Seekühe ist es gelungen, die Wasserwerke von Georgetown in Guyana viele Jahre »unkrautfrei« zu halten. Auch zur Entkrautung von 3 bis 20 m breiten Kanälen haben sich angesiedelte Sirenen als nutzbringend erwiesen. Es ist zu hoffen, daß diese guten Erfahrungen überall in tropischen Ländern aufgegriffen und nachgeahmt werden. Auch dort, wo normalerweise keine Sirenen in Freiheit vorkommen, die klimatischen Verhältnisse aber geeignet sind, erscheint das erfolgversprechend und begrüßenswert. Vielleicht gelingt es auf diese Weise, sämtliche der heute noch lebenden Sirenenarten, Trichechidae wie Dugongidae, der Nachwelt zu bewahren.

Nach den mannigfachen Funden früherer

Sirenenreste aus vergangenen Erdperioden haben primitive Dugongarten im Tertiär auch in Europa, besonders im Mittelmeergebiet, gelebt.

Nach E. Mohr werden die rezenten Sirenia (gemäß Illiger 1811) folgendermaßen aufgegliedert:

Rundschwanzsirenen

Familie:	Trichechidea (= Manatidae)
Gattung:	*Trichechus (= Manatus)*
Art:	*Trichechus manatus* Westindien und östliches Südamerika
Unterarten:	*Trichechus manatus manatus* Westindien, Litoral des Karabischen Meeres, geht in die Mündungen der Flüsse des nordöstlichen Südamerikas
	Trichechus manatus latirostris Im Litoral und in den Küstenflüssen des östlichen Nordamerikas von Nordkarolina bis Florida und den Golf von Mexiko
Art:	*Trichechus inunguis* Nur im Süßwasser des Amazonas- und Orinokobeckens. Wird auch für den Rio Madevia (Brasilien) angegeben
Art:	*Trichechus senegalensis* Flüsse und flache Buchten der westafrikanischen Küste

Gabelschwanzsirenen

Familie:	Dugongidae (= Halicoridae)
Gattung:	*Dugong (= Halicore)*
Art:	*Dugong dugong* Indischer Ozean
Familie:	Rhytinidae
Gattung:	*Rhytina*
Art:	*Rhytina gigas* Im 18. Jahrhundert völlig ausgerottet. Bering- und Kupferinsel (Medny-Insel) im Beringmeer

Familie Trichechidae – Rundschwanzsirenen

Die Rundschwanzsirenen besitzen 19 bis 20 Rumpfwirbel, 22 bis 24 Schwanzwirbel und 17 Rippenpaare. Bemerkenswert ist, daß sie nur sechs Halswirbel haben. Darin stehen sie im Gegensatz zu sämtlichen anderen Säugetieren, außer den Faultieren, bei denen das Zweifinger-Faultier ebenfalls nur sechs, das Dreifinger-Faultier neun Wirbel hat. Der deutsche Sammelbegriff Rundschwanzsirenen ist auf die runde, nach außen konvexe Schwanzflosse zurückzuführen.

Wie erwähnt, besitzen Sirenen und Elefanten eine gemeinsame phylogenetische Wurzel. Beide haben recht ähnliche Bezahnungsverhältnisse, Schneide-, Eck- und Vormahlzähne fehlen bei erwachsenen Rundschwanzsirenen, obwohl bei ihren Embryonen noch Incisivi und Prämolaren angelegt werden. Diese brechen aber nicht durch, sondern werden vor der Geburt wieder resorbiert. Bei den Trichechidae sind gleichzeitig fünf bis acht Backenzähne in jeder Kieferhälfte entwickelt. Anscheinend werden diese Zähne zeitlebens ergänzt. Der durch den Sand, der stets der Nahrung anhaftet, rasch abgenutzte vorderste Backenzahn fällt bald aus. Während am Hinterende der Zahnreihe die Neubildung erfolgt, schieben sich fortlaufend die anderen Zähne vor, so daß die Zahnreihe wieder vollständig ist. Die Oberlippe der Rundschwanzsirenen besitzt stark bewegliche Seitenteile. Diese können jeder für sich als Greifwerkzeuge zum Erfassen schwimmender Wasserpflanzen und teilweise unter Mithilfe der Vorderflossen zur Nahrungsaufnahme benutzt werden.

Die deutsche Bezeichnung der einzelnen Rundschwanzsirenenarten ist noch ziemlich unklar. Wir folgen hier E. Mohrs Beispiel, die nur die afrikanische Rundschwanzsirene *Trichechus senegalensis* mit Lamantin bezeichnet, alle amerikanischen aber als Manati bzw. Manatis. Es erscheint wenig sinnvoll, die einzelnen *Trichechus*-Arten zu behandeln. Soweit wir wissen, sind sie sich nicht nur äußerlich und anatomisch, sondern auch ethologisch und ökologisch überaus ähnlich. Sie können im küstennahen Seewasser, im Brackwasser und im Süßwasser gut existieren und kommen auch in allen drei Biotopen vor. Unter den südamerikanischen Manatis nimmt lediglich *Trichechus inunguis* eine Sonderstellung ein, da sie ausschließlich in Flüssen und Binnenseen im Bereich von Amazonas und Orinoko beheimatet ist. Außerdem hat sie an ihren Vordergliedmaßen keinerlei Nagelrudimente mehr, die sonst alle anderen Manatis und der Lamantin tragen. Die Rundschwanzsirenen sind untereinander verträgliche Herdentiere. Besonders eng scheinen im größeren Verband die einzelnen Familiengruppen zusammenzuhalten und sich bei Gefahr gegenseitig beizustehen. Die Färbung der einzelnen Arten und Unterarten wird als etwas unterschiedlich angegeben, scheint aber auch innerhalb derselben je nach dem Standort zu schwanken. Mit Sicherheit wissen wir, daß erwachsene Trichechidae über 2 m lang werden und etwa 150 kg Gewicht erreichen können. Es wird aber behauptet, daß sie gelegentlich noch beträchtlich größer und schwerer werden.

Familie Dugongidae – Gabelschwanzsirenen

Aus tiergeographischen Erwägungen hat man sich lange bemüht, die rezenten Dugongs in mehrere Arten aufzuteilen. Man hat aber davon Abstand nehmen müssen, da die bislang festgestellten Unterschiede eine scharfe Trennung nicht rechtfertigen. Das Gesamtgebiet, das die Art *Dugong dugong* im Indischen Ozean besiedelt, ist überaus groß. Man findet Dugongs ebenso in Küstennähe im Roten Meer, entlang der Ostküste Afrikas und bei Madagaskar sowie vor Sri Lanka, bei den Inseln des Golfs von Bengalen, den Sundainseln, den Philippinen, um Neuguinea und in Nordaustralien. Das ist interessant, da Dugongs dazwischen nie auf hoher See angetroffen werden. Obwohl sie in ihrer Lebensweise weit mehr auf das Leben im Meer eingestellt sind als die Rundschwanzsirenen, also seltener im Brack- und Süßwasser angetroffen werden, leben sie doch lediglich in den Uferzonen. Leider werden sie überall als leicht zu erlangende Jagdbeute unablässig verfolgt, so daß heute ihr Gesamtbestand stark zurückgegangen ist.

Wie unterscheiden sie sich nun von den Rundschwanzsirenen? Äußerlich fällt sofort ihre zweizipfelig gegabelte, halbmondförmige Schwanzflosse auf, die Anlaß zur Bezeichnung Gabelschwanzsirenen gab. Die Gesamtzahl der Wirbel und Rippenpaare (18–19) ist größer als bei den *Trichechus*-Arten. Beiden gemeinsam ist, daß die Schlüsselbeine fehlen. Zwar sind auch beim Dugong die Knochen des Skeletts durch Pachyostose verdickt, aber in geringerem Ausmaße. Dafür ist der vorragende Teil des Zwischenkiefers bei den Dugongs viel stärker hakenförmig nach unten abgeknickt als bei den Trichechidae. Im Gegensatz zu den Rundschwanzsirenen, die keine Schneidezähne haben, enthält der Dugong-Zwischenkiefer, besonders stark ausgeprägt bei den Männchen, zwei nach unten gerichtete Stoßzähne. Das weist auch auf ihre Verwandtschaft mit den Elefantenartigen hin. Bei Dugong-Embryonen sind Schneidezähne auch noch im Unterkiefer angelegt.

Dugongs werden viel größer und schwerer als Rundschwanzsirenen. Sie erreichen 200 bis 300 kg Gewicht und Körperlängen von über 3 m. Als einziges völlig auf Pflanzennahrung eingestelltes marines Säugetier besitzt es zum Aufschluß der großen Nahrungsmenge – im Zoo verzehrt der Dugong 50 bis 55 kg Seegras pro Tag – einen etwa 44 m langen Darm, das entspricht dem 15fachen der Körperlänge. Große Herden – bis zu 200 Stück – können nicht in einem einzigen Seegras-Bett länger verweilen, sondern sind gezwungen zu wandern. Ihre Färbung ist oberseits dunkelgrau, unterseits fleischfarben und an den Seiten heller grau. Sie sind weit mehr behaart als die Rundschwanzsirenen. Es fehlen ihnen aber Nagelrudimente an den Vorderflossen. Wie die Trichechidae haben sie keine Ohrmuscheln, und das Ohrloch ist sehr klein. Die Augenlider scheiden ein zähes Sekret ab, das sich bei erbeuteten und aufs Trockene gebrachten Dugongs im inneren Augenwinkel sammelt. Es wird von Eingeborenen Dugongträne genannt und als angeblich heil- und zauberkräftiges Amulett getragen. Die Dugongs leben in Familienverbänden und Herden, die unter Wasser Pflanzen abweiden.

Die Stellersche Seekuh war zwar ebenfalls eine Gabelschwanzsirene, gehörte aber einer eigenen Familie, den Rhytinidae, an. Ihre Entdeckung verdankt die Zoologie dem Schiffbruch des berühmten Entdeckungsreisenden Vitus Bering 1741 im nach ihm bezeichneten Beringmeer. Die Schiffsbesatzung rettete sich auf die Beringinsel und mußte lange auf ihre Befreiung warten. Unter der Besatzung befand

Der Dugong ist eine vom Roten Meer bis zur Küste Nordaustraliens vorkommende Sirenenart

sich der deutsche Schiffsarzt und Naturforscher Georg Wilhelm Steller. Seinen Aufzeichnungen verdankt die Wissenschaft, daß sie über diese ausgerottete Sirenenart für lange Zeit besser unterrichtet war als über jede andere erhalten gebliebene. An den Küsten der östlich von Kamtschatka gelegenen Beringinsel und der ihr benachbarten Kupferinsel bemerkten die Schiffbrüchigen Herden harmloser Meeressäugetiere, die sich von den unter dem Wasserspiegel wuchernden Pflanzen ernährten. Diese Tiere bildeten bald ihre hauptsächliche Nahrung, ließen sie sich doch relativ leicht und gefahrlos erbeuten. Nach der Heimkehr der Geretteten verlockten ihre Berichte zahlreiche Gewinnsüchtige dazu, diese Naturschätze zu plündern. Die Vernichtungsaktion gegen diese friedfertigen plumpen Säuger betrieb man so rücksichtslos, daß diese bereits ein Vierteljahrhundert nach der Entdeckung ausgerottet waren. Glücklicherweise ist es gelungen, eine Anzahl von Schädeln und fast vollständigen Skeletten sowie viele Einzelknochen und Hautstücke nachträglich zu sammeln, so daß wir recht gut über den Körperbau dieser Sirene unterrichtet sind. Sie unterschied sich in mancher Hinsicht beträchtlich von den Trichechidae und dem Dugong. Zunächst allein dadurch, daß sie im hohen Norden lebte, während die anderen Sirenen ausgesprochene Warmwassersäuger sind. Ihr Verbreitungsgebiet in Kälte und Eis erklärt uns mehrere ihrer Körpereigentümlichkeiten. An Größe und Körperumfang übertraf sie die anderen bei weitem. So hatte ein von Steller vermessenes Exemplar eine Gesamtlänge von 7,52 m und einen größten Körperumfang von 6,20 m. Zähne besaß die Stellersche Seekuh im erwachsenen Alter keine mehr. Dafür waren bei ihr die hornigen Reibplatten zum Zerreiben der harten Pflanzennahrung besonders gut ausgebildet. Völlig von derjenigen der anderen Sirenen wich die Hautbeschaffenheit der ausgerotteten Seekuh ab, weshalb man sie auch als Borkentier bezeichnet hat. Im Gegensatz zu Manatis, Lamantin und Dugong, bei denen die Hautdicke im wesentlichen auf die der Lederhaut zurückgeht, während die Epidermis relativ dünn ist, war beim Borkentier die Epidermis ungemein dick, hart und widerstandsfähig, aber elastisch. Steller vergleicht sie mit der Rinde einer alten Eiche. Behaart scheint die Stellersche Seekuh nicht gewesen zu sein, denn Steller spricht davon, daß diese Borkenhaut »ohne Haare« sei. Die Haut schützte ihre Träger nicht nur vor der Kälte, sondern durch ihre Elastizität auch dann, wenn Brandung die sie gegen die Felsenklippen warf oder wenn sie von Treibeisschollen getroffen wurden. Die Untersuchung der Hautreste hat erwiesen, daß die Borkentiere außerordentlich geplagte Geschöpfe waren. In den Hautresten wurden tiefe Gruben gefunden, die von dem parasitierenden Krebs *Cyamus rhytinae* eingefressen und im Innern erweitert wurden. Darin hausten diese Krebstierchen in Massen. Sie waren es, die das eichenrindenhafte Aussehen der Haut verursachten. Außer ihnen bohrten sich auch noch Seepocken, also Rankenfüßer, der Art *Tubicinella balascarum* in die Haut ein oder durch sie hindurch und schieden darin ihre festen Röhren ab. Wohl wegen dieser Röhren spricht Steller davon, daß die Borkentierhaut »steinicht« sei. Er erwähnt aber auch, daß sich Seemöwen in Scharen auf die Rücken der Borkentiere gesetzt hätten, um diese mit ihren spitzen Schnäbeln von den Peinigern zu befreien. Steller betrieb seine Untersuchungen so gründlich und genau, daß er der Nachwelt unter anderem mitteilen konnte, das Borkentier besäße eine riesige Traubenniere, wie er sie von Seehund und Seeotter in verkleinertem Maßstab kenne. Auch der Dugong besitzt solche Traubennieren.

Abschließend sei festgestellt, daß die Ausrottung der Stellerschen Seekuh zwar eines der beschämendsten Kapitel in der Zivilisationsgeschichte des 18. Jahrhunderts ist, zugleich aber durch das Verdienst Stellers eines der erfreulichsten der Naturforschungsgeschichte.

Überordnung Mesaxonia – Mittelzeher

Ordnung Perissodactyla – Unpaarhuftiere

Unterordnung Hippomorpha – Pferdeverwandte

Überfamilie Equoidea – Pferdeartige
Familie Equidae – Pferde

Die Ordnung Perissodactyla ist in zwei Unterordnungen gegliedert. Die eine umfaßt die Hippomorpha, die Pferdeverwandten, und enthält nur eine rezente Familie, die Familie Equidae, Pferde. Die andere Unterordnung Ceratomorpha, Nashornverwandte, wird in zwei rezente Familien aufgeteilt: Tapiridae, Tapire, und Rhinocerotoidae, Nashörner. Die Angehörigen der Perissodactyla sind Nichtwiederkäuer und ausgesprochene Pflanzenfresser. Sie besitzen einen einfachen Magen und einen langen Blinddarm. Ihr Charakteristikum ist, daß der dritte Finger und die dritte Zehe eine weitgehende Überentwicklung erfahren haben und dadurch zu Hauptstützen des Körpers geworden sind. Die Entwicklung verläuft auf Kosten der übrigen Finger und Zehen und führt bei der Familie Equidae schließlich zur Einfingerigkeit (Monodactylie).

Die Stammesgeschichte der Equidae ist recht gut aufgeklärt. Den Protungulata, den Urhufern, noch mehr ähnlich war der wahrscheinlich älteste Pferdevorfahr, das *Hyracotherium*, das im ältesten Eozän auftrat. Im Laufe des Tertiärs erlebten die Unpaarhufer ihre Blütezeit. Die wenigen Formen, die sich davon in den drei rezenten Familien bis in die Jetztzeit (Holozän) zu erhalten vermochten, sind nur noch kümmerliche Reste der tertiären Vielfalt.

Als den ältesten Pferdeahnen betrachtet die Wissenschaft das nur fuchsgroße *Hyracotherium = Eohippus* aus dem unteren Eozän. Es trug am Vorderfuß noch vier Finger (2.–5.) und ein Rudiment des ersten. Im mittleren Eozän folgte ihm der *Orohippus*, bei dem die Vergrößerung der Mittelzehe schon recht deutlich geworden ist. Das Rudiment des ersten Fingers ist bei ihm ganz verschwunden, und der fünfte Finger bleibt schon beträchtlich in seiner Entwicklung hinter den drei anderen zurück. Beim *Mesohippus* aus dem Oligozän ist dieser Prozeß der Rückbildung des fünften Fingers noch weiter fortgeschritten, gleichzeitig aber auch die Vorrangstellung der Mittelzehe deutlicher geworden. Im späten Oligozän werden beim *Miohippus* die Korrelationen immer auffälliger, und schließlich finden wir beim *Protohippus* im Pliozän (vor etwa 1 Million Jahren) bereits einen vollkommen dominierenden Mittelfinger, während vom zweiten und vierten Finger nur noch funktionslose Reste übrigblieben. Bei den rezenten Equidae sind der zweite und vierte Finger völlig rudimentär geworden und lediglich als sogenannte Griffelbeine nachweisbar.

Alle diese Pferdevorfahren lebten in Amerika. Dort starben sie im Pleistozän (Quartär) aus. Nur ein Abkömmling des *Miohippus* aus dem amerikanischen Oligozän, der miozäne *Parahippus*, gelangte durch einen Nachkommen, das *Hipparion*, nach Europa. Aus ihm könnten sich im ausgehenden Pliozän die rezenten Equidae entwickelt haben. Es ist verständlich, daß im Laufe dieser langen, über 50 Millionen Jahre umfassenden Entwicklung auch die Bezahnung der Perissocatyla mannigfache Umbildungen erfuhr. A. H. Müller sagt darüber: »Im Eozän sind die Gebisse fast aller Unpaarhufer noch lückenlos. Reduktionen erfolgen erst im Laufe der Zeit, am meisten bei den Nashörnern, denen zum Teil alle Schneidezähne und Eckzähne verlorengehen. Die Backenzähne der Unpaarhufer haben zunächst eine niedrige Krone, werden aber immer hochkroniger. Ursache ist der Übergang zu einer im wesentlichen aus harten Steppengräsern bestehenden Nahrung. Das geschieht in den verschiedenen Entwicklungsreihen unabhängig voneinander. Zugleich tritt auch eine zunehmende Komplikation im Bau der Kaufläche bei den Backenzähnen ein, der bei den Pferden einen besonders hohen Grad erreicht.« Die Eckzähne im Ober- und Unterkiefer sind gewöhnlich nur noch bei den männlichen Tieren als sogenannte Haken vorhanden. Der 1. Prämolar erscheint im allgemeinen nur noch im Oberkiefer, bleibt rudimentär und fällt frühzeitig aus. Über die Equidae des Pleistozäns ist in bezug auf die stammesgeschichtlichen Ableitungen und die Einordnung im Familiensystem der Meinungsstreit der Fachleute noch im vollen Gange. Die Wissenschaft unterscheidet im groben folgende pleistozäne Gattungen (oder auch nur Untergattungen der großen Gattung *Equus*): *Allohippus*, Tigerpferde; *Equus*, Echte Pferde; *Microhippus*, Kleinpferde; *Asinus*, Esel; und *Hemionus*, Halbesel. Nach Toepfer besaßen die Equidae des Eiszeitalters ein großes Anpassungsvermögen. Ihre Überreste werden sowohl in den zwischeneiszeitlichen als auch in den eiszeitlichen Ablagerungen gefunden. Er sagt: »Das Pferd ist kein exklusiver Steppenbewohner. Die Beschränkung der rezenten Wildpferde auf die Steppen und Halbwüsten in der Mongolei hat allerdings diese Auffassung begünstigt. Nach den Fundumständen waren jedoch die pleistozänen Pferde ebenso in den Wäldern wie in den Tundren und Steppen verbreitet. Erforderlich für ihre Extremitäten ist allein fester Boden.« Im Spätglazial spielten die Wildpferde eine bedeutende Rolle. Ihre Zahl wurde aber durch die einschneidenden Veränderungen des Klimas und damit in der Vegetation, nicht zuletzt durch die Entwicklung spezieller Jagdmethoden der damaligen Menschen, in zunehmendem Maße verringert. Diese Jäger kreisten Wildpferdherden ein und trieben sie Steilabhängen zu. In ihrer Ausweglosigkeit blieb schließlich den verängstigten Tieren nichts weiter übrig, als den Fluchtweg in den Abgrund zu wählen. Dabei kamen oft Hunderte gleichzeitig um. Damals war das wilde Pferd der Hauptfleischlieferant, ebenso wie es vorher das Mammut gewesen war und später das Ren wurde. Als Haustiere wurden Pferde noch nicht gehalten, weder als Reittier noch als Zugtier, auch nicht als Schlachttier oder gar als Milchspender. In Zentralasien werden nämlich heute noch Pferdestuten regelmäßig gemolken und die Milch zur menschlichen Ernährung genutzt. Die Haltung von Pferden durch den Menschen begann erst vor etwa 5000 Jahren.

Heute geht das Zeitalter des Nutzpferdes zu Ende. Die Technik verdrängt es fast überall, macht es unrentabel und oft überflüssig.

Das Wildpferd ist dem Hauspferd auf diesem Wege schon vorangegangen. Die letzten freilebenden Wildpferde Innerasiens sind entweder inzwischen ausgerottet oder nur noch in einem Restbestand unter 50 Exemplaren erhalten. Dieses Wildpferd der Mongolei, das Przewalski- oder Urwildpferd, ähnelt in seinem Phänotypus noch weitgehend den eiszeitlichen

Wildpferden, über deren Aussehen wir durch eiszeitliche Ritzzeichnungen und Höhlenbilder gut unterrichtet sind. Eine andere, in ihrem reinen Wildpferdcharakter umstrittene Form war der Tarpan. Er lebte bis in das vorige Jahrhundert hinein wild – oder sekundär verwildert – in den Steppen der Ukraine, wurde dann aber völlig ausgerottet. Auch bei den Przewalskiwildpferden dürften Vermischungen mit entlaufenen Hauspferden im Laufe der Jahrtausende eingetreten sein. Auch die bodenständigen Hauspferde in den Heimatgebieten beider Wildpferdformen waren und sind mehr oder weniger Wildpferdmischlinge, führen also heute noch deren »Blut«. H. Heck ist es durch geschickte Selektion der Nachzucht derartiger Hauspferde im Tierpark München-Hellabrunn gelungen, ein recht wirklichkeitsnahes lebendes Modell des einstigen Tarpans heranzuzüchten. Nicht nur im Modell, sondern in seinen letzten wirklichen Vertretern existiert indessen noch immer das Urwildpferd *(Equus przewalskii)* in einigen großen Tierparks und zoologischen Gärten. Von diesen stehen ohne Zweifel mit ihren Herden und Nachzuchterfolgen der Zoologische Garten Prag und der Tierpark München-Hellabrunn an der Spitze. Es wird heute alles daran gesetzt, diese zoologische Kostbarkeit vor dem Aussterben zu bewahren. Deshalb wird die Weiterzüchtung dieser Unpaarhufer nach den Prinzipien strengster Zuchtbuchführung betrieben. Die schwierige Arbeit der Aufstellung eines bis zum Jahre 1899 zurückliegenden Zuchtbuches verdankt die Wissenschaft der Zoologin Erna Mohr. Das 2. General-Zuchtbuch wurde unter der Redaktion von J. Volf 1980 vom Zoologischen Garten Prag herausgegeben. Es enthält Informationen über 853 in den Jahren 1899 bis 1979 in Gefangenschaft gehaltene Przewalski-Wildpferde. Bis zum Alter von zwei Jahren gehen 40 Prozent der Stuten ein. Die höchste Sterblichkeit bei den Hengsten liegt zur Zeit

Eine kleine Herde des asiatischen Urwildpferdes *(Equus przewalskii)* soll noch in freier Wildbahn im südwestlichen Grenzgebiet zwischen der Mongolischen Volksrepublik und der Volksrepublik China in der Transaltai-Gobi vorhanden sein. Eine internationale Zuchtgemeinschaft zoologischer Gärten ist bemüht, die Art zu erhalten

des Heranwachsens, bei den Stuten zur Zeit der Geburt des ersten Fohlens. Das Höchstalter von über 30 Jahren erzielten 3 Prozent der Hengste und 2 Prozent der Stuten. Die wissenschaftliche Beschreibung des mongolischen Urwildpferdes erfolgte 1881 durch Poljakow. Nur wenig vorher war das Tier von N. M. Przewalski in den innerasiatischen Steppen entdeckt und erbeutet worden. Seine Entdeckung war eine ebensolche tierkundliche Sensation wie 20 Jahre später die des Okapis in Zentralafrika. Bis dahin wußte in Europa kein Zoologe von der Existenz dieses seit der Eiszeit äußerlich kaum veränderten Unpaarhufers in Zentralasien. Der Tierhändler Carl Hagenbeck in Hamburg-Stellingen rüstete um die Jahrhundertwende besondere Fangexpeditionen aus, die erfolgreich heimkehrten. 1901 gelangte auf diesem Wege ein in freier Wildbahn geborenes und nach Hamburg importiertes Wildpferdfohlenpaar in den Haustiergarten in Halle. Beide Tiere entwickelten sich vorzüglich und pflanzten sich wiederholt miteinander fort. Da auch ihre reinblütigen Nachkommen entsprechend fruchtbar waren, gehört dieses hallesche Wildpferdpaar mit zu den Stammeseltern der heute noch in europäischen Tiergärten vorhandenen Zuchtgruppen.

Nebenstehendes Foto dieser Einhuferart verlangt nur wenig Erläuterungen. Das mongolische Wildpferd erreicht lediglich die Größe eines kleinen bis mittleren Hauspferdes. Sein Bau ist gedrungen, der Hals dick und der Nasenrücken im allgemeinen zur Ramsnase aufgewölbt. Besonders ausgeprägt ist diese Ramsnase bei den erwachsenen Hengsten. Das Urwildpferd trägt eine Stehmähne und einen langen schwarzhaarigen Schweif. Seine zugespitzten Ohren sind klein. Wie E. Mohr hervorhebt, wird »im Gegensatz zum Hauspferd das Mähnenhaar und auch das kurze Haar am oberen Ende der Schwanzrübe beim Przewalskipferd jährlich gewechselt«. Im Winter bedeckt diese Pferde ein langes dichtes und stumpfes Winterfell mit Kehlbart. Im Sommer ist das Fell kurz und glatt. Im Körperbau stehen – zumindest erscheinungsbildlich – die Zwergpferde oder Ponys unter den Hauspferden dem Urwildpferd am nächsten.

Als Folge fortschreitender Zivilisation kommen Wildpferde nur noch in der Südwestmongolei vor. Mit zunehmender Intensivierung der Viehzucht werden die wenigen lebensnotwendigen Tränken der Wildpferde blockiert. Nach M. Stubbe beobachteten zuletzt 1964 Araten eine tragende Stute. In der Mongolei lebte 1967 in dem staatlichen Gestüt Schargalant lediglich eine reinblütige Stute, von der mehrfach Hybriden gezogen wurden.

Bei den Hauspferden unterscheiden wir zwei Gruppen, die sogenannten Kaltblüter und die Warmblüter einschließlich der Vollblüter. Die ersten sind schwere, große, grobknochige, großköpfige Tiere mit flachen Hufen, also unsere typischen Brauerei- und Ackerpferde. Die Warmblüter sind mehr oder weniger leicht gebaute, schnellbewegliche, feingliedrige Pferde mit relativ kleinen Köpfen und hohen schmalen Hufen. Unter ihnen sind die Vollblutpferde die eigentlichen Rennpferde. Kreuzungen zwischen schwersten Kaltblutpferden und Warmblütern, auch edelsten Vollblütern, sind ohne weiteres möglich und die Nachkommen unbeschränkt fortpflanzungsfähig. Mit drei Jahren sind Pferde geschlechtsreif. Nach einer Trächtigkeitsdauer von elf bis elfeinhalb Monaten wird meist nur ein Junges geboren, das Fohlen oder Füllen. Es ist bei der Geburt weit entwickelt, gut behaart und sieht bereits. Schon wenige Stunden nach der Geburt vermag es seiner Mutter überallhin zu folgen. Diese verteidigt es aufopfernd gegen jede wirkliche oder vermeintliche Gefahr. Dort, wo es noch wildlebende Wölfe gibt, sind diese die Hauptfeinde junger Pferde. Geruch, Gehör und Tastsinn sind beim Pferd gut entwickelt. Dagegen ist das Auge weit weniger funktionstüchtig.

Bei den Hauspferden hat der Mensch viele Farbschläge herausgezüchtet. Ganz schwarze Pferde nennt man Rappen, ganz weiße Schimmel, solche mit rotem Schweif und roter Mähne bei ebensolcher Körperfärbung Füchse, um nur einige Farbtypen anzuführen. Auch bei Wildpferden können gelegentlich Farbabweichungen auftreten. Das Höchstalter von Wild- und Hauspferden liegt zwischen 35 und 40 Jahren. Über die Hauspferde und ihre Schläge, Kennzeichen und Rassen existiert eine umfangreiche Spezialliteratur, ebenso über die Heilung von Pferdekrankheiten und die Reitkunst. Darauf muß hier zum eingehenderen Studium verwiesen werden.

Bereits im Pleistozän sind die bodenständigen Hippomorpha Amerikas ausgestorben. Die aus Indianergeschichten bekannten

Eine edle Rasse des Hauspferdes *(Equus caballus)* verkörpern die berühmten Lipizzaner. Ursprünglich wurden sie nur im altösterreichischen Hofgestüt zu Lipizza in Krain für die »Spanische Hofreitschule« in Wien gezüchtet

Wildpferde der nordamerikanischen Prärien, die Mustangs, aber auch die Wildpferde Mittel- und Südamerikas, sind lediglich verwilderte Hauspferde. Ihre Stammeseltern wurden erst von den europäischen Eroberern als Reit- und Zuchtpferde mitgebracht. Einige davon entliefen, pflanzten sich fort und bildeten dann den Ausgang für die freilebenden Pferdeherden.

Die eigentlichen Pferde, Urwildpferde und alle Hauspferde, unterscheiden sich von Eseln, Zebras und Halbeseln durch einen von der Schwanzwurzel an langhaarigen Schwanz, den Schweif. Außerdem sind die Ohren im Verhältnis zur Kopflänge viel kürzer als bei Zebra und Esel. Hauptunterscheidungsmerkmale sind jedoch die sogenannten Kastanien der eigentlichen Pferde. Das sind knopfartige, hornige und haarlose Aussparungen im Fell der Pferdefüße an der Innenseite der Vorder- und Hinterfußwurzeln.

Außer den eigentlichen Pferden ist noch ein zweiter Angehöriger der Gattung *Equus* zum Haussäugetier geworden, der Esel *(Equus asinus)*. Er gehört zu den ältesten Haustieren. Seine Haustierwerdung vollzog sich bereits in frühgeschichtlicher Zeit im Vorderen Orient. Von dort aus eroberte er sich als Lastenträger und Reittier der Kaufleute und Händler im Gefolge des Menschen faktisch die ganze Erde. Auch heute hat der Hausesel seine Rolle als Nutztier in den südlichen Ländern Europas und in zahlreichen anderen Gebieten noch nicht ausgespielt. In der DDR und in der BRD ist er seit mehr als einem halben Jahrhundert selten geworden. Einst war er hier als Getreide- und Mehlsackträger das obligate Attribut des Müllers.

Als Stammform der Hausesel gelten die zwei Subspecies des Wildesels, die noch in der ersten Hälfte unseres Jahrhunderts in kleinen Restbeständen in nordafrikanischen Wüstensteppen lebten, der Nubische Wildesel und der Somali-Wildesel. Genau sind wir zwar darüber nicht unterrichtet, aber mit höchster Wahr-

Der Afrikanische Wildesel *(Equus asinus africanus)* – Stammvater aller Hauseselformen. Er ist in zwei Unterarten bekannt, die fast ausgerottet sind. Das ist einmal der graue Nubische Wildesel mit Schulterkreuz und ohne Beinstreifung und zum anderen der rötlichgraue Somali-Wildesel mit Beinstreifung, jedoch ohne Schulterkreuz

scheinlichkeit sind beide inzwischen ausgerottet worden. Zu den Stammeltern des Hausesels gehören aber sicherlich auch noch weitere Unterarten, die – außer dem Nubischen und dem Somali-Wildesel – in frühgeschichtlicher und sogar noch in historischer Zeit im vorderorientalischen Raum existiert haben dürften. Sie wurden wohl ausgerottet, ohne daß die Wissenschaft jemals von ihnen genauere Kenntnis erlangt hat.

Eine mit Bestimmtheit zu den Vorfahren des Hausesels gehörende, ausgerottete Wildeselsubspecies kennen wir näher. Das war der Atlas-Wildesel. Er besaß auffällig quergestreifte Beine wie das Zebra und einen deutlichen Rücken-Aalstrich mit ausgeprägtem Schulterkreuz. Dem rotgrau gefärbten Somali-Wildesel fehlte dieses Schulterkreuz oder war nur schwach angedeutet. Seine Beine aber ließen deutlich die Querstreifen erkennen. Bei dem graugelben Nubischen Wildesel fehlten dagegen die Beinstreifen oder zeigten sich nur ausgeblaßt, während das Schulterkreuz besonders markant in Erscheinung trat.

Diese Merkmale findet man bei den verschiedenen Hausesel-Individuen wieder. Allerdings dürften auch zahlreiche entlaufene Hausesel, vor allem Stuten, wieder Aufnahme in die Herden der Wildesel gefunden haben. Im allgemeinen begegnet uns in Südeuropa und im Orient der normale Arbeitshausesel als schlecht gepflegtes, falsch und kümmerlich gefüttertes, viel geprügeltes und in der Entwicklung zurückgebliebenes Tier. Besonders auf Sardinien und Sizilien, aber nicht nur hier, treffen wir ausgesprochene Hausesel-Zwerge von Schulterhöhen noch unter 0,80 m an. Die oben erwähnten wilden Stammeltern des Hausesels waren ungefähr so groß wie ein erwachsenes Zebra oder ein kleines Hauspferd (Doppelpony). In Südarabien und Frankreich züchtet man allerdings gut gepflegte und hochgeschätzte Hauseselrassen, die größer als die

Es gibt auch veredelte Hauseselrassen. In Piotu (Südfrankreich) wird seit Jahrhunderten eine Riesenform, der Piotu-Esel, gezüchtet. Seine Hengste erreichen Schulterhöhen von 1,50 m und darüber

Stammunterarten werden. Diese schweren Tiere erreichen Pferdegrößen und -gewichte. Nicht nur die Hausesel sind sprichwörtlich genügsame Tiere, »die sich von Disteln ernähren«, denn die mit karger, harter, stachliger und dorniger Vegetation bewachsenen nordostafrikanischen Wüstensteppen und Wüstenhochsteppen waren der eigentliche Lebensraum der Wildesel. Als Wüstensteppenbewohner zeichneten die Wildesel lange Ohren, die fast die Hälfte der Kopfhälfte beanspruchen können, aus. Lange Ohren sind auch für andere Wüsten- und Wüstensteppentiere unter den Säugern charakteristisch. Wir finden sie beim Fennek (dem Wüstenfuchs), bei den Wüstenspringmäusen, bei den Rüsselspringern, bei Wüstenhasen und noch einigen anderen. Obwohl der Hausesel seit mindestens vier Jahrtausenden Haustier ist, hat er sich diese Langohrigkeit bewahrt. So friedlich und »dumm« Hausesel im allgemeinen erscheinen, so störrisch und gewalttätig sind sie zueinander, wenn sie sich paaren. Nicht nur, daß sich die Hengste schwere Kämpfe liefern, auch die hart bedrängten Stuten beißen und schlagen sich derart mit ihren Freiern herum, daß man erstaunt ist, wie selten es dabei zu Knochenbrüchen kommt. Brünstige Eselhengste lassen ein ohrenzerreißendes, überlautes Geschrei und Gestöhn hören. Einer fordert dadurch den anderen heraus, es ihm gleichzutun oder ihn noch zu übertreffen.

Nach einer Trächtigkeitsdauer von über einem Jahr (12 bis 13 Monate) wirft die Eselin in der Regel nur ein Junges. Es ist bei der Geburt bereits voll entwickelt und mit einem dikken Fell bedeckt. Der Kopf des Neugeborenen ist im Verhältnis zum Körper sehr groß und schwer. Die normale Lebensdauer eines Esels liegt zwischen 30 und 40 Jahren. Früher schätzte man bei uns Eselsmilch als gesundheitsfördernd und verkaufte sie teuer. Eselfleisch ist vergleichbar mit Pferdefleisch.

Während Esel, Pferd und Zebra allgemein bekannt sind, weiß der Laie wenig von der in einigen Wüstengebieten Asiens wildlebenden vierten Art der Gattung *Equus*. Es ist der Halbesel *(Equus hemionus)*, von dem in kleinen freilebenden Restbeständen noch drei in ihrer Körpergröße auffällig unterschiedliche Unterarten leben. Diese drei bezeichnen wir als Onager *(Equus hemionus onager)*, Kulan *(Equus hemionus hemionus)* und Kiang *(Equus hemionus kiang)*. Der Name Halbesel weist schon darauf hin, daß diese Tiere äußerlich halb Esel und halb Pferd sind. Genotypisch repräsentieren sie eine von den drei anderen eindeutig unterscheidbare Art. Wie die Esel haben sie relativ lange Wüstentierohren, kastanienlose Hinterbeine und einen erst in der unteren Hälfte mit einer Quaste versehenen Schwanz, während der obere Schwanzteil mit kurzhaarigem Fell bedeckt ist. Ihr Kopf erscheint aber weniger groß und massig als beim Esel. Vor allem ist es die Färbung, die mehr an Pferde erinnert. Beim Esel sind wir eine graue oder doch mit grauem Grundton ausgestattete Fellfärbung gewöhnt. Bei den Halbeseln finden sich jedoch keinerlei Anklänge an Grau. Der Onager, der einst über ganz Vorderasien bis nach Indien verbreitet war, heute aber nur noch in den Salzwüsten Irans und in einem kleinen sich daran anschließenden Gebiet der Sowjetunion vorkommt, ist im Sommerkleid oberseits rötlich sandgelb, der in der Mongolei lebende Kulan rotgelb und der in den Hochsteppen Zentralasiens beheimatete Kiang kastanienbraun gefärbt. Die Unterseite ist bei allen weiß. Ihre Stimme ist weder Pferdewiehern noch Eselgeschrei, sondern ein helles, weithin hörbares Gekreisch. Alle drei Unterarten tragen eine Stehmähne, und ihre Rückgratslinie entlang zieht sich ein schwarzer Aalstrich. Vom Onager gab es in Kleinasien in frühgeschichtlicher Zeit Wildformen, die Schulterhöhen von unter 1 m aufwiesen. Die heute lebenden iranischen Onager sind etwas höher als 1 m. Der Kulan, den die Mongolen wegen seiner langen Ohren, im Gegensatz zu dem im selben Gebiet lebenden kurzohrigen Urwildpferd, auch »Dschiggetai« (der Langohrige) nennen, erreicht Schulterhöhen um 1,15 m und der tibetanische Kiang sogar von 1,30 m.

Die Halbesel sind äußerlich sehr ansprechende und dabei äußerst genügsame, mit der kärglichen Nahrung ihres Lebensraumes zurechtkommende Unpaarhufer. Sie sind ungemein gewandt, schnell und untereinander sehr streitsüchtig und bissig. Die männlichen Tiere kämpfen in der Paarungszeit hart und ausdauernd um den Besitz der Stuten. Gegen Witterungsunbilden sind sie, besonders Kiang und Kulan, sehr wenig empfindlich und höchst widerstandsfähig. Allerdings tragen Kiang und Kulan im Winter ein dichtes langes Winterhaarkleid.

Der Kulan wird als Kulturflüchter immer weiter auf unzugängliche, kaum besiedelte Wüstengebiete zurückgedrängt. In den 20er Jahren dieses Jahrhunderts lebten in der Mongolei noch Herden von mehreren hundert Köpfen. Während einer Mongolei-Expedition flüchteten 1962 mehrmals kleine Trupps (ein bis sechs Tiere) vor der Fahrzeugkarawane und verschwanden in der Fata Morgana oder im unübersichtlichen Terrain. Als in der Nähe der Oase Echin-gol eine Quelle blockiert war und die Kulane die menschliche Nähe witterten, schlugen sie mit den Hufen im Wüstenboden bis zu 50 cm tiefe Löcher, um das dort anstehende Grundwasser trinken zu können. Als Siedlungsdichte für das heutige Areal des mongolischen Vorkommens gibt Bannikow ein Tier auf 25 bis 30 km^2 an.

Der Kulan kam noch in geschichtlicher Zeit im Süden des europäischen Teiles der Sowjet-

Der weltweit verbreitete Hausesel *(Equus asinus)*. In vielen Fällen machten jahrhundertelange schlechte Fütterung, Behandlung und Zuchtauslese eine Karikatur des Wildesels aus ihm

union vor. Heute ist er dort verschwunden, aber die Sowjetunion ist bemüht, Kulane in Reservaten zu schützen und als Charaktertiere der eurasischen Wüstensteppen der Nachwelt zu erhalten. Nach 1945 gelangten über den staatlichen Zootierhandel der Sowjetunion wiederholt lebende Halbesel in mitteleuropäische zoologische Gärten. Deshalb besitzt nun wohl jeder größere Tierpark oder Zoo bei uns wieder einzelne Vertreter oder Zuchtpaare dieser zoologischen Kostbarkeit. Gewöhnlich hält man Onager oder Kulane in unseren Zoos. Ganz selten ist es aber gelungen, Kiangs zu fangen, zu importieren und in Tiergärten zur Schau zu stellen, obwohl dieser größte Halbesel wahrscheinlich noch am häufigsten in freier Wildbahn vorhanden ist. Sein Verbreitungsgebiet ist aber zu abgelegen und zu schwer erreichbar, als daß sich besondere Fangexpeditionen mit allen ihren Schwierigkeiten und Strapazen lohnen würden.

Alle drei Arten der Gattung *Equus*, das Pferd, der Esel und der Halbesel, sind aus dem Pleistozän bekannt. Echte Pferdereste aus dieser Epoche finden sich vielerorts in Europa, so in der DDR, BRD und der Schweiz. Eselfossilien kennen wir aus Italien, Ungarn und Rumänien, und Halbesel kamen bei Gera, Quedlinburg und in der Umgebung von Berlin vor.

Von Pferd und Esel gibt es Artbastarde. Das sind Zuchtformen, die nur bei den vom Menschen gehaltenen Haustieren auftreten. Die Züchtung von Pferde-Esel-Mischlingen ist schon uralt. Ist der Vater dieser Blendlinge ein Eselhengst, die Mutter eine Pferdestute, nennt man den Bastard Maultier, während der Maulesel von einer Eselstute und einem Pferdehengst abstammt. Maultiere und Maulesel sind, von seltenen Ausnahmen bei weiblichen

In Asien leben drei Unterarten Wildequiden, die unter dem Namen Halbesel zusammengefaßt werden. Von oben nach unten zeigt unsere Bildleiste zwei davon: den sehr großen Kiang *(Equus hemionus kiang)* des Hochlandes von Kaschmir und Tibet, der Schulterhöhen von 1,30 m und mehr erreicht, und den nur ponygroßen, gelbweißen Onager *(Equus hemionus onager)* der Wüsten Vorderasiens (in zwei Aufnahmen, von der Seite und von vorn). Zwischen beiden steht in der Körpergröße der als Wildtier nur noch in der Mongolischen Volksrepublik und im Norden der Volksrepublik China vorkommende Kulan *(Equus hemionus hemionus)*

Exemplaren abgesehen, unfruchtbar. Die Maultiere haben sich als vorzügliche und sehr genügsame Gebrauchstiere erwiesen. Allerdings sind sie zeitweise überaus störrisch und ungehorsam. Sie vereinigen in sich sonst aber alle erstrebenswerten Eigenschaften vom Pferd und Esel. Vor allem sind sie ausdauernde Lastenträger und sichere Bergsteiger auf engen, gefährlichen Hochgebirgspässen. Ihre Ernährung ist weit billiger als die von Pferden. Besonders in Gebirgsgegenden sind sie deshalb auch heute noch hochgeschätzte Nutztiere. Maulesel kommen viel seltener vor, weil Pferdehengste nur mit Schwierigkeiten zur Begattung von Eselstuten zu veranlassen sind. Sie sollen in ihren Leistungen beträchtlich hinter den Maultieren zurückbleiben. Praktischen Nutzen für die Wirtschaft haben die Maulesel kaum, ihre Züchtung brachte aber wissenschaftliche Erkenntnisse für die Abstammungslehre, ebenso wie die Bastardierung von Pferd und Halbesel und Esel und Halbesel. Alle diese, zum Teil erscheinungsbildlich sehr ansprechenden Mischlinge erwiesen sich bisher als fortpflanzungsunfähig. Das ist auch der Fall bei den Bastarden zwischen Halbesel und Zebras. Allerdings sind davon bislang nur wenige gezüchtet worden. Bastarde zwischen Zebras und Pferden in beiderlei Richtung und zwischen Zebras und Eseln sind dagegen mehr bekannt. Alle Kreuzungen, bei denen der eine Elternteil ein Zebra, gleichgültig, ob der andere nun ein Pferd, ein Esel oder ein Halbesel ist, bezeichnen wir als Zebroide. Man setzt zur näheren Erläuterung den Namen des anderen Elters davor, also Pferde-Zebroid, Esel-Zebroid oder Halbesel-Zebroid. Die Züchtung von Zebroiden ist schon oft aus praktischen Erwägungen unternommen worden, um dadurch ein tropenfestes und gegen die Tsetsefliege wenig empfindliches Gebrauchstier für Afrika und andere Tropengebiete zu bekommen. Bislang konnten die Pferde-Zebroide die in sie gesetzten Erwartungen jedoch noch nicht erfüllen. Auch in zoologischen Gärten werden gelegentlich Zebroide gezüchtet. So gelang 1960 im Bergzoo Halle die seltene Kreuzung zwischen Grantzebrahengst und Eselstute. Alle Zebroide haben sich bis jetzt als ebenso fortpflanzungsunfähig erwiesen wie Maultiere, Maulesel und Halbesel- Pferde- oder Halbesel-Eselbastarde. Zebroide sind zwar je nach ihren Eltern sehr unterschiedlich, sie zeigen aber entweder am ganzen Körper oder nur an den Beinen, wie zum Beispiel der Zebra-Eselbastard im Bergzoo Halle, mehr oder minder ausgeblaßt, die charakteristische Zebrastreifung. Bei den Pferde-Zebrabastarden wirkt sie besonders auf braunem Grunde ungewöhnlich. Werden einmal in Tiergärten Zebroide zur Schau gestellt, hebt meistens bei vielen Zoobesuchern ein erregtes Rätselraten an, was das wohl für seltsame Tiere sein könnten.

Man hat wiederholt versucht, reinblütige, jung eingefangene Exemplare der ausschließlich in Afrika verbreiteten Zebraarten zu zähmen und zu Nutztieren zu erziehen. Es gibt zwar einige Fälle in Afrika und anderen Erdteilen, vor allem in Zirkussen und zoologischen Gärten, in denen es gelang, Zebras als Gespann- oder Reittiere zu verwenden. Das sind aber seltene Ausnahmen. In der Regel zeigen sie sich viel zu störrisch, stürmisch und ungebärdig. Sie sind normalerweise notorische Beißer und Schmeißer, und der notwendige Umgang mit ihnen, vor allem das Auf- und Abzäumen, auch schon das Füttern und Tränken, bleibt ausgesprochen gefährlich. Das wird nicht viel besser, wenn die Tiere bereits in der Gefangenschaft geboren sind. Eine wirkliche Haustierzüchtung aus wildlebenden Zebrastammeseltern erscheint deshalb mehr als fraglich. Außerdem läßt die rapide Entwicklung hochleistungsfähiger Motorfahrzeuge für tropisches Gelände die Fortführung derartiger Domestikationsversuche mit praktischer Zielsetzung als anachronistisch erscheinen.

Man hat die Zebras innerhalb der Gattung *Equus* als besondere Untergattung Tigerpferde *(Hippotigris)* – so genannt wegen ihrer Körperstreifung – herausgehoben. Die körperlich größte Zebraart, zugleich die am weitesten im östlichen Afrika nach Norden vordringende, ist das erst 1882 bekannt gewordene Grevy-Zebra *(Equus grevyi).* Es erreicht Schulterhöhen von über 1,50 m und erinnert im Körperbau, mit dem großen massigen Kopf und den langen Ohren an die fast völlig ausgerotteten afrikanischen Wildesel. Auch die Stimmäußerungen ähneln stark denen der Esel. Im Verbreitungsgebiet der Wildesel in Nordafrika fehlt das Grevy-Zebra. Esel und Grevy-Zebra vertreten sich also geographisch. Inzwischen droht es auch dem Grevy-Zebra, das besonders aus Äthiopien bekannt ist, ausgerottet zu werden. Allerdings ist es von der Natur aus etwas ge-

schützt, da es sich in kleinen Familientrupps in schlecht zugänglichem Buschgelände und in Sumpf- und Hochmoorgebieten aufhält. In der Streifung sticht es von anderen Zebraarten ab. Bei ihm sind die Beine bis hinab zu den Hufansätzen in dichter Folge mit schmalen schwarzen Querbändern bedeckt, die nur enge weiße Zwischenräume frei lassen. Bei den Hin-

Drei Zebraarten, die jeweils in mehrere Unterarten zerfallen, beherbergt Afrika:
In den Buschsteppen Nordostafrikas, besonders Äthiopiens, lebt die größte rezente Zebraart, das weißbäuchige, sehr eng und schmal gestreifte Grevy-Zebra *(Equus grevyi grevyi)*

In Süd- und Südwestafrika kommt das fast ausgerottete, mehr esel- als pferdehafte Bergzebra vor. An der gitterartigen Zeichnung über der Schwanzwurzel erkennbar. Hier seine südwestafrikanische Unterart, das Hartmanns Zebra *(Equus zebra hartmanni)*

terbeinen führt diese Streifung bis zur Kruppe und Schwanzwurzel. Auch die Streifung des Kopfes ist sehr eng, ebenso sind es die vertikalen Streifen des Rumpfes. Nur am Hals sind die schwarzen Vertikalstreifen breiter. Der weiße Zwischenraum ist aber schmal geblieben. Grevy-Zebras wirken deshalb aus der Ferne – vor allem bei Dämmerlicht – eher grau als schwarzweiß, was ihre Eselähnlichkeit noch unterstreicht. Aus der Nähe betrachtet,

Der abgebildete Zebroid ist ein intermediärer Bastard aus der Kreuzung Grevy-Zebrahengst und Araberpferdstute. Die Grevy-Streifung erscheint hier auf braunem Grund

Die Stammform des mehr pferd- als eselähnlichen Steppenzebras war das längst ausgerottete Quagga Südafrikas. Eine erhalten gebliebene Unterart präsentiert das im mittleren Ostafrika noch relativ häufige, breit schwarzweiß gestreifte Grant-Zebra *(Equus quagga granti).*

sind sie aber herrlich anzuschauen. Interessant ist, daß sich bei neugeborenen Grevy-Zebras die Nackenmähne über die Rückgratlinie bis zum Schwanzansatz fortsetzt. Grevy-Zebras gehören in den zoologischen Gärten zu den Seltenheiten. Ihr Preis ist viel höher als der der Grant-Zebras *(Equus quagga granti)*, die am häufigsten in europäischen zoologischen Gärten gezeigt werden. Das Grant-Zebra lebt heute noch in beträchtlichen Herden in den Steppen Kenias. Es ist eine Unterart des einst zu Hunderttausenden in Südafrika lebenden, aber schon im letzten Drittel des vorigen Jahrhunderts ausgerotteten Quaggas *(Equus quagga)*. Es sind vorwiegend anatomische Merkmale, die diese Zuordnung rechtfertigen, denn das Quagga war das in seiner Färbung absonderlichste Zebra. Da vom Quagga noch Fotografien und Felle in den großen zoologischen Museen aufbewahrt werden, sind wir über sein Aussehen gut unterrichtet. Ist das Grevy-Zebra das eselähnlichste Tigerpferd, so war das Quagga das pferdähnlichste. Seine Grundfärbung war nicht weiß, sondern braun. Die gelbbraunen Beine und der Schwanz zeigten keine Streifen. Deutlich gestreift waren nur Kopf und Hals. Die bestenfalls angedeutete schwarze Streifung des mittleren Körpers und der Kruppe verlor sich zwischen Widerrist und Schwanzwurzel weitgehend im auffälligen Braun des Rumpfes. Der pferdeähnliche Eindruck wurde noch verstärkt durch einen kaltblutpferdeähnlichen Bau, pferdeähnlichen Kopf und relativ kurze Ohren. Dieses extreme südafrikanische Zebra war also – unter allen anderen – stammesgeschichtlich am weitesten auf dem Wege zur Einfarbigkeit fortgeschritten. Manche Pferde-Zebroide sind phänotypisch sehr stark quaggaähnlich, ohne genotypisch damit irgendwie identisch zu sein. Andere quaggaverwandte Zebras des tropischen Afrikas sind zwar am ganzen Körper gestreift, zeigen aber noch mehr oder weniger deutliche braune Zwischenstreifen innerhalb der Schwarzweißstreifung und haben meistens einen gelbbraunen Schnauzenfleck. Am wenigsten ist das beim Grant-Zebra der Fall.

Die dritte Zebraart ist das eselähnliche Bergzebra *(Equus zebra)*. Es ist die der Wissenschaft am längsten bekannte Zebraart. Es lebte in den Gebirgen des Kapgebietes und ist heute in Freiheit längst ausgerottet. Eine Unterart, das Hartmann-Zebra *(Equus zebra hartmanni)*, kommt wohl noch in kleineren Beständen in Südwestafrika vor. Die »Bergsteigernatur« der Berg- und Hartmann-Zebras wird offensichtlich, wenn man ihre schmalen und hohen Eselhufe betrachtet. Besonders eindrucksvoll ist jedoch die Färbung. Bei ihnen zeigt sich auf schneeweißem Grund – ohne jegliche braune Zwischenstreifung – die breite Zebrastreifung in tiefstem Lackschwarz. Berg- und Hartmann-Zebras gehören in den zoologischen Gärten und Tierparks zu den wertvollsten Pfleglingen. Die Haltung sämtlicher Zebraarten in zoologischen Gärten ist nicht schwierig, vor allem dann nicht, wenn ihnen weiträumige Gehege zur Verfügung stehen, in denen sie sich auslaufen können. Auch das Erzielen von Zebranachwuchs gelingt in unseren Tiergärten nicht selten. Die Jungen sind aber anfangs sehr empfindlich gegen Infektionen aller Art.

Die Trächtigkeitsdauer der Zebras ist ähnlich wie bei den Eseln. Neugeborene Zebras sind reizende »schaukelpferdgroße« Tierchen. Meist sind die Streifen bei der Geburt noch nicht schwarz, sondern fuchsig rotbraun. Schon kurz nach der Geburt folgen die Kleinen der Mutter überallhin. Diese bewacht sie argwöhnisch, versucht sie vor Beschauern dadurch zu sichern, daß sie sich davor stellt, und beißt und schlägt um sich, falls man versucht, Mutter und Kind allzu nahe zu kommen. In zoologischen Gärten und Tierparks sind Zebras, falls ein geschützter Unterstellraum ihnen nach Belieben Zuflucht gewährt, sogar bereit, sich an nicht zu kalten Wintertagen im Außengehege zu tummeln und im Neuschnee zu wälzen. Ernste Gefahr, daß sie dabei Schaden nehmen oder sich erkälten könnten, besteht normalerweise nicht. Allerdings sind manche Formen, zum Beispiel Bergzebras aus dem südafrikanischen Kapgebiet, wesentlich unempfindlicher als jene Unterarten des Quaggas, die im afrikanischen Äquatorialgebiet leben, also ausgesprochen tropischer Herkunft sind. Die Fütterung der Zebras ist ebenfalls kein Problem. Sie erhalten normales Pferdefutter, also Heu, Hafer, Häcksel und Mohrrüben als Grundnahrung. Junge Zebras werden im Zoo, ebenso wie in freier Wildbahn, im dritten Lebensjahr fortpflanzungsfähig.

Die Zebrastreifung ist ein phylogenetisch sehr altertümliches Equidae-Merkmal. So auffällig sie uns in unseren mitteleuropäischen zoologischen Gärten erscheint, so wenig ist sie es im natürlichen Lebensraum dieser Unpaarhufer. Dort erweist sie sich als vorzüglicher Sichtschutz. Im Geflimmer der vom ausgedörrten Steppenboden aufsteigenden heißen Luftwirbel verwischen sich die Körperumrisse der Tiere durch diese Streifung stark. Vollends zum Tarnkleid wird das Zebrafell, wenn seine Träger inmitten von ausgetrockneten schilfartigen Gewächsen oder im Schatten von Bäumen und Gebüschen ruhen. Man bezeichnet diese Auflösung der Körperumrisse als Somatolyse. Sie ist jedoch nicht auf die Zebras beschränkt, sondern tritt – durch Streifen, Flekken, Tüpfel usw. – nicht nur häufig bei vielen anderen Säugern, sondern auch bei Vögeln, Reptilien, Amphibien, Fischen und selbst bei wirbellosen Tieren auf. Bei den Zebras aber behalten wir den Eindruck, als sei sie dort besonders verfeinert. Das nordostafrikanische Grevy-Zebra bevorzugt für seine kleinen Familienrudel Hochmoorgebiete mit reichem Bewuchs an Büschen und schilfähnlicher Vegetation. Dort ist es mit seiner extrem engen und schmalen Schwarzweißstreifung hervorragend der Umwelt angepaßt. Das früher die vegetationsarmen Mittelgebirgslagen der südafrikanischen Kapberge besiedelnde Bergzebra war in dem kontrastreichen Steingeröll durch seine sehr breiten lackschwarzen Streifen auf reinweißem Untergrund der Umgebung angeglichen. Auch für die einzelnen Quagga-Unterarten ist das jeweils charakteristische Streifenkleid für ihren Verbreitungsraum geeignet. Vermutlich würden Grevy- oder Bergzebras in der ostafrikanischen Steppe Kenias weitaus auffälliger sein als die dort beheimateten Grant-Zebras.

Früher fingen Reiter die jungen Zebras, die in den Zootierhandel und von dort in die Zoos und Tierparks kommen sollten, mit dem Lasso aus den wildlebenden Herden heraus. Heute hat das Reitpferd beim Zebrafang in Afrika ausgedient und ist durch geländegängige Kraftwagen ersetzt worden. Das ist für die gefangenen Zebras humaner, denn das Kraftfahrzeug ist schneller als das Pferd. Eine solche Hetzjagd darf höchstens zehn Minuten dauern, sollen die eingefangenen jungen Zebras keinerlei Schaden nehmen. Sie sind schlechte Langstreckenläufer. Früher gingen anschließend an das anhaltende Gehetze einer solchen Jagd sehr häufig die eingefangenen Zebrafohlen an Herzschlag ein oder behielten einen Herzfehler zurück. Ullrich schildert in seinem Buche »Afrika einmal nicht über Kimme und Korn gesehen« eine selbst erlebte moderne Zebrafangjagd mit dem Kraftwagen. Bei ihr läßt sich diese notwendige Zehnminuten-Höchstzeit einhalten. Der Fang geschieht zwar ebenfalls noch mit dem Lasso, nur sitzt der angeschnallte Fänger jetzt auf dem Kotflügel des in wilder Fahrt über die Steppe rasenden Kraftwagens. Die auf solche Weise eingefangenen Zebras zeigen sich auffällig zahm. Sie beißen und bocken kaum, schlagen nicht aus, und selbst ihr Einbringen in die Transportkiste geschieht in der Regel rasch und ohne ernstliche Gegenwehr.

In Freiheit leben Zebras nicht selten mit Giraffen, Gnus, Straußen und anderen pflanzenfressenden Steppentieren zusammen. Das geschieht keineswegs zufällig, sondern ist als Schutzmaßnahme, die allen Beteiligten zugute kommt, zu verstehen. Die Zebras sind nämlich hervorragende Nasen- und Ohren-, die Straußenvögel ausgezeichnete Augentiere. Sie ergänzen sich also mit ihren Sinnen. Als »Wachtürme« der Steppe bemerken die Giraffen von ihrer Höhe herab sehr frühzeitig herannahende Gefahren. Das muß nicht in jedem Falle der Mensch sein. Den Zebras stellt vorwiegend der Löwe nach. Aber er allein vermochte das jahrtausendealte, wohlausgependelte biologische Gleichgewicht der Steppe nicht zu erschüttern. Die Löwen wären sicherlich niemals in der Lage, die Zebras in Afrika auszurotten, nicht einmal ernsthaft zu vermindern. Nicht jeder Versuch eines Löwen, ein Zebra zu reißen – auch nicht an der für Zebras besonders gefährlichen Tränkstelle – ist erfolgreich. Solange noch Riesenmengen wildlebender Zebras die Steppen belebten, spielte der alltägliche kleine Aderlaß durch Löwen am Gesamtbestand keine ernsthafte Rolle. Reproduktion und Verlust hielten sich die Waage. Außerdem sind es nicht immer die lebenstüchtigsten Tiere, die den Löwen zum Opfer fallen. Der Mensch nützt aber von den erjagten Zebras meist nur das Fell. So rotteten die Buren das Quagga in erster Linie aus, weil sie aus den Quaggafellen haltbare Getreidesäcke herstellen konnten.

Unterordnung Ceratomorpha – Nashornverwandte

Überfamilie Tapiroidea – Tapirartige
Familie Tapiridae – Tapire

Die rezenten Tapire sind anatomisch, aber auch im Verhalten und dem Äußeren nach lebende Fossilien. Sie unterscheiden sich nur wenig von ihren im mittleren Tertiär weit über die Erde verbreiteten Vorfahren. Im Eozän lebten sie auch im westlichen Eurasien und in Nordamerika, jetzt nur noch in zwei weit voneinander entfernten Gebieten, in Süd- und Mittelamerika sowie in Hinterindien und auf einigen Sundainseln. Deutet bereits die disjunkte Verbreitung der rezenten Formen auf eine einst weite Verbreitung und hohes geologisches Alter, so wird dies durch Fossilfunde bestätigt. Zu den geologisch ältesten Tapirarten zählt *Protapirus* aus dem Oligozän Europas, dem der bewegliche Rüssel noch fehlt. Aus dem europäischen Tertiär ist eine Reihe von weiteren Tapiren beschrieben worden. Im ältesten Quartär starben sie hier aus. Aus dem Pleistozän Ostasiens sind große Formen *(Megatapirus)* bekannt geworden. Das Gehirngewicht dieser »urzeitlichen« Großsäugetiere beträgt nach Weber nur 1/947 des Körpergewichtes. Die rezenten Tapire sind aber durchweg in ihrem natürlichen Lebensraum recht lebhaft, und als Zootiere erweisen sie sich im Umgang mit dem Menschen durchaus nicht als stumpfsinnig. So ähnlich wie sie haben vermutlich die Vorfahren unserer heutigen Einhufer ausgesehen, deren fossile Reste mannigfache Ähnlichkeiten mit den Skeletten der rezenten Tapirarten zeigen. Eine große haarlose Schwiele am Vorderbein unterhalb des Ellbogengelenkes der Tapire entspricht den Kastanien der Pferde. Die Füße haben einen schwieligen Sohlenballen, der den Druck des großen Körpergewichtes abpuffert. Vorn besitzen die Tapire vier ungleichmäßig ausgebildete Zehen. Die zweite von innen ist die größte und kräftigste. Die kleine Außenzehe berührt nur noch den Boden, wenn der Fuß tief in weiches oder morastiges Erdreich einsinkt. Die Hinterfüße tragen nur drei Zehen, von denen die mittlere die stärkste und ausgeprägteste ist. Sämtliche Zehen enden in einem gerundeten festen Hornschuh. Im Gegensatz zu vielen anderen Säugetieren sind die Weibchen bei den Tapiren größer als die Männchen.

Die rezenten Tapire sind Pflanzenfresser, es ist aber möglich, daß sie gelegentlich tierische Nahrung aufnehmen. Die recht beweglichen Lippen dienen zum Ergreifen des Futters, wobei der unbeteiligte Rüssel verkürzt wird. In zoologischen Gärten werden sie gewöhnlich rein vegetabilisch ernährt und gedeihen dabei gut. Von südamerikanischen und asiatischen Tapiren sind Exemplare bekannt, die in europäischen Tiergärten über 19 Jahre gelebt haben. Ein amerikanischer lebte im Zoo Frankfurt am Main sogar 30 Jahre. Das erlaubt den Schluß, daß sie auch in freier Wildbahn hohe Lebensalter erreichen. Natürliche Feinde – außer dem Menschen und seinen Jagdhunden – sind für erwachsene asiatische Tapire lediglich der Tiger und manchmal der Leopard, vielleicht auch Bären, für die amerikanischen Tapire Jaguar und Puma, unter Umständen in Scharen angreifende Pekaris. Kleine Jungtiere, die ihre Mutter ausgezeichnet und aufopfernd verteidigt, vor allem aber selbständig gewordene halbwüchsige, werden wahrscheinlich auch von kleineren und mittleren Raubsäugern gerissen. Ganz junge Stücke dürften zuweilen von Riesenschlangen erbeutet werden. Da Tapire sich gern suhlen und gut schwimmen, fallen sicherlich hier und da einige den großen Panzerechsen zum Opfer.

Alle Tapire führen ein verstecktes, kulturflüchtendes Dasein. Von der Ausrottung scheinen weder die asiatischen noch die amerikanischen Tapire schon bedroht zu sein, obwohl diese Gefahr für die asiatischen größer ist als für die amerikanischen. Alle Tapirarten werden wegen ihres wie Rindfleisch schmeckenden Fleisches und ihrer dicken Haut, die zu festem Leder verarbeitet wird, eifrig gejagt.

Im allgemeinen wird nur ein Junges geboren. Die in zoologischen Gärten ermittelte Tragzeit beträgt gegen 400 Tage, also über 13 Monate. Die Neugeborenen wiegen etwa 8 bis 10 kg, sie sind weiß auf dunklem Grund – meist fleckig unterbrochen – längsgestreift. Diese Schutzfärbung oder Tarntracht erinnert an die Jugendkleider der Wildschweinfrischlinge, Rehkitze und Hirschkälbchen. Unter den südamerikanischen Tapiren gibt es auch Formen, die ungefleckte Junge zur Welt bringen. Ausnahmsweise können junge asiatische

Tapire bereits von Geburt an unter dem darüber befindlichen normalen Jugendkleid starke Andeutungen der späteren Schabracke zeigen. Gewöhnlich dauert es zehn Monate, ehe diese vollständig ausgebildet ist. Dieses Kindheitskleid erweist sich als ausgezeichnete, die Körperumrisse auflösende Tarneinrichtung, vor allem dann, wenn das Tier im Dikkicht ruht. Gesäugt werden die Tapirjungen, indem sich die Mütter wie die Schweine auf die Seite legen und so ihren Sprößlingen das Gesäuge darbieten. So schweineähnlich die Tapire äußerlich auch sind, so wenig sind sie doch mit den Suidae verwandt. Ihre nächsten Verwandten sind die Nashörner.

Der Schabrackentapir *(Tapirus indicus)*

Der Schabrackentapir ist in Hinterindien und auf Sumatera beheimatet. Obwohl dorthin schon seit Jahrhunderten Seeverbindungen bestanden, wurde dieser eigenartige Großsäuger der europäischen Wissenschaft erst in den zwanziger Jahren des 19. Jahrhunderts bekannt. Nachrichten über seine Existenz waren allerdings schon im letzten Viertel des 18. Jahrhunderts nach England gedrungen. In China kannte man den Schabrackentapir bereits seit Jahrtausenden. In den Berliner Staatlichen Museen befindet sich ein kleines prächtiges Weihgefäß aus Bronze, das unverkennbar einen jungen Schabrackentapir darstellt. Es stammt aus der chinesischen Shang-Zeit um 1300 v. u. Z.

Die Färbung der Schabrackentapire ist ungewöhnlich. Das gesamte Vorderteil, einschließlich Kopf und Vorderbeine, ist bis zum Ende des Brustkorbes schwarzbraun bis tiefschwarz. Diesem folgt, wie abgeschnitten, ein größerer keilförmiger elfenbeinfarbener bis weißer Teil. Er zieht sich am Rücken bis oberhalb des Afters hin und umschließt auch den Hauptteil der Bauchpartie. In der unteren Hälfte der Oberschenkel der Hinterbeine schlägt er dann wieder in Schwarz um. So sind auch die Hinterbeine und ein Stück des Unterleibes schwarz. Diese dreiteilige Schwarzweißzeichnung hat den Tieren den Namen Schabrackentapir eingetragen, weil sie stark an das Bild eines schwarzen Reitpferdes erinnert, dem eine weiße Prunkschabracke aufgelegt worden ist. Diese Färbung erweist sich in freier Wildbahn als vorzüglicher Schutz. Im mehrfarbigen Geröll der Wasserläufe, zu denen die Tiere zur Tränke gehen, werden die Körperumrisse durch diese Tarntracht geradezu aufgelöst. Im Gegensatz zu den amerikanischen Tapiren besitzt der Schabrackentapir keine Nakkenmähne, und der obere Schnauzenteil geht unvermittelt in den unten scharf abgesetzten Rüssel über. Erwachsene Schabrackentapire werden über 1 m hoch und erreichen von der Rüsselspitze bis zum Schwanzende eine Gesamtlänge von etwa 2,50 m. Auf den Schwanzstummel entfallen 8 cm. In Freiheit ernähren sie sich vorwiegend von Blättern. Im Zoologischen Garten Dresden wurde das erwachsene Paar, das sich in den Jahren vor dem zweiten Weltkrieg dort befand und mehrmals fortpflanzte, in der warmen Jahreszeit täglich mit angewärmtem Wasser begossen und am ganzen Körper mit Pferdebürsten und Schrubberbesen abgebürstet. Das gefiel den Tieren sichtlich. Sie drängten sich heran und ließen sich widerstandslos diese wohltuende Prozedur gefallen. Trotz ihrer Größe und ihres Alters waren sie sehr zutraulich und friedfertig, wenn einer ihrer Wärter, aber auch der ihnen nicht so vertraute Zoodirektor zu ihnen in den Käfig kam. Gefahrlos war dieser Besuch im Tapirkäfig allerdings nicht. Aus freier Wildbahn ist bekannt, daß diese schweren Tiere, wenn sie in die Enge getrieben sind oder die Weibchen Junge führen, ihre Angreifer umrennen und dann mit den kräftigen Beinen zusammentreten. Sie können auch kräftig zubeißen, wobei ihre großen Eckzähne schwere Wunden reißen.

Der Schabrackentapir ist in Gebieten, in denen er verfolgt wird, vorzugsweise Dämmerungstier. Hier kommt ihm seine Schwarzweißzeichnung sehr zustatten. Wo er unverfolgt bleibt, zeigt er sich auch am Tage. Gewöhnlich treten die Tiere einzeln oder paarweise auf. Größere Rudel – wie bei den Wildschweinen – scheint es bei ihnen nicht zu geben. Ihre Stimmeäußerungen sind ein schrilles Pfeifen und ein drohendes Schnauben. Geruch und Gehör sind vorzüglich entwickelt, die Sehfähigkeit dagegen weit geringer. Ungestört, halten sie sich an ihre regelmäßig begangenen, stark ausgetretenen Wechsel. Werden sie jedoch verfolgt, brechen sie, ohne zu zögern, auch durch dickstes und dorniges Dickicht. Durch ihre derbe, dicke und harte Haut geschützt, erleiden sie dabei nur wenig Schaden.

Die Haut gewährt ihnen indessen keinen ausreichenden Schutz gegen stechende Insekten, unter denen Schabrackentapire sehr zu leiden haben.

Die amerikanischen Tapire

Bei den amerikanischen Tapiren unterscheidet man mehrere Arten. Die größte Art ist der bereits in Mittelmexiko vorkommende Mittelamerikanische Tapir *(Tapirus bairdi)*. Mit 1,20 m Rückenhöhe ist er der größte rezente Tapir. Zuerst entdeckt und bereits von Linné beschrieben wurde der Südamerikanische Tapir *(Tapirus terrestris)*, dessen Unterarten in Südamerika weit verbreitet sind. Er ist kleiner als der Mittelamerikanische. Der kleinste Tapir ist der abweichende Woll- oder Bergtapir *(Tapirus pinchaque)*. Ihm fehlt ebenso wie dem Schabrackentapir – im völligen Gegensatz zu den anderen amerikanischen Arten – die steifborstige Nackenmähne. Außerdem zeichnet sich diese kleine, in den Andengebieten Kolumbiens, Ekuadors und Westperus vorkommende Tapirart durch einen besonders langen Rüssel aus. Bei den südamerikanischen Arten setzt sich der röhrenförmig gerundete Rüssel sehr deutlich von der Schnauze ab.

Der Bergtapir steigt bis in Höhen von 4500 m hinauf und kann dort beträchtliche durchschnittliche Kältegrade ertragen. Schummer, der diese Art in Ekuador gefangen hat, berichtet: »Der Wolltapir schläft meistens am Tage und wird erst am Abend munter. In der Nacht ist er sehr rege und versorgt sich mit Nahrung. Um ihn aufzuspüren genügt, das menschliche Auge nicht, denn er ist tagsüber so gut im Unterholz oder in kleinen Höhlen verborgen, daß nur Hunde, die der Spur folgen, das Versteck entdecken«. Auch die anderen amerikanischen Tapirarten vermeiden Gebirgsgegenden keineswegs. Wenn auch wegen der besonderen Daseinsverhältnisse auf dem amerikanischen Kontinent in Einzelheiten etwas abweichend, so entsprechen die dortigen Tapire in Lebensweise, Verhalten, Ernährung und in ihrem Wasserbedürfnis im wesentlichen ihrem südostasiatischen Verwandten. Das gilt natürlich nicht für ihre Körperfärbung. Allen amerikanischen Tapiren fehlt die Schabrackenzeichnung völlig. Sie sind am ganzen Körper braun gefärbt, die einen heller bis hinein ins Gelbliche, die anderen dunkler bis zum Schwarzbraun. Auch tiefschwarze Farbspiele sind bekannt. Gesicht und Hals sind zuweilen heller als der übrige Körper. Beim Bergtapir sind die Backen grauweiß, die relativ großen Ohren gewöhnlich weiß umrandet. Amerikanische Tapire kann man weit häufiger in europäischen zoologischen Gärten sehen als die kostbaren Schabrackentapire. Sie pflanzen sich bei guter und artgemäßer Pflege auch fort. Allerdings sind die Jungen wie die der Schabrackentapire in den ersten Lebensmonaten sehr empfindlich.

Überfamilie Rhinocerotoidea – Nashornartige
Familie Rhinocerotoidae – Nashörner

In Afrika und Asien sind fünf Nashornarten bis in die Gegenwart erhalten geblieben. Die Blütezeit der einst sehr formenreichen Überfamilie Rhinocerotoidea lag im oberen Tertiär. Aber selbst während des allgemeinen Klimawandels im Quartär blieben einige Gattungen der Rhinocerotoidea noch so weit progressiv, daß sie sich für einige Zeit den neuen harten Lebensbedingungen anpassen konnten. So traten im eiszeitlichen Eurasien Nashörner mit einem dichten rotbraunen Wollhaarfell als Kälteschutz auf. Sie fristeten von kargem Tundragras und anderen Tundrapflanzen ihr Dasein. Von diesen einstigen Großsäugern sind zahlreiche Knochenreste – öfter auch in Mitteleuropa – gefunden worden. Dieses Wollnashorn *(Coelodonta antiquitatis)* ist die bekannteste vorzeitliche Nashornart. Es war ein Charaktertier der Riß- und Würmeiszeit. Als besonderes Merkmal besaß es neben seinem Wollhaarkleid eine verknöcherte Nasenscheidewand. Neben Knochen-, vor allem Kieferresten und einzelnen Zähnen, sind Zeichnungen dieses Tieres an den Wänden südfranzösischer Höhlen, Umrißritzungen in Knochenmaterial und aus Knochen und Elfenbein geschnitzte oder als Keramiken nachgeformte Kleinplastiken erhalten geblieben. Sie stammen von zeitgenössischen Höhlenmenschen, die das Tier jagten und sich von seinem Fleisch ernährten. Außerdem haben sich im gefrorenen tieferen Boden Sibiriens viele noch mit Haut und Haaren bedeckte Überreste dieser Nashornform erhalten, darunter ganze Köpfe mit den beiden Nashörnern. Als große Kostbarkeit befindet sich im Museum der Krakower Akademie ein als Dermoplastik aufgestelltes, 1929 in Starunia gefundenes vollständiges Exemplar. Das Skelett dieses Tieres ist gesondert präpariert. Beide Präparate sind international berühmt und von geradezu unschätzbarem Wert. Nach Toepfer ist *Coelodonta antiquitatis* noch während der letzten Eiszeit in Europa ausgestorben, denn unter den Knochen von Beutetieren spätaltsteinzeitlicher Jäger, der sogenannten Magdalénien-Kultur, werden keine Wollnashornreste mehr festgestellt. Dieses ausgestorbene Säugetier ist für uns besonders interessant, da es unter den rezenten Nashorngattungen noch eine gibt, die ihm sehr ähnlich ist. Es handelt sich um die Gattung *Ceratotherium* mit der einzigen, in zwei nur geringfügig unterschiedliche Subspecies aufgeteilten Art *Ceratotherium simum*, dem afrikanischen Breitmaulnashorn. Man bezeichnet es auch als Weißes Nashorn oder Stumpfnashorn. Zwar fehlt ihm die dichte Haarbedeckung des Wollnashorns, jedoch ähneln beide sonst einander durch den gemeinsamen Besitz des charakteristischen Breitmauls ungemein. Vor allem erweist sich das bei Vergleichen mit den erwähnten Präparaten im Krakower Museum. Das Breitmaulnashorn ist zwar die größte und schwerste, aber auch friedfertigste und ungefährlichste rezente Nashornart. Da es wenig wehrhaft ist, wurde es im 18. und 19. Jahrhundert von weißen Jägern in Massen umgebracht. Vor wenigen Jahrzehnten war es fast völlig ausgerottet. Inzwischen sind die nun unter strengstem Schutz stehenden Wildbestände dieser Art wieder auf etwa 2000 Exemplare angewachsen. Hoffentlich gelingt es, diesen altertümlichen Großsäuger auf die Dauer zu erhalten. Im Zoologischen Garten Antwerpen, seit einiger Zeit auch im Berliner Tierpark, werden Zuchtpaare gepflegt. Wie das Wollnashorn ist auch das Breitmaulnashorn ein Doppelnashorn. Beide Hörner sind hintereinander auf dem Nasenrücken angeordnet. Unter den weitläufigeren tertiären Verwandten (Embrithopodea) unserer heutigen Nashörner gab es auch Formen, wie *Arsinoitherium zitteli*, die zwei große nebeneinander stehende knöcherne Nashörner vorn auf den Nasenbeinen und noch ein zweites, viel kleineres Knochenzapfenpaar auf den Stirnbeinen trugen.

Das Breitmaulnashorn erreicht eine Schulterhöhe von 2 m und eine Körperlänge, einschließlich des etwa 60 cm langen Schwanzes, von ungefähr 5 m. Sein massiger Kopf beansprucht fast ein Drittel der Gesamtlänge. Das vordere Horn kann über 1,50 m lang werden und an seiner Basis über 50 cm Durchmesser haben. Das hintere Horn ist nur klein, meist 6 bis 20 cm lang, obwohl auch Stücke von 60 cm Länge bekannt geworden sind. Die letzten Bestände der beiden Unterarten des Breitmaulnashorns trennen heute Tausende von Kilometern. Die am längsten bekannte Subspecies *Ceratotherium simum simum* kommt nur noch in einem Reservat in Natal (Südafrika) vor. Sie hat sich von 19 Tieren im Jahre 1910 auf zur Zeit etwa 600 Exemplare vermehren können. Das Breitmaulnashorn lebt in kleinen Familien. In der Brunft bleiben Bulle und Kuh einige Tage oder Wochen zusammen. Starke Bullen stehen häufig allein. Die andere, viel weiter nördlich im Gebiet des oberen Nils beheimatete und erst vor einigen Jahrzehnten entdeckte Unterart *Ceratotherium simum cottoni* steht ebenfalls unter Schutz. Leider ist es den Tiergärtnern bisher noch nicht gelungen, diese Tiere auch in zoologischen Gärten zur Fortpflanzung zu bringen. Da es aber, wenn auch erst in den letzten 25 Jahren, geglückt ist, sowohl das afrikanische Spitzmaulnashorn als auch das Indische Panzernashorn in zoologischen Gärten zu züchten, braucht die gleiche Hoffnung in bezug auf das Breitmaulnashorn noch nicht aufgegeben zu werden. In diesem Zusammenhang sei erwähnt, daß die erstmalige Dressur eines Breitmaulnashorns im Schweizer Nationalzirkus Knie gelungen ist.

Das Breitmaulnashorn ist nach dem Asiatischen und Afrikanischen Elefanten das größte Landsäugetier der Erde. Im Gegensatz zum Spitzmaulnashorn ist es ein ausgesprochenes Weidetier, dessen Nahrung aus Gräsern und anderen Bodenpflanzen besteht. Zum Rupfen benützt es das plattgedrückte löffelartige Vorderende des Unterkiefers. Die breite Oberlippe darüber besitzt – anders als beim Spitzmaulnashorn – in der Mitte keinerlei verlängerten Auswuchs. Nur von diesem kleinen charakteristischen Merkmalsunterschied leiten sich die Namen Breitmaul- oder Stumpfnashorn einmal und Spitzmaulnashorn zum anderen ab. Wenig berechtigt ist hingegen eine Gegenüberstellung von Breitmaulnashorn als »Weißes« und Spitzmaulnashorn als »Schwarzes Nashorn«. Sauber gewaschen und von allem anhaftenden Schmutz befreit, sehen beide Arten grau aus. Beide afrikanischen, überhaupt alle rezenten Nashörner suhlen sich gern, wälzen sich aber auch im Staub. Je nach geologischer Struktur des Untergrundes kann dieser Staub sehr dunkel, fast schwarz aussehen oder kalkig weiß. Demzufolge ist es an anderen Plätzen möglich, daß die dortigen Nashörner gelb oder rotbraun gefärbt erscheinen. Spitzmaul- und Breitmaulnashorn können im selben geographischen Gebiet vorkommen, bevorzugen aber verschiedene Lebensräume. Das Breitmaulnashorn liebt feuchteren Untergrund und dschungelähnlichen Pflanzenwuchs, während das Spitzmaulnashorn ein ausgesprochenes Waldsteppentier ist.

Vom Spitzmaulnashorn *(Diceros bicornis)* leben nach B. Grzimeks Schätzung in Afrika noch 7000 bis 10000 Exemplare in freier Wildbahn. Es ist heute die bekannteste Nashornart, da in fast jedem größeren Zoo zur Schau gestellt. Erst 1941 gelang es im Tiergarten von Chicago-Brookfield zum ersten Male, Spitzmaulnashörner in Gefangenschaft zu züchten. 1956 war derselbe Erfolg in Europa dem Zoo Frankfurt am Main beschieden. Die Trächtigkeitsdauer wurde dort mit 15 bis 16 Monaten ermittelt. Ein neugeborenes Spitzmaulnashorn wiegt etwa 25 kg und wird von der Kuh hingebungsvoll betreut und aufopfernd verteidigt. Sein zweizitziges Euter trägt das mütterliche Tier wie ein Ziegeneuter zwischen den Hinterbeinen. Das Spitzmaulnashorn war in Afrika weit verbreitet. In vielen Gebieten ist es bereits ausgerottet. Als erwachsenes Tier erreicht es eine Schulterhöhe von über 1,60 m und eine Gesamtlänge von etwa 4 m, bleibt also beträchtlich hinter den absoluten Maßen des Breitmaulnashorns zurück. Die Mitte der Oberlippe ist länglich spitz zu einem schmalen Greiffinger ausgezogen. Mit ihm umfaßt das Tier in oder über Kopfhöhe befindliche Zweige von Buschwerk und Gestrüpp, biegt sie um und führt sie ins Maul. Auch bei der Gattung *Diceros* ist das zweite Horn kleiner als das erste. Der Längenunterschied zwischen beiden ist in der Regel aber nicht so auffällig wie beim Breitmaulnashorn. Neugeborene Spitzmaulnashörner tragen am Kopf an der Stelle, an der das vordere Horn emporwächst, bereits eine etwa 1 cm hohe Verdickung, während die, an der später das zweite erscheint, lediglich durch eine helle runde Fläche markiert ist. Die Nashörner sämtlicher Gattungen sind reine Hautbildungen. In keinem Falle findet sich ein stützender knöcherner Zapfen im Innern. Sie sind jedoch zäh und fest wie Hartgummi. Nur in den seltensten Fällen brechen sie bei Gebrauch an der Basis aus. Geschieht

Das Spitzmaulnashorn *(Diceros bicornis)* ist, beziehungsweise war als Steppenbewohner weit in Afrika verbreitet

das einmal, so wachsen sie ebenso nach wie ein abgequetschter menschlicher Finger- oder Zehennagel. Die natürliche Zuspitzung der Nashörner wird von ihren Trägern noch unterstützt, indem sie sie an Termitenhügeln oder Bäumen abscheuern und dadurch spitz schleifen. Im Zoo kann dieser natürliche Trieb dazu führen, daß die Tiere an Betonwänden und ähnlichem ihre Hörner völlig herunterfeilen, ein Umstand, der ihren Schauwert beträchtlich mindert.

Beim Breitmaul- und Spitzmaulnashorn ist das Haarkleid weitgehend reduziert. Neben einigen an den Ohren finden sich Haare in der Regel nur noch am unteren Schwanzende, wo sie eine kleine Quaste bilden.

Die Bezahnungsverhältnisse sind sehr eigenartig. Bei erwachsenen Tieren ist gewöhnlich kein Schneide- und kein Eckzahn mehr vorhanden. Die oberen Eckzähne fehlen von vornherein, untere können vorhanden sein.

Alle Nashornarten besitzen jeweils drei mit starken Hornnägeln versehene Zehen. Die mittlere Zehe ist die stärkste. Wie Grzimek an dem ersten, im Frankfurter Zoo geborenen Spitzmaulnashornsäugling feststellte, sind die Hornplatten der Zehen bei der Geburt noch gelblichweiß und reichen verhältnismäßig hoch auf den Fuß hinauf. Nach drei Tagen sind sie dann ebenso pigmentiert wie bei alten Tieren.

Dem Äußeren nach ist das Spitzmaulnashorn zweifellos das am »harmonischsten« gebaute rezente Nashorn. Das wird beim Vergleich mit den bizarren, altertümlich anmutenden drei asiatischen Nashornarten und auch mit dem Breitmaulnashorn deutlich. Die schweren und plumpen Breitmaulnashörner werden nämlich unserer vermenschlichenden Ansicht nach von einem flachen, höckerartigen Buckel »verunziert«, der sich hinter den Ohren in der Nackengegend aufwölbt. Er ist für die am Boden weidenden Breitmaulnashörner als Muskelfundament für das Aufheben des überschweren und langen Kopfes durchaus von Wert. Das im Verhältnis zur Gesamtlänge wesentlich klein- und leichtköpfigere Spitzmaulnashorn hat ein solches »Stützgerüst« nicht nötig. In freier Wildbahn gilt es als einer der »bösartigsten« Großsäuger, da es von sich aus ohne weiteres den Menschen angreifen soll. Nun sind die nicht sehr intelligenten und im Verhältnis zu Körpergröße und Gewicht mit einem recht kleinen Gehirn ausgestatteten Spitzmaulnashörner besonders gefährlich, wenn sie tief schlafen und ein Mensch unvermutet auf ein solches schlafende, im Gelände wie ein Felsblock oder ein Termitenhügel aussehende Tier stößt. Dann erschrecken natürlich beide. In einer solchen Situation springt das Nashorn in der Regel mit einem Schrecklaut blitzschnell auf, und da seine normale Fluchtdistanz vom Menschen längst überschritten wurde, flüchtet es in rasender Eile. Das geschieht häufig zur Abwehr der Gefahr genau auf den Ruhestörer zu. Falls es diesem nicht mehr gelingt, auszuweichen, wird er von dem anstürmenden Nashorn aufgespießt oder umgerissen und niedergetrampelt.

Außer dem Menschen hat ein erwachsenes Spitzmaulnashorn in freier Natur keinen wirklichen Todfeind unter den Wirbeltieren. Allerdings haben fast alle heute lebenden Spitzmaulnashörner schon schlechte Erfahrungen mit Menschen gemacht. Seit Jahrhunderten sind diese Kolosse in großer Zahl getötet worden, lediglich um sich in den Besitz ihrer Nasenhörner zu setzen. Deshalb dringen auch immer wieder Wilddiebe Ostafrikas in den berühmten 700 m tiefen und 17 km breiten Ngorongoro-Krater ein, um in diesem Schutzgebiet Nashörner abzuschießen. Aus den zu unsinnig hohen Preisen gehandelten Hörnern werden im Orient Schnitzarbeiten hergestellt, zum anderen wurden sie als angebliche Heilmittelrohstoffe (auch als Aphrodisiacum) nach Ostasien ausgeführt. Nicht zuletzt wurden und werden leider viele Spitzmaulnashörner von zahlungskräftigen »Großwildjägern« nur zu dem Zweck abgeschossen, um zu Hause mit den abgeschnittenen Nasenhörnern als »Jagdtrophäen« zu renommieren und sich als unerschrockene und wagemutige Jäger feiern zu lassen. Hinzu kommt, daß man, will man junge Nashörner für zoologische Gärten lebend fangen, zuvor in der Regel die Mutter umbringen muß, da sie ihr Junges stets verteidigt. Es ist in jüngster Zeit solchen erfahrenen Afrikakennern wie B. und M. Grzimek, Hediger, Ullrich und anderen zu danken, daß sie unermüdlich und kompromißlos die Abscheulichkeiten jener Nashornjagden in Wort, Schrift und Filmen anprangern und für den künftig völligen Schutz der noch überlebenden Bestände dieses afrikanischen Charaktertieres eintreten.

Bemerkenswerterweise zeigt sich, daß junge und erwachsene Spitzmaulnashörner bei richtiger und geduldiger Pflege in zoologischen Gärten durchaus nicht von Natur aus »boshafte«, sondern anhängliche und vollkommen zähmbare Tiere sein können. Das mag folgendes erstaunliche Beispiel belegen. Als am 24. Dezember 1956 das erste Spitzmaulnashorn im Frankfurter Zoo geboren wurde, duldete die zwar aufgeregte, aber völlig handzahme Nashornkuh »Katharina« während des Geburtsvorganges, übrigens auch noch kurz vor ihm, die ihr vertrauten Pflegepersonen im Inneren des Geburtskäfigs. Von der Kuh unbehindert, durfte der Tierarzt sogar im Verlauf der Geburt durch Einführen von Hand und Arm rektal die Lage des Jungen im Mutterleib feststellen. Da sich die Lage des Kindes als anormale Steißlage erwies, wurde, nachdem die Geburt stockte, künstlich nachgeholfen. Nach kurzer Zeit war mit Hilfe des Tierarztes das etwa 25 kg schwere Junge zur Welt gebracht.

Männliche Spitzmaulnashörner halten sich außerhalb der Brunftzeit einzeln im Gelände auf, die Mütter dagegen gemeinsam mit ihrem letzten, in der Regel einem Jungen. In der Brunftzeit kämpfen die Bullen miteinander und bringen sich mit ihren spitzen Hörnern zuweilen schwere Wunden bei. Obwohl die Haut sehr dick ist, dringen die Hörner hindurch. Auch weibliche Tiere werden in freier Wildbahn mitunter von blindwütigen Bullen durch Hornstöße schwer verletzt. Derartige Hautwunden heilen nur schwer und langsam ab, denn es setzen sich darin gern allerlei Parasiten fest. Vor allem legen Fliegen ihre Eier in solch offene Wunden. Außer durch ausgiebiges Suhlen und Staubbäder ist es dem betroffenen Nashorn so gut wie unmöglich, diese Verletzungen selbst zu säubern, also gleichsam zu behandeln. Doch werden Spitzmaulnashörner meist von mehreren Starenvögeln der Art *Buphaga buphaga* umschwärmt, die den bezeichnenden Namen Madenhacker bekommen haben. Ohne daß sich das Nashorn dagegen wehrt oder sie zu vertreiben sucht, setzen sich die Vögel auf den Körper des Dickhäuters und reinigen die Wunden von Insektenlarven. Nähern sich Menschen, fliegen die gefiederten Gesundheitspolizisten instinktiv auf und warnen so das Nashorn vor drohender Gefahr.

Das Spitzmaulnashorn ist ein reiner Pflanzenfresser. Kein gesundes erwachsenes fällt einem Raubtier zum Opfer. Nur ganz hilflose Junge, deren Mutter geschossen wurde, werden gelegentlich von Löwen, Leoparden, Hyänen oder Hyänenhunden gerissen. Die Spanne zwischen zwei Geburten beträgt mindestens 16 bis 17 Monate. Schon diese lange Zeit verdeutlicht, daß bei übermäßigem Abschuß die Art ohne baldige ausreichende Schutzbestimmungen der Ausrottung anheimfällt. Erfreulicherweise kommt das »Schwarze« oder Spitzmaulnashorn in den Savannen Ost-, Zentral- und Südafrikas noch so häufig vor, daß bislang von Ausrottung nicht gesprochen werden kann.

Sumatradoppelnashorn
(Dicerorhinus sumatrensis)

Kann man das afrikanische Spitzmaulnashorn als den »modernsten« Typ der rezenten Doppelnashörner bezeichnen, so ist die ostasiatische Gattung *Dicerorhinus* mit der einzigen Art *Dicerorhinus sumatrensis* ohne Zweifel die stammesgeschichtlich primitivste. Auch ihre Oberlippe ist spitz ausgezogen, jedoch nicht ganz so auffällig wie beim Spitzmaulnashorn. Gewöhnlich sind bei erwachsenen Tieren zeitlebens im Ober- und Unterkiefer noch je zwei Schneidezähne vorhanden. Erstaunlicherweise wehren sich Sumatranashörner kaum mit ihren kleinen Nasenwaffen, sondern versuchen, den Gegner nach Art von Tapiren zu beißen. Die Körpermitte ist beim Sumatranashorn durch je eine Hautfalte hinter den Vorder- und vor den Hinterbeinen wie ein breiter Gürtel hervorgehoben. Deshalb bezeichnet man die Angehörigen der Gattung *Dicerorhinus* auch als Gürteldoppelnashörner. Besonders augenfällig ist die starke Behaarung der Tiere. Sumatranashhörner sind die Pygmäen unter den rezenten Rhinocerotoidae. Wir kennen zwei Rassen der Art *Dicerorhinus sumatrensis*; eine größere und stärker behaarte, bis etwa 1,40 m hohe und 2,20 m lange Festlandform *(Dicerorhinus sumatrensis lasiotis)* und eine kleinere Inselform *(Dicerorhinus sumatrensis sumatrensis)*. Die Unterart auf dem Festland trägt der recht auffälligen Oberbehaarung wegen den Namen Rauhohrnashorn. Sie bewohnt das westliche Hinterindien bis zur Halbinsel Malakka. Die kleinere Inselform lebt auf Sumatera und Kalimantan, nicht aber auf Jawa, wie oft fälschlich angegeben. Ihre Behaarung, be-

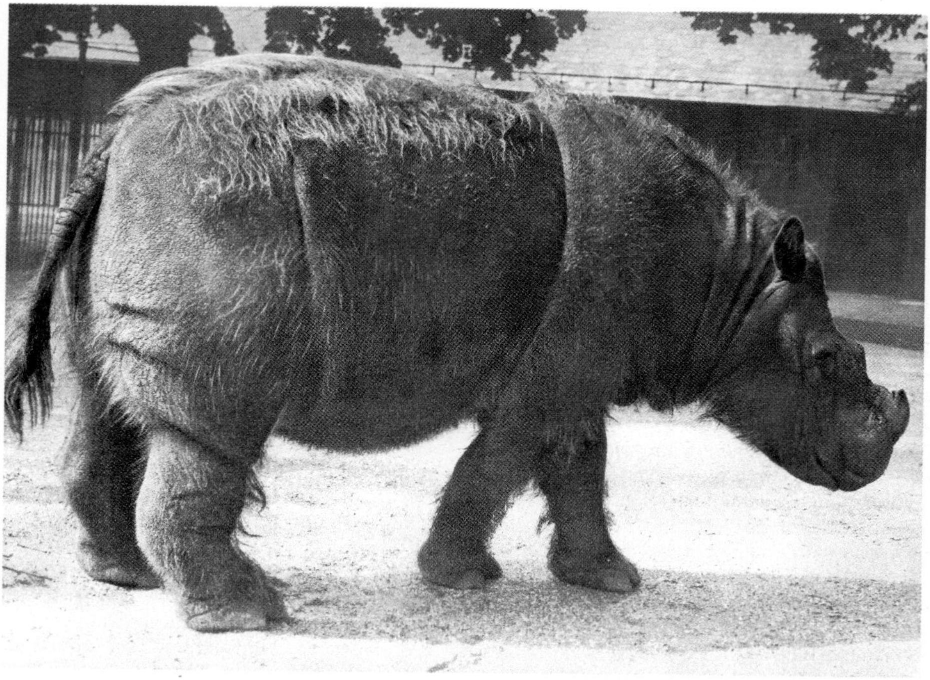

Als Inselform lebt auf Sumatera und Kalimantan die altertümlichste, fast ausgestorbene rezente Nashornart, das nur etwa 2 m lange Sumatranashorn *(Dicerorhinus sumatrensis sumatrensis)*. Die Jungen werden dicht behaart geboren. Das abgebildete Exemplar gelangte 1960 in den Zoo Kopenhagen

sonders die der Ohren, ist bei erwachsenen Exemplaren wesentlich spärlicher. Das gilt nicht für neugeborene Inselnashörner. Diese sind nicht nur am ganzen Körper relativ dicht behaart, sondern auch ihre Ohren sind es, so wie beim Rauhohrnashorn. Die Inselform beschrieb man – ohne von der Existenz der Festlandrasse zu wissen – zuerst als Sumatranashorn. Beide Unterarten sind heute von völliger Ausrottung bedroht. Es ist fraglich, ob es von der Subspecies Rauhohrnashorn noch Überlebende gibt. Vom Inselnashorn existieren zwar auf Sumatera und vermutlich auf Kalimantan in freier Wildbahn noch einige Stücke, kaum aber mehr als etwa 100. Hoffentlich gelingt es, diese interessante Säugerart wenigstens in zoologischen Gärten zu züchten und so, wie bei Milu oder Davidshirsch der Fall, zu erhalten.

In jüngster Vergangenheit sind noch einmal zwei weibliche Sumatranashörner in europäische zoologische Gärten gekommen, ein Exemplar 1959 in den Zoo Basel, ein zweites 1960 in den Zoo Kopenhagen. Zuchterfolge aus europäischen oder amerikanischen Tiergärten sind bisher nicht bekannt geworden. Ende des vorigen Jahrhunderts sollen sich Sumatranashörner mehrere Male im Zoo Kalkutta fortgepflanzt haben. Es hat leider den Anschein, als seien die Tiere nur sehr schwer zu akklimatisieren. Deshalb wahrscheinlich blieben sie in unseren zoologischen Gärten nicht lange am Leben. Überraschenderweise jedoch haben dem Sumatranashorn weitgehend ähnliche, sogar zur selben Gattung *(Dicerorhinus)* gezählte zwerghafte Nashörner in mehreren, von den Paläozoologen gut unterschiedenen Arten während des Pleistozäns auch auf mitteleuropäischem Gebiet gelebt. Reiche Fossilfunde wurden in der Umgebung von Weimar gemacht. Von einer durch A. H. Müller abgebildeten Sammlung von sechs Unterkiefern erwachsener *Dicerorhinus* aus dem Altpleistozän von Süßenborn hat selbst der größte nur die Länge von 30 cm.

In freier Wildbahn ist das Sumatranashorn kaum gefährlich. Es flüchtet, solange es kann, und soll, selbst wenn es in die Enge getrieben wurde, noch kein Draufgänger wie das afrikanische Spitzmaulnashorn sein. In seiner Heimat scheint es auch manchen natürlichen Ursachen zu erliegen. Die Tiere bewohnen den sumpfigen Dschungel und leben ausschließlich von Pflanzen. Ullrich berichtet von einem jungen, über 50 kg schweren, auf Sumatera selbst unter ziemlich natürlichen Bedingungen in Gefangenschaft gehaltenen Stück, das nachweisbar dem Giftbiß einer Kobra zum Opfer fiel.

Einhornnashörner (Gattung *Rhinoceros*)

Eine auch in früheren Erdzeitaltern wahrscheinlich nur auf das wärmere heutige Asien beschränkte Sonderentwicklung der Rhinocerotoidae sind die einhörnigen Buckel- oder Panzernashörner. Die einzige rezente Gattung *Rhinoceros* umfaßt zwei Arten, die früher häufig miteinander verwechselt wurden. Die größere Art ist das Indische oder Panzernashorn *(Rhinoceros unicornis).* Es erreicht eine Schulterhöhe von 1,70 m und eine Körperlänge von 4 m. Der Kopf ist schwer und mächtig, der »Finger« der Oberlippe nur kurz, das Nasenhorn bei beiden Geschlechtern gleichmäßig stark entwickelt. Die Hornbuckel des Rumpfes sind groß und rundlich, die Behaarung – wenn noch vorhanden – tritt am Rücken ganz zurück. Der Nackenpanzer bildet an der Kehle einen starken Zipfel und reicht nach hinten kapuzenartig bis fast zum Rumpfpanzer.

Die Zwergart führt den Namen Jawa- oder Schuppennashorn *(Rhinoceros sondaicus).* Sie erreicht eine Schulterhöhe von höchstens 1,40 m und 3 m Körperlänge. Der Kopf ist schmaler und leichter, der Oberlippenfinger aber absolut länger als beim Indischen Nashorn. Häufig sind die weiblichen Jawanashörner hornlos. Auf alle Fälle bleibt bei dieser Art das Horn sehr klein. Die Hornbuckel des Rumpfes sind im Gegensatz zum Indischen Nashorn mosaikartig angeordnet. Auch zeigt das Jawanashorn noch am Rücken Spuren von Behaarung. Der Nackenpanzer geht steil nach oben und bleibt vom Schulterpanzer getrennt. Der starke Kehlzipfel des Indischen Nashorns ist beim Jawanashorn nur schwach angedeutet.

Beide Arten tragen im Oberkiefer noch 2 bis 4 und im Unterkiefer 4 Schneidezähne. Mit ihnen beißen sie kräftig und gefährlich zu, wenn sie sich zur Wehr setzen müssen.

Das Jawanashorn ist faktisch ausgerottet. Nach Angaben Grzimeks (1960) besteht geringe Hoffnung, daß im Schutzgebiet von Udjung-Kulon noch ein Restbestand von etwa 30 Exemplaren am Leben ist. Diese Art war einst – neben dem großen Panzernashorn, mit dem es sich anscheinend in freier Wildbahn nicht zu kreuzen vermochte – von Bengalen bis Malakka auch auf dem Festland verbreitet. Von den Großen Sundainseln lebte es auf Jawa und Sumatera (hier neben dem zweihörnigen Sumatranashorn). Wenn auch diese Art mit großer Wahrscheinlichkeit nicht mehr vor dem Aussterben zu bewahren sein wird – kein einziger zoologischer Garten besitzt gegenwärtig ein Jawanashorn –, sind wir doch über diese kleine Panzernashornart durch eine Monographie unterrichtet, die der niederländische Zoologe H. J. V. Sody mit großer Sachkenntnis noch »in letzter Stunde« zusammenstellte.

Als Typus der Panzernashörner sei hier für eine eingehende Behandlung das Indische Panzernashorn gewählt, da für dieses Tier noch eine kleine Hoffnung besteht, daß es nicht totaler Ausrottung anheimfällt.

»Um das Rhinoceros zu sehn ...«, so beginnt die Fabel »Der arme Greis« des berühmten Leipziger Universitätsprofessors und Dichters Gellert (1715 bis 1769). Sie spielt damit auf das erste in Deutschland lebend gezeigte Indische Nashorn an. Dieses Tier war 1747 die große Sensation der Leipziger Messe. Bereits 1741 war es von einem holländischen Kapitän als junges, in Assam gefangenes Tier nach Europa gebracht worden und wurde nun in allen europäischen Ländern gezeigt. Trotz der entsprechenden Strapazen ist es viele Jahre lang am Leben geblieben. Sogar regierende Fürsten fanden es nicht unter ihrer Würde, mit Gefolge und großem Hofstaat der Nashorn-Schaubude ihren Besuch zu machen. Medaillen mit dem Bild des Nashorns wurden auf Grund solcher Anlässe geprägt und erläuternde Flugblätter verteilt. Ein solches zur Leipziger Messe 1747 verkauftes Blatt ist erhalten geblieben. Neben einem recht ausführlichen Text zeigt es den Holzschnitt eines unverkennbar Indischen Nashorns. Bemerkenswerterweise ist es naturgetreu wiedergegeben

Noch immer leben in Nepal und Assam unter Schutz gestellte kleine Bestände des Indischen Panzernashorns *(Rhinoceros unicornis)*. Panzernashorn-Mutter mit Kalb in der Suhle (Assam)

und keine irreale Konstruktion wie Dürers bekanntes Nashornbild. Dürer hat das lebende Tier nie gesehen. 1513 war schon einmal ein Indisches Nashorn nach Europa gelangt, aber nur bis nach Portugal. Dort wurde eine Zeichnung von ihm angefertigt, die nach Nürnberg in Dürers Hände kam. Infolge von Unklarheiten auf dieser Vorlage konnte es Dürer unterlaufen, daß er dem Panzernashorn seines Holzschnittes noch ein zusätzliches, zumindest atypisches Horn am Nackenende aufsetzte, das heute in der Fachwelt unter der Bezeichnung Dürer-Hörnchen bekannt ist.

Fast über 250 Jahre mußte Dürers Nashornbild zur Illustration mehr oder weniger phantasievoller Beschreibungen des legendenumwobenen Rhinoceros herhalten, da man kein anderes besaß. Sogar eine heute noch erhaltene Großplastik aus weißem glasiertem Porzellan wurde 1732 in der Meißener Porzellanmanufaktur vom Bildhauer Kirchner (nicht, wie oft fälschlich zu lesen ist, vom berühmteren Meister Kändler) nach Dürers Holzschnitt geschaffen. Unter den Händen späterer Zeichner wurden die bildlichen Wiedergaben nicht besser, sondern gewöhnlich noch bizarrer und unnatürlicher. Ein Wandel trat erst ein, als um die Mitte des 18. Jahrhunderts das erwähnte lebende Nashorn zur Schau gestellt wurde. Diesem Tier folgten weitere, und noch zu Anfang des 20. Jahrhunderts war das Indische Rhinoceros fast ausschließlich die in Menagerien und zoologischen Gärten gezeigte Nashornart. Hinzu kam, daß sich Panzernashörner in der Gefangenschaft als äußerst robust erwiesen. Nach dem zweiten Weltkrieg besaß unter allen deutschen zoologischen Gärten nur noch Hagenbecks Tierpark in Hamburg-Stellingen ein Exemplar. Es hatte ein abenteuerliches Schicksal hinter sich. 1930 war es als zweijähriges junges Weibchen aus Nepal nach Hamburg importiert worden. 1943 wurde es bei einem schweren Bombenangriff gefährlich verletzt. Dennoch heilten die Wunden, und das

Tier überdauerte den Krieg, obwohl es von 1943 bis 1950 nur in einem provisorischen Stall bei sehr knappem und recht einseitigem Behelfsfutter gehalten werden konnte. Erst 1955, 27 Jahre alt geworden, ging das Tier ein. Es besteht aber die begründete Vermutung, daß Nashörner in Freiheit noch weit älter werden. Inzwischen hat sich erfreulicherweise wider Erwarten herausgestellt, daß sich Indische Panzernashörner in zoologischen Gärten gut fortpflanzen. Das erste wurde außerhalb Indiens am 14. September 1956 im Zoo Basel, das nächste 1957 im Zoo Whipsnade geboren. Seitdem sind den beiden ersten weitere gefolgt. An der Spitze der erfolgreichen Panzernashornzüchter steht nach wie vor der Zoo Basel. Am 9. März 1963 brachte dort die 1956 als erstes dieser Jungen geborene Kuh »Moola« bereits wieder ein Junges »Khunlai«, nunmehr das erste in der zweiten Gefangenschaftsgeneration geborene Exemplar, zur Welt. »Khunlai« ist das vierte bis dahin im Zoo Basel geborene Panzernashornjunge. Diese Erfolge lassen uns hoffen, daß es möglich ist, das Indische Panzernashorn wenigstens als Zootier zu erhalten. Wie sieht es aber in freier Wildbahn mit diesem Tier aus? Die jüngsten wissenschaftlichen Nachrichten, die sich auf eigene Beobachtungen gründen, verdanken wir Ullrich, der die Panzernashornbestände sowohl in Assam als auch in Nepal aufsuchte. Dabei stellte er überraschenderweise fest, daß sich die Panzernashörner Assams und Nepals nicht völlig gleichen, sondern gut unterscheidbare geographische Rassen sind.

Insgesamt leben heute in Assam und Nepal noch etwa 500 Panzernashörner in Freiheit. Zwar sind sie offiziell streng geschützt, jedoch werden immer wieder Stücke gewildert. Anreize dazu geben die Nashörner. Ihnen werden in pulverisiertem Zustand starke Wirkungen als Aphrodisiacum zugeschrieben. Folglich wiegt man solche immer seltener zu erlangenden Nashörner im Schleichhandel geradezu mit Gold auf.

Darin liegt die Hauptgefahr, die der Erhaltung des Panzernashorns und des Jawanashorns in freier Natur droht.

Wie vorsichtig man sein muß, wenn man alte Legenden über Wildtiere in Zweifel zieht und als unwahrscheinlich abtut, zeigt sich an folgendem. Schon seit Jahrhunderten hielten sich hartnäckig Gerüchte, daß sich Panzernashorn und Asiatischer Elefant nicht »leiden« mögen. Bei zufälligen Begegnungen in freier Wildbahn solle das Panzernashorn die Elefanten sogar angreifen und mit dem Horn zu verletzen oder mit den Schneidezähnen zu beißen versuchen. Daß solche Kämpfe zwischen gefangenen Tieren beider Arten provoziert werden können und tatsächlich wurden, ist bekannt. Das galt aber als bewußte Konstruktion eines widernatürlichen Tierkampfes, hervorgerufen durch menschliche Sensationslust. Erlebnisse und Bilddokumente Ullrichs haben eindeutig belegt, daß Panzernashörner in ihr Revier eingedrungene Elefanten, in diesem Falle Reitelefanten, tatsächlich angreifen.

Überordnung Paraxonia – Spreizzeher

Ordnung Artiodactyla – Paarhuftiere

Unterordnung Suiformes – Schweineverwandte

Teilordnung Suina – Borstenschweine

Überfamilie Suoidea – Schweineartige
Familie Suidae – Schweine

Innerhalb der Ordnung der Paarhufer steht die Subkategorie der Nonruminantia, Nichtwiederkäuer, an erster Stelle vor den Ruminantia, den Wiederkäuern. Die Namen bringen den bemerkenswerten Unterschied zwischen beiden Subkategorien zum Ausdruck. Die Nichtwiederkäuer werden in zwei Teilordnungen gegliedert, die Suina, Borstenschweine, und die Ancodonta, Flußpferdähnliche. Zu den Borstenschweinen gehören zwei rezente Familien mit sechs Gattungen und zehn Arten. Von den Flußpferdähnlichen lebt nur noch eine Familie, die zwei Gattungen mit je einer Art umfaßt.

Das Wildschwein *(Sus scrofa)* ist neben Hirsch und Reh das häufigste Jagdwild in den Wäldern Mitteleuropas. Es ist die wilde Stammform des Hausschweins

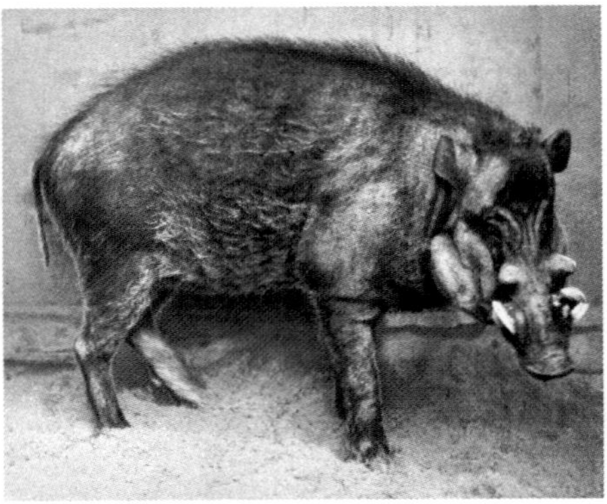

Namengebend für das von Djawa bis zu den Philippinen verbreitete Pustelschwein *(Sus verrucosus)* sind die drei großen Pusteln auf jeder Gesichtshälfte

In der Teilordnung Suina sind zwei Gruppen zu unterscheiden, die altweltlichen Echten Schweine (Suidae) und die amerikanischen Nabelschweine (Tayassuidae). Zu den Suidae gehört eines der wichtigsten Nutztiere der Menschheit, das Hausschwein. Von den fünf zu dieser Familie gezählten Gattungen ist nur die Gattung *Sus*, Wildschweine, domestiziert worden. Sie enthält die Untergattungen *Sus* und *Porcula* mit vier Arten. Wild sind ihre Vertreter heute noch von Frankreich über Europa und Asien bis nach Japan, Neuguinea und Melanesien, aber auch in Nordafrika verbreitet. Verwilderte Hausschweine gibt es auf Inseln und begrenzten Festlandgebieten der ganzen Erde. Drei Arten haben 44 Zähne, vierzehn Rippenpaare und zehn bis zwölf Zitzen. Diese drei sind unser eurasisches Wildschwein *(Sus scrofa)*, das Bart- oder Krausbartschwein *(Sus barbatus)* von der Malaiischen Halbinsel und verschiedenen Sundainseln und das Pustelschwein *(Sus verrucosus)*, das ebenfalls auf einigen Sundainseln bis zu den Maluku und Philippinen vorkommt. Alle drei Arten können an den Grenzen der Verbreitungsräume nebeneinander auftreten, ohne sich angeblich in freier Wildbahn zu kreuzen. Die vierte Art weicht durch nur 40 Zähne sowie den Besitz von nur 13 Rippenpaaren und lediglich sechs Zitzen von den anderen ab. Der wissenschaftliche Name ist *Sus (Porcula) salvanius*, das Zwergwildschwein. Es erreicht nur die Größe eines Feldhasen mit einer Totallänge von knapp 65 cm. Diese Art kommt im Grasdschungel am Südfuß des Himalaja von Nepal bis Assam vor. So winzig diese Zwergwildschweine auch sind, so flink und tapfer kämpfen sie gegen Angreifer. Die kleinen Keiler bleiben das ganze Jahr über bei ihrer Familienrotte. E. Mohr hält es für möglich, daß auch das Zwergwildschwein domestiziert wurde und zu den Stammeltern des Hängebauchschweins aus Vietnam gehört.

Extrem groß in der Gattung *Sus* ist hingegen das Südborneo-Bartschwein *(Sus barbatus gargantua)*. Von ihm ist lediglich ein gigantischer Schädel aus Südostkalimantan bekannt geworden. Sonst wissen wir über dieses Wildschwein nichts, da es inzwischen vielleicht ausgerottet worden ist. Unter den Hausschweinen gibt es ebenfalls Rassen, die an Körperhöhe und Gewicht stärkste europäische Wildschweinkeiler übertreffen. Überall, wo die Gattung *Sus* in Freiheit vorkommt und irgendwelche Hausschweinrassen gehalten werden, ist damit zu rechnen, daß durch entlaufene Hausschweine gelegentliche Einkreuzungen in die Wildbestände stattgefunden haben. Wahrscheinlich sind alle Hausschweinrassen noch mit allen wilden Arten der Gattung *Sus* bastardierbar. In einigen Fällen ist das nachgewiesen. Die Mischlinge der ersten Generation sind meistens noch in freier Natur lebens- und fortpflanzungsfähig. Dasselbe gilt von dem mehr wildschweinähnlichen Teil ihrer Nachkommenschaft in den nächsten Generationen. Diese variiert zunächst noch stark. Außer wildschweinähnlichen gibt es auch solche Junge, die weit mehr dem Hausschwein entsprechen und deshalb in Freiheit nur bedingt lebensfähig sind. Durch allerlei Umwelteinflüsse (Witterung, Krankheiten, Raubtiere) werden sie rasch ausgemerzt, so daß bereits nach relativ kurzer Zeit alle Nachkommen dieser Flüchtlinge recht einheitlich erscheinen. Umgekehrt erfolgt mitunter bei primitiveren Hausschweinrassen, die als Waldweideschweine freien Auslauf haben und sich weiter von der Herde entfernen können, spontane Einkreuzung von Wildschweinblut. Der Duft brünstiger zahmer Sauen vermag auch Wildschweinkeiler anzulocken, die die Sauen dann erfolgreich begatten, ohne daß Hirt und Hund es gewahr werden und verhindern können.

Durch entsprechende Selektionen ist es dem

Die vielen primitiven und Hochleistungsrassen des Hausschweines *(Sus scrofa domestica)* stammen fast durchweg von mehreren Unterarten des Wildschweines ab. Eine dieser Zuchtrassen ist das wollhaarige Mangaliza-Hausschwein, das sogar geschoren werden kann

Menschen gelungen, mannigfache Hausschweinrassen zu züchten. Die Meinungen über die Abstammung des Hausschweines gehen weit auseinander. Vermutlich ist die Domestikation wilder Angehöriger der Gattung *Sus* zu verschiedenen Zeiten und an verschiedenen Orten erfolgt. In Mitteleuropa wurde das Wildschwein zu Beginn der Jungsteinzeit, vor etwa 6000 Jahren, domestiziert. Die ausschließliche Stallhaltung ist jedoch erst in den letzten Jahrhunderten aufgekommen. Dazu züchtete man Rassen mit stark verkürzter Schnauzenpartie, um sie am Wühlen und Bodenumbrechen in ihren Ausläufen und am Zerstören der Stallungen zu hindern. Früher ernährten sich auch die Hausschweine durch Weiden auf Äckern oder im Wald.

Als hauptsächliche Stammformen unserer Hausschweine werden drei Unterarten des Wildschweines angesehen: unser mitteleuropäisches Wildschwein, das auf Sardinien beheimatete Sardenschwein *(Sus scrofa meridionalis)* und das südostasiatische Bindenschwein *(Sus scrofa vittatus)*. Wie bereits gesagt, haben wohl überall, wo Weideschweine gehalten wurden, häufige Einkreuzungen anderer Unterarten stattgefunden. Vergleicht man ein hochgezüchtetes weißes und borstenarmes, langrückiges und fettreiches Hausschwein mit einem Wildschwein, so fällt es schwer, zu verstehen, daß beide einer Art angehören.

Von den vielen Arten bzw. Unterarten der Gattung *Sus* soll hier nur das auch in unseren Revieren wild lebende mitteleuropäische Wildschwein *(Sus scrofa scrofa)* eingehender behandelt werden, da sich alle Wildschweine in Erscheinungsbild, Körperbau und Lebensweise nicht allzu stark unterscheiden. Allen gemeinsam ist, daß nicht nur die seitlich aus dem Maule ragenden Unterkiefer-Eckzähne (der Weidmann nennt sie »Gewehre«), sondern auch die weit kleineren des Oberkiefers (die »Haderer«) hauerartig ausgebildet und nach oben gerichtet sind. Unter- und Oberkieferhauer sind wurzellos und wachsen bei Abnutzung nach. Sie arbeiten wie Wetzsteine gegeneinander, so daß vor allem die unteren zu messerscharfen, gefährlichen Hiebwaffen werden. Allerdings benutzt sie gewöhnlich nur das männliche Wildschwein, der Keiler. Das weibliche, die Bache, trampelt hingegen auf seinem zu Boden geworfenen Widersacher herum und verletzt ihn nicht selten dadurch und durch Bisse lebensgefährlich.

Wie alle anderen hat das mitteldeutsche Wildschwein eine rüsselartig verlängerte Schnauze, die vorn in einer nackten, tellerartigen, sehr drüsenreichen Rüsselscheibe endet. Einige andere Unterarten besitzen jedoch eine beträchtlich längere Schnauze. Die Behaarung unserer Wildschweine ist relativ dicht, im Winter auch lang, rauhborstig und von graubraunschwärzlicher, gelb untermischter Farbe. Dieser verdanken die Tiere die weidmännische Bezeichnung als Schwarzwild.

Wildschweine sind robuste kurzhalsige Laufsäugetiere, die bei uns ungefähr 90 cm hoch und vom Nasenteller bis zur Schwanzquaste etwa 1,50 m lang werden können. Starke Keiler erreichen in unseren Revieren Gewichte bis zu 200 kg. Das Wildschwein erreicht eine mittlere Lebensdauer von nur zwei Jahren, bedingt durch die hohe Mortalitätsrate in den ersten zwei Lebensjahren. Das schließt jedoch nicht aus, daß einzelne Tiere ein Lebensalter von maximal neun bis zehn Jahren erreichen können. Vom Scheitel zum Rücken verläuft ein Kamm längerer Borsten. Die dreieckigen Ohren erreichen über ein Drittel der Kopflänge und sind dicht behaart. Der Schwanz endet in einer Quaste. Die Paarungszeit des Schwarzwildes, in der Jägersprache die Rauschzeit, erstreckt sich bei uns von September bis Februar, sowie auch in den Monaten

April und Juli. Nach einer Tragzeit von dreieinhalb bis viereinhalb Monaten bringt dann die Bache vier bis zwölf Junge zur Welt. Die Jungtiere werden Frischlinge genannt. Es sind kleine, schon kurz nach der Geburt lebhafte Kerlchen, die beiderseits auf graubräunlichem Untergrund zwei bis drei leuchtend okkergelbe Längsstreifen zeigen, die sich nach hinten in Flecke auflösen. Je älter die Frischlinge werden, desto mehr verblassen diese Streifen und sind dann beim »Überläufer«, dem etwa einjährigen Wildschwein, nur noch angedeutet. Gehen zu früh im Jahr geborene Würfe zugrunde, »rauscht« die Bache oft nochmals. Man kann dann zuweilen in der zweiten Jahreshälfte noch junge Frischlinge antreffen. Wildschweine werden mit 9 bis 18 Monaten geschlechtsreif. Solange die Kleinen noch die schützende Mutter brauchen, hält sich diese mit ihren Jungen von den größeren Rudeln, den Rotten, fern. Später schließen sie sich dem Verband wieder an. In diesem fehlen die starken Keiler, die sich nur zur Rauschzeit hinzugesellen, sonst aber als Einzelgänger leben. Besonderes Gelände bevorzugt das Wildschwein in Mitteleuropa nicht. Die Hauptsache ist, daß es darin ausreichend Deckung und Nahrung findet. Dann steigt es auch ziemlich hoch in die Gebirge hinauf. Besonders liebt es Tümpel und Moräste in seinem Biotop, damit es Gelegenheit zum Suhlen hat. Wegen seiner starken Vermehrung kann Schwarzwild zu einem bedeutenden Schädling in landwirtschaftlichen Kulturen werden. Dort stößt es nicht nur Saatflächen um, sondern verwüstet vor allem Haferschläge, Kartoffeln- und Hackfruchtäcker, Klee-, Luzerne- und Hülsenfruchtfelder, bricht aber auch feuchte Weideflächen um, wenn es Maulwürfe, Regenwürmer und andere im Boden lebende Kleintiere sucht. Im Wald hingegen bringt es einen gewissen Nutzen. Beim Wühlen nimmt es schädliche Forstinsekten sowie Schnecken auf und vertilgt aufgefundenes Aas verendeter Groß- und Kleintiere. Es mästet sich auch mit Eicheln, Bucheckern und Pilzen, wo es diese erlangen kann. Bei Mäuseplagen wird es ebenfalls – trotz seiner groben Brecharbeit auf Äkkern und Wiesen – nützlich, weil es dabei alte und nestjunge Mäuse verzehrt. Die Inhaltsanalyse von 665 Wildschweinmagen durch Briedermann ergab, daß 66 Prozent der untersuchten Magen Reste aufgenommener Tiere ent-

Ein sehr kleines Hausschwein ist das erstmalig durch den Berliner Tierpark aus Vietnam importierte Hängebauchschwein

hielten. Insgesamt betrachtet erweist sich das Wildschwein damit als ausgesprochener Allesfresser.

Gereizt und verwundet sind erwachsene Wildschweine, Keiler wie Bachen, gefährliche Gegner. Im Winter läßt sich eine Schwarzwildrotte häufig völlig einschneien. Sie bleibt aber unserem Auge nicht verborgen, weil sich bei Windstille über ihr eine Nebelwolke, bedingt durch die ausströmenden Körperdünste, andeutet. Tierische Feinde, außer Ekto- und Endoparasiten, hat das erwachsene Wildschwein in deutschen Revieren nicht. Auch kleine Frischlinge werden nur selten Beute eines Fuchses oder eines Hundes, denn die führende Bache paßt sehr gut auf. In anderen Gebieten erliegen erwachsene Stücke dem Angriff von Wolfsrudeln, Bären, Leoparden und Tigern. Überläufer vermag der Luchs noch zu reißen. Auch größeren Schlangen gelingt es in den Tropen zuweilen, Frischlinge zu erbeuten.

Eine gefährliche, auch auf den Menschen durch Genuß von befallenem Schweinefleisch übertragbare Krankheit ist die Trichinose, die bei Wild- und Hausschweinen vorkommt, vor allem, wenn diese mit Trichinose infizierte Ratten gefressen haben. Seit bei uns der Weideschweinaustrieb in den Wald fast erloschen ist und die Schweinehaltung in vor Ratten geschützten Stallungen erfolgt, tritt nur noch selten einmal Trichinose auf. Wildschweine können auch an gefährlichen Seuchen wie Schweinepest und Schweinerotlauf und in seltenen Fällen an Tollwut erkranken und diese Krankheiten auf Hausschweine und andere Tiere sowie auf den Menschen übertragen. Früher war das Wildschwein in Europa wesentlich weiter verbreitet. Es kam auch in Großbritannien und Irland vor, ist dort aber schon seit Jahrhunderten ausgerottet. Seine Ausgangsformen lassen sich in Europa bis ins Eozän verfolgen.

Die Schwarzwildjagd wurde früher wegen ihrer Gefährlichkeit hoch geachtet. Man jagte erwachsene Wildschweine, indem man die gereizten, von Hunden gestellten und in die Enge getriebenen, im wahrsten Sinne des Wortes wutschäumenden Tiere auf einen vorgehaltenen Spieß, die sogenannte Saufeder, auflaufen ließ und sie dann mit dem Fangmesser abstach.

Südlich der Sahara lebt in Afrika die Gat-

Kaum noch schweinehaft wirkt der breitschnauzige, mit riesigen Eckzähnen bewehrte und großen Warzen bedeckte Kopf des Warzenschweins *(Phacochoerus aethiopicus)*. In den Savannen Afrikas ist dieser Erdhöhlenbewohner weit verbreitet

tung der Warzenschweine, *Phacochoerus*, die lichte Wälder und Savannen bevorzugt. Wir kennen rezent nur die Art *Phacochoerus aethiopicus*, sie wiegt etwa 100 kg. Diese Allesfresser sind fast nackt, tragen jedoch vom Scheitel bis zum Rückenende eine steil aufrichtbare braune Borstenmähne. Ihren Namen erhielten sie wegen der auffälligen warzen- oder beulenartigen Auswüchse im Gesicht. Die Vorderschnauze ist sehr breit und trägt die riesigen Eckzähne. Flüchtende Warzenschweine strekken den dünnen nackten, aber mit einer schwarzen Quaste ausgestatteten Schwanz »wie eine Fahne« kerzengerade in die Höhe, sie erreichen eine Geschwindigkeit von 35 km/Std.

Die Jungen, meistens vier je Wurf, sind ungestreift. Sie werden gewöhnlich in einem von ihrer Mutter in Beschlag genommenen Erdferkelbau geboren. Trifft eine Warzenschweinmutter, die eigene Junge führt, auf verlassene oder durch Raubtiere mutterlos gewordene fremde Frischlinge, so adoptiert sie diese in der Regel. Der Hauptfeind der Warzenschweine und auch der anderen afrikanischen Wildschweinarten ist der Löwe.

Neben den Warzenschweinen kommen in der freien Wildbahn Afrikas noch Vertreter zweier anderer Gattungen der Suidae vor. Die Gattung *Potamochoerus* trägt den deutschen Namen Busch- oder Flußschweine. Die einzige Art hat 13 sehr bunt gefärbte Unterarten, die in fast ganz Afrika verbreitet sind. Einige von ihnen sind zu ausgesprochenen Kulturfolgern geworden, die in Pflanzungen bedeutenden Schaden anrichten. Die farbenfreudigste Unterart *Potamochoerus porcus pictus*, das westafrikanische Pinselohrschwein, lebt in den Sumpfwäldern am Unterlauf des Niger. In zoologischen Gärten sind Pinselohrschweine begehrte Schaustücke.

Die andere Gattung heißt *Hylochoerus*. Die drei Unterarten der einzigen uns bekannten rezenten Art bevorzugen große zusammenhängende Waldgebiete. Deshalb wurde als ihr

Die Rüsselscheibe des Waldschweines *(Hylochoerus meinertzhageni)*, der größten rezenten Wildschweinart, ist außerordentlich breit, da diese Art nicht wühlt. Das Tier kommt sporadisch im Bereich des mittelafrikanischen Waldgürtels vor

Auf Sulawesi und einigen benachbarten Inseln lebt der Hirscheber oder Babirussa *(Babyrousa babyrussa)*. Die Eckzähne dieses seltsamen Wildsäugers wachsen oben durch die Nasenhaut und krümmen sich kreisförmig nach hinten

deutscher Name Waldschwein gewählt. Die Waldschweine sind gegenüber den Warzen- und den Flußschweinen ausgesprochene Riesen. Die Färbung ist schwarzweiß. Der Kopf fällt durch eine außerordentlich breite Vorderschnauze, insbesondere Rüsselscheibe, auf. Über Biologie und Verhalten der Waldschweine ist recht wenig bekannt. Sie wurden erst am Anfang des 20. Jahrhunderts entdeckt und beschrieben. Die bekannteste Unterart ist *Hylochoerus meinertzhageni meinertzhageni* aus Nordtansania und Südäthiopien.

Eine anatomisch und äußerlich auffällige Gattung ist *Babyrousa*, Hirscheber. Zu ihr gehört ebenfalls nur eine Art *(Babyrousa babyrussa)* mit vier recht markanten Unterarten. Diese sind nur auf den südostasiatischen Inseln Sulawesi, Buru, Sanana, Malengi und anderen zu finden. Hirscheber sind relativ kleine, hochbeinige, spärlich behaarte wilde Schweine, von denen es keine Haustierformen gibt. Die Bachen haben zwei Zitzen und bringen je Wurf nur ein bis zwei Junge zur Welt. Der spitzrüsselige *Babyrousa*-Kopf trägt kurze spitze Ohren. Charakteristisch für alle Hirscheber sind die Eckzähne des Oberkiefers, die vor allem bei den Keilern die Rüsseldecke durchbrechen und frei aufwärts ragen. Dadurch entsteht der Eindruck eines Hörner- oder Geweihpaares, was den Tieren den Namen Hirscheber eingetragen hat. In ihrer Heimat wird das Fleisch dieser Wildschweine sehr geschätzt und dem anderer Schweine und dort lebender Hirsche vorgezogen. Als Ferkel eingefangene Babirussas werden bei guter Pflege in zoologischen Gärten nicht nur zahm, sondern auch sehr alt. E. Mohr schrieb, daß ein im einstigen Zoo Hamburg lebendes weibliches Exemplar 24 Jahre alt wurde.

Familie Tayassuidae – Nabelschweine

Die ausschließlich auf Amerika beschränkten Nabelschweine weichen in ihrem Körperbau stark von den altweltlichen Schweinen der Familie Suidae ab. Deshalb werden sie auch in eine eigene Familie Tayassuidae gestellt. Dazu gehört nur die Gattung *Tayassu* mit zwei Arten, die jeweils mehrere Unterarten haben. Von den anatomischen Unterschieden gegenüber den altweltlichen Schweinen fällt am meisten die Form und Stellung der Eckzähne auf. Die oberen Eckzähne sind bei ihnen nicht als Hauer nach oben gekehrt, sondern senken sich wie bei den Carnivora nach unten. Sie treffen im Unterkiefer auf die entsprechenden Canini. Auf diese Weise schleifen sich beide ständig gegenseitig ab und werden scharf und spitz. Das Nabelschweingebiß ist einem Raubtiergebiß aber nicht nur äußerlich ähnlich, sondern wird auch so gebraucht. Nabelschweine sind also keine »hauenden«, sondern »beißende« Schweine. Die Hinterfüße tragen keine Außenzehen. Charakteristisch für die Nabelschweine ist der Besitz einer bei den altweltlichen Schweinen nicht vorhandenen Drüsentasche. Beide rezente Nabelschweinarten tragen sie auf der Kruppenmitte. Da sie dort nabelartig eingesenkt ist, hielt man sie früher für ein Gegenstück zum Nabel. Deshalb nannte man die Tayassuidae Nabelschweine. Es handelt sich jedoch um ein Drüsenfeld, das ein schmieriges Sekret abscheidet. Dieses enthält einen stark riechenden Duftstoff, der bei der Paarung als Anlock- und Reizmittel zu dienen scheint. Beide Arten sind zwar Allesfresser, ähneln aber in ihrer Lebensweise den Raubsäugetieren mehr als die eurasischen Wildschweine. Da beide Arten in größeren, weit umherstreifenden Rotten auftreten und sich im Falle eines Angriffes durch Mensch

Die von den Südstaaten der USA bis nach Paraguay vorkommenden allesfressenden Halsbandpekaris *(Tayassu tajacu)* verbreiten aus einer Rückendrüse durchdringenden Bisamduft

oder Tier gemeinsam verteidigen, können sie auch dem Menschen gefährlich werden. Eine solche Rotte, ganz gleich, ob sie wandert oder ruht, strömt einen auf größere Entfernung hin bemerkbaren, durchdringenden und höchst widerlichen Moschusgeruch aus. Deshalb wird die eine Art auch als Bisamschwein bezeichnet. Beide Arten lieben Wasser sehr und suhlen sich gern ausgiebig. Eine feste Paarungszeit im Jahreslauf scheint es nicht zu geben. Man findet neugesetzte Junge während des ganzen Jahres. Nach viereinhalb- bis fünfmonatiger Trächtigkeitsdauer wirft die Bache ein bis zwei Frischlinge. Das entspricht ihren zwei Zitzen. In dieser Zeit hält sie sich etwas abseits von der Rotte. Die Jungen sind schon kurz nach der Geburt quicklebendig, so daß die Mutter sie bereits nach wenigen Tagen der Rotte zuführen kann. Pekaris entgehen der Sonnenhitze, indem sie tagsüber in kühlen Höhlen oder Halbhöhlen ruhen. Dabei schlafen die Jungen oft auf den beieinanderliegenden Rudelgenossen.

Der Halsbandpekari *(Tayassu tajacu)* ist die kleinere der beiden Arten. Er ist durch ein vom Widerrist bis zur Kehle verlaufendes gelbbraunes Halsband auf dunklerem Grunde gekennzeichnet. Wir kennen von ihm 14 Unterarten, die sich vom Süden der USA über Mittelamerika bis nach Argentinien, Paraguay und Uruguay ausbreiten. Im gleichen Gebiet leben die fünf Unterarten des beträchtlich größeren Bisamschweins oder Weißbartpekaris *(Tayassu albirostris).* Den Weißbartpekari findet man viel seltener in unseren zoologischen Gärten als seinen kleineren Vetter. Der Halsbandpekari hält sich nämlich weit besser und ausdauernder in Gefangenschaft als der erste und pflanzt sich gewöhnlich auch fort. Junge Pekaris beider Arten werden nicht selten bei guter Behandlung recht zahm. Die Urwaldindianer Südamerikas halten zuweilen Pekaris. Diese leben dann fast wild im Bereich der Siedlung. Es sind durchweg von klein auf in menschliche

Obhut genommene Tiere aus freier Wildbahn. Sie hängen zeitlebens an ihren Betreuern und deren Familienangehörigen, nicht weniger auch an deren Behausung. Deshalb können sie frei umherlaufen, kehren aber regelmäßig zurück, sofern sie nicht unterwegs die Beute eines Raubtieres geworden sind. Feinde vereinzelter Nabelschweine – denn die Rotte versteht es, sich sehr energisch gegen Angriffe zu wehren – sind Jaguar und Puma. Junge Pekaris fallen gelegentlich größeren Greifvögeln, Panzerechsen und Schlangen zum Opfer. In Pflanzungen richten die Rotten beider Arten zuweilen recht empfindliche Schäden an.

Teilordnung Ancodonta – Flußpferdähnliche

Überfamilie Anthracotherioidea – Flußpferdartige
Familie Hippopotamidae – Flußpferde

Eine besondere Teilordnung in der Unterordnung Suiformes (Schweineverwandte) sind die Ancodonta (Flußpferdähnliche) mit der Überfamilie Anthracotherioidea (Flußpferdartige). Dazu gehört nur eine rezente Familie, die der Hippopotamidae, Flußpferde. Sie ist durch zwei ausschließlich auf Afrika beschränkte Gattungen vertreten. Die eine ist *Hippopotamus*, das allbekannte Fluß- oder Nilpferd, und die andere, *Choeropsis*, enthält als einzigen lebenden Vertreter das Liberianische Zwergflußpferd.

Nach Grassé sind die geologisch ältesten Flußpferde aus dem Altpliozän von Italien und Spanien bekannt geworden, während sie in gleichaltrigen Ablagerungen Mitteleuropas und Asiens nicht gefunden wurden. Das Auftreten ältester Formen in Südeuropa läßt den afrikanischen Ursprung der Flußpferde vermuten. Spätere mitteleuropäische Formen, die bis England verbreitet waren, starben während der Eiszeit, in Südeuropa sogar erst mit ihrem Ende aus. Auf verschiedenen Mittelmeerinseln entwickelten sich Zwergformen, dasselbe gilt für Madagaskar. Die madagassische Art stammte wahrscheinlich von einem ältestpleistozänen ostafrikanischen Kleinflußpferd ab. Alle diese zwerghaften Flußpferde sind mit dem rezenten westafrikanischen Zwergflußpferd nicht näher verwandt. Überraschenderweise lebten in diesen Gebieten Flußpferde mindestens noch zur Zeit des ersten Auftretens des Menschen. Wie lange sich darüber hinaus noch kleine Reliktpopulationen bis ins Holozän (Erdgegenwart seit rund 12000 Jahren) am Leben erhalten haben, entzieht sich unserer Kenntnis. Daß das aber nicht von vornherein unwahrscheinlich ist, erkennen wir daran, daß die Bibel die frühgeschichtliche Existenz des Flußpferdes in Klein- und Vorderasien, besonders Palästina, unter dem Namen »Behemot« bekundet. Diese Erwähnung wird durch archäologische Belege und Knochenfunde bestätigt. Jedoch hatte die durch Menschenhand bewirkte Veränderung der Landschaft (Kahlschlag der Wälder usw.) naturgemäß eine zunehmende Verlandung und Austrocknung der Gewässer und ihrer Lagunen zur Folge, so daß die Lebensräume der Flußpferde immer mehr eingeengt wurden, bis die letzten Vorkommen erloschen. Auch der volkstümliche Name Nilpferd, so geläufig er der Allgemeinheit noch ist, hat inzwischen längst keine Berechtigung mehr. In frühgeschichtlicher Zeit war das Flußpferd noch häufig in den Gewässern Nordafrikas, besonders Ägyptens anzutreffen, also auch im Unterlauf und an der Mündung des Nils. Im unteren und mittleren Nil ist es seit 100 bis 150 Jahren ausgerottet. Noch im vorigen Jahrhundert war das Nilpferd in Nubien häufig, ist aber seit vielen Jahrzehnten auch dort, ebenso wie in Südafrika, durch die mit Schußwaffen betriebenen schonungslosen Vernichtungsaktionen der Europäer verschwunden. Es belebt aber noch die Gewässer weiter Räume des afrikanischen Kontinents. Dort wird es sich, wenn auch nur in kleinen Beständen noch lange Zeit halten können, weil es auch in kaum zugänglichen Sumpfgebieten vorkommt und den größten Teil seines Lebens im und unter Wasser verbringt. Vielleicht wird es sich eines Tages sogar als zu hegendes und zu schonendes Nutztier, das heißt durch geregelten Abschuß als planvoll bewirtschafteter Fleischlieferant erweisen. Schon Gustav Brandes (1862–1941) wies in seinen Vorlesungen immer wieder darauf hin, daß es ihm unverständlich sei, warum dieses bis zu etwa zwei Tonnen schwer werdende schweineähnliche, leicht zu ernährende Wassersäugetier eigentlich nicht in geeigneten tropischen Gebieten domestiziert und als halbwildes Haustier gepflegt und genützt werde. Er begründete seine Erwägung damit, daß Flußpferde die für solche Säugetierriesen anomal kurze Trächtigkeitsdauer von nur acht Monaten hätten, sich praktisch alljährlich fortpflanzten und die Jungtiere bereits nach zwei bis drei Jahren wieder selbst fortpflanzungsfähig seien. Neben dem Menschen haben erwachsene Flußpferde im Wasser keinen Feind aus der Großtierwelt. Es wäre schön, wenn auf diese Weise das Flußpferd vor der Ausrottung bewahrt bleiben würde. Die vielen Zuchterfolge in den zoologischen Gärten aller Erdteile und die dort beobachtete Langlebigkeit (über 40 Jahre) und Widerstandskraft der Flußpferde lassen die Erwägung von Brandes durchaus nicht abwegig und utopisch erscheinen.

In Gestalt und Färbung ähneln die rezenten Hippopotamidae sehr stark dunkel pigmentierten haarlosen Hausschweinen, und zwar erinnern die hochbeinigen Zwergflußpferde an die Weideschweine, die plumpen, dicken Flußpferde mit ihren kurzen stämmigen Beinen dagegen an hochgezüchtete walzenförmige Fettschweine riesiger Dimensionen. Lediglich die Form des Kopfes mit den kleinen Ohren widerspricht wieder dieser Vorstellung. In der Tat ähneln die Köpfe der Flußpferde weit mehr Pferdeköpfen. Der typische Schweinerüssel scheint hier durch schlitzförmige gewaltige Pferdenüstern ersetzt zu sein. Aber der Kopf eines erwachsenen Ebers des afrikanischen Warzenschweines *(Phacochoerus aethiopicus)* stellt einigermaßen die Verbindung zwischen Hausschweinschädel und Flußpferdschädel her.

Die beiden Flußpferdgattungen besitzen wie die Schweine hauerähnliche bis zu 70 cm lange Eckzähne im Ober- und besonders mächtige im Unterkiefer, nur daß diese normalerweise nicht aus dem Maul herausragen. Da die Vertreter der beiden Gattungen das Maul sehr weit aufreißen können, sind die Hauer furchtbare Waffen bei der Verteidigung und bei Kämpfen untereinander. Der ungeheure Kaudruck ermöglicht es ihnen, damit sogar den Panzer eines Krokodils zu durchdringen.

Das Knochengerüst der mehr ans Wasser gebundenen Gattung *Hippopotamus* ist, verglichen mit dem der Gattung *Choeropsis*, wesentlich massiger, plumper und schwerer. Beim Zwergflußpferd erscheint auch der Kopf graziler und kleiner. Bei ihm stehen die Augen noch seitlich und liegen nicht wie beim großen Flußpferd froschähnlich auf der Kopfoberseite. Sie sind von Stirnbein und Jochbein hoch umwölbt. Auch die Nasenlöcher liegen beim Zwergflußpferd weit mehr seitlich. Beide Arten sind, soweit wir wissen, ausschließlich Pflanzenfresser, obwohl ihnen ein Blinddarm fehlt. Der Magen ist dreiteilig. Bei beiden ist der Körper fast haarlos. Borstenartige Haare befinden sich lediglich am Schwanz und auf beiden Kopfseiten unterhalb der Nasenlöcher. Etwas behaart sind die Ohrmuscheln. Das große Flußpferd ist durch die einseitige Lebensweise weit mehr spezialisiert, während das Zwergflußpferd als leichtflüchtiges Urwaldtier noch primitivere Merkmale hat.

Das Zwergflußpferd *(Choeropsis liberiensis)* wurde erst in der Mitte des 18. Jahrhunderts entdeckt. Viele Jahrzehnte lang galt es dann als ausgestorben, bis es 1912 Hans Schomburgk gelang, fünf Exemplare im Urwald der Republik Liberia zu fangen und nach Europa zu bringen. Inzwischen hat sich erwiesen, daß es nicht so selten ist. Es ist auch nicht, wie man erst annahm, auf die küstennahen Sumpfgebiete von Liberia beschränkt, sondern kommt bis tief in die Urwaldräume des Hinterlandes vor. In der Lebensweise unterscheidet es sich beträchtlich vom großen Flußpferd. Begibt sich dieses bei Gefahr sofort ins Wasser, um sich durch Tauchen zu verbergen, so flüchtet das Zwergflußpferd bei Gefahr an Land und in den tieferen Urwald hinein. Das Zwergflußpferd ist nur selten in tieferen Gewässern anzutreffen. Sein Milieu sind Sumpflöcher, Pfützen und Lachen. In diesen suhlen sich diese Tiere oft stundenlang wie Wildschweine. In tieferen Tümpeln tauchen sie bei Gefahr ebenfalls, aber nur, um unter Wasser das andere Ufer zu erreichen und dort an Land zu flüchten. Das Zwergflußpferd ist auch in der Lage, durch Hinundherbewegen seines Kopfes Höhlungen in die weiche und feuchte Erde der Uferböschungen einzuschleifen, in denen es sich verbirgt. Als ausgesprochenes Urwaldtier wird es selten von Menschen überrascht. In Pflanzungen richtet es kaum Schaden an. Zwergflußpferde und Flußpferde sind nahe Verwandte der Schweine. Diese sind Allesfresser. Es erscheint also durchaus möglich, daß gelegentliche tierische Zukost, insbesondere

In versumpften Walddickichten Liberias und benachbarter westafrikanischer Staaten haust das nur wenig über hausschweingroße Zwergpflußpferd *(Choeropsis liberiensis)*

kleine Fische und Ruderfußkrebse, bei beiden Flußpferden nichts Ungewöhnliches ist. Eventuell sind tierische Eiweiße und Mineralstoffe sogar ein von der Wissenschaft bisher nur unerkanntes Lebensbedürfnis für sie. Jedenfalls wurde (nach Petzsch) im Zoo Halle bei einem erwachsenen weiblichen Flußpferd, das an Land starke Bewegungsstörungen und Schwäche der Hinterbeine zeigte, das Befinden zunehmend besser – bis schließlich die Störungen völlig verschwanden –, als es einige Wochen lang mehrmals täglich einige frische Hühnereier in unzerbrochener Schale, in Brotkrusten versteckt, in das bettelnd geöffnete Maul geworfen bekam. Ohne Abscheu oder Unwillen wurden diese Hühnereier mit zerkaut und verschluckt. In der Freiheit dürfte die beiläufige, jedoch ständige Aufnahme tierischer Kost eine unumgängliche Begleiterscheinung beim Verzehren von pflanzlicher Nahrung, besonders von Wasserpflanzen, sein.

Im Gegensatz zum großen Flußpferd, das in Seen und Flüssen in großen Verbänden auftritt, lebt das Zwergflußpferd außerhalb der Paarungszeit meist einzeln. Es verschleudert mit Hilfe des beborsteten Schwanzes seine Exkremente im Revier, um es Artgenossen gegenüber zu markieren. Da seit 1912 viele Zwergflußpferde nach Europa und Amerika gebracht worden sind, wissen wir recht gut über ihr Verhalten Bescheid. Sie erwiesen sich als recht dankbare und langlebige Zooinsassen, die sich in den verschiedensten Tiergärten regelmäßig fortpflanzen. Eine besonders erfolgreiche Zuchtgruppe besitzt beispielsweise der Zoo Basel. Von seinem Direktor E. M. Lang erschien 1975 eine aufschlußreiche Monographie über das Zwergflußpferd.

Am besten von ihren Sinnen sind das Riech- und vor allem das Hörvermögen entwickelt. Die Trächtigkeit des Zwergflußpferdes dauert, wie beim großen Flußpferd, acht Monate. Im Gegensatz zum Flußpferd erfolgt die Begattung meist auf dem Land, und das Junge wird auch in einem Versteck auf dem Land geboren. Es hat bei der Geburt etwa die Größe eines Hauskaninchens mittlerer Rasse, wiegt aber – bei einem Geburtsgewicht von 5 bis 7 kg – beträchtlich mehr. Das Muttertier verteidigt sein einziges Saugjunges mit draufgängerischer Selbstlosigkeit. Die Hauer des Unterkiefers sind dabei vorzügliche Waffen. Damit können sich die Tiere, vor allem die Bullen, auch untereinander erhebliche Wunden beibringen. Als im Urwald lebendes Laufsäugetier muß das Zwergflußpferd andere Dimensionen aufweisen als das große Flußpferd. Außer dem kleineren Kopf mit den kleinen behaarten Ohrmuscheln und den höheren Beinen ist sein Rücken in der Körpermitte nach oben gewölbt, während der des großen Flußpferdes dort eher eingesenkt, zumindest aber geradlinig ist. Eine rötliche Schweißabsonderung wie beim Flußpferd tritt beim Zwergflußpferd auf dem Lande nicht auf. Die Farbe ist dunkel schiefergraugrün und olivbraun und stellt im Urwald eine ausgezeichnete Tarnung dar. Erwachsene Zwergflußpferde erreichen Körperhöhen bis zu etwa 80 cm und Körperlängen bis 2 m, wovon für die Schwanzlänge nicht mehr als 20 cm abzuziehen sind. Die mit vier Zehen versehenen Füße – wobei die äußeren Zehen fast funktionslose Rudimente darstellen – sind zum raschen Lauf auf dem Lande gut geeignet.

Das normalerweise bedächtig voranschreitende große Flußpferd oder Nilpferd *(Hippopotamus amphibius)* tritt noch mit allen vier Zehen auf und spreizt sie dabei. Blättert man in alten Reise- und Jagdschilderungen aus Afrika, dann wird das Flußpferd gewöhnlich als außerordentlich boshaftes Ungeheuer geschildert, das durch Angriffe zu Wasser und zu Lande schon vielen Menschen den Garaus gemacht habe, zumal seine Haut und sein Knochengerüst nur von schwersten Büchsenkugeln zu durchdringen wären. Es sei leichten Kugeln gegenüber praktisch ernstlich unverwundbar,

Der Name Nilpferd für das große Flußpferd *(Hippopotamus amphibius)* trifft heute nur noch sehr bedingt zu. Im Unterlauf des Nils ist dieser riesige Pflanzenfresser schon seit 150 Jahren ausgerottet. Sonst ist die Art heute noch weit in Afrika verbreitet

aber schmerzvoll verletzbar. »Um es zu ärgern«, wird dann eingestanden, habe man viele leichte Büchsenkugeln auf sein Haupt und seinen Körper geschossen. Es ist kein Wunder, daß derart gepeinigte Tiere den Menschen als schweren Feind ansahen und ihn künftig instinktiv blitzschnell angriffen.

Was sich menschliche Roheit, vor allem seit Erfindung der Feuerwaffen und deren ständiger Vervollkommnung, den Flußpferden gegenüber geleistet hat, ist eines der scheußlichsten Kapitel sinnlosen Tiermordes und widerlichster Peinigung tierischen Lebens durch den Menschen. Und immer noch tobt dieser Mord mit moderneren, alles durchdringenden, kleinkalibrigen Geschossen, hinter denen hohe Ladungen sitzen – und nennt sich dann vielleicht noch »weidgerechte« Jagd. Wie sehr wir aber über Leben und Daseinsäußerungen des im Grunde friedfertigen und harmlosen Flußpferdes umdenken müssen, zeigen uns die großartigen Beobachtungen, Fotos und Filme international bekannter Zoologen wie Grzimek und Ullrich. Freuen wir uns also auch an diesem Leben, zumal es gerade eine Herde schwimmender Flußpferde war, die den großen Humanisten Albert Schweitzer zu seiner philosophischen Idee von der »Ehrfurcht vor dem Leben« inspirierte. Es gibt genug Beweise dafür, daß Flußpferde in freier Natur, wo sie noch keine schlechten Erfahrungen mit Menschen gesammelt haben, durchaus nicht von sich aus zum Angriff übergehen. Säugenden Weibchen und alten Einzelgängern (Bullen) gegenüber ist allerdings stets besondere Vorsicht am Platze.

Auch in unseren Tiergärten hat sich erwiesen, daß Flußpferde recht zahm und anhänglich werden können, den Wärter genau kennen, ihn in unmittelbarer Nähe unbehindert arbeiten lassen und genau ihren Namen zu unterscheiden vermögen. Sogar schon im Zirkus sind Flußpferde aufgetreten, sie zogen dort

Ungereizte Flußpferde sind gewöhnlich friedfertige »Dickhäuter«. Das erwies eine ungewöhnliche, sehr enge und dauerhafte Freundschaft zwischem einem erwachsenen weiblichen Flußpferd und einer Boxerhündin im Hallenser Zoo

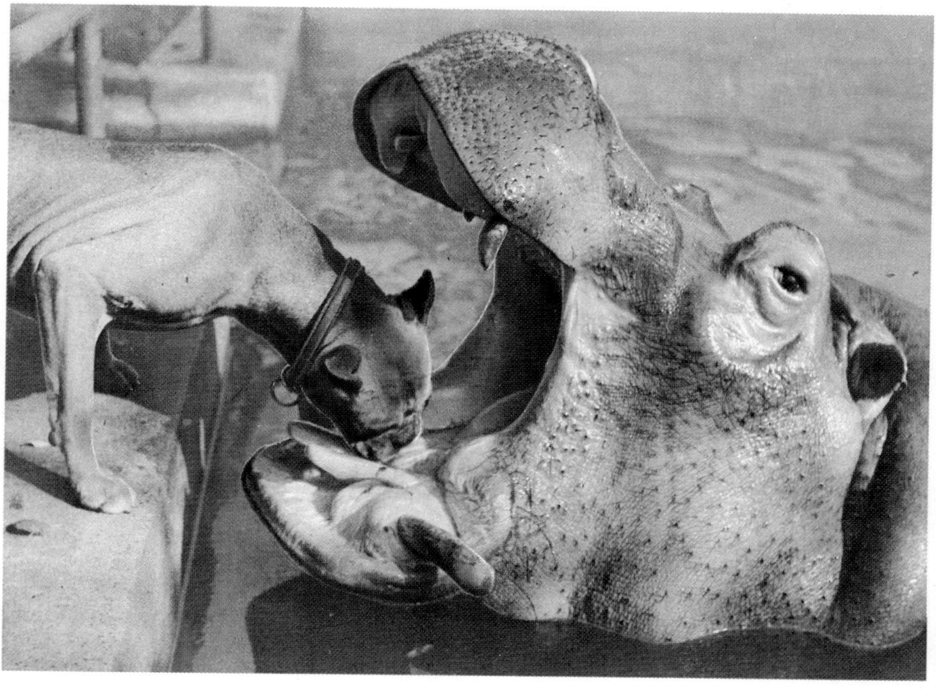

Wagen, ließen auf sich reiten und führten mehrere einfache Kunststücke aus. Seltsame Freundschaften zwischen erwachsenen Flußpferden und anderen Tieren sind schon beobachtet worden. Ein erwachsenes weibliches Flußpferd im Zoo Halle freundete sich spontan und ohne jegliches menschliche Zutun mit einer mehrjährigen, im Zoo frei umherlaufenden Boxerhündin an. Schon von weitem machte sich die Hündin durch lautes Freudengejaule dem Flußpferd bemerkbar, wenn sie sich im schnellen Lauf dessen Gehege näherte und dann durch die weiten Gitterstäbe in den Flußpferdauslauf kroch. Sofort hob das Flußpferd seinen Kopf über den Wasserspiegel, spitzte die Ohren und schwamm, sobald es die Hündin dort sah, an den Rand seines Beckens, wo es das Maul, so weit es nur konnte, aufriß und offenhielt. Nun schlüpfte die Hündin mit dem Kopf und dem halben Vorderkörper, die Vorderbeine oft dabei im Maul des Flußpferdes aufstemmend, in dessen weit aufgerissenen, anscheinend »drohend starrenden« Rachen und beleckte hastig und dabei Freudentöne ausstoßend das Maulinnere und die Zunge des vertrauten Dickhäuters. Für unbefangene, zufällige Zuschauer war das ein »schauriger« Anblick. Für die Hündin war das kühne Unternehmen aber ungefährlich, denn die Flußpferdkuh hielt während der stets mehrere Minuten andauernden Prozedur unbewegt ihr Maul offen. Beide Tiere fanden größtes Gefallen an diesem ungewöhnlichen Spaß, der sich an manchen Tagen mehrmals wiederholte. Niemals zeigten beide Partner dabei geringste Anzeichen arglistiger Absichten. Diese Tierfreundschaft fand erst ihr Ende, als die Boxerhündin starb.

Das gähnende Aufreißen des Rachens erfüllt bei Nilpferd und Zwergflußpferd die Aufgabe, Imponier- und Drohgeste gegenüber größeren fremden Lebewesen und unbekannten oder gegnerischen Artgenossen zu sein. Bei zahmen, in Gefangenschaft aufgezogenen oder geborenen Tieren ist es zur ausgesprochenen Bettelgeste geworden und entspricht dadurch dem bekannten Sperren junger Nestvögel. Verhaltenskundlich interessant ist auch das Umherschleudern von Kot und Harn durch wirbelndes Wedeln des beborsteten Schwanzes auf dem Lande und im Wasser. Damit markieren die Flußpferde, insbesondere die Bullen, die Grenzen des von ihnen behaupteten Reviers gegenüber anderen Artgenossen. Im Verein mit dem erwähnten Maulaufreißen wird es ferner gegenüber »Grenzverletzern« der eigenen Art, bei Rangordnungskämpfen und – spielerisch – auch beim Paarungsspiel angewandt. Das große Flußpferd hält in den von ihm besiedelten weiträumigen Gewässern gewöhnlich in Rudeln bis zu 50 Exemplaren zusammen. Es sind meistens weibliche Tiere mit und ohne Jungen, während sich die Bullen etwas abseits aufhalten. Im allgemeinen ist bei der Paarung das weibliche Tier der aktive, lokkende Partner.

Oft erst nach blutigen Kämpfen gleichstarker, rivalisierender Bullen geschieht dann die Begattung im Wasser. Die Geburt des meist einzigen Jungen erfolgt ebenfalls im Wasser, wo das Junge von der auf der Seite liegenden Mutter auch gesäugt wird. Das Geburtsgewicht der jungen Flußpferde beträgt 28 bis 33 kg. Erwachsene Nilpferde wiegen bis drei Tonnen und erreichen Körperlängen – von der Nase bis zum Ende des bis zu 50 cm langen Schwanzes – von 5 m. Der Kopf neugeborener Nilpferde ähnelt weit mehr dem des primitiveren Zwergflußpferdes als dem seiner Eltern. Zunächst lebt das junge Flußpferd nur von der mütterlichen Milch, nach einigen Wochen beginnt es, zusätzlich Pflanzennahrung aufzunehmen. In früher Jugend wird es auf dem Rücken reitend von der Mutter transportiert. Später, wenn es besser schwimmen und laufen kann, bewegt es sich stets vor seiner Mutter, die es nicht aus dem Auge läßt. Flußpferdmütter sind um ihre Jungen äußerst besorgt und gegen alles, was Verdacht erweckt, sehr angriffslustig. In Gebieten, in denen Flußpferde ständig gejagt werden, halten sie sich tagsüber meist im und unter Wasser auf und steigen erst in der Dämmerung an Land. Wo sie sich unverfolgt fühlen, getrauen sie sich das auch am hellen Tage.

Hohe Flußpferdbestände, zum Beispiel in Westuganda, weiden die Grasnarbe in Wassernähe so vollständig ab, daß es stellenweise zur Erosion der Uferböschung führt. An Land unternehmen sie auf ihren meistens unbeirrbar eingehaltenen Pfaden Ausflüge zu Pflanzenkulturen, falls solche in der Nähe sind, und richten darin schwere Schäden durch Fressen und Zertrampeln an. Die Flußpferdwechsel sind charakteristisch, da sich in der Mitte zwischen den Abdrücken der vier Füße oft noch eine Furche befindet, die Schleifspur des gewöhnlich bis zum Boden durchhängenden Bauches. Hinsichtlich seiner Pflanzennahrung ist das Flußpferd nicht wählerisch, vermeidet aber die Aufnahme des Holzes von dickeren Zweigen. Im Wasser verzehrt es Schwimmpflanzen und Rohrstengel. Sein täglicher Nahrungsbedarf liegt nicht unter 50 kg.

Das Flußpferd darf als der afrikanische Säuger mit der lautesten Stimme bezeichnet werden. Es bringt ein dröhnendes Schnarchen und Röhren hervor. Bei Gefahr vermag es mehrere Minuten lang unter Wasser zu bleiben. Über die Dauer dieser Atempausen schwanken die Angaben und Meinungen. Das Flußpferd, das, ungestört, mit lautem Prusten ausatmet, kann auch vorsichtig bis zur Wasseroberfläche auftauchen, dort die geschlossenen Nasenlöcher herausragen lassen, sie sachte öffnen, lautlos durchatmen, sie schließen und dann geräuschlos wieder in die Tiefe sinken. Da der Wasserspiegel meist dick mit schwimmendem Nilpferdmist bedeckt ist, wird häufig ein derartiges stilles Auftauchen der Tiere übersehen. Das führt zu unwahrscheinlichen Angaben über eine Tauchdauer von mehr als 15 Minuten.

Wie Hediger (1953) im Kongogebiet feststellte, lebt dort das Flußpferd gewöhnlich eng mit etwa 50 cm langen, unseren Karpfen verwandten Fischen der Art *Labeo velifer* vergesellschaftet. Diese Fische besitzen ein Saugmaul, mit dem sie von der Haut der schwimmenden Dickhäuter Algen, Schweißreste und andere Nahrungsstoffe abweiden. Außerdem finden sie auch in dem frischen Nilpferddung Nahrung, wenn er gerade ausgestoßen und im Wasser mit dem Schwanze verwedelt wird. Oft ist dort jedes schwimmende Flußpferd von mehreren dieser Fische umschwärmt, die von den Afrikanern als »eine Art Kuhreiher des Wassers« bezeichnet werden. Dieser Name ist recht zutreffend, da die wirklichen Kuhreiher den an Land ruhenden Flußpferden ähnliche Dienste erweisen, ohne von ihnen verjagt zu werden. Sie lesen nämlich die lästigen Insekten ab, die sich schnell auf den Flußpferden ansammeln. Angelockt werden die Plagegeister besonders durch den dickflüssigen roten Schweiß, den die Flußpferdhaut an Land absondert.

Die bis zu 4 cm dicke Flußpferdhaut wird zu Leder verarbeitet und genießt ein trauriges »kultur«-historisches Ansehen als Material für daraus geschnittene schwere Schlagpeitschen, die sogenannten Nilpferdpeitschen, die ehedem vorwiegend für das Peinigen und Mißhandeln von Sklaven und farbigen Plantagenarbeitern Verwendung fanden. Die Flußpferdzähne, besonders die bis über 50 cm langen Hauer des Unterkiefers, liefern das prachtvolle, harte, allerdings schwer zu verarbeitende »Nilpferdelfenbein« für Schnitzereien und Schmuckgegenstände, wenn vorher die Schmelzschicht abgeschliffen wurde. Das Fleisch ist durchaus genießbar, wird aber leider infolge der immer noch betriebenen verantwortungslosen Aasjägerei kaum ausgewertet, sondern verrottet gewöhnlich nach Abziehen der Haut und Ausbrechen der Zähne. Außer in Nordafrika und im Kapgebiet, wo sie ausgerottet sind, sind die Flußpferde – die geschlossenen Urwaldgebiete abgerechnet – heute nahezu über ganz Afrika verbreitet, obwohl in stark bejagten Gebieten ihre Bestände immer mehr dahinschwinden. Früher unterschied man in Afrika mehrere Arten Flußpferde. Heute sieht man diese im allgemeinen nur noch als Unterarten einer einzigen Art an. Diese vier Unterarten unterscheiden sich etwas in der Größe erwachsener Exemplare und in kleinen körperlichen und Färbungsmerkmalen. Die normale Farbe eines dem Wasser gerade entsteigenden Nilpferdes erscheint auf dem Rücken als dunkles schmutziges Graurot, am Bauch als helleres fleischfarbenes Grau. Sobald aber die Haut trocknet, wird das Tier immer dunkler, und es erscheint nun graublau bis graubraun. Dabei heben sich, wie vorher schon, größere Flecken ab, die über die ganze Rückenhaut verteilt und dunkler pigmentiert sind. Das ist normal; anormal aber sind die verschieden großen, hellrosa fleischfarbenen, also unpigmentierten und unregelmäßigen Flecken, die wir häufig am Körper, besonders aber an den Beinen einzelner Flußpferde bemerken. Es handelt sich dabei um eine vererbliche Abnormität, eine atypische Weißscheckung. Auch völlig hellrosa fleischfarbene Flußpferde sollen inmitten normal gefärbter Populationen beobachtet worden sein. Das sind Mutanten, die als reine Weißlinge anzusehen sind. Übrigens ist das große Flußpferd nicht an den Aufenthalt im Süßwasser gebunden. Man hat es auch schon vor Flußmündungen, im entfernteren Küstengebiet des Meeres umherschwimmend, beobachten können.

Unterordnung Tylopoda – Schwielensohler

Familie Camelidae – Kamele

Die Unterordnung Tylopoda, Schwielensohler, umfaßt nur die Familie Camelidae, die Kamele. Zu ihr gehört in der rezenten Fauna die altweltliche Gattung *Camelus*, Großkamele, mit den beiden bekannten Arten *Camelus dromedarius*, dem einhöckrigen Dromedar, und *Camelus bactrianus*, dem zweihöckrigen Trampeltier. Dazu kommt in Amerika, heute nur noch auf Südamerika beschränkt, die Gattung *Lama*. Auch von dieser Gattung der höckerlosen Kleinkamele kennen wir zwei gute Arten, das Guanako *(Lama guanicoe)* und das Vikuña *(Lama vicugna)*. Sowohl von den Groß- als auch von den Kleinkamelen gibt es Haustierformen. Bei den Kleinkamelen sind sie unter den Namen Lama *(Lama glama)* und Alpaka *(Lama pacos)* bekannt. Zwar sind die Tylopoda ebenfalls Wiederkäuer, haben aber anatomische Besonderheiten (vor allem den Bau des Magens), wonach sie als eigene Unterordnung zu betrachten sind. Sie stammen vermutlich von schweineähnlichen Vorfahren ab und erwarben die Fähigkeit des Wiederkäuens unabhängig von den Ruminantia, den eigentlichen Wiederkäuern. Der deutsche Name Schwielensohler bezieht sich auf den eigentümlichen Fußbau. Hilzheimer sagt in »Brehms Tierleben« darüber: »Nicht nur äußerlich sind alle Seitenzehen geschwunden, sondern es fehlt auch jede Spur eines Restes von Knochen, wie solche beispielsweise noch das Pferd in den Griffelbeinen besitzt. Abweichend aber von allen anderen Paarhufern wird nicht das Nagelendglied allein, sondern dieses und das vorhergehende Glied vollständig aufgesetzt. So ist denn das Endglied von keinem eigentlichen Huf umscheidet, sondern nur von einem klei-

Vom Einhöckerkamel oder Dromedar *(Camelus dromedarius)* blieb nur die Haustierform erhalten. Die schon seit Jahrtausenden verschwundene wilde Stammform scheint in Arabien beheimatet gewesen zu sein. Das Dromedar wird vor allem in Nordafrika, Arabien und Kleinasien als Haustier gehalten

nen Nagel mit gekrümmter Hornwand bekleidet. Um nun das gewaltige Körpergewicht tragen zu können, war eine breite Sohlenfläche nötig. So erhielt der Sohlenballen jene Ausbildung, deren Federung und Fähigkeit der Verbreiterung die Tiere besonders zum Gehen auf Wüstensand geeignet macht und ihnen den deutschen Namen Schwielensohler eingetragen hat.«

Die Tylopoda sind die einzigen rezenten Säugetiere, die keine runden, sondern ovale rote Blutkörperchen besitzen. Die Anzahl dieser Blutkörperchen je Quadratmillimeter ist außerdem ungewöhnlich hoch. So weisen die altweltlichen Kamele – nach Haltenorth – in diesem winzigen Raum nicht weniger als etwa 19000000, die neuweltlichen immerhin noch etwa 14000000 auf. Zum Vergleich: Beim gesunden Menschen sind es 4000000 bis 4500000.

Die Blütezeit der Tylopoda lag im Pleistozän. Als stammesgeschichtliches Ursprungsgebiet gilt Nordamerika. Aus diesem Gebiet konnten mehrere sehr unterschiedliche Familien, Gattungen und Arten nachgewiesen werden.

Die beiden rezenten Großkamelformen Dromedar und Trampeltier sind dem Äußeren nach allgemein so geläufig, daß hier von einer besonderen Beschreibung abgesehen und auf die Fotos (S. 482/483) verwiesen werden kann. Allerdings sei betont, daß Dromedar und Trampeltier keine Wild-, sondern ausgesprochene Haustiere sind. Bis zum letzten Viertel des 19. Jahrhunderts wähnte die Wissenschaft die wilden Stammformen beider Großkamele längst ausgestorben. Später wurde bekannt, daß zweihöckrige Wildkamele noch in der Wüste Gobi vorkämen. Diese Nachricht wurde mit Skepsis aufgenommen. Man bezweifelte lange, daß es sich tatsächlich um die Wildform des zahmen Trampeltieres handele. Da in verschiedenen asiatischen und amerikanischen Gebieten nachweisbar durch den Menschen

Jahrhundertelang galt die Existenz eines Wildkamels *(Camelus bactrianus ferus)* in Innerasien als unsicher. Dennoch sollen sich kleine Restherden dieses Wiederkäuers bis heute in abgelegenen Wüstenräumen des Südwestens der Mongolischen Volksrepublik und im chinesischen Xinjang erhalten haben

eingeführte Dromedare und Zweihöckerkamele wieder völlig verwildert sind, nahm man dasselbe auch für die Wildkamele der Gobi an. Allerdings wurde vermutet, daß der Zeitpunkt der Verwilderung schon sehr lange, unter Umständen mehrere Jahrtausende, zurücklag. In jüngster Zeit setzt sich jedoch – besonders durch die Forschungsergebnisse Heptners – die Ansicht immer mehr durch, daß die Gobi-Wildkamele niemals domestiziert waren, also doch die primäre Wildform des zahmen Trampeltieres darstellen. Auch auf prähistorischen Felszeichnungen im heutigen Verbreitungsgebiet ist das Wildkamel bereits als Wildtier dargestellt. Heute sollen ganz wenige kleine Herden dieses innerasiatischen Wildkamels *(Camelus ferus)* noch in der Transaltai-Gobi und im mongolisch-chinesischen Grenzgebiet leben. Sagen und Legenden über »wilde Kamele« waren lange vor der Entdeckung dieser Tiere bekannt. Man hielt sie aber für gegenstandslos. Unter anderen erzählt das berühmte kirgisische Volksepos »Manas« aus dem 9. Jahrhundert vom »wilden Kamel« im Fernen Osten.

Vielleicht ist das Gobi-Kamel sogar die Stammform des Trampeltieres und zugleich des Dromedars. Manches spricht dafür – manches dagegen. Dafür spricht, daß das Wildkamel in der Gestalt weit mehr dem Dromedar als dem Trampeltier ähnelt. Es hat auch einen niedrigeren Gesamtschädel bei längerem und schmalerem Gesichtsschädel und kürzere Ohren als das zweihöckrige domestizierte Kamel. Die zwei festen, spitzen Höcker des Wildkamels sind nur klein und auf dem Rücken durch einen relativ langen Raum voneinander getrennt. Beim Trampeltier dagegen gehen beide Höcker an der Basis meist ineinander über. Charakteristisch für das Wildkamel ist ferner das Fehlen von Handgelenkhornschwielen, während Hauskamele stets solche besitzen. Außerdem hat es wesentlich kleinere und härtere Sohlen, ein Umstand, der diese Wildform als guten Kletterer in unwegsamem Gelände ausweist. Eine wiederholt erörterte Frage ist, ob das einhöckrige Dromedar nicht lediglich eine Zuchtform darstellt? In dieser Hinsicht nimmt man an, daß bereits vor Jahrtausenden unter zweihöckrigen Hauskamelen Mutanten mit nur einem Höcker aufgetreten seien. Diese Tiere habe man so lange weitergezüchtet, bis schließlich das Dromedar als Rasse erbfest wurde. Es habe sich als wirtschaftlich nützlich erwiesen, weshalb es sich über die Jahrtausende hin halten konnte. Gegen diese Hypothese spricht aber zweierlei. Das Zweihöckerkamel ist vor etwa 5000 bis 6000 Jahren erstmalig in Mittelasien domestiziert worden. Nach archäologischen Untersuchungen, insbesondere von Brentjes (1960), war aber wahrscheinlich zur selben Zeit in Arabien, Palästina und Nordafrika das Dromedar schon als Haustier bekannt. Es hat ferner den Anschein, als sei es dort aus einem seit etwa 2000 Jahren ausgerotteten einhöckrigen Wildkamel der arabischen Wüste domestiziert worden. Dafür, daß Dromedar und Trampeltier als Domestikationsprodukte von zwei getrennten, wenn auch nahe verwandten Arten abstammen, sprechen auch züchtungsbiologische Befunde. Zwar ist es möglich, Trampeltier und Dromedar erfolgreich zu kreuzen. Die erste Bastardgeneration ist aber nur bedingt fortpflanzungsfähig. Handelt es sich um Bastardstuten, so sind diese zwar sowohl mit Trampeltier- als auch mit Dromedarhengsten fruchtbar, nicht aber mit Bastardhengsten. Bastardhengste erweisen sich, soviel bisher bekannt, auch weiblichen Dromedaren und Trampeltieren gegenüber gewöhnlich als steril.

Die zweihöckrigen Gobi-Wildkamele haben, der sie umgebenden Wüstenlandschaft entsprechend, ein einheitliches, hauptsächlich fahlgrau ockerfarbiges Fell. Die Haustiere Dromedar und Trampeltier sind dagegen nicht einheitlich gefärbt. Es treten alle Farben von Schwarz bis Weiß auf, gelegentlich sogar Schecken. Außerdem gibt es von beiden verschiedene Rassen: leichte, hochbeinige als Reittiere; schwere, niedrige als Lastenträger und Zugtiere, große und kleine Formen. Die langen Karawanen im Paßgang hintereinanderherschaukelnder »Schiffe der Wüste«, wie man die Kamele gern nennt, werden aber jetzt immer seltener. Obwohl die beiden zahmen Großkamelarten als Reittiere und Lastenträger in unwegsamen Wüsten und ausgedörrten Savannen an Bedeutung verloren haben, sind sie keineswegs in jeder Beziehung bedeutungslos geworden. Ganz im Gegenteil. Da sie außerordentlich genügsam sind und notfalls längere Zeit mit Dornengestrüpp und harten Salzpflanzen vorliebnehmen, sind sie für einige Völker nach wie vor unentbehrlich: Kamelstuten werden gemolken, um den Milchbedarf zu

In den Steppen- und Wüstengebieten Asiens ist das genügsame Zweihöckerkamel oder Trampeltier *(Camelus bactrianus)* ein kaum entbehrliches Haustier. Kamelherde in einer Oase der Gobi

decken, die Haare werden zu filzigen Stoffen verarbeitet, die Kamelhäute liefern Leder, Kamelfleisch ist genießbar, und der Kamelmist wird als Heizmaterial benötigt. Hinzu kommt, daß in den wasserarmen Gebieten der geringe Wasserbedarf der Kamele äußerst wichtig ist. Allerdings vermögen sie Wasserverluste durch Trinken sehr schnell zu ersetzen, nämlich in zehn Minuten fast ein Drittel ihres Körpergewichts. Einmal getränkt, können sie fünf bis neun Tage ohne Wasseraufnahme aushalten. Ihr Magen ist in der Lage, in zahlreichen großen Wasserzellen Flüssigkeit zu speichern, die dann nach und nach dem Stoffwechsel zugeführt wird. Zusätzlich wird Wasser beim Abbau des in den Höckern gespeicherten Fetts frei. Dromedare und Trampeltiere können ein Alter von 30 bis 40 Jahren erreichen.

Ihre Paarungszeit liegt im zeitigen Frühling. Die Trächtigkeit dauert 12 bis 14 Monate. Die Neubegattung erfolgt bereits wenige Stunden nach der Geburt des Fohlens. Zur Begattung lassen sich Stute und Hengst, im Gegensatz zu anderen Paarhufern, auf dem Erdboden nieder. Auch die Geburt des meist einen Fohlens geschieht am Boden. In der Brunstzeit quillt bei den Hengsten, besonders bei den Dromedarhengsten, ein vom Gaumensegel gebildeter Brüllsack aus dem weißschäumenden Maul. Außerdem sondern dann bei beiden Geschlechtern paarig angelegte Brunst-Hautdrüsen am Hinterkopf ein dunkles, schmieriges Sekret ab. Brünstige Kamele erheben ein kreischendes Gebrüll. Die Rivalen bespeien sich gegenseitig mit Mageninhalt, die Stuten zuweilen die andrängenden Hengste. Dromedar- und Trampeltierhengste können während der Brunst für Menschen gefährlich werden, da die Tiere oft wild um sich beißen. Dabei sind die großen Schneide- und Eckzähne des Oberkiefers furchtbare Waffen.

Junge Kamele saugen ein Jahr lang am zweizitzigen Euter der Mutter. Nach frühestens drei Jahren sind sie geschlechtsreif. Die

Nasenlöcher der Kamele sind verschließbar, wohl als Schutzeinrichtung gegen Sand- und Staubstürme. Der Wechsel von Winterfell und Sommerfell erfolgt innerhalb weniger Tage. Das Winterhaarkleid löst sich in großen Platten und Fetzen ab. Darunter liegt die nackte Haut bloß. Allerdings wachsen die neuen Haare sehr rasch wieder nach.

Eine weit verbreitete und gefährliche Krankheit der Kamele ist die Kamelräude, die in den Herden oft große Verluste verursacht. Als Eigentümlichkeit der Groß- und Kleinkamele ist noch hervorzuheben, daß sie keine Spannhaut zwischen Bauch und Hinterkeule besitzen. Das hängt mit dem Paßgang zusammen. Wir treffen diesen Mangel auch bei den Giraffen und Okapis, ebenfalls Paßgängern. Großkamelen wird oft unterstellt, sie seien »dumm, störrisch, faul, tückisch und hochnäsig«. Diese Vermenschlichungen sind völlig ungerechtfertigt. Wie alle anderen Tiere reagieren sie lediglich instinktiv auf jeden Reiz mit dem Reflex, der dafür spezifisch »kamelgemäß« ist. Ein weitverbreitetes Märchen sagt ferner, daß Kamele bei gefährlichen Wüstenstürmen »weinen« oder »Tränen der Todesangst fließen lassen« können. Der besonders starke Fluß ihrer Tränendrüsen dient jedoch nur dazu, Sand und Staub aus den Augen zu schwemmen. In den Höckern der Dromedare und Trampeltiere werden Nährstoffe, besonders Fette, gespeichert. Die Höcker fühlen sich dann fest und hart an. In Notzeiten werden diese Reservestoffe abgebaut, und die Höcker sehen dann aus wie leere Säcke.

Neuerdings bemüht man sich, wissenschaftliche Grundlagen für eine Intensivierung der Kamelzucht und -haltung zu schaffen. Deshalb wurde in Huhehot, der Hauptstadt der Inneren Mongolei, ein Institut für Kamelzucht gegründet. Es ist am Rande zweier Wüsten – der Gobi und Alaschan – beheimatet. Dort leben noch rund 500000 zweihöckrige Kamele.

Charakteristisch für alle rezenten Vertreter der Gattung *Lama*, die auf Südamerika be-

Kleiner und zierlicher gebaut als das Guanako ist das zweite südamerikanische Wildkamel, das Vikuña *(Lama vicugna)*. Dieser wegen seines kostbaren seidenweichen Felles stark verfolgte Hochgebirgsbewohner ist äußerst scheu und sinnesscharf

schränkten Kleinkamele, ist, daß sie durchweg keine Fetthöcker besitzen.

Im Gegensatz zu den Großkamelen mit 34 Zähnen weist das Gebiß der Kleinkamele nur 30 Zähne auf. Einmalig unter den Huftieren ist das Nachwachsen der Zähne. Die extreme Abnutzung besonders der Schneidezähne, bedingt durch die harte und kleinwüchsige Pflanzennahrung, wird auf diese Weise ausgeglichen.

Wir unterscheiden zwei Arten, das größere Guanako *(Lama guanicoë)* mit Körperhöhen zwischen 90 und 130 cm, und das Vikuña *(Lama vicugna)*, das nur 70 bis 110 cm erreicht.

Das Guanako lebt in den Grassteppen und Halbwüsten Südamerikas von Nordperu bis Südfeuerland. Es ist überall von der Ausrottung bedroht. Gebietsweise fehlt es bereits. In den Gebirgen dringt es bis zu Höhen von 4000 m vor, erweist sich aber auch als vorzüglicher Schwimmer.

Das Vikuña, der kleinste rezente Schwielensohler, ist weit mehr Gebirgstier als das Guanako. Es lebt in Höhenlagen von 3500 bis 6000 m. Als den besseren Kletterer sieht man es auch auf den vom Guanako im allgemeinen gemiedenen Geröllhalden. Seinen Durst stillt es nur nach mehrtägigen Pausen. In der Ernährung ist es weit stärker auf Gebirgspflanzen spezialisiert als das Guanako. Um Halsansatz und Vorderbrust trägt das Vikuña, im Gegensatz zu letzterem, eine Mähne aus langen, seidenweichen weißen Haaren, das sogenannte Goldene Vlies. Nach Hirsch war das Vikuña noch 1970 vom Aussterben bedroht. Durch intensive Schutzmaßnahmen hat sich jedoch der Bestand in Peru, Bolivien, Chile und Argentinien erholen können. Vikuñafamilien bestehen aus fünf bis zehn Weibchen und Jungtieren sowie einem Hengst. Jede Familiengruppe besitzt ein festes Territorium. Die Biologie der Vikuña, ihre Anpassung an das harte Klima und die prähistorische und historische Bedeutung der Cameliden sind die Hintergründe zu dem heute schon erfolgreichen Vikuñabewirt-

Das seiner dichten und ausgesprochen kostbaren Wolle wegen wie ein Schaf geschorene Alpaka *(Lama pacos)* ist ein altes wertvolles Haustier Südamerikas. Im Gebirge wird es in manchmal riesigen Herden geweidet.

Höckerlose kleinere Wildkamele sind die Guanakos *(Lama guanicoë)* Südamerikas. Lange schon vor der Entdeckung Südamerikas durch die Europäer hatten die alteingesessenen Indios aus dem Guanako das zahme Lama domestiziert

schaftungsprogramm in Peru. Die Hauptrechtfertigungsgründe für eine Bewirtschaftung dieser Art liegen vor allem im außerordentlich hohen Handelswert der Wolle, so daß der Lebensstandard der Andenbauern durch einen späteren Vikuñaüberschuß verbessert werden könnte. Die Entwicklung in Chile, Argentinien und Bolivien läßt auf ähnliche Erfolge hoffen.

Bereits vor Jahrtausenden sind Wildlamas domestiziert worden. Schon im alten peruanischen Inkareich dienten sie als Wollieferanten, Tragtiere, Fleisch- und Milchspender. Zu diesen Zwecken werden sie heute noch in großer Zahl gehalten. Wir kennen zwei Haustierformen: das bekannte Lama *(Lama glama)* und das kleinere, mit dicker Wolle versehene Alpaka *(Lama pacos)*. Wie bei allen Haustieren gibt es von beiden zahlreiche Farbschläge von Schwarz bis Reinweiß, aber auch Schecken. Die Abstammung des Lamas vom Guanako wird nicht bestritten. Die Meinungen darüber, ob das Alpaka ein Abkömmling des Vikuñas oder ebenfalls des Guanakos ist, sind allerdings geteilt. Wahrscheinlicher ist freilich seine primäre Herkunft vom Vikuña, wenn auch die heutigen Alpakabestände viel eingekreuztes Guanako- bzw. Lamablut enthalten.

Alle südamerikanischen Kleinkamele pflanzen sich fruchtbar miteinander fort. Selbst die beiden Wildarten vermögen das sowohl untereinander als auch jeweils mit Lama und Alpaka. Ohne besondere Mühe gelingt die Bastardierung zwischen Lama und Alpaka. Die Trächtigkeit dauert bei Guanakos und Lamas nur elf Monate. Die Zahl der geborenen Jungen beträgt eins bis zwei. Vikuñastuten sind nur zehn Monate trächtig. Ihre Jungen werden schon im zweiten Lebensjahr fortpflanzungsfähig, während Guanakos dazu ein Jahr mehr benötigen.

Unterordnung Ruminantia – Wiederkäuer

Teilordnung Tragulina – Hirschferkel

Überfamilie Traguloidea – Zwergböckchenartige
Familie Tragulidae – Zwergböckchen

Unter den vielfältigen Formen der Ruminantia sind die Hirschferkel wahrscheinlich der altertümlichste Typ echter Wiederkäuer, der bereits vor der Entstehung der Rinder und Hirsche existierte. Ihre Hauptblütezeit lag im Tertiär. Damals waren sie in Eurasien und Afrika verbreitet. Ihre Lebensweise bringt es mit sich, daß ihnen gegenwärtig relativ wenig Gefahr droht. Hirschferkel wird es sicher noch lange geben, wenn viele der »jüngeren« wildlebenden Großwiederkäuer längst ausgerottet sein werden. Ausgerottet vor allem deshalb, weil der die Wildnis kultivierende Mensch ihnen schließlich keinen Platz mehr läßt.

Hirschferkel sind kleine, kaninchen- bis hasengroße Wiederkäuer. Sie hausen als Schlüpfer in Dickichten und sind zum Teil gute Schwimmer und Taucher. Wieder andere verstehen es, sich geschickt in schmalen, engen Felsspalten und -klüften zu verbergen.

Hirschferkel unterscheiden sich so stark von den anderen Ruminantia, daß man sie als eigene Teilordnung Tragulina abtrennt. Früher neigte man dazu, sie als primitive Hirsche zu betrachten und brachte sie als »Zwergmoschustiere« in engeren Zusammenhang mit den Moschustieren der Hirschunterfamilie Moschinae. Gemeinsam mit ihnen haben sie unter anderem tatsächlich, daß aus dem Oberkiefer die Eckzähne lang und dolchartig herausragen. Das ist aber eine sehr alte Eigentümlichkeit der Wiederkäuer, die zu keinen Schlüssen über die engere Verwandtschaft berechtigt. Andererseits gibt es eine Fülle von trennenden Merkmalen. So ist zwar der Wiederkäuermagen der Hirschferkel im Prinzip noch vierteilig, der Blättermagen aber sehr stark rudimentär. Die Duftdrüse der echten Moschustiere fehlt ihnen gänzlich, und die Füße sind deutlich vierzehig, wenn auch die Seitenzehen 2 und 5 wesentlich schwächer sind als die dominierenden Mittelzehen 3 und 4. Zu den Tragulina gehört die rezente Familie Tragulidae, mit zwei Gattungen, drei Untergattungen und vier Arten.

Das Hirschferkel oder Wassermoschustier *(Hyemoschus aquaticus)* ist der einzige afrikanische Vertreter der Tragulidae. Zwar weist sie keine Unterarten auf, repräsentiert aber die eigentliche, namengebende Gattung *Hyemoschus.* Wenn auch der Kopf viel feiner ist, erinnert das gedrungene, nur 35 bis 40 cm hohe rundrückige Tierchen mit seiner weißen Flek-

Das Indien- oder Fleckenkantschil *(Tragulus meminna)* vertritt mit drei anderen rezenten Hirschferkelarten Asiens und Afrikas die Wiederkäuerteilordnung Tragulina

ken- und Streifenzeichnung auf braunem Grunde an gefleckte Hirschkälbchen, gleichzeitig an gestreifte Wildschweinferkel und neugeborene Tapire. Auch seine Nahrung ähnelt der der Schweine. Obwohl Wiederkäuer, verzehrt es neben Pflanzen erbeutete Insekten, Krebse, Fische, Kleinsäuger und gefundene Tierleichen. Beide Geschlechter sind außerhalb der Brunstzeit Einzelgänger. Sie halten sich in den Dickichten am Saum von Flüssen und Gewässern jeder Größe von West- (Gambia) bis Zentralafrika (Ituri-Urwald) auf. Das Hirschferkel verbirgt sich gern in Uferhöhlen. Wenn es aufgescheucht wird, springt es sofort ins Wasser, wo es als guter Taucher bald den Blicken entschwindet. Über den Fortpflanzungszyklus wissen wir wenig. Die Trächtigkeitsdauer liegt zwischen vier und sechs Monaten. Es wird nur ein einziges Junges geboren.

Von der asiatischen Gattung *Tragulus*, Kantschils, kennen wir zwei Untergattungen. Einmal *Moschiola* mit nur einer Art *(Tragulus memina)*, dem Flecken- oder Indien-Kantschil in Vorderindien und auf Sri Lanka, zum anderen *Tragulus*, die zwei Arten, das Großkantschil *(Tragulus napu)* und das Kleinkantschil *(Tragulus javanicus)* enthält. Von beiden gibt es eine Fülle von Unterarten in Südostasien und auf dem Malaiischen Archipel. Die Kantschils sollen ausschließlich Pflanzenfresser sein. Sie haben, im Gegensatz zu den afrikanischen Hirschferkeln, durchweg zierliche Beine. Werden sie verfolgt, stellen sie sich tot. Greift dann aber ein Mensch oder Tier nach ihnen, springen sie blitzschnell auf und entwischen. Die Kleinkantschils sind mit einer Körperhöhe von nur 20 bis 25 cm die zweitkleinsten rezenten Wildwiederkäuer. Die kleinste ist eine westafrikanische Antilope, das Kleinstböckchen *(Neotragus pygmaeus)*. Es hat knapp die Größe unserer Wildkaninchen, ähnelt aber äußerlich den südamerikanischen Agutis.

Afrikanische Hirschferkel und asiatische Kantschils werden nur selten in europäischen Tiergärten zur Schau gestellt. Sie halten sich nicht besonders gut, obwohl sie in Freiheit zehn und mehr Jahre alt werden sollen. Allerdings sind einige Zuchterfolge mit Kantschils aus zoologischen Gärten bekannt geworden. Größere wirtschaftliche Bedeutung als Schädlinge oder als Fleisch- bzw. Fellieferanten haben weder die afrikanischen noch die asiatischen Tragulidae.

Teilordnung Pecora – Stirnwaffenträger

Überfamilie Cervoidea – Hirschartige
Familie Cervidae – Hirsche

Wie älteste Fossilfunde vermuten lassen, ist Asien das Entstehungszentrum dieser gegenwärtig über die gesamte Holarktis und Südamerika verbreiteten Familie. Älteste Formen *(Eumeryx)* mit tragulidenähnlichem Habitus sind aus dem Oligozän Asiens bekannt.

Zu den primitivsten Formen gehört *Moschus*. Die ältesten Funde stammen aus dem Pliozän Asiens. Die Muntjakhirsche sind die ältesten geweihtragenden und ihre rezenten Gattungen *Muntiacus* und *Elaphodus* die primitivsten geweihtragenden Cerviden (nach Thenius und Hofer).

Die Cervidae sind mit Ausnahme Australiens über alle Erdteile verbreitet, in Afrika allerdings nur im Atlasgebiet. Dort, wo Angehörige der Familie fehlen, wurden einzelne Arten eingebürgert. Die Zahl der Unterfamilien, Gattungen und Arten dieser Familie ist sehr groß. Deshalb kann hier nur eine kleine Auswahl eingehender behandelt werden.

Die Familie Cervidae umfaßt folgende sieben Unterfamilien:

1. Moschushirsche, Moschinae, mit der Gattung *Moschus*, Moschustiere
2. Wasserhirsche, Hydropotinae, mit der Gattung *Hydropotes*, chinesische Wasserrehe
3. Muntjakhirsche, Muntiacinae, mit den Gattungen *Muntiacus*, Muntjaks, und *Elaphodus*, Schopfhirsche
4. Trughirsche, Odocoilinae, mit den Gattungen *Capreolus*, Echte Rehe, *Odocoileus*, Amerikanische, und *Mazama*, Mazama- oder Spießhirsche
5. Elchhirsche, Alcinae, mit der Gattung *Alces*, Elche
6. Renhirsche, Rangiferinae, mit der Gattung *Rangifer*, Rene oder Rentiere
7. Echthirsche, Cervinae, mit den Gattungen *Elaphurus*, Davidshirsche oder Milus, und *Cervus*, Edelhirsche (dazu gehören, neben dem namengebenden Edel- oder Rothirsch, unter anderen die Axis-, Sika-, Dam-, Schweins-, Leier- und Sambarhirsche)

Zu den Cervidae zählen sehr kleine Arten,

Ein in seltenen Fällen mehr als die Größe eines halbwüchsigen Rehes erreichender, lediglich mit Eckzahnhauern bewaffneter Kleinhirsch ohne Geweih ist das in China und Korea beheimatete Wasserreh *(Hydropotes inermis)*

die lediglich Hasengröße erreichen, und so große und massige wie der Elch, bei dem Bullen mit Schulterhöhen von über 2,30 m, Kopf-Rumpf-Längen von 3,10 m und Körpergewichten von 800 kg vorkommen. Bei Moschushirschen und Wasserrehen sind beide Geschlechter geweihlos. Dafür tragen die Männchen lange und starke, die Weibchen nur schwache, dolchartig aus dem Oberkiefer hervorragende und nach unten gerichtete Zahnhauer, wie sie uns bereits bei den Hirschferkeln begegneten. Bei den Arten der anderen Unterfamilien haben die Männchen mehr oder weniger große Geweihe, nur bei den Renen fehlen sie auch den weiblichen Tieren nicht.

Bei den männlichen Muntjaks bleibt das Geweih nur klein, kurz und kümmerlich. Sie besitzen jedoch zusätzlich noch die (dort einzige) Waffe der geweihlosen Moschustiere und Wasserrehe – schwache, dolchartige Hauer. Bei den Muntjaks sind also weder Geweih noch Hauer besonders kräftig. Bei ihnen besitzen auch die Weibchen kleine Oberkieferhauer. Diese hauerartigen Eckzähne des Oberkiefers fehlen den Hirscharten mit starkem Geweih entweder ganz oder sind nur, meistens bei männlichen Tieren, gering entwickelt vorhanden. Bei unserem Rothirsch finden sie sich zwar noch, haben aber keine Funktion als Waffe mehr. Sie sind unter dem Namen Grandeln als begehrte Jagdtrophäe bekannt. Dieses wechselseitige Auftreten von großen dolchartigen Hauern, aber keinem Geweih, mittellangen und schwächeren Hauern und kleinem Geweih, verkümmerten oder gänzlich fehlenden Eckzähnen, statt dessen sehr großem und verzweigtem Geweih, hat die Naturforscher schon seit Jahrhunderten veranlaßt, in dieser »natürlichen Kompensation« eine biologische Gesetzmäßigkeit zu sehen. Sogar Goethe hat sich in seinem naturwissenschaftlichen Lehrgedicht »Die Metamorphose der Tiere« mit diesem Problem befaßt.

Das Hirschgeweih besteht aus Knochenmasse. Es sitzt auf Fortsätzen der Stirnbeine, den Rosenstöcken, und wird von Zeit zu Zeit meist einmal im Jahr, abgeworfen und in raschem, nur wenige Wochen dauerndem Wachstum durch ein neues ersetzt. Obwohl Hirsche als Wiederkäuer hauptsächlich Pflanzenfresser sind, ist erwiesen, daß einige von ihnen in Notzeiten gelegentlich tierische Nahrung aufnehmen. Vom wilden Ren wissen wir beispielsweise, daß es Lemminge tottritt und frißt. Domestizierte Rene lassen sich im Winter auch mit Trockenfischen füttern.

Die meisten Hirscharten sind Großrudeltiere. Einige halten nur in kleinen Familienverbänden zusammen. Die Männchen sind außerhalb der Brunstzeit meist Einzelgänger, die Weibchen gewöhnlich nur so lange, wie sie verwundet, krank oder ihre Jungen noch sehr klein und unbeholfen sind. Die männlichen Hirsche sind polygam. In der Brunstzeit fechten sie in der Regel um den alleinigen Besitz der oft aus vielen geschlechtsreifen Weibchen bestehenden Rudel untereinander harte Rivalenkämpfe aus. Alle Hirscharten haben vierzitzige Euter. Die Trächtigkeitsdauer ist unterschiedlich lang, und die Jungtiere können bald nach der Geburt der Mutter folgen.

Bezüglich der Mutter-Kind-Verhältnisse bei Cerviden stellte Dathe (1966) fest: »Entgegen der bisherigen, fast allgemein verbreiteten Ansicht legt nicht die Mutter die Jungtiere ab und entfernt sich dann, sondern die Jungen entfernen sich selbständig von der Mutter und legen sich selbst ab. Sind es Zwillinge, ziehen sie in verschiedenen Richtungen weg und legen sich voneinander entfernt nieder. Sie wechseln öfter das Lager und suchen sich immer wieder neue Lagerplätze ... Die Mutter weiß nur ungefähr den Ort, wo ihre Kinder verschwunden sind. Sie kehrt dann in die Nähe zurück und ruft. Daraufhin laufen die Jungtiere dann zu ihr und saugen, um alsbald wieder zu verschwinden. Das geschieht in der Hauptsache in den ersten Tagen nach der Geburt.« Gewöhnlich werden jeweils ein bis zwei, seltener drei Junge geboren. Eine Ausnahme, nicht nur unter den Hirschen, sondern unter sämtlichen Paarhufern, macht hierin das nur rotfuchsgroße chinesische Wasserreh *(Hydropotes inermis)*, bei dem vollreife Weibchen im Normalfall vier bis sieben Junge, erstgebärende drei bis vier zur Welt bringen. Allerdings sind bei dieser schwachen und geweihlosen Hirschart die normalen Verluste durch Raubsäuger, Greifvögel und Riesenschlangen besonders groß. Das Wasserreh lebt in China im unteren Jangtse-Becken und in Korea im Grasdschungel der Fluß- und Seeufer. Speziell die Junge führenden kleinen Weibchen sind kaum in der Lage, sich gegen stärkere Räuber zu verteidigen.

Ein gemsenhaft gewandter, geweihloser Hirsch von Rehgröße ist das in Gebirgswäldern Mittel- und Ostasiens heimische Moschustier *(Moschus moschiferus)*

Die Hirschmütter aller Arten führen und verteidigen im allgemeinen ihre Jungen ohne Hilfe männlicher Tiere. Eine Ausnahme bildet der südamerikanische, in bleibender Einehe lebende Kampfhirsch *(Odocoileus bezoarticus)*. Alle weiblichen Cerviden verteidigen ihre Kälber tapfer gegen tierische Räuber, zuweilen auch gegen den Menschen, durch wuchtige Schläge mit den Vorderbeinen.

Das Moschustier *(Moschus moschiferus)* ist äußerlich dem chinesischen Wasserreh recht ähnlich. Durch anatomische Unterschiede ist

Artmerkmal für den von Ceylon über Indien bis nach China und den Sundainseln verbreiteten Muntjak *(Muntiacus muntjak)* sind die bis auf 10 cm verlängerten Rosenstöcke, denen das eigentliche kleine Geweih aufsitzt

Im westlichen Nordamerika ist der mitunter fast Rothirschgröße erreichende Maultier- oder Großohrhirsch *(Odocoileus hemionus)* anzutreffen. Wegen des schwarzen Endstückes seines Schwanzes auch Schwarzwedelhirsch genannt

es systematisch aber als eigene Unterfamilie von ihm abgetrennt. Es erreicht beinahe die Größe unseres mitteleuropäischen Rehes. Bei den geweihlosen Männchen werden die Hauer bis 6 cm lang und dienen vor allem in der Paarungszeit als Hau- und Reißwaffe. Moschustiere sind die am besten kletternden Hirsche. Wie die Gemsen können sie sich an Steilhängen bewegen und Geröllhalden sicher überqueren. Es sind ausgesprochene Gebirgstiere, die in Bergwäldern und im Rhododendrongebüsch der mittleren Höhenlagen in den Gebirgen Asiens von Kaschmir und Tibet bis Korea und Sachalin mit sieben Unterarten vorkommen. Moschustiere sind die einzigen Hirsche, die mühelos schräge Bäume bis zu den Kronen ersteigen können und dort Blätter, Zweige und Baumflechten abfressen. Im Winter werden gern Moose und Flechten am Boden aufgenommen. Seit vielen Jahrhunderten wird das männliche Moschustier wegen seines Moschusdrüsenbeutels gejagt, der sich nach etwa drei Jahren, das heißt nach Eintreten der Geschlechtsreife, vollständig entwickelt. Er liegt zwischen dem Nabel und der Vorhaut des Penis als 4 bis 5 cm aufragender, etwa 6 cm langer und 3 cm breiter behaarter Beutel und ist mit Drüsensekret, einer braunroten schmierigen Masse, gefüllt. Sie enthält einen starken Duftstoff. Stark verdünnt empfinden ihn manche Menschen als angenehm, andere auch dann noch als abstoßend. Bei erlegten männlichen Moschustieren wird dieser Beutel herausgeschält und getrocknet. Sein Inhalt wird dabei pulverig und sieht nun schwarz aus. Jeder getrocknete Beutel enthält bis zu 30 g Moschus. In dieser Form kommt der Moschus in den Handel. Er spielt noch heute eine große Rolle in der Volksmedizin Asiens und wird nach wie vor teuer bezahlt. Auch die europäische Feinseifen- und Parfümindustrie verwendet noch natürlichen Moschus als Rohstoff, obwohl er immer mehr durch synthetische Stoffe ersetzt wird. Schon in der Antike impor-

Ein Zwerg unter den mittel- und südamerikanischen Mazama- oder Spießhirschen ist der Pudu *(Mazama [Pudu] pudu).* Dieser Dickichtschlüpfer wird nur gegen 90 cm lang, wovon rund 5 cm auf sein Schwänzchen entfallen

tierte man Moschustierbeutel als Kostbarkeit in die Mittelmeerländer. Vom Mittelalter bis zum Beginn unseres Jahrhunderts blühte dieser Handel, da Moschus auch bei der Bereitung von Herzmitteln gebraucht wurde. Heute ist die pharmazeutische Industrie kaum noch auf diesen natürlichen Rohstoff angewiesen.

Durch rücksichtsloses Verfolgen steht diese interessante Hirschunterfamilie gegenwärtig bereits hart vor der Ausrottung. Eine Arbeitsgruppe der indischen Regierung, die sich mit dem Schutz dieser Tiere befaßt, berichtete 1980, daß jährlich bis zu 35000 Himalaja-Moschustiere für das einträgliche Geschäft ihr Leben lassen müssen. Da man meist nicht ausmachen kann, ob es sich um ein männliches Tier handelt, werden Tausende Weibchen und Jungtiere »irrtümlich« erschossen, gespeert, vergiftet oder in Schlingen gefangen. Hauptumschlagplatz des illegalen Handels mit Moschus, von dem in Nepal und Indien jährlich etwa 200 kg »gewonnen« werden, ist Hongkong. Der Jahresumsatz wird auf etwa zehn Millionen Dollar geschätzt.

Eine gewisse Zwischenstellung zwischen den Moschustieren und den eigentlichen geweihtragenden Hirschen nehmen die Muntjakhirsche ein. Auch sie besitzen in beiden Geschlechtern hauerartige Eckzähne, die durch ein elastisches Ringband um die Wurzel mit der Gaumenfläche fest verbunden und durch Muskelzug beweglich sind. Bei den Weibchen sind sie weit kleiner und als Waffe wertlos. Auf bis 10 cm langen Rosenstöcken tragen die Männchen außerdem kurze, einfach gegabelte Geweihe. Es gibt nur eine Art *(Muntiacus muntjak)* mit 20 Unterarten. Unter ihnen befinden sich Zwerge mit Schulterhöhen von 40 cm, während sie bei anderen 65 cm beträgt. Der hinten etwas überbaute, gedrungene Körper zeigt den typischen »Schlüpfer« durch unterholzreiche Wälder an. Der Muntjak oder Bellhirsch ist von Vorderindien und Sri Lanka bis nach China, Hinterindien und Indonesien ver-

Ein in vielen Unterarten weit über Nord-, Mittel- und Südamerika verbreiteter Waldbewohner ist der Virginia- oder Weißwedelhirsch *(Odocoileus virginianus)*. Als Kulturfolger lebt er auch gern in gewässernahen Pflanzungen

breitet. In Südosttibet, Nordburma und Südchina kommt eine zweite, dem Muntjak nahestehende Gattung mit nur einer in drei Unterarten gegliederten Art vor, der Schopfhirsch *(Elaphodus cephalophus)*. Er hat sehr kurze Rosenstöcke, das Geweih ist lediglich 1 bis 3 cm lang und ungegabelt. Rosenstöcke und Geweih sind fast ganz von einem sie verbergenden Haarschopf umgeben, der diesen Tieren den Namen Schopfhirsche eintrug. Ihre Hauer sind unbeweglich. Schopfhirsche erreichen Körperhöhen bis 72 cm.

Drei Gattungen mit 13 Arten umfaßt die große Unterfamilie der Trughirsche (Odocoilinae). Sie besitzen auf kurzen Rosenstöcken mehr oder weniger lange einfache bis mehrfach verzweigte Geweihstangen. Die bei den oben erwähnten Unterfamilien dolchartig ausgebildeten Eckzähne des Oberkiefers fehlen den Trughirschen entweder ganz, oder sie sind stark verkümmert. Bis auf eine Art, unser überall bekanntes Reh, sind die Trughirsche mit zwölf Arten auf Amerika beschränkt. Unter den amerikanischen Vertretern finden sich neben Formen von Hasengröße andere, die unserem Rothirsch an Größe und Gewicht gleichkommen. Vom Zwergmazama *(Mazama bricenii)*, der die Gebirgsbuschwälder Venezuelas, Perus und Boliviens bewohnt, gibt es erwachsene Stücke mit nur 35 cm Schulterhöhe, Gewichten unter 10 kg und Geweihspießen von

5 cm Länge. Der vom Süden der USA bis ins nördliche Südamerika vorkommende Weißwedel- oder Virginiahirsch *(Odocoileus virginianus)* kann dagegen 1,10 m Schulterhöhe, ein Gewicht von 200 kg und Geweihstangenlängen von fast 80 cm erreichen. Außerdem stellen die Stangen nicht einfache Spieße dar, sondern schon eine kann in Ausnahmefällen bis zu 14 Enden abzweigen.

Das Reh *(Capreolus capreolus)*

Die ältesten echten Rehe sind aus dem Ältestquartär bekannt *(Capreolus suessenbornensis [= priscus])*. Es waren großwüchsigere Formen als die rezente mitteleuropäische Art, jedoch im Geweihbau vom Sibirischen Reh verschieden. Für die europäischen Rehe ist vom Altquartär bis jetzt eine Abnahme der Körpergröße festzustellen.

Die Gattung *Capreolus* mit nur einer, in drei Unterarten aufgeteilten Art, dem Reh *(Capreolus capreolus)*, vertritt die Trughirsche in Eurasien. Sie ist auf dieses Gebiet beschränkt und kommt keineswegs, wie mitunter zu lesen ist, auch in Amerika vor. Das Reh fehlt in Irland, ist aber von England und Schottland im Westen bis nach Korea im Osten und von Mittelskandinavien bis nach Klein- und Vorderasien verbreitet. Es soll hier stellvertretend für die Trughirsche ausführlicher behandelt werden.

Das Reh ist in Mitteleuropa die kleinste und häufigste Schalenwildart. Das Rückgrat endet in einem kurzen Schwanzstummel, äußerlich ist aber kein Schwanz bemerkbar. Die dunklen Augen sind sehr groß und machen auf uns deshalb einen starken Eindruck, da die Oberlider mit langen Wimpern versehen sind. Die Doppelhufe der schlanken Beine enden vorn in einer stumpfen Spitze. Obwohl die Afterklauen gut entwickelt sind, berühren sie beim stehenden Reh den Boden nicht. Das Geweih der Böcke trägt in der Sprache des Weidmannes die zoologisch falsche Bezeichnung Gehörn. Unter Hörnern verstehen wir jedoch lediglich die Hohlhörner der Cavicornier, die auf einem Knochenzapfen sitzen. Wie jedes echte Hirschgeweih wird das Geweih des Rehbockes jährlich oberhalb der Rosenstöcke im Ganzen abgeworfen und durch ein neues ersetzt. Der Abwurf erfolgt in unseren Breiten in den Monaten Oktober bis Dezember. Unmittelbar danach beginnt oberhalb der Rosenstöcke das neue Geweih zu wachsen. Wie bei allen Hirschen ist es während seines Aufbaues von einer blutgefäßreichen Haut, dem Bast, bedeckt. Von März bis Mai ist die Geweihentwicklung beendet, und der angetrocknete Bast wird an jungen Baumstämmen »gefegt«. Die Geweihenden heben sich dann leuchtend weiß von den graubraun bis braunschwarz gefärbten Stangen, deren Farbe auf die gerbsäurehaltigen Säfte der beim Fegen zerfetzten Baumrinde zurückzuführen ist, ab. Zwischen beiden Rosenstöcken befindet sich bei den Böcken eine Stirndrüse. Oberhalb ihrer Ansatzstelle am Rosenstock ist jede Geweihstange rundum breit aufgewulstet. Diese an ihrem Außenrand stark verperlten Wülste bezeichnet man als Rosen. Auch die übrige Oberfläche der sich über den Rosen wieder verjüngenden Stangen ist vor allem bei reifen Böcken auf dem Höhepunkt ihrer Entwicklung mit Rillen und knotigen Verdickungen, den Perlen, bedeckt. Normal erreicht jede Geweihstange nur drei Enden. Es können auch mehr sein, vor allem bei der vom Ural bis in die Mongolei vorkommenden Unterart *Capreolus capreolus pygargus*, dem Sibirischen Reh. Haben beide Stangen je drei Enden, das heißt eine Vordersprosse, eine mehr nach oben gerückte Hintersprosse und die eigentliche Stangenspitze, so spricht der Jäger von einem »geraden Sechser-Gehörn«. Hat eine der beiden Stangen nur zwei, die andere drei Enden, so trägt dieses Geweih die Bezeichnung »ungerades Sechser-Gehörn«.

In der Regel setzt der junge Bock im ersten Lebensjahr nur kleine Geweihknöpfe auf, stärkere Kitzböcke schon richtige, freilich nur wenige Zentimeter lange, dünne Stangenspieße. Im zweiten Jahr folgen gewöhnlich schon recht kräftige eigentliche Spieße von 8 bis 10 cm Länge. Im dritten Jahr wird normalerweise an beiden Spießen die Vordersprosse ausgebildet. Die Stangen sind dann einfach gegabelt, und das Geweih hat vier Enden. Man bezeichnet seinen Träger aber nicht als »Vierer«-, sondern als »Gabelbock«. Vom vierten Lebensjahr ab trägt der Rehbock gewöhnlich ein »Sechsergeweih« und wird nun »schwacher«, »starker« oder »kapitaler Sechserbock« genannt. Ausnahmsweise kann ein kräftiges Böckchen bereits im zweiten Jahr ein kleines und kümmerliches Gabel- oder Sechsergeweih tragen. Bei Hodenverletzungen treten oft schwere Mißbildungen des Geweihes auf. Dieses bleibt dann mit Bast überzogen, wächst weiter, ist knollig und wulstartig aufgetrieben, wird nicht mehr abgeworfen und auch nicht mehr gefegt. Man bezeichnet es als Perückengeweih. Wächst es bis über die Augen des betreffenden Bockes hinab, so nimmt es dem Tier die Sicht, das auf diese Weise stark behindert und gefährdet wird.

Die Brunftzeit der Rehe liegt in Mitteleuropa im Juli und August. Dabei fechten die Böcke mit ihren Geweihen um den Besitz der im Rudel vereinigten weiblichen Tiere schwere, für den schwächeren Rivalen mitunter tödliche Kämpfe aus. Im Vorteil sind nicht etwa die normalen Sechserböcke, sondern solche, die bei gleichem Alter und gleicher Körperkraft als »monströses Gehörn« lange dünne Spieße ohne Enden besitzen. Zwei gegeneinander gerichtete normale, also mit je sechs Sprossen besetzte »Rehgehörne« verfangen sich bei den Kämpfen und verhindern so schwere Verletzungen. Die sprossenlosen »Dolche« der »Mordböcke« können jedoch weder gebremst noch abgefangen werden. Sie stoßen bis zum Gehirn oder bis tief in die Weichteile des Gegners durch. Seltener kommt es vor, daß sich zwei gleich starke Sechserböcke so unglücklich mit ihren Geweihen verfangen, daß sie sich nicht mehr voneinander lösen können. Das bedeutet für beide Siechtum und Tod. Zuweilen »forkeln« begattungswütige Böcke während der Brunftzeit auch widerspenstige weibliche Rehe zu Tode. Obwohl die Hauptpaarungszeit der Rehe bereits im August zu Ende geht, werden die ein bis zwei, höchst selten bis 4 Kitze einer Ricke nicht vor Mai des nächsten Jahres geboren. Diese für einen so kleinen Wildwiederkäuer eigentümlich lange Trächtigkeitsdauer von mehr als neun Monaten hat eine erstaunliche Aufklärung gefunden. Das Reh hat eine verlängerte Tragzeit. Der sich im Juli/August aus dem befruchteten Ei entwickelnde Embryo bleibt bis zum Dezember im Mutterleib in seiner Entwicklung stehen. Erst gegen Ende Dezember beginnt die Weiterentwicklung, die mit der Geburt der Kitze im Mai ihren Abschluß findet. Nun wird nicht selten noch im Dezember eine zweite Brunft, die Nach- oder Spätbrunft, beobachtet. Früher glaubte man, es handele sich hierbei lediglich um eine erfolglose Scheinbrunft. Es stellte sich aber heraus, daß nur jene weiblichen Rehe erneut begattet werden, die während der normalen Brunft entweder nicht trächtig wurden oder deren Begattung unterblieben war. In Anbetracht der normalen Tragzeit von fast zehn Monaten könnte man meinen, daß die am Jahresende befruchteten weiblichen Rehe ihre Kitze erst im August und September setzten. Das ist jedoch nicht der Fall. Hier fällt die Verlängerung der Tragzeit aus. Die Kitze kommen ganz normal im Mai und Juni, also nach einer Trächtigkeitsdauer von nur fünf bis sechs Monaten, zur Welt. Die Erscheinung der verlängerten Tragzeit wird in doppelter Beziehung als besondere Anpassung zu erkären versucht. Einmal sind die befruchteten Weibchen im Herbst und in der ersten Hälfte des Winters noch nicht den Anstrengungen einer normalen Trächtigkeit ausgesetzt und können so besser die Härten des Winters ertragen. Zum anderen erfolgt die Geburt der Kitze erst zu einem Zeitpunkt, da bereits überall frisches Grün beste Nahrung für Muttertiere und Kitze bietet. Die zerbrechlich wirkenden Kitze haben fahlgelbe Beine und eine ebensolche Unterseite. Die Grundfarbe des Rückens ist schokoladenbraun. Von der Schulter bis zu den Hinterkeulen verlaufen vier bis sechs Reihen leuchtend weißer Tupfen, die den Kitzen ihr charakteristisches Aussehen verleihen. Zunächst bleiben die Neugeborenen noch im Versteck, wenn sich das Muttertier zum Äsen und Trinken entfernt. Droht Gefahr, ducken sie sich auf den Boden und verharren regungslos. Dabei erweist sich, daß das Kindheitshaarkleid dem Untergrund vorzüglich angepaßt ist. Erst wenn das Kitz berührt, ergriffen oder gar aufgehoben wird, fiept es in hohen Tönen nach der Mutter. Bei tierischen Feinden eilt diese gewöhnlich sofort herbei, um ihre wehrlosen Jungen tapfer zu verteidigen. Vor dem Menschen jedoch hat sie so große Scheu, daß sie das in der Regel nicht wagt, ja sich nicht einmal in der Nähe zeigt. Es ist deshalb völlig falsch, zu schließen, das zufällig aufgefundene Kitz sei »hilflos« und von der Mutter »verlassen«. Auf jeden Fall ist es verwerflich und nach dem Gesetz strafbar, ein gefundenes Kitz anzufassen. Bei den Rehen ist der Geruchssinn sehr gut entwickelt. Selbst bei der zartesten Berührung wird dem Kitz Menschengeruch anhaften. Viele Mutterrehe fürchten sich dann vor ihrem eigenen Jungen, verwehren ihm das Saugen und belecken sie nicht mehr. Das Tierchen muß – nun tatsächlich vom Muttertier verlassen – verhungern oder wird schutzlos Füchsen oder anderem Raubwild zum Opfer fallen.

Zwei bis drei Monate währt die normale Säugezeit. Dabei wachsen die Kitze rasch heran. Es sind Fälle bekannt, daß weibliche, im Mai gesetzte Tiere im August des gleichen Jahres bereits geschlechtsreif waren und mit Erfolg befruchtet wurden. Häufiger findet ihre erste erfolgreiche Begattung jedoch im Alter von acht Monaten, zur Spätbrunft im Dezember, statt. In der Regel werden aber die im Mai des Vorjahres geborenen weiblichen Rehe erst mit 14 Monaten, zu Beginn der normalen Brunftzeit, im Juli des folgenden Jahres befruchtungsfähig. Junge, eben geschlechtsreif gewordene Weibchen bezeichnet der Jäger als Schmalrehe.

Sommer- und Winterhaarkleid unseres Rehwildes unterscheiden sich in Färbung und Aufbau wesentlich voneinander. Das Sommerfell ist auf der Rückenseite leuchtend gelbrot bis rotbraun, auf der Bauchseite ockergelb. Seine dünne, glatt anliegende Behaarung setzt sich aus elastischen, nur schwach gewellten, dünnen Einzelhaaren zusammen. Das stumpf und unauffällig wirkende Winterfell besteht aus einem dichten Polster von spröden, dicken und kräftig gewellten Einzelhaaren, ist also der Winterkälte vorzüglich angepaßt. Auf der Oberseite ist es graubräunlich, auf der Unterseite schmutzig gelbweiß gefärbt. Interessant ist, daß der »Spiegel«, wie die kreisrunde Fläche um den After der Rehe genannt wird, beim Winterfell leuchtend weiß aussieht und viel größer ist als beim Sommerfell. Im Sommerhaarkleid hat er nur einen Durchmesser von etwa 10 cm, ist gelblichweiß und kontrastiert bei weitem nicht so stark mit der Färbung der Schenkel und des Rückens wie beim Winterkleid, bei dem er einen Durchmesser von ungefähr 15 cm aufweist. Dieser Spiegel ist als Signal für den Zusammenhalt des Rudels von großer Bedeutung. Auf der Flucht orientiert sich jedes Tier nach diesem »Rücklicht« des vorauslaufenden Artgenossen und folgt ihm. Das ist im Winter, wenn die Rehe größere Rudel bilden, besonders wichtig. Sie können im geschlossenen Verband besser den Gefahren durch Raubtiere widerstehen, und sei es nur durch vereinte Wachsamkeit. Auch für die im Dämmerlicht des Waldes und des hohen Getreides ihrer Mutter folgenden Kitze ist deren heller Spiegel, vor allem auf der Flucht, richtungsweisendes optisches Signal. Der Spiegel bleibt bemerkenswerterweise auch bei abnormen schwarzen Rehen, Melanos also, und bei gleichfalls ungewöhnlichen Weißschecken, die beide manchmal in freier Wildbahn vorkommen, unverändert erhalten. Das unterstreicht seine große biologische Bedeutung. Gelegentlich treten als Färbungsabweichungen völlig weiße oder elfenbein- bis eidottergelbe Rehe auf. Besitzen sie unpigmentierte, rot leuchtende Augen und sieht ihr gewöhnlich pechschwarzer Nasenspiegel blaßrosa fleischfarben aus, sind es Albinos. Sind Augen und Nasenspiegel noch mehr oder weniger stark pigmentiert geblieben, bezeichnet man derartige Weißlinge als Leukismen, die Gelblinge als Flavismen. Albinos sind sehr empfindlich gegen direktes Sonnenlicht und im allgemeinen körperlich schwach. In freier Natur werden diese Farbspiele gewöhnlich bald, meist schon als Kitze, die Beute von Raubsäugern und Greifvögeln, falls sie nicht Witterungs- oder sonstigen Einflüssen der unbelebten Umwelt erliegen. In Gefangenschaft jedoch halten sie sich bei richtiger Pflege gut und entwickeln sich zu recht kräftigen Tieren. Sofern es sich um Böcke handelt, setzen sie normale Geweihe.

In zoologischen Gärten galt unser Reh früher als sehr empfindlicher Pflegling. Das hat sich geändert, seitdem man ihm die erforderlichen weiträumigen Gehege und vor allem die ihm zusagende natürliche Futterzusammenstellung anbietet. In Freiheit sind Rehe bei der Auswahl ihrer Futterpflanzen sehr anspruchsvoll. Sie nehmen beim Äsen von allem, was vorhanden ist, meist aber nur von jedem ein bißchen. Ihr Speisenzettel umfaßt verschiedene Gräser, Getreide, Leguminosen, aromatische und offizinelle Kräuter, Knospen, Blätter und Zweige verschiedener Wald- und Obstbäume oder -sträucher, Beeren, Obst und Feldfrüchte, auch Moose und Flechten. Weiträumige Gehege in den Tiergärten benötigen weibliche, vor allem trächtige Rehe auch, um ausreichende Fluchtmöglichkeiten vor den mit ihnen zusammen gehaltenen Böcken zu haben. Die Böcke sind den tragenden Weibchen gegenüber äußerst grobe, nicht selten lebensgefährliche Gehegepartner. Man hält sie deshalb außerhalb der Paarungszeit am besten in abgetrennten Gehegen, so daß sich die Geschlechter zwar sehen und beschnuppern, aber nicht verletzen können. Die Rehböcke greifen auch zuweilen unvermittelt, besonders während der Brunftzeit, ahnungslose Spaziergänger oder Beeren- und Pilzsucher, besonders Kinder, an und fügen ihnen mit ihrem Geweih unter Umständen schwere Verletzungen zu. Weibliche Rehe können durch blitzschnelle, harte Schläge mit den Vorderbeinen schwere Prellungen und Blutergüsse, bei Kindern sogar Knochenbrüche verursachen.

Obwohl das Reh normalerweise ein Tier unterwuchsreichen Waldgeländes im Flachland und Gebirge (bis etwa 3000 m Höhe) ist, hat es sich völlig der Kulturlandschaft, das heißt dem Anbau von Getreide und anderen Feldfrüchten über Tausende von Hektar ohne Baum und Strauch angepaßt. Inmitten von Kartoffel-, Mais-, Luzerne- oder Getreidefeldern kann es sich, bei guter Nahrung und von Haushund und Mensch verhältnismäßig selten gestört, gut fortpflanzen. Der Hauptfeind dieser Feldrehe ist der Rotfuchs, der sich ebenfalls in dieser Kultursteppe angesiedelt hat.

Rehwild wird jagdwirtschaftlich genutzt. Es steht unter Jagdschutz und darf nur von Jagdberechtigten außerhalb der gesetzlichen Schonzeit erlegt werden. Der so geregelte und überwachte Abschuß steht durch planmäßige Hege im Gleichgewicht zum Neuzuwachs. Eine Ausrottung des Rehwildes bei uns ist keinesfalls zu befürchten.

Eine auch die außereuropäischen Unterarten umfassende Monographie über das Rehwild liegt von Stubbe und Passarge (1979) vor.

Der Elch *(Alces alces)*

Unter den rezenten Hirschen ist der Elch *(Alces alces)* zweifellos der am meisten vom gewohnten Hirschtyp abweichende Vertreter. Außerdem ist er der größte und schwerste unter ihnen.

Als einzige Art der Gattung *Alces* ist er weit über das nördliche Eurasien und Nordamerika verbreitet. Sieben Unterarten werden unterschieden. Die größte ist der Alaskaelch *(Alces alces gigas)*, der Körpermaße und Gewicht (bis 800 kg) eines schweren Pferdes erreicht. Noch bis 1810 kam die südlichste eurasische Unterart *Alces alces caucasicus* bis zum Nordhang des Kaukasus, im Schwarzmeergebiet und an der Donaumündung vor. Diese Tatsache ist der Wissenschaft erst 1955 bekannt geworden. Bis dahin hielt man den Elch in diesem südlichen Raum für seit Jahrtausenden ausgestorben. Außer in der Sowjetunion und der Volksrepublik Polen, von wo aus gelegentlich Elche auch bei uns einwechseln, gibt es in Europa gegenwärtig noch größere gut gehegte Bestände in Skandinavien, die sich inzwischen so stark vermehrt haben, daß große Schäden in den Wäldern sowie Verkehrsunfälle zu verzeichnen sind. Es bleibt keine andere Wahl, als Massenjagden auf die Elche zu veranstalten. Im Herbst 1977 wurden 60000 Elche in Schweden abgeschossen, und 58000 sollten 1982 in Finnlands Wäldern erlegt werden.

In Asien besiedelt er die Waldgebiete Sibiriens, der Mongolischen Volksrepublik und geht von dort noch weiter ostwärts, erreicht aber Kamtschatka nicht. Obwohl der Elch in Alaska – dort leben noch rund 450000 Individuen – und Kanada weit häufiger auftritt, kommt er geschützt auch in den USA bis etwa in den Staat New York vor.

Südlicher ist er in den USA erst im Laufe der letzten Jahrhunderte ausgerottet worden.

Die riesige Gestalt erscheint uns, wenn wir sie – losgelöst vom natürlichen Lebensraum dieses Cerviden – in den Gehegen eines zoologischen Gartens betrachten, unharmonisch. Wer jedoch Elche in freier Wildbahn beobachtet, wird bald vom Gegenteil überzeugt sein. Hier erweisen sie sich als vorzüglich den Sumpfwald-, Sumpf- und Sandgebieten angepaßt. Erwachsene Bullen dieses hochbeinigen, ausgesprochen kurzhalsigen Wildwiederkäuers erreichen bei Körperlängen bis 3 m und mehr Schulterhöhen von über 2,30 m. Der Schwanz ist nur etwa 4 cm lang. Elchkühe bleiben in Länge, Höhe und Gewicht bedeutend schwächer. Sofort ins Auge fallen der buckelartig erhöhte Widerrist, der sich stark nach hinten absenkende Rücken und der Kontrast des dunklen Oberkörpers zu den in ihrem Unterteil grauweiß gefärbten Beinen. Das Oberteil des Elchkörpers ist graubraun bis (bei alten männlichen Stücken) schwarz. Bauch und Innenseite der Beine sind grauweiß. Besonders eigenartig erscheint der Elchkopf, der bei weiblichen und jungen Tieren geweihlos, bei den Männchen mit einem Stangen- oder gewaltigen Schaufelgeweih bewehrt ist. Er ist sehr lang, schmal und dabei außerordentlich mas-

Sumpfige Wälder, Moore und Tundren des nördlichen Eurasiens und Amerikas bieten dem Elch *(Alces alces)* Nahrung und Lebensraum. Hier ein Elchhirsch im Bast

sig, ja geradezu plump gebaut. Diese auffallende Länge bezieht sich auch auf sein Verhältnis zum übrigen Körper. Augen und Voraugendrüse sind beim Elch ungewöhnlich klein, die langen Ohren dagegen erreichen die halbe Kopflänge. Der Nasenrücken verläuft bis zum Muffelansatz zunächst gerade und senkt sich dann ramsnasig nach unten. Die stark überhängende breite Oberlippe ist ungemein beweglich. Die sehr großen Nasenlöcher stehen weit auseinander. Bis auf einen winzigen nackten Nasenspiegel ist die Muffel behaart. Unter dem Hals der Bullen hängt ein wurstförmiger langer behaarter Kehlsack herab, dessen Funktion noch unklar ist. Bei den anderen männlichen Hirschen sind die Rosenstöcke nach oben gerichtet, beim Elch jedoch nach den Seiten. So stehen die Geweihstangen bei jungen männlichen Elchen oder die charakteristischen Schaufeln der alten seitlich vom Kopf ab. Auch in freier Wildbahn gibt es männliche Elche, die zeitlebens nur Stangen, nie aber Schaufeln ausbilden. Elchen fehlen die bei den Moschustieren als charakteristische Hauer aus dem Maule hervorstehenden Oberkiefer-Eckzähne gänzlich.

Der Elch ist kein Augentier, verfügt jedoch über ein sehr gutes Gehör und vorzügliches Witterungsvermögen. Wenn der Elch auch sumpfige Bruchwaldgebiete als Lebensraum bevorzugt, suhlt er sich doch nicht, ist aber ein vorzüglicher Schwimmer. Elche vermögen sogar größere Ströme zu durchqueren. Von 1951 bis 1969 wurden zum Beispiel 257 Elche in Leningrad beobachtet, viele davon gelangten schwimmend über die Newa in die Stadt. Beim Schwimmen kommt ihm sein vorn überhöhter Körperbau, vor allem aber die seitliche Stellung seines Schaufel- oder Stangengeweihes, das 20 kg und mehr wiegen kann, zugute. Die starke Spreizbarkeit der Paarhufe ermöglicht ein sicheres Überschreiten von Moordekken und versumpftem Gelände. Allerdings ist das Vorhandensein von Sumpf für die normale

Existenz des Elchwildes nicht unbedingte Voraussetzung. Es kommt auch im Bergland bis 2500 m Höhe oder auf weiten, allerdings möglichst nassen Heideflächen vor. Treten Überschwemmungen oder örtliche, die Tiere peinigende Insektenplagen auf, wandern sie, zuweilen über große Entfernungen, von dort ab. Lieblingsnahrung des Elches sind weiche Laubhölzer, vor allem Weiden, Pappeln, Erlen, Espen und Birken. Von ihnen reißt er, so hoch er hinaufreichen kann, Zweige, Blätter und junge Triebe mit seiner beweglichen, fast rüsselartig verlängerten muskulösen Oberlippe ab. Er frißt auch Haselnuß-, Eichen- und Eschenlaub sowie Zweige von Kiefern, Lärchen und Wacholder recht gern. Daneben verschmäht er selbst Wasserpflanzen – im Süßwasser Seerosen, an der Meeresküste Tang –, Gräser, Heidekraut und Pilze nicht. Forstschaden richtet er dadurch an, daß er im Winter in großem Ausmaß junge Laubbäume »schält«, um die Rinde zu fressen. Zum Ackerschädling wird er, da er mitunter Getreidefelder als Äsungsplatz wählt. Leider sind Elche dort arge Pflanzenverwüster. Sie stampfen weit mehr nieder, als sie tatsächlich fressen.

Jeweils ein Hirsch und ein weibliches Tier halten eng zusammen. Dennoch werden auch unter Elchen schwere Rivalenkämpfe ausgefochten. Die Brunftzeit erstreckt sich in Eurasien vom August bis zum Oktober, in Amerika bis in den November. Ihr Beginn ist allerdings innerhalb des gesamten großen Verbreitungsgebietes beträchtlichen Schwankungen unterworfen. Nach einer Trächtigkeitsdauer von rund neun Monaten werden ein bis zwei Elchkälber geboren, die die Mutter gegen jeglichen Angreifer verteidigt. Die Kälber sind einfarbig rotbraun. In der Regel werden sie im dritten Lebensjahr geschlechtsreif.

Nur dort, wo sie häufigen Störungen durch den Menschen und seine Jagdhunde ausgesetzt sind, erweisen sich Elche als vorsichtige Dämmerungs- und Nachttiere. Wo sie sich sicher fühlen, sind sie auch tagsüber aktiv. Abgesehen vom Menschen und von Wölfen in Winterrudeln haben erwachsene Elche nur relativ wenig Feinde. Im Fernen Osten reißt wohl gelegentlich der Tiger, in Nordamerika vielleicht der Puma einen alten Elch. Dort, wo Bär und Elch nebeneinander vorkommen, fällt er ausnahmsweise auch diesem zum Opfer. Elchkälber werden außerdem von Luchs und Vielfraß gerissen.

In frühgeschichtlicher Zeit wurde der Elch in Sibirien als Haustier gehalten. Versuche, ihn zu domestizieren, werden jetzt wieder unternommen. Im Petschora – Ilytsch – Naturschutzgebiet richtete man eine Elchversuchsfarm ein, um die Möglichkeit einer wirtschaftlichen Nutzung des Elches im Hinblick auf Fleisch- und Milchgewinnung zu untersuchen. Die Elche werden herdenweise gehalten und gefüttert. Die Elchkühe werfen in der Gefangenschaft mit 16 Monaten ihr erstes Kalb. Die Kälber setzen rund 300 g pro Tag an und halten dieses Wachstum während des ersten Lebensjahres durch. Das ist freilich nur bei Zufütterung möglich, während in Freiheit das Winterfutter dazu nicht ausreicht.

Das Ren *(Rangifer tarandus)*

Der einzige Hirsch, der in jeder Hinsicht ein echtes Haustier geworden ist, ist das Ren oder Rentier *(Rangifer tarandus).* Zur Unterfamilie Rangiferinae gehört lediglich die rezente Gattung *Rangifer* mit der einen genannten Art. In dem großen zirkumpolaren, Eurasien und Nordamerika umfassenden Verbreitungsgebiet gibt es 20, zum Teil sehr verschiedene Unterarten. Einige davon wurden früher als eigene Arten betrachtet. Es gibt riesige und zwerghafte Unterarten, ferner neben hochbeinigen auch eine kurzbeinige, das Spitzbergen-Ren.

Die Gattung *Rangifer* kommt im Polar- und Subpolargebiet der Nordhalbkugel hauptsächlich bis 50 Grad, teilweise bis 45 Grad nördlicher Breite vor. Erst in jüngster Zeit ist mit Versuchen begonnen worden, Hausrene auch in das Südpolargebiet einzuführen. Der Beginn der Hausren-Haltung liegt schon sehr lange zurück. Vermutlich nahm sie im 4. Jahrtausend v. u. Z. in Südsibirien ihren Anfang. Das Ren ist seitdem für viele nordische Völker zum unentbehrlichen Haustier geworden. Es gibt am Ren eigentlich nichts, was nicht als Rohstoff von den Renhaltern gebraucht würde. Es dient als Reittier, Tragtier und vor allem als Zugtier vor Schlitten. Mit größter Ausdauer zieht es, bei einer Geschwindigkeit von etwa 10 km in der Stunde, eine Last von 120 kg Gewicht und mehr. Die Renkühe werden wie Hausrinder gemolken und geben eine gute fette Milch. Fleisch und Körperfett sind vorzügliche Nahrungsmittel. Das Fell wird zu Kleidung verarbeitet. Aus Därmen, Sehnen,

Der Ausbreitungsraum des Rens *(Rangifer tarandus)* zieht sich durch die Polar- und Subpolarzonen rund um die nördliche Erdhalbkugel. Als Ausnahme unter allen rezenten Hirschen tragen beim Ren beide Geschlechter ein Geweih

Geweih und Knochen stellt man Schnüre, Seile, Nähmaterial und Werkzeuge her. Erbeutete Wildrene werden von den Nomaden Nordasiens und Nordamerikas in der gleichen Weise genutzt.

Die Männchen der Rene sind erheblich größer als die Weibchen. Bei *Rangifer* tragen beide Geschlechter Geweihe. Dennoch sind bei ihnen, allerdings sehr verkümmert, die Oberkiefer-Eckzähne vorhanden. Die Hufe sind breit und durch eine Spannhaut weit spreizbar, was ein sicheres Gehen auf vereistem und versumpftem Tundragelände ermöglicht. Außerdem besitzen sie lange und kräftige, bis zum Boden hinabreichende Nebenhufe. Beim Gehen erzeugen die Renfüße ständig charakteristische Knackgeräusche. Wandernde Herden kündigen sich dadurch über große Entfernungen an. Manche Wildrenunterarten unternehmen alljährlich Wanderungen bis über 1000 km. Diese werden entweder durch Nahrungsmangel oder durch Mückenplagen, aber auch durch das Brunftgeschehen veranlaßt. Die Wanderrudel können aus Hunderten, ja Tausenden alter und junger Tiere bestehen. Auch die Hausrenherden, die von Hirten bewacht werden, zählen oft Tausende von Tieren. Gerade an diesen Herden erkennt man, daß das Hausren ein echtes Haustier ist. Wir finden in ihnen alle möglichen Färbungstypen, darunter sogar schwarze, weiße und gescheckte. Wildrenrudel zeichnen sich dagegen durch die fast völlige Einheitlichkeit in der jeweiligen Färbung der wandernden Unterart aus. Arge Feinde der Wild- und Hausrene sind in Eurasien Wolf und Vielfraß. Ferner leiden sie stark unter Innen- und Außenschmarotzern, vor allem unter blutsaugenden Mücken.

Rene fressen so ziemlich alles, was ihnen ihr nordischer Lebensraum an Pflanzenstoffen zu bieten hat, vor allem Flechten. Sie verschmähen auch Kleintiere nicht, wenn sie ihrer hab-

Hausren als Reittier, als Domestikationsfolge in Färbung und Zeichnung sehr variabel

haft werden können, so Lemminge, Jungvögel, Vogeleier und an den Strand geworfene Fische. Selbst unter einer sehr hohen Schneedecke graben Rentiere mit Hufen, Muffel und Geweih die Nahrung aus. Zur Brunftzeit tragen die polygamen Renhirsche um den Besitz großer Weibchenrudel, die je Hirsch etwa 40 Tiere umfassen können, harte und gefährliche Kämpfe aus. Je nach Vorkommen und Unterart liegt bei den Wildrenen die Brunftzeit im August bis November. Die Trächtigkeitsdauer beträgt etwa 220 Tage. Gewöhnlich wird nur ein Kalb, seltener werden zwei geboren. Durch Beobachtungen und Versuche wurde festgestellt, daß sich Rentierweibchen und ihre Jungen an der Stimme erkennen. Normalerweise erreichen die Jungen erst in der zweiten Hälfte des zweiten Lebensjahres die Geschlechtsreife.

Rene sind vorzügliche Schwimmer. Ihr Gesichtssinn ist wenig entwickelt, Gehör und Geruchssinn sind vorzüglich. In den zoologischen Gärten Mittel- oder gar Südeuropas halten sich diese kältegewohnten Polartiere relativ schlecht, obwohl sie sich auch hier gelegentlich fortpflanzen. In ihren natürlichen Lebensräumen können sowohl Wild- als auch Hausrene 12 bis 15, in Einzelfällen mehr als 20 Jahre alt werden. Geologisch älteste Funde (älteres Quartär Mitteleuropas) zeigen, daß die Rene damals bereits kälteliebend waren. Während der Eiszeit erstreckte sich übrigens das Verbreitungsgebiet dieser Hirschtiere bis zu den Pyrenäen.

Unterfamilie Cervinae – Echte Hirsche

Es ist schwierig zu entscheiden, welche unter den vielen eindrucksvollen Untergattungen und Arten der in zwei Gattungen aufgeteilten Unterfamilie Cervinae hier ausführlicher behandelt werden soll. Unbestreitbar muß das bei der Gattung *Elaphurus* geschehen, die in der rezenten Tierwelt nur durch eine Art, den Milu oder Davidshirsch *(Elaphurus davidianus)*, vertreten ist. Daß es sie noch gibt und daß sie der Mammalogie überhaupt jemals bekannt wurde, verdankt sie einer Kette fast unwahrscheinlicher Zufälle. 1865 sah der katholische Missionar und berühmte Naturforscher David im kaiserlichen Park von Peking Tiere, die ihm völlig unbekannt waren, Hirsche mit »verkehrtem Geweih«. Beim Geweih des Davidshirsches sind nämlich die Hinterenden besonders stark ausgeprägt lang und gabeln sich wiederholt. Nur noch im Park des chinesischen Kaisers gab es diese seltsame Tierart. Die chinesische Deutung des Wortes »Milu« heißt etwa: Von jedem etwas – Kopf eines Hirsches, Körper eines Schweines, Schwanz eines Esels, Beine eines Pferdes, Hufe einer Kuh. Die weitgespreizten Hufe und großen Afterklauen weisen aber darauf hin, daß der Milu ursprünglich ein Sumpfbewohner war. Nach Böttger muß es urspünglich Zehntausende von diesen Tieren in China gegeben haben. Ihre Zahl hat sich seit dem 2. Jahrtausend v. u. Z., wo Milus erstmals urschriftlich genannt worden sind, allmählich mehr und mehr verringert. Auf einer königlichen Treibjagd, die Wu-wang (1122–1115 v. u. Z.), Begründer der Chou-Dynastie, durchführte, wurden unter anderem 5235 Milus sowie 3508 Sikahirsche erbeutet.

Der chinesische Milu oder Davidshirsch *(Elaphurus davidianus)*, sein Geweih hat einen eigenartigen Aufbau, der von den Geweihformen anderer Hirscharten der Jetztzeit deutlich abweicht

Um die Wende des 19. zum 20. Jahrhundert wurde bei Aufständen die kaiserliche Miluherde bis zum letzten Stück getötet. David war es jedoch in den vorausgegangenen drei Jahrzehnten unter ungewöhnlichen Mühen und Umständen geglückt, einige lebende Exemplare zu erwerben und in europäische zoologische Gärten zu bringen. Hier pflanzten sie sich, wenn auch zunächst unter Schwierigkeiten, fort. Als bekannt wurde, daß die Palastherde in China restlos umgekommen war, entschloß man sich in Europa, die noch vorhandenen sieben lebenden Davidshirsche zu einem Rudel zu vereinigen und in den Wild-

Der kleine gesellige Axishirsch *(Cervus [Axis] axis)* kommt in Vorderindien und auf Ceylon vor

park des Herzogs von Bedfort nach England zu überführen. So konnte diese interessante, urtümliche Hirschart vor dem Aussterben bewahrt werden. Diese damals letzten sieben Vertreter ihrer Art pflanzten sich unter den ihnen im Wildpark gebotenen Bedingungen so gut fort, daß heute wieder mindestens 600 lebende Milus vorhanden sind. Die meisten leben noch in jenem englischen Park, eine Reihe von dort stammender Zuchtpaare befinden sich in großen zoologischen Gärten und Tierparks. Unter anderen besitzen der Berliner Tierpark und der Leipziger Zoo kostbare Zuchtgruppen. In jüngster Zeit kehrten Miluhirsche aus europäischen Zuchten auch wieder in ihre Urheimat China zurück (Zoologischer Garten Peking.) Die bei der Haltung dieser Hirschart gewonnenen Erkenntnisse zusammenfassend, führt H. Heck an, daß es die Aufgabe der Tiergärtner sei, den Davidshirsch nicht als häßliches Degenerationsprodukt, sondern in seiner ursprünglichen Kraft und Schönheit zu erhalten.

Die an Untergattungen reiche Gattung *Cervus* vereinigt neben vielen anderen eine Anzahl wunderschön gefleckter Hirsche, wie den in Vorderindien lebenden Axis *(Cervus [Axis] axis)*, den aus Japan stammenden Sika *(Cervus [Sika] nippon nippon)* und den wild im Ussurigebiet vorkommenden Dybowskihirsch *(Cervus [Sika] nippon dybowskii)*. Diese drei Formen wurden ihres beeindruckenden Erscheinungsbildes wegen in verschiedenen weit entfernten Gebieten ausgesetzt und als Jagdwild eingebürgert, sogar auf Madagaskar, Neuseeland und in Australien. In ihrer Heimat von der Ausrottung bedroht, haben sie so in den letzten hundert Jahren durch menschliche Bemühungen, wenn auch an entferntem Ort, eine neue Heimstatt gefunden, an der diese Gefahr nicht besteht. Derartige Einbürgerungen von Hirscharten in Gebieten, in denen sie von Natur aus nicht lebten, sind durchaus nicht neu. Einer Einbürgerung verdanken wir schon seit dem frühen Mittelalter in unserer Heimat den bekannten europäischen Damhirsch *(Cervus*

Als vorsichtiger nächtlicher Einzelgänger kommt im deckungsreichen Gelände Hinterindiens der Schweinshirsch *(Cervus [Hyelaphus] porcinus annamiticus)* vor. Nur zur Paarungszeit rotten sich diese kleinen, wegen ihres gedrungenen Körperbaues etwas an Wildschweine erinnernden Hirsche zusammen

[Dama] dama). Allerdings lebten Damhirsche in der letzten Zwischeneiszeit schon einmal im Gebiet des heutigen Europas, kamen nach der letzten Eiszeit wild jedoch nur noch in Kleinasien vor. Dort sind sie heute weitgehend ausgerottet. Als Park-, Gatter- und Wildtier lebt die Art nicht nur in Europa, sondern, vom Menschen eingebürgert, praktisch auf der ganzen Erde. Siefke ermittelte einen Bestand von ca. 131000 Stücken in Europa, von denen drei Viertel in Großbritannien, der BRD und der DDR leben, sowie ein Weltbestand von fast 200000 Exemplaren.

Auch beim Damhirsch ist das Sommerfell roströtlich mit eingestreuten auffälligen weißen Flecken und dunklem Rückenstreif. Das graubräunliche Winterfell zeigt die Fleckung ebenfalls, jedoch verwaschener. Es treten beim Damwild häufig auch einfarbig schwarze, rahmgelbe oder weiße Tiere auf. Charakteristisch für den männlichen Damhirsch ist das Schaufelgeweih, allerdings ist die Schaufel gewöhnlich erst im sechsten Lebensjahr voll entwickelt. Damwild hält sich am besten in einer ebenen Landschaft, in der Laubwälder mit Lichtungen, Ackerflächen und Wiesen abwechseln. Die Brunftzeit liegt im Oktober. Im Juni bringt die Kuh ein bis zwei prächtig gefleckte Kälbchen zur Welt. Junge Damhirsche werden nach 1,5 Jahren geschlechtsreif. In zoologischen Gärten sind Damhirsche beliebte Schautiere, die sich leicht fortpflanzen. Von der Untergattung *Dama* lebt in Mesopotamien noch eine zweite Art, der Mesopotamische Damhirsch *(Cervus [Dama] mesopotamicus).* Von ihm sind uns zahlreiche bildliche Darstellungen aus der Frühgeschichte des Orients überliefert. Das Tier galt lange als ausgestorben, bis es 1875 unerwartet von dem Engländer Robertson wiederentdeckt wurde. Danach blieb es erneut verschollen, bis es 1957 dem deutschen Forscher Trense gelang, Mesopotamische

Damhirsch *(Cervus dama)*. Größe zwischen Rot- und Sikahirsch. Geweih alter Hirsche im oberen Teil schaufelartig verbreitert

Damhirsche in geringer Kopfzahl in kleinen Restvorkommen in den Dickungen der Flüsse Dez, Karchek und Karun in Vorderasien zum zweiten Male aufzufinden. Allerdings besteht nach wie vor die Gefahr, daß die Tiere in absehbarer Zeit ausgerottet sind. Erfreulicherweise läuft seit 1965 eine reinblütige Zucht erfolgreich im G. v. Opel-Freigehege bei Kronberg im Taunus, ein weiteres überzeugendes Beispiel für die moderne Rolle der Tiergärten zur Erhaltung gefährdeter Tierarten.

Der Rothirsch *(Cervus elaphus)*

Nicht nur bei Forstmann und Jäger, überall im Volke gilt der Edel- oder Rothirsch *(Cervus elaphus)* als das edelste Wild unserer Wälder.

Bei uns kann ein männlicher Rothirsch eine Gesamtlänge von 2,30 m erreichen, wovon auf den Schwanz, in der Jägersprache Wedel genannt, etwa 15 cm entfallen. Am Widerrist werden derart starke Hirsche 1,50 m hoch. Ihr Gewicht kann 280 kg, zuweilen 300 kg betragen. Auf Korsika und Sardinien kam bis vor wenigen Jahren die Zwergform *Cervus elaphus corsicanus* vor. Auf Korsika sollen noch einige Tiere in freier Wildbahn leben, während sie auf Sardinien mit Sicherheit ausgerottet wurden. Diese insulare Kümmerform besitzt bei entsprechend niedrigem Gewicht im männlichen Geschlecht nur Widerristhöhen um 80 cm und mit Einschluß des Wedels Gesamtkörperlängen von 1,80 m. Ausgesprochene Edelhirsch-Riesen mit weit größeren Maßen und höheren Gewichten, als sie die mitteleuropäischen Rothirsche haben, bewohnen das Amur- und Ussurigebiet, den Nordosten der Mongolischen Volksrepublik, Nordchina, das nördliche Korea und Nordamerika. Dazu gehören neben anderen der dem Aussterben nahe Isubra *(Cervus elaphus xanthopygus)*, der Altai-Wapiti *(Cervus elaphus sibiricus)* und die zahlreichen in Nordamerika verbreiteten Wapitiunterarten. Im Sacramento- und San-Joa-

Als edelstes Tier der hohen Jagd – deshalb auch als Edelhirsch bezeichnet – gilt in europäischen Revieren der Rothirsch *(Cervus elaphus).* In 23 Unterarten über Europa, Asien, Nordamerika und als Atlas- oder Berberhirsch in Nordafrika verbreitet

quin-Tal in Kalifornien gibt es eine Zwergform des nordamerikanischen Wapitis, *Cervus elaphus nannodes.* Früher hielt man sowohl die asiatischen (oft als Marale bezeichnet) als auch die nordamerikanischen Wapitis jeweils für eigene Arten, jetzt nur noch für Unterarten des europäischen Rothirsches. Die Art *Cervus elaphus* (mit etwa 20 anerkannten Unterarten) war schon ursprünglich über vier Erdteile, Europa, Asien, Nordafrika (Berber- oder Atlashirsch, *Cervus elaphus barbarus)* und Nordamerika, verbreitet. Nun hat sie der Mensch als Jagdwild auch in vielen anderen Gebieten, vor allem in Australien und Neuseeland, mit Erfolg eingebürgert.

Der Berberhirsch repräsentiert das südlichste Vorkommen der Art. Er bewohnt die unterholzreichen Eichen- und Korkeichenwälder der Gebirge an der algerisch-tunesischen Grenze. Dieser einzige autochthone Hirsch Afrikas war bis 1964 sehr gefährdet. Nach strengen Schutzmaßnahmen stieg die Anzahl Ende 1971 auf annähernd 1000 Stück.

Es sind vor allem drei Merkmale, die den männlichen Edelhirsch so imposant erscheinen lassen: die dunkle bis schwarze Halsmähne, das ausladende Geweih und das dröhnende Röhren in der Brunftzeit. Diese tiefen, kilometerweit zu hörenden »Orgeltöne« hat er seinen größeren und schwereren asiatischen und nordamerikanischen Verwandten voraus. Die Hirschbrunft beginnt gegen Ende September und erstreckt sich zuweilen bis in den November. Die männlichen Tiere tragen mit ihren Geweihen harte Kämpfe um den Besitz der zahlreichen Weibchen eines Rudels aus. Schwächere Hirsche stellen sich dem »Platzhirsch« nicht zum Kampf, wagen es auch kaum, in seiner Nähe zu rufen. Sind sie dem »Herrn des Rudels« lästig, werden sie zwar verjagt, stellen sich aber als »Beihirsche« bald wieder, wenn auch in achtungsvoller Entfernung vom Platzhirsch, in Rudelnähe ein. Sobald dieser sie nicht mehr unter Aufsicht hat, weil er gerade mit einem etwa gleich starken Rivalen seine Kräfte mißt, riskieren sie dann »in aller Eile« eine »ernstere Liebelei« mit einem etwas abseits stehenden Alttier.

Auch bei den Kämpfen der männlichen Rothirsche kann es zu tödlichen Verletzungen der Partner kommen. Mitunter verstricken sich die Geweihe so innig, daß sich beide Rivalen nicht mehr voneinander zu lösen vermögen. »Verkämpfte« Hirsche gehen bald zugrunde, da sie nicht mehr in der Lage sind, Futter und Wasser aufzunehmen.

Den Hirschkühen fehlen Geweih und Halsmähne. Ganz selten können Ausnahmen vorkommen. Beide Geschlechter besitzen noch verkümmerte Oberkiefer-Eckzähne. In der Regel werden nach 235 bis 250 Tagen Tragzeit ein, seltener zwei Kälbchen gesetzt. Diese sind ähnlich wie junge Rehe gefleckt, natürlich bedeutend größer und schwerer. Nachdem sie etwa ein Jahr lang vom Muttertier gesäugt worden sind, werden sie manchmal schon mit 1,5 Lebensjahren fortpflanzungsfähig. Weibliche Hirsche dieses Alters nennt man Schmaltiere. Bei starken männlichen Kälbern sproßt schon vom siebenten Monat ab ein einfaches, bis 25 cm hohes Geweihspießchen, bei anderen erst im zweiten Jahr. Meist setzt der Junghirsch dann im Sommer des dritten Jahres ein Gabelgeweih. Es besteht aus dem eigentlichen Spieß, aus dem sich nach vorn eine zweite Sprosse, die »Augensprosse«, abgabelt. In den kommenden Jahren wird im Normalfall jeweils eine weitere Sprosse ausgebildet. Der Hirsch durchläuft also die Stufen »Sechsender, Achtender, Zehnender« usw., da man stets die Geweihenden beider Stangen zusammenzählt. Hat eine Stange nur vier, die andere jedoch fünf Enden, so ist dieser Hirsch ein »ungerader« Zehnender. Allerdings geht die Geweihentwicklung nur bis zu gewissen Grenzen. Manche Hirsche entwickeln lediglich acht Enden, sogenannte Schadhirsche nur lange »Spieße« mit Augensprossen. Bei guter Fütterung und entsprechender erblicher Veranlagung kommen aber auch Hirsche mit 16, ja 24, 26 und noch mehr Enden vor. Im Jagdschloß Moritzburg bei Dresden wird ein international berühmt gewordenes Geweih mit 66 Enden gezeigt. Steht zwischen Augen- und Mittelsprosse eine weitere Zacke, nennt man diese Eissprosse. Bildet sich am normalerweise gegabelten Stangenende noch eine dritte Sprosse aus, so sind die vereinten Sprossen eine »Krone«. Ihr Träger ist dann ein »Kronenhirsch«.

Der mitteleuropäische Rothirsch wirft sein Geweih alljährlich im Februar oder März ab, bei einigen anderen Unterarten geschieht das erst in späteren Monaten. Gegen Ende Juli, Anfang August ist dann das nächste Geweih voll entwickelt. Sein eingetrockneter Bast wird an frei stehenden Bäumen gefegt und dabei von den Bäumen die Rinde abgescheuert und heruntergefetzt. Der Forstmann spricht dann vom »Fegeschaden« des Rotwildes. Darüber hinaus beißt unser Rotwild in Schonungen die Triebe junger Nadel- und Laubbäume ab. Im Winter schält es auch größere Jungbäume, um die Rinde zu verzehren. Größere Rudel können in Ackerkulturen, vor allem in Getreidesaaten, auf Kleestücken und Kartoffelfeldern beträchtlichen Schaden anrichten. Deshalb hält man die Zahl der Hirsche je Revier so gut wie möglich in bestimmten Grenzen, was aber durch Zu- und Abwanderungen erschwert wird. Rotwild frißt auch viele andere Pflanzen und Wildfrüchte, zum Beispiel Eicheln, was sogar erwünscht ist, da die Tiere durch die Eichelmast »Feist« (Körperfett) ansetzen. Das kommt einmal dem Wildbret zugute und gibt ihnen zum anderen innere Reserven, um den Winter besser zu überdauern. Trotzdem wird es vielfach notwendig, das Rotwild bei hohem Schnee und vereistem Boden an bestimmten Plätzen im Revier zusätzlich mit Eicheln, Heu usw. zu versorgen.

Das Winterfell unseres Rothirsches erscheint in einem ins Graue spiegelnden stumpfen Braun, das Sommerfell glänzt rotbraun. Der Spiegel rund um die Schwanzwurzel ist schmutzig hell rostgelb. Im Gesicht fallen als Hautfalte die Voraugendrüsen der Hirsche besonders stark auf. Außerhalb der Brunftzeit halten meist weibliche Tiere in stärkeren Rudeln zusammen, manchmal gesellen sich zu diesen einige junge männliche Hirsche. Die Rudelführung obliegt einem erfahrenen Alttier, das stets ein Kalb führt. Die männlichen Tiere sind außerhalb der Brunft entweder Einzelgänger oder bilden ebenfalls kleine Trupps. Es ist irrig, Hirsche in freier Wildbahn oder im Zoo für friedliche und ungefährliche Tiere zu halten. In zoologischen Gärten sind schon weit mehr Pfleger durch unberechenbare Hirsche verletzt oder gar getötet worden als durch Großkatzen.

Rotwild wird von nicht wenigen blutsaugenden Insekten und Schmarotzern geplagt. Um sie abzuwehren, suhlen die Tiere sich gern und ausdauernd in schlammigen Tümpeln. Sie schwimmen aber auch vorzüglich selbst durch breite und tiefe Seen oder Flüsse.

Was die positive wirtschaftliche Bedeutung des Rotwildes anbetrifft, so trägt der Erlös aus dem verkauften Hirschfleisch wesentlich dazu bei, den verursachten Wildschaden abzudekken. Geweihe und Abwurfstangen sind ein wichtiger Rohstoff für die Knopfindustrie. Die oberen Eckzähne beider Rothirschgeschlechter werden in Edelmetall gefaßt und unter dem Namen Hirschgrandeln als Schmuck verkauft. Die Felle verarbeitet man zu feinem Wildleder. In der Pharmakologie spielt das Bastgeweih eine Rolle. Man vermag aus ihm Hormone zu isolieren und in der Arzneimittelindustrie zu verwenden. Um aber Basthirsche nicht ständig abschießen zu müssen, ist man, vor allem in der Sowjetunion und in der Mongolei dazu übergegangen, Altai-Wapitis und andere große asiatische Hirsche in Farmen zu züchten. In einem bestimmten Stadium der Bastgeweihentwicklung werden dann den männlichen Hirschen alljährlich die Geweihe abgesägt. Die so behandelten Hirsche liefern also jedes Jahr ein neues Geweih, ohne, wie einst, das Leben einzubüßen. Da man durch ausgeklügelte Fütterung mit aufbaustoffreichen Futtermitteln enorm große und schwere Bastgeweihe erzielen kann, ist die angeführte Methode nicht nur viel wirtschaftlicher, sondern im Sinne der Erhaltung von der Ausrottung bedrohter Wildtiere auch weit humaner.

Zum Schluß soll noch der für alle geweihtragenden Hirscharten gleichartig physiologische Ablauf des jährlichen Geweihwechsels kurz beschrieben werden. Im Erstlingsgeweih geht der Rosenstock unmittelbar in die Stange über, die, zunächst noch mit Haut bedeckt und durch das Fegen an Bäumen abgerieben, ein kleines Knochenstückchen darstellt, daß sich nicht vom Rosenstock selbst unterscheidet. Solche spießartigen Auswüchse (Geweih kann man sie eigentlich nicht nennen) scheinen manche fossilen Hirsche dauernd getragen zu haben. Dieses Erstlingsgeweih wird wie fortan jedes weitere im folgenden Jahr gewechselt, indem seine Basis durch Osteoklasten (körpereigene Knochenfraßzellen) aufgelöst und es selbst horizontal an den Ansatzstellen auf den Rosenstöcken sauber »abgesägt« wird. Über die Wundflächen wuchert bald die normale äußere Haut. Unter ihrem Schutz bildet sich nun vom Periost (der Knochenhaut) des Rosenstockes aus das neue, sich weich und warm anfühlende Bastgeweih. Diese erstaunlich rasch vorangehende Geweihentwicklung wird von Bindegewebszellen, den Osteoblasten (körpereigene Knochenaufbauzellen) bewirkt, die Knochensubstanz und besondere, darin verbleibende Knochenzellen abscheiden. Bis zu seiner Vollendung bleibt das werdende Geweih von der sehr blutgefäßreichen Oberhaut überzogen, bis diese schließlich eintrocknet und abgefegt wird.

Es ist eine bekannte Tatsache, daß die Bewirtschaftung des Rotwildes im weitaus größten Teil seines europäischen Verbreitungsgebietes unter den Bedingungen dicht besiedelter, verkehrserschlossener und technisierter Lebensräume erfolgt. Die von Wagenknecht 1980 erschienene Monographie enthält zahlreiche Angaben, wie diese Schwierigkeiten bewältigt werden können.

Überfamilie Giraffoidea – Giraffenartige
Familie Giraffidae – Giraffen

Zu den eigenartigsten Gestalten unter den rezenten wildlebenden Großsäugetieren gehören unbestreitbar die beiden Vertreter der Familie Giraffidae, Giraffen. Sie umfaßt zwei Unterfamilien, die eigentlichen Giraffinae, Langhals- oder Steppengiraffen, und die Okapiinae, die als Kurzhals- oder Waldgiraffen bekannten Okapis. Die Blütezeit der giraffenartigen Säuger ist längst vorüber. Sie lag im Tertiär, aus dem im Erscheinungsbild stark unterschiedliche Gattungen und Arten nachweisbar sind. Nur die zwei auf Afrika beschränkten, äußerlich und in der Lebensweise stark unterschiedlichen Formen konnten sich erhalten.

Die Giraffidae sind Wiederkäuer und stehen anatomisch und physiologisch zwischen den Hirschen und den Hohlhornträgern. Sie tragen kleine Hörner. Bei den Langhalsgiraffen sind es zwei bis fünf derartige Kopfauswüchse, die weder abgestoßen noch alljährlich gewechselt werden. Es sind das vollständig von Haut und Haar überzogene Knochenzapfen, sogenannte

Vellericornia. Die am nördlichsten in Afrika auftretenden Unterarten haben nur zwei Hörner. Die Massai- oder Weinlaubgiraffe *(Giraffa camelopardalis tippelskirchi)* besitzt vor den Hörnern in der Mitte noch einen dritten Stirnhökker, die Uganda-Giraffe *(Giraffa camelopardalis rothschildi)* trägt im Alter vor diesem noch ein zweites, kleineres Paar, insgesamt also fünf Hörner. Bei den Okapis haben die Männchen zwei Hörner, deren kleine Spitzen jedoch nicht völlig von Fell überzogen sind, zeitweilig abgestoßen und durch neue ersetzt werden. Die Okapiweibchen tragen entweder keine Hörner oder nur zwei kleine, immer mit Haut bedeckte und nie gewechselte Erhöhungen. Besonders bemerkenswert an den Langhalsgiraffen ist, daß auch sie nur sieben Halswirbel wie die Okapis und die meisten rezenten Säugetiere besitzen. Bei den Langhals- und besonders ausgeprägt bei Kurzhalsgiraffen ist die Zunge zu einem langen schmalen Greiforgan entwickelt. Afterhufe fehlen beiden.

Das Okapi hat vier Zitzen, die Langhalsgiraffen besitzen dagegen zwei oder vier.

Die Gattung Langhalsgiraffen *(Giraffa)* enthält nur eine Art *(Giraffa camelopardalis)*. Sie wird in acht Unterarten aufgeteilt, deren Gesamtareal sich von Nubien und Äthiopien bis nach Südafrika erstreckt. Bedauerlicherweise leben von der Nubischen und von der Kapgiraffe nur noch kleine Restbestände. Im Zeitalter der Frühgeschichte des Orients kamen Giraffen sogar in Nordafrika vor. Das Erscheinungsbild der Giraffen ausführlich zu beschreiben erübrigt sich. Es ist allgemein bekannt. Die dunkle Fleckenzeichnung auf gelbem bis rotgelbem Grund im Verein mit der Gestalt, die des langen Halses und der abfallenden Hinterpartie wegen etwas dromedarähnlich ist, gab den Anstoß für die wissenschaftliche Bezeichnung *camelopardalis*, eine Wortbildung aus Kamel und Leopard. Die Fleckung ist bei den einzelnen Unterarten, aber auch schon individuell, ungemein variabel. Lediglich die in Somalia auftretende Netzgiraffe weicht darin ab. Färbung und Zeichnung können besonders für unter Bäumen stehende Giraffen zur vorzüglichen Schutztracht werden. Im Baumschatten lösen sie die Körperumrisse der großen Tiere stark auf und lassen sie mit ihrer Umgebung verschmelzen. Ganz selten einmal kommen weiße, ungefleckte Giraffen vor. Man sollte nun meinen, sie ermangeln deshalb einer Somatolyse (Körperauflösung) gänzlich. Hediger, der 1960 im Kongogebiet das große Glück hatte, solch ein seltenes Stück zu beobachten, schreibt darüber: »Im dauergrünen tropischen Milieu aber ist eine weiße Giraffe eine überaus auffällige Erscheinung, und man muß sich fragen, wie es überhaupt möglich ist, daß sich ein solches Geschöpf am Leben zu erhalten vermag ... Keiner von uns hatte sich eingebildet, der sagenhaften weißen Giraffe von Ndelele wirklich zu begegnen. Nun stand sie plötzlich vor uns! Eine wahrhaft unheimliche Erscheinung, ein Waldgeist, an den wir kaum zu glauben wagten. In zehnfacher Vergrößerung, durch den Feldstecher betrachtet, wirkte das schneeweiß erscheinende Geschöpf vollends phantastisch wie ein Wesen von einem anderen Planeten ... Überraschend für uns alle, wie sich der auffällige Weißling im Nu in der waldig-buschigen, hügeligen Landschaft wiederholt unsichtbar zu machen verstand.«

In flachem offenem Steppengelände nützt die Körperauflösung den Giraffen allerdings wenig. Wegen ihrer Größe – erwachsene Bullen können Scheitelhöhen bis zu 5,80 m und ein Gewicht von 700 kg erreichen – heben sich ihre Silhouetten dort scharf gegen den Horizont ab. Giraffen sehen und hören aber gut, so daß sie die herannahenden Feinde schon auf weite Entfernungen bemerken. Hinzu kommt, daß sie gern in lockerem Verband mit Zebras oder Gnus und anderen Antilopen stehen, die vorzügliche Nasentiere sind. Auch Strauße, die in Bodennähe die Sichtsicherung übernehmen, fehlen oft nicht. Dieses Zusammenstehen hat für alle den Vorteil eines fast symbiontischen Schutzbündnisses gegen unerwartete Feindüberfälle. Giraffen halten sich meist in kleineren Rudeln oder Familientrupps auf. Alte Bullen trifft man nicht selten als Einzelgänger an. Giraffen sind Paßgänger. Deshalb bietet eine derart wiegende Herde in voller Flucht einen unvergeßlichen Anblick. Dichteren Wald lieben Giraffen als Aufenthaltsgebiet wenig. Sie bevorzugen bis in Höhen von 2000 m Buschsteppen, vor allem die

Pflückt eine Steppen- oder Langhalsgiraffe *(Giraffa camelopardalis)* Zweige aus einer Baumkrone, müssen dazu Zunge, Ober- und Unterlippe gemeinsam in Tätigkeit treten

locker mit Schirmakazien bestandene sogenannte Obstbaumsteppe. Am Boden weiden sie nur in Ausnahmefällen. Dazu spreizen sie die Beine sägebockartig weit auseinander. Auf diese Weise nehmen sie an der Tränke, in zoologischen Gärten aus Eimern, auch Wasser auf. Hauptnahrung sind Blätter und Zweige, die mit Hilfe der langen, als Greifinstrument wirkenden Zunge abgerissen werden. Stimmliche Äußerungen sind von erwachsenen Giraffen selten zu hören, von Kälbern häufiger. Rivalenkämpfe der Bullen werden unter Gebrauch der Hörner ausgefochten. Eine jahreszeitlich geregelte Paarungszeit scheint es nicht zu geben. Man trifft das ganze Jahr über auf Jungtiere jeden Alters. Sie werden (meist eines) nach 15monatiger, zuweilen noch um Wochen längerer Tragzeit geboren. Mit viereinhalb Jahren erreichen die Männchen und bereits mit dreieinhalb Jahren die Weibchen die Geschlechtsreife. Die Mutter verteidigt die Jungen gegen Feinde mit wuchtigen Hufschlägen, die selbst Löwen gefährlich werden können. Der hungrige Löwe ist neben dem Menschen der Hauptfeind erwachsener Giraffen. Satte Löwen können sich dagegen manchmal in erstaunlicher Nähe von Giraffen aufhalten, ohne sie zur Flucht oder selbst zum Einhalten eines größeren Abstandes zu veranlassen.

Junge Giraffen sind reizende Miniaturausgaben der erwachsenen. In den letzten Jahrzehnten ist die Giraffenzucht und -aufzucht in zoologischen Gärten relativ häufig gelungen. Das Fleisch der Giraffe ist genießbar und soll im Geschmack dem Rindfleisch ähneln. Einst wurden die Giraffenhäute zu langen, aus einem Stück bestehenden Peitschenriemen verarbeitet, mit denen die Buren die vielen vor ihre Treckkarren gespannten Ochsenpaare vom Kutscherbock aus erreichen und antreiben konnten. Das hat mit zur fast völligen Ausrottung der Kapgiraffe geführt. In Freiheit und in Gefangenschaft können Giraffen ein Alter bis zu 30 Jahren erreichen.

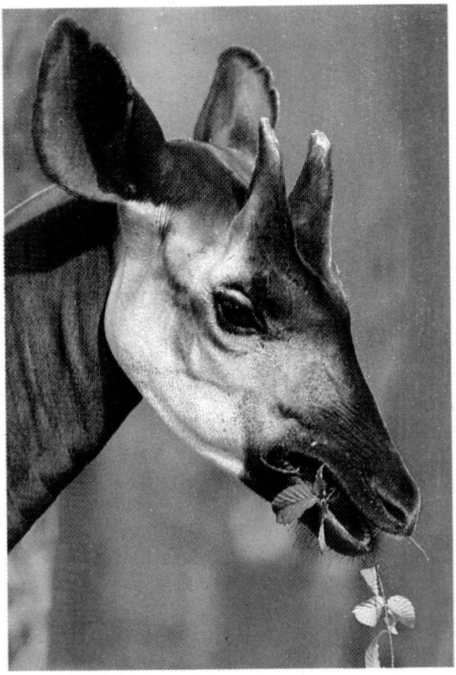

Das schokoladenbraune, an den Beinen und hinteren Oberschenkeln weißgestreifte Okapi *(Okapia johnstoni)* wird – in bezug auf die Steppen- oder Langhalsgiraffen – des weit kürzeren, massigeren Halses und Lebensraumes wegen auch als Kurzhals- oder Urwaldgiraffe bezeichnet

Das Okapi *(Okapia johnstoni)*

Völlig anders, viel mehr pferde-, rinder- und antilopenhaft ist das Erscheinungsbild der Kurzhals- oder Waldgiraffen. Die einzige rezente Art ist das Okapi. Der Name leitet sich von der bei den Pygmäen des zentralafrikanischen Urwaldes gebräuchlichen Bezeichnung »o'api« für dieses, von ihnen eifrig in Fallgruben und mit Speer und Pfeil, neuerdings mit Schußwaffen, gejagte Großsäugetier her. Der wissenschaftliche Name der Art ist *Okapia johnstoni.* Über diesen seltsamen Paarhufer besitzen wir seit 1959 eine vorzügliche Monographie von Agatha Gijzen, der wir hier weitgehend folgen. Die wissenschaftliche Entdekkung und Beschreibung jenes »vorsintflutlichen« Reliktes im zentralafrikanischen Urwald war eine zoologische Sensation zu Beginn des 20. Jahrhunderts. Dieser Nimbus umgibt das Tier noch heute, obwohl wir inzwischen wissen, daß es in seiner Heimat durchaus nicht sehr selten ist. Die Londoner »Times« meldete am 7. April 1901 die Entdeckung des Okapis mit der Schlagzeile: »Auf dem Gebiet des Kongo-Freistaates das Helladotherium am Leben.« Aber weder das ausgestorbene *Helladotherium* aus dem altweltlichen Unterpliozän noch das den rezenten Kurzhalsgiraffen am nächsten stehende, ebenfalls ausgestorbene eurasische pliozäne *Samotherium* fand sich in dem neu entdeckten Giraffidae-Vertreter wieder, sondern lediglich ein ihnen sehr nahestehender Nachfahre.

Schon seit langem kannte man Fellgürtel der Eingeborenen mit der charakteristischen Zeichnung der Okapihinterbeine, ferner Habitus-Beschreibungen. Man hielt aber dieses vorher noch nie von Europäern im Ganzen tot oder lebend gesehene Tier wegen dieser Zebrastreifung lediglich für eine noch nicht entdeckte Einhuferart. Der Beharrlichkeit Johnstons, nach dem die Art dann benannt wurde, ist es zu danken, daß dieses Problem in so ungeahnter und überraschender Weise geklärt werden konnte.

Es erübrigt sich, über das Aussehen des Okapis viel zu sagen, da unsere beiden Fotos eine Beschreibung hinreichend ersetzen. Neugeborene Okapis sind allerdings in der Grundfarbe noch nicht so aufgehellt schokoladenbraun wie die erwachsenen, sondern erscheinen fast schwarz. Eigenartigerweise besitzt das Okapi einen pfenniggroßen nackten Nasenspiegel, der den Langhalsgiraffen und Kamelen fehlt. Meist sind die zum größten Teil fellumkleideten Hörner der Männchen verschieden lang. Ihre Entwicklung beginnt mit zwei Jahren. Später werden die Hornscheiden der kleinen freien Spitzen abgeworfen und der nun hervor ragende spitzige Knochenzapfen blank poliert. Ist dies mehrmals geschehen, so soll dieser entblößte Knochen abfallen und von unten her nachwachsen. Die eigenartige Streifung der Okapis ist so unregelmäßig, daß sie nicht nur individuell variiert, sondern bereits auf beiden Körperseiten.

Wie die Langhalsgiraffen sind Okapis Paßgänger. Ihr Lebensraum ist der tropische Regenwald Zentralafrikas vorwiegend nördlich des Äquators. Am häufigsten findet man das Tier in der Nähe von Lichtungen und den Wald durchschneidenden Flüssen oder Wasserläufen. Es ist aber kein ausgesprochener Sumpfbewohner, liebt auch nicht die humusreichen Böden des dichtesten Waldes. Die kurzen und harten Paarhufe deuten darauf hin, daß Abschnitte mit festeren Böden im Biotop bevorzugt werden. An sandigen, nicht morastigen Stellen geht das Tier auch in und durch Gewässer. Nach Angaben von Fraipont erwähnt Gijzen, daß das Okapi, seiner nächtlichen Lebensweise wegen, nur schwer auszumachen ist. Es verschmelze durch seine Färbung derart mit der Umgebung, daß es schon auf den kurzen Abstand von rund 25 m für das menschliche Auge ganz verschwindet.

Okapis sind in beiden Geschlechtern Einzelgänger. Nur in der Brunftzeit treten sie vorübergehend paarweise auf. Die Okapiweibchen halten mit ihren schon größeren Jungen (in der Regel wird eins geboren) zusammen. Jedes Tier hat ein mehrere Quadratkilometer großes Revier mit festen Wechseln inne, das die Männchen durch Harnabgabe an bestimmten Sträuchern markieren. Die sowohl um den Revierbesitz als auch zur Paarungszeit üblichen Auseinandersetzungen der Bullen werden durch Schläge mit den Köpfen auf den Rumpf des Gegners ausgefochten. Paarungswillige Weibchen ziehen den Männchen nach. Die Trächtigkeitsdauer beträgt 14 bis 15 Monate. Nach noch unkontrollierten Angaben soll das Weibchen sein Junges im dichten Wald zur Welt bringen und es dort zunächst allein lassen. Die Okapimutter macht sich dann durch Stimmäußerungen bemerkbar, wenn sie naht, um das noch unbeholfene Neugeborene zu säugen. Die Saugzeit der Jungtiere wurde in Gefangenschaft mit etwa sechs Monaten ermittelt.

Gegen Feinde verteidigen sich Okapis durch Ausschlagen mit den Hinterhufen, wie das auch bei Einhufern üblich ist. Okapis sind überaus schnell reizbar und gehen zuweilen von selbst zum Angriff über. Die Lautäußerungen erwachsener Tiere bestehen in einem erregten Schnauben. In Freiheit halten sie durch einen lauten dumpfen, wie pfeifendes Husten klingenden Laut miteinander Fühlung. Die Stimmäußerungen der Jungtiere sind mannigfaltiger. Fühlt sich ein Kalb verlassen, blökt und knarrt es nach seiner Mutter. Merkwürdigerweise adoptieren Okapimütter auch fremde Kälber. Das junge Okapi wird erst im dritten Lebensjahr geschlechtsreif. Die normale Lebensdauer der Waldgiraffen schätzt man auf 20 bis 30 Jahre. Okapis ernähren sich von Schößlingen und Blättern der sie umgebenden Vegetation. Diese reißen sie mit Hilfe ihrer langen Greifzunge in Kopfhöhe ab. Das Okapi zieht die in seinem Biotop gedeihenden Wolfsmilchgewächse (Euphorbiaceen) allen anderen Pflanzen vor, obwohl unter ihnen viele giftige Formen vorkommen, die dem Tier jedoch offensichtlich nicht schaden. Die lange Zunge dient ferner zum Reinigen des Fells. Es erscheint glänzend und sauber, da die Haut ein Fett ausscheidet, das die Haare glättet. Es gibt kaum ein Fleckchen am Körper, das das Tier beim Putzen nicht erreichen würde. Dazu befähigen es nicht nur die außerordentlich lange Zunge, sondern auch die große Biegsamkeit des Halses, die ein Umdrehen des Kopfes bis über 180 Grad erlaubt. Ebenso wie die Langhalsgiraffen verfügt aber auch das Okapi über nur sieben Halswirbel wie die meisten anderen rezenten Säugetiere.

Gemessen an den Langhalsgiraffen ist das Okapi der Zwerg unter den Giraffidae. Seine »Intelligenz« ist recht gering. Durch »stures« Einhalten der Wechsel innerhalb seines Reviers ist es leicht in Fallgruben zu fangen. Auf diese Weise erbeuten es meist die Pygmäen. Okapifleisch gehört leider mit zu ihrer wesentlichen Nahrung. Auch das Okapifell wird von ihnen genutzt. Das erste in einen zoologischen Garten gelangte Okapi kam 1919 in den Antwerpener Zoo. In den Jahren nach dem zweiten Weltkrieg sind dann in vielen Tiergärten, vor allem Europas und der USA, Kurzhalsgiraffen gekommen und mehr oder weniger lange am Leben geblieben. In jüngster Zeit mehren sich die Fälle erfolgreicher Okapizuchten in europäischen Tierparks. Zum ersten Male in einem zoologischen Garten wurde 1954 ein voll ausgetragenes Kalb in dem wegen seiner erfolgreichen Okapihaltung international bekannt gewordenen Zoo Antwerpen geboren. Okapis leiden in Gefangenschaft unter zahlreichen Krankheiten. Vielfach bringen sie die Infektionen dazu aus ihrer Heimat mit. Das gilt auch von allerlei bösartigen Endoparasiten. Kulturhistorisch interessant ist der Hinweis von Gijzen, daß vorgeschichtliche Völker in der einstigen »Libyschen Wüste« und in der Sahara Felszeichnungen von giraffen- und okapiähnlichen Tieren hinterlassen haben. Das berechtigt zu der Annahme, daß die Menschen in diesen Gebieten eine kurzhalsige Giraffe kannten. Sogar noch durch einen Bildnachweis aus der Frühgeschichte des Orients konnte Brentjes 1965 diese Auffassung erhärten. Gijzen sagt in diesem Zusammenhang weiter: »Haben sie damit das ausgestorbene *Libyterium* wiedergeben wollen, oder stellen diese Zeichnungen wirklich ein okapiartiges Tier und eine Giraffe vor? Auch in Transvaal findet man Zeichnungen, die man als Abbildungen von Kurzhalsgiraffen ansehen kann. In jedem Fall ist die Ähnlichkeit überraschend, und wenn schon die Felszeichnung nicht das Okapi selbst vorstellt, ist es auf jeden Fall ein nahe verwandtes Tier, das jedoch ausgestorben ist, während sich sein Verwandter im dichten Regenurwald bis heute behaupten konnte.«

Überfamilie Bovoidea – Hornträgerartige
Familie Antilocapridae – Gabelhornträger

Fossilfunde zeigen, daß die Trennung von Boviden und Antilocapriden sehr früh erfolgt sein muß, wenn nicht überhaupt eine unabhängige Entwicklung stattgefunden hat.

Diese auf Nord- und Mittelamerika beschränkten, antilopen-, in mancher Beziehung auch ziegenähnlichen Wiederkäuer, von denen es nur eine Gattung mit einer, allerdings fünf Unterarten umfassenden Art *(Antilocapra americana)* gibt, werden als eigene Familie Antilocapridae, Gabelhornträger, betrachtet. Mag das in anatomischer Hinsicht (Afterhufe fehlen) auch richtig sein, in bezug auf Lebensweise und Äußeres ähneln sie sehr den Saiginae und Caprinae. Beide Geschlechter tragen Hörner, die Weibchen kleinere ungegabelte, die Männchen größere gegabelte Hörner. Einmalig ist, daß die Hörner jährlich abgestoßen und neugebildet werden. Dieser Hörnerwechsel der Gabelhornträger scheint ihren Rang als eigene Säugetierfamilie zu rechtfertigen, denn auch zu den Hirschen kann man sie nicht rechnen. Hilzheimer betonte bereits 1913: »Der Hornwechsel der Gabelgemse ist aber auch nicht dem Geweihwechsel der Hirsche zu vergleichen, wie man früher meinte, und zu dem er einen Übergang bilden sollte, nicht einmal dem Fegen des Bastes; denn dabei wird die ganze Haut, einschließlich des Periostes (Knochenhaut) entfernt. Dieses aber bleibt beim Hornwechsel von *Antilocapra* bestehen. Es läßt sich also eher mit dem normalen Haarwechsel vergleichen, und daraus erkärt sich wohl auch der periodische Wechsel. Bei den übrigen Hohlhörnern dagegen ist mit fortschreitender

Der einzige Gabelhornträger unter den rezenten Wiederkäuern ist der von Nordamerika bis Mexico verbreitete Gabelbock *(Antilocapra americana)*. Wie die Hirsche das Geweih, wechseln auch beide Gabelbockgeschlechter jährlich die Hörner

Umbildung der Haut unter den Hörnern die Beziehung zu den Haaren aufgegeben worden; vielleicht wurden sie ursprünglich auch gewechselt.« Über den Vorgang selbst schreibt Hilzheimer: »Nur bei *Antilocapra* mit ihrem gegabelten Horn ist ein regelmäßiger, periodischer Hornwechsel (d. h. unter Cavicorniern) bekannt geworden. Zieht man die Hornscheide ab, so sieht man darunter den mit weicher, behaarter Haut bedeckten Zapfen, der an der Spitze einen kleinen Hornkegel trägt. Dieser stellt nach Abwurf der alten Hornscheide den einzigen verhornten Teil dar. Bei Neubildung entsteht ein zweiter, tiefer liegender, der spätere Zacken. Beide werden durch Hornsubstanz vereinigt, und indem diese tiefer greift, wird schließlich das definitive Horn gebildet. Es wird zwischen den Haaren der ursprünglich weichen Haut ausgeschieden, so daß diese mit in den Hornüberzug einbezogen werden, wo sie auf Querschnitten immer erkennbar bleiben. Dieses Bestehenbleiben der Haare deutet einen jugendlichen Zustand an. Die Hornbildung setzt bereits ein, ehe die Haut ihre volle Umbildung zur Hornmatrix erfahren hat. Keineswegs läßt sich daraus aber ein Gegensatz gegen das Horn der übrigen Hohlhörner ... konstruieren; denn auch bei den übrigen sind am Grunde des Hornes, wo es noch jugendlich ist, vielfach Haare eingeschlossen.«

Es ist durchaus denkbar, daß der periodische Hohlhornwechsel, phylogenetisch betrachtet, früher einmal allen Hohlhornträgern zukam. Einschränkend muß allerdings darauf hingewiesen werden, daß in früheren Erdperioden mehrere Gattungen der Gabelhorntiere in Nordamerika, worauf sie beschränkt blieben, existiert haben. Nur eine davon überdauerte. Die einzige rezente Art der Gabelhornträger hat etwa die Größe der eurasischen Rehe. Die Böcke sind etwas größer und schwerer als die Weibchen. Die Körperhöhe bei beiden Geschlechtern schwankt zwischen 85 cm und 1 m. Mit dem Reh haben sie Stummelschwänzigkeit und den großen weißen Spiegel gemeinsam. Auch die gegabelten Hörner sind in Form und Größe etwas den Geweihen der Gattung *Capreolus* ähnlich. An die Gemse erinnert, daß die Hörner steil über dem Auge am Stirnrand aufragen. Die Farbe ihres aus dichten, spröden Haaren bestehenden Felles ist rostrot bis fahlgelb, Kopfoberseite und Nackenmähne sind schwarz davon abgesetzt. Im Kontrast dazu stehen rahmweiße Teile des Gesichts, des Nackens, der Halsvorderseite, der Brust, des Bauches, an den Füßen sowie der Rückspiegel. Die Weibchen haben vier Zitzen.

Die Brunftzeit erstreckt sich von März bis April. Die Tragzeit währt acht Monate. Es werden in der Regel Zwillinge geboren, abgesehen von der meist singulären Erstgeburt. Der natürliche Feind der Kälber ist neben Kälteeinbrüchen der Koyote. Die Lebensweise dieses nordamerikanischen Steppenrenners erinnert in vielen Einzelheiten an die der Saigas und Tschirus. Wie diese sind die Gabelböcke vorzügliche Schwimmer. Sie sind schlechte Springer, können aber beim Laufen Geschwindigkeiten von nahezu 27 m in der Sekunde erreichen. Ihre Luftröhre hat einen ungewöhnlich großen Durchmesser, auch ihr Herz ist außerordentlich groß. In Freiheit sollen Gabelböcke zehn Jahre alt werden.

Im 19. Jahrhundert war der Gabelbock in Kanada sehr häufig. Es gab Winterherden bis zu 1500 Köpfen. Um 1919 existierten insgesamt nur noch etwa 3000 Tiere. Nach Einrichtung eines National Parks 1922 stieg der Bestand allein in Alberta auf 15000 Köpfe. Harte Winter – der Hauptfeind dieser Art – reduzierten den Bestand auf gegenwärtig etwa 10000 Individuen. Der Gabelbock ist jetzt streng geschützt. Es gibt lediglich eine beschränkte Zahl von Abschußgenehmigungen für Böcke, so daß die Art nicht mehr als gefährdet gilt.

Familie Bovidae – Rinder

Antilopen

Zunächst bedarf es einer Begriffsbestimmung und Abgrenzung. Welche Wiederkäuer wollen wir überhaupt als Antilopen gelten lassen und erörtern? Das ist eine schwerwiegende Frage, denn es gibt zwei recht verschiedene Auffassungen. Im Sinne einer streng systematischen Betrachtung sind für die Mammalogen lediglich die Angehörigen der Bovidea-Unterfamilie Antilopinae, die Großantilopen, Eigentliche Antilopen oder Antilopen im engsten Sinne.

Jäger, Wissenschaftler anderer Fachrichtungen und die interessierte Allgemeinheit, insbesondere die Zoo- und Tierparkbesucher, fassen den Begriff Antilope jedoch viel weiter. Für sie ist eine Antilope schlechthin jeder Wiederkäuer, der nicht zu den Kamelen, Hirschen, Giraffen, eigentlichen Rindern, Gemsenartigen, Halbziegen, Ziegen und Schafen oder zu einer jener kleinen Gruppen wie Hirschferkel, Moschusochsen, Gabelböcken, Takins usw. gehört.

Etwa im Sinne dieses weitgespannten Sammelbegriffes Antilopen wollen auch wir in diesem Buch diese Tiere behandeln. Demgemäß werden wir hier die Vertreter der folgenden, miteinander nahe verwandten und durch viele fließende Übergänge eng verbundenen Unterfamilien der Bovidae betrachten:

Cephalophinae (Ducker oder Schopfantilopen), Neotragina (Böckchen oder Zwergantilopen), Antilopinae (Großantilopen oder Eigentliche Antilopen) und Gazellinae (Gazellen). Zu den vier hier unter dem Sammelbegriff Antilopen vereinigten Unterfamilien gehören nicht weniger als insgesamt 26 Gattungen mit 74 Arten. Der Wunsch, jede Art einzeln zu behandeln oder auch nur zu nennen, ist im Rahmen dieses Buches unerfüllbar. Deshalb wird hier eine Auswahl besonders markanter Typen, vor allem der Großantilopen und Gazellen, getroffen. Wer sich näher über die Systematik und geographische Verbreitung dieser Tiere unterrichten will, sei auf Haltenorths 1963 erschienene umfangreiche Arbeit über die Klassifikation der Artiodactyla verwiesen.

Antilopen in der hier vorgetragenen Begriffsfassung sind kleine bis pferdegroße Wie-

Schwer zugängliche Sümpfe Afrikas sind der Lebensraum der vorzüglich schwimmenden und tauchenden Sitatunga-Antilope *(Tragelaphus spekii)*, des Sumpfbocks oder Wasserkudus. Zum sicheren Gang auf dem schwankenden Sumpfboden sind ihre langen schmalen Hufe weit auseinander spreizbar. Vor der Geburt ihres Kälbchens tritt die Sitatunga-Mutter Schilf zu einer festen Plattform nieder

derkäuer von recht unterschiedlicher Körpergestalt und Hörnerbildung, die vorwiegend in tropischen und subtropischen Gebieten Afrikas und Asiens vorkommen. Es gibt auch Antilopen, insbesondere Gazellenarten, die auf zentralasiatischen Hochplateaus wüsten- oder halbwüstenhaften Charakters leben und dort im Winter ein dichtes Winterhaarkleid anlegen, da sie hohe Kältegrade, eisige Schneestürme und sonstige winterliche Witterungsunbilden aushalten müssen. Das gilt besonders von der Mongoleigazelle *(Procapra gutturosa)*, der Tibetgazelle *(Procapra picticaudata)* und der Kropfgazelle *(Gazella subgutturosa)*. Das Areal der zuletzt aufgeführten Art ist nach unseren Erfahrungen in der Mongolei weitgehend auf die Wüsten und Halbwüstenzone begrenzt. Die Brunft findet im November bis in den Dezember hinein statt. Zur Zeit der Wurfperiode bilden die Männchen im Juni häufig Bockherden. In der Herbst-Winter-Periode schließen sich die Gazellen zu größeren Herden zusammen.

In Europa und Amerika kommt als primär einheimisches Wildsäugetier kein einziger Vertreter der im folgenden behandelten vier Unterfamilien vor. Die kleinste Antilope, zugleich der kleinste Wiederkäuer überhaupt, ist das paarweise im dichten Gehölzunterwuchs Liberias und anderer westafrikanischer Staaten lebende Kleinstböckchen *(Neotragus pygmaeus)*. Einschließlich seines 6 bis 8 cm langen Schwanzes erreicht es nur eine Gesamtlänge von ungefähr 60 cm, eine Widerristhöhe von 25 cm ein Höchstgewicht von 5 kg. Die Hörner der Männchen – die Weibchen bleiben ungehörnt – sind höchstens 3,8 cm lang. Die größte und schwerste Antilope ist die im Westsudan beheimatete Riesen-Elenantilope *(Taurotagus oryx derbianus)*, deren Bullen bei ungefähr 90 cm Quastenschwanzlänge eine Gesamtlänge bis zu 4,35 m, eine Widerristhöhe bis 1,80 m und ein Gewicht bis 1000 kg aufweisen können. Außerdem erreichen ihre starken und schweren gedrehten Hörner Längen bis zu 1,13 m. Auch die Kühe tragen gleichartige, jedoch kürzere und leichtere Hörner.

Während in Asien nur wenige Arten leben, ist Afrika das Hauptverbreitungsgebiet der rezenten Antilopen. Es gibt auf diesem Kontinent praktisch keine Geländeformation, keine Vegetationsform und keine Klimazone, die nicht mindestens von einer der vielen Antilopenarten besiedelt würde. Sogar die riesigen Sumpfflächen wurden von Großantilopen, und zwar von den wunderschön gefärbten, pärchenweise auftretenden Sitatunga- oder Sumpfantilopen *(Tragelaphus spekii)* als ständiger Lebensraum gewählt. Zur sicheren Fortbewegung in diesem Gelände sind die Hufe der Sitatungaantilope ungewöhnlich lang – manchmal über 10 cm – und weit spreizbar. Spürt die trächtige Sumpfantilopenkuh, daß der Zeitpunkt der Geburt herangerückt ist und fehlt ihr dann ein natürliches trockenes Fleckchen, auf dem sie ihr Junges gebären kann, so stampft und trampelt sie das dichte und hohe umstehende Schilf so lange und »geschickt« zusammen, bis dadurch – inmitten des Sumpfes – eine einigermaßen trockene Plattform entsteht. Das Junge folgt schon bald nach seiner Geburt der Mutter ins seichtere Wasser.

Zwei hauptsächlich von Blättern, Knospen und Zweigen der vereinzelten, mehr oder weniger hochstämmigen Buschhorste und Bäume in den afrikanischen Buschsteppen lebende Gazellenarten, die nordostafrikanische Lamagazelle *(Ammodorcas clarkei)*, auch als Dibatag-Antilope bekannt, und die nord- bis mittelostafrikanische Giraffengazelle *(Litocranius walleri)*, auch Gerenuk genannt, haben überlange Hälse. Außerdem könne sie sich fast kerzengerade auf ihren dünnen Hinterbeinen emporrekken. So gelingt es diesen Tieren, bis hinauf in das Geäst zu reichen und dort ihre spezielle Nahrung abzupflücken. Bei Antilopen finden sich auch Organe, die offensichtlich luxurierende Bildungen darstellen. So lebt in Vorderindien eine etwa rehgroße Antilope. Ihre Weibchen sind ungehörnt, die älteren Böcke aber tragen gleich zwei hintereinander stehende kleine Hornpaare, die dieser Art den Namen Vierhornantilope *(Tetracerus quadricornis)* eingetragen haben. Das eigentliche, recht dünne obere Hornpaar wird 5 bis 12 cm lang und befindet sich steil aufwärts am gewohnten Platz zwischen den Ohren. Das zweite Hornpaar, dessen Stangen auf der Vorderstirn, etwa in Höhe der oberen Augenränder, dicht beieinanderstehen, kommt über Längen von 2 bis 7 cm nicht hinaus und beginnt erst im dritten Lebensjahr zu wachsen. Ist schon das schwächliche, obere Hornpaar kaum als Waffe einzuschätzen, so schon gar nicht jenes kümmerliche zweite. Unter den Wildwiederkäuern treffen wir eine ähnliche Hornpaarverdoppelung nur bei einigen Unterarten der Langhalsgiraffen wieder. Aber auch bei ihnen sind die Hörner durchweg kurz mit Haut und Fell überzogen und dienen kaum noch als Waffen. Bei Wildrindern, Wildziegen und Wildschafen ist ein gehäuftes spontanes Auftreten von Vierhornbildungen nicht bekannt. Gelegentlich treten jedoch mutativ bei Hausrindern, Hausschafen und Hausziegen Vierhornbildungen auf.

Als Haustiere werden Antilopen – im Gegensatz zum Altertum – heute kaum noch genutzt, obwohl im Orient, besonders bei den Beduinen, noch gelegentlich einzelne frei umherlaufende, jedoch weitgehend gezähmte und ihren Besitzern gegenüber überaus anhängliche Gazellen gehalten werden. Allerdings unternimmt man sowohl in Afrika als auch vor allem auf dem riesigen, von dem russischen Züchtungsforscher Falz-Fein gegen Ausgang des vorigen Jahrhunderts begründeten Versuchsgelände für experimentelle Wildtierzüchtung und Bastardierungsforschung in Askania Nova in der Sowjetunion schon seit Jahrzehnten Versuche, einige besonders geeignet erscheinende große Antilopenarten auf ihre Domestizierbarkeit zu prüfen. Am aussichtsreichsten erscheint das bei der riesigen Elenantilope *(Taurotragus oryx).* Fest steht, daß es in Askania Nova bereits in mehreren Generationen gezüchtete, teildomestizierte Elenantilopenkühe gibt, die sich regelmäßig von ihren Betreuern melken lassen und eine vorzügliche, überaus fettreiche Milch liefern.

Im alten Orient waren Gazellen vom 10. bis 7. Jahrtausend v. u. Z. die tierische Hauptnahrung der Menschen. Nach Ansicht von Brentjes haben wir für dieses Gebiet auch allen Grund zu der Annahme, daß bereits die mesolithischen Jäger von Fall zu Fall junge Gazellen und Antilopen als »lebende Fleischreserve« zum Schutze vor Unsicherheiten im Jagdglück aufgriffen, aufzogen und zähmten. Bestärkt werden wir in dieser Ansicht durch die vielfachen Darstellungen derartig gezähmter Tiere im alten Ägypten und in Vorderasien. Seit dem fortschreitenden Aufkommen der eigentlichen Viehzucht, eingeengt auf die Vorfahren unserer heutigen Haustierarten, hatten dann die anderen Formen der Tierhaltung schließlich nur noch sehr sekundären Charakter. Brentjes schreibt: »Schon die Siegelbilder der Uruk-Jendet-Nasr-Zeit Vorderasiens (ca. 2900 bis 2700 v. u. Z.) zeigen Oryxantilopen und Gazellen als Teile ›heiliger Herden‹, d. h. als Teile der Tempelherden. Auf späteren vorderorientalischen Abbildungen erscheinen zahme Gazellen mit Halsband und auf dem Arm eines Wärters. Ägyptische Grabreliefs zeigen seit der Mitte des 3. Jahrtausends zahme Herden bzw. Einzeltiere der Oryx-, Mendes- und Kuhantilopen sowie zahlreiche Darstellungen anderer zahmer Antilopenarten und Gazellen.

Sie werden dargestellt als zahme Spieltiere unter dem Stuhl ihrer Besitzer und als zur Opferstelle, zur Fütterung oder Schlachtung geführte Herden. Verschiedene Gräber der ägyptischen Spätzeit enthielten sogar Mumien derartiger gezähmter Tiere. Die Darstellungen ganzer Herden gezähmter Antilopen und Gazellen belegen, daß noch im 3. Jahrtausend Versuche gemacht wurden, diese Tiere herdenweise zu halten. Einige ägyptische Reliefs zeigen sogar ausgewachsene Antilopenpaare mit Jungtieren unter der Obhut von Hirten, offensichtlich Darstellungen vereinzelt gelungener Zuchtversuche.«

Durch derartige vorderasiatische Darstellungen, die aus der Zeit vor 2000 v.u.Z. datierbar sind, wissen wir, daß dort einst noch andere, heute ausschließlich auf Afrika beschränkte Antilopenarten gelebt haben müssen, so unter anderem mit ziemlicher Sicherheit Formen der Wasserböcke (Gattung *Kobus).* Nach diesem Zeitpunkt dürften sie aber bereits vom Menschen ausgerottet worden sein. Diese Gefahr droht heute in höchstem Maße leider in Afrika und Asien auch anderen Antilopenarten. Und zwar gilt das für die gewaltigen Herden die Steppen bevölkernder Großantilopen und Gazellen weit mehr als von den kleineren und kleinsten, die als Dickichtschlüpfer paarweise im undurchdringlichen Unterholz und Buschgelände oder – wie die Sitatunga-Antilope – in für den Menschen schwer zugänglichen Sümpfen ihre Zuflucht gefunden haben. Den Großantilopen, von denen bereits viele Unterarten ausgerottet, ja selbst Arten bis auf ganz geringe Restbestände zusammengeschrumpft sind, droht am meisten dieses Verhängnis. Ihre allmähliche herannahende völlige Ausrottung hat zahlreiche Gründe und Ursachen. Sie sind Nahrungskonkurrenten der immer mehr wachsenden Weideherden von Hausrindern, -schafen und -ziegen. Zweitens wird ihnen der Lebensraum durch die zunehmende Kultivierung für Ackerbau und Plantagen streitig gemacht, zumal sie naturgemäß auf den neuen Äckern und in den Jungpflanzungen beträchtlichen Wildschaden anrichten. Das Einengen des Habitats resultiert aber auch aus dem Anlegen von Bergbaubetrieben und dem Errichten großer Fabriken und der dazugehörenden modernen menschlichen Massensiedlungen. Dazu kommt noch die schonungslose Jagd mit weittragenden Schußwaffen, mitunter Schnellfeuergewehren, von geländegängigen Kraftwagen aus, die weniger auf das weidgerechte Erlangen von Trophäen abzielt, sondern aus »Freude« am Tiermord betrieben wird. Dabei werden in den flüchtenden Herden viele Tiere lediglich angeschossen und sind damit Siechtum oder qualvollem Verenden anheimgegeben.

Allerdings bemüht man sich immer mehr darum, wenigstens kleinere Bestände jeder bedrohten Art in besonderen, abgegrenzten Reservaten, in denen jegliche Jagd verboten ist, vor dem völligen Artentod zu retten und sie so der Nachwelt als Naturdenkmäler zu erhalten.

Unterfamilie Cephalophinae – Ducker

Wegen ihrer nächtlichen, vorsichtigen und sehr versteckten Lebensweise sind die hasenbis rehgroßen Ducker oder Schopfantilopen, die Cephalophinae, noch am wenigsten von der Ausrottung bedroht. Die moderne Säugetiersystematik stellt jetzt sämtliche 15 rezenten Duckerarten in die Gattung *Cephalophus* mit zwei Untergattungen. In der ersten sind Wald- und Blauducker vereinigt, in der zweiten die Kronen- oder Steppenducker.

Die Ducker oder Schopfantilopen sind südlich der Sahara über das gesamte Afrika verbreitet. Sogar auf einigen größeren, dem afrikanischen Festland vorgelagerten Inseln kommen sie vor, so in Westafrika der rehgroße Olgilby-Ducker *(Cephalophus olgilby olgilby)* auf Bioko (Fernando Póo) und in Ostafrika der kleinere Harvey-Ducker *(Cephalophus harvey adersi)* auf Sansibar. Auf den Inseln Sansibar und Pemba lebt außerdem der hasengroße Blauducker *(Cephalophus monticola)*, auch als Blauböckchen oder Rotfußducker bezeichnet. Auf jeder dieser beiden Inseln vertritt ihn sogar eine eigene Unterart, auf Sansibar und zwei Nebeninseln *Cephalophus monticola sundivalli* und auf Pemba *Cephalophus monticola pembae.* Vom Blauducker sei hier ausnahmsweise einmal die Färbung angegeben, obwohl es sonst unmöglich ist, die Zeichnungs- und Färbungsvielfalt sämtlicher Ducker zu beschreiben. Die Oberseite ist beim Blauducker braungrau bis fast schwarz. Da sie zuweilen bläulich schimmert, heißt das Tierchen Blauducker oder Blauböckchen. Die Unterseite sieht bei ihm weißgrau bis dunkler grau aus. Die Oberarmansätze und die Flanken sind mitunter rostrot überhaucht, und auch die untere Hälfte der Beine ist manchmal rotbraun bis rot. Darauf bezieht sich der Name Rotfußducker. Weitere Arten, um nur einige deutsche Namen zu nennen, die auf die Färbung oder Zeichnung Bezug nehmen, werden mit Rotflanken-, Schwarzrücken-, Rot-, Weißbauch-, Gelbrücken-, Schwarzstirn- und Zebra- oder Streifenducker bezeichnet. Die zuletzt angeführte westafrikanische Art heißt Zebraducker *(Cephalophus zebra)*, da zwischen Schulter und Kruppe auf ihrer sonst hellrotbraunen Oberseite 12 bis 15 auffällige schwarze Querbinden zu sehen sind.

Die Ducker sind wahrscheinlich noch recht ursprüngliche Formen unter den Bovidae. Sie nehmen übrigens mitunter neben ihrer Pflanzennahrung – sehr gern verzehren sie herabgefallene Früchte – auch tierische Kost auf, aber nicht nur Kleintiere und Aas, sondern sie sollen gelegentlich sogar Jagd auf Perlhühner machen und Haushühner rauben. Die größte rezente Duckerart, der entlang der westafrikanischen Küste vorkommende Gelbrücken- oder Riesenducker *(Cephalophus sylvicultor)*, kann fast die Ausmaße eines weiblichen Damhirsches erreichen. Sehr auffällig ist bei ihm – mit der Spitze zur Schulter – zwischen Schultern und Hüften im braunen Rückenfell ein umfänglicher gelbfarbiger Keilfleck, dessen Haare besonders gesträubt werden können. Alle Ducker sind rundrückige und trotz ihrer schlanken Beine im Verhältnis zur Gesamtlänge recht niedrig gestellte Wiederkäuer. Ihr mit einer Endquaste versehener Schwanz ist nur kurz. Sie besitzen Voraugendrüsen, die meisten auch Zwischenzehendrüsen. Das kleine, spitze und dünne Hohlhornpaar überragt in seiner Länge nie die Höhe der relativ kurzen Ohren. Im Gegensatz zu den Böcken sind die Weibchen meistens nicht gehörnt.

Der in Walddickichten Nigerias vorkommende Schwarzducker *(Cephalophus niger)* gehört zu den mittelgroßen der 15 bekannten Duckerantilopenarten Afrikas. Er erreicht knapp die Größe eines mitteleuropäischen Rehs

Wenn aber doch, ist ihr Gehörn stets schwächer als das der Männchen. Auf der Stirn der Ducker befindet sich ein mehr oder weniger langer und dichter Haarschopf, von dem die Unterhälfte der Hörner, zuweilen noch deren Spitzen, völlig verdeckt werden. Danach werden die Ducker auch als Schopfantilopen bezeichnet. Das Haarkleid ist glatt und eng anliegend. In der Nacken- und Schultergegend sind die Haare besonders kurz und spärlich verteilt. Erscheinungsbild und Körperbau weisen die Ducker als Buschschlüpfer aus. Als Biotop bevorzugen die meisten Arten dichten Wald mit starkem Unterwuchs.

Die rehgroßen Steppen- oder Kronenducker *(Cephalophus grimmia)* leben allerdings außerhalb geschlossener Wälder inmitten der Steppe oder in den angrenzenden Waldrändern, Buschhorsten und eingestreuten Dickichten. Alle Duckerarten ruhen tagsüber in ihren Verstecken und begeben sich erst in der Dämmerungs- und Nachtzeit auf Nahrungssuche. Jedes Tier lebt als Einzelgänger. Anscheinend finden sich die Geschlechter in freier Wildbahn lediglich zur Begattung zusammen. Jahreszeitlich gebundene Paarungszeiten scheint es nicht zu geben. Die mit vier Zitzen ausgestatteten Weibchen bringen nach einer Trächtigkeitsdauer von rund vier Monaten ein, seltener zwei voll entwickelte Junge zur Welt, die sie allein betreuen. Die jungen Ducker erreichen vermutlich ihre Geschlechtsreife mit 12 bis 18 Lebensmonaten. In unseren Tiergärten sind Ducker relativ selten zu sehen. Als scheue Nachttiere vermeiden sie es dort nach Möglichkeit, sich tagsüber den Zoobesuchern außerhalb ihres Versteckes zu zeigen. Sperrt man sie jedoch zu diesem Zwecke absichtlich davon ab, so leiden sie im allgemeinen sehr unter dieser Zwangsmaßnahme, was ihre Lebensdauer nicht gerade verlängert. In Freiheit erreichen Ducker ein Alter von acht bis zehn Jahren, wenn nicht mehr.

Der Kronenducker *(Sylvicapra grimmia)* lebt außerhalb des Regenwaldes und der Wüste in aufgelockertem Gelände. Charakteristisch ist der rötlichbraune Stirnschopf

Unterfamilie Neotraginae – Böckchen oder Zwergantilopen

Die nächste Unterfamilie sind die Neotraginae. Dazu gehören die Gattungen *Neotragus* (Kleinstböckchen oder Sansibarantilopen), *Madoqua* (Dikdiks oder Windspielantilopen), *Oreotragus* (Klippspringer), *Dorcatragus* (Beiras), Raphicerus (Steinantilopen) und *Ourebia* (Oribis oder Bleichböckchen) mit zusammen 13 Arten und 60 Unterarten. Die Tiere sind nur hasen- bis rehgroß. Einige haben gerundete, andere gerade Rücken. Ihre Beine sind im Verhältnis zum Rumpf mittellang bis lang. Die Schädel sind breitstirnig und tragen bei den Männchen weit auseinander stehende Hörner, die wie bei den Duckern von einem Haarschopf mehr oder weniger verdeckt sind. Die gewöhnlich mit vier, bei einigen Arten auch nur mit zwei Zitzen ausgestatteten Weibchen bleiben meistens ungehörnt. In der Regel sind Zwischenzehendrüsen und – in sehr tiefen Gruben – Voraugendrüsen vorhanden. Einige Arten – vor allem der Rüsseldikdik *(Madoqua guentheri)* – besitzen eine andeutungsweise zum Rüssel ausgezogene Schnauze. Im Gegensatz zu den Duckern leben die Neotraginae fast stets außerhalb des dichten, geschlossenen Waldes. Manche sind zu Kulturfolgern geworden. Sie halten sich tagsüber in ihren Unterwuchsverstecken in Plantagen – einige angeblich mit besonderer Vorliebe in Kakaopflanzungen – verborgen und äsen in der Dämmerung und nachts Triebe, Blätter und Früchte der betreffenden Kulturpflanzen. Einige Arten sind mehr, andere weniger wasserbedürftig. Manche leben sogar im Gebirge bis hinauf in 3000 m Höhe, in Halbwüsten und im steinigen oder felsigen Steppengelände. Außerhalb Afrikas kommt – abgesehen von einigen der Festlandküste nahen Inseln – keine rezente Neotraginae-Art oder auch nur -Unterart vor.

Das bereits erwähnte Kleinstböckchen *(Neotragus pygmaeus)* ist der kleinste Wiederkäuer. Nur wenig größer ist sein naher Verwandter, das auf dem ostafrikanischen Festland und auf Sansibar sowie mehreren kleineren ostafrikanischen Inseln beheimatete Moschusböckchen *(Neotragus moschatus)*. Dieser Name kommt daher, daß seine Voraugendrüsen ein Sekret mit starkem Moschusduft absondern.

Bei den Dikdiks sind in der Regel die ungehörnten Weibchen um ein Fünftel größer und schwerer als die erwachsenen Böcke. Diese sehr standorttreuen Antilopen leben pärchenweise in Gebüschhorsten von Trockengebieten. Die kleinste und bekannteste Art ist der in Nordostafrika lebende Kleindikdik *(Madoqua swaynei)*. Hendrichs beobachtete in der Serengetisteppe eingehend die Dikdiks *(Madoqua kirki)*. Sie leben in Dauerpaaren in festen Revieren von 3 bis 50 ha Größe. Die Reviergrenzen werden durch Kotstellen gekennzeichnet. Außerdem wird im ganzen Revier mit Voraugendrüsensekret markiert. Trotz vieler Feinde sind sie in ihrem Bestand nicht gefährdet, da sie über ein ungewöhnliches Beschleunigungsvermögen und scharfe Sinne verfügen. Nach einer Tragzeit von 170 bis 174 Tagen wird zweimal jährlich nach den Regenzeiten ein Kitz gesetzt. Die Jungtiere sind nach sechs Monaten geschlechtsreif und werden bis vier Monate danach aus dem Elternrevier vertrieben.

Die bekannteste afrikanische Zwergantilope aus der Unterfamilie Neotraginae ist der öfters in europäischen zoologischen Gärten gezeigte Klippspringer *(Oreotragus oreotragus)*. Er ist die einzige rezente Art der Gattung *Oreotragus*. Bevor wir uns dieser sprung- und klettergewandten Antilope etwas eingehender widmen, sollen noch kurz die drei anderen Gattungen charakterisiert werden. Zur Gattung *Dorcatragus* gehört auch nur eine Art ohne Unterarten, die Beira *(Dorcatragus megalotis)*. Sie ist nur in Somalia anzutreffen. Obwohl sie äußerlich, in ihren Biotopansprüchen und ihrer Lebensweise sehr klippspringerähnlich ist, hat sie doch eine Anzahl spezieller Eigentümlichkeiten. Beispielsweise besitzt die weibliche Beira nur zwei Zitzen, das Klippspringerweibchen vier.

Zwergantilopen von mehr als Hasen- bis Rehgröße, die mit Vorliebe weiträumige, nur spärlich mit Büschen bewachsene Grasflächen

Wenig größer als eine halbwüchsige Gemse ist der ihr ziemlich ähnliche Klippspringer *(Oreotragus oreotragus)*. Diese Zwergantilope lebt paarweise auf steinigen Hängen und Felsenklippen Afrikas

in der Ebene und im Gebirge bewohnen, sind die Angehörigen der beiden Gattungen *Raphicerus*, Steinantilopen, und *Ourebia*, Bleichböckchen. Von den Steinantilopen kommen südlich der Sahara bis nach Südafrika zwei Arten mit zusammen elf Unterarten vor. Die größere wird als Steinantilope oder Steinbock *(Raphicerus campestris)*, die nur hasengroße, auf Mittel- und Südafrika beschränkte, kleinere Art als Greisbock *(Raphicerus melanotis)* bezeichnet. Die Bleichböckchen oder Oribis kommen vom Sudan und Äthiopien bis Südafrika vor. Die 13 Unterarten gehören alle zur Art *Ourebia ouribi*. Die Vertreter beider Gattungen sind Tagtiere, die nur während der Mittagshitze ruhen.

Der Klippspringer zeigt vielfältige Konvergenzen zu anderen wilden Gebirgswiederkäuern. Sie drücken keineswegs eine Verwandtschaft zu jenen, insbesondere zu den Caprinae, aus. In mancher Hinsicht erinnern die Klippspringer nämlich in der Lebensweise und im Verhalten als Gebirgssäugetiere sehr stark an Gemsen und Gorale. Ihr kurzhalsiger und stummelschwänziger Körper ist gedrungen gebaut. Normalerweise erreichen Klippspringerböcke die Größe der kleinsten erwachsenen weiblichen Rehe unserer Heimat. Allerdings erscheinen sie in der Längsachse viel kürzer und zusammengedrängter, also gemsenähnlicher. Im Kreuz sind stehende Klippspringer höher als am Widerrist. Die Körperhöhe erwachsener Tiere bewegt sich zwischen 50 und 60 cm. Klippspringer stehen auf ungemein kräftigen, etwas plumpen mittelhohen Gliedmaßen. Wie einige andere Hochgebirgswiederkäuer kommt auch der Klippspringer bis in Höhen von 3000 m vor. Sein Fell besteht aus groben, drahtig harten, dicht stehenden und im einzelnen ziemlich brüchigen Haaren. Meist sind nur die Böcke gehörnt, es wurden aber auch – dann freilich schwächer – gehörnte Weibchen gefunden. Die senkrecht vom Kopf aufragenden, bis 16 cm langen, schwarzen geraden, am Grund geringelten Hörnchen stehen ziemlich eng beieinander. Das auffälligste Merkmal der Klippspringer ist die übersteile Hufstellung. Dadurch stehen und gehen sie lediglich vorn auf der Spitze ihrer kleinen hohen Hufe. Trotz ihrer Härte werden diese immer stark abgewetzt. Sie wachsen jedoch ständig ebenso schnell wieder nach. Die Haupthufe sind weit spreizbar, die Nebenhufe sitzen hoch darüber. Der Kopf ist ziemlich klein und anmutig rund geformt. Ihn zeichnen große und breite, an der Spitze abgerundete Ohren, große Augen, eine breite Stirn und ausgeprägte Voraugendrüsen aus. Die Haarfärbung der Oberseite läßt sich am besten durch die Bezeichnung »Pfeffer und Salz« verdeutlichen. Brust, Bauch und Beininnenseiten sind weiß bis gelblichweiß. Diese hübsche, in Äthiopien »Sassa« genannte Kleinantilope, kommt nur in felsigen Gebieten vor. Sie ist ebenso auf klippenartigen Erhebungen inmitten der Steppe anzutreffen wie an »halsbrecherischen« Gebirgshängen. Die geringste Unebenheit genügt ihr dort, um festen Fuß zu fassen. Hier sucht sie Nahrung an vereinzelten Gebüschen, vor allem an Mimosensträuchern, deren Knospen und Blätter sie verzehrt. Außerdem äst sie Gebirgskräuter und Gräser.

Jedes Klippspringerpaar lebt ausgesprochen monogam. Gewöhnlich wird vor oder zu Beginn der Regenzeit nach einer Trächtigkeitsdauer von ungefähr sieben Monaten ein Junges geboren. Beide Eltern betreuen es solange, bis das nächste geboren wird. Dann muß es abwandern. Nur selten findet man mehr als jeweils drei Klippspringer – Vater, Mutter und Junges – zusammen an einem Platz. Das Elternpaar ist überaus standorttreu und kehrt nach einer notwendigen Flucht fast stets wieder zum alten Standplatz zurück. Wird eines von beiden Tieren geschossen, so verweilt das andere, ohne sofort zu flüchten, noch eine kleine Weile bei dem toten Gefährten und läßt dabei ein scharfes Schreck- und Warnschnaufen vernehmen. Müssen Klippspringer flüchten, dann jagen sie mit ungewöhnlicher Geschwindigkeit auch bergauf. Jung eingefangene Kälbchen schließen sich eng ihren Pflegern an und werden sehr zutraulich und zahm. Das Fleisch dieser Tierchen, die in Freiheit wahrscheinlich gegen zwölf Jahre alt werden können, wird zwar gegessen, gilt aber als reichlich trocken und zäh.

Unterfamilie Antilopinae – Großantilopen

13 Gattungen mit insgesamt 28 Arten umfaßt die Unterfamilie Antilopinae, Großantilopen oder Eigentliche Antilopen, deren Vertreter bis pferdegroß werden können. Im Erscheinungsbild sind sie oft außerordentlich unterschiedlich. Einige haben nahezu gerade Rükken, wie die nordafrikanische Mendesantilope *(Addax nasomaculatus)*, andere stark nach hinten abschüssige, wie die indische Nilgauantilope *(Boselaphus tragocamelus)*. Bei anderen finden wir dagegen, daß sie vorn beträchtlich tiefer stehen als hinten. Das ist bei der Schirrantilope, dem sogenannten Buschbock *(Tragelaphus scriptus)*, der Fall, bei der die Kruppe auffällig höher als der Widerrist ist. Alle Großantilopen haben einen mehr oder weniger großen nackten Nasenspiegel. Die Zahl der Zitzen bei den weiblichen Tieren schwankt in den verschiedenen Gattungen und Arten zwischen zwei und vier. Bei manchen Arten tragen die Kühe keine, bei anderen kleinere und schwächere Hörner als die erwachsenen männlichen Artgenossen. Die Vielfalt der jeweils artgemäßen, manchmal auch individuellen Horngestaltung bringt Haltenorth folgen-

Mit vorgestrecktem Hals und Kopf, die Ohren angelegt, zieht der Bock der indischen Nilgauantilope *(Boselaphus tragocamelus)* im Stechschritt seinem Rivalen entgegen

dermaßen zum Ausdruck: »... kurz bis lang oder sehr lang, dünn bis dick, glatt oder längs gekielt oder quergewulstet oder schwach bis stark um die Längsachse verdreht, gerade oder gebogen oder haken- oder S- oder leierförmig oder knickwinklig«.

Kaum weniger unterschiedlich zeigen sich, abgesehen von der Mannigfaltigkeit ihrer Färbung und Zeichnung, die Haarkleider bei den einzelnen Arten. In den meisten Fällen ist das Fell zwar kurzhaarig und glatt, einige Formen besitzen aber längere und gröbere Haarkleider. Ferner begegnen wir bei einzelnen Arten allein oder in Kombinationen Kinn- oder Kehlbärten, Stirnschöpfen sowie Hals-, Halsvorderseiten-, Vorderbrust- oder Bauchmähnen. Die mehr oder weniger langen Schwänze der verschiedenen Typen können unterschiedlich stark behaart sein. Wir finden sowohl stark buschig behaarte Schwänze, wie etwa beim Weißschwanzgnu *(Connochaetes gnou)*, als auch solche, die im Oberteil vom Kurzhaar bedeckt sind und in einer dünneren oder dickeren Schwanzquaste auslaufen. In ihrem Verbreitungsgebiet gibt es nahezu keinen Biotop, den sich diese oder jene Antilopenart nicht erschlossen hätte. Allerdings sind die jeweiligen äußerlichen und verhaltensmäßigen Biotopanpassungen noch nicht in jedem Falle optimal erreicht, sondern zum Teil noch deutlich erkennbar in Weiterentwicklung begriffen. Ein schönes Beispiel einer weitgehenden Übereinstimmung mit der speziellen Umwelt zeigt sich bei der Arabischen Säbelantilope *(Oryx gazella leucoryx)*. Sie wird auch Arabischer Spießbock genannt. Angeglichen an die von der Sonne gebleichte arabische Wüste und Halbwüste, ist die Oberseite dieser Antilope nahezu weiß. Übrigens ist der Arabische Spießbock die einzige bis in unsere Tage in Arabien erhalten gebliebene Großantilopenart, deren letzte kleine, noch in freier Wildbahn lebende Rudel in Kürze der restlosen Ausrottung anheimfallen dürften. Eine 1962 ausgeschickte Expedition konnte im Gebiet von Aden nur noch 3,1 Tiere vom Auto aus fangen. Sie wurden mit dem Flugzeug nach Kenia gebracht, wo mit ihnen eine Zucht aufgebaut werden soll. In Gefangenschaft gab es 1964 nur noch 33 Exemplare. Dabei war die Arabische Oryx ehemals über ganz Arabien bis einschließlich Irak, Syrien, Jordanien und die Sinai-Halbinsel verbreitet.

In Vorderindien sind, mit Ausnahme der völlig antilopenfreien Insel Ceylon, nur zwei Großantilopenarten vertreten, die rehgroße Vierhornantilope und die rothirschgroße Nilgauantilope. Alle anderen rezenten Großantilopenarten sind über Afrika verbreitet. Die Großantilopen gehören, solange es zoologische Gärten und Tierparks gibt, zu den wesentlichsten Schau- und Zuchttieren, zugleich bei den Zoobesuchern zu den beliebtesten Zooinsassen. Allerdings sind manche tropische Arten bei uns leider sehr tuberkuloseanfällig. Andere dagegen halten jahre- bis jahrzehntelang in Gefangenschaft aus. Die meisten Großantilopen sind in freier Wildbahn ausgesprochene Pflanzenfresser. Bei einigen Arten soll, wie bei gewissen Hirscharten ebenso der Fall, gelegentlich auch tierische Nahrung aufgenommen werden. Manche Großantilopen leben paarweise, andere in kleineren Rudeln und eine ganze Anzahl sogar zeitweilig in großen bis riesigen Weideherden zusammen. Die Großantilopen haben, wie die Ducker, Zwergantilopen und Gazellen, viele Feinde. Allen voran sind es – neben dem Menschen – die katzenartigen und hundeartigen Raubtiere. Auch Greifvögel schlagen gelegentlich Jungtiere, besonders von den kleineren Arten. Zuweilen werden die Antilopenherden von Seuchen dezimiert. Nicht vergessen sei ferner die große Zahl der Endo- und Ektoparasiten, von denen Großantilopen geplagt werden. In der Regel wird ein Junges geboren, ausnahmsweise kommen Geburten von zwei oder gar drei Geschwistern vor. Die Trächtigkeitsdauer ist – nicht zuletzt von der Größe der einzelnen Arten abhängig – recht unterschiedlich.

Bei der Betrachtung einzelner Arten wollen wir uns an solche Großantilopentypen halten, die jetzt noch ziemlich regelmäßig in unseren zoologischen Gärten zu sehen sind. Gerade an den Großantilopen-Beständen der Tierparks und Zoos von heute wird erschreckend deutlich, wie rasch die Großsäuger in freier Wildbahn immer weniger werden. So manche der noch zu Anfang und im ersten Viertel unseres Jahrhunderts in den europäischen Tiergärten zum »eisernen Bestand« gehörenden Großantilopen zählen wir heute, falls überhaupt noch einmal lebend gezeigt, längst zu den tiergärtnerischen Seltenheiten und Kostbarkeiten. Und wenn solche Wertstücke dann schließlich verenden, gibt es für sie keinen oder kaum noch Ersatz.

Noch 1899 schrieb Ludwig Heck, als es ihm gelungen war, für den Berliner Zoo ein Exemplar der in Tanganjika (Tansania) vorkommenden – ein von dem aller anderen Kuhantilopenunterarten abweichendes Gehörn tragenden –, auch heute noch am ehesten in unseren Zoos anzutreffenden Lichtensteins Kuhantilope *(Alcelaphus busephalus lichtensteini)* zu erwerben: »Einmal eine andere Kuhantilopenart, die man nicht in jedem zoologischen Garten sieht, wie die gewöhnliche, gelbe, nordafrikanische Kuhantilope und die rotbraune, schwarzgezeichnete, südafrikanische Kaama, die zuerst von den holländischen Einwanderern Hartebeest genannt wurde.« 1963 aber berichtet Haltenorth von der bei Heck erwähnten nordafrikanischen Unterart *Alcelaphus busephalus busephalus:* »... in Ägypten ... in neuerer Zeit um 1850, in Nordarabien und Palästina um 1900, in Atlasländern und Tripolis um 1920 ausgerottet, im südlichen Rio de Oro 1943 noch vorhanden gewesen«. Und von der südafrikanischen Kaama *(Alcelaphus busephalus caama)* lesen wir dort: »In freier Wildbahn ausgerottet. Nur noch einige kleine Herden in Schutzgebieten bei Kimberley und Harrismith, Oranje und Neu-Hannover, Natal.«

Überhaupt kommen viele Antilopenarten, die einstmals in riesigen Herden in Südafrika lebten, heute lediglich noch in geringen Beständen in südafrikanischen Reservaten vor. Das trifft auch für die beiden Unterarten von *Damaliscus dorcas,* Bleßbock und Buntbock, aus der den Kuhantilopen sehr nahe verwandten Gattungen der Leier- oder Halbmondantilopen zu. Immer sind bis jetzt in anderen afrikanischen Gebieten sowohl von den Leier- als auch von den Kuhantilopen noch eine ganze Anzahl Unterarten in freier Wildbahn erhalten geblieben. Diese werden vorwiegend nach Körpergröße, Körperfärbung sowie Form und Biegung der Hörner unterschieden. Die – mit Ausnahme der Riesenleierantilope *(Damaliscus lunatus lunatus),* auch Halbmondantilope oder

Sassaby genannt – kleineren Leierantilopen sind noch etwas »antilopenähnlicher« als die Kuhantilopen. Letztere sind, je nach Subspecies, untereinander mit recht verschiedenen, alles in allem aber ziemlich rinderähnlichen Hörnern ausgestattet. Außerdem haben sie ein langes schmales Pferdegesicht und einen langgestreckten, schmalen Körperbau. Die Weibchen der beiden genannten Gattungen verfügen – ebenfalls in gewisser Konvergenz zu den Equiden – über nur zweizitzige Euter. Die Lebensweise der Angehörigen beider Gattungen entspricht sich weitgehend. Allerdings sind die Leierantilopen in ihren Ansprüchen an die Lebensräume beträchtlich großzügiger als die Hartebeests. Einige Unterarten leben selbst noch in sehr trockenen Halbwüsten oder, im völligen Gegensatz dazu, in den feuchten Grasdschungeln von Überschwemmungsgebieten. Die meisten aber bevorzugen, wie es für die Hartebeests charakteristisch ist, die weite offene Buschsteppe. Die Leitböcke erklettern hier hohe Termitenhügel und wachen dort oben, während das Rudel in Ruhe grast. Bei ihren Wanderungen durch die Steppe ziehen gewöhnlich alle Rudelangehörigen in langer Reihe hintereinander her. Während der Paarungszeit finden heftige Rivalenkämpfe zwischen den Böcken statt. Die meist nur in der Einzahl geborenen Kälber kommen nach sieben bis acht Monaten Tragzeit zur Welt. In der Trockenzeit schließen sich die vordem kleinen und in ihren gegen eindringende fremde Artgenossen verteidigten Territorien standorttreu lebenden Einzelrudel zu Großrudeln von Hunderten von Tieren zusammen. Diese Großrudel sind dann überdies meist noch mit anderen Antilopenarten, Giraffen, Zebras und Straußen vergesellschaftet. Nicht selten gehören auch Gnus dazu.

Von den Gnus (Gattung *Connochaetes*) gibt es in Afrika zwei Arten. Obwohl sie ganz anders aussehen, sind sie mit den Leier- und Kuhantilopen ziemlich nahe verwandt. Die

Das Weißschwanzgnu *(Connochaetes gnou)* Südafrikas war in freier Wildbahn schon einmal ausgerottet. Nur kleine Restrudel wurden von Liebhabern noch halbwild auf Farmen gehalten. Mit deren Nachzucht gelang es, die Art in Reservaten ihrer einstigen Heimat wieder einzubürgern

Von Ost- bis Südwestafrika erstreckt sich das große Verbreitungsgebiet des Weißbart- oder Streifengnus *(Connochaetes taurinus)*. Seine fünf Unterarten wandeln untereinander stark in der Körperfärbung ab

eine der beiden Arten, das kleinere, ehedem auf Südafrika beschränkte Weißschwanzgnu *(Connochaetes gnou)* ist schon vor 70 Jahren in freier Wildbahn ausgerottet worden. Trotzdem sieht man heute diese Tierart in den Tierparks und zoologischen Gärten noch relativ oft. Da sich die Weißschwanzgnus seit jeher ausgezeichnet in Gefangenschaft fortpflanzten, ist es gelungen, diese Antilopenart in umzäunten Parks und kleineren Gehegen von Liebhabern sowie in nordamerikanischen und europäischen zoologischen Gärten vor dem Artentod zu retten. Inzwischen sind von diesen weitergezüchteten Weißschwanzgnus fortpflanzungsfähige Tiere in die südafrikanischen Schutzgebiete zurückgeführt worden. Und hier haben sie sich nun schon in zahlreichen Generationen zu einer so ansehnlichen Gesamtzahl vermehrt, daß der Fortbestand dieser interessanten Art als gesichert angesehen werden darf. Die Gnus sind in ihrem Äußeren und in ihrem temperamentvollen Gebaren höchst reizvolle Säugetiere. Bei der Beschreibung eines Weißschwanzgnus sagt Ludwig Heck sehr zutreffend: »Sonderbar genug sehen sie allerdings aus! Der breite Kopf mit den kurzen, seitwärts gebogenen Hörnern erinnert an das Rind, der langbehaarte Schweif an das Pferd, bei unserer Art an den Schimmel. Auch der Rumpf und der dicke Hals, beide braun gefärbt, haben ungefähr die Stärke und Verhältnisse wie bei einem Pony. Die Beine sind wieder schlanke, sehnige Hirsch- oder Antilopenläufe. Und das ganze ist eine Antilope.« Das kleine und relativ zierliche Weißschwanzgnu hat einen geraden Rücken, bei dem Widerrist und Kruppe die gleiche Höhe erreichen. Sein scharf nach unten und dann nach oben gebogenes Gehörn läßt sich einigermaßen mit dem der Moschusochsen vergleichen. Das Wachstum der Gnuhörner geht auf recht eigentümliche Weise vor sich. Sie sprossen als gerade Spitzen aus dem Kopf hervor und legen sich erst später dadurch um, daß die Innenseite stärker und schneller wächst als die Außenseite.

Aus alten Jagdschilderungen und Tierkundebüchern ist ein sogenanntes Blaues Gnu bekannt. Um jedem daraus herrührenden Irrtum vorzubeugen, sei hier betont, daß es keine dritte besondere Gnuart Blaues Gnu neben dem Weißschwanzgnu und dem Weißbart- oder Streifengnu *(Connochaetes taurinus)* gibt. Das Blaue Gnu ist lediglich eine der fünf, in der Körperfärbung stark unterschiedlichen Unterarten des Weißbart- oder Streifengnus. Allerdings wurde es als erste Unterart wissenschaftlich beschrieben. Es weist von ihnen allen die dunkelste Färbung, nämlich dunkel schiefergraublau auf. Auch Kehle, Ohrenaußenseite, Schwanz, Hals- und Nackenmähne sind bei ihm dunkelbraun bis schwarz. Von dem der Art den deutschen Namen verleihenden Weißbart ist bei dieser in Südwestafrika lebenden, in Freiheit jedoch fast ausgerotteten Unterart Blaues Gnu *(Connochaetes taurinus taurinus)* allerdings nicht zu bemerken. Jener Bezeichnung werden aber andere Unterarten durchaus gerecht. Diese sind außerdem viel heller grau gefärbt. Die ebenfalls namengebende Streifung der helleren Unterarten, die sehr undeutlich auch noch am Blauen Gnu bemerkt werden kann, beruht auf einer schwach dunkleren Querstreifung des Körpers.

Das Weißbartgnu ist beträchtlich größer als das Weißschwanzgnu. Bei ihm fallen Rücken und Widerrist ziemlich schräg nach der tiefer liegenden Kruppe ab. Ludwig Heck schreibt über den Bau und die Hornform: »... namentlich der starke Kopf und Hals gibt ihm geradezu etwas vom Büffel, und solchem soll es auch, auf der Steppe weidend, tatsächlich von ferne oft zum Verwechseln ähnlich sehen ... Der lateinische Name *taurinus* (d. h. stierartig) ist nicht übel gewählt, zumal auch die Hörner erst nach den Seiten, dann aufwärts und schließlich wieder einwärts sich biegend, recht rinderähnlich sind«. In ihrer Lebensweise und in bezug auf den Lebensraum, nämlich Gras- und Buschsteppe mit erreichbaren Tränkstellen, an denen am Morgen und am Abend Wasser aufgenommen werden kann, sind die Gnus den Kuhantilopen recht ähnlich.

Erinnern uns die Gnus und Kuhantilopen in ihrem Habitus sehr an die Angehörigen der Gattung *Bos*, Eigentliche Rinder, so kann man gleiches von den beiden Arten der Gattung *Hippotragus*, Roßantilopen, in bezug auf unsere Hauspferde sagen. Auch die Namen der beiden Arten, Pferdeantilope *(Hippotragus equinus)* und Rappenantilope *(Hippotragus niger)*, deuten darauf hin. Während aber Gnus und Kuhantilopen, wie die Roßantilopen, tatsächlich näher mit den Eigentlichen Rindern verwandt sind, ist die Pferdeähnlichkeit der Roßantilopen nur eine phänotypische. Sehr auffällige Unterschiede gegenüber den Equiden repräsentieren die Spalthufe dieser pferdegroßen, kurz- und glatthaarigen Wiederkäuer und vor allem ihre gewaltigen, mit Querwülsten versehenen Hörner. Bei den Roßantilopen tragen beide Geschlechter kreisbogenförmig geschwungene Hohlhörner. Die Pferdeähnlichkeit wird, neben der Größe und Färbung, durch den Besitz einer Nackenstehmähne verstärkt.

Die Gattung *Hippotragus* ist außerhalb von Wüsten, Gebirgen und geschlossenen Urwaldzonen über ganz Afrika südlich der Sahara und Äthiopien verbreitet. Die Rappenantilope geht allerdings nicht so weit nach Norden wie die Pferdeantilope. Von beiden Arten sind einige Unterarten bereits völlig oder nahezu ausgerottet. Bei der häufig neben der Nackenmähne auch noch mit einer Halsmähne versehenen Pferdeantilope zeigen – im Gegensatz zur halsmähnenlosen Rappenantilope, deren Weibchen stets heller als die Böcke gefärbt sind – beide Geschlechter dieselbe Färbung. Außerdem sind bei ihr die mit einem Haarpinsel versehenen Ohrspitzen nach hinten unten gebogen, während die schmaleren und spitzeren Ohren der Rappenantilope aufrecht stehen und keinen Haarpinsel tragen. Die Hörner voll erwachsener Pferdeantilopen sind um ein Drittel kürzer als die weit mehr kreisförmigeren der Rappenantilope, die diesen Namen führt, da das Haarkleid der Oberseite ihrer alten Böcke, nicht aber der alten Weibchen, fast oder ganz schwarz gefärbt ist. Da der Bauch weiß bleibt, ergibt sich eine starke Kontrastfärbung. Die Schwänze der Pferde- und Rappenantilopen besitzen übrigens keinerlei Ähnlichkeit mit Roßschweifen. Es sind in einer Quaste endende »Kuhschwänze«.

Beide Arten bevorzugen als Lebensraum Baum- und Buschsteppen sowie Galeriewälder. Ihr Flüssigkeitsbedarf ist groß. Länger als zwei bis drei Tage können sie ohne Wasser nicht auskommen. Die Rudel bestehen in der Regel aus einem alten Bock und mehreren Weibchen mit ihren Jungen. Die Rudelführung obliegt einem alten Weibchen. Der Bock geht an letzter Stelle. In die Enge getriebene Roßantilopen scheuen sich nicht, für den Widersacher äußerst gefährliche Gegenangriffe zu unternehmen. Die mit vier Zitzen ausgestatteten Weibchen bringen nach einer neun Monate dauernden Trächtigkeit nur ein Junges zur Welt. In der Brunftzeit kämpfen die Böcke heftig um den Besitz eines Rudels. Wie die männlichen Gnus in gleicher Situation, lassen sie sich dabei auf den eingeknickten Vorderbeinen nieder und drücken ihre Hörner mit aller Kraft gegeneinander. Als Nahrung dienen den Roßantilopen sowohl Gräser und Kräuter als auch Triebe, Knospen und Blätter der Bäume und Sträucher ihres Biotops. Nur zur Trockenzeit unternehmen sie notfalls größere Wande-

Bevorzugte Biotope der in zahlreichen Unterarten über Afrika verbreiteten Wasserböcke oder Hirschantilopen sind an Sümpfe oder Gewässer grenzende Buschsavannen. Der abgebildete Ellipsenwasserbock *(Kobus ellipsiprymnus)* erhielt seinen Namen wegen der weißen, den dunklen Schwanz und dessen Spiegel umrahmenden Ellipsenzeichnung

rungen zu Wasserstellen. Zum Beginn der Regenzeit rotten sich manchmal Pferde- ebenso wie die Rappenantilopen in großen Rudeln von 60 und mehr Tieren zusammen. In der Steppe weiden und ruhen beide Arten zuweilen in lockerem Verband mit Straußen, Zebras, Büffeln und anderen Antilopenarten. Pferdeböcke strecken sich im Liegen nie völlig auf einer Körperseite aus, sie reiben und wälzen sich auch nicht. Pferde- und noch mehr Rappenantilopen sind in zoologischen Gärten außerordentlich repräsentative Schautiere, die sich überdies dort gut fortpflanzen. Sind Roßantilopen erst einmal eingewöhnt, dann können sie in Gefangenschaft bis zu etwa 15 Jahren leben. Allerdings müssen die Pfleger im Umgang mit ihnen sehr auf der Hut sein, da die Tiere oft unvermittelt zum Angriff übergehen. Sie tun das auch dann noch, wenn sie sich – wie das im Zoo leider oft geschieht – durch ständiges Reiben an Gitter- und Mauerwerk ihre Kopfwaffen bis zu unansehnlichen Stummeln heruntergescheuert haben. Nach der Geburt der jeweils ein bis zwei Jungen greifen selbst vorher absolut handzahme Weibchen der indischen Nilgauantilope, die keine Hörner tragen, nicht selten unvermittelt und ungestüm an.

Auch in Afrika gibt es eine Anzahl von Großantilopenarten zwischen Damhirsch- und Rothirschgröße, deren Weibchen ungehörnt bleiben. Das ist bei den Arten der Gattung *Aepyceros* (Impalas oder Schwarzfersenantilopen), *Redunca* (Riedböcke) und *Pelea* (Rheboks) der Fall. Sehr treffend gewählt ist – womit wir lediglich die Nennung von Antilopengattungen, bei denen die Weibchen ungehörnt sind, fortsetzen – der deutsche Name Wasserböcke für die Gattung *Kobus.* Sie umfaßt vier Arten mit insgesamt 29 Unterarten in der Größe vom Damhirsch bis zum Rothirsch. Diese vier Arten sind der am meisten bekannte Ellipsenwasserbock *(Kobus ellipsiprymmus),* auch Hirschantilope genannt, die eigentliche Moorantilope *(Kobus kob),* die Litschimoorantilope *(Kobus leche)* und die Weißnackenmoorantilope *(Kobus megaceros).* Außerhalb von geschlossenen großen Urwäldern und steileren Berggebieten sind Angehörige dieser Gattung südlich der Sahara und Äthiopiens bis nach Südafrika verbreitet. Der Ellipsenwasserbock verdankt seinen Namen einer sehr auffälligen weißgrauen bis weißen Binde in Ellipsenform, die von oberhalb der Schwanzwurzel bis tief auf die Hinterkeulen hinab den bei dieser Art dunkel gefärbten Spiegel umrahmt. Alle vier genannten Arten der Gattung *Kobus* halten sich in Buschsteppen und Waldungen auf, die nahe am Wasser liegen, oder leben überhaupt auf seicht überfluteten und sumpfigen Fluß- und Seemarschen. Bei Gefahr flüchten sie, wenn die Möglichkeit dazu besteht, ins Wasser. Sie sind vorzügliche Schwimmer, die auch gut tauchen.

Die Litschimoorantilope steht nach Hagen seit 1957 in Sambias Nationalparks unter völligem Schutz. Die dort noch vorhandenen letzten großen Herden wandern jeweils mit der steigenden und fallenden Flut des Kafue-Flusses und halten sich dabei an der Wasser-Land-Grenze auf. Leider ist ihr Bestand gefährdet, da durch den Bau von zwei Staudämmen die natürliche Überflutung der Marschwiesen ausfällt, so daß die typische Flußmarschvegetation als Nahrungsbasis fehlen wird.

Die Wasserböcke sind jedoch nicht die einzigen Antilopen Afrikas, die Sumpfgebiete bevorzugen. Noch ausgeprägter derartigen Biotopen angepaßt ist die bereits erwähnte Sumpfantilope oder Sitatunga *(Tragelaphus spekii)*, auch als Wasserkudu bezeichnet, aus der Gattung der Drehhornantilopen. Ein naher Verwandter der Sitatunga ist die Bergnyala-Antilope *(Tragelaphus buxtoni)* Südäthiopiens. Sie lebt jedoch weitab von Sumpf- und Überschwemmungsgebieten in grasig-felsigen Bergheidezonen noch oberhalb der Waldgürtel. Hier geht sie bis 3000 m. Außer dem nur damhirschgroßen Kleinen Kudu *(Tragelaphus imberbis)* gehören noch einige der schönsten afrikanischen Antilopen zur engeren Sitatunga-Verwandtschaft. Eine davon ist der ehemals weit in Afrika verbreitete, heute aber schon an vielen Stellen der Ausrottung sehr nahe Große Kudu *(Tragelaphus trepsiceros)*. Die Böcke des Großen Kudus erreichen fast Pferdegröße. Da diese Antilope im Bild wiedergegeben ist, erübrigt sich eine besondere Beschreibung der Gestalt, Zeichnung und Hörnerform. Weil sie fast täglich Wasser benötigt, ist ihr bevorzugter Biotop gewöhnlich steiniges, buschbestandenes Hügel- und Bergland in Wassernähe. Leider hat 1980 ein Massensterben unter den Kudus Südwestafrikas eingesetzt. An Tollwut verendeten bisher Zehntausende von Tieren. Die Übertragung erfolgt wahrscheinlich durch die im Speichel vorhandenen Viren, die durch Pferdelausfliegen und Tierläuse weiter verbreitet werden. Die Bekämpfung der Seuche ist unter Wildtieren kaum möglich.

Gebirgsurwälder in Gewässernähe bevorzugt der noch wenig bekannte west- und zentralafrikanische Bongo *(Tragelaphus euryceros)* als Biotop. Infolge seiner reichen weißen Streifen- und Fleckenzeichnung auf rotbraunem, glatthaarigem Untergrund darf er als die farbenprächtigste afrikanische Antilope bezeichnet werden

Die interessanteste und am leuchtendsten gefärbte Antilope aus dieser Gattung ist der pärchenweise im dichtesten Urwald West- und Zentralafrikas, vielleicht auch Ostafrikas, vorkommende, überall sehr verborgen lebende Bongo *(Tragelaphus euryceros)*. Über seine genauen Verbreitungsgrenzen und die Einzelheiten seiner Lebensweise ist noch sehr wenig bekannt. Bongos gehören noch heute für zoologische Gärten zu den begehrtesten und größten Kostbarkeiten. Bei dieser Urwaldart trägt auch das Weibchen Hörner. Sowohl völlig hornlose als auch gelegentlich wie die Böcke gehörnte Weibchen kommen dagegen bei der mit 23 Unterarten über ganz Afrika südlich der Sahara verbreiteten, der Sitatunga dem Äußeren nach recht ähnlichen Schirrantilope *(Tragelaphus scriptus)* vor. Ein zweiter, weit bekannter deutscher Name für sie ist Buschbock. Sie lebt im feuchten Urwald wie in Gebüschhorsten und Grasdschungeln inmitten der trockenen Steppe, aber stets in Wassernähe. Der Buschbock scheut sich nicht, standorttreu und hartnäckig in der Nähe menschlicher Ansiedlungen zu bleiben. Dort sucht er dann seine Nahrung in den Pflanzenkulturen. Notfalls ist er ein vorzüglicher Schwimmer.

Die ebenfalls in diesen engeren Verwandtschaftskreis gehörende, schon mehrfach erwähnte größte und schwerste rezente Antilope, die Elenantilope *(Taurotragus oryx)*, nimmt unter ihnen nicht nur durch ihre Maße und Gewichte eine gewisse Ausnahmestellung ein, sondern vor allem durch Lebensansprüche und Verhalten. Die von ihr am meisten geschätzten Lebensräume sind weiträumige Halbwüsten, offene Gras- und lichte Buschsteppen. Gern nehmen die Rudel in den angrenzenden Waldrändern ihren Einstand. Morastigen Untergrund müssen sie wegen ihrer Körperlast meiden. Fels- und steiniger Boden stören sie dagegen kaum. Außerdem sind Elenantilopen gute Kletterer, die bis in hohe Gebirgslagen gehen. Elenantilopen fehlen heute fast in keinem größeren Zoo. Hier sind sie oft recht ausdauernd,

Die größte und schwerste rezente Antilope ist die rudelweise vom Südrand der Sahara bis Südafrika als Steppentier vorkommende Elenantilope *(Taurotragus oryx)*, sie erreicht ein Gewicht bis zu 800 kg

werden sehr alt und pflanzen sich regelmäßig fort. Von besonderem Wert als Zooschautiere sind sie auch deshalb, weil sie gewöhnlich die ungefährlichsten und zugänglichsten Großantilopen im Huftierbestand des betreffenden Tiergartens sind. Die gewaltigen Tiere gehen meist nicht einmal in freier Wildbahn zur aktiven Gegenwehr über, wenn sie angegriffen und in die Enge getrieben werden. Auch untereinander sind sie erstaunlich friedfertig. So leben in ihren Rudeln von 20 bis manchmal 200 Tieren mehrere vollkräftige und begattungsfähige Bullen verhältnismäßig friedlich nebeneinander. Allerdings kämpfen auch sie um den Besitz der einzelnen brunftigen Kühe. Die meisten in den zoologischen Gärten und Tierparks außerhalb Afrikas gehaltenen Elenantilopen gehören heutzutage der ostafrikanischen, dort in freier Wildbahn noch nicht so stark gefährdeten Unterart an. Vor 100 Jahren zeigte man dagegen in den europäischen Menagerien und ersten zoologischen Gärten ausschließlich die Unterart aus dem Kapgebiet. Diese ist in freier Wildbahn längst ausgerottet, konnte aber wenigstens in einigen Reservaten erhalten werden. Die gute Eignung der Elenantilope zur Domestikation, zur Milch- und Fleischproduktion wurde schon früher erwähnt. Ebenso wie bei dem im Gegensatz zur Elenantilope inmitten des undurchdringlichen Urwaldinnern lebenden, aber nahe verwandten Bongo, sind bei allen fünf Unterarten beide Geschlechter mit kräftigen Hörnern ausgestattet.

Das ist auch bei den Angehörigen zweier weiterer Gattungen großer afrikanischer Antilopen der Fall, bei der in Nordafrika heimischen Mendesantilope *(Addax nasomaculatus)* und bei dem in einer Art und sieben Subspecies in Afrika und Arabien vorkommenden Spießbock oder der Säbelantilope *(Oryx gazella)*.

Unterfamilie Gazellinae – Gazellen

Eine der unter dem Sammelnamen Gazellen zusammengefaßten Arten ist die in Indien weit verbreitete Hirschziegenantilope *(Antilope cervicapra)*, deren paradoxer Artname eine gewisse äußere Ähnlichkeit mit Hirschen (Cervidae) und Ziegen (Caprinae) betont. Allerdings betrifft dabei der Vergleich mit den Hirschen mehr die Böcke, der mit den Ziegen mehr die Weibchen. Stammesgeschichtlich und anatomisch klaffen aber sowohl zu den Hirschen als auch – obwohl etwas weniger – zu den Ziegen relativ breite Lücken. Freilich sind Hirsche und Ziegen ebenso wie die Gazellen, Wiederkäuer und Paarhufer. Gazellen und Ziegen haben noch gemeinsam, daß sie nicht, wie die Rehböcke und alle anderen Hirsche, Geweih-, sondern Hohlhornträger sind.

Die 6 Gattungen mit 18 Arten und insgesamt 59 Unterarten der Unterfamilie Gazellinae sind äußerlich keineswegs einheitlich. Zwar haben sie alle einen schlanken, leicht gebauten Körper, ihre jeweils artlich gebundene Größe schwankt aber vergleichsweise zwischen der des weit unter der Größe des mitteleuropäischen Rehes bleibenden chinesischen Wasserrehes und eines südamerikanischen Guanakos. Der mit einer Endquaste versehene Schwanz kann bei den einzelnen Gazellenarten kurz bis lang sein. In bezug auf die Hörnerlänge, Hörnerform und äußere Ausstattung begegnet uns ebenfalls alles andere als ein einheitliches Bild. So gibt es Arten, die quergewulstete und andere, die Hörner mit glatter Oberfläche tragen. Bei der Hirschziegenantilope sind die Hörner der Böcke sogar mehrfach um ihre Längsachse gedreht. Bei dieser Art tragen die Weibchen keine Hörner. Das ist aber nicht bei allen 18 Arten der Normalfall. Allerdings sind bei jenen, deren Weibchen Hörnerträger sind, die Bockhörner meistens viel größer, länger und kräftiger. Auch bei den Gazellen gibt es Arten, deren Weibchen nur zwei Zitzen haben, andere dagegen vier, Voraugen-, Zwischenzehen- und Weichendrüsen sind bei den verschiedenen Arten in der Regel vorhanden. Nur der damhirschgroße, leider bereits fast ausgerottete Springbock *(Antidorcas marsupialis)* Südafrikas besitzt ein mähnenartiges Haargebilde. Alle anderen Gazellenarten haben als Schmuck ihrer glatten und kurzhaarigen Felle weder Bärte noch Mähnen. Beim Springbock handelt es sich um eine Rückendrüsenmähne. Bei dieser Art ist die Haut von der Rückenmitte bis fast zur Schwanzwurzel über dem Rückgrat verdoppelt und eingefaltet. Die inneren Faltenwände sind mit vielen, ein duftendes, gelbes, klebriges Sekret absondernden

Beide Geschlechter der hausziegengroßen indischen Hirschziegenantilope *(Antilope cervicapra)* unterscheiden sich stark. Das gegen die weiße Unterseite scharf abgesetzte Rückenfell der gehörnten, mehrjährigen Böcke ist schwarz, das der stets ungehörnten Weibchen sandgelb gefärbt

Talgdrüsen ausgestattet und mit bis zu 15 cm langen weißen Haaren bewachsen. In der Erregung, besonders bei der Flucht und beim Paarungsspiel, können diese Doppelfalten mit ihren langen weißen Haaren in Form eines Fächers bürstenartig ausgestülpt und emporgesträubt werden.

Recht seltsame Gazellenformen sind die bereits erwähnte, mit einem sehr langen Hals versehene Lamagazelle *(Ammodorcas clarkei)* und die noch langhalsigere Giraffengazelle *(Litocranius walleri)*. Letztere ist eine der eigentümlichsten Gestalten und wohl *der* Laubfresser unter den Antilopen Afrikas. Bei der Kurzschwanzgazellenart, der Mongoleigazelle *(Procapra gutturosa)*, besitzen die Böcke einen übergroßen Kehlkopf von besonderer Bauart und zur Paarungszeit eine kropfartige Kehlanschwellung. Ganz besonders interessant ist hier, daß die männlichen Mongoleigazellen zur Paarungszeit eine Maulblase ausstoßen können. Ein Analogon dazu finden wir auch noch bei den altweltlichen Kamelen. Auch bei diesen können die Männchen in der Brunftzeit die Gaumensegel als große Brüllsäcke aus einer Maulseite herausblasen. Die Mongoleigazelle darf dieser Eigentümlichkeiten wegen indessen nicht mit der zwar zu einer anderen Gattung gehörenden, jedoch ebenfalls mit einer kropfartigen Kehlanschwellung ausgestatteten eigentlichen Kropfgazelle *(Gazella subgutturosa)* verwechselt werden. Diese ist die bekanntere von beiden. Die Kropfgazelle ist das Charaktertier der Wüsten und Halbwüsten Irans.

Die truppweise in den Wüstengebieten Vorder-, Mittel- und Nordostasiens auftretende Kropfgazelle *(Gazella subgutturosa)*. Ihr sogenannter Kropf ist eine halbkuglige Kehlanschwellung, die nur bei brünstigen Böcken sichtbar ist

Der an den Giraffenhals stark erinnernde, überlange Hals der wenig mehr als rehgroßen ostafrikanischen Giraffengazelle *(Litocranius walleri)* leistet beim Herauspflücken von Laub aus Bäumen und Büschen ausgezeichnete Hilfe. Außerdem richtet sich das Tier dazu auf den Hinterbeinen auf und gelangt auf diese Weise an Pflanzenteile bis zu zwei Meter über dem Boden

Sie ist aber noch viel weiter verbreitet. Ihr gegenwärtiges Areal erstreckt sich außerdem vom östlichen Armenien bis nach Nordchina. In der West- und Ostmongolei treffen streckenweise die Mongoleigazelle und die Kropfgazelle aufeinander. In der Gobi wurden 1962 und 1964 mehrmals Sprünge von 8 bis 11 Kropfgazellen beobachtet. Im Juni, der Wurfperiode, bilden die Männchen Bockherden; in ihnen befinden sich auch einjährige noch nicht führende Weibchen. Als Nahrung dienen vorzugsweise Lauchgwächse. Im Winter schließen sich die Gazellen zu größeren Verbänden zusammen. Die Brunft findet im November/Dezember statt. Noch weiter nach Osten reicht das Verbreitungsareal der Mongoleigazelle. In der inneren Mongolei wurden 1956 am Hulunchi (Dalai-nor) fast täglich kleine oder größere Trupps von etwa 20 Tieren gesehen. Bei Herannahen des Lastwagens flüchteten sie schon auf 300 m Entfernung im Galopp. Die meisten Muttertiere führten je ein Kalb, Ende August waren sie etwa drei Viertel ausgewachsen. Leider haben beide Arten gegenüber früheren Berichten stark abgenommen, so daß sich eine vorübergehende Jagdruhe günstig auf die Populationen auswirken würde.

Die Färbung und Körperzeichnung der 18 Gazellenarten in allen Einzelheiten beschreiben zu wollen, ist verständlicherweise hier unmöglich. Es gibt unter ihnen ganz lichtgelblich, aber auch recht kräftig rotbraun gefärbte Formen. Bei einigen tritt Schwarz, zum Beispiel bei der Behaarung und Schwanzquaste, als Färbungs- und Zeichnungselement in Erscheinung. Bei der Hirschziegenantilope sind die erwachsenen Weibchen und die Jungtiere beider Geschlechter oberseits sand- bis gelbbraun, unterseits weiß. Mit Beginn der Geschlechtsreife verdunkelt sich bei den Hirschziegenantilopen-Jungböckchen – analog den Verhältnissen bei der Nilgauantilope – die Oberseite mehr und mehr. Bei alten, mehrjährigen männlichen Tieren kann sie schließlich vollkommen schwarz aussehen. Die Unterseite bleibt auch dann noch weiß, was einen starken Farbenkontrast ergibt.

Die Vertreter der Unterfamilie Gazellinae sind über ganz Afrika und von da über Arabien bis nach Ostasien verbreitet. Sie haben sich recht unterschiedlichen Lebensräumen und Klimaten angepaßt und können ebenso in der Ebene wie im Hochland auftreten. So lebt die Tibetgazelle *(Procapra picticaudata)* noch auf den schütter bewachsenen Hochflächen Tibets in 4000 bis 6000 m Höhe. Wenn wir die Gazellen im allgemeinen als Charaktertiere der Wüsten und Halbwüsten sowie der Gras-, Busch- oder Baumsteppe ansehen, so nicht völlig zutreffend. Es gibt auch Arten, die im lockeren bis dichteren Busch- und Bergwald vorkommen. Die Rudel- und Herdenstärke der einzelnen Gazellenarten ist unterschiedlich. In welchen Massen einst die heute fast ausgerotteten südafrikanischen Springböcke auftraten, kann folgendes Zitat von Haltenorth (1963) veranschaulichen: »Vor der starken Bestandsverminderung durch Abschießen und Landbebauen sammelten sich Springböcke in unregelmäßigem Abstand mehrerer Jahre zu Tausenden, Hunderttausenden und Millionen bis zu Hundertmillionen und wanderten über Hunderte von Kilometern. Ursache war vielleicht Futtermangel oder Durst, doch waren die Wandertiere oft sehr gut genährt und kann der Springbock zu normalen Zeiten monatelang ohne Wasser auskommen. Beim letzten großen Springbockzug 1896 bedeckten die Tiere eine Fläche von rund 225 km × 25 km ... In Namaqualand zogen in Abständen von rund zehn Jahren plötzlich Millionen von Springböcken ans Meer, tranken gierig Salzwasser und starben daran, so daß die Küste Leichensäume bis zu 50 km Länge aufwies.« Wenn anscheinend heute nicht mehr in diesen kaum vorstellbaren Kopfzahlen, so schließen sich doch gelegentlich oder periodisch immer noch andere Gazellenarten zu Großherden von mehreren Hunderten oder Tausenden von Tieren zusammen. Bei einigen Arten leben einzelne Böcke allerdings entweder mit ihren kleineren Familien, bei anderen mit einer großen Anzahl geschlechtsreifer Weibchen und deren Jungen zusammen. Diejenigen Böcke, die sich noch kein eigenes Rudel erobern konnten oder wegen Altersschwäche von einem jüngeren Bock aus dem Rudelverband vertrieben wurden, treten entweder zu Männchen-Rudeln zusammen oder als Einzelgänger auf. Besonders bei Hirschziegenantilopen pflegt in den verhältnismäßig engen Gehegen der zoologischen Gärten recht häufig der jeweils alleinstehende alte Rudelbock die heranwachsenden Jungböcke niederzukämpfen und zu Tode zu forkeln, sobald sie geschlechtsreif werden. In freier Wildbahn können sich ihm die gefährdeten Jungböcke entziehen, indem sie rechtzeitig das Weite suchen.

Wenn einst im Orient die Zierlichkeit, Gewandtheit und Schönheit »der Gazelle« in Sprüchen und Gedichten gepriesen wurde, so waren in erster Linie vier Gazellenarten das Vorbild dazu, die Edmi- oder Echtgazelle *(Gazella gazella)*, die Dorcasgazelle *(Gazella dorcas)*, die Dünengazelle *(Gazella leptoceros)* und die bereits erwähnte Kropfgazelle.

Alle vier Arten gehören der Gattung der Echtgazellen, *Gazella*, an und sind – oder waren, da der Ausrottung bereits sehr nahe – Charaktertiere des Nahen Ostens. Die weit nach Norden und Nordosten vordringende, ausschließlich asiatische Kropfgazelle wurde bereits erwähnt. Die wärmeliebende Edmigazelle ist von Rio de Oro und Marokko im Westen über Tunis und die Cyrenaika, Sinai, Palästina, Syrien, Irak, Arabien (bis nach Aden mit Einschluß der Farsan- und Hanischinseln), Belutschistan, Ostiran, Südafghanistan und Nepal bis nach Vorderindien verbreitet. Die etwas südlicher vorkommende Dorcasgazelle, die kleinste Gazellenart, treffen wir von Rio de Oro bis Israel, Syrien, Irak und Arabien an und die Dünengazelle von Südalgerien bis nach Arabien.

Die Dünengazelle ist am stärksten dem Wüstenleben im gebleichten, weichbodigen Sand angepaßt. Ihre Oberseite bleibt zeitlebens weiß- bis isabellgelb. Die in sandig-steinigen Ebenen lebende Edmigazelle ist oberseits stumpf rehbraun bis dunkel schiefergraubraun und die die Hartbodenwüsten bevorzugende Dorcasgazelle fahl hellbraun bis stark rotbraun gefärbt. Die Unterseiten aller drei Arten sind weiß. Bei allen liegt die Trächtigkeitsdauer zwischen fünf und fünfeinhalb Monaten. Die normale Jungenzahl je Geburt ist eins, manchmal kommen Zwillingsgeburten vor. Auch bei diesen Gazellenarten kann es zum ausnahmsweisen Zusammenschluß zu Großherden kommen, die dann Hunderte oder gar Tausende von Tieren umfassen. Der Wasserbedarf dieser Gazellenarten ist sehr gering. Sehr gern lecken sie Salz. Ihre Nahrung besteht aus Gräsern, Kräutern, Knospen und Trieben der spärlichen und sporadischen Vegetation in den bevorzugten Biotopen. Durchweg sind Gazellen außerordentlich schnelle und recht ausdauernde Läufer. Auf der Flucht machen sie im freien Gelände spontan hohe Luftsprünge. Ebensogut können sie auch mehrere Meter hohe Hindernisse überspringen. Die Edmigazelle ist kein ausgesprochener Kulturflüchter, denn beim Weiden auf bebauten Äckern kommt sie bis in Dorfnähe heran. Das Fleisch der Gazellen wird als sehr schmackhaft bezeichnet, ihre Felle werden in vielfacher Weise genutzt.

Die gegenwärtig noch am wenigsten von der Ausrottung bedrohten afrikanischen Gazellenarten sind die immer noch in Ostafrika in großer Zahl vorkommende Thomsongazelle *(Gazella thomsoni)* und die damhirschgroße Grantgazelle *(Gazella granti)*. Diese ist die größte Art der Gattung *Gazella*. Thomson- und Grantgazelle kommen in Ostafrika zuweilen nebeneinander vor, ohne sich jedoch zu vermischen; beide leben in der Gras- und Buschsteppe. Die Oberseite der Thomsongazelle sieht gewöhnlich hellbraun aus. Ein schmaler Keulenstreifen und der untere Flankenrand von dunkelbrauner bis schwarzer Färbung bilden die scharfen Abgrenzungen der dunkleren Oberseite zur weißen Unterseite. Bei der ebenfalls unterseits weißen Grantgazelle ist die Oberseite isabellfarben bis rötlichbraun. Hier sind Keulenstreifen und Flankenstreifen nur schwach blaßbraun angedeutet, falls sie bei einzelnen Unterarten nicht völlig fehlen. Im Gegensatz zu der nur rehgroßen Thomsongazelle, der dieses Merkmal fehlt, umgreift bei der Grantgazelle die weiße Färbung der Keulenrückseiten die Schwanzwurzel, wodurch ein Spiegel entsteht. Da diese Gazellenart auch in der dichten Buschsteppe vorkommt, ist ein solcher Signalfleck für den Rudelzusammenhalt bei der Flucht für sie von wesentlicher Bedeutung.

Unterfamilie Saiginae – Saigas

Die Gattung *Saiga* bildet eine eigene Unterfamilie Saiginae unter den Bovidae. Wegen des gazellenartigen Aussehens der in zwei Unterarten aufgeteilten einzigen rezenten Art *Saiga tatarica* bezeichnet man diese eigenartigen Wiederkäuer gewöhnlich als Saiga-Antilopen. Es ist aber besser, den Teilnamen »Antilopen« wegfallen zu lassen und nur von Saigas zu sprechen, da sie auch zahlreiche gemeinsame Merkmale mit den Caprinae haben. Die Saiga ist in vieler Beziehung ein hochinteressantes

Tier. Während des Diluviums war sie in Europa bis an den Atlantischen Ozean verbreitet. 1921 schrieb Soffel: »Noch im 16. und 17. Jahrhundert kamen Saiga-Antilopen bis in die südlichen Donauländer hinein vor. Sie waren noch häufig in der Ukraine, lebten in Polen bis in die Gegenden der Karpaten. Aus allen diesen Gebieten sind sie längst verschwunden. Und gar die Wanderzüge, von denen Glitsch – 1865 glaubte dieser, die Zahl der europäischen Saigas auf 10000 Stück schätzen zu können – berichtet, bei denen während starker Frostperioden ungeheure Scharen über die Wolga und den Ural wechselten, sind längst sagenhaft geworden. Heute ist sie auf einen kleinen Bezirk in Europa beschränkt, auf das Dreieck zwischen Wolga, Manytsch und Don.« 1963 erschien von Bannikow eine umfassende Monographie über die Saiga. Sie beginnt mit der Feststellung: »Im Verlaufe der letzten drei Jahrzehnte ist die Saiga-Antilope, vordem ein seltenes, aussterbendes Tier, zum häufigsten wilden Huftier der UdSSR geworden. Dank aktiver Schutzmaßnahmen der sowjetischen Regierung wurden Bestandsdichte und Areal der Art sehr schnell wieder hergestellt. Gegenwärtig kommen jährlich 250000 bis 300000 Saiga-Antilopen zur Strecke; das bringt der UdSSR einen Nutzen von 6000 t vorzüglichen Fleisches, 20 Mill. dm^2 Leder, technische Fette und Rohstoffe für Arzneimittel. Die Saiga-Antilope stellt ein hervorragendes Beispiel für ökonomischen Effekt und Wirksamkeit des Naturschutzes dar!« Weiter erfahren wir: »1960 betrug die Gesamtzahl der Saiga-Antilopen für das ganze Verbreitungsgebiet (in der Sowjetunion) also eine Fläche von etwa 2,5 Mill. km^2, annähernd 2 Millionen Stück. 400000 Exemplare davon entfielen auf den europäischen Verbreitungsraum von 150000 km^2 rechts der Wolga.«

An der Saiga fällt vor allem die große Ramsnase auf, die über den Unterkiefer hinausragt. Obwohl vorn abgestutzt, erscheint sie uns rüsselartig, da sie quergerunzelt und stark beweglich ist. In der Mitte ist sie durch eine Längsfurche geteilt. Dieses äußerlich dominierende Organ stellt eine spezielle Anpassung an die im Lebensraum häufigen Staub- und Schneestürme dar. Die Ohren sind im Winterfell kaum zu erkennen. Nur selten kommt einmal ein weibliches Tier mit Hörnern vor, die bei den Böcken 35 cm Länge erreichen können. Sie sind im Unterteil geringelt und von gelblichem, wachsartigem Aussehen. Die westeuropäische Unterart *Saiga tatarica tatarica* erreicht 80 cm Schulterhöhe, die mongolische *Saiga tatarica mongolica* etwa 60 cm.

Sommer- und Winterkleid der Saigas unterscheiden sich stark. Im Sommer besteht das Fell aus kurzen, glatt anliegenden sandbraunen Haaren, im Winter bedecken lange weißgraue Haare ein außerordentlich dickes und dichtes Unterwollhaarpolster. Der Haarwechsel dauert im Frühjahr nur 20 bis 30 Tage, die Herbsthärung dagegen zweieinhalb Monate. Saigas sind sehr salzbedürftig. Der Speisezettel dieser Tiere ist groß, und die Liste ihrer Futterpflanzen umfaßt nach Bannikow 118 Arten. Unter ihnen sind Gänsefußgewächse, Beifuß und Flechten von erstrangiger Bedeutung, bei der westlichen Unterart treten Gräser demgegenüber zurück. Interessanterweise soll die mongolische Unterart gern Gräser aufnehmen, Beifußarten aber, im Gegensatz zu den westlichen Saigas, fast völlig verschmähen. Diese Spezialisierung auf bestimmte Futterpflanzen macht die Saiga zu einem Problemtier in der Tiergärtnerei. Trotzdem wurden nach Pohle im Tierpark Berlin in 18 Würfen 24 Lämmer, auch in der zweiten Tierparkgeneration geboren. Die längste Haltungszeit betrug vier Jahre und neun Monate, während sie in Freiheit etwa 15 Jahre alt werden sollen. In Dürrezeiten und bei hohem Schnee rotten sich die weiblichen Tiere mit ihren Jungen zu gewaltigen Wanderherden zusammen. Ihnen folgen kleinere Bockherden. Gemeinsam überqueren sie, notfalls auch schwimmend, offene Ströme oder im Winter glatte Eisflächen, doch sind die Hufe mit ganz unterentwickelten Afterklauen zu solchen Eisüberquerungen recht schlecht geeignet. Deshalb sind sie in dieser Zeit durch Menschen und Raubtiere, besonders Wölfe und große Greifvögel, am meisten gefährdet. Erwachsene Geißen werfen meist Zwillinge, oft auch Drillinge. Die Zahl der geschlechtsreifen Böcke vermindert sich stark durch Rivalenkämpfe und nachfolgendes Siechtum, dem sie dann im Winter zum Opfer fallen. So ist das Verhältnis bei erwachsenen Saigas etwa 15 reife Böcke zu 100 fortpflanzungsfähigen Weibchen. Starke Böcke können sich Harems von 30 und mehr Weibchen erkämpfen. Die Paarungszeit liegt in den Wintermonaten. Die Tragzeit währt etwa fünf Monate. Die Setzzeit der Jungen liegt im April und Mai. Den Neugeborenen fehlen die Hörner noch, aber die bizarre Ramsnase tritt schon in Erscheinung. Ihr Fell ist etwas fahler als das der Alttiere und fühlt sich seidig an. Junge Saigas machen häufig von ihrer blökenden Stimme Gebrauch, Alttiere nur noch selten. Das Euter der Muttertiere hat vier Zitzen. Die Saugzeit der Jungen dauert bis zur nächsten Brunftperiode, erstreckt sich aber hauptsächlich auf die ersten fünf Lebensmonate. Bereits mit sieben Monaten sind die Weibchen tragfähig, die Männchen werden erst im zweiten Lebensjahr geschlechtsreif.

Vor der Volksrevolution (1921) wurde die Mongolische Saiga in großen Mengen erlegt. Trotz jahrelangen Schutzes hat sich der Bestand noch nicht wieder erholt. Früher jagte man die Saigas das ganze Jahr über, vor allem wegen ihrer Hörner, die zu Arzneimitteln verarbeitet wurden. In der Schargyn-Gobi mit dem Jeep verfolgte Saigas flüchteten in einer perlenschnurartigen Kette und sprangen von Zeit zu Zeit hoch in die Luft. Mit dem weit nach unten gesenkten Haupt erreichten sie beim Laufen größere Geschwindigkeiten als die Kropfgazellen.

Unterfamilie Pantholopinae – Tschirus

Den Saigas wahrscheinlich nahe verwandt sind die Tschirus. Deshalb werden sie als zweite, wenn auch sehr abweichende Gattung von manchen Säugetierkundlern zur Unterfamilie Saiginae gerechnet. Wir betrachten sie als eigene Unterfamilie Pantholopinae. Sie enthält nur die Art *Pantholops hodgsoni.* Dieser Wiederkäuer erinnert in Größe und Aussehen an Gazellen. Man hat deshalb die Tschirus, auch Orongos oder Chirus genannt, häufig als Tibetantilopen bezeichnet. Nur die Böcke tragen Hörner, die bis zu 70 cm Länge erreichen. Die Euter der Weibchen haben im Gegensatz zu den Saigas nur zwei Zitzen. Die große Ramsnase der Saigas fehlt den Tschirus zwar, aber auch sie können die Nüstern stark aufblähen. Die Nasenbeine sind im Gegensatz zu denen der Saigas voll ausgebildet. Die Nebenhufe der Tschirus sind verschieden geformt. Die äußeren sind klein und rundlich, die inneren breit und flach.

Über die Tschirus wissen wir verhältnismäßig wenig. Leider ist diese seltene und seltsame Wiederkäuerform jetzt von der Ausrottung bedroht. In Tadshikistan gab es vor Jahrzehnten nur noch vereinzelte Stücke. Seitdem sie unter Naturschutz gestellt wurden, treten wieder große Herden auf. Ihr Lebensraum sind außerdem die baumlosen tibetischen Hochsteppen über 4500 m Höhe. Da die Tiere einen hohen Wasserbedarf haben, sind sie gezwungen, sich in erreichbarer Nähe von Gewässern, vor allem der großen Hochplateau-Seen, aufzuhalten. Das wird ihnen im ungedeckten Gelände häufig zum Verderben.

Auch bei den Tschirus erkämpfen sich starke Männchen große Harems. Über den Fortpflanzungszyklus ist wenig bekannt. Die Tragzeit wird mit rund sechs Monaten angegeben, die Jungenzahl mit eins bis zwei. Eine Eigenart der Tschirus ist, daß sie sich mit den Hufen und Nebenhufen relativ tiefe Windschutzgruben in den Boden graben. Darin sind sie vor den Staub- und Schneestürmen einigermaßen geschützt. In solchen Sassen soll das Weibchen auch seine Jungen werfen. Im Winter rotten sich diese Wiederkäuer zu größeren Herden zusammen, während sie im Sommer in kleineren Trupps auftreten. Auch von den Tschirus sind jahreszeitliche Massenwanderungen bekannt. Sie sind etwas größer als Saigas und können Körperhöhen bis 1 m erreichen. Ihre Nahrung sind Gräser und Kräuter der tibetischen Hochebenen.

Unterfamilie Caprinae – Böcke

Die Vielfalt der Angehörigen der Wiederkäuerunterfamilie Caprinae versucht der deutsche Sammelname Böcke auszudrücken. Er ist von den Steinböcken abgeleitet, obwohl noch acht weitere Gattungen zu den Caprinae gehören. Durchweg sind es ziegen- und schafgroße Säugetiere. Die Weibchen haben zwei oder vier Zitzen. Die neun Gattungen wilder Caprinae bewohnen Eurasien, Nordafrika und Nordamerika. Beide Geschlechter tragen in der Regel Hörner. Aus zwei Gattungen – *Capra* (Ziegen) und *Ovis* (Schafe) – hat der Mensch Haustiere gewonnen, die durch ihn über die ganze Erde verbreitet wurden. Bei einigen Rassen von diesen sind durch Auslese und Zuchtlenkung beide Geschlechter hornlos.

Die kleinsten Böcke gehören zur Gattung

In Gebirgsregionen des Amurgebietes zwischen 1000 bis 4000 m hat der Langschwanz- oder Nordchina-Goral *(Nemorhaedus goral caudatus)* seine Heimat. Ab Pandschab nach Osten und Nordosten zu sind die rehgroßen Gorale in vielen asiatischen Gebirgen heimisch

Nemorhaedus, Gorale. Die einzige rezente Art *Nemorhaedus goral* umfaßt sieben Unterarten, die vom Pandschab über weite Gebiete Mittelasiens bis nach China, in das Amurgebiet und Korea verbreitet sind. Die Weibchen haben vier Zitzen. Auge und Geruchssinn sind sehr gut entwickelt. Die Gorale klettern und springen ausgezeichnet. In ihrer Lebensweise ähneln sie weitgehend den Gemsen, deren Körperhöhe sie aber im allgemeinen nicht ganz erreichen. Sie vereinen in sich anatomische Merkmale der Antilopen und Wildziegen. Das gilt auch für ihr Verhalten. Das Winterkleid ist reich an Unterwolle. Die Fellfarbe der einzelnen Unterarten ist verschieden – von aschgrau bis schwarzbraun. Unter der Kehle tragen die Tiere einen hell- bis orangegelben Fleck. Es kommen kurz- und langschwänzige Unterarten vor. Sie alle bewohnen Bergmatten und lichte Gebirgswälder in Höhen von 1000 bis 4000 m. Das Muttertier bringt nach etwa sechsmonatiger Tragzeit ein, manchmal auch zwei Junge zur Welt, die nach ungefähr eineinhalb Jahren geschlechtsreif werden. Die sehr standorttreuen Gorale leben in kleinen Trupps zusammen und sollen auf Felsen und schrägen Bäumen einen regelrechten Auslugdienst zur Sicherung des jeweiligen Trupps unterhalten. In europäischen zoologischen Gärten sind sie selten zu sehen. Nach dem zweiten Weltkrieg war der Bergzoo Halle mehrere Jahre der einzige Tiergarten der DDR, der als besondere Kostbarkeit einen aus der Sowjetunion importierten männlichen Goral besaß. Er traf halbwüchsig ein und entwickelte sich zu einem prächtigen Tier. Seine Futteransprüche und sein Salzleckbedürfnis entsprachen ganz denen der Wildziegen. Anfangs war er recht zahm, sobald er jedoch geschlechtsreif wurde, griff er, meist allerdings nur spielerisch, seine Pfleger an.

Den Goralen nahe verwandt ist die Gattung Waldziegenantilopen oder Seraue, *Capricornis.* Auch von ihr kennen wir nur eine Art *(Capricornis sumatrensis)* mit 14 Unterarten. Seraue sind beträchtlich größer als Gorale. Sie erreichen Körperhöhen von über 1 m, Gorale höchstens von 75 cm. In Mittelasien besiedeln Seraue teilweise dieselben Gebirgsräume wie die Gorale. Sie kommen aber auch weiter südöstlich bis Sumatera, nach Norden über Taiwan bis nach Japan vor. In ihrer Lebensweise ähneln sie sehr den Goralen. Standorttreu wie diese, bevorzugen die Seraue jedoch Biotope, die von den Goralen wegen ständig zu hoher, ihnen unzuträglicher Luftfeuchtigkeit gemieden werden. Solchen Räumen sind die Seraue weit besser angepaßt. Auch sie leben in Höhen bis über 4000 m. Einige Unterarten sind inzwischen fast ausgerottet. Im Süden der USA hat man Seraue mit Erfolg in geeigneten Gebirgsgegenden eingebürgert.

Eine Brücke von den Goralen und Serauen Mittel- und Ostasiens zu den westeurasischen (europäischen und kleinasiatischen) Gemsen schlägt die Gattung *Oreamnos*, die hausziegengroßen Schneeziegen. Diese leuchtend weißgelben bis schneeweißen Klettertiere kommen von den höheren Gebirgsregionen Nordwestamerikas bis in die Hochgebirge Alaskas vor. Typisch für Schneeziegen und Gemsen als Tiere des Hochgebirges ist die Verschiebung der Höhe des Standortes, bedingt durch tiefen Schnee und damit einsetzenden Nahrungsmangel. Ihr Schädelbau ähnelt sehr dem der Gorale, in der Körpergröße erreichen sie die

Seraue. Wie diese beiden Arten und die ihnen noch näher verwandten Gemsen besitzen die weiblichen Schneeziegen vier Zitzen. Die Gattung *Oreamnos* enthält ebenfalls nur eine Art *(Oreamnos americanus)* mit vier Unterarten. Einen scheinbar sehr starken Gegensatz zum weißen Fell bilden die schwarzen Hörner und Hufe der Schneeziegen. Dieser Kontrast ist aber nur außerhalb ihres natürlichen Lebensraumes auffällig. In ihrem rauhen Biotop, vor allem, wenn Schnee liegt, ist er durchaus nicht festzustellen, denn die naßschwarzen, teilweise mit Schnee bedeckten Gerölle zeigen ihn gleichermaßen. Die Färbung der Schneeziegen hat also durchaus den Charakter einer Schutzfärbung, besonders, wenn sich ein Rudel zum Wiederkäuen niedergelegt hat. Die dickwolligen Lämmer wirken dann wie Schneeklumpen. Bei den Jungtieren zeigen sich nicht selten einige graubraune Haare entlang der Rückenlinie. Die Schneeziege setzt ihre spitzen Hörner nur selten als Waffen ein, sie werden dagegen eher zum Drohen benutzt. Wie bei beiden Geschlechtern der Gemsen befindet sich bei männlichen und weiblichen Schneeziegen hinter jedem Horn eine Drüse, mit deren Sekret Pflanzen markiert werden. Das Fell erwachsener Tiere fühlt sich wegen seiner vielen langen Grannenhaare rauh an. Besonders beim Winterkleid enthält es jedoch darunter dichte und weiche Unterwolle. Nacken und Widerrist, Kreuzgegend und Kruppe sind von mähnenartigen Haarschöpfen bedeckt. Jährlich findet nur ein Haarwechsel statt. Nach einer Trächtigkeitsdauer von sechs Monaten kommen ein bis zwei Lämmer zur Welt. Diese sollen erst im dritten Lebensjahr geschlechtsreif werden. In Lebensweise und Standorttreue verhalten sich Schneeziegen ähnlich wie Gorale und Seraue. Während sie früher intensiv gejagt wurden, stehen sie heute unter Schutz. Man hat sich sogar bemüht, ihr Areal durch Aussetzen in bisher von ihnen nicht besiedelte, klima-

Von Alaska bis nach Süd-Dakota lebt auf den hohen kalten Gebirgsketten des nordwestlichen Nordamerikas rudelweise die Schneeziege oder richtiger Schneegemse *(Oreamnos americanus).* Das Fell dieser halsbrecherischen Kletterer bleibt das ganze Jahr über weiß

tisch geeignete nordamerikanische Gebirge zu erweitern.

Obwohl Schneeziegen und Gemsen äußerlich einander wenig ähnlich sind, lassen zahlreiche anatomische Merkmale eine recht nahe Verwandtschaft beider Gattungen vermuten. Für beide ist der Besitz der schon erwähnten Markierungsdrüsen, die bei den Gemsen als Brunftfeigen bekannt sind, typisch.

Auch die Gattung Gemsen *(Rupicapra)* wird nur von einer Art *(Rupicapra rupicapra)* repräsentiert. Sie ist in Europa von den Pyrenäen bis zum Kaukasus, in Kleinasien im Pontus und Taurus verbreitet. Da diese Hochgebirgstiere heute praktisch auf den jeweils bewohnten Gebirgen endemisch sind, also keine Wechselbeziehungen der Bestände untereinander mehr bestehen, hat sich in jedem europäischen Hochgebirge eine eigene Unterart herausbilden können. Insgesamt kennen wir neun solcher isolierten Unterarten. Am weitesten westlich kommen zwei auf der Iberischen Halbinsel vor, je eine im Kantabrischen Gebirge und in den Pyrenäen. Diese sind aber nahezu ausgerottet. Dasselbe gilt für die östliche Unterart, die kleinasiatische Pontusgemse. Am bekanntesten ist die Alpengemse *(Rupicapra rupicapra rupicapra)*. Sie wird ebenso wie die Karpatengemse *(Rupicapra rupicapra carpatica)* gut gehegt und durch Jagdgesetze geschont, so daß mit einer Ausrottung nicht gerechnet werden muß. Die rumänische Karpatengemse ist die größte geographische Rasse. Bei Beginn des zweiten Weltkrieges waren etwa 5000 Stück vorhanden. Nach dem Kriege sank die Anzahl auf 1500 Tiere. Inzwischen hat der Bestand wieder seine ursprüngliche Zahl erreicht. Des weiteren sind Gemsen in vielen der Mittelgebirge, die nördlich ihrer ursprünglichen Ausbreitungsgrenze liegen, angesiedelt worden. Auch im Elbsandsteingebirge gibt es jetzt stärkere Gemsenbestände, die sich dort fortpflanzen und gut gedeihen. Der Bestand geht nach Briedermann auf Alpentiere zurück, die 1907 und 1936 ausgesetzt worden sind. Der Frühjahrsbestand betrug 1960 in der Sächsischen Schweiz etwa 20, in der Böhmischen Schweiz etwa 130 Individuen, die sich auf etwa 14000 ha Einstandsfläche verteilen. In Frankreich kommt die Gemse im Gebirgsmassiv der Chartreuse sowie in den südlichen Hochvogesen vor. Auf den Britischen Inseln, auf Island und in Skandinavien fehlt sie. Neben vielen anderen Säugetieren (z. B. Rothirsch, Rotfuchs, Kaninchen und Igel) ist die Gemse auch in den Neuseeländischen Alpen eingebürgert worden, so daß man von einer weitgehend europäisierten Fauna sprechen kann – in einem ursprünglich von Säugetieren nahezu freien Gebiet. Die Unterarten unterscheiden sich vornehmlich in Einzelheiten der Färbung. Die Alpengemse trägt ein kurzes glattes, an Unterwolle armes, rehrotes Sommerkleid mit dunkleren Beinzeichnungen (in der Jägersprache »Strümpfe« genannt) und Aalstrich. Das Winterkleid ist schwarzbraun und enthält dichte feine Unterwolle. Gesicht und Hals der Gemsen besitzen auffällige gelbweiße Abzeichen. Aus der Rückenmähne wird der berühmte »Gamsbart«, ein beliebter Hutschmuck der alpenländischen Jäger, angefertigt. Die Hufe sind klobig und gewährleisten durch ihre Breite einen sicheren Tritt. Der

Die Gemse *(Rupicapra rupicapra)* – als Rudeltier ein sprunggewandter Felsenkletterer. Sie kommt in zahlreichen Mittel- und Hochgebirgen Europas und Kleinasiens vor

überstehende Hufrand ist der härteste Teil des Hufes. Zedtwitz hat ihm besondere Aufmerksamkeit gewidmet: »Rutscht der Huf auf einem Felszacken aus, so verhakt sich der Hufrand und hält das Tier.« Daneben sind die einzelnen Hufhälften stark gegeneinander verstellbar. Auch die Afterklauen sind ergänzende Stützmittel.

Eigentümlich ist das Gehörn der Gemsen, das der Weidmann »Krickeln« oder »Krucken« nennt. Männliche und weibliche Stücke tragen Hörner. Sie stehen ungefähr senkrecht und fast gerade auf dem Schädel und bilden oben einen scharfen Haken. Der jährliche Hornzuwuchs läßt sich an Jahresringen nachweisen. In Freiheit werden Gemsen bis 20 Jahre alt. Sie leben in Rudeln und Höhen von etwa 700 bis 3 500 m. Die Paarungszeit fällt in den Spätherbst. Nach einer Tragzeit von etwa 190 Tagen werden hauptsächlich im Mai die graugelb bis graubraun gefärbten, zunächst hornlosen ein bis (in seltenen Fällen) drei Jungen geboren. Diese werden etwa sechs Monate lang am vierzitzigen Euter der Mutter gesäugt, aber erst im dritten Lebensjahr geschlechtsreif. Bei Gefahr warnen die Gemsen durch schrille Pfiffe. In zoologischen Gärten des Tieflandes gedeihen Gemsen gewöhnlich schlecht. In ihrer Gebirgsheimat selbst lassen sich jedoch Junge recht gut aufziehen und halten.

Hatten die Weibchen der Gorale, Seraue, Schneeziegen und Gemsen stets vier Zitzen, so finden wir bei den vier Unterarten von *Hemitragus jemlahicus*, der einzigen Art der Gattung *Hemitragus*, Tahre, wechselnde Zitzenzahlen. Die am längsten bekannte Unterart, der Himalaja-Tahr *(Hemitragus jemlahicus jemlahicus)*, besitzt ebenfalls vier Zitzen, wahrscheinlich auch der etwas größere Sikkim-Tahr *(Hemitragus jemlahicus schaeferi)*. Die beiden geographisch weit von diesen getrennten Unterarten, der vorderindische Nilgiri-Tahr *(Hemitragus jemlahicus hylocrius)* und der auf den Randgebirgen Südarabiens nur noch in ganz geringer Zahl vorkommende Arabische Tahr

Weiblicher Tahr *(Hemitragus jemlahicus)*. Erstaunlich ist die sporadische Verbreitung dieses Hochgebirgswiederkäuers. Seine Unterarten finden sich im Himalaja, dann weit davon entfernt in den Nilgiri-Bergen Südindiens und auf den Randgebirgen Südostarabiens

(Hemitragus jemlahicus jayakiri), haben hingegen zwei Zitzen wie die echten Ziegen und Schafe. Wenn also etwas die Berechtigung der deutschen Übersetzung des wissenschaftlichen Namens *Hemitragus* mit »Halbziege« besonders deutlich zum Ausdruck bringt, dann gerade diese verschiedenen Zitzenzahlen schon bei den vier Tahrunterarten. Die Tahre in ihrer Gesamtheit nehmen aber auch sonst noch eine Zwischenstellung zwischen den Rupicaprini (Gemsenartigen) und den Caprini (Ziegenartigen) ein. Ihre Lebensweise im Mittel- und Hochgebirge bis zu 3 500 m hinauf ähnelt sehr der der Gorale, denn auch sie bevorzugen unbewaldetes Gelände. In unseren zoologischen Gärten sieht man gewöhnlich nur die rot- und schwarzbraunen Himalaja-Tahre. Die erwachsenen Böcke haben die Größe von sehr großen Hausziegenböcken, erscheinen aber durch ihre hellere Nacken- und die in sie übergehende und sie fortsetzende dunklere Widerristmähne viel massiger. In geeigneten Gehegen und bei ihnen zusagenden klimatischen Voraussetzungen gelingt gelegentlich auch in unseren Tiergärten die Aufzucht junger Tahre. Sonst sterben die Lämmer leider sehr oft schon in den ersten Lebenstagen oder -wochen. Die Tahrlämmer sind reizende, gelbgrau gefärbte Tierkinder. Das Fell der Außenseite ihrer Vorderbeine zeigt eine dunklere Zeichnung als das übrige Haarkleid. Diesen »Vorderbeinschienen« begegnen wir wieder bei den Lämmern der Caprini, also der eigentlichen ziegenartigen Wiederkäuer.

Zur Tribus Caprini gehören die Gattungen *Capra* (Wild- und Hausziegen), *Ammotragus* (Mähnenziegen) *Pseudois* (Nahurs oder Blauschafe) und *Ovis* (Wild- und Hausschafe).

Bei allen vier haben die Weibchen nur zwei Zitzen. Über den engeren und weiteren Verwandtschaftsgrad dieser vier Gattungen herrschen zur Zeit noch recht geteilte Meinungen unter den Säugetierforschern. Sehr stark umstritten sind auch die verwandtschaftlichen Verhältnisse in der Gattung *Capra.* Wir wollen hier aus rein didaktischen Gründen dem Beispiel Haltenorths folgen, der in dieser Gattung vier gute Arten mit zusammen 25 Unterarten aufrechterhält. Damit steht er freilich im Gegensatz zu den Auffassungen von Kesper, Herre und Röhrs einerseits, zum anderen auch des Verfassers, die jene vier markanten Phänotypen lediglich als Angehörige einer in vier charakteristischen Unterartengruppen aufgefächerten Großart ansehen möchten.

Nach Heck (1972) wiederum gehören zur Gattung *Capra* sieben Arten von Steinböcken und Wildziegen, von denen fast jede eine Reihe von Unterarten oder geographischen Rassen bildet. Es sind dies:

1. der Sibirische Steinbock
2. der Nubische Steinbock
3. der Kaukasische Tur
4. der Alpensteinbock
5. der Spanische Steinbock
6. die Bezoarziege
7. die Schraubenziege, der Markhor.

Äußerliches Hauptunterscheidungsmerkmal sind die charakteristischen Gehörnformen, die von den vier Arten kurz beschrieben werden sollen: Bei den Bezoarziegen *(Capra aegagrus)* tragen die Böcke große und schwere Säbelhörner, die ihre Schmalkante auf der Vorderseite aufweisen, im Querschnitt tropfenförmig und

Der im Ostkaukasus beheimatete Daghestanische Tur oder Rundhornsteinbock *(Capra ibex cylindricornis)* trägt glatte, ungeknotete Kopfwaffen

im Halb- oder Dreiviertelkreis nach hinten und oben geschwungen sind. Diese Hörner zeigen auf der vorderen, der Schmalseite, meist sechs bis zwölf niedrige, ziemlich weit voneinander abstehende Knoten.

Die Steinböcke *(Capra ibex)* haben im Gegensatz dazu an den klobigen Bockhörnern mit drei- bis nahezu viereckigem Querschnitt die Breitkante auf der Vorderseite. Aus dieser wölben sich in ziemlich dichter Aufeinanderfolge die Knoten als starke Querwülste heraus. Lediglich der zu ihnen gehörende Ostkaukasische Tur *(Capra ibex cylindricornis)* trägt ein mehrfach geschwungenes und dadurch recht schafbockähnliches Hörnerpaar ohne auffällige oder fast ohne Knotenbildung.

Bei den Iberischen Steinböcken *(Capra pyrenaica)* zeigen die einander zugekehrten Innenseiten beider Hörner die Kanten. Diese Hörner sind aufwärts-seitwärts-rückwärts und zur Spitze hin wiederum innenwärts-aufwärts geschwungen. Die Tiere sind jetzt nahezu ausgerottet. Früher erstreckte sich ihr Verbreitungsgebiet über die Hochgebirge der Pyrenäenhalbinsel.

Unter den Schraubenziegen oder Markhoren *(Capra falconeri)* haben die sieben Unterarten recht verschieden gestaltete Hörner. Ihr prinzipieller Bauplan ist dennoch für die gesamte Art gleich. Jedes Einzelhorn ist von innen nach außen um seine Längskante mehr oder minder weit schraubenförmig oder eng korkzieherartig gedreht. Ihr Verbreitungsgebiet erstreckt sich von Südusbekistan, Südwesttadshikistan, Afghanistan, Kaschmir, dem Pandschab bis Belutschistan. Überall dort sind die Markhore infolge unablässiger Verfolgungen sehr selten geworden. Einige Unterarten sind wahrscheinlich schon ausgerottet.

Die Bezoarziege kommt – von vielen Teilbereichen ihres rezenten Areals muß man leider schon sagen: kam früher – in Südosteuropa, im Kaukasus, in Transkaukasien, Kleinasien, Turkmenien, Belutschistan und West-Sindh vor. Noch vor wenigen Jahrzehnten war sie viel weiter verbreitet und zahlreicher. In prähistorischer Zeit kam sie wahrscheinlich auch noch weit bis in europäisches Gebiet hinein vor.

Heute ist sie auch in ihren letzten europä-

Als Hauptstammform der Hausziegen wird die noch in einigen Gebirgen Klein- und Vorderasiens vorkommende Bezoarziege *(Capra aegagrus)* angesehen

ischen Refugialvorkommen – auf einigen südosteuropäischen Inseln – entweder ganz oder annähernd ausgerottet. Die Kretische Wildziege oder Agrimi *(Capra aegagrus cretica)* lebt in den weißen Bergen von Kreta. Da die Art stark vom Aussterben bedroht ist, wurde der Lebensraum zum Nationalpark erklärt. Rund 300 Tiere, zum Teil mit Hausziegeneinkreuzungen, waren 1963 noch vorhanden. 1930 wurde das erste noch reinrassige Paar auf die Insel Theódoros vor Nordkreta ausgesetzt.

Der Bestand wuchs bis 1973 auf 97 Tiere an. Obwohl die Agrimi-Population noch weitgehend stabil ist, sind deutliche Anzeichen einer Überalterung vorhanden. Die Verschlechterung des Nahrungsangebotes durch Überweidung der nur 68 ha großen Insel hat zu einer Reduzierung der Nachwuchsrate geführt. Dieses Beispiel zeigt, wie schwierig es ist, eine in sich geschlossene Population auf einem isolierten Territorium zu erhalten.

Die Bezoarziege gilt als hauptsächliche Stammutter aller Hausziegen, bei einigen Zoologen sogar als die alleinige. Das ist jedoch nicht ohne begründeten Einspruch anderer Säugetierkundler geblieben, die ein gewisses anteiliges Mitwirken der drei weiteren bereits genannten Wildziegenarten im Laufe der Haustierwerdung unserer Hausziege wahrscheinlich machen konnten. Dafür, daß auch die anderen drei Arten zu den Ahnen der Hausziegen gehören, spricht die Tatsache, daß sich alle vier unbegrenzt fruchtbar miteinander kreuzen können, desgleichen mit Hausziegen jeder Rasse. Außerdem sind sich die weiblichen Tiere der vier wilden *Capra*-Arten im Grunde genommen untereinander erstaunlich ähnlich. Lediglich die Schraubenziegenweibchen sind leichter von den anderen zu unterscheiden, da ihre kleinen Hörner auch die Schraubendrehung aufweisen. Darüber hinaus sind an ihnen kaum noch wesentliche Unterschiede zu den Weibchen der anderen Wildziegenarten zu bemerken. In jeder *Capra*-Art beobachtet man allerdings unterartliche Schwankungen in der Färbung, die aber ähnlich bei gewissen Unterarten der anderen Arten wiederkehren können. Die jeweiligen Färbungen allein sind jedenfalls bei den Wildziegen kein sehr wesentliches Art- oder Unterartkriterium. Interessant ist nun, daß in den Überschneidungszonen der Verbreitungsgebiete dieser vier Wildziegenarten sowohl Bezoarziege und Markhor oder Steinbock und Markhor als auch Bezoarziege und Steinbock nebeneinander vorkommen können, offenbar ohne sich zu kreuzen. Als Erklärung dafür werden unter anderem folgende Faktoren vorgebracht: Nichtübereinstimmen der Brunftzeiten, Bevorzugen verschiedener Höhenlagen und Habitateigentümlichkeiten und – als wohl besonders ausschlaggebend – innerartliche Verhaltensunterschiede, speziell im Paarungsvorspiel. Allerdings können außergewöhnliche Zwangslagen eintreten, die beispielsweise die zuletzt genannten instinktiven »Vorbehalte« weitgehend gegenstandslos machen. Daß in freier Wildbahn mindestens Kreuzungen zweier recht unterschiedlicher Subspecies einer Art stattfinden, erweist die Steinbockbesiedlung des Kaukasus. Dort treffen streckenweise vom Westen her der Westkaukasische Steinbock *(Capra ibex severtzovi)* und vom Osten der rundhörnige Ostkaukasische Steinbock oder Tur *(Capra ibex cylindricornis)* aufeinander. In solchen Gebieten finden sich dann Böcke, deren Gehörne in graduell abgestufter Ausprägung deutlich den Mischlingscharakter ihrer Träger offenbaren. In Georgien sind jetzt von seiten staatlicher Zuchtanstalten großangelegte Bastardierungen zwischen rundhörnigen Ostkaukasischen Turböcken und Hausziegen im Gange. Dem Zuchtziel, der Erlangung einer großen, schweren und sehr widerstandsfähigen Gebirgshausziegenrasse, ist man schon sehr nahe gekommen.

Da sich die vier Arten der nur auf Eurasien und Afrika beschränkten Gattung *Capra* in Lebensweise, Verhalten und den äußeren und inneren Merkmalen weitgehend ähnlich sind, soll hier lediglich die Art *Capra ibex*, der Steinbock, besonders die mitteleuropäische Unterart *Capra ibex ibex*, der Alpensteinbock, behandelt werden. Das ist um so berechtigter, als *Capra ibex* sich auch in der jüngsten Erdgegenwart noch immer das größte Areal unter allen vier Arten bewahren konnte. Nur diese Art kommt in drei Erdteilen, Europa, Asien und

Der Sibirische Steinbock *(Capra ibex sibirica)* trägt wie der ihm eng verwandte Alpensteinbock die vielfach geknotete Breitseite seiner schweren Hörner nach vorn gerichtet. Steinböcke leben im Hochgebirge bevorzugt zwischen Waldgrenze und dem ewigen Schnee

Afrika, vor. Allerdings handelt es sich heute leider fast überall um Restbestände der insgesamt elf rezenten Unterarten. Die rein asiatischen Vertreter gehören zu sechs Unterarten, die aber im allgemeinen in europäischen zoologischen Gärten durchweg als Sibirische Steinböcke *(Capra ibex sibirica)* bezeichnet werden, da sie lediglich von Spezialisten im Erscheinungsbild auseinander gehalten werden können. In Vorder- und Kleinasien, Israel, Arabien, auf der Sinai-Halbinsel, in Nordostafrika und Unterägypten lebt der Nubische Steinbock *(Capra ibex nubiana)*, den schwarzweiße Beine und ein schwarzer Aalstrich auf rostgelber Färbung sowie der längste Bart unter allen seinen Artgenossen auszeichnen. Der Abessinische Steinbock (*Capra ibex walie)* hat zwar einen kürzeren Bart, und normalerweise fehlt ihm der Aalstrich, er ist aber sonst dem Nubischen Steinbock sehr ähnlich.

Haltenorth gibt als Gesamtverbreitungsraum von *Capra ibex* an: »Alpen, Karawanken, Hohe Tatra, Kaukasus, afghanische und zentralasiatische Hochgebirge südostwärts bis Karakorum und Gangesquellen im Himalaja einerseits und ostwärts bis Sajanisches Gebirge anderseits, ferner in Nordost-Afrika, Südwest-Arabien, Sinai-Halbinsel, Palästina, Transjordanien und Süd-Syrien.«

Im Pleistozän waren die Vorfahren dieser Art in Mitteleuropa viel weiter nach Norden verbreitet. Allerdings sind pleistozäne Wildziegen- und Wildschaffossilien bisher nur selten gefunden worden. Als ältester Steinbockrest gilt ein Schädelbruchstück mit ziemlich eng stehenden Hornzapfen aus der Umgebung von Camburg in Thüringen. Es stammt aus der dortigen mittelpleistozänen Saaleterrasse und wurde von V. Toepfer als *Capra (Ibex) camburgensis* beschrieben. Aus dem Altpleistozän Thüringens wurden übrigens auch eine vermutlich seit der Elster-Eiszeit ausgestorbene weitere Ziegengattung mit vorläufig nur einer Art *(Soergelia elisabethae)* bekannt. Diese *Soergelia*-Steppenziegen scheinen die rezenten Caprinae beträchtlich an Größe übertroffen zu haben.

Wie bei der Bezoarziege, deren beide Geschlechter jedoch viel längere Kinnbärte besitzen als beim Alpensteinbock, sind auch die weiblichen erwachsenen Steinböcke kleiner und leichter als die Böcke. Die bis zu 1 m langen, säbelförmigen, an der Basis sehr dicken Hörner der Böcke weisen einen undeutlich viereckigen Querschnitt auf. Auf der Vorderseite tragen sie bis zu 24 Querwülste oder Knoten, von denen ab dem zweiten Lebensjahr jährlich einer bis drei nachgeschoben werden. Sowohl an den starken, bis 5 kg schweren Hörnern der Böcke als auch an den viel kürzeren und schwächeren, nur bis 50 cm langen, auf der Vorderseite weit geringer profilierten der Steinziegen sind deutlich die Jahreszuwachsfurchen erkennbar. Der verhältnismäßig kleine, aber breite Steinbockkopf zeigt eine aufgewölbte Stirn. Die Ohren sind kurz und spitz. Der auf der Unterseite nackte Schwanz erreicht bei starken alten Böcken Längen um 15 cm. Die Kopf-Rumpf-Länge kann bis 1,60 m, die Widerristhöhe 1 m erreichen. Böcke können bis zu 120 kg, Weibchen etwas über 50 kg schwer werden. Die stark spreizbaren Hufe sind vorzüglich zum Klettern geeignet. Das kurze, weiche und glänzende Sommerhaarkleid ist auf der Oberseite braungrau bis rötlichgrau, jedoch dunkler als das Winterfell. Dieses ist länger und härter, stumpfer und reich an dichter, weißlicher Unterwolle. Wegen dieses fahlen Winterkleides heißen die Alpensteinböcke in der Weidmannssprache Fahlwild. Die Beine der Alpensteinböcke sind dunkler als der Rücken. Der Bauch, die Hinterseite der Hinterbeine und der Spiegel sind weiß. Die sehr hausziegenähnlichen, hornlos zur Welt kommenden Jungen tragen ein hellgraues bis fahlgraues Fell, dessen Beine oft schwarzweiße Muster zeigen, die aussehen, als seien ihnen Schienen angelegt, weshalb man sie direkt als Beinschienen bezeichnet.

Der Alpensteinbock war schon einmal fast ausgerottet. Ausgehend von einem ersten, damals auch einzigen, in der Mitte des 19. Jahrhunderts geschaffenen Schutzgebiet in den italienischen Alpen, wo fortan die letzten wildlebenden Alpensteinböcke gehegt wurden und noch werden, ist im Laufe unseres Jahrhunderts ein großer Teil der Alpen von ihnen rückbesiedelt worden. Übrigens hat man aus Gründen der Bestandserhaltung wiederholt wildfarbene Hausziegen eingekreuzt.

Der Lebensraum der Steinböcke sind die hohen Gebirgslagen zwischen der Waldgrenze und dem ewigen Schnee. Selbst im Winter ziehen die Rudel, vor allem aber die Bockrudel, kaum tiefer hinab als in Höhen von 3000 bis 2000 m. Sehr alte Böcke von mehr als 15 Jahren – sie sollen höchstenfalls 20 bis 30 Jahre alt werden – sondern sich gewöhnlich als Einzelgänger ab. Im allgemeinen halten sich die Rudel der geschlechtsreifen Böcke von denen der Weibchen, Kitze und Jungböcke, die ihrerseits wieder gemeinsam Herden bilden, getrennt. In der Paarungszeit, die vom Dezember bis in den Januar währt, ziehen die Bockrudel jedoch denen der weiblichen Tiere nach. Nach harten Rivalenkämpfen, bei denen mitunter der schwächere Gegner durch Hornstöße abgedrängt wird – am Fuße steil abfallender Felspartien findet man in der Mongolei wiederholt Schädel und Skelettreste abgestürzter Steinböcke –, gelangt schließlich das stärkste männliche Tier zur Begattung. Nach einer Trächtigkeitsdauer von 150 bis 180 Tagen setzt dann im Mai oder Juni die mit zweizitzigem Euter versehene Geiß ein bis zwei voll entwikkelte Junge. Diese folgen ihr wenige Stunden nach der Geburt bereits auf schwierigen Kletterpfaden. Erst nach einer Säugezeit von etwa sechs Monaten verweigert die Alte den Jungen die Milchnahrung. Schon bald nach der Geburt beginnen die Lämmer bereits zu äsen und sich so anteilig selbst zu ernähren. Gefressen

Im Bergzoo Halle gelang es 1957, aus der Kreuzung eines sogenannten Mähnenschaf-Bockes *(Capra [Ammotragus] lervia)* und einer braunen, gehörnten Hausziege *(Capra hircus)* einen intermediären weiblichen Bastard zu züchten. Er lebte dort bis 1965 und erwies sich mit verschiedenen Partnern als durchaus fortpflanzungsfähig

wird von den Steinböcken alles an frischen Pflanzen, was in diesen Höhenlagen zu erreichen ist. Der Schafschwingel *(Festuca ovina)* ist Hauptnahrung. An Kletterfähigkeit – selbst an schroffen Graten und Kaminen – übertrifft der Steinbock die Gemse beträchtlich. Er ist auch lautärmer als sie. Notfalls aber stößt er als Warn- und Erregungslaut entsprechende, wenn auch hellere, kürzere und angeblich lautere Pfiffe als die Gemsen aus. Hinter jedem Horn befindet sich bei den Steinböcken und allen anderen Angehörigen der Gattung *Capra* eine Drüse, deren Exkret zur Geländemarkierung dient. Die Unterschwanzwurzeldrüse der Böcke aller wilden und zahmen *Capra*-Formen sondert dagegen als Geschlechtskennzeichen ein Sekret mit jenem unangenehmen Duft ab, den wir als Bocksgestank bezeichnen.

Die subalpine und alpine Region der mongolischen Gebirge wird vom sibirischen Steinbock besiedelt. Im Gobi-Altai wurden 1962 regelmäßig Weibchenrudel mit Jungen, teilweise von mehr als 30 Tieren beobachtet. Natürliche Feinde der Steinböcke und aller anderen Wildziegenarten sind große Greifvögel, die besonders den Lämmern gefährlich werden, und größere katzenartige Raubtiere, beispielsweise in Innerasien der Schneeleopard. Im allgemeinen ruhen und sonnen sich die Steinböcke und die anderen Wildziegen tagsüber und ziehen erst in der Dämmerung zum Äsen. Sie steigen gewöhnlich in der Abenddämmerung abwärts und in der Morgendämmerung wieder aufwärts. Wie alle Haus- und Wildziegen sind auch die Steinböcke sehr salzbedürftig.

Die Hausziege führt als Haustier den ihr von Linné gegebenen wissenschaftlichen Namen *Capra hircus.* Die hauptsächlich von der Bezoarziege *(Capra aegagrus)* abstammende heutige Hausziegenpopulation der Erde ist in mannigfache Zuchtrassen aufgespaltet. Viele ehemalige Rassen sind inzwischen wieder restlos verschwunden, und neue können relativ mühelos gezüchtet und selektiert werden, falls dafür ein besonderes Bedürfnis vorhanden sein sollte. Es finden sich darunter nicht nur gehörnte und ungehörnte, sondern auch, zum Beispiel in Westafrika oder in Lappland, ausgesprochene Zwergrassen, daneben wahre Riesenhausziegen. Es gibt Rassen, wie die »Steiermärker Stummelohrziege«, bei denen die Ohren fast oder völlig »weggezüchtet« worden sind, und andere, wie die »Ägyptische Hängeohrziege«, deren sehr breite und überlange Ohrlappen bis tief unterhalb der Kehle den Kopf geradezu einrahmen. Es sind ferner ganz kurzhaarige und sehr langhaarige – wie die »Angora-Ziege« – Ziegenrassen bekannt. Was die Färbung betrifft, so finden sich, außer regelmäßig oder unregelmäßig gescheckten Tieren, alle Stufen vom reinsten Weiß bis zum tiefsten Schwarz. Modernes mitteleuropäisches Zuchtziel sind Ziegen mit sehr hoher Milchleistung bei großer Genügsamkeit und vorzüglicher Futterausnutzung, die je Wurf möglichst stets zwei kräftige Lämmer bringen, hornlos sind und ein reinweißes, in sich homogenes Haarkleid von hohem Glanz besitzen.

Nach Brentjes begann bereits im Mesolithikum im Iran, in Kleinasien, Mesopotamien, Ägypten und im Sudan die Haltung der Ziege. Nach ihm sind Hund und Ziege als domestizierte Tiere gleich alt. Hausziegen wurden bereits im alten Orient, außer als Milchspender und Fleischlieferanten, vielseitig, so auch als Zug- und Tragtiere, genutzt. Ihr getrockneter Dung diente als Brennmaterial, und von ihren inneren und äußeren Organen, einschließlich der zum Verspinnen oder Verwalken zu Filzen abgeschorenen Haare sowie der Haut als Rohstoff für Ziegenleder und für Wasser- oder Weinschläuche, wurde praktisch alles verwendet. Das ist auch heute noch in einigen abgelegeneren Gebieten der Fall. Die große Genügsamkeit und hohe Futterverwertung der Hausziege erlaubt selbst in vegetationsärmsten Gegenden oder unter sonstigen kümmerlichen Voraussetzungen ihre Einzel- oder Herdenhaltung. Sie ist heute deshalb überall auf der Erde anzutreffen – neuerdings sogar in den Hochgebirgen Nordost-Neuguineas –, wenn das die klimatischen Verhältnisse örtlich gerade noch zulassen. In früheren Jahrhunderten führten die Segelschiffe auf ihren Weltreisen gewöhnlich eine Anzahl Ziegen mit. Das geschah einmal der frischen Milch und notfalls des Frischfleisches wegen, zum anderen waren sie dazu bestimmt, auf einsamen, von den üblichen Fahrtrouten abgelegenen Inseln ausgesetzt zu werden. Sie sollten eventuellen späteren Schiffbrüchigen die lebensnotwendige Ernährungsgrundlage bieten. Bekanntlich wurde ja auch das Leben von Defoes berühmtem Romanhelden »Robinson Crusoe« durch die seine einsame Insel bewohnenden verwilderten Hausziegen sehr erleichtert. Noch heute

Widder des Kara-Tau-Wildschafes *(Ovis ammon nigrimontana).* Viele Hochgebirge, Mittelgebirge und Steppen Klein-, Mittel- und Ostasiens werden von den zahlreichen Unterarten des Stammvaters der Hausschafe, des Wildschafes *Ovis ammon,* belebt. Die Böcke einiger asiatischer Unterarten erreichen Körperlängen von über 2 m und Widerristhöhen von 1,25 m

gibt es viele Inseln und Inselgruppen, die von diesen seit mehreren Jahrhunderten dort verwilderten Hausziegen besiedelt sind. Sie zeigen dann in der Regel ein recht einheitliches Aussehen und wirken durchaus wie richtige Wildwiederkäuer. Auch ihr scheues, vorsichtiges Verhalten entspricht dem von Wildziegen.

Die großen Hausziegenherden haben in manchen Gebieten auch unermeßlichen Schaden angerichtet. Der von ihnen Tag für Tag und Jahr für Jahr abgeweidete, oft schon von Natur aus vegetationsarme Boden verdorrte in manchen Gebieten vollends, die Erosion konnte unbehindert wirken, und übrig blieb letztlich eine unfruchtbare Wüste. In Gebirgsgegenden weideten die Ziegenherden den Unter- und Nachwuchs der Wälder, die ohnehin bereits durch planlosen Holzeinschlag, Abbrennen und anderweitigen Raubbau durch den Menschen fortgesetzt geschädigt wurden, so gründlich ab, daß eine natürliche Regeneration nicht mehr stattfinden konnte. Das Ergebnis war, daß die einst dicht bewaldeten, als Bewässerungsregulatoren für die ganze Landschaft unersetzlichen Gebirgszüge kahl blieben und verkarsteten. Auch heute noch spielen diese Weideprobleme im Nahen Osten eine sehr wesentliche volks- und forstwirtschaftliche Rolle.

Die riesigen Hausziegenherden, die der Mensch unter seiner Obhut zusammenballt, haben kein natürliches Gegenstück in den Wildziegenrudeln. Diese umfassen bestenfalls einmal einige Dutzend Tiere, die ein relativ weiträumiges Revier beweiden, in dem sie ein zweites Rudel nicht dulden. So stehen ihre Weidetätigkeit und ihr Futterverbrauch in freier Wildbahn durchaus im biologischen Gleichgewicht mit der naturgemäßen Erneuerung der dortigen Vegetation.

Obwohl den *Capra*-Wildziegen noch sehr ähnlich, wird die mit sechs Unterarten ausschließlich in den Gebirgen Nordafrikas vorkommende Mähnenziege *(Capra [Ammotragus] lervia)* in der Tribus Caprini in die besondere Untergattung *Ammotragus* gestellt. Wegen vieler Gemeinsamkeiten mit dem Tur wird dieser imposante Wiederkäuer recht treffend auch als Afrikanischer Tur bezeichnet. Genau wie beim Kaukasischen Tur und dem mittelasiatischen Nahur sind bei der Mähnenziege die schweren und großen Bockhörner mehr den Hörnern von Wildschafwiddern als den krummsäbelförmigen der Bezoarziegenböcke und männlichen Steinböcke ähnlich. Vor allem wegen dieser schafähnlichen Hörnerform wurde *Capra [Ammotragus] lervia* früher als Mähnenschaf bezeichnet. Nach Haltenorth und Petzsch steht die Mähnenziege körperlich, nämlich in Habitus, Schwanzform, durch den unterseits nackten Schwanz, das Vorhandensein von Unterschwanzdrüsen, das Fehlen von Voraugen- und Zwischenzehendrüsen, die Wirbelform und andere anatomische Merkmale den Ziegen viel näher als den Schafen der Gattung *Ovis.* Fruchtbare Kreuzungen zwischen wilder Mähnenziege und Hausziege sind nicht nur möglich, sondern auch die Bastarde können wieder mit *Capra*-Ziegen fortpflanzungsfähig sein. Das hat sich besonders bei Versuchen erwiesen, die der Verfasser im Bergzoo Halle durchführte und bei denen sich ein weiblicher Bastard aus Mähnenziegenbock und weiblicher Hausziege als fortpflanzungsfähig erwies, als er von einem männlichen Sibirischen Steinbock gedeckt worden war. Das Produkt dieser Vermischung, ein voll entwickeltes weibliches Bastardlamm, verstarb – wohl infolge der überlangen Dauer des Geburtsvorganges bei seiner erstgebärenden Mutter – schon kurz nach der Geburt. Immerhin war damit der Beweis einer derartigen Möglichkeit erbracht.

Auch die Verhaltensäußerungen, vor allem ihr gesamtes Paarungsgebaren, sowie zahlreiche andere biologische Entsprechungen – ausgenommen serologische Tests nach J. Schmitt – stellen die Mähnenziege viel näher zu den *Capra*-Ziegen als den *Ovis*-Schafen.

Eine eingehendere Beschreibung der lehmgelb bis rotbraun gefärbten erwachsenen Mähnenziegen erübrigt sich unseres Farbbildes wegen. Hervorgehoben muß jedoch werden, daß sich bei ihnen männliche und weibliche Tiere viel stärker ähnlich sind, als bei den anderen Caprini (mit Ausnahme der Tahre). Bei den Mähnenziegen besitzen beide Geschlechter nicht nur gleichgeformte Hörner, sondern auch die ihnen den deutschen Namen verleihende, für diese Wiederkäuerart charakteristische Unterhals- und Vorderbrustmähne und die damit zusammenhängenden langen Haarmanschetten um die Vorderbeine. Allerdings sind diese Merkmale bei den bis zu einem Drittel kleineren Weibchen etwas schwächer ausgeprägt.

Die vorzüglich kletternden Mähnenziegen in Nordafrika leben im felsigen Wüstengebirge.

Von allen Caprini weiß die Säugetierkunde bis jetzt immer noch am wenigsten über die rezenten Angehörigen der Gattung *Pseudois*. Zu ihr gehört eine Art, der Nahur *(Pseudois nayaur)*, der häufig auch mit dem deutschen Namen Großes Blauschaf belegt wird. Erst 1937 wurde von E. Schäfer in der oberen Jangtse-Talschlucht bei Padang eine vorher unbekannte wildlebende Zwergform des Nahurs, das Zwergblauschaf *(Pseudois nayaur schaeferi)*, entdeckt. Sie bleibt um ein Viertel der Körpergröße und um die Hälfte des Lebendgewichtes unter den Maßen und Gewichten der beiden anderen, schon seit 1833 und 1922 bekannten Unterarten. Ganz selten sind bisher lebende Nahurs in europäische oder amerikanische zoologische Gärten gelangt, und selbst Museumsmaterial von dieser Wiederkäuerart gehört zu den größten Seltenheiten. Sie lebt nur auf den süd- und südöstlichen Randgebirgen Tibets von Kaschmir im Westen, über Sikkim bis Westchina. Sie kommt nicht auf der zentraltibetischen Hochfläche selbst vor. Soweit wir bis jetzt darüber unterrichtet sind, ähneln die Nahurs in Lebensweise und Verhalten den nordafrikanischen Mähnenziegen. Dasselbe gilt von ihrer Körpergestalt, insbesondere von den Hörnern der Böcke. Allerdings fehlen den Blauschafen sowohl der Bart der *Capra*-Ziegen als auch die groteske Mähnen- und Manschettenbildung der Mähnenziegen. In der Färbung weichen sie völlig von den Angehörigen der Untergattung *Ammotragus* ab. Die Oberseite ist braungrau. In bezug auf den Namen Blauschaf sagt Haltenorth: »Den Blauton, wonach die Art ihren Namen trägt, zeigt nur das auf das wollige Sommerkleid folgende 2. Jugendkleid (= 1. Winterkleid)« der Lämmer.

Die verwandtschaftliche Stellung des Nahurs zu den *Capra*-Ziegen oder den *Ovis*-Schafen sowie zu den Angehörigen der Untergattung *Ammotragus* ist noch immer umstritten.

Trotz sehr großer individueller und geographischer Variabilität zählt man heute sämtliche rezenten Wild- und Hausschafe der Gattung *Ovis* nur noch zu einer Großart *Ovis ammon*. Diese umfaßt allerdings 37 wildlebende Unterarten, deren eurasischer »Mufflon-Ast« 28 und nordamerikanischer »Dickhornschaf-Ast« die restlichen Unterarten enthält. Es hat sich gezeigt, daß alle alt- und neuweltlichen *Ovis*-Angehörigen miteinander und mit Hausschafen fruchtbar fortpflanzungsfähig sind. Die Brücke zwischen Eurasien und Nordamerika schlagen die beiden Unterarten *Ovis ammon nivicola*, das Kamtschatka-Dickhornschaf, und *Ovis ammon dalli*, das Weiße Dickhornschaf aus Alaska.

Seit 1956 steht das Dickhornschaf auf der Halbinsel Kamtschatka völlig unter Schutz. Die Bestände sind daraufhin wieder erfreulich angewachsen. Die Siedlungsdichte beträgt heute 9 bis 11 Tiere je 10 km^2. Jungtiere machen 15 Prozent der Population aus. In Jakutien wurden Dickhornschafe vom Flugzeug aus gezählt. Da sie sich in den bergigen Habitaten stets in kleineren Gruppen aufhalten, war die Erfassung gut durchführbar. Nach Auszählung von fünf Zonen wurde 1978 auf einen Gesamtbestand von 50000 Schafen geschlossen.

Die Zahl der Hausschafrassen ist kaum übersehbar. Sie leiten sich anscheinend durchweg von den eurasischen Unterarten des Mufflon-Astes ab. Der nordamerikanische Dickhornschaf-Ast hat unseres Wissens kein Ausgangsmaterial für eine Domestikation geliefert. In weit geringerem Ausmaße allerdings, als das für die Hausziege zutrifft, ist inzwischen auch das Hausschaf in einigen Gebieten wieder verwildert, so in Australien, auf Neuseeland und auf den Hawaï-Inseln. Das Hausschaf führt als Haustier den für alle Rassen gültigen wissenschaftlichen Namen *Ovis aries.*

Pleistozäne Wildschafreste sind in Mähren gefunden worden. Nach Angaben von Brentjes läßt sich das Hausschaf schon seit insgesamt etwa neun bis zehn Jahrhunderten in den Kulturen des alten Orients nachweisen, und zwar neben der Hausziege. Allerdings ist bislang eine Unterscheidung von stark zerkleinerten Ziegen- und Schafresten aus vorgeschichtlichen Fundstätten noch außerordentlich schwierig gewesen. Hierfür hat nun die Forschungsarbeit von J. Boessneck, H.-H. Müller und M. Teichert an den umfangreichen Vergleichsmaterialien der »Julius-Kühn-Sammlungen« der Universität Halle das präzise Rüstzeug zur Verfügung gestellt. Wie an manchen Orten die Haus- und Wildziegen, genossen im alten Orient auch Haus- und Wildschafe kultische Verehrung. Selbst im mitteleuropäischen Raum sind vorgeschichtliche Darstellungen von Schafen, besonders von Widdern, gefunden worden. International bekannt ist der sehr lebensnah in Hauskatzengröße modellierte, aus Ton gebrannte »Widder von Jordansmühl«.

Welche eurasischen Wildschafe erstes Ausgangsmaterial für die Haustierwerdung der heutigen Hausschafe geliefert haben, läßt sich kaum noch entschlüsseln. Wahrscheinlich sind die alten ägyptischen Hausschafe von innerasiatischen Steppenschafen abzuleiten. Sie waren wie alle ursprünglichen Hausschafe und auch heute noch einige primitive Rassen in Afrika langbeinige und langschwänzige, schlichthaarige Tiere, also sogenannte Haarschafe. Der asiatischen Steppenschafgruppe entstammen auch die Merino-Wollschafe, die aus Spanien zu uns kamen, und die Fettschwanzschafe Afrikas und Asiens, zu denen die Karakulschafe, deren Lämmer den kostbaren »Persianerpelz« liefern, gehören. Vom westlichsten eurasischen Wildschaf, dem heute noch in den Gebirgen Korsikas und Sardiniens in geringen Restrudeln wildlebenden Europäischen Mufflon *(Ovis ammon musimon),* das im 19. Jahrhundert als Wildtier in vielen Ländern Europas und anderer Erdteile mit Erfolg eingebürgert wurde, stammen vielleicht die Hausschafrassen »Heidschnucke« und »Ostfriesisches Milchschaf«. Vom Argali *(Ovis ammon ammon),* dem Altai-Wildschaf, leiten sich vermutlich die in Mittelasien und China gehaltenen Fettsteißschafe ab. Das Argali und andere zentralasiatische Hochgebirgswildschafe sind zum Teil sehr große Tiere. Erwachsene Böcke können Gesamtlängen von 2,10 m, wovon nur 10 bis 13 cm auf den Schwanz entfallen, Widerristhöhen bis zu 1,25 m und ein Gewicht von 230 kg erreichen. Aber die nordamerikanischen Dickhornschafe, besonders die Formen in Alaska, stehen in ihren Maßen und Gewichten den größten asiatischen Wildschafen kaum nach.

Im Gobi-Altai traten 1962 in einem kleinen Rudel über 50 Argalis auf. Am 1. Juli 1964 wurden bei der Durchquerung des Mongolischen Altai auf steilem Felsgrat drei Schafe mit zwei Lämmern gesichtet. Neben den Sibirischen Steinböcken stehen auch die Argalis seit 1953 in der Mongolischen Volksrepublik unter Jagdschutz. Ihr Abschuß ist nur nach Lizenzerwerb möglich. Spitzentrophäen sind auf allen großen Jagdausstellungen vertreten.

Die Körperfärbung der 34 Unterarten von *Ovis ammon* ist außerordentlich variabel.

Von den Ziegen *(Capra* und *Ammotragus)* sowie den Nahurs der Gattung *Pseudois* unterscheiden sich sämtliche echten Schafe der Gattung *Ovis* vor allem dadurch, daß nur sie Voraugendrüsen und zwischen den Klauen aller vier Füße Zwischenzehendrüsen sowie einen hängenden, mit Ausnahme einer kleinen nackten Dreiecksfläche an der Wurzel der Schwanzunterseite, rundum mit Fell bewachsenen Schwanz besitzen.

Die Angehörigen der bereits genannten anderen Caprini-Gattungen haben dagegen einen, besonders auf der Flucht oder beim

Die in zahlreichen Unterarten von Alaska bis Nordmexiko verbreiteten nordamerikanischen Dickhornschafe gehören auch – wie alle Wildschafunterarten Eurasiens – der Art *Ovis ammon* an. Prototyp der stark in Färbung und Hornform abwandelnden Dickhornschafe ist das Felsengebirgs-Dickhornschaf *(Ovis ammon canadensis).* Die »Morgan Creck Herd« in Idaho (USA) schrumpft immer mehr, 1973 gab es kaum noch 200 Tiere

Paarungsvorspiel willkürlich aufstellbaren, unterseits abgeflachten und dort mehr oder minder unbehaart gebliebenen Schwanz mit stark entwickelten, Duftstoffe abscheidenden Unterschwanzdrüsen. Diese sind allerdings, obwohl sehr wenig entwickelt, auch noch in dem nackten Unterschwanzdreieck der eurasischen und nordamerikanischen Wildschafe sowie der Hausschafe nachweisbar.

Die Wollhaarigkeit der heutigen Hochleistungs-Wollschafe ist übrigens auf keine naturgemäße Eigentümlichkeit irgendeiner Wildunterart zurückzuführen, sondern geht auf eine gelegentlich auftretende Mutation bei den noch recht urtümlich gebliebenen, als Tragtiere und Saateintreter gehaltenen schlichthaarigen Weideschafen zurück. Bei diesen in seltenen Fällen in einer Haarschafherde auftretenden Abnormitäten war die Unterwolle viel stärker ausgebildet als normal bei allen anderen Schafen der gleichen Herde, die Deckbehaarung dafür stark unterentwickelt oder fast ganz ausgefallen.

Nach Brentjes sind in Vorderasien bereits Wollschafe auf den Tierstatuetten des 4. Jahrtausends v. u. Z. erkennbar, und auch die Wollproduktion selbst ist schon auf Darstellungen seit dem 4. Jahrtausend nachweisbar. Sie wird bereits in babylonischen Wirtschafts- und Ritualtexten erwähnt.

Das Hausschaf hat sich im Verlauf seiner vieltausendjährigen Domestikation als außerordentlich anpassungsfähig an die unterschiedlichsten Klimate, Höhenlagen, Landschaftsformationen und Futtermittel erwiesen. Im Gefolge des Menschen ist es zum ausgesprochenen Kosmopoliten geworden.

In den europäischen zoologischen Gärten lassen sich im allgemeinen asiatische Steppen-

Das ursprünglich als Wildschaf nur noch auf den Gebirgen Korsikas und Sardiniens heimische europäische Mufflon *(Ovis ammon musimon)* ist im 19. Jahrhundert als Jagdwild in Gebirgen und Ebenen vieler europäischer und überseeischer Länder eingebürgert worden

wildschafe auf die Dauer ebenso schlecht am Leben erhalten wie die riesigen, in ihrer Heimat bis zu 6000 m aufsteigenden zentralasiatischen Hochgebirgsformen. Beim europäischen Mufflon *(Ovis ammon musimon)* ist das jedoch nicht der Fall. Dieses Wildschaf hält sich normalerweise in unseren Tierparks sehr gut und pflanzt sich hier auch regelmäßig fort. Allerdings stammen die ausgestellten Mufflons nicht mehr unmittelbar aus der freien Wildbahn Korsikas und Sardiniens. Heute sind die Zoomufflons durchweg Nachfahren von schon vor vielen Generationen in den mitteleuropäischen Jagdrevieren eingebürgerten reinblütigen Tieren. Die daraus inzwischen erwachsenen größeren Bestände sind längst voll akklimatisiert und in jeglicher Beziehung den neuen Umweltbedingungen angeglichen. Mit dieser im wesentlichen gegen Ende des vorigen Jahrhunderts erfolgten Einbürgerung korsischer und sardinischer Wildmufflons in geeignete deutsche Landschaften und viele europäische Länder (bis nach Dänemark) ist übrigens keine Faunenverfälschung vollzogen worden, da die Mufflonbestände Sardiniens und Korsikas inzwischen fast ausgerottet sind und diese nahezu erloschenen Vorkommen die letzten Refugialgebiete der in Europa vordem ohnehin viel weiter nach Norden verbreiteten Mufflons darstellen. Die Tiere waren aus ihren Arealen vor den Unbilden der letzten Eiszeit nach Süden zurückgewichen. Eine echte Faunenverfälschung jedoch bleibt das Einbürgern europäischer Mufflons in Kalifornien, Texas und auf den Hawaii-Inseln, wo diese vorher nicht bodenständig gewesen sind.

Da das Muffelwild längst zum bekannten Jagdwild mitteleuropäischer Reviere gehört, ist gerechtfertigt, daß es hier eingehender behandelt wird. Gemessen an seinen großen Verwandten auf den innerasiatischen Hochgebirgen, ist das europäische Mufflon klein. Alte

Böcke erreichen bei einer Widerristhöhe von 75 cm bestenfalls Gesamtlängen von 1,36 m, wovon noch 5 bis 6 cm auf den kurzen Schwanz kommen. Normal bleiben sie jedoch unter diesen Maximalwerten. Erwachsene Weibchen, Schafe genannt, sind ein Viertel bis ein Drittel kleiner als die Widder. Diese können fast 50 kg Lebendgewicht, die Schafe dagegen nur bis zu 30 kg erreichen. Die Widder tragen große und dicke Kreisbogenhörner mit Querwülsten. Als Jagdtrophäen bezeichnet der Weidmann sie als Schnecken. Die weiblichen Mufflons sind entweder völlig hornlos oder besitzen ganz kurze, wie verkümmert wirkende, etwas nach rückwärts gebogene und sehr leichte Hörner.

Alle Wildschafwidder können, in die Enge getrieben oder angeschossen, zuweilen unvermittelt von sich aus angreifend, zu sehr gefährlichen Gegnern von Mensch und Raubtieren werden. Das trifft ebenso für den riesigen Argalibock wie für den europäischen Mufflonwidder zu. Fechten zwei Wildschafböcke Rangordnungs- oder in der Paarungszeit Rivalenkämpfe miteinander aus, so gehen beide zunächst ein beträchtliches Stück rückwärts, wobei sie ihren Gegner immer im Auge behalten. Wenn dann der richtige Abstand erreicht ist, rennen sie mit großer Geschwindigkeit aufeinander los und rammen ihre Hörner gegeneinander. Das geschieht mit so ungeheuerer Wucht, daß bei jedem derartigen Zusammenprall ein heller harter Knall von der Lautstärke eines Pistolenschusses ertönt. Diese Kampfweise setzen die beiden Tiere in der Regel solange fort, bis der schwächere schließlich das Kräftemessen aufgibt und die Flucht ergreift. Im Verlauf der Kämpfe treten nicht selten Beschädigungen am Schädel in Form von Horn-, Zahn- und Knochenverletzungen auf. Widder verhakeln sich zuweilen auch mit den Hörnern so fest, daß sie sich nicht befreien können und schließlich verenden.

Das Hörnerpaar der Bocklämmer beginnt im vierten Lebensmonat zu wachsen. Beim Mufflon tragen sowohl die Bock- als auch die Schaflämmer zunächst ein einfarbig hellbraunes Kindheitskleid. Dieses ist jedoch nicht gekräuselt wollig wie bei Wollhausschaflämmern, sondern schlichthaarig. Ebenso wie sämtliche anderen Wildschafunterarten haben auch erwachsene Mufflons beider Geschlechter eine straffe Haarbedeckung, ohne jegliche Andeutung des allbekannten Wollvlieses der Wollhausschafe. Weibliche Mufflons sind fahler und unauffälliger gefärbt als die erwachsenen Widder, die besonders im Sommerhaarkleid geradezu bunt wirken. Die Oberseite ist dann bei ihnen fuchsig rotbraun. Der Rücken, die Schwanzdecke und der Kopf sind etwas dunkler getönt als die Körperseiten. Zwischen der bunten Oberseiten- und weißen Unterseitenfärbung hebt sich dann beiderseits an den Flanken ein dunkelbraunroter Längsstreifen ab. Maulpartie, Kehle, Bauch und Innenseiten der Beine sind weiß. Bis zu ihrer halben Höhe sind auch – von den Klauen aufwärts – die Außenseiten der vier Beine weiß gestiefelt, nach hinten ferner die Keulen bis hinauf unter die Schwanzwurzel von leuchtend weißer Behaarung bedeckt. Dieser Spiegel dient bei der Flucht des Rudels, besonders bei Nacht und in der Dämmerung, für die hintereinander laufenden Rudelangehörigen als Orientierungszeichen, damit alle Tiere den gleichen Fluchtweg einhalten und das Rudel nicht zersprengt wird. Als spezielle Eigentümlichkeit zeigen erwachsene Mufflonböcke vor der Kruppe, auf dem Rücken und von dort aus mehr oder minder tief in die Flanken ausgedehnt, einen großen, im Sommerkleid etwas mehr verwaschenen, grauweißen bis gelbbraunen Sattelfleck. Er tritt in dem wesentlich dunkleren bis kastanienbraunen, an einigen Stellen sogar schwärzlichen Winterkleid viel deutlicher hervor. Erwachsene Mufflonböcke im Winterfell tragen meist eine kurze Unterhalsmähne.

Im Gegensatz zu einer Anzahl seiner innerasiatischen und nordamerikanischen Verwandten, die höher gelegene, unbedeckte Lebensräume bevorzugen, ist das Mufflon ein ausgesprochener Waldbewohner. Auf Korsika und Sardinien lebt es auf dürftig mit Kiefer bestandenen Hochflächen, in den Bergbuschzonen der sogenannten Macchiendickichte und an mit Edelkastanien bestandenen Berghängen. An den im übrigen Europa eingebürgerten Mufflons hat sich aber erwiesen, daß sich dieses Wildschaf – das übrigens nicht über Höhen von 2000 m gehen oder dort gar seinen Einstand nehmen soll – auch gut in trockenen Wäldern der Ebenen hält und fortpflanzt. Als Nahrung nimmt es, was ihm die örtliche Vegetation zu bieten hat. Auf Korsika und Sardinien bevorzugt es angeblich die stark duftenden Bergkräuter des Mittelmeergebietes. Bei uns frißt es Gräser und Kräuter vielerlei Art, darunter selbst Nachtschattengewächse und Wolfsmilch, ferner Himbeer- oder Brombeerblätter und -triebe, Heidekraut, Heidelbeerkraut und Ginster sowie Flechten, Moose, Eicheln, Bucheckern und Kastanien. Geschlechtsreife Böcke halten meistens außerhalb der Paarungszeit, die in Mitteleuropa im Spätherbst liegt, in Bockrudeln zusammen. Jüngere Böcke dagegen bleiben bei den Schafen und Lämmern. Stets führt dann ein altes weibliches Mufflon das Rudel. Zur Geburt des im Jahr meist nur einen Lammes – Zwillingsgeburten sind recht selten – löst sich das hochträchtige Schaf für einige Zeit vom Rudel und sucht ein möglichst sicheres Versteck für sich und das Kind auf. Es wird voll entwickelt nach fünfmonatiger Trächtigkeitsdauer geboren und kann bereits nach wenigen Stunden die Mutter begleiten. Sie kehrt mit ihrem inzwischen vollends gekräftigten Lamm schon nach einigen Tagen bis Wochen in den alten Rudelverband zurück. Zunächst erfolgt die Ernährung des Jungen ausschließlich mit der sehr fetten Milch aus dem zweizitzigen Euter. Schon nach kurzer Zeit versucht das Lamm, zusätzlich etwas Pflanzenkost zu fressen.

Mufflons werden in der Regel viel früher geschlechtsreif als die großen innerasiatischen Wildschafformen, bei denen die Böcke dazu 3,5, die Schafe bis 2,5 Jahre benötigen. Junge Mufflonwidder werden dagegen schon nach 1,5 Jahren, Mufflonjungschafe oft bereits mit acht bis neun Monaten fortpflanzungsfähig.

Als Warnsignal geben Mufflons laute Pfiffe ab, die mittels ruckartigem Luftausstoß durch die dann stark verrengten Nasenlöcher hervorgebracht werden. Daneben verfügt das Muffelwild, wenn auch sparsamer und weniger laut angewandt, über dieselben Stimmäußerungen wie das Hausschaf. Weitere Einzelheiten über das Muffelwild enthält die Monographie von Uloth (1979).

Unterfamilien Ovibovinae – Moschusochsen und Budorcatinae – Takins

Im Anschluß an die Caprinae sollen noch zwei ihnen ähnliche Wiederkäuer behandelt werden. Es sind Moschusochsen und Takins. Einer Anzahl abweichender Merkmale wegen wird ihnen der Rang je einer eigenen Unterfamilie zuerkannt. Die Unterfamilie Ovibovinae, Moschusochsen, umfaßt eine Gattung, *Ovibos*, mit nur einer rezenten Art *(Ovibos moschatus)*. Sie wird in drei Unterarten aufgegliedert.

Die Unterfamilie Budorcatinae, Takins, wird ebenfalls nur von einer Gattung, *Budorcas*, mit einer Art *(Budorcas taxicolor)* in drei Unterarten repräsentiert. Wir behandeln beide hier gemeinsam, da es auch Säugetierkundler gibt, die dem Takin den Rang einer eigenen Unterfamilie absprechen und ihn als stark abweichende zweite Gattung mit in die Unterfamilie der Moschusochsen einordnen. Beide Gattungen stellen in jeder Beziehung Außenseiter dar. Da sie Merkmale mehrerer Unterfamilien der Bovidae in sich vereinen, gaben sie deshalb zu regen Diskussionen der Systematiker Anlaß. Das drücken bereits die wissenschaftlichen und deutschen Namen beider Tiere aus. *Ovibos* heißt Schafochse, was übrigens treffender ist als der übliche Name Moschusochse. *Budorcas* bedeutet Rindgazelle. Dieser Übersetzung entsprechen auch die deutschen Artbezeichnungen Rindergemse oder Gnuziege. Wir verwenden hier den Namen Takin. Takin und Moschusochse sind beide als letzte primitive Reste ausgestorbener wiederkäuender Bovidae-Formen anzusehen, die Brücken und Übergänge zu den rezenten, schon weitaus spezifischeren Unterfamilien Caprinae, Bovinae, Antilopinae und weiteren bilden. Moschusochsen und Takins sind demzufolge Relikte vergangener Erdzeitalter, die in abgelegenen ökologischen Nischen, in natürlichen Refugien also, überleben konnten. Die drei Unterarten des Moschusochsen sind von Nordalaska bis Grönland beheimatet. Sie standen bereits vor der Ausrottung, können aber heute auf Grund ausreichender Schutzmaßnahmen als davor bewahrt betrachtet werden. Bei der kleinsten Unterart, dem Grönland-Moschusochsen *(Ovibos moschatus wardi)*, bemüht man sich sogar um Domestikation.

Über den Takin wissen wir viel weniger. Er ist ein weit selteneres Tier als beispielsweise das Okapi. Der rezente Takin lebt heute in drei Rassen, die sich vor allem durch die Körperfärbung unterscheiden, im östlichen Mittelasien von Bhutan ostwärts durch Nordassam, Nordburma bis Yunnan, Osttibet, Sischuan und Shenxi. Als vorzüglicher Kletterer kommt er in den Hochgebirgsregionen zwischen 2000 und 5000 m vor.

Der Moschusochse, ein wenig über 1,20 m hoher rinderähnlicher Wiederkäuer, trägt über den ganzen Körper ein dichtes Haarkleid. Es besteht aus langen groben Grannen und einem dicken Wollhaarvlies. Der Schwanz ist stummelartig kurz und gleichfalls dick behaart. Die Färbung von Sommer- und Winterfell ist unterschiedlich, im Winter nahezu schwarz, im Sommer dunkelbraun. Die Unterart *Ovibos moschatus wardi* trägt auf dem Rücken einen gelbweißen Sattel. Die Kühe sind kleiner als die Bullen, tragen auch schwächere Hörner. Ähnlich wie bei den afrikanischen Kaffernbüffeln weisen die Moschusochsenhörner an der Basis einen verbindenden Hornhelm auf. Die Hornform erinnert entfernt an die gedrehten Hörner eines Hausschafbockes. Gemeinsam mit dem dicken Haarkleid, von anderen anatomischen Merkmalen ganz abgesehen, berechtigt schon dieses Erscheinungsbild durchaus zu der Bezeichnung Schafochse. Jeremie, der diesen Paarhufer entdeckte, gab ihm 1720 den Namen Moschusochse, des starken Geruchs wegen, den das Tier ausströmte. Moschusochsen, auch Polarrinder genannt, sind neben dem Ren die am nördlichsten lebenden Wiederkäuer der Erde.

Über die Lebensweise der gegen Kälte unempfindlichen Moschusochsen sind wir ausgezeichnet von Pedersen unterrichtet. Moschusochsen sind ungewöhnlich standorttreu, was ihrer sinnlosen Massenabschlachtung wesentlichen Vorschub leistete. Fühlen sich die in Herden weidenden Moschusochsen von einem herannahenden Menschen bedroht, bilden sie gewöhnlich eine eng aneinander gedrängte gerade Frontlinie und erwarten ihn mit gesenkten Köpfen, ohne zu flüchten. Auch Wölfen gegenüber verhalten sie sich entsprechend. Zuweilen nehmen sie gegen diese eine rundum verteidigungsbereite Igelstellung ein, in deren Mitte die Kälber geschützt sind. Alte Bullen treten oft als Einzelgänger oder gruppenweise auf, sonst leben Moschusochsen in Trupps von einem Bullen, mehreren Kühen und deren Kälbern zusammen.

Nach einer Tragzeit von acht bis neun Monaten kommen (nur jedes zweite Jahr) von Ende April bis Anfang Juni ein, seltener zwei Kälber zur Welt. Erst mit drei bis vier Jahren erreichen sie die Geschlechtsreife.

Als Nahrung dienen den Tieren alle genießbaren Pflanzen der von ihnen bewohnten arktischen Tundren. Im Winter scharren sie sie mit ihren breit gespalteten, durch kräftige Nebenhufe abgestützten Hufen unter der Schneedecke hervor. In jüngster Vergangenheit hat man die große Nützlichkeit dieses Tieres für den Menschen in arktischen Gebieten voll erkannt. Man hegt jetzt die verbliebenen Restbestände nicht nur in den Gebieten ihres natürlichen Vorkommens, sondern versucht sie auch in andere geeignete, bisher unbesiedelte Gebiete einzubürgern. Das ist unter anderem in Norwegen, auf Spitzbergen und auf der vor Westalaska gelegenen Nunivak-Insel geschehen.

In die sowjetische Arktis wurden 1974 und 1975 aus Kanada und den USA zwei Herden eingeführt, die sich gut entwickelten. Über die recht erfolgreiche Haltung und Zucht von Moschusochsen im Tierpark Berlin berichtete Pohle. Aus Kanada traf 1966 ein Pärchen ein, das sich erfolgreich vermehrt hat. Bis Ende 1980 gebaren drei Mütter 14 (7,7) lebende Moschusochsenkälber.

Wenn einer der deutschen Namen des Takins Gnuziege lautet, so bezieht sich das in erster Linie auf die starke Ähnlichkeit der Behornung mit der der Gnus. Auch die Bezeichnung Rindergemse hat einige Berechtigung. Äußerlich erinnert der Takin – trotz seiner stark ausgeprägten Ramsnase – in seiner Größe, die etwa der einer kleinen Milchkuh entspricht, und darüber hinaus in der ganzen robusten Gestalt tatsächlich an ein Wildrind. Die Teilnamen »Ziege« und »Gemse« symbolisieren nicht zuletzt die erstaunliche Sicherheit und das Klettervermögen des recht plump erscheinenden Paarhufers in schroffem, unwegsamem Felsgelände.

Auch bei den Takins bleibt die Kuh beträchtlich kleiner als der Bulle. Das Haarkleid ist lang und zottig. Das Winterkleid enthält viel mehr Unterwolle als das Sommerfell. Die Färbung der drei Unterarten ist recht unterschiedlich. *Budorcas taxicolor taxicolor* von Nordassam ist braunrotgrau, *Budorcas taxicolor tibetana* von Sichuan gelbrotgrau und *Budorcas taxicolor bedfordi* aus dem Tsinling-shan-Gebirge von Shenxi wundervoll goldgelb gefärbt, weshalb diese Form als Goldtakin bezeichnet wird.

Wie der Moschusochse ist auch der Takin sehr standorttreu. Sein Lebensraum ist aber bei weitem unübersichtlicher. Deshalb scheint ihm die Standorttreue nicht so gefährlich zu werden. Allerdings wissen wir kaum etwas darüber, wieviel Takins heute noch in freier Wildbahn existieren. Im Winter steigen die Tiere in tiefere Lagen hinab und halten sich dann im Bergurwald und Rhododendron- und Bambusdschungel auf. Darin bahnt sich der Takin mit Hörnern und Hufen seine streng eingehaltenen bis zu 20 cm tief ausgetretenen Wechsel. In der Wildnis sind die Takins an trüben und nebligen Tagen ganztags aktiv. Bäume werden in Rumpfhöhe als Malbäume benutzt. Die Trupps, zuweilen größere Herden werden, wie beim Moschusochsen, von einem auf der Höhe seiner Kraft stehenden Leitbullen geführt. Zu manchem Problem des Fortpflanzungszyklus (Paarung, Trächtigkeitsdauer, Säugezeit usw.) von *Budorcas* fehlen der Wissenschaft noch immer genauere Angaben. Einen wichtigen Beitrag dazu lieferte Dagmar Altmann aus dem Berliner Tierpark. Dort wurden von 1976 bis 1980 ein männlicher und ein weiblicher Takin beobachtet und ihre Verhaltensweisen registriert. Bei der Lautgebung gelang es, acht Formen zu ermitteln: Grunzen, Schnaufen, Hecheln, Kollern, Rollen, Brummen, Stöhnen und Blasen-Prusten. Zuchterfolge hatten bisher nur der Zoo Rangun und der Tierpark Berlin. Am 28. 3. 1980 wurde in der zuletzt genannten Einrichtung ein männliches Kalb geboren. Anscheinend wird in der Regel nur ein Junges geboren. Sieht man schon Moschusochsen nur selten einmal in unseren zoologischen Gärten, so ist der Takin noch nie gezeigt worden. Lediglich der Londoner Zoo besaß ihn vorübergehend um die Jahrhundertwende. Erst 1957 wieder gelangte ein Takin in den Zoo Peking und seitdem in weitere südostasiatische Tiergärten.

Unterfamilie Bovinae – Echte Rinder

Die Unterfamilie Bovinae umfaßt all jene großen paarhufigen und wiederkäuenden Säugetiere, die auch dem Laien unter dem Sammelbegriff Rinder geläufig sind. Da aber in der Säugetierkunde in die Familie der Bovidae, Hornträger oder Rinder im weiteren Sinne auch Antilopen, Gazellen, Ziegen, Schafe, Gemsen und andere verwandte Hornträger einbezogen sind, bezeichnet man die Unterfamilie Bovinae am besten als Echte Rinder. Diese Unterfamilie enthält die folgenden drei Gattungen: *Bubalus* (Büffel) mit den Untergattungen *Anoa* (Gemsbüffel), *Bubalus* (asiatische Wasserbüffel) und *Syncerus* (afrikanische Büffel); *Bos* (Eigentliche Rinder) mit den Untergattungen *Bibos* (Banteng, Gaur, Gayal), *Novibos* (Kouprey), *Bos* (Ur oder Auerochse, europäische Hausrinder) und *Poephagus* (Yak) sowie die Gattung *Bison* (Wisente oder Bisons).

Alle drei Gattungen sind auf Eurasien, Afrika und Nordamerika beschränkt. Wilde Echtrinder gibt es weder in Südamerika noch in Australien. Dort leben jetzt indessen verwilderte, durch den Menschen eingeführte Hausrinder, Angehörige der Untergattungen *Bubalus* und *Bos*.

Allen Echtrindern gemeinsam ist der Besitz von vier Zitzen und das Fehlen aller Schneidezähne und Eckzähne im Oberkiefer.

Untergattung *Anoa* – Gemsbüffel

Unter sämtlichen Gattungen und Arten der Echten Rinder (Bovinae) ist unbestreitbar die 1827 von H. Smith beschriebene *Anoa* die noch ursprünglichste. Mit Recht wird ihr deshalb heute der Rang einer eigenen Untergattung eingeräumt. In bezug auf die bei allen wilden Bovinae erreichbaren Körpergrößen ist die Anoa außerdem die kleinste rezente Art. Nur noch einige Zwergrassen des Hausrindes erreichen die normalen Größenverhältnisse dieses wilden Zwergbüffels. Die Untergattung *Anoa* schlägt nämlich im Äußeren, im inneren Körperbau und nicht zuletzt in Form, Gestalt und Anordnung der Hörner die Brücke zu den anderen Unterfamilien der Bovidae. Ihrer besonderen, eher an einige Antilopenformen als an größere Wildrinder erinnernden Behornung verdanken die Anoas den Namen Gemsbüffel.

Die Untergattung *Anoa* enthält nur eine rezente Art *(Bubalus [Anoa] depressicornis)*, deren Verbreitung auf Sulawesi und mehrere eng benachbarte kleinere Inseln beschränkt ist. Zu dieser Art gehören allerdings zwei Unterarten, eine Tieflandform, *depressicornis*, und eine erst 1905 durch Lydekker beschriebene Bergform, *fergusoni*. Die Grundfärbung der Anoas schwankt zwischen dunkelbraun und schwarz. An Kopf, Hals und Extremitäten wird sie durch kleine charakteristische, nicht besonders auffällige Abzeichen unterbrochen. Die Kälber

Auf Sulawesi und benachbarten Inseln lebt die kleinste rezente Wildbüffelart, der nur damhirschgroße Gemsbüffel oder Anoa *(Bubalus [Anoa] depressicornis)*

sind bei der Geburt hellbraun und dunkeln mit zunehmendem Alter mehr und mehr nach. Alte Anoas tragen eine verhältnismäßig spärliche, junge dagegen eine dichte Behaarung. Die Ohren sind relativ klein, die Hörner am Rande der Stirnleiste aufgesetzt, die Kopfzapfen stehen weit auseinander. Die nur wenig nach außen gebogenen Hörner streben fast gerade empor, ähneln einem unten verdickten Pfriem und enden in scharfen Spitzen. Ihre Länge beträgt bei erwachsenen Tieren etwa 25 cm. Gemsbüffel können eine ungefähre Gesamtlänge von 2 m erreichen, wovon etwa 25 bis 30 cm auf den in einer Quaste endenden Schwanz entfallen. Die Widerristhöhe liegt im allgemeinen bei 80 cm. Hufe und Muffel sind durchaus büffelartig.

Anoas, besonders erwachsene Bullen, sind ungemein scheue, doch leicht reizbare Tiere. Obwohl sie nur die Größe eines Hausschafbokkes, die Kühe die eines weiblichen Hausschafes erreichen, sind sie im Kampf mit menschlichen oder tierischen Gegnern ungemein gewandt und deshalb gefährlich. Sie verfügen bei erstaunlicher Zähigkeit und Ausdauer über unerwartet große Kräfte und verwenden ihre spitzen Hörner wie Dolche. Es wird behauptet, daß sie zuweilen, trotz vorhandener Fluchtmöglichkeiten, bei Begegnungen mit Menschen zum Angriff übergehen. Das gilt vor allem von alten Einzelgängern, jungen Stieren in der Paarungszeit und von Kühen, die Kälber führen.

Das ist auch einer der Gründe, weshalb sie in dichter besiedelten und landwirtschaftlich genutzten Teilen ihres Verbreitungsgebietes unablässig verfolgt werden und streckenweise schon ausgerottet sind. Beide Anoaunterarten sind ausgesprochene Kulturflüchter, die sich mit Vorliebe dort aufhalten, wo ihnen weder Tier noch Mensch zu nahe kommen. Sie wandern deshalb in weniger intensiv kultivierte Räume ab. Wie alle Wildrinder sind sie sehr sumpf- und wasserliebend und suhlen sich gern und lange. Meist leben sie paarweise oder in kleinen Familienrudeln, nicht selten auch als Einzelgänger. In bezug auf die Ernährung sind sie recht anspruchslos. Ihr Futter in freier Wildbahn unterscheidet sich in seiner Zusammensetzung in nichts von dem anderer Wildrinder. Allerdings bevorzugen sie Sumpf- und Wasserpflanzen. Ihre Exkremente sind typische kleine Rinderfladen, die, wie die lebenden Gemsbüffel selbst, den charakteristischen Rindergeruch ausströmen.

Über das Freileben der Anoas ist nur wenig bekannt. Das meiste von dem, was wir über sie wissen, stammt aus Beobachtungen in Menagerien und zoologischen Gärten. Allerdings werden sie auch hier nur selten einmal zur Schau gestellt. Noch seltener gelingt dann die Paarung, die Fortpflanzung und gesunde Aufzucht der jungen Gemsbüffel bis zur Geschlechtsreife. Zum ersten Male wurde ein lebender Gemsbüffel in Europa Mitte des vorigen Jahrhunderts in Paris gezeigt. Die erste Fortpflanzung in Gefangenschaft konnte später der Rotterdamer Tiergarten verbuchen. Besondere Berühmtheit in bezug auf seine Anoazuchten genießt der Zoologische Garten Basel. Dort wurde sogar einmal ein schneeweißes, albinotisches Kälbchen geboren. Auch im Zoologischen Garten Dresden gelang es vor dem zweiten Weltkrieg, ein Zuchtpaar zusammenzustellen. Darüber kann der Verfasser aus eigener Erfahrung folgendes berichten: Seit etwa zehn Jahren lebte 1939 ein alter, aus einem Import erworbener Anoabulle im Dresdner Zoo. Er war zu einem ausgesprochenen Einzelgänger geworden, der wegen seiner Angriffslust für die Tierpfleger recht gefährlich war. Es schien deshalb ganz unmöglich, ihm irgendein anderes Zootier beizugesellen. Im Frühjahr 1939 konnte über Hagenbeck aus Sulawesi eine junge kräftige und gesunde Anoakuh importiert werden. Vorsichtshalber wurden beide zunächst in zwei durch Sichtgitter voneinander abgetrennten Gehegen untergebracht. Am Gitter stehend, waren sie nun unablässig bemüht, sich gegenseitig mit den Hörnern zu verletzten und blökten sich mit kurzen, knarrenden Stoßlauten an. Um sie ohne ernstliche Gefahr dennoch vereinigen zu können, ließ man besondere Hornschutzkappen anfertigen. Diese Überzüge waren aus dickem Kernleder und mit kräftigen Lederhalftern versehen. Außerdem wurden die Hornspitzen noch durch eingebaute Korken gesichert. Das Anbringen dieser Halfter erwies sich als ungemein schwierig und gefährlich. Es gelang schließlich nur dank der vereinten Kraft und Geschicklichkeit mehrerer starker Männer. Nachdem den beiden Anoas noch zwei Tage Zeit gelassen worden war, sich an diese, trotz aller Bemühungen nicht abzustreifenden Fremdkörper auf dem Kopf zu gewöhnen, wurden die trennenden Gitter entfernt. Im selben Augenblick entspann sich ein harter und ungestümer Kampf. Stirn an Stirn versuchte jedes Tier, den Gegner zurückzudrängen und in die Knie zu zwingen. Sobald sich einer eine kleine Blöße gab, versuchte der andere, ihm die Hörner von der Seite her in den Leib zu rammen. Das mißlang freilich stets wegen der Hornschutzkappen. Aber allein die ausgeteilten stumpfen Stöße und Püffe machten auf die Beobachter einen bedrohlichen Eindruck. Erstaunlich war die Beharrlichkeit beider Tiere im Kampf. Als sie müde wurden, ließen sie sich auf die Vorderbeine nieder und kämpften so weiter. Schließlich gab die Kuh auf und sprang flüchtend, vom Bullen einige Schritte verfolgt, ab. Damit war der Bann gebrochen. Obwohl es anfangs noch öfter zu derartigen Auseinandersetzungen kam, konnten beide Tiere fortan gemeinsam gehalten werden. Noch längere Zeit danach zeigten jedoch beide keinerlei Anzeichen eintretender Brunst. Diese begann erst im Juli/August 1939 und unterschied sich in keiner Weise vom Brunst- und Begattungsgebaren anderer Wildrinder. Bekannt war, daß die Trächtigkeit neun bis zehn Monate dauern sollte. Das erwies sich als zutreffend. Am 13. Mai 1940 wurde ein gesundes und kräftiges weibliches Anoakälbchen geboren. Es zeigte bei der Geburt eine hellbraune Färbung. Da die mißtrauische und angriffslustige Mutter es sehr gut betreute und schützte, mußte auf seine Wägung und Messung verzichtet werden. Das Kälbchen hatte etwa die Geburtsgröße eines robusten neugeborenen Hausschafbocklammes. Es besaß auch ein verhältnismäßig langes, sehr dichtes und leicht gekräuseltes Haarkleid. Die bei der Geburt noch völlig fehlenden Hörner begannen erst später zu wachsen. Leider ging dieses anfangs vorzüglich gedeihende Tier schon im Alter von drei Monaten an einer Entzündung des Labmagens infolge starken Befalls mit Magenwürmern ein.

Anoas sollen im zweiten oder Anfang des dritten Lebensjahres geschlechtsreif werden. Die hohe Anfälligkeit junger, in Gefangenschaft geborener Gemsbüffel für Infektionskrankheiten, Endoparasiten und Fütterungsfehler gibt der Vermutung Raum, daß ähnliche Verhältnisse auch in freier Wildbahn vorliegen. Danach dürfte sich dort der jährliche normale Bestandszuwachs in ziemlich engen Grenzen halten.

Von einem größeren Nutzen wildlebender Anoas für den Menschen ist nichts bekannt. Fleisch von jüngeren Tieren, besonders das der Kälber, soll sehr wohlschmeckend sein. Der von ihnen in Pflanzungen angerichtete Schaden ist kaum hoch anzusetzen. Es ist deshalb zu hoffen, daß beide rezente Unterarten dieser interessanten urtümlichen Rinder durch ernsthafte und intensive Schutzmaßnahmen vor der Ausrottung bewahrt bleiben.

Untergattung *Bubalus* – Asiatische Wasserbüffel

Zwischen der Untergattung *Anoa* und der Untergattung *Bubalus* steht in Normalgröße, Hornform und Hornstellung sowie insgesamt erscheinungsbildlich ein kleiner, nur etwa

1,20 m Schulterhöhe erreichender Wildbüffel von der Philippinen-Insel Mindoro. Dieser Mindorobüffel oder Tamarao *(Bubalus arnee mindorensis)* ist das von der Wissenschaft wohl am meisten umstrittene rezente wildlebende Echtrind. Einige Forscher stellen ihn unmittelbar neben den Gemsbüffel in die Untergattung *Anoa*. Andere betrachten ihn lediglich als eine etwas stärker abweichende und relativ primitv gebliebene Unterart des asiatischen Wasserbüffels *(Bubalus arnee)*. Nun wirkt der Tamarao tatsächlich in seiner ganzen Erscheinung, nicht zuletzt seiner Mittelgröße wegen, wie eine Mischform zwischen dem zwerghaften Gemsbüffel und dem Arni-Büffel. Ob er es nicht doch ist, ist durchaus nicht entschieden. Allerdings müßte diese Vermischung dann schon sehr lange zurückliegen, denn der Mindorobüffel repräsentiert heute im Gesamtbestand einen sehr einheitlichen Typus. Interessant ist dabei, daß es auf den Philippinen so etwas wie eine graduelle Vermischung zu geben scheint. Auf den Inseln Busuanga, Luzon und Mindanao gibt es in freier Wildbahn seit langem schon Tiere, die Abkömmlinge einst verwilderter Hauswasserbüffel sind. Sie zeigen aber auch starke Anklänge an den Tamarao-Typ, könnten also unter Umständen einer Vermischung jener verwilderten Hauswasserbüffel mit einst dort vorhanden gewesenen Mindorobüffeln entstammen.

Dafür, daß der Mindorobüffel eine uralte, stammesgeschichtlich begründbare Mittelform zwischen *Anoa, Bubalus* und der afrikanischen Untergattung *Syncerus* darstellt, scheint zu sprechen, daß die Hornform der afrikanischen Waldbüffel der des Mindorobüffels sehr ähnlich ist. Allerdings könnten das auch nur Konvergenzerscheinungen sein. Alles das muß vom züchtungsbiologischen Standpunkt aus ein offener Fragenkomplex bleiben, bis es exakt gelungen ist, Anoa und Mindorobüffel, Anoa und Wasserbüffel sowie Mindorobüffel und Wasserbüffel erfolgreich zu bastardieren. Ob das gelingt, ist recht fraglich, denn bisher sind zum Beispiel noch nicht einmal nachweisbare Kreuzungen von *Bubalus* und *Syncerus* erreicht worden. Leider geht auch der Tamarao auf Mindoro zusehends der Ausrottung entgegen, falls dem nicht durch einschneidende Schutzmaßnahmen Einhalt geboten wird.

Selbst der Prototyp der Untergattung *Bubalus*, der wilde asiatische Arni oder Wasserbüffel *(Bubalus arnee arnee)* und seine Haustierform, in Vorderindien Kerabau genannt, geben der Wissenschaft noch viele bisher unzureichend beantwortete Fragen auf. Dieses Echtrind war in vorgeschichtlicher Zeit von Nordafrika zu den Philippinen und von Mittelchina bis nach Ceylon verbreitet. Schon Jahrtausende vor unserer Zeitrechnung wurde es domestiziert. Seine Wildformen variieren als geographisch zum Teil auf Inseln oder Inselgruppen isolierte Unterarten in Körpergröße, Hornform und Fellfärbung ziemlich stark. Noch mehr ist das bei den durch den Menschen mit sich geführten Hauswasserbüffeln der Fall. Durch künstliche Verschleppung in andere Gegenden und ihre dann unumgängliche Vermischung mit dort vorkommenden, äußerlich abweichenden Typen ist eine erscheinungsbildliche Vielfalt dieses Haustieres in Asien zustande gekommen. Alles in allem kann man aber vom Hauswasserbüffel sagen, daß er kaum jemals die volle Größe des wilden Arnis erlangt und selten auch dessen weitausladende Hörnerpracht. Die Wildform erreicht Schulterhöhen bis zu 1,80 m. Wie ihr Name sagt, sind alle Wasserbüffel wasserliebende Sumpfbewohner, nur der Mindorobüffel anscheinend nicht. Von alters her wird der Hauswasserbüffel als Zugtier für schwere Lasten in feuchtem Gelände, als Fleischlieferant und wegen der ungemein fettreichen Milch geschätzt. Vor allem war und ist er als Zugtier beim Reisanbau fast unentbehrlich.

Bis vor kurzem existierte ein kleiner, inzwischen wohl ausgerotteter Bestand wilder Wasserbüffel auch in Nordafrika, im Sumpfgebiet von Ischkul bei Bizerte in Tunesien. Manche Forscher sahen in ihm den letzten Reliktbestand der spätdiluvial-frühalluvialen Wildwasserbüffel Nordafrikas und somit ein Naturdenkmal höchsten Ranges. Dieser Restbestand kann aber auch von – unter Umständen bereits in frühgeschichtlicher Zeit – dem Menschen entlaufenen und wieder verwilderten Hauswasserbüffeln abstammen. Daß die Tiere schon vor Jahrtausenden in Nordafrika und Vorderasien gehalten wurden, steht fest, und Beispiele für die Verwilderungsthese gibt es von anderen Stellen in Fülle. So nennt Haltenorth als neugewonnenen Lebensraum verwilderter Hauswasserbüffel unter anderem Australien und Brasilien. Dort hat es niemals wilde Wasserbüffel gegeben. Auch auf Madagaskar, auf den Andamanen, in Hinterindien und auf den Philippinen leben verwilderte Hauswasserbüffelherden.

Was die tatsächlichen wilden Wasserbüffel anbetrifft, so stehen sie heute in ihren Vorkommensgebieten hart an der Grenze der Ausrottung. Außerdem vermischen sie sich zwangsläufig mehr und mehr mit den im gleichen geographischen Raum vom Menschen gehaltenen Hauswasserbüffeln. Einmal gesellen sich entlaufene Hauswasserbüffel den Wildherden zu, zum anderen gehen während der Brunftzeit wilde Bullen an weidende Hauswasserbüffelherden heran und decken die rindernden Kühe. Die Übergänge zwischen Wild- und Haustierform des Wasserbüffels sind also dort, wo sie im gleichen Gebiet nebeneinander leben, durchaus fließend und somit unübersichtlich. Daraus ergeben sich für uns aber höchst wertvolle Vergleichsmöglichkeiten mit der völligen, um Jahrhunderte vorausgegangenen Ausrottung des wilden Auerochsen als des Stammvaters aller europäischen Hausrindrassen. So ähnlich wie beim Wild- und Hauswasserbüffel dürfte das auch in unserer europäischen Heimat gewesen sein. Damals lebten hier in freier Wildbahn die Herden des Urs neben seinen domestizierten, noch sehr primitiven Abkömmlingen, den Hausrindern der Menschen längst vergangener Kulturen. Auch hier werden in jenen Zeiten wilde Urbullen häufig in die Hausrinderherden eingedrungen sein, die Umzäunungen niedergetrampelt und zerstört, die weit schwächeren Hausrindbullen niedergekämpft und die rindernden Kühe gedeckt und entführt haben. So manche Hausrindkuh verließ wohl auch ihr Gelaß oder ihren Herdenverband und schloß sich einer nahen Wildurherde an.

Je mehr einerseits der Wildwasserbüffel seiner Ausrottung entgegengeht, um so mehr verbreitet sich zum anderen unter menschlicher Obhut und Lenkung der sehr wirtschaftliche und genügsame Hauswasserbüffel auf der Erde.

Es gibt heute keinen Erdteil mehr, in dem nicht, wenigstens hier und da, Hauswasserbüffel gehalten und mannigfach genutzt würden. Das tifft auch auf Südosteuropa und die Mittelmeerländer, vielleicht abgesehen von der Pyrenäenhalbinsel, zu. Der Wildwasserbüffel lebt gesellig in Familienrudeln, mitunter in größeren Herden. Dieser Paarhufer vermag sich wie sein zahmer Abkömmling, auf schwankendem Sumpfgelände zu bewegen. Er ist vorwiegend Dämmerungs- und Nachttier. Tagsüber ruht er meist träge in der Nähe oder bis zum Hals im Wasser von Tümpeln und Sumpflöchern. Wie der Hauswasserbüffel, der sich überhaupt im Verhalten wenig vom wilden unterscheidet, vermag er vorzüglich und ausdauernd über weite Strecken zu schwimmen. Wasserbüffel können 25 Jahre und älter werden. Schon gegen Ende ihres zweiten Lebensjahres werden die Jungen geschlechtsreif. Gewöhnlich bringt die Wasserbüffelkuh nach zehnmonatiger Tragzeit nur ein Kalb zur Welt, Zwillinge kommen wohl vor, aber selten. Wildwasserbüffelkälber sind bei der Geburt normal gelbbraun bis rostbraun gefärbt. Hauswasserbüffelkälber von schwarzen Eltern sehen dagegen meist schon von Geburt an schwarz aus. Die Färbung der Wildwasserbüffel ist in der Regel nicht schwarz, sondern recht einheitlich dunkelschiefergrau, während die der Hauswasserbüffel größere Unterschiede aufweist. Unter diesen Tieren gibt es völlig schwarze sowie schwarze mit weißen Stirnsternen oder Blessen mit weißen Schwanzquasten. Man begegnet auch wildfarbigen braunen oder sogar rahmfarbenen oder weißen Tieren mit roten Augen. Der Haarbesatz des Felles erwachsener Wasserbüffel ist kurz, schütter und spärlich. Junge Tiere sind dagegen dichter und länger behaart. Auf der Rückenmitte alter Wasserbüffel sind die Haare nach vorn gerichtet. Die quergewulsteten Hörner der Wildwasserbüffel können bedeutende Ausmaße und Spannweiten erreichen. Sie sind – die scharfe Kante nach innen – im Querschnitt dreieckig und in Sichelform nach rückwärts geschwungen. Die Hörner der Hauswasserbüffel hingegen erreichen die Größe im allgemeinen nicht, sind zuweilen sogar stark verkümmert, klein und eng gestellt. Auch Querwülste können fehlen. Bullen und Kühe der Wasserbüffel unterscheiden sich in Leibesumfang, Körpergröße und Schulterhöhe kaum.

Untergattung *Syncerus* – Afrikanische Büffel

Zwar sind Hauswasserbüffel als Nutztiere auch in manche Gebiete Afrikas eingeführt worden, aber sie sind hier nicht bodenständig. Wenn man von den nordafrikanischen Wasserbüffeln

Ein sehr wehrhaftes Großwild afrikanischer Savannen ist der Kaffern- oder Steppenbüffel *(Bubalus [Syncerus] caffer)*. Die Fellfarbe ist braunschwarz bis schwarz. Charakteristisch ist die besonders bei alten Bullen an der Hornbasis stark aufgewulstete Stirn, siehe Bildmitte

von Ischkul in Tunesien absieht, fehlen Wildbüffel der Untergattung *Bubalus* in Afrika. Sie werden dort vom Sudan bis nach Südafrika durch die anatomisch und äußerlich recht ähnliche Untergattung *Syncerus* ersetzt. Obwohl die einzelnen Unterarten, die kleinen, im tiefsten Urwald lebenden west- und zentralafrikanischen Wald- und Rotbüffel und die schwarzbraunen bis schwarzen riesigen Steppen- und Kaffernbüffel Ost- und Südafrikas äußerlich stark voneinander abweichen, gehören alle zu der Art *Bubalus (Syncerus) caffer*.

Es finden sich in ihrem riesigen Verbreitungsgebiet in ganz Afrika viele fließende Übergänge zwischen den beiden Extremen. Besonders deutlich tritt das bei dem eine Mittelstellung einnehmenden, zur eigenen Unterart erhobenen Sudan- oder Grasbüffel in Erscheinung. Außerdem pflanzen sich wahrscheinlich alle afrikanischen *Syncerus*-Büffel fruchtbar miteinander fort. Das vermögen afrikanische Büffel, ganz gleich, welcher dieser drei Unterarten sie angehören, jedoch sonst mit keiner anderen Wild- oder Hausrindform, wohl nicht einmal mit den ihnen anscheinend am nächsten verwandten asiatischen Wasserbüffeln.

Der bekannteste und größte afrikanische Büffel ist der Steppen- und Kaffernbüffel *(Bubalus [Syncerus] caffer)*, der eine Rückenhöhe von etwa 1,70 m erreicht. Erwachsene Bullen sind im allgemeinen größer und schwerer als gleichaltrige Kühe. Er bewohnt in kleineren, zuweilen sehr großen Herden alle ost- und südafrikanischen Buschsteppengebiete von Äthiopien bis Angola, ist aber auch weite Strecken hin bereits ausgerottet. In Südafrika leben nur noch wenige in Reservaten. In Ostafrika ist dieses wundervolle und für die dortige Steppe charakteristische Wildrind dagegen noch relativ häufig. Von ihm ist bekannt, daß es, angeschossen oder auch nur bedroht, ein höchst wehrhaftes und gefährliches Großwild ist. Alljährlich müssen im Wildreservat von Marromen am Sambesi mehrere tausend Kaffernbüffel erlegt werden. Diese Aktion ist notwendig, um einer tiefgreifenden Schädigung der Vegetation des Gebietes und der Verdrängung schwächerer Tierarten vorzubeugen. Das Fleisch der erlegten Büffel dient zur Versorgung der Bevölkerung. Die ab- und zufliegenden weißen Kuhreiher verraten dem Jäger die Standorte der Herden. Sie steigen meist in größerer Anzahl auf den massigen Leibern der Büffel herum und fangen dabei die blutsaugenden Bremsen und andere lästige Hautschmarotzer.

Wie der asiatische Wasserbüffel ist auch sein afrikanischer Vetter sehr sumpf- und wasserliebend. Nach einer Trächtigkeitsdauer von zehn bis elf Monaten bringen die Kühe gewöhnlich ein Kalb, selten einmal zwei, zur Welt, das sie aufopfernd betreuen und verteidigen. Die Geburt der Kälber fällt in das Ende der Trockenzeit. Sie werden also in die überall neu aufgrünende Vegetation hineingeboren. Die Geschlechtsreife der Jungbüffel beginnt im allgemeinen Ende ihres zweiten Lebensjahres. Die Hörner der afrikanischen Steppenbüffel erscheinen uns durch ihre Hornblasenverdickung und die dazugehörige Stirnaufwölbung besonders wuchtig und imponierend. Man bezeichnet diese charakteristische Bildung deshalb treffend als Helm. Asiatischen Wasserbüffeln fehlt dieser Helm. Schon bei der dem Kaffernbüffel am nächsten stehenden afrikanischen Unterart, dem Sudanbüffel, ist er weit geringer entwickelt. Beim westafrikanischen Rotbüffel schließlich tritt der Helm noch weniger in Erscheinung oder fehlt oft völlig.

Bedingt durch gänzlich andere Umweltbedingungen, unterscheiden sich die westafrikanischen Wald- oder Rotbüffel *(Bubalus [Syncerus] caffer nanus)* in der Lebensweise beträchtlich vom ost- und südafrikanischen Steppenbüffel. Zwischen beiden steht der Sudan- oder Grasbüffel *(Bubalus [Syncerus] caffer brachyceros).* Die Waldbüffel leben in nur kleinen Familienrudeln im dichten, versumpften Urwald. Auch sie können dem Menschen, wenn sie ihn in diesem unübersichtlichen Milieu aus meist kurzer Entfernung annehmen, sehr gefährlich werden. Infolge ihrer weiten Verbreitung in den westafrikanischen Urwäldern haben sich viele durch natürliche Ausbreitungsschranken getrennte Lokalrassen herausgebildet. In manchen isolierten Habitaten treten sogar ausgesprochene Zwergrassen auf. Allgemein sind die westafrikanischen Waldbüffel rot, zuweilen geradezu leuchtend rot gefärbt. In den Überschneidungsgebieten von Wald-, Gras- und Steppenbüffel gibt es Farbübergänge vom hellen Rot bis zum dunkelsten Schwarz. Auch in der Färbung neugeborener afrikanischer Büffel ist dieser Unterschied zu erkennen. Bei den Waldbüffeln sind die jungen Kälber hellrot,

Der westafrikanische Rot- oder Waldbüffel *(Bubalus [Syncerus] caffer nanus)* ist trotz seines in kräftigem Rot leuchtenden Felles, der wesentlich geringeren Körpergröße und der einfacheren Hörner (ohne typische Stirnaufwulstung) eine Unterart des großen schwarzen Kaffernbüffels

bei Kaffernbüffeln dunkelbraunrot. Die den Kälbern aller afrikanischen Büffel eigenen Ohrfransen aus langen Haaren sind noch bei voll erwachsenen Waldbüffeln weit stärker ausgeprägt als bei alten Kaffernbüffeln.

Besonders die Steppenbüffel werden wegen der Schäden, die sie in Pflanzungen anrichten, stark verfolgt. Neuerdings werden in Transvaal Versuche unternommen, den Steppenbüffel zu domestizieren, um ein für die dortigen Verhältnisse besonders geeignetes Nutztier zu gewinnen. Diese züchtungsbiologischen Experimente stehen aber noch am Anfang. Wie sie ausgehen werden, ist ungewiß.

Gattung *Bos* – Eigentliche Rinder

Die weitaus formenreichste Gattung der Unterfamilie Bovinae ist die Gattung *Bos*. Sie setzt sich aus den folgenden vier Untergattungen zusammen: *Bos*, mit der Art Ur oder Auerochsen, *Poephagus*, mit der Art Wildyak, *Bibos*, mit den Arten Banteng und Gaur, und *Novibos*, mit der Art Kouprey.

Außer vom Kouprey – falls dieser nicht ein Vermischungsprodukt wieder verwilderter Haustiere aus der Gattung *Bos* ist (?) – gibt es Domestikationsformen von allen genannten Untergattungen. Die Untergattung *Bos* wird heute nur noch mittelbar durch die von dem als Wildart 1627 in Europa und in der zweiten Hälfte des 18. Jahrhunderts in Asien ausgerotteten Ur oder Auerochsen *(Bos primigenius)* abstammenden Hausrindrassen vertreten. Allerdings wies 1963 Koch-Isenburg darauf hin, daß einige Wahrscheinlichkeit dafür besteht, daß sich in den Grenzgebieten zwischen Thailand und Kampuchea noch ein kleiner Wildbestand des Urs bis in unsere Tage erhalten haben könnte.

Bis zu einer endgültigen Klärung müssen wir indessen diese Wildrindart weiterhin als längst ausgerottet betrachten. Einst war sie weit über Eurasien verbreitet, bewohnte auch das nördliche Vorderindien, Vorderasien und Teile Nordafrikas und kam von Irland bis zum südlicheren Ostchinesischen Meer in wahrscheinlich zahlreichen Unterarten vor. Die besonderen Eigentümlichkeiten dieser Tiere sind heute kaum noch festzustellen, denn bereits seit frühgeschichtlicher Zeit wurde der Auerochse in seinem gesamten Verbreitungsgebiet bis zur schließlichen Ausrottung verfolgt. In einigen primitiven europäischen Hausrindrassen sind aber noch zahlreiche charakteristische Elemente des Ur-Phänotypus vorhanden. Das hat in der ersten Hälfte unseres Jahrhunderts die Brüder H. und L. Heck angeregt, durch züchtungsbiologisch wohldurchdachte Kreuzungen mit derartigen Typen ein ungefähres lebendes Modell des Urs zu züchten. Diese Tiere zeigen äußerlich und im Verhalten eine Fülle der uns auch in Knochenfunden, Bild- und Textquellen überlieferten Merkmale des Auerochsen. Sie erreichen freilich nicht dessen Größe. Auch die Hörner bleiben kleiner und schwächer.

Männliche Wildure erreichten Schulterhöhen von 1,85 m, weibliche wahrscheinlich nur von 1,50 m. Die bis 80 cm langen, kreisrunden, weiß leuchtenden Hörner waren außen glatt und endeten in scharfen, schwarz gefärbten Spitzen. Der Auerochse lebte in großen Herden in nicht oder wenig bedecktem Gelände, seine Hufe waren diesem Steppenleben angepaßt, wiesen also nur gering entwickelte Afterklauen auf. Die Fellfarbe der Bullen war schwarzbraun bis schwarz. Über den Rücken zog sich ein gelbbrauner bis grauweißer Aalstrich. Die Kühe waren heller schwarzbraun bis braun gefärbt, die Kälber bei der Geburt rotbraun.

Vor mindestens 7000 Jahren begann die Domestikation des Auerochsen innerhalb des gewaltigen Verbreitungsgebietes unabhängig voneinander an verschiedenen Stellen und zu verschiedenen Zeiten. Das Resultat dieser jahrtausendelangen Haustierwerdung sind letztlich unsere heutigen Hochleistungshausrinder. Neben diesen gibt es noch immer primitive Hausrindtypen, unter anderen langhaarige Rassen wie das Schottische Hochlandrind und das Englische Parkrind. Als ebenfalls primitive, glatthaarige seien noch die Korsischen Gebirgsrinder und die Andalusischen Kampfrinder genannt, als besonders großhörnige und stattliche Fleischtiere die Ungarischen Steppenrinder. Die gewaltigsten und längsten Hörner aller Rinder trägt das in Ostafrika in riesigen Herden gehaltene Watussi-Rind. Alle vom Ur abstammenden Hausrindrassen aufzuzählen ist hier unmöglich. Vielfach sind entlaufene Hausrinder wieder verwildert und leben nun als sekundäre Wildtiere, teilweise in großen Herden, selbst in Gebieten, in denen es niemals wilde Auerochsen gab, so in Austra-

Ein interessantes Bemühen war der Versuch der beiden bekannten Tiergärtner Lutz und Heinz Heck, aus primitiven Hausrindrassen das ungefähre Modell des längst ausgestorbenen altweltlichen Urs oder Auerochsen *(Bos primigenius)* einigermaßen hinreichend zurückzuzüchten. In die freie Wildbahn ausgesetzt, verhalten sich derartige Modell-Ure wie Wildrinder

lien, auf Neuseeland und in Südamerika. Nach Ansicht der meisten Haustierforscher sollen auch die Zebus Nachkommen des Auerochsen sein. Man nimmt an, daß bei den südöstlichen Uren einst auch ein kleiner Fettbukkel auf dem Widerrist vorhanden gewesen ist. Allerdings gibt es auch Verechter der Ansicht, daß die Zebus, deren Phänotyp uns bereits aus dem 3. Jahrtausend v. u. Z. aus Asien überliefert ist, zwar im Hauptanteil ihrer Erbmasse vom Auerochsen abstammen, daß darüber hinaus aber schon sehr frühzeitig Einkreuzungen von Gaur oder Banteng stattgefunden haben dürften.

Die beiden Vertreter der Untergattung *Bibos* sind durch einen erhöhten Muskelkamm auf dem Vorderrücken ausgezeichnet, dessen

Stütze durch verlängerte Dornfortsätze mehrerer Brustwirbel gebildet wird. Bei diesen Rindern tritt oft eine helle Spiegelbildung in der Schwanzregion auf. Die Beine sind gestiefelt, der dunkle Oberteil des Körpers ist scharf vom hellen Unterteil abgesetzt.

Die eine Art, der Banteng *(Bos [Bibos] javanicus)*, das wohl schönste Wildrind und zugleich Stammform des als Haustier gehaltenen Balirindes, kommt wild in mehreren Unterarten vor, ist aber vielerorts ausgerottet. Sein Verbreitungsgebiet erstreckt sich von Nordburma bis zum Nordrand der Malaiischen Halbinsel, ferner über Thailand, Kampuchea, Laos bis nach Jawa (auf dieser großen Insel kommen im höchsten Falle noch 500 wildlebende Stücke vor) und Kalimantan. Der Schutz der Tiere ist infolge ausgedehnter Wilddieberei sehr problematisch. Die Oberkörperfarbe der Bullen ist meist braun, die der wesentlich kleineren Kühe heller rotbraun. Der Banteng ist ein nicht sehr scheues Wald- und Dschungelrind. Auf Bali und Lombok wurde er zum kleineren Balirind domestiziert, das auch auf anderen Sundainseln gehalten wird und dort teilweise bereits wieder verwildert ist.

Der gewaltige Gaur *(Bos [Bibos] gaurus)* übertrifft den Banteng an Größe. Beim Gaur sind Bullen und Kühe zwar nicht in der Färbung, die oberseits dunkelbraun bis schwarz ist, wohl aber in der erreichbaren Größe sehr verschieden. Der Gaur ist ein ausgeprägter Kulturflüchter, der in Gebirgen bis 2000 m aufsteigt und dichten Wald oder das Gewirr des Bambusdschungels als Biotop bevorzugt. Er kommt von Vorderindien bis zur Malaiischen Halbinsel vor, ist aber fast ausgerottet. Bei der Erstellung eines Internationalen Zuchtbuches für den Gaur ergab sich, daß 1974 in zoologischen Gärten Europas, Nordamerikas, Indiens und Burmas 25 männliche und 32 weibliche Gaur lebten. Die Kühe werden in der Regel mit

Zwar nicht in ihrer silberweißen, sich im Alter teilweise in silbriges Schiefergrau bis Schwarz verdunkelnden Färbung, jedoch im Körperbau ähneln die mit großen Hörnern ausgestatteten Ungarischen Steppenrinder *(Bos taurus)* noch dem Stammvater der europäischen Hausrinder, dem Auerochsen

25 Monaten zuchtreif und bekommen alle 14 bis 15 Monate ein Kalb, das rund vier bis fünf Monate gesäugt wird.

Der Gayal, von dem es ebenfalls zahlreiche verwilderte Bestände gibt, ist der vor 4000 bis 5000 Jahren domestizierte Gaur. Er ist wesentlich kleiner als sein wilder Artgenosse. Bei ihm treten auch Weißlinge und Schecken auf.

Ein sehr umstrittenes Wildrind, das erst 1937 entdeckt wurde, ist der riesige Kouprey *(Bos [Novibos] sauveli).* Die alten Bullen tragen sehr starke Wammen. Sie sind vorwiegend schwarzbraun bis schwarz, die Kühe heller gefärbt, die Beine bei beiden Geschlechtern gestiefelt. Der Kouprey lebt in lichten Wäldern Hinterindiens. Sein Bestand wird für das Gebiet von Kampuchea 1970 mit 30 bis 70 Individuen angegeben. 1964 waren es noch ungefähr 500 Exemplare. Coolidge hat ihm 1940 den Rang einer eigenen Gattung *Novibos* zugestanden, Haltenorth räumt ihm 1963 nur den einer Untergattung innerhalb der Gattung *Bos* ein. Es gibt auch Stimmen, die ihn lediglich für einen komplexen Bastard aus verwilderten Hausrindern und Zebus, Bantengs, Gauren und sogar Wasserbüffeln halten.

Eine Sonderstellung, aber keine so umstrittene wie die des Kouprey, nimmt auch die Untergattung *Poephagus* ein. Ihre einzige rezente Wildart ist der riesige Wildyak *(Bos [Poephagus] mutus).* Der ihm gegenüber zwerghafte Hausyak *(Bos [Poephagus] mutus grunniens)* ist lediglich sein im Zuge einer mindestens schon 3000 Jahre währenden Domestikation verkümmerter Abkömmling. Wildyakbullen können Körperhöhen von über 2 m erreichen. Wildyak- und Hausyakkühe bleiben im Verhältnis etwa ein Drittel niedriger als die zugehörigen Bullen. Den Hausyak bezeichnet man wegen seiner grunzenden Stimmäußerungen auch als Grunzochsen. Der Wildyak – auch Jak ist üblich – soll abgesehen von der Brunftzeit weit seltener von seiner Stimme Gebrauch machen,

Ein farbenfreudig gezeichnetes Wildrind ist der in Dschungelgebieten von Vorderindien bis Malakka verbreitete Gaur *(Bos [Bibos] gaurus).* In Gebirgen geht er bis 2000 m. Seine Haustierform ist der Gayal *(Bos [Bibos] gaurus frontalis)*

was ihm den wissenschaftlichen Artnamen *mutus*, der Stumme, eintrug. Früher besiedelte der Wildyak in zuweilen riesigen Herden die Hochflächen Tibets und anderer zentralasiatischer Gebirge. Während der letzten 80 Jahre wurde er aber so stark verfolgt, daß man ihn heute als nahezu ausgerottet betrachten kann. Der Wildyak ist ein sehr klettergewandtes Hochgebirgstier, dessen spezifischer Lebensraum Ebenen von 4000 bis 6000 m Höhe sind. Gegen Witterungsunbilden, Schneestürme und eisige Kälte schützt ihn sein dichtes Fell aus feinen langen Haaren, die auf beiden Körperseiten wie Vorhänge herabhängen und auch das Gesicht bedecken. Zum ausgezeichneten Klettern befähigen ihn große Hufe mit breitem Spalt und als Stütze ausgeprägte Afterklauen. Im Gegensatz zu allen anderen Wild- und Hausrindern ist beim Yak der Schwanz von der Wurzel an lang behaart und bildet eine dicke Endquaste.

Von den Sinnen des Wildyaks ist nur das Geruchsvermögen vorzüglich. Droht Gefahr, nimmt die Herde die Kälber und die sie führenden Mutterkühe schützend in die Mitte. Die Körperfärbung des Wildyaks ist schwarz, die des Maules grau, und über die Rückenmitte zieht sich ein silbergrauer Aalstrich. Der Hausyak ist dem Wildyak sehr ähnlich, aber viel kleiner. Auch treten bei ihm neben schwarzen und weißen, braune, gelbe und gescheckte Tiere auf. Seine Herden zeigen also nicht das einheitliche Bild der Wildyakherden. Wie gelegentlich bei allen anderen Hausrindern, kann beim Hausyak Hornlosigkeit auftreten. Hornlose Rinderrassen haben den Vorteil, für den Menschen weniger gefährlich zu sein. Derartige Tiere können sich auch untereinander wenig Schaden zufügen, wodurch größere Verluste vermieden werden. Der Hausyak wird vor allem in Zentralasien in großen Herden gehalten. Er ist dort viel weiter verbreitet als sein wilder Vorfahr. Von ihm gewinnt man Milch, Haare und Fleisch. Er dient als Lastenträger, Zug- und Reittier. Sein getrockneter Mist wird als Heizmaterial verwendet. Da der Hausyak auf die Dauer hohe Wärmegrade nur schwer verträgt, starker Kälte,

Ungeachtet des hohen Fettbuckels sind die in mehreren Zwerg-, mittleren und Riesenrassen weit – besonders in Südasien – verbreiteten Zebus oder Buckelrinder letztlich Abkömmlinge des Urs

Im dichten Wald-, Gras- und Bambusdschungel Hinterindiens, Djawas und Kalimantans ist der Banteng *(Bos [Bibos] javanicus)* heimisch. Als sogenanntes Balirind *(Bos [Bibos] javanicus domesticus)* ist er domestiziert worden

Schnee- und Flugsandstürmen sowie vereistem Gelände gegenüber aber weitgehend unempfindlich und angepaßt ist, stellt er in Asien das geeignetste Hausrind für Höhenlagen über 2000 m dar. Wie sein wilder Stammvater ist er ein vorzüglicher Steiger und sicherer Kletterer. In den zoologischen Gärten gehört der Hausyak zu den wichtigsten Schautieren. Er vertritt den riesigen Wildyak, der wohl noch niemals in einem Tiergarten gezeigt wurde.

Trotz des bizarren, umweltbedingten Phänotyps, der beträchtlich von dem des Auerochsen abweicht, ist der Yak ein verhältnismäßig naher Verwandter des Urs und seiner domestizierten Nachkommen.

Bastarde mit Zebus und europäischen Hausrindern sind nicht schwer zu erzielen. Sie übertreffen in Größe und Gewicht beide Elterntiere meist beträchtlich. Die Tiere sind außerordentlich kräftig und eignen sich besonders als Zug- und Tragtiere. Zu diesem Zweck züchtet man sie oft in Asien. Im Zoologischen Garten Dresden wurden vom Verfasser vor dem zweiten Weltkrieg Bastarde zwischen einem langhaarigen Hausyak als Vatertier und einer Kuh des primitiven, ebenfalls langhaarigen Schottischen Hochlandrindes gezüchtet. Eine Bastardkuh aus dieser Kreuzung kam dem uns überlieferten Phänotyp der wilden Urkuh außerordentlich nahe. Für den Typ des Urbullen gilt dasselbe von einem vom Verfasser im Bergzoo Halle gezüchteten Bastard aus einem importierten schwarzen Hausyakbullen und einer Kuh der hochdomestizierten schwarzweißen Niederungsrasse.

Gattung *Bison* – Wisent und Bison

Bis vor kurzem war es üblich, innerhalb der Echtrindergattung Bison zwei rezente gute Arten zu unterscheiden, den eurasischen Wisent und den nordamerikanischen Bison. Die Bezeichnung Indianerbüffel für den letzteren ist vom wissenschaftlichen Standpunkt aus absolut falsch. Die nordamerikanischen Bisons und mit ihnen die eurasischen Wisente sind für die Fachwissenschaft nämlich durchaus keine Büffel. Wirkliche Büffel sind lediglich die bereits besprochenen Echten Rinder der Gattung *Bubalus.* Auf Grund mannigfacher anatomischer Unterschiede diesen gegenüber gebührt Bison und Wisent zusammen mit vollem Recht der Rang einer eigenen Gattung *Bison.* Die frühere Trennung in zwei Arten hat sich inzwischen als unhaltbar erwiesen. Beide gehören der gleichen Großart *Bison bison* an. Großart deshalb, da sie beide zwei phänotypisch auffällig voneinander abweichende und somit charakteristische Geotypen repräsentieren. Bison und Wisent gliedern, besser gliederten sich in mehrere Unterarten auf. Die einzelnen Standortrassen des Wisents oder des Bisons noch heute korrekt unterscheiden zu wollen ist müßig. Es sei denn, es geschähe als Nekrolog. Die meisten Unterarten des nordamerikanischen Bisons sind nämlich, und das erst nach dem ersten Weltkrieg, ebenso ausgerottet worden wie die zweite rezente Unterart des Wisents, der Kaukasische Wisent. Historisch gesehen, könnte man in groben Umrissen alle Unterarten dieser beiden großen Geotypen in linearer Folge hintereinanderreihen. Am einen Ende dieser Kette stand als Extrem der eigentliche europäische Flachlandwisent *(Bison bison bonasus).* Ihm folgte als Gebirgsform der Kaukasische Wisent *(Bison bison caucasicus).* In Nordamerika schloß sich ihm der am meisten wisentähnliche und sehr große Waldbison *(Bison bison athabascae)* an, und dann endete die Kette im anderen Extrem, dem bekannten Präriebison *(Bison bison bison).*

Was heute an Resten der dortigen Unterarten in Nordamerika noch übriggeblieben ist und durch Schutzmaßnahmen am Leben erhalten wird, ist – vor allem in Kanada – fast völlig zu einem Bison-»Generaltyp« verschmolzen. Das Gros der gehegten Bestände resultiert nämlich aus unablässiger Vermengung von Wald- und Präriebisons. Nur Schautiere zoologischer Gärten sind Wisent-Bison-Bastarde. Sie werden sowohl von der Reinzucht der Wisents als auch des Bisons – obwohl mit beiden fruchtbar – ausgeschlossen.

Nach dem ersten Weltkrieg waren in Eurasien beide Wisentunterarten in freier Wildbahn ausgerottet worden. Noch existierten aber in zoologischen Gärten einige Exemplare, sowohl von reinen Flachlandwisenten als auch von Abkömmlingen des Kaukasiers. Dank der Initiative von K. Priemel wurde eine »Internationale Gesellschaft zur Erhaltung des Wisents« ins Leben gerufen und mit dem zur Verfügung stehenden Material die Existenz des eurasischen Wisents, natürlich als Universaltyp, gerettet. Eine peinlich genaue Zuchtbuchführung, die das bleibende Verdienst von Erna Mohr ist, sicherte und garantiert die Reinerhaltung der Bestände. Inzwischen ist die Anzahl reinblütiger Wisente, insbesondere in der Volksrepublik Polen, soweit angestiegen, daß bereits mit einzelnen Stücken die alten, vorher völlig ausgewilderten Wisent-Schutzgebiete von Białowieża und Pszczyna (Pleß) neubesiedelt werden konnten. Dort lebt jetzt eine an Kopfzahl ständig zunehmende Wisentherde in völliger Freiheit. Im Sommerhalbjahr bilden, nach Krasinski, die Wisente im Durchschnitt 12 Tiere umfassende gemischte Herden aus älteren Kühen, zwei bis drei Jahre alten Tieren beiderlei Geschlechts und Kälbern, in der Hälfte der Fälle auch mit älteren Bullen. Während der Brunstzeit nehmen solche mit einzelnen oder wenigen Bullen vergesellschafteten Mischherden zu. Die Geburtsrate ging von anfänglich 70 auf 54 je 100 fortpflanzungsfähige Wisentkühe zurück. Die Sterblichkeit ist im ersten Lebensjahr mit 23 Prozent am höchsten, mit zunehmendem Alter nimmt sie kontinuierlich ab. Im Winter bilden sich bis zu 97 Tiere umfassende Ansammlungen.

Einst war der Wisent *(Bison bison bonasus)* als Wildrind – neben dem Ur, mit dem er nicht identisch ist – über ganz Europa verbreitet. Es gelang, dieses lebende Naturdenkmal vor dem völligen Aussterben zu bewahren

Als Beitrag der Deutschen Demokratischen Republik zur Erhaltung und Vergrößerung der Wisentbestände wurde die Einrichtung des Reservats Damerower Werder beschlossen. Dieses Areal, das 1967, mit einer Fläche von 600 Hektar, zum Naturschutzgebiet erklärt wurde, liegt im Bezirk Neubrandenburg, unweit der Kreisstadt Waren (Müritz). Nach Pohle traf das erste Wisentpaar als Staatsgeschenk der polnischen Regierung im Mai 1957 ein. Es lebte sich auf dem Damerower Werder gut ein, so daß 1958 und 1959 die ersten Kälber zur Welt kamen. Bis Ende 1978 folgten im Reservat weitere 40 Geburten von insgesamt acht Kühen. Für die auf dem Damerower Werder geborenen Wisente wurde im Zuchtbuch der Namens-Anfang »Da« festgelegt. Für den 31. 3. 1973 wies das Internationale Zuchtbuch 1553 Wisente aus. 652 davon waren in 19 Gebieten Polens und der UdSSR bereits wieder in die einst von diesen Wildrindern bewohnte Wildbahn eingebürgert worden. In den 11 Wisenthaltungen der DDR lebten zu diesem Zeitpunkt 56 Exemplare. Die Art *Bison bonasus* kann damit als vom Aussterben gerettet betrachtet werden.

Beim nordamerikanischen Bison bietet sich ein ähnliches Bild. Bis in die jüngere Vergangenheit lebten voneineinander getrennt im nordamerikanischen Vorkommensareal des Bisons noch Restbestände von Präriebison und Waldbison. Beide haben sich dann in Reservaten infolge von Schutzmaßnahmen großen Stils so sehr miteinander vermischt, daß kaum noch von Typenreinheit gesprochen werden kann. Von beiden Unterarten (Wald- und Präriebisons) sind gegenwärtig allerdings noch kleine reine Bestände vorhanden. Insgesamt existieren zur Zeit etwa noch, besser wieder 30000 bis 50000 reinblütige nordamerikanische Bisons in Kanada und in den USA.

Noch vor 150 Jahren, dann jedoch rapide abnehmend, waren die nordamerikanischen Prärien von Millionen Präriebisons und die weiter im Norden gelegenen Wälder von großen Herden des Waldbisons belebt. Obwohl Dürrezeiten, harte Winter und Präriebrände vielen Tieren das Leben kosteten, schadete dieser Aderlaß dem Gesamtbestand ebensowenig wie die Jagd von Pulver und Blei, die die Indianer auf sie machten. Solange Indianer und Bisons noch neben- und miteinander den nordamerikanischen Kontinent allein bewohnten, bestand keine Ausrottungsgefahr für dieses herrliche Wildrind. Die mit Pfeil und Bogen oder Lanzen erlegten Bisons häutete man ab und weidete sie aus. Das nicht sofort an Ort und Stelle verzehrte Fleisch wurde in Streifen geschnitten, diese wurden an der Luft und am Feuer getrocknet und danach zerrieben. Das so gewonnene Fleischmehl, Pemmikan genannt, war bei sachgemäßer Aufbewahrung gut haltbar. Es bildete das winterliche Hauptnahrungsmittel der Indianer.

Die europäischen Einwanderer vernichteten mit weittragenden Schußwaffen in verhältnismäßig kurzer Zeit die ungeheueren Bisonherden. Als später die nordamerikanischen Eisenbahnlinien vom Atlantischen bis zum Pazifischen Ozean reichten, beförderten sie Tausende von »Jägern« in die Prärien. Diese wüteten ohne jegliche Rücksichtnahme, so daß schließlich gegen Ende des 19. Jahrhunderts der wilde Bison faktisch ausgerottet war. Solche noch vor wenigen Jahrzehnten als »Helden« glorifizierten gewerbsmäßigen Massenmörder vom Schlage eines Buffalo Bill durften sich ungestraft öffentlich rühmen, mit eigener Hand Hunderte von Indianern getötet und Tausende Bisons abgeknallt zu haben. Das Fleisch der niedergemähten Bisons ließ man meist ungenutzt liegen und verderben. Lediglich die herausgeschnittenen Zungen wurden zu Konserven verarbeitet und die wertvollen Bisonhäute mitgenommen. Das Ende der Bisonbestände besiegelte auch das Ende des Widerstandes der nun zur Verelendung verurteilten Indianer.

In letzter Stunde einsetzende Schutzmaßnahmen bewahrten die übriggebliebenen Reste – es waren nur noch einige hundert Exemplare – beider Bisonunterarten vor der endgültigen Ausrottung. Was heute wieder an wilden Bisons existiert, geht auf diese wenigen Tiere zurück.

Die Ausrottung des Wisents verlief viel allmählicher und dauerte insgesamt viele Jahrtausende. In vorgeschichtlicher Zeit bis hinein in das frühe Mittelalter war dieses Wildrind noch weit über West-, Mittel- und Osteuropa verbreitet. Nach unserer Zeitrechnung vergingen noch 1926 Jahre, bis der Wisent in seinen beiden letzten freien Refugien, im Urwald von Białowieża und im Kaukasus, ausgerottet war. Daß er dort heute mittelbar wieder in freier Wildbahn lebt, ist allein der Existenz zoologischer Gärten zu verdanken, die glücklicherweise die letzten Wisente vor dem endgültigen Aussterben bewahren konnten.

Einst lebten zwei Wildrinder in Europa, der Ur oder Auerochse im freieren Gelände und der Wisent im Urwald. Längst war der letzte Wildur in Europa ausgerottet, als der im Zuge vieler Generationen Stück um Stück weiter nach Osten verdrängte, seit Urzeiten freilebende letzte Wisent nach dem ersten Weltkrieg gewildert wurde. Diese jahrhundertelange Verdrängung, verbunden mit intensiver Jagd, häufig Alleinrecht großer Herren und Fürsten, ja mitunter nur der Könige, steht zweifellos mit dem zunehmenden Entwalden weiter Landstriche und ihrem Urbarmachen in West- und Mitteleuropa in ursächlichem Zusammenhang. Das Töten eines Wisents galt einst als außerordentliche Heldentat, deren beispielsweise Siegfried im Nibelungenlied gerühmt wird. Die Wisenthörner wurden, gleich denen erlegter Ure, in Edelmetall gefaßt und als Trinkhörner benutzt. Einige davon werden in ungarischen Kirchenschätzen noch heute aufbewahrt.

Im Gegensatz zu den weichen, breiten Paarhufen der *Bubalus*-Rinder, die weit spreizbar und mit langen, abstützenden Afterklauen versehen sind, diesen Sumpfbewohnern also ein gutes Auftreten ermöglichen, tragen Bisons harte rundliche Paarhufe mit gering entwickelten Afterklauen. Die 800 kg schweren Tiere erreichen über eine längere Distanz eine Geschwindigkeit von 55 km in der Stunde. Bisons und Wisente sind, auch wenn sie gern Sandbäder nehmen, sich ausgiebig im Schlamm suhlen und gut schwimmen können, Trockenwald-, Gebirgswald- und, was den Präriebison betrifft, Steppentiere, bedürfen also im Gegensatz zu den sumpfbewohnenden Büffeln solcher harten, rundlichen Hufe.

Den generellen Unterschied im Körperbau zwischen Wisent und Bison verdeutlichen am besten unsere Fotos. Im Frühjahr wird das sehr wollige Winterhaarkleid in großen Fetzen abgestoßen. Darunter erscheint die Haut zunächst fast haarlos, bis die neue Behaarung aufzusprießen beginnt. Nach einer Trächtigkeitsdauer von neun Monaten wird in der Regel nur ein Kalb geboren. Es wird meist erst im dritten Lebensjahr geschlechtsreif. Noch Anfang des 19. Jahrhunderts lebten wilde Wisente auch im Altaigebiet, und die nordamerikanischen Bisons kamen nach Süden zu bis Florida und bis zur Nordwestgrenze Mexikos vor. Im späten Pleistozän besiedelte die Gattung *Bison* noch weit größere Räume Europas und Asiens; in Amerika erreichte sie Mittelmexiko.

Literatur und Bildquellen

Literatur

Antonius, O.: Grundzüge einer Stammesgeschichte der Haustiere. Jena 1922

Attenborough, D.: Das Leben auf unserer Erde: vom Einzeller zum Menschen. Hamburg und Berlin 1979

Bammes, G.: Die Gestalt des Menschen – Hand- und Lehrbuch der Anatomie für Künstler. Dresden 1964

Beiträge zur Jagd- und Wildforschung. Berlin. Bd. 1, 1961ff.

Blonk, H. L.: Wilde Katzen. Zutphen 1963

Böker, H.: Einführung in die vergleichende biologische Anatomie der Wirbeltiere I und II. Jena 1937

Boettger, C. R.: Die Haustiere Afrikas. Jena 1958

Brandes, G.: Buschi – Vom Orangsäugling zum Backenwülster. Leipzig 1939

Brentjes, B.: Wild- und Haustier im Alten Orient. Berlin 1962

Brink, F. H. van den: Die Säugetiere Europas westlich des 30. Längengrades. 3. Aufl. Hamburg und Berlin 1975

Bromée, F.: Das Elchwild – Erfahrungen und Lehren aus langjähriger Praxis. Neudamm 1940

Das Tier – Internationale Tierillustrierte. Stuttgart und Berlin

Der Zoologische Garten – Zeitschrift für die gesamte Tiergärtnerei. Leipzig

Dobzhansky, Th.: Die Entwicklung zum Menschen. Hamburg und Berlin 1958

Eisentraut, M.: Der Winterschlaf mit seinen ökologischen und physiologischen Begleiterscheinungen. Jena 1956

Eisentraut, M: Aus dem Leben der Fledermäuse und Flughunde. Jena 1957

Fischel, W.: Die Seele des Hundes. Berlin, Hamburg 1961

Gaffrey, G.: Merkmale der wildlebenden Säugetiere Europas. Leipzig 1961

Gray, A. P.: Mammalian Hybrids – A Check – List with Bibliography. Edinburgh 1954

Haltenorth, Th.: Die Wildkatzen der Alten Welt. Leipzig 1953

Rassehunde, Wildhunde – Herkunft, Arten, Rassen, Haltung. Heidelberg 1958

Heberer, G.: Die Evolution der Organismen. Stuttgart 1959

Heck, L.: Lebende Bilder aus dem Reich der Tiere. Berlin, Wiesbaden 1899

Hediger, H.: Wildtiere in Gefangenschaft – Ein Grundriß der Tiergartenbiologie. Basel 1948

Heptner, V. G. und N. P. Naumov (Hrsg.): Die Säugetiere der Sowjetunion.
Bd. I: Paarhufer und Unpaarhufer. Jena 1966
Bd. II: Seekühe und Raubtiere. Jena 1974
Bd. III: Raubtiere (Feloidea). Jena 1980

Herre, W.: Das Ren als Haustier. Leipzig 1955

Hesse, R. und Doflein, F.: Tierbau und Tierleben. 2 Bände. Jena 1935 und 1943

Hilzheimer, M. und Haempel, O.: Handbuch der Biologie der Wirbeltiere. Stuttgart 1913

Hinze, G.: Der Biber. Berlin 1950

Jacobi, A.: Das Rentier. Leipzig 1931

Johnston, M.: Congorilla. Leipzig 1933

Jordan, K. H. C.: Geschützte heimische Tiere. Leipzig und Jena 1956

Krumbiegel, I.: Biologie der Säugetiere. 2 Bände. Krefeld 1954/55
Lochte, Th.: Atlas der menschlichen und tierischen Haare. Leipzig 1938
Mammalia depicta. Hamburg und Berlin
Mammalia In: W. Kükenthal „Handbuch der Zoologie – Eine Naturgeschichte der Stämme des Tierreiches“. Band 8, Berlin ab 1956
Mehlhardt, D.: Der Dachs – Lebensbild eines heimischen Wildsäugetieres. Berlin und Kleinmachnow 1947
Milne, L. J. und Milne, M.: Die Sinneswelt der Tiere und Menschen. Hamburg und Berlin 1963
Das Gleichgewicht der Natur. Hamburg und Berlin 1965
Milu: Wissenschaftliche und kulturelle Mitteilungen aus dem Tierpark Berlin. Bd. 1, 1960, ff.
Mohr, E.: Die Robben der europäischen Gewässer. Frankfurt am Main 1952
Die freilebenden Nagetiere Deutschlands und der Nachbarländer. 3. Auflage, Jena 1954
Der Blaubock *(Hippotragus leucophacus)* – Eine Dokumentation. Hamburg und Berlin 1967
Monographien der Wildsäugetiere. Begründet 1936 durch M. Hilzheimer und weitergeführt durch D. Müller-Using. Jena
Müller, A. H. und Zimmermann, H.: Aus Jahrmillionen – Tiere der Vorzeit. Jena 1962
Nachtsheim, H.: Vom Wildtier zum Haustier. 2. Auflage. Berlin und Hamburg 1949
Natur und Volk. Frankfurt am Main
Naturwissenschaftliche Rundschau. Stuttgart
Niethammer, G.: Die Einbürgerung von Säugetieren und Vögeln in Europa. Hamburg und Berlin 1963
Niethammer, J.: Säugetiere, Biologie und Ökologie UTB 732. Stuttgart 1979
Ognew, S. I.: Säugetiere und ihre Welt. Berlin 1959
Orr, R. T.: Das große Buch der Tierwanderungen. Düsseldorf, Köln 1970
Petzold, H. G.: Rätsel um Delphine. Wittenberg-Lutherstadt 1972
Petzsch, H.: Die Katzen. Ein Taschenbuch über die Groß-, Mittel-, Klein- und Hauskatzen der Erde. Leipzig, Jena und Berlin 1968
Piechocki, R.: Die Todesursachen der Elbe-Biber (*Castor fiber albicus*, Matschie 1907) unter Berücksichtigung funktioneller Wirbelsäulenstörungen. Nr. 158, Bd. 25 (NF) der Nova Acta Leopoldina. Leipzig 1962
Portmann, A.: Einführung in die vergleichende Morphologie der Wirbeltiere. 3. Auflage Basel 1959
Sanderson, I. T. und Steinbacher, G.: Knaurs Affenbuch – Alles über Halbaffen, Affen und andere Herrentiere. München und Zürich 1957
Sanderson, I. T.: Säugetiere. In: Knaurs Tierreich in Farben. München und Zürich 1963
Säugetierkundliche Informationen, Berlin. Bd. 1 1977–82 ff.
Säugetierkundliche Mitteilungen. München. Bd. 1, 1953 ff.
Schneider, K. M.: Tiere haben das Wort. Leipzig, Jena und Berlin 1957
Schwangart, F.: Südamerikanische Busch-, Berg- und Steppenkatzen. Nr. 49 der Abh. d. Bayrischen Akademie der Wissenschaften, Mathematisch-naturwissenschaftliche Abteilung. N. F. München 1941
Senglaub, K.: Wildhunde, Haushunde. Leipzig, Jena, Berlin 1978
Schwerdtfeger, F.: Autökologie. Hamburg und Berlin 1963
Demökologie. Hamburg und Berlin 1968
Slijper, E. J.: Riesen des Meeres – Eine Biologie der Wale und Delphine. Berlin, Göttingen und Heidelberg 1962
Riesen und Zwerge im Tierreich. Hamburg und Berlin 1967
Soffel, K.: Bilderatlas zur Zoologie der Säugetiere Europas. Leipzig 1922
Strassen, O. zur (Herausgeber): Brehms Tierleben 4. vollständig neu bearbeitete Auflage: Säugetiere. Bände 10 bis 13. Bearbeitet von L. Heck und M. Hilzheimer. Leipzig 1922
Stubbe, Ch. und Passarge, H.: Rehwild. Berlin 1979
Sulzer, F. G.: Versuch einer Naturgeschichte des Hamsters. Kommentierte Neuausgabe des Originals von 1774 von H. Petzsch. Hannover 1949
Tembrock, G.: Verhaltensforschung – Eine Einführung in die Tierethologie. 2. Auflage. Jena 1964
Thenius, E. und Hofer, H.: Stammesgeschichte der Säugetiere. Berlin, Göttingen und Heidelberg 1960
Thenius, E.: Grundzüge der Verbreitungsge-

schichte der Säugetiere. Jena. 2. Auflage 1980
Tiller, H.: Tagebuch eines Faultieres. 2. Auflage. München 1964
Tinbergen, N.: Instinktlehre – Vergleichende Erforschung angeborenen Verhaltens. 2. Auflage. Berlin und Hamburg 1956
Toepfer, V.: Tierwelt des Eiszeitalters. Leipzig 1963
Toldt, K.: Aufbau und natürliche Färbung des Haarkleides der Wildsäugetiere. Leipzig 1935
Ullrich, W.: Affen ernst genommen. Radebeul 1955
Ullrich, U. und Ullrich, W.: Im Dschungel der Panzernashörner. Radebeul 1962
Wagenknecht, E.: Rotwild. Berlin 1981
Weber, M.: Die Säugetiere. 2 Bände. Jena 1927/28 Bd. 1, 1926, ff.
Wipper, E.: Die Bejagung des Seehundes *(Phoca vitulina)* in Niedersachsen, ihre Folgen und die Problematik bei Beurteilung der Seehundpopulationen der Nordsee. Beitr. z. Naturk. Niedersachsens, Bd. 28, (1975), S. 83–104.
Zeitschrift für Säugetierkunde. Berlin und Hambur Bd. 1, 1926 ff.
Zeitschrift für Tierpsychologie. Berlin und Hamburg Bd. 1, 1926 ff.
Zimmermann, K.: Taschenbuch unserer wildlebenden Säugetiere. 2. Auflage. Leipzig, Jena und Berlin 1966
Zukowsky, L.: Tiere als Hausgenossen. München 1956

In der Reihe „Die Neue Brehm-Bücherei“, A. Ziemsen Verlag, Wittenberg Lutherstadt, sind nachstehende Säugetier-Monographien erschienen:

Bannikow, A. G.: Die Saiga-Antilope *(Saiga tatarica)*. 1963. Bd. 320.
Barabasch-Nikiforow, I. I.: Der Seeotter oder Kalan *(Enhydra lutris)*. 1962. Bd. 290.
– Die Desmane (Desmanidae). 1975. Bd. 474.
Bibikow, D. I.: Die Murmeltiere (Gattung *Marmota*). 1968. Bd. 388.
Boback, A. W.: Das Wildkaninchen *(Oryctolagus cuniculus)* 1970. Bd. 415
Boetticher, H. v.: Die Halbaffen und Koboldmakis (Prosimia). 1958. Bd. 211.
Briedermann, L. u. V. Still: Die Gemse des Elbsandsteingebirges *(Rupicapra r. rupicapra)*. 1976. Bd. 493.
Curry-Lindahl, K.: Der Berglemming *(Lemmus lemmus)*. 1980. Bd. 526.
Djoshkin, W. W. u. W. G. Safonow: Die Biber der Alten und Neuen Welt. (Castoridae). 1972. Bd. 437.
Epstein, H.: Fettschwanz- und Fettsteißschafe *(Ovis ammon aries)*. 1970. Bd. 417.
Flade, E.: Shetlandponys. 1975. Bd. 243.
– Das Araberpferd. 1976. Bd. 291.
Flint, E.: Die Zwerghamster der paläarktischen Fauna (Cricetinae). 1966. Bd. 366.
Freye, H.-A. u. H. Freye: Die Hausmaus *(Mus musculus)*. 1960. Bd. 268.
Garutt, W. E.: Das Mammut *(Mammuthus primigenius)*. 1964. Bd. 331.
Gewalt, W.: Das Eichhörnchen *(Sciurus vulgaris)*. 1956. Bd. 183.
Der Weißwal *(Delphinapterus leucas)*. 1976. Bd. 497.
Gijzen, A.: Das Okapi *(Okapi johnstoni)*. 1959. Bd. 231.
Goeerttler, V.: Neufundländer und Landseer. 1980. Bd. 371.
Hahn, H.: Von Baum-, Busch- und Klippschliefern, den kleinen Verwandten der Seekühe und Elefanten (Hyracoidea). 1959. Bd. 246.
Haltenorth, Th.: Die Wildkatze *(Felis silvestris)*. 1957. Bd. 189.
Heck, H.: Der Bison *(Bison bison)*. 1968. Bd. 378.
Herre, W.: Rentiere *(Rangifer tarandus)*. 1956. Bd. 180.
Herter, K.: Igel *(Erinaceus* spec.). 1963. Bd. 71.
Iltisse und Frettchen *(Mustela putorius, M. p. furo)*. 1959. Bd. 230.
Heptner, W. G. u. A. A. Nasimowitsch: Der Elch *(Alces alces)*. 1974. Bd. 386.
Hinze, G.: Unser Biber *(Castor fiber)*. 1960, Bd.111.
Hoffmann, M.: Die Bisamratte *(Ondatra zibethica)* 1952. Bd. 78.
Kittel, R.: Der Goldhamster *(Mesocricetus auratus)*. 1979. Bd. 88.
Klapperstück, J.: Der Sumpfbiber (Nutria) *(Myocastor coypus)*. 1964. Bd. 115.
Koenen, F.: Der Rotfuchs *(Vulpes vulpes)*. 1952. Bd. 29.
Krott, P.: Der Vielfraß oder Järv *(Gulo gulo)*. 1960. Bd. 271.
Krumbiegel, I.: Der Löwe *(Panthera leo)*. 1952, Bd. 30.

Kamele (*Camelus* spec.). 1952. Bd. 50.
Lamas (*Lama* spec.). 1952. Bd. 54.
Einhufer (Equoidea). 1958. Bd. 208.
Die Giraffe *(Giraffa camelopardalis)*. 1971. Bd. 428.
Lang, E. M.: Das Zwergflußpferd *(Choeropsis liberiensis)*. 1975. Bd. 481.
Lengerken, H. v.: Der Ur und seine Beziehungen zum Menschen *(Bos primigenius)*. 1953. Bd. 105.
Marakow, S. W.: Der nördliche Seebär *(Callorhinus ursinus)*. 1969. Bd. 407.
Matjuschkin, E. N.: Der Luchs *(Lynx lynx)*. 1979. Bd. 517.
Mazák, V.: Der Tiger *(Panthera tigris)*. 1979. Bd. 356.
Meijer, W. C. Ph.: Das Balirind *(Bos javanicus domesticus)*. 1962. Bd. 303.
Meise, W.: Der Abendsegler *(Nyctalus noctula)*. 1951. Bd. 42.
Menzel, R. u. R. Menzel: Pariahunde. 1960. Bd. 267.
Mohr, E.: Der Wisent *(Bison bonasus)*. 1952. Bd. 74.
Der Seehund *(Phoca vitulina)*. 1955. Bd. 145.
Ungarische Hirtenhunde. 1969. Bd. 176.
Sirenen oder Seekühe (Sirenia). 1957. Bd. 197.
Wilde Schweine (Suidae). 1960. Bd. 247.
Das Urwildpferd *(Equus przewalskii)*. 1970. Bd. 249.
Schuppentiere (Pholidota). 1961. Bd. 284.
Altweltliche Stachelschweine (Hystricidae). 1965. Bd. 350.
Natuschke, G.: Heimische Fledermäuse (Chiroptera). 1960. Bd. 269.
Neisser, E.: Das Englische Vollblut. 1981. Bd. 543.
Pawlinin, W. N.: Der Zobel *(Martes zibellina)*. 1966. Bd. 363.
Pedersen, A.: Der Moschusochs *(Ovibos moschatus)*. 1958. Bd. 215.
Der Eisfuchs *(Canis lagopus)*. 1959. Bd. 235.
Das Walroß *(Odobaenus rosmarus)*. 1962. Bd. 306.
Die nordpolaren Robben. 1974. Bd. 485.
Petzsch, H.: Der Hamster *(Cricetus cricetus)*. 1952. Bd. 21.
Piechocki, R.: Die Zwergmaus *(Micromys minutus)*. 1958. Bd. 222.
Rahm, U.: Die Afrikanische Wurzelratte *(Tachyoryctes)*. 1980. Bd. 528.
Sierts-Roth, U.: Der Dackel. 1966. Bd. 195.
Schmidt, U.: Vampirfledermäuse. Familie Desmodontidae (Chiroptera). 1978. Bd. 515.
Schomber, H. W.: Die Giraffen- und Lamagazelle *(Litocranius walleri, Ammodorcas clarei)*. 1966. Bd. 358.
Schwark, H. J.: Das Haflinger Pferd. 1965. Bd. 346.
Stein, G. H. W.: Die Feldmaus *(Microtus arvalis)*. 1958. Bd. 225.
Tesch, E.: Der Pudel. Ein Leitfaden für Haltung und Zucht. 1980. Bd. 395.
Uloth, W.: Das Muffelwild *(Ovis ammon musimon)*. 1979. Bd. 491.
Uspenski, S. M.: Der Eisbär *(Thalarctos maritimus)*. 1979. Bd. 201.
Wünschmann, A.: Die Plumpbeutler (Vombatidae). 1970. Bd. 421.
Zörner, H.: Der Feldhase *(Lepus europaeus)*. 1981. Bd. 169.

Bildquellen

Die kursiven Zahlen verweisen auf die numerierten Farbbilder, die gewöhnlichen auf schwarzweiß bebilderte Textseiten.

Altner, H. J. *79*

Barz, M. *22, 49*

Baumgarten, L. (Zoo Leipzig) *79*

Berger, G. 118, 251, 272, 532

Bitterlich, M. 114

Budich, G. (Tierpark Berlin) *17, 19, 23, 25, 44, 47, 53, 60, 62, 63, 71, 94,* 30, 31, 34, 50, 112, 120, 129, 142, 144, 149, 184, 189, 216, 225, 237, 264, 265, 271, 275, 278, 279, 280, 281, 284, 291, 293, 295, 309, 313, 315, 329, 330, 335, 338 (rechts), 339, 343, 346, 447, 448, 450 (Mitte), 452 (unten), 469, 470, 474, 482, 487, 491, 492, 494, 496, 503, 505, 506, 507, 509, 513, 519, 527, 529, 535, 537, 542, 544, 549, 553, 570, 572, 573

Budich, G. (Zoo Berlin-West) *93,* 101, 133, 411, 413, 417, 418, 419, 420, 430

Budich, G. (Zoo Dresden) *91,* 544

Budich, G. (Zoo Frankfurt am Main) *6, 7, 16, 18, 30, 46, 51, 67, 77, 83,* 24, 55, 80, 84, 104, 106, 108, 111, 122, 126, 147, 151, 231, 234 (oben), 314, 325, 327, 427, 452 (oben), 453 (oben), 523, 536

Budich, G. (Zoo Leipzig) 514

Budich, G. (Zoo Magdeburg) 232, 324

Budich, G. (Zoo Prag) 139

Budich, G. *14,* 116, 261, 262

Cleveland Zoological Park 533

Danz, W. 77, 98, 137, 273, 347, 449, 479, 488, 546, 547, 551

Dathe, W. *45*

Delitia 213, 215

Deutsche Fotothek 81, 86, 158, 247, 250, 257

Dorfmüller-Laubmann, L. 82

Dreier, W. (Zoo Dresden) *5*

Fischer, W. 124, 450 (unten)

Grimmberger, E. (Zoo Budapest) *56*

Grimmberger, E. *9, 11, 13, 31, 35, 42*

Grzimek, B. 42, 223, 270, 315, 416

Günther, E. 89, 95, 96, 103, 123, 130, 154, 160, 173, 190, 239, 269, 297, 300, 302, 321, 337, 338 (links) 341, 477, 493, 567

Hales, J. 75

Heimeran-Verlag 156

Heine, K. 74

Hirsch, U. 486

Hofer, K. J. *29, 32, 36, 37, 39, 48, 54,* 188, 193, 286, 308, 467, 508

Honig, E. 266

Jorga, W. (Zoo Rostock) *27*

Klages, J. 143, 274

Krone, H. (Tierpark Berlin) *43*

Namenverzeichnis

Die kursiven Zahlen verweisen auf Farbfotos, die fetten auf schwarzweiße Abbildungen im Text. Die normal gedruckten Ziffern verweisen auf Erwähnungen im Text.